天才雷普利

[美] 帕特里夏·海史密斯 著

PATRICIA HIGHSMITH

赵挺 译

THE
TALENTED
MR. RIPLEY

上海译文出版社

图书在版编目(CIP)数据

雷普利全集／(美)帕特里夏·海史密斯
(Patricia Highsmith)著；赵挺等译. —上海：上海
译文出版社,2020.5
书名原文：Ripley Series
ISBN 978-7-5327-8302-1

Ⅰ.①雷… Ⅱ.①帕… ②赵… Ⅲ.①犯罪小说-小
说集-美国-现代 Ⅳ.①I712.45

中国版本图书馆 CIP 数据核字(2020)第 048370 号

Patricia Highsmith
THE COMPLETE RIPLEY NOVELS
THE TALENTED MR. RIPLEY by Patricia Highsmith
First published in 1955
RIPLEY UNDER GROUND by Patricia Highsmith
First published in 1970
RIPLEY'S GAME by Patricia Highsmith
First published in 1974
THE BOY WHO FOLLOWED RIPLEY by Patricia Highsmith
First published in 1980
RIPLEY UNDER WATER by Patricia Highsmith
First published in 1991
Copyright © 1993 by Diogenes Verlag AG Zürich
Published by arrangement with Diogenes Verlag AG Zürich
Simplified Chinese edition copyright © 2020
by SHANGHAI TRANSLATION PUBLISHING HOUSE (STPH)
All rights reserved

图字：09-2010-589 号
图字：09-2010-590 号
图字：09-2010-591 号
图字：09-2010-592 号
图字：09-2010-593 号

雷普利全集

[美] 帕特里夏·海史密斯　著　赵挺　等译
责任编辑/杨懿晶　章诗沁　装帧设计/储平工作室

上海译文出版社有限公司出版、发行
网址：www.yiwen.com.cn
200001　上海福建中路 193 号
上海市崇明县裕安印刷厂印刷

开本 890×1240　1/32　印张 49.25　插页 10　字数 881,000
2020 年 5 月第 1 版　2020 年 5 月第 1 次印刷
印数：0,001—3,000 册

ISBN 978-7-5327-8302-1/I·5091
定价：388.00 元(全 5 册)

献给我的波兰人邻居、法国的朋友
Agnèsand Georges Barylski

我想，我宁可为自己不信的事物而死，而非为我所知的真相而死……有时我觉得艺术人生就是一段漫长而美好的自杀，而我并不为此感到遗憾。

——奥斯卡·王尔德私人书简

1

汤姆朝身后瞥了一眼，发现那名男子正走出"绿笼"酒吧，朝他这边走来。汤姆加快了脚步。此人显然是在跟踪他。汤姆五分钟前就注意到他了。当时他坐在桌边仔细打量汤姆，一副虽不十分肯定，但也差不离的表情。汤姆确信此人是冲自己来的，连忙将杯中物一饮而尽，结账离开。

走到街角，汤姆猫起身子，快步穿过第五大道。附近有家名叫"劳尔"的酒吧。要不要试试运气，进去再喝一杯？这样会不会是玩火？还是拐到公园大道，利用那儿沿街漆黑的门道把这人甩掉？他还是走进了"劳尔"。

在酒吧里，汤姆信步来到一个空位前，习惯性地朝四周张望，看看有没有熟人。他认识的一个红头发、大块头的男子，正和一位金发女郎坐在一起。他总是记不住红头发的名字。红头发朝汤姆挥挥手，汤姆也软绵绵地抬起手算是回应。他一条腿跨过凳子，侧着身子骑在上面，挑衅似的把脸朝向酒吧门口，显得满不在乎的样子。

"给我来杯金汤力。"他对酒保说。

那人是他们派来追踪自己的吗？是，不是，是？他看上去一点儿也不像警察或探员，更像商贾，或身为人父，衣冠楚楚、食不厌精，两鬓正变得斑白，一副不是太有把握的样子。难道他们就派这种人来干活，或许先在酒吧里和你攀谈，接着"砰"的一声——一只手摁住你的肩膀，另一只手亮出警徽。*汤姆·雷普利，你被捕了。*

汤姆盯着大门。

那人果然跟进来了。他四下张望，发现了汤姆，马上又把眼神移开。他摘下草帽，在吧台的转角处找个位子，坐了下来。

天呐，这人到底想怎样？汤姆再一想，他肯定不会是个*性倒错者*。这个词，汤姆绞尽脑汁才想起来，好像它具有一种保护的魔力，因为他宁愿这人是性倒错者，也不希望他是警察。对于一名性倒错者，他只需说，"不，谢谢"，便可以微笑着走开。汤姆转过身坐正，挺直腰板。

汤姆看见那人朝酒保做了个暂不点酒的动作，绕过吧台朝他走来。果然来了！汤姆盯着他，一动都不敢动。最多判我十年，汤姆想。也许十五年，不过如果表现良好的话——没容他多想，那人已经张口了。汤姆的心怦怦直跳，内心绝望而懊恼。

"对不起，请问你是汤姆·雷普利吗？"

"是我。"

"我是赫伯特·格林里夫，理查德·格林里夫是我儿子。"汤姆彻底糊涂了，比对方拿一把枪指着自己更甚，因为这人的表情友善、带着微笑，充满期待。"你和理查德是朋友，对吧？"

汤姆隐约想起一个人来。迪基·格林里夫，一个金发的高个子。在汤姆印象中，他很有钱。"噢，迪基·格林里夫，嗯。"

"你总该认识查尔斯·施立弗和玛塔·施立弗夫妇吧，是他们跟我说起你的，说你可能——噢，我们还是找个地方坐下来聊，好吗？"

"好啊。"汤姆愉快地答应，端起酒杯，随这人走到这间小酒吧后面的一张空桌子前。逃过一劫，汤姆想。平安无事！不是来抓他的。是为别的事情。反正不管什么事，只要不是为了重大盗窃案或非法篡改邮件案之类的事情就行。理查德也许遇到麻烦了。格林里夫先生可能需要帮助或建议。对于格林里夫先生这样的父亲，汤姆知道该说什么话。

"刚才我不十分确信你就是汤姆·雷普利，"格林里夫先生说，"我以前只见过你一次。你和理查德来过我们家吧？"

"我想是吧。"

"施立弗夫妇也向我描述过你。最近我们一直在找你，施立弗夫妇希望我们在他们家会面。他们打听到，你经常光顾'绿笼'酒吧。今天晚上我是第一次来找你，结果运气不错，"他笑道，"上周我给你写了一封信，不过你可能没收到。"

"我没收到。"看来马克最近没把信件转给我，汤姆心想。马克真混蛋。说不定会有多蒂姑妈寄来的支票。"我一周前搬了家。"汤姆补充了一句。

"怪不得。不过信里也没说什么，就说我想见见你，和你聊聊。施立弗夫妇觉得你应该和理查德很熟。"

"我记得他，我们认识。"

"但你现在不和他通信了吧？"格林里夫先生的表情有些失望。

"没有通信。我都好几年没见过迪基了。"

"他已经在欧洲待了两年。施立弗夫妇对你评价很高。他们认为如果你给他写信，也许会有点用。我想让他回家。家里需要他回来尽一些义务 —— 可是我和他妈妈苦口婆心讲的话，他全都置若罔闻。"

汤姆有些不解。"施立弗夫妇到底说什么了？"

"他们说 —— 当然有点夸张 —— 你和理查德是挚友。我觉得他们想当然地认为你和他有通信联系。你也知道，理查德的朋友，我不认得几个——"他瞧了一眼汤姆的酒杯，像是觉得怎么也得给他再点一杯酒才够意思，但汤姆的杯子几乎还是满的。

汤姆记起曾经和迪基·格林里夫一起去施立弗家参加过一个鸡尾酒会。或许格林里夫和施立弗两家的关系比他和施立弗家的关系更亲近，所以才会引来这档子事。他这辈子和施立弗夫妇总共也只见过三四次面。最近一次是某天晚上，他为查理·施立弗计算个人收入所得税。查理是电视导演，他有好几种自由职业的收入，账目十分混乱。查理和玛塔发现，汤姆不但有本事把账目理清，并且算出的税款比查尔斯应缴的要少，在法律上还挑不出任何毛病。或许正因如此，他们才向格林里夫先生举荐汤姆。根据那天晚上的情况，查理保不准会告诉格林里夫先生，汤姆为人聪明，头脑冷静，办事周详可靠，乐于助人。不过这其中可有点误会。

"你大概也不认识理查德的其他熟人，能左右他一下？"格林里夫先生可怜兮兮地问。

倒是有个叫巴迪·兰克劳的人，汤姆想。不过汤姆不想把巴迪卷进来，给他平添这些琐事。"恐怕的确如此。"汤姆摇了摇头。"理查德为什么不愿意回家？"

"他说他宁愿住在那儿。可现在他母亲病得很厉害——呃，还有一些家里的事。不好意思，让你为难了。"他心烦意乱地伸手摸了摸灰白的头发，它们虽然稀薄，却梳得纹丝不乱。"他说他在那儿画画。画画倒不是什么坏事，但他没有当画家的天分。他在船舶设计方面很有天赋，如果肯花心思的话。"这时酒吧侍者走过来问他要点什么，他抬头道，"苏格兰威士忌加苏打水。帝王威士忌。你不来一杯吗？"

"不用，谢谢。"汤姆拒绝了。

格林里夫先生歉疚地看着汤姆。"在理查德的朋友中，你是第一个愿意听我说话的。其他人总认为我是在干涉他的生活。"

汤姆对此十分理解。"我要是能帮你就好了。"他彬彬有礼地说。他现在记起来了，当年迪基的钱都是从一家造船公司汇来。这家公司造的都是小型帆船。显然他父亲希望他回家，子承父业，接管这间家族企业。汤姆朝格林里夫先生空洞地笑了笑，将杯中的酒一干而尽。他移坐到椅子边，准备离开，但隔着桌子传过来的失望之情清晰可辨。"他在欧洲什么地方？"汤姆虽然嘴里在问，其实心里根本不关心这个问题。

"在一个叫蒙吉贝洛的小镇，位于那不勒斯南面。理查德对我说，那儿连个图书馆都没有。他在那儿不是航行就是画画，还买了房子。理查德有收入，虽不太多，倒也足够他在意大利的花销。人各有所好，不过我实在没看出来那个地方有什么吸引人的地方。"说到这里，格林里夫先生笑了笑，有些放开了。"我给你点一杯吧，雷普利先生？"侍者送来加苏打水的苏格兰威士忌时，他问雷普利。

汤姆本想离开，但他实在不想看着对方端着刚送来的酒在那里干坐着。"谢谢，那就来一杯吧。"汤姆把酒杯递给侍者。

"查理·施立弗说你任职于保险业。"格林里夫先生饶有兴致地问。

"那是前一阵子的事了。我——"汤姆暂时不想对格林里夫先生透露他在美国国税局任职，"我现在在一家广告公司的会计部门。"

"哦？"

接下来的片刻，两人都没说话。格林里夫先生盯着汤姆，神情既可怜又充满期待。他到底能说出点什么有用的？汤姆则后悔不该接受对方点的酒。"迪基今年多大？"他问格林里夫先生。

"二十五岁。"

和我一样大，汤姆心想。迪基很可能十分享受那儿的生活。有收入，有房子，有帆船。他干嘛要回家？印象中迪基的形象现在越来越清晰了：笑容灿烂，一头金色卷发，一副乐天派的面容。迪基是个幸运儿。自己现在也是二十五岁，可是在忙什么呢？每周都在为谋生而奔波。银行没有存款。平生居然第一次在躲条子。他有数学才华，可为什么偏偏没用武之地，没人雇他一展身手呢？汤姆感到身上每块肌肉都变得紧绷，手里的火柴盒被攥得朝一面变了形，几乎全压平了。他觉得腻味，腻味透了，腻味，腻味，腻味！他想回到吧台，一个人呆着。

汤姆呷了一大口酒。"你要是把他的地址给我，我很乐意给他写信，"他很快地说，"我想他会记得我的。有一次，我们一起外出，去长岛参加一个周末派对。迪基和我负责拾海滩上的贻贝，大伙就拿它们做早餐。"汤姆笑着回忆。"有几个人还吃生病了，那次派对玩得并不开心。但我记得迪基那天就说准备去欧洲。他一定就在那之后便离开——"

"我想起来了！"格林里夫先生说，"那是理查德在国内的最后一个周末。我记得他也和我说起贻贝的事。"他放声大笑。

"你们住的公寓，我去过几次，"汤姆继续说道，而且说得越来越投入，"迪基还给我看了他卧室桌子上摆放的船模。"

"那些都是他小时候做的！"格林里夫先生的欣喜之情溢于言表。"他有没有给你看他做的船体模型？还有素描作品？"

迪基当时并没有给他看，但汤姆故作兴奋地说，"当然看了！是钢笔素描。有些画得很精彩。"汤姆从未看过那些作品，但现在这些作品对他来说仿佛历历在目，每件作品都像出自专业制图者之手，线条长短比例恰到好处，极具专业水准，而迪基正笑容可掬地拿着这些作品向他展示。他本想投格林里夫先生所好，再胡扯几分钟，把细节说得活灵活现，但还是忍住了。

"是啊，理查德对线条颇有天分。"格林里夫先生一副心满意足的神气。

"没错，他确实有这方面的天分。"汤姆附和道。刚才的无聊感又朝他袭来。汤姆熟悉这种情绪，它有时出现在派对上，但通常情况下，是和一个他并不十分喜欢的人一同进餐时才会有，那会让他愈发觉得这夜晚的时光难熬。不过要是迫不得已，他倒也能够故作彬彬有礼地再耗上一个钟头，直到最后忍无可忍，夺门而逃。"对不起，我现在不是很有空，要不然我倒是愿意去那边，看看能否说动理查德。我对他或许能有点影响。"他说这些话，纯粹是顺着格林里夫先生的意思。

"如果你能认真考虑一下 —— 就是说，我不知道你能否考虑去一趟欧洲。"

"不，不行。"

"理查德向来对朋友言听计从。如果你，或者像你这样的朋友能有空，我愿请你们过去和他谈谈。反正我觉得你们去比我去效果要更好。你现在有工作，抽不出时间，对吧？"

汤姆的心突然猛跳一下。他装作一副沉思的表情。这倒是个机会。他身体的某些部分已经嗅到了味道，赶在他的大脑做判断前，抢先跳将出来。现在的工作：子虚乌有。而且他很快也不得不出城。他想离开纽约。"我或许可以去。"他认真地说，还是带着那副若有所思的表情，好像正在摆脱成千上万道阻碍他去欧洲的束缚。

"如果你同意去，我十分乐意承担你的开销，这些都不在话下。

你真的能安排一次行程吗？今年秋天怎么样？"

现在已经是九月中旬。汤姆盯着格林里夫先生小指上那枚纹章几乎快磨平的图章金戒指。"我觉得差不多。我很乐意再次见到理查德——尤其是你认为我能帮上忙。"

"我相信你肯定能帮上忙！他会听你的。至于你和他不是太熟——如果你向他强烈建议，觉得他应该回家，他反而会觉得你这个局外人没有私心。"格林里夫先生靠到椅背上，赞许地看着汤姆。"蹊跷的是，吉姆·伯克夫妇——吉姆是我的合伙人——去年在乘游轮时，顺道路过蒙吉贝洛。当时理查德保证冬天就回家。我指的是去年冬天。吉姆现在已经不管理查德的事了。二十五岁的年轻人怎么会听一个六十开外老头子的话？但我们没做成的事，你却大有希望！"

"希望如此。"汤姆低调地说。

"要不要再来一杯？上好的白兰地怎么样？"

2

汤姆往家返时，已经过了午夜。格林里夫先生本打算叫一辆出租车，顺路捎他一程，但汤姆不想让他看到自己现在的住处——位于第三大道和第四大道之间的一栋黯淡肮脏的褐石建筑，门口还挂着一块"此屋出租"的招牌。在过去的两个半星期里，他和一个名叫鲍勃·迪兰西的人合住。他虽然和这个年轻人也不太熟，但走投无路时，鲍勃是他在纽约的朋友圈里唯一肯主动收留他的人。汤姆从没让朋友来过这里，甚至都没告诉任何人自己住哪里。鲍勃这儿有个最大的好处，就是他化名为乔治·麦克艾尔宾的邮件可以寄到这里，且被人识破的几率甚低。但这所房子正厅后面的卫生间味道刺鼻，锁也坏了；这个单间污秽不堪，里面像是曾住过上千个各色人等，在房间里留下形形色色的秽物，却从没有人动手打扫卫生。一摞摞胡乱叠放的《时尚》和《芭莎》杂志，硕大艳俗的烟灰色玻璃碗随处乱摆，里面装满线团、铅笔、烟头和腐烂的水果。鲍勃是个自由职业者，平时主要是为商店和百货商场装点橱窗，但现在只剩下第三街的古董店偶尔还找他干点活，那些烟灰色玻璃碗就是一家古董店送他的，权充报酬。汤姆刚来时，震惊于这儿的邋遢肮脏，想不到这地方居然还能住人。不过他心里也明白，自己不会在这儿长住。现在格林里夫先生适时出现了。事情总会出现转机。这就是汤姆的人生哲学。

汤姆正要沿着褐石台阶拾级而上，又先停下来，朝两旁小心翼翼地看了看。除了一个遛狗的老妇人和从第三大道拐角蹒跚走过来的一个老头之外，四下空无一物。现在若说哪种感觉让汤姆害怕，那就是怕人跟踪。任何人跟踪他都害怕。偏偏最近他总感觉被人跟踪。他沿着台阶跑上去。

他走进房间，这会儿他对里面的肮脏混乱看不顺眼了。他心里思忖，一旦拿到护照，便立刻坐船前往欧洲。也许是坐头等舱，有什么需求，一摁按钮，侍者就把东西送来。进餐时他要着正装，缓步迈进宽敞的餐厅，像个绅士那样和同桌进餐者交谈！他想，应该庆幸自己今晚撞上的好运气。而他的表现也恰到好处。格林里夫先生怎么也不会想到，自己是苦心孤诣地从他那里骗得去欧洲的机会。恰恰相反，他会认为是自己求汤姆去的。他不会让格林里夫先生失望。他会竭尽全力劝说迪基。格林里夫先生是正人君子，所以也想当然地以为，世上的人都是正人君子。而汤姆差不多都快忘了世上还有正人君子存在。

他缓缓地脱下外套，解掉领带，像注视他人那样，注视自己的每一个动作。他惊讶地发现自己的腰板现在挺得比以前直溜多了，脸上也焕发出另一种神采。现在可谓是他这辈子中为数不多的自我感觉良好的时刻。他将手伸到鲍勃那塞得满满的壁柜里，恶狠狠地将里面的衣挂向左右两边推开，腾出空间放入自己的西装。接着他来到浴室。老得生锈的淋浴头一出水就分成两股，一股水流射向浴帘，另一股水流轨迹呈怪异的螺旋形，让他很难淋湿身体。不过这总比坐在肮脏的浴缸里洗澡要好些。

第二天早晨，他醒来时，鲍勃没在家。汤姆瞧了瞧鲍勃的床，知道他昨晚没回来。汤姆跳下床，走到双眼燃气灶前煮咖啡。鲍勃今早不在家也好。汤姆并不想告诉鲍勃他要去欧洲。那个懒蛋要是知道了，只会想着这是一次免费的游山玩水。到时候他认识的其他懒蛋，爱德·马丁，伯特·维塞等人也都会知道了。汤姆谁也不打算说，也不要别人为自己送行。汤姆吹起口哨。他今晚将应邀前往公园大道格林里夫先生的公寓做客。

十五分钟后，汤姆完成了淋浴、剃须，穿上西装，配上条纹领带。他觉得自己现在的形象，作为护照的证件照，应该还不错。他端着一杯黑咖啡在房间里溜达，等早晨的邮件。收到邮件后，他将前往无线电城[1]，办理护照事务。那下午的时间怎么打发呢？要不去看看艺术展，为晚上和格林里夫一家人的餐叙找些谈资？或者研究一番伯克-格林里夫船舶公司的情况，这样也许会让格林里夫先生觉得自己对他的工作感兴趣？

这时门外的邮箱传来微弱的咯吱声，从敞开的窗户传进来。汤姆下楼，等邮差走下台阶，不见踪影，这才走出门，沿着邮箱下沿，把邮差刚塞进邮箱的那封寄给乔治·麦克艾尔宾的信取出来。汤姆撕开信封，从里面掉出来一张一百九十美元五十四美分的支票，收款人是美国国税局税务官。伊迪丝·苏波沃老太太真听话！乖乖就把钱交来了，连一个电话都没打。这是个好兆头。他返回楼上，把苏波沃夫人的信封撕碎，扔进垃圾袋里。

他把苏波沃夫人的支票放进一个马尼拉纸的信封里，将信封放到壁橱一件外套的内袋里。他心算了一下，自己诈骗来的支票金额总计已经达到一千八百六十三美元十四美分。可惜的是，这些钱无法兑换成现金。他怕某个白痴支票上的钱尚未入账，或直接将支票兑领人写成乔治·麦克艾尔宾，不过截至目前，还没人这么做。汤

---

1. 位于曼哈顿第六大道洛克菲勒中心，是世界著名艺术殿堂。

姆不知从哪搞到一张银行通讯员的工卡。卡上的日期虽然失效了，不过想办法是可以篡改的。他担心的是，兑换现金时无法脱身，哪怕持有伪造的、不限金额的授权兑换信，也都统统不管用。所以他费尽心机忙活了一通，到头来不过成了笑话。他还是个乖乖的守法者，并没有盗窃任何人的钱财。他考虑在前往欧洲之前，将这些支票毁掉。

他的名单上还有七个可下手的对象。在最后出发前的十天里，他要不要再试一个目标？昨天晚上，和格林里夫先生会面后步行回家的路上，汤姆想着，如果苏波沃夫人和卡洛斯·德·塞维拉付了钱，他就洗手不干。塞维拉还未付钱——他要打个电话好好吓唬他，给他说说大道理；不过苏波沃太太太好骗了，令他忍不住想要再试一次。

汤姆从壁柜的旅行箱里拿出一个淡紫色信笺盒，里面有几页信笺纸。信纸下面是一沓各式各样的表格。这些是他数周前在美国国税局做库房管理员时拿来的。盒子最下方是他列的一份名单。名单上的人是他精心挑选出来的。这些人都居住在布朗克斯和布鲁克林，他们是艺术家、作家或自由职业者，年收入在七千到一万二之间。他们的收入里不会代扣所得税，他们本人也不太可能亲自跑一趟纽约税务局去缴税。汤姆估计这个收入区间的人，很少会雇职业税务人员帮自己计算所得税，而他们的收入也足以令他们应缴的所得税可能出现两三百美元左右的误差。这些人是威廉·斯拉特雷，记者；菲利普·罗比拉德，音乐人；弗雷达·荷恩，插画师；约瑟夫·吉拉里，摄影师；弗雷德里克·雷丁顿，艺术家；弗朗西斯·卡内基斯——汤姆相中了雷丁顿这个人。他是画连环漫画的。这人平时估计对自己的收入也是一本糊涂账。

他挑了两页抬头为《应交税款订正单》的表格，在中间插一张复写纸，随后迅速地抄下名单上雷丁顿名字下的个人信息。收入：一万一千两百五十美元。免税项：一项。扣除金额：六百美元。账面余额：零。汇款额：零。利息：（他犹豫片刻）两美元十六美分。应补交：两百三十三美元七十六美分。接着他从一沓复写纸里抽出一张印有税务局列克星敦营业所地址的打字纸，用钢笔划一道斜线勾掉地址，然后在斜线下打出下面的话：

敬启者：

兹鉴于税务局列克星敦营业所业务繁忙，回函请复：

纽约州，纽约市 22 区

51 街东侧 187 号

稽查科

乔治·麦克艾尔宾

收悉

稽查科科长

拉尔夫·费切尔

纸上汤姆的手写签名潦草得几乎无法辨认。他怕鲍勃突然闯进来，于是将其他表格收好，拿起电话。他决定给雷丁顿先生来个先发制人。他从电话局问到雷丁顿先生家的电话号码，拨通了。雷丁顿先生正好在家。汤姆把情况简要解释了一下，并对雷丁顿先生迄今还未收到稽查科寄来的《应交税款订正单》感到吃惊。

"已经寄出来几天了，"汤姆说，"明天您一定会收到。我们在这一地区的业务最近比较繁忙。"

"可是我已经交完税了，"电话那头传来警觉的声音，"这些都已经——"

"这种情况是常有的，尤其是自由职业者的收入中如果没有代扣所得税的话。我们对您上报的所得税认真核对过了，雷丁顿先生。这回不会有问题了。其实我们也不想在您的办公室或办事处之类的地方行使扣押权——"说到这里，他咯咯地笑起来。这充满友好的、没有公事公办色彩的笑声通常具有多重奇效。"——不过您要是在四十八小时内不补交所欠税款，我们将只能如此。我很抱歉你现在还未收到订正单。我说过了，我们最近很——"

"我如果去你们那儿一趟，能有人给我解释解释吗?"雷丁顿先生焦急地问，"这可不是一笔小钱!"

"呃，那当然。"每次说到这里，汤姆的声音都变得轻松随意。他的声音听起来像一个和蔼可亲、六十开外的老头。如果雷丁顿先生真来了，他会不厌其烦地向他解释。但任凭雷丁顿先生怎么解释狡辩，他一个子儿也不肯少。乔治·麦克艾尔宾先生代表的可是美利坚税务局，先生。"您当然可以过来和我谈谈，"汤姆拉长调子说，"但我们肯定没算错，雷丁顿先生。我只是想给您省点时间。您想来就来吧，我手头有您的所有账目。"

电话那头沉默不语。雷丁顿先生根本不想问那些账目的事，因为他压根也不知道从何问起。不过若是雷丁顿先生问这笔数额是怎么算出来的，汤姆倒是有一大通乱七八糟的说辞在等着他。什么净收入和应计收入，到期未结算款项和税收计算法，利息从交税期限算起，到交清差额为止每年增长百分之六等等这样的细节。他会不紧不慢地娓娓道来，像一辆谢尔曼坦克那样碾压过来，让听者无从置喙。迄今为止，尚未有人愿意亲身一试，想当面再听听这些话。

雷丁顿先生也同样打了退堂鼓。汤姆在他的沉默之中听出了这一点。

"那好吧，"雷丁顿先生颓然地说，"等明天拿到单子，我再看看。"

"好的，雷丁顿先生。"他说着挂断电话。

汤姆坐了片刻，咯咯笑起来，将瘦削的双掌合拢在一起，放在双膝之间。接着他跳起身来，把鲍勃的打字机收好，对着镜子将一头浅棕色头发梳得整整齐齐，然后起身前往无线电城。

3

"你好哇，汤姆，小伙子！"格林里夫先生的声音像是在透露，接下来会有上佳的马提尼酒、美食和供他玩累了就地过夜的大床。"艾米丽，这位就是汤姆·雷普利！"

"很高兴认识你！"艾米丽热情地招呼汤姆。

"您好，您是格林里夫太太？"

她长得和他预期的十分吻合——金发碧眼，身材高挑，礼数周到，让汤姆不由自主地也跟着彬彬有礼起来。但是她和格林里夫先生一样，待人接物时有一种天真，对什么人都不设防。格林里夫先生领着他们进了客厅。没错，当年他和迪基就在这里待过。

"雷普利先生供职于保险业。"格林里夫先生开口说道。汤姆觉得他一定几杯酒下肚了，要不就是今晚太紧张，因为汤姆昨晚已经跟他说得很清楚，自己在广告公司上班。

"不是一份很有意思的工作。"汤姆谦逊地对格林里夫太太说。

女仆端着托盘走进来，上面盛放着马提尼酒和餐前开胃小菜。

"雷普利先生以前来过我们家，"格林里夫先生说，"理查德带他来过。"

"噢，是吗？可是我不记得见过你。"她笑道，"你是纽约人吗？"

"不，我来自波士顿。"汤姆说。这话倒是真的。

约莫过了三十分钟——汤姆觉得这时间正好，不能再长了，因为格林里夫夫妇一直不停地一杯接一杯劝酒——他们走进客厅外面的餐厅，桌子上供三人就餐的食物已经摆放完毕，蜡烛，硕大的深蓝色餐巾，一整只花色冻鸡。但上来的第一道菜却是蛋黄酱拌生芹。汤姆觉得非常不错，连声称赞。

"理查德也爱这道菜！"格林里夫太太说，"他一直就喜欢家里厨师做的这个口味。只可惜你没法带点过去给他吃。"

"我可以用袜子带点过去。"汤姆笑着打趣，逗得格林里夫太太开怀大笑。因为之前她想让汤姆给理查德捎几双布克兄弟牌黑色羊毛袜。理查德一直穿这种袜子。

席间谈话很沉闷，但菜品很棒。在回答格林里夫太太的一个问题时，汤姆告诉她自己供职的广告公司叫"罗森博格＆弗莱明＆巴特"。接着当他再次提及这家公司时，他故意悄然把名字换成"雷丁顿＆弗莱明＆帕克"。格林里夫先生似乎对此浑然不觉。当时是在餐后，汤姆和格林里夫先生两人单独待在客厅里，汤姆再次说起这家公司的名字。

"你当年是在波士顿上学吗？"格林里夫先生问。

"不是，先生。我在普林斯顿待了一阵子，接着就去到丹佛一位姑妈家，在那里上大学。"说完汤姆静候着，盼望格林里夫先生能问问他在普林斯顿的情况，但格林里夫先生没有问。要是格林里夫先生问起，他会侃侃而谈，什么普林斯顿的教学体系历史，校园里的清规戒律，周末舞会的情调，学生社团的种种政治倾向性，不一而足。汤姆去年夏天和普林斯顿一个大三学生交上了朋友。此人张嘴闭嘴都是普林斯顿，于是汤姆趁机追问了一大堆关于普林斯顿的事，以便将来这些谈资能派上用场。汤姆还告诉格林里夫夫妇，他是波士顿的多蒂姑妈抚养大的。十六岁那年，多蒂姑妈带他去丹佛的比亚姑妈家。其实他在丹佛只上完了中学。但当时有个叫唐·米泽尔的年轻人住在丹佛的比亚姑妈家，此人后来上了科罗拉多大学。这让汤姆觉得自己也像在科罗拉多大学上过学似的。

"你大学主修什么?"格林里夫先生问。

"我的精力主要花在会计和英文写作上。"汤姆微笑地答道，心里明白这样乏味的回答，任何人也不会再追问什么。

格林里夫太太拿着一本影集走了进来。汤姆和她并排坐在沙发上，看她翻阅照片。理查德的学步照，理查德留着长长的金色卷发、扮作"蓝衣少年"[1]的大幅彩照。汤姆一直看到理查德十六岁时的照片，才有了些兴致。那时的理查德两腿颀长，身材清瘦，头发又卷又密。在汤姆看来，理查德从十六岁到二十三四岁之间变化不大。等到看完整本影集，汤姆惊讶地发现，理查德那天真、阳光的笑容在所有照片里始终如一地保持着。汤姆忍不住思忖，从笑容来看，理查德不是很精明，或者就是他喜欢拍照，所以故意咧嘴大笑，觉得那样最帅，不过那也表明他胸无城府。

"这里还有一些照片，我还没来得及粘到影集里。"格林里夫太太说着递过来一叠零散照片。"这些都是在欧洲照的。"

这些照片更加有趣：其中一张是在巴黎某家咖啡馆照的，另一张是海滩照。有几张照片里，迪基皱着眉头。

"这就是蒙吉贝洛。"格林里夫先生指着一张迪基在沙滩上拖着划艇的照片说道。这张照片的背景是一片没有植被的岩石山，沿海岸是一排小白房子。"这就是那个女孩，那地方只有她和迪基是美国人。"

"她叫玛吉·舍伍德。"格林里夫先生补充道。他虽然坐在房间

---

1. 英国著名肖像画大师托马斯·庚斯博罗代表作，现藏于美国亨廷顿艺术馆。

的另一侧，但是身子前倾，目光紧盯着他们翻照片的动作。

这个女孩穿着泳衣坐在海滩上，用胳膊围住双膝，表情纯真，没有心机，一头乱蓬蓬的金色短发，典型的乖乖女。还有一张照片也很不错，理查德穿着短裤，坐在露台栏杆上。照片中的理查德依然在微笑，但是笑意已经有别于当年。总的来说，这些在欧洲的照片中，理查德显得更加沉稳镇定。

汤姆注意到，格林里夫太太此刻正盯着身前的地毯。他又想起刚才进餐时，她还说，"我恨不得这辈子从未听过欧洲这个字眼！"格林里夫先生焦虑地看了妻子一眼，又对汤姆笑笑，仿佛这种情绪上的爆发以前也发生过。格林里夫先生看妻子眼里噙着泪花，便起身走到她跟前。

"格林里夫太太，"汤姆柔声说，"我向您保证，我会尽全力让迪基回到你们身边。"

"愿上帝保佑你，汤姆。"她摁了摁汤姆放在大腿上的手。

"艾米丽，你是不是该就寝了？"格林里夫先生探身问道。

汤姆随格林里夫太太一同站起身来。

"我希望你出发前，能再来看我们一次，汤姆，"格林里夫太太说，"自从理查德离家之后，家里就很少有年轻人过来。我很想念他们。"

"我很乐意再来拜访。"汤姆说。

格林里夫先生随妻子走出房间。汤姆站在原地，双手垂在身侧，头高高地抬着。墙上有一面硕大的镜子，他看着镜中的自己：又是那个诚实、自重的年轻人。他迅速将目光移开。他现在的行为是善行，是义举。但他心里却有一种歉疚感。他刚才对格林里夫太太说"我会尽全力……"，怎么说呢，确实是他的真心话。他不是在愚弄别人。

他感到自己开始出汗，想努力放松一下。他干嘛要这么担心呢？他今晚心情不是很舒畅吗！当他谈到多蒂姑妈时——

汤姆站直身子，朝门口瞥了一眼。门没有打开。那是他今晚唯一感到不安、虚假的时刻，他感觉自己在撒谎，但其实当时他说的话，是整个晚上他说的唯一的真话：在我年幼时，父母就去世了。我是波士顿的姑妈抚养长大的。

格林里夫先生又回到房里。他的身形似乎在有规律地振动，且越来越大。汤姆眨了眨眼睛，心头突然涌起一股对格林里夫先生的恐惧感。汤姆甚至有种冲动，想在自己被攻击之前，先下手为强，主动向他出击。

"我们来点白兰地吧？"格林里夫先生说着打开壁炉边的一个柜板。

这一切像在拍电影，汤姆想。一分钟后，当格林里夫先生或别的什么人喊一声，"好的！停！"他就会再次放松下来，发觉自己回到了"劳尔"酒吧，面前摆着金汤力。不，是回到"绿笼"酒吧。

"没喝多吧？"格林里夫先生问道，"如果不想喝，就算了。"

汤姆含混地点点头。格林里夫先生迟疑片刻，还是倒了两杯白兰地。

一股冰冷的恐惧掠过汤姆的身体。他回想起上周在药店发生的那件事。虽然事情已经过去了，他也不是真的害怕，他还是暗自提醒自己，现在不是害怕的时候。第二大道上有家药店，他把药店的电话号码留给那些没完没了地和他商榷个人所得税的家伙。他声称这个电话就是稽查科的，并说只有在周三和周五的下午三点半到四点之间，才能打这个电话联系到他。每到上述时间段，他就来到药店里的电话亭附近晃悠，等待着电话铃响。他第二次去时，药店店主用狐疑的眼光看着他。汤姆解释说，他在等女朋友的电话。上周五，在他接电话时，里面传来一个男人的声音，"你心里清楚我们在说什么，对不对？我们已经弄清你的住处，如果你希望我们去你那里……我们已经替你备好货，不过你也要把东西准备好。"这人的声音既急切又闪烁，汤姆原以为这是个恶作剧，也不知道该如何接茬。接着，对方又说，"听着，我们马上就过来，去你那儿。"

汤姆走出电话亭时，腿都吓软了。他发现药店店主睁大眼睛盯着他，一脸惊恐。他一下子反应过来刚才电话里那人说的是什么意思。店主在贩卖毒品。他害怕汤姆是警局的侦探，来查他身上的货。汤姆放声大笑起来，一边往外走，一边放肆地狂笑。他的步伐还是有点不稳，因为他吓得双腿发软。

"你是在想这趟欧洲之旅吗？"格林里夫先生问道。

汤姆接过格林里夫先生递过来的酒杯。"是啊，是在考虑这件事。"汤姆答道。

"嗯，我希望你旅途开心，最好也能对理查德起点作用。噢，对了，艾米丽很喜欢你。是她亲口跟我说的，我没主动问她。"格林里夫先生双手转动着盛白兰地的酒杯。"我妻子得了白血病，汤姆。"

"是吗？这病很严重吧？"

"是的，她也许活不上一年。"

"我很难过。"汤姆说。

格林里夫先生从口袋里掏出一张纸。"我列了一张可乘游船的清单。我想常见的瑟堡路线是最快的，也是最有意思的。你可以坐运船去巴黎，再坐卧铺车越过阿尔卑斯山，到达罗马和那不勒斯。"

"嗯，听起来不错。"格林里夫先生的这番话令汤姆开始兴奋起来。

"要到理查德住的乡村，你得从那不勒斯坐巴士去。我会给他写信，说你去看他——但不会说是我派你去的，"他笑着补充道，"我会告诉他，我们见过面。理查德应该会留宿你，不过如果他不能留宿你，镇上也有旅馆。我希望你和理查德能处得来。至于钱嘛——"格林里夫先生像父亲一样笑了笑。"除了你的往返船票，我还在你的旅行支票上存了六百美元。够吗？六百美元应该够你花两个月。如果你还缺钱，尽管给我写信，孩子。你看上去不像那种花钱大手大脚的年轻人。"

"足够了，先生。"

在白兰地的作用下，格林里夫先生醉意渐起，人也愈发兴奋。而汤姆却更加寡言少语，烦躁不安。汤姆想离开这里，可是要去欧洲，他还得有求于格林里夫先生。他在沙发上如坐针毡，和昨晚在酒吧里的百无聊赖相比，有过之而无不及。再说现在也不会有别的念头冒出来。汤姆好几次端着酒杯站起来，走到壁炉前，再走回来。他看镜子里的自己嘴角拉了下来。

格林里夫先生还在津津有味地聊着他和理查德在巴黎的日子，那时理查德才十岁。汤姆对此一点也不感兴趣。汤姆在想，接下来的十天里，如果警察有动作，格林里夫先生可以收留他。到时他只需对格林里夫先生说，他把公寓匆忙转租了出去，或者诸如此类的借口，就可以躲到格林里夫先生家里。汤姆感觉不舒服，身体几乎产生了不适感。

"格林里夫先生，我该告辞了。"

"你要走了？我还想带你去看看——呃，也没关系。等下次吧。"

汤姆知道自己本该问"带我去看什么？"，并耐着性子看完。但他现在实在不想去看。

"我想带你去看看船厂！"格林里夫先生欢快地说，"你什么时候有空出来？我估计只有在午餐时才有空吧。我想让你告诉理查德船厂现在的样子。"

"好的——我抽个午餐时间过去看看。"

"来之前给我打电话，哪一天都行，汤姆。我给你的名片上有我的私人电话。你提前半个小时打电话，我派人去你办公室接你，开车带你过去看看。我们到时边吃三明治边参观，然后我再让人送你回去。"

"我会给您打电话的。"汤姆说。他觉得自己在这昏暗的门厅里再多待一分钟，就会晕厥过去。但格林里夫先生又咯咯地笑起来，问他有没有读过亨利·詹姆斯[1]的书。

"很抱歉，没有，先生，一本都没读过。"汤姆说。

"嗯，没事。"格林里夫先生笑道。

接着两人握手作别，格林里夫先生用力握着，久久不肯松开。今晚总算结束了。汤姆坐电梯下去时，看见自己脸上还留着痛苦惊惧的神情。他精疲力竭地倚在电梯的角落里，心里明白，自己一到大堂就会夺门而逃，不停地跑，一路跑回家。

---

1. 亨利·詹姆斯（1843—1916），被认为是心理分析小说的开创者之一，是 20 世纪意识流写作技巧的先驱。美国大文豪。

4

随着日子一天天流逝，纽约这座城市也愈发呈现出诡异的氛围。它像是失了魂，不再如先前那般真实，那般重要。整座城市像是专门为汤姆上演的一场戏，一场大戏，戏里有公交车，出租车，人行道上急匆匆的行人，第三大道酒吧里放的电视节目，还有明亮日光下亮起的影院招牌，成千上万种汽车汽笛声和完全不知所云的人声。仿佛到了周六，一俟他乘船离开码头，整个纽约市就会像舞台上纸板搭建的道具，吹口气就坍塌散架。

或许这一切都是源于他的恐惧。他害怕水。以前他从没有走水路去过什么地方，除了乘船往返纽约和新奥尔良之间。不过那时他是在一艘香蕉船上打工，而且主要在甲板下面干活，所以他几乎没有在水上的感觉。偶尔几次来到甲板上，一看到水，他先是感到恐惧，继而恶心，总是再度跑回甲板下面，在那儿，和其他人不同，他反而感觉好受多了。汤姆的父母溺死于波士顿港。汤姆觉得自己恐惧水，很可能与此事有关，因为自打他记事以来就一直怕水，也从未学过游泳。汤姆一想到在即将到来的一周时间里，他的身下全是水，而且还深达几千米，他心里就会泛起一阵恶心空洞的感觉。毫无疑问，到时他大多数时间都会盯着水，因为远洋客轮的乘客大部分时间都是在甲板上消磨度过。他觉得晕船尤其丢人。他从未晕过船，不过这次临行前几天，好几次一想到要从瑟堡坐船去，他就感觉自己快晕船了。

汤姆已经告诉鲍勃·迪兰西，他将在一周后搬家，但没告诉他要搬到何处。不过鲍勃似乎对此也没什么兴趣。两人在五十一街的房子里很少见到对方。汤姆还去了位于东四十五街的马克·普里明格的住所——他还有那里的钥匙——去拿几件落在那儿的东西。他选了一个估计马克不在的时间段去的，但马克和他的新室友乔尔正好回来了。乔尔是个瘦削的家伙，在出版社上班。为了给乔尔面子，马克故意摆出一副"悉听尊便"的温文举止。可要是乔尔不在场，估计马克会骂出一位葡萄牙水手也说不出口的难听话。马克（他的全名是马克留斯）是个丑陋的恶棍，有来路不明的财源。他喜欢帮助那些暂时陷入经济困难的年轻人，让他们搬到自己上下两层、共三个卧室的房子来住。他装得跟上帝一样，告诉这些年轻人屋里屋外，哪些事情能做，哪些事情不能做，还给他们的生活和工作提一些建议，通常都是馊主意。汤姆在马克那里呆了三个月。虽然其间有将近一半的时间，马克在佛罗里达，房子由汤姆一个人住。但等他返回时，发现汤姆打碎了几个玻璃器皿，便大发雷霆——他又扮了一回上帝，这次展现的是天父严苛的一面——汤姆也生气了，挺身为自己辩白了几句。这下激怒了马克，他让汤姆赔偿六十三美元后，将他扫地出门。这个吝啬鬼！他真适合到一所女子学校去当个管事的。汤姆很懊悔认识马克·普里明格，巴不得早早忘掉他那双难看的猪眼，大腮帮子，佩戴俗气戒指的丑陋双手（这双手经常在空中挥舞着，对众人吆五喝六）。

在朋友中，汤姆只愿意向一个人袒露自己的欧洲之行。她叫克利奥。出发前的那个周四，汤姆去看她。克利奥·多贝尔是个身材苗条的黑发女孩。她看上去在二十三岁到三十岁之间，具体多大，汤姆也不清楚。她和父母住在格雷斯广场公寓，从事微型绘画——

在邮票大小的象牙片上作画，需要用放大镜才能欣赏。克利奥绘画时也需用放大镜。"瞧，这多省事，我的所有作品用一个雪茄盒就能装走，而别的画家却需要一个又一个房间来放他们的画布！"克利奥说。克利奥的公寓套间在她父母房子的后面，自带一个厨房和卫生间。她的公寓很暗，除了一扇朝向小后院的窗户外，没有其他透光的途径。院子里长满樗树，遮天蔽日。克利奥一天到晚在屋内开着灯，灯光昏暗。一天中无论什么时辰，给人感觉总像是夜晚。除了汤姆和克利奥第一次见面的那个晚上，汤姆每次见到克利奥，她总是穿着各色天鹅绒修身便裤和艳丽条纹的真丝衬衫。两人在初次相识的那晚就一见如故。第二天晚上，克利奥请汤姆来自己的公寓做客。在两人的交往中，总是克利奥请汤姆去她家。两人谁也没想过，汤姆也该请克利奥吃顿饭，看场电影，或其他男孩通常会请女孩去做的事。虽说每次汤姆来克利奥家就餐或参加她的鸡尾酒会，克利奥并不期盼汤姆给她买鲜花、图书或糖果，但汤姆有时也会给她带一些小礼物，因为这会令她高兴不已。汤姆觉得可以对克利奥说自己即将开始的欧洲之行及背后的缘由。他也的确如实对她说了。

正如汤姆预期的那样，克利奥听到这个消息激动不已。她苍白的长脸上一双红唇惊讶地张大着，双手按在穿天鹅绒裤的大腿上，大声叫道，"汤——米！这太——太不可思议了！简直是莎士比亚戏剧里的剧情！"

汤姆心里也是这么想的，这正是他想听人说的。

整个晚上，克利奥围着汤姆大惊小怪地说个不停，问他是否带这个，带那个，什么舒洁纸巾，感冒药，羊毛袜之类的，因为欧洲秋天雨水开始多起来；克利奥还问汤姆是否打了防疫针。汤姆说他现在一切准备就绪。

"我走的时候，不要来送我，克利奥。我不想别人为我送行。"

"我肯定不会去！"克利奥心领神会地说，"噢，汤米，我觉得你这次去，一定会很有趣！到时你能给我写信，把你和迪基的事情统统告诉我吗？在我认识的人当中，只有你到欧洲是去办正经事的。"

汤姆还对克利奥描述了他去长岛参观格林里夫先生船厂的情景。连绵数英里、摆满各种机器的工作台，用来制作闪亮的金属部件，给木头抛光、上漆；盛放各种尺寸航船龙骨的干船坞。汤姆向克利奥转述这些内容，用的都是格林里夫先生用的术语——舱口围板、内舷边、内龙骨、脊柱。他还告诉克利奥，他第二次去格林里夫先生家赴宴时，格林里夫先生送他一块腕表。他给克利奥看了这块手表，价格并不贵得离谱，但确实是块好表，也是汤姆喜欢的类型——朴素的白色表盘上面刻着黑色纤细的罗马数字，并不复杂、但却是纯金的拨针，外加鳄鱼皮表带。

"仅仅就因为前几天，我随口说自己迄今还没有一块手表，"汤姆说，"格林里夫先生真把我当儿子看。"汤姆也知道，这种话只有对克利奥一个人才说得出口。

克利奥叹口气。"还是做男人好！做男人，你才会有这样的运气。女孩绝对不会碰到这样的美事。男人是自由的！"

汤姆笑了。在他看来，情况经常恰恰相反。"羊排是不是糊了？"

克利奥尖叫着跳起来。

吃完饭后，克利奥给汤姆看了五六幅近作，其中有几幅画，是带有浪漫主义风格的肖像画。画中穿着白色开领衬衣的男子，是汤姆和克利奥都认识的一个熟人。克利奥受自己窗前樗树的启发，还画了三幅带有想象色彩的热带雨林风景画。汤姆觉得，画中小猴子的毛发极其逼真，惟妙惟肖。克利奥有多支只镶嵌一根笔毛的画笔。

不过即便如此，这些画笔画出的线条，粗细差别也很大。有的相对较粗，有的极其细微。汤姆和克利奥喝了两瓶克利奥父母酒架上的梅多克葡萄酒。汤姆困得不行，恨不得就地倒头便睡——两人以前也经常并排睡在壁炉前的两张熊皮地毯上。克利奥的另一个值得称奇之处在于，她从不要求或企盼汤姆对她有所动作，而汤姆也确实从未有过什么行动——十二点差一刻，汤姆费力地起身离开。

"我今后是不是再也见不到你了？"在门口，克利奥伤感地问汤姆。

"噢，我六个星期之后就回来。"汤姆嘴上虽然这么说，但他心里根本没这么想。突然他倾身过去，在克利奥白皙的脸颊上重重地留下情同手足的一吻。"我会想你的，克利奥。"

她紧紧抓住他的肩膀。在汤姆记忆中，这是克利奥唯一一次主动碰他的身体。"我也会想你的。"她说。

第二天，汤姆用格林里夫太太给他的钱，在布克兄弟店为理查德买了一打黑色羊毛袜和一件浴袍。格林里夫太太没有具体要求浴袍买什么颜色，她让汤姆自己来定。汤姆选了一件紫红色法兰绒翻领浴袍，配海军蓝腰带。汤姆认为这件浴袍算不上最好看，但他觉得那正是理查德喜欢的样式，相信理查德一定会很中意。汤姆把袜子和浴袍记在格林里夫太太账上。他自己相中一件加厚亚麻运动衫，上面缝了木纽扣，他很喜欢。本来他能轻易将这件衣服也记在格林里夫家的账上，但他没有这么做。他自掏腰包买下了这件运动衫。

5

汤姆曾怀着热切激动的心情盼望出发的那一天。可到了启程的那天早晨，事情却变得极其糟糕。汤姆随轮船乘务员走进船舱时，还暗自庆幸没有人来送行，看来上次和鲍勃把话说绝，还是有作用的。可等他进了船舱后，却迎面扑来令人毛骨悚然的欢呼声。

"香槟在哪儿，汤姆？大伙都在等着呐！"

"伙计，你怎么住这种龌龊的房间！干嘛不让他们提供体面一点的？"

"汤米，带我去好吗？"说这话的是爱德·马丁的女朋友，汤姆都懒得正眼看她。

这伙人全来了。他们绝大多数是鲍勃的狐朋狗友，床上、地板上躺得到处都是。鲍勃早已察觉汤姆即将出发，但汤姆却没想到鲍勃会玩这一出。汤姆努力克制，才没有用冷若冰霜的口气说，"这儿一瓶香槟都没有。"他竭力和他们打招呼，竭力挤出笑容，可心里恨不得像个孩子，嚎啕大哭一番。他恶狠狠地瞪了鲍勃一眼，但鲍勃现在兴奋得忘乎所以。很少会有什么事情让自己动怒，但今天这一幕确实太气人了：突如其来的闹腾，一群乌合之众，一帮俗人，一群渣滓，本以为越过轮船的踏板，就能把他们抛到脑后，没想到他们还是跑上来，把这间他即将待上五天的舱房弄得乌七八糟！

汤姆走到保罗·哈伯德跟前，因为在这群人中，只有他是唯一值得尊重的。汤姆坐到哈伯德身边的嵌入式短沙发上。"你好，保罗，"他平静地打着招呼，"对这一切，我真是感到不好意思。"

"噢！"保罗揶揄道，"你要去多久——出了什么事，汤姆？你不舒服吗？"

眼前的情景糟透了。他们还在闹腾，喧嚣声，笑声，姑娘们在试着睡在床上的感觉，朝盥洗室里探头张望。幸亏格林里夫夫妇没来送行！格林里夫先生去新奥尔良出差了，而汤姆今早给格林里夫太太打电话告别时，她说今天身体不适，无法上船为他送行。

最后，不知道是鲍勃还是其他什么人，摸出一瓶威士忌，从盥洗室找出两个玻璃杯，这伙人开怀畅饮起来。过了一会儿，一位服务员用托盘送来几个酒杯。汤姆不愿喝酒。他现在浑身是汗，于是脱掉身上的外套，以免把它弄脏。这时鲍勃走了过来，手里攥着一个酒杯。汤姆能看出来，鲍勃并不完全是开玩笑的神色。他也知道这其中的原因。毕竟他曾受了鲍勃一个月的恩惠，所以最起码要向他摆出一副和善的面孔。但汤姆的脸仿佛花岗岩做的，实在无法摆出那种样子。汤姆心想，这件事过后，这伙人如果都恨他怎么办，他会有什么损失？

"我待在这儿正合适，汤米。"说话的女孩像是铁了心，要猫在某个角落，偷偷地和汤姆一起走。只见她侧身挤进一个狭窄的壁柜，那壁柜的尺寸也就只够装下扫帚。

"我倒想看看汤姆和一个女孩被当场捉住的样子！"爱德·马丁嬉皮笑脸地说。

汤姆瞪了他一眼。"我们出去透透气吧。"他对保罗低声道。

其他人还在那儿闹，没人注意他俩出去。他们站在靠近船尾的栏杆旁边。今天是个阴天，他们右边的纽约市，已像是从海上看到的灰色、遥远的陆地——除了那些正在汤姆船舱里寻欢作乐的混蛋们。

"你最近在哪儿？"保罗问道，"爱德打电话告诉我，你要走了。我都好几周没见到你了。"

汤姆曾告诉保罗和另外几个人，他在美联社工作。现在汤姆向保罗编了一个好听的故事，说他接到一个任务，可能要去中东。他说的时候故意显得神秘兮兮的。"我最近上了很多夜班，"汤姆说，"所以你不常见到我。你特地来送我，真是太好了。"

"我今天早晨没有课。"保罗笑着将烟斗从嘴里拿出来。"要不然我大概也不会特地赶过来，估计会找个老套的借口。"

汤姆也笑了。保罗在纽约一家女子学校教音乐谋生度日，但他业余时间喜欢作曲。汤姆不记得当初是怎么认识保罗的。但他记得曾经在某个周日，和其他人一道去过保罗位于河滨大道的公寓吃早午餐。当时保罗用钢琴弹了几首他创作的乐曲，汤姆听得如痴如醉。"要不给你来一杯怎么样？我们去瞧瞧这儿有没有酒吧。"汤姆说。

这时一名乘务员从船舱走出来，敲击一面锣，大声说道，"送旅客的请上岸！送旅客的请上岸！"

"我该走了。"保罗说道。

两人握手作别，互拍肩膀，答应寄明信片给对方。接着保罗就下船了。

汤姆想，鲍勃那伙人不赖到最后时分是不会走的，说不定会被轰下去。汤姆突然转过身，沿一条狭窄的梯状楼梯跑上去。到了上面，他看见铁链上挂着一个"二等舱专用"的牌子。但他跨过铁链，上到甲板上。他们肯定不会反对一个头等舱的乘客来到二等舱，汤姆想。他再也忍受不了鲍勃那伙人的模样。他已经付给鲍勃半个月房租，还给他买了件衬衫和领带作为分别礼物。鲍勃还想要什么？

直到轮船开动，汤姆才敢回到自己的船舱。他小心翼翼地走进房间。空无一人。干净的蓝色床罩又被整理得平平展展，烟灰缸也清理得干干净净。看不出那伙人来过的痕迹。汤姆这才放松了，露出笑容。这才叫服务！冠达邮轮悠久的优良传统，英国海员杰出的素质，凡此等等！他注意到床边地板上有个大果篮，上面还有个小小的白信封。他迫不及待地抓起信封，里面的卡片上写着：

　　一路顺风，诸事顺遂，汤姆！愿我们的祝福一路陪伴你！
　　艾米丽与赫伯特·格林里夫

果篮的提手很高，上头蒙着一层黄色玻璃纸，里面装着苹果、梨、葡萄、糖果和几小瓶酒。汤姆从未收到过这种祝人一路顺风的果篮。在他眼里，这样的礼物永远只能在花卉商的橱窗里看到，标着令人咋舌的价格，让人一笑置之。汤姆发现自己眼里噙着泪水。他突然双手掩面，啜泣起来。

6

　　他现在平静下来，气也消了，但还是不愿意和人交往。他想一个人静下来想一想，不愿意见船上的任何人，虽然对餐桌旁相邻的人，他也和蔼地打招呼，对他们报以微笑。他现在开始扮演起船上的角色，一个严肃的年轻人，肩负一份严肃的工作。他彬彬有礼，举止沉稳，温文尔雅，神情专注。

　　他突然心血来潮，想要一顶帽子，于是就在一家男士服装店买了一顶样式保守、质地柔软的蓝灰色英格兰羊毛帽。如果想坐在甲板躺椅上打盹，或者让人以为你正在打盹，那么只要戴上这顶帽子，拉下帽舌，几乎可以盖住整张脸。在所有的头饰中，帽子用途是最多的，汤姆心想。自己以前怎么就没想到买一顶帽子戴呢？不同的戴法，可以令他看上去像不同的人，乡间绅士，刺客，英国人，法国人，外表普通的美国怪人。汤姆待在房间里，戴着帽子照镜子，自娱自乐。他一直认为，自己这张脸在这世上算是最平淡无奇的了，让人一看即忘。他自己也不知道为什么，这张脸上的表情还带着点驯良，隐隐约约中还透着惊惧。无论他怎么努力，这种惊惧之色也无法消除。他觉得自己长着一副典型的循规蹈矩者的面孔。戴上帽子后，一切都变了。帽子给他带来一股乡野之气，格林威治、康涅狄格的乡野之气。现在他看着像是个有财路的年轻人，或许还刚刚离开普林斯顿不久。为了搭配这顶帽子，他还特地买了个烟斗。

　　他正在开启新的生活。别了，过去三年他在纽约曾厮混于其间或者主动找他厮混的浮泛之辈。他觉得自己现在的心情就像背井离乡的移民,抛开一切故交亲友和过往的荒唐事,启程前往美利坚。一张白纸!不管迪基那边发生什么事,他将洁身自好,格林里夫先生会知道他付出的努力,并深感钦佩。等到格林里夫先生给他的钱花光了,他也不一定回美国。他也许会到某个旅店找份有趣的差事,那儿也许需要一个开朗、体面、会说英语的人。抑或他也可以成为某个欧洲公司的驻外代表,周游世界。说不定还会出现一个人,正在找一个像他这样的年轻人,会开车,对数字反应快,上能哄老太太开心,下能陪千金小姐跳舞。他多才多艺,在大千世界可以一展身手。他暗暗发誓,这回一旦找到工作,就要坚持做下去。要有耐心和恒心!保持一颗向上、向前的心!

"你们有亨利·詹姆斯的《使节》吗?"汤姆问负责管理头等舱图书室的职员。书架上没有这本书。

"对不起,先生,我们没有这本书。"这位职员回答。

汤姆有些失望。当初格林里夫先生就是问他有没有读过这本书。汤姆觉得应该找来读读。他又去二等舱图书室,在书架上找到了这本书。当他拿着书,准备登记借出时,管理员看了他的船舱号,说非常抱歉,头等舱乘客不允许从二等舱图书室借书。汤姆先前就担心会出现这种情形。他老老实实地把书放了回去。其实他要是在书架上做个手脚,把书偷偷塞进口袋里,也是易如反掌。

每天早晨,他沿着甲板散几圈步。他走得很慢,那些气喘吁吁进行晨练的家伙们都已经完成两三圈了,他才刚走一圈。随后他就躺在甲板躺椅上,思索自己这一路走来的命运。午餐后,他在船舱里慵懒地踱步,尽情享受舒适的环境和独处的快乐,什么也不做。有时他会坐在写字间给马克·普里明格、克利奥和格林里夫伉俪写写信，用的是船上的信纸。在给格林里夫伉俪的信的开头，他先是客气地问候他们，对他们送的礼品篮和提供的舒适食宿表示感谢。接下来，为了给自己找点乐子，他又凭空杜撰一段尚未发生的经历，说他如何找到迪基，和他一起住在蒙吉贝洛的宅子里，他如何缓慢却富有成效地说服迪基回家，还有生活中的一些琐事，如游泳、钓鱼、咖啡馆等等。他写得过于投入，一发不可收拾，一下子写了十来页信纸。他心里清楚，这样的信肯定邮不出去了，索性继续写下去。他写迪基其实并没有爱上玛吉（他对玛吉的性格做了一个彻底的分析），所以迪基并非像格林里夫先生揣测的那样，是因为玛吉才不肯回来，等等这些内容。他就这样一直写到桌面铺满了信纸，船上第一遍通知进餐的电话打过来才收笔。

另一个下午，他又给多蒂姑妈写了封问候函：

亲爱的姑妈（这样的称呼他以前在信中很少这么写，当面更是从未说出口）：

您从信笺上就能看出来，我正在海上航行。我临时接到一项公务，现在不方便解释。因为走得很急，我没能去波士顿和您告别，实在抱歉。我可能要数月或数年后才回来。

我只是希望您别为我担心，也别再给我寄支票了，谢谢您。谢谢您大约一个月前给我寄的支票。此后你没再寄过任何支票吧。我一切都好，过得很快乐。

爱您的
汤姆

不必祝她身体健康，她壮得像头牛。他又加了一句：

另：我现在还不知道那边的地址，所以也无法告诉您。

　　加上这一句让他感觉好多了，因为这样一写，等于从事实上切断了他和多蒂姑妈的联系。他再也不用告诉她自己身在何处。再也不会有那些恶意打探的来信，将他和他父亲所做的阴险比较，微不足道的支票，金额总是六美元四十八美分或十二美元九十五美分这样奇怪的数目，好像是她刚付完水电费后的零头，或是去商店购物后，像扔面包屑一样，将剩余的零钱丢给他。把多蒂姑妈给他的钱和她的收入一对比，这些支票简直是一种侮辱。多蒂姑妈一再宣称，抚养他所花的钱，已经超过他父亲留给她的保险金。也许这是事实，但她有必要当着他的面反复计较这件事吗？但凡有点人性的人，也不会当着孩子的面，反复提起这种伤感情的事。世上有许多姑妈，甚至陌生人，都在别无所求地收养孩子，并乐在其中。

　　写完给多蒂姑妈的信，他站起身来，信步走到甲板上，散散心。每次给多蒂姑妈写信，都令他恼怒。他讨厌自己对她毕恭毕敬的样子。在此之前，他总要告诉她自己的下落，因为他需要她寄来的那点小钱。因此他不得不反复向她通报自己又更换地址了。但现在他不需要她那点钱了。从此他将摆脱多蒂姑妈，一劳永逸地。

　　他突然回想起十二岁那年的一个夏日。当时多蒂姑妈和一位女性友人正在周游全国，他和她们在一起。她们在某处陷入交通堵塞，动弹不得。夏天天气很热，多蒂姑妈让他拿着保温瓶去附近的加油站接一点冰水过来。突然原本堵塞的车流开始动起来。他记得自己在一辆紧挨一辆的大车中间奔跑着，多蒂姑妈的车门近在咫尺，可就是够不到。因为她宁肯尽可能快地一点点往前开，也不愿停下来哪怕一分钟，让他上车。她还一个劲地朝窗外催促他，"快点，快点，别磨蹭。"等到他终于追上车，坐进去后，他的脸上流淌着屈辱和愤怒的泪水。而多蒂姑妈却兴高采烈地对她朋友说，"他就是个娘炮，打根子上就是，和他爸一样。"他能从这种境遇下成长起来，走到今天这一步，想想真是个奇迹。他也纳闷，多蒂姑妈凭什么说他父亲是个娘炮？她能举出一件事情来证明吗？一件也没有。

躺在甲板躺椅上，周围奢华的环境和品种丰富的精馔美食，巩固了他的道德感，也令他的内心变得更加强大。他努力地想客观审视一番自己过去的人生。过去四年基本上是蹉跎岁月，这点毋庸置疑。工作动荡不定，有时还会出现叫人心惊胆战、间隔颇长的失业期，由于缺钱铤而走险，干过丧德的事情，为了排遣寂寞或暂时的一点蝇头小利，而去和那帮愚不可及的家伙在一起厮混，像普里明格这样的。想当初他来纽约时胸怀大志，最后却混得如此下场，实在不光彩。那时他二十岁了，本打算做一名演员，却对这个行当里的各种困难一无所知，没有受过起码的训练，甚至没有起码的天分。他原以为自己具备入行的才干，并且只需将自己原创的几个幽默小品表演给制片人看——情节诸如罗斯福夫人参观某未婚妈妈诊所后写了一部《我的时代》之类——即可成功，但开头一连三次的碰壁扼杀了他所有的勇气和希望。他的钱也花光了，只好去香蕉船上打工，这至少可以让他离开纽约。他担心多蒂姑妈已经报警，在纽约四处找寻他，虽然他在波士顿什么坏事也没做，只是和其他几百万年轻人一样，想闯出一番事业来。

他思忖，自己最大的问题在于做事没恒心。比如当年那份百货公司会计的工作，如果一直坚持做下去，也许能熬出头。可是他却对百货公司内部缓慢的升迁之路感到灰心丧气而放弃了。自己做事缺乏恒心这一点，他觉得多蒂姑妈多少要负些责任。在他小时候，做那些超出年龄范围之外的事情时，多蒂姑妈从不给他任何夸赞。十三岁那年，他干一份送报纸的活。由于表现出色，报社授予他一枚银质奖章，表彰他的"礼节、服务、可靠"。现在回头看看那时的自己，简直像在看另一个人，瘦得皮包骨，一天到晚抽着鼻子，像是感冒永远不好的样子。可即便这样，他还是赢得了报社的"礼节、服务、可靠"银质奖章。可是多蒂姑妈就是讨厌他感冒，她拿着手绢替他揩鼻子，差点没把他的鼻子拧下来。

汤姆在躺椅上回忆起这个细节，身体还是忍不住痛苦地扭动了一下。不过他扭动的动作很优雅，像是要把裤子的褶皱展平。

他至今还记得八岁时立下的誓言，一定要从多蒂姑妈家逃出去。当时他设想过出逃时的暴烈场面——多蒂姑妈满屋子抓他，而他抡起拳头砸向她，把她推到地上，掐她的脖子，最后用力把她衣服上那枚大大的胸针拽了下来，狠狠地扎到她喉咙里，扎上百万次才解恨。十七岁那年，他逃离多蒂姑妈家，但是被送了回来。二十岁时，他再次逃离，这次成功了。现在想想，那时的他多么幼稚，对世道人心所知甚少，此前的日子像是都花在憎恨多蒂姑妈和从她家逃脱这件事上，没有足够的时间用来学习或成长。他记得到纽约的第一个月，他丢掉那份仓库工作时的心情。这份工作他干了不到两个星期，因为他不够强壮，无法一天连续八个小时搬成箱的橘子。但当时他已经竭尽全力在做这份工作，所以最后被解雇时，他义愤难平。他记得自己从那时就看透了，满世界都是西蒙·莱格里这样的人[1]，而你要想不挨饿，就得成为一头牲口，像黑猩猩那样强壮的牲口，受这些人驱遣在仓库干苦力。他记得失业后没多久，他就从熟食店

---

1. 19世纪著名女作家斯托夫人代表作《汤姆叔叔的小屋》里的残暴奴隶监工。

偷了一根面包，回家后狼吞虎咽地吃掉了，边吃心里边想，这根面包是这个世界欠他的，而且不止于此。

"雷普利先生？"前几天曾在休息室沙发上和他比邻而坐、一起喝下午茶的一位英国妇人正俯身和他打招呼。"你愿意去游戏室和我们打桥牌吗？我们十五分钟后正式开始。"

汤姆礼貌地从躺椅上起身。"承蒙邀请，十分感谢。不过我想在舱外待一会儿。而且我桥牌打得不好。"

"噢，我们也不会玩。那好吧，等下次再说。"她朝汤姆笑笑，离开了。

汤姆又坐回躺椅上，将帽子拉下，盖住眼睛，两手交叠在腰间。他知道，自己这副落落寡合的派头，在其他乘客中引起了一些非议。每天晚上，餐后舞会上那些疯疯傻傻的姑娘们眼巴巴地盯着他，咯咯地笑着，想和他跳舞。但他从不和她们中的任何一个跳。他想，周围人一定在心里思忖：他真的是美国人!？应该是，可从举止上看真不像，对吧？美国人一般都爱闹，可他却严肃得要命。他看上去最多不过二十三岁。他一定在想什么重要的事。

没错，他是在想重要的事。这件事就是汤姆·雷普利的现在和未来。

7

汤姆在旅途中看到的巴黎，不过是火车靠站时的匆匆一瞥，瞥见的是亮着灯的咖啡馆的门脸，店外是溅着雨渍的凉篷，人行道上的咖啡桌，和用箱子做成的围篱，像一幅旅行招贴画。除此之外，便是一长串月台。几个穿蓝色制服的矮胖脚夫帮他提着行李。他跟随他们一路走到一列卧铺火车。这列火车将载他前往罗马。巴黎等以后再抽时间来吧，他想。他现在急着去蒙吉贝洛。

第二天早晨一觉醒来，汤姆已经到了意大利。这天早晨有一件美事。汤姆正在看窗外的风景时，听到包厢外的过道里几个意大利人在说话，里面夹杂着"比萨"一词。从车厢另一面往外看，火车正急速穿过一座城市。汤姆赶忙走到过道，想看得更清楚一些。他本能地寻找斜塔，虽然他根本不敢确定这座城市就是比萨，以及从自己所在的位置就能看到斜塔。没想到他果真看见了！一根粗大的白色圆柱体从四周低矮的、白垩色的房屋中冒出来。它真的是倾斜的，以一个他认为不可思议的角度倾斜着！以前他一直以为比萨斜塔的倾斜程度有夸大之嫌。汤姆觉得这是个好兆头，预示着他在意大利会处处心想事成，他和迪基的交往也会进展顺利。

他于傍晚时分到达那不勒斯。当天已经没有开往蒙吉贝洛的班车，要等到第二天中午十一点钟才有。汤姆在火车站换钱时，一个十六岁左右、穿着美国大兵鞋、衣着腥齪的男孩缠上了他。鬼知道他在向汤姆兜售什么，妓女、毒品之类的。汤姆一个劲地打发他走，可他却不依不饶，甚至和汤姆一起上了出租车，并指引司机往哪儿开。一路上他嘴里咕哝个不停，还竖起一根手指，好像要告诉汤姆，他把一切都安排妥当了，汤姆只需等着看好戏上演。汤姆只好随他去，阴沉着脸，缩在车子的角落里，双臂交叠在胸前。出租车最后停在一家面朝海湾的大饭店前面。要不是格林里夫先生买单，汤姆早就被这家饭店的气势吓倒了。

"桑塔·露琪亚！[1]"这个男孩指着大海骄傲地说。

汤姆点了点头。不管怎样，这个男孩所做的这一切似乎是出于好意。汤姆付了司机车费后，转身给了男孩一张一百里拉的钞票。汤姆估计这钱折合美元大概是一角六分多一点。根据他在船上读到的一篇文章，这点钱在意大利作为小费正合适。看到男孩一脸恼怒的样子，汤姆又给了他一张一百里拉的票子。可是男孩还是不高兴。汤姆没再理会，朝他挥挥手，跟在已经帮他提起行李的门童后面，走进旅馆。

汤姆当晚在一家名叫"特丽莎之家"的水上餐厅吃了晚餐。这家餐厅是他下榻的旅馆里那位说英语的经理向他推荐的。汤姆好不容易把菜点好，却发现端上来的第一道小章鱼颜色紫得可怕，像是用写菜单的钢笔墨水泡过一样。他尝了一口触角，味道像软骨一样难吃。第二道菜也很糟，是一盘各式各样的炸鱼。第三道菜他原本笃定是甜点，结果是两条通红的小鱼。噢，那不勒斯呀！吃的虽然不怎么样，但他觉得葡萄酒十分醇美。在他左边的天际，八分圆的月亮缓缓飘过维苏威火山嶙峋的山头。汤姆泰然自若地看着眼前的景色，仿佛他早已看过很多遍。维苏威火山那边陆地的一个角落，

---

1. 那不勒斯著名港口，另有同名的那不勒斯船歌。

就是理查德所住的村子。

第二天上午十一点钟，汤姆坐上了客车。公路沿着海岸延伸，在沿途经过的小村镇短暂停留——托尔德格雷科，托尔阿隆西亚塔，卡斯特拉梅尔，索伦托。汤姆聚精会神地听着司机每到一个地方报出的地名。过了索伦托，公路变成了岩石悬崖边狭窄的山路，和汤姆在格林里夫家看到的照片里的景色很相似。他时而能瞥见位于海滨的小村落，房子远远望去像白色的面包屑，而一个个黑点则是海边游泳者的脑袋。突然汤姆发现马路正中有块巨大的岩石，显然是从某处悬崖坠下来的。可是司机一副见怪不怪的模样，面无表情地绕开巨石。

"蒙吉贝洛到了！"

汤姆一跃而起，从行李架上用力取下行李箱。他还有个箱子在车顶，跟车的男孩帮他取下来。车子放下汤姆后扬长而去，扔下他一个人孤零零地站在路旁，行李箱放在脚边。在他头顶的山上，零散地分布着几间屋舍。他身下也有砖瓦房顶，掩映在蓝色海边。汤姆眼睛紧盯着行李箱，走进马路对面标着"邮局"的一间小屋。他问窗口后面的男子理查德·格林里夫在哪里住。汤姆不假思索地用英语问，而那名男子好像也听懂了，从窗口后面走出来，站在门口，朝汤姆乘车来的那条路指了指，用意大利语说了一通，像是告诉他怎么到那里。

"一直往前，一直往前！"[1]

汤姆谢过他，并问能否将两个行李箱暂放在邮局。这名男子也

1.原文为意大利语。

像是听懂了，帮汤姆把行李箱拿到邮局里。

此后汤姆又问了两个人理查德·格林里夫的住址，虽然大家好像都知道，但直问到第三个人，才准确地给他指明了方向——一幢两层楼的大房子，一扇铁门对着路边，还有一个伸到石崖边的露台。汤姆摁了铁门边的金属门铃。一个意大利女人从房子里出来，双手在围裙上擦了擦。

"格林里夫先生在吗？"汤姆满怀希望地问。

这个女人用意大利语笑着对他说了一长串话，并朝下面的海边指了指。"瞅，"她好像一直在发这个音，"瞅。"

汤姆点点头，用意大利语说了"谢谢"。

他应该就这副打扮径直走下海滩，还是显得更随意一些，换上泳衣？抑或是待在这里，一直等到下午茶甚至鸡尾酒时分？要不他先给迪基打个电话？汤姆这次来没有带泳衣，所以肯定得买一件。邮局附近有好几家小店，汤姆走进其中一家。这家店门前有个很小的橱窗，摆放着衬衫和泳裤。汤姆试了几件泳裤，但是大小都不合适，有的甚至连称之为泳裤都勉强。最后他买了一件黄黑相间、和丁字裤大小差不多的玩意。他用雨衣把这些衣物整齐地包成一捆，赤脚走了出去。但很快就跳了回来。路上的鹅卵石烫得像火炭。

"有鞋子吗？凉鞋？"他问店内的男子。

可是他家并不卖鞋。

汤姆只好穿上原来的鞋子，穿过马路，走到对面的邮局，想把行李箱和衣服寄放在那里。但邮局已经锁上了。他来之前有所耳闻，说在欧洲某些地方，从正午到下午四点不营业。他转过身，顺着一条他猜是通向下面沙滩的鹅卵石路走去。沿途他先是经过十几级陡峭的石阶，然后又是一段鹅卵石坡路，两旁是一片住家和商店，接着又是台阶，最后走上一条稍高于海滩的宽广的人行道。这儿有几家咖啡馆和一家在户外摆了几张餐桌的餐馆。几个皮肤呈古铜色的意大利少年坐在人行道边的木条凳上，上上下下仔细打量从身旁路过的汤姆。汤姆脚上穿着棕色的大皮鞋，加上肤色惨白，被他们瞧得大窘。他夏天从来不去海滩。他讨厌海滩。海滩中间有一条木道，汤姆知道走在上面一定很烫，因为人们都躺在浴巾或其他东西上。但他还是不管不顾地脱掉鞋子，在发烫的木头上站了一会儿，神态自若地用目光扫视周围的人群。没人长得像理查德，而氤氲的热浪令他无法看清远处的人。汤姆试着把一只脚踩在沙滩上，又缩了回来。接着他深吸一口气，跑到木道尽头，然后以冲刺般的速度越过沙滩，终于将脚泡进凉爽宜人的海水里。他在浅水中散起步来。

汤姆隔着一条马路的距离看见了他——就是迪基，没错，虽说他现在皮肤被晒成深棕色，一头金色卷发也比汤姆印象中要浅一些。他和玛吉在一起。

"迪基·格林里夫?"汤姆面带笑容地走上去跟他打招呼。

迪基抬起头来。"你是哪位?"

"我是汤姆·雷普利。前几年我们在美国见过面。你还记得吗?"

迪基一脸茫然。

"你父亲曾说过，要给你写信说我要来。"

"噢，对，对。"迪基用手碰了碰额头，表现得像是自己居然忘了这事，真是愚蠢。他站起身来。"你叫汤姆什么来着?"

"雷普利。"

"这位是玛吉·舍伍德，"他介绍道，"玛吉，这位是汤姆·雷普利。"

"你好!"汤姆说。

“你好!”

“你在这里准备呆多久?”迪基问。

“我也不确定,”汤姆说,“我才刚到,得四处看看。”

迪基仔细打量着汤姆,对他的回答有些不以为然。汤姆能感觉到这点。迪基抱着双臂,一双晒成棕色的细脚埋在滚烫的沙子里,他似乎也一点不觉得难受。而汤姆早已把脚塞回鞋子里。

“要找房子吗?”迪基问。

“我不知道。”汤姆有些犹豫不决,好像他一直在考虑这个问题。

“如果你想在这儿过冬,现在是找房子的好时机,”玛吉说,“夏天来度假的游客基本上走光了。这儿的冬天需要一些美国人。”

迪基沉默不语。他坐到女孩身边的大浴巾上。汤姆感觉迪基在等着自己和他道别。汤姆站在那儿,觉得又回到了呱呱坠地时的样子,纤弱赤裸。他本来就讨厌穿泳装,而这条泳裤偏偏很暴露。汤姆费力地从裹在雨衣里的外套口袋中掏出一盒香烟,递给迪基和玛吉。迪基掏出一支,汤姆用打火机为他点上火。

“你好像不记得我们以前在纽约的事。”汤姆说道。

“是有点不记得了,”迪基说,“我们在什么地方见过面?”

“我想想,是在巴迪·兰克劳家吧?”其实汤姆知道两人并不是在兰克劳家见的面。但提及兰克劳,迪基一准记得。巴迪这个人有口皆碑。

“噢,”迪基含混地答道,“实在不好意思,我脑子最近有点发浑,美国那边的事全记不起来了。”

“可不是嘛,”玛吉过来给迪基解围,“他的脑子现在越来越不记事。你什么时候到这儿的,汤姆?”

“我一小时前刚到。我把行李寄放在邮局。”说着他不禁笑起来。

"干嘛不坐下来？这儿还有条浴巾。"玛吉在身旁的沙子上又铺了一条稍小一点的白色浴巾。

汤姆感激地坐了下来。

"我去下水凉快凉快。"迪基说着站起身来。

"我也去，"玛吉说，"一起去吧，汤姆。"

汤姆跟在他们身后。迪基和玛吉朝海里游了很远——两人看上去都是游泳好手——汤姆则待在离海岸不远处，并且很快就上岸了。过了一会儿，迪基和玛吉也回来了，坐到沙滩的浴巾上。好像是受玛吉的催促，迪基说："我们要走了。你愿意来家里和我们共进午餐吗？"

"好啊。非常感谢。"于是汤姆帮他们收拾浴巾、太阳镜和意大利当地报纸。

汤姆觉得他们像是永远到不了家似的。迪基和玛吉走在汤姆前面，脚下是无穷无尽的石阶。两人的步履缓慢而稳健，每步只迈出两个台阶的距离。汤姆被太阳晒得没精打采。向前迈步时，他腿上的肌肉都在颤抖。他的肩膀已经晒红了。为了抵挡阳光，他穿上了衬衫。即便如此，他也还能感到灼热的阳光穿透他的头发，令他头晕脑涨，恶心得要吐。

"是不是觉得难受？"玛吉问汤姆，她自己却连气都不喘一下。"你在这儿住下来，就会习惯的。你还没见识这里的七月份，那才叫热浪滚滚。"

汤姆累得上气不接下气，也没有接茬。

十五分钟后，他感觉好些了。他刚才冲了凉，现在坐在迪基家露台的藤椅上，手里端着一杯马提尼。他听从玛吉的建议，把游泳的那身行头又穿上了，外面套上衬衫。刚才他在冲凉时，露台上已经支起一张可供三个人坐的桌子。玛吉正在厨房，用意大利语和女仆说着什么。汤姆好奇玛吉是否也住在这儿。这座房子不小，肯定够她住。汤姆视线所及，发现室内家具不多，装饰风格很好地融合了意大利古典风格和美式波希米亚风。他还在客厅里看到两幅毕加索的真迹。

这时玛吉也端着杯马提尼酒，来到露台。"我家住在那边。"她指了指远处。"瞧见了吗？就是那栋方形的白房子，红屋顶，比周围的房顶更红。"

虽说根本无法从一大堆房子里认出玛吉的家，但汤姆还是装作看见了。"你在这里待多久了？"

"一年了。去年整个冬天都待在这里。那个冬天可真不好过，三个月里，有两个月都在下雨！"

"是吗！"

"嗯。"玛吉啜了一口马提尼，志得意满地凝望着自己身处的小镇。她也换回了游泳的衣服，一件番茄色的泳衣，外面穿一件条纹衬衫。她长得不丑，汤姆想。在那些偏好身段结实的人眼里，她可谓拥有一副好身材。不过汤姆不喜欢这种类型的。

"我听说迪基有一艘船。"汤姆说道。

"没错，皮皮号，全称是皮皮斯特罗号。你想见识一下吗？"

她指了指露台下小码头上停泊的一个不显眼的物体，和她的房子一样不显眼。码头上停泊的船只看上去都差不多，但玛吉说，迪基的船比大多数的船更大，而且有两根桅杆。

迪基从房子里走了出来，拿起桌子上的酒罐，给自己倒了一杯鸡尾酒。他穿一条熨烫得很糟的白色帆布裤，上身穿一件赤褐色亚麻衬衫，和他的肤色一致。"抱歉酒里不能加冰。我这里没有冰箱。"

汤姆报以微笑。"我帮你捎来一件浴袍。你母亲说你想要一件浴袍。还有几双袜子。"

"你认识我母亲吗?"

"我从纽约出发前,恰巧碰见你父亲。他邀请我去家里做客。"

"噢,我母亲现在怎么样?"

"那天晚上她精神很好,忙着张罗。不过我觉得她很容易疲乏。"

迪基点点头。"我这个星期刚收到来信,说她好一些了。至少目前不会有什么大问题,对吧?"

"我不这么看。我觉得你父亲几周前很担心她的状况。"汤姆犹豫了一下,"而且你不回去,也让他有点担心。"

"赫伯特不是担心这个,就是担心那个。"迪基说。

玛吉和女仆从厨房出来,端着一盘热气腾腾的意大利面、一大碗沙拉和一碟面包。迪基和玛吉开始聊起下面海滩某家饭店扩建的事。店主正在扩建露台,打算辟建舞池。他俩慢慢地聊着细节,就像那些小镇上的居民,对邻居哪怕最细微的变化,也抱以浓厚的兴趣。汤姆完全插不上话。

他盯着迪基戴的两枚戒指打发时间。两枚他都很喜欢:右手中指上那枚稍大一些,是一块长方形镶金绿宝石戒指,左手无名指上是枚图章戒指,比格林里夫先生戴的那枚图章戒指更大,更显华丽。迪基的一双手修长瘦削,汤姆觉得和自己的手有点像。

"噢,对了,我离开纽约前,你父亲带我去伯克-格林里夫船厂看了看,"汤姆道,"他说,自从你上次去过之后,他又做了许多改变。我觉得船厂搞得很不错。"

"我猜他想让你去那里上班。他总是喜欢招揽那些有志青年。"迪基转动手中的叉子,利落地卷起一团意大利面,塞进嘴里。

"不，他没让我去上班。"汤姆觉得这顿饭的气氛糟透了。莫非格林里夫先生已经告诉迪基，自己是来劝他回家的？或者迪基现在只是心情不佳？反正和上次见到他相比，迪基确实变了。

迪基拿出一台约有两英尺高的意式咖啡机，把插头插在露台的一个插座里。不到片刻，就煮出来四小杯咖啡，玛吉端了一杯咖啡给厨房里的女仆送去。

"你住在哪家旅馆？"玛吉问汤姆。

汤姆笑道，"我还没找到呢。你能推荐一家吗？"

"米拉马雷是最好的。就在吉奥吉亚边上。这里只有这两家旅馆。但吉奥吉亚——"

"据说吉奥吉亚的床上有 pulci。"迪基打断玛吉的话。

"他是指跳蚤。吉奥吉亚的价格很便宜，"玛吉热心地说，"但是服务——"

"根本谈不上服务。"迪基又插嘴。

"你今天情绪不错，是吗？"玛吉朝迪基丢了一片羊奶酪。

"这样的话，我就去米拉马雷住了。"说着，汤姆站起身来。"我得走了。"

两人谁也没有挽留他。迪基陪汤姆朝前门走去，玛吉没有起身。汤姆想知道迪基和玛吉是否在恋爱，就是那种老派的恋爱，带有将就性质，外人也不大容易察觉。之所以这么想，是因为汤姆觉得两人并不显得如漆似胶。汤姆觉得，玛吉肯定爱上了迪基，但迪基对她的热情，和对那位五十岁的意大利女仆没什么区别。

"有机会我想欣赏你的绘画作品。"汤姆对迪基说。

"好啊。如果你不走，我们还会再见面的。"汤姆觉得迪基说这句话，纯是因为自己为他捎来浴袍和袜子。

"午餐很棒。再见，迪基。"

"再见。"

铁门哐啷一声关上了。

8

　　汤姆在米拉马雷旅馆订了一个房间。等到他从邮局取回行李，已经下午四点钟了。他累得精疲力竭，勉强把那件最好的西装挂起来，然后倒在床上。从外面的窗下传来几个意大利男孩的说话声，声音清楚得像是他们就在他的房间里聊天。急速的音节，偶尔爆出一个男孩肆无忌惮的咯咯笑声，都令汤姆辗转反侧，痛苦不堪。他臆想着这些人一定在议论他这次拜会迪基的行动，并等着看他接下来的笑话。

　　他在此地做什么？他在这儿连个朋友都没有，又不会说意大利语。假如他病在这里怎么办？谁来照顾他？

　　汤姆从床上起来，感觉自己想吐。但他动作很慢，因为他知道自己还有多久会吐，往卫生间走还来得及。他在卫生间把午餐全吐了出来，连在那不勒斯吃的鱼都吐出来了，他想。吐完后他回到床上，这次立刻睡着了。

　　醒来后，他感觉晕乎乎的，没有力气。太阳还没下山，他看了眼那块新手表，上面显示时间是五点半。他走到窗前，在一片依山而建的粉白建筑中本能地搜寻迪基的那所大房子和伸出来的露台。他找到了露台上结实的暗红色围栏。玛吉还在那里吗？她和迪基还在谈论自己吗？这时从嘈杂的街声中传来一阵饱满洪亮的笑声。虽说只是笑声，但不啻一句美式英语，带着典型的美国味。转瞬间他发现迪基和玛吉从大街两旁的房屋空地处走过。接着两人绕过一个拐角。汤姆赶紧走到房间的侧窗边，那儿的角度便于他更好地观察。在汤姆的窗下，有一条小路紧挨着旅馆。迪基和玛吉沿着这条小路向远处走去。迪基下身穿一条白裤子，上身是那件赤褐色衬衫，玛吉穿着女式衬衣和短裙。汤姆思忖，她一定回过一趟家，不然就是她在迪基家里放了一些她的衣物。两人走到那个小小的木头码头上，迪基和一个意大利人在说话，给了他一点钱。那个意大利人用手碰了碰帽子，然后把迪基的船从码头解开。汤姆看着迪基帮玛吉上了船。白色的船帆也升起来了。在他们的左后方，橘红色的落日正沉入大海中。汤姆能听到玛吉的笑声，还听到迪基用意大利语朝码头大吼一声。汤姆明白，自己眼前看到的是他们两人典型的一天——中饭吃得很晚，然后睡一觉，日落时分驾着迪基的船出海。航行回来，在海滩边的咖啡馆来杯开胃酒。这是平凡得不能再平凡的一天，他们尽情享受着，视汤姆如无物。有了这一切，迪基干嘛还要回去过那种挤地铁、打出租车和穿正装的城市生活，成为朝九晚五的上班族？就连在缅因州或佛罗里达度假，有专职司机伺候，也比不上这里的生活。在这儿，他可以身穿旧衣服，自由自在地驾船出海，自己过自己的日子，不必顾及任何人，家里有个和善的女佣替自己打理一切家务。如果他愿意的话，也有钱出门旅行。汤姆心潮涌动，又是嫉妒又是自怜。

汤姆心想，迪基父亲以前在信里一定说了那些让迪基反感的事。他今天要是选择坐在海滩边的咖啡馆里，装作和迪基不期而遇，效果会好得多。如果那样，他很可能会最终说服迪基回家。但现在这样，只能无功而返。汤姆咒骂自己今天表现得缩手缩脚，木讷呆板。只要是他迫切追求的，最后总是以失败告终。多年前他就发现了这一点。

　　这几天先缓一缓，他想。首先第一步，是要让迪基喜欢自己。这是目前他最想要的。

9

接下来的三天，汤姆什么也没做。到了第四天，快中午的时候，他下到海滩，看到迪基一个人在他们第一次见面的地方，身后是从陆地延伸到海滩的灰色岩石。

"早上好！"汤姆向迪基打招呼，"玛吉呢？"

"早上好。她也许熬夜工作起晚了，过一会儿她就下来。"

"工作？"

"她是作家。"

"哦。"

迪基嘴角叼着一根意大利烟，吞云吐雾。"你这两天在干什么？我还以为你走了。"

"身体有点不舒服。"汤姆用轻松的语调说道。他边说边把卷起来的浴巾扔到沙子上，但和迪基的浴巾保持一点距离。

"是那种常见的反胃恶心吗？"

"反正就是要不停地跑卫生间，"汤姆笑道，"不过现在已经好了。"其实汤姆病得不轻，虚弱得连离开旅馆的力气都没有。即便这样，他还是趴在地板上，让射进房间的片片阳光随时照在自己身上，好让自己下次去海滩时，不显得那么苍白。如果还剩点力气，他就看看那本在旅馆大堂买的意大利语会话书。

汤姆下到水里，充满自信地让海水漫到腰间。他站在那儿，朝肩膀泼水。他弯下腰，让海水溢到下巴，稍微游了几下，然后慢慢朝岸边划去。

"过一会儿等你回家前，我想请你去我住的旅馆喝一杯怎么样？"汤姆问迪基，"玛吉要是也能来就太好了。我顺便把浴袍和袜子给你。"

"噢，好的，多谢。我正想喝一杯。"迪基说完继续读他那份意大利报纸。

汤姆将浴巾展开。他听见村子里的钟敲了一声。

"看样子玛吉不会过来了，"迪基说，"那我就一个人去你那里吧。"

汤姆站起身来。两人朝米拉马雷旅馆走去，路上除了汤姆邀请迪基吃午餐，被迪基以女仆在家已经准备好饭菜而婉拒之外，基本什么话也没说。两人来到汤姆的房间，迪基当场试了试浴袍，并赤脚套上袜子。浴袍和袜子大小都正合适。正如汤姆所料，迪基对浴袍尤其满意。

"还有这个。"汤姆从写字台抽屉里拿出一个方形包裹，外面用药店的包装纸包着。"你母亲送给你的滴鼻剂。"

迪基笑了。"我现在已经不需要了。这都是治疗鼻窦炎的药。不过你还是给我吧。"

现在该转交给迪基的东西已经全都给他了，汤姆想。如果请他喝一杯，估计他也会拒绝的。汤姆将迪基送到门口。"你知道吗，你父亲十分关心你回家的事。他让我和你好好谈谈，我当然不会这么做。不过我还是要给他回个话。我答应过他，要给他写信谈谈这件事。"

迪基握着门把手，转过身来。"我在这儿的所作所为，不知道父亲是怎么想的。他可能认为我整日醉生梦死。今年冬天我准备回家待几天，但我不准备回去定居。我在这里过得更开心。如果我回去住，我父亲会追着让我去伯克-格林里夫船厂上班。到时我不可能有机会画画。可我偏偏喜欢画画，而且我要怎么过，都是我自己的事。"

"我理解你。但你父亲说过，你要是能回去，他不会逼你去他的公司上班，除非你自己主动想去公司的设计部门。他说你喜欢搞设计。"

"关于这件事，我和我父亲已经没什么好谈的了。不过还是要谢谢你，汤姆，谢谢你捎来的口信和这些衣物。你是个好人。"迪基伸出手准备和汤姆道别。

汤姆无论如何不能接过迪基伸出的这只手。现在事情已经到了失败的边缘，这正是格林里夫先生害怕出现的情景，和迪基谈崩了。"我还有些其他事情要告诉你，"汤姆说话时带着一丝笑意，"是你父亲专门派我到这里，劝你回家。"

"你是什么意思？"迪基皱着眉道，"难道是他给你付的路费？"

"正是。"这是汤姆所能使出的最后一招，或将迪基逗乐，或将他激怒，或令他捧腹大笑，或使他摔门而出。最终他迎来的是迪基的笑容，他长长的嘴角向上翘起，这笑容和汤姆记忆中迪基的笑容完全一样。

"他付你的路费！到底怎么回事！他急昏头了吗？"迪基把门重新合上。

"他是在纽约的一间酒吧里找上我的，"汤姆说，"我对他说，我和你并不太熟，但他坚持认为，只要我过来，就能起作用。我说我试试吧。"

"他是怎么见到你的？"

"是通过施立弗夫妇。我其实不怎么认识施立弗夫妇，但你父亲就是通过他们知道我的。说我是你的朋友，我对你很有帮助。"

两人都大笑起来。

"我不想让你觉得，我在利用你父亲，"汤姆说，"我想马上在欧洲找个工作，这样最后就能把他付我的路费还清了。他为我买了往返船票。"

"噢，你别管了！这钱走的是伯克-格林里夫公司的账。我能想象爸爸在酒吧接近你的样子！是哪家酒吧？"

"劳尔。其实他在绿笼酒吧就开始跟着我了。"汤姆观察着迪基的表情，想看看他对绿笼这样有名的酒吧有没有什么反应，但迪基一副浑然不觉的样子。

他们在楼下旅馆的酒吧喝了一杯。两人共同为赫伯特·理查德·格林里夫先生干杯。

"我突然想起来，今天是礼拜天，"迪基说，"玛吉是去教堂了。要不你过来和我们一起吃午餐吧。我们周日都是吃鸡肉。你知道，这是美国人的习俗，周日吃鸡肉。"

迪基想去玛吉家，看看她在不在家。他们沿着大路边的石墙，向上走了几个台阶，接着穿过某户人家的花园，又往上走了几步。玛吉住的是外表寒碜的平房，一头是个没怎么打理的花园，从花园通向房门的小径上有几个水桶和一根浇花园的水管。窗台上挂着的番茄色泳衣和一件胸罩，说明这里住的是女性。透过一扇打开的窗户，汤姆瞥见房间里有一张杂乱无章的桌子，桌上摆着一台打字机。

"嗨！"玛吉打开屋门招呼他们，"你好，汤姆！这些天你干什么去了？"

她想给他们来杯酒，却发现那瓶钻石金酒的酒瓶里只剩半英寸酒了。

"没关系，咱们去我家。"迪基说。他熟门熟路地在玛吉这间卧室兼起居室的房间里四处溜达，仿佛他有一半时间都在这里度过。他弯腰瞧了瞧栽了一种小植物的花盆，用食指轻轻地碰碰叶子。"汤姆要告诉你一件有趣的事，"他说，"跟她说吧，汤姆。"

汤姆吸了一口气，开始娓娓道来。他故意把事情讲得很搞笑，逗得玛吉像是一个多年没遇到过好笑事的人一样。"我看他跟着我进了劳尔酒吧，急得当时都想翻后窗逃跑！"汤姆侃侃而谈，大脑都已经管不住嘴了。他心想，这些内容一定让迪基和玛吉听得很过瘾。他从两人脸上的表情就可以看出来。

他们边走边说，通往迪基家的山径也显得比平时短了一半。喷香的烤鸡味已经飘到室外的露台上。迪基调了几杯马提尼酒。汤姆先冲了个澡，接着迪基冲完澡出来，给自己倒了一杯酒，情形就像当初第一次见面时那样，但整个气氛已经完全改观。

迪基坐在一把藤椅上，两条腿搭在一边扶手上。"再多讲点，"他笑盈盈地说，"你想从事什么工作？你说过想找个事做。"

"怎么了？你能给我找个工作吗？"

"这个我可不敢说。"

"嗯，其实我能做很多事——贴身男仆，保姆，会计——我在数字方面的天分简直没治了。在饭店里我哪怕喝得酩酊大醉，侍者也休想在账单上耍花招。我还会伪造签名，开直升机，掷骰子学谁像谁，做菜——夜总会里表演独角戏的驻场艺人要是生病了，我还能顶替他。还要我继续说吗？"汤姆身子前倾，掰着手指数着。他还能继续列举下去。

"你说的是哪一种独角戏？"迪基问。

"呃——"汤姆一跃而起，"就像这样。"他摆出一个造型，一只手搭在臀部，一只脚往前伸。"这是亚丝博登女士在美国坐地铁的样子。她连伦敦的地铁都没坐过，不过她想带一些美国的经历回家。"汤姆全用哑剧的形式来表演，假装找一个硬币，却发现塞不进投币口，买了一张代币卡，却不知道该走哪条楼梯，被地铁里的噪音和每一站长长的距离吓得战战兢兢，到站后又搞不清楚从哪里出去——这时玛吉正好过来，迪基向她解释汤姆在模仿一个英国女人在美国乘地铁，但玛吉似乎有点不明就里，问"什么?"——亚丝博登女士一不小心走进男厕所的门，惊恐万分的她受不了这通折腾，终于晕倒了。汤姆动作优雅地倒向露台躺椅，装作昏倒的样子。

"精彩!"迪基大声喝彩鼓掌。

玛吉没有笑。她站在那儿，表情有点茫然。迪基和汤姆谁也没有再费心解释刚才的内容。汤姆觉得，反正她也弄不明白刚才那一幕的搞笑之处。

汤姆呷了一口马提尼酒，对自己的表现很满意。"下回我专门为你表演一个。"他对玛吉说，但其实他这话主要是向迪基暗示，他还会演别的。

"午餐准备好了吗?"迪基问她，"我要饿死了。"

"那该死的球蓟太难熟了，我还在等。你知道那个炉子的前孔吧，基本上什么食物都煮不开，"她笑着对汤姆说，"迪基在有些事情上十分守旧，汤姆，尤其是那些他不必亲手操持的东西。所以他家里只有一个木制火炉，他还拒绝买冰箱，甚至连个冰柜都不要。"

"这也是我当初逃离美国的原因之一，"迪基说，"在一个到处都是用人的国度，那些玩意纯属浪费钱。要是艾美达只消半小时就弄好一餐，剩下的时间她能干什么?"说着他站起来。"跟我来，汤姆。

我给你看看我的画。"

迪基带汤姆来到一个大房间，汤姆在去淋浴时曾路过这个房间，还朝里面瞧了瞧。房间的两扇窗户下放着一张长榻，地板中央是一个硕大的画架。"这是我正在画的一幅玛吉的肖像画。"他指着画架上的画说道。

"噢。"汤姆饶有兴趣地说。他其实觉得画得很一般，估计大多数人看了也会这么想。玛吉狂野无羁的笑容画得有点过了，肤色红得像印第安人。玛吉要不是这一带唯一的金发女郎，他会认不出画中人是玛吉。

"还有这些——这么多风景画。"迪基不以为然地笑着向汤姆展示这些画作，不过打从心底里，他希望汤姆能恭维几句，因为他对自己的作品还是很满意的。这些画都是匆冗之作，风格单调雷同。每幅画在用色上都是赤褐色和湛蓝色的混合，赤褐色的房顶和群山，湛蓝色的海洋。他在画玛吉的眼睛时，用的也是同样的蓝色。

"这是我在超现实风格上做的一点尝试。"迪基把另一幅画搭在双膝上说道。

汤姆都觉得有点替迪基难为情。毫无疑问，画的还是玛吉，这回长出了蛇形长发，最糟糕的是，两只眼睛里各自倒映出不同景致。其中一只眼睛倒映出蒙吉贝洛的房屋和山峦，另一只眼睛倒映出满是小红人的海滩。"嗯，我喜欢这幅作品。"格林里夫先生说的一点都没错。迪基就像遍布全美成千上万蹩脚不入流的画者一样，总得给迪基一点事情做，他才不会惹麻烦。格林里夫先生唯一感到遗憾的是，迪基不该走上画画这条路，他本该更有作为。

"在绘画上，我不会做出什么惊天动地的成就，"迪基说，"但我从中获得了无穷的乐趣。"

"是啊。"汤姆不想再谈这些画作和迪基画画这件事。"我可以看看房子的其余地方吗?"

"当然可以! 你还没看过沙龙客厅吧?"

迪基打开廊厅的一扇门,门后是个非常大的房间,有壁炉、沙发、书架,而且这个房间分别朝向露台、房子另一边的田地和房前花园。迪基说,夏天他一般不使用这间房子,他喜欢留着冬天来这里欣赏不同的风景。汤姆觉得这个房间与其说是客厅,倒更像是书巢。这让他有点意外。他原以为像迪基这样的年轻人,大部分时间都花在玩乐上面了,不会有什么思想。也许他想错了。不过迪基现在穷极无聊,想要有人给他找点乐子,对于这点他自信自己没有看错。

"楼上是什么?"汤姆问。

楼上令人大失所望:拐角处是迪基的卧室,在露台的上方,空荡荡的,只有一张床、一个写字台、一张摇椅,看起来和周围的空间毫无关联。迪基的床很窄,比一张单人床宽不了多少。二楼另外三个房间甚至都没有装修,或者说没装修完。其中一个房间里只盛放了木柴和一堆画布。到处都没有玛吉的痕迹,尤其在迪基的卧室里。

"什么时候一起去那不勒斯怎么样?"汤姆对迪基说,"我来的路上没来得及抽空去看看。"

"好啊,"迪基说,"玛吉和我准备星期六下午去。我们几乎每个周六晚上去那不勒斯吃一顿正餐,然后再乘出租车或马车回来。你和我们一块去吧。"

"我想白天去,或者周一到周五的某一天去,这样我能多看看。"汤姆说,其实心里盘算的是这样就可以在旅途中避开玛吉。"还是你整日都在画画吗?"

"不是。每周一、周三和周五的中午十二点都有班车去那不勒斯。如果你愿意的话，我们明天就可以启程。"

"太好了。"汤姆说，但心里还是没底，不知道迪基会不会邀玛吉一道去。"玛吉是天主教徒吗？"两人下楼时，汤姆问道。

"狂热得很！她六个月前接受皈依，受一个意大利男人影响。那时她和那个意大利人爱得死去活来！那个意大利人能说会道。他是在一次滑雪事故后，来这里休养几个月。她现在聊以自慰的是，艾德亚多人虽没留住，却留住了他的信仰。"

"我原以为你俩在恋爱。"

"我和玛吉恋爱？别逗了！"

两人来到露台，午餐已经准备就绪，玛吉还亲手做了浇了奶油的热甜饼。

"你认识纽约的维克·西蒙斯吗？"汤姆问迪基。

维克在纽约有个颇有名气的沙龙，聚集了一大批艺术家、作家和舞蹈家。不过迪基并不认识他。汤姆又提了两三个人的名字，迪基还是不认识。

汤姆内心期盼着喝完咖啡后，玛吉会离开，但是她没有走。

过了一会儿，汤姆趁玛吉离开露台片刻的工夫，对迪基说，"我今晚请你去旅店吃晚餐怎么样？"

"谢谢。几点钟？"

"七点半行吗？这样我们还可以留点时间喝鸡尾酒。反正花的都是你父亲的钱。"汤姆笑着加了一句。

迪基开怀大笑。"就这么定了，有鸡尾酒和葡萄酒，玛吉！"正巧玛吉此时回到桌旁。"我们今晚去米拉马雷旅馆就餐，拜格林里夫老爹所赐！"

既然玛吉也过来，汤姆就没什么可做的了。不过反正花的也是迪基父亲的钱。

这顿晚餐吃得很好，但由于玛吉在场，汤姆不能讲一些自己想说的话。而且当着玛吉的面，他也没有了谈笑风生的兴致。玛吉在餐厅遇见几个熟人，晚餐后，她暂时告退，端着咖啡坐到另一张桌子前。

"你准备在这儿呆多久？"迪基问。

"噢，至少一个星期。"汤姆答道。

"是这样的——"迪基喝了酒后有点上头，基安蒂葡萄酒令他心情不错。"你要是想在这儿多呆一阵子，不妨搬到我那里。住旅馆没必要，除非你自己想要这样。"

"十分感谢。"汤姆说。

"女仆房间里有一张床，你刚才没看见。艾美达平时不在那里住。如果你不介意的话，我们可以从散落在周围房间的家具中找出几件，你先凑合着用用。"

"我当然没意见。顺便说一句，你父亲一共给我六百美元作为这次来的费用，现在还剩五百美元。我们可以用这笔钱好好玩玩，怎么样？"

"五百美元！"迪基用夸张的语气说道，好像他这辈子从未见过这么多钱。"这钱都够买一辆小车了！"

汤姆没有理会迪基买小汽车的提议。他说的好好玩玩，可不是买辆汽车玩。他想坐飞机去巴黎。这时他看见玛吉回来了。

第二天早晨，汤姆搬到迪基家里。

迪基和艾美达腾出楼上一个房间给汤姆住，往里面搬进一个大衣橱，几把椅子。迪基还在墙上用图钉钉了几张复制于圣马可教堂的马赛克镶嵌画。汤姆帮迪基把那张狭窄的铁床从仆人房搬到自己房间里。他们在中午十二点前忙完这一切。干活时他们还喝了点弗拉斯卡蒂白葡萄酒，所以两人都有点晕乎乎的。

"我们还去那不勒斯吗？"

"当然去。"迪基看了看表。"现在是十一点四十五分。我们能赶上十二点的班车。"

两人只带了外套和汤姆的旅行支票簿就出发了。两人到邮局时，汽车刚好开过来。汤姆和迪基站在车门口，等乘客先下车；迪基正要上车时，迎面撞上一个年轻的美国人。他一头红发，穿着花哨的运动服。

"迪基！"

"弗雷迪！"迪基大声叫道，"你怎么到这里来了？"

"来看你啊！还有切吉一家。他们留我住几天。"

"太好了！我现在正要和一个朋友到那不勒斯去，汤姆！"迪基招手叫汤姆过来，并介绍两人认识。

这个美国人名叫弗雷迪·米尔斯。汤姆觉得他长得很丑。汤姆讨厌红头发，尤其讨厌这种胡萝卜色的头发配上白皮肤，外加脸上还有雀斑的家伙。弗雷迪长着一对红棕色大眼睛，眼珠子动个不停，像是有点斗鸡眼。或许他就是那种说话从不朝人看的人。他还是个胖子。汤姆把脸转开，等迪基和他把话说完。汤姆注意到，班车在等他们俩。迪基和弗雷迪在谈论滑雪，并约定十二月份的某天去一个汤姆从未听过的地方。

"到时在科蒂纳我们会聚齐十五人左右，"弗雷迪说，"我们要像去年一样，搞一个狂欢派对！玩他个三星期，把钱花光为止！"

"把钱花光为止！"迪基说，"今晚见，弗雷迪！"

汤姆跟在迪基后面上了车。车上已经没有座位了。两人一边是个汗臭味十足的瘦男人，另一边是几个体味更重的村妇。班车刚要驶离村镇，迪基突然想起玛吉会和平常一样到他家吃午餐。昨天他们以为，汤姆今天搬家，不会再去那不勒斯了。迪基大喊司机停车。汽车发出刺耳的刹车声，猛地停了下来，令所有站着的乘客都失去平衡。迪基把头探出窗外，叫道，"季诺！季诺！"

马路上一个小男孩跑了过来，接过迪基递给他的一张一百里拉的钞票。迪基用意大利语和他说了几句，只听那男孩说，"我马上去，先生！"之后就跑开了。迪基向司机道谢，车子再次出发。"我让那个小孩去告诉玛吉，我们今晚就回来，不过可能要晚一点。"迪基说。

"没问题。"

客车在那不勒斯一个硕大杂乱的广场把乘客放下。他们甫一下车，立刻被盛放葡萄、无花果、水果馅饼、西瓜的手推车和扯着嗓门兜售钢笔和机械玩具的男孩们包围。大家都给迪基让路。

"我知道一个吃午餐的好地方，"迪基说，"卖正宗的那不勒斯比萨。你爱吃比萨吗？"

"爱吃。"

比萨店位于一条狭窄陡峭、车子进不去的街道。门口挂着珠帘，店里总共只有六张桌子。每张桌子上摆着一个葡萄酒醒酒器。这种地方适合一坐数小时，静静地品酒。他们在店里一直坐到下午五点钟，迪基提议去凯丹广场[1]。他向汤姆致歉，因为没能带他去参观当地藏有达·芬奇和希奥托科普洛斯[2]真迹的博物馆。不过可以改日再

1. 著名的环球连锁免税店，主营国际游客商品零售。
2. 来自希腊克里特岛的画家。

去。迪基整个下午基本都在谈论弗雷迪·米尔斯，汤姆觉得这个话题和弗雷迪那张脸同样乏味。弗雷迪是美国一家连锁旅店店主的儿子，也是位剧作家——后一个身份，汤姆估计是他自封的，因为他总共只写了两个剧本，且都没有在百老汇上演过。弗雷迪在法国滨海卡涅有一幢房子，迪基来意大利前曾在他那里住过几周。

"我就喜欢现在这样子，"迪基坐在凯丹广场兴致勃勃地说，"坐在桌子旁，看着人来人往。这会对你的人生观产生影响。盎格鲁-撒克逊人不愿意坐在路边咖啡馆观察世人，实属不智。"

汤姆点头称是。这个看法他以前也有所耳闻。他想听听迪基能否发表一些新颖独到、见解深刻的意见。迪基相貌英俊。他的脸型轮廓修长精致，一双眼睛睿智灵动。无论他身穿什么衣服，举手投足间都洋溢着自信的风采。这些令他显得与众不同。他今天穿一双破凉鞋，白裤子上也泥点斑斑，但他坐在那儿却像是店主，和给他上咖啡的侍者用意大利语闲聊。

"嗨！"他对路过的一个意大利男孩喊道。

"嗨！迪基！"

"他负责在星期六给玛吉兑换旅行支票。"迪基向汤姆介绍道。这时一位衣冠楚楚的意大利人热情地和迪基握手寒暄，在他们的桌子旁坐下来。汤姆听他们用意大利语交谈，偶尔能听懂一两个词。汤姆觉得有些兴味索然。

"想不想去罗马玩玩？"迪基突然问他。

"当然想，"汤姆说，"现在去吗？"他掏钱付账。账单侍者已经塞在咖啡杯下面了。

这位意大利人开一辆灰色加长凯迪拉克，车里挂着软百叶窗，配了四声道喇叭，还有车载收音机，声音虽然聒噪，却没有盖住迪基和汤姆的谈话。两个多钟头左右就开到了罗马郊区。当车子驶过亚壁古道[1]时，汤姆坐直身子看向窗外。开车的意大利人对他说，这条大道很有名，所以特意为他从这里走，因为他以前没看过这条古道。这条路坑坑洼洼的，那位意大利人说，裸露在地面的片片砖石是罗马帝国时代的条风遗绪，走在上面人们可以体验古罗马路面的感觉。道路两边平展的旷野，在暮色中显得落寞，看上去像个古老的墓园，耸立着几座孤坟和残墓。那个意大利人在罗马市内一条街道中央将他们放下车，然后便忙不迭地道别而去。

"他有点事，"迪基解释道，"他要去会他的情人，还要赶在情人的老公十一点回家前溜掉。那就是我在找的音乐厅，走吧。"

两人买了晚上的票。现在距离演出还有一个小时。他们去威尼托大街一个路边咖啡馆的露天座位坐下，点了美式咖啡。汤姆发现迪基在罗马没有熟人，至少路过的人中没有他认识的。他们看着成百上千的意大利人和美国人在他们眼前熙来攘往。音乐厅的演出，汤姆看得不甚了了，但他努力地去看懂。演出还没结束，迪基就要提前离场。他们拦了辆出租马车，开始游览城市。一路上他们经过一个又一个喷泉，穿过古罗马广场，绕行经过圆形竞技场。月亮上来了。汤姆有点犯困，但是睡意和初次来罗马的兴奋交织在一起，反而令他感觉敏锐、举止沉稳。他们瘫坐在马车里，各自跷着二郎腿，脚上都穿着凉鞋。汤姆看着迪基跷着腿坐在自己身边，感觉好像在看镜中的自己。两人身高相同，体重也差不离，迪基或许稍重一点，穿着尺寸相同的浴袍和袜子，衬衫尺寸可能也一样。

汤姆给马车夫付车费时，迪基甚至说了句，"谢谢你，格林里夫

---

1. 古罗马时一条把罗马和意大利东南部连接起来的古道。

先生。"这令汤姆产生一丝异样感。

两人晚餐时又喝了一瓶半葡萄酒，子夜一点时情绪变得更加高涨，走在马路上，勾肩搭背，哼哼唱唱，在一个黑暗的拐角不小心撞上一个姑娘，把她碰倒在地。两人赶紧扶她起来，赔礼道歉，还提出要护送她回家。姑娘说不要，他们却一再坚持，一左一右夹着她。姑娘没办法，说那就坐电车吧。迪基却置若罔闻，招来一辆出租车。迪基和汤姆很得体地坐在可折叠座位上，像一对男仆那样，双手交叠在胸前。迪基和姑娘聊天，逗得她哈哈大笑。汤姆几乎可以听得懂迪基说的一切。他们在一条看上去像那不勒斯风格的小街上停下来，送姑娘下车。她对他们说，"多谢!"并与两人一一握手，然后就消失在黢黑的门洞里。

"你听到了吗?"迪基说道，"她夸赞我们是她见过的最友善的美国人。"

"你知道通常在今天这种情况下，大多数美国烂人会怎么做——强暴她。"汤姆说。

"我们现在是在什么地方?"迪基四下张望着。

两人彻底迷路了。他们走了好几条马路，也没发现地标或熟悉的街道名称。他们对着墙小便，又接着像没头苍蝇一样乱走一通。

"等天放亮，我们就能认出路了。"迪基现在依旧兴致不减。他看了看手表。"离天亮还有几个小时。"

"好啊。"

"能护送一位姑娘回家，也算不虚此行，是吧?"迪基步伐有点跟跄地说。

"那当然，我也喜欢美女，"汤姆道，"幸好玛吉今晚没一起来。否则我们不可能送那女孩回家。"

"是吗，我也说不好。"迪基若有所思地看着自己踉跄的双腿。"玛吉不是……"

"我只是说，要是玛吉在这里，我们就要操心今晚住哪个旅店。然后就住进旅店不出来了，半个罗马都逛不了。"

"说的也是！"迪基甩手搂住汤姆的肩膀。

迪基使劲摇汤姆的肩膀，汤姆试图挣脱，去抓迪基的手。"迪——基！"汤姆猛地睁开眼睛，面前站着一位意大利警察。

汤姆站起身。他是在一个公园里。现在是黎明时分。迪基在他身边的草地上坐着，镇定自若地和警察用意大利语交谈。汤姆摸了摸身上鼓起来的旅行支票。还在口袋里。

"护照！"警察一遍又一遍对他们吼着，迪基还是镇定地向他解释。

汤姆知道迪基在说什么。他说他们是美国人，出来没带护照是因为只想出来随便走走，看看星星。汤姆差点笑出声来。他站起身，脚下有点不稳，拍拍身上的灰尘。迪基也站起来。两人不顾仍在朝他们大叫的警察，走开了。迪基还回头礼貌地又向他解释了一番。警察也没再跟过来。

"我们看起来真的很潦倒。"迪基说。

汤姆点点头。他的裤子膝盖处有一道长长的裂口，可能是在哪里摔过一跤。两人的衣服皱皱巴巴，上面还粘着草和泥巴，混着汗渍。他俩都冻得瑟瑟发抖，见到一家咖啡馆就钻进去，要了拿铁和甜面包圈，还点了几杯意大利白兰地，味道虽然不怎么样，却也能暖暖身子。回想刚才的经历，他们不禁大笑起来。醉意还未完全下去。

十一点钟时，他们已经回到那不勒斯，正好能赶上开回蒙吉贝洛的班车。一想到他们今后还可以重整衣冠再访罗马，看看这次没看完的博物馆，一想到今天下午又可以重回蒙吉贝洛的海滩晒太阳，他们就觉得无比美妙。他们在迪基家冲了澡，然后往各自的床上倒头便睡。一直睡到下午四点玛吉把他们唤醒。玛吉有些生气，因为迪基没拍电报跟她说要在罗马过夜。

"我不是怪你在外过夜，而是我以为你们还在那不勒斯，而在那不勒斯什么事情都可能发生。"

"哦——"迪基拉长语调看向正在调制"血腥玛丽"鸡尾酒的汤姆。

汤姆诡异地一声不吭。他就是不想告诉玛吉他们做了哪些事。让她尽情去猜好了。迪基其实已经说得很清楚，他们这一趟玩得很痛快。汤姆也注意到，她现在一脸不悦地看着迪基。迪基胡子没刮，宿醉未消，现在又喝上了。玛吉虽然衣服穿得很幼稚，头发像被风吹乱似的，整个人看上去像个女童子军，但是她的眼神有内涵，尤其表情严肃时更显得睿智老练。她现在的角色像是一位母亲或长姐，她的不悦是年长的女性对大男孩和男人恶作剧的不满。看闹成这样！或许她有点嫉妒？她可能看出来，仅仅因为汤姆也是男人，所以短短二十四小时里，他俩的要好程度已经超过了她和迪基的关系。不管她爱不爱迪基，反正迪基不爱她。可是过了一会儿，她松弛下来，眼神里的这种意味消失不见。迪基走开了，留下她和汤姆在露台。汤姆问起她正在写的书。她说这本书是写蒙吉贝洛，配以她自己拍的照片。她告诉汤姆，她来自俄亥俄州，还给汤姆看了钱夹里的一张照片，上面是她家乡的房子。虽然只是普普通通的木板房，但那毕竟是家，她笑着说。她把"木板"这个音发成"烂板"，把汤姆逗乐了，因为她喜欢用这个"烂"字，形容烂醉如泥的人。就在刚才，她还对迪基说，"你真是烂透了!"汤姆觉得她说话不好听，不论是措辞还是发音。他努力想表现出对她友善的样子，并觉得自己能做到。他将她送到大门口，亲切地互道再见，但谁也没约定今天晚些时候或明天什么时候再聚。毫无疑问，玛吉有点生迪基的气。

10

　　一连三四天，除了在海滩上，他们很少碰到玛吉。她明显对他俩冷淡多了，虽然还和以前一样有说有笑，甚至话更多，却平添了一丝客气的意味，正是这点凸显了她的冷淡。汤姆发现，迪基虽然在意玛吉的表现，但还不到要和她单独谈谈的地步。自从汤姆搬来和迪基一起住，他就没有和玛吉独处过。汤姆时刻寸步不离迪基左右。

　　最后，为了表明自己对玛吉并非不闻不问，汤姆对迪基提了句，玛吉最近的表现有点怪。"噢，她是性情中人，"迪基说，"或许她现在手上的活进展很顺利。她一旦进入状态，就不喜欢见人。"

　　汤姆想，玛吉和迪基的关系，和自己当初设想的分毫不差。玛吉喜欢迪基的程度远胜于迪基喜欢玛吉。

　　无论如何，汤姆把迪基哄得很开心。他告诉迪基许多自己纽约朋友的趣闻，有些是真事，有些是编的。他们每天都坐迪基的船出海。至于汤姆的归期，谁也没有再提。显然迪基很喜欢汤姆的陪伴，迪基想画画时，汤姆会识趣地走开，而只要迪基找汤姆，散步也好，出海也好，抑或仅仅是坐着聊天，汤姆都会放下手头的事情陪迪基。汤姆还正儿八经地学起意大利语，迪基对此也乐见其成。汤姆每天都花几个小时看语法和口语书。

　　汤姆给格林里夫先生又写了封信，说他和迪基已经一起住了好几天，并转告他，迪基提到过冬天回家待一段，到那时他大概可以说服他待更长时间。在给格林里夫先生的第一封信里，他说自己住在蒙吉贝洛的旅馆里，这封信则写到他已经住进迪基家，所以听起来大有进展。在信中汤姆还说，如果钱花光了，他打算找一份工作，或许就去村里的旅馆打工。这句话看似闲笔，实则一箭双雕，既提醒格林里夫先生六百美元可能花光，也表明自己是个愿意自食其力的年轻人。汤姆也想给迪基留下同样的好印象，所以在把信邮出前，先给迪基看了。

时间又过去一周，天气宜人，日子令人感到慵懒。汤姆每天最大的体力劳动就是下午爬石阶往返海滩，最大的脑力劳动则是和法斯多练意大利语。法斯多是个二十三岁的意大利小伙子，迪基在村中找他来教汤姆意大利语，一周三次。

一天，迪基和汤姆开船去了卡普里岛。卡普里距离蒙吉贝洛不远不近，从蒙吉贝洛刚好看不到卡普里。汤姆对此行满心期待，迪基却心事重重，凡事都提不起劲头。在码头停船时，迪基还和管理员争辩起来。卡普里岛上的小街别具风情，它们以广场为中心，呈辐射状向四周延伸，但迪基却连走一走的心情都没有。他们坐在广场一家咖啡馆里喝了几杯菲奈特·布兰卡酒[1]。然后迪基就说要趁天还没黑回家。汤姆游兴未尽，假如迪基愿意留在这儿住一晚的话，他情愿付旅馆住宿费。汤姆觉得他们今后还有机会重游卡普里，所以也就没把这事放在心上，尽量想把它忘了。

格林里夫先生给汤姆寄来一封信，和汤姆给他写的信刚好错开。他在信中再次重申要迪基回家，希望汤姆能办成此事，并让汤姆尽快把结果告知他。于是汤姆尽责地再次拿起笔，给他回了封信。格

---

1. 产于意大利米兰，是意大利最有名的比特酒。

林里夫先生这封信写得一派公事公办口吻，让汤姆十分诧异。汤姆觉得他像是在核实船只组件。这样的信倒是很好回，汤姆用同样的口吻写了回信。汤姆写信时有些兴奋，因为刚吃完午饭，喝了点酒，他正处于微醺状态，这种飘飘然的感觉只消两杯浓咖啡和简单散散步就能消解。不过要是像他们平时下午那样悠闲地小酌，再喝上一杯，这种感觉还会延长。为了逗乐，汤姆故意在信里注入一丝似有若无的希冀。他用格林里夫先生的文风写道：

> ……假如我没分析错，理查德还在权衡是否在此地再过一冬。我曾向您保证，我将竭尽所能说服他放弃这个念头，届时——或许要拖到圣诞节——等他回国，我或许能说服他留下不走。

汤姆一边写，一边乐，因为迪基早就放弃了飞回家待几天的念头，除非他母亲病情到时恶化。他和汤姆已经说好冬天乘船环游希腊诸岛。他们还商议好，明年一月和二月，也就是在蒙吉贝洛最难熬的日子，去西班牙马洛卡岛。汤姆笃定玛吉到时不会同行。每次汤姆和迪基商量出行计划时都把玛吉摒除在外。不过迪基有说漏嘴的毛病，向玛吉透露过他和汤姆冬天要乘船出游。迪基就是这么藏不住话！虽然现在汤姆认为，迪基已打定主意就他们两人去，但迪基也显得较之往常更关心玛吉，因为他明白，到时留下玛吉一个人孤零零在蒙吉贝洛，确实不够意思。为了弥补良心上的不安，迪基和汤姆都在玛吉面前竭力渲染他们此次出游如何艰苦，选择用最便宜、最恶劣的方式游希腊，他们会乘坐运牲口的船，和农民一道睡在甲板上，等等这些，反正就是不适合女孩子同行。但玛吉还是显得郁郁寡欢。迪基经常请玛吉来家里吃午餐和晚餐，想以此来补偿她。两人从海滩往回走时，迪基偶尔会牵一牵玛吉的手，但玛吉并不总是让他牵。偶尔她让迪基牵了片刻后，还把手抽回来，汤姆觉得这反而说明她内心渴望有人牵她。

有一次他们邀请她一起去赫库兰尼姆，她却拒绝了。

"我还是待在家里吧。你们大男孩好好玩吧。"她说这话时挤出一丝笑意。

"玛吉要是不去就算了。"汤姆对迪基道。说完他故意遁入屋内，颇有心机地留迪基和玛吉单独在露台交谈，如果他俩愿意交流的话。

汤姆坐在迪基工作间宽阔的窗台上，抱着古铜色的臂膀眺望户外的大海。他喜欢眺望蔚蓝色的地中海，想象自己和迪基在海上遨游，丹吉尔[1]，索非亚，开罗，塞瓦斯托波尔……等格林里夫先生给他的钱花完了，迪基估计对他也基本中意，并习惯他的陪伴，到时他俩可以继续待在一起。迪基每个月有五百美元收入，供两人花销绰绰有余。他听见露台上传来迪基哀求的声音和玛吉斩钉截铁的回答。接着传来哐当一声，玛吉摔门而出。她原本打算留下来吃午饭的。汤姆从窗台纵身跃下，去露台找迪基。

"她怎么生气了？"汤姆问。

"没有，她只是觉得自己受到了冷落，我是这么看的。"

"其实我们已经尽力把她考虑在内了。"

"不止这件事。"迪基在露台上来回踱步。"她现在甚至连科蒂纳也不想跟我去了。"

"哦，不过十二月之前，她可能会对科蒂纳之行回心转意的。"

---

1. 摩洛哥古城，海港。

"我说不准。"迪基说。

汤姆认为，肯定是因为自己也要去科蒂纳，所以玛吉才不愿去。迪基上周问汤姆去不去。他们上次从罗马回来后，弗雷迪·米尔斯就已经走了。玛吉告诉他们，他临时有事必须要去伦敦一趟。但迪基说，他会写信告诉弗雷迪，自己要带一位朋友一起去。"你想不想我离开这儿？"汤姆嘴上虽然这么问，心里却肯定迪基不希望他离开。"我觉得我介入了你和玛吉之间。"

"当然不想。介入什么？"

"不过在她看来，就是这样。"

"不是你说的那样。是我对她有所亏欠。我最近对她不够关心。我们都没太关心她。"

汤姆明白迪基的意思。他是指玛吉陪他度过去年那个漫长、晦暗的冬天，那时村里只有他俩是美国人，现在他不应该来了新人就冷落她。"要不我来劝她去科蒂纳。"汤姆说。

"那样她就更不会去了。"迪基简短地说完就进屋了。

汤姆听见他在屋内告诉女仆艾美达不要准备午餐，他不想吃。虽然两人说的是意大利语，但汤姆也能听出来迪基是用一家之主的口气说他不想吃午餐。迪基又回到露台上，用手遮着打火机点烟。迪基有个漂亮的银质打火机，但哪怕有一点点风都点不着烟。最后还是汤姆掏出他俗气的打火机为他点燃香烟。汤姆的打火机虽然丑，却像军需品一样实用。汤姆本想提议喝一杯，但忍住了。这儿毕竟不是他的家，他不能反客为主，尽管厨房里有他刚买的三瓶钻石金酒。

"两点多了，"汤姆说，"要不要出去走走，去邮局那边看看？"在邮局上班的圭奇有时两点半开门，有时要拖到四点，没人说得准。

两人走下山，谁也没说话。汤姆怀疑玛吉刚才是不是和迪基说了他些什么。汤姆心头陡然生出罪恶感，令他前额渗出汗珠。这种罪恶感模糊而又强烈，仿佛玛吉已经明确告诉迪基，汤姆在偷东西或在做令人不齿的事。如果玛吉只是单纯表现出冷漠，迪基不会是现在这个样子，汤姆想。迪基走下山时一副没精打采的样子，两个膝盖戳在他身前，汤姆的走路姿势不知不觉也被他带了过去。迪基下巴贴在胸前，双手插在短裤口袋里。他只是看见圭奇才开口说话，因为有他一封信。汤姆没有信。迪基的信是那不勒斯一家银行寄来的表格，汤姆瞧见信头的空白处是打字机打出的"五百美元"字样。迪基漫不经心地把信纸塞进口袋里，随手把信封扔进垃圾桶。汤姆猜想那是每个月都会寄来的通知单，告诉迪基钱已经汇入那不勒斯的银行。迪基说过，信托公司会将钱汇入那不勒斯的一家银行。他俩继续朝山下走去。汤姆原以为他俩会像往常一样，拐上大路，再绕过一个山崖去村子的另一边。但迪基却在通往玛吉家的石阶前停下来。

　　"我想去看看玛吉，"迪基说，"我很快就出来，不过你不用等我。"

　　"好的。"汤姆回答道，心里突然有些失落。他看着迪基沿陡峭石阶走进一个围墙的豁口，随后决然转身返回住处。

　　走到半山腰，他停了下来，心血来潮地想去乔尔乔开的酒店喝一杯（但乔尔乔家的马提尼酒太难喝了），他又想去玛吉家，假装向她道歉，其实是来个突然袭击，搅局泄愤。他想，迪基此刻正将玛吉搂在怀里，至少也在抚摸她，他既想看到这种场景，又厌恶见到这种场景。他转身走向玛吉家大门。虽然她的房子距离大门隔着一段距离，玛吉不可能听见动静，但他还是小心翼翼地关上大门，然后两步并一步地沿台阶跑上去。他爬上最上层台阶时放慢了脚步，他想对玛吉说，"嗨，玛吉，看这里。如果最近的紧张气氛是我制造的，我表示抱歉。但今天我们要正式请你走开，我们就是这个意思，我就是这个意思。"

看到玛吉的窗户时，汤姆停了下来，看到迪基搂着玛吉的腰，在她脸颊轻吻着，对她微笑。两人和汤姆的距离不过十五英尺，但由于汤姆站在日光下，而迪基和玛吉待在室内的阴影里，所以汤姆必须使劲看才能看清楚。玛吉歪着脸，正直视迪基，一副意乱情迷的样子，但汤姆却感到恶心，因为他知道迪基不过是在用这种廉价露骨而又简单的形式，来维持他和玛吉之间的友谊。更让汤姆恶心的是，玛吉包在土气的衬裙下面的大屁股，正抵着迪基搂她腰的手臂。而且迪基——汤姆真想不到迪基居然做出这种事！

汤姆转身跑下台阶，差点尖叫起来。他砰地一声关上玛吉家的大门，一路跑回去，跑得上气不接下气。跑进迪基家大门后，他一头趴到矮墙上。他在迪基工作室的沙发上坐了一会儿，由于受到刺激，脑子一片空白。他俩今天的亲吻看上去不像是第一次。他走到迪基的画架前，下意识地不去看画架上那幅蹩脚的画作，而是拾起调色板上揉成一团的橡皮擦，奋力掷向窗外，看着它划出一道弧线，落向大海。他又从迪基桌上拿起更多橡皮、笔头、熏香束、炭笔、彩色粉笔，逐一扔到房间角落里或窗外。他萌生出一种奇异的想法，觉得自己头脑冷静，思维有条理，只是身体失去控制。他跑到露台上，想跳上矮墙跳舞，或者来个倒立，但矮墙另一端的悬崖令他打消了这个念头。

他走进迪基的卧室，手插在口袋里，来回走了一会儿。不知道迪基什么时候回来？他会在那里待一个下午吗，会和她上床吗？他用力拽开迪基的衣柜，朝里面看看。衣柜里有一套刚刚熨烫过、看起来全新的灰色法兰绒西服。他从未看见迪基穿过。汤姆把西服拿出来。他脱掉身上的大短裤，套上西服裤子，并穿上迪基的鞋子。接着他又拉开柜子最下层的抽屉，拿出一件干净的蓝白条纹衬衫。

他选了一条深蓝色真丝领带，仔细地系在脖子上。西装正好合身。他又重新梳了发型，学着迪基的样子，略微朝一边偏分。

"玛吉，你要明白，我并不爱你。"汤姆模仿迪基的语调对着镜子说。他故意学迪基说话的风格，在要强调的词上提高声调，结尾时常常带着点瓮声瓮气。这种语调有时愉悦，有时不悦，有时亲密，有时冷漠，视迪基说话时的心情而定。"玛吉，住手！"汤姆突然转过身，在空中比划一个掐人的动作，好像他真的扼住了玛吉的脖子。他使劲摇晃她，拧她的脖子，而玛吉渐渐倒了下去。终于他松开手，令她瘫软在地。他大口喘着粗气。他学迪基的样子，拭了拭前额的汗，想随手取一条手帕却没找着，于是便从迪基衣柜最上层的抽屉里拿出一条，再回到镜子前。他现在喘气时嘴唇分开的样子，和迪基游完泳后气喘吁吁的样子一模一样，微微露出一点下牙。"你应该明白我为什么会这么做，"他假装对玛吉说，其实是看着镜子里的自己，"你不该介入到我和汤姆中间来——不要这样，不要！我俩之间有特殊的羁绊！"

他转过身，假装从玛吉的躯体上跨过去，悄悄地走到窗口。他放眼向路的尽头望去，一道道石阶沿着隐约的斜坡向上朝玛吉家的方向延伸。迪基不在石阶上，路上也不见他的人影。也许他俩正睡在一起，汤姆一想到这里，喉咙因为恶心不由得一紧。他想象两人在一起的场景，迪基缩手缩脚，很不自在，而玛吉却乐在其中。即使他折磨她，她也乐在其中！汤姆冲回衣柜前，从上层搁架拿出一顶帽子。这是一顶小巧的灰色蒂罗林帽，帽檐缀以一根绿白相间的羽毛。他随手将帽子戴上。令他吃惊的是，一旦用帽子遮住脑袋上部，他简直长得和迪基完全一样，只是头发颜色比迪基深。其他部分，他的鼻子——至少鼻子大致的轮廓——瘦削的下巴，眉毛再拉直一些的话——

"你在做什么？"

汤姆猛一回头，发现迪基正站在门口。汤姆反应过来，刚才他站在窗户朝外看时，迪基已经走到大门下方。"哦——就是自娱自乐罢了。"汤姆声音低沉地说。每次他觉得尴尬时，都用这种腔调说话。"对不起，迪基。"

迪基的嘴张了张，又合上了，好像怒火令他一时语塞，不过此时他说不说话都一样令汤姆难受。迪基走进房间。

"迪基，我很抱歉，如果——"

房门"砰"的一声关上，将汤姆的话打断。迪基阴沉着脸脱衣服，视汤姆如无物，因为这本来就是他的家。汤姆在这里干了些什么？汤姆吓得呆若木鸡。

"请你把我的衣服脱下来。"迪基说。

汤姆开始脱衣服。迪基的话让他窘得手指都变得不利索，还使他十分震惊，因为在此之前，迪基总是说他的衣服汤姆可以随便穿。估计迪基以后再也不会说这种话了。

迪基低头看见汤姆的脚。"连鞋子也穿？你疯了吗？"

"没有，"汤姆一边把西服挂起来，一边故作镇定地说，"你和玛吉和好了吗？"

"玛吉和我本来也没什么事。"迪基这话一下子把汤姆从两人的关系中排除出去。"我还想和你说一件事，你听清楚，"迪基看着汤姆，"我不是男同性恋，我不知道你对我有没有那样的看法，反正我不是。"

"男同性恋？"汤姆苦笑道，"我从没想过你是男同性恋。"

迪基欲言又止。他挺直身子，黝黑的胸膛里肋骨清晰可辨。"呃，玛吉认为你是。"

"凭什么？"汤姆觉得自己的脸红透了。他无力地踢掉迪基的另一只鞋子，再将整双鞋放进衣柜里。"她凭什么那么想？我做什么了？"他觉得有些晕眩。以前从未有人如此露骨地说他是同性恋。

"就凭你的行为方式。"迪基低吼地说，接着走出屋子。

汤姆迅速套上自己的大短裤。虽然里面还穿着内裤，但他刚才还是借着衣柜的门，不让迪基看见自己。一定是因为迪基喜欢我，玛吉才故意在迪基面前泼脏水，汤姆想。迪基又没有胆量站出来反驳她。

他下了楼，发现迪基在露台的吧台旁调酒。"迪基，我想把话说清楚，"汤姆开口道，"我不是同性恋，我也不想别人当我是同性恋。"

"够啦。"迪基吼道。

迪基这口气令他想起以前他和迪基聊天时，他问迪基认不认识纽约的某些人，迪基回答他的样子。其中有些人肯定是同性恋，当时他就怀疑迪基故意装作不认识他们。够了！到底是谁在利用这事挑衅？是迪基自己。汤姆站在那儿游移不定，脑子却不停地转，想着该说些什么好。难听的，安慰的，感激的还是恶毒的。他的思绪又回到了纽约，想起当年在纽约认识的那些人。他和他们混得挺熟，可现在全都不来往了。他后悔认识那些人。他们当年留宿他，是因为他能给他们逗乐子。但是他和他们之间是清白的，从没有过那种事。其中有几个是想和他调情，但都被他拒绝了。不过事后他都做了些弥补的举动，在他们酒里放冰块，或者让出租车绕道送他们回家，因为他害怕他们会就此不再喜欢他。那时他真怂啊！他至今还记得令他无地自容的那一幕，当时维克·西蒙斯对他说，"汤米，看着上帝的分上，快闭嘴吧！"。因为他当着维克的面，第三次或第四次对着众人说，"我无法确定自己是喜欢男人还是女人，所以还是两个都不要为好。"汤姆还谎称自己去看过心理医生，因为别人也都去看。而且他习惯在聚会上胡编一些他和心理医生之间的段子逗大家乐。每次他说准备男人女人一起放弃时，总是引起哄堂大笑，直到维克让他看在上帝的分上住嘴为止。从此汤姆再也不说这话，也不再提心理医生的事了。其实现在回想起来，汤姆觉得当初自己讲得很有道理。在那伙人中，他是最单纯、最天真的。讽刺的是，现在他和迪基交往，再次撞上这种事。

"我觉得我是不是做的有点——"汤姆又开口道，但迪基连听都懒得听，阴着脸转过身，端着酒杯走到露台的一角。汤姆有些胆战心惊地走上前去，不知道迪基会不会将他扔到露台下面，或者直接叫他滚出自己的家。汤姆小声地问，"你爱玛吉吗，迪基?"

"不爱，但我觉得对不起她。我在乎她。她对我一直很好。我们在一起度过了一段美好时光。你好像对这种关系不是太能理解。"

"我能理解。我一开始就觉得你和她是这种关系——对你而言是柏拉图式的精神恋爱，而对她来说就是恋爱。"

"她是爱我。可是对爱你的人，你总不能刻意去伤害她，对吧。"

"那当然。"汤姆又迟疑起来，考虑该怎么说才好。虽然迪基现在气消了，但是汤姆还是战战兢兢。迪基看来不会将他扫地出门。他用稍显镇定的口吻说道，"我想你们要是在纽约，不会像现在这样频繁见面——或者压根就见不着面——可在这里，这村子太孤单了——"

"的确如此。我没和她上过床，也不想和她上床，但我确实想保持和她的友谊。"

"那我有没有妨碍你什么？我可以这么跟你说，迪基，我宁愿离开也不想破坏你和玛吉之间的友谊。"

迪基瞥了汤姆一眼。"你的确没做什么，但是很明显，你也不喜欢玛吉在身边。每次你想对玛吉表示善意，都显得很刻意。"

"如果那样的话，我感到抱歉。"汤姆懊恼地说。他懊恼的是自己本可以做得不那么刻意。他把一件本可以办成的事搞砸了。

"好了，过去的事就让它过去吧。玛吉和我之间没事。"迪基不耐烦地说道，转过头去望着大海。

汤姆走进厨房，给自己煮了点咖啡。他不想用滴滤式咖啡机，因为迪基很在意这台咖啡机，不想其他人用它。煮完咖啡，他想先回自己的房间，准备在法斯多来之前，学点意大利语。现在不是弥补和迪基裂缝的时候。迪基这人有傲气。他会在下午的大部分时间保持缄默，五点钟左右他会放下画笔，过来转转，到时穿衣事件就好像从没发生过。有件事汤姆很笃定：迪基喜欢有他在这里，他一个人住腻了，和玛吉也相处腻了。格林里夫先生给的钱还剩三百美元，汤姆想用这钱去巴黎好好玩个痛快。不带玛吉去。之前汤姆曾告诉迪基，自己只是在火车站隔着窗户看了巴黎一眼，迪基十分惊讶。

趁着煮咖啡的空当，汤姆将原本要作为午餐的食物收拾了一下。他将几盆食物放进盛水的大锅里，以免蚂蚁沾食。另外还有一小包新鲜黄油、两个鸡蛋，以及艾美达带来给他们作为明天早餐的四个面包卷。由于没有冰箱，所以每天样样东西他们都只能买一些。迪基想用他父亲给汤姆的钱买个冰箱。他在汤姆跟前提过好几次了。汤姆却希望他改变主意，因为买冰箱肯定会减少他们去巴黎的旅费。迪基每个月五百美元的收入，开销十分固定。他虽然花钱很谨慎，但是在码头或村里的酒吧给小费却十分阔绰，碰上乞丐一出手就是五百里拉。

到了五点钟，迪基果然恢复了平时的样子。他画了一下午的画，十分尽兴。这是汤姆猜测的，因为在刚过去的一个钟头，他在工作室里一直吹着口哨。迪基走到露台上，看见汤姆在读意大利文法书，顺势纠正了他的几处发音。

"他们发'想要'这个音时并不是那么清楚，"迪基说，"例如，他们会说'我想'介绍我的朋友玛吉。"迪基边说边比划着，长长的手臂顺势向后挥舞。他说意大利语时总是夹杂着优雅的动作，像是在指挥交响乐团进行联奏。"你应该多听法斯多说话，少看语法。我的意大利语就是从街头学来的。"迪基说完笑了，沿着通向花园的小径离开。法斯多正好来到大门口。

汤姆仔细听他们用意大利语寒暄，恨不得把每个字都听清楚。

法斯多笑嘻嘻地来到露台，坐到椅子上，将一双光脚搭在栏杆上。他脸上时而带着笑意，时而蹙眉，阴晴不定。迪基曾说，他是村子里极少数说话不带南方口音的意大利人。法斯多是米兰人，他来村子看望他姑妈，顺便住上几个月。他每周来三次，每次都是下午五点到五点半之间，非常守时。他和汤姆坐在露台上，品着红酒或咖啡，聊上一个小时。汤姆竭力去记住法斯多谈论的那些事物，岩石、海水还有政治。法斯多是名副其实的共产党员。据迪基说，他动不动就爱把党员证展示给美国游客看，看见他们惊讶不已的表情，就乐不可支。他们有时也谈论村民之间那些男女私情。有时法斯多实在找不出什么话题好聊，就瞪大眼睛看着汤姆，然后突然大笑。虽说这样，汤姆的意大利语还是进步很快。对汤姆来说，意大利语是唯一学得津津有味又自觉能持之以恒的知识。汤姆希望自己的意大利语能达到迪基的水平。他觉得自己要是再用心学一个月，就能实现这个目标。

11

　　汤姆步履轻快地穿过露台，走进迪基的工作室。"想不想躺在棺材里去巴黎？"他问迪基。

　　"什么？"迪基从他正在创作的水彩画上抬头看汤姆。

　　"我刚才和吉奥吉亚旅店的一个意大利人聊天。我们从的里雅斯特出发，乘坐运棺材的货运车厢，有几个法国人护送，我们每人将获得十万里拉的酬劳。我觉得此事和毒品有关。"

　　"用棺材运毒品？这不是老掉牙的招数吗？"

　　"我们是用意大利语聊的，所以我不是听得太明白。不过他说有三副棺材，也许第三口棺材盛的是真尸，他们把毒品就藏在尸体里。反正我们既能免费旅行，又能长点见识。"说着汤姆从口袋里掏出他从街头小贩处给迪基买的"巧击"牌香烟，这种烟一般船上才有卖。"你觉得这个主意怎么样？"

　　"我觉得棒极了。坐棺材去巴黎。"

　　迪基脸上的笑意带着玩笑的色彩，好像他其实一点也不想钻进棺材，却故意假装要钻进去的样子。"我不是在开玩笑，"汤姆说，"他真的是在物色愿做这事的年轻人。这几口棺材是盛放印度支那战争中阵亡的法军士兵。法方的陪同人员是士兵的亲属。"汤姆所言和那位意大利人告诉他的不完全一样，但基本差不离。十万里拉相当于三百多美元，这笔钱足够在巴黎花天酒地一番。迪基对去巴黎这件事还没拿定主意。

迪基眼神犀利地看着汤姆，顺手掐灭他正在吸的"国民"牌香烟，打开汤姆递给他的一盒"巧击"牌。"你确信和你说话那家伙不是嗑嗨了？"

"你这一阵子有点小心过头了！"汤姆大笑道，"你的胆子哪去了？你好像连我也不相信！我可以带你去见那人。他还在那儿等我呢。他名字叫卡罗。"

迪基一动不动。"这种找上门的生意，一般不会向你透露过多细节。他们也许就是想雇几个亡命徒将货从的里雅斯特运到巴黎。不过光知道这些，我还是搞不懂。"

"要不你和我一起去见那人，和他谈谈？你要是信不过我，至少可以亲自考察他一下。"

"就这么定了。"迪基突然起身，"也许给我十万里拉我就干了。"他合上工作间沙发上一本封面朝下的诗集，随汤姆走出房间；玛吉藏有很多诗集。最近迪基一直找她借书。

汤姆和迪基走进吉奥吉亚旅店时，那名男子还坐在角落里。汤姆朝他笑着点了点头。

"你好，卡罗，"汤姆说，"我们可以坐下来吗？"

"请坐，请坐。"[1] 那名男子指着桌旁的椅子说道。

"这位是我朋友，"汤姆小心地用意大利语措词，"他想来看看用铁路运货那事靠不靠谱。"汤姆饶有兴致地看着卡罗上下打量着迪基，揣度迪基的为人。卡罗那双冷峻无情的黑色眼睛除了流露出一点客气和好奇，什么也看不出来。但是转瞬间，迪基淡淡而狐疑的笑容，几个月来在沙滩上被太阳晒黑的肤色，身上穿的破旧的意大

---

1. 以上这段对话为意大利语。

利产的衣服和戴的美国戒指都被他一一看在眼里。

这名男子苍白扁平的嘴唇慢慢咧出一丝笑容，朝汤姆望去。

"怎么样？"汤姆不耐烦地催促道。

男子举起他的马提尼酒，喝了一口。"活是真有，但是你这位朋友可能做不了。"

汤姆看着迪基。迪基正警觉地望着那人，脸上还挂着那副不置可否的笑容，让汤姆猛地觉得这笑容里带着蔑视。"嗯，你看，是有这回事吧。"汤姆对迪基说。

"嗯。"迪基哼了一声，眼睛还是盯着那个意大利人，仿佛他是一只令自己感兴趣的动物，而且可以肆意宰杀。

其实迪基本可以用意大利语和他直接交谈，但他却一言不发。若是三周前，汤姆想，迪基早就接受这个提议了。可现在他干嘛要像密探或警探这样坐着？要准备动手抓人吗？"这回你相信我了吧。"汤姆终于开口道。

迪基看着汤姆。"你是说这个活吗？我怎么会知道？"

汤姆用期待的眼神看着那个意大利人。

那人却耸耸肩。"没必要再谈了，对吧？"他用意大利语问汤姆。

"不！"汤姆心中升起一股无名火，气得直发抖。他是在生迪基的气。迪基正在打量那名男子，把他肮脏的指甲、肮脏的衣领、深色的丑脸全都瞧在眼里。他的脸虽然刚刮过不久，但肯定不经常洗，所以长胡子的地方反而比周围的皮肤颜色更浅。但这个意大利人的深色双眸冷静而和善，而且目光比迪基更加坚定。汤姆紧张得透不过气来。他恨自己意大利语不行，否则就可以和迪基以及这名意大利人同时进行沟通了。

"什么也不要，谢谢你，贝托。"迪基对走上前来询问点餐的侍者平静地说，然后看着汤姆，"该走了吧？"

汤姆猛地一跃而起，弄翻了他坐的直靠背椅。他赶紧将椅子扶起来，并向那名意大利人鞠躬道别。他觉得自己应该向意大利人道歉，可他却连最起码的再见也说不出口。意大利人点头和汤姆道别，脸上依旧挂着笑意。汤姆跟在迪基穿着白裤的大长腿后面走出酒吧。

到了外面，汤姆说，"我只是想让你明白真有这事，我想你是亲眼见到了吧。"

"是的，是有这事，"迪基笑着说，"你怎么啦？"

"是你怎么啦？"汤姆质问迪基。

"那家伙是个骗子。你非要我挑明说吗？那我现在就直说了！"

"在这件事上你非要这么装清高吗？他骗你什么了？"

"那我难不成要向他下跪才不显得清高？骗子我见得多了。这个村里就有许多骗子。"迪基皱起金色的眉毛。"你到底什么意思？你想接受他这个疯狂的提议？那你自己去好了！"

"我就是想去，现在也去不成了。你已经把这事搅黄了。"

迪基停下脚步，看着汤姆。两人高声吵着，引得几个路人在旁边围观。

"这事要是成了会很好玩，不是你想象的那样。一个月前，我们去罗马时，你还觉得这种事很好玩。"

"噢，不，"迪基摇头道，"我觉得这种事不靠谱。"

汤姆现在为自己提议受挫和词不达意所苦，而且两人还在众目睽睽之下。所以他不得不继续朝前走。开始他迈着僵硬的小步，直到确信迪基还跟在后面，才恢复正常步态。迪基的脸上还带着不解和狐疑。汤姆明白，不解是源自自己对这事的反应。汤姆想向迪基解释，想和他开诚布公地谈谈，让迪基明白，自己的想法和他的想法一致。一个月前在罗马时，两人的想法就很一致。"问题出在你的态度上，"汤姆说，"你其实不必做出那副样子。那家伙又没伤害到你。"

"他看着就像个骗子！"迪基反唇相讥，"看在上帝分上，你要是真想跟他干，就回去好了。你没义务和我保持一致！"

听到这里，汤姆停下脚步。他感到一股冲动，真想回去，倒不一定非要回到意大利人那里，而是不必像现在这样跟迪基在一起。这时他紧绷的心弦断了，他的肩膀松弛疼痛，呼吸也变得急促。他想至少说一句"好了，迪基"以示和好，让迪基释怀，但他实在说不出口。他盯着迪基蓝色的眼睛。迪基依然皱着眉头，眉毛被太阳晒得发白，双眸闪亮而空洞，像是在蓝色果酱上涂的一个黑点。迪基的眼睛里看不出任何意味，好像和他这个人没有任何关系。都说透过眼睛能看见人的灵魂，能在眼睛里看到爱，眼睛是能看清人内心变化的唯一所在，但是这会儿汤姆在迪基的眼睛里却什么也看不到，迪基的眼睛就像冷冰冰的坚硬镜面。汤姆胸口一阵刺痛，双手掩面。迪基好像突然被人从他身边抢走。两人不再是朋友，形同陌路。这个想法像一个可怕的真相重击汤姆，这个一直都存在的真相，对他曾经认识的人和将要认识的人都适用的真相：他会一再发现，那些曾经和将要在他面前出现的人，他永远无法了解他们。最糟糕的是，他总会一度抱有错觉，觉得自己了解那些认识的人，和他们是一路人，气味相投。这一瞬间的领悟，令他震惊无语，让他无法承受。他感到一阵晕厥，差点倒在地上。他快招架不住了：异域的陌生感，不同的语言，他自己的失败，迪基对他的厌弃。他觉得自己被陌生和敌意包围了。他感觉到迪基将他掩面的双手拉开。

"你怎么啦？"迪基问道，"那家伙让你吸毒了吗？"

"没有。"

"你敢肯定他没在你的饮料里放毒品？"

"没有。"夜雨开始滴落到他的头顶，还传来一阵轰隆隆的雷声。上天也在发怒。"我不想活了。"汤姆小声道。

迪基抓住他的手臂，把他拉到邮局对面的小酒吧，汤姆进去时还被绊了一下。汤姆听见迪基点了白兰地，还特地指明要意大利白兰地。汤姆估计迪基觉得法国白兰地太贵了。汤姆一饮而尽，酒有点甜，带点药水味。汤姆连喝了三杯，像是服了灵丹妙药，又恢复了神志，回到所谓的现实中来：迪基手上"国民"牌香烟的味道，他手指肚触及实木吧台花纹纹理的感觉，肚子像被人在肚脐打了一拳后的鼓胀感，对从酒吧回到家那段陡峭长路的清晰预期，以及这段长路会给大腿带来的疼痛感。

"我没事，"汤姆用平静深沉的嗓音说，"我也不知道是怎么回事。可能刚才有点中暑。"他笑了笑。现实就是如此，把这件事一笑了之，当作一个笑料，虽说这件事是他和迪基相处这五周里发生的最重要的事，或许还是他这辈子遇到的最重要的事。

迪基一言不发，只是用嘴叼住香烟，从他的黑色鳄鱼皮钱包里拿出几张一百里拉的钞票放在吧台上。迪基的沉默令汤姆心寒。汤姆像个生了病并因此而正在闹情绪的孩子，事后期待至少获得大人一句安慰话。但迪基却视若无睹。迪基给他买白兰地时那种冷峻的态度，就像他遇见一位路人突然生病又没钱时给予帮助一样。汤姆突然反应过来，迪基不想他去科蒂纳。这不是汤姆刚刚冒出来的想法。玛吉现在要去科蒂纳了。她和迪基上次去那不勒斯时买了一个特大号的保温瓶。他们两人压根就没问汤姆喜不喜欢这个保温瓶或其他之类的东西。他们就这样不动声色地渐渐将汤姆排除在他们的准备工作之外。汤姆感觉迪基想要他识趣，在他们去科蒂纳之前主动离开。数星期前，迪基曾说要带他去科蒂纳附近的一些滑雪场，还在地图上将这些地方做了标记。但后来有天晚上，当迪基再看这张地图时，却闭口不提滑雪的事。

"现在好了没有？"迪基问。

汤姆像条狗似的，尾随迪基走出酒吧。

"如果你现在自己一个人回去没问题，我想上去看看玛吉。"迪基在路上对汤姆说。

"我好了。"汤姆说。

"很好。"迪基正要走，又回过头说，"去取一下邮件吧？我怕我会忘掉。"

汤姆点点头。他走进邮局。有他的两封信。一封是迪基父亲写给他的，另一封是汤姆不认识的一个人从纽约写给迪基的。他在门口拆开格林里夫先生写给他的信，怀着崇敬的心情展开打印的信纸。信纸抬头是伯克-格林里夫船舶公司醒目的淡绿色信头，信纸中央印有船舵形状的公司注册商标。

亲爱的汤姆：

鉴于你已与迪基共处月余，而他和你赴欧前一样毫无返家迹象，我只能据此断定你的努力宣告失败。我明白你是出于良好意愿，才向我报告他正在积极考虑回家。但我从他十月二十六日的来信中，丝毫看不出此种迹象。其实他定居彼地的决心较诸以往更甚。

我希望你能理解，内子和我均十分感激你为我们及迪基所付出的辛劳。你现在不必自视对我仍旧负有任何义务。我希望过去一个月的工作并未给你造成过多不便，并真挚期望此行能给你带来些许乐趣，虽然其主要目标并未达到。

赫伯特·格林里夫敬颂

十一月十日，一九——

这是最后的一击。语气极其冷淡，甚至比他平时公事公办的语气更加冷淡，因为这是一封加了致谢的解约信，格林里夫先生就这样和他了断了。他的努力宣告失败。"我希望过去一个月的工作并未给你造成过多不便……"这难道不是讥讽吗？格林里夫先生连回纽约后想见他一面都没提。

汤姆迈着机械的脚步朝山上走去。他脑海中浮现出迪基现在正在玛吉的房间里，绘声绘色向她叙述酒吧里和卡罗的事情，以及回来的路上自己怪异的举止。汤姆知道玛吉一定会说，"你干嘛不和那人一刀两断，迪基？"他在考虑要不要回去跟他俩解释一番，强迫他们聆听自己的看法？汤姆转过身，看着山丘上玛吉家神秘莫测的方形门脸，黑黢黢空荡荡的窗户。他的牛仔外套被雨淋湿了。他把衣领竖起来，疾步朝山上迪基家走去。他心里涌起一股自豪感，自己至少没从格林里夫先生那里骗过钱，而他本来是有机会的。当初他要是趁迪基心情好的时候，说不定还能说动迪基，和迪基合伙从格林里夫先生那里骗钱。随便找个其他人，都会这么干的，汤姆想，但是他却没这么做，这足以说明点什么。

他站在露台的一角，向朦胧的海天交界处放眼望去，什么也没想，什么感觉也没有，心里只有一丝淡淡的虚幻的失落和孤独。就连迪基和玛吉好像都离他很远，他们在谈论什么对他也不再重要。他现在孤单一人，这是唯一要紧的事。他感到一股刺痛的恐惧感沿着后脊梁骨一直传递到尾椎。

他听见大门打开的声音，就转过身来。迪基走了上来，面带笑容，但他的笑容在汤姆看来是挤出来的，显得客套。

"下雨天你站在这儿干嘛。"迪基猫着腰往屋内走时问道。

"这儿空气清新，"汤姆故作愉快地说，"有你一封信。"他把信递给迪基，把格林里夫先生的信塞进口袋里。

汤姆把外衣挂进客厅的衣柜，迪基开始读那封纽约来信。这封信写得很有趣，他边读边放声大笑。等他读完信，汤姆才开口道，"你认为玛吉愿意和我们一起去巴黎吗？"

迪基显得诧异。"我想她肯定会去。"

"嗯，问问她吧。"汤姆表现出很兴奋的样子。

"我说不准会不会去巴黎，"迪基道，"我不介意去某个地方小住数日，但巴黎——"说着他点燃一根烟。"圣雷莫倒是不错，甚至热那亚也行，那可是个大城市。"

"热那亚再大也不能跟巴黎比吧？"

"当然不能比，可是近多了。"

"那我们到底什么时候去巴黎？"

"我不知道。看看吧，反正巴黎一直都在那里。"

迪基的这些话在汤姆耳中回响，汤姆琢磨着这些话的弦外之音。就在前天，迪基收到他父亲的来信。他还给汤姆读了几行，并和汤姆一起大笑起来。但他却没像前几次那样把信念完。汤姆确信，格林里夫先生一定在信中告诉迪基他对汤姆·雷普利受够了，并怀疑汤姆用他给的钱花天酒地。要是一个月前迪基读到这样的话，他会乐不可支，但现在情况变了，汤姆思忖着。"我的意思是，我还剩点钱，不如去巴黎玩一趟。"汤姆还在劝迪基。

"要去你去吧，我现在没心情。我还要为科蒂纳之行养精蓄锐。"

"那——那我们就去圣雷莫吧。"汤姆故作愉悦地说，其实他想哭。

"好吧。"

汤姆大步流星地穿过客厅，走进厨房。厨房角落里闪出一台白色冰箱巨大的身影。他本来想喝一杯加冰块的酒，但现在却又不想碰这玩意。他与迪基和玛吉在那不勒斯花了一整天时间挑冰箱，选冰格盘，数里面的格子数量。数到最后，汤姆头晕眼花，都分不清哪台是哪台了。但迪基和玛吉却像新婚夫妇一样，依旧劲头十足。他们又到咖啡馆里，花了几个小时，把所看的冰箱讨论一番，优劣如何，最后才决定买现在的这台。玛吉现在往迪基家跑得比以往都要勤，因为她把自己的一些食物放在冰箱里，还经常来要冰块。汤姆一下反应过来，自己为何对这台冰箱恨之入骨。这台冰箱象征着迪基将长居此地。它不仅令他俩原计划今年冬天的希腊之旅泡汤，而且今后迪基也不会像汤姆刚来头一星期时两人商议的那样，搬到巴黎或罗马去居住。作为整个村子里仅有的四台冰箱之一，这台冰箱有六个冰格盘，而冰箱门上的置物架多得每次开门就像有一个超市在你眼前晃动。有了这台冰箱，迪基哪儿都不会再去了。

汤姆看着手中没有加冰的酒。他的双手在颤抖。昨天迪基在和他聊天时还用随意的口吻问他，"你准备回家过圣诞节吗?"但该死的迪基明明知道他不会回家过圣诞。迪基知道他连家都没有，怎么可能回家过圣诞。他把波士顿多蒂姑妈的事原原本本地告诉过迪基，这已经是赤裸裸地暗示了。玛吉有一大堆圣诞节计划，她存了一罐英国李子布丁，还准备从附近农户手里买一只火鸡。汤姆可以想象到她满心甜蜜大肆张罗的样子。她会用一张硬纸板剪一棵圣诞树;

准备"平安夜"蛋奶酒；为迪基准备的贴心礼物：玛吉亲手织的衣物。她向来将迪基的袜子带回家织补。然后两人会不经意地、客气地将他排除在外。他们会客套地问候他，一副勉为其难的样子。汤姆简直没法想下去。好吧，他选择走人。与其和他俩过一个受罪的圣诞节，不如去干点别的事。

12

　　玛吉说她不想和他们去圣雷莫。她的书现在写得正顺手。玛吉写书写得断断续续，但却始终劲头十足。不过在汤姆看来，她四分之三的时间都处于"搁浅"状态，对此她却总是毫不讳言，乐呵呵地。这本书一定很烂，汤姆想。他知道当作家的甘苦，那可不是动动手指，懒洋洋地在海滩上晒半天太阳，再琢磨晚餐该吃什么，就能轻松地写一本书。不过他现在倒是乐见玛吉写得顺手，这样他和迪基就可以不用带她一起去圣雷莫。

　　"如果你能帮我买到那瓶香水，我会很感激你的，迪基，"她说，"我在那不勒斯没买到这种斯特拉迪瓦里斯牌香水[1]，圣雷莫应该有，那里有许多卖法国货的商店。"

　　汤姆能想象，他们到了圣雷莫后会花上一整天时间去找这种香水，就像某个周六他们在那不勒斯曾花数小时找这种香水一样。

　　两人只带了迪基的一个小型旅行箱出发，因为打算只待四天三夜。迪基现在情绪转好了一些，但是两人的关系将难逃最终的宿命，这次无疑是他和迪基最后一次外出旅行的感觉挥之不去。在火车上，迪基表现出的彬彬有礼和愉悦之情像一位招待客人的主人，内心巴不得来客赶紧滚蛋，却又竭力在最后一刻对他做出补偿。汤姆这辈子从未像现在这样，觉得自己是个不受待见、令人厌烦的客人。在火车上，迪基向汤姆介绍了圣雷莫的情况，并回忆了当初他刚到意大利时和弗雷迪·米尔斯在那儿待过一个星期。圣雷莫地方很小，却顶着国际购物天堂的名头，迪基说，法国人穿过边界来这里买东西。汤姆突然冒出个念头，迪基该不会在圣雷莫把他卖掉，还巧舌如簧地说服他留在此地，不要再回蒙吉贝洛。所以还未到圣雷莫，汤姆已经对这个地方产生反感了。

当火车开进圣雷莫火车站时，迪基开口道，"顺便说一句，汤姆——我很不情愿说这话，怕你听完有想法，不过我确实想和玛吉单独去科蒂纳，我想她比较喜欢这样，毕竟我欠她人情，至少该给她一个愉快的假期。再说你也不像是对滑雪很感兴趣。"

汤姆浑身僵硬发冷，不过他尽量表现得不动声色。玛吉这个贱女人！"好啊，"他说，"当然可以。"他心神不宁地看着手中的地图，急切地想看看圣雷莫附近有没有什么其他好去处，这时迪基已经从行李架上取箱子了。"这儿离尼斯不远，对吧？"汤姆问道。

"不远。"

"戛纳呢？既然大老远来一趟，我想去戛纳看看。好歹戛纳也是在法国。"他说话的语气平添一份怨气。

"嗯，我觉得可以去走走，你带护照了吧？"

汤姆带护照了。两人坐上一辆开往戛纳的火车，当天夜里十一点左右到了那里。

汤姆觉得戛纳很美——港湾壮观曲折，在星星点点的灯火中向远方延伸，渐渐变成月牙形的细长光点，海滨棕榈大道典雅兼具热带风情，两旁是成排的棕榈树和豪华酒店。这就是法兰西！虽然现在是夜晚，汤姆也能感受到它比意大利更庄重，更时尚。他们来到海滨棕榈大道后面第一条街，找了一家名叫"不列颠情怀"的酒店。

---

1. 诞生于西班牙巴塞罗那的著名女性品牌，有女装、香水、配饰。

迪基说这家酒店虽说也很有派头，但价格倒不至于将他们兜里的钱花光。不过汤姆倒是想在海滨最好的酒店住一晚，哪怕花再多的钱都行。他们把行李箱寄存在旅店里，就去了卡尔顿饭店里的酒吧。据迪基称，这里是全戛纳最当红的酒吧。正如迪基所料，酒吧里没有太多人，因为每年这个季节，整个戛纳游人都不多。汤姆提议再喝一轮，迪基婉拒了。

第二天早晨他们在一家咖啡馆吃早餐，然后就溜达到海滩。他们在长裤里面穿了泳裤。这天有点凉，但不至于根本无法下水。在蒙吉贝洛，比这更冷的天他们都游过。海滩上几乎空无一人，只有寥寥几对恋人，再有就是一伙男子在岸边堤坝上玩一种游戏。海浪翻卷着，带着冬日的暴戾恣睢，击打在沙滩上。这时汤姆才看清，那伙男子原来是在玩杂技。

"他们一定是职业的，"汤姆道，"他们都穿着黄色丁字裤。"

汤姆饶有兴趣地看他们在叠罗汉，脚踩着大腿，手紧抓手臂。他听见他们在喊"起！""一、二！"

"看！"汤姆对迪基说，"最上面那个也成功了！"他一动不动地看着最上面那个年纪最小的男孩，大约只有十七岁。只见他被众人推上由三名男子组成的最上层，他站在中间那人的肩膀上，摆出一个造型，双臂展开，像是在接受观众的欢呼。"棒极了！"汤姆大喊道。

男孩对汤姆微微一笑后跳了下来，身手灵巧得像一只老虎。

汤姆望着迪基，迪基却在看坐在附近海滩上的几名男子。

"这种杂耍我见得多了，不外乎就是蹦蹦跳跳，点点头而已。"迪基尖刻地对汤姆说。

迪基的话令汤姆为之一怔，接着他感到一种强烈的屈辱感，和在蒙吉贝洛迪基对他说"玛吉认为你就是同性恋"时的感觉一样。好吧，汤姆想，就算杂技是小把戏，戛纳也许处处充斥着这样的小把戏，但那又怎样？汤姆藏在裤兜里的拳头不禁攥紧起来。他又想起多蒂姑妈的讥讽：他就是个娘炮，打根子上就是，和他爸一样。迪基抱着胳膊站在那里，看着大海。汤姆小心翼翼地不去望杂技艺人，虽然他们的表演比大海有意思得多。"你下水吗？"汤姆一边问迪基一边勇敢地解开衬衫，虽然他感觉海水突然间冷得要命。

"我不想下水，"迪基道，"你干嘛不待在这儿看杂技表演？我先回去了。"没等汤姆回话，他就径直往回走。

汤姆赶紧扣上衣服，目视迪基向斜对角方向远去，和那些玩杂技的背道而驰，虽然这样往人行道走会比从杂技演员边上抄近路要远上一倍。真他妈混蛋，汤姆愤愤地想。他干嘛总这样装清高？他表现得好像不知男同性恋为何物。显然迪基对性取向这种事很在意，让他在意好了！可他怎么就不能放下身段，哪怕一次也行？有什么大不了的，干嘛要这么畏首畏尾？他跟着迪基后面走，脑子里尽冒出这种鄙视揶揄他的念头。可是当迪基带着嫌恶的目光冷冷地扫视他，汤姆便一句话也骂不出口了。

他们赶在当天下午三点之前启程返回圣雷莫，这样就不用再多付一天的旅店住宿费。虽然是迪基提议下午三点前离开，但却是汤姆付的钱，住一晚的费用总共三千四百三十四法郎，合十美元八美分。回圣雷莫的火车票也是汤姆买的，虽然迪基口袋里全是法郎。迪基从意大利带来了他每月收到的支票，并将金额兑换成法郎。他认为从法郎再兑换成里拉可以小赚一笔，因为最近法郎突然大幅升值。

在火车上迪基一言不发。他装作困倦模样，抱着臂膀合上双眼装睡。汤姆坐在他对面，盯着他瘦削、傲慢、英俊的脸庞，还有佩戴绿宝石戒指和图章戒指的双手。汤姆突然临时起意，想在离开迪基时偷走这两枚戒指。这没什么难度：迪基游泳时会把戒指摘下来。有时在家冲凉时，他也摘下戒指。要偷就临走那天动手，汤姆想。汤姆盯着迪基合上的眼帘，内心百感交集，厌恶、喜爱、焦躁、挫折感纷纷涌上心头，令他呼吸局促。他想杀死迪基。他不是第一次冒出这想法。在这之前，他有过一两次甚至三次类似的念头，每次都是由于愤怒和失望引发的冲动，不过这种冲动很快就消逝，徒然给他平添一丝羞愧。但这次他已经思考了足足一分钟，两分钟，因为他在迪基身边待不下去了，既然要走，也就没什么好羞愧的。他和迪基彻底决裂了。他恨迪基。回顾他和迪基这段交往，无论怎么看，他都没有错，他没做任何错事，错就错在迪基顽固不化，不近人情。还有他的公然无礼！他给予迪基友谊、陪伴和尊重，能给的都给了，而迪基非但忘恩负义，还视他为敌。迪基在把他往绝路上逼。如果在这次旅途中他把迪基干掉，他只需推说发生了意外事故。他可以——他突然灵光一闪——他可以变成迪基·格林里夫，做迪基做过的一切事。他可以先回蒙吉贝洛收拾迪基的东西，对玛吉瞎编个故事，在罗马或巴黎找一间公寓，每个月接收迪基的支票，并伪造迪基的签名。他可以继承迪基的一切。他还可以将格林里夫先生玩弄于股掌之间。他明白做这件事的危险程度，而且他也已经隐隐感到，这样做注定只能换来暂时逍遥，但这些只令他更加狂热。他开始思考如何动手。

就在水里解决吧。可是迪基水性很好。那么悬崖呢？他可以趁散步时轻而易举地将迪基推下悬崖，可他又一想，如果迪基揪住他，把他一起拖下悬崖呢。他在座位上紧张不安，大腿都发疼了，大拇指指甲掐得发红。他得将迪基另一枚戒指也弄到手，他还必须将头发染得淡一些。即便如此，凡是有迪基熟人的地方，他都不能待。他只能利用和迪基长相相似，冒名顶替用他的护照。嗯，他俩确实长得很相似，假如他——

这时迪基突然睁开眼，直勾勾地盯着他，汤姆立刻放松身体，像昏厥似的，猛地别过头去，倒在座位角落里，双目紧闭。

"汤姆，你没事吧？"迪基摇晃汤姆的膝盖。

"没事。"汤姆挤出一丝笑意答道。他发现迪基又坐了回去，脸上露出愠怒之色。汤姆明白个中缘由，就是连刚才那点关心，迪基也不愿再给汤姆。汤姆暗自窃笑，对自己刚才急中生智假装昏厥之举颇感滑稽。不过要不那样做，迪基肯定会窥察到他脸上诡异的神情。

圣雷莫。繁花似锦。又是滨海大道，一爿爿店铺里挤满了来自法国、英国和意大利的游客。迪基和汤姆来到一家阳台摆满鲜花的旅馆。在哪里下手？难道就今晚在一条小街上动手吗？凌晨一点这座城市一定又黑又静，到时他要是能把迪基引诱过来就好了。在水里呢？天气有点阴沉，但不冷。汤姆绞尽脑汁地思考细节。其实在旅馆房间里动手也行，只是尸体怎么处理？尸体必须彻底消失！如果这样，那就只能在水里了。而迪基一向喜欢戏水，海滩上有小舟、划艇和小型汽艇供出租。汤姆注意到每艘汽艇都配有绑在绳索上、供抛锚用的圆形水泥锤。

"我们划船出海玩玩怎么样，迪基？"汤姆问话时语气故意显得不那么热切，虽然他内心巴不得迪基能同意。迪基望着汤姆。自从来到此地后，他还没对任何事物流露出兴趣。

木码头上排列着十来艘蓝白和绿白相间的小型汽艇。游艇老板是意大利人，由于天气阴冷，他正为没客人发愁。迪基眺望着眼前的地中海，海面氤氲，却并无一丝下雨的征兆。这种阴沉的天气有时会持续一整天，也见不到太阳。他们即将面对一个悠长而又无所事事的意大利式上午。

"好吧，就在码头附近转一个钟头。"迪基话音未落就跳进一艘汽艇。汤姆从他脸上淡淡的笑容就看出来，他以前在这里玩过。可能就是某个早晨，和弗雷迪或玛吉。迪基灯芯绒夹克口袋里鼓鼓地塞着给玛吉买的香水，是他俩刚刚几分钟前才从海滨大道一家像极了美国药房的商店里买的。

意大利船老板拽起一根绳索并启动马达。他问迪基知不知道怎么操作，迪基说知道。汽艇舱底有把桨，是支单桨，被汤姆看在眼里。迪基手握舵柄，汽艇径直驶离海岸。

"真酷!"迪基开怀大笑地叫着，头发迎风飘扬。

汤姆朝左右看了看，只见一面是笔直的悬崖，和蒙吉贝洛很像，另一面是一块伸出水面、雾气蒙蒙的狭长平地。汤姆一时也不知道该朝哪个方向开更好。

"你知道这附近是什么地方吗?"由于马达声太响，汤姆只得扯着嗓子对迪基喊。

"我一无所知。"迪基现在心情大好，正享受驾驶的乐趣。

"这玩意好开吗?"

"一点也不难，要不要试试?"

汤姆犹豫着。迪基驾驶着汽艇朝外海驶去。"还是不开了，谢谢。"他左顾右盼，左边有一艘帆船从他们旁边驶过。"你想往哪开?"汤姆问迪基。

"这重要吗?"迪基笑道。

确实不重要了。

迪基突然调转船头朝右，这个动作非常突然，搞得两人不得不侧着身子，好将船体变正。汽艇这一变向，在汤姆的左边激起一面白色的水雾墙。随着水幕逐渐落下，露出空旷的地平线。两人再次驰骋在空阔的水域，漫无目标地疾驰。迪基在不停地变换速度，笑意盈盈，蓝色的眼睛笑望着寂寥空旷的前方。

"在小艇里总是感觉速度更快！"迪基大声道。

汤姆点点头，脸上露出会意的笑容，但其实他心里怕得要命。天知道这里的水深是多少，一旦他们的汽艇突发故障，两人将断无返回海岸的生机，至少他没有本事游回去。不过话说回来，两人在此时此地要是发生什么事情，外人也不可能发现。迪基现在又将身体微微侧向右边，将船头朝向那片灰色狭长的陆地。汤姆本可以现在下手，击打迪基，扑到他身上，或者亲吻他，然后趁机把他掀翻到海里。在这个距离范围之内，没有人能看见他的所作所为。汤姆浑身冷汗，身体发烫，额头冰冷。他觉得害怕。这害怕不是缘于水，而是因为迪基。他知道自己马上要下手了，他现在已经不会阻止自己的行动，或许也无法阻止了，但他并无稳操胜券的把握。

"你敢和我比试比试，跳进海里吗？"汤姆一边大声对迪基说道，一边脱自己的外套。

对汤姆的提议，迪基只是咧嘴大笑，眼睛还是盯着汽艇前方。汤姆还在脱衣服，连鞋袜都脱了。和迪基一样，他外裤里面穿着泳裤。"你要是跳，我也跳！"汤姆吼道，"你跳吗？"他希望迪基减速。

"要我跳？没问题！"迪基猛地将马达减速。他松开舵柄，脱下外套。汽艇弹了一下，失去了动力。"来吧。"迪基道，同时示意汤姆把外裤脱了。

汤姆瞥了一眼陆地，远方的圣雷莫只见一片朦胧的粉白和淡红。他假装随意地捡起桨，像是要把它放在双膝之间把玩。正当迪基褪下裤子时，汤姆举起桨，照准迪基的头顶打去。

"哎呀！"迪基发出惨叫，瞪着汤姆，半个身子滑出木质座位。他惊讶而无力地抬起苍白的眉毛。

汤姆站起来，又是一桨狠狠地打下去，像一根崩断的橡皮筋，释放出全身力气。

"上帝啊！"迪基喃喃地说，怒视着他，表情狰狞，那双蓝色的眼睛却已经眼神涣散，整个人失去了意识。

汤姆又用左手挥动船桨，这次击中了迪基头颅的侧面，桨边砍出一道粗钝的血口。迪基在舱底扭曲着身子，喉咙里发出呻吟声，像是在抗议。这声音巨大而有力，把汤姆吓了一跳。汤姆用桨边捅击迪基的颈部三下，力气之大，简直像是用一把斧头在砍树。汽艇摇晃着，漾在艇舷边的海水溅湿了汤姆的脚。他又挥起船桨朝迪基的前额削去，只见一汪血从击打处慢慢渗出。汤姆举起船桨准备再砍时，他感到有些累了，但迪基的手还在舱底向他挥动着，伸直两条长腿挣扎着向他靠近。汤姆像拿起刺刀似的抓起桨柄狠命刺向迪基，这下迪基俯卧的躯体松弛下来，一动不动。汤姆站直身子，艰难地调匀呼吸。他朝四周张望，没有其他船只，一个都没见着，只有远处一艘汽艇像个小白点似的从右向左朝海岸驶去。

他放下木桨，扯下迪基的绿宝石戒指，放进自己的口袋。迪基手上另一只戒指戴得比较紧，但汤姆还是把它硬拽下来，扯得迪基指节处鲜血直流。他翻看了迪基的裤子口袋，里面有几枚法国和意大利硬币，他没动硬币，拿走了拴着三把钥匙的钥匙链。他又捡起迪基的外套，从口袋里掏出给玛吉买的香水。他还从贴身里兜翻出香烟、银打火机、铅笔头、鳄鱼皮钱包和几张小卡片。汤姆将这些东西全部塞进自己灯芯绒外套的口袋里。接着他伸手去够绕在白色水泥锤上的绳索。绳索的一端系在船头的金属环上。汤姆竭力想将绳索从金属环上解开，但这却是个可恶的死结，由于海水浸泡，已经常年不曾解开过。汤姆使劲朝绳结打了一拳，得有一把刀才行。

他看了看迪基。他死了吗？汤姆将身子蜷伏在愈见逼仄的船头位置，仔细观察迪基是否还有一丝生命表征。他不敢用手去碰迪基，不敢去碰他的胸口或按他的脉搏。他转身死命狂扯绳索，直到发现愈扯愈紧才放弃。

他的打火机。他从放在船底的自己裤子里摸出打火机，点着火，将火苗对准绳索干燥的那段。绳索粗达一点五英寸，火焰燃烧得很慢，汤姆利用这个间隙又朝四周看了看。隔着这么远的距离，那位意大利船主能看见他吗？这团坚硬的灰色绳索非常不好点燃，只泛出点红光，冒出一点白烟，最后散成一缕缕细丝。汤姆用力一拽，打火机灭了。汤姆再次点着打火机，继续拽那团绳索。最后绳索总算松开了。汤姆顾不上害怕，将绳索绕了四圈，套在迪基裸露的脚踝上，然后打了一个又大又丑的结。他把结打得牢牢的，因为他不太会打结，怕打得不牢会松开。他现在已经冷静下来，思维变得连贯而有条理。他估摸绳索约有三十五至四十英尺长，而水泥锤的重量足以将尸体沉下去。尸体也许会漂一会儿，但绝不会再浮上来。

汤姆将水泥锤抛进海里，扑通一声，它沉入清澈的海水里，激起一团泡沫，消失不见。水泥锤越沉越深，直至将连在迪基脚踝的绳索绷紧。汤姆将迪基的脚踝顺势抬上船边，接着又拉起迪基一条胳膊，想让他身体最重的肩膀部位越过船舷上沿。迪基的手耷拉着，还有余温，对汤姆的行动并不配合。迪基的肩膀贴在船底，汤姆一拽，手臂像橡皮筋一样伸展开来，身体却不动。汤姆单膝跪着，托着迪基的尸体往船外举。汤姆的动作令船晃荡起来，他忘了自己在水上，而世界上唯一一令他害怕的就是海水。汤姆思忖必须从船尾将尸体抛入海里，因为船尾更接近海面。他拖着迪基软趴趴的尸体往船尾移，绳索也跟着在船舷上滑动。汤姆根据水泥锤在水里的浮力判断它尚没有触底。到船尾后，这次他改为先抬迪基的头和肩膀，将他的尸体翻过来，一点一点往外推。迪基的头已经进到水里，腰部卡在船舷上，两条腿却像磁铁一样紧紧吸在舱底，任凭汤姆怎么用力都纹丝不动，正如刚才他的肩膀贴在船底一样。汤姆深吸一口气，使劲往外举。迪基的身体终于翻到艇外，但汤姆自己也失去平衡，倒在舵柄上，原本挂在空挡的马达，突然发出怒吼。

汤姆急忙挥手去抓操纵杆，但汽艇已经发疯似的打起转来。瞬时间，他发现身下是水，伸手去摸船舷，可船舷已不在原处，摸到的还是水。

他已经落水了。

他大口喘气，纵身向上跃，想去抓汽艇，却没够着。艇身已经开始打转。汤姆在水中继续腾跃，却往下沉得更深。海水缓慢而致命地没过他的头顶，越过他的眼睛，令他来不及换气，就呛了一鼻孔水。汽艇却离他更远了。他以前见过这种原地打转的船：除非有人爬进去关掉马达，否则它会一直转下去。此刻置身茫茫大海，他提前体会到濒死的痛苦滋味。他再次没入水面以下，海水灌进他的耳廓，阻隔了外界一切声响，连那疯狂的马达声也渐渐消失，他只能听见自己身体发出的声音、呼吸、挣扎和血液绝望的澎湃。他再次朝上挣扎，不自觉地向汽艇移动，虽然它还在转个不停，难以够着，但那是唯一漂浮的东西。在他向上换口气的工夫，尖锐的艇首从他身旁擦过两次，三次，四次。

他大声求救，却只换来一嘴的海水。他的手碰到艇身在海面以下的部分，却又被艇首那堪比野兽般蛮力的惯性推开。他冒着被螺旋桨叶片扫到的危险，疯狂地又把手伸向艇尾。这次他的手指碰到了船舵，他急忙俯身闪避，却没来得及。船的龙骨擦着他的头顶，从他上方越过。这时船尾又转了回来，他又试着够了一次，总算摸到船舵，另一只手抓着船尾的舷边。他伸直手臂，让身体与螺旋桨保持一定距离。也不知道从哪来的一股力气，让他纵身扑向船尾，胳膊搭上船舷；接着他伸手摸到了操纵杆。

马达开始减速。

汤姆双手攀紧船舷，逃离险境后的难以置信和如释重负让他的大脑一片空白。过了一会儿，他才发觉自己喉咙灼热，呼吸时胸口刺痛。他也不知道自己就这样在船舷上趴了两分钟还是十分钟，什么也不想，慢慢积蓄力量，终于他慢慢地在水里腾跃了几下，跳进艇里，双脚还在船舷上晃荡。他就这样趴着，模模糊糊地意识到手指下沾着迪基的血，混杂着自己口鼻流出来的海水，感觉滑腻腻的。他趴在那儿思考如何处理这艘血淋淋的、无法归还的船，思考自己过会儿怎么开启马达，思考返程的方向。

他还想到了迪基的戒指。他摸了摸夹克的口袋，戒指还在。戒指怎么可能会有问题呢？他本想朝四周张望，看看有没有船只从附近经过，但一阵咳嗽带出来的泪水模糊了他的视线。他揉了揉眼睛。放眼望去，除了远方那艘小艇绕着大圈疾驰，再无旁物。那艘小艇并没注意到他。汤姆看了看艇底。这些血迹能洗掉吗？他以前听说血迹是最难清洗的。他原打算把汽艇还给船主，要是船主问起他的朋友，就说已经在某处送他上岸了。可是现在不行了。

汤姆小心翼翼地控制着操纵杆。怠速的马达开始加速。他刚才还怕自己搞不定马达，但马达比大海更具人性，也更好控制，因此他也不那么恐惧了。他朝圣雷莫北边的海岸斜插过去。或许能在那儿找到合适的地点，某个无人踏足的小湾，他可以弃艇登岸。可是万一汽艇被人发现怎么办？那问题就大了。他努力地尝试冷静下来，但思维凝滞，不知该如何处理汽艇。

现在他能看见松树、一片空旷的褐色海滩和一片绿色的油橄榄地。汤姆驾着汽艇在这一带缓缓地沿折线游荡，留意是否有人。空无一人。他朝向一片浅而短的海滩驶去，谨慎地握着操纵杆，生怕马达再次不听使唤。接着他感觉到船首底部和海滩的摩擦。他将操纵杆推到"停止"位置，又用另一根操纵杆关掉了马达。他小心地下船，走进十英寸深的海水里，使劲把汽艇往岸上拽，接着又把两人的外套、自己的鞋子和玛吉的香水从船里拿到岸上。这个小湾宽度不足十五英尺，四下渺无人迹，令汤姆感到安全而隐秘。他决定沉船。

他开始捡石头，每块石头都有人头那么大，因为再大他就搬不动了。他把石头一块一块地放进汽艇里。最后他不得不捡小一点的石头，因为附近的大石头都被他捡光了。他马不停蹄地加紧干，因为他怕自己稍一休息，就会精疲力竭地倒地不起，落个被人发现的下场。等石头堆到和船舷齐平时，他用力推船下海，越推越远，直到海水从两侧漫进船里。船开始下沉，他还在往前推，一直推到海水及腰，船沉到他够不着的地方。他费力地走回岸上，脸朝下在沙滩上躺了一会儿，心里开始盘算怎么回旅馆，如何编故事以及下一步的行动：天黑前离开圣雷莫，返回蒙吉贝洛，到了之后再继续编吧。

13

日落时分，村里刚刚冲完凉的意大利人和其他外人，穿戴一新，坐在咖啡馆的露天桌子旁，望着来来往往的行人，盼着能听到城里又发生了什么新鲜事。这时汤姆走进村子，穿着泳裤、凉鞋和迪基的灯芯绒外套，腋下夹着他自己些微沾有血迹的长裤和夹克。他的步态倦怠而随意，因为他实在太累了，不过碍于路旁咖啡座上百号人的目光，他只能强打精神昂起头，沿着这条通往他住宿的海滨旅馆的必经之路朝前走。此前他已经在圣雷莫城外的路边酒吧，喝了五杯加糖的意式咖啡和三杯白兰地补充体力。他现在必须以一个热爱运动的年轻人的面目示人，刚刚在水里玩了一下午，泳技出众，不怕冷，偏好在寒冷的日子下水，这么冷的天居然还能游到傍晚。他走到旅馆，从前台桌子上拿起房间钥匙，走进自己的房间，瘫软在床上。他只想让自己休息一个小时，千万不能睡着，因为一睡就会是几个小时。他休息了一会儿，感觉睡意袭来，赶紧站起来用水盆打点水，洗了洗脸，又拿一条湿毛巾回到床上，一只手不停甩动湿毛巾，以免睡着。

最后他还是起来了，着手处理一条裤腿上的血污。他用肥皂和指甲刷反复刷，刷累了就休息一小会儿，同时整理行李箱。他按照迪基习惯的方式，将迪基的物品放进箱子，牙膏和牙刷放进左侧背袋里。随后他又将那条带血的裤腿洗干净。他自己外套上沾的血太多了，没法再穿，必须处理掉，不过他可以穿迪基的外套，他俩的衣服都是米色，尺码也相同，汤姆的外套就是照着迪基外套的式样，请蒙吉贝洛当地同一名裁缝做的。他把自己的外套也塞进行李箱，拖着行李箱下楼结账。

旅馆前台的男服务员问他朋友哪去了，汤姆说在火车站等他。男服务员愉快地微笑着，祝汤姆旅途愉快。

汤姆在两条街外的一家餐馆停下来，强迫自己吃了一碗意式浓汁通心粉菜汤，补充体力。他吃的时候特意留心那位意大利船主是否在附近。他认为当务之急是今夜必须离开圣雷莫，即使没有火车和汽车，坐出租车也行。

在火车站，汤姆打听到晚上十点二十四分有一辆南向列车。还是卧铺列车。明天一早醒来就到罗马，再换车去那不勒斯。事情突然间变得出奇的简单容易。汤姆心中涌起一股宽慰感，甚至萌生了去巴黎玩几天的念头。

"请稍等一会儿。"他对正把票递给他的售票员说。汤姆绕着行李箱走来走去，考虑要不要去一趟巴黎。哪怕去过一夜，只是去看看，只消两天时间。告不告诉玛吉都无所谓。但他很快又变卦了，现在他的心还没落地。他需要抓紧赶回蒙吉贝洛，处理迪基的物品和财产。

火车卧铺上洁白、挺括的床单是他见识过的最奢华的物件。他舍不得就这样关上灯，用双手细细地抚摸着床单，享受着一尘不染的蓝灰色床毯和头顶上小巧、实用的黑色蚊帐。汤姆内心突然生发出一种狂喜，因为他想到了迪基的钱财，他的床铺、桌子、大海、游船、行李箱、衬衫，还有数年之久逍遥快活的生活在等着他。随后他熄灯躺下，脑袋一沾枕头就睡着了。他现在的心情幸福而满足，有一种从未有过的自信。

火车到了那不勒斯，他走进火车站的男厕所，把迪基的牙刷、梳子从行李箱里拿出来，连同自己的灯芯绒外套和迪基溅血的裤子，一并用迪基的雨衣包起来。他拿着这捆衣物，穿过火车站前的马路，把它们塞进靠着墙角的一个硕大的麻布垃圾袋内。忙完这些，他来到停靠巴士的广场，在一家咖啡馆吃早餐，喝了一杯牛奶咖啡，吃了甜面包圈，随后坐上那辆十一点钟开往蒙吉贝洛的巴士。

他刚下巴士，就和玛吉迎面撞上了。玛吉还穿着在海滩上常穿的泳装和宽大的白色外套。

"迪基去哪儿了？"她问道。

"他在罗马。"汤姆笑着答道，神态从容，对这个问题显然有备而来。"他要在那待上几天，我回来取几样东西给他送去。"

"他和什么人住一块吗？"

"没有，就他一个人住在旅馆里。"汤姆又朝玛吉笑了一下，算是作别，就拎着箱子朝山上走去。过了片刻，汤姆听见玛吉那双软木鞋跟凉鞋在身后追赶他的声音。汤姆停下脚步。"我们那可爱的家，一切都还好吧？"他问道。

"还是那样，能有什么变化？"玛吉也笑了。她和汤姆相处有些不自在，但还是尾随汤姆进了屋子。大门没锁，汤姆依照惯例，从一个快要腐烂的、种着一棵要死不活的灌木的木制花盆后面，取到那把开露台大门的铁钥匙。两人一起走到露台。露台上的桌子稍微移动了位置，吊椅上有本书。他们走后，玛吉一定来过这儿，汤姆想。他只不过才离开了三天三夜，时间却像过去了一个月之久。

"斯基皮怎么样？"汤姆兴致勃勃地问，一边打开冰箱，拿出一个冰盒。斯基皮是玛吉前些日子捡到的一只流浪狗，毛色黑白，长得很丑，可是玛吉对它宠爱有加，对待它像一个跟随自己多年的老侍女。

"它跑掉了。我本来也不指望它能留下来。"

"噢。"

"你们看上去过得很开心。"玛吉的口气带着一丝羡慕。

"我们玩得很好。"汤姆笑道,"我给你调一杯酒怎么样?"

"不,谢谢。你认为迪基这次出去会待多久?"

"呃——"汤姆若有所思地皱了皱眉,"我也说不好。他说他想看看在罗马的许多画展。我觉得他只是想换换环境。"汤姆给自己满满斟了一杯加了苏打水和柠檬片的杜松子酒。"不过我觉得他一周后会回来。"说着汤姆伸手去拿行李箱,从里面掏出那盒玛吉要的香水。他已经把商店的包装纸拆了,因为上面有血迹。"这是你要的斯特拉迪瓦里斯牌香水,我们在圣雷莫买的。"

"噢,太感谢了。"玛吉接过香水,小心翼翼地带着陶醉的神情打开它。

汤姆端着酒杯紧张不安地在露台上走来走去,也不和玛吉搭话,就等她走人。

"呃——"最后还是玛吉先开口,她来到露台上,"你打算待多久?"

"你是指哪儿?"

"在这儿。"

"就今晚。我明天就回罗马,大概下午出发。"他之所以加后面这一句,是因为他可能得到明天下午两点才能拿到邮件。

"那你走之前如果不去海滩,我可能见不到你了,"玛吉故意用友善的口气说道,"万一我们不再碰面,我提前祝你玩得愉快。请告诉迪基寄一张明信片来。他住在哪一家旅馆?"

"嗯，嗯——叫什么来着？就在西班牙广场边上？"

"英吉尔特拉吗？"

"就是那里。不过他好像说过会用美国运通作为通信地址。"汤姆思忖，她不会给迪基打电话。假如她写信，那他明天去饭店就能取到。"我明天早晨大概会去海滩走走。"汤姆说。

"好的。谢谢你们替我买香水。"

"不客气！"

说完，她沿着小径，走到铁门，离开了迪基的家。

汤姆拿起行李箱，跑到楼上迪基的卧室。他拉开迪基衣柜最上层的抽屉，里面有信件、两本通讯录、几个小笔记本、一条表链、几把零散的钥匙和一张保险单。他又挨个把其他抽屉打开，随后也没有合上。这些抽屉里放着衬衫、短裤、叠好的毛衣和一堆乱七八糟的袜子。房间的角落放着迪基的绘画作品集和老旧的画本。整理的工作量浩大。汤姆脱了个精光，赤裸地奔到楼下，迅速冲了个凉水澡，然后穿上迪基挂在衣橱里的一条白色旧麻裤。

他从最上层抽屉开始整理，有两个原因：这里都装着近期的信件，查看这些信件是为了以防有要事亟须处理；再一个是以备玛吉下午杀个回马枪，届时免得让她生疑，觉得自己要把整个房子翻个底朝天。不过汤姆还是想今天下午就开始动手，把迪基最好的衣服放进他最大的行李箱里。

午夜时分，汤姆还在屋内走来走去。迪基的行李箱已经整理好，他现在正在估摸房间里这些家具值多少钱，哪些东西可以送给玛吉，剩余的东西如何处理。那台该死的冰箱就送给玛吉吧，她一定会很高兴。在门厅摆放的那个雕花五斗橱，本是迪基用来盛放床单、台布等亚麻制品的，估计值好几百美元。上次汤姆问这个柜子有多老，迪基说大概有四百年历史。他想去找米拉马雷旅馆的副经理西格诺·普西，请他做中介，出售迪基的房子和里面的家具。还有汽艇。迪基曾经说过，普西为村里人做过这种中介工作。

他本打算将迪基的物品全部打包带到罗马，但是又担心玛吉怀疑他为什么短时间内带走这么多东西，于是打定主意，之后再说搬到罗马是迪基临时起意。

第二天下午三点钟左右，汤姆去了一趟邮局，收到一封迪基的美国友人寄给迪基的有趣信件，却没有他自己的信件，回家的路上，他却在脑海中想象他正读着迪基的来信，就连具体的措辞都想出来了。这样，如果需要的话，他可以转述给玛吉听。他甚至让自己感受到了，迪基突然改变主意带给自己的轻微诧异。

一到家，他就着手把迪基最好的画作和最好的亚麻制品装进一个大纸壳箱里。这是他在回家途中向开杂货店的埃尔多要来的。他不慌不忙、有条不紊地整理着，心里做好了玛吉随时过来的准备。但是直到四点钟，玛吉才露面。

"你还没走啊？"她进来看到汤姆问道。

"是啊。我今天接到迪基一封来信。他打定主意，准备搬到罗马去。"汤姆挺直身板，笑了笑，好像这个消息也令他很吃惊。"他要我把他的东西，能带走的都带走。"

"搬到罗马去？去住多久？"

"我不知道。反正肯定会过完这个冬天。"汤姆边说边整理迪基的油画。

"他一冬天都不回来了吗？"玛吉的声音听起来茫然若失。

"估计不回来了。他说他也许会卖掉这所房子，不过这个还没有定。"

"天呐！——发生什么事了？"

汤姆耸耸肩。"看来他是想在罗马过冬了。他说他会给你写信。我还以为今天下午你或许已经收到他的信了呢。"

"没有。"

两人谁也不再说话。汤姆继续整理东西。他突然反应过来，他还没整理自己的东西。回来之后，他还没进过自己的房间。

"他还会去科蒂纳，对吧？"玛吉问道。

"不，他不去了。他说他会给弗雷迪写信，取消这次行程。不过这应该不影响你去。"汤姆望着玛吉。"哦，对了，迪基说这台电冰箱归你了。你可以找人帮你抬过去。"

玛吉惊愕的表情并没有因为收到冰箱这个礼物而有丝毫改变。汤姆心里清楚，玛吉想知道他是否还和迪基住一起。而且看到汤姆欢快的样子，玛吉估计认定他们十有八九会继续住一起。汤姆感觉这个问题就在玛吉嘴边，玛吉这时的心理就像个孩子，让人一览无余。果不其然，她问："你俩在罗马住一起吗？"

"也许会住一程。我先帮他安顿下来。我这个月想去一趟巴黎，然后到十二月中旬左右，我就回美国。"

玛吉一副萎靡不振的样子。汤姆知道，她在想象未来孤单的日子——就算迪基定期回来看望她，也于事无补。周日的早晨将会很空虚，用餐时也孤零零的。"圣诞节他准备怎么过？你觉得他是在罗马过还是回这里？"

汤姆的语调里暗藏了一丝愤懑，"我觉得他不会回来的，我感觉他想一个人待着。"

玛吉这时已经惊讶得说不出话来，一副既震惊又心痛的样子。等她收到他回罗马后给她写的信，就更有好戏看了，汤姆思忖着。

当然，他会把信写得和迪基一样温柔体贴，但是在信中，他会明白无误地表示，他再也不想见到她了。

过了几分钟，玛吉站起身来，心不在焉地和汤姆道别。汤姆突然有种感觉，她也许今天就会给迪基打电话，甚至去罗马找迪基。不过那又怎样？迪基或许换旅馆了。罗马有那么多旅馆，如果她来罗马找迪基，够她找上几天了。如果她打电话或来罗马找，都联系不上迪基，她会认为迪基和汤姆·雷普利一道去巴黎或其他某个城市了。

汤姆瞥了一眼那不勒斯来的报纸，想看看上面有没有在圣雷莫附近发现沉船的新闻。如果是图片新闻，边上一定会配以"圣雷莫神秘沉船"之类的文字。船上若是还有血迹，这些家伙更会大肆渲染一番，那种意大利报纸一贯钟爱的惊悚文风："圣雷莫的年轻渔民乔吉奥吉亚·迪·斯蒂法内昨天下午三时在水深两米处发现可怕一幕，一艘内部血迹斑斑的汽艇……"但是汤姆在报纸上并没看到这样的新闻。昨天的报纸上也没有。也许要经过数月之久，汽艇才会被发现，汤姆想。也可能永远不会被发现。就算发现了，谁又能知道当初迪基·格林里夫和汤姆·雷普利是乘坐这艘小艇一起出海的呢。他们在租艇时并没有告诉那位意大利船主他们的姓名。船主只给了他们一张橙色小票。汤姆事后在口袋里发现这张小票，就将它销毁了。

汤姆在吉奥吉亚旅店喝了一杯咖啡后，傍晚六点钟乘坐出租车离开蒙吉贝洛。临行前，他和吉奥吉亚、法斯多以及其他几位他和迪基都熟识的村民道别。他对所有人讲的都是一模一样的话，迪基先生要在罗马过冬，托他问候大家。汤姆还说，要不了多久迪基肯定会回来看望他们。

当天下午，汤姆还将迪基的亚麻制品和画作委托美国运通公司装箱打包，连同迪基的木箱和两个较重的行李箱，一起托运至罗马，收货人都注明是迪基·格林里夫先生。汤姆随身带走了自己的两个旅行箱，外加一个迪基的旅行箱，坐出租车离开。此前他曾告诉米拉马雷旅馆的副经理西格诺·普西，说迪基先生想出售在当地的房产和家具，不知道普西先生能否代为处理？普西一口答应下来。汤姆还跟码头管理员皮耶托打过招呼，让他留意是否有人愿意对迪基的那艘"皮皮斯特罗号"感兴趣，因为迪基先生打算今年冬天将这艘船卖掉。汤姆说，迪基先生定的价位是五十万里拉，折合不到八百美元，这对于一艘能躺得下两个人的帆船来说，算是很便宜了。皮耶托说他只需几个星期就能把船卖出去。

在开往罗马的火车上，汤姆字斟句酌地构思给玛吉的信，差不多到了能背下来的程度。一到罗马的哈塞拉酒店，他就坐到赫姆斯宝贝牌打字机前。这台打字机是他装在迪基的一个旅行箱里带过来的。他一气呵成地写完这封信。

亲爱的玛吉：

我已经决定在罗马租个公寓过冬。我只是想换换环境，暂时告别蒙吉贝洛。我现在非常想一个人待着。原谅我突然的决定，不告而别。其实我离你并不远，我会时不时去看你。我不想自己回去收拾行李，于是就让汤姆代劳了。

我们暂时分开，不但不会损害我们的关系，反而可能会让事情变得更好。我有一种强烈的感觉，感觉自己正烦扰你，虽然你一点也不让我厌烦。所以不要认为我此举是在逃避什么。恰恰相反，在罗马我会更贴近现实，而这在蒙吉贝洛是做不到的。我待在蒙吉贝洛不自在，其中一个原因就是因为你。我离开虽然不能解决任何问题，但是能令我好好审视对你的感情。所以亲爱的，我暂时先不和你见面，希望你能理解我。如果你实在不能理解，我也只好冒这个风险了。我可能会和汤姆去巴黎玩几周。他想去巴黎想得要命。不过要是我重新开始作画，那就去不成了。我结识了一位名叫迪马西奥的画家，我很喜欢他的作品。他是个老头，没什么钱。如果我付他一点报酬，他会教我画画。我打算去他的画室跟他学画画。

罗马真是一座奇妙的城市，喷泉整夜喷个不停，人人都是夜猫子，和蒙吉贝洛截然不同。至于汤姆，你误会他了，他马上就回美国。具体什么时候回去，我并不关心。他这个人倒不坏，我谈不上讨厌他。反正他就是个局外人，我希望你能明白这一点。

你写给我的信，暂时可以通过运通公司转交给我。等我租到公寓，再告诉你确切地址。我房间里壁炉的柴火、电冰箱和打字机你随便使用。至于圣诞节的出行，我感到十分抱歉。不过我觉得不应该这么快和你见面，你要是恨我就恨吧。

全心全意爱你的

迪基

十一月二十八日　一九——

进了酒店后，汤姆就没摘下过帽子。他用迪基的护照在前台登记。不过他发现，这些酒店从不看护照上的照片，只登记首页上的护照号。汤姆签名时刻意模仿迪基潦草夸张的笔迹，将姓名的两个首字母 R 和 G 写成大写的环体字。他出去寄信时，特意到隔着几条马路的一家药店，买了几件自认为今后会派上用场的化妆用品。他还和售货的意大利女孩逗趣，令她误以为他是替丢了化妆包的太太买化妆品，太太本人则由于胃部不适的老毛病留在酒店。

返回酒店后，汤姆整晚都在练习模仿迪基的银行支票签名，因为要不了十天，迪基的每月定期汇款就会从美国寄到。

14

汤姆第二天换到一间名叫"欧罗巴酒店"的中等价位酒店，在威尼托大街附近。汤姆觉得哈塞拉酒店有点奢华，入住的都是影视界人士，或者像弗雷迪·米尔斯这种认识迪基的人，他们来罗马时会住在那里。

汤姆在脑海中想象过在酒店房间和玛吉、法斯多、弗雷迪对话的情景。他觉得这些人中，玛吉最有可能来罗马。如果是在电话里，他就装成迪基和她交谈，如果是面对面，那他就还原成汤姆。玛吉可能会突然冒出来，直接出现在酒店，并且坚持来他的房间。如果那样的话，他只好摘下手上戴的迪基的戒指，并且换身衣服。

"我也不太明白，"他用汤姆的声音对她说，"你知道他的为人——总是喜欢离群索居。他对我说，我可以在他的酒店房间里住几天，因为我自己的房间暖气正好坏了……哦，他过几天就回来，要是不回来，他也会寄明信片报平安的。他和迪马西奥去一个小镇上的教堂看画作了。"

（可是难道你连他是向南去还是向北去都不清楚吗?）

"我真不知道。我猜是朝南。不过知道这个有什么用?"

（那敢情就是我运气不佳，正好和他擦肩而过，是吧? 可他为什么不能说去哪儿呢?）

"我理解你的心情。我也问过他。我还在这房间里找过，看能不能发现地图或其他能显示他去向的物品。他只是三天前给我打过一个电话，说我可以住他的房间。"

练习如何瞬间变回他自己，这是个不错的主意。因为将来可能需要他在汤姆和迪基两个角色之间来回切换。说来也怪，反倒是汤姆·雷普利这个他本人的音色，他总是记不住。他不断模拟和玛吉的对话，直到耳朵里听见自己的声音和他记忆中的一模一样。

不过大多数时候，他还在模仿迪基，用低沉的语调假设自己跟弗雷迪和玛吉说话，或者通过长途电话和迪基的母亲通话，和法斯多或宴会上某个陌生人交流。他说话时一会儿用英语，一会儿用意大利语，边上迪基的手提收音机还开着，这么一来，酒店服务人员万一经过走廊又正巧知道格林里夫先生是一个人住，便不会以为他是个自言自语的神经病。有时广播里播放的歌曲正好是汤姆喜欢的，他会随着乐曲起舞。即便是跳舞，他也模仿迪基和女孩子跳舞的样子——他曾经在吉奥吉亚旅馆的露台和那不勒斯橘园公寓见过迪基和玛吉跳舞。迪基的舞步迈得很开，但动作僵硬，舞姿谈不上优美。现在的每一刻对汤姆来说都是享受，独自住着他的房间，独自走在罗马的大街小巷，他一边观光一边留意有没有公寓出租。他在心里暗想，成为迪基·格林里夫后，他再也不会感到寂寞无聊了。

汤姆去美国运通办事处取信时，人们称呼他格林里夫先生。玛吉的第一封信到了：

迪基：

怎么说呢，我感到有点不可思议。我不知道你在罗马、圣雷莫抑或其他什么地方到底冒出了什么念头，做了这个决定。汤姆只对我说，他会和你待在一起，其他一概显得讳莫如深。不过除非我亲眼见到，我不相信他会回美国。老伙计，说句不怕得罪人的话，我很讨厌这个家伙。在我或其他外人看来，他对你一定有所企图。你要是好自为之，就得做一些改变，不要和他来往了。好吧，他或许不是同性恋。但他什么也不是，这一点更糟糕。他不是正常人，过不了**任何**性生活，我的意思你应该能懂。再说我对汤姆不感兴趣，我只在乎你。如果只是几周见不到你，哪怕圣诞节也不能和你一起过，我都能忍受，亲爱的，只不过那样的话，我情愿不去想圣诞节了，或者用你的话说，让我们的感情顺其自然。但是我在这儿做不到不去想你，这个村子和我相关的，都是我们共同的回忆。我举目望去，处处都是你的痕迹。我们一起种的篱笆，我们一起修筑却一直修不完的围墙，我向你一直借而不还的书籍，还有桌旁你专用的那把椅子，这是最让我难过的。

还是让我继续说得罪人的话吧。我不是说汤姆会主动对你使坏，但他会潜移默化对你产生负面影响。你知不知道，你和汤姆在一起，无形中会觉得自降身份。你有没有认真思考过这个问题？前几周我觉得你已经开始意识到这个问题了，但现在你又和他混在一起。说实话，伙计，我不知道发生了什么事情。如果你真的"不关心他什么时候回去"，看在上帝分上，直接把他的铺盖扔出去吧！他这种人永远不会帮你或其他任何人摆平任何事。反倒是把你蒙在鼓里，操纵你和你父亲，最符合他的利益。

谢谢你给我买的香水，亲爱的。我会留着——或者留着大部分——以等到下次见你时再用。我也没把冰箱搬到我家去。你要是愿意，我随时把它还给你。

不知道汤姆有没有告诉你，小狗斯基皮走丢了。我是不是该去捉一只蜥蜴回来养，并在它脖子上拴一根绳子？我马上准备动手修房间的墙壁，不然墙皮就要发霉，最后全掉到我身上。真希望你在这儿陪我，亲爱的——这是我的真心话。

很爱很爱你，才写了这么多。

×　×

玛吉

美国运通公司

转交

罗马

十二月十二日，一九——

亲爱的爸爸妈妈：

我正在罗马寻找公寓，但还没找到合适的。这儿的公寓不是太大，就是太小。公寓太大，除了住的一间，其他房间都得锁起来，不然冬天就没法取暖。我现在正在找一套中等面积、价位合适的公寓，这样就可以在冬天充分取暖，又不会所费甚巨。

很抱歉我现在不常给你们写信。我想尝试过一种更加宁静的生活，这样我也许会做出更大的成绩。我打算搬离蒙吉贝洛，就如你们一直以来希望的那样。我已经把行李物品搬走了，房子和帆船也打算卖掉。我新结识了一位名叫迪马西奥的画家。他画技出众，并愿意在他的画室指导我。我打算突击几个月，看看自己能练到什么程度。这算是一种试验。我知道这些话您不会感兴趣，爸爸。但您总是来信问我在忙什么，我就只能这么和您说了。我打算将这种宁静、勤奋的生活继续下去，一直到明年夏天。

另外，您能把厂里最新的产品册寄一份给我吗？我很想知道你们现在的工作情况。我已经好久没见过那些玩意了。

妈妈，我希望您不要为了我过圣诞节而操心，我真的什么都不需要。您现在心情怎么样？还经常出门吗，比如去剧院看戏？爱德华舅舅现在怎么样了？代我问候他并保持联系。

爱你们的迪基

汤姆将这封信反复读了几遍，觉得里面逗号用得太多，于是耐着性子重新打了一遍，并签了名。他以前在迪基打字机上见过迪基给父母写了一半的信，了解迪基的文风。他知道迪基给任何人写信都不会超过十分钟。如果说这封信和以往的信有什么区别的话，就在于谈到个人的事情更多一些，语气也更热情。他又再读了一遍这封信，感觉好多了。爱德华舅舅是格林里夫太太的兄弟，得了癌症，现在住在伊利诺伊州的一家医院里。汤姆是从迪基母亲上一封来信中获悉这个消息的。

数日后汤姆就将乘机前往巴黎。离开罗马前，他先给英吉尔特拉酒店打电话，得知并没有寄给理查德·格林里夫先生的信件或找他的电话。汤姆在下午五点抵达巴黎奥利机场。他事先用过氧化氢溶液将头发漂白得淡一些，并用发油令头发略微打卷。为了让机场验护照的官员不起疑心，他故意模仿迪基护照照片上神情紧张、双眉紧蹙的表情。可是护照官只是匆匆打量他一眼，便在护照上盖戳放行。汤姆下榻在伏尔泰月台酒店。这家酒店是他在罗马酒吧里和一些美国游客闲聊时，他们向他推荐的，因为酒店位置便利，美国人也不多。在酒店安顿好之后，他冒着巴黎十二月氤氲阴冷的夜色，出去溜达一圈。他昂首阔步，面带笑容。他喜欢巴黎这座城市的氛围，以前早有耳闻，今日终于能亲身体验了。街巷曲曲折折，临街房子大多是灰色门脸，房顶有天窗。汽车喇叭声喧嚣嘈杂，随处可见的公厕和纪念柱上贴满色彩艳丽的剧场广告。他准备好好花上几天时间，慢慢领略巴黎的氛围，然后再去参观卢浮宫、埃菲尔铁塔等其他名胜。他买了一份《费加罗报》，然后走进花神咖啡馆，在一张桌前坐下，点了一杯淡白兰地。迪基以前说过，他来巴黎就喜欢点这种酒。汤姆的法语不太灵光，不过迪基也比他好不到哪里去。一些好奇的人隔着咖啡馆的玻璃门脸盯着他，但没有人走进来和他攀谈。汤姆已经随时准备好某人突然从桌边站起来，走过来和他打招呼，"迪基·格林里夫！真的是你吗！"

汤姆没有刻意改变外貌，但他觉得这会儿自己的神态和迪基很相似，脸上都带着对陌生人毫不设防的笑容。这种笑容用来迎接老友或情人可能更适合。迪基心情好时，这是他的标志性笑容。汤姆现在心情也很好，身处巴黎，坐在著名的咖啡馆里，想着自己明天往后一直可以拥有迪基·格林里夫这个新的身份。那些精致的袖扣，白色真丝衬衫，甚至迪基穿旧的衣物——带铜扣的棕色旧皮带，棕色旧皮鞋——就是《潘趣》杂志广告上那种一辈子都穿不坏的鞋子，那件芥末色、口袋松垂的旧长款毛衣，现在这些东西都成了他的，而他也钟情于它们。还有那支刻着金色姓名缩写的黑色钢笔和已经用得很旧的古驰鳄鱼皮钱包，钱包里面还有大量现金。

第二天下午，一个法国姑娘和一个美国小伙邀请他去克勒贝尔大街参加一个派对。他和这两人是在圣日耳曼大道一家咖啡西餐厅里闲聊认识的。这个派对上有三四十人，参加者大多是中年人，他们在这所寒冷而庄重的大房子里拘谨地四处站立着。汤姆总结出来，在欧洲冬天暖气不足，就好比夏天喝马提尼酒不加冰，都是时尚标志。在罗马时，他最后搬到一家价格更高的酒店，本想住得暖和些，结果却发现更冷。根据阴郁老派的审美风格，这所房子确实很时尚，汤姆想，派对上有管家和使女，桌子上摆满了用面包片垫底的肉馅饼，切成片状的火鸡肉，带糖霜的花色蛋糕，还有无数瓶香槟。但是沙发套和窗帘都由于用得太久而破旧不堪。他还在大厅的电梯旁发现有耗子洞。在派对上他被介绍认识的客人中，至少有半打伯爵和伯爵夫人。一个美国人告诉汤姆，邀请他参加派对的那对男女即将结婚，不过女方父母对婚事不是太赞同。偌大的房间里气氛有些紧张，汤姆努力对每个人都友好热情，就连那些板着面孔的法国佬，他也笑脸相迎，虽然他能说的法语不外乎是"好极了，不是吗？"他使出了浑身解数，好歹最后博得那位邀请他参加派对的法国姑娘一笑。他觉得自己算是幸运儿，有多少美国人来巴黎不到一个星期就能受邀参加一个法国家庭聚会？汤姆早就听说，法国人不轻易邀请陌生人去他们家里。在场的美国人似乎没有一个认识他。汤姆感到十分自在，比他以前参加过的任何一次派对都自在。他用盼望已久的方式在派对上和人交往，在坐船来欧洲时，他就这样盼望着。现在他已经和过去一笔勾销，那个属于汤姆·雷普利的过去，彻底获得了新生。一位法国女人和两个美国人还邀请他参加他们的派对，但汤姆都婉拒了，用的是同样的托词，"十分感谢，不过我明天就将离开巴黎。"

不能和任何人打得太火热，汤姆心想。说不定他们当中某个人就认识迪基的朋友，而那人也许就在下次的派对上。

十一点一刻，他向女主人和她的父母告辞，他们似乎非常舍不得他走。但他希望在午夜来临前赶到巴黎圣母院，今晚是平安夜。

女孩的母亲又问一遍他的姓名。

"他是格林拉夫先生，"女孩对母亲重复一遍，"迪基·格林拉夫，对吧？[1]"

"正是。"汤姆笑道。

走到楼下大厅，他忽然忆起弗雷迪·米尔斯在科蒂纳的派对。十二月二日……几乎过去了一个月！而他本想写信给弗雷迪，告诉他不去了。不知道玛吉去了没有？弗雷迪发现他既没去又没写信解释，也许会心里犯疑。汤姆希望玛吉至少告诉了弗雷迪事情原委。他必须马上给弗雷迪写信。迪基的通讯簿上有一个弗雷迪在佛罗伦萨的地址。这是个疏忽，但算不上严重，汤姆想。不过这种事今后绝不能再发生。

他步入夜色，朝着灯火通明的灰白色调的凯旋门走去。他现在既有孤身一人，又有融入大众的感觉，刚才在派对上他就有这种奇怪的感受，现在身处巴黎圣母院前方场的人群外围，这种感觉又回来了。广场上人山人海，他根本挤不进教堂里。但是数台扩音器能清楚地把音乐传到方场的每个角落。先是他听不懂的法语版圣诞颂歌，然后是"平安夜"，一首庄严的歌曲，接下来又是一首曲调欢快却听不清歌词的乐曲；然后是男声合唱。见身旁的男士纷纷摘下帽子，汤姆也摘掉自己的帽子。他腰杆挺直地站立着，表情冷静，却随时准备对和他打招呼的人笑脸相迎。坐船来欧洲时的那种感觉又涌上心头，并且更加强烈，和善友好，是个绅士，过往经历无任何

---

1. 法国人有口音，把"格林里夫"念成了"格林拉夫"。

品德瑕疵。他现在是迪基，好脾气、天真的迪基，冲谁都是一副笑脸，遇到乞讨者，出手就是一千法郎。汤姆正要离去时，一个老乞丐向他要钱。汤姆给了他一张崭新的蓝色千元大钞。老乞丐的脸上顿时乐开了花，向他举帽致敬。

汤姆感到有点饿，他本想饿着肚子上床睡觉。睡觉前，他还打算读一个小时意大利语会话读本。可转念又想到，自己准备增重五磅，因为迪基的衣服穿在他身上显得有些松垮，而且从外貌看，迪基比他更壮实。于是他在一家小吃店前停下来，点了一份长硬皮面包夹火腿的三明治和一杯热牛奶。点牛奶是因为看见吧台上坐在他旁边的那位食客也在喝。牛奶没什么味道，味纯而寡淡，像教堂里的圣饼。

他一路悠闲地沿着巴黎南下，在里昂过夜，在阿尔勒也住了一晚，因为他想看看凡·高画画的地方。即使遇到恶劣天气，他也保持一副开心平和的模样。在阿尔勒，正当他在寻找凡·高作画时站立的位置，一阵密史脱拉风[1]卷来的暴雨将他浇得浑身湿透。他在巴黎买了一本漂亮的凡·高画册，但下雨时他没法拿出来。他不得不往返旅店和现场，比对凡·高当年绘画的遗迹。他游览了马赛，觉得除了卡尼般丽街外，其他都乏善可陈。此后他乘火车一路向东，分别在圣特罗佩、戛纳、尼斯、蒙特卡洛各待上一天。这些地方他都听过，如今亲身探访感到格外亲切。虽说这些城市在十二月份都是彤云密布，在小镇芒顿的跨年夜也无热闹的游客，但他依然游兴不减。汤姆在脑海中设想各种场景，那些穿晚礼服的男男女女，沿着蒙特卡洛赌场宽阔的台阶拾级而下；身着亮丽泳装，如杜飞水彩

---

1. 地中海北岸的一种干冷西北风或北风。

画中人物般光鲜亮丽的游客走在尼斯盎格鲁大道的棕榈树下。他们当中有美国人、英国人、法国人、德国人、瑞典人和意大利人，有的神情失望，有的吵吵嚷嚷，有的言归于好，还有的是杀人凶手。而蔚蓝海岸则在所有景点中最令他心潮澎湃。海岸线并不长，不过是环地中海的一小段，却像珠子一样穿起了一连串精彩的地名——土伦、弗雷瑞斯、圣拉斐尔、戛纳、尼斯、芒顿，最后是圣雷莫。

一月四日回到罗马时，他发现有两封玛吉的来信。第一封信上说，她打算三月一日离开现在的住处。她的书初稿尚未完成，但她准备将四分之三的稿件连同照片寄给那位对她的设想很感兴趣的美国出版商，她曾在去年夏天和他联系过，当时他就很感兴趣。她还写道：

我何时才能再见到你？在度过一个糟糕的冬天后，我害怕在欧洲再过一个夏天，所以我打算三月初回家。是的，我**想家**了，这是**真话**，也是最终的决定。亲爱的，如果我们能同船返回，那就太好了。有这个可能吗？我不抱希望。你今年冬天没想过回美国暂住几日吗？

我打算将行李（八个旅行箱，两个大行李箱，三箱书还有一些零碎的杂物）从那不勒斯通过海运寄回国，然后去罗马。如果你有心情，我们还可以去海边看看，逛逛马尔米堡、维亚雷焦这些我们喜欢的景点，做最后一游。我现在没心情去关心天气，我知道天气一定很**糟糕**。我不会要你送我去马赛坐船回国，但如果我从热那亚坐船，你会去送我吗？？？你是怎么想的？……

第二封信语气更加收敛了些。汤姆知道是什么原因：他近一个月没给她寄过明信片了。她这样写道：

我改变主意，不去里维埃拉了。或许是潮湿的天气打消了我的雄心，也可能是因为我的书稿。总之，我准备去那不勒斯换一班更早班次的船回美国——二月二十八日的"宪法号"。上了船就等于回到美国了：美国食物、美国人、用美元买饮料和赛马彩票——亲爱的，很遗憾不能再见到你。我从你的沉默中推断，你还是不想见我，所以你也别再想了，就当我们已经分手了。

我当然还想能和你重逢，在美国也好，在其他任何地方也好。你会心血来潮在二十八号之前来蒙吉贝洛一趟吗？你一定知道，我非常欢迎你。

一如既往的玛吉

又：我现在都不知道你还在不在罗马。

汤姆都能想象到玛吉写信时眼里的泪花。他心一软都想给她写一封善解人意的回信，告诉她自己刚从希腊返回，问她收没收到他的两张明信片？不过转念一想，为了安全起见，还是让她蒙在鼓里回美国吧。他还是没有给玛吉回信。

现在唯一令他有些担心的，当然也谈不上太担心，就是在他租到公寓前，玛吉有可能来罗马找他。如果她逐一排查酒店，肯定会找到他。但要是他租到公寓，她就再也找不到他了。有钱的美国人不必登记住址，虽说根据规定，更换地址要去警局备案。汤姆曾和一个住在罗马的美国人聊过，此人在罗马有一套公寓，他说他从不去备案，也没碰到过麻烦。如果玛吉突然来罗马，汤姆的衣柜里还挂着自己的许多衣服。他本人唯一改变的，不过是头发颜色，但这可以用太阳晒的作为借口。他其实并不担心。一开始汤姆逗乐似地用眉笔修饰自己的眉毛——迪基的眉毛比他长，且眉尾上翘；他还在鼻尖扑了点粉，好让鼻子显得更长、更尖，但后来他又放弃这些化妆，因为太过做作，反而容易引起注意。汤姆觉得，装扮成他人，最重要的是要将他的气质、性情体现出来，抓住与其相配的面部表情，其他倒是其次。

一月十日，汤姆给玛吉写了一封信，说他在巴黎独自住了三周，现在回到了罗马。信上还说，汤姆一个月前已离开罗马，说是要去巴黎，再经由巴黎回国。不过他告诉玛吉，在巴黎没遇见汤姆。他还说自己正在罗马寻租公寓，等找到后会立刻告诉她地址。他还热情地感谢玛吉寄来的圣诞包裹，里面是一件玛吉亲手织的红色 V 领带条纹的白色毛衣。十月份时，她还亲自在迪基身上试过这件毛衣的大小。包裹里还有一本十五世纪绘画作品的画册，和一个皮革剃须用品包，开口处刻有迪基的姓名首字母缩写 H. R. G.。包裹是一月六日寄到的，这也是汤姆现在写信的原因——他不希望玛吉以为他还没收到包裹，整个人消失得无影无踪，然后开始寻找他。他在信中问玛吉，有没有收到他从巴黎寄给她的包裹？他估计路上可能有些耽搁，对此他表示歉意。他是这么写的：

　　　　我又开始跟着迪马西奥画画了，感觉非常愉快。我也很想你，不过你若是能坚持配合我的试验，我宁愿再坚持几周不和你见面（除非你真的会在二月份回家，我有点不太相信！），到时你可能不想再见我了。请代我向吉奥吉亚夫妇和法斯多问好，如果他还在的话。也代我向管码头的皮耶托……

这封信是模仿迪基一贯心不在焉、略带忧郁的语调写的，谈不上热不热情，内容也空洞无物。

其实他在皇家大道靠近宾西恩门附近的一栋公寓大楼里找到一套公寓，并签了一年合同。不过他并不打算常住罗马，更不想在罗马过冬，只是在外漂泊这么多年后，他想要一个家，一个根据地。罗马很时尚，是他新生活的一部分。今后在马洛卡、雅典、开罗或其他任何地方，他都可以骄傲地对人说："是的，我住在罗马。我在那里拥有一所房子。"全世界和房子搭配的动词都是"拥有"。在欧洲拥有一套公寓就像在美国有一个车库那样自然。他还想把公寓装饰得尽可能典雅，虽说他巴不得见过这所公寓的人越少越好。他讨厌有电话，哪怕电话号码在黄页上查不到。不过他又觉得电话带来的安全性毕竟大于可能招致的风险，所以还是装了一台。这套公寓有一个大客厅，一个卧室，一个会客厅、厨房还有浴室。公寓配有家具，风格略显华丽，不过倒和周围体面的邻里环境和他向往的体面生活正好相匹配。房租冬季是每月一百七十五美元，含取暖费，夏季是一百二十五美元。

玛吉欣喜若狂地回了一封信，说她刚收到巴黎寄来的一件美丽的真丝衬衣。她感到万分惊喜，衣服也很合身。玛吉还说，她邀请法斯多和切吉一家来她家共进圣诞大餐，火鸡无可挑剔，还有什锦肉汤，李子布丁，吧啦吧啦一大堆吃的，唯独缺了他。玛吉还问他正在做什么，又在想什么？现在快乐些了吗？还说如果他能在这几天把地址发过来，法斯多回米兰时会顺路去看看他。要不就请他在美国运通留言，告诉法斯多在哪能找到他。

汤姆猜想玛吉现在心情这么愉快，主要是她以为汤姆已经从巴黎回国了。和玛吉的信同时寄来的还有普西的来信，说帮他在那不勒斯卖出三件家具，共得了十五万里拉，帆船也找到买主了，是蒙吉贝洛一个名叫阿纳斯塔西奥·马蒂诺的人，他答应一周内付定金，但房子可能要等到夏天才能出手，那时美国游客才会纷至沓来。付给普西先生不到百分之十五的佣金后，汤姆共获得二百一十美元。为了犒赏自己，他晚上去一家夜总会，享用了一顿大餐。他坐在点着蜡烛的双人桌前，虽然独自一人，却举止优雅。像这样独自进餐、独自看戏的生活，他丝毫不介意，反而可以令他集中精力扮演好迪基·格林里夫。他像迪基那样，将面包掰开吃，也像迪基那样，左手使叉。他看着周围的桌子和助兴的舞者，目光深邃温和，有些怔怔出神，以至于侍者不得不对他说了好几遍话，才唤起他的注意。餐厅里有人向他挥手，汤姆认出他们是在巴黎庆祝平安夜时认识的一对美国夫妇。他挥手回应。他还记得他们的姓氏，叫索德斯。此后整晚他没再朝他们望，但他们先离开，顺道走过来和他打招呼。

"你一个人就餐？"男的问，他看起来有些微醺。

"是啊。每年我都和自己单独吃一顿，"汤姆说，"某个纪念日。"

索德斯不明所以地点点头。汤姆看出来，他是那种美国小镇上的人，在谈话时不会巧妙机灵地应对，一旦看到大城市气派、庄重、纸醉金迷的生活和华丽的服饰，就会手足无措，虽说华服只穿在另一个美国人身上。

"您说您住在罗马，对吗？"索德斯太太问，"瞧，我们把您的名字都忘了，但却记得我们在一起过的平安夜。"

"格林里夫，"汤姆答道，"理查德·格林里夫。"

"对，对，想起来了，"她松了口气说，"你在这儿有一套公寓？"

看样子她想记下他的地址。

"我暂时还住在酒店，不过我打算等装修完毕后，就搬到公寓去。我住在伊利西奥酒店，你们可以给我打电话啊。"

"我们会的。再过三天我们才会动身去马洛卡。三天时间很充裕了。"

"很高兴在这儿见到你们，"汤姆说，"晚安！"

这对夫妇离开后，汤姆又独自一人，陷入凝神遐思中。他想，他应该用汤姆·雷普利这个名字开一个账号，时不时往里面存一百美元。迪基·格林里夫有两个账户，分别在那不勒斯和纽约，每个账户各有五千美元。他也许应该往雷普利那个账户上存数千美元，再将卖家具所得的款项也存进去。毕竟，他现在得同时照管两个人。

15

汤姆游览了罗马的卡比多山和博格塞公园，去古罗马广场好好逛了逛，还和一位邻居老大爷学了六节意大利语课，因为汤姆看见他家窗户上贴着授课广告。汤姆用一个假名和老人交往，学完第六课，他觉得自己意大利语已经达到迪基的水平了。他现在还能一字不差地复述迪基以前用意大利语讲过的几个句子，并且知道它们都讲错了。比如，有一天晚上，在吉奥吉亚旅店，他们在等玛吉时，迪基说了一句："Ho paura che non c'e arivata, Giorgio"（我怕她不来了）。在意大利语中表示担忧情绪，应该用虚拟式，所以应该说成"sia arrivata"（可能不来）。迪基说意大利语从不会用虚拟式，所以汤姆努力模仿这一点，避免自己说意大利语时，用正确的虚拟式。

汤姆为客厅买了深红色天鹅绒窗帘，因为他不喜欢公寓原来的窗帘。他曾问过西格诺拉·布菲，这套公寓的托管人的老婆，能不能替他找一个能做窗帘的女裁缝。西格诺拉·布菲说这活她自己就能做。她只要两千里拉，连三美元都不到。汤姆最后硬塞给她五千里拉。他还买了一些小物件点缀房子，不过他从不邀请别人来做客。唯一的例外就是他在格雷克咖啡馆遇到一位年轻的美国小伙子。这个小伙子长得讨人喜欢，但不机灵。当时他问汤姆从咖啡馆去威斯汀精品酒店怎么走。酒店正好在汤姆回家的路上，于是他邀请小伙子上去喝一杯。汤姆只打算在他面前显摆一小时，此后就再不相见。他也确实这么做了，让小伙子品尝白兰地佳酿，带他在公寓里四处看看，聊聊在罗马生活的乐趣。小伙子第二天就启程去慕尼黑了。

　　汤姆刻意回避那些住在罗马的美国人，因为他们会邀请他参加各种派对，那样的话，他就得回请他们。不过他倒是乐意在格雷克咖啡馆或者马古塔大街的学生餐厅，和美国人、意大利人闲聊。他只对一个名叫卡里诺的意大利画家说过他叫迪基。他们是在马古塔大街一家酒店里认识的。汤姆告诉他，他也从事绘画，师从一位名叫迪马西奥的画家。假如今后警方调查迪基在罗马的行踪，这或许要过很长时间，届时迪基早已失踪许久，而他又变回雷普利了，这位画家可以证明一月份时迪基·格林里夫确实在罗马画画。画家卡里诺表示从未听说过迪马西奥，不过通过汤姆绘声绘色的描述，估计他今后再也忘不了这个名字了。

　　汤姆虽然独自生活，但一点也不孤独。这种感觉就像在巴黎过平安夜时的心情，仿佛觉得所有人都在注视你，全世界都是你的观众，必须时刻留神，稍有闪失就会招致灾难性后果。不过汤姆自信不会犯任何错误。这种境遇令他的生活变得纯粹，同时蒙上一层诡异而美妙的氛围。汤姆心想，一个好演员在台上表演一个自认非他莫属的重要角色，估计也是他现在的心情。他既是他自己，又不是他自己。他毫无内疚感，感觉自由自在。但是对自己任何一个动作，他都细加自省，刻意控制。不过他不再像以前那样，扮演迪基数小时，就感到很疲劳。他现在独处时的那种放松感也没有了，从早晨起床刷牙开始，他就变成了迪基。刷牙时，右肘部向外突出；用餐时，用勺子在蛋壳内挖出最后一口蛋白；选领带时，无一例外地将从衣架上取下的第一条领带放回去，选择第二条。他甚至还照着迪基的手法画了一幅画。

　　到了一月底，汤姆估计法斯多已经来过罗马并回去了，虽然玛吉近期的来信并未提及此事。她还保持一周一封信的频率，通过美国运通转交给他。在信上，她问迪基需不需要袜子和围脖，因为她除了写书，时间还很宽裕，可以替他织。她还写一些村子里他们都认识的人的趣闻轶事，目的是不让迪基误以为她对他思念成疾。但事实是，她现在深陷相思之苦，绝不甘心二月份回美国前，不亲眼见迪基一面，做最后一搏。虽然汤姆至今未回过信，但他思忖，接下来长信、袜子、围脖都将接踵而至。玛吉的这些信令他恶心，他连碰都不想碰，匆匆一览后，就撕碎了直接扔进垃圾桶里。

最后他提起笔，写了一封信：

　　我觉得暂时不会在罗马租公寓了。迪马西奥要去西西里住上几个月，我也许和他一起去，也许去别处。我没有明确的计划，不过这倒也好，可以随心所欲，即兴行事。

　　千万别给我寄袜子之类的，玛吉。我什么都不需要。祝愿你在蒙吉贝洛一切好运。

他订了一张前往马洛卡的车票——先坐火车去那不勒斯，然后在一月三十一日晚从那不勒斯坐船去帕尔马。他从罗马最名贵的古驰皮具店买了两个行李箱，其中一个是柔软的羚羊皮大号行李箱，另一个是设计简洁的褐色帆布行李箱，但背带是棕色真皮的。两个箱子上都刻有迪基姓名的首字母。他把自己原来两个行李箱中较旧的那个扔了，另一个放在公寓的壁橱里，里面装着自己原来的衣服，以备急用。但汤姆不担心会有紧急情况出现。汤姆每天都关注报上有关圣雷莫沉船的报道，不过看来这艘船还没被人发现。

一天上午，汤姆正在公寓整理行李箱时，门铃响了。他原以为是有人上门推销商品，或者按错了门铃。他没有在门上标识自己的姓名，因为他告诉房屋监护人，他不想接待顺访之客。门铃又响了一声，汤姆还是充耳不闻，依旧漫不经心地整理自己的行李箱。他喜欢整理物品，有时他会花上一整天甚至两天时间，满心喜悦地把迪基的衣服整理好，放进行李箱里。整理时看到漂亮的衬衫或外套，他会在镜子前试穿。敲门声传来时，他就站在镜子前，试穿迪基的一件蓝白相间、饰有海马图案的运动衫，以前他从未穿过这件衣服。

听到门铃声，汤姆首先想到的是，法斯多来了。法斯多可能在罗马到处找他，想给他一个意外惊喜。真是愚蠢，他暗想。他朝门走去时，两只手冒着冷汗。他觉得头晕目眩。该死，要是晕过去就太可笑了。一头栽倒在地，被人发现躺在地板上，那就完了。想到这里，他紧张地用双手猛地拽开房门，不过他也只是把房门打开一个缝隙。

"你好！"一个美国人的声音从半黑的楼道传来，"是迪基吗？我是弗雷迪！"

汤姆朝后退一步，把房门打开。"他——你不进来说话吗？他暂时不在，一会儿就回来。"

弗雷迪·米尔斯走了进来，四处看了看。他那丑陋的、长雀斑的脸朝各个方向呆头呆脑地瞧了瞧。汤姆很好奇，他是怎么找到这里来的。他边想边迅速把手上戴的迪基的戒指褪下来，放进口袋。还有什么不妥之处？他朝房间各个角落望望。

"你和迪基住一块吗？"弗雷迪睁着一双死鱼眼问，表情既愚蠢又吓人。

"噢，不。我只过来待几个小时。"汤姆边说边顺手将身上的海马衬衫脱下来。他里面还穿着一件衬衫。"迪基出去吃午餐了，我记得他说是去奥特罗餐馆。他最晚三点左右会回来。"一定是布菲家的人放他进来的,并告诉他格林里夫先生住在哪扇门里,还说他在家,汤姆想。弗雷迪也许说他是迪基的老朋友。现在当务之急是赶紧把弗雷迪弄出这间房子,并且不能在楼下撞上布菲太太,因为她每次都会像唱歌一样和他打招呼,"早安,格林里夫先生。"

"我们在蒙吉贝洛见过,对吧?"弗雷迪问道,"你是汤姆吧?我以为你会去科蒂纳玩。"

"我没去成,谢谢。在科蒂纳玩得怎么样?"

"玩得很开心。迪基怎么也没去?"

"他没给你写信吗?他决定在罗马过冬,他说给你写过信了。"

"我一个字也没收到——除非他寄到我在佛罗伦萨那个住址。不过我冬天在萨尔斯堡,他有我在那里的地址。"弗雷迪半坐在长餐桌旁,摆弄着绿色丝质桌布。他笑着说,"玛吉对我说,迪基搬到罗马去了,但除了可以通过美国运通转交之外,她没有迪基在罗马的任何地址。我运气好到爆棚,才找到这里。昨天晚上我在格雷克咖啡馆遇见一个人,他正好知道迪基的地址。这到底——"

"哪个人?"汤姆问,"是个美国人吗?"

"不,是个意大利家伙,一个小伙子。"弗雷迪低头看汤姆的鞋。"你这双鞋和迪基跟我的那款鞋一模一样。很耐穿吧,我那双是八年前在伦敦买的。"

他说的是迪基的棕色皮鞋。"我是从美国买的,"汤姆说,"你要来一杯吗,还是去奥特罗餐馆找他?你知道那个餐馆的位置吗?你在这儿干等也没意思,因为迪基午饭一般会吃到三点。我马上也要出去。"

弗雷迪朝卧室方向走去,在房门前停下脚步。他看见了床上的行李箱。"迪基是要出远门，还是刚回来？"弗雷迪转身问汤姆。

"他要出远门。玛吉没告诉你吗？迪基要去西西里待一阵子。"

"什么时候走？"

"明天出发。或者今天深夜，我也不太清楚。"

"迪基最近是怎么回事？"弗雷迪皱着眉头问道，"他为什么要过这种与世隔绝的生活？"

"迪基想今年冬天好好用功一番，"汤姆不假思索地答道，"他想要一个人静一静。不过据我所知，他和大家的关系都还不错，包括玛吉。"

听了这话，弗雷迪笑了，用手解开轻便大衣的扣子。"他让我空等几次了，看来是不想和我好好处了。你确信他和玛吉关系还很好？我从玛吉那儿听说，他们吵了一架。也许就因为这件事，他们才没去科蒂纳。"弗雷迪期待地看着汤姆。

"你说的这件事，我不太清楚。"汤姆走到壁橱去取外套，也是向弗雷迪暗示，他马上要出门。接着他又适时想起来，假如弗雷迪认得迪基的外套，那么他一定会认出来和他身上这条裤子搭配的灰色法兰绒外套是迪基的衣服。于是汤姆伸手去取他自己的外套，并从壁橱最左边取下他自己的大衣。大衣肩膀处衣挂形成的印记，显示这件大衣好像挂在那里好几个星期了，事实上它也确实挂了有这么久。汤姆转过身，发现弗雷迪正盯着他左手腕上那条纯银的识别手环。这是迪基的手环，但汤姆从未见他戴过。他是在迪基的饰物盒里发现的。弗雷迪的表情好像是对这个手环似曾相识。汤姆若无其事地穿上大衣。

弗雷迪现在用另一种神情看着他，带着一丝惊诧。汤姆知道弗雷迪在想什么。他的身体变得僵硬，察觉到了危险。你还没有走出险境，他对自己说。你还没有走出这个房间。

"你要走了，是吧?"汤姆问。

"你肯定住在这里，是不是?"

"不!"汤姆笑着否认。弗雷迪鲜艳浓密的红头发下那张丑陋的、长满雀斑的脸庞死死地盯着汤姆。要是他们下楼时别碰到布菲太太就好了，汤姆暗想。"我们走吧。"

"看来迪基把他的珠宝一股脑全给你了。"

汤姆顿时语塞，连一句玩笑话也想不出来。"噢，只是借来戴着玩，"汤姆声音低沉地说，"迪基戴腻了，他要我拿去玩玩。"汤姆本意是指那个手环，但是他现在打的领带的银质领带夹上也刻有字母G。这个领带夹是汤姆自己花钱买的。汤姆现在能明显感受到弗雷迪身上升起的敌意，就如同他的身体正散发热能，穿过整个房间朝他袭来。弗雷迪是个雄性动物，要是遇见他认为是个同性恋的男子，只要时机恰当，就像眼下这样，他会恨不得上去打他一顿。汤姆有点害怕弗雷迪的眼神。

"我是要走了。"弗雷迪站起身来，脸色铁青地说。他走到门口，将宽阔的肩膀转过来，问道，"是英吉尔特拉边上那个奥特罗餐厅吗?"

"是的，"汤姆说，"迪基应该一点前就到了。"

弗雷迪点点头。"很高兴再次见到你。"他明显不悦地说，然后关上门。

汤姆低声咒骂一句。他轻轻地打开门，听见弗雷迪鞋子踩在楼梯上发出的急促的踏踏声。汤姆想看看弗雷迪出去时有没有碰到布菲家的人。果然他听见弗雷迪用意大利语说"早安，太太。"汤姆将头探过螺旋式楼梯向下望。在往下三层的地方，他瞥见弗雷迪的大衣衣袖。他正用意大利语和布菲太太交谈。布菲太太的声音听起来更清楚一些。

"……只住着格林里夫先生，"她说，"不，只住一个人……哪位先生？不，先生……我想他今天一整天都没出门，不过可能是我弄错了！"她笑道。

汤姆把楼梯栏杆当作弗雷迪的脖子，狠命地拧着。接着汤姆听见弗雷迪上楼的脚步声。汤姆退回到屋内，关上房门。他可以继续坚称不住在这里，说迪基在奥特罗餐厅，或者说他不知道迪基人在哪儿；但事到如今，弗雷迪见不到迪基是不会轻易罢休的，或者弗雷迪会拖着他下楼去问布菲太太他到底是谁。

弗雷迪在敲门。门把手在转动。门锁着。汤姆抄起一个厚重的玻璃烟灰缸。烟灰缸太大，他一只手抓不住，只能握住边沿。他只有两秒钟时间考虑：难道没有其他办法了吗？尸体怎么处理？他没时间再想了，这是唯一的解决之道。他用左手开了门，右手拿着烟灰缸往后举，准备狠狠砸下去。

弗雷迪进门来，说道："听着，你可不可以告诉——"

烟灰缸的弧状边沿正中弗雷迪的印堂。弗雷迪一脸茫然。随后他双膝一弯，像一头被铁锤砸中眉心的公牛。汤姆将门踢上，再用烟灰缸边沿重重地朝弗雷迪的后颈砸去。他反复砸了多次，因为心中总是害怕弗雷迪是在装死，冷不丁就会伸出一只巨型胳膊箍住他的双腿，将他摔倒。汤姆对着他的头又砸一下，血流了出来。汤姆暗自咒骂一句。他跑到浴室，取了一条毛巾垫在弗雷迪脑袋下面。他又摸了一下弗雷迪的脉搏，微弱地跳动一下，但仔细一摸又没了，好像他的手指摁停了他的脉搏。过了片刻，脉搏彻底摸不到了。汤姆仔细聆听门后的动静，脑海中浮现出布菲太太站在门前的样子，脸上带着因为不好意思打扰他而挤出的尴尬笑容。但门口一点动静也没有。汤姆想，刚才无论是用烟灰缸砸弗雷迪还是弗雷迪倒地，都没有发出很大的声音。他低头看着弗雷迪山躯般庞大的尸体躺在地板上，瞬间感到一丝恶心和无助。

现在才十二点四十分，离天黑还有好几个小时。他不知道还有没有人在等弗雷迪。说不定现在就在楼下某辆汽车里等。他翻了翻弗雷迪的口袋，掏出一个钱包，在大衣内侧上方口袋里有一本美国护照。一些意大利和其他国家的硬币。一个钥匙包，其中一个钥匙环上挂着两把菲亚特汽车钥匙。他翻开皮夹找驾照，还真找到了。驾照上写得很详细，车子是一辆一九五五年产菲亚特一四〇〇型敞篷汽车。如果这辆车停在附近，他就能找到。他翻了弗雷迪的每一个口袋，就连黄皮马甲口袋都翻了，却没找到一张停车券。他走到临街的窗前，差点笑了出来，事情原来如此简单：在马路正对面就有一辆黑色敞篷汽车。他虽然没有十足的把握，但基本能确定车内没有人。

他突然知道自己下一步该怎么做了。他开始收拾房间，从酒柜里拿出杜松子酒和苦艾酒，再一想，又拿出佩诺茴香酒，因为后者酒味更浓烈。他把酒瓶放在长条形餐桌上，用高脚杯调制了一杯加了冰块的马提尼鸡尾酒。他先喝了一点，好让杯口有饮过的痕迹，然后将一部分酒倒入另一个杯中，举着杯子来到弗雷迪跟前，用弗雷迪那软绵绵的手指压了压杯子，再拿回到桌上。他看了看弗雷迪的伤口，发现伤口已经不再流血，或许是流得越来越慢，反正没有渗穿毛巾，沾染到地板。他拖着弗雷迪的尸体，将它靠着墙壁，直接用酒瓶灌了一些杜松子酒到弗雷迪的喉咙里。酒下去得并不顺畅，大部分都淌到胸前衬衫上。但汤姆觉得意大利警察估计不会做血液测试，来判断弗雷迪的醉酒程度。汤姆心不在焉地看了看弗雷迪松弛、污秽的面孔，胃里一阵作呕地痉挛。他立即移开视线，绝对不能再看到那张脸。他的头开始嗡嗡作响，仿佛马上要晕过去。

汤姆踉跄地穿过房间，走到临街的窗前，心想现在自己要是晕过去，那就好玩了。他皱着眉头看着楼下那辆黑色敞篷轿车，深深吸了一口新鲜空气，告诉自己，现在不会晕过去。他非常清楚接下来该做什么。最后一刻，为他们俩准备佩诺茴香酒，用另外两个印有他们指纹的杯子盛茴香酒。烟灰缸必须是满的。弗雷迪抽切斯特菲尔德牌香烟。然后是亚壁古道。再找一处坟墓后面黑暗的空地。亚壁古道有长长的一段路没有街灯。弗雷迪的钱包必须消失。目标只有一个：制造一起抢劫案。

汤姆还有数小时的余裕，但他却一直将现场布置妥当后才罢手。十几根点过的切斯特菲尔德牌香烟，还有数量相仿的点过的"巧击"牌香烟，都被掐灭在烟灰缸里。一杯佩诺茴香酒打碎在浴室地砖上，但只清理了一半污迹。虽然汤姆已经把现场布置得十分逼真，他却假想能再有几个小时的时间进行清理——假如弗雷迪的尸体晚上九点被发现，而警方十二点时觉得他值得讯问一番，因为有人可能正巧知道弗雷迪今天去拜访迪基·格林里夫先生了。如果那样的话，他八点之前就必须将一切全部清理干净。根据他编的供词，弗雷迪原本打算七点就离开他的公寓（事实上他也确实七点前就走了）。迪基是个非常爱整洁的人，哪怕喝了点酒，而现在房子这么乱，只是因为乱有乱的好处，能帮他自圆其说。他必须相信自己。

明天上午十点半，他将按原计划前往那不勒斯和帕尔马，除非警方由于某种原因将他扣留。万一明天早晨他在报上看到弗雷迪的尸体被发现，而警方又没有设法联系他，汤姆想，那么他将主动向警方报告弗雷迪在他家一直待到傍晚时分，这样做会显得他心里没鬼。但他又突然想到，法医能发现弗雷迪中午就死了。现在还是大白天，他没法将弗雷迪的尸体弄出去。他现在唯一的希望是，弗雷迪的尸体由于隔了太长时间才被发现，以致法医已经没法判断他死于何时了。他必须在没有任何人发现的情况下，设法将尸体弄出去——譬如他可以若无其事地将弗雷迪的尸体当作醉汉那样扶下楼——如果成功的话，即使他一定要做说明，他可以说弗雷迪下午四点或五点就离开他家了。

汤姆惴惴不安地等了五六个小时，才等到天完全黑下来。他一度都快等不下去了。地板上的尸体像一座大山！他根本不想杀他！弗雷迪和他那些龌龊、下流的怀疑，完全是没有必要的。汤姆坐在椅子边上，瑟瑟发抖，将手指关节掰得咯吱作响。他想出去走走，又怕留尸体单独在屋里。如果他和弗雷迪待了一下午，聊天喝酒，一定会闹出很大动静。想到这里，汤姆打开收音机，调到某个播放舞曲的频道。他自己喝一杯应该不妨事，反正在杜撰的情节里，他也喝了酒。于是他用冰块又调制了双份马提尼。他并不想喝，但还是一饮而尽。

酒一下肚，更强化了他原先的想法。他站在原地低头看弗雷迪高大壮硕的身躯，裹在轻便大衣里，蜷缩在他脚下。尸体虽然很碍眼，但他现在既没力气也没心情去整理它。他心想，弗雷迪的死是多么倒霉，多么愚蠢，多么难看，多么危险，多么毫无必要！他死得真惨、真冤。不过弗雷迪也有可恨之处。一个自私、愚蠢的家伙，居然怀疑自己的挚友——迪基当然算得上他的挚友——性偏差，并看不起他。想到"性偏差"这个词，汤姆不禁笑了。连性都没有，哪来的偏差？他看着弗雷迪的尸首，恶狠狠地低语道："弗雷迪·米尔斯，你死于自己那肮脏的想法。"

16

汤姆最后还是等到了将近八点，因为七点左右是楼内进出人的高峰时间。七点五十分时，他下楼转了转，确信布菲太太没在大厅来回走动，并且她的房门也没开。他也弄清楚了弗雷迪的车内没有其他人，因为下午三四点钟时他实在忍不住，下去看看那辆车子到底是不是弗雷迪的，顺便把弗雷迪的轻便大衣扔到车后座上。回到楼上后，他跪下来，将弗雷迪的一只手臂搭在自己脖子上，咬紧牙关把他抬起来。他踉跄着，将弗雷迪松垮垮的躯体往自己肩膀上猛地提了提。下午早些时候，他试着举过弗雷迪，想看看自己有没有这个力气，当时他感觉弗雷迪的重量压得他在房间里几乎迈不开步子。现在弗雷迪的重量没有变化，区别在于他知道自己现在必须把弗雷迪的尸体弄走。他让弗雷迪的双脚拖着地，这样能减轻一些重量，并设法用胳膊肘合上房门，开始下楼。一层楼梯刚下到一半时，他停了下来，因为听见二楼有人正走出房间。他一直等到那人下到一楼，出了大门，才又重新缓慢地摇晃着往下走。他把迪基的一顶帽子戴在弗雷迪头上，用来遮掩血迹斑斑的头发。借着在刚才一小时里喝的杜松子酒和茴香酒的酒劲，汤姆如愿以偿地达到理想的醉酒状态，他自认为可以无动于衷且平稳地移动，胆子也大到有些鲁莽的程度，敢闯闯险关而不退缩。第一道险关，也是最危险的，就是还没走到弗雷迪的车子前，他先累倒在地。出门前他曾发誓，下楼时绝不停下来休息。他确实没有停下来休息。除了刚才那个人之外，再没人从房间里出来，也没人从大门进来。在楼上的几个小时里，汤姆内心纠结地把可能发生的一切情况都设想了一遍，他到楼下时布菲太太或她丈夫正好出来怎么办；他晕了过去，和弗雷迪一起被人发现倒在地上怎么办；不得不把弗雷迪放下来休息后，再也抬不起来怎么办？他反复地想象这些可能性，在楼上自己的房间里痛苦地走来走去——结果下楼时却什么意外都没发生，一切出奇地顺利，反而令他觉得犹如神佑，虽然肩膀上的负担很沉。

他透过临街的玻璃门向外望。街面上一切正常：一名男子在对面的人行道上行走，不过话说回来，人行道上总是有人在走路啊。他用一只手把玻璃门打开，再用脚使劲将门向边上一踢，把弗雷迪的尸体拖出门。在通过两扇门中间时，他换了一下肩膀，将脑袋从弗雷迪身下移过来。一瞬间，他心中涌起一股自豪感，很得意自己居然有这么大的力气。不过没多久，换过来的那只放松的手臂疼得他步履蹒跚。这只手臂累得连圈住弗雷迪的力气都没有。他只有咬牙坚持，摇摇晃晃地走下大门前的四级台阶，一屁股靠到门口的石头端柱上。

人行道上一名朝他走来的男子放慢脚步，像是要停下来，不过又走过去了。

汤姆心想，要是有人走过来询问情况，他就朝着对方的脸哈一口酒气，那人就什么都明白了。该死的行人，该死的行人，该死的行人。他跌跌撞撞地走过马路牙子时，暗自在心里詈骂。这些无辜的行人。现在一共有四个。不过只有两个人看了他一眼，汤姆想。他停了一下，让一辆车先过。接着他又快走几步，深吸一口气，将弗雷迪的头和半边肩膀从打开的车窗里塞进去，同时让自己的身体倚住弗雷迪，好歇一口气。他朝四下张望，先瞧了瞧对面马路的路灯灯光，又瞧了瞧他所住的公寓楼投下的黑色阴影。

就在这时，布菲家的小儿子从家里跑到人行道上，不过他没有朝汤姆的方向张望。过一会儿，一名男子横穿马路，走到离弗雷迪车子一码的地方。他略带惊讶地匆匆扫了一眼弗雷迪弯曲的身形，这个姿势现在看起来很自然，汤姆想，就仿佛弗雷迪将身子探进车里，和车里的人在说话。不过要是看他自己的表情，可就不那么自然了，汤姆对此心知肚明。不过这就是在欧洲的好处，人人都不爱管闲事，不愿对他人出手相助。这要是在美国——

"我能帮你吗?"一个人用意大利语问道。

"不，不，谢谢，"汤姆带着酒兴，用意大利语欢快地答道，"我知道他的住处。"他用英语又咕哝一句。

这个路人点点头，笑了笑，又继续赶路。他是个穿薄大衣的男子，又高又瘦，没戴帽子，蓄着胡子。汤姆希望他没记住自己，也没记住这辆车。

汤姆将弗雷迪拽到车门处，拉进来，放到座位上。自己再绕到车子另一侧，将弗雷迪拉到副驾驶的座位上。接着他戴上那副刚塞进大衣口袋里的棕色皮手套，将车钥匙插进仪表盘，车子顺从地发动起来。他们出发了。车子沿着山路往下开到威尼托大街，经过美国图书馆、威尼斯广场、墨索里尼过去发表演讲的阳台、恢弘的埃玛努埃尔纪念碑、古罗马广场、罗马斗兽场、可惜这一路壮观的美景，弗雷迪已经无福消受。弗雷迪在他身旁像是睡着了，这情景就好比一同出游时，你有时候想替对方介绍风景，他却睡着了。

终于来到了亚壁古道。古道在稀疏的路灯柔和的灯光照耀下，显得苍茫古旧。在还不算太黑的天空映衬下，可以看见道路两旁隆起的一座座黑色的坟包。四周还是比较黑。眼前只有一辆车往这个方向来。在一月的夜晚，天黑以后，一般没有人愿意开车走这条荒凉不平的道路，或许情侣除外。前方来车驶过去了，汤姆开始寻找合适的地点。弗雷迪怎么也该躺在一座好看的坟墓后面，他想。前方有一处地点，在马路旁，附近有三四棵树。树后面肯定有坟墓，或者残存的坟墓。汤姆将车停在路旁，熄灭了车灯。他停了片刻，朝着笔直空荡的道路的两边尽头望了望。

弗雷迪的尸体还像橡胶娃娃那样绵软。怎么没有尸僵发生？他现在粗暴地拖着弗雷迪的尸体，任凭他的脸在泥土里剐蹭，绕过最后一棵树，来到一座不过四英尺高的残墓后方。这座墓有一道边沿参差不齐的弧形墓墙，墓主很可能是位古罗马贵胄，完全对得起弗雷迪这个猪猡了，汤姆心想。汤姆咒骂弗雷迪死沉沉的尸首，突然抬腿朝他下巴踢了一脚。他现在累得快哭出来了，不愿再瞧弗雷迪一眼，可是要想彻底摆脱这个人，似乎又遥遥无期。还有那件该死的大衣！汤姆返回车里去取大衣。他走回来时发现，地面又干又硬，应该不会留下脚印。他把大衣丢在尸体旁边，迅速转过身，拖着蹒跚、麻木的双腿，走回车里，调转车头，驶回罗马。

他一边开车，一边用戴手套的手将车门外侧的指纹抹去。汤姆认为车门外侧是他戴手套前唯一用手碰过的地方。他把车子拐向通往美国运通所在的大街，就在佛罗里达夜总会对面。他把车子停好，下了车，钥匙插在仪表板里。弗雷迪的钱包还在他的口袋里，但里面的意大利里拉已经转到他自己的钱夹里，还有一张面值二十元的瑞士法郎和几张奥地利先令的纸币，他在公寓里已经烧掉了。这会儿汤姆将钱包从口袋里掏出来，途经一处下水道格栅时，顺势将钱包丢了进去。

汤姆在走回家的路上想，只有两件事情有破绽：按照常理，劫匪会将弗雷迪那件马球外套顺手拿走，因为那是件名牌货，另外那本美国护照也还在大衣口袋里。不过不是每个劫匪都按常理行事，尤其是一个意大利劫匪，汤姆想。同样，也不是每个谋杀犯都按常理出牌。他的思绪又转回到刚才和弗雷迪的交谈。"……是个意大利家伙，一个小伙子……"肯定有人跟踪过他，汤姆想，因为他从未告诉任何人他的住址。这毕竟是见不得光的事。或许有两三个跑腿小孩知道他住哪里，不过跑腿小孩不可能光顾格雷克咖啡馆这种地方。想到这里，他不寒而栗起来，身子瑟缩在大衣里。他脑海中浮现出一张黑黝黝的年轻脸庞，正气喘吁吁地尾随他一直到公寓大楼，抬头目视他走进房间，点亮灯光。汤姆弓着身子，快步走开，像是在逃避一个狂热变态的追求者。

17

　　第二天早晨八点不到，汤姆就出门买了一份报纸。什么相关新闻也没有。人们可能好多天也不会发现他，汤姆想。不大可能有人会去他弃尸的那个无名残墓附近转悠。汤姆心理上对自身安全不太担心，生理上却非常难受。他宿醉，是那种可怕的、阵阵袭来的宿醉。这种感觉令他做任何事情都半途停下来，甚至连刷牙的时候都要停下来看看他的火车票，到底是十点半还是十点四十五发车。是十点半发车。

　　九点时他已经一切就绪，穿戴整齐，大衣和雨衣也摆在床上。他甚至还告诉布菲太太，他要出门至少三周，甚至更长时间。汤姆觉得，布菲太太举止正常，也没有提到昨天来访的那位美国客人。汤姆试图想找点和昨天弗雷迪问话有关的话题来探探布菲太太的底，但又实在想不出什么可谈的，于是决定作罢，让一切顺其自然。反正现在一切都好。汤姆想从宿醉中摆脱出来，恢复神志，因为他最多只喝了三杯马提尼和三杯佩诺茴香酒。现在的宿醉主要是心理作用，因为他想装作昨天和弗雷迪喝得酩酊大醉，所以才有宿醉的感觉。虽然现在不需要他继续假装下去，但他还是不自觉地继续在装。

　　电话铃响了。汤姆拿起话筒，阴沉地说道，"喂。"

　　"格林里夫先生吗?"一个意大利人的声音传过来。

　　"是我。"

　　"这里是第八十三警局。您是不是有个美国朋友叫弗莱德-德里克·米-莱斯?"

"弗雷德里克·米尔斯? 是的。"汤姆说。

电话那边用急促、紧张的声音告诉他,弗莱德-德里克·米-莱斯的尸体今天上午在亚壁古道被发现。米-莱斯先生昨天曾拜访过他,有没有这回事?

"是的,确有此事。"

"他是什么时候来的?"

"中午时分过来的——大约五六点钟走的,我不是很确定。"

"您能拨冗回答一些问题吗? ……不,不用您来警局。我们派人去您家。今天上午十一点钟方便吗?"

"如果可以的话,我很乐意配合,"汤姆用应对这种场合恰如其分的兴奋语调回答道,"不过问话的人能不能现在过来? 因为我十点钟必须出门。"

对方咕哝一声,表示不一定能赶过去,但会尽力早点过去。如果他们十点前没到的话,请他务必先不要出门。

"好吧。"汤姆勉强表示同意,挂上电话。

真该死! 这样一来,他就会错过火车和轮船了。他现在只想出去,离开罗马,离开他的住处。他把要和警察说的话又过了一遍。其实非常简单,他都练烦了。就是把实际情况胡扯一通。他们在一起喝酒,弗雷迪告诉他在科蒂纳怎么玩的。他们聊了许多事,然后弗雷迪就走了。走的时候,弗雷迪有点喝多了,但是兴致很好。他不知道弗雷迪离开后去了哪里。他猜弗雷迪晚上还有一个约会。

汤姆走进卧室,往画架上放上一张他几天前开始画的画布。调色板上的颜料还是湿的,因为他把调色板放在厨房一个装了水的平底锅里保湿。他又加了点白色和蓝色颜料,开始继续画灰蓝色的天空。整幅画作还是延续迪基褐红和洁白的风格——景致就是窗外罗马的屋顶和墙壁；只有天空例外，因为冬季罗马的天空阴沉沉的，就连迪基也只好把天空画成灰蓝色，而不是蓝色。汤姆对着画作做蹙眉状，这也是迪基绘画时常见的神态。

电话铃声又响了。"真该死！"汤姆咕哝着，走过去接。"喂！"

"喂！是法斯多！"电话那头说，"怎么样了？"接着传来一阵熟悉的、爽朗的年轻人笑声。

"哦，法斯多！我很好，谢谢！抱歉，"汤姆继续用迪基那心不在焉的声音笑着说，"我正在用功画画——真用功。"汤姆现在用的声调是精心设计过的，既像刚失去挚友后迪基的声音，又像某个普通上午正沉湎于绘画中的迪基的声音。

"你能不能出来吃午餐？"法斯多问，"我坐下午四点十五分的火车去米兰。"

汤姆装作像迪基那样叹口气，说道，"我正要出发去那不勒斯。是的，马上出发，二十分钟后吧！"他想，如果他现在可以摆脱法斯多，他就不必让法斯多知道警察打过电话。关于弗雷迪的消息至少要到中午或晚一点才会出现在报纸上。

"可是我人就在这里！在罗马！你家在哪里？我在火车站！"法斯多开心地笑着说。

"你从哪儿知道我的电话号码？"

"啊，是这样的。我打电话到查号台，他们说你没有把号码公开，但我对查号台的小姑娘编了一个长长的故事，说你在蒙吉贝洛中了彩票。我也不知道她信不信，反正我讲得煞有介事。一幢房子、一头奶牛、一口井，还有一台冰箱。她挂了我三次电话，但最后还是把号码给我了。就这样，迪基，你现在在哪儿？"

"我在哪儿并不重要。如果不赶火车的话，我想和你吃午饭，但是——"

"这样也行，我可以帮你提行李！告诉我你在哪儿，我坐出租车去找你！"

"时间太紧了。要不我们半小时后在火车站见面怎么样？我坐十点半的火车去那不勒斯。"

"没问题！"

"玛吉怎么样？"

"啊——她爱死你了，"法斯多大笑道，"你到了那不勒斯，和她见面吗？"

"恐怕不会。我们几分钟后见，法斯多。动作快一点，再见！"

"再见，迪基，再见。"他挂了电话。

等到法斯多今天下午看到报纸，就会知道他为什么爽约了。要不然，法斯多还以为他俩走岔了。不过法斯多很可能中午就会看到报上的消息，汤姆想，因为意大利报纸会把这件事大大渲染一番——一个美国人在亚壁古道被谋杀。和警方会面后，他将乘坐另一趟火车去那不勒斯——四点之后的火车，到时法斯多就不在火车站了——他到那不勒斯后，再等下一班轮船去马洛卡。

他只企盼法斯多别故技重施，从查号台把他的地址套出来，然后四点之前就过来了。他不希望法斯多在这里撞见警察。

汤姆将两只行李箱塞进床底下，将另一个行李箱放进壁橱，合上壁橱门。他不想让警察以为他即将离城。但他何必如此紧张呢？警察现在手上很可能什么证据都没掌握。或许弗雷迪的某个朋友知道他昨天去见迪基了，不过也就仅此而已。汤姆拿起画笔，在盛放松节油的杯子里蘸蘸。为了麻痹警察，他在等待时故意画了几笔画，使自己看起来并没有因为弗雷迪的死讯感到太难过；虽然他穿着出门的衣服，但是之前他就说过他准备出门。他会表现得只是弗雷迪的普通朋友，并不是密友。

布菲太太十点半让警察进了门。汤姆从楼梯往下看，望见了他们。他们并没有停下来问布菲太太任何问题。汤姆走回自己房间。房间里还有刺鼻的松节油味。

一共来了两名警察：其中岁数大一点的穿着警官制服，年轻点的警察穿着普通警服。岁数大的警察彬彬有礼地和他打招呼，并要求看他的护照。汤姆拿出护照，这位警官目光锐利地将汤姆和护照上迪基的照片做了对比，此前从未有人这么仔细地比对过。汤姆抱着臂膀准备迎接考验，但是什么也没发生。警官微微躬身，微笑着把护照还给他。他是个小个子中年男人，和千千万万其他意大利中年男人一样，长着粗壮的灰黑眉毛和胡子，看起来并不特别聪明，但也不笨。

"他是怎么死的？"汤姆问。

"被人用重物击中头部和颈部，"警官答道，"遭到抢劫。我们认为他当时喝醉了。他昨天下午离开你家时，喝醉了吗？"

"呃——有点儿。之前我们一直在喝酒。我们喝的是马提尼和佩诺茴香酒。"

警官在记录本上记下这些事情，以及汤姆说弗雷迪在他家待的时间段——大约从中午十二点到下午六点。

那位年轻的警察相貌英俊，面无表情，背着双手在屋内溜达。他弯腰看着画架，神情轻松，像是在博物馆里独自欣赏名画。

"你知道他从你家离开后，要去哪里吗？"警官问道。

"我不知道。"

"你觉得他当时能开车吗?"

"噢,是的。我觉得他应该可以开车,否则我就会陪他一起走了。"

警官又问了一个问题,汤姆假装没听明白。警官换了措辞,又问了一遍,并和年轻警察相视一笑。汤姆挨个瞥了他俩一眼,目光中微微带着愤恨。警官想知道他和弗雷迪的关系如何。

"就是普通朋友,"汤姆说,"算不上很亲密。在此之前,我有两个月没有见过他了,也没收到他的来信。今天早晨听到噩耗,我很难过。"汤姆故意显出焦急的神情,以弥补自己词汇的贫乏。他觉得这招奏效了。他觉得这番问讯非常草率,他们很快就会离开。"他是什么时候遇害的?"汤姆问。

那位警官还在本子上记录着。他扬起粗壮的眉毛。"显然就在离开你家之后不久。法医确信,他的死亡时间至少有十二小时,甚至更长。"

"那他何时被发现的?"

"今天凌晨时分,被一个过路的工人发现的。"

"天啊!"汤姆喃喃地说。

"他昨天离开时,一点都没提去亚壁古道游玩的事?"

"没有。"汤姆说。

"昨天米-莱斯先生走后,你在做什么?"

"我就待在家里。"汤姆摆了一个双手摊开的姿势,这也是在模仿迪基。"小睡一会儿,然后八点或八点半,下楼走了走。"昨晚大约八点四十五分左右,同楼一个汤姆不知道姓名的男子,看见汤姆回来,他们还打招呼了。

"你是一个人下去散步吗?"

"是的。"

"米-莱斯先生是独自离开这里的吗？他会不会去见某个你认识的人？"

"不，他没这么说。"汤姆不知道弗雷迪在旅馆是否有朋友，或是和朋友住在其他地方。汤姆希望警方不要找弗雷迪那些也认识迪基的朋友，来和他对质。现在他的姓名——理查德·格林里夫将会出现在意大利的报纸上，汤姆想，还有他的住址。他又得搬家。真是糟糕透顶。他暗自咒骂一声，那位警官注意到他这个动作，但这更像是对弗雷迪悲惨命运发出的不平之鸣，汤姆想。

"就这样吧——"警官笑着合上记事本说道。

"您觉得会是——"汤姆搜肠刮肚想表达小流氓这个词，"有暴力倾向的男孩干的吗？有什么线索吗？"

"我们正在检查汽车，看看能不能发现指纹。凶手可能是搭他顺风车的人。汽车今天早晨在西班牙广场附近被人发现。到了今天晚上，我们可能会有一些线索。十分感谢，格林里夫先生。"

"不客气！如果还需要我进一步帮忙——"那位警官在门口转过身。"万一还有其他问题的话，这几天我们可不可以来找您？"

汤姆迟疑了一会儿，"我计划明天动身前往马洛卡。"

"但是我们可能会问您，嫌疑人会是什么样的人？"警官解释道，"你也许能告诉我们嫌疑人和死者的关系。"他边说边做着手势。

"好吧。不过我和米尔斯没那么熟。他在罗马有比我更亲近的朋友。"

"是谁？"警官合上门，又拿出记事本。

"我不知道，"汤姆说，"我只知道，他在这里肯定有几个朋友，比我更了解他。"

"很抱歉，但我们仍希望这几天能找到您。"他语气平静地重复一遍刚才的话，好像汤姆只能照办，哪怕他是美国人。"确定您可以离开时，我们会尽快通知您的。如果您已经制定旅行计划，我感到很抱歉。也许您现在取消还来得及。再见，格林里夫先生。"

"再见。"他们关上门后，汤姆还站在那儿。他可以搬到旅馆去，只要告诉警方哪家旅馆即可，汤姆想。他不想弗雷迪的朋友或迪基认识的人，在报上看到地址后找到这里。他试着站在警方的立场来评估自己目前的举动。他们现在还没有怀疑他。在得知弗雷迪的死讯时，他并未表现出惊恐的样子，不过这也从一个侧面印证了他和弗雷迪不是太熟。对，现在形势还不算太糟，除了他必须随叫随到。

电话铃响了，汤姆不想去接，因为他觉得电话是法斯多从火车站打来的。现在是十一点零五分，开往那不勒斯的火车已经发车了。电话铃声停止后，汤姆拿起话筒，给英吉尔特拉酒店打电话。他订了一个房间，说半小时后到；接着他又给警察局打了个电话——他记得是第八十三警局——结果费了将近十分钟的口舌，因为警察局居然找不到认识或关心理查德·格林里夫先生的人。最后他只好留言，说如果要找理查德·格林里夫先生，请去英吉尔特拉酒店。

不到一个小时，他就来到英吉尔特拉酒店。看着他的三个行李箱，两个迪基的，一个他自己的，他沮丧万分；本来他整理这些行李是另有安排，没想到却成了现在这个局面！

他中午时出去买报纸。各大报纸都刊载了这条消息：美国人在亚壁古道遭谋杀……美国人弗雷德里克·米尔斯昨晚在亚壁古道惨遭谋杀……亚壁古道美国人谋杀案毫无线索……汤姆一字不漏地读着。看来至少目前确实毫无线索，没有痕迹，没有指纹，没有嫌疑人。但每份报纸都刊登了理查德·格林里夫的姓名，并公布了他的地址，说那儿是最后见到弗雷迪的地方。然而没有一家报纸暗示理查德·格林里夫有作案嫌疑。报上说米尔斯生前喝了好几样酒，并用典型的意大利报道风格臆断一番，从苏格兰威士忌、白兰地，到香槟和格拉巴酒，唯独漏了杜松子酒和佩诺茴香酒。

午餐时间，汤姆一直待在酒店里，在房间里来回踱步，心情压抑，有身陷牢笼之感。他打电话联络罗马那家卖给他船票的旅行社，想要取消行程。旅行社说只能退给他百分之二十的票钱。而且五天之内都没有再开往帕尔马的客轮。

下午两点钟左右，他的电话急切地响起来。

"喂。"汤姆用迪基焦躁不安的语调说道。

"是我，迪克，我是范·休斯敦。"

"哦——"汤姆说话的口气好像认得他，但这个字眼却没有传达过分的惊讶或热情。

"你还好吧？好久没联系了。"对方沙哑、紧张的声音问道。

"是啊，没错。你在哪儿？"

"我在哈塞拉酒店。正在和警方一起检查弗雷迪的行李箱。听着，我要见你。弗雷迪昨天到底怎么啦？昨天晚上我找了你一晚上，你知道吗，因为弗雷迪按理说应该六点就回来。可是我没有你地址。昨天到底怎么啦？"

"我也想知道怎么回事！弗雷迪六点左右从我这里走的。我们俩喝了不少马提尼，不过他看上去能开车，不然我肯定不会让他走。他说他的车子停在楼下。我不知道后来具体发生了什么事情，或许他给人搭顺风车，结果那些人开枪打死他。"

"可是弗雷迪不是被枪打死的。我想得和你一样，一定有人强迫他往市郊开，或者杀了他后开过去，因为前往亚壁古道，要横穿整座城市。而哈塞拉酒店离你住的地方，只隔几条马路。"

"弗雷迪以前晕厥过吗？开车的时候？"

"听着，迪基，我可以见你吗？我现在有空，只是今天暂时不能离开酒店。"

"我也不能离开酒店。"

"哦，那就这样好了，你留个便条，说你去哪儿，然后就过来吧。"

"不行，范。警察半小时后还要来，我得待在这里。你再稍晚点给我打电话，好吗？也许我今天晚上可以和你见面。"

"好吧。那我什么时候给你打电话合适？"

"六点左右。"

"好的，振作点，迪基。"

"你也一样。"

"再会。"电话那头有气无力地说道。

汤姆挂断电话。范说到最后，听上去都快要哭了。"喂。"汤姆拨电话给饭店总机，留言说除了警察，谁的电话都不要接进来，并说警方让任何人都不要接近他。一个都不准。

果然整个下午电话铃都没响。八点左右，天黑了，汤姆下楼去买晚报。他在酒店面积不大的大堂四下张望，并朝大堂的酒吧里望了望，酒吧的门正对着大厅。他想知道范是不是找到这里。他做好了一切心理准备，甚至都想好万一玛吉坐在这里该怎么办；可是连一个警方密探模样的人都没有。他买了晚报后，在几条街之外，找了一家小餐馆，开始读报。这个案子还是一点线索也没有。他从报上得知，范·休斯敦是弗雷迪的密友，二十八岁，和弗雷迪一道从奥地利来罗马度假。他们这次行程的终点本来是佛罗伦萨，两人都在那里有住所。警方已经侦讯了三个意大利青年,两个十八岁,一个十六岁,怀疑他们"犯了命案",但后来这三位年轻人都被释放了。当汤姆读到米尔斯那辆"时尚的菲亚特 1400 敞篷车"上没发现新留下的和有用的指纹时,他松了一口气。

汤姆慢慢地品尝煎小牛排,时不时抿一口葡萄酒,目光却将各大报纸临排版前放上去的最新新闻扫了一遍。没有关于米尔斯案的进一步消息。但在最后一份报纸的最后一页,他读到下面的文字:

圣雷莫附近深海发现一艘带血迹的沉船

他快速地浏览了一遍,内心的恐惧感较之拖着弗雷迪的尸体下楼或接受警方问讯更甚。哪怕仅仅只读了新闻的标题,已经像是报应来了,噩梦成真。新闻对沉船做了详细的描述,一下子把当时的场景又带回眼前,迪基坐在船首油门杆旁,迪基朝他微笑着,迪基的尸体在水里渐渐沉没,只剩下一串串水泡。新闻说,船上的污迹很有可能是血迹,但这尚不肯定。新闻也没说警方或其他任何人将会对此事件有何行动。但警方将来肯定会调查的,汤姆想。船主很可能会告诉警方船只是哪天失踪的。警方接着顺藤摸瓜,排查当天各旅馆的住宿情况。说不定那位意大利船主还记得,是两名美国人租的船,最后他们连人带船都没回来。如果警方肯下工夫,去查查事发时几家旅馆登记住宿的情况,理查德·格林里夫这个名字一定会很醒目地映入眼帘。当然,如果那样的话,失踪的人就成了汤姆·雷普利。那天汤姆·雷普利可能被谋杀了。汤姆的思绪朝几个方向发散:假如他们搜寻迪基的尸体并找到了,怎么办?他们现在会认为尸体是汤姆·雷普利的。迪基会被怀疑犯下谋杀罪。同理,迪基也被怀疑谋杀了弗雷迪。一夜之间，迪基将会成为"杀人狂"。另一方面，那位意大利船主也有可能记不住船是哪天失踪的。就算记住了，警方也不一定会去核查旅馆。意大利警方不一定会对此事过于上心。一切都是也许。

汤姆将报纸折叠起来，结账走了出来。

他问酒店的前台有没有给他的留言。

"有的，先生。这个，这个和这个——"酒店前台人员像玩扑克牌的人打出一手同花顺那样，将留言一一摊在柜台上。

有两条留言来自范，一条来自罗伯特·吉尔伯森（迪基的通讯录里难道没有罗伯特·吉尔伯森这个人吗？查查看），一条是玛吉留的。汤姆拿起来仔细阅读上面的意大利文：舍伍德小姐下午三点三十五分来过电话，她会再次打过来，这是从蒙吉贝洛打过来的长途。

汤姆向前台接待员点点头，将留言全部拿走。"十分感谢。"他不喜欢接待员在柜台后面的那副表情。意大利人就是好奇心重！

上楼后，他略向前倾地蜷着身子，坐在摇椅上，吸烟沉思。他在努力盘算，自己现在如果什么都不做，照理会发生什么，如果自己主动出击，又会导致什么新情况。玛吉很有可能会来罗马。她显然会向罗马警方要他的地址。如果她过来，他将不得不以汤姆的身份见她，并让她相信迪基只是外出一小会儿，就像他和弗雷迪说的那样。万一他失败……汤姆紧张地搓着手掌。他一定不能和玛吉见面，这点至关重要。尤其是现在，沉船事件正在发酵。如果他见了玛吉，一切将变得不可收拾！一切就全完了！如果他能静观其变，很可能什么事都没有。此时此刻，就是因为沉船事件和悬而未决的米尔斯·弗雷迪谋杀案叠加在一起，才造成现在的小危机，让局面变得困难。但只要他坚持不懈，对每个人都见机行事，那就什么事都不会有。以后又会一帆风顺的。他会远走高飞，去希腊，去印度、斯里兰卡，去某个遥远的地方，那儿不会有旧友找上门来。他原来的想法真愚蠢啊，居然想待在罗马！他可以去中央火车站，或者去卢浮宫看展览啊。

他打电话到火车站，询问明天开往那不勒斯的火车，有四五班。他把所有班次的时间都记下来。五天后才有船从那不勒斯到马洛卡，这段时间他得在那不勒斯消磨时光。他现在需要的是警方解除对他的扣留。如果明天什么事都没发生，他就能重获自由。他们不能只是因为需要偶尔盘问一下，就无缘无故地永远扣留一个人。他开始觉得自己明天会获得自由，他重获自由是非常顺理成章的事。

他又拿起电话，告诉楼下的前台接待员，如果舍伍德小姐再打电话过来，他现在可以接她电话了。如果玛吉再打电话来，他想，他用两分钟就可以让她相信一切正常，弗雷迪谋杀案和他一点关系都没有，他搬到旅馆住是为了躲掉陌生人打过来的骚扰电话，但警方还是能联系上他，以便让他指认抓到的任何嫌疑人员。他还会告诉玛吉，他明天或后天就要飞往希腊，因此她不必来罗马了。他想，其实他可以从罗马乘飞机去帕尔马。他以前根本没想到这点。

他躺在床上，累了，但不准备脱衣服。因为他预感今晚还会有事情发生。他还在专心想着玛吉。他设想此时此刻，玛吉也许会坐在吉奥吉亚酒店，或者待在米拉马雷酒店的酒吧里，慢慢地品尝"汤姆柯林斯"鸡尾酒，内心还在犹豫是否该再次打电话给他。他能想象玛吉现在的样子，双眉紧蹙，头发蓬乱地思索着在罗马发生的事情。她一定是在独酌，不会和任何人说话；他看见她起身回家，拿着手提箱搭明天中午的巴士；他假想自己站在邮局前面的马路上，冲她大喊不要去，试图阻拦巴士，但它还是开走了……

这场幻境最后旋转着消失在一片黄褐色之中，蒙吉贝洛沙滩的颜色。汤姆看见迪基朝他笑着，穿着他在圣雷莫时穿的那件灯芯绒外套。外套湿乎乎的，领带滴着水。迪基弯腰摇着他的身体。"我游回来了！"他说，"汤姆，醒醒！我没事！我游回来了！我还活着！"汤姆扭动身子，想摆脱迪基。他听见迪基朝他大笑，迪基的笑声爽朗愉快、中气十足。"汤姆！"迪基的音色醇厚、丰富，是他无论如何也模仿不出来的。汤姆站起身来，觉得自己的身子像灌了铅一样，动作迟缓，像是努力从深水里立起来。

"我游回来了！"迪基的声音在汤姆的耳朵里大声回荡着，好像从一段长长的隧道传过来。

汤姆朝房间四周环视，在落地灯黄色的光影里寻找着迪基，在高大的衣柜黑暗的角落里寻找着迪基。汤姆觉得自己眼睛睁得溜圆，惊恐万状。虽然他明白自己的恐惧毫无根据，但他还是四处寻找迪基，窗户半拉的窗帘下面，床肚底下的地板。他挣扎着从床上起来，摇摇晃晃地走过房间，打开一扇窗户，然后是另一扇。他觉得自己被人下了迷药。肯定是有人在我酒里放了东西，他突然冒出这个念头。他在窗户底部跪下来，呼吸着冷空气，竭力与昏沉沉的感觉抗争，好像自己要不使出浑身解数，这种感觉会将他吞没。最后他走进浴室，将脸在脸盆里浸湿，昏沉沉的感觉总算渐渐消除了。他知道自己没被下药。他只是一时让思绪失控，头晕脑涨而已。

他站直身子，冷静地解下领带。他按照迪基的方式来行动，脱掉衣服、沐浴、穿上睡衣、躺到床上。他试着去想，如果迪基是他的话，现在会想什么。他一定会想他的母亲。她最后一封信里附了几张照片，照片上她和格林里夫先生坐在客厅喝咖啡。这场面让汤姆回忆起那天晚上他和格林里夫夫妇晚餐后喝咖啡的情景。格林里夫太太说，这些照片都是格林里夫先生抓拍的。汤姆开始构思写给他们的下一封信。他们很高兴他现在信写得更勤了。他必须在信上让他们对弗雷迪案放心，因为他们也知道弗雷迪。格林里夫太太还在一封信里提到过弗雷迪。但汤姆一边构思信的内容，一边留意电话铃声，这让他的注意力无法集中。

18

他醒来后想到的第一件事就是玛吉。他拿起电话问前台，玛吉夜里有没有打电话过来。没有。他有可怕的预感，觉得玛吉正在来罗马的路上。想到这里，他迅速跳下床。可是在完成例行的梳洗沐浴时，他的想法又发生了变化。他干嘛要这么担心玛吉？他对玛吉一直能应付裕如。况且，她不可能在五点或六点前赶到这里，因为从蒙吉贝洛到罗马的首班车中午才发车，而她不大可能坐出租车去那不勒斯。

也许他今天早晨就可以获准离开罗马。十点钟他要打电话到警局问个究竟。

他点了拿铁咖啡和面包卷送到房间，还有晨报。奇怪的是，报上没有一则关于米尔斯谋杀案或圣雷莫沉船的报道。他又感到蹊跷和恐惧，这种恐惧感和昨晚臆想迪基站在房间里时令他害怕的感觉一模一样。他把报纸扔到椅子上。

电话铃声响了，他应声跃起。打电话来的不是玛吉就是警察。

"喂？"

"喂。楼下有两位警察要见您，先生。"

"好的，请他们上来。"

没多久他就听见外面走廊的地毯上传来脚步声。仍是昨天那位年长的警官，但带来一位不同的年轻警员。

"早上好，先生。"那位警官微微鞠躬，彬彬有礼地和他打招呼。

"早上好，先生，"汤姆说，"你们有什么新发现吗?"

"没有。"警官用疑问的口气道。他接过汤姆递过来的椅子坐下，打开棕色皮革公文包。"有件事想和您核实一下。您有一位美国朋友叫托马斯·利普利吗[1]?"

"没错。"汤姆说。

"你知道他现在在哪里吗?"

"我想他应该一个月前就回美国了。"

警官参阅了一下他的文件。"好的。不过这还有待美国移民署确认。瞧，我们现在正在找托马斯·利普利。我们认为他可能已经死亡。"

"死亡? 为什么?"

警官的嘴唇隐藏在铁灰色的浓密胡须后面，每说一句话，嘴唇就一抿，像是带着笑意。这笑意昨天也让汤姆有点走神。"你十一月份和他去圣雷莫玩了一趟，是吧?"

看来他们已经查过酒店的住宿名单了。"是的。"

"你最后一次见到他是什么时候? 是在圣雷莫吗?"

"不是，我在罗马还见过他呢。"汤姆记得他对玛吉说过，他从蒙吉贝洛回罗马后还要帮迪基安顿下来。

"那你最后一次见到他是什么时候?"

"我记不清具体哪一天了。大概是两个月前。我想我曾收到他从热那亚寄来的一张明信片，上面说他准备回美国。"

"你想?"

"我记得我收到过，"汤姆说，"你们为什么认为他死了?"

---

1. 此处意大利警官发音不够标准。

168

警官满腹狐疑地看着带表格的文件，汤姆瞥了眼那位年轻的警员，只见他双臂交叉地靠在写字台旁，面无表情地盯着自己。

"你和托马斯·利普利在圣雷莫驾船出游过吗？"

"驾船出游？在哪里？"

"你们没开小艇在港口附近转转吗？"警官语气平静地看着他继续问道。

"我想我们是这么干过。是的，我记起来了。不过那又怎样？"

"因为现在发现一艘沉船，上面的污渍怀疑是血迹。这艘小艇是十一月二十五日失踪的。当时这艘出租小艇没有返回码头。十一月二十五号，你是不是和利普利先生在圣雷莫？"警官的眼睛一直注视着汤姆。

汤姆被警官温和的目光触怒了。他觉得这是个圈套。但汤姆竭尽全力让自己的举止表现正常。他想象自己灵魂出窍，旁观眼前这一幕。他甚至改变了一下自己的站姿，将一只手搭在床尾，这样显得更放松一些。"不过我们驾艇出游时一切正常，没发生任何意外。"

"你们把小艇开回来了吗？"

"当然。"

警官继续盯着他。"十一月二十五号之后，我们在所有旅馆都再也查不到利普利先生的住宿信息。"

"是吗？——你们找了多久？"

"虽然尚未查遍意大利的每个小村庄，但主要大城市的旅馆我们都查过了。我们发现十一月二十八日到三十日，你在哈塞拉酒店有住宿记录。那么——"

"汤姆和我在罗马不住在一起——我是指雷普利先生。那段时间他去了蒙吉贝洛，在那里待几天。"

"那他来罗马住在哪里?"

"住在一家小旅馆。我不记得叫什么名字,我也没去找过他。"

"那你在哪里?"

"你是指什么时候?"

"十一月二十六号和二十七号。就是你们刚从圣雷莫回来时。"

"在马尔米堡,"汤姆答道,"我顺路在那里待了一阵子。我住在一家提供膳宿的小旅店。"

"哪一家?"

汤姆摇摇头。"我记不起名字了。反正是一家小旅店。"毕竟,他想,反正玛吉可以证明汤姆离开圣雷莫后,曾活生生地出现在蒙吉贝洛,所以警方又何必调查二十六号和二十七号迪基·格林里夫住在哪家旅店呢?汤姆在床边坐下来。"我不明白你们为什么认为汤姆·雷普利死了?"

"我们是觉得,肯定有人在圣雷莫死亡,"警官答道,"有人在小艇上被杀死了。正因为如此,小艇才被凿沉,目的是为了掩盖血迹。"

汤姆皱起眉头。"那些肯定是血迹吗?"

警官耸耸肩。

汤姆也耸耸肩。"在圣雷莫,那天有好几百人租汽艇。"

"没有那么多。大概三十个。真的,可能就是这三十人中的一个——或者十五组人中的一组。"说完他笑了笑。"我们并不掌握所有这些人的姓名,但我们觉得是托马斯·利普利先生失踪了。"警官的目光转向房间的一隅,脑子里可能又想起什么事情,汤姆从他脸上的表情得出这样的判断。还是他正享受椅子边上电暖气带来的暖意?

汤姆不耐烦地再次跷起二郎腿。现在这个意大利家伙脑子里怎么想的已经很清楚了：迪基·格林里夫两次身处谋杀案现场或现场附近。那位下落不明的托马斯·利普利十一月二十五日和迪基曾驾艇出游。以此类推——汤姆皱着眉头，坐正身子。"你的意思是，你不相信我十二月一日左右在罗马见过汤姆·雷普利？"

"不，不，我没这么说，真的没有！"警官连忙安抚道，"我只想了解一下，从圣雷莫回来后，你和利普利先生的行程，因为我们现在找不到他了。"说着他又笑了，灿烂的笑容具有示好性质，露出一嘴黄牙。

汤姆怒气冲冲地耸耸肩，心情却放松下来。显然目前意大利警方还不打算公然指控他这位美国公民犯有谋杀罪。"很抱歉我无法确切地告诉你们汤姆现在在哪里。你们为什么不去巴黎或热那亚查查？他一般住在小旅馆。他对小旅馆有偏爱。"

"你收到过他从热那亚寄来的明信片吗？"

"没有，我没收到过。"汤姆说。他用手捋捋头发，就像迪基有时生气时做的那样。他现在感觉好多了，于是又把注意力放回装扮成迪基这件事上，在地上走了一两个来回。

"你认识托马斯·利普利的朋友吗？"

汤姆摇摇头。"不认识，我和汤姆都不太熟，至少我们认识的时间并不长。我不知道他在欧洲有没有很多朋友。我记得他说他在法恩莎有个熟人。在佛罗伦萨也有。但我都不记得他们的名字了。"如果这个意大利佬认为他是故意保护汤姆的朋友免受警方问讯，就让他这么想去吧，汤姆思忖。

"好的，我们会去查查。"警官道。他把文件收好。他在文件上做了很多记录。

"趁着你们还没走，"汤姆用他一贯的拘谨而又坦诚的语气问道，"我想问问我何时能离开罗马。我打算去西西里，如果可以的话，我很想今天就出发。我准备住在帕勒莫的帕尔马酒店。你们要找我，轻易就能找到。"

"帕勒莫，"警官重复了一遍，"可以，可能会行得通。我可以用一下这里的电话吗？"

汤姆点燃一根意大利香烟，听警官向一个名叫奥利西奥的警察局长请示。警官不带感情地汇报说，格林里夫先生不知道利普利先生的下落。格林里夫先生认为，他可能回美国了，或者去了法恩莎或佛罗伦萨。"法恩莎，"他又认真地说了一遍，"就在博洛尼亚附近。"等警察局长听明白后，警官又说格林里夫先生今天想去帕勒莫。"好的，好的，"警官转身笑着对汤姆说，"可以了，你今天可以去帕勒莫。"

"太好了，谢谢！"他把两位警察送到门口。"如果你们知道汤姆·雷普利的下落，请也告诉我一声。"汤姆诚恳地说。

"那当然，我们一定会通知你，先生。再见。"

等警察走后，汤姆吹着口哨将拿出去的衣物又重新放进行李箱。他很得意自己刚才随机应变，将马洛卡换成西西里，因为西西里还在意大利境内，而马洛卡在境外。如果他继续待在意大利，警方让他自由活动的可能性就更大一些。他是突然想起汤姆·雷普利的护照上并没有在圣雷莫—戛纳之旅后再次进入法国的记录，才想起这个说辞的。他记得他曾告诉玛吉，汤姆·雷普利要去巴黎，然后从巴黎回美国。如果警察问玛吉，汤姆·雷普利从圣雷莫回来后，是否回过蒙吉贝洛，她也许会顺带提及他后来去巴黎了。而万一他必须变回汤姆·雷普利，并且向警方出示护照，他们会发现他从戛纳回来后，就没再入境法国。不过对此他可以解释说，他在告诉迪基后又改变了主意，决定继续留在意大利。这不是什么大不了的事。

汤姆整理到一半时，突然站直身子。这一切会不会是个圈套？他们放他去西西里，表面上装作不怀疑他，其实暗地里在放长线钓大鱼？那个警官是个狡猾的混蛋。他说过一次他的名字，叫拉维利还是拉维雷利？不过就算放长线，又能钓到什么大鱼呢？他已经明白无误地告诉他们自己的去向。他也不打算逃避什么。他只想离开罗马，想得快发疯了！他把最后几样东西扔进行李箱，啪地一声合上盖子锁好。

电话铃又响了！汤姆拿起话筒。"喂？"

"噢，迪基！——对方上气不接下气。"

是玛吉，现在就在楼下，他从声音能听出来。他慌忙换成汤姆的声音，"你是哪位？"

"是汤姆吗？"

"玛吉！你好啊！你在哪儿？"

"我就在楼下。迪基在吗？我能上来吗？"

"你可以五分钟之后上来，"汤姆大笑道，"我还没穿好衣服呢。"前台人员向来会将访客带到楼下一个小隔间打电话，他想。他们应该不会听见电话内容。

"迪基在吗？"

"暂时不在。他半小时前刚出去，不过随时可能回来。你要是想找他，我知道他去了哪儿。"

"他去哪儿了？"

"在第八十三警察局。不，对不起，我说错了，是八十七警察局。"

"他有什么麻烦吗？"

"没有，就是接受讯问。警察要他十点到。要我把地址给你吗？"他后悔自己刚才用汤姆的声音接电话，他本可以扮作用人、迪基的朋友，什么人都可以，然后告诉玛吉迪基已经出门好几个小时了。

玛吉咕哝一声。"不，不了。我还是等他吧。"

"地址找到了！"汤姆像是真找到似地说道，"佩鲁贾大街二十一号。你知道那地方吗？"汤姆自己也不知道警局在哪儿，但他想把玛吉引向美国运通办事处的相反方向。他离开罗马前，想去美国运通取信件。

"我不想去，"玛吉说，"我想上来陪你一起等他，好吗？"

"恩，是这样——"他朗声笑道，是玛吉真切熟悉的汤姆标志性的笑声。"我正在等一个人，他随时会到。是一次工作面试。关于工作的。你信不信，不靠谱的老雷普利居然要上班了。"

"哦。"玛吉的语气表明她对此事毫无兴趣。"那么，迪基到底怎么啦？他为什么要上警局谈话？"

"噢，就是因为他那天和弗雷迪喝了几杯。你看报了吗？报纸将这个案子的重要性渲染了十倍，就因为条子们一点线索都没有。"

"迪基在这里住多久了？"

"这里？噢，才刚住了一晚。我之前一直在北部，听说弗雷迪这事后，才来罗马看他。要不是警察，我根本找不到迪基。"

"你还说呢！我拼命去警察局找人！我担心死了，汤姆，他至少可以打个电话给我——打到吉奥吉亚旅馆或其他什么地方——"

"你来罗马我真是太高兴了，玛吉。迪基见到你一定会乐开花了。他生怕你看了报纸上的消息后会有什么想法。"

"噢，是吗？"玛吉不相信地问，但声音听起来很开心。

"你到安吉洛酒吧去等我好吗？就在旅馆前通往西班牙广场台阶的那条路上。我看能不能五分钟后溜出去和你喝杯酒或咖啡，怎么样？"

"好的。可是旅馆内就有酒吧。"

"我可不想让未来的老板撞见我在酒吧里。"

"那好吧。是在安吉洛吗？"

"你一定能找得到。就在酒店正前方那条街上。再见。"

打完电话，他继续将行李整理完。除了衣柜里的大衣，其他东西他全部整理好了。他打电话给前台，说准备结账，并要求派人来给他提行李。然后他将一堆行李整齐地交给门童，自己从楼梯下楼。他想看看玛吉是否还在旅馆大堂等他，或是又在打其他电话。刚才警察来的时候，她肯定还没到，汤姆想。从警察走后到玛吉来，中间隔了差不多五分钟。他戴了顶帽子以遮盖已经变淡的头发，穿上新风衣，并换上汤姆·雷普利那副腼腆的、略显惊恐的表情。

玛吉不在大堂。汤姆付了账，前台又交给他一封留言：范·休斯敦来过这里。这封留言是范亲笔写的，写于十分钟前。

等了你半个钟头。你难道不出来走走吗？他们不让我上去。
打电话到哈塞拉找我。
范

也许范和玛吉会撞上。如果他俩认识的话，现在说不定一起坐在安吉洛酒吧里呢。

"如果再有人找我，请告诉他们我离开罗马了，好吗？"

"好的，好的，先生。"

汤姆走向门外等候他的出租车。"我要去美国运通。"他告诉司机。

司机没有走安吉洛酒吧所在的那条街。汤姆松了口气，暗自庆幸。他最庆幸的是，自己昨天紧张得不敢待在公寓里，选择来旅馆住。若还住在公寓，他就没法摆脱玛吉。她会从报上查到地址。到时候，即使他还要今天同样的花招，玛吉也会坚持要上楼来等迪基。他真是太走运了！

他在美国运通收到三封信，其中一封是格林里夫先生写来的。

"今天过得如何？"递给他信的那位意大利姑娘问道。

她一定看过报纸了，汤姆想。他对着那张天真好奇的脸蛋笑了笑。姑娘名叫玛利亚。"挺好的，谢谢。你怎么样？"

他转身准备离开时，突然想到他今后绝不能用美国运通罗马办事处作为汤姆·雷普利的通信地址，因为有两三个办事员已经认得他了。目前他用美国运通那不勒斯办事处作为汤姆·雷普利的收信地址，虽然他从未在那里取过任何邮件，或者请别人通过该地址转交过任何东西，因为他觉得汤姆·雷普利不会收到什么重要的物件，就连格林里夫先生也不会再给他来一封信，训斥他一番。等避过这阵风头，他就会去美国运通那不勒斯办事处，用汤姆·雷普利的护照去取邮件，他在心里这么盘算着。

他现在虽然不能用美国运通罗马办事处作为汤姆·雷普利的通讯地址，但他还得随身携带证明自己是汤姆·雷普利的护照和衣物以应付紧急情况。比如今天早晨玛吉打电话时，他就得变回汤姆·雷普利。玛吉差一点就把他堵在屋里了。只要警方对迪基·格林里夫的清白抱有怀疑，以迪基的身份离开意大利将会是自杀行为。而万一他不得不变回汤姆·雷普利，雷普利的护照不会显示他曾离开过意大利。如果他要离开意大利——让迪基完全摆脱警方——他必须以汤姆·雷普利的身份离开，再以汤姆·雷普利的身份进来，然后等警方的调查结束，他再变回成迪基。这是可行的。

这个办法似乎既简单又安全。他需要做的就是熬过这几天。

19

轮船缓慢地尝试着靠近帕勒莫港。白色的船首轻轻掠过浮在水面上的橘子皮、稻草和破烂的水果筐。汤姆感觉自己就像这艘船一样，缓缓靠近帕勒莫。来帕勒莫前，他在那不勒斯待了两天，当地报纸对米尔斯案没有什么新鲜的报道，对圣雷莫沉船事件更是只字未提。在他看来，警方也没有试图接近他。但也许他们只是不想费事在那不勒斯找他，汤姆想，他们说不定直接候在帕勒莫的旅馆里。

不过不管怎样，码头上没有警察在等他。汤姆刚才窥探过了。他买了几份报纸，带着行李坐出租车径直前往帕尔马酒店。酒店大堂里还是没有警察。这个大堂老旧俗艳，内部四周矗立着大理石廊柱和巨大的棕榈树盆栽。前台人员告诉他预订的房间号，并将钥匙交给带他去房间的门童。汤姆如释重负，走到邮件收发柜台，大胆地询问有没有给理查德·格林里夫先生的留言。柜台人员说没有。

汤姆听了松了一口气。这表示连玛吉的留言也没有。玛吉现在肯定去过警察局找迪基了。坐船来的路上，汤姆设想过重重可怕的可能性：玛吉坐飞机赶在他之前到了帕勒莫；玛吉在帕尔马酒店留言，告诉他乘下班轮船来帕勒莫；甚至他在那不勒斯上船时，还四下留意过玛吉是否也在同一艘船上。

现在他开始认为，经过这次风波之后，玛吉或许对迪基彻底死心了。或许她认定迪基在刻意躲避她，只想单独和汤姆在一起。或许这个想法早就在她那笨脑袋瓜里成型了。当天晚上，汤姆放了满满一浴缸温水，好好地泡个澡，将两只胳膊蘸满了肥皂沫。洗澡的时候，他还在考虑要不要给玛吉写一封信，助长她这种想法。作为汤姆·雷普利应该写这封信，他心里想。这封信的重点就在于时机。他要对玛吉说，一直以来他都表现得小心翼翼，在罗马和她打电话时，他也不想把一切和盘托出。不过现在，他觉得玛吉应该能明白过来了。他和迪基两个人在一起很快乐。事情就是这么简单。想到这里，汤姆忍俊不禁，咯咯笑出声来，最后不得不捏住鼻子潜到水里，才将笑声止住。

亲爱的玛吉，他会这么说，我写这封信给你，是因为我觉得迪基不会给你写信，虽然我多次让他给你写信。你是个好人，不应该被蒙在鼓里这么长时间……

想到这里，他又忍不住笑出声来，然后又刻意去想一个尚未解决的小问题，让自己冷静下来：玛吉大概也会告诉意大利警方，她在英吉尔特拉酒店和汤姆·雷普利说过话。警方估计想知道，他到底去哪了。现在警方可能在罗马找他。警方早晚会到迪基这里来找汤姆·雷普利。这是新出现的危险——譬如，假如他们根据玛吉的描述，认定他就是汤姆·雷普利，而不是迪基，然后把他脱光了搜身，结果在他身上发现他和迪基两人的护照。不过什么叫以身试险？只有以身试险才有意思呢。他放声大唱：

爸爸不赞成，妈妈不赞成，
可是我和你，还要在一起

他一边擦干身体，一边在浴室引吭高歌。他用迪基响亮的男中音唱着，虽然他从未听迪基唱过歌。他相信迪基一定对他现在缭绕回荡的歌声十分满意。

　　他穿上衣服，外面套上那件新的抗皱旅行西装，出门去黄昏的帕勒莫街头散步。城市广场对面是他在书上读到过的诺曼风格的天主教大教堂。他记得一本旅游指南里说，这座教堂是英国大主教沃尔特·密尔建造的。南边是叙拉古港，历史上罗马人和希腊人曾在这里打过一场大海战。狄奥尼西奥斯之耳。陶尔米纳。埃特纳火山。西西里真是个大岛，对他来说是那么新奇。恺撒的重镇！曾被古希腊人统治，又遭到诺曼人、撒拉逊人入侵！明天他才开始正式游玩，但此刻他已经领略到这座岛屿的辉煌壮丽，他驻足凝视眼前高耸巍峨的大教堂时心里这么想着。他好奇地看着教堂正面积满灰尘的拱形门脸，设想自己明天走进教堂，会闻到里面由数不清的蜡烛和千百年来绵延不绝的烟火形成的陈腐而甜美的气味。充满期待！他突然领悟到，对他来说，内心期待比亲身体验更美好。将来会一直如此吗？夜晚他独自一人，摆弄迪基的物品，把他的戒指戴在自己手指上欣赏，系着迪基的羊毛领带，把玩迪基的鳄鱼皮钱包，这算是亲身体验还是内心期待？

　　西西里之后是希腊。他绝对要去希腊看看。他会以迪基的身份，带着迪基的钱，穿着迪基的衣服，按照迪基和陌生人交往的方式，去希腊游玩。但他能否以迪基·格林里夫的身份去看希腊？事情会不会接踵而至，阻碍他的游兴——谋杀，嫌疑，各色人等？他本不想去谋杀，但是迫不得已。如果以美国游客汤姆·雷普利的身份去希腊，瞻仰卫城，对他来说毫无吸引力。如果那样，他宁愿不去。他仰望眼前大教堂的钟楼，泪水夺眶而出，赶紧转身走进另一条街道。

　　第二天早晨，他收到一封信，厚厚的一封信，玛吉写来的。汤姆用手捏着信，笑了。他确定这封信的内容一定如他所料，否则不会这么厚。他边吃早餐边读信，就着新鲜热乎的面包卷和肉桂风味咖啡，细品信中每一行文字。信的内容符合他的设想，也有超出的部分。

……如果你**真的**不知道我去过你住的酒店，只能说明汤姆没告诉你，当然这不影响最终的结局。事情现在一目了然，你在逃避我，不想面对我。你做都做了，干嘛没勇气承认自己离不开你那位狐朋狗友。老兄，我只是觉得遗憾，你过去不敢当面**直接**告诉我。你当我是没见过世面的小镇女孩，不懂这种事？恰恰是**你自己**的所作所为，才是典型的小镇习气。不管怎样，我现在既然跟你挑明说了，你就不要再有心理负担了，堂堂正正地爱人吧。以自己所爱的人为傲不丢人。我们以前不是谈过这个话题吗？

我这次罗马之行的第二大收获就是告诉警方，汤姆·雷普利和你在一起。他们找他快找疯了。（我不知道为什么？他到底干了什么事？）我还竭力用意大利语告诉他们，你和汤姆形影不离，他们怎么还只找到你，没找到**汤姆**？我实在搞不懂。

我已经改了船票，打算三月底回美国。在这之前，我会去慕尼黑看望凯特。今后你我将会分道扬镳。我并不十分难过，迪基老兄。我只是过去错以为你是个敢说敢做的人。

谢谢你给我那些美好回忆。它们现在像是博物馆里的展品，或是封存在琥珀里的玩意，有一点虚幻，正如你一直以来对我的态度。祝你今后一切顺利。

玛吉

嘿！结尾真俗套！酸溜溜的小女孩！汤姆将信折好，塞进外套口袋。他瞥了一眼饭店餐厅的两扇门，条件反射地寻找警察。如果警察认为迪基·格林里夫和汤姆·雷普利结伴出游，他们一定会排查帕勒莫的酒店找汤姆，他想。但他没发现有任何警察盯着他，跟踪他。也许他们把沉船案给结了，因为他们确定汤姆·雷普利还活着。既然这样，干嘛还要继续调查下去呢？也许对迪基涉嫌圣雷莫和米尔斯案的怀疑也相应地烟消云散了。但一切都是也许！

他上楼回到房间，用迪基的赫姆斯牌打字机给格林里夫先生写一封信。在信的开头，他用冷静客观的笔触解释了米尔斯案，因为格林里夫先生很可能还在为这件事担心。他说警方已经结束对他的问询，现在可能需要他指认他们发现的任何嫌疑人，因为该嫌疑人可能是他和米尔斯共同的熟人。

他正在打字时，电话铃响了。电话里传来一个男人的声音，说他是帕勒莫警察局某警长。

"我们正在找托马斯·菲尔普斯·雷普利先生。他和你在酒店里吗？"他问话的语气很客气。

"不，他不在。"汤姆答道。

"你知道他在哪里吗？"

"我认为他在罗马。我三四天前在罗马见过他。"

"我们在罗马没找到他。他如果离开罗马会去哪里？"

"对不起，我对此一无所知。"汤姆说。

"真遗憾，"那名男子失望地叹了口气，"谢谢你，先生。"

"不客气。"汤姆挂了电话，回去继续写信。

汤姆现在模仿迪基枯燥乏味的笔调，比用自己的文风写更得心应手。这封信主要是写给迪基母亲的，告诉她自己现在的日常起居和健康状况都一切正常，并问她有没有收到几周前他从罗马一家古董店买的三联釉彩小屏风。他边写信边考虑怎么应付那个托马斯·雷普利的问题。刚才打电话来的警察语气客气温和，但他不能大意。譬如他不该把汤姆的护照放在行李箱的口袋里，虽然护照外面裹着一堆旧的迪基个人所得税文件，以防止海关检查人员看见。他应该把护照放在新买的羚羊皮箱内衬里，这样即使皮箱被清空，也看不见护照，而万一他自己需要的话，顺手就能掏出来。因为说不准哪天他就必须这么做。说不准哪天迪基·格林里夫的身份会比汤姆·雷普利的更危险。

汤姆给格林里夫夫妇的这封信写了半个上午。他觉得格林里夫先生现在对迪基正在失去耐心，与他上次在纽约和汤姆见面时那种不耐烦还不一样，感觉事情变得更严重了。汤姆知道，格林里夫先生认为迪基从蒙吉贝洛搬到罗马纯粹是心血来潮。汤姆本想编一个在罗马学画的理由，在格林里夫先生那里蒙混过关，现在看来失败了。格林里夫先生在信里对这件事完全不以为然，还说泄气的话，认为他现在还在学画简直是自我折磨，因为光凭美丽的风景和换个环境是成不了画家的。汤姆在收到伯克-格林里夫船厂的产品册后表现出来的兴趣，在格林里夫先生那里也没有得到正面回应。总之格林里夫先生的表现和汤姆原先的期望相距甚远：他本以为能让格林里夫先生对他言听计从；本以为他可以弥补迪基过去对父母的疏忽和冷漠；本以为他可以从格林里夫先生那里再额外要到一笔钱。如今他根本不可能再找格林里夫先生要钱了。

多保重，妈妈（他写道。）注意别感冒。（格林里夫太太说她今年冬天感冒了四次，连圣诞节也是在床上度过的，披着他给她买的那条作为圣诞礼物的粉红色羊毛披肩。）您如果早穿您给我寄来的羊毛袜，就不会像这样感冒了。我一个冬天都没感冒，这在欧洲可是值得吹嘘一番的……妈妈，需要我从这里给您寄点东西吗？我很想给您买点什么……

20

　　五天过去了，日子过得平静、孤单而惬意。汤姆在帕勒莫到处闲逛，这儿走走，那里看看，有时在咖啡馆或餐馆里坐上一个钟头，读读旅游指南和报纸。一个阴天，他坐马车专程前往佩莱格里诺山，参观美轮美奂的圣罗萨莉亚墓。圣罗萨莉亚是帕勒莫的守护神，她的雕像非常有名。汤姆在罗马时看过雕像的照片，表情恍惚出神，精神病专家好像有一套专门术语来描述这种精神状态。汤姆发现这个陵墓很有意思，看到雕像时，他甚至忍俊不禁，笑出声来。雕像是一尊斜躺的诱人女性胴体，双手抚摸，眼神迷离，嘴唇轻启，除了没有真实的喘息声，其他一应俱全。他想起了玛吉。他还参观了一座拜占庭式宫殿，现在是帕勒莫市图书馆，里面藏有各种画作和装在玻璃箱中的手稿。这些手稿历史悠久，已经发脆开裂。他仔细查看了旅游指南上详细描绘的帕勒莫港的结构地形，用速写临摹了圭多·雷尼[1] 的一幅画作，当然这并没什么特别用意。他还将一栋公共建筑上塔索[2] 题写的长篇铭文背了下来。他写信给纽约的鲍勃·迪兰西和克利奥。在给克利奥的长信里，他向她描述了旅途见闻、各种游兴，形形色色的人物，兴致高涨得像描绘中国的马可·波罗。

　　但他其实很孤独。这种孤独和在巴黎独自一人时那种感觉还不一样。在巴黎他虽然也是一个人，但他设想即将拥有一个新的朋友圈，并将和新朋友意气风发地开始新的生活，比他以往那种生活更甜蜜美好，更光明正大。可是现在他明白了，那种生活他不可能实现。他必须和人永远保持距离。他也许能树立新的生活标准，养成新的生活习惯，但却永远无法拥有新的朋友圈，除非他去伊斯坦布尔或斯里兰卡这种地方。可是在那些地方就算结识新朋友，又有什么用呢？他现在孑然一身，独自在玩一场孤军奋战的游戏。他潜在的朋友大都会给他带来危险，这点毫无疑问。如果他注定不得不只身浪迹天涯，未必是一件坏事：那样他被发现的几率就会大大降低。不管怎样，这也是事情好的一面，想到这里，他心情好一些了。

他对自己外在的言行举止略加改变，想让自己变得更像一个生活超然的旁观者。他对所有人还是温文有礼，面带微笑，包括那些在餐馆朝他借报纸的人和酒店工作人员。但是他的头昂得更高，话说得更少。他身上隐隐有一种悲情。他喜欢自己的这种改变。他把自己想象成一个失恋或遇到严重情感挫折的年轻人，正试图用游山玩水这种文明的方式，修复心灵的创伤。

顺着这个思路，他想到了卡普里岛。虽然现在天气不好，但是去意大利怎能不去卡普里呢。上次和迪基去的时候，仅仅是匆匆一游，反而更加吊起他的胃口。天呐，上次去的时候，迪基那副样子让人烦透了。或许他该忍到夏天再去，汤姆思忖，到夏天警察不会再来找他了。他现在去卡普里的兴致，甚至超过了去希腊看卫城。他只想痛痛快快地在卡普里度假，把和文化有关的玩意扔到一边。他在书上读到过冬天的卡普里：多风，多雨，荒凉。但这有什么关系，卡普里就是卡普里。卡普里有罗马皇帝提比略的行宫，蓝洞，当年的古广场虽然空无一人，但还是广场，连一块铺路的圆石都没

---

1. 圭多·雷尼（Guido Reni, 1575—1642），意大利画家，以古典理想主义著称。
2. 塔索（Tasso, 1544—1595），意大利文艺复兴后期诗人。

变。他今天就可以启程去卡普里。他加快脚步朝酒店走去。游客稀少并没有让蔚蓝海岸失色。或许他可以坐飞机去卡普里。他以前听说，从那不勒斯去卡普里可以坐水上飞机。如果二月份没有水上飞机，他可以包一架。有钱不花干什么？

"早上好！"他笑着问候酒店柜台人员。

"有您的一封信，是急件。"柜台人员说，脸上也带着笑容。

信是迪基存款的那不勒斯银行寄来的，信封内还附了一封迪基在纽约的信托公司的来信。汤姆先读那封那不勒斯银行的信。

尊敬的先生：

纽约温德尔信托公司通知本行，阁下一月份兑领五百美元汇款的收据签名，可能存有疑问。兹将此事紧急通知阁下，以便我行采取必要举措。

本行认为有必要将此事告知警方，但现仍希望阁下自证本行签名鉴定员和纽约温德尔信托公司签名鉴定员的意见是否属实。凡属阁下提供信息，我行皆表示赞赏。本行力请阁下从速与我们联络。

那不勒斯银行总裁

埃米尼奥·迪·布拉干奇　敬上

附注：为确保阁下签名有效性，请从速前往本行那不勒斯办公处，重新签名以作永久归档。本行随信另附温德尔信托公司公函一份。

二月十日，一九——

汤姆又撕开信托公司的来信。

尊敬的格林里夫先生：

　　本公司签名部上报指出，阁下一月份签收的按月定期汇款收据，第八七四七号，签名无效。此事可能系阁下疏忽所致，兹请阁下亲证汇款签名无误，或系伪造。本公司亦将此事一并通知那不勒斯银行。

　　随信另附本公司永久签名存档卡一张，请在上面签名后寄回。

　　尽快与本公司联系为盼。

爱德华·卡瓦那奇秘书　敬上

二月五日，一九——

　　汤姆舔了舔嘴唇。他要写信给两家银行，汇款悉数收到，没有任何差错。但是这一招能长期把他们瞒过去吗？他从十二月份起，已经签领了三笔汇款。他们会回头——重新核查签名吗？

　　汤姆上楼，立刻坐在打字机前。他将一张酒店专用信纸放到打字机滚筒上，呆呆地盯着信纸。他们不会就此罢休，他想。如果这些公司有专门的笔迹鉴定专家组，拿着放大镜仔细研究签名，他们很有可能研判出三笔汇款的签名都是假的。可是那三个签名真的很逼真，汤姆想。只是一月份那笔汇单签得有点快，但即便如此，看上去也还可以，不然他肯定不会寄回去，一定会告诉银行说汇款单遗失，让他们另寄一张过来。大多数伪件都要几个月才会被发现，为什么他们短短四周就发现了疑点？会不会在米尔斯案和圣雷莫沉船事件后，他们正在查他生活的方方面面？他们想在那不勒斯银行面见他。也许那儿有人见过迪基。一阵可怕刺骨的恐惧感顺着他的肩膀传递到大腿。一时间他觉得虚弱无助，连走路的力气都没有。

他仿佛看到一群警察围着他，有美国的，也有意大利的，逼问他迪基的下落，而他却交不出迪基·格林里夫，也说不出他的下落或证明他还活着。他设想自己在一群笔迹专家的围观下，想要写下理查德·格林里夫的名字，却突然崩溃，一个字也写不出来。他把手放在打字机键盘上，逼自己写信。这封信是写给温德尔信托公司的。

敬启者：

　　贵公司来函所涉本人一月份汇款签名，现答复如下：

　　存有疑异签名确系本人所署，并已全额收到汇款。倘若本人当初未收到汇款，自当立即通知贵公司。

　　现遵嘱附上签名卡，供贵公司永久存档。

理查德·格林里夫

二月十二日，一九——

他在信托公司信封的背面试着签了几次迪基的名字，然后才在卡片上正式写。接着他又给那不勒斯银行写了一封内容大致相同的信，并保证数日内去银行亲自签名，以作永久存档之用。他把两封信装进信封时，在信封上写"急件"，下楼向服务生买邮票寄了出去。

然后他出门散步。刚才想去卡普里岛游玩的兴致现在荡然无存。现在是下午四点十五分。他漫无目的地在街头闲逛，最后在一家古董店橱窗前驻足，凝视了几分钟一幅油画。阴沉的画面上，两个留大胡子的圣徒在月夜走下黑暗的山丘。他走进店里，没有还价就买下这幅画，也不装框，直接卷起来，夹在胳膊下带回酒店。

21

第 83 警局

罗马

尊敬的格林里夫先生：

请速来罗马，就托马斯·雷普利一事接受问询。您的到来
将在很大程度上有利于本案的调查，我局将会十分感激。

您一周内如若不来，我局将不得不采取相应措施，势必会
对您和我局皆有所不便。

恩里克·法拉拉警长　敬上

二月十四日，一九——

看来警方还在找汤姆。但这也可能表明米尔斯案有进展，汤姆
想。意大利警方通常不会用这种语气传唤美国人。信的末尾是赤裸
裸的威胁。他们现在肯定知道了假支票的事。

他手里握着信，站在房间里，眼神空洞地环顾四周。他瞥见镜
中的自己，嘴角下垂，目光焦虑而恐惧，姿势和表情像是要把内心
的害怕与震惊表现出来。镜中的他看起来既六神无主又毫无掩饰，
这进一步放大了他的恐惧感。他把信折起来，放到口袋里，接着又
从口袋里拿出来，撕成碎片。

他赶紧开始收拾行李，从浴室门后取下浴袍和睡衣，将洗漱用
品扔进印着迪基姓名首字母缩写的真皮旅行用品袋里。这个袋子是

玛吉送给迪基当圣诞礼物的。突然他停了下来。他必须将迪基的所有物品都丢掉，所有物品。丢在这儿吗？丢在这里吗？还是在坐船回那不勒斯途中丢进水里？

这些确实不好办，但他突然灵机一动，想出回意大利后该怎么办。他绝不去罗马自投罗网，离罗马远远的。他可以直接去米兰或都灵，或者威尼斯附近，再买一辆里程数多的二手车。然后他就可以宣称最近两三个月一直开车在意大利境内漫游。他从未听说警方在找托马斯·雷普利。对，就是那个托马斯·雷普利。

他继续整理行李，心里明白从此就将与迪基·格林里夫这个身份诀别。他痛恨自己不得不重新变回托马斯·雷普利，痛恨自己重新沦为无名小卒，痛恨自己要重新按原来的生活习惯行事。人们都瞧不起他，懒得跟他多啰嗦，除非他摇尾乞怜，像个小丑，给别人逗乐于一时之外，别无他长，一事无成。他痛恨变回原来的自己，这种感觉就好像重新穿回以往沾满油污、皱巴巴的旧衣服，而这种衣服哪怕是新的也谈不上有多好。他的眼泪掉到放在行李箱最上层迪基的蓝白条纹衬衫上。这件衬衫就像当初从蒙吉贝洛迪基的抽屉里拿出来时一样，浆洗得笔挺、干净如新。可是这件衬衫口袋上用红色字母绣着迪基的首字母缩写。他一边整理行李，一边执拗地尽可能把迪基的物品留下来，只要上面没有迪基的首字母缩写，或者别人记不起是迪基的东西。玛吉也许会记得一些，比如那本崭新的蓝色真皮通讯录，迪基只在上面写了几个地址，这很可能就是玛吉送的。不过他以后也不打算和玛吉再见面了。

汤姆在帕尔马酒店结完账，但他还得等第二天才能坐船回大陆。他预订船票时用的是格林里夫的名字，心想这是他最后一次用格林里夫的身份订票了，不过也说不定。他心中还抱着一丝幻想，也许一切麻烦都会烟消云散。仅仅是也许。但是如果就此泄气绝望，也不理性。就算是重新做回汤姆·雷普利，泄气绝望也是不理性的。以前的汤姆·雷普利可并不意气消沉，虽然表面看上去常常如此。难道他没从这几个月的经历中学到点什么吗？轻松快乐，抑郁寡欢，恋恋不舍，若有所思，彬彬有礼，这些外在的东西都可以一招一式地表演出来。

在帕勒莫的最后一天，他一早醒来就冒出一个好主意：他可以用一个化名将迪基所有的衣物寄存在美国运通威尼斯的办事处，将来如果他想或者必须拿回来时，就再去取回来，不然就永久丢弃在那里。想到迪基那些质量上乘的衬衫、装着精致袖扣和带姓名手环的首饰盒，以及各种腕表能安全地寄存在某个地方，而不是丢进第勒尼安海或西西里的某个垃圾箱，他的心里好受多了。

于是他把迪基两个旅行箱上的姓名首字母缩写刮掉，上好锁，连同他在帕勒莫刚刚动笔的两幅油画，一起从那不勒斯寄到美国运通威尼斯办事处。他用了一个叫罗伯特·S·范肖的化名。他留在身边唯一能泄露迪基身份的物品是迪基的几枚戒指。他把它们放到一个难看的棕色小皮盒里。这个小皮盒是托马斯·雷普利的东西，多年来无论旅行或搬家，他都随身携带，里面尽是些有趣的玩意，如袖扣、领针、形状奇特的纽扣、钢笔尖、插了一根针的一团白线。

汤姆从那不勒斯乘火车一路北上，途经罗马、佛罗伦萨、博洛尼亚，然后在维罗纳下车，换乘汽车前往四十英里开外一个名叫特伦托的城市。他不想在维罗纳这样的小城买车，因为申请车牌照时，警方会很容易注意到他。在特伦托，他花了大约八百美元买了一辆奶黄色二手蓝旗亚[1]。他用护照上登记的托马斯·雷普利的名字买

---

1. 意大利菲亚特集团旗下豪华汽车品牌。

的，并用同样的名字在旅馆登记住宿，以等待车牌照二十四小时后核发。六小时过去了，什么事也没发生。汤姆之前还担心，这家小旅馆会认出他的名字，负责核准车牌照的官员也可能会注意到他。但一直到第二天中午，他的车子上了牌照，还是什么事情都没发生。报纸上也没有找寻托马斯·雷普利的消息，或者和米尔斯案以及圣雷莫沉船事件相关的报道。这种局面令他感到诡异，而不是安心高兴，因为一切都显得那么不真实。不过他也开始从回到托马斯·雷普利这个卑微的角色中尝到点乐趣。他变本加厉地表现出雷普利身上原来那些特质，在陌生人面前沉默寡言，低头斜睨时故意加重内心的自卑感。毕竟，任何人都不会怀疑像他这样的人会是谋杀犯，任何人。他唯一可能被怀疑的，就是圣雷莫的那桩，不过警方目前也远没到下定论的时候。重新做回汤姆·雷普利还有个好处，就是减轻他内心因为愚蠢地、没有必要地杀死弗雷迪而产生的负疚感。

他想径直去威尼斯，但决定还是先在车上睡一晚，亲身体验一下准备对警方撒的谎：最近几个月都把车停在乡间路上过夜。他把车开到布雷西亚附近，在后排座上睡了一晚，睡得浑身难受发麻。凌晨时分，他爬到前排，由于颈部痉挛，开车时几乎无法自如地扭头。不过这样反而更有真实感，在对警方编故事时更有底气，他想。他买了一本北意大利旅行指南，按照日期在上面做了详细的标记，还故意将页脚折叠，在封面上踩几脚，把书的装订散开，让它在比萨那页一分为二。

第二天他在威尼斯过夜。此前，汤姆对威尼斯一直有种孩子气的逆反抗拒心理，认为它盛名之下，其实难副。他觉得去威尼斯的都是多愁善感之辈或者从美国来的游客。威尼斯最适宜度蜜月的情侣，他们可以充分享受无法到处行走的不便，只乘坐贡多拉，以每小时两英里的速度慢悠悠地在河上飘荡。到达之后，他才发现威尼斯比他想象的大得多，到处都是意大利人，和其他地方的意大利人别无二致。他发现他可以不必借助贡多拉，只走狭窄的街道和桥梁，步行游遍整座城市。大型摩托艇构成的公共交通系统和地铁一样高效快捷。市内的各条运河气味也不难闻。威尼斯的旅店可选择面极广，既有他听说过的格里提、达涅利这样的著名酒店，也有背街的破旧小旅社和膳宿公寓。汤姆设想自己找了一个这样远离闹市的小旅店，住上几个月，没有警察和美国游客，不被人注意。最后他选择了里亚托桥附近一家名叫康斯坦察的旅馆。这间旅馆中等档次，介于豪华酒店和破旧旅社之间，干净整洁，价钱不贵，去各个著名景点也方便，正适合他汤姆·雷普利。

汤姆在酒店房间里盘桓了好几个小时，将那些熟悉的旧衣服从箱子里一件件拿出来，然后踱步来到窗前，望着暮色四合的大运河出神。他在脑海中设想即将与警方对话的场景：怎么了，反正我什么都不知道。我确实在罗马见过他。舍伍德小姐可以作证……我本人当然是汤姆·雷普利（说到这儿他可以假装干笑一声）现在这些乱七八糟的事把我彻底搞糊涂了！……圣雷莫，是的，我记得啊。我们在海上玩了一个钟头，之后就把船还回去了……是的，离开蒙吉贝洛后，我就回罗马了，但我在罗马只住了几个晚上。最近一段日子我一直在意大利北部漫游……他现在在哪里，我不太清楚，但我三周前见过他……汤姆从窗前起身，面带笑容，换了件适合晚上的衬衫和领带，出门找了一家不错的馆子就餐。一定要找一家不错的，他想。哪怕是身为汤姆·雷普利，也可以偶尔犒劳下自己。他的钱夹里装的全是一两万里拉的长纸币，撑得钱夹都没法合拢。离开帕勒莫前，他用迪基的名字兑现了一千美元的旅行支票。

他买了两份晚报，夹在胳膊下，通过一座小拱桥，穿过一条宽不足六英尺的窄巷，巷子两旁全是皮具店和卖男士衬衫的店铺。店铺橱窗点缀着闪闪发光的珠宝盒，汤姆觉得这些盛满项链和戒指的珠宝盒像是从童话世界变出来的。威尼斯没有汽车，这一点汤姆很喜欢。没有汽车让城市更显得人性化，他想，街道像血管，人像血液，向四处流淌。走上另一条街道时，他开始往回折返，并再次穿过宏伟的圣马可广场。到处都是鸽子，有的在空中飞，有的在商店灯光下——到了夜晚鸽子还在游人脚边散步，仿佛它们也是观光客，虽然这儿就是它们的家。咖啡馆的桌椅从拱廊摆至广场，使得行人和鸽子都不得不从窄小的过道中间穿行。广场的四周全是留声机播放的喧嚣刺耳的音乐。汤姆想象夏天时这儿的景象，艳阳高照，广场上到处都是人。人们一把一把地将谷粒扬到空中，鸽子扑扇着翅膀俯冲觅食。汤姆拐到另一条光线昏暗的街道。这条街上全是餐馆。他选了一家实惠体面的，屋内是褐色木墙，铺着白色桌布。汤姆根据经验判断，这种餐馆注重菜品质量，而不是只做游客的生意。他就座后，拿出一份报纸。

　　终于来了，第二版上有一则短新闻映入眼帘：

　　　　警方正全力搜寻失踪美国人迪基·格林里夫，
　　　　此人系遭谋杀的弗雷迪·米尔斯的朋友
　　　　在西西里度假后至今下落不明

　　汤姆俯身全神贯注地读这则新闻，内心却升起一股无名火，他怪警方愚蠢低效，怪报纸在这件事上浪费篇幅。报道中说，迪基是死者米尔斯的密友，米尔斯三周前在罗马被谋杀。据悉，迪基乘船从帕勒莫去那不勒斯后即告失踪。罗马和西西里两地警方都在调查此案，寻找迪基。报道最后称，罗马警方曾就托马斯·雷普利失踪一事讯问过迪基·格林里夫，雷普利也是迪基的密友，已经失踪逾三个月。

汤姆放下报纸，下意识地表演起一般人在报上读到"本人"失踪消息时会有的惊惧。他没有注意到侍者递过来的菜单，直到菜单碰到他的手。现在该是他去警察局当面陈述的时候了，他想。如果他们没有掌握任何不利于他的证据——又能对汤姆·雷普利采取什么不利的行动呢？——他们不太可能去核实他何时买的车。其实读到这则消息，他反而松了一口气，因为这表明警方没有注意到他在特伦托车辆登记处买车的事。

他慢慢地进餐，心情不错。餐后他点了杯意式浓缩咖啡，边抽烟边翻阅北意大利旅行指南。现在他又有了新的主意。比如，他干嘛要注意报纸上这么小的一则新闻？再说，只有这一家报纸刊登。不，他不应该这么急着去警察局，应该再等等，等到两三家报纸报道或者某家大报刊登消息也不迟。估计不久就会出来大篇幅的新闻：如果迪基·格林里夫还不现身，警方就会怀疑他是谋杀弗雷迪·米尔斯的凶手，可能连汤姆·雷普利也一起杀害了，现在畏罪潜逃。玛吉也许会告诉警方，两周前她和汤姆·雷普利在罗马交谈过，但警方仍未见到他。他翻阅旅行指南，目光扫过里面呆板的文字和数据，脑中却在加紧思索。

他想起玛吉，此时此刻她大概正在收拾蒙吉贝洛的屋子，整理行装，准备回国。她一定看到报上关于迪基失踪的消息，并在内心责骂他，汤姆想。她还会给迪基的父亲写信，说汤姆·雷普利把迪基带坏了，这么说还是最轻的。格林里夫先生或许会因此来一趟。

可惜现在他无法以汤姆·雷普利的身份去安抚玛吉和格林里夫先生，然后再假扮成活泼热情的迪基·格林里夫，在警方面前把这个小小的谜团解开。

或许他可以把汤姆这个角色扮演得更夸张一些，表现得更低调、更羞怯，甚至可以戴一副角质眼镜，让嘴角流露出忧伤、卑微的味道，这样能和迪基的焦躁明显区分开，因为他即将面对的警察里，有些人可能见过他以迪基·格林里夫的身份出现。他在罗马见到的那个警察叫什么来着？罗瓦西尼？汤姆决定用棕红色染发剂将头发再染一下，这样比他正常的头发颜色还要更深一些。

最后他第三遍浏览报纸，看看还有没有米尔斯案的消息。什么也没有。

22

第二天早晨，全国最大的报纸终于出了长篇报道，但只用了一小段篇幅叙述托马斯·雷普利失踪的事，并露骨地表示理查德·格林里夫"涉嫌参与"米尔斯谋杀案，除非他能主动站出来澄清怀疑，否则就会被认定"畏罪"潜逃。报上还提到了支票签名造假的事。文章写到，理查德·格林里夫最后一次与外界联络，是他给那不勒斯银行的信件，信上宣称支票签名属实，并非伪造。但是那不勒斯的三位笔迹鉴定专家中，有两位确信格林里夫先生一月份和二月份的签名确系伪造，与美国银行看法一致，后者曾将格林里夫先生签名的影印件寄给那不勒斯银行。文章最后用略带戏谑的口吻结尾："谁会自己伪造自己的签名？这位美国富家子是在替某位朋友打掩护吗？"

去他们的，汤姆想。迪基自己的笔迹就经常变。他曾看过迪基在同一份保单上的签名就有所不同，在蒙吉贝洛他还亲眼见过迪基在自己眼前变换笔迹。就让他们折腾去吧，有本事把近三个月迪基签字的东西都找出来，看看能研究出什么结果！这帮家伙显然没发现从帕勒莫发出的那几封信上的签名也是伪造的。

现在他唯一关心的事，就是警方是否掌握了确切证据，表明迪基和米尔斯谋杀案有关。不过他也说不好是不是真的很在意这件事。他在位于圣马可广场一个角落的书报摊上买了《今日风采》和《时代》两份周刊。虽说是周刊，但这两本杂志的尺寸和通俗小报差不多，里面全是照片，内容从谋杀到坐旗杆[1] 不一而足，不管发生在哪里，只要耸人听闻就好。可是这两份杂志却对迪基·格林里夫失踪事件只字未提。也许下周才会有，汤姆想。反正它们绝不可能搞到他的照片。玛吉在蒙吉贝洛给迪基照过相，但从未给汤姆照过。

那天上午在威尼斯闲逛时，他在一家卖玩具和恶作剧道具的店铺买了几副有框眼镜，都是平光镜片。他参观了圣马可大教堂，在里面四下张望，却什么也没看见。这不是镜片的问题，而是他心不在焉，脑子里光想着必须立即去警察局亮明身份。这事拖得越久，对他越不利。从大教堂出来，他问一名警察，最近的警察局在哪里。他问的时候一脸忧伤，心情很不好。倒不是害怕，而是重新做回托马斯·菲尔普斯·雷普利是他这辈子最伤感的事情之一。

"你是托马斯·雷普利?"警长漫不经心地问道，好像汤姆是一条迷路的狗，现在又被人找到了。"我可以看一下你的护照吗?"

汤姆把护照递给他。"我不知道到底出了什么事，但我在报上看到消息说我失踪了——"汤姆故意用设计好的煞有介事的紧张口吻说道。其他警察面无表情地站在四周，盯着他看。"到底发生了什么事?"汤姆问警长。

"我给罗马打电话问问。"警官拿起桌上的电话筒，语气淡定地说。

打给罗马的电话占线了几分钟，接通后警官用不带感情的语气对那边的某个人说，美国人托马斯·雷普利在威尼斯。两人讲了一番无关紧要的话后，警官对汤姆说，"他们想让你去罗马，你今天能

---

1. 坐在旗杆上以锻炼忍耐力，是盛行于 20 世纪 20 年代末美国社会的一项时尚行为。

去吗？"

汤姆皱了皱眉头。"我现在没有去罗马的计划。"

"那我来跟他们说。"警官和气地说，又拿起电话。

这次的内容是安排罗马警察来见汤姆。身为美国公民还是要有一点架子的，汤姆想。

"你住在哪家旅馆？"警官问。

"住在康斯坦察。"

警官在电话中把汤姆的旅馆名告诉了罗马那边。放下电话后，他彬彬有礼地告诉汤姆，罗马警方的一名代表将于今晚八时后抵达威尼斯来见他。

"谢谢。"说完汤姆转身背对着这位埋头填表的警官。这种场景真可谓波澜不惊。

从警察局回旅馆后，汤姆待在房间里没有出门，安静地思索、阅读，并对自己的外表做进一步的修饰。他思忖他们还会派上次在罗马和他见面的那位警官过来，他的名字叫什么来着，罗瓦西尼警长之类的。他用铅笔将眉毛描得深一些。整个下午，他穿着那件棕色花呢西服在床上滚来滚去，甚至故意从上面拽了一粒纽扣下来。迪基的衣着向来整洁，所以雷普利必须邋遢一些，以示分别。他没有吃午餐，倒并不是不想吃，而是想继续减轻体重，把过去为假扮成迪基增加的体重减回去。他还想比过去的自己更瘦一些。他自己护照上的体重是七十五公斤，迪基七十六公斤，两人身高相同，均是一米八七。

晚上八点半时，电话铃响了。酒店前台接线员说罗瓦西尼警长在楼下。

"请让他上楼。"汤姆说。

汤姆走到刚才就准备好的椅子旁，将椅子拉到离落地灯的光圈稍远一点的地方。他刻意摆放了房间物品，给人感觉过去几个小时他一直在看书消磨时间——落地灯和一盏小台灯都开着，床罩也不平整，几本书封面朝下散落着，写字台上还有一封开了头的信，是写给多蒂姑妈的。

警长敲了门。

汤姆慵懒地打开房门。"晚上好。"

"晚上好。鄙人是罗瓦西尼·德拉·波利西亚·罗马拉警长。"警长满面笑容，亲切随和，丝毫看不出惊诧狐疑的样子。跟在他身后的是另一位高个子、不说话的年轻警察——不是另一位，汤姆突然反应过来，他还是随警长去罗马公寓调查他的小警察。警长坐到汤姆递过来的椅子上，坐在灯下。"你是理查德·格林里夫先生的朋友？"他问道。

"是的。"汤姆坐到另一张椅子上，这是把扶手椅，他可以将身子蜷缩起来。

"你最后一次是在何时何地见到他的？"

"最后一次见他是在罗马，我们简单打个照面，当时他正要去西西里。"

"他去西西里后，你收到过他的来信吗？"这位警长从棕色公文包里拿出本子，边问边记。

"没有，没收到过他的来信。"

"啊——哈。"警长说，他一直低头看卷宗，不怎么看汤姆。最后他友善又好奇地抬起头来。"你在罗马时，不知道警方在找你吗？"

"不知道，我对此一无所知。我也不知道为什么被传失踪。"他故意扶了扶眼镜，望着警长。

"我稍后再做解释。格林里夫先生在罗马没告诉你，警方想找你谈谈？"

"没有。"

"这就怪了。"他小声地说，顺手又做了记录。"格林里夫先生知道我们想找你。格林里夫先生不是太合作。"他笑着对汤姆说。

汤姆让自己的表情显得严肃专注。

"雷普利先生，从十一月底至今，你在何处？"

"我一直在旅行，大部分时间在意大利北部旅行。"汤姆故意把他的意大利语说得结结巴巴，错误百出，并且在口音上刻意和迪基区分开来。

"具体在哪里？"

"米兰，都灵，法恩莎——比萨——"

"我们已经查过米兰和法恩莎的旅馆了。你是和朋友住一起吗？"

"不，我——经常睡在车里。"显而易见，自己没什么钱，汤姆想，而且也是那种只要有旅行指南和一册但丁或斯隆在手，就可以对付一晚的人，无需住在豪华酒店里。"对不起，我没有去更新居留巨（许）可证，"汤姆故作内疚地说，"我误以为这没什么大不了的。"其实汤姆心里清楚，来意大利的游客几乎从不费心去更新居留许可证，有人入境时宣称只打算待几周时间，最后住上数月之久。

"是居留许可证，不是居留巨可证。"警长语气温和地纠正汤姆的发音，像父亲对孩子一样。

"谢谢。"

"请出示一下你的护照。"

汤姆从西服内兜里掏出护照。警长仔细端详护照上的照片，汤姆趁机装出照片上那种略显不安的表情，嘴唇微微分开。照片上的他没戴眼镜，但发型相同，而且领带也和现在一样，打着松松的三角结。警长又看了看打了钢印的入境许可，次数不多，只占了护照的前两页，页面也没盖满。

"你是十月二日入境的，中间和格林里夫先生短暂地去了一趟法国旅行，对吧？"

"没错。"

警长笑了，是那种典型意大利式笑容，双膝前倾。"太好了。这下解决了一件重要的事——圣雷莫沉船之谜。"

汤姆皱着眉头。"什么之谜？"

"圣雷莫附近发现一艘沉船，上面有一些被认定是血迹的污渍。而你在圣雷莫游玩后不久就不见了，所以我们顺理成章地认为——"他摊开双手大笑道，"我们本以为，应该问格林里夫先生关于你的下落，我们也确实问他了。船失踪那一天，你们正好在圣雷莫。"说到这里，他又笑了。

汤姆假装没觉察到警长笑的意思。"难道格林里夫先生没告诉你们，从圣雷莫回来后，我去蒙吉贝洛了。我去帮他处理——"他停顿片刻，斟酌一番用词，"一些杂事。"

"很好！"罗瓦西尼警长笑着说。他舒服地松开外套的铜纽扣，用一根手指前后摆弄他挺括、粗壮的八字胡。"你也认识弗雷德-德里克·米莱斯吗？"

汤姆情不自禁地松了口气，因为沉船事件显然告一段落。"不认识。我只见过他一次，当时他正好从蒙吉贝洛的公交车上下来。此后我再也没见过他。"

"是吗。"警长边说边记，他沉默了一会儿，好像觉得有点离题，但还是笑着说了出来。"噢，蒙吉贝洛，那是个美丽的村子，不是吗？我妻子娘家就在那里。"

"的确很美！"汤姆愉悦地附和道。

"真的，我和我妻子在那儿度的蜜月。"

"村子美极了，"汤姆说，"谢谢。"他接过警长递来的一支"国民牌"香烟。汤姆觉得这或许是某种礼貌的意大利式的间歇。接下来肯定还要谈及迪基的私生活、伪造支票签名以及其他事情。汤姆费劲地用意大利语严肃地说，"我在报纸上得知，假如格林里夫先生不出面澄清的话，警方将怀疑他涉嫌弗雷迪·米尔斯谋杀案。你们真的觉得他有嫌疑吗？"

"啊，不，不，不！"警长连忙否认，"但现在当务之急是他必须站出来！他干嘛要躲我们？"

"我也不知道。像你说的——他不太配合，"汤姆语气凝重地说道，"我们在罗马见面时，他也没有主动告诉我，警方正在找我。不过即便是现在，我也不相信他会杀死米尔斯。"

"可是——瞧，在罗马，有人声称看见米莱斯先生的汽车曾停在格林里夫所住公寓的马路对面，车旁站着两个人，都喝醉了，也或许是——"警长故意停顿一下，看着汤姆。"其中一人已经死亡，另一人在车旁扶着他，所以两人看上去都像是醉了。但我们现在无法判定被扶的那人是米莱斯先生，还是格林里夫先生，"他又补充道，"但如果找到格林里夫先生，我们至少可以向他求证，当时他是否醉得需要米莱斯先生搀扶。"他哈哈大笑。"这可不是件开玩笑的事。"

"是的，我明白。"

"对于格林里夫先生现在的下落，你一无所知？"

"确实一无所知。"

警长陷入沉思。"据你所知，格林里夫先生和米莱斯先生从未有过口舌之争？"

"从未有过，不过——"

"不过什么？"

汤姆语速缓慢地叙说，缓慢得恰如其分。"弗雷迪·米尔斯原本邀请迪基参加一个滑雪聚会，迪基后来爽约了。我知道后很惊讶。他也没告诉我具体原因。"

"我也听过那次滑雪聚会，地点在科蒂纳。你确信这件事不涉及女人？"

汤姆很想趁机发挥一下他的幽默感，但他还是假装经过深思熟虑才回答，"我觉得和女人无关。"

"那个女孩是什么情况，舍伍德小姐？"

"这个不能排除，"汤姆说，"但我觉得可能性不大。我也许不太适合回答格林里夫先生的私人问题。"

"格林里夫先生从未和你谈及过他的罗曼史？"警长用拉丁民族那种一惊一乍的语调问道。

其实还可以继续兜圈子，汤姆想。玛吉的话也会成为佐证，可以想象当被问及关于迪基的问题时，她会有什么样的反应。最后意大利警方将永远搞不清楚迪基的情感生活。其实他自己何尝不是一笔糊涂账呢。"没有谈及过，"汤姆说，"有关他最私密的个人生活，他没和我说过。我只知道他很喜欢舍伍德小姐。"他又补充一句，"舍伍德小姐也认识弗雷迪·米尔斯。"

"那他俩有多熟？"

"这个嘛——"汤姆沉吟着，好像关于这个问题真能说出一番道道来。

警长凑了过来。"你和格林里夫先生在蒙吉贝洛曾住在一起，所以只有你能告诉我们格林里夫先生的人际关系。这些信息至关重要。"

"你们为什么不去问问舍伍德小姐呢?"汤姆问道。

"我们在罗马和她交流过——就在格林里夫先生失踪前。我是准备再找她聊聊,等她到了热那亚,准备回国的时候。她现在在慕尼黑。"

汤姆等待着,沉默不语。警长也在等待着,等汤姆说出更多有价值的内容。汤姆现在感觉很轻松,情况的发展符合他当初最乐观的估计:警方手上不掌握任何对他不利的证据,对他也毫无疑心。汤姆突然觉得自己真的清白无辜,底气也更足了。他觉得,他就像他的旧行李箱那样清白,那个被他小心翼翼刮去"帕勒莫车站行李寄放证明"贴纸的旧行李箱。他用标准雷普利式诚挚、认真的口吻说道,"我记得舍伍德小姐有次在蒙吉贝洛说过,她不去科蒂纳参加滑雪聚会了,可后来她又改变主意了。我不知道什么原因。不知道这件事能否说明——"

"可是她没去科蒂纳啊。"

"她是没去,但我想主要原因是格林里夫先生不去。舍伍德小姐非常喜欢格林里夫先生,而且她本来以为会和他同去,所以他不去,她也就不想去了。"

"你觉得米莱斯先生和格林里夫先生为舍伍德小姐吵过架吗?"

"我不知道,不过有这种可能性。我知道米尔斯先生也很喜欢舍伍德小姐。"

"啊——哈。"警长皱着眉头,竭力想理出个头绪来。他抬头看了看年轻的警察,显然他一直在旁边听着,但从他面无表情的样子来看,他也没什么可说的。

从他刚才的描述来看，迪基是个爱吃醋的家伙，不想让玛吉去科蒂纳玩，因为她也很喜欢弗雷迪·米尔斯，汤姆想。一想到居然有人——尤其是玛吉这样的人——喜欢有双死鱼眼的莽汉甚于喜欢迪基，汤姆就不由得笑了。他把这个笑点化作不理解的表情。"你们认为迪基是在逃避，还是恰巧一时联系不到他？"

　　"噢，不，这个案子太复杂了。首先，是支票的问题。你或许从报上得知这件事了。"

　　"对支票的事情，我不是太清楚。"

　　警长向他解释了一番。他知道支票的日期，也知道哪几个人认为支票签名是伪造的。他还说，格林里夫先生否认那些是假签名。"可现在银行想针对伪造签名的事和他面谈，同时罗马警方也希望当面再和他谈谈有关他朋友的谋杀案，他却突然消失……"警长摊开双手。"这只能说明他在躲避我们。"

　　"你们没想过有人把他杀了吗？"汤姆柔声问道。

　　警长耸了耸肩，动作很夸张，坚持了近十五秒钟。"我不这么看。事实不像这个样子。不太像。我们用无线电设备检查了所有离开意大利的大小客轮。除非他坐小船——而且是渔船那样的小船离开，否则他肯定还藏匿在意大利。当然他也可能在欧洲其他地方，因为我们通常不会登记出境者的姓名，而且格林里夫先生也有数天的空隙安排离境。不管怎么说，他肯定在东躲西藏。反正他的行为有很大嫌疑，其中肯定有蹊跷。"

　　汤姆严肃地盯着警长。

　　"你以前有没有亲眼见过格林里夫先生签那些汇单？尤其是一月和二月的？"

　　"我见过他签收一份汇单，"汤姆说，"不过那可能是十二月份。

一月份和二月份我没有和他在一起。——你们真的觉得是他杀死米尔斯的吗？"汤姆故意装出不可思议的样子问道。

"他无法证明自己不在现场，"警长答道，"他说米莱斯先生离开后，他去散步了。但是没有人可以作证。"他突然伸出手指，指着汤姆。"并且——我们从米莱斯先生的朋友范·休斯敦那里获悉，米莱斯先生在罗马费了很大力气才找到格林里夫先生——感觉好像格林里夫先生在有意躲他。格林里夫先生或许生米莱斯先生的气，但范·休斯敦说，米莱斯倒是对格林里夫一点也不生气！"

"是这样啊。"汤姆说。

"就是这样。"警长笃定地说，眼睛盯着汤姆的双手。

也许这只是汤姆主观臆断，觉得警长在盯着自己双手看。汤姆已经重新戴上自己的戒指，难道警长在戒指上发现什么端倪？汤姆大胆地将手伸到烟灰缸前，将香烟捻灭。

"就这样吧，"警长起身说道，"谢谢你的配合，利普利先生。你是我们能找到的为数不多的几位透露了一些格林里夫先生私生活的人。他在蒙吉贝洛的那些熟人都避而不谈。意大利人就这德性。害怕警察。"他咯咯笑道。"希望下次找你问询时，能更容易些。这段时间，请多在城里，少去乡下。当然，如果你在乡下待上瘾了，那就算了。"

"我确实是！"汤姆语气恳切地说，"在我看来，意大利的乡村是全欧洲最美的。不过要是需要的话，我可以待在罗马，和你们随时保持联系。我现在和你们一样，非常想找到我的朋友。"他说得十分恳切，像个毫无心机的人，忘记迪基现在涉嫌谋杀。

警长递给他一张名片，和他点头告别。"十分感谢，利普利先生。晚安！"

"晚安。"汤姆说。

那名年轻的警察出去时，向他敬了个礼。汤姆点头回礼，关上房门。

他感觉要飞起来了——像一只小鸟，张开翅膀，飞出窗外！一群白痴！只会围着真相打转，却永远猜不出来！永远猜不着迪基之所以躲避假签名的问题，是因为这个迪基也是假的！他们只推测也许是迪基·格林里夫杀死了米尔斯，还算有点头脑。但现在真迪基已经死了，而死人是不会开口说话的，所以他，汤姆·雷普利现在安全了！他拿起电话。

"请给我接威尼斯大酒店，"他用汤姆·雷普利的意大利口音说道，"请帮我接餐厅——我订一张九点半的桌子。谢谢！雷普利先生，雷——普——利。"

今晚他要美餐一顿，欣赏大运河的月下美景，贡多拉慵懒地载着度蜜月的情侣在河上飘荡，船夫和船桨的黑影投射在洒满月光的河面上。他突然胃口大开，想吃些昂贵美味的菜肴，只要是酒店的特色菜，雉鸡胸、鸡胸肉之类的，先来一道奶油焗通心粉，再来一杯上好的意大利红酒，边吃边憧憬着未来，并计划下一步去哪儿。

换衣服时，他想出一个好主意：他得有一个指名给他的信封，信封外注明数月后方可打开，里面是一份迪基签名的遗嘱，声明财产和收入全部赠予他。这个主意现在看起来是可行的。

23

亲爱的格林里夫先生：

在目前的情势下，我想如果我写信告诉您一些有关理查德的事情，您应该不会见怪——是的，看来我算是最后见到他的人了。

当时大概是二月二日左右，我在罗马的英吉尔特拉酒店最后一次见到他。正如您所知，当时距离弗雷迪·米尔斯之死刚过了两三天。我发现迪基的情绪低落紧张。他说等警方结束有关米尔斯之死的问询后，他会即刻动身前往帕勒莫。他渴望离开是非之地，这点可以理解。但需要告诉您，同时也让我担心的是，在他外表紧张的背后，隐藏着某种抑郁消沉。我感觉他要做出一些疯狂的举动——对他自己。我也知道他不想再见到玛吉·舍伍德小姐。假如舍伍德小姐由于米尔斯的事情，从蒙吉贝洛来罗马看他，他也不想再见她。我竭力说服他见舍伍德小姐一面。我不知道他们后来见面没有。玛吉特别会安慰人，您也许有所耳闻。

其实我想说的是，我感觉理查德有可能会自杀。到我写这封信时为止，他依旧不知所踪。当然我希望您收到这封信时，他已经和您联系过了。毫无疑问，我坚信理查德和弗雷迪之死没有关系，无论是直接的还是间接的。但是迪基肯定受到此事的惊吓，接踵而至的警方问讯，又令他惶惑不安。给您写这封令人压抑的信，我感到十分难过。但愿这一切都是虚惊一场，迪基只是暂时躲起来（依他的性格，这也是可以理解的），等这些不愉快的事过去。但随着时间的流逝，我愈发感到不安。我觉得有义务写信告知您……

威尼斯

二月二十八日，一九——

亲爱的汤姆：

谢谢你的来信。你真是个好人。我已经书面答复了警方的问询，他们派了一个人和我见面。我不去威尼斯了，不过还是谢谢你的邀请。我准备后天去罗马见迪基的父亲。他从美国飞过来了。是的，我的看法和你一致，给他写信是个好主意。

我被这件事搞得晕头转向，现在又染上了类似波状热，或是德国人称之为"焚风症"的病症，必须整整卧床四天，不然我现在已经在罗马了。所以请原谅这封回信写得语无伦次、意志消沉，配不上你亲切的来信。不过我想说的是，我坚决不赞同你认为迪基会自杀的观点。他不是那种人。我知道你听了要说，人总是说一套，做一套之类的话。对迪基来说，其他事情或许如此，但是自杀他绝不会。他可能在那不勒斯某条僻巷被谋杀——甚至在罗马就遇难了，因为谁也说不准他离开西西里后，到底去没去罗马。我也可以想象他为了逃避那些责任而**躲藏**起来，我认为他现在就是在这么做。

我很高兴你认为假签名是个错误，我是指银行方面的错误。我的看法和你一致。自十一月份以来，迪基变化很大，因此签名也很可能会发生改变。让我们一起祝愿你收到这封信时，事情会有转机。我收到格林里夫先生的电报，说他要来罗马，所以我得养足精神好见他。

很高兴现在总算知道你的地址了。再次对你的来信、建议和邀请表示感谢。

祝好

玛吉

另：忘了告诉你一个**好**消息。有个出版商对我写的《蒙吉贝洛》感兴趣！他说得看完全部书稿后，才能签合同。不过这已经很令人鼓舞了。我现在只盼着赶紧完工！

玛吉　又及

慕尼黑

三月三日，一九——

看来她打定主意，准备和自己改善关系，汤姆想。她也很可能在警察跟前改变口风，说了一些关于他的好话。

迪基失踪事件在意大利报章上激起轩然大波。不知是玛吉，或其他什么人，还给记者提供了照片。《时代》周刊登载了迪基在蒙吉贝洛驾船航行的照片，《今日》周刊上是迪基坐在蒙吉贝洛海滩和吉奥吉亚露台上的照片，一张迪基和玛吉勾肩搭背、面露微笑的合影，配的文字是"失踪的迪基和被谋杀的米尔斯的共同女友"。这家周刊甚至还刊载了一张迪基父亲赫伯特·格林里夫先生的颇为正式的照片。汤姆轻易就从报上得知玛吉在慕尼黑的地址。《今日》周刊在过去两周里，对迪基的人生进行了连续报道，称他在校期间就叛逆，还大肆渲染他在美国的社交生活和来欧洲学习艺术的过程，把他描述成了埃罗尔·弗林[1]和保罗·高更[2]的混合体。这家图片周刊总是宣称所登皆为警方最新报告（其实警方一无所获），外加记者在本周随心所欲编造的一些推论。最热门的一个是，迪基和另一个女孩私奔了——这个女孩可能签收了他的汇款单——两人现在隐姓埋名在大溪地、南美洲或墨西哥过着逍遥日子。警方还在罗马、那不勒斯、巴黎三地搜寻，但仅此而已。有关杀害弗雷迪·米尔斯的凶手，依旧毫无线索，至于在迪基住所前，到底是迪基扶着米尔斯，还是米尔斯扶着迪基，更是提都没提。汤姆不明白报纸为什么不报道这件事。很大可能是他们不敢写，怕被控诽谤罪。汤姆很满意媒体形容他是失踪的迪基·格林里夫的"挚友"，自告奋勇提供知道的有关迪基性格和生活习惯等一切信息。并且他也和其他人一样，对迪基的失踪困惑不解。"雷普利先生是一位在意大利的美国游客，经济条件优越，"《今日》周刊这样写道，"他现在居住在威尼斯一栋俯视圣马可广场的宫殿里。"汤姆最喜欢的就是这段文字。他把这段话剪了下来。

汤姆此前真没想到自己居住的酒店居然是"宫殿"，不过这栋建筑确实符合意大利人所谓"宫殿"的标准——一栋具有两百多年历史的二层楼房，样式庄重，大门正对着大运河，只有坐贡多拉才能抵达，门前有宽阔的石阶延伸到河岸。铁门需要一把长达八英寸的钥匙方能开启。另外，铁门后面的普通房间门也配了硕大的钥匙。汤姆出入经常走的是较为随意的、对着圣斯皮里迪奥内小径的"后门"，除非他请人来访时想显摆一番，才让他们乘坐贡多拉从正门进

---

1. 澳大利亚演员，歌手，代表作《侠盗罗宾汉》。
2. 法国后印象派画家，和凡·高、塞尚并称为后印象派三大巨匠。

来。后门高十四英尺，和将宫殿与外面的街道隔开的石墙一样。走进石门，迎面是一个已经荒芜却仍有绿意的花园。花园里有两棵嶙峋的油橄榄树和一个鸟浴盆，是一个裸体的小男孩手拿一个宽浅盘子的古代雕像。这是一个典型威尼斯式宫殿里的花园，有些破败，又得不到修缮，但是风韵犹存，因为两百多年前兴建时，在当时堪称惊艳。房间内部与汤姆心目中理想的单身男士住宅完全吻合，至少在威尼斯是这样：楼下是黑白相间、棋盘式的大理石地面，从门厅一直延伸到各个房间；楼上是粉白的大理石地面，家具根本不像家具，更像是双簧管、八孔直笛、古大提琴演奏出来的一曲十六世纪音乐的化身。他有自己的用人——安娜和乌戈，一对年轻的意大利夫妇。他们以前给一位旅居威尼斯的美国人当过仆人，能分辨出血腥玛丽鸡尾酒和冰镇薄荷酒，会把大衣柜、五斗橱和椅子的雕花表面擦得锃亮，在朦胧生辉的灯光照耀下，像是活物一样，会随着周围的人走动而相应移动。这所房子里唯一能够依稀辨别出现代特征的就是浴室。汤姆的卧室里摆放着一张巨大无比的床，宽度比长度还要长。汤姆用一套一五四〇年到一八八〇年期间的那不勒斯全景画装饰他的卧室，这些画作是他在一家古董店淘的。他花了一周多时间心无旁骛地装饰自己的住处。和在罗马时不同，他对自己的装潢品味十分自信，他在罗马的公寓并未反映出他的品味。现在他觉得自己无论在哪一方面都更加自信。

　　这种自信甚至促使他给多蒂姑妈写了一封信。信写得平和、亲昵、宽容，这种语气他以前从来不想用，也用不来。在信里，他询问了多蒂姑妈一向自鸣得意的健康，问候了她在波士顿那势利刻薄的小圈子，向她解释自己为什么喜欢欧洲，打算再住上一段日子。他觉得自己写得文采斐然，颇为得意，把其中的精彩部分又抄写一遍，放进桌子里。这封信是他某天早餐后，穿着在威尼斯定做的崭新的真丝晨衣，坐在卧室里写的。写信时，他时不时凝望窗外的大运河，和河对岸圣马可广场上的钟楼。写完信后，他又煮了点咖啡，然后在迪基的赫姆斯打字机上，开始草拟迪基的遗嘱。遗嘱上写道，迪基在数家银行的收入和财产全数赠予汤姆，遗嘱签名是罗伯特·理查德·小格林里夫。汤姆觉得最好不要在遗书上写见证人，免得银行或格林里夫先生本人节外生枝，问谁是证人。虽然汤姆也想过编造一个意大利名字，万一他们问起，就说是迪基将此人找来作证的。不过汤姆还是想用一份无证人的遗嘱赌一把。迪基的打字机倒是需要修理一番，打出的花体字像手写体一样有特点，他听说全手写的遗嘱无需证人。签名倒是一点问题没有，和迪基护照上细长的连笔签名一模一样。最后在遗嘱上签名前，汤姆练习了半个钟头。然后放松放松双手，在一张小纸片上先试签一下，再在遗嘱上正式签，整个过程一气呵成。他认为这个签名能经受住任何质疑。汤姆又把一个信封放进打字机下，在抬头打上"敬启者"，并注明到今年六月份方能拆阅。他把信封塞进旅行箱侧袋里，仿佛他将它放在那里已有一段时间，而且搬进这栋房子时也懒得把它拿出来。忙完这一切，他把赫姆斯打字机装进机箱带下楼，丢进运河的一个小支流，这条支流窄得走不了船，从他的正面屋角流到花园围墙。他很高兴终于扔了打字机，虽然过去有些舍不得。也许冥冥之中他知道要用这台打字机来写迪基的遗嘱或其他相当重要的东西，所以才保留至今。

汤姆以迪基和米尔斯共同朋友的身份焦急地关注意大利报纸和《先驱论坛报》巴黎版上有关格林里夫和米尔斯案的进展。到三月底，报纸纷纷表示迪基可能已经死亡，凶手是伪造他签名的某个人或某一伙人。罗马一家报纸说，那不勒斯某专家声称，从帕勒莫发出那封陈述没有假签名事实的信件，上面的签名也是假的。而其他报纸并不持相同论调。某位警方人士——不是那位罗瓦西尼警长——认为一些有案底的人和格林里夫先生"过从甚密"。这些人有渠道接触到银行的信函，并敢于假冒回信。"现在的谜团，"借用那位警方人士的原话，"不光是冒名顶替者到底是谁，还有他是如何搞到那封信的，因为据酒店门房回忆，他亲手把这封挂号信交给格林里夫先生。门房还说，格林里夫先生在帕勒莫一直是独自一人……"

更接近答案了，但还是没有完全猜中。但汤姆读到这条新闻时还是惊讶得愣了好几分钟。他们只差一步并能查明真相。保不准今天、明天或后天，就有人想通这一步。抑或是他们已经知道答案，只是为了麻痹自己故意引而不发——那位罗瓦西尼警长隔几天就给他发一封信，通报搜寻迪基的最新进展——准备等证据确凿后再将他一举捉拿归案？

这么一想，汤姆觉得自己正被人监视跟踪，尤其是他穿过那条长长的狭窄小径回住处的时候。圣斯皮里迪奥内小径说白了就是两道竖墙之间的一条巷子，没有店铺，光线也不好，只能看清沿街连绵的房屋门脸和上锁的意式高门，这些大门和四周石墙齐平。如果他在这儿受到攻击，将无处可逃，也没有哪扇门可以躲进去。汤姆也说不清到底谁会攻击他。他觉得警方肯定不会。他现在害怕的是某种萦绕脑际的无名无形的东西，有点像复仇女神。他只有在喝了几杯鸡尾酒壮胆后，走圣斯皮里迪奥内小径才心里不发虚，一路吹着口哨昂首前行。

他有选择性地参加鸡尾酒会，在搬进这所住宅后的头两个月里，只参加了两场鸡尾酒会。他与人交往也小心谨慎，这里面还有一段小插曲，发生在他找房子的第一天。一名房产租赁中介拿着三把大钥匙带他到圣斯蒂法诺教区看房子。他原以为这是所空房子，结果发现里面不仅有人住，而且正在举办鸡尾酒会。女主人坚持要汤姆和房产中间人留下来喝一杯，以弥补自己的疏忽给他们造成的不便。原来她一个月前准备将房子租赁出去，后来又改变主意不出远门了，但却忘了通知房产中介商。汤姆留下来喝了一杯，还保持他一贯内敛、客气的举止，和鸡尾酒会上所有客人都打了个照面。汤姆估摸这些人绝大多数都是来威尼斯过冬的游客，他们非常期盼新来者，这从他们对他热烈的欢迎和自告奋勇帮他找房子的态度就能看出来。当然他们从名字得知他就是大名鼎鼎的汤姆·雷普利，而认识格林里夫令他的社交知名度大到令汤姆自己都惊讶的程度。显然他们打算邀请他四处参加派对，向他问这问那，恨不得把和格林里夫案有关的一切细节从他嘴里套出来，给他们枯燥乏味的生活增加点刺激。汤姆的举止既克制又友好，和他的身份非常相符——一个天性敏感的年轻人，对浮华的社交圈还不太适应，在迪基的问题上，只是焦急地关心朋友的遭遇。

这次威尼斯社交场上的首秀让他收获了三家出租房的地址（其中一家就是他现在住的）和两个鸡尾酒会的邀请。其中一个鸡尾酒会的女主人拥有贵族头衔，叫罗波塔（蒂蒂）·德拉·拉塔-卡西戈拉亲王。汤姆其实根本没心情参加这些酒会。他总像隔着一团迷雾在看人，与人交流也缓慢而费劲。他经常要别人把话重复一遍。他觉得很没意思。不过这样倒是可以作为一种练习，他这样安慰自己。人们问他那些幼稚的问题（"迪基酒量大吗？""他和玛吉在谈恋爱，对吧？""你觉得他到底去哪里了？"），都可以作为今后迪基父亲和他见面时那些更具体问题的热身练习。收到玛吉来信十天后，汤姆开始不安起来，因为格林里夫先生还没从罗马给他写信或打电话。有时，汤姆甚至惊恐地臆想，会不会警方告诉格林里夫先生，他们在引诱汤姆·雷普利露出马脚，让格林里夫先生先别和汤姆联系。

汤姆每天都去邮箱看一眼，盼着能收到玛吉或格林里夫先生的来信。他已经把房子收拾好了，准备他们的到来。他们可能会问的问题，他也已经准备好了答案。汤姆觉得现在就像演出前大幕尚未拉开时漫长的等待。也有可能是格林里夫先生恨死他了（更别提有可能是在怀疑他），所以压根不想理他。或许玛吉也在这当中煽风点火。反正他得等*事情*主动发生，现在还不能出门旅行。汤姆很想去旅行，盼望已久的希腊之行。他买了一本希腊的旅行指南，并且把希腊诸岛上的旅行线路都规划好了。

到了四月四日早晨，他接到玛吉的电话。她到了威尼斯，人在火车站。

"我马上过去接你！"汤姆兴奋地说，"格林里夫先生跟你在一起吗？"

"没有，他在罗马。我一个人过来的。你不用来接我。我只带了一个小旅行箱。"

"别瞎说了！"汤姆说，拼命想表现一番。"你自己绝对找不到这儿。"

"我能找到。在萨鲁特教堂附近，对吧？我坐摩托艇到圣马可广场，再坐贡多拉过去。"

她既然知道路线，就让她自己来吧。"那好吧，如果你非要坚持的话。"他突然想起来，要在玛吉来之前把房子好好再检查一番。"你吃午餐了吗？"

"还没有。"

"太好了！我们一起找个地方吃饭。坐摩托艇时要注意脚下！"

两人挂了电话。汤姆冷静地在屋子里检查起来。他先去楼上两个大房间，再下楼穿过客厅。没有任何迪基的物品。他希望这所房子看起来不那么豪华。他从客厅桌上拿起一个两天前买的银质烟盒，（刻了他的首字母缩写）把它放进餐厅餐柜的最下层抽屉里。

安娜在厨房准备午餐。

"安娜，又有一个人来吃午餐，"汤姆说，"一位年轻女士。"

一听说有客人来，安娜脸上绽放出笑容。"是一位年轻的美国女士吗？"

"是的，她是我的老朋友。午餐准备好了，你和乌戈下午就没事了。剩下的我们可以自己来。"

"好的。"安娜说。

安娜和乌戈每天通常十点来，待到下午两点。汤姆不希望他和玛吉说话时，安娜和乌戈也在场。他俩懂一点英语，虽然不能完整听懂对话，但是如果他和玛吉提到迪基，他们一定会竖着耳朵偷听，这会让汤姆很不舒服。

汤姆调了一批马提尼酒，倒在酒杯里，和餐前开胃薄饼一起用餐盘端到客厅。他听见敲门声，应声把门打开。

"玛吉！很高兴见到你！快请进！"汤姆接过玛吉的行李箱。

"你还好吧，汤姆？天哪！——这些都是你的吗？"她环顾四周，还抬头看看高耸的、镶着花格的天花板。

"这是我租的房子，租金很便宜，"汤姆谦逊地说，"来，先喝一杯，跟我说说有什么新闻。你和罗马的警察谈过吗？"他把玛吉的轻便大衣和透明雨衣放在椅子上。

"谈过了，和格林里夫先生也谈过了。他情绪很低落——这很正常。"玛吉坐到沙发上。

汤姆坐到玛吉对面的椅子上。"警方有什么新的发现吗？有个警察专门负责和我联系，但他从未告诉我什么有价值的消息。"

"他们发现迪基离开帕勒莫前，兑换了一千美元的旅行支票。就在他离开前不久。所以他一定是带着钱去某个地方了，比如希腊或非洲。反正他不可能带着一千美元去自杀。"

"的确如此，"汤姆表示赞同，"这听起来就有点希望了。我在报纸上没看到这条消息。"

"他们估计没有写。"

"是没有写，尽写了一大堆废话，什么迪基在蒙吉贝洛早餐吃什么。"汤姆一边倒马提尼一边说。

"真是糟透了！现在情况有点好转了，不过格林里夫先生刚来时，报纸上的报道是最糟糕的。噢，谢谢。"她感激地接过汤姆递过来的马提尼。

"格林里夫先生现在怎么样？"

玛吉摇摇头。"我为他感到难过。他总是不停地说，要是美国警察来调查这个案子会做得更好之类的话，而他又一点不懂意大利语，所以让情况雪上加霜。"

"那他在罗马做什么？"

"干等。我们这些人又能做什么？我把回国的船票又延期了——我陪格林里夫先生去蒙吉贝洛，我问遍了那里的每个人，当然主要是为了帮格林里夫先生的忙。但他们什么都说不出来。迪基从去年十一月份以后，就没再回去过。"

"没回去过。"汤姆若有所思地呷了一口马提尼。玛吉还是比较乐观，他看得出来。哪怕是现在，她还保持着昂扬的活力，很像女童子军，无论到哪都引人注目，办事风风火火，身体健壮，有一点邋遢。汤姆突然觉得她很讨厌，但却伪装得很好，站起身来，拍了拍她的肩膀，还在她脸颊上爱怜地亲了一下。"也许他现在正在丹吉尔或其他什么地方悠闲地待着，过着赖利[1]那样的生活，等待这阵风头过去。"

"如果他真那样做，那就太没心没肺了。"玛吉大笑道。

"我以前说关于他抑郁的那些话，不是想吓唬任何人。我只是觉得有义务告诉你和格林里夫先生。"

"我理解你的意思。我觉得你对我们说是应该的，虽然我不认为它是真的。"玛吉咧嘴大笑，目光里流露出的乐观，让汤姆觉得很不理智。

他开始问她一些有关罗马警方看法、他们有何进展（其实目前根本谈不上什么进展）之类敏感而实际的问题，以及关于米尔斯案，她有何消息。玛吉对于米尔斯案也没有新的消息，但她确实听说有人那天晚上八点左右，在迪基住宅前看见米尔斯和迪基。她认为报道太夸张了。

"或许当时米尔斯喝醉了，或许迪基只是用胳膊搂住他。那时是晚上，谁能看得清楚？别扯什么迪基杀了米尔斯！"

"警方有没有掌握什么具体线索，表明是迪基杀了米尔斯？"

"当然没有什么线索！"

"那么这些家伙干嘛不脚踏实地去找真正的凶手？同时也查出迪基的下落？"

"可不是嘛！"玛吉语气肯定地附和道，"反正现在警方确信，迪

---

1. 著名间谍人物，007 的原型。

基至少从帕勒莫去过那不勒斯，一名轮船乘务员记得帮他把行李从船舱提到那不勒斯港码头。"

"真的?"汤姆问。他也想起那个轮船乘务员了，一个笨手笨脚的傻瓜，提行李时把他的帆布行李箱夹在一只胳膊下，结果还掉到地上了。"米尔斯难道不是在离开迪基住处后过了几个钟头才遇害的吗?"汤姆突然问道。

"不，法医说这个不能确定。而迪基也没有不在现场的证明，因为他肯定是独自一人，没人能给他作证。迪基真倒霉。"

"警方其实也不相信迪基杀了米尔斯，对吧?"

"他们没公开说，只是有这样的谣传。他们自然不能对一位美国公民轻易下结论，但是如果一直找不到嫌疑人，而迪基又一直躲着——另外迪基在罗马的房东太太说，米尔斯下楼时曾经问她，还有谁住在迪基的公寓里。她说米尔斯当时显得很生气，好像刚和迪基吵过架。她说，米尔斯问她迪基是不是一个人住。"

听到这里，汤姆皱了皱眉。"米尔斯为什么问这个?"

"我也想不通。米尔斯的意大利语也不太好，可能是房东太太听错了。反正米尔斯不高兴这件事，对迪基很不利。"

汤姆扬了扬眉毛。"要让我说，这对米尔斯不利。也许迪基压根没有生气。"他感觉自己极其镇定，因为他看得出来，玛吉丝毫没有觉察到什么。"除非有什么具体的事情发生，否则我现在不是很担心迪基。听起来没什么大不了的。"他给玛吉续了一杯。"说起非洲，警察有没有去丹吉尔附近调查过? 迪基以前说过想去丹吉尔。"

"我想他们通知了各地警察加强留意。我觉得他们应该请法国警察来帮忙，法国警察非常善于处理这类案件。当然这不可能实现，毕竟这儿是意大利。"这时玛吉语气里首次表现出惊恐和害怕。

"我们就在家里吃午餐好不好？"汤姆问道，"女佣总是要做午餐的，我们不妨享用一下。"他正说着，安娜走过来说午餐已经准备就绪。

"太好了！"玛吉说，"反正外面正在下小雨。"

"午餐准备好了，先生。"安娜面带笑容地对汤姆说，眼睛却盯着玛吉。

安娜一定是根据报纸上的照片认出了玛吉，汤姆想。"你和乌戈现在可以走了，安娜。十分感谢。"

安娜回到厨房，厨房有一扇门对着客厅的过道，是专供用人用的。汤姆听见安娜在厨房摆弄咖啡机的声音，显然是在拖延时间，想多瞧一眼。

"还有乌戈？"玛吉问，"一共两个用人，不少嘛。"

"噢，这儿一般都是夫妻俩一起帮佣。说来你都不信，这里的房租每月只要五十美元，暖气费另算。"

"简直不敢相信！这个价格和蒙吉贝洛一样便宜了！"

"就这么便宜。当然暖气费很贵，但我只需对睡觉的卧室供暖，其他房间不用。"

"我觉得这个温度很舒服。"

"你来我就把暖气全部打开了。"汤姆笑着说道。

"发生什么事情了？是哪个姑妈去世，留给你一大笔遗产吗？"玛吉依然故作惊叹地问道。

"不是，这些都是我自己的主意。我就是想好好享受一番，把钱花光为止。我上次和你说的那份在罗马的工作，后来黄了。我现在身上只有两千美元，所以打算把这笔钱花光后回国，从头开始。"汤姆上次在信上对玛吉说，他应聘了一家美国公司在欧洲卖助听器的职位。这份工作我应付不来，而且面试他的人也觉得他不适合。汤姆在信上还告诉她，上次和她通话后一分钟，面试他的人就来了，所以他没能去安吉洛酒吧和她会面。

"以你这种开销，两千美元撑不了多久。"

汤姆心里明白，她这是在探口风，看看迪基是不是给他东西了。"能撑到夏天，"汤姆煞有介事地说，"反正我觉得该享受享受了。几乎整个冬天，我都像个吉卜赛人在意大利穷游，真是受够了！"

"冬天你在哪里？"

"哦，没和汤姆在一起，我是说没和迪基在一起。"他大笑道，心里对自己刚才说漏了嘴颇为紧张。"我知道你肯定以为我们在一起。其实我见迪基的次数不比你多。"

"噢，得了吧。"玛吉拖着调子说道，听起来像是有点醉了。

汤姆又调了两三杯马提尼酒，倒进酒罐里。"除了那次去戛纳，以及二月份在罗马一起待了两天，我根本没见过迪基。"他这个说法有问题，因为在给玛吉的信里，他说从戛纳回来后，"他陪着迪基在罗马待了几日"；现在当着玛吉的面，并且玛吉知道或者以为他和迪基在一起待了这么长时间，汤姆觉得怪难堪的。何况他和迪基的关系可能正好应了她在信中对迪基的指责。他倒酒时咬着舌头，心里暗恨自己懦弱。

午餐的主菜是冷烤牛肉，汤姆很后悔选了这道主菜，因为在意大利市场上，牛肉卖得很贵。进餐时，玛吉继续拷问他，问迪基在罗马时精神状态如何，问得远比任何警察更尖锐。玛吉认定汤姆和迪基从戛纳回来后，在罗马又一起待了十天。她问了一大堆问题，从那位迪基要拜师学艺的画家迪马西奥，到迪基的胃口和早晨的起床时间，不一而足。

"你觉得他对我是什么态度？实话实说，我能挺得住。"

"我认为他不知道该拿你怎么办，"汤姆语气诚挚地说，"我想——呃，这也是人之常情，一个害怕结婚的男人——"

"可我从来没逼他娶我啊！"玛吉抗议道。

"我知道，不过——"汤姆硬着头皮讲下去，这个话题让他觉得酸溜溜的。"这么说吧，他受不了你这样无微不至地关心他。他想和你保持一种更轻松的关系。"汤姆这番话讲了和没讲一样。

玛吉用她一贯迷茫的眼神看了汤姆一会儿，随即又勇敢地振作起来说道，"这些都已经成为过去了。我现在只关心迪基的下落。"

她心中那股因为汤姆整个冬天都和迪基在一起而对他升起的怒火，也已经成为过去了，汤姆想，她一开始就不想接受这个事实，现在接不接受已经无所谓了。汤姆小心翼翼地问道，"他在帕勒莫时，没给你写信吗？"

玛吉摇摇头。"没有，怎么了？"

"我想知道你认为他那时是什么心情。你给他写信了吗？"

玛吉迟疑了一下。"是的——给他写了。"

"是什么样的信呢？我问的意思是，信如果写得不客气，可能当时会对他造成负面影响。"

"噢——不好说是什么样的信。信的语气还算友好吧。我告诉他，我准备回国。"她睁大眼睛看着汤姆。

汤姆饶有兴致地盯着玛吉的脸，看她说假话时那副忸怩不安的样子。那封信的内容很醒龊，在信上她说她已经告诉警方，汤姆和迪基两人关系暧昧，形影不离。"我想那就没什么关系了。"汤姆温和地说，身体向后靠了靠。

两人沉默了片刻，然后汤姆又问了问玛吉的书，找的哪家出版社，她还剩多少工作。玛吉热切地有问必答。汤姆觉得，如果迪基现在能回到她身边，而她的书明年冬天能出版，她会幸福死的，就算死了也值了。

"你觉得我该主动找格林里夫先生谈谈吗？"汤姆问道，"我乐意去罗马——"说到这，他突然想起，真要回罗马，他恐怕就没那么高兴了，因为在罗马有很多人把他当作迪基·格林里夫。"或者他过来一趟也可以。他可以住我这里。他在罗马住哪里？"

"他住在美国朋友家里，一个大公寓，在十一月四日大街，那人名叫诺萨普。我觉得你和他联系是个好主意。我可以把地址写给你。"

"好的。他不喜欢我，对吧？"

玛吉微微一笑。"坦率地说，确实不太喜欢你。我觉得他对你有点苛责。他很可能认为你在迪基身上揩油。"

"其实我没有。我也感到很遗憾，没能说服迪基回国，但我已经把这一切跟他解释过了。我听说迪基失踪后，还给他写了一封信，说尽了迪基的好话。难道那封信一点没起到作用吗？"

"我觉得应该有作用吧，不过——噢，对不起，汤姆！洒在这么漂亮的桌布上！"玛吉打翻了她的马提尼。她笨手笨脚地用餐巾擦拭针织桌布。

汤姆从厨房取来一块湿布。"没事，没事。"他说，边擦边看着实木桌面变得发白。他心疼的不是桌布，而是这张漂亮的桌子。

"真对不起！"玛吉还在不停地道歉。

汤姆恨她。他突然想起在蒙吉贝洛时，见过她的胸罩挂在窗沿上。如果他邀请她今晚留宿，她的内衣就会挂在这里的椅子上。想到这里，他就觉得恶心。他故意隔着桌子向她投去笑容。"我希望你能赏光，在这里住一晚。不是和我住一起，"他笑着补充道，"楼上有两个房间，你可以住其中一间。"

"非常感谢。那我就住这里吧。"她面露喜色地对他说。

汤姆将她安顿在自己的房间里，另外那间房没有床，只有一个长沙发，没有他的双人床睡得舒服。午餐后，玛吉关上房门睡午觉。汤姆心神不宁地在屋内走来走去，心里盘算着自己房间里有没有什么东西该拿走。迪基的护照过去放在旅行箱的衬层，现在他将旅行箱放在壁橱里，他想不起来房间里还有什么东西会成为罪证……可是女人的观察力很敏锐，汤姆想，就算这个人是玛吉。她可能会四下窥探一番。最后他不顾她还在睡觉，跑进房间，从壁橱里把旅行箱拿了出来。地板响了一下，玛吉睡意蒙眬地半睁开了眼睛。

"只是来拿点东西出去，"汤姆悄声说，"抱歉。"他轻手轻脚地走了出去。玛吉也许根本不会记得这一幕，他想，毕竟她都没完全醒过来。

后来，他带玛吉在房子里四处转转，向她展示他卧室隔壁房间书架上的那些精装皮面书。他说这些书是房子里原来就有的，其实都是他自己的，是他在罗马、帕勒莫和威尼斯买的。他记得有十本是在罗马买的，那位和罗瓦西尼警长一起来的年轻警察还凑近看了看这些书，显然想看看书名是什么。但是他想，就算是相同的警察再来一次，也没什么好担心的。他带玛吉看了看正门和门前宽阔的石阶。现在河水水位较低，露出四级石阶，最下面两级石阶上覆盖着厚湿的苔藓。苔藓是长条形丝状，滑溜溜的，附在石阶边缘，像一绺绺深绿色的发丝。汤姆看到石阶就发憷，但玛吉却觉得很浪漫，她俯下身来，看着运河深深的河水。汤姆涌起一股冲动，想把她推进水里。

"我们今晚可以坐贡多拉从这里回来吗?"她问汤姆。

"当然。"他们今晚肯定要出去吃。汤姆想到即将到来的意大利漫漫长夜,心里就害怕,因为他们可能要到十点才吃饭,然后玛吉很可能在圣马可广场喝咖啡,直到凌晨两点。

汤姆抬头看了看威尼斯雾蒙蒙、没有太阳的天空,一只海鸥飞过来,翩然落在运河对岸某户人家的门前石阶上。他在心里盘算,该给哪位新结识的威尼斯朋友打电话,问问五点左右能否带玛吉去喝一杯。他们肯定都乐意结识她。最后他决定去找英国人彼得·史密斯-金斯利。彼得家有一只阿富汗犬,一架钢琴和一个设备齐全的吧台。汤姆觉得去彼得家最合适,因为彼得从不撵人。他们可以在他家一直待到晚餐时间。

24

汤姆七点左右从彼得·史密斯-金斯利家给格林里夫先生打了个电话。格林里夫先生的语气比汤姆预料得要更友善一些。他的声音听起来有点可怜，巴不得汤姆能给他多提供点有关迪基的零碎消息。彼得、玛吉还有弗朗切提斯兄弟——他们是汤姆新认识的、来自的里雅斯特一对讨人喜欢的兄弟——都躲在隔壁房间一字一句地听着，因此汤姆觉得自己表现得肯定比独处时要更好。

"我已经把知道的全告诉玛吉了，"他在电话里说，"所以我现在如果有说漏的，她可以补充。我感到遗憾的是，无法提供一些真正有价值的、对警方破案有帮助的信息。"

"这帮警察！"格林里夫先生粗声粗气地嚷道，"我现在都觉得理查德会不会已经死了。意大利警方可能因为某种缘故，不愿意承认这一点。他们的表现很业余，像一群假扮侦探的老太太。"

格林里夫先生直率地推测迪基可能已经不在人世，令汤姆颇为震惊。"您觉得迪基可能会自杀吗，格林里夫先生？"汤姆平静地问道。

格林里夫先生叹了口气。"我也说不好，我只是觉得有这种可能性。我一直觉得我儿子这个人没定性，汤姆。"

"我的看法恐怕和您一致，"汤姆说，"您想和玛吉说话吗？她就在隔壁房间。"

"不，不说了，谢谢。她什么时候回罗马？"

"我记得她说准备明天回去。如果您想来威尼斯，哪怕只是散散心，欢迎您来我这里住。"

但是格林里夫先生婉拒了汤姆的邀请。汤姆意识到，再劝也没有用。这有点像主动给自己找麻烦，可他又忍不住。格林里夫先生谢谢他打电话来，并礼貌地道了一声晚安。

汤姆回到另一个房间。"罗马那边没有什么新消息。"他沮丧地对屋子里的人说。

"噢。"彼得一脸失望。

"这是电话费，彼得。"汤姆将一千二百里拉放在钢琴盖上。"十分感谢！"

"我有个想法，"佩特罗·弗朗切提斯用他的英式口音英语说道，"会不会是，迪基·格林里夫和一个那不勒斯渔夫或罗马的香烟贩子互换护照，这样他就能过上孜孜以求的宁静生活。后来持迪基护照的那个家伙发现自己在签名造假方面没有想象的那么在行，于是不得不突然消失匿迹，避避风头。所以警方应该找拿不出正确身份证明的人，进而查清此人的真实姓名，最后顺藤摸瓜找到迪基·格林里夫。"

众人听到这番奇谈怪论都大笑起来，汤姆尤其笑得最响。

"这个推论的问题在于，"汤姆说，"许多认识迪基的人，在一月份和二月份都见过他——"

"谁见过他？"佩特罗用他那意大利式挑衅的口吻打断汤姆，由于他是用英语说的，挑衅意味更是加倍。

"我就见过他，我算一个。况且，根据银行的说法，伪造签名早在十二月份就发生了。"

"这也不失为一种推断。"玛吉哑着嘴道，她喝着第三杯，在酒劲作用下乐陶陶的，懒洋洋地靠在彼得的躺椅上。"很符合迪基的行事风格。他很可能在离开帕勒莫后着手干的，就在银行假签名事件之后。我一点也不相信那些是假签名。我觉得迪基变了很多，笔迹变了也很正常。"

"我也是这么想，"汤姆说，"对于伪造签名，银行意见也不一致。美国那边发现疑点，那不勒斯这边就顺水推舟。美国人要是不说的话，那不勒斯的银行永远发现不了。"

"不知道今晚的报纸会有什么新的消息？"彼得颇有兴致地问道，边说边套上他刚才可能因为穿着不舒服而半脱的鞋子，这鞋子外形也像拖鞋。"我现在就出去买报纸吧。"

弗朗切提斯两兄弟中的一个自告奋勇，主动冲出去买报纸。洛伦佐·弗朗切提斯穿了一件粉红色带刺绣的西装马甲，正宗英伦范儿，外面是英国产的西装，脚穿英式厚底皮鞋。他的兄弟装束和他差不多。而彼得正好相反，从头到脚全是意大利式打扮。汤姆早就发现，无论在派对还是在剧院，穿英国式服装的肯定是意大利人，而穿意大利服装的肯定是英国人。

洛伦佐买报纸回来时，又陆续来了几位客人——两个意大利人，两个美国人。大家传阅报纸，针对今天的新闻，又交换意见，讨论一番，谈兴更浓，推断也更愚蠢。今天的新闻是，迪基在蒙吉贝洛的房子卖给了一个美国人，价格是他当初购买时的两倍。房款暂时由那不勒斯一家银行掌管，直到迪基本人来认领。

这家报纸还配了一幅漫画，一个男的跪在地上，朝写字台下面看。他的妻子问，"是领扣掉了吗？"而他回答道，"不，我是在找迪基·格林里夫！"

汤姆听说，在罗马，有的音乐厅也把寻找格林里夫作为桥段，编进小短剧里。

一位刚进门的美国人，叫鲁迪什么的，邀请汤姆和玛吉明天去他住的酒店参加一场鸡尾酒会。汤姆本想婉拒，玛吉却说乐意前往。汤姆没料到她明天还会在这里，因为午餐时，她曾说准备离开。参加那个酒会对他有致命的威胁，汤姆想。鲁迪是个大嗓门的莽汉，衣着花哨，自称是古董交易商。汤姆设法带玛吉离开了彼得的房子，免得她接受更多的邀请。否则她会在这里没完没了地一直待下去。

汤姆请玛吉吃的晚餐共五道菜，吃了很长时间。其间玛吉处于微醺状态，让汤姆很是恼火。不过他还是强忍着，对玛吉善意地回应着。他觉得自己像一只无助的青蛙，被电针每刺一下，就抽搐一下。玛吉扔个球，他就跑去捡起来，玩弄一会儿。他尽说的都是些无用的废话，比如"或许迪基突然在绘画中找到了自我，他像高更那样去了南太平洋某个小岛"。这类话让他自己都觉得作呕。玛吉则会对迪基和南太平洋岛屿浮想联翩一番，伴着懒洋洋的手势。最要命的时刻就要来了，汤姆想：贡多拉之旅。坐贡多拉时，她如果把手放在水里荡来荡去，真恨不得来一条鲨鱼把它们都咬掉。他还点了一份甜点，但已经没肚子装了，可玛吉把甜点全吃光了。

玛吉当然想坐私人贡多拉，而不是像轮渡那样的大贡多拉，能一次将十多个人从圣马可广场载到圣马利亚教堂前的台阶上。于是他们租了一辆私人贡多拉。现在是凌晨一点半。汤姆因为喝多了咖啡，嘴里有点泛苦味，心脏像鸟的翅膀一样扑腾直跳。他觉得自己得到天亮才能睡着。他现在精疲力竭，像玛吉那样慵懒地靠在贡多拉座位上，同时小心翼翼地不让大腿碰到玛吉的腿。玛吉还处在亢奋状态，正自顾自地大谈威尼斯的日出，显然她以前看过威尼斯日出。小船轻轻地摇晃，加上船夫有节奏地划桨，让汤姆微微有些恶心。从圣马可船泊处到圣马利亚教堂前的台阶，这一大片水域在汤姆看起来似乎茫茫无际。

石阶现在被水没得只剩最上面两级，河水刚好冲刷到第三级台阶表面，把苔藓冲得四散开来，看着叫人恶心。汤姆机械地付完船费，站在大门前，突然发觉自己没带钥匙。他环顾四周，想看看能不能从什么地方翻进去，可是站在台阶上，他连窗台都够不着。还没等他开口，玛吉放声大笑起来。

"原来你没带钥匙！站在台阶上，四周是汹涌的河水，你居然没带钥匙！"

汤姆勉强挤出笑容。该死的，他怎么没想起来将那两把一尺多长，像两把左轮手枪一样重的钥匙带在身上？他转过身，对着贡多拉船夫大喊，叫他回来。

"啊！"船夫在水上咯咯笑着，"抱歉，先生，我要回圣马可！我有个约会！"他继续划着船。

"我们没带钥匙！"汤姆用意大利语朝他喊道。

"对不起，先生！"贡多拉船夫回应道，"你们再雇一艘吧！"

玛吉又笑了。"噢，又一艘贡多拉来接我们！难道不是一件美事吗？"她踮着脚站着。

这个夜晚一点也不美妙。天气阴冷，还下起了毛毛细雨。汤姆盼望能来一辆大贡多拉轮渡，却没看到。他只看见一艘摩托艇驶向圣马可码头。摩托艇不大可能特地来接他们，但汤姆还是朝摩托艇大喊。灯火通明、满载游客的摩托艇闷头前行，停靠在横跨运河的木码头旁。玛吉双臂抱膝，坐在最上级台阶，无所事事。最后一艘像渔船的低船身摩托艇减速驶来，船上的人用意大利语喊道："锁在门外啦？"

"我们忘带钥匙了!"玛吉乐呵呵地说。

不过她不想坐船。她说她要在石阶上坐着,等汤姆转个弯去开临后街的门。汤姆说,那样至少得等十五分钟,她很可能会冻感冒。她听了这才上了摩托艇。意大利船主把他们送到最近的圣马利亚教堂的石阶上。他不收任何费用,但接受了汤姆没抽完的一包美国烟。不知道为什么,这天晚上和玛吉一起走过圣斯皮里迪奥内小径,汤姆比独自一人时更加感到恐惧。当然玛吉一点也没有受到影响,一路上说个不停。

25

第二天一大早，汤姆就被砰砰的敲门声叫醒。他抓起晨袍下了楼。送来一封电报。他又不得不回楼上取小费给送电报的人。他站在冰冷的客厅读电报。

改变主意。愿面见汝。
上午十一时四十五分到。

H·格林里夫

汤姆战栗着。这早在预料之中，他想，但没想到他终究还是来了。他感到恐惧。还是这个揭盖子的时候让他害怕？此时天色尚早，客厅显得晦暗阴森。那个"汝"字，给电报增添了一丝诡异的古意。意大利电报里排字错误较多，读起来往往更搞笑。如果电报里署名不是"H"，而是"R"或"D"，不知汤姆会有什么感觉？[1]

他跑上楼，钻回温暖的床上，想睡个回笼觉，但脑子里一直在想，万一玛吉过来敲门怎么办，因为她很可能听见了刚才巨大的敲门声。不过他最后认定，她睡得很死，没有听见。他设想在门口迎接格林里夫先生，和他紧紧地握手，想象格林里夫先生会问什么问题，可是无奈脑子现在浑浑噩噩，疲惫不堪，让他感到恐惧难受。一方面，他现在太困了，理不出问题和答案；另一方面，他因为心里紧张又睡不着。他想起来煮咖啡，同时叫醒玛吉，这样可以有个人说说话。可是一想到走进玛吉的房间，看到那些内衣、吊袜腰带四处散放，他就受不了。他绝对受不了。

结果是玛吉叫他起床。她告诉汤姆，她在楼下已经煮好了咖啡。

"你怎么看？"汤姆咧着嘴笑道，"今天早晨我收到格林里夫先生的电报，他中午就到。"

"他要过来？你是什么时候收到电报的？"

"今天清晨，如果我当时不是做梦的话。"汤姆找到电报。"在这儿。"

玛吉看了电报。"愿面见汝，"她笑着说，"那好啊。我希望他这次来能有收获。你是下来喝，还是我把咖啡给你端上来？"

"我下来吧。"汤姆边说边穿上晨袍。

玛吉已经穿戴整齐，她下身穿一条宽松的黑色灯芯绒便裤，上身穿一件罩衫。这条裤子剪裁得非常合身，应该是定做的，汤姆想，和她葫芦般的体型简直是绝配。他俩这顿咖啡一直喝到十点钟，安娜和乌戈带着牛奶、面包卷和晨报来了。然后他们又煮了一些咖啡和热牛奶，一起坐在客厅。今天上午的晨报上没有关于迪基和米尔斯案的消息。有时如果晨报没有报道，晚报就会有，哪怕没有新的消息，也要提醒读者别忘了迪基还是没找到，米尔斯案也还没破。

十一点四十五分，玛吉和汤姆去火车站接格林里夫先生。天又下起雨来，伴着冷风，雨滴打在脸上像冻雨。他们站在火车站的候车厅，目视旅客从大门出来。格林里夫先生终于出来了，他神情严峻，面色发灰。玛吉冲上前去，在他脸颊上亲了一下，他对玛吉笑了笑。

---

1. H 和 D 是迪基的首字母缩写。

"你好啊，汤姆！"他的声音很真挚，并伸出手来。"你怎么样？"

"我很好，先生。您怎么样？"

格林里夫先生只带了一个行李箱，却仍然雇了一个脚夫提着它。脚夫提着箱子，跟他们一起坐上摩托艇，虽然汤姆说他可以帮格林里夫先生提，也不费什么事。汤姆提议直接去他的住处，但格林里夫先生坚持先去酒店安顿下来。

"我办完住宿登记后，马上就过来。我打算去住格里提大酒店。那儿离你住处近吗？"格林里夫先生问。

"不太近，不过您可以步行去圣马可广场，然后乘贡多拉去我住处，"汤姆说，"如果您去酒店只是办入住手续，我们可以陪您去，然后中午一起吃饭——除非您想单独和玛吉聊一会儿。"他又变回了那个谦退隐忍的雷普利。

"我来这儿主要想和你聊聊！"格林里夫先生说。

"有新消息吗？"玛吉问。

格林里夫先生摇摇头。他向摩托艇窗外看，目光紧张，心不在焉，好像这个陌生的城市让他不得不看，但又没什么值得一看。对于汤姆共进午餐的提议，他没有接茬。汤姆交叠起胳膊，脸上摆出愉悦的表情，也不再主动说话，反正摩托艇的发动机轰鸣声很大。格林里夫先生和玛吉闲聊着他们在罗马的熟人。汤姆判断玛吉和格林里夫先生相处很融洽，虽然玛吉说在罗马之前，她并不认识格林里夫先生。

中午他们去位于格里提大酒店和里阿尔托桥之间一家朴素的餐馆用餐。餐馆的特色菜是海鲜。他们把活的海鲜直接摆放在店内的长条柜台上。其中一个盘子盛的是各种各样的紫色小章鱼，迪基当年最爱吃这个，他们走过时，汤姆对着盘子向玛吉示意道，"真遗憾迪基现在没法享用这些美食。"

玛吉笑得很灿烂。每次要吃饭时，她都很兴奋。

用餐时，格林里夫先生的话多一些了，但还是沉着脸，而且说话时还是环顾四周，好像在盼着迪基随时走进来。没有，警方到现在也没找到能称为线索的东西，他说道，他已经请了一名美国私家侦探过来帮忙廓清迷雾。

听了这话，汤姆倒吸一口凉气——一直以来他心里都隐隐有个疑虑，或者说是幻觉，觉得美国侦探比意大利人更能干——但随即他又觉得即使来了，也无济于事，而玛吉显然也被这个问题戳中，因为她笑容顿失，面无表情。

"这或许是个不错的主意。"汤姆说。

"你觉得意大利警察厉害吗?"格林里夫先生问汤姆。

"呃，我觉得还可以，"汤姆答道，"他们有他们的优势，会说意大利语，可以到处去调查他们觉得有嫌疑的人。您请的侦探会说意大利语吗?"

"这个我还真不知道。"格林里夫先生惶恐地说，好像这是个他本该考虑却疏忽的问题。"这名侦探名叫麦卡隆，据说口碑很好。"

他很可能不会说意大利语，汤姆想。"那他什么时候来?"

"不是明天就是后天。如果他明天能到，我就去罗马和他见面。"格林里夫先生吃完了帕尔马干酪小牛肉。他吃得不多。

"汤姆住的房子很漂亮!"玛吉边说边开始吃她的七层朗姆酒蛋糕。

汤姆朝她望了一眼，淡然一笑。

真正的交锋很可能要等回他住处之后，汤姆想，只剩他和格林里夫先生两人时。他知道格林里夫先生想和他单独谈，所以他建议就在这儿喝咖啡，免得玛吉说回去喝。玛吉喜欢他的咖啡滤壶煮出来的咖啡。不过即便这样，回来后玛吉还是在客厅陪着汤姆和格林里夫先生待了半个钟头。玛吉这个人有些不识趣，汤姆想。最后还是汤姆朝她挤眉弄眼，并朝楼梯望去，她才领会汤姆的意思，用手捂着嘴，说困了，要上楼打个盹。她这个人还是和以往一样，是个没心没肺的乐天派。吃午餐时，她和格林里夫先生说话的神态，就好像迪基肯定没有死，格林里夫先生根本无需为此事担心，担心反而对消化不好。她估计还在做梦有朝一日能成为格林里夫先生的儿媳呢，汤姆想。

格林里夫先生站起身，两手插在外套口袋里，在地板上走来走去，像是一名主管正要向速记员口述一封信。汤姆注意到，他对这栋豪宅根本就没有评价，估计看都没看。

"唉，汤姆，"他叹了口气，"现在这个结局真奇特，对不对？"

"结局？"

"嗯，你在欧洲住下来了，而理查德——"

"说不定他已经回美国了。"汤姆故作轻松地说道。

"不，那是不可能的。美国的移民部门现在查得很严。"格林里夫先生继续在屋内踱步，并没有看汤姆。"讲真话，你觉得他现在会在哪里？"

"呃，格林里夫先生，我觉得他可能会藏在意大利——如果他不找需要身份登记的旅馆，那将会是很容易的事。"

"意大利有不需要登记的旅馆吗？"

"正式的旅馆一般都要登记身份，但像迪基这样对意大利非常熟悉的人总能想到办法。其实在意大利南方，只要私下给小客栈老板一点钱，哪怕老板知道他就是理查德·格林里夫也没事。"

"你真觉得他会这么做吗?"格林里夫先生突然盯着他,汤姆在他脸上又看到他们第一次见面时那种愁苦的表情。

"不,我只是说有这种可能。我现在也只能这么说了。"他停顿片刻,"对不起,格林里夫先生,还有一种可能性是迪基已经死了。"

格林里夫先生表情没有变化。"因为你在罗马所说的抑郁症吗?他到底跟你说了什么?"

"迪基总是很抑郁。"汤姆皱眉道,"米尔斯的事情对他打击很大。他是那种极其讨厌被曝光的人,尤其和暴力案件沾边的曝光。"汤姆舔了舔嘴唇。他真的在费尽心机地说这些话。"他确实说过,如果再发生一件倒霉事,他就真要疯了。他确实也束手无策。而且我第一次发现他对绘画失去兴趣,或许只是暂时的,但此前我一直以为无论发生什么事,都动摇不了迪基对绘画的热情。"

"他真的这么看重绘画吗?"

"是的,他很热爱绘画。"汤姆语气肯定地说。

格林里夫先生将目光再次转向天花板,手背在身后。"遗憾的是,我们现在找不到那个迪马西奥先生。他或许知道一些事。我觉得理查德和他一起去西西里了。"

"这个我就不知道了。"汤姆说。他心里明白,这件事格林里夫先生肯定是听玛吉说的。

"如果真有迪马西奥这个人的话,那他现在也失踪了。我倾向于认为,迪马西奥这个人是迪基杜撰的,目的是想让我相信他正在学画画。而且警方在各种身份目录里,也没找到叫迪马西奥的画家。"

"我从未见过迪马西奥,"汤姆说,"迪基提到过他几次。我从未怀疑过他的身份,我的意思是,怀疑过真有这个人。"说到这里,他笑了。

"你刚才说什么来着，'再发生一件倒霉事'，他还遇到什么事情了？"

"呃，当时在罗马我不知道。但现在回想起来，我明白他的意思了。警察肯定问过他关于圣雷莫沉船的事。他们没告诉您吗？"

"没有。"

"警察在圣雷莫发现一艘船，被人凿沉了。据说船失踪的那天，迪基和我也在圣雷莫，而且我们也划过同类型的船，就是那种供租赁用的小摩托艇。船被凿沉了，上面有些污迹，警方觉得像是血迹。他们发现沉船事件正好在米尔斯案之后不久，当时他们没和我联系上，我正在外面旅游。他们找到迪基，问我在哪里。我现在反应过来了，迪基当时一定以为，警察怀疑他杀了我！"汤姆大笑着说道。

"我的天呐！"

"我只知道这些，因为一个警长数周前来威尼斯就这件事问过我。他说他之前已经问过迪基了。奇怪的是，我当时并不知道警察在找我——虽说不是很投入，但却一直在找——直到来威尼斯看报纸才知道这件事。于是我去当地警察局表明了身份。"汤姆还带着微笑。他几天前刚下定决心，如果见到格林里夫先生，不管他听没听说过圣雷莫沉船事件，他都要说出这件事，这总比格林里夫先生从警方那里知道要好一些，况且警方还会告诉格林里夫先生自己曾和迪基在罗马待过一段时间，而在这段时间他理应知道警方正在找他。再说，这和他声称的迪基心情抑郁刚好能对上号。

"我不是太明白这些事情的来龙去脉。"格林里夫先生说。他坐在沙发上聚精会神地听汤姆说。

"现在这一切都已经烟消云散了，因为我和迪基都还活着。我跟您说这事的意思是，迪基知道警察找我这件事，因为他们向他打听过我的行踪。警察第一次问他时，他不一定确切知道我在哪里，但他肯定知道我还在意大利。可后来我去罗马看他，他却没有告诉警察和我见过面。他不想表现得那么积极配合，他对这种事毫无兴趣。玛吉在罗马的酒店里告诉我，迪基要去和警察见面，我才知道这事。他的态度就是，让警察自己找，他不想主动去告诉警察我的下落。"

格林里夫先生不住地摇头，是那种慈父式、稍显不耐烦的摇头，仿佛他早就明白这就是典型的迪基式作风。

"我想这就是那个晚上他说'再发生一件倒霉事'的意思。后来我去威尼斯警察局时，有点尴尬。警察可能觉得我是个糊涂蛋，居然不知道他们在找我。可事实是，我的确不知道。"

"嗯，嗯。"格林里夫先生敷衍地听着。

汤姆起身去拿白兰地。

"我恐怕不能同意你关于迪基会自杀的分析。"格林里夫先生说。

"玛吉也不同意这种看法。我只是说，这也是一种可能性。我也不觉得这是最大一种可能。"

"你不觉得？那你觉得最大可能会是什么？"

"他躲起来了，"汤姆说，"给您来点白兰地怎么样？我想这房子肯定比美国的冷。"

"确实冷。"格林里夫先生接过杯子。

"您知道，他有可能在意大利周围的好几个国家，"汤姆说，"他回那不勒斯后，可能会去希腊、法国或其他地方，因为人们只是最近才开始追查他的下落。"

"我知道，我知道。"格林里夫先生疲惫地说。

26

　　汤姆本希望玛吉忘了那位古董交易商邀请她去参加达涅利大酒店的鸡尾酒会，但玛吉并未忘记。格林里夫先生四点钟左右回旅店休息去了，他一走，玛吉就提醒汤姆五点要去参加那个酒会。

　　"你真的想去？"汤姆问，"我连那家伙的名字都记不起来了。"

　　"他叫马洛夫，马——洛——夫，"玛吉说，"我想去。我们可以待短一点。"

　　那只好这样了。汤姆最讨厌这种抛头露面的事，还不是他一个人抛头露面，而是格林里夫案中的两个主角，像马戏团聚光灯下的一对小丑，同时高调登场。他感觉到了——心里也明白——他俩作为嘉宾，不过是马洛夫借以吹嘘的由头，好告诉大家玛吉·舍伍德和汤姆·雷普利也来参加酒会了。汤姆觉得这次来的真不是时候。而玛吉更是让人无法原谅她的轻佻，居然连一点不担心迪基失踪这种话都能说得出口。汤姆甚至觉得玛吉大口灌着马提尼，是因为这儿的酒水不要钱，好像在他家里就无法畅饮，或是待会儿和格林里夫先生吃晚饭时，汤姆也不会多买几瓶。

　　汤姆小口啜吸着手中的酒，尽量待在远离玛吉的地方。遇到有人问起时，他只说他是迪基·格林里夫的朋友，和玛吉仅仅是认识而已。

　　"舍伍德小姐正在我家做客。"他尴尬地笑道。

　　"格林里夫先生去哪了？你怎么不带他过来。"马洛夫先生魁梧得像一头大象，侧着身子说话，手里拿着香槟杯子，盛着满满一杯曼哈顿鸡尾酒。他穿着一身颜色扎眼的英国格子呢西装，这种款式一定是英国人在很不心甘情愿的情况下，给鲁迪·马洛夫这样的美国人做的。

"我想格林里夫先生在休息，"汤姆说，"我们准备晚点和他一起吃饭。"

"噢，"马洛夫道，"你看今晚的报纸了吗？"他问话的表情客气又正式。

"我看了。"汤姆答道。

马洛夫先生点点头，没再说什么。汤姆心想，如果他说没看晚报，不知马洛夫会告诉他什么鸡毛蒜皮的新闻。晚报说，格林里夫先生已经抵达威尼斯，下榻在格里提大酒店。报上没有提美国私人侦探今天来到罗马，或即将要来，这令汤姆怀疑格林里夫先生关于私人侦探的事是编的。这就像人们随口一说的事情，或者是他自己凭空想象出来的恐惧，没有丝毫事实依据，再过几周，他会为自己当初对这种事信以为真感到羞愧。例如他曾以为迪基和玛吉在蒙吉贝洛发生过关系，或差一点发生关系；又比如他害怕如果自己继续扮演迪基的角色，二月份发生的假签名事件会暴露他，把他毁了，结果什么也没发生，一切安然无恙。最新传来的消息是，美国那边十位专家中有七位表示签名不是假的。如果当初不是他心中臆想出的恐惧占了上风，他就可以再签一张美国银行寄来的汇款单，并且将迪基·格林里夫这个角色一直扮演下去。汤姆用手托着下巴，心不在焉地听着马洛夫先生说话，后者竭力用故作聪明、煞有介事的腔调，描述他上午在穆拉诺岛和布拉诺岛的历险。汤姆托着下巴，皱着眉头，一边听一边想着自己的心事。关于私家侦探要来的事，在被证明是假消息之前，他应该姑且相信格林里夫先生的话，但绝不能因此方寸大乱，或在瞬间流露出恐惧。

汤姆敷衍地应付马洛夫先生几句，马洛夫先生傻呵呵地笑着转身走了。汤姆用鄙视的眼神目视马洛夫魁梧的背影，意识到自己刚才一直很失礼，现在也谈不上客气，他应该打起精神，因为和这帮捣鼓瓶瓶罐罐、烟灰缸之类二流古董的交易商打交道时，做到彬彬有礼也是一名绅士的分内之事。汤姆见过他们把样品散放在置衣间床上的样子。不过他们确实令汤姆想起当年在纽约时想极力摆脱的那些人，这也正是他不愿和这些人周旋，想逃之夭夭的原因。

再怎么说，玛吉是他留在这里的理由，也可以说是唯一的理由。他在内心责怪她。汤姆又呷了一口马提尼，抬头看着天花板，心想过上几个月，他的神经、他的耐心都会经受磨炼，再和这种人相处，也能忍受了。至少和离开纽约时相比，他已经进步多了，今后还会更进步的。他仰望着天花板，心里盘算着去希腊玩，从威尼斯乘船出发，经过亚得里亚海和爱奥尼亚海，到克里特岛。这是他今年夏天的计划。就选在六月。六月，多么甜蜜温柔的字眼。晴朗、慵懒、阳光普照。可惜他的幻想只持续了几秒钟。这群美国人喧嚣、刺耳的嗓音不断朝他耳朵里灌，像爪子一样挠他肩膀和后背的神经。他不由自主地离开站立的地方，朝玛吉走去。酒会上除玛吉外，只有两个女人，都是可怕的美国商人的悍妻，玛吉怎么说也比她们长得强一些，但玛吉的嗓音更难听，和她们一个类型，只是更难听。

汤姆想劝玛吉一起告辞，但话到嘴边却没说出口，因为在酒会上，男士主动提议离开，实在有些不可思议。于是他闭口不言，只是面带微笑地加入到玛吉的谈话圈子。旁人又给他的杯子续了酒。玛吉正在谈论蒙吉贝洛的生活，还有她写的书。有三个老男人似乎被她迷住了，他们都已经两鬓灰白，满脸皱纹，有些秃顶。

几分钟后，当玛吉自己提出告辞时，马洛夫和他这帮狐朋狗友竭力挽留她和汤姆。他们都有点喝醉了，坚持邀请玛吉和汤姆留下来吃晚餐，并把格林里夫先生叫来。

"来威尼斯干什么——就是图个痛快！"马洛夫先生傻乎乎地说，趁着挽留玛吉之机，故意将她揽入怀里，在她身上乱摸一番。汤姆想幸亏刚才没有吃东西，否则看到这一幕会全吐出来。"格林里夫先生的电话是多少？快给他打电话！"马洛夫先生挤开人群，朝电话走去。

"我想我们还是赶紧离开这里！"汤姆厉声对玛吉耳语道。他用力紧拽着她的胳膊肘，朝门口走去，两人边走边向众人微笑着点头致意，和他们道别。

"出了什么事吗？"他们走到外面的廊厅时，玛吉问汤姆。

"没出什么事。我只是觉得酒会有点变了味。"汤姆说话时故意带着笑容，想要显得轻松些。玛吉虽说有点醉意，但还是能看出来汤姆有心事。他都出汗了。汤姆额头上汗津津的，他用手拭去汗水。"这帮人让我厌烦，"他说，"总是在谈迪基，我们和他们又不熟，我不想和他们聊这种事，他们令我恶心。"

"真是怪事，怎么没有一个人和我谈迪基，连他的名字都没提。我觉得今晚的派对比昨天在彼得家的聚会要好。"

汤姆只是抬头走路，并未答话。这些人正是他鄙夷的阶层，可干嘛要和玛吉说呢，她不也是这个阶层的一员吗？

他们去酒店看望格林里夫先生。现在离晚餐时间还早，于是他们去格里提大酒店附近一家咖啡馆先喝点开胃酒。汤姆为了弥补刚才在派对上的情绪失控，用餐时特意表现得心情愉快，谈笑风生。

格林里夫先生情绪也不错。他刚和妻子通过电话，觉得妻子精神好多了。在过去的十天里，她的医生给她尝试了一种新的注射方案，格林里夫先生说，她的反应好像比以前要更好些。

这顿饭吃得很平静，其间汤姆讲了一个温和优雅的笑话，把玛吉逗得哈哈大笑。结账时格林里夫先生坚持买单，并直接返回酒店，因为他说状态还没完全恢复。进餐时格林里夫先生经过斟酌才点了一份意大利面，而且没有吃沙拉，说明他还是有点水土不服，汤姆本想向他推荐一种效果良好的药，在本地任何药房都有售，但格林里夫先生不是那种能给他提这种建议的人，哪怕只有他们两人在场，汤姆也说不出口。

格林里夫先生说他明天就回罗马，汤姆允诺明天九点左右给他打电话，看他坐哪一班火车。玛吉明天和格林里夫先生一起回罗马，她说坐哪趟车都可以。汤姆和玛吉陪格林里夫先生步行回格里提大酒店。格林里夫先生绷着他那张企业家的脸，戴着一顶灰色霍姆堡毡帽，走在路上，浑身一股麦迪逊大街味儿，走在威尼斯狭窄曲折的街道上。到了地方后，他们互道晚安。

"真抱歉没有更多时间陪陪您。"汤姆说。

"我也一样，孩子。后会有期！"格林里夫先生拍拍他的肩膀。

汤姆容光焕发地和玛吉步行回家。一切居然出奇地顺利，他想。一路上玛吉叽叽喳喳说个不停，还咯咯笑着说胸罩的一条肩带断了，必须用一只手托着。汤姆在思考今天下午收到的鲍勃·迪兰西的来信。鲍勃很久以前曾给他寄过一张明信片，后来两人就失去联系。这是他第一次给汤姆写信。他告诉汤姆，几个月前警察就一起个人所得税欺诈案问讯了住在他屋内的所有人。好像是有个造假者利用鲍勃房子的地址来接收支票，而且轻而易举地从邮箱边沿抽走邮差塞进去的信件来获取支票。警察也问了邮差，邮差回忆起信封上收信人的名字叫乔治·麦克艾尔宾。鲍勃觉得这一切太搞笑了。他向汤姆描述了房客们受警方问讯时的反应。现在的谜团是，到底谁拿走了寄给乔治·麦克艾尔宾的信？汤姆收到鲍勃的信后，心总算放了下来。个人所得税欺诈事件在他脑海中一直隐隐不散，因为他知道终究会有一场针对此事的调查。他很高兴现在事情只发展到这一步，并基本到头了。他想警方无论如何也没法将汤姆·雷普利和乔治·麦克艾尔宾联系在一起。何况鲍勃也说了，造假者也没试图兑现这些支票。

到家后，他坐在客厅又读了一遍鲍勃的来信。玛吉上楼整理行装，睡觉了。汤姆也很疲倦，但一想到明天玛吉和格林里夫先生都走了，那种自由感带来的欣喜之情令他简直夜不能寐。他把鞋子脱了，脚搭在沙发上，靠着一个枕头，继续读鲍勃的来信。"警察说有可能是某个外人，时不时过来取信件，因为住他屋子的人，看上去都不像是犯罪分子……"在信里读到这些当年在纽约的熟人，爱德、洛兰，就是那个他出发那天，非要躲在船舱里和他一起走的缺心眼女孩，汤姆心里涌起一种陌生感，一种对他毫无吸引力的陌生感。他们过的是多么乏味暗淡的生活啊，在纽约游荡，进出地铁站，在第三大道的肮脏酒吧里找乐子，看着电视，偶尔腰包鼓一点时，去麦迪逊大道的酒吧或好一点的馆子吃喝一番，这还比不上威尼斯最廉价的路边小餐馆里提供的新鲜蔬菜沙拉，美味的干酪，友善的侍者送来的葡萄美酒。"我真羡慕你现在居然端坐在威尼斯的古老宫殿之上！"鲍勃写道，"你是不是坐过很多次贡多拉？威尼斯的姑娘怎么样？你现在是不是被熏陶得都不想回来跟我们打交道了？你还打算待多久？"

永远，汤姆想。或许他今生都不再回美国了。倒不仅仅是欧洲令他流连忘返，而是像这样的夜晚，无论在这儿还是在罗马，他可以独自一人，这令他很受用。他可以躺在沙发上，翻着地图或旅行指南；或欣赏那些衣服——他自己的和迪基的——用手掌把玩迪基的那些戒指，用手指划过他从古驰专卖店购买的羚羊皮旅行箱。他用一种专门的英国产的皮革敷料，把旅行箱擦得锃亮，不是因为旅行箱旧了，失去光泽，而是为了保养它。他很珍爱这个箱子。他不是一个敝帚自珍的人，只是对少数和他形影不离的物品十分珍惜。这些物品令他获得自尊。它们并不奢华，却质量上乘，上乘的质量代表着热爱。这些物品是他生活的一种提示，告诉他享受这种生活。道理就这么简单。这样不是挺值得吗？至少证明了他的存在。在这个世界上，不是有很多人知道怎样证明自己的存在，即使他们是有钱人。证明自己存在，不需要很多钱，而需要某种程度的安全感。当初和马克·普里明格住一起时，他就想证明自己存在。他欣赏马克的那些藏品，这也是吸引他住到马克家的原因。只可惜那些东西不属于他，而他四十美元的周薪也无法买什么东西，证明自己的存在。即使他省吃俭用到吝啬的程度，也要把人生最美好的岁月搭进去，才能买到心仪的物品。从迪基那里得到的钱财，可以让他重新拾起当年的人生追求。这笔钱可以让他有闲暇游览希腊，如果他有兴趣的话，也可以收藏一些伊特鲁里亚[1]的陶器（他最近刚读了一本关于这个题材的书，作者是个生活在罗马的美国人），参加并资助一些艺术团体。比如今晚他就可以随心所欲地熬夜读安德烈·马尔

---

1. 现在存在于意大利中部的古代城邦国家。

罗[1]的作品，因为明天一早不用去上班。他刚买了两卷本马尔罗的《艺术心理学》，正借助一本法语字典，津津有味地读着。他想他还可以小睡片刻，再继续读个痛快，不用顾忌时间有多晚。尽管喝了意式浓缩咖啡，他依然觉得浑身软绵绵的，昏昏欲睡。沙发造型的弧度恰好像一只胳膊，将他的肩膀揽入怀里，比真人胳膊还自然。他决定今晚就睡这里。这个沙发比楼上的沙发舒服多了。过一会儿他上楼取一条毛毯就可以了。

"汤姆？"

他睁开眼睛。玛吉正光着脚下楼来。汤姆坐了起来。玛吉手里拿着他的棕色皮盒。

"我在这里面发现了迪基的戒指。"她气喘吁吁地说。

"哦，是迪基送给我的，要我保管。"汤姆站起身来。

"什么时候给你的？"

"我想是在罗马吧。"他后退一步，踩到自己一只鞋子，顺手将鞋子捡起来，这么做主要是为了故作镇静。

"迪基想干什么？他干嘛要把戒指送给你？"

她一定是想缝胸罩带子，在找针线时发现戒指的，汤姆想。真该死，他当初怎么不把戒指放在其他地方，比如行李箱的衬里？"我也不知道，"汤姆说，"可能是一时心血来潮。你也知道他的为人。他说他如果发生什么意外，这些戒指就给我了。"

玛吉一脸的莫名其妙。"那他当时要去哪儿？"

"去西西里的帕勒莫。"他边说边用双手握着鞋，像是将鞋子的木质后跟作为武器。他脑海里迅速闪出一个念头：用鞋子猛击玛吉，

----

1. 法国小说家，艺术评论家。

然后从前门把她扔进门口的运河里。他可以说是她踩到滑溜的苔藓上，失足落水。不过汤姆想起来，玛吉水性很好，是不会淹死的。

玛吉低头盯着盒子。"他是要去自杀啊。"

"如果照这么想，确实是这样。这些戒指——他看上去像去寻短见。"

"以前怎么没听你说过这件事？"

"我把这件事忘得一干二净。他给我戒指后，我怕弄丢了，就把它们收起来，从未想过再看看。"

"他要么自杀了，要么就改名换姓——对吧？"

"是这样的。"汤姆神情悲伤但语气坚定地说道。

"你最好把这件事告诉格林里夫先生。"

"好的。我会告诉格林里夫先生和警方的。"

"这么看来，谜题已经解开了。"玛吉道。

汤姆将手中的鞋子像手套那样扭绞，但仍保持刚才的姿势，因为玛吉还在盯着他，虽然眼神很怪异。她还在琢磨这件事。她是故意在骗他吗？她会从这件事中推测出真相吗？

玛吉诚挚地说，"实在难以想象迪基连这些戒指都不要了。"汤姆明白过来她还没参透真相，她的思路在另外一条道上跑。

他松了口气，软绵绵地跌坐在沙发上，假装穿鞋子。"是啊。"他机械地附和道。

"如果不是太晚了，我恨不得现在就给格林里夫先生打电话。他很可能已经睡了，如果我跟他说这件事，他会失眠的。"

由于手指绵软无力，汤姆不得不费力地将另一只鞋穿上。他绞尽脑汁想找点话来说，"对不起，这件事我没早点说，"他深吸一口气，"我以为这不过是——"

"都这个时候了，格林里夫先生还请私人侦探过来，是不是有点可笑?"玛吉的声音有些颤抖。

汤姆看着她。她快要哭了。汤姆明白，这是她第一次正视迪基可能死了，这回大概是真的了。汤姆缓缓地朝她走过去。"对不起，玛吉。很抱歉戒指的事没早告诉你。"他搂住她。由于玛吉靠着他，他只能做出这个动作。他闻到她身上的香水味。估计就是那个斯特拉迪瓦里斯牌香水。"其实这也是我认定他自杀的一个原因——至少有这种可能性。"

"是啊。"她的声音近似哀鸣。

其实她没有哭泣，只是靠在他身上，僵硬地低着头。这样子就像刚得知某人的死讯似的，汤姆想。她确实听到了噩耗。

"来一杯白兰地怎么样?"他温柔地说道。

"不了。"

"来，坐沙发上吧。"他领着她朝沙发走去。

玛吉坐到沙发上，汤姆到房间另一边去取白兰地，倒进两个小酒杯里。待他转过身来，却发现玛吉不见了，只看见她罩衣的下摆和一双光脚消失在楼梯口。

她想一个人待着，汤姆想。他本想拿一杯白兰地给她送上去，继而又打消了这个主意。白兰地对她估计也不起作用。他能理解玛吉现在的心情。他面色凝重地将白兰地端回酒柜，原打算只倒一杯回酒瓶，结果却将两杯都倒进去了，再将酒瓶放回柜子里。

他又坐回沙发上，伸直一条腿，脚悬空着，虚弱得连脱鞋子的力气都没有。他突然想起来，这种虚弱感就和杀死米尔斯以及在圣雷莫除掉迪基后的感觉很像。他刚才差点又开杀戒!他想起刚才脑海里那个冷酷的念头：用鞋跟将玛吉打得失去知觉，不必打得皮开肉绽，熄灭灯后将她从前门拖出房子，这样不会有人看见。他再临时编一套说辞，就说她滑了一跤，他以为她能游回来，就没有跳下去救她或喊人来帮助，他甚至连事后和格林里夫先生见面时的具体说辞都想好了，格林里夫先生一定惊得目瞪口呆，而他也会表现得很震惊，但仅仅是表面上的罢了。他的内心会和杀死米尔斯后一样镇定冷静，因为他的解释无懈可击；圣雷莫那件事也是如此。他的故事编得非常好，因为是精心杜撰出来的，就连他自己都快要相信了。

他听见自己的声音在说："……我站在台阶上朝她喊，心想她能随时上来，或许是和我恶作剧……不过我也不知道她是否受伤了，片刻之前她还开心地站在那里……"想着想着，他紧张起来。这声音像留声机一样在他脑海回响，画面情节活像正在他家客厅上演的一幕短剧，他无法喊停。他仿佛看见自己和意大利警察、格林里夫先生站在通往前厅的大门旁，能清清楚楚地看见自己的动作，听见自己的话。别人也被他说服了。

其实真正令他恐惧的不是和警方的对话，或臆想自己杀了玛吉（他知道自己没有杀她），而是想到自己拿着鞋子站在玛吉面前，居然还敢冷静清楚地设想如何杀死她。这种事他已经做过两次。那两次都成了事实，不是想象。他可以说做这些事并非出于他的本意，但他最后确实做了。他不想成为杀人犯，有时他甚至都忘了自己杀过人，但也有些时候，比如像现在，他是注定无法忘记的。今晚他在想身外之物的意义和为什么喜欢住在欧洲时，确实曾一度忘记了杀人的事。

他侧身蜷缩着，脚收回来搭在沙发上，浑身还在出冷汗，瑟瑟发抖。他怎么啦？发生什么事了？明天见到格林里夫先生时，他会不会脱口而出玛吉掉进运河，他边拼命叫喊边跳进河里救她，却怎么也找不到她？如果玛吉当时就站在他们身边，他会不会还这样胡言乱语，像个疯子一样暴露自己？

明天无论如何他要面见格林里夫先生，把戒指的事情和他讲清楚。他要把今晚和玛吉讲的这番话向格林里夫先生重复一遍。不但如此，他还要添油加醋，让事情听起来更逼真。他开始构思。他的思绪冷静下来。他设想在罗马某个酒店的房间里，迪基和他站在那里说话，迪基说着说着就把戒指摘下来递给他。迪基说："你最好别跟任何人说这事……"

27

第二天早晨八点三十分，玛吉给格林里夫先生打电话，问他们何时可以过去。打电话前，她和汤姆打过招呼了。格林里夫先生一定听出来她情绪低沉。汤姆听见她把昨天戒指的事情向他说了一遍。玛吉转述时，用的是汤姆的原话，显然玛吉对他的话深信不疑，但是汤姆不知道格林里夫先生是什么反应。他担心这件事有可能会让整个事件出现转折，今天上午他们面见格林里夫先生时，他汤姆·雷普利会被警察当场抓获。本来汤姆觉得自己不在场，由玛吉间接转告格林里夫先生戒指的事是个优势，可想到这点，他又高兴不起来了。

"他说什么了？"玛吉挂了电话后，汤姆问。

玛吉疲惫地坐到房间另一头的椅子上。"他好像和我有同感。他亲口说的。看来迪基真的有自杀的打算。"

但是在他们到达饭店之前，格林里夫先生还有时间思考这个问题，汤姆思忖。"我们应该几点到？"汤姆问。

"我告诉他九点半之前应该能到。我们喝完咖啡就出发。咖啡我已经煮好了。"玛吉起身走进厨房。她已经穿戴整齐。她穿的是刚来时的那身旅行套装。

汤姆迟疑地端坐在沙发边缘上，松开领带。他昨晚和衣睡在沙发上。几分钟前玛吉下楼才叫醒他。他也不知道自己怎么会在这么冷的房间睡了一夜。玛吉早晨看他睡在这儿非常惊讶。他也颇为尴尬。他的脖子、后背和右肩都睡得生疼。他觉得很难受。他突然站起来。"我上楼去洗漱。"他对玛吉说。

他朝自己卧室瞥了一眼，发现玛吉已经将行李整理完毕。玛吉的行李箱放在卧室中央的地板上，已经合上了。汤姆希望她和格林里夫先生能按计划坐上午的火车离开。很可能会这样，因为格林里夫先生今天还要回罗马和那位美国侦探会面。

汤姆在玛吉的隔壁房间脱了衣服，走进浴室，打开淋浴。他看了一眼镜中的自己，决定先剃须。他走回房间拿电动剃须刀。电动剃须刀本来放在浴室，玛吉来了后，他便将剃须刀拿出来了，也没什么特别的理由。回浴室时，他听见电话铃响，是玛吉接的。他靠在楼梯口，听玛吉打电话。

"哦，好的，"她说，"如果我们没……那没关系。好的，我来转告他……好的，我们尽快。汤姆还在洗漱……哦，不到一个小时了。再见。"

他听见玛吉朝楼梯口走来，赶忙退回房间里，因为他还光着身子。

"汤姆？"她大声喊道，"美国来的侦探刚到这里！他给格林里夫先生打电话，说正从机场赶过来！"

"好啊！"汤姆回应道，忿忿地走回卧室。他将淋浴关掉，将电动剃须刀接头插进墙上的插座里。要是他在洗澡呢？反正玛吉总会这么叫的，为了让他听见。她要是今天走了就好了，汤姆希望她今天上午就离开。如果她不走，肯定是和格林里夫先生一起想看看那位侦探如何对付汤姆。汤姆明白，那名侦探来威尼斯就是冲他来的，否则他可以和格林里夫先生在罗马见面。汤姆不知道玛吉有没有悟到这一点，很可能她还没意识到。这需要推理，虽然只不过是一点点推理。

汤姆换上一身素色西服，系一条素色领带，下楼和玛吉喝咖啡。洗澡时，他把温度调高到能忍受的极限，觉得舒服多了。两人喝咖啡时，玛吉什么也没说，只表示戒指事件对格林里夫先生和侦探都会产生重要影响。她表示侦探也会倾向于认为迪基已经自杀。汤姆当然希望她说的能是真的。这一切都要看侦探是什么样的人，以及他给侦探的第一印象。

今天又是阴冷潮湿的一天。九点钟左右虽然没怎么下雨，但是之前下过，到中午时估计还会再下。汤姆和玛吉在教堂台阶前乘贡多拉去圣马可广场，再从圣马可广场步行前往格里提大酒店。到了酒店后，他们先给楼上格林里夫先生的房间打了个电话。格林里夫先生说，麦卡隆先生正好也在，请他们上来。

格林里夫先生开门迎接他们。"早上好。"他说。他像对待女儿那样按了按玛吉的胳膊。"汤姆——"

汤姆跟在玛吉后面进了房间。侦探站在窗前，是个身材矮胖的男人，年龄约莫三十五岁上下。他的面容友善而又警觉。是个聪明人，但算不上聪明绝顶，这是汤姆对他的第一印象。

"这位是埃尔文·麦卡隆先生，"格林里夫先生介绍道，"舍伍德小姐，雷普利先生。"

他们几乎异口同声说道，"你好！"

汤姆注意到床上放着一个崭新的公文包，边上散放着几份文件和照片。麦卡隆先生上下打量着他。

"你是理查德的朋友？"他问道。

"我俩都是。"汤姆道。

这时格林里夫先生打断他们，让他们坐下来谈。这是一间宽敞豪华的房间，窗户对着运河。汤姆坐在一张套着红色椅套、没有扶手的椅子上。麦卡隆坐在床上，翻看一沓文件。汤姆瞧见里面有几张纸上有直接影印的照片，好像是迪基支票的影印件，还有几张迪基的生活照。

"你们把戒指带来了吗？"麦卡隆的目光从汤姆逡巡到玛吉。

"带来了。"玛吉郑重其事地起身，将戒指从手提包里拿出来，递给麦卡隆。

麦卡隆将戒指放在掌心，送到格林里夫先生跟前。"这些是他的戒指吗？"他问道。格林里夫先生只看了一眼，就点点头。玛吉脸上露出微微不快的表情，意思好像是，"这些戒指我最了解，可能比格林里夫先生还了解"。麦卡隆转向汤姆。"他是什么时候把戒指给你的？"他问。

"在罗马的时候。我记得大约是二月三号左右，就是米尔斯遇害后没几天。"汤姆答道。

侦探那双棕色的眼睛好奇而温和地审视着他。他扬起眉毛时，宽厚的额头现出几道皱纹。他留着一头棕色鬈发，两鬓剪得很短，额头上一绺卷发堆得老高，看上去像个机灵的大学生。从他的脸上看不出任何东西，汤姆想：这是一张经过训练的脸庞。"他给你戒指时，说了什么？"

"他说万一发生什么事，这些戒指就给我了。我问他会发生什么事，他说他也说不好，但有可能会出事。"说到这里，汤姆故意停顿片刻。"在当时的节骨眼上，他并不显得比平时更阴郁，所以我没想过他会自杀。我只是认为他不过是打算离开罢了。"

"去哪儿？"侦探追问道。

"去帕勒莫。"他说。汤姆看着玛吉。"他应该是你和我在罗马谈话那天给我的——在英吉尔特拉酒店。就在那天或之前的一天。你还记得日期吗?"

"二月二日。"玛吉声音低沉地说。

麦卡隆在一旁记笔记。"还有什么?"他问汤姆,"那天的什么时候?当时他喝酒了吗?"

"没有。他平时很少喝酒。当时是下午一两点钟。他说戒指这件事最好不要告诉其他人,我当然同意了。我把戒指收好,后来就彻底忘了这件事,我对舍伍德小姐也是这么说的——我之所以会忘了这事,可能跟迪基让我别和其他人说有关。"汤姆毫不避讳地说着,偶尔有点口吃,但也像是在这种情形下的无心之举。

"你怎么处理这些戒指的?"

"我把它们放在一个旧盒子里——一个我专门放零散衣扣的盒子。"

麦卡隆一声不吭地看了他一会儿,汤姆打起精神迎接他的目光。这个爱尔兰人的面容平静而警觉,可能随时会问一个刁钻的问题,或直接指出汤姆在撒谎。汤姆打定主意,死守刚才这套说辞,绝不做任何变动。在这片死寂中,汤姆能听见玛吉的呼吸声,格林里夫先生一声咳嗽也会令他一惊。格林里夫先生看上去很镇定,甚至显得有些麻木了。汤姆不知道他和麦卡隆是否合谋,想出了什么对付他的计策。

"迪基会不会只是暂时将戒指借给你以求转运?他以前有没有做过类似的事?"麦卡隆问道。

"没有。"玛吉抢在汤姆之前答道。

汤姆感觉放松了一些。他发现麦卡隆现在也是毫无头绪。麦卡隆正等着他的回答。"他以前也借给我一些东西,"汤姆说,"他经常说他的外套和领带，我可以想用就用。当然，那些东西和戒指是不能相提并论的。"他觉得必须抢在玛吉之前把穿衣服这件事说出来，因为玛吉肯定知道他试穿迪基衣服的事。

"我无法想象迪基会不要这些戒指，"玛吉对麦卡隆说，"他游泳时会把那枚绿色戒指摘下来，但之后总是又重新戴上。戒指是他服饰的一部分。所以我认为他不要戒指，要么是打算自杀，要么是想改名换姓。"

麦卡隆点点头。"他有没有什么仇家？"

"绝对没有，"汤姆说，"这个问题我以前想过。"

"那你们有没有想过，他为什么要隐藏起来，或者改名换姓？"

汤姆扭动疼痛的脖子，小心翼翼地说："可能……不过在欧洲这种可能性几乎没有。他得再有一本护照。不管去哪个国家，他都得有护照。就是住旅店，他都需要有护照。"

"你以前对我说过，他可以不用护照。"格林里夫先生道。

"是的，我的意思是住意大利的小旅店不需要护照。当然，这种可能性不大。现在他的失踪已经闹得满城风雨，我觉得他不大可能躲在旅馆里，"汤姆道，"现在一定会有人告发他。"

"嗯，他显然是带着护照走的，"麦卡隆说，"因为他去西西里时用护照在一家大酒店登记住宿。"

"是的。"汤姆说。

麦卡隆记了一会儿笔记，又抬头看着汤姆。"你怎么看，雷普利先生？"

看来麦卡隆还不肯善罢甘休，汤姆想。麦卡隆准备过一会儿单独和他谈。"我想我的看法和舍伍德小姐差不多，迪基很有可能自杀了。而且他好像一直都有这个念头。我对格林里夫先生说过这话。"

麦卡隆看着格林里夫先生，但格林里夫先生什么也没说，只是满怀期待地看着麦卡隆。汤姆觉得麦卡隆现在也倾向于认为迪基死了，而且觉得大老远跑到这里是浪费时间和金钱。

"下面我想把这些事实再梳理一遍。"麦卡隆拖着沉重的步履，走回那堆文件旁。"理查德最后一次被人看见是二月十五日，他当时刚从帕勒莫回来，在那不勒斯下船。"

"是的，"格林里夫先生说，"一个轮船服务员记得当时见过他。"

"但从那以后，任何旅馆酒店都没有他的记录，任何人都没有收到他的消息。"麦卡隆的目光从格林里夫先生转向汤姆。

"是的。"汤姆说。

麦卡隆又看着玛吉。

"是的。"玛吉说。

"你最后一次见到他是什么时候，舍伍德小姐？"

"十一月二十三日，他当时要启程前往圣雷莫。"玛吉毫不迟疑地答道。

"你当时是在蒙哥里沃？"麦卡隆问道，他发音时把蒙吉贝洛发成了蒙哥里沃，看上去他不懂意大利语。

"是的，"玛吉说，"我二月份在罗马和他没见着面。最后一次见面是在蒙吉贝洛。"

玛吉真够意思！汤姆觉得自己快喜欢上她了——喜欢她的一切。今天上午到现在为止，简直一切都那么美好，即使她刚才让他有些不快。"他在罗马避见任何人，"汤姆插了一句，"所以他给我戒指时，我以为他要去另一座城市，消失一阵子，不想和任何熟人接触。"

"你觉得这是为什么呢？"

汤姆事无巨细地侃侃而谈，讲述了米尔斯谋杀案以及该案对迪基的冲击。

"你觉得理查德知道米尔斯案的真凶吗？"

"不，我想他肯定不知道。"

麦卡隆等着玛吉发表观点。

"我也觉得他不知道。"玛吉摇着头道。

"请想一想，"麦卡隆对汤姆说，"会不会是迪基知道真凶，所以才这么做？他只有躲起来，才能逃脱警方的问讯？"

汤姆思索片刻。"他没有给我任何这方面的暗示。"

"你认为迪基是不是害怕什么？"

"我实在想不出来。"汤姆道。

麦卡隆问汤姆，米尔斯和迪基的关系到底有多铁，他知不知道有谁是米尔斯和迪基的共同朋友，两人之间有没有什么债务纠纷，或者为女孩子争风吃醋——"我只知道玛吉认识他们俩。"汤姆答道，玛吉连忙强烈否认她是米尔斯的女朋友，所以绝不会因为她有什么争风吃醋之事。麦卡隆又问汤姆是不是迪基在欧洲最好的朋友？

"应该算不上，"汤姆答道，"我想舍伍德小姐应该是。迪基在欧洲的朋友，我不认识几个。"

麦卡隆再次端详汤姆的脸庞。"你对伪造支票签名的事怎么看？"

"它们是伪造的吗？我觉得没人敢打包票吧。"

"我也觉得不像是伪造的。"玛吉说。

"现在看法有分歧，"麦卡隆说，"专家认为他写给那不勒斯银行的信函不是伪造的，这只能说明假如以前支票签名有假，那他一定在替某人掩饰。如果以前的签名真的有假，你觉得他会替谁掩饰呢？"

汤姆踌躇不语，玛吉道，"以我对他的了解，实在想不出来他会替谁掩饰。他干嘛要这么做？"

麦卡隆盯着汤姆，但汤姆猜不透他到底是在琢磨他的话的真假，还是在思索他所讲的内容。在汤姆看来，麦卡隆像个典型的美国汽车推销员，或者是推销其他商品的，外向，健谈，智力中等，跟男人在一起能侃侃棒球，和女人在一起讲几句恭维话。汤姆并不觉得他会对自己构成多大威胁，但同时也不能轻易低估这个敌手。汤姆看见麦卡隆张开软乎乎的小嘴，说道，"雷普利先生，你介意和我下楼待几分钟吗？"

"没问题。"汤姆说着站起身来。

"我们很快就回来。"麦卡隆对格林里夫先生和玛吉说。

汤姆走到门口时回头看了一下，他看见格林里夫先生站起来，好像在对玛吉说什么，不过他什么也听不见。汤姆猛然意识到，外面正在下雨，灰蒙蒙的雨丝敲打在窗玻璃上。这就像是临别前的最后一瞥，朦胧而匆忙——玛吉的身形在大房间的那头缩成一团，格林里夫先生像个佝偻身子正在抗议的老头。而这间舒适的房间，和运河对岸他住的房子——由于下雨现在看不见了——他有可能再也无缘复睹。

格林里夫先生问，"你们——你们很快就回来吧？"

"哦，当然。"麦卡隆答道，声音坚毅得像个不动感情的刽子手。

他们走向电梯。这是他和格林里夫先生串通好的吗？汤姆在心里思忖。在大堂里打个暗语，他就会被交给早已埋伏好的意大利警察，然后麦卡隆完成任务，回到格林里夫先生的房间。麦卡隆从随身带的公文包里拿出几页文件。汤姆盯着电梯内楼层指示板旁边装饰性的竖直雕塑：鸡蛋形状图案，四周是点状浮雕和蛋形图案交替向下。不妨在格林里夫先生身上下手，讲点合情合理又平淡无奇的话，汤姆在心里盘算着。他咬紧牙齿。他现在千万不能淌汗。他还没有出汗，不过等一会儿到了大堂，他说不定就会大汗淋漓。麦卡隆个头还不到他的肩膀。等电梯停下来，汤姆转身面向他，咧嘴一笑，郑重其事地问道，"你是第一次来威尼斯吗？"

"是的。"麦卡隆道。他穿过大堂。"我们进去喝一杯？"他指着咖啡厅，嗓音彬彬有礼。

"好啊。"汤姆愉快地答应着。咖啡厅里人不多，却没有一张桌子远离他人，可以让谈话不被听到。麦卡隆会在这个地方对他进行指控，平静地将事实一件一件摆出来吗？他坐到麦卡隆拖出来的一把椅子上。麦卡隆背靠墙坐着。

服务员过来了。"先生您好？"

"我喝咖啡。"麦卡隆道。

"我要一杯卡布奇诺，"汤姆说，"你要卡布奇诺还是意式浓缩咖啡？"

"哪一种加了牛奶？卡布奇诺？"

"是的。"

"那我就要卡布奇诺。"

汤姆点了两杯卡布奇诺。

麦卡隆看着汤姆，小嘴朝一边歪笑着。汤姆刚才想象出了三四种开场白："是你杀的理查德，对不对？戒指就是明证，对吧？"或者"说说圣雷莫沉船事件，雷普利先生，越详细越好"。抑或直接单刀直入，"二月十五日理查德到达那不勒斯那天，你在哪里？是的，可是你当时住在哪里？比如说，你一月份住在哪里？……你能证明吗？"

但是麦卡隆什么也没说，只是低头看他那双肥嘟嘟的双手，脸上若有似无地微笑着，汤姆觉得这件事对他来说好像简单到他都不屑于揭穿，他连口都懒得张。

他们相邻那桌坐着四个意大利人，像一群疯子一样滔滔不绝地说着，时不时还发出尖利的狂笑声。汤姆恨不得离他们远一点，但身子却一动不动地坐着。

为了迎战麦卡隆，他强打起精神，最后身体僵硬得像铁一样，过度的紧张感反而让他产生一种挑衅心理。他听见自己用一种难以置信的平静口吻说道，"你从罗马经过时，有没有和罗瓦西尼警长沟通过？"他问这个问题时，意识到他的目的是想看看麦卡隆知不知道圣雷莫沉船的事。

"不，我没有，"麦卡隆说，"我得到的信息是格林里夫先生今天在罗马等我，但我的飞机到得较早，所以决定还是飞到这里来见他——顺便可以和你聊聊。"麦卡隆低头看文件。"理查德到底是什么样的人？你能描述一下他的性格吗？"

麦卡隆每次进攻都是用这个套路吗？从他描述迪基的话语中找到蛛丝马迹？或者他想听听有别于迪基父母口中真实的迪基是什么样子？"他想画画，"汤姆开口道，"但他自己也清楚永远成不了画家。他故意装作一副无所谓的样子，故意显得乐呵呵的，好像现在的生活正是他梦寐以求的。"汤姆舔了舔嘴唇。"我感觉他的生活遇到了麻烦。你可能也知道，他父亲不赞成他学画画。而且迪基和玛吉的关系也比较尴尬。"

"你的意思是？"

"玛吉爱迪基，但迪基却不爱玛吉，可是在蒙吉贝洛，迪基又总是去找玛吉，让玛吉心存希望——"汤姆现在心里有一点底了，但他故意装作说话不利索。"他从未和我正面说起他和玛吉的事，他对玛吉评价很高，也很喜欢她，但是人尽皆知的是——玛吉自己也知道——他们是不会结婚的。可是玛吉还是不死心。我觉得这是迪基离开蒙吉贝洛的主要原因。"

汤姆觉得麦卡隆听得很耐心，并且很认可他的分析。"你说的不死心是什么意思？她做过什么事？"

汤姆等侍者把两杯泡沫丰满的卡布奇诺放在桌上，并把账单塞进两人中间的糖碗下面后，又说道，"她不停地给迪基写信，想见他，我猜同时又小心翼翼，在他独处时刻意不去打扰他。这些都是我和迪基在罗马见面时，他告诉我的。他说米尔斯案发生后，他没心情和玛吉见面，他害怕玛吉知道内情后，从蒙吉贝洛来罗马看他。"

"为什么米尔斯案发生后，迪基很紧张？"麦卡隆呷了一口咖啡，皱了皱眉头，不知道是因为咖啡太烫还是太苦。他拿起勺子搅了搅咖啡。

汤姆解释了一番。迪基和米尔斯是好友，米尔斯离开迪基住处几分钟后就遭谋杀。

"你觉得会是迪基杀死米尔斯的吗？"麦卡隆平静地问道。

"不，不会吧。"

"为什么？"

"因为迪基没有理由杀死米尔斯——至少没有我知道的理由。"

"人们总是说某某人不是那种杀人的人，"麦卡隆说，"你觉得理查德会杀人吗？"

汤姆迟疑片刻，像在搜肠刮肚找真相。"我从未想过这个问题，我也不知道哪种人会杀人。我倒是见过迪基发怒——"

"什么时候？"

汤姆说在罗马那两天，由于警方的问讯，迪基既生气又沮丧，他甚至搬出公寓，躲避熟人和生人的电话。而且这件事更加重了他内心的挫折感，因为此前他在绘画的道路上也踟蹰不前。汤姆把迪基描绘成一个固执、骄傲的年轻人，行事乖戾，对朋友甚至陌生人能一掷千金，但脾气喜怒无常——有时热衷社交，有时又阴郁退避。这样的性格决定了他对父亲既敬畏，又执意违背他的心愿。最后他总结说，迪基说白了是一个自视甚高的普通人而已。"如果他真的是自杀，"汤姆道，"那也是因为他意识到自身的缺陷——深感能力不足。与其说他是谋杀者，我更倾向于觉得他是自杀者。"

"可是他到底杀没杀弗雷迪·米尔斯？"

麦卡隆问得诚心诚意。这点汤姆确信。麦卡隆甚至希望汤姆能替迪基辩护，因为他们过去是朋友。汤姆觉得身上的恐惧减少了一些，但也只是少了一些，像某种坚硬的东西在体内慢慢融化。"我也不确定，"汤姆道，"只是我不相信他会做这种事。"

"我也不敢确定，但是如果他真的杀了米尔斯，很多事情就能讲得通了，对吧？"

"是的，"汤姆道，"一切都可以得到解释。"

"好吧，今天只是我开始工作的第一天，"麦卡隆带着乐观的微笑说道，"罗马那边的报告，我还没来得及看呢。我去罗马后，很可能还会跟你谈谈。"

汤姆看着他。看来今天到此为止了。"你会说意大利语吗？"

"不，说得不好，但我能看懂。我法语更好点，意大利语只是能应付。"麦卡隆道，好像这不是什么大不了的事。

其实这很关键，汤姆心想。他不相信麦卡隆光凭翻译，就能从罗瓦西尼警长那里获取关于格林里夫案的全部信息。而且在罗马时，麦卡隆也没法四处打探，和迪基的房东太太这样的知情人随意攀谈。这一点至关重要。"几周前，我在威尼斯和罗瓦西尼警官谈过一次，"汤姆道，"请代我向他问好。"

"我会的。"麦卡隆已经喝完他的那杯咖啡。"根据你对迪基的了解，他如果要躲起来，会躲到哪里？"

汤姆把身子微微往后倾斜。问话快要结束了，他想。"我觉得他最喜欢的还是意大利，我打赌他不会去法国。他也喜欢希腊。他还说过想去马洛卡玩玩。所以去西班牙是有可能的。"

"我明白了。"麦卡隆叹口气道。

"你今天就回罗马吗？"

麦卡隆扬了扬眉。"如果在这儿能补几个小时的觉，我想赶回去。我已经两天没着床了。"

他真的很卖力，汤姆想。"我想格林里夫先生也关心火车班次的事。这儿去罗马上午有两班，下午很可能还有一班。格林里夫先生打算今天回去。"

"我们今天可以赶回去。"麦卡隆伸手取账单。"十分感谢你的帮助，雷普利先生。我有你的电话和地址，如有需要，我会和你再见面。"

两人站了起来。

"我可以去和格林里夫先生和玛吉道个别吗？"

麦卡隆没有异议。两人乘电梯又回到楼上。汤姆兴奋得恨不得吹口哨庆祝，脑子里又回荡起"爸爸不愿意"的曲调。

一进门，汤姆就紧紧盯着玛吉，看看她有没有敌意的迹象。他觉得玛吉的表情只是有些悲伤，好像她刚成了寡妇。

"我有几个问题想单独问你，舍伍德小姐，"麦卡隆道，"如果您不介意。"他转向格林里夫先生。

"当然没问题。我正要去大堂买报纸。"格林里夫先生说道。

麦卡隆继续他的公务。汤姆向玛吉和格林里夫提前道别，怕他们万一今天就回罗马，以后再也没有见面机会。他又对麦卡隆说，"如果需要我的话，我很乐意随时去罗马。无论怎样，我在威尼斯会待到五月底。"

"到时肯定会有结果。"麦卡隆露出他那爱尔兰式自信的微笑，说道。

汤姆和格林里夫先生下楼去大堂。

"他又问了我一遍同样的问题，"汤姆告诉格林里夫先生，"还有我对迪基的性格怎么看。"

"那你觉得呢？"格林里夫先生语气里透着绝望。汤姆知道，在格林里夫先生眼里，自杀也好，藏匿也好，都是丑事，没什么区别。"我对他讲的全是真话，"汤姆道，"我说迪基可能会自杀，也可能会藏起来。"

格林里夫先生未加置评，只是拍了拍汤姆的胳膊。"再见，汤姆。"

"再见，"汤姆说，"给我写信。"

他和格林里夫先生之间一切正常，汤姆想。和玛吉之间也会一切顺利。她基本接受了迪基自杀的这个解释，今后她会一直这么看待这件事的。

下午汤姆待在家里，他在等电话，就算什么事都没有，至少麦卡隆应该会来个电话。可是没人打电话过来。只有住在此地的一位女伯爵蒂蒂打来电话，邀请他下午去参加鸡尾酒会，他接受了邀请。

他干嘛总觉得玛吉会给他带来麻烦？汤姆在心里想。她从未给他造成过任何麻烦。自杀一说现在已经尘埃落定，她现在只会用她那呆板的思维去曲解各种细节来往上靠。

28

　　麦卡隆第二天从罗马给汤姆打来电话，索要迪基在蒙吉贝洛的熟人名单。麦卡隆显然只想要知道所有迪基认识的人，因为他不紧不慢地挨个核实，还和玛吉给他的名单相互参照。大多数人的名字，玛吉已经给他了。但汤姆又把所有人细说了一遍，包括他们那些难记的地址——当然有吉奥吉亚，码头管理员皮耶托，还有法斯多的姑姑玛利亚，她的姓汤姆也不知道，但还是费劲地把她家的住处告诉了麦卡隆。杂货店主阿尔多，切吉一家，甚至连老斯蒂文森都讲到了，此人是个隐居的画家，住在村子外面，汤姆和他从未见过面。汤姆花了好几分钟时间才把这些人全部列举一遍，麦卡隆要逐个盘查他们，估计得要好几天时间。所有人他都和麦卡隆说了，唯独没有提到西格诺·普西，他帮忙把迪基的房子和帆船卖掉了。假如麦卡隆没有通过玛吉得知迪基卖房子的事，普西肯定会告诉他，汤姆·雷普利来过蒙吉贝洛处理迪基的财产。不过就算麦卡隆真的知道了这件事，汤姆觉得这也没什么大不了的。至于阿尔多和斯蒂文森，麦卡隆想问什么尽管问好了。

　　"他在那不勒斯有熟人吗？"麦卡隆问。

　　"这个我不知道。"

　　"那罗马呢？"

　　"对不起，我从不知道他在罗马有认识的人。"

　　"你从未见过这位画家——呃——迪马西奥？"

"这人我见过一面，"汤姆道，"但从未说过话。"

"他长得什么样？"

"嗯，当时是在一条街道拐角。我和迪基道别，他正准备去见他。我离他有段距离。他身高大约五英尺九英寸，五十岁左右，黑灰色头发——我就记得这些。他长得很壮。我记得他当时穿一件浅灰色西装。"

"哦，哦，很好。"麦卡隆心不在焉地说道，好像把汤姆的话全记下来。"呃，我想差不多够了。十分感谢，雷普利先生。"

"不客气。祝你好运。"

接下来的几天，汤姆安静地在家里待着。既然满世界都在寻找你失踪的朋友，而且正到了节骨眼上，你最好哪儿也不去。他婉拒了三四次聚会邀请。报界由于迪基父亲雇佣的美国私人侦探现身意大利，又重新掀起了对迪基失踪案的兴趣。《欧罗巴》和《奥吉报》的摄影记者还上门拍了他本人和住所的照片，他坚决地请他们离开，其中一个年轻记者赖着不走，被他抓着胳膊从客厅拖到门口。不过这五天倒是没什么大事发生——没有电话，没有来信，甚至罗瓦西尼警长也没有消息。汤姆偶尔也会设想最坏的情况，这种臆想一般发生在黄昏时，那是他一天中情绪最为低落的时候。他臆想罗瓦西尼和麦卡隆联手，推断出迪基有可能十一月份就已经失踪，臆想麦卡隆调查他买车的时间，臆想麦卡隆意识到圣雷莫之旅后迪基本人没回来，雷普利却独自回来处理迪基的相关事宜，并从中嗅出可疑的地方。他在脑海中一而再、再而三地琢磨昨天上午和格林里夫先生道别时他那张疲惫、冷漠的脸，觉得这代表着不友善。他还臆想回罗马后，由于搜寻迪基的工作毫无进展，格林里夫先生暴跳如雷，要求彻底调查汤姆·雷普利，这个他自掏腰包请来给儿子当说客的无赖。

但是每到早晨，汤姆就又恢复乐观。好的一面是，玛吉无疑相信迪基确实闷闷不乐地在罗马待了好几个月，她还保留了他寄来的所有信件，这些信件很有可能都拿出来给麦卡隆看过。这些信件真是太棒了。汤姆觉得当初在这些信上花心思真不冤枉。现在玛吉对他来说意味着财富，而不是风险。那天晚上她发现戒指时，幸亏没对她下死手。

每天早晨，他站在卧室窗前，看着太阳从冬日薄雾里升起，费力地升至这座宁静城市的上空，最后冲破云层给城市带来几个钟头的阳光。每一天从宁静中开始，都像是在预示着未来平安无事。天气越来越暖和。晴天越来越多，雨水愈加稀少。春天就要来了，晨光一天比一天明媚，他马上就要离开，坐船前往希腊。

格林里夫先生和麦卡隆走后的第六个晚上，汤姆给格林里夫先生打了个电话。格林里夫先生没有进一步的消息告诉他，汤姆本来也不期待任何新消息。玛吉已经回国了。只要格林里夫先生仍留在意大利，报纸总会登一点有关这个案子的消息。不过也没有什么猛料可以爆了。

"您妻子情况怎么样?"汤姆问格林里夫先生。

"还不错。不过她一直很焦虑。我昨晚刚和她通过话。"

"我很难过。"汤姆道。他应该写一封信安慰她，尤其现在格林里夫先生不在她身边，她孤单一人。他要是早点想到就好了。

格林里夫先生说他本周末回国，会途经巴黎。法国警察也正在调查此案。麦卡隆和他一起回去。如果巴黎那边没有消息的话，他俩就一起回国。"现在无论是我，还是其他任何人都能看出来，他或者已经死了，或者故意藏起来了。现在全世界到处都是找他的消息，也许就差俄国了。上帝啊，他可从未表现过对那个国家有兴趣吧。"

"俄国？不，我从未听说他提起过。"

其实格林里夫先生的意思很明显，迪基或者死了，或者抛下了过往的一切。在电话里，后一种揣测的倾向很明显。

当天晚上，汤姆去了彼得·史密斯-金斯利家。彼得有几份朋友送来的英文报纸。其中一份刊登的图片是汤姆正把《欧罗巴》的摄影记者往门口推。这张照片汤姆在意大利报纸上也见过。他在威尼斯街头和住所的照片早已传到了美国。鲍勃和克利奥都给他寄来了纽约小报上的照片和报道的剪报。他们觉得这起事件真刺激。

"我没事，只是觉得恶心，"汤姆道，"我在这儿逗留，只是想看看能不能提供点帮助。如果再有记者闯进我家，进门就会挨我一枪。"他真的动怒了，非常不满，从语气里完全能听出来。

"我很理解，"彼得说，"我准备五月底回国。如果你有兴致，来爱尔兰寒舍一聚，我将热烈欢迎。那儿绝对无人打扰，这点我敢保证。"

汤姆看了一眼彼得。彼得曾经告诉汤姆，他在爱尔兰有一座古堡，并给汤姆看过古堡的照片。汤姆脑海中闪过一个罪恶的念头，像个苍白的魅影。他和迪基的关系，也有可能演变为他和彼得的关系。两人性格也相仿，彼得为人爽快，没有疑心，与人交往不设防，慷慨大方。唯一美中不足的是，他和彼得长相差距太大。但有天晚上，为了逗彼得开心，他故意用英国腔模仿彼得平日里矫揉造作的做派，以及说话时头一歪一歪的样子，逗得彼得乐疯了。不过汤姆现在明白，这种事他不可能再做。他对迪基做的事，居然想在彼得身上再来一回，单单这个念头就让他羞愧难当。

"谢谢，"汤姆道，"不过当下我还是想独处一段时间。你知道，我很想念迪基。真的很想念他。"说着他几乎要落泪。他记得他和迪基第一次见面，向他坦承自己是受他父亲委派时，迪基那灿烂的笑容；他记得他和迪基第一次结伴同游罗马时的疯狂之旅；他甚至居然带着暖意回忆起在戛纳卡尔顿酒吧的那半个小时，当时迪基已经对他很不耐烦，沉默无语，但这不怪迪基，毕竟是他拉着人家来玩，而迪基本身又不喜欢蔚蓝海岸。如若当初他独自去观光，如若当初他不那么心急贪婪，如若当初他没有误判迪基和玛吉的关系，而是等两人感情自生自灭，现在的一切都不会发生，他会和迪基继续生活下去，一起出游，一起生活，度过余生。如若那天他没试穿迪基的衣服——

"我能理解你，小汤米，真心理解。"彼得拍着汤姆的肩膀说道。

汤姆眼含热泪看着彼得。他还在想象和迪基一起乘坐游轮回美国度圣诞，想象和迪基的父母相处融洽，仿佛他和迪基真是亲兄弟。"谢谢。"汤姆道。说完他像个孩子似地嚎啕大哭。

"如果你不这样悲痛欲绝，我还真以为你和这件事有些瓜葛呢。"彼得同情地说。

29

亲爱的格林里夫先生：

今天在整理行装时，我偶然发现当初迪基在罗马给我的一个信封。这封信不知怎地被我忘了个干净，现在见到了才想起来。信封上写着"六月方可打开"，巧的是，现在正好是六月。信封里是迪基的遗嘱，他将收入和财产全留给我。我现在和您一样震惊，可是从遗嘱的措辞来看（信是用打字机写的），他当时意识清醒。

我很抱歉不记得这封信的事，因为它可以早点证明迪基打算结束生命。我把信封放在旅行箱袋子里，然后就彻底忘了。这封信是我们最后一次在罗马见面时他给我的，当时他情绪很低落。

经过再三考虑，我把这封信的影印本发给您，这样您可以亲自看一下。这是我这辈子见到的第一份遗嘱，我对执行遗嘱的程序一无所知。请问我该如何处理？

请代我向您太太致以最真挚的问候，我和你们一样深感难过，并很遗憾不得不写这封信。请您尽快给我回信。我的地址如下：

经由美国运通转交

雅典，希腊

汤姆·雷普利敬上

威尼斯

六月三日，一九——

这封信也许会招致麻烦，汤姆想。它可能会重启新一轮对签名、遗嘱和汇票的调查，就像当初保险公司和信托公司发起的那一连串无休止的调查那样，毕竟这是从他们的口袋里往外掏钱。但现在他就想这么做。他已经订了五月中旬去希腊的车票。日子一天天晴朗，他的内心也萌动不安。他从威尼斯的菲亚特车库里取了车子，一路驱车途经布雷纳、萨尔斯堡到达慕尼黑。接着又转向的里雅斯特和博尔扎诺。一路上阳光明媚，除了他在慕尼黑的英国花园漫步时，下了一阵轻柔的春雨。当时他丝毫没有躲雨的意思，而是继续在雨中散步，甚至孩子气地兴奋不已，因为这是他淋的第一场德国的雨。他自己名下只剩从迪基账户和积蓄中转来的两千美元，因为他不敢在这短短三个月内从迪基账户上再提钱。他恨不得冒天下之大不韪，将钱从迪基账户里一次性全部提完。但他也明白，那样做的风险，也是他承受不起的。他对在威尼斯的枯燥平淡的生活厌倦极了，每一天的流逝愈发证明了他平安无事，同时也凸显出生活单调。罗瓦西尼警长也不再给他写信。麦卡隆已经回了美国（他后来只从罗马给他打来过一个不痛不痒的电话）。汤姆断定，麦卡隆和格林里夫先生一定认为迪基或者死了，或者主动隐匿，再调查下去也没有意义。报纸也因为没有新的消息停止了对该事件的报道。汤姆的心里滋生出一种空虚漂泊感，把他逼得快疯了，所以才有了驱车前往慕尼黑之举。他从慕尼黑返回威尼斯，为希腊之行准备行装时，这种空虚漂泊感变得更加强烈：他即将前往希腊，对这片古老的英雄列岛而言，他汤姆·雷普利只是个性格腼腆温顺的无名小卒。他的银行账号上只剩不断缩水的两千多美元，连买一本有关希腊艺术的书都得犹豫一番。实在令人无法忍受。

　　他在威尼斯将希腊之行谋划为一次壮游。他要以一个有血有肉、英勇无畏者的身份把希腊列岛尽收眼底，而不是一个来自波士顿畏畏缩缩的渺小之徒。假如他一进比雷埃夫斯港，就被希腊警察当场拿下，也不枉他已游览一场，在船头迎风伫立，跨越醇酒般的深色海面，像归来的伊阿宋和尤利西斯。所以他虽然早早地写好了给格林里夫先生的信，却一直推到从威尼斯出发前三天才将信发出。这样一来，格林里夫先生收到信至少要花上四五天时间，就算他拍电报过来，也没法羁留他在威尼斯而耽误船期。而且，无论从什么角度来说，放松随意是处理这件事的较好姿态。在他抵达希腊前联系不上他，会显得他对能否得到迪基的遗产毫不在意，他绝不会为遗嘱的事暂缓早已计划好的希腊之行，虽然仅仅是去玩一趟而已。

出发前两天，他去蒂蒂家喝茶。这位女伯爵是他在威尼斯找房子时结识的。女佣引他进了客厅，蒂蒂见面就说出了他好几周没听到的事情，"哦，瞧，汤玛索！你看今天下午的报纸了吗？他们发现迪基的行李箱了！还有他的画作！就在威尼斯的美国运通办事处！"女伯爵兴奋得纯金耳坠都在颤抖。

"什么？"汤姆没有看报，他下午一直在忙着整理行装。

"读这个！在这儿！他的这些衣物二月份才存放的，是从那不勒斯寄来的。也许他现在就在威尼斯！"

汤姆读着报纸。报纸上说，系在油画外面的绳子松了，一名办事员在重新包裹这些油画时发现画作上理查德·格林里夫的签名。汤姆的手直发抖，必须紧握报纸的边沿才能抓稳。报上说警方正在认真检查画作上的指纹。

"或许他还活着！"蒂蒂在一旁嚷道。

"我不这么看——我不觉得这件事能证明他还活着。他也许在寄出箱子后被谋杀或自杀的。而且这些画作寄存在'范肖'名下。"女伯爵直挺挺地坐在对面的沙发上看着他，汤姆觉得可能是自己表现出的紧张吓着她了，连忙收摄心神，振作勇气说道，"您瞧，警方正在全力以赴寻找指纹。如果他们确定是迪基本人将行李箱送过来的，就没必要这么做了。如果他想日后取回行李，干嘛用范肖这个名字存放呢？连他的护照也在，他把护照也放进去了。"

"或许他现在正是用的范肖这个化名！噢，天哪，你还没喝茶呢！"蒂蒂站起来。"吉斯蒂娜！请端茶来，快点！"

汤姆无力地坐到沙发上，报纸还拿在身前。绑在迪基尸体上的绳结不知道会不会出问题？万一现在绳结松了，他就大难临头了。

"啊，冷静点，你过于悲观了，"蒂蒂拍拍他的膝盖说道，"总之这是个好消息。万一上面的指纹全是他的呢？难道你不高兴吗？假如明天你走在威尼斯某条小路上，迎面看见迪基·格林里夫，也就是那位范肖先生。"说着她爆发出尖利、愉快的笑声，这笑声对她来说像呼吸那样自然。

"报上说这些行李箱里东西一应俱全——剃须包，牙刷，鞋子，大衣，装备齐全，"汤姆道，阴郁的表情中隐藏着恐惧，"他不可能人还活着，却留下这么多东西。杀害他的凶手一定是在剥光他的衣服后，将衣服寄存在这里。因为这是销毁赃物最容易的方法。"

汤姆这番话把蒂蒂说愣住了。她停了一会说道，"不要这么垂头丧气好吗？等指纹搞清楚后再说吧。别忘了，你明天可是要开启愉快的旅程。茶来了。"

是后天，汤姆想。这段时间足以让罗瓦西尼警长获取他的指纹，和画布以及行李箱上的指纹进行比对。他竭力回忆画布和行李箱内的物品上有哪些平整的表面，可以采集指纹。这样的地方并不多，或许剃须包里有一些，不过对警察来说足够了。如果他们肯卖力的话，能凑够十枚指纹。他现在唯一还能保持乐观的理由，就是警察还没来采集他的指纹。或许他们根本没想到来采集他的指纹，因为他还不是怀疑对象。但万一他们搞到迪基的指纹呢？说不定格林里夫先生从美国将迪基的指纹直接寄过来供比对？能找到迪基指纹的地方太多了，他美国的家里，蒙吉贝洛的房子里——

"汤玛索，喝茶呀。"蒂蒂又用手摁了摁他的膝盖。

"谢谢。"

"看看吧。现在至少朝真相又近了一步。如果这件事让你不快，我们聊点别的吧。除了雅典，你还准备去哪里？"

汤姆也试着将思绪转向雅典。对他来说，雅典是镀金的，金色的勇士盔甲，金色的阳光。石雕上的面容沉静、坚强，像埃雷赫修神庙廊柱里的妇女。他不想带着心理负担去希腊，边游玩边担心指纹可能造成的威胁。那样会贬低他。他会觉得自己卑微得如同雅典下水道里奔蹿的老鼠，比萨洛尼卡街头搭讪的乞丐还卑微。想到这里，汤姆不禁掩面而泣。希腊算是彻底泡汤了，像一个金色的气球爆炸了。

蒂蒂用她那坚实的、肉乎乎的胳膊搂住汤姆，"汤玛索，振作起来！现在还没到沮丧的时候呀！"

"我真不明白你为什么不把这件事视为噩兆！"汤姆绝望地说，"我真不明白！"

30

最坏的征兆是罗瓦西尼警长一向对他客客气气，告知他案件的具体进展，现在却没向他通报在威尼斯发现了迪基的行李箱和画作。汤姆整整一天一夜不眠不休，在屋子里走来走去，处理出发前数不清的各种琐事，付薪水给安娜和乌戈，和各个商家结账。他做好心理准备，警方会随时上门，不分白天黑夜。五天前他还自信笃定，觉得自己已经上岸，现在却充满恐惧绝望，这种反差几乎将他撕裂。他睡不着，吃不下，坐不住。安娜和乌戈对他表示的同情，令他啼笑皆非，朋友们纷纷打来电话，问他对新发现的迪基行李箱有何看法，又令他不胜其烦。具有讽刺意味的是，汤姆的表现一方面能让外人感觉到他沮丧、悲观、绝望，另一方面又让人觉得这种反应再正常不过，并无深意，因为迪基毕竟可能已经遭到谋杀。大家一致认为，迪基的所有物品，包括剃须包和梳子在威尼斯被发现，此事非同小可。

还有遗嘱的事。不出意外，格林里夫先生后天会收到他的信。到时候，万一警方得知迪基行李上的指纹不是迪基本人的，他们可能会拦截汤姆乘坐的"希腊人号"，并采集他的指纹。假如他们发觉遗嘱也是伪造的，他们绝不会放过他。两桩谋杀案到时自然就会水落石出。

汤姆登上"希腊人号"时，觉得自己像是行尸走肉。他睡不着觉，吃不下饭，狂饮咖啡，整个人全靠着痉挛的神经支撑着。他想问船上有没有广播，但其实心里知道船上肯定有。这艘三层巨轮载有四十八名乘客。当船上服务员将行李送进他的客舱后，有大约五分钟，他整个人快崩溃了。他面朝下躺在铺位上，一只胳膊扭曲着放在身子下面，他累得连换个姿势的力气都没有。等他醒来时，船已经开了，不只开动，还伴着愉悦的节奏，显示其后劲十足，足以保证横扫漫长航程中的一切障碍。汤姆现在感觉好些了，除了刚才压在身子下面的那只胳膊麻了，无力地垂在身子侧面。当他走在船舱过道时，这只失去知觉的胳膊击打着他的身体，他不得不在走路时用另一只手将这只胳膊握紧固定。他看了看表，现在是晚上十点一刻，外面一片漆黑。

他向外看，左边最远处影影绰绰有些陆地，可能是南斯拉夫国土，闪着五六处星星点点的白光，除此之外就是乌黑的海洋和天空。黑色浓密，看不到一点地平线，若非汤姆丝毫感不到任何阻力，海风也从茫茫天际吹来，恣意地吹着他的前额，他可能会有种错觉，以为船是在隔着一张黑幕前行，甲板上除了他之外，再无旁人。其他乘客估计都待在甲板下面，吃着宵夜。他很高兴能这样独处一会儿。那只麻木的胳膊又重新恢复知觉。他紧握呈 V 形分开的船首，深深吸了一口气，心底油然升起一股抗拒的勇气。如果现在船上的电台机务员收到逮捕汤姆·雷普利的消息怎么办？他会像现在这样勇敢地站起来，抑或纵身一跃，越过船舷跳到海里——这既是大无畏的豪举，又是逃生之策。这些都是如果。即便从他现在站的地方，汤姆也能听见位于船顶的无线电室传来的微弱的电流声。他现在反而不害怕了，浑身轻松。他当初设想去希腊时想要的就是现在这种心情。看着周围黑黝黝的海水，心头没有恐惧，这种感觉和目睹希腊诸岛映入眼帘一样美好。面对着六月温柔的夜色，汤姆在脑海中想象那些星罗棋布的小岛，点缀各色建筑的雅典山丘，还有卫城。

船上有位英国老妇人，携女儿一同出游。她女儿是四十岁的老姑娘，性子很急，在甲板躺椅上晒太阳不到十五分钟，就跳起来嚷嚷着要"去散步"。而她母亲性格正好相反，平和迟缓。她右腿有些残疾，比左腿短一截，不得不穿上厚跟的鞋子，走路得用手杖。要是当年汤姆在纽约遇见这种动作迟缓、举手投足间保持一成不变优雅的人，会觉得乏味得要死。但现在他却乐于睡在躺椅上，和她聊天，听她说在英格兰的生活，还有上次来希腊的情况，那次还是早在一九二六年。他扶着老妇人在甲板上慢慢地走了走，老妇人靠着他的胳膊，心里过意不去，一个劲地向他道歉，说给他添麻烦了，但其实可以看出来，她很喜欢这种关心。她女儿则由于有人临时替她看护母亲而乐得自在。

或许这位名叫卡特莱特的老妇人年轻时很强势，汤姆想，或许她该为自己女儿的每个乖戾行为负责，或许她对女儿管束太紧，以至于女儿无法过上正常生活，这么大岁数还没结婚。或许她该被一脚踢下船，而不是在甲板上散步，身边还有人能连续数小时听她絮叨。不过这算什么呢？这个世界总是赏罚分明吗？这个世界过去对他公平吗？他觉得自己的运气好得不可思议，居然逃脱了两起谋杀案的追踪，而且自从冒名迪基以来运气也一直不错。在他的前半生，命运对他一直不公，可自从认识迪基后，一切都得到了补偿。不过到了希腊肯定会发生一些事情，他的运气也不会一直这么好。不过就算他们通过指纹和遗嘱等线索，将他抓获，送他上电椅，可是死在电椅上就一定是受苦吗？死于二十五岁就一定是悲剧吗？去年十一月到现在享受到的都不足以补偿这一切吗？答案当然是否定的。

他唯一抱憾的是没有看遍整个世界。他想去澳大利亚看看。还有印度。他还想去看看日本，以及南美。去这些国家哪怕只是单纯欣赏艺术作品，这辈子就不算虚度，他想。现在他在绘画方面已经学了不少东西，就连模仿迪基那些平庸之作也让他收获很大。在巴黎和罗马的美术馆，他发现自己对绘画有兴趣，这种兴趣不知是以前没有被发现，还是在他身上不存在。他不想成为画家，但如果有钱，他最大的乐趣将是收藏一些自己喜爱的画家的画作，并资助一些有天赋却囊中羞涩的青年画家。

他陪卡特莱特夫人在甲板上散步时，一边听卡特莱特夫人在一旁喋喋不休地说着并不总是有趣的话，一边就这样胡思乱想着。卡特莱特夫人觉得汤姆很讨人喜欢。她好几次满怀热忱地说，汤姆的陪伴令她这次旅程愉快极了。他们还约好七月二日在克里特岛某家酒店会面，因为克里特岛是他们行程唯一有交集的地方。卡特莱特夫人的旅程是乘坐巴士的特殊行程。汤姆默默地听从卡特莱特夫人所有的建议，但心里知道一下船他们将再不会相见。他假想自己一下船就被捕，然后押解到另一艘船上，也可能是飞机，被送回意大利。船上广播没有播送关于他的通知——至少他没听见——不过真要抓他，也不一定非要通知他过去。船上有一份自印的报纸，一小页油印纸，每晚出现在餐桌上，刊登的都是国际时闻。就算格林里夫案有什么重大发现，这种报纸也不会关注的。在这次十天的旅行中，汤姆的心境奇异，充满着英雄末路、舍己救人的情怀。他假想各种奇怪的场景：卡特莱特夫人的女儿不幸落海，他跳进海里将她救上来；船舱崩裂，海水涌进来，他奋勇地用自己的身体挡住裂口。他觉得自己具有超自然的力量和大无畏的气概。

当船靠近希腊大陆时，汤姆和卡特莱特夫人站在栏杆旁。卡特莱特夫人向汤姆描绘比雷埃夫斯港距她上次见到时发生了哪些巨大变化。汤姆对这些变化毫无兴趣。对他而言，这就是个港口，仅此而已。它不是幻象，而是一座实实在在可以让他走在上面的山丘，山丘上还有他可以摸得到的建筑——这就足够了。

警察站在码头上。他看见四名警察，双臂交叉，站在那里。汤姆最后一次帮助卡特莱特夫人，帮她轻轻迈过跳板尽头的门槛，然后微笑着和这对母女告别。行李按照主人姓氏首字母分类领取，他在字母 R 下面排队，卡特莱特母女在字母 C 下排队。之后母女二人将搭乘专门的巴士前往雅典。

面颊上带着分手时亲吻的余温和微微的湿润感，汤姆缓步朝这些警察走去。不必多费周折，他想，只需径直告诉他们自己是谁就行了。警察身后有一个大书报摊，汤姆想买一份报纸。也许他们会同意他买报纸。汤姆走近时，这些警察抱着胳膊回望他。他们穿着黑色警服，戴着警帽。汤姆朝他们挤出笑容。其中一名警察摘帽回礼，让出一条路来。汤姆现在正位于两名警察中间，身前是报摊。警察的目光又朝前望去，根本没注意他。

汤姆浏览了眼前摆放的报纸，觉得头晕目眩。他的手机械地拿起一份熟悉的罗马报纸，是三天前的。他从口袋里掏出里拉，突然反应过来他还没兑换希腊货币。不过报摊老板就像在意大利那样，伸手接过里拉，并用里拉给他找钱。

"这些也要。"汤姆用意大利语说道。他又选了三份意大利报纸和巴黎的《先驱论坛报》。他瞥了一眼那几名警察。他们看都没看他。

接着汤姆走回码头上的轮船旅客行李等候处。他听见卡特莱特夫人用兴奋的语调和他打招呼，但他故意装作没听见。他在字母 R 那一列排队等行李，先打开最早的那份意大利报纸，是四天前的。

格林里夫行李寄存人罗伯特·范肖查无此人

这份报纸的第二页用拙劣的标题这样写道。汤姆读着标题下一长串内文，只有第五段引起他的兴趣：

> 警方数日前已勘定，行李箱和画作上的指纹与格林里夫在罗马弃宅内遗留的指纹完全相同。因此可以推断，格林里夫本人寄存了这些行李箱和画作……

汤姆摸索着打开另一份报纸。它是这么报道的：

> 鉴于行李箱内物品上所遗指纹与格林里夫先生位于罗马弃宅内的指纹一模一样，警方推断格林里夫先生亲自将这些物品装箱发送到了威尼斯。有观点认为，他已经自杀，或许是全身赤裸自溺身亡。另一派观点认为，他现在假托罗伯特·S·范肖或其他化名藏匿起来。还有观点认为，在整理或被迫整理完行李后，他被杀害——凶手这么做是为了混淆警方查验指纹……
>
> 不管哪一种可能性，继续搜寻理查德·格林里夫已经毫无意义，因为就算他还活着，他也没有原来那本"理查德·格林里夫"的护照……

汤姆感到身体跟跄，神志不清。从行李等候棚顶边缘射进来的阳光刺痛他的眼睛。他本能地跟着提行李的脚夫向海关柜台走去。他一边低头看海关官员打开他的行李箱草草地检查，一边思索报上的内容到底意味着什么。从报纸的意思来看，他根本就不是警方的怀疑对象。指纹事件反而坐实了他的清白。这说明他不仅不会进监狱，不会死，反而连嫌疑人都不是。他是自由的。现在只剩下遗嘱问题了。

汤姆坐上开往雅典的大巴。曾经和他在船上同桌共餐的一名男子坐在他旁边。不过他并没有和他打招呼，万一那人问他话，他也一句都答不上来。美国运通雅典办事处一定有一封关于遗嘱的信，汤姆确信这点。格林里夫先生早该回信了。也许格林里夫先生会让律师代为处理，他在雅典会收到一封语气客气、内容负面的律师函。也许接下来就是美国警方来信，通知他就伪造遗嘱一事接受问讯。或许此刻两封信都已到了运通办事处。遗嘱会把所有事情搞砸。汤姆看着车窗外原始贫瘠的地貌。没有让他眼前一亮的风景。或许雅典警察正在运通办事处等他呢。或许他刚才看见的四个穿制服的人不是警察，而是士兵之流。

巴士停了下来。汤姆下车，提着行李，叫了一辆出租车。

"可以送我去美国运通办事处吗？"他用意大利语问司机，司机反正是听懂了"美国运通"这几个字，驱车而去。汤姆记得他也曾对罗马出租车司机说过一模一样的话，那天他正要去帕勒莫。他当时在英吉尔特拉酒店刚对玛吉爽约，对自己充满自信。

在车上看到"美国运通"的招牌时，他坐直身子，朝建筑周围四下张望，看看有无警察。或许警察在里面。他用意大利语让司机等他一会儿，司机好像也听懂了，用手碰了碰帽檐表示没问题。汤姆感觉周遭一切都有一种特别的轻松感，像是爆炸前的宁静。汤姆走进美国运通办事处大堂，四下张望。没有异常。也许报出他的名字就会——

"请问有没有托马斯·雷普利的信？"他低声用英语问道。

"里普利？请问是怎么拼的？"

汤姆拼了一下。

女办事员翻了翻，从一个小搁架里找出几封信。

什么事也没发生。

"一共有三封信。"她用英语笑着对汤姆说。

一封是格林里夫先生寄来的。一封是蒂蒂从威尼斯寄来的。还有一封是克利奥的，从别处转过来的。他打开格林里夫先生那封信。

亲爱的汤姆：

你六月三日的来信我昨天收到了。

其实对我和我妻子来说，这件事没有你想象的那么令我们震惊。我们都知道理查德很喜欢你，虽说他从未在给我们的信件中提及。正如你所言，很不幸，这份遗嘱表明理查德已经结束自己的生命。我们将不得不接受这个最终结果——唯一有另一种可能是，理查德基于只有他自己才知道的理由，化名隐匿，自行和家庭断绝联系。

我妻子和我一致同意，不管理查德对自己做了什么，我们都应该履行他的意愿。所以关于遗嘱，我们支持你。我已将你的照片影印件交给律师，他们将适时和你联系，负责将理查德的信托基金和其他财产转交给你。

再次对你在国外提供的关照表示谢意。保持联系。

谨致最良好的祝愿，

赫伯特·格林里夫

六月九日，一九——

不会是开玩笑吧？但他手上伯克-格林里夫公司的信纸却是实实在在的，厚厚的纸张，略带雕版和印花的抬头，况且格林里夫先生从不会开这种玩笑。汤姆走向路边等待的出租车。这不是玩笑，一切都是他的了！迪基的钱和自由！而且这种自由，和其他东西一样，都是关联的，将迪基拥有的自由和他拥有的自由关联起来。他可以在欧洲有个家，在美国有个家，任凭他选择。他突然想起来，蒙吉贝洛的房子卖出后的房款还等着他去领。他觉得应该把这笔款项寄给格林里夫夫妇，因为迪基在写遗嘱前就将这所房子出售了。他笑了起来，因为想起了卡特莱特夫人。到了克里特岛，他一定送给她一大盒兰花，假如克里特岛有兰花的话。

他想象到达克里特岛的情景——长条形岛屿，矗立着干涸、锯齿状的火山口。轮船入港时，会在码头激起小小的骚动，提行李的小男孩巴望着行李和小费。无论什么人，对他做了什么事，他一定出手阔绰。在他想象中的克里特岛码头上，一动不动地站着四个人，四个克里特岛警察，抱着胳膊在码头耐心地等他。难道在即将前往的每一个码头，都会看见警察在等他吗？亚历山大？伊斯坦布尔？孟买？里约热内卢？不用去想了。他挺起胸膛。不必因为这些臆想中的警察而破坏游兴。即使码头上真有警察，也不一定——

"去哪里？去哪里？"出租车司机为了拉客竭力用意大利语招呼他。

"去酒店，"汤姆说，"去最好的，最好的，最好的!"

地下雷普利

RIPLEY UNDER GROUND

[美] 帕特里夏·海史密斯——著

PATRICIA HIGHSMITH

吴杨——译

上海译文出版社

1

电话铃声响起时，汤姆正在花园里。他让管家安奈特太太去接电话，然后继续刮长在石阶两侧的潮湿的苔藓。正值十月，天很潮湿。

"汤米先生！"传来了安奈特太太女高音一般的嗓音，"是从伦敦来的电话。"

"来了。"汤姆喊道。他扔下铲子，走上台阶。

楼下的电话在客厅里。汤姆没有坐在黄色缎面沙发上，因为他穿着李维斯牛仔裤。

"你好，汤姆，我是杰夫·康斯坦。你……"咔啦。

"你能说大声点吗？信号不好。"

"好点了吗？我听得很清楚。"

伦敦的人总能听得清楚。"好一点了。"

"你收到我的信了吗？"

"没有。"汤姆说。

"噢，我们有麻烦了。我想提醒你，有一个……"

出现了噼啪声，嗡嗡声和令人感到沉闷的嘀嗒声，信号断了。

"该死。"汤姆轻声说。提醒他？是画廊出什么事了吗？是和德瓦特有限公司有关吗？提醒他？汤姆基本上没参与。他确实想出一个编造德瓦特有限公司的主意，而且从中挣了点钱，但是——汤姆瞟了一眼电话，期待着它随时再次响起。还是应该打电话给杰夫？

不，他不知道杰夫是在工作室还是在画廊。杰夫·康斯坦是一名摄影师。

汤姆走向通往后花园的落地长窗。他打算再刮一点苔藓。汤姆若无其事地打理花园，他喜欢每天花一个小时用手推割草机割草，把树枝耙到一起烧掉，除草。就权当锻炼了，还可以胡思乱想。他还没拿起铲子，电话又响了。

安奈特太太拿着掸子走进卧室。她大约六十岁，又矮又敦实，性格开朗，不会说一句英语，看起来也学不会了，甚至连一句"早上好"都不会，这正满足了汤姆的需要。

"我来吧，太太。"汤姆说，然后拿起电话。

"喂，"传来了杰夫的声音，"听着，汤姆，我琢磨着你能不能来一趟，来伦敦，我……"

"你说什么？"信号又不好了，但是没有刚才那么差。

"我说——我在信里解释过了。在电话里不方便讲。但是，这件事很重要，汤姆。"

"是有人犯错了吗？——伯纳德吗？"

"算是吧。有人会从伦敦来，可能明天吧。"

"谁？"

"我在信里解释过了。你知道德瓦特画展在周二开幕。在那之前，我会拖住他。艾德和我到时候都走不开，"杰夫听起来很焦虑，"你有空吗，汤姆？"

"嗯——有。"但是汤姆不想去伦敦。

"尽量不要告诉海洛伊丝你要来伦敦这件事。"

"海洛伊丝在希腊。"

"哦，那太好了。"杰夫的语气中头一次显露出宽慰。

杰夫的信在当天下午五点到了，特快加挂号。

寄自：西北 8 区查尔斯街 104 号

亲爱的汤姆：

　　德瓦特的新画展将在 15 号周二开幕，这是两年来的第一次。伯纳德有十九幅新油画，其他绘画作品会被借出去。下面是坏消息。

　　一个叫托马斯·莫奇森的美国人，他不是画商，是收藏家，已经退休了，特别有钱。三年前，他从我们这买了一幅德瓦特的画。他把它和在美国见过的一幅德瓦特早期的画作了对比，他现在说自己手上的是一幅赝品。当然，因为那是伯纳德画的。他向巴克马斯特画廊（也就是给我）写信说他认为他手上的不是真迹，因为那幅画上的技法和用色都是德瓦特作品五六年前的风格。我明显感觉莫奇森要把这件事搞大。这该怎么办？你向来都有好主意，汤姆。

　　你能过来一趟和我们谈谈吗？巴克马斯特画廊支付所有的费用怎么样？我们现在最需要你过来给我们信心。我认为伯纳德的画没有问题。但是现在伯纳德惴惴不安，我们甚至不想让他出现在开幕式上，尤其是开幕式。

　　如果可以的话，请尽快赶来。

　　谨此致意。

杰夫

　　附言：莫奇森的书信谦逊有礼，但是假如他坚持去墨西哥找德瓦特证实之类的，怎么办？

汤姆认为最后一句话才是关键，因为德瓦特根本就不存在。巴克马斯特画廊和德瓦特几个忠实的朋友放出的风（汤姆编的）是德瓦特去了墨西哥的一个小村庄生活，他不见任何人，那里没有电话，也不允许画廊把他的地址给别人。如果莫奇森去了墨西哥调查，他可得一顿好找，足够他找一辈子了。

汤姆预计莫奇森极有可能带着德瓦特的画和其他画商聊，然后捅给媒体。那可能会引起怀疑，德瓦特事件或许会化为乌有。那伙人会不会把他牵扯进去？（汤姆习惯称画廊那些人和德瓦特的老朋友为"那伙人"，虽然每次想起这个词就很反感）汤姆认为伯纳德可能会说出他的名字，不是出于恶意，而是由于诚实到愚蠢的地步，简直像个圣人一样。

想想汤姆所做的事，他一直维护他清白的名誉，清白到毫无瑕疵。要是捅到法国的报纸上，那就太丢人了。塞纳马恩省维勒佩斯的托马斯·雷普利，海洛伊丝·普利松的丈夫，普利松制药公司百万富翁老板雅克·普利松的女婿，竟然凭空编出德瓦特有限公司来榨取钱财，并且多年来一直从中抽成，即使只有百分之十，也足够使他名誉扫地了。恐怕就连汤姆认为没什么道德水准的海洛伊丝也会看不下去的，她父亲必然会向她施加压力（不给她零花钱），强迫她离婚。

德瓦特有限公司现在是一家大型公司，倒闭会产生连锁反应。原本有利可图的印有德瓦特商标的美术用品系列就会走下坡路，那伙人和汤姆也从中获得授权许可费用。佩鲁贾的德瓦特艺术学院主要服务于优雅的老太太和在此度假的美国女孩，但也算得上收入来源。这所艺术院校也靠教授绘画和销售德瓦特产品挣钱，但是主要经济来源是做房产中介，为腰缠万贯的学生游客寻找别墅和精装公寓，从中提成。这所院校由一对英国男同志经营，他们并不知晓德瓦特骗局。

汤姆犹豫着到底去不去伦敦。他能对他们说些什么？汤姆不明白的是：画家在一幅画里重新使用早期的绘画技法，有什么不能理解的？

"先生，今晚您想吃小羊扒还是冷盘火腿？"安奈特太太问汤姆。

"小羊扒吧。辛苦你啦。你的牙好点了吗？"有一颗牙疼得她整晚睡不着觉，所以那天早晨安奈特太太去看了村里的牙医，她对他非常有信心。

"现在不疼了。格雷尼医生，他人很好。他说是脓肿，可他还是钻开了牙，说神经会脱落的。"

汤姆点了点头，但是十分好奇神经怎么会脱落；或许是重力的缘故。以前他们把他的牙钻得很深才拔出一根牙神经来，那也是一颗上牙。

"伦敦有好消息吗？"

"没有，嗯——就是个朋友打来的电话。"

"有海洛伊丝太太的消息吗？"

"今天没有。"

"啊，想象一下阳光！希腊！"安奈特太太正在擦壁炉旁一个已经锃亮的大橡木箱子："看！维勒佩斯没有太阳。冬天已经来了。"

"是的。"安奈特太太最近说的都是同一件事。

汤姆觉得不到圣诞节，海洛伊丝是不会回来的。不过，她也可能会突然出现——因为和她朋友发生了无伤大雅的小口角，或者就是不想长时间待在船上了。海洛伊丝一向冲动。

汤姆放了一张披头士的唱片，提提神，然后在大客厅里来来回回地踱步，双手插在口袋里。他喜欢这栋房子。这栋房子有两层，近似方形，由灰色的石头建造而成，楼上四角的圆形房间上有四座塔楼，使整栋房子看起来像座小城堡。花园非常大，就算是按美国的标准也要花一大笔钱。三年前海洛伊丝的父亲把这栋房子当做结婚礼物送给了他们。结婚前，汤姆需要一些额外的钱，格林里夫的钱根本不够过他想要的那种奢华生活。汤姆一直十分在乎德瓦特事件中的提成。现在他后悔了。他接受了百分之十的提成，百分之十也没有多少钱。他哪里想得到德瓦特竟然会一路大红大紫起来。

那天晚上，汤姆和往常一样，独自一人，安安静静的，但脑子里却乱成一团。他吃饭时放着轻柔的音乐，读着法语版的赛尔旺·斯赖贝尔[1]的著作。汤姆有两个单词不认识。等晚上上床时查查床头的《哈拉普词典》[2]。他对要查的词记得非常清楚。

晚饭后没下雨，但他还是穿上了雨衣，步行了四分之一英里来到一家小酒吧咖啡厅。有时候他晚上会来这里喝咖啡，就站在吧台前喝。咖啡厅老板乔治斯和往常一样询问海洛伊丝太太的情况，对汤姆长时间孤身一人表示遗憾。今晚汤姆兴高采烈地说：

"哦，我也不确定她是不是还要在那艘游艇上再呆两个月。她会厌倦的。"

"真奢侈。"乔治斯神思恍惚地低语。他大腹便便，长着一张

---

1. 赛尔旺·斯赖贝尔（Servan Schreiber, 1924—2006），全名让·雅克·赛尔旺·斯赖贝尔，法国记者、政治家。出生于巴黎，1953年和弗朗索瓦丝·吉鲁共同创办法国新闻周刊《快报》。代表作有《世界面临挑战》。
2.《哈拉普词典》，乔治·G.哈拉普有限公司出版的英法—法英词典，是英法两国最著名的双语词典。

圆脸。

汤姆并不相信他一贯和善的好脾气。他的妻子玛丽身材高大，精力充沛，一头褐发，涂着亮红色口红，展现出毫不掩饰的强势，但是她大笑时无拘无束的快乐样子弥补了这方面的不足。这是一家工人酒吧，对此汤姆并不介意，但这不是他最喜欢的酒吧。只不过恰巧离得最近罢了。至少乔治斯和玛丽从来没有提过迪基·格林里夫。汤姆和海洛伊丝在巴黎的几个朋友，还有维勒佩斯唯一一家宾馆圣皮埃尔宾馆的老板提过。他曾问他："你是不是美国人格林里夫的朋友，雷普利先生？"汤姆承认他是。但那已经是三年前的事了，这样的问题——如果不再继续深入下去——不会令汤姆感到紧张，不过他更倾向于避开这个话题。报纸报道他曾收到过一大笔钱，有的还说那是固定收入，按照迪基的遗嘱，也确实如此。至少从未有报纸暗示是汤姆自己写下的那份遗嘱，但那确实是他写的。法国人总是对财务细节念念不忘。

汤姆喝过咖啡，走回家，在路上向遇到的一两位村民说"晚安"，时不时地踩进路边堆满的湿落叶上，脚底打滑。这里没有人行道。他带了一个手电筒，因为路灯太少了。透过窗户，他看到一个个温馨的家庭聚在厨房里，看着电视，围坐在铺着油布的餐桌旁。几家院子里拴着的狗汪汪叫。然后他打开了自家的大铁门——有十英尺高——他的鞋踩在碎石路上嘎吱作响。安奈特太太偏房里的灯还亮着，汤姆看到了微光。她自己有电视机。汤姆经常在晚上作画，仅仅为了消遣。他知道自己是个糟糕的画家，比迪基还要差。但是今晚他没有心情画画，他提笔给汉堡一位叫里夫斯·迈诺特的美国朋友写了封信，问他什么时候需要自己。里夫斯计划在一位叫博特洛兹的意大利伯爵身上放置微缩胶卷之类的东西。这位伯爵不久会来维勒佩斯拜访汤姆，大约一两天的时间，汤姆会把胶卷取走，具体是在手提箱里还是什么地方，里夫斯会告诉他的，然后把东西邮寄给巴黎一个汤姆根本不认识的男人。汤姆经常做这些转移赃物的勾当，有时还为钻石窃贼服务。由汤姆来从客人那里取走东西，要比在客人不在的情况下进入巴黎宾馆房间里取货容易得多。在最近一次去米兰的旅途中，汤姆刚刚认识博特洛兹伯爵，当时住在汉堡的里夫斯也在米兰。汤姆和伯爵谈起了油画。汤姆很容易就能说服有点闲暇的人来维勒佩斯和他一起呆上一天，看看他的画——除了德瓦特的画作外，还有一幅苏丁的作品，汤姆尤其喜欢他的作品，此外还有一幅凡·高的作品，两幅马格里特的作品，还有科克托和毕加索的画作，还有一些不太出名的画家的作品，他认为同样不错甚至更棒。维勒佩斯靠近巴黎，在去巴黎前来享受点乡村气息对客人来说很不错。实际上，汤姆经常开车去奥利机场接他的客人，维勒佩斯就在奥利机场南部大约四十英里。只有一次汤姆失手了，一位美国客人一到汤姆家就立马病倒了，一定是来之前吃了些什么。汤姆没法接触到他的箱子，因为那位客人在床上一直清醒着。那回的目标——又是个微缩胶卷之类的——后来里夫斯派人去巴黎费了好大劲才取回来的。这东西能有什么价值，汤姆理解不了，读侦探小说时也搞不懂，里夫斯也只是个转移赃物的角色，捞提成而已。汤姆总是开车前往另一个城市邮寄这些东西，而且填写的寄件人姓名和地址都是假的。

那晚汤姆睡不着，起身穿上紫色的羊毛便袍——崭新而厚重，浑身上下满是军用挂扣和流苏，那是海洛伊丝给他的生日礼物——下楼去厨房。他原本打算喝一瓶超星啤酒，后来又决定煮点茶。他几乎从不喝茶，但是他感觉今晚有点怪异，所以从某种角度来说，喝点茶挺合适的。为了不惊醒安奈特太太，他轻手轻脚地在厨房里走来走去。汤姆沏的茶是暗红色的。他往茶壶里放了太多的茶叶。他端着托盘走到客厅，倒了一杯茶，穿着毡毛拖鞋悄无声息地来来回回走着。他想，为什么不冒充德瓦特呢？天啊，对呀！这就是解决办法，完美的解决办法，唯一的解决办法。

德瓦特和他年纪相仿，极为接近——汤姆三十一岁，德瓦特差不多三十五岁。汤姆记得辛西娅（伯纳德的女朋友），也可能是伯纳德，曾经热情地在描述永远耀眼的德瓦特时，说他的眼睛是灰黑色的。德瓦特下颌上还有短胡须，这点对汤姆而言很有利。

杰夫·康斯坦对这个主意一定会很满意。来场新闻专访。汤姆必须准备一下那些必须回答的问题和不得不讲述的故事。德瓦特和他一样高吗？好吧，媒体的那些人中谁又知道呢？德瓦特的发色一定更暗一点，汤姆心想。但是那都是可以解决的。汤姆又喝了点茶。他不停地在房间踱步。他的出现一定要出人意料，甚至令杰夫和艾德都感到意外——当然还有伯纳德。至少他们会这样告诉媒体。

汤姆设想着面对托马斯·莫奇森先生时的情景。冷静、自信至关重要。如果德瓦特说一幅画是他的，他创作的，莫奇森有什么资格说不对？

汤姆激动万分地走向了电话。通常在这个时间——凌晨两点多钟——接线员都睡着了，所以要等十分钟才能接通电话。汤姆耐心地坐在黄沙发边上。汤姆在想杰夫或者谁必须准备一些好的化装用品。汤姆真希望能够指望一个女孩，比如辛西娅，来监督这件事，但是辛西娅和伯纳德两三年前已经分手了。辛西娅知道有关德瓦特和伯纳德伪造画的实情，她根本不想有任何瓜葛，汤姆记得她没有从中拿一分钱。

"喂，我听见了。"一位女接线员带着气恼的口吻说，好像汤姆把她从床上拎起来给他帮忙似的。汤姆说了记在通讯录上的杰夫工作室的电话号码。汤姆非常幸运，电话五分钟就接通了。他把第三杯难喝的茶拉到电话旁边。

"你好，杰夫。我是汤姆。事情怎么样了？"

"没有任何改观。艾德在这。我们刚刚正想打电话给你。你要过来吗？".

"对，我有一个好主意。我来冒充咱们那个失踪的朋友几个小时怎么样？"

杰夫花了几分钟理解他的意思。"啊，汤姆，太好了！星期二你能到吗？"

"能，一定。"

"你能星期一赶到吗？后天？"

"估计不能。但是星期二一定可以到。听着，杰夫，化装用品一定要很好。"

"别担心！等一下！"他离开去和艾德说话，然后又回来了。"艾德说他有渠道——供货。"

"别向公众宣布这个消息，"汤姆用冷静的语气继续说道，因为听起来杰夫都要乐得跳起来了，"还有一件事，如果没有成功，如果我失败了的话——我们一定要说这是你的一位朋友突发奇想开的一个玩笑——也就是我。一切无关于——你知道的。"汤姆说的是莫奇森的造假指控，但是杰夫立刻就心领神会了。

"艾德想和你说句话。"

"你好，汤姆，"艾德声音低沉地说，"我们很高兴你能过来。这个主意真是棒极了。你知道——伯纳德找来了一些他的衣服和东西。"

"这件事你来解决就行，"汤姆突然担心起来，"衣服不重要。关键是脸。赶紧行动，行吗？"

"好的。祝你好运。"

他们挂了电话。然后汤姆重重地躺在沙发上，舒了口气，几乎是平躺着。不行，他不能太早去伦敦。要在最后一刻上台，跑上去，充满气势。太多的演练反而可能是件坏事。

汤姆端起了那杯冷茶站起身来。他盯着壁炉上方德瓦特的画，心想，如果他能成功地完成这件事，一定会十分有趣刺激。这是一幅略带桃红色的画，一个男人坐在椅子上，有好几个轮廓线，看起来好像在用别人的变形眼镜看这幅画。有人说德瓦特的画对眼睛有害。但是站在三四码外就不会这样。这幅不是德瓦特的真迹，只是一幅伯纳德·塔夫茨早期画的赝品。屋子对面墙上挂了一幅德瓦特的真迹《红色椅子》。两个小女孩并肩而坐，看起来很惊恐，好像她们第一天上学，或是正在听教堂里什么可怕的声音。《红色椅子》有八九年了。不知小女孩是坐在哪里，她们身后是一片火海。黄色和红色的火焰在周围窜动，被白色的笔触所模糊，因而火焰并不会立即引起观赏者的注意。可一旦引起注意，那种情感上的作用是震撼人心的。汤姆喜欢这两幅画。现在他看它们的时候，几乎都忘了一幅是赝品，另一幅是真迹。

汤姆回想起当初"德瓦特有限公司"还未成形的日子。汤姆在伦敦结识杰夫·康斯坦和伯纳德·塔夫茨的时候，正是德瓦特在希腊淹死之后——大概是自杀。汤姆自己刚从希腊回来；当时迪基·格林里夫刚刚去世不久。德瓦特的尸体一直没找到，不过村里的几个渔民说看到他有天早上去游泳，却没见他回来。德瓦特的朋友们——那次旅行汤姆还结识了辛西娅·葛瑞诺——非常悲痛，汤姆从没见过一个人的死能引起那么大的悲痛，就连至亲也没有过。杰夫、艾德、辛西娅和伯纳德都很茫然。他们像在做梦般热情地谈着德瓦特，称他不仅是一名艺术家，而且是他们的朋友，是一个人。他住在伊斯灵顿，生活简朴，有时饮食很糟糕，但是对别人却很慷慨。他家附近的小朋友很喜欢他，常常免费当他作画的模特儿，但德瓦特总是会掏出仅有的几分钱给那些小孩。就在德瓦特到希腊之前，他又遭遇了一次令人失望的经历。他接了一个政府的任务，为英格兰北部一个城镇的邮局画一幅壁画。草稿审查通过了，但完工后却被拒收：因为画中有人裸体，或者太过裸露，而德瓦特拒绝修改。（"他自然是对的！"德瓦特忠诚的朋友们向汤姆保证说。）但这让德瓦特原先期待的一千英镑收入化为泡影。这似乎是压倒他的最后一根稻草——德瓦特的朋友们当时并没有意识到问题的严重性，因此非常自责。汤姆模糊记得还有个女人，也是令德瓦特失望的原因，但这个女人给他的打击，似乎不如工作上的打击来得大。德瓦特的朋友都是专业人士，大部分都是自由画家，平常也很忙，德瓦特生前最后一段时间找过他们——不是为了借钱，而是请他们陪伴自己几晚——他们都说没空见他。朋友们都不知道，德瓦特卖掉他工作室里的家具，去了希腊，在那里他给伯纳德写了一封长信，内容很沮丧。（汤姆从来没见过这封信。）随后就传来了他失踪或死亡的消息。

德瓦特的朋友们，包括辛西娅，做的第一件事是收集他的油画和素描作品，然后拍卖。他们想让他流芳百世，让世界了解和欣赏他所做的一切。德瓦特没有亲人，据汤姆回忆，他是一个弃儿，连父母是谁都不知道。他悲惨离世的传奇故事不仅没有成为障碍，反而成就了他；通常画廊对那些已经逝去而又年轻无名的艺术家不感兴趣——但艾德·班伯瑞，一位自由撰稿人，利用他的渠道，充分发挥他的天分，在报纸、彩色增刊和艺术杂志上刊登有关德瓦特的文章，杰夫·康斯坦将德瓦特的画拍成照片为之做插图。德瓦特死后几个月，他们就找到了一家画廊，巴克马斯特画廊，愿意负责管理德瓦特的作品，而且它还位于繁华的邦德大街上，于是不久，德瓦特的油画就卖到了六百到八百英镑。

之后，不可避免的事情出现了。画差不多都卖光了，当时汤姆正住在伦敦（他住在伊顿广场附近西南一区的一间公寓里已经两年了）。一天晚上，汤姆在萨尔茨堡酒吧偶然遇到了杰夫、艾德和伯纳德。他们又一次十分伤感，因为德瓦特的画就要卖完了，汤姆说："你们做得很好，可是就这样结束太可惜了。伯纳德，你就不能模仿德瓦特的风格画些画？"汤姆原本是想开个笑话，或者半开玩笑。他基本不了解这个三人组，只知道伯纳德是位画家。但是杰夫和艾德·班伯瑞都是特别实际的一类人（和伯纳德完全不一样），杰夫转向伯纳德说："我也这样想过。你认为怎么样，伯纳德？"汤姆忘记伯纳德确切的回答，但是他记得伯纳德低下头，好像对假冒他偶像德瓦特的主意感到羞愧或者满是恐惧。几个月后，汤姆在伦敦街头遇到了艾德·班伯瑞，艾德高兴地说伯纳德创作了两幅漂亮的"德瓦特作品"，他们在巴克马斯特已经当做真迹卖掉了一幅。

再后来，汤姆和海洛伊丝结婚不久，就搬离伦敦了。汤姆、海洛伊丝和杰夫出现在同一个聚会上，一个大型的鸡尾酒会，那种你根本看不见主人的酒会，杰夫示意汤姆来到一个角落。

杰夫说："我们之后能找个地方见一面吗？这是我的地址。"他递给汤姆一张卡片。"你能在今晚十一点左右过来吗?"

所以汤姆独自去了杰夫的住处,这也简单,因为海洛伊丝——她当时不怎么会说英语——在鸡尾酒会后受够了,想要回宾馆。海洛伊丝喜欢伦敦——英国毛衣和卡纳比街[1],和那些售卖带有英国国旗的垃圾桶和"滚开"之类话语标牌的商店,汤姆经常需要给她翻译那些话,但是她说自己在说了一个小时的英语后,头就会疼。

"我们的问题是,"杰夫那晚说,"我们不能老是假装在某处又找到一幅德瓦特的画。伯纳德做得很好,但是——你认为我们能不能就说在某处发现了德瓦特大量的作品,比如爱尔兰,他在那画过一些画,卖掉后,就此罢手?伯纳德不想继续下去了。他感觉自己背叛了德瓦特——在某种程度上。"

汤姆思索了一会儿,然后说:"德瓦特仍然在某地活着,怎么样?他隐居某地,把画寄到伦敦不行吗?前提是,伯纳德能够继续画下去。"

"呃。嗯——对。希腊,或许。这个主意太棒啦,汤姆!这样就能够永远继续下去了!"

"墨西哥怎么样?我想比希腊更安全些。我们就说德瓦特住在某个小村庄。他不告诉任何人这个村庄的名字——或许除了你、艾德和辛西娅——"

"辛西娅不行。她——嗯,伯纳德不怎么和她见面了。所以我们也不和她来往了。幸好她知道的不多。"

汤姆记得,杰夫当晚就打电话给艾德,告诉他这个想法。

---

1. 卡纳比街,位于伦敦西敏寺的苏荷区,临近牛津街和摄政街。卡纳比街是伦敦著名的购物街,在时尚和服装领域有着重要的地位。

"这只是个想法，"汤姆说，"我不知道能不能行。"

但是它确实成功了。据说，德瓦特的画开始从墨西哥寄来，艾德·班伯瑞和杰夫·康斯坦充分利用德瓦特戏剧性"复活"的故事，在更多的杂志上发表文章，还附有德瓦特和他的（伯纳德的）最新画作的照片，尽管不是德瓦特本人在墨西哥的照片，因为德瓦特不允许任何的采访和摄影。画作从维拉克鲁斯[1]寄来，甚至杰夫和艾德都不知道村子的名字。德瓦特或许是精神出了状况，才成为这样一位隐士。一些批评家说他的画病态且压抑，但是现在他已经位居英国、欧洲大陆和美国健在画家中售价最高的画家之列。艾德·班伯瑞写信给法国的汤姆，给他百分之十的利润，这个忠诚的小团体（现在只有三人，伯纳德、杰夫和艾德）成为德瓦特画作销售的唯一的受益方。汤姆接受了，主要因为他考虑到他接受的话，相当于是对这一欺骗行为保持沉默的一种保证。但是伯纳德·塔夫茨画艺超群。

杰夫和艾德买下了巴克马斯特画廊。汤姆不确定伯纳德是否拥有股份。德瓦特的几幅画是画廊的永久藏品，当然画廊也展出其他画家的绘画。负责此事的是杰夫，而不是艾德，杰夫雇了一名助手，可以说是画廊的经理。但是在购买巴克马斯特画廊之前，有一个叫乔治·贾纳波利斯什么的美术用品制造商来找杰夫和艾德，他想要推出一条以"德瓦特"命名的产品线，从橡皮到油画画具套装，无所不包，他给德瓦特百分之一的专利税。艾德和杰夫决定替德瓦特接受（估计是获得了德瓦特的同意）。然后一家公司成立了，名为德

---

1. 维拉克鲁斯，墨西哥东部一州，临近墨西哥湾。首府哈拉帕恩里克斯。墨西哥主要海港和商业中心。

瓦特有限公司。

汤姆在凌晨四点想起这一切，尽管穿着华贵的便袍还是不禁发抖。安奈特太太为了节省，总是在夜间调低中央供暖的温度。他双手端起一杯已经凉了的甜茶，在黑暗中盯着海洛伊丝的一张照片——面颊瘦削，脸庞两侧垂着长长的金发，对此时的汤姆而言，这是一个令人愉悦却又毫无意义的设计，而不只是一张脸——他想到伯纳德正在他工作室的房子里一个封闭甚至上锁的房间里秘密地伪造德瓦特的作品。伯纳德的住所相当寒酸，一向如此。汤姆从未见过他创作的圣地，他在那里创作出的德瓦特的画，能卖到几千英镑。如果一个人画的假画比他自己的画还要多，这些假画不会比他自己的画看起来更加自然、逼真，更像真迹吗？难道最终这种刻意模仿不会慢慢消失，而使之慢慢成为自己的风格吗？

最后汤姆蜷缩在黄沙发上，脱掉拖鞋，双脚缩在便袍下面，睡着了。他没睡多久，安奈特太太走过来，惊讶地发出一声尖叫，又像是剧烈的喘息声，吵醒了他。

"我一定是读书的时候睡着了。"汤姆坐起来，笑着说。

安奈特太太赶紧去给他煮咖啡。

2

汤姆订了周二中午飞往伦敦的机票。这样他只有几个小时的时间化妆和了解基本情况。根本没有紧张的时间。汤姆开车前往默伦,从他的银行账户里取了些现金——法郎。

现在是十一点四十分,银行在十二点关门。汤姆排在取现金窗口长队的第三个,不巧的是,一位女士在窗口提取工资现金之类的,捧着几大包硬币,同时用脚顶着地上的钱袋子。格栅后面,一位员工在用沾湿的大拇指尽快地数着一沓沓纸币,分别在两张纸上记下总数。这到底需要多长时间啊,汤姆想,时钟指针在慢慢地滑向十二点。队伍散开的时候,汤姆饶有兴趣地看着。现在三个男人和两个女人紧紧地围着格栅,就像中了咒语的蛇,目光呆滞地盯着所有的钱,好像那是他们的一位亲戚奋斗一生后留给他们的遗产。汤姆放弃了,然后离开了银行。他想他没有现金也可以应付,事实上他一直想的是把钱送给或卖给那些可能要来法国的英国朋友。

星期二早上,汤姆正在打包他的行李,安奈特太太敲响了他卧室的门。"我要去慕尼黑,"汤姆兴高采烈地说,"那儿有一场音乐会。"

"啊,慕尼黑!巴伐利亚!你一定要带些保暖衣物。"安奈特太太早习惯了他说走就走的旅行。"要去多久,汤米先生?"

"两天,或许三天。别担心我。我会打电话给你看看有没有人来访。"

然后汤姆想起了一个可能有用的东西，他有一枚墨西哥戒指——他想——在他的饰品盒里。是的，它在那，在一堆袖扣和纽扣之间，一个很重的银戒指，上面有两条盘绕的蛇。汤姆不喜欢它，都忘记了是怎么得来的，但是至少它是墨西哥戒指。汤姆吹了吹，又用裤腿擦了擦，然后放进了口袋里。

上午十点半的邮件寄来了三样东西：一份电话账单，信封鼓鼓的，因为每一个非维勒佩斯本地的电话都会有一张单独的账单；来自海洛伊丝的一封信；一封美国的航空信件，汤姆不认识信上的笔迹。他把信封翻过来，惊讶地在信封后面看见克里斯托弗·格林里夫的名字，寄信地址是旧金山。谁是克里斯托弗？他先打开了海洛伊丝的信。

亲爱的：

我现在非常开心，非常平静。饭菜很可口。我们上船捕鱼。泽波致以爱意。（泽波是招待她的希腊男主人，皮肤黝黑，汤姆真想告诉他收好自己的爱意。）

我学会了骑自行车。我们还去内陆旅游了好几回。泽波拍了很多照片。丽影那边怎么样？我想你。你高兴吗？有很多邀请吗？（是邀请客人还是被邀请？）你还画画吗？我没有收到爸爸的任何消息。

亲吻安奈特太太。拥抱你。

十一月十日，一九——

剩下的都是法语。她想让他寄一件红色的泳衣，在她浴室的小柜里能找到。他应该用航空邮件给她寄过去。游艇上有一个可以加热的游泳池。汤姆立刻上楼，安奈特太太还在楼上清理他的房间，他把这个任务委托给她，给了她一百法郎，因为他感觉她或许会被航空邮寄的价格吓到，然后选择发平邮。

然后他下楼，匆忙地打开格林里夫的信，因为几分钟后他就不得不前往奥利机场了。

尊敬的雷普利先生：

我是迪基的表弟，下周要去欧洲，很可能先去伦敦，虽然我还没决定是否先去巴黎。无论如何，我想如果我们能见一面，就再好不过了。我的叔父赫伯特把您的地址给我了，他说您离巴黎不远。我还没有您的电话号码，但是我可以查一查。

简单地介绍下我自己，我二十岁，在斯坦福大学读书。我服了一年兵役，耽误了一年学业。我会回到斯坦福攻读工程学学位，但是现在我要休假一年去欧洲放松放松。现在很多人都这样做。无处不在的压力太大了。我是说在美国，您可能在欧洲待的时间太长，不懂我什么意思。

叔叔跟我谈过很多关于您的事。他说您是迪基的好朋友，我在十一岁的时候见过迪基，他当时二十一岁，我记得他是个高个子、金发碧眼的家伙，他曾到加利福尼亚拜访过我家。

请告知我十月末、十一月初您是否会在维勒佩斯，期待与您相见。

真挚的，

克里斯·格林里夫

十月十二日，一九——

他肯定会礼貌地推脱掉的，汤姆想，没必要和格林里夫一家走得更近。赫伯特·格林里夫难得给他写信，汤姆向来也回信，写得非常礼貌。

"安奈特太太，让家里的炉火一直燃着哦。"汤姆离开时说。

"你说什么？"

他尽可能地翻译成法语。

"再见，汤米先生！一路顺风！"安奈特太太在前门向他挥手。

车库里有两辆车，汤姆开走了红色的阿尔法·罗密欧[1]。在奥利机场，他把车停在室内车库，说要停两三天。他在航站楼买了一瓶威士忌给那伙人。他已经在行李箱里带了一大瓶法国绿茴香酒（因为去伦敦只允许带一瓶酒），因为汤姆发现如果他走绿色通道，把这瓶酒给人看，检查员绝对不会要求他打开行李箱。他在飞机上买了免税的高卢牌香烟，这在伦敦一向很受欢迎。

英格兰下着小雨，公共汽车沿着马路左边缓慢行驶，沿路的宅院名字总能让汤姆忍俊不禁，只是现在天黑了看不清：**借路、难以置信、米尔福德港、不再徘徊**。它们就挂在小门牌上。还有**炉边、坐下、老天**。接下来是一大片拥挤的维多利亚式的房屋，都被改造成了小旅馆，在多里克门柱之间的霓虹灯下，闪烁着堂皇的名字：**曼彻斯特军队、阿尔弗雷德国王、柴郡之屋**。汤姆知道，在那些狭窄的门厅的文雅、体面背后，有当今顶尖杀手在此避一夜风头，他们看起来也一样令人尊敬。英格兰就是英格兰，老天保佑！

接下来引起汤姆注意的是马路左边灯柱上的一张海报。"德瓦

---

1. 阿尔法·罗密欧（Alfa Romeo）是意大利著名的轿车和跑车制造商，创建于1910年，总部设在米兰。

特"是用粗体黑字写的，倾斜向下——德瓦特的签名——那张彩色复制图片，在暗淡的光线下呈现深紫色或黑色，有点像三角钢琴掀开的盖子。毫无疑问，这是伯纳德·塔夫茨的一幅新伪作。几码外的地方还有一张这样的海报。在伦敦这样"高调宣扬"，人却如此悄然到来，真是奇怪，汤姆一边想着一边从西肯辛顿终点的公共汽车上下来，没有人注意到他。

汤姆从公共汽车终点站打电话到杰夫·康斯坦工作室。艾德·班伯瑞接了电话。

"打个车直接过来吧！"艾德说，听起来特别开心。杰夫的工作室在圣约翰伍德路，二楼——在英国称为一楼——左边。

这是一幢体面整洁的小楼，既不张扬也不寒酸，恰到好处。

艾德猛地把门打开。"天啊，汤姆，见到你真高兴！"

他们紧紧地握手。艾德比汤姆高，他金色的直发都快要盖过耳朵了，所以他就不停地把它撩到一边。他大约三十五岁。

"杰夫在哪儿？"汤姆从红色的网袋里掏出高卢牌香烟和威士忌，还从他的手提箱里拿出走私过来的法国绿茵香酒。"送给你们。"

"哦，太棒了！杰夫在画廊呢。听着，汤姆，你会干吧？——因为我东西都准备好了，而且也没多少时间了。"

"我会试试。"汤姆说。

"伯纳德会来的。他会帮助咱们的。做简报。"艾德兴奋地看了眼手表。

汤姆脱掉了他的大衣和外套。"德瓦特不能晚一点吗？开幕式不是在五点吗？"

"哦，当然。反正六点钟到就行，但我确实想试下妆。杰夫要我提醒你，你不比德瓦特矮多少——而且就算我在哪儿写过他的身高，谁又会记得那些数字啊？还有，德瓦特是蓝灰色的眼睛，你的眼睛差不多，"艾德大笑，"要喝点茶吗？"

"不喝了，谢谢。"汤姆看着杰夫的沙发上那套深蓝色西装。它看起来太宽了，而且没有熨烫。一双糟糕的黑色鞋子摆在沙发旁的地板上。"你去喝点酒吧？"汤姆建议艾德，因为艾德看起来像猫一样紧张不安。和往常一样，别人的紧张情绪使汤姆感到平静。

门铃响了。

艾德让伯纳德·塔夫茨进来。

汤姆伸出一只手。"伯纳德，你好吗？"

"还好，谢谢。"伯纳德说，听起来很痛苦。他很瘦，有着橄榄色的皮肤、一头乌黑的直发和一双温柔的黑眼睛。

汤姆认为现在最好不要和伯纳德交谈，而是立即抓紧时间行动。

艾德在杰夫现代风格的狭小浴室里放了一盆水，汤姆让他给自己染上染发剂，使他的头发颜色更深。伯纳德开始说话，但只是想一会儿才说一句，还要艾德不停地催促。

"他走路时有点驼背，"伯纳德说，"他的声音——他在公共场合有点害羞。是那种单调的声音，我觉得。就像这样，我来示范一下。"伯纳德换上一种单调的口吻说，"他时不时地会笑。"

"我们大家不都这样嘛！"汤姆说，紧张地笑着。现在汤姆坐在直背椅子上，艾德给他梳着头。汤姆右边有一个盘子似的东西，看起来就像理发店地板上要清理的东西，艾德把它抖了出来，原来是一把胡子，粘在精细的肉色纱布上。"老天，我希望灯光暗淡些。"汤姆喃喃地说。

"我们会注意的。"艾德说。

当艾德给汤姆粘胡子的时候，汤姆摘下了他的两个戒指，一个是结婚戒指，一个是迪基·格林里夫的戒指，把它们放进口袋。他让伯纳德把那枚戒指从他左边的裤子口袋里拿出来，伯纳德照做了。伯纳德的手指又冷又抖。汤姆想问问他，辛西娅怎么样了，然后想起来伯纳德和她已经不再见面了。汤姆还记得，他们一直都想结婚的。艾德用剪刀剪着汤姆的头发，在前面剪出乱蓬蓬的一团。

"还有德瓦特——"伯纳德停下了，因为他的嗓子哑了。

"哦，别说了，伯纳德！"艾德说，歇斯底里地笑着。

伯纳德也笑了。"对不起。真的，抱歉。"他听起来很懊悔，好像真是那个意思。

胡须贴上了，用胶水。

艾德说："汤姆，我想让你在这儿转一转。适应一下。在画廊里——你不用走进人群去，我们决定不那样做。那有后门，杰夫会让我们从那进去。我们会邀请一些媒体到办公室来，我们在整个房间里只留一盏落地灯。我们已经收走了一盏小灯和天花板上的灯泡，这样就不会亮了。"

胶粘的胡须在汤姆脸上，感觉凉凉的。在杰夫洗手间的镜子里，他看起来有点像 D. H. 劳伦斯[1]，他自认为如此。他的嘴唇被胡须包围。汤姆不喜欢这种感觉。在镜子下面的小架子上，立着三张德瓦特的照片——德瓦特穿着男士衬衫，在一张帆布躺椅上读书，德瓦特和一个汤姆不认识的人站着，面对着相机。三张照片中德瓦特都戴了眼镜。

---

1. D. H. 劳伦斯（D. H. Lawrence，1885—1930），20 世纪英国小说家、批评家、诗人、画家。生于英国中部诺丁汉郡的采煤区伊舍伍德镇。代表作有《儿子与情人》《虹》《恋爱中的女人》和《查泰莱夫人的情人》等。

"眼镜。"艾德说，仿佛他读懂了汤姆的心思。

汤姆拿起艾德递给他的圆框眼镜，然后戴上。这回好多了。汤姆笑了，动作很轻，以免破坏逐渐变干的胡须。显然，眼镜就是普通玻璃。汤姆驼着背走回画室，努力装出德瓦特的声音说："现在跟我说说这个叫莫奇森的。"

"低沉点！"伯纳德说，他瘦削的手疯狂地挥动着。

"这个叫莫奇森的人。"汤姆重复道。

伯纳德说："莫—莫奇森认为，杰夫说——德瓦特重拾了以前的绘画技法。就在他《时钟》这幅画中，你知道的。说实话，我不明白他什么意思——具体指什么。"伯纳德很快地摇了摇头，不知从哪儿拽出一块手帕，擤了擤鼻子。"我刚刚在看杰夫拍的《时钟》的照片。我已经三年没看过了，你知道的。没看过油画本身。"伯纳德轻声地说，好像墙外有人在偷听似的。

"莫奇森是专家吗？"汤姆问，心想，什么算是专家？

"不，他只是一个美国商人，"艾德说，"他收藏画。非常执着。"

汤姆想，远不止这些，不然他们就不会那么心烦意乱了。"要我准备什么具体的东西吗？"

"不用，"艾德说，"需要吗，伯纳德？"

伯纳德倒吸一口凉气，然后又试图笑一笑，一瞬间看起来就好像年轻了好多岁，年轻、天真。汤姆意识到伯纳德比上次见他的时候瘦了，有三四年了。

"但愿我知道，"伯纳德说，"你只需——坚称《时钟》就是德瓦特画的。"

"相信我。"汤姆说。他走来走去，练习驼背姿势，用一种略微缓慢的节奏，希望是正确的。

"但是，"伯纳德继续说，"如果莫奇森想继续他的话题，不管是哪一幅——《椅子上的男人》这幅画，你已经有了，汤姆——"

一幅赝品。"他不需要看到，"汤姆说，"我自己喜欢那幅。"

"《浴盆》，"伯纳德补充道，"这次展览中有。"

"你担心那幅画？"汤姆问。

"它采用的是同种技法，"伯纳德说，"也许吧。"

"那么你知道莫奇森谈论的是什么技法吗？如果你担心，为什么不把《浴盆》从展览品里拿掉？"

艾德说："这是在画展项目上宣布的。我们担心如果把它拿掉，莫奇森可能会想看，想要知道是谁买走的，等等等等。"

这谈话毫无进展，因为汤姆根本无法搞清楚莫奇森等人说的这些油画中的技法究竟是什么。

"你绝不会碰到莫奇森，所以别再担心了。"艾德对伯纳德说。

"你见过他吗？"汤姆问艾德。

"没有，就杰夫见过。今天早上。"

"他是什么样的人呢？"

"杰夫说他五十岁左右，大块头的美国人。很礼貌，却也固执。这裤子上不是有条腰带吗？"

汤姆紧了紧腰带。他闻了闻夹克衫的袖子。有一股轻微的樟脑丸味，很可能在弥漫的香烟味中，不会引起注意。不管怎么说，在过去的几年里，德瓦特可能一直穿墨西哥服装，他的欧式衣服可能都收起来了。在艾德打开的杰夫工作室的一盏明亮的聚光灯下，汤姆看着穿衣镜里的自己，艾德忽然间笑弯了腰。汤姆转过身来说："对不起，我刚才在想，考虑到德瓦特丰厚的收入，他当然要穿着他的老行头了!"

"没关系,他是隐士。"艾德说。

电话铃响了。艾德接了电话,汤姆听到他向一个人保证,肯定是杰夫,说汤姆已经到了,随时可以出发。

汤姆觉得还没准备好,他感觉自己紧张得冒了汗。他对伯纳德说,尽量显得轻松些:"辛西娅还好吗?你还见过她吗?"

"我们不再见面了。反正不常见面。"伯纳德瞥了汤姆一眼,然后回头看向地板。

"要是她发现德瓦特回到伦敦呆几天,她会说些什么呢?"汤姆问。

"我想她不会说什么,"伯纳德没精打采地回答,"她不会——搅局的,我敢肯定。"

艾德挂了电话。"辛西娅什么都不会说的,汤姆。她是这样的人。你还记得她吧,汤姆?"

"是的,有点印象。"汤姆说。

"如果到现在她都什么也没说,她就不会再说了。"艾德说。他说话的方式听起来像是这么回事。"她不会那么不仗义,也不是一个长舌妇。"

"她真是妙不可言。"伯纳德梦呓般地说着,自言自语。他突然站起来,冲向浴室,也许是因为他想上厕所,不过也有可能是要吐。

"别担心辛西娅,汤姆,"艾德轻声说,"你知道,我们和她住一起。我是说,都住在伦敦。她已经沉默三年了。啊,你知道的——自从她甩了伯纳德,或者是伯纳德甩了她以后。"

"她现在过得开心吗?又找男朋友了吗?"

"哦,她有新男朋友了,我猜。"

伯纳德回来了。

汤姆喝了杯苏格兰威士忌,伯纳德喝了绿茴香酒,艾德什么也没喝。他说他不敢喝,因为他服用了镇静剂。到五点钟时,汤姆已经简单了解了几件事:大约六年前,德瓦特最后一次公开出现在那个希腊小镇。万一遭到质疑,汤姆就说他用假名搭乘一艘开往维拉克鲁斯的希腊油轮离开了希腊,他在船上担任加油工和油漆工。

他们借用了伯纳德的大衣,这件大衣比汤姆或是杰夫衣橱里任何一件都要老旧。然后汤姆和艾德出发了,留下伯纳德在杰夫的工作室里,事后他们都要在那里汇合。

"天哪,他情绪好低落。"到了人行道上,汤姆说。他弯腰垂头地走着。"他这样还能撑多久?"

"不要按今天的情况下结论。他会挺过去的。每当有画展的时候,他总是这样。"

汤姆觉得一直以来伯纳德才是主力。艾德和杰夫享受着财富、美食和生活的美好。而伯纳德却只是作画,这些画让一切成为可能。

汤姆猛地向后退去,躲过一辆出租车,他没料到车会从马路左边驶过来。

艾德笑了。"太好了。保持这股劲。"

他们来到出租车候车站,钻进了一辆出租车。

"这个——画廊的管理员还是经理,"汤姆说,"他叫什么名字?"

"伦纳德·海沃德,"艾德说,"他二十六岁左右,怪物一个,属于国王路精品店那种人,不过人还行。杰夫和我带他进了圈子,没办法，这样真的更安全，因为如果他和我们签了一份书面协议来管理这个地方的话，他就不能敲诈勒索了。我们付给他丰厚的薪水，他很开心。他还给我们找来了一些好买家。"艾德看着汤姆，微笑着。"别忘了带点工人阶级的口音。我记得你挺擅长的。"

3

艾德·班伯瑞在一栋楼后边的一扇深红色门前按响了门铃。汤姆听到钥匙转动的声音，然后门开了，杰夫站在那里，对着他们微笑。

"汤姆！太棒了！"杰夫低声说。

他们穿过一条短短的走廊，然后走进一间舒适的办公室，办公室里摆着书桌、打字机、书，铺满了奶油色的地毯。墙上靠着油画和作品集。

"我都无法形容你看起来有多像——德瓦特！"杰夫拍了拍汤姆的肩膀。"我希望没把你的胡子拍掉。"

"即使刮大风也不会掉。"艾德插话道。

杰夫·康斯坦长胖了，面色红润——也可能他一直在用日晒灯。他的衬衣袖口上装饰着方形的金袖口，蓝黑条纹西装是崭新的。汤姆注意到，一顶假发——男用假发——遮住了杰夫头上的秃顶处，汤姆知道，他那里如今一定秃得厉害。通向画廊的那扇紧闭的门外，传来一阵嘈杂的说话声，各种说话声，其中一个女人的笑声骤然升高，汤姆想，真像一只海豚蹿出波涛汹涌的海面，尽管他现在没心情去吟诗。

"六点钟，"杰夫边伸出袖口看他的手表边宣布，"我现在要悄悄地通知几家媒体，德瓦特在这里。这是英格兰，不会有——"

"哈哈！不会有什么？"艾德插话。

"——不会有蜂拥的人群，"杰夫坚定地说，"我负责此事。"

"你可以在这儿放松。也可以站着，随你的便。"艾德边说边指着斜放的书桌，后面还有一把椅子。

"莫奇森那家伙在这里吗?"汤姆以德瓦特的语调问道。

杰夫脸上僵着的笑容逐渐展开，但有点不自然。"哦，是的。你当然应该去看看他。不过在媒体采访完之后吧。"杰夫很紧张，急于离开，尽管他看上去好像还有很多话要说，然后就出去了。钥匙在锁里转动。

"哪儿有水呀?"汤姆问。

艾德领他进了一间小浴室，它被书架的延伸部分遮掩住了。汤姆匆忙咽了一大口水，等他从浴室中走出来的时候，两位报界的先生和杰夫一起走过来，他们的脸上满是惊讶和好奇。一个五十多岁，另一个二十来岁，但他们的表情很相似。

"请允许我来介绍一下《每日电讯报》的加德纳先生，"杰夫说，"这位是德瓦特。这位是——"

"帕金斯，"那个年轻人说，"《周日……"

双方还没来得及打招呼，又有人敲门。汤姆弯腰驼背地朝书桌走去，像患了风湿一样。房间里唯一的那盏灯靠近画廊的门，离他足有十英尺远。但是汤姆注意到帕金斯先生带了一个闪光照相机。

又有四男一女进来了。在这种情况下，汤姆最怕的是女人的眼睛。据介绍她是埃莉诺什么小姐，是曼彻斯特什么报的记者。

然后问题就此起彼伏地来了，尽管杰夫建议每个记者轮流提问。这建议也毫无用处，因为每个记者都急于先得到回答。

"你打算无限期住在墨西哥吗，德瓦特先生?"

"德瓦特先生，我们很惊讶在这里见到你。是什么使你决定来伦敦的？"

"别叫我德瓦特先生，"汤姆暴躁地说，"就叫德瓦特。"

"你满意你最新的油画吗？你认为它们是你最好的作品吗？"

"德瓦特——你一个人住在墨西哥吗？"埃莉诺什么的问。

"是的。"

"你能告诉我们你居住的村庄的名字吗？"

又有三个人进来了，汤姆听到杰夫在强烈要求其中一个人在外面等。

"有一件事我不会告诉你，那就是我所住村子的名字，"汤姆缓缓地说，"这对居民来说是不公平的。"

"德瓦特，呃——"

"德瓦特，某些批评人士说——"

有人在用拳头砸门。

杰夫砸了下门，大声喊道："现在不让进了，拜托！"

"某些批评家说过——"

这时，门发出了崩裂的声音，杰夫用肩膀顶在门上。汤姆看见门没有倒，然后他平静地转回去注视提问者。

"——说你的作品很像毕加索立体派时期的风格，那时他开始画分裂的面孔和形态。"

"我不分时期，"汤姆说，"毕加索分时期。这就是为什么你不能确切地理解毕加索——如果有人想了解的话。说'我喜欢毕加索'，也是不可能的，因为没有哪个具体的时期令人难忘。毕加索在游戏人生。那也没什么。但这样做，他毁掉了一个可能是真正的——真正的、完整的品格。毕加索的品格是什么？"

记者们奋笔疾书。

"这次画展中你最喜欢哪一幅作品？你最喜欢哪一个？"

"我没有——不，我说不出最喜欢画展中的哪幅画，谢谢！"德瓦特抽烟吗？管他的。汤姆伸手拿了根杰夫的黑猫香烟，用桌子上的打火机点着，有两个记者这才想起给他递火。汤姆向后退，以保护他的胡子免于火燎。"我最喜欢的也许还是旧作——或许是《红色椅子》和《堕落女人》。卖了，唉。"莫名其妙地，汤姆就想起了最后一个画名。它确实存在。

"它在哪啊？我没见过它，但我知道这名字。"有人说。

汤姆害羞地、像个不常见人的隐士一样，将目光定在杰夫桌上那个皮面的记事本上。"我已经忘了。《堕落女人》。卖给了一名美国人，我想是的。"

记者再次插话："德瓦特，你对自己作品的销量满意吗？"

（有谁会不满意呢？）

"墨西哥给你灵感了吗？我注意到这次画展没有以墨西哥为背景创作的绘画。"

（这是个小小的障碍，但汤姆克服了它。他总是用想象作画。）

"德瓦特，你能至少描述一下你在墨西哥住的房子吗？"埃莉诺问道。

（这个问题汤姆能回答。一个有四个房间的平房，房前有一棵香蕉树。每天早上十点，有个女孩来打扫卫生，中午为他买些东西，带回来新鲜出炉的玉米饼，配上红色的菜豆就是他的午餐。是的，肉很稀少，但有一只山羊。女孩的名字？胡安娜。）

"村里的人都叫你德瓦特吗？"

"以前他们这么叫，而且他们发音方式很不同，告诉你吧。现在他们叫我菲利波，不需要其他名字，就叫菲利波。"

"他们不知道你是德瓦特吗？"

汤姆又笑了笑。"我认为他们对《泰晤士报》或《艺术评论》之类的东西不感兴趣。"

"你想念伦敦了吗？你觉得伦敦怎么样？"

"你现在回来只是一时的突发奇想吗？"年轻的帕金斯问道。

"是的，就是突发奇想。"汤姆露出疲惫又带有哲思的笑容，像一个多年来独自凝视着墨西哥山脉的人一样。

"你去过欧洲——隐姓埋名吗？我们知道你喜欢隐居——"

"德瓦特，如果你明天能腾出十分钟的空，我将不胜感激。"

"我能问你你在哪——"

"抱歉，我还没决定要住在哪。"汤姆说。

杰夫温和地催促记者们离开，照相机开始闪烁。汤姆向下看着，然后应要求抬头拍了一两张照片。杰夫让一个穿着一件白夹克的侍者端了一盘饮料进来。托盘瞬间就空了。

汤姆举起一只手，摆出害羞、礼貌的告别手势。"谢谢大家。"

"别再问了，拜托。"杰夫在门口说道。

"但是我——"

"啊，莫奇森先生。快请进。"杰夫说。他转向汤姆。"德瓦特，这是莫奇森先生。来自美国。"

莫奇森先生身材魁梧，笑容可掬。"您好，德瓦特先生，"他微笑着说，"在伦敦见到你真是意外的美事啊！"

两人握手。

"你好。"汤姆说。

"还有这位是艾德·班伯瑞，"杰夫说，"这位是莫奇森先生。"

艾德和莫奇森先生互致问候。

"我收藏了您的一幅画——《时钟》，事实上，我把它带来了。"此时，莫奇森先生笑得正开心，盯着汤姆的眼神充满了迷恋和尊敬，汤姆希望亲眼见到自己的惊喜能让他目眩神迷。

"噢，是嘛。"汤姆说。

杰夫又悄悄地锁上门。"你不坐吗，莫奇森先生?"

"好的，谢谢。"莫奇森坐到一张直背椅子上。

杰夫开始静静地从书架和书桌旁收拾空杯子。

"哦，我就直入主题了，德瓦特先生，我——我对您在《时钟》中技法的改变很感兴趣。当然，您知道我说的是哪一幅画吧?"莫奇森问道。

这是一个随意的问题还是一个有针对性的问题? 汤姆不知道。"当然。"汤姆说。

"您能描述一下它吗?"

汤姆仍然站着。一阵寒意袭上他的心头。汤姆微笑着说:"我从不描述自己的作品。就是画里没有时钟，我也不会感到惊讶。你知道吗，莫奇森先生，画的名称不总是我起的? 那幅画怎么取名为《周日中午》的，我都搞不懂。（汤姆之前看过画廊展出的二十八幅"德瓦特画作"的目录，可能是杰夫或什么人细心地将目录打开放到了书桌记事本上边。）这是你的功劳吗，杰夫?"

杰夫笑了。"不，我想是艾德做的。你想喝点什么吗，莫奇森先生? 我去吧台给你拿一杯。"

"不用了，谢谢，我很好。"然后莫奇森先生对汤姆说:"这是一个蓝黑色的钟，拿在——您还记得吗?"他微笑着，仿佛在问一个单纯的谜语。

"我想是一个小女孩手上——她面对着观众，是吧?"

"嗯——。是的，"莫奇森说，"但是您不画小男孩，是吗？"

汤姆轻声笑了，松了一口气，他猜对了。"我想我更喜欢小女孩。"

莫奇森点了根切斯特菲尔德牌香烟。他有一双棕色的眼睛，浅棕色的鬈发，强壮的下巴上肉有点多，浑身上下肉都多了点。"我想让您看看我的画。我有原因的。等我一分钟。我把它和外套放在一起了。"

杰夫让他出了门，然后又锁上了门。

杰夫和汤姆互相看了看。艾德站在一堵书墙前，沉默不语。汤姆低声说：

"真的，伙计们，如果这该死的画一直在衣帽间里，你们谁就不能把它弄出来烧掉吗？"

"哈哈！"艾德紧张地大笑。

杰夫胖脸上的笑容只能算作抽搐，只是他还保持着镇静，仿佛莫奇森还在房间里。

"好吧，让我们听他把话讲完吧。"汤姆用德瓦特缓慢而自信的语调说道。他试着把袖口放下，但就是放不下。

莫奇森回到房内，胳膊下夹着一幅褐色纸包裹的画。一幅中等大小的德瓦特作品，或许有两英尺乘三英尺那么大。"我花一万美元买下了这幅画，"他微笑着说，"您或许认为我把它放在衣帽间太不谨慎，不过我倾向于相信别人。"他用一把折叠刀打开包装。"您认得这幅画吗？"他问汤姆。

汤姆微笑地看着那幅画。"我当然认得。"

"您记得画过吗？"

"这是我的画。"汤姆说。

"画里的紫色最吸引我。这种紫色。这是纯钴紫——您大概比我更懂。"一时之间，莫奇森的笑几乎带着歉意。"这幅画至少有三年了，因为我是三年前买的。但是如果我没搞错的话，五六年前您就放弃钴紫改用镉红和群青的混合色了。我不确定具体的时间。"

汤姆沉默不言。莫奇森的那幅画里，钟表是黑色和紫色的。笔触、颜色类似于汤姆家的那幅《椅子上的男人》（伯纳德画的）。都是紫色系，汤姆不确定莫奇森究竟在质疑什么。一个穿着粉红和苹果绿裙子的小女孩拿着那个钟，确切说是把手放在钟上面，因为钟很大，是立在桌上的。"说实话，我已经忘了，"汤姆说，"或许我确实在这幅画上用了纯钴紫。"

"还有外面《浴盆》那幅画也用了纯钴紫，"莫奇森说，并且朝画廊点了点头，"但是其他的画都没有。我感觉挺奇怪。画家通常不会再起用他已经放弃的一种颜色。在我看来，镉红和群青的混合更加有趣。您的新选择。"

汤姆并不担心。他应该担心吗？他轻微地耸耸肩。

杰夫刚刚进入那间小浴室，正忙着整理玻璃杯和烟灰缸。

"您是几年前画的《时钟》?"莫奇森问。

"这我恐怕没法告诉你。"汤姆坦率地说。他明白莫奇森的意思了，至少是在时间问题上明白了，他补充说："有可能是四五年前。这是一幅旧画了。"

"它不是当成旧画卖给我的。《浴盆》也一样。才去年的事，它用的也是纯钴紫。"

有人或许会说，用钴紫只是为了画阴影，并不是《时钟》的主色。莫奇森目光犀利。汤姆想到《红色椅子》——早期德瓦特的真迹——用了同样的纯钴紫，他不知道有没有确切的作画时间。如果他说《红色椅子》作于三年前，而且能设法证明，那么莫奇森就只能乖乖地滚蛋。过后和杰夫、艾德商量一下，汤姆想。

"您确定记得画过《时钟》这幅画?"莫奇森问。

"我知道那是我的画，"汤姆说，"我不记得日期了，或许是在希腊甚至是在爱尔兰画的这幅画，而画廊标示的那些日期不见得是我绘画的时间。"

"我不认为《时钟》是您的作品。"莫奇森说，带着美国人那种和蔼的坚定。

"天哪！为什么不是?"汤姆的和蔼与莫奇森旗鼓相当。

"我知道我有点胆大包天。但是我曾经在费城的一家博物馆见过您早期的一些作品。如果我可以这样说的话，德瓦特先生，您——"

"叫我德瓦特就行。我更喜欢这个称呼。"

"德瓦特，您是一位多产的画家，我想您可能忘记——我应该说不记得一幅画。就算《时钟》是您的风格，主题也是您典型的——"

杰夫和艾德一样，正专心地听着，趁这次空当，杰夫说："可毕竟这幅画是和德瓦特其他几幅画一起从墨西哥运来的。他总是一次寄两幅或三幅画。"

"没错。《时钟》后面有个日期。这幅画有三年了，和德瓦特的签名一样是用黑颜料写的日期，"莫奇森说着，把他的画翻过来让大家看，"我在美国找人对签名和日期做了分析。我非常谨慎地调查过这件事情。"莫奇森微笑着说。

"我确实不知道有什么问题，"汤姆说，"如果我的笔迹标注的是三年前，那我就是在墨西哥画的这幅画。"

莫奇森望着杰夫。"康斯坦先生，你说你一同收到《时钟》和另外两幅画，或许，是同一批运来的?"

"是的。现在我想起来了——我想另外两幅画也在这儿，伦敦的买家借给了我们——《橙色的谷仓》和——你记起另一幅了吗，艾德?"

"我想大概是《鸟幽灵》吧。对不?"

杰夫点了点头，汤姆看得出事实就是如此，否则就是杰夫装得太像了。

"没错。"杰夫说。

"它们没有使用这种技法。它们也有紫色，不过是混合调成的。你说的那两幅画都是真迹——至少是后期的真迹。"

莫奇森说的不全对，它们同样也是赝品。汤姆搔了搔胡子，但动作很轻。他保持安静又有点愉快的神态。

莫奇森的目光从杰夫回到汤姆身上。"您或许觉得我自以为是，但是请原谅我，德瓦特，我认为您的画被人仿造了。我再胆大妄为一回，我敢以我的性命打赌，《时钟》不是您的作品。"

"但是莫奇森先生，"杰夫说，"我们只需要——"

"给我看某年收到哪些画作的收据吗? 那些来自墨西哥的作品说不定都没有名字呢! 如果德瓦特没有给作品命名怎么办?"

"巴克马斯特画廊是德瓦特作品唯一授权的经销商。你是从我们这买的那幅画。"

"这我知道，"莫奇森说，"我不是在指控你或者德瓦特。我只是想说，我不认为这是德瓦特的作品。我不知道是怎么回事。"莫奇森依次看向他们每一个人，对于自己突然的爆发感到有些尴尬，但是仍然坚持自己的看法。"我的推论是一位画家一旦改用另外一种颜色，比如德瓦特画里既微妙又重要的淡紫色，他就绝不会再用他以前用过的某种颜色或者混合色。您同意吗，德瓦特?"

汤姆叹了口气，又用食指摸摸胡子。"我说不准。看起来我不像你那么擅长理论。"

沉默。

"好吧，莫奇森先生，你想让我们拿《时钟》怎么办？还你的钱？"杰夫问，"我们乐意这样做，因为——德瓦特刚刚证实了这幅画，坦白地说，这幅画现在可不止一万美元。"

汤姆希望莫奇森能够接受，但是他不是那种人。

莫奇森从容不迫地把手放进裤子口袋，看着杰夫。"谢谢，不过我更感兴趣的是我的推论——我的观点，而不是钱。既然我来了伦敦，这里和世界上其他地方一样有好的绘画鉴定师，或许还是最好的，我就打算找位专家鉴定《时钟》，把它和那些毫无争议的德瓦特作品做做比对。"

"很好。"汤姆和气地说。

"非常感谢您能见我，德瓦特。很高兴见到您。"莫奇森伸出手。

汤姆紧紧地握着他的手。"我的荣幸，莫奇森先生。"

艾德帮着莫奇森把他的画包起来，给他一些绳子，因为莫奇森原来的绳子不能用了。

"我能通过画廊联系到您吗？"莫奇森对汤姆说，"明天行吗？"

"哦，可以，"汤姆说，"他们会知道我在哪。"

等莫奇森离开房间，杰夫和艾德长长地舒了一口气。

"好吧——事情严重吗？"汤姆问。

杰夫对画了解更多。他率先艰难地开口。"我想如果他把专家牵扯进来，事情就严重了。他肯定会的。他对于紫色有自己的见解。有人就可能把它当作一条线索，到时事情会更加糟糕。"

汤姆说："我们先回你的工作室吧，杰夫？你能不能再手杖一挥把我从后门送走——就像灰姑娘一样？"

"当然可以，不过我想和伦纳德谈谈，"杰夫咧嘴一笑，"我会带他来见你。"说完他就出去了。

现在画廊里的嘈杂声小多了。汤姆看着脸色有些苍白的艾德，心想，我能消失，但是你们不能。汤姆松了松肩膀，手指摆出 V 形。"振作点，班伯瑞。我们能挺过去的。"

"不然他们就会这样对我们。"艾德回答道，做出一个更粗俗的手势。

杰夫带着伦纳德一起回来。伦纳德是一位干净整洁的小个子年轻人，身穿爱德华七世时期的套装，上面有很多纽扣和天鹅绒的装饰带。伦纳德一见到德瓦特就大笑起来，杰夫嘘了一声，让他安静。

"太不可思议啦，不可思议！"伦纳德说，带着由衷的崇拜打量着汤姆。"我看过很多照片，你知道！自从我去年把双脚绑在后面模仿图卢兹·罗特列克以来，我还没见过谁能模仿得这么好。"伦纳德盯着汤姆。"你是谁？"

"这位，"杰夫说，"你不需要知道。简单地说——"

"简单地说，"艾德说，"德瓦特刚刚接受了一次精彩的记者采访。"

"明天德瓦特就走了。他会回到墨西哥，"杰夫低声说，"现在忙你的去吧，伦纳德。"

"再见。"汤姆举起一只手说。

"向您致敬。"伦纳德鞠躬说。他朝门退去，然后补充说："人差不多都走了。酒也快喝光了。"他迅速走出去。

汤姆可没那么高兴。他非常想要脱下伪装。但是现在事情还没解决，仍然是个问题。

当他们回到杰夫的工作室，发现伯纳德·塔夫茨已经离开了。艾德和杰夫看起来很吃惊。汤姆有点心神不宁，因为伯纳德应当知道事情的进展。

"你们肯定能联络到伯纳德吧。"汤姆说。

"哦，当然。"艾德说。他正在杰夫的厨房给自己沏茶。"伯纳德总是在家。他家有电话。"

汤姆突然想到即便有电话，讲太长时间也不安全。

"莫奇森很有可能想要再次见你，"杰夫说，"和专家一起。所以你得消失。明天你将前往墨西哥——正式宣布。甚至今晚就走。"杰夫抿了一口绿茴香酒。他看起来更加自信了，汤姆心想，或许是媒体采访，甚至和莫奇森的会面进行得相当顺利的缘故。

"墨西哥，得了吧，"艾德说，端着一杯茶过来，"德瓦特会和他的朋友待在英格兰的某个地方，即便是我们也不知道在哪。等过些日子，他再回墨西哥。怎么走的？谁晓得呢？"

汤姆脱下那件宽松的夹克。"《红色椅子》上有日期吗？"

"有，"杰夫说，"六年前的。"

"我猜复制品到处都是吧？"汤姆问，"我在想把日期拉近——来解决紫色这个问题。"

艾德和杰夫看着彼此，艾德迅速说："不行，很多的展览目录里都有它。"

"还有一个办法，让伯纳德再画几幅画——至少两幅——用纯钴紫。算是证明他在使用这两种紫色。"但是汤姆边说边感到沮丧，他知道原因所在。汤姆感到他们或许不能继续指望伯纳德了。汤姆没看杰夫和艾德。他们也犹豫不决。他努力站得笔直，对自己的德瓦特伪装很有自信。"我有没有跟你们提过我的蜜月？"汤姆以德瓦特单调的口吻问道。

"没有，说说你的蜜月吧。"杰夫说，已经呲着牙准备好笑了。

汤姆又装出德瓦特驼背的样子。"太压抑了——那种气氛。当时在西班牙。我们开了一间酒店套房，我和海洛伊丝住在那，楼下院子里有只鹦鹉在唱《卡门》——难听死了。每次我们——嗯，它就开始了：'啊——啊——啊——啊——啊——啊——啊啊啊啊啊啊啊！啊——啊——啊——啊——啊——啊——啊啊啊啊啊啊！'人们探出窗户，用西班牙语大喊：'闭上你的脏嘴！谁教那只丢人的东西唱《卡门》的？宰了它！拿去炖汤！'笑得我们都没法做爱了。你们试过吗？嗯，有人说，笑声是人类与动物区别所在。做爱当然没有什么区别。艾德，你能帮我把这些胡子拿下来吗？"

艾德大笑，杰夫则放松地倒在沙发上——汤姆知道这都是暂时的——远离刚刚的紧张。

"来洗手间。"艾德打开洗手池热水的水龙头。

汤姆换回自己的裤子和衬衫。如果他能够在莫奇森告诉专家他的想法之前，设法诱骗莫奇森去他家，或许他就能改变局势了，虽然汤姆也不知道要做些什么。"莫奇森在伦敦住哪？"

"某家宾馆，"杰夫说，"他没说是哪一家。"

"你能不能打一圈电话，看能不能找到他？"

杰夫还没拿起电话，电话就响了。汤姆听见杰夫说德瓦特已经搭乘火车北行，杰夫也不知道他去哪了。"他这人非常孤僻。"杰夫说。"一个新闻记者，"杰夫挂断电话后说，"想要做个专访。"他打开电话本。"我先给多尔切斯特宾馆打个电话。他看起来像住多尔切斯特那种豪华宾馆的人。"

"或者韦斯特伯里宾馆。"艾德说。

为了摘掉胡子上的那层薄纱，他小心翼翼地敷了不少水。然后又用洗发水洗掉他头上的染色剂。最后汤姆听见杰夫高兴地说："不，谢谢你，稍后我再打过来。"

然后杰夫说："他在曼德维尔宾馆，在威格摩尔街旁边。"

汤姆穿上他从威尼斯买的粉红色的衬衫。然后他打电话到曼德维尔宾馆，以托马斯·雷普利的名字预定了一个房间。他说他会在晚上八点左右到达。

"你要去做什么？"艾德问。

汤姆微微一笑，"我现在也不知道。"他说，那是实话。

4

曼德维尔宾馆看起来相当豪华，不过绝对没有多尔切斯特那么昂贵。汤姆在八点十五分抵达登记，登记地址为塞纳的维勒佩斯。他想过借用假名和某个英格兰乡下地址，因为和莫奇森先生一起，他或许会遇到大麻烦，得赶紧消失，但是也有可能要邀请莫奇森前往法国，那么他或许需要用他的真名。汤姆请一位男服务员把他的行李拿到房间，然后他去酒吧间看了看，希望莫奇森先生或许在那里。莫奇森先生不在，于是汤姆决定喝杯淡啤酒，在那等会儿。

汤姆等了十分钟，喝完了啤酒，看了份《伦敦晚报》，还是没等到莫奇森先生。汤姆知道附近有很多家餐馆，不过他很难走到莫奇森的桌旁，自称他曾在那天德瓦特展览上见过莫奇森，然后就跟他混熟了。或许可以说他也见到莫奇森进入后门会见德瓦特了呢？没错。汤姆正打算外出探寻当地的餐馆时，就看见莫奇森先生进入酒吧，挥手示意某人跟上他。

令汤姆惊讶甚至惊恐的是，他看见另一个人是伯纳德·塔夫茨。汤姆迅速从酒吧另一侧通往人行道的门溜出来。汤姆相当肯定伯纳德没有看见他。他东张西望地想要找个电话亭或者找家宾馆打电话，结果什么也没找到，于是他从正门又走进曼德维尔，拿出房间的钥匙，房号411。

汤姆在他的房间给杰夫的工作室打电话。三声、四声、五声，然后杰夫接了电话，汤姆松了口气。

"你好，汤姆！我正准备和艾德下楼，就听见电话铃声。出什么事了？"

"你知不知道伯纳德现在在哪？"

"哦，今天晚上我们没有打扰他。他心情不好。"

"他正在曼德维尔的酒吧间和莫奇森喝酒。"

"什么？"

"我从宾馆房间打的电话。现在不管你做什么，杰夫——你在听吗？"

"在听，在听。"

"别告诉伯纳德我见过他。别告诉伯纳德我在曼德维尔。不要表现出惶恐不安。假设伯纳德现在还没有走漏消息，我也不知道。"

"哦，苍天，"杰夫咕哝着说，"不—不。伯纳德不会走漏消息的。我认为他不会。"

"晚些时候你会在家吗？"

"在，大概——啊，总之十二点前会回家。"

"到时候我会给你打电话。但是如果我没打，也不用担心。不要打电话给我，因为我房间里或许有人。"汤姆说着突然笑了起来。

杰夫笑了，但是听起来有点不舒服，"好的，汤姆。"

汤姆挂了电话。

他肯定想在今晚见到莫奇森。莫奇森会和伯纳德一起吃晚餐吗？干等太无聊了。他挂上西装，把几件衬衫塞进抽屉。他往脸上拍了点水，照着镜子确保脸上没有一点胶水痕迹。

因为坐立不安，他干脆离开了房间，外套搭在胳膊上。他想出去散散步，或许去苏荷区[1]，然后找个地方吃晚饭。他在大厅透过玻璃门望向曼德维尔酒吧间。

他很幸运。莫奇森独自一人坐着签账单。酒吧临街的那扇门正在关闭，或许伯纳德就是刚从那离开。汤姆还是扫视了一遍大厅，以防伯纳德从洗手间出来，然后回来。汤姆没有看见伯纳德，他一直等到莫奇森准备起身离开时，才走进酒吧间。汤姆的表情显得沮丧郁闷，落落寡欢，事实上，他的心情也正是这样。他看了莫奇森两次，有一次还和他对视了，好像他在回想在哪里见过莫奇森。

然后汤姆朝他走过去。"打扰一下。我想我今天在德瓦特画展上见过你。"汤姆操着美国中西部口音，德瓦特名字中的 r 音发得很重。

"哇，没错，我在那。"莫奇森说。

"我看你好像是美国人。我也是美国人。你喜欢德瓦特吗？"汤姆尽可能表现得天真直率，但也不显傻。

"是的，我非常喜欢。"

"我有两幅他的油画，"汤姆骄傲地说，"我或许会买一幅今天画展上的画——如果还没卖掉的话。我还没有决定。《浴盆》。"

"哦？我也有一幅。"莫奇森同样坦率地说。

"你也有？它叫什么？"

"为什么不坐下聊呢？"莫奇森站着，指着他对面的那把椅子。"你想来杯喝的吗？"

"谢谢，来一杯也好。"

---

1. 苏荷区，伦敦的商业娱乐中心，具有数量繁多的酒吧、歌舞厅和俱乐部。

莫奇森坐下。"我的那幅画叫做《时钟》。遇到一位拥有一幅德瓦特作品的人真是太巧啦——你还有两幅!"

一位服务员过来了。

"请给我一杯苏格兰威士忌。你呢?"他问汤姆。

"一杯金汤力鸡尾酒。"汤姆说。他补充说:"我就住在这个曼德维尔宾馆,所以这两杯我请客。"

"一会儿咱们再争着付账。告诉我你的那两幅画是什么。"

"《红色椅子》,"汤姆说,"和——"

"真的吗?《红色椅子》! 那是一幅极品啊! 你住在伦敦吗?"

"不是,我住在法国。"

"噢,"莫奇森有些失望,"另外一幅画呢?"

"《椅子上的男人》。"

"我不知道那幅画。"莫奇森说。

他们聊了几分钟德瓦特怪异的性格,然后汤姆说他看见莫奇森走进画廊的后屋,他听说德瓦特就在那里。

"只有记者才能进去,但是我闯了进去,"莫奇森告诉汤姆,"你知道吗,我来这儿有一个相当特殊的理由,所以我听说德瓦特今天下午在画廊,我当然不会放过这次机会。"

"是吗? 什么理由?"汤姆问。

莫奇森解释了一番。他分析了自己认为或许有人伪造德瓦特的作品的理由,汤姆全神贯注地听着。问题在于,过去五年左右,德瓦特一直在使用镉红和群青的混合色(汤姆意识到,德瓦特在去世之前已经开始使用混合色,而不是伯纳德发明的),而《时钟》和《浴盆》则又重新使用了他早期简单的钴紫色。他告诉汤姆他自己也画画,不过只是爱好而已。

"我不是专家，相信我，但是我几乎读过所有有关画家和绘画的书。不需要专家或者显微镜也能区分纯色和混合色，不过我的意思是，根本没有哪个画家会重新使用他有意或无意放弃的颜色。我说无意，是因为一位画家选择一种或多种颜色时，经常是一种无意识的决定。并不是说德瓦特在每一幅画中都用淡紫色，绝对不是。不过我的结论是我的《时钟》，或许还有一些别的画，对了，包括你感兴趣的《浴盆》，都不是德瓦特的作品。"

"有意思。太有意思了。因为碰巧我那幅《椅子上的男人》某种程度上印证了你所说的。《椅子上的男人》差不多是四年前的作品。我想让你看看它。嗯，你打算怎么处理你的《时钟》？"

莫奇森点了一支切斯特菲尔德香烟。"我的故事还没讲完。我刚刚和一位英国人喝了一杯，他叫伯纳德·塔夫茨，也是位画家。他似乎对德瓦特也一样存疑。"

汤姆紧皱眉头。"真的吗？如果有人在伪造德瓦特的作品，那可太严重了。那个人说了什么？"

"我有一种感觉，他知道的很多，没全告诉我。我不觉得他参与了此事。他不是骗子型的人，而且他看起来也不像是有钱人。不过他似乎很了解伦敦艺术圈。他只是提醒我：'不要再买德瓦特的作品，莫奇森先生。'你怎么看待这件事？"

"嗯——嗯。那他的目的是什么？"

"我不是说了嘛，我也不知道。从他身上，我什么也没打听出来。不过他不辞辛苦地来这找我，他说他给八家伦敦的宾馆打过电话，最后才找到我。我问他怎么知道我的名字，他说：'哦，闲话传得快。'非常奇怪，因为我只跟巴克马斯特画廊的人说过话。你不觉得吗？明天我约了泰特美术馆[1]的一个人见面，我没告诉他我要找他谈一幅德瓦特的画。"莫奇森喝了一点苏格兰威士忌，然后说，"那些画开始从墨西哥运来时——你知道明天我除了到泰特美术馆向里默尔先生展示《时钟》之外，还打算做什么吗？我还会问，我或者他是否有权利让巴克马斯特画廊的人出示有关德瓦特作品来自墨西哥的收据或者账单。我对那些画名并不感兴趣。德瓦特告诉我画不总是由他命名的，我要查的只不过是画的数量罢了。这些画运来英国，一定会经过海关之类的。如果一些画没有记录在案，就能说明问题了。如果德瓦特本人被蒙蔽了呢，一些德瓦特的画——嗯，比如说四五年前的画作——就是在伦敦画的，那不太令人惊讶吗？"

是啊，汤姆心想，一定会令人惊讶。"但是你说你和德瓦特说过话。你和他谈过你的藏画吗？"

"我让他看过啦！他说那是他的作品，不过在我看来，他也不是绝对肯定。他没说：'我对天发誓，那是我的作品！'他看了两分钟才说：'当然，那是我的作品。'我或许有些冒昧，不过我跟他说他忘记自己画过的一两幅油画，尤其是几年前一幅未命名的油画，也是有可能的。"

汤姆皱着眉头，似乎不相信这话，事实也的确如此。汤姆心想，即便画家没给他的作品命名，也会记得自己画过，或许除了素描之外。但是他没打断莫奇森。

"还有另外一件事，我非常不喜欢巴克马斯特画廊的那些人，杰

---

1. 泰特美术馆（Tate Gallery），位于英国伦敦，是伦敦最受欢迎的美术馆，以收藏15世纪迄今的英国绘画和各国现代艺术著称，由亨利·泰特爵士创立于1897年。

夫·康斯坦，还有那个记者艾德·班伯瑞，很明显他是康斯坦的好朋友。我了解到他们是德瓦特的老朋友。我在纽约长岛的家里，订了《倾听者》和《艺术评论》，还有《星期日泰晤士报》。我经常看到班伯瑞的文章，他的文章即便不是专讲德瓦特的，也通常都会顺便宣传他。你知道我想到什么吗？"

"什么？"汤姆问。

"想到——或许康斯坦和班伯瑞为了卖掉更多德瓦特的作品，就容忍了一些赝品。我不敢说德瓦特也参与其中。但是如果德瓦特如此健忘，甚至记不清他画了多少画，那不是很好笑吗？"莫奇森笑了。

是很好笑，汤姆想，但还没达到让人捧腹的地步。真相才更好笑呢，莫奇森先生。汤姆微笑着。"所以你打算明天给专家看你的画？"

"现在就上楼看看吧！"

汤姆争着买单，但是莫奇森坚持记在他账上。

汤姆和他一起乘上电梯。莫奇森把画放在衣柜的角落，还是那天下午艾德包裹的那样。汤姆饶有兴趣地看着那幅画。

"真是一幅好画。"汤姆说。

"嗯，不可否认！"

"你知道吗——"汤姆把画撑在写字台上，打开屋里所有的灯，走到房间另一侧去看。"这幅画确实和我的《椅子上的男人》有相似之处。你何不来我家一趟，看看我的画呢？我家离巴黎很近。如果你认为我的画也是赝品，我就让你一并带回伦敦鉴定。"

"嗯，"莫奇森说，思考着，"好啊。"

"如果你受骗了，那我想我也一样。"汤姆心想，如果他主动提出为莫奇森出机票钱，对他而言是种侮辱，所以汤姆没这样做。"我家房子相当大，现在除了我的管家，只有我一个人住。"

"好吧，我去。"莫奇森说，他一直没有坐下。

"我打算明天下午离开。"

"那好，我就把泰特美术馆的预约推迟一下。"

"我还有很多其他的画作，但我并不是收藏家。"汤姆坐到最大的那张椅子上。"我想让你看看。一幅苏丁的，两幅马格里特的。"

"真的吗?"莫奇森的眼睛都开始放光了，"你家离巴黎有多远?"

十分钟后，汤姆下了一层楼，回到自己房间。莫奇森刚才提议两人一起吃晚餐，但是汤姆想，最好说自己晚上十点在贝尔格莱维亚区约了人，所以时间不够。莫奇森托汤姆预订明天下午飞往巴黎的机票，莫奇森要的是往返机票。汤姆拿起电话，预订了两个座位，星期三下午两点飞往奥利机场。汤姆自己有返程机票。他把航班信息留给一楼前台，请他们转告莫奇森。然后汤姆点了一个三明治，半瓶多梅克葡萄酒。吃过之后，他小睡到十一点，又给汉堡的里夫斯·迈诺特打了个电话，花了差不多半个小时才接通。

里夫斯不在，一个德国口音的男人说。

汤姆决定冒次险，因为他受够了里夫斯，他说："我是汤姆·雷普利。里夫斯有没有留话给我?"

"有。他留话说星期三。伯爵明天就到米兰。明天你能去米兰吗?"

"不行，明天我去不了米兰。抱歉。"汤姆不想告诉这个男人，无论他是谁，伯爵已经接受了他的邀请，下次来法国时来拜会他。里夫斯不能老指望他随时丢下一切——汤姆已经干过两回了——飞往汉堡或者罗马（尽管汤姆很喜欢短途旅程），假装偶然出现在那些城市，然后邀请"宿主"（汤姆总是这样称呼那些携带货物的人）到他维勒佩斯的家里。"我想没什么复杂的，"汤姆说，"你能告诉我伯爵在米兰的地址吗？"

"格兰德宾馆。"那个男人匆匆地说。

"麻烦你告诉里夫斯，我很可能明天和他联系。我怎么联系他？"

"明天上午在米兰的格兰德宾馆。今晚他会乘火车去米兰。他不喜欢坐飞机，你知道。"

汤姆从来都不知道这件事。真奇怪，里夫斯这样的人竟然不喜欢坐飞机。"我会打电话给他。另外，我现在不在慕尼黑。我在巴黎。"

"巴黎？"那人有些吃惊，"我知道里夫斯打电话到慕尼黑的四季宾馆找过你。"

那太糟糕了。汤姆礼貌地挂了电话。

手表上的指针快到十二点了。汤姆思索着今晚应该和杰夫·康斯坦说什么，以及应该怎么处理伯纳德的事情。汤姆在脑子里迅速编好一套安慰的话语，明天下午离开之前他有时间见伯纳德一面，但是汤姆担心如果过于明显地安慰伯纳德，他或许会更加沮丧、消极。如果伯纳德曾对莫奇森说"不要再买德瓦特的画"，他的意思似乎是不打算再仿造德瓦特的作品了，自然，对于生意而言那非常糟糕。还有一种更糟糕的可能：伯纳德可能随时会向警方或者德瓦特赝品的购买者（们）坦白。

伯纳德现在到底是什么状态，他打算做什么？

汤姆决定和伯纳德什么也不说。伯纳德知道是汤姆建议他伪造的。汤姆洗着澡，唱着歌：

　　爸爸不赞成

妈妈不乐意

我们怎么办

才能拥有爱…

　　曼德维尔的墙给人一种能够隔音的感觉，又或许是一种幻觉。汤姆很久没有唱过这首歌了。汤姆很高兴突然想起它来，因为那是一首欢乐的歌，汤姆觉得它会带来好运。

　　他穿上睡衣，给杰夫的工作室打电话。

　　杰夫立刻接了起来。"你好。怎么样了？"

　　"今晚我和莫先生谈过了，我们相处得不错。明天他要和我去法国。所以那会拖延一些时间，你懂的。"

　　"而——你的意思是你会尽量说服他之类的。"

　　"没错。差不多这个意思。"

　　"需要我去宾馆找你吗，汤姆？你很可能太累了，来不了这边。或者你过来？"

　　"不了，没有必要。而且如果你来，说不定会遇上莫先生，我们都不想那样。"

　　"没错。"

　　"你有伯纳德的消息吗？"汤姆问。

　　"没有。"

　　"请告诉他——"汤姆努力寻找合适的词语，"告诉他你——而不是我——恰巧知道莫先生还要等几天才会去着手处理他那幅画的事。我主要是担心伯纳德会崩溃。你能处理一下吗？"

　　"你为什么不和伯纳德说呢？"

　　"因为不能那么干。"汤姆有点生气地说。有些人对心理学完全没有概念。

"汤姆，今天你真是太棒了，"杰夫说，"谢谢你。"

汤姆笑了，杰夫狂喜的口吻令他很开心。"看好伯纳德。出发前我会给你打电话。"

"我有可能明天上午都在工作室。"

他们互道晚安。

汤姆心想，如果他告诉杰夫莫奇森想要查看画廊收据以及墨西哥寄来的画作记录，杰夫会非常惊慌。明天早上他必须提醒杰夫这事，从路边的电话亭或者邮局打电话给他。汤姆提防着宾馆的接线员偷听。当然，他希望能劝莫奇森放弃他的推论，但是如果他不同意的话，让巴克马斯特画廊伪造一些可靠的记录倒也未尝不可。

5

第二天早上，汤姆在床上吃的早餐，这是在英格兰多支付一些英镑就能享有的特权。吃过饭，汤姆打电话给安奈特太太。刚刚八点，不过汤姆知道她或许已经起床将近一个小时了，唱着歌，做着杂活，调热暖气（厨房有个小暖气表），沏着精致的茶，因为早上喝咖啡使她心跳加速，挪一挪各个窗台上的花儿好让它们多接受阳光。而且她会非常高兴接到他从伦敦打来的电话。

"喂！——喂！——喂！——"接线员嚷着。

"喂？"有些疑惑。

"喂！"

三位法国接线员同时接通电话，还有那位曼德维尔宾馆接线处的女人。

终于传来了安奈特太太的声音。"今天早上这里天气很好。出太阳了！"安奈特太太说。

汤姆笑了。他太需要一个欢乐的声音了。"安奈特太太⋯⋯是的，我很好，谢谢。你的牙好点没有？⋯⋯太好啦！我打电话是想说今天下午四点左右我会和一位美国绅士一起回家。"

"啊——啊！"安奈特太太高兴地说。

"我们的客人会呆一晚，也有可能是两晚，谁知道呢？你能把客房布置得漂亮些吗？再放点花？晚餐或许是菲力牛排，配上你美味的蛋黄酱？"

安奈特太太欣喜若狂，因为汤姆邀请了一位客人，她终于有事情做了。

然后汤姆打电话给莫奇森，他们约好正午时分在酒店大厅碰面，一起乘出租车前往希思罗机场。

汤姆出了门，他打算走到伯克利广场，在那家男士服装店买一套丝绸睡衣裤，这是他每次来伦敦例行的一个小仪式。这或许是他此行乘坐伦敦地铁的最后一次机会。地铁是伦敦生活氛围的一部分，同时汤姆还是伦敦地铁涂鸦的爱好者。太阳无望地挣扎着试图穿透湿湿的雾霭，但是并没有下雨。早上高峰期刚过，汤姆和那些零散的赶路的人一起钻进邦德大街站。汤姆敬佩那些涂鸦画家的地方在于他们能从滚动的电梯上边走边涂鸦。电梯沿路的墙上贴满了内衣海报，全都是穿着紧身胸衣和内裤的女郎，她们身上被添加了男性和女性的生理器官，有时还写上整句：**我喜欢当两性人**。他们是怎么做到的？边写边朝电梯相反的方向跑？**外国佬滚！**最为普遍，有时会有点变化：**外国佬马上滚！**下到了地铁站台，汤姆发现一张海报，是泽菲雷利[1]的《罗密欧与朱丽叶》，罗密欧裸体躺在地上，朱丽叶趴在他身上，嘴里冒出的是一个惊人的提议。罗密欧的回答写在圆圈里："可以，为什么不呢？"

十点半，汤姆买完了睡衣裤。他挑了一套黄色的。他原本想要件紫色的，因为他还没有紫色的睡衣，但是最近他听了太多有关紫色的事情了。汤姆乘了一辆出租车前往卡纳比街。他还给自己买了一条仿绸面窄腿长裤，因为他不喜欢喇叭形的裤腿。他还给海洛伊

---

1. 泽菲雷利（Franco Zeffirelli，1923—2019），意大利导演、制片人、演员。他曾因1968年的《罗密欧与朱丽叶》获得奥斯卡最佳导演提名。

丝买了一条低腰黑羊毛喇叭裤,腰围二十六英寸的。汤姆试裤子的试衣间太小了,他都没法退后照着镜子看看长度是否合适,不过安奈特太太喜爱为他和海洛伊丝处理修改衣服这样的小事情。另外,两个意大利人不停地说"真漂亮!",他们每隔几秒就拉开帘子,想要进来试衣服。汤姆付账的时候,来了两个希腊人,大声地讨论着换算成希腊货币是多少钱。商店大约有六英尺乘十二英尺大,难怪只有一个店员,因为根本容不下两个人。

汤姆把买的东西放在崭新的大纸袋里,他走到一个路边的电话亭,打电话给杰夫·康斯坦。

"我和伯纳德谈过了,"杰夫说,"他绝对是被莫奇森吓坏了。伯纳德告诉我他和莫奇森谈过,你知道的,我问他和莫奇森说了什么。伯纳德说他告诉莫奇森不要再买德瓦特的画。太糟糕了,不是吗?"

"没错,"汤姆说,"还有什么?"

"嗯,我试着告诉伯纳德他已经说了所能说或者该说的。这很难解释,因为你不了解伯纳德,他对假冒德瓦特的天赋和一切有种罪恶感。我尽量说服伯纳德,说他已经告诉莫奇森那些了,已经对得起他的良心了,干吗不顺其自然呢?"

"伯纳德是怎么说的?"

"他就是垂头丧气的,听不清他说的是什么。你知道吗,这次展览除了一幅画,其他的全都卖光了。想一想!伯纳德还会为那么一幅画感到愧疚!"杰夫笑了,"《浴盆》。就是莫奇森批评的画作之一。"

"如果他现在不想再画了,别逼他。"

"这也正是我的态度。你说的太对了,汤姆。不过我想过不了俩礼拜，他就会重新振作起来，开始画画了。都是因为这次展览的压力，还有你冒充德瓦特出现的缘故。他对德瓦特的态度比大多数人对待耶稣还要尊敬。"

不用他说，汤姆也知道。"还有一件小事，杰夫。莫奇森或许想要看看画廊有关德瓦特画作的账本，就是那些从墨西哥运来的记录。你都有记录吗？"

"没有墨西哥的。"

"你能伪造一些吗？以防万一我说服不了他放弃这件事？"

"我试试，汤姆。"杰夫听起来有点慌乱。

汤姆没了耐心。"伪造一些。弄旧一点。抛开莫先生不讲，弄一些账本记录难道不是更好吗，可以证实——?"汤姆突然停下来。有些人就是不懂得如何经营企业，即便是像德瓦特有限公司这样成功的企业。

"好的，汤姆。"

汤姆绕道去了伯灵顿拱廊，他在一家珠宝店给海洛伊丝买了一个黄金胸针，是一只蹲着的猴子，他是用美国旅行支票付的账。海洛伊丝的生日就在下个月。然后他走向他住的宾馆，通过牛津街的时候，那里和往常一样挤满了购物者，女人们提着塞得鼓鼓的包和盒子，还牵着孩子。一个挂着广告牌的人正在宣传一家拍摄证件照的照相馆，服务快捷，价格低廉。那位老人穿着陈旧的大衣，戴着一顶软塌塌的帽子，嘴里衔着一支脏兮兮的没点着的香烟。得搞本护照好去周游希腊群岛，汤姆心想，但是这位老人哪都去不了。汤姆拿掉了那个烟蒂，往他嘴里放了一支高卢香烟。

"来一根，"汤姆说，"给你火。"汤姆迅速用他的火柴点燃。

"谢啦。"那个满脸胡子的人说。

汤姆把剩下的那包高卢牌香烟，还有火柴，插进那件大衣的破口袋里，然后匆忙离开，低下头，希望没有任何人看到他。

汤姆从他的房间给莫奇森打电话，然后他们带着行李在楼下碰面。

"今天早上给我妻子购物去了。"莫奇森在出租车里说。他看起来心情不错。

"是吗？我也是。我在卡纳比街买了一条裤子。"

"我给哈丽特买的是马莎百货的毛衣。还有利伯提百货的围巾。有时还会买几卷毛线。她织毛衣，她一想到羊毛来自古老的英格兰就很高兴，你知道吧？"

"你取消了今天早上的预约？"

"是的。改为周五早上，在那个人的家里。"

他们在机场吃了一顿不错的午餐，还喝了一瓶红葡萄酒。莫奇森坚持付账。午饭期间，莫奇森跟汤姆说起他儿子的事情，他是一位发明家，在加利福尼亚的一个实验室工作。他儿子和儿媳刚刚生下他们的第一个孩子。莫奇森给汤姆看了一张她的照片，还自嘲说自己是个溺爱孩子的祖父，谁让那是他第一个外孙女呢，照她外祖母的名，取名卡琳。莫奇森问汤姆为什么移居法国，汤姆说他选择住在那里，是因为三年前他娶了一位法国女人。莫奇森没冒昧问汤姆如何养家糊口，不过他问了汤姆是如何打发时间的。

"我读历史书，"汤姆随意地说，"我学点德语。更不必说我的法语还需要继续学习。还有园艺。我在维勒佩斯有个很大的花园。另外我也画画，"他补充说，"就是消遣而已。"

他们下午三点到达奥利机场，汤姆坐上一辆小机场巴士前往车库取车，然后他在附近的出租车停靠站接上莫奇森，拿好两人的行李。阳光明媚，天气没有英格兰那么冷。汤姆开往枫丹白露，特意路过枫丹白露宫，方便莫奇森看到。莫奇森说他已经十五年没见过这里了。他们下午四点半左右到达维勒佩斯。

"我们大部分的日用品都是在那买的。"汤姆指着他左边乡村主街上的一家商店说。

"很漂亮。很淳朴。"莫奇森说。当他们到达汤姆的家："哇，太棒啦！真漂亮！"

"你应该夏天来看看。"汤姆谦虚地说。

安奈特太太听见汽车声，出来迎接他们，帮忙拿行李，但是莫奇森不忍心看一个女人拿沉重的东西，只让她拿装了香烟和酒的小袋子。

"一切都还好吧，安奈特太太？"汤姆问。

"一切都很好。就连厕所，水管工都来修理了。"

汤姆记得有一个厕所一直漏水。

汤姆和安奈特带莫奇森上楼到他的房间，房间自带一个浴室。事实上，那是海洛伊丝的浴室，她的房间就在浴室的另一侧。汤姆解释说他太太现在和她的朋友在希腊。他走了，好让莫奇森在房间洗漱和整理行李，还说他就在楼下的客厅。莫奇森已经开始饶有兴致地打量墙上的画了。

汤姆下楼让安奈特太太泡壶茶。他从英格兰给她带了一瓶花露水，名字叫"湖上青烟"，那是他在希思罗机场买的。

"哦，汤米先生，你真是太体贴了！"

汤姆笑了笑。安奈特太太的感谢总是让他感到高兴。"今晚有好吃的菲力牛排吗？"

"啊，当然！还有巧克力慕斯甜点呢。"

汤姆走进客厅。客厅里摆了鲜花，安奈特太太打开了暖气。屋里有个壁炉，汤姆喜欢炉火，不过他感觉点了火他就得一直看着，也许他太喜欢看火，眼睛根本离不开，所以他现在决定不点火炉。他盯着壁橱上方的《椅子上的男人》，紧跟着满意地跳起来，满意自己对它的熟悉，满意它的精美。伯纳德画艺超群。他只不过在时期特点上犯了两个错误。去他的时期特点吧。照理说，德瓦特的真迹《红色椅子》应当占据壁炉上方这个整间屋子最重要的地方。他想只有他才会把赝品放在那么醒目的地方。事实上，海洛伊丝不知道《椅子上的男人》是假画，也根本不知道德瓦特伪作的事情。她对绘画只是偶尔来点兴趣。如果说她有什么酷爱的事情，那一定是旅行、品尝异域食物和买衣服。她房间两个大衣柜的衣服看起来就像一个国际服装博物馆，就缺几个假人模特了。她有突尼斯买的背心、墨西哥的流苏边无袖夹克、希腊的宽松长军短裤，她穿上那条短裤看起来相当有魅力，还有她设法在伦敦买到的中国刺绣外套。

然后汤姆突然想起博特洛兹伯爵，他走向电话。他不太想让莫奇森听到伯爵的名字，不过另一方面，汤姆又没打算伤害伯爵，或许保持坦然的态度对自己有利呢。汤姆先拨打了米兰的问询电话，查到了号码，把它给了法国接线员。她告诉汤姆这次电话可能需要半个小时才能接通。

莫奇森先生下楼来。他换了身衣服，穿着灰色的法兰绒裤子和绿黑相间的格呢夹克。"乡村生活！"他春风满面地说。"啊！"他看到屋子对面正对着他的那幅《红色椅子》，走近去仔细端详。"这是一幅杰作。这是幅真迹！"

汤姆心想当然是真的，然后一股自豪感油然而生，让他感到有点傻。"是的，我喜欢这幅画。"

"我想我听过这幅画。我记得在哪见过这个画名。祝贺你，汤姆。"

"这幅是《椅子上的男人》。"汤姆说，朝着壁炉点了点头。

"啊。"莫奇森说，语气变了。汤姆看着他高大强壮的背影因为全神贯注而紧绷。"这幅画多久了？"

"差不多四年了。"汤姆如实说。

"冒昧问一下，你花了多少钱？"

"四千英镑。在货币贬值前。差不多一万一千两百美元。"汤姆说，他是以一比二点八的汇率计算的。

"我很高兴看到这幅画，"莫奇森点着头说，"你看，同样的紫色又出现了。这里有一点点，但是你看……"他指着那把椅子的底边。由于那幅画很高，壁炉又很宽，莫奇森的手指离那幅油画几英寸远，不过汤姆知道他指的是那道紫色。"纯钴紫。"莫奇森走到房间另一头，又端详着《红色椅子》，在十英寸外凝视。"这是其中的一幅旧画。也是纯钴紫。"

"你真的认为《椅子上的男人》是幅赝品？"

"是的，没错。和我的《时钟》一样。质量有所不同，比不上《红色椅子》。质量没法用显微镜评测。但是我能在这件作品中看出来。而且——我确信这里是纯钴紫。"

"那么，"汤姆镇定地说，"也许这意味着德瓦特在交替使用纯钴紫和你说的混合色呢。"

莫奇森皱着眉头，摇了摇头。"我不这样想。"

安奈特太太用餐车推着茶过来，餐车的一个轮子发出轻微的"咯吱"声音。"茶来了，汤米先生。"

安奈特太太做了棕色边的薄脆饼干，散发着一股热香草的柔和气息。汤姆倒了杯茶。

莫奇森坐在沙发上。他好像没看见安奈特太太走来走去似的。他盯着《椅子上的男人》，好像丢了魂，又好像着了迷。然后他朝汤姆眨眨眼，笑了笑，他的脸再次变得亲切温和。"我认为你不相信我。那是你的权利。"

"我不知道该说些什么。我没有看到品质上的差别，没有。或许是我太过愚笨。如果按你所说，找位专家检验你的画，我会尊重专家的意见。顺便说一句，如果你想要的话，《椅子上的男人》这幅画你可以带回伦敦。"

"我当然很想。我会给你写份收据，甚至给这幅画买上保险。"莫奇森轻声地笑。

"这幅画有保险。别担心。"

他们喝了两杯茶，期间，莫奇森向汤姆问起了海洛伊丝，问她在做什么。他们有没有孩子？没有。海洛伊丝二十五岁。不是，汤姆并不认为法国女人比其他国家的女人更难相处，不过她们对于应该得到的尊重有自己的想法。这一话题没什么好说的，因为每个女人都希望受到一定的尊重。虽然汤姆了解海洛伊丝这类人，但他绝对不会说出来。

电话响了，汤姆说："失陪一下，我想到我房间接电话。"他跑上楼。毕竟，莫奇森会以为是海洛伊丝打来的，所以他想要和她单独说话。

"你好？"汤姆说，"爱德华多！你好吗？真幸运能够联系到你……通过小道消息。今天你和我都认识的一位朋友从巴黎打电话过来，告诉我你在米兰……你能过来一趟吗？毕竟，你答应过的。"

伯爵是位享乐主义者，他随时愿意逃离一时兴起而从事的进出口生意，他对改变巴黎之行的计划表现出了一点犹豫，然后就热情地同意来见汤姆了。"但是今晚不行。明天吧，可以吗？"

对汤姆而言，那太早了。他也不确定莫奇森会提出什么问题。"没问题，就算是星期五都——"

"星期四。"伯爵坚定地说，没有理解汤姆的意思。

"好的。我会到奥利机场接你。什么时间到？"

"我的航班是——等一下，"伯爵查了好半天，然后拿起电话说，"五点十五分到达。意大利航空 306 次航班。"

汤姆记了下来。"我会去接你。很高兴你能来，爱德华多！"

然后汤姆下楼找托马斯·莫奇森。现在他们称呼彼此为汤姆，虽然莫奇森说他的妻子叫他汤米。莫奇森说他是一家管道铺设公司的水利工程师，公司总部在纽约。莫奇森是董事之一。

他们围着汤姆的后花园散步，花园和外边的野生林子融为一体了。汤姆非常喜欢莫奇森。汤姆心想，他一定能够劝服他，改变他的心意。他应该怎么办呢？

晚饭期间，莫奇森谈起他的公司一个全新的项目——任何东西只要能装在汤罐大小的容器里，就可以整批通过管道运输。汤姆在考虑是否有必要让杰夫和艾德从货运公司弄些带有墨西哥信头的信纸，在上面列上德瓦特的画作，以及这件事能多快完成。艾德是位记者，他不能处理这样的文书工作吗？然后让画廊经理伦纳德和杰夫把信纸放在地上来回踩，好让它们看起来有五六年了？晚餐很棒，莫奇森还用相当不错的法语称赞了安奈特太太的慕斯和布里奶酪。

"我们要在客厅喝咖啡，"汤姆对她说，"你能拿点白兰地过来吗？"

安奈特太太已经点燃了壁炉的火。汤姆和莫奇森坐在大大的黄沙发上。

"这件事真有趣，"汤姆说，"《椅子上的男人》和《红色椅子》我都很喜欢。如果《椅子上的男人》是幅赝品，那就很滑稽了，不是吗？"汤姆仍然用中西部口音讲话。"你能看到它放在屋里最重要的地方。"

"嗯，那是因为你不知道它是赝品！"莫奇森笑了一会儿，"要是知道伪造者是谁就更有趣了。"

汤姆把腿往前伸，吞云吐雾。"最好玩的是，"他开始亮出他最后的王牌，"巴克马斯特画廊所有德瓦特的画，包括我们昨天看到的所有的画都出自一个伪造者之手。换句话说，有一个和德瓦特一样厉害的人。"

莫奇森微笑着。"那德瓦特在做什么？坐享其成？哪有那么荒谬？德瓦特这个人和我想的差不多。内向，有点老派。"

"你有没有想过收集假画？我知道意大利有个人就收集这种。起初只是兴趣，现在他把这些画以高价卖给其他收藏家。"

"哦，我听说过。没错。但如果是假画，我买的时候就要知道。"

汤姆意识到自己正处在一个狭窄而且不舒服的点。他再次尝试。"我喜欢幻想那样的荒诞事情。从某种意义上来说，为什么要妨碍这样的伪造者创作这么好的作品？我打算保留《椅子上的男人》这幅画。"

莫奇森或许没有听到汤姆的话。"而且你知道，"莫奇森说，仍然盯着汤姆谈论的那幅画，"它不只是淡紫色的问题，是这幅画的灵魂不对。要不是你的好酒好菜弄得我飘飘然，我也不会这样说的。"

他们喝掉了一瓶玛歌红酒[1]，那是汤姆酒窖里最好的酒。

"你说巴克马斯特画廊的人会不会是骗子啊？"莫奇森问，"一定是。不然他们为什么容忍一个伪造者？还把赝品和真迹混在一起卖？"

汤姆意识到，莫奇森以为这回画展上展出的其他德瓦特新作，除了《浴盆》之外，都是真迹。"前提是这些真的是赝品——你的《时钟》等等。我想我还是没法相信。"

莫奇森好脾气地微笑着。"那是因为你喜欢你的《椅子上的男人》。如果你的画有四年，我的画至少有三年，那造假这事就已经有一阵子了。也许伦敦还有更多这样的假画，只不过没有借给画展展出。坦率地说，我怀疑德瓦特这个人。我怀疑他和巴克马斯特画廊的人合谋，想赚更多钱。还有另外一件事，德瓦特已经有好几年没有画过素描了。这点很奇怪。"

"真的吗？"汤姆假装惊讶地问道。他知道这件事，他也知道莫奇森是什么意思。

"素描体现一位画家的个性，"莫奇森说，"我本来就知道这点，之后我又在哪儿读到过这个观点，只是为了证实我自己的看法。"他笑起来。"就因为我是制造管道的，人们从来都不相信我的敏感性。但是素描就像是画家的签名一样，而且是一种非常复杂的签名。不妨这么说，仿造签名或者油画比仿造素描容易多了。"

"我从未这样想过，"汤姆说，他把烟头在烟灰缸里捻了一下，"你说星期六你要和泰特美术馆的那个人谈话？"

"没错。你大概也知道，泰特美术馆有两幅德瓦特以前的作品。

---

1. 玛歌（Chateau Margaux）是全球八大顶级酒庄之一。法国波尔多五大名庄之一。1590 年由 Pierre de Lestonnac 建园，1855 年被评为梅多克列级酒庄第一级。玛歌也是一种葡萄酒。

如果里默尔证实了我的看法，之后我会和巴克马斯特画廊的人谈，而且不会和他们提前打招呼。"

汤姆的思维开始跳跃，他很痛苦。星期六是后天。里默尔或许会把《时钟》和《椅子上的男人》，拿来和泰特美术馆的德瓦特作品以及现在展出的那些画比较。伯纳德·塔夫茨的画经得起这次考验吗？如果失败了呢？他给莫奇森又倒了些白兰地，给自己倒了一点点，其实他并不想喝。他双手交叉，放在胸前。"你知道，如果有人在伪造的话，我觉得我不会去起诉他们，或者做任何事情。"

"哈哈！我可能更传统一些。或许太过守旧。是指我的态度。如果德瓦特真的参与其中呢？"

"我听说，德瓦特像个圣人。"

"那只是传说罢了。他或许在年轻贫穷的时候，更像是一位圣人。他现在与世隔绝。他伦敦的朋友使他出了名，这是显而易见的。如果一个穷人突然变得富有，可能会发生很多变化。"

这个晚上汤姆没有什么收获。莫奇森想要早点上床睡觉，因为他很疲惫。

"明天早上我要查一下机票。在伦敦我就应该预订机票的。我真是太傻啦！"

"哦，我希望你不要一早就走。"汤姆说。

"我会明早订机票。下午再离开，希望你别介意。"

汤姆送莫奇森上楼回房，确认他什么都不缺。

他突然想给杰夫或艾德打电话。但是他能告诉他们什么新消息，除了说他试图劝莫奇森不要去见泰特美术馆的那个人，但是毫无进展？而且汤姆也不想杰夫的电话号码在他的电话账单上出现得太过频繁。

6

汤姆抱定乐观的态度开始了新的一天。安奈特太太端来一杯黑咖啡让他清醒，他在床上喝过安奈特太太美味的咖啡后，穿上舒适的旧衣服。他下楼去看莫奇森是否已经起床。这时是八点四十五分。

"那位先生在他的房间吃的早餐。"安奈特太太说。

安奈特太太清理房间的时候，汤姆在浴室刮胡子。"我想莫奇森先生今天下午会离开。"安奈特太太问晚饭吃什么时汤姆回答说，"不过今天是星期四。你能不能从鱼贩那里买两条新鲜的比目鱼——"汤姆咽了咽口水，联想到了英语的"鞋底、冰鞋"和比目鱼发音很像，"——来做午餐？"拉鱼的货车每星期来村子两次。村子里没有鱼铺。因为维勒佩斯实在是太小了。

安奈特太太听到这个建议很振奋。"水果店的葡萄非常不错，"她说，"你不会相信……"

"买一些。"汤姆几乎没听她说话。

上午十一点，汤姆和莫奇森在他房子后面的树林里散步。汤姆的情绪或者心态很怪异。忽然之间，就好像坦诚的友谊或者诚实大爆发似的，不管是什么吧，总之汤姆带莫奇森到楼上他画画的房间向他展示自己的艺术作品。汤姆主要画风景和肖像。他一直在努力简化，以马蒂斯[1]为榜样，但是他自认为不太成功。一幅海洛伊丝的肖像，可能是汤姆的第十二幅了，还不错，莫奇森称赞了那幅肖像。我的天，汤姆心想，我愿意袒露我的灵魂，把我写给海洛伊丝的情诗拿给他看，脱掉衣服舞剑都行，只要他——听我的建议！可是没什么用。

莫奇森的航班下午四点飞往伦敦。时间足够在这好好吃顿午餐，如果顺利的话，开车大约一个小时就到奥利机场了。莫奇森换上散步穿的鞋子，汤姆用三张瓦楞纸和绳包好《椅子上的男人》，然后又用棕色的纸和绳捆好。莫奇森告诉过汤姆，他要拿着这幅画上飞机。另外莫奇森说他已经在曼德维尔预定了今晚的房间。

"不过记住，"汤姆说，"就《椅子上的男人》而言，我不会起诉任何人。"

"那不表示你否认它是一幅赝品，"莫奇森微笑着说，"你不会坚持这是幅真迹吧？"

"不会，"汤姆说，"说得对！我会尊重专家的意见。"

汤姆感觉开阔的树林并不适合谈话，因为他们的谈话得落到一个焦点话题上。又或许需要天南海北地谈才行？不管怎么说，汤姆一点也不喜欢和莫奇森在树林里谈话。

汤姆让安奈特太太早早准备午饭，因为莫奇森先生要离开，于是他们在十二点三刻开始用餐。

汤姆决定始终就谈这一个话题，他不想放弃任何希望。他谈起凡·米格伦[2]，莫奇森非常熟悉他的职业生涯。凡·米格伦伪造维米

---

1. 亨利·马蒂斯（Henri Matisse，1869—1954），法国著名画家、雕塑家、版画家，野兽派创始人和主要代表人物，代表作有《豪华、宁静、欢乐》《生活的欢乐》《开着的窗户》《戴帽的妇人》等。他以使用鲜明、大胆的色彩而著名。
2. 凡·米格伦（Van Meegeren，1889—1947），世界著名的伪画制造者。出生于荷兰，以仿制 17 世纪荷兰油画大师维米尔闻名于世。

尔的画作，最终实现了自己作品的价值。凡·米格伦一开始承认伪造或许是出于自卫，也或许是出于冒险。但是从美学角度来讲，毫无疑问，凡·米格伦创造出的"新"维米尔画，给予那些买家很大的乐趣。

"我搞不懂你竟然完全不顾事情的真相。"莫奇森说，"一个画家的风格就是他的真相、他的诚信。别人有权复制它，就像仿造他人的签名那样吗？而且为了同样的目的，利用他人的名誉、他人的银行账户？人家的名誉是靠才能建立起来的啊！"

他们正在叉着盘子里剩下的几块奶油比目鱼和几块土豆。比目鱼做得很棒，白酒也是。这是那种在任何情况下都能令人满意甚至感到幸福的午餐，会使一对爱人上床，或许是在喝过咖啡后，做爱然后睡觉。今天丰盛的午餐在汤姆身上浪费了。

"我只代表我自己的观点，"汤姆说，"向来如此。我并不是要影响你。我确信我做不到。但是请转告——那是谁来着，康斯坦，没错，告诉他我对我的假画非常满意，我愿意留着。"

"我会告诉他的。但是你不想想未来吗？如果有人继续造假的话——"

甜点是柠檬蛋奶酥。汤姆挣扎着。他相信自己的观点。为什么他就不能把这观点说出来，说得恰到好处让莫奇森信服呢？莫奇森算不上艺术家。否则他就不会这样讲话了。莫奇森并不欣赏伯纳德。莫奇森到底在干什么？又要查真相，又要查签名，可能还要找来警察。再看看伯纳德的绘画，那毫无疑问是一位杰出画家的作品！凡·米格伦说得好（或者是汤姆在自己的笔记本里写的？）："一位艺术家的作品自然天成，无须费力。某种力量牵引着他的手。造假者则要奋力创作，如果他成功了，那就是真正的成就。"汤姆意识到那是他自己的杜撰。去他的，那个自命不凡的莫奇森，假仁假义的样！至少伯纳德是个有天分的人，比莫奇森有天分多了，莫奇森就会测量、管道铺设和打包运输，就连打包运输，他自己说的，也是一个加拿大年轻工程师的创意。

咖啡。两人都没去拿白兰地，尽管酒瓶就在手边。

托马斯·莫奇森肉乎乎的脸，有点红润——那张脸在汤姆看来冷酷无情。莫奇森的目光炯炯有神，相当睿智地盯着他。

现在是一点半。大约半小时之后他们将出发前往奥利机场。汤姆心想他是否应该在伯爵离开后尽快回到伦敦。但是他去伦敦又能做什么呢？汤姆心想，该死的伯爵。德瓦特有限公司比伯爵带来的那些废物和小玩意要重要多了。汤姆意识到里夫斯还没告诉他在伯爵的手提箱或公文包之类的哪个位置找。汤姆猜里夫斯今晚就会打电话。汤姆感到很难受，他现在必须从椅子上站起来了，他已经如坐针毡十分钟了。

"我想让你从我的酒窖带一瓶酒走，"汤姆说，"我们下去看看怎么样？"

莫奇森笑得更开心了。"这个主意太棒啦！谢谢你，汤姆。"

酒窖从户外就可以走进去，走下几步石阶，就会看到绿色的酒窖门，或者从楼下的备用厕所门进去，挨着客人挂外套的小走廊。汤姆和海洛伊丝在室内装上楼梯，免得坏天气还要去室外。

"我要把这瓶酒带回美国。我一个人在伦敦就打开喝掉太可惜了。"莫奇森说。

汤姆打开酒窖的灯。酒窖很大，灰白色，像冰箱一样凉爽，或者和屋里的中央暖气比更像冰箱。架子上有五六个大酒桶，不是每个都装满的，四面墙上竖着很多葡萄酒瓶架子。许多酒瓶架挨着墙壁。一个角落放着一个储存供暖燃料的油箱，一个热水器的水箱。

"这里是红葡萄酒。"汤姆说，指着一墙的酒架，超过一半都放着落满灰尘的暗色酒瓶。

莫奇森赞赏地吹了个口哨。

汤姆心想，如果必须动手，就得在这里动手。然而他还没有计划周详，他还什么都没计划呢。继续行动，他告诉自己，但他只是在缓慢地四下溜达，看看他的酒瓶，摸摸一两瓶瓶颈上的红锡纸。他抽出一瓶。"玛歌。你喜欢的。"

"太棒了，"莫奇森说，"太感谢你了，汤姆。我会告诉朋友们你的酒窖的。"莫奇森恭敬地接过那瓶酒。

汤姆说："你不可能改变想法了吗——就为了公平、尊重的体育精神——非要去伦敦和专家谈，造假的事？"

莫奇森微微一笑。"汤姆，我不能。体育精神！我怎么都想不明白你为什么要保护他们，除非……"

莫奇森早就有了这个想法，汤姆知道这想法是什么：汤姆·雷普利知道内情，并且从中获利或者获益。"没错，我从中获利，"汤姆很快地说，"你知道吗，我认识那天在宾馆和你说话的那个年轻人。我了解他的一切。他就是那个造假者。"

"什么？那个——那个——"

"没错，那个紧张兮兮的家伙。伯纳德。他认识德瓦特。一开始是很理想化的，你明白吗——"

"你的意思是，德瓦特知道这一切？"

"德瓦特死了。他们找人假冒的他。"汤姆脱口而出，感觉他再没什么可失去的了，也许还能收获些什么。莫奇森要争取活命的机会，但是汤姆还不能说出这个想法，清楚地说出来，时候还不到。

"那德瓦特去世——有多久了？"

"五六年了。他实际上死在了希腊。"

"那么所有的画——"

"伯纳德·塔夫茨——你知道他是什么样的人。如果他伪造已故朋友绘画的消息曝光出来，他可能会自杀。他告诉你不要再买画。那还不够吗？画廊让伯纳德按照德瓦特的风格画两幅画，你明白——"汤姆意识到是自己提出来的，不过那不重要了。汤姆还意识到他的辩解是徒劳的，不只是因为莫奇森固执己见，还因为汤姆自己的理由产生了分歧，他非常了解那个分歧。他看到了自己的是非两面。但是两面都很真诚：都是要拯救伯纳德，拯救那些假画，甚至拯救德瓦特，这些是汤姆一直在辩解的。莫奇森永远不会理解。"伯纳德想要脱身，我知道。我认为你不会为了证实一个观点，就愿意冒险逼一个人出于羞愧而自杀，对吗？"

"或许他开始之时，便应想到羞愧！"莫奇森看着汤姆的手，再看他的脸，又看向他的手。"是你假冒的德瓦特？没错。我注意过德瓦特的手，"莫奇森苦笑，"大家都以为我不注意小细节！"

"你很善于观察。"汤姆很快地说。他突然感到愤怒。

"我的天，我昨天就可以说的。我昨天就想到了。你的手。你的手总不能用胡子掩盖吧，不是吗？"

汤姆说："别管这些了，行不行？他们伤害到很多人吗？伯纳德的画很好，你不否认吧。"

"要我对此闭口不谈，想都不要想！不可能！即便是你或者任何人给我一大笔钱也甭想让我闭嘴！"莫奇森的脸更红了，他的下巴颤抖着。他重重地把酒瓶放到地上，但是没有碎。

拒绝他的酒是种小小的侮辱，或许汤姆现在是这么觉得，但小归小，却带来进一步的侮辱和愤怒。汤姆几乎立刻捡起瓶子，朝莫奇森挥去，砸在了他头的一侧。这次酒瓶碎了，酒水四溅，瓶底落到地上。莫奇森踉跄着撞在酒架上，把架子撞得震颤起来，没有酒瓶掉下来，倒下的只有莫奇森，他重重地坐下，撞到几瓶酒的顶端，但是没撞掉什么。汤姆抄起手边的东西——碰巧是一个空煤桶——朝莫奇森的头抡去。汤姆又砸了一下。煤桶的底座很重。莫奇森流血了，他侧身躺在石头地面上，他的身体有些扭曲。他不动了。

该怎么处理这些血呢？汤姆转了几圈，到处寻找一块破抹布，报纸也行。他走到油箱那里。油箱下有一块大破布，又脏又旧又硬。他拿回来擦地，但是一会儿就放弃了这一无用的举动，又一次看向四周。把他放在酒桶下，他心想。他抓住莫奇森的脚踝，然后又立即放下，摸了摸莫奇森的脖子，似乎没有了脉搏。汤姆深吸了一口气，把手伸到莫奇森的胳膊下面。他又拖又拽，把莫奇森沉重的尸体拖向木桶。木桶后面的角落很暗。莫奇森的脚露出来一点。为了不让莫奇森的脚伸出来，汤姆把他的膝盖蜷起来。但是因为木桶立在离地面大约有十六英寸的架子上，如果有人站在酒窖中间，看向那个角落，或多或少能看见莫奇森。如果弯腰，能够看到莫奇森整个身体。这么关键的时刻，汤姆心想，这里竟然找不到一张破被单、一条防水帆布或者报纸之类的东西盖着！都因为安奈特太太太整洁了！

汤姆扔掉那块沾满血污的破布，正好落在莫奇森的脚上。他踢了踢地面上的几块酒瓶碎片——现在血和酒混在一起——他迅速捡起酒瓶的瓶颈，砸向天花板上垂下来的一根电线上的灯泡。灯泡碎了，叮叮当当地落在地面。

然后，汤姆稍稍喘了口气，尽量让呼吸平复，边喘气边在黑暗中朝楼梯走去，然后爬了上去。他关上酒窖的门。备用厕所有个洗手台，他很快地洗了个手。血被流水一冲变成了粉色，汤姆以为那是莫奇森的血，后来发现血流个不停，原来是他的大拇指根部被割破了。不过不严重，原本有可能更严重的，所以他认为自己很幸运。他从墙上拽了一点厕所卷纸，缠在他的拇指上。

安奈特太太正在厨房里忙着，那是另一种幸运。汤姆心想如果她出来，他就说莫奇森先生已经上车了——万一安奈特太太问他去哪了。出发的时间到了。

汤姆跑向莫奇森的房间。莫奇森唯一还没打包的东西只剩外套和厕所的洗漱用品。汤姆把洗漱用品放在莫奇森手提箱的一个口袋里，扣上手提箱。然后他带着手提箱和外套下楼，走出前门。他把这些东西放进那辆阿尔法·罗密欧，然后跑上楼去拿莫奇森的《时钟》，那幅画还包得好好的。莫奇森对自己非常自信，他都不屑于打开《时钟》和《椅子上的男人》比一比。汤姆心想，骄兵必败。他把自己那幅包好的《椅子上的男人》从莫奇森的房间拿进自己的房间，塞进衣柜后的一个角落，然后拿着《时钟》下楼。他从备用厕所外的衣钩上取下雨衣，出门上了车。他驱车前往奥利机场。

汤姆想，莫奇森的护照和机票或许在他的夹克口袋里。他稍后再处理那些东西，最好是趁安奈特太太每天上午出去买东西的时候烧掉。汤姆突然还想到，他还没告诉安奈特太太伯爵要来的事情。汤姆决定找个地方给她打电话，但是不能从奥利机场打，因为他不想在那里逗留。

时间正好，好像莫奇森真的要去赶飞机一样。

汤姆出发开往大厅。这里有一些出租车和私家车，只要停靠时间不久，都可以停车接送人和行李。汤姆停下车，拿出莫奇森的行李箱，把它放在人行道上，然后把《时钟》靠着行李箱，最后把莫奇森的外套放在上面。汤姆开车走了。他注意到人行道上还有其他几小堆行李箱。他朝枫丹白露方向开去，停在路边的一家酒吧咖啡店。在奥利机场和南方高速公路的起点之间，沿途有很多这种中等大小的酒吧咖啡店。

他点了一杯啤酒，然后问有没有硬币，好去打电话。结果店里打电话不需要投币，于是汤姆拿起吧台收银机旁的电话，拨打家里的电话。

"喂，是我，"汤姆说，"莫奇森先生最后走得很急，所以他让我跟你说再见和感谢你。"

"哦，我明白。"

"另外——今晚还有另一位客人要来，博特洛兹伯爵，意大利人。我会在奥利机场接他，我们会在六点前到家。现在你能不能去买些——小牛肝?"

"肉铺现在有鲜嫩的羊腿!"

不知怎么地，汤姆现在不想吃任何带有骨头的东西。"如果方便的话，我想我更喜欢小牛肝。"

"配玛歌酒，还是默尔索酒?"

"酒我自己来定。"

汤姆付了账——他说他打电话到桑斯，那里比他住的村子还要远——出去上了车。他以悠闲的速度把车开回奥利机场，经过到站大厅和出发大厅时，注意到莫奇森的东西还在原来的位置。外套会是最先不见的，汤姆心想，会被某个大胆的年轻人顺走。如果莫奇森的护照还在外套里，那个小偷可能会加以利用。汤姆微微一笑，把车开进 P-4 停车区，一个一小时停车场。

汤姆缓缓走进一道自动开关的玻璃门,在报摊买了一份《苏黎世报》,然后查看爱德华多航班的抵达时间。这次航班很准时,他还有一些时间。汤姆走向拥挤的酒吧——那里一向很拥挤——最终他挤了进去,点了一杯咖啡。喝过咖啡后,他买了一张票,前往接机处。

伯爵戴着一顶灰色的洪堡毡帽。他留着细长的黑胡子,挺着大肚子,即便他的外套没系扣子依然明显。伯爵咧嘴露出笑容,那是真正自然的意大利人的笑容,然后他挥手致意。伯爵正出示他的护照接受检查。

然后他们握了握手,匆匆拥抱了一下对方,汤姆帮他拿着包裹和行李。伯爵还拿着一个公文包。伯爵带来的是什么,放在了哪里?他的行李箱甚至没打开,法国官员就示意放行了。

"请在这等一会儿,我去取下车,"他们走到人行道上时汤姆说,"只有几码远。"汤姆小跑着过去,五分钟后就回来了。

他必须开车经过到站大厅门,他注意到莫奇森的手提箱和那幅画还在那里,但是外套不见了。一个消失,还有两个待领。

开车回家的路上,他们聊了聊意大利和法国当时的政治局势,没有深谈,伯爵询问了海洛伊丝的情况。汤姆基本上不了解伯爵,这是他们第二次见面,不过他们在米兰聊过画,伯爵对这方面很感兴趣。

"现在伦敦有一场德瓦特的展览。我希望下周去看。你怎么看德瓦特回伦敦这件事?我是很震惊!这么多年来还是头一次有他的照片呢!"

汤姆根本没想去买伦敦的报纸。"太令人惊喜了。据说,他变化不大。"汤姆不打算说他最近刚去过伦敦并且看过那场展览的事情。

"我迫不及待要看看你家的画呢。那幅画叫什么来着？就是那幅有几个小女孩的？"

"《红色椅子》。"汤姆说，很惊讶伯爵居然还记得。他微笑着，方向盘握得更紧了。尽管酒窖放着一具尸体，尽管这一天恐怖阴森，这一下午伤透脑筋，汤姆还是很高兴回家——回到所谓的犯罪现场。汤姆并不觉得那是犯罪。或许是他反应迟钝，得到明天才会有感觉，甚至今晚就会有？他希望不会。

"意大利生产的浓缩咖啡越来越差劲。在咖啡厅里，"伯爵用严肃的男中音说，"太糟糕了。很可能是黑手党在背后操控。"他愤愤不平地望着窗外沉思了一会儿，然后继续说，"还有意大利的理发师，我的天！我开始怀疑我是否还认识我的国家！我以前最喜欢威尼托大街的那家理发店，现在他们店里新来的年轻人问我想用哪种洗发水。我说：'直接洗头就行——有什么就用什么呗！''可是你的头发是油性的还是干性的，先生？我们有三种洗发水。你有头皮屑吗？''没有！'我说，'现在难道不能有正常的头发了？还是普通的洗发水不存在了？'"

和莫奇森一样，伯爵称赞了丽影对对称整齐的执着。花园里虽然几乎没有一朵夏天剩下的玫瑰，却有着美丽的长方形草坪，周围环绕着粗壮庞大的松树。这是他的家，却一点都不寒酸。安奈特太太又在门口的台阶上欢迎他们，和昨天托马斯·莫奇森到的时候一样热情好客。汤姆又带着他的客人到客房，安奈特太太已经整理好了。现在喝下午茶太晚，于是汤姆说他就在楼下，伯爵可以随时来找他。晚饭定在八点。

然后汤姆回到自己房间解开《椅子上的男人》，拿下楼挂在原来的位置。安奈特太太或许已经注意到画有好几个小时不在那里了，不过如果她问起的话，汤姆会说莫奇森把它拿到自己的房间去了，想在不同的光线下欣赏。

汤姆拉开落地窗前厚重的红窗帘，望着后花园。随着夜幕降临，暗绿色的阴影变成了黑色。汤姆忽然想到他正站在酒窖里莫奇森尸体的正上方，于是缓缓地挪到了一边。他必须下楼，哪怕是今天半夜，清理干净酒渍和血迹。安奈特太太可能有理由去酒窖：她很注意家里有没有足够的燃料供应。然后呢，怎么把尸体搬到屋外？工具室里有一辆手推车。可以用工具室里的防水帆布盖着莫奇森，然后推到屋后的树林里埋掉吗？这方法太原始、太靠近房子让人不舒服，不过这或许是最好的办法。

伯爵下楼时精神焕发，蹦蹦跳跳的，虽然他是个大块头。他个子很高。

"啊哈！啊哈！"和莫奇森一样，他也被挂在客厅另一头的《红色椅子》给迷住了。不过伯爵立即转身，看向壁炉，似乎对《椅子上的男人》更着迷。"太漂亮啦！太美妙啦！"他盯着这两幅画。"你没有令我失望。这两幅画真令人赏心悦目。整栋房子都是。我指的是我屋里的那些素描。"

安奈特太太推着餐车过来，上面放着冰桶和几个玻璃杯。

伯爵看见一瓶意大利的潘脱蜜苦艾酒，说他要喝那瓶。

"伦敦的那家画廊为这次画展向你借画了吗？"

二十四小时之前，莫奇森也问过同样的问题，不过只问起《椅子上的男人》，他问是因为他好奇画廊对那些他们明明知道是赝品的油画是什么态度。汤姆感到头有点晕，好像就要昏倒了。他一直俯身对着餐车，现在他挺直身子。"借了。不过那很麻烦，你知道的，又要邮寄又要保险的。两年前我把《红色椅子》借出去展览过。"

"我或许会买一幅德瓦特的画，"伯爵沉思着说，"前提是我能买得起。以他的价格，我只能买幅小的。"

汤姆给自己倒了一杯纯苏格兰威士忌加上冰块。

电话铃响了。

"失陪一下。"汤姆说，然后接起电话。

爱德华多正在来回走动，看着墙上的其他东西。

电话那边是里夫斯·迈诺特。他问伯爵到了没，又问汤姆是不是一个人。

"是的，没错。"

"东西放在……"

"我听不清楚。"

"牙膏里。"里夫斯说。

"哦。"汤姆几乎是一声叹息，有疲倦、有轻蔑，甚至还有厌倦。这是小孩子的游戏吗？还是三流电影里的情节？"很好。地址呢？和上次一样吗？"汤姆有个巴黎的地址，实际上有三四个，他前几次给里夫斯寄东西的地址。

"那个就行。上次那个。一切顺利吗？"

"是的，我想是，谢谢。"汤姆愉快地说。他本来想提议里夫斯和伯爵说句话，以示友善，不过伯爵还是不知道里夫斯打过电话为好。汤姆感觉自己状态不佳，出师不利。"谢谢你打来电话。"

"如果一切顺利的话，就不必给我打电话。"里夫斯说，然后挂断电话。

"失陪一下，爱德华多。"汤姆说，然后跑上楼。

他走进伯爵的房间。他的一个手提箱放在一个旧木箱上，客人和安奈特太太经常把手提箱放在那里，但是汤姆首先看向浴室。伯爵没有拿出他的洗漱用品。汤姆走向手提箱，发现一个不透明的塑料袋，还带着拉链。他打开来，里面装的是烟草。另一个塑料包装的是刮胡刀、牙刷、牙膏，他拿起牙膏。牙膏管的尾部有点硬，而且是密封的。里夫斯的人很可能是用某种夹子把金属软管再次密封。汤姆小心地挤着牙膏管，在尾部感觉到一个硬块。他厌恶地摇摇头，把牙膏放进口袋，重新放好塑料包。他回到自己的房间，把牙膏放在左上方抽屉的里面，抽屉里有一个钮饰盒和一堆浆好的衣领。

汤姆下楼去见伯爵。

晚饭期间，他们聊起了德瓦特的神奇归来，还有伯爵在报纸上读到的他的采访。

"他住在墨西哥，不是吗？"汤姆问。

"是的。他不肯说他住在哪。就像 B. 特拉文[1]一样。哈！哈！"

伯爵称赞了这顿晚餐，吃得很满意。他有欧洲人的那种本事，满嘴食物还能讲话，如果换成美国人，一定会搞得狼狈不堪。

晚饭后，伯爵看到汤姆的留声机，想要听些音乐，他选择了歌剧《佩利亚斯和梅丽桑德》。伯爵想听第三幕——是女高音和深沉男音的二重唱，有点狂热。听音乐的时候，伯爵一边哼唱一边说话。

汤姆努力去听伯爵讲话，排除音乐的干扰，但是汤姆发现他很难不受影响。他没有心情听《佩利亚斯和梅丽桑德》。他需要的是《仲夏夜之梦》中的那首美妙至极的音乐，耳边响起另外一出内容沉

---

1. B. 特拉文（1890—1969），德国著名的隐士作家，晚年隐居墨西哥，代表作有《碧血黄沙》，被好莱坞搬上银幕。

重的歌剧时，他的脑海中回荡的却是门德尔松的序曲——紧张不安、滑稽搞笑、富有创意。他迫切需要的就是富有创意。

他们正在小酌白兰地。汤姆建议他们明天早上开车出去，在莫雷镇吃午饭。爱德华多说过他想要乘下午的火车前往巴黎。不过他首先要确定他已经看到汤姆所有的艺术珍宝，所以汤姆带他在整个房子转了一遍。甚至去了海洛伊丝的房间，那里有一幅玛丽·罗兰桑的画。

然后他们互道晚安，伯爵拿着汤姆的两三本艺术书回房间了。

汤姆回到自己房间，从抽屉里拿出韦德米卡姆牙膏，试着用指甲打开尾部，但是失败了。他走进作画的房间，从他的工作台拿了几把钳子。他回到房间，把牙膏管切开，一个黑色的圆柱体出来了。当然了，微缩胶卷。汤姆不知道清洗后它还能不能用，于是决定不洗了，只用纸巾擦了擦。闻起来一股薄荷味。他在信封上写下地址：

让-马克·卡尼耶先生收

巴黎第 9 区提松路 16 号

然后他用两张信纸包着那个胶卷，整个塞进信封。汤姆暗自发誓不再做这愚蠢的事情，因为贬低身价。他可以在不得罪里夫斯的情况下，告诉他。里夫斯有一个奇怪的想法，认为东西倒手的次数越多越安全。里夫斯防卫心理很强。不过他要付钱给每个经手的人，哪怕每个人只给一点点，他也损失很多钱。或许有些人愿意让里夫斯欠他们个人情？

汤姆穿上睡衣裤和便袍，探头看看走廊，很高兴看到爱德华多门底下没有光亮。他悄悄地下楼走进厨房。厨房和安奈特太太的卧室之间隔着两道门，中间要经过仆人进出的小走道，才能进入厨房，所以她不可能听到他的声音或者看到厨房的光亮。汤姆拿了一条耐用的灰色抹布，还有一罐漂白清洁剂，从柜橱拿了一个灯泡放进口袋。他走下酒窖。微微颤抖。这时他意识到他必须拿个手电筒和一把可以站上去的椅子，于是他回到厨房，拿了餐桌旁的一把木椅，从走廊的桌子抽屉里取出一个手电筒。

他把手电筒夹在胳膊下，卸下打碎的灯泡，装上一个新的。酒窖亮了起来。莫奇森的鞋子还露在外边。汤姆意识到莫奇森的两条腿因为身体僵硬伸直了，他吓得毛骨悚然。或者，他不可能还活着吧？汤姆强迫自己去确认，否则他知道他今晚别想睡着了。汤姆用手指背面碰了碰莫奇森的手。那就足够了。莫奇森的手冰冷而且僵硬。汤姆拿起那块盖着莫奇森脚的灰色抹布。

角落里有一个装着冷水的水池。汤姆弄湿了抹布，开始干活。抹布上原来的血色被他洗掉了，他看不出地面上的污渍有什么改善，看起来颜色很深，不过那或许是因为还湿着的缘故吧。好吧，要是安奈特太太问起来，他可以说他打碎了一瓶酒。汤姆捡起灯泡和酒瓶的最后几块碎片，仔细地在水池清理抹布，又捡起水池出水口的玻璃碎片，放进他睡衣的口袋里。他又用那块抹布擦地。然后他回到楼上，借着厨房充足的光线确定抹布上的红色痕迹都洗掉了，或者几乎看不出来。他把那块抹布搭在水池底下的排水管道上。

但是还有具该死的尸体。汤姆叹了口气，想到先锁上酒窖，等明天他送爱德华多离开后再回来，但是如果安奈特太太想要进来，这不会显得很奇怪吗？而且她自己也有钥匙，也有酒窖户外那道门的钥匙，那道门的锁和这个不一样。谨慎起见，他拿了一瓶玫瑰红葡萄酒和两瓶玛歌酒，放在了厨房餐桌上。有时家里有用人还真是件烦人的事情。

汤姆上床睡觉时，感觉比前天晚上还要累，他想过把莫奇森放进酒桶。但是他估计还得找个桶匠把那该死的木桶箍环重新装好。得把莫奇森泡在某种液体里，否则他会在空木桶里撞来撞去。再说他自己怎么能把莫奇森那么重的身体塞进木桶呢？这不可能。

　　汤姆想到放在奥利机场的莫奇森的手提箱和《时钟》。现在一定有人把东西拿走了。莫奇森的手提箱里或许有通讯簿、旧信封。明天，莫奇森或许会被宣布"失踪"。或者是后天。泰特美术馆的人还等着明天早上跟莫奇森碰面。汤姆想知道莫奇森是否告诉过别人他要去汤姆·雷普利家。汤姆希望他没有。

7

星期五阳光明媚，也很凉快，不过还称不上凉爽。汤姆和爱德华多坐在客厅落地窗附近吃早餐，阳光照进窗内。伯爵穿着睡衣裤和便袍，他说如果屋里有女士，他不会这么穿，但是他希望汤姆不会介意。

刚过十点，伯爵上楼换衣服，下楼时拿着手提箱，准备乘车离开去吃午餐。"不知道能不能借管牙膏，"爱德华多说，"我想我把牙膏落在米兰宾馆了。我真是太笨了。"

汤姆正等着伯爵借呢，他很高兴他终于提出了。汤姆去厨房找安奈特太太。汤姆猜测伯爵的洗漱包在楼下的手提箱里，他最好带伯爵去那个有洗手台的备用厕所。安奈特太太给他送来了牙膏。

信件来了，汤姆起身去看了一下。海洛伊丝寄来的一张明信片，没说什么重要的事。还有一封克里斯托弗·格林里夫写来的信。汤姆把信封撕开。上面写道：

亲爱的雷普利先生：

　　我刚刚发现我可以乘坐包机前往巴黎，所以我会提早到。我希望你此时在家。我和我的朋友杰拉尔德·海曼一起，他和我年纪相仿，但是我保证我不会带他来找你，因为这可能会很麻烦，虽然他人很好。我会在十月十九日星期六到达巴黎，到了会给你打电话。飞机会在法国时间晚上七点抵达，所以周六我会在巴黎找个宾馆过夜。

此致

你真诚的，

克里斯·格林里夫

十月十五日，一九——

明天就是星期六。至少克里斯明天不会到。谢天谢地，汤姆心想，他现在唯一需要的就是伯纳德的出现。汤姆想让安奈特太太接下来两天不要接电话，不过那样会显得很奇怪，还会让安奈特太太很气恼，因为她每天至少要接一个朋友打来的电话，经常是村里另一个女管家伊芳太太。

"坏消息吗？"爱德华多问。

"哦，不是，完全不是。"汤姆回答道。他必须把莫奇森的尸体搬出去。最好是今晚。当然他可以让克里斯晚点来，告诉他自己至少要忙到下周二。汤姆想象着明天一位警察过来，寻找莫奇森，没过几秒钟就在最符合逻辑的地方——酒窖，发现了他。

汤姆走进厨房和安奈特太太说再见。她在擦亮一个大大的银碗和一大堆汤匙，上面都刻着海洛伊丝家族的首字母缩写 P. F. P.。"我要出去一趟。伯爵先生就要离开了。需要我捎点什么东西回来吗？"

"你能不能买些新鲜的欧芹回来，汤米先生——？"

"我记住了。欧芹。我想五点前我就会回来。今晚的晚饭只有我一个人。做点简单的就行。"

"需要我帮你拿个袋子吗？"安奈特太太站起来说，"我今天真是心神不宁。"

汤姆向她保证不必了，不过她还是出来和伯爵告别。伯爵向她鞠躬致意，用法语称赞了她的厨艺。

他们开车前往内穆尔，看了镇上的集市和喷泉，然后一直往北沿着卢万河开往莫雷镇，这里的单行道汤姆很熟，顺利地开了过去。这个镇子有着壮观的灰石塔，位于河上那座桥的两端，以前是城门。伯爵着了迷。

"这里不像意大利那么脏。"他说道。

他们慢慢地吃着午餐，汤姆竭尽全力掩饰着自己的紧张，他频繁地望向窗外岸边的垂柳，希望自己的内心也能达到那些柳枝随风飘摆的从容节奏。伯爵絮絮叨叨地讲着他女儿的第二次婚姻，她再嫁给一名贵族青年，他因为娶了一个结过婚的女人，一度被他的博洛尼亚家族所遗弃。汤姆基本上没听他说话，因为他一直在想处理莫奇森尸体的事情。他应该冒险把他丢进河里吗？他能把莫奇森的尸体扔过桥栏杆吗？还要加上石头的重量？还不被看见？如果他只是简单地把尸体拖到河岸扔下去，即便是绑上石头，他又怎能确保莫奇森会沉得足够深呢？天开始下起毛毛雨。汤姆心想，这会让挖土更容易。归根结底，屋后的树林可能才是最好的选择。

到了默伦站，爱德华多只等了十分钟，去巴黎的火车就来了。他和汤姆亲切地告别后，汤姆开车去最近的香烟店，多买了几张邮票贴在信封上，寄给里夫斯手下，免得因为邮费少了五分而被某个小气的邮局员工拦下来。

汤姆给安奈特太太买了欧芹。法语是 persil。德语是 petersilie。意大利语是 prezzemolo。然后汤姆开车回家。太阳正在落下。汤姆想着如果夜里安奈特太太从她面对后花园的浴室窗户往外看，树林里手电筒的光或者别的光会不会吸引她的注意？如果她上楼到他的房间告诉他她在树林看到一束光，结果却发现他不见了？据汤姆了解，没有人会去那片树林，即便是郊游的人和采蘑菇的人都不会去。但是，汤姆打算往树林里走远一些，或许安奈特太太就看不到光了。

汤姆回到家，他忍不住立刻穿上李维斯牛仔裤，把手推车推出工具室。他把手推车推到通往后面阳台的石阶下。然后，趁着光线够亮，他又穿过草坪小跑到工具室。如果安奈特太太注意到他，他就说他想在树林做些堆肥。

安奈特太太浴室的灯还亮着，窗子是毛玻璃的，他推测她正在洗澡，因为平常这个时间如果厨房没什么事，她就会去洗澡。汤姆从工具室拿了把四齿钢叉去了树林。他在寻找合适的地方，他希望能够先开始挖个洞，那样能让他稍微振奋点，他必须要在明天完成这件事，明天一大早。他在几棵小树之间找了个地方，希望不会挖到太多的大树根。在黯淡的光线下，汤姆相信这是最好的地方，尽管它离树林的边缘、他家的草坪只有八十码的距离。汤姆奋力地挖着，释放着一整天都在折磨他的紧张情绪。

接下来是垃圾，他想。他停了下来，喘着气，仰天大口呼气笑出声来。现在把垃圾箱里的土豆皮、苹果核都收集起来，把它们和莫奇森的尸体埋在一起？再撒一大把肥料使之分解腐烂？厨房里有一袋肥料。

现在天非常暗了。

汤姆拿着钢叉回到工具室，放回原位，看见安奈特太太浴室的灯还亮着——现在才七点——于是汤姆下楼去酒窖。现在他更有勇气碰莫奇森了，或者叫这个名字的那一摊东西。他把手伸进莫奇森夹克的里兜。汤姆很好奇他的机票和护照在哪里。他只找到一个钱包，钱包里有两张名片落在地上。汤姆犹豫了一下，然后把名片放回钱包，塞回了口袋里。夹克的一侧口袋装着一个钥匙环，上面有一把钥匙，汤姆没拿。另外一侧的口袋压在莫奇森身体下面，比较难掏，因为莫奇森的身体僵硬得像一块雕塑，重量好像也差不多一样重。左口袋里什么也没有。裤子口袋只装了几枚英国和法国的硬币，汤姆没动那些硬币。汤姆也没动莫奇森手上的两只戒指。如果有人在汤姆的地盘上找到莫奇森，他的身份就会一清二楚：安奈特太太曾经见过他。汤姆离开酒窖，在楼梯顶上关掉灯。

然后汤姆洗了个澡，刚洗完电话铃就响了。汤姆冲过去接，希望、期待是杰夫打来的电话，或许会有好消息传来——不过什么才算是好消息呢？

"你好，汤米！我是杰奎琳。你好吗？"

杰奎琳·伯瑟林是他的一位邻居，她和丈夫文森特住在几公里外的一个城镇。她想邀请汤姆周四去吃晚餐。她还邀请了克雷格夫妇，汤姆认识这对英国的中年夫妻，他们住在默伦附近。

"你知道，亲爱的，真是太不巧了。我有一位客人要来，是一位美国年轻人。"

"带他一起过来。我们欢迎他。"

汤姆想要挂断，可是完全做不到。他说过两天他再给她回话通知她，因为他不确定这位美国朋友要逗留多久。

汤姆正准备离开房间，电话又响了。

这次是杰夫，他说他是从斯特兰德宫酒店打的电话。"你那边事情进展怎么样？"杰夫问。

"哦，很好，谢了。"汤姆微笑着说，用手指梳过头发，就好像为了保护德瓦特有限公司杀了个人，尸体就躺在他的酒窖里，他也浑不在意似的。"你那边怎么样？"

"莫奇森在哪？他还和你在一起吗？"

"他昨天下午回伦敦了。不过——我认为他不会和——你知道的，泰特美术馆的那个人谈话了。这一点我确定。"

"你说服他了？"

"没错。"汤姆说。

杰夫叹了口气，也许舒了口气，隔着海峡都能听见。"太棒啦，汤姆。你真是个天才。"

"告诉他们冷静点。尤其是伯纳德。"

"嗯——我们的问题就出在这儿。我当然很乐意告诉他。他——他很沮丧。我们想带他出去走走，马耳他啊，什么地方都可以，等画展结束再回来。每次有展览他就会这样，但是这回更糟，因为——你懂的。"

"他在做什么？"

"坦率地说，就是意志消沉。我们甚至打电话给辛西娅——她还依然对他有点感情，我觉得。不过我们没有告诉她——现在的问题，"杰夫赶紧补充道，"我们只是问她能不能花点时间陪陪伯纳德。"

"我猜她说不行。"

"没错。"

"伯纳德知道你找她谈过吗？"

"艾德告诉他了。我知道，汤姆，我们好像做错事了。"

汤姆不耐烦了。"你们就不能让伯纳德安静几天吗？"

"我们给他吃了镇静药，温和的那种。今天下午我在他的茶里放了一片。"

"你能不能告诉他莫奇森——已经稳住了？"

杰夫笑了。"好，汤姆。他回伦敦做什么？"

"他说他在那有一些事情要办。之后他就回美国。听着，杰夫，这几天不要再打电话了，嗯？我可能不会在家。"

汤姆想如果警察不辞辛苦查看电话记录，他能够这么解释他给杰夫打的那几个电话，或者接到杰夫打的电话：他考虑要买《浴盆》，和巴克马斯特画廊在谈论这件事。

当天晚上汤姆去了工具室，拿回来一块油布和一捆绳子。趁着安奈特太太打扫厨房，汤姆把莫奇森的尸体裹了起来，系上绳子，方便抓住。尸体很笨重，就像个大树干一样，只是比那更重，汤姆心想。汤姆把它拖到酒窖台阶前。尸体被包裹着让他感到舒服一点，但是临近门口、台阶和前门时，汤姆浑身上下的神经又紧张起来。如果安奈特太太看见他，或是那些老来按门铃的人——卖篮子的吉卜赛人、镇上干杂活的米歇尔问有没有活干，或者卖天主教宣传册的小男孩——见了问起，他该怎么说？他又该怎么解释要装上手推车的那个庞然大物？他们也许不会问，但是他们会盯着看，然后来一句典型的法国酸话："可不太轻啊，是不是？"而且他们会记着这件事。

汤姆没睡好觉，而且奇怪的是，他能够听到自己的呼噜声。他始终没有完全睡着，所以他早上五点很容易就醒了。

下楼后，他把前门的门垫推到一边，然后下到酒窖。莫奇森被顺利拽到台阶的一半时，汤姆已经费了九牛二虎之力，必须停下来歇歇。绳子有点勒手，但是汤姆懒得再跑到工具室去拿园艺手套了。汤姆又拉紧绳子，一口气拽到了顶端。在大理石地面拖就容易多了。他改变方法，把手推车推到前门，让它斜靠在一侧。他原来想通过落地窗把莫奇森弄出去，可是在地毯上他根本没法拽着他穿过客厅。现在他拖着那个瘦长的大包裹下了门外的四五级台阶。他竭力把尸体整个放进手推车里，这样他抬高手推车倾斜的那一侧时，尸体就能摆正了。他这样做了，可是手推车却整个翻了过去，又把莫奇森摔到了另一边地上。这场景几乎算得上滑稽了。

一想到要把尸体再拖回酒窖，汤姆就觉得痛苦，简直无法想象。汤姆花了大约三十秒，积攒体力，盯着地上那个该死的东西。然后猛地朝它扑了过去，好像它是个活的、尖叫的巨龙，或者是某种鬼怪，他不杀它，就会被杀掉一样，然后把尸体举起来，扛上了摆正的手推车。

手推车的前轮陷入了碎石子地。汤姆马上就知道，想要把它推过草坪是不可能的了，昨天的阵雨让泥土有些松软。汤姆跑过去打开他家的大门。前门台阶和大门之间是条不规则的石板路，一切进行得很顺利，手推车被推上了坚硬的砂石路面。汤姆右边的一条小路通往汤姆屋后的树林，那是一条狭窄的小路，更像是一条步行或者手推车通行的小道，而不是车道，尽管它足够一辆车通行。汤姆控制着手推车避开小路上的一些坑坑洼洼，最终到达了他的树林——当然不属于他，不过他感觉树林现在就是他的，他很高兴能得到树林提供的庇佑。

汤姆推着手推车走了一段路，然后停下来，寻找他之前挖开的地方。他很快就找到了。从这条小路到树林有个斜坡，汤姆之前没考虑到这个问题，所以他只好把尸体倒在小路上，拖它上去。然后汤姆把手推车拉进树林，这样万一有人经过小路时，不会看见手推车。这时天亮了一点。汤姆小跑进工具室去取钢叉。他还拿了一把生锈的铁锹，是他和海洛伊丝买房子之前谁留下的。这把铁锹上有个洞，不过还是有用的。汤姆回去继续挖土。他挖到了一堆树根。

过了十五分钟，他看出来那天早上他不可能挖完那个洞了。首先，八点半时，安奈特太太就会端着咖啡上楼去他的房间。

一个穿着褪色蓝衣服的男人推着一个装满柴火的自制木质推车，正要走过那条小路，汤姆赶紧躲了起来。那个人没有看向汤姆的方向。他正朝汤姆家门口的那条路走去。他从哪里冒出来的？或许他在偷政府林地里的木头，因而巴不得避开汤姆，汤姆也巴不得避开他。汤姆把那个坑挖到将近四英尺深，但是坑里树根交错，需要用锯子切断。然后他爬出来，看向四周想找个斜坡，或者洼地，能够暂时藏匿莫奇森的尸体。汤姆发现十五英尺外有一个，于是又用绳子把尸体拉了过去。他用落下的树枝和树叶盖住了那块灰色的油布。至少小路上的行人不会注意到，他心想。

然后他把变得轻如羽毛的手推车推到小路上，又特意把手推车推回工具室，免得万一安奈特太太发现后会来问他。

他必须从前门进入，因为落地窗锁上了。他的额头满是汗水。

上了楼，他用热毛巾擦了遍身，重新穿上睡衣上床睡觉。现在还差二十分钟到八点。他为德瓦特有限公司做的够多了，他心想。他们值得自己这么做吗？奇怪的是，伯纳德值得他这么做。要是他们能帮助伯纳德度过这次危机就好了。

但是不应该这样看问题。他不会只为了拯救德瓦特有限公司或者伯纳德而杀人的，汤姆心想。汤姆杀害莫奇森，因为他在酒窖发现是汤姆冒充的德瓦特。汤姆杀害莫奇森是为了救自己。然而，汤姆扪心自问，当他们一起下酒窖的时候，他不是已经打算好要杀掉莫奇森吗？他没打算杀他吗？汤姆根本无法回答这个问题。何况这件事真那么重要吗？

伯纳德是那三个人里，汤姆唯一不甚了解的人，然而汤姆最喜欢伯纳德。艾德和杰夫的动机很简单，就是赚钱。汤姆怀疑不是辛西娅提出和伯纳德分手的。如果是伯纳德（他当然曾经深爱过辛西娅）因为伪造而羞愧地提出分手，汤姆也不会感到意外。如果哪天能听到伯纳德讲这件事的详情，一定会很有趣。没错，伯纳德身上有神秘感，神秘感就是魅力所在，汤姆心想，那也会使人陷入爱河。尽管他屋后的树林里埋着丑陋的油布盖着的庞然大物，汤姆还是感到自己的思绪飘到好远，就好像身处云端一样。这种感觉很奇怪，却也令人非常愉快，幻想着伯纳德的欲望、恐惧、羞耻或许还有爱情。伯纳德就像真正的德瓦特，有点像个圣人。

两只苍蝇疯狂地绕着汤姆打转，让他很心烦。他从头发上抓到一只。它们在他的床头柜旁飞来飞去。天凉了怎么还有苍蝇，今年夏天他已经受够它们了。法国乡村的苍蝇种类之多是出了名的，汤姆曾在哪里读到过，说比奶酪的种类还多。一只苍蝇跳到另一只的背上。光天化日之下！汤姆点着一根火柴，凑近那对杂种。翅膀发出咝咝声。嗡嗡——嗡嗡。双腿在空中抽动着，死前最后的抽动。啊，爱之死[1]，生死相依！

既然它能发生在庞贝，在丽影发生又有何不可呢，汤姆心想。

1.《爱之死》，理查德·瓦格纳 1859 年的歌剧《特里斯坦和伊索尔德》中最后的戏剧音乐。作为文学术语，爱之死指的是在性爱中死去，通过死亡达到爱情的极致。

8

汤姆慵懒地度过了周六上午，给海洛伊丝写了一封信，由雅典的美国运通公司转送，下午两点半，像往常一样，他在收音机上收听一个喜剧节目。安奈特太太有时会在周六下午看到汤姆在黄沙发上笑到前仰后合，海洛伊丝偶尔会让他翻译，但多数内容都没办法翻译，更不用说双关语了。中午安东尼和艾格尼丝·格雷斯夫妇打来电话邀请汤姆去喝下午茶，下午四点，汤姆应邀前往。他们住在维勒佩斯的另一侧，走路就能到。安东尼是位建筑师，在巴黎上班，工作日就住在市区的工作室。艾格尼丝是位安静的金发女郎，大约二十八岁，住在维勒佩斯，照顾他们的两个年幼的孩子。格雷斯家还有四位客人，都是巴黎人。

"最近你在忙什么，汤米？"格雷斯问道，喝完茶后，她拿出丈夫的待客宝贝，一瓶浓烈的陈年荷兰琴酒，格雷斯建议喝的时候不加冰。

"画点油画。也可能在花园里闲逛，整理园子吧。"法国人说整理就意味着除草。

"不寂寞吗？海洛伊丝什么时候回来？"

"也许再过一个月吧。"

在格雷斯家的一个半小时，对汤姆起到了放松精神的效果。格雷斯夫妇没有问起他的两位客人——莫奇森和博特洛兹伯爵，或许他们没留心，或者安奈特太太讲的话还没传到他们耳朵里，安奈特太太经常在食品店闲聊。格雷斯夫妇也没注意到汤姆红肿到几乎要流血的手掌，用绳子拉莫奇森弄的手现在还疼着呢。

那天晚上，汤姆脱掉鞋躺在黄沙发上，翻看《哈拉普词典》。词典太重了，他不得不搁在大腿或者桌子上。他知道会有人来电话，但是不确定会是谁，到了十点一刻，有电话打来。是巴黎的克里斯·格林里夫。

"请问是——汤姆·雷普利吗？"

"没错。你好，克里斯。你好吗？"

"很好，谢谢。我和朋友刚刚到这儿。真高兴你在家。如果你写了信，我时间不够可能接不到。嗯——我想——"

"你现在住哪？"

"在路易斯安那宾馆。是家乡的朋友强烈推荐的。这是我到巴黎的第一个晚上。我还没来得及打开手提箱。不过我想我要先给你打电话。"

"你有什么计划？你想要什么时候过来？"

"哦，随时都可以。当然我还想在巴黎游览一下。首先应该是看看卢浮宫吧。"

"星期二怎么样？"

"嗯——可以，不过我在想可不可以明天去，因为我朋友明天一整天都很忙。他有个表亲住在这，年纪比较大，美国人。所以我希望……"

不知怎地，汤姆无法拒绝他，也想不出好借口。"明天。没问题。下午吗？上午我有点忙。"汤姆告诉他必须到里昂火车站坐火车前往莫雷萨布隆城堡，还有当他确定搭哪趟火车后，再给自己打电话，这样汤姆就知道什么时候去接他。

很明显明天克里斯会来这过夜。汤姆明白明天早上他必须挖好莫奇森的坟墓并且把他埋进去。事实上，可能就为这他才允许克里斯明天过来的。对他而言，那是一种额外的催促。

克里斯听起来很天真，但是或许他继承了某些格林里夫家族的优良品德，不会住得太久惹人生厌。这个想法让汤姆痛苦得脸都扭曲了，当年他年少无知，在蒙吉贝洛的迪基家里就一直赖着不走，当时他已经二十五岁了，还不是二十岁。汤姆从美国去的意大利，确切地说，是迪基的父亲赫伯特·格林里夫派他去的，希望他能带迪基回家。当时是个很典型的场景。迪基不想回到美国。汤姆当时的幼稚现在想起来都令他不堪回首。他得学多少东西啊！然后——啊，汤姆·雷普利从此留在了欧洲。他已经学会了很多事情。毕竟他有钱了——迪基的钱——女孩们都非常仰慕他，事实上，汤姆有种被追捧的感觉。海洛伊丝·普利松就是其中一个追求者。在汤姆看来，她既不呆头呆脑，也不一脸正经，更不放肆激进，不是那种无聊乏味之辈。汤姆没有求婚，海洛伊丝也没有。那是他生命里黑暗的一章，非常短暂。他们在戛纳租了个小房子住，海洛伊丝就说："既然我们住在一起，为什么不干脆结婚呢？……正好，我也不确定爸爸是否支持（她怎么用法语说的'反对'？得查一下）我们长期同居下去，而如果我们真的结婚的话——那就生米煮成熟饭了。"汤姆在婚礼上看起来脸色苍白，尽管那是在某个法院举行的公证婚礼，而且没有人观礼。海洛伊丝后来笑着说："你的脸都白了。"这是事实。不过汤姆至少撑过去了。他希望能够得到海洛伊丝的一句称赞，尽管他知道男人有这愿望有点可笑。一般应该是新郎说"亲爱的，你真是太美啦！"或者"你的脸上洋溢着美好和幸福！"诸如此类的。好吧，汤姆的确脸色苍白发青。至少走红毯时他没有倒下——

那是在法国南部的一个地方法院，那条红毯昏暗肮脏，两边是几排空荡荡的椅子。结婚应该秘密进行，汤姆心想，就和新婚之夜一样隐私——这无需多言。坦率地讲，婚礼上每个人想的都是新婚之夜，既然如此，为什么又要把婚礼弄得如此大张旗鼓？这样也未免太过低俗了。为什么不能给朋友们个惊喜，就说："哦，我们已经结婚三个月啦！"过去举行公开的婚礼，原因简单明了——她不是我们的责任了，你别想逃避，老兄，不然新娘的五十多个亲戚非把你下油锅炸了——但是到这年代还有必要吗？

汤姆上床睡觉。

星期天早上，又是五点左右，汤姆穿上李维斯牛仔裤，悄悄地下了楼。

这次，汤姆开前门出去时，正好撞见安奈特太太打开厨房门往客厅走。她的脸颊上捂着一块白布——毫无疑问白布里包着炒热的粗盐在热敷——她一脸痛苦的表情。

"安奈特太太——你牙又痛了。"汤姆同情地说。

"我一宿没睡，"安奈特太太说，"你起得很早，汤米先生。"

"那个该死的牙医。"汤姆用英语说。他又用法语说："还有神经脱落这一说！他根本不知道自己在做什么。听我说，安奈特太太，我楼上有一些黄色药片，我刚刚想起来。从巴黎买的。专治牙疼。等我一下。"汤姆跑回楼上。

她吃了一粒胶囊。安奈特太太吞下时眨了眨眼。她有一双淡蓝色的眼睛。她上眼皮细长，眼角向下垂，看起来像北欧人。她父亲是位布列塔尼人[1]。

---

1. 法国西部地区。

"如果你愿意的话，今天我可以带你去枫丹白露。"汤姆说。汤姆和海洛伊丝的牙医在枫丹白露，汤姆想星期天他可能愿意给安奈特太太看看牙。

"你为什么起那么早？"安奈特太太的好奇心好像比牙疼严重。

"我想在花园里干点活，然后再回去睡一个小时左右。我也睡不着觉。"

汤姆轻声说服她回到房间，把那瓶胶囊也给了她。他告诉她，二十四小时吃四粒就行。"不用麻烦给我做早餐和午餐了，亲爱的太太。今天好好休息。"

然后汤姆出去完成他的任务。他不紧不慢地干着，或者至少他认为这速度合适。那个坑应该得有五英尺深，不折不扣的。他从工具房拿了一把锈迹斑斑的木锯，但是还能用，然后与盘根错节的树根展开鏖战，根本不顾粘在锯齿里潮湿的泥土。进展顺利。当他挖好坑，从里面爬出来的时候，天已经基本放亮了，尽管太阳还没有升起，他的毛衣前面全是泥巴，可惜了这件米色羊绒衫。他四下张望，不过穿过树林的那条小路上没有一个人。真是件好事，汤姆想，法国乡间的居民都会把狗拴好，不然昨晚保不齐就会有狗嗅到了树枝下的莫奇森的尸体，叫声能传到一公里以外。汤姆再次使劲拉着绑住莫奇森的绳子。尸体砰的一声掉了下去，在汤姆听来是如此悦耳。用锹填土同样令他高兴。还有一些多余的土，汤姆用脚把坟踩平后，把剩余的土撒向各个方向。然后他慢慢地走过草坪，带着一种成就感，一路绕到前门。

他用海洛伊丝的浴室里某种柔和的洗衣液把毛衣洗净，然后美美地睡到十点。

汤姆在厨房煮了些咖啡，然后出去到报摊买他爱看的英国报纸

《观察者》和《星期日泰晤士报》。他通常会找个地方边看这两份报纸边喝咖啡——他非常喜欢这样做——但是今天他想一个人看有关德瓦特的报道。汤姆差点忘记买安奈特太太喜欢的日报，是《巴黎人报》的地方版，上面的大标题总是红色的。今天的头版头条是一个十二岁孩子被勒死的事情。报摊外各家报纸的广告牌都清一色的怪异，但是方式不一样：

珍妮和皮埃尔再次亲吻！

他们是谁？

玛丽被克劳德气炸了！

法国人从来都不是不悦而已，他们动不动就气炸。

奥纳西斯害怕他们抢走杰姬！

法国人失眠就为担心这种事情？

尼科尔怀孕了！

老天啊，尼科尔是谁？汤姆向来不知道这些人是谁——或许是电影明星、流行歌手——但是很明显他们使报纸热卖。英国皇室的活动真教人难以置信，伊丽莎白和菲利普一年三次要闹离婚，玛格丽特和托尼老是彼此口出恶言。

汤姆把安奈特太太的报纸放在厨房餐桌上，然后上楼回到房间。《观察者》和《星期日泰晤士报》的艺术评论版上都有一张他冒充菲利普·德瓦特的照片。其中一张，他正要回答问题，贴着那些讨厌的胡子，张着嘴。汤姆很快地看了下那篇报道，不打算逐字细看。

《观察者》写道："……长时间的隐退后，菲利普·德瓦特周三下午神奇地现身在巴克马斯特画廊，他更喜欢大家直接称他德瓦特，他对自己在墨西哥的住址缄口不言，被问起他的作品和同代艺术家的创作时又滔滔不绝。关于毕加索，他说：'毕加索的作品分时期。我不分什么时期。'"《星期日泰晤士报》的那张照片里，他站在杰夫的桌子后面，左手握拳举起，汤姆不记得他做过那个动作，不过有照片为证。"……穿着的衣服明显在衣柜放置多年……从容应对十二位记者的追问，六年的隐居生活后，那些提问就像是一次审问，我们猜测。""我们猜测"是讽刺吗？汤姆认为不是，因为余下的都是溢美之词。"德瓦特现在的油画保持着很高的水准——怪异、奇特，甚至病态，或许可以这么说？……德瓦特的画没有一幅是草草了事或者没有把握的。它们是充满爱的心血之作，尽管他的技法对他而言似乎快速、新鲜、轻松。但请不要把这与外观上的机巧混为一谈。德瓦特说他创作一幅画至少要两周时间……"他说过吗？"……他每天都创作，经常一天超过七个小时……男人、小女孩、椅子、桌子、燃烧的奇怪事物，这些都是画中的主题元素……这次画展的作品定会再次全部卖出。"完全没提德瓦特在采访结束后突然消失。

真遗憾，汤姆心想，这些称赞不能雕刻在伯纳德·塔夫茨的墓碑上，无论他的墓碑最终在哪。汤姆想起"此地长眠者，声名水上书"[1]，他三次参观罗马的英国新教公墓，每一次这句话都使他热泪盈眶，有时只要想起这句话，他的眼睛就开始湿润。或许伯纳德，这个辛勤工作的人，这位艺术家，死之前会为自己写下墓志铭。或者，他会不会一举成名，因为画了一幅"德瓦特"的画，一幅现在还没画出来的惊世之作，却终将无法署上自己的名呢？

或者，伯纳德还会再画一幅德瓦特吗？天啊，汤姆意识到他根

---

1. 这是英国浪漫主义诗人济慈（John Keats，1785—1821）生前为自己撰写的墓志铭。济慈不愿把名字刻在墓碑上，而是写在水上，让这一生随流水逝去。但是他遗留下来的诗篇却一直誉满人间。

本就没有定论。伯纳德有没有再画他自己的作品，塔夫茨的作品？

快到中午时，安奈特太太感觉好多了。正如汤姆所预料的，因为止痛药起效了，她就不想去枫丹白露看那位更好的牙医了。

"太太——看起来，我现在收到了铺天盖地的邀请。真遗憾海洛伊丝太太不在家。不过今晚有客人来吃晚餐，一位叫做克里斯托弗的年轻人，是个美国人。我可以在村子里买好所有需要的东西……不——不，你好好休息吧。"

汤姆立刻出去买东西，两点前回到家。安奈特太太说有位美国人打来电话，但是他们语言不通，这位美国人会再次打来。

克里斯确实打来了，汤姆打算在六点半去莫雷接他。

汤姆穿上法兰绒裤，一件高领毛衣和一双沙漠靴，开着阿尔法·罗密欧离开。今晚的菜单是绞肉——法式汉堡，鲜嫩美味，简直能生吃。汤姆曾经见过美国人吃着巴黎杂货铺卖的加了洋葱和番茄酱的汉堡，那一脸的陶醉，哪曾想他们才刚离开美国二十四小时而已。

正如他之前预测的一样，汤姆一眼就认出了克里斯·格林里夫。尽管汤姆的视线被几个人挡住了，但是克里斯托弗顶着金发的脑袋还是高出别人一头来。他的眉眼和迪基一样微蹙着。汤姆举起一只手打招呼，不过克里斯托弗犹豫着，直到他们眼神对视，汤姆露出微笑。这个男孩的微笑和迪基的很像，如果非要说有区别的话，那就是嘴唇，汤姆心想。克里斯托弗的嘴唇更饱满，和迪基一点都不像，毫无疑问遗传了妈妈那一边。

他们握了握手。

"这里真的就像乡下一样。"

"你觉得巴黎怎么样？"

"哦，我很喜欢。比我想的要大。"

克里斯托弗什么都不放过，伸着脖子看着沿途最普通的酒吧咖啡店、法国梧桐、民宅。他的朋友吉拉尔德可能会去斯特拉斯堡两三天，克里斯托弗告诉汤姆。"这是我见过的第一个法国村庄。这是真的，不是吗?"他问，仿佛这是舞台场景一般。

克里斯的热情让汤姆觉得很有趣，同时又莫名地感到紧张。汤姆记得自己当年的狂喜——可他一直无人可以倾诉——第一次从行驶的火车上看到比萨斜塔，第一次看到戛纳海岸的弧形光线。

天黑了，看不太清丽影的全貌，不过安奈特太太打开了前门的灯，从房子左前方的厨房透出的灯光，可以大概估计出房子的大小。听着克里斯欣喜若狂的赞美，汤姆暗笑起来，不过那些话确实令汤姆很开心。有时汤姆真想把丽影和普利松家族踢烂，好像它们是个砾岩沙堡，他一脚就能摧毁。他常常会被法国人的狠心、贪婪、谎言激怒，准确的说那不是谎言，是刻意掩盖事实真相，这时他就想把他们踢烂。可当别人称赞丽影的时候，汤姆又很喜欢这栋房子。汤姆开进车库，帮克里斯提着两个手提箱中的一个。克里斯说他东西带得可全了。

安奈特太太打开前门。

"我的管家，忠实的仆人，离开她我没办法生活，"汤姆说，"安奈特太太。克里斯托弗先生。"

"你好? 晚上好。"克里斯说。

"晚上好，先生。你的房间已经准备好了。"

汤姆带克里斯上楼。

"太了不起了，"克里斯说，"简直就像一个博物馆!"

汤姆猜测他这么说是因为有太多的绸缎和镀金的东西。"这是我妻子——装饰的。她现在不在。"

"我看见一张她和你的合照。前几天赫伯特叔叔在纽约给我看了。她是一位金发美女。她的名字叫海洛伊丝。"

汤姆离开房间,好让克里斯托弗洗漱,说他就在楼下。

汤姆的思绪再次飘向莫奇森:莫奇森会从他航班的乘客名单上缺席。警察会查看巴黎的宾馆,然后发现他没有入住任何宾馆。出入境记录会显示莫奇森曾在十月十四日和十五日住在曼德维尔宾馆,他曾说他会在十七日回来。汤姆的姓名和住址在十月十五日晚上的曼德维尔宾馆登记册上。当然他不会是那晚唯一一位住在曼德维尔宾馆的法国居民。警察会不会找他问话?

克里斯托弗下楼来。他梳理了卷曲的金发,仍然穿着灯芯绒的裤子和军靴。"希望你没邀请其他客人来吃晚餐。如果有的话,我就去换身衣服。"

"就咱俩。这里是乡下,你想穿什么就穿什么。"

克里斯托弗看着汤姆的藏画,注意力不在油画上,而是在一幅帕斯金[1]的粉红色裸女像上,那是一幅素描。"你全年都住在这儿吗?一定很开心。"

他要了一杯苏格兰威士忌。汤姆不得不再次解释他是如何打发时间的,提到了打理花园和非正式地学习语言,而实际上,他的日常学习远比他说的要严格得多。但是,汤姆热爱他的闲适生活,只有美国人能做到,他想——只要他们掌握了窍门就行,但是很少人能掌握得到。他不喜欢把这样的事情告诉别人。当他遇到迪基·格林里夫的时候,他就渴望悠闲和一点奢侈,现在他已经得到了,这

---

1. 帕斯金(Jules Pascin,1885—1930),19世纪末20世纪前半期巴黎画派画家。

种生活的魅力并没有减退。

在饭桌上，克里斯托弗开始谈论起迪基。他说他有迪基的一些照片，那是别人在蒙吉贝洛给他拍的，汤姆也在其中的一张照片里。克里斯托弗略有些艰难地谈起迪基的离世——大家都觉得他是自杀。克里斯身上有比礼貌更可贵的东西，汤姆看得出来，那就是敏感。汤姆痴迷地看着烛火照进他的蓝眼珠内，因为当年在那不勒斯的烛光餐厅或者蒙吉贝洛的许多深夜，迪基的双眼看起来就是这样。

克里斯托弗身材修长，站在那里，看着落地窗，又抬头看向奶油色的方格天花板，开口道："住在这样的房子里真是太棒啦。而且你还有音乐相伴——还有画！"

这让汤姆痛苦地回忆起自己二十岁的时候。克里斯的家境肯定不坏，但他们的房子肯定也不会像这里一样。他们喝咖啡时，汤姆放起了《仲夏夜之梦》的音乐。

然后电话铃声响起。大约晚上十点了。

法国的接线员确认了他的电话号码，并且告诉他不要挂断，伦敦来电。

"你好。我是伯纳德·塔夫茨。"那个紧张的声音说，然后传来噼噼啪啪的声响。

"你好？是的。我是汤姆。你能听到我说话吗？"

"你能大点声吗？我打电话是想说……"伯纳德的声音消失了，就好像沉入了深海。

汤姆看了克里斯一眼，他正在读一个唱片的封套。"这样好点没？"汤姆对着电话大喊，而那电话好像故意要激怒他似的，稍微出了点声，然后出现一声巨响，就好像一道闪电劈开了山峰。汤姆的左耳被震得嗡嗡作响，他换到右耳。他可以听见伯纳德缓慢而大声地努力着，可是还是听不清在说什么。汤姆只听到"莫奇森"。"他在伦敦！"汤姆大喊，很高兴传递了一些具体内容。现在似乎说到了曼德维尔宾馆的事情。汤姆想知道泰特美术馆的那个人是不是打电话到曼德维尔找过莫奇森，然后和巴克马斯特画廊沟通了。"伯纳德，这样不行的！"汤姆绝望地大喊。"你能写信给我吗？"汤姆不知道伯纳德是否挂了电话，不过传来了一阵嗡嗡的沉默，汤姆猜测伯纳德已经放弃了，所以他放下了电话。"想想在这个国家装个电话要花一百二十美元，"汤姆说，"抱歉刚才大喊大叫的。"

"哦，我常听人说法国的电话质量很差，"克里斯说，"很重要的电话吗？海洛伊丝吗？"

"不，不是。"

克里斯站了起来。"我想让你看下我的旅游指南。可以吗？"他跑上楼。

只是时间问题，汤姆想，法国警方或者英国警方——甚至可能是美国警方——早晚会来询问他有关莫奇森的事情。汤姆希望这一切发生的时候克里斯不在这里。

克里斯拿着三本书下来。一本法国的《蓝色导游手册》，一本有关法国城堡的画册，还有一本关于德国莱茵省的大书，他打算等吉拉尔德·海曼从斯特拉斯堡回来，就和他一起去莱茵。

克里斯托弗愉快地抿着酒劲不大的白兰地，慢慢品味着。"我严重怀疑民主的价值。美国人说出这样的话来太不像话了，不是吗？民主的产生需要民众至少受过最低限度的教育，美国也在推行这种普及教育——不过我们真的没得到。而且不一定每个人都想要受教育……"

汤姆心不在焉地听着。不过他不时地搭腔两句,似乎就让克里斯很满意,至少今天晚上是这样。

电话又响了。汤姆注意到电话桌上银色的小钟显示,再有五分钟就十一点了。

一个男人用法语说他是警探,很抱歉这么晚了还打来电话,他想知道雷普利先生是否在家。"晚上好,先生。你是否认识一位叫托马斯·莫奇森的美国人?"

"是的。"汤姆说。

"他最近是否拜访过你?星期三?或者星期四?"

"是的,他来过。"

"啊,太好啦!他现在和你在一起吗?"

"没有,他星期四就回伦敦了。"

"不,他没回去。不过他的手提箱在奥利机场找到了。他没有坐原本下午四点的航班。"

"啊?"

"你是莫奇森先生的朋友吗,雷普利先生?"

"不是,算不上是朋友。我刚认识他不久。"

"他是怎么离开你家前往奥利机场的?"

"我开车送他去的奥利机场——星期四下午三点半左右。"

"你知道他在巴黎有什么朋友吗——他可能会在哪儿呢?因为在巴黎所有的旅馆都找不到他。"

汤姆停顿了一下,想了想。"没有。他没提起过任何人。"

警探明显对这个回答很失望。"雷普利先生,这几天你会在家吧?……我们可能会找你了解一些情况……"

这会儿克里斯托弗的好奇心起来了。"有什么事吗?"

汤姆笑了笑。"啊——有人问我一个朋友在哪儿。我不知道。"

汤姆不知道是谁为了找莫奇森闹出这么大的动静。泰特美术馆的那个男人？巴黎奥利机场的法国警察？他们开始行动了吗？甚至有可能是莫奇森在美国的妻子？

"海洛伊丝是个什么样的人？"克里斯托弗问道。

9

汤姆第二天早上下楼的时候，安奈特太太告诉他克里斯托弗先生已经出去散步了。汤姆希望他不要走进房子后面的小树林，但是，克里斯更可能在村子里四处看看。汤姆拿起《伦敦星期日报》，他昨天几乎没有看一眼，这次他仔细浏览了新闻版面的所有报道，无论多小，寻找关于莫奇森的或奥利机场失踪案的消息。什么也没有。

克里斯走进来，脸色微红，面带微笑。他在当地的五金店买了一个法国人用来打鸡蛋的金属搅拌器。"送给我姐姐的小礼物，"克里斯说，"放在行李箱里也不太重。我会告诉她这是从你住的村庄带来的礼物。"

汤姆问克里斯是否愿意开车去另一个小镇吃午饭。"把你的《蓝色导游手册》带着。我们沿着塞纳河开。"汤姆想再等几分钟，看看今天的邮件。

只收到一封信，信是用黑色墨水写的，字体细长，棱角分明。虽然不认识伯纳德的字迹，但汤姆立刻感觉到这是伯纳德的来信。他打开信，看到了底部的落款，就知道他的直觉是正确的。

寄自：东南 1 区科波菲尔街 127 号

亲爱的汤姆：

原谅我冒昧地给你写信。我非常想见你。我能过去找你吗？

你不需要给我安排住处。我非常想和你聊聊，如果你愿意的话。

　　此致

伯纳德

　　附言：在你收到这封信之前，我可能会给你打电话。

　　他得立刻给伯纳德发电报。发电报说什么呢？汤姆认为，拒绝伯纳德会让他更沮丧，虽然他现在根本不想见他——不只是现在。也许今天早上他可以找一个小镇邮局给伯纳德发电报，留一个假姓氏和假地址，因为法国电报单底部是要求署上发送者的名字和地址的。他必须把克里斯送走，虽然他不喜欢这样做。"我们可以走了吗？"

　　克里斯一直在沙发上写明信片，听了站起来。"好。"

　　汤姆打开前门，迎面站着两个正准备敲门的法国警察。实际上汤姆后退了一步，躲开了高举的戴着白手套的拳头。

　　"早上好。雷普利先生？"

　　"早上好。请进。"他们一定是从默伦来的，汤姆心想，因为维勒佩斯的两个警察都认识他，汤姆也认识他俩，但是，汤姆不认识这两张脸。

　　这两个警察进了屋，但是谢绝坐下。他们摘下帽子，夹在腋下，年轻一点的警察从口袋里掏出一本便笺簿和一支铅笔。

　　"我昨天晚上给你打过电话，为了莫奇森的事。"年长一些的警察说，他是局长。"我们已给伦敦的警察打过电话，了解过相关情况，我们确定你和莫奇森是在星期三乘坐同一架飞机抵达的奥利机场，并且你俩在伦敦入住了同一家宾馆，曼德维尔。所以——"

局长露出了满意的微笑。"你说你在星期四下午三点半将莫奇森送到了奥利机场?"

"是的。"

"你陪莫奇森先生进了机场大楼吗?"

"不,因为我不能将车停在人行道上,你懂的,所以我就让他下车了。"

"你看见他走进航站楼的门了吗?"

汤姆想了想。"我开车走了,没回头看。"

"他把行李箱留在了人行道上,然后他就不见了。他是准备在奥利机场见什么人吗?"

"没听他说过啊。"

克里斯托弗·格林里夫站在不远处,听着这一切,但是汤姆确定他大部分是听不懂的。

"他有没有提起过打算去看看伦敦的朋友?"

"没有。我不记得他提过。"

"今天早上我们又给他要入住的曼德维尔宾馆打了电话,询问他们是否有消息。他们说没有,但是一位——"他转向他的同事。

"里默尔先生。"年轻一点的警察补充道。

"里默尔先生已经给宾馆打过电话,因为他和莫奇森先生约定在星期五见面。我们还从伦敦警察那里了解到莫奇森先生很想鉴定他手上一幅画的真伪。一幅德瓦特的画。你知道这件事吗?"

"哦,知道,"汤姆说,"莫奇森先生是带着那幅画来的。他想看看我的德瓦特收藏。"汤姆指着墙上的画。"所以他才和我从伦敦过来。"

"啊,我明白了。你认识莫奇森先生多久了?"

"上周二才认识的。我在画廊见到他的，那儿当时正在举办德瓦特画展，当天晚上我又在宾馆看见他，然后我们就聊了起来，"汤姆转过身来说，"不好意思，克里斯，这件事很重要。"

"哦，请继续，我不介意。"克里斯说。

"莫奇森先生的画在哪？"

"他带走了。"汤姆说。

"画在他的行李箱里吗？不在他的行李箱里。"局长看着他的同事，两个人都有些惊讶。

画在奥利机场被偷了，谢天谢地，汤姆想。"画用褐色的纸包着。莫奇森先生随身带着。希望画没有被偷。"

"啊，这个——显然是被偷了。这幅画叫什么？多大尺寸？你能描述一下吗？"

汤姆准确地回答了这些问题。

"这对我们来说很复杂，或许这是伦敦警察的案子，但是我们一定要把能知道的信息都告诉他们。这就是那幅——《时钟》——莫奇森怀疑是赝品的那幅画？"

"是的，起初他确实怀疑。他在这方面比我在行，"汤姆说，"我对他说的话很感兴趣，因为我也有两幅德瓦特的画，所以我邀请他来看看。"

"那么——"局长困惑地皱起了眉头。"——他看了你的画，说了什么？"这个问题可能只是出于好奇。

"他当然认为我的是真迹，我也是这么觉得，"汤姆回答说，"我想他也开始觉得他的画是真迹了。他说他可能会取消与里默尔先生的见面。"

"啊哈。"局长看着电话，可能在犹豫要不要给默伦打电话，但是他并没有开口要用电话。

"要来杯红酒吗?"汤姆问那两个警察。

他们婉言谢绝了红酒,但是说他们非常想看看他的画。汤姆很高兴领他们参观。两个警察一边漫步观赏一边低声评论,从他们欣赏油画和素描时那陶醉的表情和手势就可以看出两人很有素养。两人可能在闲暇时间经常逛画廊。

"英格兰的著名画家,德瓦特。"年轻的警察说。

"是的。"汤姆说。

问询结束了。他们向汤姆道谢,然后离开了。

汤姆庆幸安奈特太太早上出去采购了。

汤姆关上门时,克里斯托弗笑了笑。"好吧,这是什么情况?我只听得懂'奥利'和'莫奇森'。"

"好像是托马斯·莫奇森,一个美国人,上周来我家之后并没有在奥利机场坐飞机回伦敦。好像失踪了。他们在奥利机场的人行道上找到了他的行李箱——就在上周四我送他下车的地方。"

"失踪?天啊!——四天前了。"

"昨天晚上我才知道这事。就是昨晚接的那个电话。警察打来的。"

"天啊。太奇怪了。"克里斯问了几个问题,汤姆一一回答了,和回答警察的一样。"听着就好像他忽然失去了意识,把行李箱就扔在那儿了。他清醒吗?"

汤姆大笑。"那当然啊。我也不明白是怎么回事。"

他们开着阿尔法·罗密欧悠然地沿着塞纳河行使,快到萨莫瓦镇的时候,汤姆指给克里斯看巴顿将军走过的那座桥,一九四四年他带领军队在返回巴黎途中跨过塞纳河时走的就是那座桥。克里斯下车阅读那根灰色小圆柱上的题词，回来之后，眼睛湿润，就像当年汤姆看过济慈墓之后一样。他们在枫丹白露吃的午餐，因为汤姆不喜欢下萨莫瓦的那家大餐厅——叫贝特宏家之类的名字——他和海洛伊丝去的时候，账单总是故意算错，经营这家餐厅的那家人总是习惯在客人还没吃完饭的时候就开始拖地，将金属椅子腿在瓷砖地上来回拖，声音特别刺耳，完全不顾及别人的感受。之后，汤姆不忘顺便帮安奈特太太买些东西：希腊蘑菇、西芹味色拉酱，还有一些汤姆记不住名字的香肠，因为他不喜欢香肠——在维勒佩斯买不到这些东西。他在枫丹白露买到了，还买了几节电池用来装在收音机上。

回家的路上，克里斯突然大笑起来说："我今天早上在树林里偶然看到了一座看起来像刚立的新坟。真的很新。我觉得很好笑，因为今天早上警察刚来过你家。他们要找一个去过你家的失踪男子，他们要是看到了树林里的那座坟形的东西——"他大笑起来。

是的，是很好笑，真他妈好笑。想着那疯狂和危险，汤姆也笑了。但是他并没有说话。

10

第二天是阴天，大约九点钟的时候天开始下雨。安奈特太太出去将一扇敲得砰砰响的百叶窗固定住。她听了收音机，广播预报有可怕的暴风雨，她提醒汤姆注意。

大风让汤姆胆战心惊。他和克里斯早上出去观光的计划泡汤了。中午时分，暴风雨更厉害了，大风把高高的杨树的树尖都吹弯了，像鞭子或剑尖打弯儿一样。时不时地会有一根树枝——可能是小枯枝——从房子附近的树上吹落，啪啪地砸到屋顶上，滚落下去。

"我真的从未见过这种情形——在这里。"汤姆吃午饭的时候说。

但是克里斯却保持着迪基般的冷静，或许整个格林里夫家族都这么冷静，微笑着，享受着暴风雨的袭击。

停电了半个小时，汤姆说这在法国乡下是常事，连小型暴风雨也不例外。

午饭过后，汤姆上楼到了画室。有时候画画可以平复他紧张的情绪。他站在工作台前面作画，画布倚在大台钳、几本厚厚的艺术书和园艺书上，画布的底端垫着几张报纸和一大张擦颜料用的抹布，抹布是从旧床单上裁下来的。汤姆俯身全身心地画画，不时退后几步看一看。这是一幅安奈特太太的画像，或许颇具德·库宁[1] 风格，这就意味着安奈特太太可能永远都不会认出这是照着她来画的像。汤姆并不是有意要模仿德·库宁风格，画的时候也没想着他，但毫无疑问这幅画看起来就是很像德·库宁风格。安奈特太太咧着苍白的嘴唇微笑着，脸上是浓重的粉红色，牙齿刻意画成灰白的，参差不齐。她穿着一条淡紫色的裙子，领子周围是一圈白色的褶皱。整幅画都用宽画笔，笔触很长。这幅画的前期草图，都是汤姆在客厅趁安奈特太太不注意的时候在膝盖上画的卡通速写。

现在外边电闪雷鸣。汤姆挺直了身子呼吸，他的胸由于紧张而感到疼痛。收音机里正在播放《法国文化》采访一位嗓音刺耳的作者："你的书，于布洛先生（还是休布兰?）。在我看来（噼啪声）……远离了——正如几位评论家说的——你迄今为止一直挑战的反萨特主义的观念。但现在更像是反转了……"汤姆突然关掉了收音机。

树林方向传来了一声不祥的断裂声，汤姆透过窗户向外望去。松树和杨树的树尖仍然是弯的，但是如果树林里有棵树被吹倒了，他都不可能从屋子里透过灰绿阴暗的森林看到。一棵树可能会被吹倒，哪怕只是一棵很小的树，也能盖住那该死的坟墓，汤姆心想。他希望如此。汤姆正在调一些红褐色颜料，来画安奈特太太的头发——他想在今天完成这幅画——忽然听到有声音从楼下传来，他不确定是否真的听到了声音。男人们的声音。

汤姆来到走廊。

两个人都在讲英文，但是他听不清他们在讲什么。克里斯和别人。伯纳德，汤姆想。英国口音。是的，天啊!

汤姆小心翼翼地把调色刀放在松脂杯上。他关上身后的门，快步下了楼。

是伯纳德，他全身湿漉漉的，满身泥泞，站在前门内的地垫

---

1. 威廉·德·库宁（Willem de Kooning，1904—1997），荷兰籍美国画家，抽象表现主义的灵魂人物之一，新行动画派的大师之一。

上。汤姆被他那双深色的眼睛吓到了，在笔直的黑眉毛下面，那双眼睛显得更加深沉凹陷。伯纳德看起来吓坏了，汤姆想。下一秒，汤姆觉得伯纳德看起来就像死神本人。

"伯纳德！"汤姆说，"欢迎！"

"你好。"伯纳德说。在他的脚下有一个行李包。

"这位是克里斯托弗·格林里夫，"汤姆说，"这位是伯纳德·塔夫茨。可能你们已经互相认识过了。"

"是的，已经认识过了。"克里斯微笑着说，好像很高兴有客人来。

"希望我——像这样——突然来访，你们不会介意。"伯纳德说。

汤姆让他放心。这时安奈特太太进来了，汤姆把伯纳德介绍给她。

安奈特太太对伯纳德说帮他把外套挂起来。

汤姆用法语对她说："你去给伯纳德先生准备一个小房间。"这是另一间客房，很少有人住，有一张单人床，他和海洛伊丝都叫它"小卧室"。"伯纳德先生会和我们一起用晚饭。"然后汤姆对伯纳德说："你是怎么来的？从默伦坐出租车？还是从莫雷？"

"对，从默伦。我在伦敦找了张地图，查到了这个镇。"伯纳德身体单薄，骨瘦如柴，就像他的字一样，站在那里揉搓着双手。甚至他的皮夹克都湿了。

"要不要给你拿一件毛衣，伯纳德？来杯白兰地，暖和暖和，怎么样？"

"哦，不，不，谢谢。"

"来客厅吧！喝茶吗？等安奈特太太下楼的时候我让她泡些茶

来。坐吧，伯纳德。"

伯纳德紧张地看着克里斯，好像希望他先坐下似的。但是接下来的几分钟里，汤姆意识到伯纳德看什么都很紧张，甚至看咖啡桌上的烟灰缸都紧张。他们之间的交谈很不愉快，伯纳德明显不希望克里斯在这。但是克里斯并没有领会这层意思，汤姆可以看得出来，相反，克里斯觉得他在场或许是有用的，因为伯纳德显然情绪不太正常。伯纳德结结巴巴，双手颤抖。

"我真的不会打扰你太长时间。"伯纳德说。

汤姆大笑。"但是你今天是回不去了！这是我在这里住的三年里见过最坏的天气。飞机着陆困难吗？"

伯纳德不记得了。他的目光移向了——他自己画的——壁炉上方的《椅子上的男人》，然后又移开了。

汤姆想到那幅画上的钴紫色。现在对于汤姆来说它就像是化学毒药。对伯纳德同样如此，汤姆认为。"你很长时间没见过《红色椅子》了。"汤姆边说边站起来。画就在伯纳德身后。

伯纳德站起来，扭过身去，双腿仍然紧贴着沙发。

汤姆的努力起到了效果，伯纳德脸上露出了一抹淡淡的、真诚的微笑。"是的。这幅画很美。"伯纳德轻声说。

"你是画家吗？"克里斯问。

"是的，"伯纳德又坐下了，"但没有——德瓦特那样优秀。"

"安奈特太太，能不能麻烦你烧点水煮茶？"汤姆问。

安奈特太太从楼上下来，拿着几条毛巾之类的东西。"马上来，汤米先生。"

"你能告诉我，"克里斯托弗开始问伯纳德，"什么是好画家——或者不好的画家？比如说，现在好像有一些画家画得很像德瓦特。我一时想不起他们的名字，因为他们并不出名。哦，对，比如帕克·农娜丽。你知道他的作品吗？是什么使得德瓦特如此优秀？"

汤姆也试图找到一个正确的答案，可能是"原创性"。但是"知名度"这个词也在汤姆的脑海中闪过。他正在等着伯纳德说话。

"是个性，"伯纳德谨慎地说，"是德瓦特的独特个性。"

"你认识他吗？"克里斯问。

汤姆感到一阵刺痛，是对伯纳德同情的刺痛。

伯纳德点头。"啊，是的。"现在他瘦骨嶙峋的双手紧紧抓着一边膝盖。

"你之前遇到他的时候，就感到这种个性了吗？我是说，见到他本人的时候？"

"是的。"伯纳德的语气更加坚定了。但是谈话过程中他不停扭动，可能是陷入了痛苦吧。同时，他那双深色的眼睛似乎在寻找这个话题还有没有什么别的可聊。

"这问题可能有失偏颇，"克里斯说，"大多数优秀的艺术家都不彰显他们的个性，或者将激情浪费在他们的私生活上，我个人认为。他们表面上看都再平凡不过。"

茶来了。

"你没带行李箱，伯纳德？"汤姆问。汤姆知道他没有行李箱，担心他会住得不习惯。

"没带，我来得比较匆忙。"伯纳德说。

"不用担心。你需要的东西我这里都有。"汤姆感觉克里斯正盯着自己和伯纳德，可能在推测他俩是怎么认识的，到底有多熟。"饿吗？"汤姆问伯纳德，"我家的管家很喜欢做三明治。"茶点只有法式小点心。"你可以叫她安奈特太太。你想吃什么可以跟她说。"

"不用了,谢谢。"伯纳德把茶杯放回到茶碟上时发出了三声清脆的响声。

汤姆不知道杰夫和艾德是不是给伯纳德服了太多镇静剂,使得他现在药瘾发作了。伯纳德喝完了茶,汤姆带他上楼看看他的房间。

"你得和克里斯共用浴室了,"汤姆说,"你从走廊过去,经过我太太的房间就是浴室了。"汤姆把门都敞着。"海洛伊丝不在这,她在希腊。希望你能在这稍微休息下,伯纳德。到底发生了什么事?你到底在担心什么?"

他们又回到了伯纳德的"小卧室",关上了门。

伯纳德摇了摇头。"我觉得我要完了。就这样。这次画展就意味着我要完了。这是我能画出的最后一次画展了。最后一幅画。《浴盆》。现在他们又想把他——你知道的——让他复活。"

我成功了啊,汤姆想说,但是他的表情和伯纳德的一样严肃。"好吧——过去五年,大家都以为他还活着。我肯定如果你不想继续的话,他们是不会强迫你的,伯纳德。"

"哦,他们正在强迫我,杰夫和艾德。但是我受够了,你要知道。真的受够了。"

"我想他们知道这一点。不要担心。我们可以——听我说,德瓦特可以再次隐居。在墨西哥。我们就说他接下来几年都在作画,拒绝展出任何作品。"汤姆边说边来回踱步。"几年之后。当德瓦特死的时候——我们就说他烧毁了全部最后的作品,诸如此类的,这样就再也没有人看过这些画了!"汤姆微笑着。

伯纳德忧郁的双眼紧盯着地板,使汤姆觉得他讲了一个笑话,而听众没听懂。或者更糟糕的是，好像他亵渎神圣，在大教堂里讲了一个很烂的笑话。

"你需要休息一下，伯纳德。需不需要苯巴比妥？我有一些药性温和的，一毫克一片。"

"不了，谢谢。"

"要洗个澡吗？不必担心我和克里斯。我们不会打扰你的。晚上八点吃饭，你可以和我们一起用晚餐。如果想喝杯酒，就早一点下来。"

就在此时风"呼——呼"作响，一棵大树被吹弯了——他们俩望向窗户，都看见了，就在汤姆的后花园里——汤姆感觉房子也像是被吹垮了，他本能地双脚撑住地。在这种天气里怎么可能保持镇定呢？

"需要我拉上窗帘吗？"汤姆问。

"没关系的，"伯纳德看着汤姆说，"莫奇森看了《椅子上的男人》之后说了什么？"

"他说他认为是赝品——开始是这样。但是我劝他说这是真迹。"

"怎么可能？莫奇森告诉过我他的想法——有关那些淡紫色。他是对的。我犯了三回错误，《椅子上的男人》《时钟》，现在又是《浴盆》。我不知道这是怎么发生的。我不知道原因。我根本没想过。莫奇森是对的。"

汤姆沉默了。然后他说："当然了，这让我们所有人都感到恐慌。德瓦特要是活着的话，或许可以让这件事过去。真正的危险是——让人发现他死了。但是我们已经渡过了这个难关，伯纳德。"

伯纳德可能根本没听懂汤姆的话。他说："你有没有提出要买

《时钟》什么的?"

"没有。我劝他说肯定是德瓦特又重新开始——在一两幅或者两三幅画里——使用他以前用过的淡紫色。"

"莫奇森甚至和我谈论画的质量。哦,天啊!"伯纳德坐在床上,向后一倒。"莫奇森现在在伦敦做什么呢?"

"不知道。但是我知道他不打算去见专家,也不打算做任何事,伯纳德——因为我劝服他相信了我们的说法。"汤姆安慰说。

"我只能想到一种你劝服他的方法,一种野蛮的方法。"

"什么意思?"汤姆微笑着问,心里有点害怕。

"你劝他放我一马。就当我是可怜虫,可怜我。我不需要可怜。"

"我没提到你——当然没有。"你疯了,汤姆真想说。伯纳德疯了,或者至少是暂时神经错乱。然而伯纳德所说的正是汤姆在地下室杀掉莫奇森之前竭力表达的意思:劝他放伯纳德一马,因为伯纳德不会再画"德瓦特"了。汤姆甚至试图让莫奇森理解伯纳德对德瓦特的崇拜,对他死去的偶像的崇拜。

"我认为莫奇森不可能被劝服,"伯纳德说,"你不是为了让我感觉好点在撒谎吧,汤姆?因为我已经受够了谎言。"

"没有。"但是汤姆感觉不自在,因为他在对伯纳德撒谎。汤姆很少在撒谎的时候感到不自在。汤姆预见到他必须找个时间告诉伯纳德莫奇森已经死了。这是唯一能让伯纳德安心的方法——让他部分消除疑虑,至少在造假画方面。但是汤姆现在不能告诉他,不能在这个令人狂躁的暴风雨夜,在伯纳德现在这个状态下,否则伯纳德真的会情绪失控。"我马上回来。"汤姆说。

伯纳德立刻从床上起来,走向窗口,此时狂风把一阵雨点狠狠地砸到玻璃上。

汤姆的脸抽搐了一下，但伯纳德没有。汤姆走进自己的房间，给伯纳德拿了睡衣裤和印度棉布睡袍，还有拖鞋和在塑料盒里未开封的新牙刷。他把牙刷放在了浴室，以防伯纳德没带，然后将其他东西拿到了伯纳德的房间。他告诉伯纳德说需要什么就喊他，他就在楼下，这会儿就让他一个人好好休息一下。

克里斯已经回到了自己的房间，汤姆看他房间的灯开着。暴风雨让屋子异常漆黑。汤姆走进自己的房间，从最上面的抽屉里拿出伯爵的牙膏。他把牙膏管的底部向上卷，这管牙膏还可以用，总比冒着被安奈特太太看见的风险把它扔到垃圾桶的好：费力解释，还挥霍浪费。汤姆从脸盆里拿出自己的牙膏，把它放在克里斯和伯纳德使用的浴室里。

汤姆很纳闷儿，他到底应该拿伯纳德怎么办？要是警察再来，而伯纳德又在场，就像克里斯在场那样，怎么办？伯纳德法语很好的，汤姆心想。

汤姆坐下来给海洛伊丝写了一封信。给她写信总是能让汤姆镇定下来。碰到自己不确定的法语时，他通常懒得去查字典，因为他的错误可以逗海洛伊丝开心。

亲爱的海洛伊丝：

迪基·格林里夫的表弟，一个叫克里斯托弗的棒小伙子，来家里住两天。他第一次来巴黎。你能够想象一个二十岁的孩子第一次参观巴黎吗？他惊叹巴黎好大。他来自加利福尼亚。

今天有一场可怕的暴风雨。每个人都很紧张。风雨交加。

我想你。你收到红色泳衣了吗？我告诉安奈特太太寄航空

邮件，给了她很多钱，所以她要是没寄航空邮件，我可要打她了。所有人都在问你什么时候回来。我和格雷斯夫妇一起喝了茶。没有你在身边，我感觉很孤单。快点回来，我们就可以相拥入眠了。

你孤单的丈夫，汤姆

十月二十二日，一九——

汤姆在信上贴上邮票，带下楼，放在客厅的桌子上。

此时克里斯托弗正在客厅，坐在沙发上看书。他突然跳起来。"听我说——"他轻声说，"你朋友是不是遇到什么麻烦事？"

"他遇到了危机。在伦敦。他因自己的作品而意志消沉。我觉得他——他和女朋友分手了或者是他女朋友把他甩了。我不知道。"

"你跟他熟吗？"

"不太熟。"

"我在想——既然他现在有点神志不清——是不是我离开比较合适。明早。甚至是今晚。"

"哦，肯定不能是今晚了，克里斯。这种天气？不需要的，你在这并没有影响我。"

"但是我感觉影响到他了。伯纳德。"他扭头向楼梯示意了下。

"嗯——这里有很多房间可以供我和伯纳德谈话，如果他想谈。不必担心。"

"好吧。如果你这么想的话。那我就明天走吧。"他把手插进裤后口袋，朝落地窗走去。安奈特太太现在随时都会进来拉上窗帘，汤姆心想，这样至少可以平复一下现在的混乱局面。

"看！"克里斯向草坪方向指去。

"那是什么？"一棵树倒了，汤姆认为，小事一桩。他看了一会儿才看清克里斯看到的东西，因为实在是太暗了。汤姆辨别出一个人影从草坪上缓缓走过，他的第一个念头是莫奇森的鬼魂，他惊跳起来。但是汤姆不相信有鬼魂这一说。

"是伯纳德！"克里斯说。

当然是伯纳德了。汤姆打开落地窗，冒雨走出去，冰冷的雨水从四面八方朝他身上拍打。"嘿，伯纳德！你在干什么？"汤姆看伯纳德没回应，还在慢慢向前走，抬着头，汤姆向他猛冲过去。汤姆在石头台阶的最上边绊了一下，一路顺着台阶滚下来，在最下边的一个台阶上稳住了，却扭伤了脚踝。"嘿，伯纳德，进屋来！"汤姆边喊边一瘸一拐地走向伯纳德。

克里斯跑下来陪汤姆。"你会湿透的！"克里斯笑着说，伸手去抓伯纳德的胳膊，但是明显不敢。

汤姆紧握住伯纳德的手腕。"伯纳德，你是想得重感冒吗？"

伯纳德转向他们，微笑着，雨水顺着粘在前额的黑发淌下来。"我喜欢这样。真的。我想要这样！"他高举胳膊挣脱了汤姆。

"你还是进屋来吧？求你了，伯纳德。"

伯纳德向汤姆露出微笑。"啊，好吧。"他说，好像在迁就汤姆。

三人一同朝屋子走去，但是走得很慢，因为伯纳德好像要吸收每一滴雨一样。伯纳德心情很好，言语之中透露着愉悦，为避免把地毯弄脏，他在落地窗前脱掉了鞋。他还脱了夹克。

"你得把这些衣服换了，"汤姆说，"我去给你拿些干净衣服。"汤姆边脱鞋边说。

"很好，我会换的。"伯纳德用一种傲慢的语气说，慢慢上楼，手里拎着鞋。

克里斯看着汤姆，专注地皱着眉头，那模样就像迪基。"那家伙疯了!"他低声说，"真的疯了!"

汤姆点了点头，奇怪地打起颤来——每次他在一个脑袋不太正常的人面前，就会打颤。有一种精疲力尽的感觉。这次这种感觉提前出现了：通常都是在二十四小时之后才出现。汤姆小心翼翼地转了转脚踝。情况不太严重，脚踝，他心想。"你或许是对的，"他对克里斯说，"我上楼去给他找几件干衣服。"

11

当天晚上大概十点，汤姆敲响了伯纳德的房门。"是我。汤姆。"

"哦，请进，汤姆。"伯纳德的声音很镇定。他坐在写字台前，手里握着笔。"请不要被我今晚在雨中的行为吓到。在雨中我找回了自我。这已经很难得了。"

汤姆明白，再明白不过了。

"请坐，汤姆！关上门。别客气。"

汤姆坐在了伯纳德的床上。事实上，晚饭的时候他当着克里斯的面保证他会去看伯纳德。伯纳德在晚饭时情绪比现在愉悦。此时伯纳德穿着马德拉斯棉布[1] 睡袍。桌子上有几张纸，上面还有伯纳德黑色的字迹，但是汤姆感觉伯纳德并不是在写信。"我觉得，很多时候你都觉得自己就是德瓦特。"汤姆说。

"偶尔吧。但是谁又能真正成为他呢？当我走在伦敦的街头，我就不是他。只有在作画时，有时会有那么几秒钟，我会觉得自己是他。你看，我现在可以很轻松地谈论这件事，感觉很愉悦，因为我打算放弃了。我已经放弃了。"

写字台上放的或许就是忏悔书，汤姆想。是给谁的忏悔书呢？

伯纳德的一只胳膊搭在椅子后面。"你知道的，我作假、伪造的技术在这四五年里不断进步，就好像德瓦特的画技在不断精进一样。这很滑稽，不是吗？"

汤姆不知道该说什么话才合时宜，才不失礼。"也许不是滑稽。你了解德瓦特。评论家也这么说，说这些画不断进步。"

"你想象不出那感觉多奇怪——画伯纳德·塔夫茨的画。他的画没多少进步。现在感觉我是在仿造塔夫茨似的，因为我现在画塔夫茨的画的水平和五年前一样！"伯纳德大笑出声。"也可以这么说，做我自己比做德瓦特需要付出更大的努力。真的。都快把我逼疯了，你看。你应该看得出来。我想要给自己一个机会，趁我还没完全丧失自我。"

他的意思是给伯纳德·塔夫茨一个机会，汤姆知道。"我相信你可以做到。这事你说了算。"汤姆从口袋里掏出高卢烟，递给伯纳德一支。

"我想洗心革面，重新开始。我打算坦白我所做的一切，以此开始——或者试试看吧。"

"哦，伯纳德！你必须摆脱那个想法。你不是唯一一个参与者。想想那么做会给杰夫和艾德带来什么后果。你画的所有画将——真的，伯纳德，你要想忏悔就找个牧师吧，但千万别找媒体。也别找英国警察。"

"你认为我疯了，我知道。嗯，有时候我确实是疯了。但是我只能过一种生活。我几乎毁了它。我不想再毁掉我的余生了。而且这是我的事，不是吗？"

伯纳德的声音颤抖了。他现在内心是坚强还是软弱，汤姆琢磨着。"我十分理解。"汤姆温和地说。

"我不想说得那么夸张，但是我必须弄清楚大家会不会接受

---

1. 马德拉斯棉布，各服装品牌都常用的一种材质。

我——或者说，看看大家会不会原谅我。"

他们不会的，汤姆认为。世人绝对不会原谅你。要是把这话告诉他，会不会彻底击垮伯纳德？极有可能。伯纳德可能会选择自杀而不是忏悔。汤姆清了清喉咙，绞尽脑汁，但是什么都没想到。

"还有一件事，我觉得辛西娅会很高兴我把事情和盘托出。她爱我。我爱她。我知道她现在不想见我。在伦敦。艾德告诉我的。我不怪她。杰夫和艾德把我描述得像个残疾人：'快来看看伯纳德，他需要你！'"伯纳德拿腔作调地说，"哪个女人会想来看我？"伯纳德看着汤姆，微笑着张开双臂。"你看到淋雨对我有什么好处了吧，汤姆？它无所不能，唯独不能冲刷掉我的罪恶。"

他又笑了起来，汤姆羡慕他笑声中的无忧无虑。

"辛西娅是我唯一爱过的女人。我不是说——嗯，她和我分手之后，又交了一两个男朋友，我确定。当初是我葬送了这段感情。我开始模仿德瓦特时，变得非常——紧张，甚至可以说是害怕，"伯纳德哽住了，"但是我知道她仍然爱着我——原来的那个我。你明白吗？"

"我当然明白。当然了。你现在是在给辛西娅写信吗？"

伯纳德一只胳膊朝那几张纸挥了一下，微笑着。"不是，我是写给——所有人。只是一项声明。是给媒体或者所有人的。"

这事必须叫停。汤姆镇定地说："我希望你这几天把这事想明白了，伯纳德。"

"难道这么长时间还不够我想明白吗？"

汤姆试图找一些更有说服力、思路更清晰的话来阻止伯纳德，但是他有一半的心思都在想莫奇森的事，想着警察有可能再回来。他们会不会在这儿拼命找线索？他们会搜林子吗？汤姆·雷普利的名声因为迪基·格林里夫的那件事可能已经有点——受损了。虽然他已经被排除了嫌疑，但他也一度受到怀疑，尽管最后的结局皆大欢喜，但毕竟传言四起过。为什么不把莫奇森塞进旅行车里，开到几英里外再把他埋了，埋在枫丹白露镇的森林或者什么地方，如果必要的话，去森林里露营然后把这件事搞定呢？"我们可以明天再谈吗？"汤姆说，"明天你的想法可能就变了，伯纳德。"

"当然可以了，我们随时可以再谈。但是明天我并不会改变想法。我想先跟你谈，因为这个主意都是你想出来的——让德瓦特复活。我想从事情的源头入手，你懂的。我是很有逻辑的。"他的固执中带有几分疯狂，汤姆再次感到深深的不安。

电话又响了。是汤姆房间的电话响了，铃声穿过走廊传过来，十分清晰。

汤姆惊跳起来。"你千万别忘了牵扯的不止你一个——"

"我不会把你供出来的，汤姆。"

"我去接电话了。晚安，伯纳德。"汤姆很快地说，迅速穿过走廊回到房间。他不想让克里斯在楼下先接起电话。

又是警察。他们很抱歉这么晚打电话，但是——

汤姆说："不好意思，先生，可不可以请你五分钟之后再打来？我在忙——"

对方礼貌地说可以，会等一会儿再打。

汤姆挂断电话，双手掩面。他坐在床边，又起身去关上房门。事态发展得有点超乎他的预料。他匆匆忙忙地埋掉莫奇森，都是因为那个该死的伯爵。真是大错特错！塞纳河和卢万河在这个区里蜿蜒流淌，很多桥上人车稀少，凌晨一点之后尤其安静。警察打的电话只能意味着坏消息。莫奇森太太——哈丽特，莫奇森说过她叫这个名字吗？——可能已经雇了一个美国侦探或者英国侦探来寻找她丈夫的下落。她知道莫奇森此行的任务是要查出一位重要画家的画到底是不是赝品。她不会怀疑自己的丈夫被下了毒手吧？如果有人询问安奈特太太，她会不会说她根本就没见到莫奇森先生在星期四下午离开这座房子？

如果警察今天晚上就想要见他，克里斯可能会主动告诉警察，树林里有一个坟堆样的土堆。汤姆设想克里斯会用英文说："你为什么不告诉他们有关……"汤姆就只能把克里斯说的话翻译成法语告诉警察，因为克里斯可能想要看他们把这座坟挖开。

电话再次响起，汤姆镇定自若地接起了电话。

"你好，雷普利先生。这里是默伦警察局。我们接到了一个从伦敦打来的电话。有关莫奇森先生的事，莫奇森太太已经联系了伦敦警察局，他们希望我们今晚能够尽可能提供所有信息。英国警察将会于明早到达。现在，请问，莫奇森先生有没有用过你家的电话？我们要追查电话号码。"

"我不记得，"汤姆说，"他有打过电话。况且我也不是一直都在屋里的。"他们可以查他的通话记录，汤姆心想，让他们自己琢磨去吧。

过了一会儿，电话挂断了。

伦敦警察不直接给他打电话询问信息，真不友好，有点让人讨厌，汤姆想。他感觉到伦敦警察已经将他锁定为嫌疑人了，所以才更愿意通过官方渠道获取信息。不知为什么，比起法国警察，汤姆更惧怕英国警察，尽管从整体来看，法国警察更注重细节、更执着，他对法国警察评价也更高。

他必须要做两件事，把尸体从林子里弄出来，让克里斯离开。

那伯纳德呢？汤姆的脑袋几乎不愿意去想这个问题。

他下楼了。

克里斯还在看书，但是他打了个哈欠，站了起来。"我正准备去睡觉。伯纳德怎么样了？我觉得他晚餐的时候好多了。"

"是的，我也这么认为。"汤姆不想直接请克里斯离开，或者暗示他离开，暗示会更糟糕。

"我在电话边找到一张列车时刻表。明天早上九点五十二分和十一点三十二分各有一班火车。我可以叫个出租车去车站。"

汤姆如释重负。还有更早的火车，但他怎么能提出那样的建议。"不管你想坐哪班火车，我都能开车送你去车站。我不知道要拿伯纳德怎么办，但是我觉得他想要和我独处几天。"

"我只希望一切安全，"克里斯真诚地说，"你知道，我想过要多呆一两天给你搭把手照顾他，万一你需要帮助的话。"克里斯轻声说。"有一个家伙在阿拉斯加——我在那里服役的时候——崩溃了，他的行为和伯纳德很相似。突然狂暴起来，见人就打。"

"嗯，我觉得伯纳德不会的。或许伯纳德走之后，你可以和你的朋友杰拉尔德过来玩。或者等你从莱茵回来之后。"

克里斯听了高兴起来。

克里斯上楼之后（他打算坐明天早上九点五十二分的火车），汤姆在客厅里来回踱步。差五分钟就十二点了。汤姆决定今晚一定要处理掉莫奇森的尸体。一个人在黑夜里挖出一具尸体，装上旅行车，再找个地方扔掉，确实不是一件容易的事——扔到哪里呢？或许是从某座小桥上扔下去吧。汤姆认真考虑要不要请伯纳德帮忙。面对真相时伯纳德会大发雷霆还是会帮忙？照目前情况来看，汤姆意识到他无法劝阻伯纳德不去坦白。那具尸体会不会令他震动，从而意识到事情的严重性？

这真是个折磨人的问题。

伯纳德会不会像克尔恺郭尔描述的那样，突然来个"信仰的跳跃"呢？[1] 这个词掠过他的脑海时，汤姆微微一笑。他冲到伦敦去冒充德瓦特。这一次跳跃成功了。他又下手杀了莫奇森。那又是一次跳跃。都见鬼去吧。富贵险中求。

汤姆走上楼梯，但由于脚踝疼痛，他不得不放慢步伐。事实上，由于脚伤，在迈第一级台阶的时候，他就停顿了一下，用手扶着镀金天使的楼梯中柱。汤姆心中已经萌生了一个念头，如果伯纳德今晚退缩了，那么伯纳德也得处理掉。杀了。这个想法令人毛骨悚然。汤姆不想杀伯纳德。或许他也杀不了他。所以如果伯纳德拒绝帮他，还要把莫奇森的事加入忏悔的话——

汤姆上楼了。

走廊里一片漆黑，只有从汤姆房间透出来的微弱的灯光。伯纳德房间的灯关了，克里斯房间的灯好像也关了，但是那并不意味着克里斯已经睡了。对于汤姆来说，举起手，敲响伯纳德的房门不是一件容易的事。他轻轻地敲了敲门，因为克里斯的房间就在八英尺以外，他不想让克里斯为了要保护他免受伯纳德的攻击而来偷听。

---

1. 克尔恺郭尔（Soren Kierkegaard，1813—1855），丹麦哲学家、神学家，存在主义先驱。他提出个体只有通过"信仰的跳跃"，以基督为中介与上帝交往，才能真正达到自我的本真存在。

12

伯纳德没回应，汤姆推开了门，走进屋里，随手关上了身后的门。

"伯纳德？"

"嗯？——汤姆吗？"

"是我。不好意思。我可以开灯吗？"

"当然可以。"伯纳德听起来很镇定，摸索着打开了床头灯。"怎么了？"

"啊，没什么。我就是想跟你私下里谈谈，因为我不想让克里斯听见。"汤姆把直背椅拉到伯纳德的床跟前坐下。"伯纳德——我遇到麻烦了，我想让你帮我一把，如果你愿意。"

伯纳德专心听着，皱起了眉头。他伸手去拿他的绞盘牌香烟，点了一根。"什么麻烦？"

"莫奇森死了，"汤姆轻声说，"所以你不必担心他了。"

"死了？"伯纳德皱着眉头。"你之前为什么不告诉我？"

"因为——是我杀了他。就在这房子的地下室里。"

伯纳德倒吸了一口气。"你干的？你不是在开玩笑吧，汤姆！"

"嘘——"奇怪，汤姆觉得伯纳德此时比他还理智。这样事情对汤姆来说就更棘手了，因为他原以为伯纳德会有更怪异的反应。"我不得不杀了他——在这里——他现在就埋在屋后的树林里。我的麻烦是，我必须今晚把他从这里挪出去。警察已经打电话来问了，你知道。明天他们可能就会来这里调查。"

"杀了他?"伯纳德仍然怀疑地问,"但是为什么啊?"

汤姆叹了口气,打了个冷颤。"首先,他准备揭穿德瓦特,这点还用我说吗?德瓦特公司。其次,也是最糟糕的,他在地下室里认出了我。他认出了我的手。他说:'你在伦敦冒充德瓦特。'突然就全都露馅了。我带他来这里的时候无意要杀他。"

"死了。"伯纳德重复了一次,目瞪口呆。

时间一分一秒地过去,汤姆越来越不耐烦。"相信我,我尽了最大的努力劝他别管。我甚至告诉他你就是那个伪造者,你,那个在曼德维尔宾馆酒吧和他谈过的人。是的,我在那儿看到你了,"汤姆没等伯纳德开口又说,"我告诉他你不会再画德瓦特的画。我让他放过你。莫奇森拒绝了。所以——你能帮我把尸体从土里挖出来吗?"汤姆瞥了门一眼。门仍然是关着的,走廊里没有任何声音。

伯纳德慢慢从床上下来。"你想让我做什么呢?"

汤姆站起来。"大概二十分钟以后,如果你帮我的话,我会十分感激。我想开车把尸体运走。如果有两个人就会轻松得多。我一个人干不了。他太重了。"汤姆感觉好一些了,因为他说话和思维的方式终于统一起来了。"如果你不帮我,也可以,我会自己做,但是——"

"好吧,我帮你。"

伯纳德顺从地说,好像是真心实意,然而汤姆并不相信。半个小时之后,伯纳德会不会有一些出人意料的反应?伯纳德的语气好像是圣人在跟——大圣人说话似的,"我会跟你直至天涯海角。"

"你要不要穿上衣服?我今天给你的那条长裤。尽量小点声。一定不能被克里斯听到。"

"好的。"

"你能先下楼——十五分钟后在前门外的台阶上等我吗?"汤姆看着他的手表。"现在是十二点二十七分。"

"好。"

汤姆下楼打开了前门,安奈特太太通常会在晚上把前门锁上。然后他一瘸一拐地上楼来到自己的房间,脱下拖鞋,换上鞋子和夹克。他下楼,从走廊的桌子上拿起车钥匙,关上了客厅的灯,只留了一盏:他通常会留一盏灯到天明。接着他拿了一件雨衣,又去备用厕所拿了双胶靴,套在鞋外面。从客厅桌子的抽屉里拿了一个手电筒,还有一盏放在备用厕所的手提灯。这种灯可以直接立在地上。

他把雷诺旅行汽车开出来,开向通往树林的小路。他只打开了停车灯,到了他认为合适的地方,就把灯关掉了。他开着手电筒走进树林,找到埋尸处,尽量遮住手电筒的光,然后艰难地走向工具房去拿铁锹和耙,把这些拿到莫奇森泥泞的埋尸处。他淡定地沿着小路走回到房子,想要节省体力。汤姆预测伯纳德会迟到,也做好了他根本不会来的准备。

伯纳德就在那里,像一尊雕像一样站在黑暗的走廊里,穿着自己的那身套装,几个小时之前还是湿透的,但是汤姆注意到,伯纳德把衣服搭在房间里的暖气片上。

汤姆做了个手势,伯纳德跟了上来。

走在小路上,汤姆看到克里斯房间的窗户仍然一片漆黑。只有伯纳德房间的灯是亮着的。"不远。所以麻烦!"汤姆说,突然觉得特别好笑。他递给伯纳德耙,自己留下铁锹,因为他觉得用锹更累。"很抱歉,他埋得挺深的。"

伯纳德顺从得古怪,干起活来,但是他用耙挖得既深又快。伯纳德把土向外耙，但是不一会儿他就开始只是把土耙松，汤姆则站在土坑里尽快把那些土向外铲。

"我得歇一会。"汤姆最后终于说了，但是他休息的时候还搬了两块大石头，每块石头都有三十多磅重。他把石头都搬到车的后面。他提前把车的后备厢打开了，把石头推了进去。

伯纳德挖到了尸体。汤姆跳下去，尝试用铁锹把尸体撬起来，但是土坑太窄了。两人分别站在尸体两侧用绳子往上拽。汤姆的绳子断了或者是松了，他咒骂着又把绳子系紧，而伯纳德拿着手电筒。莫奇森的尸体好像被吸进了土里：好像有股力量在和他们抗衡。汤姆的手又脏又痛，可能还出血了。

"太重了。"伯纳德说。

"是啊。我们最好一起喊'一、二、三'，然后一起用力抬。"

"好。"

"——一二——"二人准备好用力。"——三！噢！"

莫奇森的尸体被抬到了地面上。伯纳德抬的是比较重的肩膀那端。

"剩下的应该就容易了。"汤姆说，只是没话找话。

他们把尸体抬上车。油布一直在淌泥水，汤姆的雨衣前面都是泥。

"得把挖的坑填回去。"汤姆的声音嘶哑，透露着疲惫。

和上次一样，这是最轻松的活儿，汤姆另外还把风吹掉的几根树枝拽过来。伯纳德随手把耙丢在地上，汤姆说："我们把工具放回车里吧。"

于是他们把工具拿回了车上。然后汤姆和伯纳德上了车，汤姆倒车，发动机发出了令人难以忍受的呜呜声，朝大路开去。小路里没有地方可转弯。然后，就在他将车倒到主路上准备前进的时候，汤姆惊恐地看到克里斯屋里的灯亮了起来。汤姆向漆黑的窗户瞥了一眼——克里斯的屋里也有一扇侧窗，就在此时灯闪了下亮了，好像在和他们打招呼。汤姆什么都没对伯纳德说。这里没有路灯，汤姆希望克里斯辨别不出车的颜色（深绿色），可是此时汤姆的停车指示灯是亮着的，因为有必要。

"我们现在去哪？"伯纳德问。

"我知道一个离这八公里的地方。一座桥——"

此时路上一辆车都没有，这在凌晨一点五十分是再正常不过的了。汤姆几次参加聚会晚了回家时都是这样。

"谢谢，伯纳德。一切很顺利。"汤姆说。伯纳德沉默着。

他们来到了汤姆计划的地方。是在一个名叫瓦济的村子旁边，汤姆直到今晚才注意到它的名字，他不得不经过村界，穿过村子才到达他记得的那座桥。桥下是卢万河，汤姆想，会流入塞纳河。莫奇森的尸体带着两块石头，所以不会漂太远。桥的这一头有节能灯的微弱灯光，但是另一头是漆黑一片。汤姆把车开到另一头，在过桥之后几米处停下。在黑暗中，汤姆借助着手电筒的亮光，他们把石头塞进油布里，系上绳子。

"现在我们把他扔下去。"汤姆轻声说。

伯纳德的动作镇定而有力，似乎完全知道该做什么。即使是有石头，他们两个抬着尸体也毫不费力。桥的木栅栏有四英尺高。汤姆倒退着走，边走边打量四周，身后，村子漆黑一片，只有两盏路灯还亮着，前面的桥消失在黑暗中。

"我觉得我们可以冒险试试桥中间。"汤姆说。

于是，他们来到了桥中间，把尸体放在地上一会儿，攒足力气。他们弯下腰，抬起尸体，一起用力把尸体举得高高的，扔了下去。

水花四溅，震耳欲聋——一声巨响打破了寂静，好像一声炮响，响彻整个村子——然后是一阵水花飞溅。他们往回向车走去。

"不要跑。"汤姆说，或许这话是多余的。他们还有力气吗？

他们回到车上，径直向前开去，汤姆不知道也不在乎要开向哪里。

"结束了！"汤姆说，"终于摆脱那该死的玩意儿了！"他感到非常幸福、轻松、自由。"我没告诉你，我想，伯纳德，"汤姆开心地说，此刻他的喉咙也不干了，"我之前告诉警察星期四我把莫奇森送到了奥利机场。我确实是把他的行李放在那儿了。所以，如果莫奇森没有上飞机，也不是我的错，不是吗？哈哈！"汤姆笑起来，每次恐怖时刻过后都是同样的如释重负，他也常一个人这样笑着。"顺便说一下，《时钟》在奥利机场被偷了。莫奇森把它装在了行李箱里。我能想象任何人看到德瓦特的签名都会把画据为己有，而且守口如瓶！"

但是伯纳德在听他说话吗？伯纳德一直没出声。

又开始下雨了！汤姆禁不住要欢呼了。这场雨可能会冲刷掉他房子附近小路上的轮胎印，而且也有利于遮掩如今已空无一物的墓穴。

"我要下车。"伯纳德说，伸手去够车门。

"什么？"

"我想吐。"

汤姆赶紧把车开到路边停下。伯纳德下车了。

"需要我陪你吗？"汤姆赶紧问。

"不了，谢谢。"伯纳德走到右边几米处，有一处陡然耸起的斜坡，有几英尺高。他弯下腰。

汤姆替他难过。他自己高兴又健康，而伯纳德却胃不舒服。伯纳德在那里呆了两分钟、三分钟、四分钟，汤姆心想。

一辆车从后面驶来，车速适中。汤姆有一种要关掉车灯的冲动，但是没关，正常开着前车灯，但是没打远光。由于路上有一条弯道，那辆车的车灯在伯纳德身上停留了一秒钟。是一辆警车，老天啊！车顶上有蓝色的警灯。警车从汤姆的车旁绕过，以同样缓慢的速度开走了。汤姆放松下来。谢天谢地。他们无疑认为伯纳德是下车去小便，在法国，别说是在乡间小路边，就是在大白天，在众目睽睽之下小便，也不违反法律。伯纳德回到车上后，关于那辆车他什么也没说，汤姆也没说。

回到家里，汤姆悄悄地把车开进车库。他把锹和耙拿出来倚在墙上，然后用抹布把汽车的后部擦干净。他虚掩上车的后备厢，不想因为用力而发出响声。伯纳德等待着。汤姆对他做了一个手势，他们一起出了车库。汤姆关上了门，轻轻地把挂锁喀嗒一声扣上了。

到了前门，他们脱下鞋，用手拿着。汤姆注意到车慢慢接近房子的时候，克里斯屋里的灯是关着的。此刻汤姆用手电筒照着上了楼。汤姆示意伯纳德回到自己的房间，打手势说他一会儿就过去。

汤姆掏空雨衣口袋，把雨衣扔在浴缸里。他用浴缸里的水龙头冲了冲靴子，然后把靴子塞进柜子里。他可以过一会儿再洗雨衣，同样也挂进柜子里。这样明天早上安奈特太太就不会看到了。

然后他换上睡衣和拖鞋，悄悄地去看伯纳德。

伯纳德正光脚站着，抽着烟。他的脏夹克搭在一把直背椅上。

"那身衣服也没什么用了，"汤姆说，"交给我处理吧。"

伯纳德动作缓慢，但确实在动。他脱下裤子，递给汤姆。汤姆把裤子和夹克拿回自己的房间。稍后他可以把泥擦掉，然后送到速洗店去。这套衣服不是什么好货色，是伯纳德一贯的穿衣风格。杰夫和艾德告诉过汤姆，他们想要把德瓦特有限公司赚的钱分给伯纳德，但是伯纳德只接受了一部分。汤姆又回到了伯纳德的房间。这是汤姆第一次欣赏起家里坚固的镶木地板：走在上面不会发出咯吱声。

"要喝杯酒吗，伯纳德？我想你可能需要喝一杯。"现在他不怕下楼被安奈特太太或者克里斯看到了，汤姆心想。他甚至可以说他和伯纳德心血来潮开车出去转悠了一圈，刚刚才回来。

"不了，谢谢。"伯纳德说。

他不知道伯纳德到底能不能入睡，但是他没敢再提议给他其他东西，比如镇定剂，甚至热巧克力，因为他觉得伯纳德还会说："不了，谢谢。"汤姆轻声说："我很抱歉把你牵扯进来。如果你愿意的话，明天就睡一早上吧？克里斯早上就走了。"

"好。"伯纳德的脸色泛青。他没有看汤姆。他双唇紧闭成一条线，仿佛很少微笑或讲话的样子——现在他的嘴看起来很沮丧。

他看起来一副被出卖的样子，汤姆心想。"我也会处理你的鞋子。"汤姆拿起鞋子。

在他自己房里的浴室——他的房门和浴室门现在都是关着的，可能是为了防着克里斯——汤姆洗了他自己的雨衣，用海绵擦洗了伯纳德的套装。他用水冲了冲伯纳德的沙漠靴，然后把靴子垫着报纸放在卫生间的暖气旁。虽然安奈特太太帮他端咖啡，整理床铺，但是不会进入他的浴室，可能一周进去收拾一次。真正的清洁女工，是一位叫克罗索的,她一周会来打扫一次,正好是今天下午。

最后,汤姆护理了一下自己的双手,看起来并不像感觉的那么糟糕。他擦了妮维雅护手霜。奇怪的是,他觉得过去的一个多小时是他做了一个梦——在某个地方做过什么动作,让他的双手感到疼痛——发生的一切都是幻觉。

电话铃响了。汤姆跳起来去接电话,响到一半汤姆就接起了电话,电话铃声听起来大得吓人。

已经快凌晨三点了。

哔——哔……波——波——波……嘟——嘟——嘟……哔?

潜水艇的声音。是从哪打来的电话?

"您是……别挂断……雅典……打电话……"

海洛伊丝。

"喂,汤米!……汤米!"

在那令人抓狂的几秒钟里,汤姆只能听懂这些。"你能大点声吗?"他用法语说。

他半听半猜,海洛伊丝对他说她不开心,很无聊,无聊得要死。其他一些事和人也极其烦人。

"……这个女人是叫诺丽达……"还是叫诺莉达?

"回家吧,亲爱的!我想你!"汤姆用英语大喊,"让那些臭家伙见鬼去吧!"

"我不知道该做什么,"这句话听得很清晰,"两个小时之前,我就在试图联系你。在这里连电话都打不通。"

"电话往哪儿都打不通。它就是个骗钱的工具。"汤姆听到她笑了一下,感到很高兴——就像海妖在海底的笑声。

"你爱我吗?"

"我当然爱你了！"

就在声音越来越清晰的时候，信号断了。汤姆确定海洛伊丝没有挂断。

电话没有再次响起。汤姆猜想此刻希腊是凌晨五点。海洛伊丝是从雅典的一家宾馆打来的电话吗？从那艘疯狂的游艇上？他十分渴望见到她。他已经习惯了有她陪在身边，他想她。这是代表爱上了一个人吗？还是婚姻就这样？但是他想首先收拾好眼前的残局。虽然海洛伊丝的道德水准并不高，但是她也无法接受这一切。当然了，她对仿造德瓦特画作的事情一无所知。

13

听到安奈特太太敲响了自己的房门，汤姆昏昏沉沉地醒来。她给他送来了一杯黑咖啡。

"早上好，汤米先生！今天天气很好。"

阳光确实明媚，与昨天相比截然不同，真是个奇妙的变化。汤姆小口抿着咖啡，让咖啡的黑色魔法渗入身体，然后他起床换好衣服。

汤姆敲响了克里斯的房门。还能赶上九点五十二分的火车。

克里斯还没起床，一大张地图铺在他的膝盖上。"我决定坐十一点三十二分的火车——如果可以的话。我很想再躺一会儿。"

"当然可以了，"汤姆说，"你应该让安奈特太太给你拿杯咖啡。"

"哦，那可太麻烦了。"克里斯跳下床。"我想要很快地散个步。"

"好的。那一会儿见了。"

汤姆下楼去了。他在厨房把咖啡又热了一遍，又倒了一杯咖啡，站在窗前一边向外看一边喝着。他看见克里斯从屋里走出去，打开了大门。他左转朝城镇的方向走去了。他可能想去法式酒吧咖啡馆来杯牛奶咖啡加可颂面包。

显然伯纳德还在睡觉，那就再好不过了。

九点十分的时候，电话响了。一个英国口音的人谨慎地说："我是伦敦市警察局的韦伯斯特探长。雷普利先生在吗？"

这是他人生的主题曲吗？"是的，请讲。"

"我是从奥利机场打来的。我非常希望今天早上和你见面，如果可能的话。"

汤姆想说今天下午有空，但是平时的胆气此刻竟然荡然无存，而且他也觉得那位探长可能会怀疑他会用早上的时间隐藏什么。"今天早上完全可以的。你要坐火车过来吗？"

"我乘出租车，"对方若无其事地说，"看起来并不远。乘出租车要多长时间能到？"

"大概一个小时。"

"那咱们就大概一小时之后见了。"

到时候克里斯还没走。汤姆又倒了一杯咖啡给伯纳德送去。他本来想不告诉韦伯斯特探长伯纳德在这，但是就目前的情况来看，也不知道克里斯会说出什么来，汤姆想，最好不要试图隐藏伯纳德的踪迹。

伯纳德醒了，头枕在两个枕头上，仰卧着，双手十指交叉放在胸前。他可能正在做晨起冥想吧。

"早上好，伯纳德。要喝咖啡吗？"

"好的，谢谢。"

"一个伦敦警察会在一个小时之后到这儿来。他可能想和你谈谈。当然是有关莫奇森的事情。"

"好的。"伯纳德说。

等伯纳德啜了一两口咖啡，汤姆才开口："我没在咖啡里放糖。我不知道你是否喜欢。"

"没关系。咖啡味道很好。"

"照目前的情况来看，伯纳德，你最好说自己从没见过莫奇森，也不知道有这个人。你从未在曼德维尔酒吧和他聊过天。你明白吗?"汤姆希望他能够听进去这番话。

"明白。"

"还有，你从未听说过莫奇森，甚至从未从杰夫和艾德那儿听说过。你知道，你与杰夫和艾德也应该不熟。你们彼此认识，但是杰夫和艾德也不会特地告诉你有一个美国人怀疑《时钟》这幅画不是真迹。"

"是的，"伯纳德说，"是的，当然了。"

"还有——这是最容易记的事，因为它本来就是真的，"汤姆继续说，就好像他在教室对不认真听课的孩子们在讲话，"那就是，你是昨天下午到的这里，距离莫奇森离开前往伦敦已经过去了整整一天。自然了，你从未见过或听说过他。没问题吧，伯纳德?"

"没问题。"伯纳德说。他支着一只胳膊肘躺着。

"想吃点什么吗? 鸡蛋? 我可以给你拿个牛角包。安奈特太太出去买的。"

"不用了，谢谢。"

汤姆下了楼。

安奈特太太从厨房出来。"汤米先生，看。"她给他看了当天报纸的头条。"这不是那位先生，周二来过的莫奇森先生吗? 报纸上说他们正在寻找莫奇森先生!"

寻找莫奇森先生……汤姆看着报纸上莫奇森那足有两栏宽的略带微笑的正面照片，登在《巴黎人报》——塞纳及马恩省版的左下角。"是的，是他。"汤姆说。他读下去:

托马斯·F. 莫奇森，五十二岁，美国人，于十月十七日星期四下午走失。在奥利机场出发厅门外寻获他的行李，但是他并没有登上往伦敦的飞机。莫奇森先生是纽约的一位企业管理人员，之前去默伦拜访一位朋友。他在美国的妻子哈丽特已经在法国和英国警察的帮助下开始调查。

汤姆十分庆幸他们没有提及自己的名字。

克里斯从前门进来，手上拿着几本杂志，但是没有报纸。"哈喽，汤姆！安奈特太太！今天天气真好！"

汤姆同他打了招呼，然后对安奈特太太说："我以为这会儿他们应该已经找到他了呢。但是，实际上——今天早上，一个英国人要来问我一些问题。"

"哦，是吗？今早？"

"大概半个小时之后吧。"

"太离奇了！"她说。

"什么离奇了？"克里斯问汤姆。

"莫奇森。今天的报纸上登了一张他的照片。"

克里斯饶有兴趣地看着那张照片，慢慢地大声读着照片下面的字，并且翻译着。"老天！还没找到！"

"安奈特太太，"汤姆说，"我不确定那个英国人是否会留下来用午餐。能不能请你准备四人份的午餐？"

"可以的，汤姆先生。"她去厨房了。

"什么英国人？"克里斯问，"又有一个？"

克里斯的法语水平突飞猛进，汤姆想。"是的，他要来询问莫奇森的事情。你知道的——如果你想坐十一点半的火车——"

"嗯——我能留下来吗？有一班十二点之后的火车，当然了，还有几班今天下午的火车。我对莫奇森先生很好奇，他们都查出什么了。当然——你和他谈话的时候我不会待在客厅，如果你需要和他单独谈话。"

汤姆心生反感，但是他仍然说："为什么不可以？又没什么秘密。"

探长乘出租车在十点半左右到达了。汤姆忘记告诉他路线了，但是他说他在邮局问了到雷普利家的路线。

"你家真是太漂亮了！"探长兴奋地说。他大概四十五岁，身着便衣。头发乌黑稀少，肚子微微前凸，戴着一副黑框眼镜，一双眼睛充满警觉又亲切礼貌。事实上，他那愉快的笑容像是恒久不变的。"在这里住很长时间了吗？"

"住三年了，"汤姆说，"请坐。"汤姆打开了门，安奈特太太没看到出租车来，所以汤姆接过了探长的外套。

探长随身带着一个整洁细长的黑色手提箱，里面能装下一套西装，他拿着手提箱坐在沙发上，似乎他还不习惯和手提箱分开。"嗯——咱们闲话少说。你最后一次见到莫奇森先生是什么时候？"

汤姆坐在一把直背椅上。"上周四。下午三点半左右。我送他去奥利机场。他准备去伦敦。"

"我知道。"韦伯斯特把他的黑色手提箱打开了一点点，拿出一个笔记本，然后从口袋里掏出一支笔。他记了几秒钟的笔记。"他情绪很好吗？"他笑着问。他伸手从夹克口袋里抽出一支香烟，迅速点着了。

"很好。"汤姆正准备说他送了莫奇森一瓶很好的法国玛歌葡萄酒，但是他又不想提到自己的地下室。

"他随身携带的那幅画。名叫《时钟》吧，我想。"

"没错。用褐色的纸包着。"

"显然是在奥利机场被偷了，没错。就是莫奇森先生认为是赝品的那幅吗？"

"他说他怀疑是赝品——起初是这样的。"

"你对莫奇森先生了解多少？认识多长时间了？"

汤姆解释道："我记得我看见他走进画廊后面的办公室，我听说德瓦特就在里面。所以——当晚我在我住的那家宾馆的酒吧里看见莫奇森先生时，我就和他聊起来了。我想问他德瓦特长什么样。"

"明白。然后呢？"

"我们一起喝了酒，莫奇森告诉我他觉得有几幅德瓦特的画是赝品——最近的几幅。我说我在法国的家里有两幅德瓦特的画，我问他想不想过来看看。所以我们星期三下午就一起过来了，当晚他在这儿住的。"

探长一边听一边做笔记。"你去伦敦是专门为了看德瓦特画展吗？"

"哦，不是的，"汤姆微微一笑，"是为了两件事。一件是德瓦特的画展，我承认，另外我太太的生日在十一月，她喜欢英国的东西。毛衣和长裤。卡纳比街。我从伯灵顿市场街买了些东西——"汤姆瞟了一眼楼梯，寻思上楼去拿那个金猴胸针，不过随即打消了那个念头。"这次我没有买德瓦特的画，但是当时我正考虑买那幅《浴盆》。刚好就剩这幅没卖掉了。"

"你有没有——呃——邀请莫奇森先生来，是想看看你的画会不会也是赝品？"

汤姆犹豫了。"我承认我也好奇。但是我从未怀疑过我的画。

在看过我的两幅画之后，莫奇森先生认为它们是真迹。"汤姆当然不想提莫奇森的那套淡紫色推理了。韦伯斯特探长对汤姆手中德瓦特的画也没太大兴趣，只是扭头看了身后的《红色椅子》几秒钟，然后又看了看面前的《椅子上的男人》。

"这恐怕不是我的专长。现代绘画。你一个人生活吗，雷普利先生？就你和太太？"

"是的，除了管家安奈特太太。我太太现在在希腊。"

"我想见见你的管家。"探长说，仍旧面带微笑。

汤姆朝厨房走去，去叫安奈特太太，就在此时，克里斯从楼上下来。"啊，克里斯。这位是韦伯斯特探长。从伦敦来。这位是我的客人，克里斯托弗·格林里夫。"

"你好吗？"克里斯边说边伸出一只手，见到一位伦敦警察令他面露敬畏的神色。

"你好吗？"韦伯斯特愉快地说，身子微微前倾与克里斯握手。"格林里夫。理查德·格林里夫。雷普利先生，他是你的朋友，是吧？"

"是的。克里斯是他的堂弟。"韦伯斯特最近一定查过档案，汤姆心想，一定仔细地查过档案，看汤姆是否有任何在案记录，因为汤姆无法想象，事情过去六年之后，还会有人记得迪基的名字。"稍候，我去叫安奈特太太。"

安奈特太太正在洗涤槽里给什么东西去皮。汤姆问她是否可以进来见见这位从伦敦来的绅士。"他十有八九会说法语。"

然后，就在汤姆回到客厅时，伯纳德从楼上下来了。他穿着汤姆的裤子，上身穿着一件毛衣，里面没穿衬衫。汤姆把他介绍给韦伯斯特。"塔夫茨先生是一位画家。从伦敦来。"

"啊，"韦伯斯特说，"你在这里见过莫奇森先生吗?"

"没见过。"伯纳德说，坐在一把有黄色软垫的直背椅子上。"我昨天才来。"

安奈特太太进来了。

韦伯斯特探长站起身来，微笑着说："你好，夫人，"随后用一口纯正的法语说道，虽然明显带有英国口音，"我来是为了询问有关莫奇森先生失踪的问题。"

"啊，没错! 我今天早上才在报纸上看到新闻，"安奈特太太说，"还没找到他吗?"

"还没有，太太，"他又露出了微笑，仿佛在谈论什么更有趣的事情，"好像你和雷普利先生是最后见到他的人。格林里夫先生，你当时在这里吗?"他用英语问克里斯。

克里斯结巴着，但无疑是实话实说的："我从没见过莫奇森先生，没见过。"

"安奈特太太，莫奇森先生是星期四的什么时间离开这里的? 你还记得吗?"

"噢，大概——是在吃过午餐之后。我那天午餐准备得早了点。他大概是下午两点半离开的。"

汤姆一言不发。安奈特太太回答得很正确。

探长对汤姆说："他提没提过在巴黎有什么朋友? 不好意思，太太，我也可以讲法语。"

谈话继续以双语形式进行，有时候是汤姆，有时候是韦伯斯特为安奈特太太翻译，因为韦伯斯特希望如果她了解什么情况，也可以提供一些线索。

莫奇森没提过巴黎的任何人，汤姆说他认为莫奇森并没有打算在奥利机场与谁见面。

"你知道的，莫奇森先生和他的画一起消失——可能有联系。"韦伯斯特探长说。（汤姆对安奈特太太解释说莫奇森先生随身携带的那幅画已经在奥利机场被偷了，安奈特太太很高兴地说她记得在莫奇森先生离开之前，看到那幅画倚在他的行李箱上，放在走廊里。她一定是匆忙瞟了一眼，汤姆心想，幸好她看了一眼。韦伯斯特或许已经怀疑汤姆把那幅画毁了。）"德瓦特有限公司，我认为完全称得上是一家大公司。公司可不止德瓦特画家一个人。德瓦特的朋友康斯坦和班伯瑞分别是记者和摄影师，二人共同经营巴克马斯特画廊，作为副业。有德瓦特美术用品公司。在意大利佩鲁贾还有一家德瓦特美术学校。如果有假画流入市场，那我们可就有大事儿了！"他转向伯纳德。"塔夫茨先生，你认识康斯坦先生和班伯瑞先生，对吧？"

汤姆再次感到惊慌，因为韦伯斯特明显是做过这方面的调查：多年来，艾德·班伯瑞从未在他的文章中提过伯纳德是德瓦特老友这一事。

"对，我认识他们。"伯纳德有点茫然地说，但还算临危不乱。

"你在伦敦和德瓦特谈过话吗？"汤姆问探长。

"谁也找不到他！"韦伯斯特探长笑容满面地说，"我倒没有特别找过他，但是我的一个同事找过——在莫奇森先生失踪后。更离奇的是——"此时，他改说法语，好让安奈特太太也听得明白——"根本没有德瓦特近期从墨西哥或什么地方进入英国的记录。不仅是他可能进入英国的这几天没有记录，而是这几年都没有。事实上，移民局的最后一次记录显示菲利普·德瓦特是六年前离开英国前往希腊。再也没有他回国的记录。你们可能知道，据说德瓦特是在希腊溺水或自杀身亡了。"

伯纳德身子前倾，前臂拄在膝盖上。他是准备迎战，还是要和盘托出？

"是的。我听说过，"汤姆对安奈特太太说，"我们在谈画家德瓦特——推测他可能是自杀。"

"好的，太太，"韦伯斯特客气地说，"请您稍候。重要内容我会用法语讲的。"然后对汤姆说："所以就是说，德瓦特来过英国，甚至可能已经离开了英国，就像红花侠[1]或鬼魂，来无影，去无踪。"他轻声地笑了。"但是你，塔夫茨先生，我知道你以前就认识德瓦特。你在伦敦见过他吗？"

"没有，没见过。"

"但是我猜你去过他的画展吧？"韦伯斯特的一脸笑容和伯纳德的忧郁形成了鲜明对比。

"还没去过。我可能过几天会去，"伯纳德一脸严肃地说，"我变得——和德瓦特有关的所有事都让我感到心烦意乱。"

韦伯斯特似乎以一种全新的眼光看待伯纳德。"为什么？"

"我——很欣赏他。我知道他不喜欢抛头露面。我想——等所有事情都处理完了，赶在他回墨西哥之前去看看他。"

韦伯斯特笑着拍了一下大腿。"好，如果你能找到他，告诉我们他在哪。我们想跟他谈谈那件可能的伪作的事。我已经和班伯瑞

1.《红花侠》是艾玛·奥希兹（Emma Orczy，1865—1947）创作的惊险小说和同名话剧，讲述的是在法国大革命之后的恐怖时期，主人公珀西·布莱克尼平日里表现得像个英国花花公子，实则剑术超群、机智勇敢，是个逃跑天才，帮助被诬陷的贵族逃亡。这个人物是后来的《佐罗》《蝙蝠侠》的原型。该剧在英国伦敦上演2000场经久不衰。

先生和康斯坦先生谈过。他们见过《时钟》并说它是真迹，但是，在我看来他们当然会这么说，"他瞟了一眼汤姆，面带微笑地接着说道，"因为画是他们卖出去的。他们还说德瓦特曾亲自证实过那是他自己的画。但是，毕竟我只有——目前为止——班伯瑞先生和康斯坦先生的证词，因为我找不到德瓦特先生或者莫奇森先生。如果德瓦特否认那是他的作品，或者有所怀疑，那就有趣了，而且——啊，我不是在写悬疑小说，想都没想过！"韦伯斯特开怀大笑，嘴角开心地上扬，坐在沙发上笑得前仰后合。他的笑声很有感染力和吸引力，尽管他的牙齿过大，还不太白。

汤姆知道韦伯斯特想说的是：巴克马斯特画廊的人可能觉得是时候了，就把德瓦特灭了口，或者偷偷把他送走，还把莫奇森也灭了口。汤姆说："但是莫奇森先生跟我提过他和德瓦特的谈话。他说德瓦特承认这画是他的。莫奇森先生担心的是，德瓦特可能已经忘记自己画过这幅画。或者我应该说，是忘记自己没画过。但是，德瓦特似乎记得这幅画。"这回换汤姆大笑起来。

韦伯斯特探长看着汤姆眨了眨眼，保持着礼貌性的沉默，至少在汤姆看来是这样。那好像在说："现在我也知道你的说法了，或许也没有什么价值。"韦伯斯特最后说："我十分确定某人出于某种原因觉得很有必要除掉托马斯·莫奇森。我还能怎么想呢？"他礼貌地把这段话翻译给安奈特太太。

安奈特太太说："是嘛！"虽然没看她一眼，汤姆也感觉得到她吓得发抖。

汤姆很高兴韦伯斯特不知道自己认识杰夫和艾德，即便不太熟。韦伯斯特没有直接问他是否认识他们，汤姆觉得很有意思。或者杰夫和艾德已经告诉他，说他们认识汤姆·雷普利，但是不太熟，因为他向他们买过两幅画？"安奈特太太，或许我们大家需要些咖啡。要不要来点咖啡，探长？或者来杯酒？"

"我看你推车上有杜本内酒[1]。我想喝一杯，加点冰，再加片柠檬皮，如果不麻烦的话。"

汤姆翻译给安奈特太太听了。

没人想喝咖啡。克里斯斜靠在落地窗旁边的椅子背上，什么都不想喝。他似乎对眼前的事情很着迷。

"究竟是什么原因？"韦伯斯特说，"让莫奇森先生认为他那幅画是赝品呢？"

汤姆若有所思地叹了口气。这是问他的。"他提到了它的神髓。还提到了笔触的问题。"都很模糊。

"我十分确定，"伯纳德说，"德瓦特不会赞同任何人伪造他的画，绝对不可能。如果他知道《时钟》是赝品，一定会率先说出来。或者直接去找——我不知道——警察吧，我觉得。"

"或者对巴克马斯特画廊的人说。"探长说。

"没错。"伯纳德坚定地说。他突然站起来。"能容我失陪一会儿吗？"他朝楼梯走去。

安奈特太太为韦伯斯特端来酒。

伯纳德下楼来，手里拿着一本厚厚的褐色笔记本，特别旧，边向客厅走边翻找着。"如果你想了解一些关于德瓦特的事——这里有我从他日记本里摘抄的几句话。他去希腊的时候，把日记本放在一个行李箱里，留在伦敦。我借来一阵子。他的日记主要是关于绘画的，每天遇到的困难，这里有一段——对，就这里。七年前的

---

1. 杜本内酒，产于法国，是法国最著名的开胃酒之一。

了。这是德瓦特的原话。我能读一下吗？"

"可以，请读。"韦伯斯特说。

伯纳德读道："'回归自我是艺术家意志消沉的唯一原因，'他的'自我'用了大写开头，'自我就是那个害羞、极其虚荣、以自我为中心的意识的放大镜，绝不该看的。如果恰逢在作画半途中瞄一眼放大镜，那才叫真正的恐怖，有时是在一幅画完，另一幅尚未开始之时，有时是在度假时——那就根本不该去度假。'"伯纳德笑了笑。"'这种意志消沉，除了表现在痛苦中，还体现在各种无聊的问题上，比如这一切到底是为什么？还表现在哀叹上，比如我有多差劲啊！更糟糕的表现——我早就该注意到了，那就是在我有所需要的时候，我甚至不能依靠那些理当爱我的人。顺风顺水的时候是不需要朋友的。我一定不能在软弱的时候暴露自己。否则日后说不定就会因此受到攻击，就像一把早就应该被烧掉的拐杖——今晚就烧。让那些黑暗的记忆只留给我吧。'下一段，"伯纳德充满崇敬地说，"'能够互讲真话，而不担心恶果的人婚姻会美满吗？世上的仁慈、宽恕都到哪儿去了？我在孩子们的脸上找到了更多的仁慈和宽恕，他们为我做模特，凝视着我，睁着天真无邪的大眼睛看着我，毫无批判之意。而朋友呢？在与死神殊死搏斗的瞬间，想要自杀的人去拜访朋友。一个接一个，他们都不在家，电话没人接，即便接了，也说今晚很忙——有些重要的事情，走不开——而这个如此骄傲的人无法痛哭流涕着说："我今晚一定要见到你，不然就完了！"这是尝试与外界联系所做的最后一次努力。多么可怜，多么软弱，多么高贵——还有什么比沟通更神圣？这个自杀者知道沟通的神奇力量。'"伯纳德合上了笔记本。"当然了，他写这些的时候还很年轻，还不到三十岁。"

"很感人，"探长说，"你刚刚说他是什么时候写的这个？"

"七年前。十一月，"伯纳德回答道，"他十月在伦敦自杀未遂。康复后写下了这些。当时情况——不算太糟。安眠药。"

"或许你会觉得夸张，"伯纳德对韦伯斯特说，"他的日记并不打算给别人看。巴克马斯特画廊还有一些日记，除非德瓦特要回去了。"伯纳德开始结巴，看起来也很不安，大概是因为他在小心地撒谎。

"那么他是那种有自杀倾向的人了？"韦伯斯特问。

"哦，不是的！他情绪有波动。很正常。我是说，这对于画家来说很正常。他写下这些的时候已经身无分文。壁画任务泡汤了，德瓦特都已经完成了壁画。评审们拒收，因为其中有两处裸体。是替某个地方的邮局画的。"伯纳德笑着，仿佛这事现在一点都不重要。

奇怪的是，韦伯斯特一脸严肃，若有所思。

"我读这个是为了告诉你德瓦特很诚实，"伯纳德继续勇敢地说，"不诚实的人写不出这个来——或者日记里其他有关绘画的内容——或书写人生。"伯纳德用手指背敲打着本子。"在他需要我帮助的时候，我就是其中一个忙得没时间去看他的朋友。我全然不知他正处于这种糟糕的状况，你知道。我们都不知道。即便他穷苦潦倒，还那么骄傲，不肯向我们开口。这样的人是不会偷窃，不会犯罪的——我的意思是，不会允许造假画。"

汤姆以为韦伯斯特探长会同样郑重地说："我明白了。"但他只是坐在那里，双膝张开，仍旧一副若有所思的样子，一只手掌心朝内地放在大腿上。

"我认为很好——你读的东西。"克里斯打破了这长久的沉默。

所有人都一言不发的时候，克里斯低下了头，又抬起头，好像准备要为自己的观点辩护。

"后面还有吗？"韦伯斯特问，"我对你读的内容很感兴趣，但是——"

"还有一两则吧，"伯纳德翻着那本笔记本说，"不过也是六年前的了。比如：'唯有永远的愚钝才能消除创作过程中的恐惧。'德瓦特向来——尊重自己的才华。这一点我很难形容。"

"我想我明白。"韦伯斯特说。

汤姆立刻感受到伯纳德极度的、几乎是对自己的失望。伯纳德瞥了一眼站在拱门和沙发中间谨慎沉默的安奈特太太。

"你究竟有没有和德瓦特在伦敦面谈过？或者打过电话？"韦伯斯特问伯纳德。

"没有。"伯纳德说。

"或者跟班伯瑞或者康斯坦谈过吗——德瓦特在伦敦的时候？"

"没有，我不常跟他们见面。"

汤姆心想，没人会怀疑伯纳德在撒谎。他看起来就是诚实的象征。

"但你和他关系很好吧？"韦伯斯特问，仰起头，好像对这个问题表示了一丝歉意。"我知道几年前德瓦特在伦敦的时候，你就认识他们几个了。"

"啊，是的。当然认识。但是我在伦敦不常与人交际。"

"你知道德瓦特有什么朋友，"韦伯斯特继续以一种相当温和的语气问道，"有直升飞机或者一艘船，或者几艘船，可以带他进入英国，然后再出境吗——就像偷渡一只暹罗猫或一个巴基斯坦人？"

"不知道。根本没听过。"

"下一个问题，你听说德瓦特在墨西哥还活着的时候，一定给他写过信，对吧？"

"没有，没写过。"伯纳德咽了咽口水，硕大的喉结似乎让他很痛苦。"我已经说过了，我们几乎不联系——巴克马斯特画廊的杰夫和艾德。据我所知，他们也不知道德瓦特在哪个村子，因为那些画是用船从维拉克鲁斯运过去的。我以为德瓦特要想联系我的话，会给我写信。既然他没写信，我也没给他写信。我觉得——"

"什么？你觉得什么？"

"我觉得德瓦特遭的罪已经够多了。精神上的。或许在希腊，或许在去希腊之前。我想那段经历可能已经改变了他，甚至令他对老朋友感到失望，所以，如果他不想和我联系——那是他做事和理解事情的方式。"

汤姆真想为伯纳德流泪。他在痛苦地拼尽全力。伯纳德就像不是演员却要努力表演的人一样痛苦，痛恨在舞台上的每分每秒。

韦伯斯特探长瞥了汤姆一眼，然后看着伯纳德。"奇怪——你是说德瓦特是这样——"

"我认为德瓦特是真的受够了，"伯纳德打断他，"他去墨西哥的时候，就已经厌倦了人世。如果他想隐居，我也不想去打扰他。不然我可以去墨西哥一直找他——直到找到为止，我想。"

汤姆差点就相信了刚刚听到的这番话。他告诉自己一定要相信，于是他开始相信了。汤姆走到吧台，为韦伯斯特的杯子再倒满杜本内。

"我明白。现在——德瓦特又要回墨西哥去了，或许他已经离开了，你也不知道他的邮寄地址吗？"韦伯斯特问。

"当然不知道。我只知道他在画画，而且——很开心，我猜。"

"那巴克马斯特画廊呢？他们也不知道去哪找他吗？"

伯纳德又摇了摇头。"据我所知，他们也不知道。"

"那他们把德瓦特挣的钱都寄到哪啊？"

"我想——是寄到墨西哥的一个银行，请他们转给德瓦特吧。"

就为这流畅的回答，都要好好谢谢他，汤姆弯腰倒着杜本内时心想。他在杯子里留下加冰块的空间，然后从餐车上拿了冰桶。"探长，你留下来和我们一起吃午饭好吗？我已经告诉管家我希望你能留下来。"

安奈特太太已经回到了厨房。

"不了，不了，非常感谢，"韦伯斯特探长笑着说，"我已经和默伦的警察约好了。这是仅剩的和他们聊天的时间了，我想。这很有法国特色，是不是？我已经和他们约好了十二点四十五分在默伦见，所以接下来我要做的就是打电话叫辆出租车。"

汤姆给默伦的出租车行打电话叫了辆车。

"我想参观参观你的院子，"探长说，"看起来太漂亮了！"

可以是为了换换心情，汤姆想，就像有人想看看玫瑰花以逃避无聊的闲谈，但是汤姆觉得并不是这么回事。

克里斯想跟着他们，他深深地被英国警察吸引了，但是汤姆给了他一个眼神示意他别跟，然后独自和探长出去了。走下石头台阶，汤姆昨天就是在这里差点摔倒，为了出去追淋雨的伯纳德。太阳只露出一半，地上的草快干了。探长把手插进他肥大裤子的口袋里。韦伯斯特可能不一定怀疑他涉案，汤姆想，但是他感觉自己也没有完全洗白。我为我的国家做了很多坏事，他们知道的[1]。莎士比亚的

---

1. 这句话出自莎士比亚名剧《奥赛罗》第 5 幕第 2 场。原文是：I have done the state some service and they know't（我为我的国家做了很多贡献，他们知道的）。这里是雷普利的篡改。

句子竟然出现在他脑中，这真是一个奇怪的上午。

"苹果树、桃树。你在这儿一定过得很愉快。雷普利先生，你有职业吗？"

这问题和移民检察官问得一样尖锐，但是汤姆已经习惯了。"我种种花，画画画儿，学些我喜欢的东西。我没有那种每天或每周都得去巴黎的固定职业。我几乎不去巴黎。"汤姆捡起草坪上一块难看的石头，瞄准一棵树的树干丢过去。石头"哒"的一声击中树干，汤姆扭伤的脚踝也感到一阵刺痛。

"还有树林。也是你的吗？"

"不是。据我所知，是公共的。或者说是国有的。我有时候会从树上取点树枝，烧火用，从那些已经倒下的树上。你想散散步吗？"汤姆指着那条小路问。

韦伯斯特探长朝着小路走了五六步，走到了小路上，但他往前看了一眼，转身了。"现在不去了，谢谢。我想最好还是去看看出租车来了没。"

他们回来的时候出租车已经在门口等着了。

汤姆与探长告别，克里斯也是。汤姆祝他"午餐愉快"。

"太棒了！"克里斯说，"真的！你带他看了树林里的那座坟了吗？我刚才没有往窗外看，因为我觉得那样太无礼了。"

汤姆微笑着说："没有。"

"我想提来着，但是我觉得如果提起就太白痴了。提供错误的线索。"克里斯笑起来。连他的牙都跟迪基的很像，几颗上虎牙，其余的都密密麻麻排列着。"想象一下探长把坟挖开，寻找莫奇森？"克里斯又大笑起来。

汤姆也笑了。"是啊，如果我把他送到奥利机场，他怎么回到这的?"

"是谁杀了他?"克里斯问。

"我觉得他没死。"汤姆说。

"被绑架了?"

"不知道。可能吧。画也跟着不见了。我不知道应该怎么想。伯纳德呢?"

"他上楼了。"

汤姆上楼去看他。伯纳德的房门关着。汤姆敲门,听到里面有模糊的回应。

伯纳德正坐在床边,双手紧扣。他看起来狼狈不堪,筋疲力尽。

汤姆尽量表现出兴奋的样子,尽可能试探着说:"进展得很顺利,伯纳德。皆大欢喜。"

"我失败了。"伯纳德说,满眼悲伤。

"你在说什么?你刚才表现得很好。"

"我失败了。所以他才问我那些有关德瓦特的问题。关于怎样在墨西哥找到他。德瓦特失败了,我也一样。"

14

这是汤姆吃过的最糟糕的午餐之一，简直和海洛伊丝告诉她父母他们已经结婚后，和她爸妈吃的那顿不相上下。但是，至少这顿午餐没有持续太久。伯纳德陷入不可救药的沮丧之中，汤姆想，就像个刚表演完的演员，自觉表演得很差劲，所以，现在什么安慰的话都无济于事。伯纳德现在筋疲力尽——汤姆知道——演员竭尽所能后的状态。

"你知道，昨晚，"克里斯说，喝完杯里的牛奶，他把牛奶和红酒一块喝，"我看到一辆车从树林里的小路上倒出来。时间一定是凌晨一点左右。我觉得没什么大不了的。那车倒车时灯光开到最暗，似乎不想被人看到。"

汤姆说："可能是——情侣。"他担心伯纳德会对此有所反应——什么反应？——但是，伯纳德好像没听到。

伯纳德打了个招呼，上楼去了。

"天啊，他这么不安，真让人惋惜，"克里斯等到伯纳德听不见了就说，"我立马就走。我希望没打扰你太长时间。"

汤姆想查查下午的火车，但克里斯不同意。他更喜欢搭便车去巴黎。没法劝他。克里斯确信这将是一次冒险。备选方案是坐将近五点的火车，汤姆知道。克里斯拿着行李箱下楼，走到厨房和安奈特太太告别。

之后，他和汤姆一起到车库。

"拜托你，"克里斯说，"代我向伯纳德告个别，可以吗？他的房门紧闭。我觉得他不想被打扰，但我不想让他觉得我很无礼。"

汤姆保证他会让伯纳德好起来的。汤姆开来了阿尔法·罗密欧。

"让我在哪里下车都行，真的。"克里斯说。

汤姆觉得枫丹白露镇是最佳选择，枫丹白露宫就位于通往巴黎的高速公路旁。克里斯的身份一目了然，来度假的高个子美国男孩，不穷也不富，汤姆认为他能毫不费力地搭便车到巴黎。

"过两天我给你打电话行吗？"克里斯问，"我很想知道这里都发生了什么。当然了，我也会看报纸的。"

"可以，"汤姆说，"还是我给你打电话吧。路易斯安那宾馆，塞纳路，是吧？"

"是的。我无法形容这趟旅程对我来说是多么美妙——还看到了法式房子的内景。"

哦，他可以形容的。不过还是别形容了，汤姆心想。回家的路上，汤姆开得比平常快。他感到不安，但是，他又不知道该担心什么。他觉得与杰夫和艾德失去了联系，可对于他或者他们来说，试图取得联系不是明智之举。他心想最好的办法就是劝伯纳德留下来。这可能很困难。但是，伯纳德回到伦敦意味着他将再一次面对德瓦特画展，面对街上的海报，可能还会见到同样惊恐和自乱阵脚的杰夫和艾德。汤姆把车停在车库，然后径直走向伯纳德的房间，敲响了房门。

没人回答。

汤姆打开了房门。床还是伯纳德早上坐过的那样，没有动过，汤姆看到了床单上伯纳德坐过的印子。但是，伯纳德的东西都不见了，他的行李包，汤姆放在衣柜里没熨过的西服。汤姆快速看了一下自己的房间。伯纳德不在那里，也没有留下便条。克罗索太太正在用吸尘器打扫房间，汤姆说："你好，太太。"

汤姆走下楼。"安奈特太太。"

安奈特太太不在厨房，在卧室。汤姆敲门，听到安奈特太太回应了一声，然后推开了门。安奈特太太正躺在铺有淡紫色针织床单的床上读着《嘉人》杂志。

"你不用起身，太太！"汤姆说，"我只是想问伯纳德在哪？"

"他不在自己的房间吗？可能他出去散步了吧。"

汤姆不想告诉她伯纳德好像已经收拾东西走了。"他没对你说些什么吗？"

"没有，先生。"

"好吧——"汤姆挤出一个微笑，"不必担心。有电话打来吗？"

"没有，先生。今天晚餐会有几个人呢？"

"两个，我想，谢谢你，安奈特太太。"汤姆说，心想伯纳德可能会回来。他走出房间，关上门。

我的天啊，汤姆心想，读几首抚慰人心的歌德[1]诗歌吧。像《告别》这类的。带有一点德国人的坚定，歌德式坚定的优越感，还有——或许是天赋吧。这正是他需要的。汤姆把书——《歌德诗集》——从书架上抽出来，不知是天意还是无意，他翻到了《告别》。汤姆对这首诗几乎倒背如流，只是他担心自己的口音不够完美，所以从未在人前背诵过。如今，开头的几行诗就让他心烦意乱：

---

1. 约翰·沃尔夫冈·冯·歌德（Johann Wolfgang von Goethe，1749—1832），出生于美因河畔法兰克福，德国著名思想家、作家、科学家，是魏玛的古典主义最著名的代表。

且让我的双眼，为无法启口的嘴说再见。

告别何等沉重，而我——

汤姆被关车门的声音吓了一跳。有人来了，伯纳德乘出租车回来了，汤姆心想。

不是，不是伯纳德，是海洛伊丝。

她站在那，没戴帽子，微风吹拂着她长长的金发，手摸索着她的钱包。

汤姆冲过去，拉开门。"海洛伊丝！"

"啊，汤米！"

他们拥抱在一起。啊，汤米，啊，汤米！汤姆已经渐渐习惯别人把他的名字读得像个书呆子，海洛伊丝这样叫他，他喜欢。

"你都晒坏了！"汤姆用英语说，但他的意思是晒黑了。"让我来打发这家伙。多少钱？"

"一百四十法郎。"

"混蛋。从奥利来他——"汤姆把以前常说的话压下去了，甚至都没用英语说。汤姆付了钱。司机没有坚持帮他们拿行李。

汤姆把东西都拿屋里去了。

"啊，在哪都没有在家好啊！"海洛伊丝张开双臂说。她把一个挂毯样的包——希腊制品——扔到黄色沙发上。她穿着棕色皮凉鞋，粉色喇叭裤，一件美国海军厚呢短大衣。汤姆想知道她是从哪里弄来这件短大衣的，怎么弄到的。

"一切都好。安奈特太太在卧室里休息。"汤姆改用法语说。

"我的假期过得糟透了！"海洛伊丝扑通一下坐在沙发上，点了支烟。她需要几分钟冷静下来，所以他就开始把她的行李搬上楼。她对着其中的一个箱子尖叫，因为里面有些东西是要放在楼下的，汤姆留下那个箱子，把其他的搬上楼了。"你一定要这么像美国人，这么有效率吗？"

有其他选择吗？站着等她放松？"是的。"他把其他东西拿到了她房间里。

他下楼的时候，安奈特太太在客厅，她和海洛伊丝在谈论希腊、游艇和那儿的房子（显然是在某个小渔村），但是，汤姆注意到她们还没有谈到莫奇森。安奈特太太很喜欢海洛伊丝，因为安奈特太太喜欢服侍别人，海洛伊丝喜欢被人服侍。海洛伊丝现在什么都不想喝，不过在安奈特太太的一再坚持下，她同意喝杯茶。

海洛伊丝告诉他自己在"希腊公主"号游艇上的假期，游艇的主人是一个叫泽波的呆子，这个名字让汤姆想起了美国喜剧团体马克斯兄弟。汤姆见过这个长满胸毛的畜生的照片，据汤姆了解，这个泽波的自负足以和希腊船运大亨相比，实际上只是个小房地产商的儿子，无名之辈。据泽波和海洛伊丝所说，泽波的父亲压榨自己的人民，自己又被法西斯军阀压榨，不过还是赚了很多钱，因此，泽波可以开着游艇四处游玩，把鱼子酱扔到海里，把香槟倒进游艇的游泳池，然后再把泳池加热在里面游泳。"泽波不得不藏起那些香槟，所以他就藏在泳池里。"海洛伊丝解释说。

"谁跟泽波上床了？肯定不是美国总统的老婆，嗯？"

"随便谁。"海洛伊丝用英语厌恶地说，吐了一口烟。

汤姆确信不是海洛伊丝。海洛伊丝有时——也不是经常——会挑逗别人，但是汤姆确信自从结婚以后，海洛伊丝就没和其他人上过床。谢天谢地，她没跟泽波那只大猩猩搞到一起。海洛伊丝从来不喜欢那种类型的。泽波对待女人的方式令人厌恶，但是汤姆对此的态度——他从未敢在女人面前表达出来——如果女人为了得到钻石手链或者一套在法国南部的别墅，一开始就在忍耐，她们为什么以后还要抱怨？最让海洛伊丝恼火的是一个名叫诺丽塔的女人很嫉妒自己，因为在游艇上，一个男人很关注海洛伊丝。汤姆没怎么听这段无聊的八卦，因为他在想怎么告诉她自己的近况才不会让她失望。

汤姆也有些期待着伯纳德憔悴的身影随时出现在前门。他缓慢地走来走去，每转身一次都瞥一眼前门。"我去了伦敦。"

"是吗？好玩吗？"

"我给你买了东西。"汤姆跑上楼梯——他的脚踝好多了——下楼时拿着那条卡纳比街买的裤子。海洛伊丝到餐室试了试，正合身。

"我好爱这条裤子！"海洛伊丝说着给汤姆一个拥抱，还亲了下他脸颊。

"我和一个叫托马斯·莫奇森的人一起回来的。"汤姆说，然后告诉她都发生了什么。

海洛伊丝没听说他失踪的事情。汤姆解释说莫奇森怀疑自己手里的《时钟》是赝品，汤姆还说自己确信德瓦特的画没有赝品，所以，汤姆和警察一样都不知道莫奇森失踪的原因。海洛伊丝既不知道赝品的事，也不知道汤姆每年从德瓦特公司得到多少钱，大概每年一万两千美元，差不多和他从迪基·格林里夫那里获得的股票收入一样多。海洛伊丝对钱感兴趣，但是对钱从哪儿来她却不在乎。她知道自己家里的开销是父母和汤姆平分，但是她从未跟汤姆提过，汤姆也知道她毫不在乎，这也是汤姆欣赏她的一点。汤姆告诉过她德瓦特公司坚持要给他一小部分红利，因为他在几年前还没遇到海洛伊丝的时候，在公司运营方面帮助过他们。汤姆从德瓦特公司获得的收入直接转给他，或者由德瓦特美术用品公司在纽约的一个批发商转给他。汤姆把一部分钱投在纽约，另一部分汇到法国，兑换成法郎。德瓦特美术用品公司的老板（正巧也是个希腊人）知道德瓦特并不存在，也知道假画的事。

汤姆继续说："另一件事。伯纳德·塔夫茨——我记得你之前没见过他——来咱们家住一两天，今天下午他好像出去散步了，他的东西也带走了。我不知道他会不会回来。"

"伯纳德·塔夫茨？英国人吗？"

"是的。我跟他不熟。他是一个朋友的朋友。他是一位画家，因为他女朋友，他现在有些心烦。他可能去了巴黎。我觉得应该跟你说一声，说不定他会回来。"汤姆大笑。他越来越确信伯纳德不会回来了。他是不是乘出租车到奥利机场搭第一班飞往伦敦的飞机了？"还有——另一件事，伯瑟林夫妇邀请我们明晚到他们家吃饭。他们看到你回来，一定会非常高兴！哦，我差点忘了。我还有一位客人——克里斯托弗·格林里夫，迪基的堂弟。他在这住了两宿。我在信里提到他了，你没收到吗？"她没收到，因为他星期二才把信寄出去。

"我的天，你可真忙！"海洛伊丝用英语说，带有一丝滑稽的醋意，"你想我吗，汤米？"

他用双臂搂住他。"我想你——真的想你。"

海洛伊丝要放在楼下的是一个矮花瓶，很结实，有两个把手，瓶身上有两头黑色公牛低头对着对方。花瓶很吸引人，汤姆没问值不值钱，是不是很古老之类的，因为此时汤姆并不在意。他放了一张维瓦尔第[1]的《四季》唱片。海洛伊丝在楼上整理行李，还说想洗

---

1. 安东尼奥·卢奇奥·维瓦尔第（Antonio Lucio Vivaldi，1678—1741），是一位意大利神父，也是巴洛克音乐作曲家，同时还是一名小提琴演奏家。

个澡。

到了晚上六点半，伯纳德还没回来。汤姆觉得伯纳德在巴黎，不在伦敦，但这只是一种感觉，他也不敢确定。他和海洛伊丝在家里吃的晚饭，安奈特太太和海洛伊丝聊起那天早上来询问莫奇森失踪情况的英国男士。海洛伊丝对此感兴趣，但是兴趣不大，当然了，汤姆也看出来她并不担心。她对伯纳德更上心。

"你觉得他会回来吗？今晚？"

"其实——我现在觉得不会了。"汤姆说。

星期四早上平安无事地过去了，甚至没有一通电话打来，虽然海洛伊丝给巴黎的三四个人打过电话，包括打给她父亲在巴黎的办公室。现在，海洛伊丝穿着褪了色的李维斯牛仔裤在屋里赤脚走来走去。今天安奈特太太钟爱的《巴黎人报》上没有关于莫奇森的消息。下午安奈特太太出门时——表面上是去买东西，但八成是去找她的朋友伊芳太太告诉她海洛伊丝回来了，还有一位英国警探来访的事——汤姆和海洛伊丝躺在黄色沙发上，昏昏欲睡，他的头枕在她的胸上。早上他们做爱了。感觉棒极了。这应该是件大事。对于汤姆来说，做爱并不像前一天晚上拥着海洛伊丝入眠那样重要。海洛伊丝常说："和你睡觉真好，因为你翻身的时候床不像地震似的摇。真的，你翻身的时候我都不知道。"这让汤姆很高兴。他从未问过谁翻身时像地震。海洛伊丝的存在，对于汤姆来说很奇怪。他不知道她的人生目标是什么。她就像墙上的一幅画。有一天她可能想要孩子，她说过。同时，她存在着。不是说汤姆可以自诩有什么目标，现在他已经努力获得了眼前的生活，只是汤姆有一种强烈的欲望，想要及时行乐，海洛伊丝似乎没有这种欲望，可能是因为她从出生起就要什么有什么。汤姆有时候感觉和她做爱很奇怪，因为他觉得自己有一半的时间是漠然的，仿佛在和无生命、虚幻的、没有身份的身体做爱。或者是由于他自己的羞怯或清教徒的拘谨？还是担心把自己全部（精神上的）给出去，就意味着："万一我不再拥有，万一我失去海洛伊丝，我将不复存在。"汤姆知道自己有能力相信这些，即使是关于海洛伊丝的部分，但是他不愿意承认这件事，也不允许自己承认，当然了，他也从未对海洛伊丝说起，因为那是撒谎（现在的情形就是如此）。他觉得自己完全依赖她的情况只不过是一种可能性。这种依赖其实和性关系不大，完全不取决于性关系。一般来说，海洛伊丝和他看不起的事物是相同的。在某种程度上，她是一个搭档，虽然是一个被动的搭档。如果换作是一个男孩或者男人，汤姆会更开心——或许这是最大的不同。汤姆还记得有一回和她父母在一起，他说："我相信黑手党的每一个成员都受过洗礼，这对他们有什么用？"海洛伊丝大笑。她父母没有。他们（她的父母）不知道怎么了解到汤姆在美国没受过洗礼——这事汤姆其实记不清了，多蒂姑妈从来没提过。汤姆的父母在他很小的时候就淹死了，所以他从未听他们谈起过这事。普利松夫妇是天主教徒，没法跟他们解释，在美国，受洗、弥撒、忏悔、打耳洞、地狱和黑手党都属于天主教而非新教，倒不是说汤姆确定信什么教，但他确信自己绝对不是天主教徒。

对于汤姆来说，海洛伊丝发脾气的时候最有活力。她脾气很大，这还不算巴黎货品延迟送达这种事，为这事海洛伊丝也会大发雷霆，她会发誓说以后（不是真的）再也不会光顾某某店。更让她暴跳如雷的是无聊，或者自尊心受到了轻微打击，有时候可能是一位客人在餐桌讨论上胜她一筹或者反驳了她。客人在时，海洛伊丝不会失控——这点挺了不起——但是，一旦客人走了，她就会气冲冲地走来走去，大喊大叫，用枕头往墙上砸，大吼："滚出去！混蛋！"汤姆是她唯一的观众。汤姆会说一些安慰她或者不相关的话，海洛伊丝就软下来了，眼角流出泪滴，一会儿功夫她又会笑起来。汤姆猜想这是拉丁民族的特点，英国人肯定不会这样。

汤姆打理了一个小时左右的花园，然后读了一点阿根廷作家胡里奥·科塔萨尔[1]写的《秘密武器》。然后他上楼画完安奈特太太的肖像——今天星期四，她休息。傍晚六点，汤姆请海洛伊丝过来看看这幅画。

"还不错呢，你知道吗？你没有过分修饰，我很喜欢。"

汤姆听到这儿很高兴。"别对安奈特太太说。"他把画冲着墙放在角落里晾干。

然后他们准备去伯瑟林家。着装很随意，穿牛仔裤就行。男主人文森特平时在巴黎工作，周末才回乡间的房子。

"爸爸说什么了？"汤姆问。

"他很高兴我回法国。"

汤姆知道爸爸不太喜欢他，但是爸爸隐约感觉到海洛伊丝不会听他的。汤姆猜想，资产阶级美德与对性格的敏感出现了交锋。"诺艾尔呢？"诺艾尔是海洛伊丝在巴黎最好的朋友。

"哦，老样子。无聊，她说。她向来不喜欢秋天。"

伯瑟林家虽然非常富裕，但是却刻意来乡下过淳朴生活，厕所在户外，厨房水槽里没有热水。热水是在烧柴火的炉子上烧的。他们的客人，克雷格夫妇，一对英国夫妻，年约五十，与伯瑟林夫妇年龄相仿。文森特·伯瑟林的儿子，汤姆以前没见过，是个深色头

---

1. 胡里奥·科塔萨尔（Julio Cortázar, 1914—1984），拉美文学爆炸代表作家。

发的年轻人，二十二岁（文森特在厨房告诉汤姆他的年龄，他边和汤姆喝茴香酒边做菜），他和女朋友一起住在巴黎，当时他正想放弃在美术学院的建筑学学位，文森特很震惊。"那女孩不配！"文森特怒气冲冲地对汤姆说，"都是受英国的影响，你知道吗？"文森特是法国人。

晚饭很美味，有鸡肉、米饭、沙拉、芝士和杰奎琳做的苹果馅饼。汤姆的心思在别处，但是，他很开心，开心得一直保持微笑，因为海洛伊丝心情很好，谈论着她在希腊的冒险之旅，最后，他们一起品尝了海洛伊丝带回来的希腊茴香酒。

"味道真恶心，那茴香酒！比法国绿茴香酒还糟糕！"海洛伊丝回到家说，在她浴室的洗漱台刷着牙。她已经换上了睡衣，一件蓝色短睡衣。

汤姆回到自己的卧室，换上了从伦敦买回来的新睡衣。

"我要下楼拿些香槟！"海洛伊丝大声说。

"我去拿吧。"汤姆匆忙穿上拖鞋。

"我得把这味道冲掉。另外我也想喝些香槟。不知道的人还以为伯瑟林家是穷鬼呢，端上来喝的那是什么东西！廉价葡萄酒！"她说着就要走下楼梯。

汤姆拦住她。

"我去拿，"海洛伊丝说，"你去拿点冰块。"

无论如何，汤姆都不希望她去酒窖。他进了厨房。刚拿出一盒冰块，就听到了一声尖叫——因为离的远，只听到一声低沉的尖叫，但那是海洛伊丝的尖叫声，叫得很惨。汤姆冲过前厅。

又传来一声尖叫，汤姆在备用厕所和她撞了个满怀。"我的天啊！底下有人上吊了！"

"哦，天啊！"汤姆半撑着海洛伊丝，扶她走上楼梯。

"别下去，汤米！太可怕了！"

当然是伯纳德了。汤姆颤抖着扶她上了楼梯，她讲法语，他讲英语。

"向我保证你不会下去！报警，汤米！"

"好，我这就报警。"

"那人是谁？"

"不知道。"

他们回到海洛伊丝的卧室。"呆在这！"汤姆说。

"不，别丢下我！"

"听话！"汤姆用法语说，然后跑出去下了楼梯。他心想，现在最需要一杯纯苏格兰威士忌。海洛伊丝很少喝烈酒，所以应该能让她马上镇定下来，然后再给她一片镇静药。汤姆从餐车上拿下一瓶酒和一个杯子跑回楼上。他倒了半杯，就在海洛伊丝犹豫的时候，他自己先喝了点，然后把杯子凑到她嘴边。她的牙齿在打颤。

"你会报警吗？"

"会！"至少这是自杀，汤姆心想。应该可以证实的。不是谋杀。汤姆叹了口气，颤抖着，和海洛伊丝抖得差不多一样厉害。她坐在床边。"要不要喝香槟？多喝点。"

"好。不行！你绝对不能下楼！给警察打电话！"

"好。"汤姆走下楼。

他进了备用厕所，在开着的门前犹豫了一会儿——酒窖的灯还亮着——然后走下楼梯。一看到那个黑色的、吊着的身影，头歪着，汤姆感觉一阵震惊传遍全身。绳子很短。汤姆眨眨眼。那人好像没有脚。他走近看。

是个假人。

汤姆先是微笑，然后大笑起来。他一拍那两条腿——什么都没有，只有两条空裤腿，是伯纳德·塔夫茨的长裤。"海洛伊丝！"他大喊，顺着楼梯往上跑，并没在意是否会吵醒安奈特太太。"海洛伊丝，那是个假人！"他用英语说，"不是真人！是个假人！你不用怕了！"

他花了一些时间才让她相信。这可能是伯纳德开的一个玩笑——甚至可能是克里斯托弗，汤姆补充道。不管怎样，他摸到了那两条腿，他确信是假的。

海洛伊丝逐渐变得愤怒起来，这是她缓过来的征兆。"这些英国人开什么愚蠢的玩笑！愚蠢！低能！"

汤姆放松地大笑。"我下楼取香槟了！还有冰块！"

汤姆又下楼了。汤姆认出吊着假人的那根皮带是自己的。一个衣架撑着那套暗灰色的夹克，长裤扣在外套的扣子上，头用灰色破布做成，用绳子系在脖子上。汤姆迅速从厨房拿出一把椅子——幸运的是整个过程安奈特太太都没被吵醒——返回酒窖把假人取下来。皮带挂在大椽上的一根钉子上。汤姆把衣架解下来，还取走了腰带，然后快速挑了一瓶香槟。他又去厨房拿了冰桶，关了灯，然后上楼了。

15

　　汤姆在七点不到时醒了，海洛伊丝睡得正香。汤姆轻轻地下了床，拿了挂在海洛伊丝卧室的睡袍。

　　安奈特太太可能起来了。汤姆悄悄地下楼，想赶在安奈特太太发现之前把伯纳德的西装从酒窖拿出来。现在看来，洒出来的葡萄酒和莫奇森的血迹形成的污渍并不严重。如果技术人员来检查血迹，肯定会发现痕迹，但是汤姆乐观地认为这不会发生。

　　汤姆把夹克从长裤上解下来。一张白纸飘了下来，是伯纳德留的一张字条，用他细长又棱角分明的字写着：

　　　　我用自己的衣像在你家上吊。吊死的是伯纳德·塔夫茨，不是德瓦特。对于德瓦特，我忏悔的唯一方式就是杀掉过去五年的自己。现在，我要继续努力诚实地工作，度过余生。

　　　　　　　　　　　　　　　　　　　　伯纳德·塔夫茨

　　汤姆有一种想揉烂那张字条再毁掉它的冲动。但是他又把它折起来，放在睡袍的口袋里。他可能需要它。谁知道呢？谁知道伯纳德在哪、在干什么？他抖了抖伯纳德皱巴巴的西装，把那些破布扔到角落里。他会把这套西装送去干洗店，这么做不会有坏处。汤姆一开始准备把那套西装拿回自己房间，随后又决定把它放在前厅的桌子上，平常要干洗的衣服都会放在那，由安奈特太太送去干洗。

"早上好，汤米先生！"安奈特太太在厨房说道，"你又起得好早！海洛伊丝太太也起来了吗？要不要给她端杯茶？"

汤姆走进厨房。"我想她今天早上想睡懒觉。她想睡多久就睡多久吧。不过我想要一杯咖啡。"

安奈特太太说她会给他端过去。汤姆上楼换衣服。他想去看看树林里的坟。伯纳德可能会做些奇怪的事——挖开一部分，天知道——说不定还把自己埋里面了。

喝完咖啡，他下了楼。光线很微弱，太阳几乎还没升起，草上还有露珠。汤姆在灌木丛里闲晃，不想直接走向那座坟，以防海洛伊丝或者安奈特太太透过窗户看到。汤姆没有回头看房子，因为他相信一个人的目光会吸引另一个人的目光。

那座坟和伯纳德离开时一样。

海洛伊丝十点多才醒，安奈特太太告诉正在画室的汤姆说海洛伊丝太太想见他。汤姆去了她的卧室。她正在床上喝茶。

她嚼着葡萄柚说："我不喜欢你朋友开的玩笑。"

"不会再有这种玩笑了。我把衣服都挪走了——从酒窖里。不要再想那件事了。想去一个好地方吃午饭吗？就在塞纳河沿岸？晚点吃？"

她喜欢这个主意。

他们在南边的一个小镇找到了一家两人都没去过的餐厅，但不在塞纳河沿岸。

"我们要不要去哪里玩一趟？去西班牙的伊比萨岛怎么样？"海洛伊丝问。

汤姆犹豫了。他想坐船旅行，带上所有他想带的行李，书、唱机、颜料和调色盘。但是如果现在出门，无论是伯纳德、杰夫、艾德，还是警察，都会觉得他是去避风头了——即使他们知道他去了哪。"我会考虑的。可能会去。"

"希腊给我留下了一种不愉快的感受。就像茴香酒。"海洛伊丝说。

午饭后，汤姆想睡一个舒服的午觉。海洛伊丝也是。他们会在她床上睡，她说，睡到自然醒，或者睡到晚饭时间。拔掉汤姆房间的电话线，这样就只有楼下的电话会响，让安奈特太太去接好了。汤姆开着车悠闲地穿过树林，朝维勒佩斯开去，心想：就是在这样的时刻，他很享受不用工作、富裕、已婚的生活。

汤姆用钥匙打开前门的时候，绝对没想到会看到眼前这一幕。伯纳德坐在一把黄色直背椅上，面朝着门。

海洛伊丝一开始没看到伯纳德，还在说："汤米，亲爱的，能不能帮我拿点矿泉水和冰块啊？哦，我真是太困了！"海洛伊丝倒进汤姆的怀里，惊讶地发现他浑身绷紧了。

"伯纳德在这。你知道的，我提过的那个英国人。"汤姆走进客厅。"哈喽，伯纳德。你好吗？"汤姆没法跟他握手，但是努力挤出微笑。

安奈特太太从厨房走来。"啊，汤米先生！海洛伊丝太太！我没有听见车声。我一定是快聋了。伯纳德先生回来了。"安奈特太太似乎很慌张。

汤姆尽量镇定地说："是啊。太好了。我正等着他回来呢。"虽然他记得他告诉安奈特太太自己不确定伯纳德会不会回来。

伯纳德站起来。满脸胡茬。"请原谅我也没有事先通知一声就回来了。"

"海洛伊丝，这是伯纳德·塔夫茨——一位住在伦敦的画家。我太太，海洛伊丝。"

"你好。"伯纳德说。

海洛伊丝站在原地。"你好。"她用英语回答道。

"我太太有点累了。"汤姆走向她。"你想上楼——还是和我们呆着?"

她甩头示意了下，让汤姆和她一起上楼。

"我一会儿就回来，伯纳德。"汤姆说，然后跟着她上楼了。

"就是他搞的恶作剧吗?"两人回到卧室时海洛伊丝问。

"恐怕是。他相当古怪。"

"他来这干什么? 我不喜欢他。他是谁? 你以前从来没提过他。他穿的是你的衣服吗?"

汤姆耸了耸肩。"他是我在伦敦的朋友的朋友。我相信我可以劝他今天下午就离开。他可能还需要点钱，或者衣服。我会问他的。"汤姆吻了吻她的脸颊。"上床睡觉吧，亲爱的。我一会儿就回来。"

汤姆走进厨房让安奈特太太给海洛伊丝送矿泉水。

"伯纳德先生会在这里用晚餐吗?"安奈特太太问。

"我觉得不会。但是我和太太会在家吃。简单点就行，我们午饭吃得很丰盛。"汤姆回到伯纳德那里。"你去巴黎了?"

"是的，巴黎。"伯纳德仍站着。

汤姆不知道应该采取什么策略。"我在楼下发现了你的衣服。把我太太吓了一跳。你不应该搞这种恶作剧——屋里有女人。"汤姆微笑着。"顺便说一下，我的管家已经把你的西装送去干洗了，我会给你寄回伦敦——或者你去的任何地方。请坐。"汤姆坐在沙发上。"你有什么打算?"就像问一个精神错乱的人感觉如何，汤姆心想。汤姆很不自在，当他意识到自己心跳加速时，他感觉更糟了。

伯纳德坐下。"啊——"长久的停顿。

"不打算回伦敦？"绝望之余，汤姆从茶几的盒子里抽出一根雪茄。这样就可以暂时不用开口了，但是这有区别吗？

"我来是想和你谈谈。"

"好啊。谈什么？"

又是一阵沉默，汤姆害怕打破这沉默。伯纳德这些天可能一直在自己无尽的迷雾般的思绪中摸索着。汤姆感觉他就像在一大群羊里追捕一只小绵羊一样。"我有的是时间。我们都是你的朋友，伯纳德。"

"很简单。我得重新开始我的人生。干干净净地开始。"

"是的。我知道。嗯，你办得到。"

"你太太知道——我伪造的事吗？"

汤姆欢迎这样合乎逻辑的问题。"不知道，当然不知道了。没有人知道。在法国没人知道。"

"莫奇森的事呢？"

"我告诉她莫奇森失踪了。还有，我把他送到了奥利机场。"汤姆轻声地说，以防海洛伊丝在楼上走廊偷听。但是他知道客厅的声音传不远，不可能沿着远处弧形的楼梯传上去。

伯纳德有些暴躁地说："屋里有其他人，我真的没法讲话。你太太，或者管家。"

"好，我们换个地方。"

"不。"

"好吧，我真的很难要求安奈特太太离开。家里是由她管理的。

要不要出去走走？有一家安静的咖啡馆——"

"不了，谢谢。"

汤姆向后靠在沙发上，雪茄烟味儿闻着像是屋子着火了。平时他很喜欢这种味道。"顺便说下，你离开之后，那位英国探长就没联系过我。法国警察也没有。"

伯纳德没有反应。然后他说："好吧，我们出去走走。"他站起来看着落地窗。"要不从后面出去吧。"

他们走出去，来到草坪上。两人都没穿大衣，很冷。汤姆让伯纳德领路，伯纳德朝树林走去，向着那条小路。伯纳德走得很慢，步伐还有些不稳。汤姆想，他是因为没有吃东西而身体虚弱吗？很快，他们就走到了之前埋莫奇森尸体的地方。汤姆感到害怕，后颈和耳后的毛发都立了起来。汤姆意识到自己害怕的并不是那个地方，而是害怕伯纳德。汤姆双手空着，往伯纳德那一侧移了移。

然后伯纳德放慢脚步转身，二人开始往回走。

"你在想什么？"汤姆问。

"哦，我——我不知道这件事要怎么收场。已经有一个人死了。"

"是啊——很遗憾，是的。我也这么觉得。但是，其实也和你无关，不是吗？因为你不再仿造德瓦特的画了，一个新的伯纳德·塔夫茨将开始新生活——干干净净地开始。"

伯纳德没有回应。

"你在巴黎的时候给杰夫或者艾德打电话了吗？"

"没有。"

汤姆懒得去买英国报纸，伯纳德或许也懒得买。伯纳德的焦虑深藏心中。"如果你想，你可以用我家的电话给辛西娅打过去，可以用我房间的电话打。"

"我在巴黎的时候给她打过电话。她不想见我。"

"哦。"这就不好办了。汤姆心想,这是压倒伯纳德的最后一根稻草。"嗯,你总还可以给她写信。这样或许更好。或者你回伦敦的时候去见她。杀到她门口去!"汤姆大笑道。

"她说不要。"

沉默。

汤姆心想,辛西娅想和这件事划清界限。她不是不相信伯纳德打算停止造假——伯纳德宣布什么都没有人会怀疑——而是她受够了。伯纳德的伤心远远超出了汤姆的想象。他们站在落地窗外的石头露台上。"我要进去了,伯纳德。太冷了,进来吧。"汤姆打开门。

伯纳德也进来了。

汤姆跑上楼看海洛伊丝。他仍然因为寒冷或是恐惧而全身僵硬。海洛伊丝在她的卧室里,坐在床上,正在整理旅游时的照片和明信片。

"他什么时候走?"

"亲爱的——是他在伦敦的女朋友。他在巴黎给她打电话。她不想见他。伯纳德很难过,我也不能在这个时候请他离开。我不知道他的打算。亲爱的,你想不想去你爸妈家里呆几天?"

"不想!"

"他想和我谈谈。我只希望他赶快好起来。"

"你为什么不能把他赶走?他也不是你的朋友,而且他疯了。"

伯纳德留下了。

他们还没吃完晚饭,前门的门铃响了。安奈特太太去应门,回来告诉汤姆：

"是两位警探，汤米先生。他们想找你谈谈。"

海洛伊丝不耐烦地叹了口气，扔下餐巾。她已经厌倦了坐在餐桌旁，当即站起来。"又有人来打扰！"她用法语说。

汤姆也站起来。

只有伯纳德似乎没被干扰。

汤姆走进客厅。还是星期一来过的那两名法国警探。

"我们很抱歉打扰你，先生，"较年长的警探说，"但是你的电话打不通。我们已经报修了。"

"真的吗？"事实上，电话大概每六周就会无缘无故地发生故障，但是此时，汤姆却怀疑是不是伯纳德做了什么手脚，类似于剪断电话线之类的。"我都不知道。谢谢。"

"我们一直同英国警察保持联系。或者说是他一直在和我们保持联系。"

海洛伊丝走进来，汤姆猜想，是出于好奇和愤怒。汤姆向警察介绍了她，两位警察也介绍了自己，那位局长姓德洛内，另一位的名字汤姆也没记住。

德洛内说："现在不仅莫奇森先生失踪了，画家德瓦特也失踪了。英国探长韦伯斯特今天下午曾试图与你取得联系，想知道你是否有这两位的消息。"

汤姆微笑起来，其实是有点被逗乐了。"我从未见过德瓦特，当然了，他也不认识我，"汤姆说，此时伯纳德走进屋来，"我也不知道关于莫奇森先生的消息，很遗憾。请允许我介绍一下伯纳德·塔夫茨，我的一位英国朋友，伯纳德，这两位是法国警察。"

伯纳德含糊地打了一声招呼。

伯纳德的名字对这两位法国警察都没有引起任何反应，汤姆注意到。

"即便是现在帮德瓦特举行画展的两位画廊老板也不知道德瓦特在哪，"德洛内说，"这真是令人震惊。"

确实很奇怪，但是汤姆帮不上他们什么忙。

"你会不会碰巧认识这位美国人莫奇森先生？"德洛内问伯纳德。

"不认识。"伯纳德说。

"你呢，太太？"

"不认识。"海洛伊丝说。

汤姆解释说他太太刚刚从希腊回来，但是，他已经告诉她莫奇森来家里拜访过，并且已经失踪了。

两位警探看起来似乎不知道下一步该怎么办了。德洛内说："因为情况特殊，雷普利先生，我们应韦伯斯特探长要求搜查您的房子。这是例行程序，您要理解，但也是必须的。我们可能会发现什么线索，当然了，我是指关于莫奇森先生的线索。我们必须尽力协助英国同行。"

"没问题！你们想现在就开始吗？"

外面天色已经很暗了，但是警察说他们现在就开始，明天早上继续。两位警察站在石头露台上，汤姆感觉到他们一脸渴望地望着漆黑的花园和外面的树林。

他们在汤姆的指引下搜查屋子。他们首先对莫奇森住过的卧室产生了兴趣，就是之前克里斯住过的那间。安奈特太太清空了垃圾桶。两位警察检查了抽屉，除了一个衣橱最底部的两层抽屉放着床单和两条毯子，其他的都是空的。没有关于莫奇森和克里斯的任何蛛丝马迹。他们开始搜查海洛伊丝的房间（汤姆知道海洛伊丝在楼下压抑着怒火）。他们看了看汤姆的画室，甚至拿起了他的锯子。有一个阁楼，里面的灯泡已经坏了，汤姆还去楼下拿了一个灯泡和一把手电筒，阁楼布满灰尘，用布盖着椅子，沙发是前任屋主留下的，汤姆和海洛伊丝还没扔掉。警察也拿着自己的手电筒检查桌椅背后。汤姆猜想他们在寻找更大的线索，他们要是以为尸体会被藏在沙发后面，那也太荒谬了。

然后是酒窖。汤姆同样从容地带他们去看，两脚就站在那摊血渍上面，用手电筒照向各个角落，虽然酒窖的灯光很好。汤姆有点担心莫奇森的血会流到葡萄酒桶后面的水泥地上，汤姆没仔细看过那个地方。但是，就算有血迹，警察也没看到，他们只是匆匆瞥了一眼地面。汤姆心想这并不意味着他们明天早上不会进行更全面的搜查。

他们说明天早上八点再来，如果这对于汤姆来说不是太早的话。汤姆说八点完全可以。

"对不起。"汤姆关上前门后对海洛伊丝和伯纳德说。汤姆有种感觉，海洛伊丝和伯纳德从头到尾都在默默地喝咖啡。

"他们为什么要来检查屋子?"海洛伊丝质问道。

"因为一直没找到这个失踪的美国人，"汤姆说，"莫奇森先生。"

海洛伊丝站起来。"我能和你到楼上说几句话吗，汤米?"

汤姆向伯纳德道歉，然后跟她上楼了。

海洛伊丝走进自己卧室。"如果你不把这个疯子赶出去，我今晚就离开这个家!"

汤姆进退两难。他想要海洛伊丝留下，然而，如果她留下，汤姆知道他和伯纳德就会毫无进展。就像伯纳德一样，在海洛伊丝愤怒的眼神逼视下他都不会思考了。"我再试一次让他离开这里。"汤姆说，他吻了海洛伊丝的脖子。至少她还让他亲。

汤姆下了楼。"伯纳德，海洛伊丝现在很难受。你今晚回巴黎好不好？我可以开车送你到——枫丹白露怎么样？那有几家好的旅店。如果你想和我聊，我可以明天去枫丹白露——"

"不行。"

汤姆叹了口气。"那样的话今晚她就要离开，我过去和她讲。"汤姆回到楼上告诉海洛伊丝。

"这算什么，又一个迪基·格林里夫吗？你还不能把他赶出你的家吗？"

"我从没——迪基那时候不在我家。"汤姆停了下来，哑口无言。海洛伊丝看起来十分愤怒，像是要亲自把伯纳德撵走，但是她不会成功的，汤姆觉得，因为伯纳德固执得已经不顾什么习俗或礼仪了。

她从衣柜顶层拖出一个小皮箱，开始打包。汤姆想，跟她说伯纳德的状况自己也要负责任肯定没用。海洛伊丝会问他原因。

"海洛伊丝，亲爱的，我很抱歉。你是自己开车还是我送你去车站？"

"我自己开阿尔法去尚蒂伊。顺便说一句，电话没出问题，我刚在你房间试过了。"

"也许警方发话才给修理的。"

"我觉得他们也许是在说谎，想给我们来个出其不意。"她正把一件衬衫放进箱子，停了下来。"你做了什么，汤米？你是不是对这个莫奇森做了什么？"

"没有!"汤姆说,吓了一跳。

"你知道,我父亲不能再忍受任何的流言蜚语和丑闻了。"

她说的是格林里夫那件事。汤姆的确澄清了名声,但是仍有人怀疑。拉丁人胡乱开玩笑,很奇怪,这些玩笑也成了拉丁人口中的事实。汤姆也许杀了迪基。虽然汤姆想隐瞒,但每个人都知道汤姆从迪基的死中捞到了一笔钱财。海洛伊丝知道他的一项收入来自迪基,海洛伊丝的父亲也知道。她父亲在做生意时双手也不干净,但是汤姆的手上说不定沾了血。钱没有气味,但是血……

"不会再有任何丑闻了,"汤姆说,"你只要知道我正在尽力避免丑闻就好。这是我的目标。"

她把行李箱拉上了。"我永远不知道你在干些什么。"

汤姆拿起行李箱,然后又放下,两人拥抱在一起。"今晚我想和你在一起。"

海洛伊丝也想和他在一起,但不必说出来。表面上她装出"滚开"的面孔,其实心里是另一番想法。现在她要走了。法国女人必须要离开房间或离家,或者让男人离开房间或走开,别人越是不便,她们越是高兴,但不便总比听她们尖叫好。汤姆称之为"法式替代准则。"

"你给家里打电话了吗?"汤姆问。

"就算他们不在家,用人们还会在。"

开车要花上近两个小时。"你到了给我打个电话好吗?"

"再见,伯纳德!"海洛伊丝在前门喊。之后对出门送自己的汤姆说:"不要!"

汤姆难过地望着那辆阿尔法·罗密欧的红灯,出门左转,消失了。

伯纳德坐在那抽着烟，厨房里传来了垃圾桶盖子发出的微微的哗啦声。汤姆从客厅桌子上拿了手电，进了备用厕所，下酒窖检查莫奇森躺过的酒桶后面，幸好没有任何血迹，汤姆又回到楼上。

"你知道的，伯纳德，今晚欢迎你住下，但是明天早上警察会来更仔细地检查房子。"他忽然想到警察也会检查树林。"他们可能会问你问题，只会让你心烦。你想不想在他们明天八点到这之前离开？"

"可能吧，可能会离开。"

现在快晚上十点了，安奈特夫人过来问他们要不要再来些咖啡，汤姆和伯纳德都说不用了。

"海洛伊丝夫人出去了？"安奈特夫人问。

"她打算去看父母。"汤姆说。

"这个点儿啊！啊，海洛伊丝夫人！"她把盛咖啡的用具端走了。

汤姆意识到海洛伊丝和安奈特夫人都不喜欢伯纳德，因为她们真的不了解他，也不知道他对德瓦特的热爱——可能她们会认为那是在"利用德瓦特"吧。最重要的是，海洛伊丝和安奈特夫人与他出身截然不同，她们根本无法理解伯纳德·塔夫茨的发展历程，他出身工人阶级（杰夫和艾德说过），凭借他的才华走到了伟大的边缘——虽然他在作品上签的是别人的名字。伯纳德甚至根本不在意钱的事情——这对安奈特夫人和海洛伊丝而言同样难以理解。安奈特夫人很快离开了房间，汤姆觉得这是她敢于表现出来的最明显的不满了。

"我想告诉你一些事，"伯纳德说，"德瓦特死的那天晚上——二十四小时后我们在希腊听说了这个消息——我——我看到德瓦特站在我的卧室里。月光透过窗子照进来。我记得和辛西娅取消了约会，因为我想自己呆一会儿。我能看到德瓦特在那儿，感觉到他的存在。他甚至笑了，说：'别害怕，伯纳德，我不凄惨，我没感到痛苦。'你能想象德瓦特说这样的预言吗？但我听到他说了。"

伯纳德只是听到了自己内耳的声音。汤姆恭敬地听着。

"我在床上坐起来，盯着他大概一分钟。德瓦特仿佛在我的房间里到处飘移，我有时在这个房间里画画——睡觉。"

伯纳德指的是画塔夫茨的画，不是德瓦特的画。

伯纳德继续说："他说，'继续，伯纳德，我不难过。'他说的'难过'，我觉得是说他对自杀不感到难过。他是说继续活下去。也就是——"伯纳德从开始说话起第一次看向他，"——能活多久就活多久。这是谁也掌控不了的，是吧？命运使然。"

汤姆犹豫了。"德瓦特有幽默感。杰夫说他也许很欣赏你伪造他的作品这么成功呢。"谢天谢地，谈话进行得还不错。

"在某种程度上。是的，伪造可能是个职业的玩笑。德瓦特不会喜欢生意的这一面。破产会让他自杀，金钱也可能一样。"

汤姆感到伯纳德的想法又开始转变，变得混乱且充满敌意，对自己的敌意。他应该采取行动，终止谈话吗？伯纳德会将其视为一种侮辱吗？"那些该死的警察明天要来得很早，我想我要睡了。"

伯纳德身子向前倾。"你不明白前几天我说我失败了的意思。是指伦敦那个探长的事，我试着给他解释德瓦特是个什么样的人。"

"因为你没有失败，你看，克里斯明白你的意思。我记得韦伯斯特说很感人。"

"韦伯斯特仍然认为有伪造的可能性，而且是德瓦特默许的。我甚至没能说清楚德瓦特的性格。我也尽了力，但失败了。"

汤姆拼命想把伯纳德拉回正轨。"韦伯斯特正在找莫奇森。这是他的任务。根本不是德瓦特。我要上楼了。"

汤姆回到自己的房间,穿上睡衣。他把窗子顶端开了条缝,上了床——今晚安奈特夫人没有把暖气调低——但他还是感到发抖,很想锁上门。这样到底是愚蠢还是明智呢?那样似乎太胆小了。他没有锁门,他一直在读特里威廉的《英国社会史》,已经读了一半,打算拿起来看,最后还是看起了《哈拉普词典》。伪造(forge),古法语中 forge 是作坊的意思,faber 是工人。现代法语里的 forge 仅指金属作坊。法语里的伪造是 falsification 或 contrefaire。汤姆早就知道这些,他把书合上了。

他在床上躺了一个小时,无法入睡。每隔一会儿,耳朵里的血液就开始放声歌唱,声音越来越大,然后把他吓醒,而且总是感觉自己从高处坠落。

汤姆看了看手表上的夜光指针,现在已经凌晨十二点半了。他该给海洛伊丝打电话吗?他想打,但不想因为这么晚打电话而引起她父亲的进一步反感。让其他人都见鬼去吧。

接着汤姆意识到自己的肩膀被猛地抓住,被翻了过来,一双手掐住他的咽喉。汤姆双脚拼命地踢开被单。他徒劳地拽着伯纳德的胳膊,试图把他的手从喉咙拽开。最后汤姆双脚踩住伯纳德的身体用力一蹬。那双手离开了汤姆的咽喉。伯纳德砰的一声摔在了地上,喘着气。汤姆打开灯,差点把灯撞翻,反倒打翻了一杯水,溅在浅蓝色的东方地毯上。

伯纳德正痛苦地调匀呼吸。

汤姆在某种意义上也是如此。

"我的天,伯纳德。"汤姆说。

伯纳德没有回应，或许是没法回应。他坐在地板上，一个胳膊肘撑着地，姿势很像"垂死的高卢人"[1]。汤姆想，一旦他恢复体力会不会再攻击自己？汤姆从床上站起来，点了一根高卢牌香烟。

"伯纳德，你这么做太愚蠢了！"汤姆笑着，被烟呛咳嗽了。"你就算逃也没有机会！安奈特夫人知道你在这，警察也知道。"汤姆看着伯纳德站起来。这种事很少见，差点死掉的受害人会吸着烟，赤着脚走来走去，对那个刚刚差点杀死自己的人微笑。"你不应该再那么做了。"汤姆知道这么说很荒唐。伯纳德不在乎自己会怎么样。"你不说些什么吗？"

"是的，"伯纳德说，"我恨你——因为这一切全都是你的错。我一开始就不应该答应——没错。但你才是罪魁祸首。"

汤姆知道。他是个神秘的起源，是罪恶的源头。"我们大家都在努力结束这件事，不想继续了。"

"我完蛋了。辛西娅——"

汤姆吸着烟。"你说你在画画的时候觉得自己像德瓦特。想想你为他的声名做了些什么！因为他死的时候根本就默默无闻。"

"他的名声已经被败坏。"伯纳德的声音就像来自末日或终极审判，抑或是地狱本身。他走出房门，不是寻常的样子，而是一脸决然。

他要去哪？汤姆想。虽然现在是凌晨三点多，伯纳德仍穿着衣

1.《垂死的高卢人》（Dying Gaul），为青铜像，约创作于公元前二世纪。作品表现的是高卢人失败的场面：一个受伤的高卢战士坐在地上，垂着头，神情中有伤痛带来的痛苦和不屈的坚毅。他身体向前方倾斜，右手支撑着地面，左膝弯曲，似乎仍挣扎地站起来。虽然雕像的原意是炫耀帕加马王国的战功，但作品中的高卢战士形象却被表达成了一个不甘屈服的英雄。

服。他会深更半夜出去游荡吗？还是下楼放火烧了房子？

汤姆用钥匙把门锁上。如果伯纳德回来了，他只有砸门才能进来，汤姆当然会让他进来，但是有点预警才显得公平啊。

明天早上警察来了，伯纳德就会是个麻烦。

16

十月二十六号星期六，上午九点十五分，汤姆站在落地窗前望着那片树林，警察在那边挖开莫奇森的旧坟。在汤姆身后，伯纳德默默地在客厅里走来走去，非常不安。汤姆手里拿着一封杰夫·康斯坦寄来的正式信函，代表巴克马斯特画廊询问他是否知道托马斯·莫奇森的下落，因为他们不知道。

那天早晨三名警察来到汤姆家，有两位汤姆不认识，另一位是德洛内局长，汤姆觉得他不会参与挖坟。"你知道树林里刚挖的坑是什么情况吗？"他们问道。汤姆说自己不知道。树林不是他的。那个警察穿过草坪和同事讲话，他们又检查了一遍房子。

汤姆也收到了一封克里斯·格林里夫的信，但是还没打开看。警察也许已经挖了十分钟了。

汤姆再次仔细读了杰夫的信。杰夫写这封信，要么是认为汤姆的信件正在被监视，要么就是开个玩笑，但是汤姆相信前者。

寄自：邦德街西1区巴克马斯特画廊

致：托马斯·雷普利

维勒佩斯77号丽影

亲爱的雷普利先生，

我们得知韦伯斯特探长最近去拜访了你，询问有关托马斯·莫奇森先生的事情，莫奇森上周三和你去了法国。我在此通知你，自十五日星期四莫奇森来过画廊之后，我们就再没有收到有关他的消息。

我们知道莫奇森先生希望在回美国前见见德瓦特。现在我们不知道德瓦特在英国何处，但是我们希望他能在回墨西哥前联系我们。也许德瓦特安排了和莫奇森的会面，但我们不知道。（说不定是鬼魂的茶会，汤姆心想。）

我们和警方都很关心德瓦特那幅《时钟》的下落。如果您有任何消息，请打对方付费电话联系我们。

您诚挚的，

杰夫·康斯坦

十月二十四日，一九——

汤姆转过身来，此时情绪好转，精神振作起来——至少目前是如此，不管怎样，伯纳德垂头丧气的样子让他感到心烦。汤姆想说："听着，讨厌鬼、蠢货、白痴，你赖在这里到底要干什么？"但是汤姆知道伯纳德在做什么，他在等待另一个袭击汤姆的机会。所以汤姆只是憋着气，向根本不看他的伯纳德微笑，听着澜山雀对着安奈特太太挂在树上的板油发出啾啾的叫声，以及安奈特太太的收音机从厨房发出的模糊声响。他还听到警察们铲子发出的叮当声，从远处的树林传来。

汤姆拿着杰夫的信，面无表情而冷静地说："唉，他们在那发现不了任何莫奇森的踪迹。"

"让他们打捞那条河吧。"伯纳德说。

"你打算告诉他们这样做吗？"

"不。"

"哪条河来着？我都不记得是哪条河了。"汤姆确信伯纳德也不记得了。

汤姆等着警察从树林里回来，告诉自己他们什么也没发现。也许他们都懒得说，什么也不说。或者他们会去树林的深处搜寻，这要花上一天的功夫。但是天气这么好，警察如此消磨时间也未尝不可。他们会在这个村子或附近的村子吃午饭，更有可能回附近的家里吃，然后回来再找。

汤姆拆开克里斯的信。

亲爱的汤姆：

　　我要再次感谢在你家度过的美好时光。和我现在肮脏的住处形成鲜明的对比，但我还是很喜欢这里。昨晚我遇到了一件怪事。我在圣杰曼德佩的一家咖啡馆里遇到了一个叫瓦莱丽的女孩。我问她想不想来我的旅店喝点酒。（啊哈！）她答应了。我和杰拉尔德在一起，但是他很有绅士风度，很机灵地走开了。瓦莱丽比我晚几分钟上楼，这是她的想法，但是我觉得楼下的前台不会在意的。她问自己可以梳洗一下吗。我说我这里没有浴室，只有一个洗脸盆，所以她梳洗的时候我主动走出房间。当我再次敲门时，她问我旅店里有没有带有浴缸的浴室。我说有，但是要先去取钥匙。然后我去拿了钥匙，她就进浴室去了，起码有十五分钟。然后她回来了，再次要我离开房间，她好洗一洗。好吧，我答应了，但是这时我就开始琢磨她究竟还洗什么。我在楼下的人行道上等着。当我再次上楼时，她已经走了，房间里没人，大厅里我也找了，到处都找了。人没了！我想，一个女孩洗着洗着就从我的生命中消失了。也许我做错了什么。祝下次好运吧，克里斯！

接下来我可能和杰拉尔德去罗马……

十月二十四日，一九——

汤姆向窗外看。"我在想他们什么时候能结束。啊，他们过来了！看！挥动着空空的铲子。"

伯纳德并没有看他们。

汤姆舒服地坐在黄色沙发上。

这些法国人敲着后窗，汤姆示意他们进来，然后跳下来为他们开了窗子。

"那里什么也没有，除了这个，"德洛内警官拿着一个小硬币，那是二十分的金色硬币，"上面的时间是一九六五年。"他微笑着说。

汤姆也笑了。"真有意思，居然能找到这个。"

"我们今天挖到的宝藏。"德洛内说着，把硬币放进了口袋，"那个坑是最近挖的。很奇怪。正好可以放进一具尸体，但是里面没有。你最近没见有人在这里挖坑吗？"

"当然没有。但是——从这个房子里看不到那个地方。都被树林挡住了。"

汤姆去厨房找安奈特太太，但是她不在那。也许是出去购物了。这次时间更久些，因为她会和三四个熟人讲有警察来家里搜过，寻找莫奇森的下落，这家伙的照片都上了报纸。汤姆准备了冰啤酒和一瓶葡萄酒，放在托盘里，拿到客厅。法国警官和伯纳德聊着天，关于画画的。

"谁会用那片树林呢？"德洛内问。

"时不时会有农民来，我觉得，"汤姆回答说，"他们捡柴火。我很少在小路上看到人。"

"最近呢?"

汤姆想了想。"我不记得有看到过什么人。"

三个警察走了。他们查明了几件事情：他家的电话能用；管家正在购物（汤姆说如果他们想和女管家聊的话，他觉得在村子里应该能找到她）；海洛伊丝在尚蒂伊看望父母。德洛内还特意记下了她的地址。

"我想开窗。"他们走后汤姆说道。他开了前门和落地窗。

伯纳德并不在意突来的寒气。

"我打算去看看他们在那里干了什么。"汤姆说着穿过草坪朝那片树林走去。这些执法人员离开了，真的可以松口气了。

他们把坑填上了。土填得比周围高出一些，红褐色的土壤，但是收拾得很干净。汤姆回到了房子。天啊，他想，他还能忍受多少询问和翻来覆去的问题？也许有一件事他应该很感激，伯纳德并不自怨自艾。伯纳德指责他，这至少是主动、积极且明确的。

"啊，"汤姆说，他走进了客厅，"他们收拾得很干净。为了二十分钱这么大费周章。咱们先走——"

就在这时，安奈特太太打开了厨房的门——汤姆听到了，但没看到——于是汤姆过去和她说话。

"嘿，安奈特太太，警察离开了。恐怕什么线索也没找到。"他不打算提及在树林里的那个墓。

"很奇怪不是?"她快速说道，法国人讲到重要的事情时就会这样。"这里真是个谜团啊，不是吗?"

"在奥利机场或巴黎是个谜团，"汤姆回答说，"这里不是。"

"你和伯纳德先生在家吃午饭吗？"

"今天不了，"汤姆说，"我们要出去一趟。至于今晚，你就不用麻烦了。如果海洛伊丝夫人来了电话，你告诉她我今晚会给她回电话好吗？事实上——"汤姆犹豫了。"我一定要在今天下午五点前给她回电话。不管怎样，今天还剩下些时间，你就休息吧！"

"我买了些肉饼以防万一。好吧，我和伊芳太太约好了要——"

"这样才对嘛！"汤姆打断她。他转过身看伯纳德。"我们出门吧？"

但是他们没有马上出门。伯纳德想在房间做些什么，他说。安奈特太太（汤姆觉得）离开房子和维勒佩斯的朋友吃饭去了。汤姆终于还是敲了敲伯纳德关着的房门。

伯纳德正在房间的桌子上写着什么东西。

"如果你想一个人呆着——"

"事实上，我不想。"伯纳德说，很快站了起来。

汤姆感到困惑。你想谈什么？汤姆想问，你为什么在这？但汤姆没有勇气提这些问题。"我们下楼吧。"

伯纳德跟着他出了门。

汤姆想给海洛伊丝打电话。现在是十二点半。汤姆会在午饭前给她打电话。海洛伊丝家人下午一点吃饭。汤姆和伯纳德进入客厅时电话响了。

"也许是海洛伊丝。"汤姆说，于是接了电话。

"你是……嘟嘟……别挂断。伦敦这边有人找你……"

然后传来杰夫的声音。"你好，汤姆。我在一家邮局打的电话。如果可以的话——你能再来一趟吗？"

汤姆知道他是说过去充当德瓦特。"伯纳德在这呢。"

"我们估计也是。他怎么样了？"

"他——很从容。"汤姆说。汤姆不觉得伯纳德（他正凝望着落地窗外）想听，但是也不确定。"我现在去不了。"汤姆说。难道他们还没意识到是他杀了莫奇森吗？

"能不能再考虑一下——拜托了？"

"但是我在这里也有事走不开，你知道的。发生了什么事？"

"探长来过，他想知道德瓦特这个人在哪里，他想查我们的账。"杰夫吸了口气，为了保密，声音不自觉地变得低沉，但同时他听起来很绝望，根本不在乎有没有人听到或听懂。"艾德和我——我们补做了些记录，最近的记录。我们说我们一向安排都不是很正式，画从来没丢过。我想这方面进行得还好，但是他们对德瓦特本人很好奇，如果你能来再假扮一次——"

"我不觉得这是个明智之举。"汤姆打断他说。

"如果你能证实我们的账簿——"

去他的账簿，汤姆心想。去他的收入。难道莫奇森被杀只是他自己的责任吗？那么伯纳德和他的人生呢？在那奇怪的一瞬间，当脑子里空白的时候，汤姆忽然意识到伯纳德打算自杀，想找个地方自行了断。而杰夫和艾德还在担心他们的收入、他们的名声以及可能会面临的牢狱之灾！"我这儿有些事要处理。去不了伦敦。"杰夫失望地沉默下来，汤姆问他："莫奇森夫人会来吗，你知道吗？"

"我们从未听说过。"

"德瓦特爱在哪儿就在哪儿吧。也许他朋友有私人飞机呢，谁知道呢？"汤姆笑了。

"顺便问一句，"杰夫说，稍微高兴了些，"《时钟》那幅画怎么样了？真被偷了吗？"

"是啊。很意外吧？我在想什么人在享受着那个宝贝。"

杰夫挂断电话时的语气很是失望：汤姆来不了了。

"我们出去散步吧。"伯纳德说。

别再想着给海洛伊丝打电话了，汤姆想。汤姆本想问能否在楼上房间里给海洛伊丝打十分钟的电话，可转念一想还是顺着伯纳德吧。"我去拿外套。"

他们在村子里散步，伯纳德不想喝咖啡，不想喝酒，也不想吃饭。他们在通往维勒佩斯的两条路上走了将近一公里远，然后往回走，看到大型农用卡车或佩尔什马拉的车时主动让路，伯纳德谈着凡·高和阿尔勒，伯纳德去过阿尔勒两次。

"……凡·高和所有人一样，人命是天定的，哪能想活多久就活多久。谁能想象莫扎特活到八十岁的样子？我想再看看萨尔茨堡。那里有个咖啡馆叫托马塞利，咖啡味道很棒……打个比方，你能想象巴赫二十六岁就死了吗？这就说明一个人就是他的作品，不多不少。我们谈论的从来就不是这个人，而是他的作品……"

天要下雨了，很麻烦。汤姆早早就把衣领竖起来了。

"……你知道，德瓦特的一生很不错，你知道。荒谬的是，我把他的寿命延长了。当然我也不是真的延长了。所有的一切都可以改变的。"伯纳德说起来就像法官在宣判一样，一个明智的审判——从法官的立场看。

汤姆把手从兜里拿出来，哈气取暖，然后又放回衣兜。

回到家，汤姆沏了茶，还拿出威士忌和白兰地。酒可以使伯纳德冷静下来，但也可能使他愤怒，出现什么危机，产生什么后果。

"我必须给夫人打电话了，"汤姆说，"想喝什么自己拿。"汤姆飞奔到楼上。海洛伊丝即便依然在生气，至少是理智的人。

汤姆跟接线员说了尚蒂伊的电话号码。天开始下雨，轻轻地打在了窗玻璃上，现在没起风。汤姆叹了口气。

"你好，我是海洛伊丝！"她接了电话。"是的，我很好。昨晚我想给你打电话，但是太晚了……我正要出去散步呢。（她想给他打电话来着。）和伯纳德一起……对的，他还在这，但是我觉得他今天下午会离开，也许是今晚。你什么时候回家呢？"

"等你撵走了那个疯子！"

"海洛伊丝，我爱你，我也许去巴黎，和伯纳德一起，因为我觉得这样他才能走。"

"你为什么这么紧张？发生了什么事？"

"没事！"

"你到了巴黎会告诉我吗？"

汤姆下了楼，放音乐听。他选了爵士乐。在生命中的其他重要时刻，他已经意识到了，爵士乐不管好坏对他都没有用。只有古典音乐能起作用——它会使你感到安慰，抑或心烦，给你信心或夺走信心，因为古典音乐有它的规则，你要么接受这种规则，要么排斥它。汤姆往已经冷了的茶里加了很多糖，一饮而尽。伯纳德似乎两天没刮胡子了。难道他学起德瓦特留胡子了吗？

几分钟以后，他们漫步在后院的草坪上。伯纳德的一根鞋带开了。他穿的是沙漠靴，已经很老旧了，鞋底和鞋帮挤着，就像刚出生的小鸟的嘴，有种奇怪的古旧感。伯纳德到底打不打算系好鞋带？

"前两天晚上，"汤姆说，"我写了一首五行打油诗。"

从前计算机保了一个媒。

无用嫁给了无性。

无性对无用说。

我也不是那么无性，

但是我们的后代将更无能。

"问题就在于，韵律太工整了。也许最后一句你能想出更好的来。"对于中间和末尾的句子，汤姆想了两个版本，但是伯纳德在听吗？

他们现在走上了小路，进入树林。雨已经停了，现在只有稀疏的雨点。

"快看！有小青蛙！"汤姆说，弯腰用手去捧那小东西，刚才差点踩上去，一只不及大拇指指甲大的小青蛙。

汤姆的后脑上挨了一记重击，可能是伯纳德的拳头。汤姆听到伯纳德的声音在说些什么，感受到湿湿的草，一块石头抵着脸，然后他就昏过去了——事实如此，但是他感到头侧挨了第二下重击。太过分了，汤姆心想。他想象着自己的两只空手在地上笨拙地摸索着，但他知道自己没有动。

之后他被推着滚了一圈又一圈。一切悄然无声，除了耳朵里发出的轰鸣。汤姆试着动一动，但是办不到。他的脸是朝下还是朝上？某种程度上，他在思考着，却什么也看不见。他眨眨眼睛，满眼都是沙子。他开始意识到，开始相信，有重物压在他的脊椎和腿上。透过耳中的轰鸣声传来铁铲插进土里的沙沙声。伯纳德正在埋掉他。眼睛睁开了，汤姆确信这一点。洞有多深？汤姆肯定这是莫奇森的坟墓。时间过了多久？

老天，汤姆心想，他不能让伯纳德把自己埋到地下几尺深，否则他就永远出不去了。悲观地，甚至怀着些微悲观的幽默，汤姆觉得抚慰伯纳德也要有个限度，而这个限度就是他的生命。听着！好吧！汤姆想象着，觉得自己已经喊出了这些话，但是他没有。

"……不是第一次了。"伯纳德说，透过盖住汤姆的泥土，他的声音粗重又模糊。

这话什么意思？他真的听到了吗？汤姆可以稍微转一下脑袋，这才意识到自己的脸是朝下的。头能转动的角度很小。

重物不再往下落。汤姆专心呼吸，半用嘴半用鼻子。他口干舌燥，吐出的都是沙土。如果自己不动，伯纳德就会离开。现在汤姆已经清醒地意识到了，伯纳德一定是趁他被打昏时从工具房里拿出了铲子。汤姆感觉到脖子后边有一处温热的酥痒。很可能是血。

也许两分钟，也许五分钟过去了，汤姆想活动一下，或者至少试着动一动，可是伯纳德会不会还站在那里监视着他呢？

无法听到任何声音，比如脚步声。也许伯纳德几分钟前就离开了。不管怎样，如果伯纳德看到他从墓里挣扎出来，会再次攻击他吗？有点好笑。以后，如果还有以后的话，他觉得自己会笑出来。

汤姆冒险一搏。他活动膝盖，把手放在可以支撑起身的位置，后来发现自己没了力气。于是他像只鼹鼠一样用手指往上刨土，给脸清理出空间，向上挖洞通气，但是没有空气进来。泥土又湿又松，但是很黏。脊椎上的重量太可怕了。他开始用双脚去蹬，双手和双臂往上顶，就像在没干透的水泥里游泳。他上方的泥土应该不超过三英尺。汤姆乐观地想，也许连三英尺都不到呢。要挖到三英尺要花很久时间，即使泥土很松软，伯纳德一定没花多少时间挖土。汤姆确信自己正在拱这牢笼的最上层，如果伯纳德站在一旁不动，不再继续盖土，或挖开土再次击打他的头部，那么他就可以使劲一推，然后歇几秒钟。汤姆用力一撑，为自己赢得了更大的呼吸空间。他喘了二十多口气，呼进了墓中潮湿的空气，这才继续努力。

两分钟后，他站在了莫奇森的——现在是他的——墓穴边，脚步摇晃得像个醉汉，从头到脚都是泥巴和土块。

天黑了。汤姆跌跌撞撞地走上小路时，看到房子里没有一盏灯亮着。他不由自主地想到了坟墓的样子，想把它再填上，不知道伯纳德用过的铁铲放在哪了，然后想，见鬼去吧。他还在擦眼睛和耳朵里的泥土。

或许他会发现伯纳德坐在有些发暗的客厅里，那么汤姆会说："嘘!"伯纳德的玩笑是一个相当笨拙的恶作剧。汤姆在露台上脱掉鞋子，放在那里。落地窗半开着。"伯纳德!"汤姆喊道。他实在无力承受再一次的袭击了。

没有回答。

汤姆走到客厅，然后转身又晕晕乎乎地走到外面，把满是泥土的外套和裤子脱下来扔在露台上，现在他身上就只穿着短裤。汤姆打开灯，上楼去了浴室。洗个澡让他恢复了些精神。他把毛巾围在脖子上。头部的伤口还在流血。他只用毛巾擦了一次，清理上面的泥沙，然后就不去管它了，因为自己一个人没法处理。他穿上便袍，下楼去了厨房，用切片火腿做了三明治，倒了一大杯牛奶，就在厨房的餐桌上吃掉。随后，他把外套和长裤挂在了浴室。干活利索的安奈特太太看到了肯定要把衣服上的泥土洗净，再送到洗衣店。还好她今天不在家，但是晚上十点她就会回来，汤姆觉得，如果她去了枫丹白露或默伦看电影，也许十一点半才能回来，但是这都说不准。现在差十分钟就八点了。

伯纳德现在会做什么？汤姆想，去巴黎？不知怎么，汤姆无法想象伯纳德会回伦敦，所以他排除了这个想法。伯纳德现在如此疯狂，根本无法用常人的尺度来预测。比如，伯纳德会不会告诉杰夫和艾德自己杀了汤姆·雷普利？伯纳德可能会公开任何事。事实上，伯纳德可能有自杀的打算，汤姆感觉得到，就好像他能感觉到谋杀一样。因为自杀毕竟也是一种谋杀，为了让伯纳德去继续做或者完成他的意愿，汤姆知道自己必须要继续装死。

想到还有安奈特太太、海洛伊丝、邻居们和警察，汤姆就觉得心烦。他怎么能让他们所有人都相信自己死了呢？

汤姆穿上牛仔裤，从备用厕所里拿出了灯，回到小路上。果不其然，铲子还在那个被挖过很多次的坟地和小路中间的位置。汤姆拿起铲子把坟填上。以后这里会长出一棵漂亮的树，汤姆心想，因为这块地被很好地松过土了。汤姆甚至把原来用来盖住莫奇森的叶子和树枝也拖了回来。

愿你安息，汤姆·雷普利，他想着。

可能还需要另一本护照，除了里夫斯·迈诺特，他还能找谁？现在正是找里夫斯帮个小忙的时候。

汤姆用打字机给里夫斯写了个便条，为了保险起见，还随信附上了两张他现在护照上的照片。他应该今晚在巴黎给里夫斯打电话。汤姆决定去巴黎，在那里躲几个小时，好好想一想。于是汤姆拿起沾满泥的鞋子和衣服去了阁楼，安奈特太太不可能去那里。汤姆换上衣服，开了旅行车去默伦火车站。

晚上十点四十五分，他到了巴黎，把寄给里夫斯的信扔进里昂火车站的邮箱里。之后他来到了里兹酒店，以丹尼尔·史蒂文斯的名义开了一个房间，用一个捏造的美国护照号码登记，他说自己没随身带护照。地址：鲁昂市多卡特卡威街 14 号，汤姆知道这条街并不存在。

17

汤姆从他饭店的房间给海洛伊丝打电话。她不在家。用人说她和父母出去吃晚饭了。汤姆又给汉堡的里夫斯打了电话。这次二十分钟后电话接通了，里夫斯接了电话。

"你好，里夫斯。我是汤姆。我在巴黎。最近怎么样？……你能马上给我弄一本护照吗？我已经把照片寄给你了。"

里夫斯听起来很激动。天哪，终于提要求了？护照？是的，这种必备的小东西随时随地都会被人偷。汤姆礼貌地问里夫斯要收多少钱。

里夫斯说现在还说不准。

"那就先记我账上，"汤姆自信地说，"关键是立即给我搞到。如果你周一早上收到我的照片，当天晚上能做好吗？……是的，我很着急。比如你有没有朋友周一晚上坐飞机去巴黎的？"如果没有，就找一个，汤姆想。

里夫斯说，是的，我有个朋友可以飞到巴黎。不要运货商（或货主），汤姆坚持说，因为他绝不能扒别人的衣兜或提箱。

"随便一个美国名字都可以，"汤姆说，"美国护照最好，英国的也可以。对了，我在凡登广场的里兹酒店……丹尼尔·史蒂文斯。"为了方便联络，汤姆把里兹酒店的电话号告诉了里夫斯，说一旦知道了他的信差到达奥利机场的具体时间，他会亲自去见他。

此时，海洛伊丝已经回到了尚蒂伊的家，汤姆和她通了电话。

"是的，我在巴黎。今晚你想过来吗？"

海洛伊丝想过来。汤姆很高兴。他想象着再过一个小时自己就可以坐在海洛伊丝对面一起喝香槟了，如果她想喝香槟的话，通常答案都是肯定的。

汤姆站在灰色的人行道上，看着眼前圆形的凡登广场，圆圈使他心烦。他应该往哪个方向走？是往左朝着剧院方向，还是往右去里沃利街？汤姆更喜欢正方形或长方形。伯纳德在哪里？为什么你需要护照？他问自己。把它当成应急的王牌？为未来的自由增加的砝码？我没法再模仿德瓦特画画了，今天下午伯纳德说过这句话。我只是没办法再画了——甚至很少为我自己画了。伯纳德此刻会不会在巴黎的某个旅店，在浴盆里割腕自杀？或者靠在塞纳河边的一座桥上正打算跳下去——轻轻地——趁没人注意的时候？

汤姆径直走向里沃利街。此时的夜晚萧条且黑暗，橱窗都安装着铁栅栏和锁链，防止小偷盗窃那些专卖给游客的垃圾——印着"巴黎"字样的丝巾、定价过高的丝质领带或衬衫。他想着乘出租车到第六区，那里的氛围更愉悦，在那儿散步，再到"利普"喝杯啤酒。但是他不想遇到克里斯。他回到了酒店，打电话到杰夫工作室。

电话（接线员说）要四十五分钟才能接通，线路很忙，但是半小时就接通了。

"喂？——巴黎？"杰夫的声音就像溺水的海豚一样。

"我是汤姆，我在巴黎呢！你能听到我说话吗？"

"听不清！"

还不至于不清楚到重打电话的地步。他继续说："我不知道伯纳德去哪了。你有他的消息吗？"

"你为什么在巴黎？"

电话听筒里几乎什么都听不见，解释也解释不清楚。汤姆终于搞明白了，杰夫和艾德没有伯纳德的任何消息。

之后杰夫说："他们正在寻找德瓦特……"（低声的英语骂人话）"天哪，要是我都听不到你在说什么，我就不信中间还有人能听到什么鬼……"

"好吧！"汤姆回复说，"把你遇到的麻烦都告诉我。"

"莫奇森的妻子可能……"

"什么？"上帝啊，电话筒直能把人逼疯。人们应该回到用纸笔和客船的时代。"该死，我一个字都听不到！"

"我们把《浴盆》卖掉了……他们正在寻找……德瓦特！汤姆，如果你只有……"

电话突然断了。

汤姆气愤地将电话摔了回去，握住，又拿起来，打算向楼下的接线员发火。但是他把电话又放下了。这不是她的错。这不是任何人的错，谁都没有错。

好吧，莫奇森夫人要来了，正如汤姆所预料的。也许她知道浅紫色推论。还有，《浴盆》卖给谁了？伯纳德在哪里？雅典？他会效仿德瓦特的行为，在希腊的某个岛上把自己淹死吗？汤姆想象着自己去了希腊。德瓦特的岛叫什么来着？伊卡利亚岛？那是哪儿？明天找家旅行社问问。

汤姆坐在写字台前，匆忙写了张字条：

亲爱的杰夫，

如果你看到了伯纳德，就说我死了。伯纳德以为他杀了我。我之后再解释。不要把这张字条给任何人，这只是用来以防万一你看到伯纳德，他说他把我杀了的——假装相信他，什么都不要做。拖住伯纳德，拜托了。

祝一切顺利，

汤姆

汤姆下楼去，在柜台买了七十分的邮票，把信寄出去了。杰夫也许周二才能收到信。可这又不是那种能打电报传递的消息。要不打一个？我必须要藏起来，甚至躲到地底下避开伯纳德。不，那还不够清楚。海洛伊丝进门时他还在思考着。汤姆看到海洛伊丝带着古驰的皮箱回来时感到非常开心。

"晚上好，史蒂文斯夫人，"汤姆用法语说，"今晚你是史蒂文斯夫人。"汤姆想着带她去前台登记，后来又觉得不用那么麻烦，于是和海洛伊丝上了电梯。

三双眼睛盯着他们。她真的是他的夫人吗？

"汤米，你的脸色很苍白！"

"我今天很忙。"

"啊，出了什么事了——"

"嘘——"她说的是汤姆的脑后。海洛伊丝洞察一切，事无巨细。汤姆觉得可以给她透露一些情况，但不能全讲。坟墓——那就太恐怖了。此外，这等于表明了伯纳德是凶手，但他不是。服务生坚持给海洛伊丝提箱子，汤姆付了他小费。

"你的头怎么了？"

汤姆摘掉了一路裹得高高的墨绿色与蓝色相间的围巾，那是用来挡住流出来的血的。"伯纳德打了我。不用担心，亲爱的。脱掉鞋子，还有衣服。舒服点。想喝香槟吗？"

"好啊。当然。"

汤姆打电话订香槟酒。汤姆觉得头晕，感觉像是发烧，但他知道只是疲劳和失血导致的。他检查过家里有没有血迹吗？是的，他记得出门前上楼特地去各处看看是否有血迹。

"伯纳德去哪了？"海洛伊丝脱掉鞋子，光着脚。

"我真的不知道，也许在巴黎。"

"你们打架了？他不肯离开？"

"哦——小打一架。他现在情绪非常紧张。没什么大不了的，没事。"

"但你为什么来巴黎？他还在家吗？"

有这个可能，汤姆意识到，虽然伯纳德的东西都拿走了。汤姆检查过。伯纳德除非打破落地窗，否则他是进不去屋子的。"他不在房子里，肯定不在。"

"我要看看你头上的伤。进浴室吧，那里灯光亮一些。"

这时传来了敲门声。香槟送得很快。那个身材微胖、留着灰色头发的服务生微笑着打开了木塞。瓶子放进冰桶里发出悦耳的撞击声。

"谢谢，先生。"服务生说，接过了汤姆的钞票。

汤姆和海洛伊丝举起酒杯，海洛伊丝犹豫了一下，喝了酒。她要看看汤姆的伤。汤姆屈服了。他脱掉衬衫，弯下腰，闭上眼睛，海洛伊丝在洗手盆里用毛巾清洗他脑后的伤。预料到她会惊呼，他堵住耳朵，或尽量堵上，不去听她的叫声。

"伤口不大，不然会一直流血的！"汤姆说。清洗自然使得血又流了出来。"再拿一条毛巾——拿个什么。"汤姆说，回到了卧室，身子软软地倒在地上。他没有昏迷，因此又爬回了浴室的地砖上。

海洛伊丝正说着胶带什么的。

汤姆晕厥了一会儿，但是他没提，爬到厕所吐了，用海洛伊丝的湿毛巾擦脸和前额。几分钟后，他站在洗手台前，啜饮香槟，海洛伊丝用白色的小手帕做了一条绷带。"你为什么随身带着胶带？"汤姆问。

"用来粘指甲。"

怎么粘？汤姆问。他拿着胶带让她剪断。"粉色的胶带，"汤姆说，"是种族歧视的标志。美国黑人力量应该提起抗议——并阻止它。"

海洛伊丝听不懂。汤姆用英语讲的。

"我明天给你解释——也许。"

之后他们上了床。奢华的大床上有四个厚枕头，海洛伊丝贡献出了她的睡衣垫在了汤姆的脑袋下面，以防出血，但是他觉得血基本止住了。海洛伊丝没穿衣服，她的皮肤光滑得令人难以置信，就像抛光后的大理石一般，只不过她当然很柔软，而且是暖的。今晚不适合做爱，但是汤姆觉得很开心，也不担心明天——这样也许不明智，但是那个晚上，或许应该说是凌晨时分，他放纵着自己。黑暗中，他听到了海洛伊丝喝酒时杯中气泡发出的嘶嘶声，还有把杯子放在床头茶几上的叮当声。接着汤姆的脸抵在她的胸前。海洛伊丝，你是这个世界上唯一让我只想活在当下的女人，汤姆想说，但是他太累了，而且这句话也许不重要。

第二天早上，汤姆要对海洛伊丝解释些事情，但必须要说得非常巧妙。他说伯纳德·塔夫茨因为他英国女朋友的事很伤心，也许他会自杀，汤姆想要找到他。他也许在雅典。因为莫奇森的失踪，警察就想看牢汤姆，所以最好让警察知道他在巴黎，也许和朋友在一起。汤姆解释说，他在等一份护照，最快周一晚上到。汤姆和海洛伊丝在床上吃着早餐。

"我不明白你为什么还要管那个打你的傻瓜。"

"朋友嘛，"汤姆说，"亲爱的，你还是回丽影和安奈特太太做伴吧？或者——我们给她打电话，这样你今天就可以陪着我了。"汤姆说着高兴起来。"但是为了安全起见，今天我们最好换个饭店。"

"哦，汤米——"海洛伊丝的语气有点失望，但她其实并不感到失望，汤姆知道。她喜欢做一些偷偷摸摸的事情，喜欢保守一些没什么必要的秘密。她给汤姆讲过一些她青春期时为了摆脱父母的监视，和女同学也有男同学一起搞的小阴谋，可以和谷克多[1]笔下的故事相媲美了。

"今天我们有别的名字了。你想叫什么名字？可以是美国的，也可以是英国的，因为我的原因。你只是我的法国夫人，明白了？"汤姆用英语说。

"嗯，格雷斯顿？"

汤姆笑了。

"格雷斯顿这个名字有什么好笑的？"

海洛伊丝很不喜欢英语，因为她觉得英语里有太多她永远也掌握不了的下流双关语。"没有，只不过是他发明了行李箱。"

"他发明了行李箱！我才不信呢！谁会发明行李箱啊？这太简单了！真的，汤米！"

---

1. 让·谷克多（Jean Cocteau，1889—1963），法国剧作家、小说家和电影学家，其剧作以诗意、讽刺和幻想的巧妙结合而著称，代表作品：剧本《爆炸装置》（1934）、电影《美女与野兽》（1946）和小说《可怕的孩子们》（1929）。

他们换到了大使酒店，在第九区的奥斯曼林荫大道上。这里保守且体面。汤姆用威廉姆·坦尼克的名字登记入住，他的妻子叫米瑞儿。汤姆又给里夫斯打了个电话，把他的新名字、地址和电话PRO 72－21留给了那个一口德国腔的人，这人经常替里夫斯接电话。

汤姆和海洛伊丝下午去看了电影，六点钟回到酒店。没有收到里夫斯的消息。海洛伊丝听从了汤姆的建议，给安奈特太太打了电话，汤姆也和她说了几句。

"是的，我们在巴黎，"汤姆说，"很抱歉我没给你留字条……也许海洛伊丝明天夜里回去，我也不确定。"他把电话还给海洛伊丝。

伯纳德肯定不在丽影，否则安奈特太太会提起他的。

他们早早上了床。汤姆想劝服海洛伊丝把脑袋后面那些愚蠢的胶带剪掉，但没成功，海洛伊丝还买了淡紫色的法国消毒水，涂在了绷带上。她在里兹已经把他的围巾洗好了，早上就晾干了。快到午夜时，电话响了。里夫斯说有个朋友会在明天星期一晚上把他需要的东西带过去，乘坐汉莎航空311次航班，于凌晨十二点十五分抵达奥利机场。

"他叫什么名字？"汤姆问。

"是一位女士，叫格尔达·施耐德，她知道你的长相。"

"好。"汤姆说，很满意里夫斯在收到照片前就搞定了。汤姆挂了电话问海洛伊丝："明晚想和我一起去奥利吗？"

"我开车送你。我希望你平安无事。"

汤姆已经告诉她那辆旅行车停在了默伦火车站。也许她可以找家里有时雇佣的园丁安德烈和她一起把车开回来。

他们决定在大使酒店再住一晚，以防周一晚上的护照交接再有什么变故。汤姆想星期二凌晨乘红眼航班飞往希腊，但是护照还没到手，所以无法决定。另外还要熟悉护照上的签名。他知道，这一切，都是为了救伯纳德。汤姆希望和海洛伊丝分享他的想法、他的感受，但是又怕她不能理解。如果她知道伪造画的事情，她能理解吗？是的，从理智上讲，她或许能明白。但是海洛伊丝会说："为什么都要你扛着？杰夫和艾德不能去找他们的朋友——他们的经济来源吗？"汤姆没把事情告诉她。最好还是单独行动，就某种意义上来说，孤身一人以免牵绊。免去了慰问，甚至免去了家的温柔挂念。

一切都很顺利。汤姆和海洛伊丝于周一半夜到达了奥利机场，飞机准时抵达，汤姆在楼上的出口等着格尔达·施耐德——或者至少是使用这个名字的女人——过来与他打招呼。

"汤姆·雷普利？"她微笑着说。

"我是。您是施耐德女士？"

她三十来岁，金发碧眼，十分俊俏，看起来很聪明，没有化妆，好像只是用冷水洗了脸，穿上件衣服就来了。"雷普利先生，能见到您真是我的荣幸，"她用英语说道，"久仰大名。"

听到她礼貌风趣的语调和声音，汤姆大声笑了出来。里夫斯手下有这样的妙人一起工作真是出人意料。"我和我太太一起来的。她在楼下。你晚上在巴黎过夜吗？"

她要过夜的。她已经在酒店预订了一个房间，就在蒙塔尔伯特街的皇家桥酒店。汤姆将她介绍给了海洛伊丝，然后去取车，而海洛伊丝和施耐德女士等他的地方距离汤姆当初放下莫奇森皮箱的地方不远。他们一路开到巴黎，到了皇家桥酒店，然后施耐德女士说：

"我在这把东西给你。"

他们还在车里，格尔达·施耐德打开了她的大手提包，拿出了一个相当厚的白色信封。

汤姆停好车，天有些黑了。他掏出那本绿色的美国护照，把它塞进了夹克口袋里。显然，护照被一些白纸包裹着。"谢谢你，"汤姆说，"我会和里夫斯联系的。他还好吗？……"

几分钟过后，汤姆和海洛伊丝往大使酒店驶去。

"在德国人里她算漂亮的。"海洛伊丝说道。

回到房间里，汤姆掏出护照检查，护照已经用得很旧了，所以里夫斯把汤姆的照片也相应地做旧了。护照上显示：罗伯特·菲德勒·麦凯伊，31 岁，生于犹他州盐湖城，职业是工程师，家属无。签名瘦长，所有的字母都连在一起，这种字迹让汤姆联想到了他认识的几个美国人，他们性格都很无聊。

"亲爱的——海洛伊丝——我现在是罗伯特了，"汤姆用法语说道，"如果你不介意的话，我现在得练一会儿签名。"

海洛伊丝斜倚在梳妆台上，看着他。

"哦，亲爱的！别担心！"汤姆张开双臂搂住她。"我们开瓶香槟吧！一切都会顺利的！"

周二下午两点，汤姆到了雅典——比起五六年前，光鲜干净了。汤姆入住的是大不列颠酒店，房间对着宪法广场，他在房间里稍微梳洗了一下，就出门去熟悉一下环境，到了几家酒店，打听伯纳德·塔夫茨的下落。汤姆想，伯纳德不太可能入住大不列颠酒店，因为那是雅典最贵的酒店，甚至有六成的可能伯纳德不在雅典，而是去了德瓦特的小岛，或者其他小岛；即便如此，汤姆认为不去问问雅典其他的酒店就太愚蠢了。

汤姆编的故事是，他本来应该和朋友——伯纳德·塔夫茨——会面，但他们失去了联系。不，他自己的名字不重要，但要是被问到的话，汤姆给出了这个名字——罗伯特·麦凯伊。

"现在岛上的情况是怎么样的?"汤姆在一家中档酒店问道，他估计这里的人可能了解一些旅游观光的事。汤姆在这家酒店里说的是法语，但在其他酒店汤姆说了一点英语。"尤其是伊卡利亚岛的情况。"

"伊卡利亚岛?"对方很惊讶。

伊卡利亚岛在最东边，是多德卡尼斯岛最北部的岛屿之一。那里没有机场，有船，但没人确定船多久发一班。

汤姆周三到了那里。他只能从米克诺斯岛租了一艘快艇，雇了船长。伊卡利亚岛——在汤姆转瞬即逝的乐观之后——令人大失所望。阿美米斯特城（或者其他之类的名字）看起来死气沉沉的，汤姆一个西方人都没有看见，只有水手在补网，还有当地人坐在狭小的咖啡馆里。汤姆到处打听，一个名叫伯纳德·塔夫茨的人是否来过这里，他深色头发，身形修长等等，然后汤姆给另一个叫圣基利克斯岛的小镇打了一个电话。那儿的一个旅馆老板帮汤姆查询了，并说他还会问另一间旅馆，并打电话回来。他没有打过来。汤姆放弃了。真是大海捞针。也许伯纳德选择了另一座岛。

但因为德瓦特在此地自杀了，这座岛对汤姆来说仍有一种模糊的神秘感。在岛上黄白色沙滩的某处，菲利普·德瓦特走向了大海，再也没有回来。汤姆怀疑伊卡利亚岛上的居民对德瓦特这个名字根本就不会有印象，但他还是问了咖啡店主，果然不记得。德瓦特在这呆了不到一个月，汤姆想，还是六年前。汤姆在一个小饭店吃了一盘西红柿羊肉烩饭，然后去另一家酒吧找船长，船长说他会在酒吧呆到下午四点，以防汤姆需要的时候找不到他。

他们全速开回了米克诺斯岛，那是船长的落脚点。汤姆带着手提箱，感到焦躁不安、筋疲力尽、心情沮丧。汤姆决定当晚就回雅典。他坐在咖啡馆里，心灰意冷地喝着一杯甜咖啡。然后他回到当初遇到希腊船长的码头，又去船长家找到了还在吃饭的船长。

"今晚载我去比雷埃夫斯要多少钱？"汤姆问。汤姆还有一些美国旅行支票。

船长说手头还有很多事，列举了重重困难，但钱解决了一切问题。汤姆系着安全带，在狭小的船舱的木质长椅上睡了一会儿。他们到达比雷埃夫斯时大约清晨五点。船长安提诺晕头晕脑的，汤姆不知道他是因为开心或者赚到了钱，还是太过疲劳，还是茴香酒的缘故。安提诺说他有朋友在比雷埃夫斯，见到自己会非常高兴。

清晨冷得刺骨。汤姆硬逼着一位出租车司机载他去雅典宪法广场的大不列颠酒店，口头答应给司机很多车费。

汤姆入住了一间房，不是以前那一间。值夜班的服务生很诚实地告诉他，房间还没打扫好。汤姆将杰夫工作室的号码写在一张纸上，告诉服务生给接通伦敦的这个号码。

然后他上楼到了自己的房间，洗了个澡，一直留意着是否有电话打来。早上七点四十五分的时候，电话接通了。

"我是汤姆，我在雅典。"汤姆说，他在床上快要睡着了。

"雅典？"

"有伯纳德的消息吗？"

"没有，一点消息也没有，你在——"

"我要去伦敦。我的意思是今晚。准备好化妆的东西，好吧？"

18

周四下午，汤姆一时兴起，在雅典买了一件绿色的雨衣，是他自己永远不会选择的那种样式——这就是说，作为汤姆·雷普利，他永远不会碰这件衣服。这件雨衣有很多飘带和带子，一些带子用两个圆环系紧，一些带子有一些带扣，好像雨衣要随时系上军用水壶、弹夹、饭盒、刺刀和一两根警棍一样。这件雨衣品位糟糕，汤姆认为这件衣服会在他进入伦敦的时候帮到自己——以防安检员中有人记得汤姆·雷普利的样子。汤姆还将头发分缝从左改到了右边，尽管大头照上看不出来分缝。幸运的是，他的手提箱上没有任何首字母缩写。钱现在是个问题，因为汤姆只有雷普利的旅行支票，他不能像给希腊船长一样在伦敦使用这些支票，但汤姆有足够的希腊银币（用法郎和海洛伊丝换的），够买一张到伦敦的单程票，到了伦敦，杰夫和艾德会给他钱花。汤姆将钱夹中所有的卡和能证明身份的东西都拿了出来，放在裤子有纽扣的后袋中。实际上，他认为不会有人搜身。

汤姆顺利通过了希思罗机场的入境检查。"你在这里要呆多久？""我想不超过四天。""商务旅行？""是的。""你住在哪里？""伦敦人酒店——维尔贝克街。"

汤姆又一次乘公交到达了伦敦公交总站。他找了一个电话亭，给杰夫的工作室打了一个电话。现在是晚上十点十五分。

一个女人接了电话。

"康斯坦先生在吗?"汤姆问道,"或者是班伯瑞先生?"

"他们刚才出门了。请问你是?"

"罗伯特——罗伯特·麦凯伊。"没有反应,因为汤姆还没有把自己的新名字告诉杰夫。汤姆知道,杰夫和艾德一定留下了某个人看管工作室等着汤姆,这个人一定是自己人。"是辛西娅吗?"

"是,是的。"那个嗓音很高的声音回答道。

汤姆决定冒一次险。"我是汤姆,"他说, "杰夫什么时候回来?"

"哦,汤姆啊!我不确定是不是你。他们大约半小时之后回来。你能过来吗?"

汤姆叫了一辆出租车去圣约翰伍德工作室。

辛西娅打开了工作室的门。"汤姆——你好。"

汤姆几乎忘了辛西娅长什么样了:她中等身高,棕色头发垂直披在肩头,大大的灰色眼睛。眼前的她比汤姆记忆中的要瘦。她快三十岁了,看起来有点焦躁。

"你见到伯纳德了?"

"是的,但是我不知道他去哪了。"汤姆微笑着。他猜测杰夫(和艾德)遵照他的指示,没有将伯纳德企图谋杀他的事告诉别人。"他也许在巴黎。"

"随便坐,汤姆!我给你倒杯酒?"

汤姆面带微笑,拿出了在雅典机场买的东西。白马威士忌。辛西娅十分友好——至少表面如此。汤姆很开心。

"展览期间伯纳德总是有些心烦意乱,"辛西娅说,她倒好了酒,"我也听说了。你可能也知道,我最近没怎么见他。"

汤姆决定不提伯纳德说辛西娅拒绝了他这件事——不想见到

他。也许辛西娅的本意并非如此。汤姆猜不出来。"啊，"汤姆愉快地说，"他说，他不准备再画——德瓦特的画了。我相信，这对他来说是好事。他说过，他讨厌画那些画。"

辛西娅把酒递给汤姆。"真是门可怕的生意！可怕极了！"

汤姆知道，确实可怕。看到辛西娅的战栗，汤姆深刻认识到了这一点。谋杀、谎言、诈骗——是的，确实是可怕的生意。"哎——很不幸事情竟然发展到了如此地步，"汤姆说，"但不会再继续了，你可以说这是德瓦特最后一次现身。除非杰夫和艾德决定他们——他们不用我再继续冒充德瓦特了。我是说，连这次都不必了。"

辛西娅似乎对此不感兴趣。这很奇怪。汤姆坐下了，但辛西娅却慢慢地在地板上来回踱步，似乎在听楼梯上有没有杰夫和艾德的脚步声。"那个叫莫奇森的人怎么样了？我想他太太明天就到。杰夫和艾德说的。"

"不知道，我也不清楚。"汤姆十分冷静地说。他现在不能让辛西娅的问题干扰自己。他还有事要做。天啊，莫奇森的太太明天就到了。

"莫奇森知道有人在伪造画。他到底有什么依据呢？"

"他自己的看法，"汤姆说道，耸了耸肩，"哦，他谈到画的灵魂和个性——我怀疑他说服不了伦敦的鉴定专家。坦白讲，现在谁还分得清德瓦特和伯纳德之间的区别？无聊的杂种，这些自以为是的艺术批评家。听他们的评论就和读艺术鉴赏一样逗人——空间概念、造型价值等等这些废话。"汤姆大笑着，拉下袖口，这回拉下来了。"莫奇森在我家里看到了我的那些画，一幅是德瓦特的，一幅是伯纳德的。当然，我是要阻止他的，要我说的话，我是成功地阻止了他。我认为他不会再去见——泰特美术馆的那个人。"

"但是他消失了，去了哪里呢？"

汤姆犹豫了一下。"这是个谜。伯纳德消失去了哪？我不知道。莫奇森也许有自己的想法，可能是由于个人原因，要么就是在奥利机场被神秘绑架了!"汤姆有些紧张，他讨厌这个话题。

"事情并不简单。看来好像是莫奇森因为知道了伪造画作的事，被人灭口了。"

"这正是我要纠正的，然后我就退出。伪造的事并没有被证实。呃，是的，辛西娅，这是个肮脏的交易。可是我们都走到这一步了，就只能挺到最后——在某种意义上讲。"

"伯纳德说他想坦白一切——跟警察。也许他现在正在坦白呢。"

这个可能性太可怕了，想到这一点，汤姆战栗了一下，就像辛西娅刚才一样。他一口喝完了杯中的酒。是的，如果明天英国警察一脸愉快地冲了进来，而他正在第二次扮演德瓦特，那就真的是一场大灾难了。"我认为伯纳德不会这么做。"汤姆说，但他自己也没有把握。

辛西娅看着他。"你也试图说服伯纳德吗？"

汤姆突然被她的敌意刺痛了，汤姆知道，这种敌意持续了数年。是他谋划了这一切。"是的，"汤姆回答，"有两个原因，一是——这将终结伯纳德自己的事业，二是——"

"我认为伯纳德的事业已经结束了，如果你是说伯纳德·塔夫茨的绘画生涯的话。"

"二是，"汤姆尽可能温和地说道，"不幸的是，伯纳德并不是唯一牵涉进来的人。这也会毁掉杰夫和艾德——那些美术用品供应商们，除非他们否认知道伪造的事，我怀疑他们能否认得了。意大利的艺术学校——"

辛西娅紧张地叹了口气。她好像说不出话来。也许是她不想再说什么了。她又一次在方形的工作室里踱步，看着杰夫斜靠在墙边放大的袋鼠照片。"我上次来这个房间，已经是两年前了。杰夫更加奢侈了。"

汤姆没出声。他听见了微弱的脚步声，隐约有男人说话的声音，他松了口气。

有人敲门。"辛西娅？是我们!"艾德喊道。辛西娅开了门。

"嗨，汤姆!"艾德喊道，冲过来紧握着他的手。

"汤姆! 你好啊!"杰夫说道，他和艾德一样高兴。

杰夫带着一个小黑手提箱，汤姆知道，里面装着伪装用的道具。

"又找我们苏荷区的朋友借的道具，"杰夫说，"你怎么样了，汤姆？雅典怎么样？"

"死气沉沉的，"汤姆说，"喝点酒，兄弟们。那帮军阀，你是知道的。都没听到布祖基琴表演。嘿，我希望今晚不用我露面。"杰夫正在打开手提箱。

"不用。我只是检查一下所有的东西是不是都在箱子里。你有没有伯纳德的消息？"

"这问题让人怎么回答，"汤姆说，"没有。"他偷偷瞟了一眼辛西娅，她双臂交叉，斜靠在房间中间的柜子上。她知道他去雅典就是为了找伯纳德吗？要告诉她这件事吗？还是不了。

"有莫奇森的消息吗？"艾德回头问道。他给自己倒了杯酒。

"没有，"汤姆说，"我听说莫奇森太太明天会到？"

"也许吧，"杰夫回答道，"韦伯斯特今天给我们打电话是这么说的。你知道，韦伯斯特警探。"

辛西娅在房间里，汤姆就说不出话。他没出声。他想聊些轻松的话题，比如，谁买了《浴盆》？但他连这也说不出来。辛西娅带着敌意。她也许不会背叛他们，但是她很反感这一切。

"另外，汤姆，"艾德说着，递给杰夫一杯酒（辛西娅的酒还没有喝完），"你今晚可以呆在这里，我们希望你在这里过夜。"

"我很乐意。"汤姆说。

"明天——早上，我和杰夫想在十点半左右给韦伯斯特打电话，要是联系不上他，我们就给他留言，说你今早乘火车到达伦敦——明早，然后打给我们。你一直和朋友呆在圣艾德兹伯里之类的地方，并且你没有——嗯——"

"你没有想到调查会这么认真，需要你告知警察自己的全部行程，"杰夫插话进来，好像在背诵一首《鹅妈妈》童谣似的，"事实上，他们也没有挖地三尺地找你。他们就问了我们一两次德瓦特在哪里，我们说你可能是和朋友呆在乡下。"

"同意。"汤姆说道。

"我想我还是走吧。"辛西娅说。

"哦，辛西娅——不把酒喝完吗？"杰夫问道。

"不了。"艾德帮她穿上了外套。"你知道，我真的只想知道伯纳德的消息。"

"谢谢你，辛西娅，帮我们守住城堡。"杰夫说。汤姆觉得这不是个合适的比喻。汤姆站了起来。"辛西娅，要是我得到任何消息，我一定让你知道。我很快就会回巴黎了——也许就在明天。"

门口传来杰夫和艾德与辛西娅告别的声音。杰夫和艾德回到屋内。

"她真的还爱着他吗？"汤姆问道，"我觉得不是。伯纳德说——"

杰夫和艾德脸上都露出淡淡的悲痛。

"伯纳德说什么了？"杰夫问道。

"伯纳德说上周他从巴黎打电话给辛西娅，她说她不想见他。或许伯纳德是在夸张，我也不清楚。"

"我们也不知道。"艾德说着，将他细长柔软的金色头发向后捋。他又去倒了一杯酒。

"我想辛西娅有男朋友。"汤姆说。

"是，还是那一个。"艾德在厨房里说道，声音听起来很无聊。

"叫史蒂芬什么的，"杰夫说，"他没法让她产生激情。"

"他本来就不是热情似火的那种人！"艾德大笑着说。

"她还是做着和以前一样的工作，"杰夫继续说，"薪水很高，是某个大亨手下的重要人物。"

"她稳定下来了，"艾德插话说道，对她下了定论，"现在伯纳德在哪，你说他应该认为你死了是什么意思？"

汤姆简短地解释了一下。还讲了被活埋的事，他故意把故事讲得生动有趣，杰夫和艾德都被吸引了，也许还有点病态的着迷，同时还笑了出来。"就在头上轻轻一拍而已。"汤姆说。他拿走了海洛伊丝的剪刀，在去雅典飞机的厕所里剪断了胶带。

"快让我碰碰你！"艾德说着，抓住汤姆的肩膀。"杰夫，这可是从坟墓中爬出来的人！"

"比我们做的多多了。比我做的多多了。"杰夫说。

汤姆脱掉了夹克，在杰夫赭色的沙发里换了个更舒服的姿势。"我想你们猜到莫奇森已经死了吧？"

"我们的确想到了，"杰夫郑重其事地说道，"发生了什么？"

"我把他杀了。在我的酒窖里——用一个葡萄酒瓶。"在这个奇怪的时刻，汤姆突然想到他也应该给辛西娅送些花。她会把这些花扔进垃圾桶或壁炉里，随她的便吧。汤姆怨自己对辛西娅太没有风度了。

杰夫和艾德一时哑口无言，还没从汤姆的话中回过神来。"尸体在哪？"杰夫问。

"沉到河底了。离我家不远。我想是卢万河。"汤姆说。要不要说出伯纳德帮过他的事呢？算了，说那干吗！汤姆揉了揉自己的额头。他很疲倦，颓然倒下，用一只手肘支撑着。

"天啊，"艾德说，"然后你把他的东西拿到了奥利？"

"是的，他的东西。"

"你不是有一个管家吗？"杰夫问。

"没错。我都是偷偷完成的。瞒着她，"汤姆说，"在凌晨之类的时间段。"

"但你说到树林里的坟墓——伯纳德挖的。"这话是艾德说的。

"是的。我——先把莫奇森埋在树林里，之后警察过来调查，所以我想在他们进入树林之前，我应该把他——带出树林，所以我——"汤姆做了一个模糊的倾倒手势，挥了挥手。不，最好是别提伯纳德帮助过自己。如果伯纳德想要——他想要什么呢，救赎自己？——伯纳德参与犯罪越少越好。

"天啊，"艾德说，"我的天啊。你能面对他太太吗？"

"嘘……"杰夫随即说道，面带紧张的笑容。

"当然，"汤姆说，"我别无选择，因为莫奇森认出我来了——事实上，就在楼下酒窖里。他意识到是我在伦敦冒充德瓦特。要是我不干掉他就彻底完了。你明白吗？"汤姆来回踱步，努力要摆脱一些困意。

他们确实明白，而且十分钦佩。同时，汤姆能感觉到他们的大脑正在飞速运转：汤姆·雷普利以前杀过人。迪基·格林里夫，不是吗？也可能是名叫弗雷迪什么的另一个人。那个案子他只是有嫌疑，但也许是真的呢？汤姆将杀人看得很严重吗？到底他希望得到德瓦特有限公司怎样的回报？感激、忠诚还是金钱？这些归根结底不都是一回事吗？汤姆是理想主义者，知道不要去想，不要去指望。汤姆对杰夫·康斯坦和艾德·班伯瑞有更高的期望。毕竟他们都是德瓦特的朋友，甚至是最好的朋友。德瓦特有多伟大呢？汤姆不想思考这个问题。伯纳德有多伟大呢？好吧，如果说实话，作为画家来说他是很伟大。因为伯纳德，汤姆的腰挺直了（伯纳德多年来为了友谊一直远离杰夫和艾德），他说："好吧，朋友们——要不简短地跟我讲一下明天的事？还会有别人出现吗？我觉得好累啊，要是能早点上床睡觉就太好了。"

艾德在汤姆对面站着。"关于莫奇森的事，有对你不利的消息吗，汤姆？"

"据我所知没有，"汤姆面带微笑地说，"除了事实之外，没什么对我是不利的。"

"《时钟》这幅画真的被偷了吗？"

"画在奥利机场莫奇森的手提箱里——分开打包的。很显然是有人偷了那幅画，"汤姆说，"我在想那幅画现在会挂在何处。得到画的人知道这是什么画吗？要是知道，画可能根本不会挂出来。咱们接着说说明天的事，好吗？我们听点音乐？"

汤姆就着调得很大声的卢森堡电台，来了一次不带全妆的彩排。

络腮胡子，粘在薄纱上，还是整片的，他们试了一下，不过没粘到脸上。伯纳德没拿走德瓦特的那套深蓝色旧西装，汤姆穿上了外套。

"你们知道有关莫奇森太太的什么事吗？"汤姆问道。

他们确实不知道，尽管他们提供了一些七零八碎的信息，表明她既不强势，也不怯懦，既不聪明，也不愚蠢，正如汤姆所预料的一样。各种信息都很矛盾。她在巴克马斯特画廊和杰夫通过电话，她提前打电报安排了这次通话。

"她没打给我真是奇迹。"汤姆说。

"哦，我们说我们不知道你的电话号码，"艾德说，"并且我猜她考虑到你在法国，有些犹豫。"

"介意我今晚打电话回家吗？"汤姆换上了德瓦特的声音问道，"另外，我在这身无分文。"

杰夫和艾德非常乐于慷慨解囊。他们手头有很多现金。杰夫立马给丽影拨了电话。根据汤姆的要求，艾德给他煮了一小杯浓咖啡。汤姆洗了澡，穿上了睡衣，还有杰夫的一双拖鞋。汤姆感觉好多了。汤姆将会在工作室的沙发上睡下。

"我希望我已经说明白了，"汤姆说，"伯纳德想要退出。德瓦特将永远退休而且——也许在墨西哥喂蚂蚁或者被火烤，他的所有画作也将随他而去。"

杰夫点点头，开始啃手指甲，然后把手拿了出来。"你和你太太说什么了？"

"什么都没说，"汤姆说道，"真的，任何有用的都没说。"

电话铃响了。

杰夫示意艾德跟他一起去卧室。

"你好，亲爱的，是我！"汤姆说，"不，我在伦敦……好吧，我改主意了……"

他什么时候回家？安奈特太太的牙又开始疼了。

"把枫丹白露牙医的电话给她！"汤姆说。

不可思议的是，在他现在的处境下，这通电话给了他莫大的安慰。汤姆几乎爱上了电话。

19

"请问韦伯斯特探长在吗?"杰夫问道,"我是巴克马斯特画廊的杰夫·康斯坦……麻烦你告诉探长一声,今早德瓦特给我打电话了,他预计上午到画廊……我不确定具体的时间。十二点之前吧。"

现在是九点四十五分。

汤姆又一次站在穿衣镜前面,检查着他的胡须和浓密的眉毛。在杰夫工作室最强光的台灯下,艾德在检查他的脸,灯光晃着汤姆的眼睛。他的头发比胡须颜色浅,但比原本的头发颜色深。艾德小心避开他后面的伤口,庆幸没有再流血。"杰夫,老兄,"汤姆用德瓦特紧张兮兮的声音说,"你能把这音乐停了,放一首别的吗?"

"你想听什么?"

"《仲夏夜之梦》。你有吗?"

"没——没有。"杰夫说。

"你有办法弄到吗?我现在就想听这个。它能鼓舞我,这正是我现在需要的。"在这个早上,光在脑子里想象这首歌是不够的。

但杰夫不确定他认识的人中有谁肯定有这张唱片。

"杰夫,你能出去找一找吗?从这到圣约翰伍德路不是有家唱片商店吗?"

杰夫跑出去了。

"我猜你没和莫奇森太太聊过,"汤姆抽着高卢牌香烟说,短暂地放松下来,"我得买一些英国香烟。抽这些高卢牌香烟太冒险了,我可不想这样。"

"拿这个吧。要是抽没了，大家会给你的。"艾德马上说道，把一包什么东西塞进了汤姆的口袋中，"是，我没和莫奇森太太说过话。至少她还没派个美国侦探过来。要是她那样做的话，那就非常棘手了。"

汤姆想，也许她会带一名侦探和她一起飞过来。他摘掉了手上的两枚戒指。当然了，他现在没戴那枚墨西哥戒指。汤姆拿起一支圆珠笔，临摹起桌上那块蓝色橡皮上印的德瓦特黑体签名来。汤姆临摹了三遍，然后将纸揉成团，扔进了垃圾桶。

杰夫回来了，喘着粗气，好像是跑回来的。

"可以的话，放得大声些。"汤姆说。

音乐响起——声音很大。汤姆微笑着。这是他的音乐。铤而走险的计策，现在就是需要铤而走险的时候。汤姆感觉自己容光焕发，昂首挺胸，然后想起来德瓦特不会那么昂首挺胸。"杰夫，我能再请你帮个忙吗？给花店打电话，让花店送点花给辛西娅。记到我账上。"

"记什么账？鲜花——给辛西娅。好的，哪种花？"

"哦，花店有剑兰就要剑兰。要是没有，就来两束玫瑰。"

"鲜花，鲜花，花店——"杰夫浏览着他的电话簿，"写谁送的？就写'汤姆'？"

"爱你的汤姆。"汤姆说道，然后保持不动，让艾德为他的上唇补涂浅粉色的唇膏。德瓦特的上唇要厚一些。

唱片的上半张还没播完，他们就离开了杰夫的工作室。杰夫说，音乐会自动关掉。杰夫独自上了第一辆出租车。汤姆有把握独自行动，但他感觉艾德不想冒这个险，或者不想离开他。他们一起上了出租车，在离邦德街一个街区的地方下了车。

"要是有人问我们，就说我碰巧在去巴克马斯特的路上遇见了你。"艾德说。

"放松。我们会马到成功的。"

又一次，汤姆走进了画廊漆成红色的后门。办公室空荡荡的，只有在打电话的杰夫。他示意他们坐下。

"你能尽快接通吗?"杰夫说道，挂了电话。"出于礼节，我往法国打了个电话。默伦的警察。我告诉他们德瓦特又出现了。他们之前确实给我们打过电话，你知道的——问德瓦特的下落，我保证你一和我们联络就告诉他们。"

"我明白了，"汤姆说，"你们没有告诉报纸记者吧?"

"没有，看不出来有什么必要，你呢?"

"没有，算了。"

伦纳德，那个无忧无虑的大堂经理，探头进来。"你好! 我能进来吗?"

"不——不能!"杰夫小声说，但他是在开玩笑。

伦纳德进来后关上了门，朝着再度现身的德瓦特微笑。"如果我现在没看着你的话，我简直不敢相信自己的眼睛。上午有谁要来呢?"

"首先是来自伦敦警察局的韦伯斯特探长。"艾德说。

"我能让大家——"

"不能，不要随便让人进来，"杰夫说道，"先敲门，然后我会去开，但今天我不会锁门。好了，快走吧!"

伦纳德出去了。

韦伯斯特探长到的时候，汤姆窝在单人沙发里。

韦伯斯特笑得就像只快乐的兔子，露出有污渍的大门牙。"你好，德瓦特先生。好吧！我真没想到自己有幸能和您会面！"

"你好，探长先生。"汤姆没有完全站起来。他告诉自己，记住你比汤姆·雷普利要老一些、重一些、慢一些、背更驼一些。"不好意思，"汤姆漫不经心地说，仿佛他不是真的感到不好意思，当然也没乱了阵脚，"你在寻找我的下落。我和一些朋友在东部的萨福克。"

"我也听说了。"探长说，拿过离汤姆不到两米远的直背靠椅。

汤姆注意到，窗上的软百叶窗帘拉下了四分之三，半关着。光线很充足，写字都够用，并不太亮。

"好吧，我想你的行踪与托马斯·莫奇森的下落是有关联的，"韦伯斯特探长微笑着说，"我的工作就是找到他。"

"我在报纸上看到过，或者——杰夫提到过他在法国消失了。"

"是的，你的一幅画跟他一起不见了。《时钟》。"

"是的。也许并不是第一幅——被偷走的画，"汤姆无可奈何地说，"我听说他太太也许会来伦敦？"

"事实上，她已经到了。"韦伯斯特看了一眼他的表。"计划是她上午十一点到。她乘坐的是夜间航班，我估计她一定想要休息几个小时。德瓦特先生，你下午还在这吗？你可以留在这吗？"

汤姆知道，按照礼节，他只能说可以。他说当然可以，带着一丝不情愿。"大约什么时候？我今天下午想外出办点事。"

韦伯斯特站起来，像个大忙人似的。"就定在三点半？要是计划有变，我会通过画廊通知你们。"他转向杰夫和艾德。"十分感谢你们通知我德瓦特先生到了。再见，先生们。"

"再见，探长。"杰夫帮他开了门。

艾德看着汤姆，露出了满意的微笑，并没有张嘴。"下午再活跃一点。德瓦特要更加有——活力一点。紧张而有活力。"

"我有我自己的原因。"汤姆说。他将两手指尖相触，凝视着空气，像夏洛克·福尔摩斯沉思时一样，也许是一种无意识的姿势，因为他想到一个和这个场景相似的福尔摩斯的故事。汤姆希望他的伪装没有那么容易被看穿。至少，比福尔摩斯的作者阿瑟爵士识破的那些要好——例如一位贵族忘记摘下自己的钻戒之类的情况。

"你的理由是什么？"杰夫问。

汤姆跳起来。"晚些告诉你。现在我需要一杯苏格兰威士忌。"

他们在埃奇威尔路一家名叫诺鲁的意大利餐厅吃了午餐。汤姆很饿，饭店又对他的口味——安静，环境赏心悦目，意面非常完美。汤姆要的是蘸美味奶酪酱汁的汤团，他们喝了两瓶维蒂奇诺葡萄酒。旁边餐桌坐着一些皇家芭蕾舞团的名人，汤姆认出了他们，他们也一眼认出了德瓦特，但按照英国习惯，大家很快就不再互相看对方了。

"我今天下午还是自己去画廊吧，从前门进去。"汤姆说。

他们都抽了雪茄，喝了白兰地。汤姆感觉可以面对一切了，面对莫奇森的太太也不在话下。

"让我在这下车吧，"汤姆在出租车上说，"我想要走走。"他用德瓦特的声音说道，吃午饭的时候，他也是用的这种声音。"我知道还挺远，但至少这里不像墨西哥一样有那么多山路。嗯嗯。"

牛津街看起来忙碌而迷人。汤姆意识到，他还没有问过杰夫或艾德是否为画作编造了更多的收据。也许韦伯斯特没再问他们要。也许莫奇森太太会问。谁知道呢？牛津街的人群中，有人看了他两眼，也许是认出了他——虽然汤姆并不信——也许是汤姆的胡子或犀利的眼神吸引了他人的注意。汤姆觉得自己的眼神犀利是因为浓密的眉毛，还因为德瓦特总是微微皱眉，但艾德向他保证过，皱眉并不意味着坏脾气。

汤姆想，这个下午要么成功，要么失败。应该能成功，必须要成功。汤姆开始想象下午若是失败了会怎么样，当他想到海洛伊丝——和她的家庭的时候，他不再想了。那时一切都将终结，丽影的终结。安奈特太太的周到服务也将不复存在。直白地说，他将进监狱，因为他干掉了莫奇森，罪行天下大白。必须消灭进监狱的想法。

汤姆迎面撞上一个老头，身上挂着护照照片速照的广告牌。老头好像瞎了一样，并没有让开。汤姆让开了。汤姆紧跑两步抢到老头面前。"还记得我吗？你好啊！"

"啊？呃……"他的双唇又叼着半支没有点燃的香烟。

"这个给你，祝你好运！"汤姆说着，把剩下的半包香烟塞进那个人的旧花呢大衣口袋里。汤姆匆匆向前走了，想起来要驼背。

汤姆悄悄走进巴克马斯特画廊，画廊中除了借来的画之外，所有德瓦特的画作都装饰着一颗小红星。伦纳德微笑着朝他点头致意，那架势跟鞠躬也差不多了。房间里还有五个人，一对年轻的夫妇（女孩赤脚站在米黄色的地毯上），一位老绅士，两个男人。汤姆朝画廊后面红色的门走去，他能感觉到所有的目光聚集在他身上，追随着他——直到他走出他们的视线。

杰夫打开门。"你好，德瓦特。进来。这是莫奇森太太——这是菲利普·德瓦特先生。"

汤姆向坐在单人沙发中的女士微微鞠了个躬。"你好，莫奇森太太。"汤姆也向坐在直背靠椅上的韦伯斯特探长点头致意。

莫奇森太太看起来大约五十岁，红棕色的头发剃得很短，蓝色眼睛闪闪发亮，嘴巴相当宽——这张脸，汤姆想，在另一种情况下，应该是很快乐的。她穿着剪裁精良的高档女士便装，戴着翡翠项链，身着浅绿色毛衣。

杰夫走到桌子后面，没有坐下。

"你在伦敦见到我丈夫了。在这儿。"莫奇森太太对汤姆说。

"是的，几分钟。没错，大约十分钟。"汤姆朝着艾德递过来的直背靠椅走去。他感觉莫奇森太太的目光盯在他的鞋上，那双快要开口的德瓦特的鞋。

汤姆慢慢坐下，就好像他患有风湿病一样，或者更严重的病。现在他离莫奇森太太大约五英尺远，她得微微把头向右转，才能看到汤姆。

"他去法国见一个雷普利先生，他写信是这么说的，"莫奇森太太说，"他没有约您之后见面吗？"

"没有。"汤姆说。

"您认识雷普利先生吗？我听说他有您的几幅画作。"

"我听过他的名字，但从没见过他。"汤姆说。

"我将要和他会面。毕竟——我的丈夫也许还在法国。德瓦特先生，我想知道，你觉得会不会有一个仿造你画作的集团——我很难用语言表述出来。会不会有人觉得有必要除掉我丈夫，以免他揭发一幅赝品呢？也许是很多幅赝品？"

汤姆慢慢地摇摇头。"据我所知没有。"

"但你一直在墨西哥。"

"我已经谈过了，和——"汤姆抬头看看杰夫，然后又看看斜倚在桌边的艾德。"这个画廊没听说任何团体或团伙，此外也不知道任何赝品。你知道，我看过你丈夫带来的画。《时钟》。"

"那幅画被偷了。"

"是的，我也听说了。但重点是，那是我画的画。"

"我的丈夫想要把画给雷普利先生看。"

"他给他看了，"韦伯斯特插话进来，"雷普利先生和我说了他们的谈话——"

"我知道，我知道。我丈夫自有他的推论，"莫奇森太太说，带着一股自豪感或者勇气，"他也许是错的。我承认我没有我丈夫对画那么在行。但假设他是对的。"她等着大家给她一个答案，谁的都行。

汤姆希望她不知道或者不懂她丈夫的推论。

"莫奇森太太，他的推论是什么？"韦伯斯特热切地问道。

"关于德瓦特后期画作中的紫色之类的——后期某些画作。他肯定和您讨论过这些吧，德瓦特先生？"

"是的，"汤姆说，"他说我早期画作中的紫色暗一些。可能是这样吧。"汤姆略带微笑。"我没有注意到。如果紫色现在浅了，我想是因为紫色多了。看看《浴盆》就知道了。"汤姆想都没想就提到了这幅画，莫奇森认为这幅画和《时钟》一样很明显就是赝品——两幅画中的紫色都是纯钴紫色，是以前的技法。

大家都没有反应。

"另外，"汤姆对杰夫说，"你今早不是要给法国警方打电话说我回伦敦了嘛。电话接通了吗？"

杰夫开始上场了。"没有。没有，天啊，没有接通。"

莫奇森太太说："德瓦特先生，我丈夫去法国除了要见雷普利先生以外，说过还要见什么人吗？"

汤姆沉思着。布个小型迷魂阵呢？还是实话实说？汤姆很诚实地说："据我回忆没有。其实，他没有跟我提过雷普利先生。"

"莫奇森太太，我给您倒杯茶？"艾德亲切地问。

"哦，不用了，谢谢你。"

"有人要喝茶吗？或者一点雪利酒？"艾德问道。

没有人想要，或者没有人敢要。

事实上，这好像是在暗示莫奇森太太应该离开了。她想要打电话给雷普利先生——她从探长处得到了电话号码——并且预约和他见面。

杰夫——他的冷静正合汤姆的意，说道："莫奇森太太，你想要在这里打给他吗？"他示意桌上有台电话。

"不，非常感谢，我会从酒店打给他的。"

莫奇森太太离开时，汤姆站了起来。

"德瓦特先生，你在伦敦住在哪里？"韦伯斯特探长问道。

"就在康斯坦先生的工作室里。"

"请问你是怎样来到英国的？"探长带着大大的微笑问，"入境管理处没有你的入境记录。"

汤姆故意做出茫然、沉思的表情。"我现在拥有墨西哥护照，"汤姆预料到了这个问题，"并且我在墨西哥用的是其他名字。"

"你是坐飞机来的吗？"

"乘船，"汤姆说，"我不太喜欢飞机。"汤姆设想韦伯斯特会问他是否在南安普顿港或者其他什么地方到岸的，但是韦伯斯特只说："德瓦特先生，谢谢。再见。"

汤姆想，如果他往这方面查，他会发现什么？两周之前，有多少人从墨西哥进入伦敦？也许人数不太多。

杰夫又一次关上了门。等待访客走远，听不见他们的谈话，屋子里有几秒钟的沉默。杰夫和艾德都听到了刚才最后的对话。

"如果他想查这个，"汤姆说，"我再编点别的。"

"什么？"艾德问。

"哦——例如，墨西哥护照，"汤姆回答，"我认识——我必须马上回法国。"他用德瓦特的语气说，但几乎是在低语。

"不能在今晚，你觉得呢？"艾德说，"确实不能。"

"是不能。因为我说我会呆在杰夫的工作室。你不知道吗？"

"天啊。"杰夫说着，松了一口气，还是用手绢擦了一下脖子后边。

"我们成功了。"艾德说，假装严肃，一只手在脸前边向下抹了一下。

"天啊，我希望我们可以庆祝一下！"汤姆突然说道，"我戴着这该死的胡子怎么庆祝？我中午就怕它沾上奶酪酱。我整个晚上都得戴着这片胡子！"

"睡觉也得戴着！"艾德喊道，笑得在房间里滚成了一团。

"先生们——"汤姆站起身来，又立即坐下去。"我必须得冒个险，我需要打电话给海洛伊丝。可以吗，杰夫？用户直拨长途电话，我希望在你的电话单上不会太显眼。如果显眼就不太妙了，但我觉得很有必要打这个电话。"汤姆拿起了电话。

杰夫泡了杯茶，在托盘里又放上了一瓶威士忌。

安奈特太太接了电话，虽然汤姆希望不是她接的。他假装女人的声音，用比自己蹩脚的法语问雷普利夫人在不在家。"嘘！"汤姆对正在大笑的杰夫和艾德说。"你好，海洛伊丝，"汤姆用法语说，"亲爱的，我长话短说。如果任何人打电话找我，就说我和朋友在巴黎……我想应该是一位女士打给你，她只会说英文，我也不清楚。你一定要给一个我在巴黎的假号码……编一个号码……谢谢你，亲爱的……我想是明天下午，但你不能把这话告诉那位美国女士……还有，别告诉安奈特太太我在伦敦……"

汤姆挂断电话之后，他问杰夫能不能看一眼他们编的账本，杰夫把账本拿了出来。账本有两册，一册稍有些旧，另一册新一些。汤姆认真看了几分钟，看了油画的画名和日期。杰夫将账记得字大行稀，德瓦特并不是全部内容，因为巴克马斯特画廊也代理其他画家。不同的日期后，杰夫用不同的墨水记录了油画名，因为德瓦特经常不给他的画命名。

"我喜欢有茶渍的这一页。"汤姆说。

杰夫眉开眼笑。"艾德的手笔。两天之前的。"

"说到庆祝，"艾德说着，双手轻拍一下握在一起，"去迈克尔今晚的派对怎么样？他说是十点半。在荷兰公园路。"

"我们考虑考虑。"杰夫说。

"就进去呆二十分钟？"艾德满怀期望地说。

汤姆看到账本中将《浴盆》列为后期画作，这是正确的，事实如此，没有办法避免。分类账簿上主要记录了购买者的姓名、地址、购买价格。汤姆猜想，购买信息是真的，但有的入馆时间是假的，不管怎样，他认为杰夫和艾德做得不错。"探长看过这些了？"

"哦，是的。"杰夫说。

"他没问任何问题，对吧，杰夫？"艾德说。

"没问。"

维拉克鲁斯……维拉克鲁斯……南安普顿……维拉克鲁斯……

汤姆想，要是已经通过检查，那就是过关了。

他们和伦纳德告别——反正快到打烊时间了——乘坐出租车去了杰夫的工作室。汤姆感觉他们看着自己，就好像看着某种大魔法师：这让汤姆觉得好笑，但他并不喜欢。他们或许将他想成了一个圣人，碰一碰就可以治好一切濒死的植物，挥挥手就能消除头痛，还可以在水上行走。但德瓦特不能在水上行走，或许也不想在水上行走。可是汤姆现在是德瓦特了。

　　"我想给辛西娅打电话。"汤姆说。

　　"她要工作到七点。真是有意思的办公室。"杰夫说。

　　汤姆先给法国航空打电话，订了一张明天下午一点的航班。他可以在汽车总站拿票。汤姆决定明天早上留在伦敦，以防事情有变。绝对不能再出现好像德瓦特迫不及待逃离现场的情况。

　　汤姆喝了杯加糖的茶，躺靠在杰夫的长沙发上，没穿夹克，没系领带，但还戴着恼人的胡子。"我希望我能让辛西娅重新接纳伯纳德。"汤姆若有所思地说，他就好像上帝正值软弱的一刻。

　　"为什么?"艾德问。

　　"我担心伯纳德会毁了自己。真想知道他在哪?"

　　"你说真的? 自杀?"杰夫问。

　　"是的，"汤姆说，"我告诉你了——我想。我没有告诉辛西娅。我觉得这不公平。这就像勒索——强迫她再次接纳他。而且我确定伯纳德也不喜欢那样。"

　　"你是说他会在某个地方自杀?"杰夫问。

　　"是的，我就是这个意思。"汤姆一直没想提他房子里的衣像，但他想，为什么不提呢? 有时候真相尽管危险，但是也可以转换为优势，显露新信息，更多信息。"他在我的酒窖里上吊自杀了——用衣像上吊自杀了。应该说他吊死了自己，因为他就是一套衣服而已。他把衣像称为'伯纳德·塔夫茨'。你知道，他指的是以前的伯纳德，伪造画作的伯纳德。也或许是真正的伯纳德。这一切在伯纳德的脑子里全都乱成了一团。"

"哇！他发疯了，哈？"艾德看着杰夫说。

杰夫和艾德都睁大了双眼，杰夫看着更加精明一些。他们现在才知道伯纳德·塔夫茨不会再画德瓦特的画了？

汤姆说："我是猜的。事情没发生之前没有必要感到心烦意乱。但你知道——"汤姆站起来。他想说，重要的是伯纳德认为他杀了我。汤姆想，这重要吗？如果重要，有多重要？汤姆意识到他很庆幸明天没有记者会报道"德瓦特归来"，因为如果伯纳德在任何一张报纸上看到报道，他就会知道汤姆从坟墓中爬了出来，不知怎么的，还活着。这在某种意义上，也许对伯纳德是好事，因为伯纳德要是知道他没有杀汤姆，也许就不那么想自杀了。又或者，现在在伯纳德混乱的头脑中，这件事真的重要吗？什么是正确的？什么是错误的？

七点以后，汤姆用贝斯沃特的号码打给了辛西娅。"辛西娅——在我离开之前，我想说——要是我在某处再一次见到伯纳德，我能不能告诉他一件小事，那就是——"

"是什么？"辛西娅尖刻地问道，整个人完全处于戒备状态，或者至少是自我保护状态，比汤姆强烈得多。

"那就是你同意再见他。在伦敦。那样就太好了，你知道，如果我能和他说一些像这样的积极正向的话。他现在很抑郁。"

"但我认为再见他没有用。"辛西娅说。

在她的语气中，汤姆听到城堡、教堂和中产阶级的壁垒。灰色和米黄色的石块垒成的，坚不可摧。举止得体。"任何情况下，你都不想再见他了？"

"不好意思，我不想。我若是不拖泥带水，一切就要容易得多。对伯纳德来说也更加轻松。"

事情已经无可挽回了。话说得如此坚定、冷漠。可是也好小家子气啊，太小家子气了。汤姆至少明白了自己的现状。一个女孩被忽视、被抛弃、被驱逐、被丢弃——在三年前。是伯纳德叫停了这段感情。最好让伯纳德自己去弥补吧。"好吧，辛西娅。"

汤姆想，知道伯纳德会为她再次自杀，会让辛西娅又多一分骄傲吗？

杰夫和艾德一直在杰夫的卧室中交谈，没有听到汤姆和辛西娅的谈话，但是他们问汤姆辛西娅说了什么。

"她不想再见伯纳德。"汤姆说。杰夫和艾德似乎都没有看出这会造成的后果。

为了让事情有个了结，汤姆说："当然，我自己也可能再也见不到伯纳德了。"

20

他们去了迈克尔的派对。不知道迈克尔姓什么。他们在午夜时分到达。一半的客人酒已微醺，汤姆没有看到任何像是大人物的人。汤姆坐在深椅子里，实际上就在灯下，喝着威士忌兑水，和几个人在聊天，这些人看起来很敬畏他，或者至少是充满敬意。杰夫在房间的那一边，一直留意着他的情况。

屋内装饰是粉红色的，到处是巨大的流苏。凳子就像白色的蛋白霜饼。女孩们的裙子都太短了，汤姆的眼睛——哪见过这样的穿着——被五颜六色的紧身裤复杂的缝线所吸引——没过一会儿就厌烦了。傻瓜，汤姆想。十足的傻瓜。或者他是在用德瓦特的眼光看她们？那些紧身裤——只能让人看到加固的裤缝（有时里边还有内裤）。这能勾起人们对裤子下边的肉体的想象吗？女孩们低头点香烟的时候胸部一目了然。是该看女孩的上半身还是下半身呢？汤姆抬高目光，被一双涂着棕色眼影的眼睛吓了一跳。眼睛下面没有血色的嘴唇说：

"德瓦特——你可以告诉我你在墨西哥住在哪里吗？我不指望你说真话，半真半假也行。"

透过平光眼镜，汤姆看着她，仿佛若有所思，困惑不已，就好像他那伟大的头脑有一半都集中在了她的问题上，但事实上，他只是感到无聊。汤姆想，他更喜欢海洛伊丝，连衣裙刚好到膝盖上面，素面朝天，睫毛不像一大把长矛一样指着他。"哦，好吧，"汤姆说，做沉思状，脑中什么也没想，"杜兰戈[1]南部。"

"杜兰戈，那是哪?"

"墨西哥城以北。不，当然啦，我不能告诉你我所在的村庄的名字。那是个很长的阿兹特克名字。哈哈哈。"

"我们在寻找一些原生态的东西。我是说我和丈夫扎克，我们还有两个孩子。"

"你可以去波多黎各巴亚尔塔港看看。"汤姆说，艾德·班伯瑞在远处向他招手时，他有一种解脱感。"不好意思。"汤姆说，从白色的蛋白霜饼上起身。

艾德认为该溜走了。汤姆也这么想。杰夫正在四处溜达、聊天，得心应手，面带轻松的笑容。汤姆想，真棒。年轻人和老年人注视着汤姆，也许是不敢接近他，也许是不想接近他。

"我们开溜吧?"杰夫走过来时，汤姆说。

汤姆坚持和派对主人见上一面，汤姆来这儿一个小时了都没看到他的影儿。主人迈克尔身穿黑熊皮大衣，没戴风帽。他并不特别高，平头黑发。"德瓦特，你今晚就是我项链上的宝石! 我都无法言语我有多么高兴，我有多么感激这些老……"

其他的话淹没在噪音中。

大家相互握手，最后门关上了。

"好了。"杰夫回头说，这时他们已经安全下楼了。他低声说完下面的话。"我们去这个派对的唯一原因是，派对上没有什么大人物。"

"确实算不上大人物，"艾德说，"他们只是普通人。今晚又一次

---

1. 杜兰戈（Durango）位于墨西哥中北部，为杜兰戈州首府。

成功!"

汤姆随他们闹。确实,没有人扯掉他的胡子。

他们坐了出租车,艾德在中途下车了。

早上,汤姆在床上吃的早饭,这是杰夫为了安慰他不得不带着胡子吃饭的主意。之后杰夫出门去摄影器材店取东西,他说他十点半回来——当然,他没有陪汤姆一起去西肯辛顿公交总站。到了十一点。汤姆去了浴室,小心地摘下贴胡子的薄纱。

电话铃响了。

汤姆的第一个想法是别接电话。但这会不会显得有点奇怪?让人以为他在逃避?

汤姆鼓励自己去面对韦伯斯特,然后用德瓦特的声音接通了电话。"你好?哪位?"

"康斯坦先生在吗?……你是德瓦特吗?……哦,很好,我是韦伯斯特探长。你接下来有什么计划,德瓦特先生?"韦伯斯特用他一贯的轻松口吻问道。

对韦伯斯特探长,汤姆没有计划,"哦——我准备这周离开。回盐矿去,"汤姆轻声笑着,"回归平静。"

"麻烦你——德瓦特先生,在你走之前能给我打个电话吗?"韦伯斯特留下了他的电话号码,还有分机号,汤姆记下了。

杰夫回来了。汤姆已经收拾好手提箱,急着要走。他们的道别很简短,汤姆甚至很敷衍,尽管他们知道,他们两个都知道,眼下他们是祸福相依了。

"再见,上帝保佑你。"

"再见。"

让韦伯斯特见鬼去吧。

很快，汤姆就进入了飞机上虫茧一般的机舱里，人造的环境，必须系紧安全带，满是微笑的空姐，需要填写无聊的黄白色卡片，西装革履的人们彼此接触产生的不快，这些都让汤姆焦躁不安。他真希望他乘坐的是头等舱。

他需要和人说他作为汤姆·雷普利，去了巴黎什么地方吗？例如，昨晚去了哪里？汤姆有个朋友能帮他作证，但是他不想再牵扯其他人了，因为牵扯进来的人已经够多了。

飞机起飞了，机头向上。汤姆想，真是无聊，以每小时几百英里的速度飞行着，几乎什么也听不见，还让下面住着的人忍受这种噪音。只有火车能让汤姆兴奋起来。从巴黎始发的直达列车在平滑的轨道上高速驶过，路过默伦站的月台——火车开得如此之快，火车上的人都看不清他们两侧的法语和意大利语站名。有一次汤姆差点儿就跨过禁止穿越的铁轨了。轨道上空荡荡的，车站里寂静无声。汤姆决定不去冒这个险，十五秒后，两辆铬制特快列车相对驶过，列车呼啸，汤姆想象着自己站在中间被它们撕碎的样子，他的身体和手提箱会抛撒在各处，每一个碎块都相距甚远，无法辨认。现在想到这件事，在飞机上的汤姆还会不寒而栗。至少，他很庆幸莫奇森太太不在飞机上。在登机的时候，汤姆还环顾四周看看有没有她的踪影。

21

法国到了，飞机下降时，从顶端看下去，树木像绣在挂毯上的深绿色和棕色的结，也像汤姆在家穿的便袍上面装饰的青蛙。汤姆穿着他难看的新雨衣坐着。在奥利，护照管理处的人看了一眼他，又看了一眼他麦凯伊护照上的照片，但却没有盖章——他从奥利出发去伦敦的时候也没盖章。看来只有伦敦的检查员才会盖章。汤姆经由"绿色通道"出关，跳上一辆出租车回家。

下午三点之前他就到了丽影。在出租车里，他将头发分缝梳回平时的样子，把雨衣搭在手臂上。

海洛伊丝在家。暖气打开了。家具和地板打了蜡，闪闪发光。安奈特太太把他的包拿到了楼上。之后汤姆和海洛伊丝吻了吻对方。

"你去希腊做什么了？"海洛伊丝有些担忧地问，"之后又去伦敦干吗？"

"我四处走走。"汤姆面带微笑地说。

"还有那个笨蛋。你见他了吗？你的头怎么样了？"她扳着他的肩膀，让他转了一圈。

基本不疼了。汤姆很庆幸，伯纳德没再出现吓到海洛伊丝。"那位美国女士打电话来了吗？"

"哦，是的。莫奇森太太，她会说些法语，说得很有趣。她今天早上从伦敦打过来的。今天下午三点，她会到达奥利，她想见你。

呵，呸，这些人是谁啊？"

汤姆看了眼手表，莫奇森太太的航班十分钟后应该就落地了。

"亲爱的，你想喝茶吗？"海洛伊丝领汤姆走向黄色沙发。"你在什么地方见到那个伯纳德了吗？"

"没有，我想洗下手。稍等。"汤姆去了楼下的洗手间，洗了手和脸。他希望莫奇森太太不想来丽影，希望她在巴黎见自己就足够了，尽管汤姆今天并不想去巴黎。

汤姆去客厅的时候，安奈特太太正好下楼。"太太，你那颗牙怎么样了？我希望好些了？"

"是的，汤米先生。我今早和枫丹白露的牙医见面了，他将牙齿的神经取了出来。他真的取出来了。我周一还得去一趟。"

"但愿我们可以把所有的神经都去除！所有的！以后再也不疼了，你放心！"汤姆都不知道自己在说些什么。他那会儿应该打电话给韦伯斯特吗？当时汤姆觉得走之前不给他打电话似乎更好，因为那样显得太做作了，就好像汤姆特别听警察的指令一样。哪个无辜的人会给警察打电话，汤姆这样说服自己。

汤姆和海洛伊丝喝着茶。

"诺艾尔想知道我们能不能去周四晚上的派对，"海洛伊丝说，"周四是她生日。"

诺艾尔·哈斯乐是海洛伊丝在巴黎最好的朋友，办的派对都很有趣。但汤姆满脑子想的都是萨尔茨堡，想着赶紧过去，因为他认为伯纳德可能会选择去萨尔茨堡。那是莫扎特的家乡，另一位英年早逝的艺术家。"亲爱的，你一定得去。我不确定我会在家。"

"为什么？"

"因为——我现在可能得去一趟萨尔茨堡。"

"去奥地利？别是又要去找那个傻瓜了！过不了多久就得去中国啦！"

汤姆紧张地瞟一眼电话。莫奇森太太要打电话了。什么时候呢？"你给了莫奇森太太巴黎的电话号码了吗，让她可以打给我？"

"是的，"海洛伊丝说，"一个编造的号码。"她一直说着法语，稍稍有些生他的气。

汤姆在想，他敢给海洛伊丝讲多少？"你告诉她我什么时候会回家了吗？"

"我说我不知道。"

电话响了。如果是莫奇森太太的话，她应该是从奥利打来的。

汤姆站起来了。"最重要的，"安奈特夫人要进来了，汤姆快速用英语说，"就是，我没去伦敦。亲爱的，这非常重要。我一直在巴黎呆着。如果我们要见莫奇森太太，别提伦敦。"

"她要来这儿？"

"我希望她别来。"汤姆接起了电话。"你好……是的……你好，莫奇森太太？"她想过来见他。"当然，没问题，但如果我去巴黎，对你来说是不是更方便一些？……是的，是有一段距离，比从奥利到巴黎要远……"他运气不太好。他也许可以把路线讲得很难懂，让她来不了，可是他不想给这个不幸的女人再增加麻烦了。"那样的话，最便捷的方法是乘出租车。"汤姆给了她家里的地址。

汤姆试着向海洛伊丝解释。莫奇森太太一小时后会来，和他聊关于她丈夫的事。安奈特太太已经离开了房间，所以汤姆用法语对海洛伊丝说，尽管安奈特太太可能会听到他所说的一切。莫奇森太太打电话前，汤姆脑海中闪过一个想法，他要告诉海洛伊丝他为什么要去伦敦，向她解释他曾经两次假扮画家德瓦特，而德瓦特现在已经死了。现在不是向她和盘托出的好时机。成功挨过莫奇森太太的来访，就是汤姆对海洛伊丝所有的要求了。

"但是她丈夫出了什么事？"海洛伊丝问。

"我不知道，亲爱的。但是她来了巴黎，所以自然想要聊聊——"汤姆不想说是和她丈夫见到的最后一个人聊聊。"她想来看看房子，因为她丈夫上次来过。我从这儿把他送到奥利的。"

海洛伊丝站起来，不耐烦地扭动了一下身体。但是她还没有那么蠢，大吵大闹。她不会失控或者蛮不讲理。以后会的，说不准。

"我知道你想说什么。你不想让她晚上来这里。好吧。她不会留在这里吃晚餐的。我们可以说我们已经有约了。但是我得请她喝个茶或者喝杯酒，或者都来点儿。我估计——她在这里不会超过一个小时，我会把事情搞定的，礼貌周到，万无一失。"

海洛伊丝平静了下来。

汤姆上楼回房间了。安奈特太太将他手提箱里的东西拿出来，收拾起来，但有一些东西不在它们平时的地方，所以汤姆将它们放回原本的位置，放在自己连续几周住在丽影时的地方。汤姆洗了个澡，穿上了灰色的法兰绒长裤，一件衬衫，一件毛衣，从衣柜中拿出了一件格呢夹克，以防莫奇森太太想要在草坪上散步。

莫奇森太太到了。

汤姆去前门迎接她，确保出租车付费没问题。莫奇森太太有法郎，给了司机太多小费，但汤姆没有说什么。

"这是我太太，海洛伊丝，"汤姆说，"这是莫奇森太太——来自美国。"

"你好。"

"你好。"海洛伊丝说。

莫奇森太太同意来一杯茶。"我希望你们可以原谅我突然冒昧到访，"她对汤姆和海洛伊丝说，"但我有件十分重要的事——我希望能尽快和您会面。"

大家都已经落座，莫奇森太太坐在黄色的沙发上，汤姆坐在直背椅上，海洛伊丝也是。海洛伊丝有一种神奇的气场，显得她只是在礼貌地陪客，却对事情没什么兴趣。可是汤姆知道，她其实很感兴趣。

"我丈夫——"

"汤姆，他让我这么叫他。"汤姆微笑着说。他站起身来。"他看了这些画。在我右边的这幅，《椅子上的男人》。在你后面的是《红色椅子》。这是早期的作品。"汤姆大胆地说。不成功便成仁，管他什么礼节、伦理、友善、真相、法律甚至是命运——都是未来的事。现在成败在此一举。要是莫奇森太太想要在房子里参观一下，甚至还可以带她去地下室。汤姆等待着莫奇森太太提问，也许会问她丈夫对这些画作的真伪怎么看。

"这些画是你从巴克马斯特画廊买回来的?"莫奇森太太问。

"是的，两幅都是。"汤姆看了一眼海洛伊丝，她正在抽着奇怪的"吉卜赛女郎"香烟。"我太太听得懂英语。"汤姆说。

"我丈夫来的时候，你在这儿吗?"

"不，我在希腊，"海洛伊丝回答，"我没见到你丈夫。"

莫奇森太太站起来，看着那两幅画，汤姆打开了两盏台灯，避免光线太暗，这样她能看得更清楚。

"我最喜欢《椅子上的男人》，"汤姆说，"所以才把它挂在壁炉上方。"

莫奇森太太好像也喜欢这幅画。

汤姆以为她会谈起她丈夫关于德瓦特被伪造的推论。她没有。她没有对任何一幅画中的淡紫色或者紫色做出评论。莫奇森太太问了和韦伯斯特探长一样的问题，她丈夫离开的时候是否感觉良好，他是否与其他人有约会。

"他看起来精神很好，"汤姆说，"并且，他没有说约了什么人，这事我和韦伯斯特探长说过。奇怪的是你丈夫的画被偷了。在奥利的时候，他还带着那幅画，包裹得好好的。"

"是的，我知道。"莫奇森太太抽着她的柴斯特菲尔茨香烟。"画还没有找到。我丈夫，还有他的护照也同样没有找到。"她微笑着。她的面庞让人觉得很舒服，很和气，略微有点胖，暂时防止了岁月在脸上留下的痕迹。

汤姆为她又倒了一杯茶。莫奇森太太看着海洛伊丝。审视的眼神？是在揣度海洛伊丝对这一切的想法？在考虑海洛伊丝知道多少？想知道有什么需要了解的内情？或者如果海洛伊丝的丈夫有罪，她会站在哪一边？

"韦伯斯特探长告诉我，你有一位名叫迪基·格林里夫的朋友，在意大利被杀了。"莫奇森太太说。

"是的，"汤姆说，"他不是被杀的，他是自杀。我认识他有五个月——也许六个月。"

"如果，他不是自杀——我认为韦伯斯特探长似乎怀疑这一点——那么是谁杀了他呢？又为了什么呢？"莫奇森太太问，"或者你对这个问题有什么看法吗？"

汤姆站了起来，稳稳地踩在地板上，小口喝着茶。"我对这件事没什么看法。迪基是自杀的。我认为他是找不到自己的出路——作为画家，当然也不想打理他父亲的生意——造船或者造艇。迪基有很多朋友，但都不是阴险之辈，"汤姆停了一下，其他人也沉默着，"迪基没有理由会有敌人。"汤姆加了一句。

"我的丈夫也一样——除非有人在伪造德瓦特的画。"

"好吧——那我就不知道了，我住在法国。"

"也许有那么一个团伙，"她看着海洛伊丝，"我希望你明白我们在说些什么，雷普利太太。"

汤姆用法语对海洛伊丝说："莫奇森太太怀疑是否有一群不诚实的人——在仿造德瓦特的画。"

"我明白了。"海洛伊丝说。

汤姆知道，海洛伊丝对迪基的事有所怀疑。但汤姆知道可以信任她。海洛伊丝自己也有点骗子的味道，真是奇怪。不管怎么说，在陌生人面前，海洛伊丝不会对汤姆说的话表现出怀疑。

"你想要上楼参观一下吗？"汤姆问莫奇森太太，"或者在天黑之前看看院子？"

莫奇森太太说好。

她和汤姆上了楼。莫奇森太太穿着一件浅灰色的羊毛裙。她体格健壮——可能是她骑马或者打高尔夫球的原因——但不会有人说她胖。人们从来不会说这些身材健美的女运动员们胖，可不是胖还能是什么呢？海洛伊丝谢绝与他们为伍。汤姆领莫奇森太太参观了他的客房，门开得很大，开了灯。之后他用一种漫不经心的轻松方式，带她参观了楼上的其他房间，也包括海洛伊丝的房间，汤姆打开了这间房的门，但没有开灯，因为莫奇森太太看起来对参观这间房间不感兴趣。

"谢谢你。"莫奇森太太说，他们下了楼。

汤姆对她怀有歉意。他很抱歉杀了她的丈夫。但是，他提醒自己，他现在顾不得为此而自责：如果他责备自己，他就会变成伯纳德，只想着坦白，完全不顾其他几个人。"你在伦敦见到德瓦特了吗？"

"是的，我见过他。"莫奇森太太说，她又一次坐在沙发上，不过这次她坐在沙发边缘。

"他怎么样？在画展开展那天，我与他失之交臂。"

"哦，他有把大胡子——和蔼可亲，但不太健谈，"她对德瓦特不感兴趣，这就说完了，"他确实说过，他不认为有人对他的画作进行伪造——他是对汤米说的。"

"是的，我想你丈夫也这么告诉过我。你相信德瓦特？"

"我相信。德瓦特看起来很真诚。别人还能说什么？"她向后靠在沙发里。

汤姆走上前去。"再来些茶？来点威士忌怎么样？"

"我想我来点威士忌吧，谢谢你。"

汤姆去厨房拿了一些冰块。海洛伊丝去帮他。

"这和迪基有什么关系？"海洛伊丝问。

"没关系，"汤姆回答，"要是有关系我会告诉你的。她知道我是迪基的朋友。你要点白葡萄酒吗？"

"好的。"

他们拿着冰块和酒杯进来。莫奇森太太想叫一辆出租车，去默伦。她为自己临时要车道歉，但她不知道这次拜访需要多长时间。

"我可以开车送你去默伦，"汤姆说，"如果你想坐火车去巴黎。"

"不，我去默伦是想和那里的警方谈一谈。我在奥利给他们打电话了。"

"那我送你吧，"汤姆说，"你的法语怎么样？我的法语也不是太好，但是——"

"哦，我想我可以应付得来。非常感谢你。"她微微笑了一下。

汤姆猜，她是想在他不在场的情况下和警方谈谈。

"我丈夫来的时候，你家里还有其他人在吗？"莫奇森太太问道。

"只有我们的管家安奈特太太在。海洛伊丝，安奈特太太在哪？"

海洛伊丝认为，也许她在自己的房间里，也许在外面临时购物呢，汤姆去了安奈特太太的房间，敲了敲门。安奈特太太正在缝着什么东西。汤姆问她能不能进来一下，见见莫奇森太太。

过了一会儿，安奈特太太进来了，她一脸好奇，因为莫奇森太太是那个失踪男人的太太。"我最后一次见那位先生，"安奈特太太说，"他吃了午饭，然后和汤米先生一起离开了。"

汤姆想，安奈特太太显然还是忘了，其实她并没有亲眼看到莫奇森先生走出房子。

"汤米先生，你需要点什么吗？"安奈特太太问。

他们什么也不需要，显然莫奇森太太没有其他问题了。安奈特太太有些不情愿地离开了房间。

"你觉得我丈夫遇到了什么事？"莫奇森太太问，看着海洛伊丝，然后又看向汤姆。

"要是让我猜的话，"汤姆说，"一定有人知道他随身带着贵重的画作。的确，也不算太贵，但毕竟是德瓦特的画。我猜在伦敦，他和几个人说过。要是有人想要绑架他和画的话，可能会做得太过火，把他杀了。那样的话，他们还得将他的尸体藏起来。又或者——他还活着，被藏到了某个地方。"

"但这听起来，好像我丈夫关于《时钟》是伪作的想法是正确的。如你所说的，画作并不贵重，但也许是因为它不算大。也许他们是想掩盖整个德瓦特被伪造的想法。"

"可我并不认为你丈夫的画作是伪造的。他离开的时候，也很犹豫。就像我对韦伯斯特说的那样，我不认为汤姆会跑去伦敦找专家鉴定《时钟》。据我回忆，我没有问过他，但我认为，在见过我的两幅画之后，他重新考虑了一下。我说的不一定是对的。"

一阵沉默。莫奇森太太在想接下来该说些什么，或问些什么。汤姆想，最重要的就是在巴克马斯特画廊的那些人。她怎么会问他关于他们的事呢？

出租车到了。

"谢谢你，雷普利先生，"莫奇森太太说，"还有太太。我可以和你再次会面吗，如果——"

"随时都可以。"汤姆说。他送她上了出租车。

再次回到客厅里，汤姆慢慢走向沙发，深深地坐了进去。汤姆想，默伦的警察不可能告诉莫奇森太太什么新消息，要是有新消息，他们肯定早就告诉他了。海洛伊丝说汤姆不在家的时候，那些警察没有打过电话。如果警察在卢万河或者其他什么地方发现了莫奇森的尸体——

"亲爱的，你看起来很紧张，"海洛伊丝说，"喝杯酒吧。"

"好的。"汤姆说着，倒了一杯酒。汤姆在飞机上看了报纸，伦敦的报纸没有报道德瓦特再次现身伦敦。显然英国人认为这没多重要。汤姆很高兴，因为不管伯纳德在哪儿，他都不想让他知道自己竟然从坟墓中爬了出来。不过，汤姆并不清楚自己为什么不想让伯纳德知晓此事。但这和汤姆感觉的伯纳德的命运的走向有关。

"你知道，汤米，伯瑟林夫妇想让我们今晚七点去喝杯餐前酒。这对你有好处。我说你今晚可能会在这。"

伯瑟林夫妇住的镇子离这有七公里。"我能不能——"电话铃打断了汤姆的话。他示意海洛伊丝接电话。

"我可以和人说你在家吗？"

他笑了，她的关心使他很开心。"可以。也许是诺艾尔想让你给她点建议，周四穿什么好。"

"是的。喂。你好。"她对汤姆微笑着。"等一下。"她把电话递给他。"一个讲法语的英国人。"

"你好，汤姆，我是杰夫，你还好吗？"

"哦，非常好。"

杰夫不太好。他又开始结巴了，他说话又快，声音又小。汤姆只好让他大点声。

"我说韦伯斯特又来问德瓦特的事了，问他在哪里，问他是否离开了。"

"你和他说什么了？"

"我说我不知道他是否离开了。"

"你可以和韦伯斯特说——他看起来很压抑，也许想要自己呆一会儿。"

"我想韦伯斯特想再次和你会面。他会和莫奇森太太一起来。所以我才打电话的。"

汤姆叹一口气。"什么时候？"

"也许是今天。我不知道他想干什么……"

当他们挂断电话后，汤姆感到又惊又怒，或许还有点心烦意乱。为什么要再见韦伯斯特？汤姆宁可离开家。

"亲爱的，怎么回事？"

"我不能去伯瑟林夫妇家了。"汤姆说着，笑了起来。伯瑟林夫妇根本不是他的问题。"亲爱的，我今晚必须要去巴黎，明天早上去萨尔茨堡。要是有飞机的话，也许今晚就去萨尔茨堡。英国探长韦伯斯特也许今晚会打电话过来。你一定要说我是出差去了巴黎，和我的会计见面之类的。你不知道我在哪里落脚。在某家酒店，但你不知道具体是哪家。"

"但是汤米，你要逃避什么呢？"

汤姆倒吸了一口气。逃避？逃避什么？逃向何处？"我不知道。"他开始冒汗。他想再冲一次澡，但是恐怕来不及了。"还有，告诉安奈特太太，我得赶紧去巴黎了。"

汤姆上了楼，把他的手提箱从衣橱中拿了出来。他会再一次穿上那件难看的新雨衣，重新把头发梳向另一边，再次成为罗伯特·麦凯伊。海洛伊丝过来帮他。

"我想冲个澡。"汤姆说，刚说完就听到海洛伊丝把他浴室中的淋浴打开了。汤姆迅速脱了衣服，走到花洒下面，水温不冷不热，正好。

"我可以和你一起去吗？"

他真希望她能一起去啊！"亲爱的，护照不行。我不能让雷普利太太和罗伯特·麦凯伊一起穿过法德边境或者法奥边境。麦凯伊，那头猪！"汤姆冲完了澡。

"英国探长是因为莫奇森的事来的？汤米，你杀了莫奇森？"汤姆看到，海洛伊丝看着他，皱着眉头，一脸焦急，但是还远没有歇斯底里。

汤姆意识到，她知道迪基的事。海洛伊丝从来没有多谈过这件事，但是她知道。汤姆想，他不妨告诉她，因为她或许能帮上忙，不管怎样，现在的形势如此险恶，他输了，或者在哪儿绊了一跤，那么一切就都完了，包括他的婚姻。他想到，他能否以汤姆·雷普利的身份去萨尔茨堡？带着海洛伊丝一起？但尽管他非常想这样做，他却不知道能在萨尔茨堡做些什么，或者这条路最终会走向哪里。然而，他应该把两本护照都带着，他自己的和麦凯伊的。

"汤米，你把他杀了？在这儿？"

"我必须杀了他，这能救很多人。"

"德瓦特那伙人？为什么？"她开始说法语，"为什么那些人如此重要？"

"是德瓦特死了——很多年了，"汤姆说，"莫奇森想要——揭露这个事实。"

"他死了？"

"是的，我在伦敦冒充过他两次。"汤姆说。这话用法语说出来听着很无辜，还带着喜悦：他"代表"（法语的"冒充"）德瓦特在伦敦出现了两次。"现在他们在找德瓦特——或许现在还没那么急切。现在还没真相大白。"

"你没在一直伪造他的画吧？"

汤姆笑了。"海洛伊丝，你在夸我。是伯纳德那个傻瓜一直在伪造。他想停止。哦，这些太复杂了，很难解释。"

"你为什么非得找伯纳德那个傻瓜？哦，汤米，离这些事情远点……"

汤姆没有听她接下来说了什么。他突然明白了为什么他必须找到伯纳德。他脑海中突然明朗起来。汤姆拿起了他的手提箱。"再见，我的天使。你可以开车送我去默伦吗？可以避开那些警察局吗?"

楼下,安奈特太太在厨房里,汤姆从前厅匆匆说了声再见,把他的头扭开了,以防她注意到他的头发梳向了另一边。那件难看的但或许也是幸运的雨衣搭在他的手臂上。

汤姆保证会随时和海洛伊丝联系,尽管他说他的电报会署不同的名字。他们在阿尔法·罗密欧里吻别。汤姆离开了她温暖的怀抱,登上了去巴黎的头等车厢。

在巴黎,他发现没有去萨尔茨堡的直达航班,每日只有一班,并且还要在法兰克福转机才能到萨尔茨堡。飞往法兰克福的航班每天在下午两点四十分起飞。汤姆住进了离里昂车站不远的酒店里。快到半夜时,他冒险给海洛伊丝打了个电话。他忍不住去想,她自己一个人在那所大房子里,也许正面对着韦伯斯特,不知道他身在何处。她说她不会去伯瑟林夫妇那了。

"亲爱的,你好。要是韦伯斯特在,就说我打错了电话,然后挂断。"汤姆说。

"先生,我想你打错了电话。"海洛伊丝的声音传来了,然后电话被挂断了。

汤姆的情绪一落千丈,双膝酸软,他坐倒在酒店房间的床上。他自责给她打电话。自己行动要更好些,一贯如此。韦伯斯特肯定会意识到,或者会怀疑是他打的电话。

海洛伊丝现在在经历什么样的磨难呢?他告诉她真相是好还是坏呢?

22

　　早上，汤姆买了机票，下午两点二十分到了奥利机场。如果伯纳德不在萨尔茨堡，他会在哪里？罗马？汤姆希望不是。在罗马找人很困难。在奥利，汤姆低着头，没有四处张望，因为韦伯斯特有可能已经派人从伦敦来找他了。这取决于现在事情有多棘手，对此汤姆也不清楚。为什么韦伯斯特又来找他呢？韦伯斯特怀疑是他冒充了德瓦特？如果是这样的话，他第二次冒充的时候，出入英国用了不同的护照可能是有利的：至少，汤姆·雷普利在第二次冒充行为发生时没有在伦敦。

　　汤姆在法兰克福航站楼等候了一个小时，然后登上了一架四引擎的奥地利航空公司的飞机，机身上写着可爱的名字"约翰·施特劳斯"。在萨尔茨堡航站楼，他开始感觉安全了。汤姆乘公交到了米拉贝尔广场，因为他想住金鹿酒店，他想最好是提前打个电话，因为那是最好的酒店，经常客满。他们有一间带浴室的客房。汤姆报出了汤姆·雷普利这个名字。汤姆决定走着去酒店，因为路程很短。他来过萨尔茨堡两次，一次是和海洛伊丝。在人行道上，有几个男人穿着皮短裤，戴着提洛尔式的帽子[1]，齐膝的长筒袜中插着猎刀，全套的民俗服装。汤姆模糊地记得前两次来看到的那些个宏大而古老的酒店，在前门都撑起大布告板，展示着各自的菜单：维也纳炸肉排特色全餐，二十五点三奥地利先令[2]。

　　之后是萨尔察赫河和主桥——邦桥，是这个名字吧？——还能看到一两座小桥。汤姆走上了主桥。他四处张望，寻找着伯纳德那枯瘦、略微驼背的身影。灰色的河水快速地流着，在河两岸的绿堤上，散布着大块的石头，河流冲刷石头，泛起白色泡沫。现在是黄昏，刚过下午六点。他向旧城走去，那里的街灯陆续亮起，在防御城堡的大山丘和蒙西斯山上的灯光好像比天上的星座跳得还高。汤姆进入一条通往粮食胡同的又短又窄的小街。

汤姆的房间可以看到酒店后边的西格蒙德广场：右边是"马浴"喷泉，耸立在一个小型岩石悬崖上，前部是雕花的水井。汤姆记得，早上人们推着手推车在这里卖蔬菜和水果。汤姆花了几分钟喘了口气，打开了手提箱，穿着袜子走在房间里干净无瑕的抛光松木地板上。家具几乎全是奥地利绿，墙壁是白色的，深深的漏斗状斜面墙上安的是双层玻璃窗。哈，奥地利！现在下楼去只有几步远的托马塞利咖啡馆，来一杯双份浓缩意式咖啡。这该是个不错的主意，因为这家咖啡馆很大，伯纳德或许会在这里。

但汤姆到托马塞利咖啡馆后改要了一杯梅子白兰地，因为现在不是喝咖啡的时间。伯纳德不在这里。几种语言的报纸挂在旋转架上，汤姆浏览了《泰晤士报》和巴黎的《先驱论坛报》，没有发现任何有关伯纳德（尽管他并不想在《先驱论坛报》上看到）或者托马斯·莫奇森或他太太来伦敦或巴黎的消息。很好。

汤姆四处闲逛，又一次穿过邦桥，走上主街林茨街。现在已经过了晚上九点。如果伯纳德在这里，他应该会住进一家价格中等的酒店，汤姆想，而且住在萨尔察赫河的哪一边都有可能。他很可能

---

1. 萨尔茨堡的一种传统服饰，类似于礼帽，后部帽檐向上卷起。
2. 奥地利旧货币单位，1995 年 1 月停止使用。

在这已经住了两三天。谁知道呢？汤姆盯着橱窗中展示的猎刀、蒜夹、电动剃须刀和很多的提洛尔式服装——带荷叶边的白色女衬衫、山区少女裙子。所有的商店都关门了。汤姆去了几条后街。一些都算不上是街道，而是没有路灯的狭窄小巷，两边的门都是关着的。将近十点的时候，汤姆饿了，去了一家在林茨街右前方的饭店。吃过饭后，他经由不同的路回到了托马塞利咖啡馆，他想在那儿消磨一个小时。在他的酒店所在的粮食胡同里，还有莫扎特的故居。要是伯纳德在萨尔茨堡，他一定会经常来这里的。汤姆告诉自己先花二十四小时在这里找找看他。

在托马塞利咖啡馆没有伯纳德的踪迹。这里的客人看起来像是常客，萨尔茨堡人，一家一家的，吃着大块大块的蛋糕，配奶油意式浓缩咖啡，或者是一杯粉红色的树莓汁。汤姆很不耐烦，看报纸看得无聊，因为没看见伯纳德而心灰意懒，因为疲惫不堪而怒气冲冲。他回到了自己的酒店。

汤姆上午九点半又上街了，走在萨尔茨堡"右岸"，也就是新城区，他曲折地漫步，留意着寻找伯纳德，偶尔停下来看看商店里的橱窗。汤姆开始回头往河边走，想去他酒店街上的莫扎特博物馆看看。汤姆穿过三一街进入林茨街，往邦桥走的时候，他看见了伯纳德，在街的另一边刚下桥。

伯纳德的头低着，几乎要被车撞到了。汤姆想要跟着他，却被一个红灯拦了好久，但这没关系，因为伯纳德现在的位置一目了然。伯纳德的雨衣破烂不堪，腰带从腰带环里掉出来，几乎要垂到地面。他看起来跟个流浪汉差不多。汤姆过了街，跟在他后面，保持大约三十尺的距离，随时准备着，一旦伯纳德转弯就向前快跑，因为他不想让伯纳德消失在小街上的某个小旅店里，小街上可能有好几家旅店。

"你今天早上忙吗?"一个女人用英语问道。

汤姆吓了一跳,看见一个站在门口的金发碧眼的妓女。汤姆快速走过。天啊,他看起来那么饥渴吗,还是穿着绿色雨衣就显得那么怪异?现在可是上午十点钟啊!

伯纳德继续沿着林茨街走着。然后伯纳德穿过了街道,走了半个街区拐进一扇门,门牌上写着:供食宿。一个浅褐色的门廊。汤姆在对面的人行道上停了下来。这个地方叫蓝色什么的。标志都剥落了。至少汤姆知道伯纳德落脚的地方了。而且他是对的!伯纳德就在萨尔茨堡!汤姆对自己的直觉感到满意。或者伯纳德现在才想要入住?

不,他显然是住在这个蓝色什么的地方,因为他在接下来的几分钟里都没有出现,也没有随身带着他的背包。汤姆等着他出来,多么枯燥的等待啊,因为附近没有咖啡馆让汤姆可以进去看着门口。同时,汤姆需要隐藏自己,以防伯纳德从建筑的前窗向外望时看到汤姆。不过像伯纳德这样的人不太会得到一个有风景的房间的。但汤姆还是藏了起来,他一直等到了将近十一点。

之后伯纳德出来了,刮了胡子,他出门向右转,好像要去什么地方。

汤姆悄悄跟着,点了一支高卢牌香烟。他们又再次穿过主桥。穿过昨晚汤姆走过的那条街,伯纳德向右转进了粮食胡同。汤姆看了一眼他清晰鲜明、相当英俊的轮廓,他紧闭着嘴唇——塌陷的腮在他橄榄色的双颊上投下了阴影。他的沙漠靴已经破烂不堪了。伯纳德要去莫扎特博物馆。门票是十二先令。汤姆将雨衣的领子立起来跟了进去。

售票处设在二楼楼梯口的一个房间。有一些玻璃展柜，里面都是手稿和歌剧节目单。汤姆进入前厅寻找伯纳德，但没有看见他，汤姆猜想他也许又上了一层楼，汤姆记得那一层是莫扎特家族的生活区。汤姆上了二楼。

伯纳德斜靠在莫扎特古钢琴的键盘边，键盘被玻璃罩住，以防有人想要摁一下琴键。汤姆想，伯纳德看了多少次这架钢琴啊？

只有五六个人在博物馆里闲逛，或者至少在这一层是这样的，所以汤姆必须小心别暴露行迹。事实上，有一回他缩在了门柱后边，这样伯纳德往他这边瞧的时候才不会看到他。实际上，汤姆意识到，他想要看着伯纳德，看看他现在处于什么状态。或者——汤姆尽量对自己说实话——他只是觉得好奇和有趣，因为短时间内，他可以去观察一个他不太熟悉的人处于危机中的样子，而对方却不知情？伯纳德慢慢逛进同一楼层的前厅。

最后，汤姆跟着伯纳德又上了一层楼，也是最高的一层。这里有更多的玻璃展柜。（在古钢琴室里有一个角落，标牌上写着这里曾安放的是莫扎特的摇篮，却没有摇篮。很可惜，他们甚至没有放一个复制品。）楼梯有细长的铁扶手。一些角落里的窗户带有角度，汤姆一向对莫扎特充满敬畏，很想知道莫扎特的家人从窗子里能看到怎样的景色。肯定不是四尺外另一栋建筑的飞檐。屋里陈设着微型舞台模型——永远的《依多美尼欧》《女人皆如此》[1]——很单调，甚至可以说是粗制滥造，但伯纳德在其中游荡时一直盯着看。

不期然地，伯纳德转过头看向汤姆——而汤姆一动不动地站在门口。他们四目相对。然后汤姆退后一步，向右走去，进入了另一

---

1. 两部莫扎特所作的意大利语歌剧。

间房间，隐在了门后，进到一个前厅之中。汤姆这才开始呼吸。刚才是个有趣的瞬间，因为伯纳德的脸——

汤姆没敢停下来继续思考，立即走楼梯下了楼。他感到不舒服，尽管当时并不严重，直到他来到了露天熙熙攘攘的粮食胡同，他才感觉好些。汤姆走上那条通向河流的又窄又短的街道。伯纳德在跟着他吗？汤姆缩了下脖子，加快了脚步。

伯纳德一脸怀疑的表情，然后一瞬间又满是恐惧，就好像看到了鬼一样。

汤姆意识到那正是伯纳德以为自己看见的：汤姆·雷普利的鬼魂，那个被他杀掉的男人。

汤姆突然转身朝莫扎特故居走去，因为他突然想到，也许伯纳德想要离开这个城市，汤姆可不想在不知道伯纳德去处的情况下就让他离开了。要是他在人行道上遇见了伯纳德，要和他打招呼吗？汤姆在莫扎特博物馆对面的街上等了几分钟，伯纳德还是没有出现，汤姆开始朝伯纳德的住处走去。汤姆路上没有看见伯纳德，然后在快到伯纳德住处的地方，他看见伯纳德在路的另一边走得飞快，在林茨路他住处的那侧。伯纳德走进了他住宿的旅店。汤姆等了将近半个小时，最后决定，伯纳德短时间内不会出来了。又或者汤姆愿意冒着伯纳德离开的风险，汤姆自己也不知道。汤姆很想来杯咖啡。他走进了一家有咖啡馆的酒店。他还做了个决定，当他离开咖啡馆以后，他要直接走进伯纳德的旅店，告诉前台找塔夫茨先生，说汤姆·雷普利在楼下，想和他谈谈。

然而汤姆却无法走进那个普通的褐色旅店入口。他一只脚踏上了门口的台阶，然后又慢慢地退回到人行道上，他感到一阵眩晕。他告诉自己这是优柔寡断。没有其他原因。但汤姆还是回到了河对岸自己的酒店。他走进金鹿酒店舒适的大厅，那里穿着灰绿色制服的服务员马上将钥匙递给他。汤姆乘坐自助式电梯到达三楼，进了自己的房间。他把那件难看的雨衣脱掉，掏空了口袋——香烟、火柴、法国硬币、奥地利硬币混在一起。他将硬币分开，法国硬币装进手提箱的上层口袋。然后他脱下衣服，躺倒在床上。他都没有意识到自己有多累。

汤姆醒来的时候已经过了下午两点，艳阳高照。汤姆出去散步。他没有去找伯纳德，而是像一般游客那样在城里闲逛，或者又不像游客，因为他没有目标。伯纳德在这里做什么？他要在这里待多久？汤姆现在很清醒，但却不知道自己应该做些什么。去找伯纳德说辛西娅想要见他？他应该和伯纳德谈谈并试着说服他吗——说服他什么呢？

下午四点到五点之间，汤姆一直心情低落。他喝了咖啡，又到其他地方喝了琴酒。他往河的上游（他沿着河流，向上游走去）走了很远，走过了霍亨萨尔茨堡，但还是在旧城区的码头区域。他思索着自从伪造德瓦特的画作开始，杰夫和艾德的变化，现在又轮到了伯纳德。辛西娅因此一直郁郁寡欢，她的生活轨迹因为德瓦特公司而被改变了——这对汤姆来说，比其他牵涉进来的三个男人都要重要。若非如此，辛西娅现在也许已经嫁给了伯纳德，生了几个孩子。尽管伯纳德也一样参与了进来，但对汤姆来说，很难解释清楚为什么他觉得辛西娅生活中发生的改变要比伯纳德的更重要。只有杰夫和艾德面色红润，富得流油，他们的生活从表面来看变得更加好了。伯纳德才三十三或者三十四岁，看起来却筋疲力尽了。

汤姆打算在酒店的餐厅里吃晚饭，据说这家餐厅是全萨尔茨堡最好的，但他发现自己完全没心情享受这么精致的食物和良好的环境，所以他在粮食胡同闲逛，穿过养老院广场（汤姆看见了路牌标识），穿过格式塔腾拖城门——一个古老的城门，狭窄得仅有一排车道，是城市的古城门之一，位于巍峨耸立在一侧的蒙西斯山脚下。后边的街道同样狭窄，相当幽暗。汤姆想，这条路的某处应该有一家餐馆。他看见两个餐馆外面的菜单几乎相同——二十六先令的套餐，包括日间例汤、维也纳炸小牛排配土豆、沙拉和甜品。汤姆进了第二家餐厅，这家餐厅前面有灯笼形状的标志，叫"艾格勒咖啡"之类的名字。

两位穿着红色制服的黑人女服务员和男客人坐在一张桌子上。自动唱片机播放着音乐，灯光昏暗。这是一家妓院吗，一个可以约炮的地方，或者就只是一家廉价的餐馆？汤姆刚迈进这个地方，就看见伯纳德独自坐在卡座上，低头喝着碗里的汤。汤姆犹豫了一下。

伯纳德抬眼看见了他。

汤姆现在穿的是自己的行头，格呢夹克，围巾绕在脖子上御寒——就是海洛伊丝在巴黎旅店里将上面的血渍洗去的那条。汤姆正想走上前去，微笑着伸出手，伯纳德突然站了起来，一脸恐惧的表情。

那两个丰满的黑人女服务员看看伯纳德，又看看汤姆。汤姆看见一个服务员起身，带着一种非洲人特有的迟缓，很明显是要询问伯纳德是否发生了什么事，因为伯纳德看起来好像是吞下了足以致命的什么东西一样。

伯纳德快速地挥了挥手，表示没事——汤姆不知道他是在对女服务员挥手，还是对他。

汤姆转身走过内门（这个地方有一扇挡风门），然后出了门走上人行道。他把手伸进口袋里,缩了缩头,就像伯纳德一样,他穿过粮食胡同走回去,走向城镇中更明亮的那部分。汤姆问自己,他做错了吗?他是不是应该直接——走上前去?但汤姆感觉伯纳德会大声尖叫。

汤姆走过自己的酒店,继续走到下一个街角,然后向右转。托马塞利咖啡馆只有几码远。如果伯纳德跟着他——汤姆很肯定伯纳德会离开那个餐馆——如果伯纳德想在这里和他会面,那很好。但汤姆知道不是那么回事。伯纳德以为自己看见了一个幻象,真的。所以汤姆坐在很显眼的中间的桌子上,要了一个三明治,一瓶白葡萄酒,读了几份报纸。

伯纳德没有进来。

巨大的实木镶框的大门上有一根拱形的黄铜窗帘杆,杆上挂着绿色的帘子,每次帘子动的时候,汤姆都会向那里看去,但进来的人都不是伯纳德。

要是伯纳德真的走进来,走近他,那是因为伯纳德想要确定他是否是真实存在的。这符合逻辑。(问题是,伯纳德极有可能不做任何符合逻辑的事。)汤姆会说:"坐下,和我一起喝点酒。你看到了,我不是鬼魂。我和辛西娅聊了,她想要再见见你。"拉伯纳德一把,让他走出来。

但汤姆怀疑自己做不到。

23.

到了第二天，周二，汤姆做了另一个决定：用尽一切手段，连蒙带骗也要和伯纳德聊聊，哪怕是要用上武力。他要设法让伯纳德回伦敦。伯纳德在那儿一定有些朋友，杰夫和艾德不算，他会躲开他俩的。伯纳德母亲是不是还住在那儿呢？汤姆不太确定。但是他感觉他必须要做点什么，因为伯纳德痛苦的样子太可怜了。每次看向伯纳德，都会有一种奇怪的痛苦传遍汤姆全身：就好像他正看着某个人已经在死亡的痛苦中挣扎，自己却还在闲庭信步。

于是上午十一点，汤姆去了那个蓝色什么的地方，在楼下登记处和一个五十来岁的黑发女人搭话。"不好意思，请问有一个名叫伯纳德·塔夫茨的男人——一个英国人——住在这儿吗？"汤姆用德语问道。

那个女人睁大了眼睛。"是的，但是他刚退房了。大约一个小时以前。"

"他说他要去哪了吗？"

伯纳德没有说。汤姆向她道谢，他感觉她的视线一直追随着自己，直至走出了旅店，她这样盯着汤姆，好像他和伯纳德一样是个怪人似的，就因为他认识伯纳德。

汤姆乘出租车去火车站。萨尔茨堡机场很小，没多少航班从这里起飞，而且火车比飞机便宜。在火车站汤姆没找到伯纳德。他又去站台和快餐厅找。然后他往回朝河边和市中心走去，寻找伯纳德，那个穿着破旧的米黄色雨衣、背着大背包的男人。下午两点左右，汤姆打车去机场，以防伯纳德乘飞机去法兰克福。同样，也没遇到好运气。

下午三点刚过，汤姆看见了他。伯纳德在河上面的一座桥上，那是一座小桥，桥上有扶栏，只能单向通车。伯纳德倚在前臂上，盯着下面。他的背包在他脚边。汤姆还没开始过桥，远远地看见了伯纳德。他是想跳下去吗？伯纳德的头发被风吹着，一会儿飞起，一会儿垂下，落在前额。汤姆意识到，伯纳德想要自杀。也许不是此刻。也许他会四处走走，一小时或两小时之后又回到这里。也许是晚上。两个女人从伯纳德身边经过，带着明显的好奇瞥了他一眼。女人走过后，汤姆朝伯纳德走去，既不快，也不慢。下面，河流快速冲击着两岸的石头，泛起泡沫。汤姆印象中从没有在河上见过一艘船。萨尔察赫河也许很浅。汤姆距离伯纳德四码远的时候，正要叫他的名字，伯纳德却向左转了头，看见了他。

伯纳德突然站直了，汤姆觉得伯纳德看见自己的时候，盯视的表情并没有改变，但是伯纳德拿起了他的背包。

"伯纳德！"汤姆喊道，一辆喧闹的摩托拖着拖车从他们身边经过，汤姆恐怕伯纳德没有听见他。"伯纳德！"

伯纳德跑了。

"伯纳德！"汤姆和一位女士撞了个满怀，差点把她撞倒，她撞到了栏杆上。"哦！——我非常抱歉！"汤姆说。他用德语重复了一遍，拾起了那位女士掉落的包裹。

她回答了他一些话，什么"足球运动员"之类的话。

汤姆快步走过去。还能看到伯纳德的身影。汤姆皱着眉头，又尴尬又生气。他突然对伯纳德感到一阵恨意。这恨意令他紧张了一会儿，然后这种情绪消失了。伯纳德大步流星地走着，没有回头看。伯纳德走路的方式很疯狂，是那种神经质但又有规律的迈大步，汤姆觉得他可以这样子走几个小时不停歇，直至骤然倒下。又或者伯纳德会倒下吗？奇怪的是，汤姆想，他认为伯纳德就像个鬼魂，而伯纳德显然认为他才是鬼魂。

伯纳德开始在街上毫无意义地绕弯，但他始终离河很近。他们走了大约半小时，现在他们离镇子很远了。街道变得很窄，路边偶尔会出现花店、树林、花园，一处住宅，一个小型蛋糕店，阳台上什么也没有，从那里可以看见河流。伯纳德最后进了一家店。

汤姆放慢了脚步。走了这么快、这么久之后，他既不累，也没有气喘吁吁。他感到奇怪。只有凉爽的微风，吹拂着他的前额，提醒他，他还活着。

这家方形的小咖啡馆有玻璃墙，汤姆可以看到，伯纳德坐在桌边，面前放着一杯红酒。这个地方没有什么人，只有一个骨瘦如柴的上了年纪的女服务员穿着黑色制服，系着白色围裙。汤姆微笑着，松了一口气，想也没想就开门走了进去。现在，伯纳德看着他，好像有一丝惊讶和困惑（伯纳德皱着眉头），但没有上次那么恐惧。

汤姆笑了一下，点了点头。他不知道自己为什么点头。是打招呼？还是确认？如果是确认的话，确认什么呢？汤姆想象着自己拉过一张椅子，和伯纳德一起坐着说："伯纳德，我不是鬼魂。我身上没有多少土，所以我就一路挖开逃了出来。很有趣，是不是？我刚从伦敦来，我看见了辛西娅，她说……"他想象着自己也倒了一杯酒，他会拍拍伯纳德雨衣的袖子，那样伯纳德就会知道汤姆是真实存在的了。但这些都没有发生。汤姆感到伯纳德的表情变为厌倦和敌意。汤姆再次感到一丝愤怒。汤姆站直了，打开了身后的门，轻盈又优雅地走了出去，尽管他是倒着走的。

汤姆意识到，他是故意这么做的。

穿黑色制服的服务员没有看汤姆，估计是因为她没看见汤姆。她在汤姆右侧的柜台忙着什么。

汤姆穿过街道，离开了伯纳德所在的咖啡馆，离萨尔茨堡也更远了。咖啡馆在路的另一侧，不是河流所在的一侧，所以汤姆现在离河和路堤很近。路边有一个镶满玻璃的电话亭，汤姆躲在电话亭后面，点燃了一支法国香烟。

伯纳德从咖啡馆里出来了，汤姆围着电话亭慢慢走着，让电话亭挡在他和伯纳德中间。伯纳德在找他，但他的目光中仅仅透露着紧张，就好像他根本没想过会找到汤姆一样。总之伯纳德没有看见他，在街道的另一边继续快速朝着远离萨尔茨堡的方向走着。最后，汤姆跟了上去。

前面山峦耸起，被越来越窄的萨尔察赫河分成两部分，山上长满墨绿的树木，主要是松树。他们仍然走在人行道上，但汤姆可以看见路的尽头就在前面，小路变成了两车道的乡村小路。伯纳德是要拼着这股疯劲一直爬上山吗？伯纳德向后看了一两次，所以汤姆一直躲在他看不见的地方——至少一瞥的时候看不见——汤姆从伯纳德的举止中判断他没有看见自己。

汤姆想，他们离萨尔茨堡肯定有八公里了，然后停下来，擦了擦前额，松开他围巾下的领带。伯纳德在一个转弯的地方不见了，汤姆赶紧继续走。实际上，汤姆跑了起来，想到自己在萨尔茨堡的时候就想过，伯纳德也许会往左或往右走，然后消失在某个地方，汤姆就找不到他了。

汤姆看见他了。就在这一瞬间，伯纳德向后看了一眼，汤姆于是停下来，双臂向两边伸开——让伯纳德看得更清楚些。但是伯纳德迅速转过身去，就像前几次一样，让汤姆怀疑伯纳德到底看没看见他。这还重要吗？汤姆继续走着，伯纳德又一次在弯道上消失了，汤姆又一次小跑着跟上去。汤姆走上一段直路，伯纳德却没影了，于是汤姆停下来听了听，以防伯纳德走进树林里去。汤姆只听见几只鸟的叫声，还有远处教堂的钟声。

然后汤姆听见了左侧一声微弱的树枝折断的声音，但很快就停止了。汤姆走了几步，进入树林中，听着。

"伯纳德！"汤姆喊道，他的声音嘶哑。伯纳德肯定听得到。

周围似乎一片死寂。伯纳德在犹豫吗？

接着远处传来砰的一声。难道是汤姆想象出来的？

汤姆往树林深处走去。大约走了二十码，看到一个往下朝向小河的斜坡，再往后是一个浅灰色岩石的悬崖，向下似乎有三四十英尺高，可能更高。在悬崖顶上放着伯纳德的背包，汤姆立刻就明白发生了什么。汤姆走近了听着，但现在似乎连鸟儿都沉默了起来。汤姆从悬崖边缘往下看。悬崖并不是直上直下的，伯纳德得走下或者滚下一个岩石斜坡，才能跳下或者滚落悬崖。

"伯纳德？"

汤姆向左侧挪了挪，那边向下看更安全。汤姆紧紧抓着一棵小树，眼睛看着另一棵树，万一他不慎滑倒时总得抓住点什么，汤姆向下看去，看到了下面乱石上有个拉长的灰色身影，一只手臂悬空着。这和从四层楼上掉下去差不多，落在了石头上。伯纳德一动不动。汤姆小心翼翼地爬回到安全的地方。

他拿起背包，背包轻得可怜。

有那么一会儿汤姆脑中一片空白。他还拿着背包。

会有人找到伯纳德吗？有人能从河那边看见伯纳德吗？但谁又会到河边去呢？也不太可能会有徒步者看见他，或者撞见他的尸体，至少短期内不会。现在汤姆真的没有勇气走近伯纳德，看着他。汤姆知道他已经死了。

这是一场奇怪的谋杀。

汤姆沿着向下的斜坡路朝萨尔茨堡走回去，路上没有遇见任何人。在接近城镇的某个地方，汤姆看见一辆公交车，就挥手示意停车。他不太清楚自己在哪，不过公交车似乎是往萨尔茨堡方向去的。

司机问汤姆是否要去一个地方，一个汤姆没听说过的地方。

"到萨尔茨堡附近。"汤姆说。

司机收了他几个先令。

一认出附近的景色，汤姆就立即下了车，然后步行。最后，他步履蹒跚地穿过主教宫广场，然后进入粮食胡同，一直拿着伯纳德的背包。

他走进金鹿酒店，忽然闻到家具蜡那迷人的味道，这是令人安定平和的香味。

"晚上好，先生。"门童说，将钥匙递给了汤姆。

24

汤姆从令人深感挫败的梦中醒来，梦中有八个人（汤姆只认识其中一个，杰夫·康斯坦）在某个房子里，笑话他，咯咯笑着，因为他做什么都不对，他因为某事迟到了，欠的账也还不上，在该穿长裤的时候他穿着短裤，还忘记了一个重要的约会。汤姆坐起身后好几分钟，梦境带来的郁闷还挥之不去。汤姆伸出手，碰了碰床头柜厚重的抛光木板。

然后他叫了一杯全咖啡。

喝到咖啡的第一口，汤姆感觉好些了。他一直在犹豫，不知是应该为伯纳德做点什么——做什么呢？——还是应该打电话给杰夫和艾德告诉他们发生的一切？杰夫也许能言善辩，但是汤姆怀疑，他和艾德都想不出下一步应该怎么办。汤姆感到焦虑，这种焦虑让他一筹莫展。他之所以想给杰夫和艾德打电话，就是因为他感到恐惧和孤独。

汤姆没去喧闹拥挤的邮局排队打电话，而是直接拿起了房间电话，拨了杰夫在伦敦的号码。接下来等待电话接通的这半个小时，如同走在地狱边缘，奇怪而又不乏喜悦。汤姆开始意识到，他是很愿意或者希望伯纳德自杀的，与此同时，既然汤姆知道伯纳德要自杀，他自然不会指责自己逼着伯纳德自杀。相反，汤姆已经证明自己是活生生的人了——好几次——除非伯纳德更希望看见的是鬼魂。而且，汤姆虽然觉着自己杀了伯纳德，可伯纳德的自杀跟他真的没多大关系，甚至没有一点关系。伯纳德在树林中袭击他的几天前，不就在他家的酒窖里用自己的衣像上吊了嘛。

汤姆还意识到，他想要伯纳德的尸体，这想法早就在他的脑海中了。如果他将伯纳德的尸体当作德瓦特的尸体，又会让人怀疑伯纳德·塔夫茨遇到了什么事。那个问题以后再说，汤姆想。

电话响了，汤姆迫不及待地接起来。是杰夫的声音。

"我是汤姆。我在萨尔茨堡。你能听见我说话吗？"

这里的信号很好。

"伯纳德——伯纳德死了。掉到悬崖下了。他自己跳的。"

"不是真的吧！他自杀了？"

"是的，我亲眼看见的。伦敦的情况怎么样？"

"他们——警察在找德瓦特。他们不知道他在伦敦呆在哪儿——或者去了其他什么地方。"杰夫结巴着说。

"我们必须得了结德瓦特的事，"汤姆说，"现在就是个好机会。别和警察说伯纳德死了。"

杰夫不明白。

接下来的交谈就很尴尬了，因为汤姆没法告诉杰夫他想要做什么。汤姆说，他会想办法将伯纳德的尸体带出奥地利，或许带到法国。

"你的意思是——他在哪里？他还躺在那儿？"

"没有人看见他。只有我来处理了。"汤姆费劲而又痛苦地耐心回答着杰夫生硬的或者不清楚的问题，"就当他是自焚吧，或者想被火化。没有其他办法了，对吧？"除非他不想挽救德瓦特有限公司。

"是的。"杰夫像往常一样，帮不上忙。

"我会很快通知法国警察和韦伯斯特，如果他还在法国的话。"

汤姆更加坚定地说。

"哦，韦伯斯特回来了。他们在这里找德瓦特，一个人——一个便衣警察——昨天说，德瓦特可能是由某个人假扮的。"

"他们怀疑是我了吗?"汤姆急切地问，但带着一股轻蔑。

"不，他们没有，汤姆。我认为他们没怀疑你。但有个人——我不确定是不是韦伯斯特——说他们想知道你在巴黎住哪儿，"杰夫又说，"我想他们询问过巴黎的酒店。"

"现在，"汤姆说，"自然啦，你不知道我在哪里，你得说德瓦特看起来有些抑郁。你不知道他会去哪里。"

很快，他们挂断了电话。要是日后警察调查汤姆在萨尔茨堡都做了什么，在他的账单上发现了这个电话，汤姆会说他是为了德瓦特的事打电话的。他会编造一个故事，出于某种原因，他跟着德瓦特来到了萨尔茨堡。也要把伯纳德编进故事中。如果德瓦特，比如——

德瓦特因为莫奇森的消失感到闷闷不乐，心神烦扰，莫奇森可能已经死了，德瓦特也许打过电话给在丽影的汤姆·雷普利。德瓦特或许通过杰夫和艾德知道了伯纳德来过丽影。德瓦特想来萨尔茨堡，也许就提议他们在萨尔茨堡会面。（或者汤姆可以让伯纳德来提议去萨尔茨堡。）汤姆会说，他在萨尔茨堡见过德瓦特至少两到三次，或许是和伯纳德在一起。德瓦特郁郁寡欢。有什么特殊原因吗? 哎，德瓦特也不是事事都告诉汤姆的。德瓦特没有说多少关于墨西哥的事，但是问到了莫奇森，还说他去伦敦就是个错误。在萨尔茨堡，德瓦特坚持去偏僻的地方喝咖啡，来一碗匈牙利红烩牛肉，或一瓶格瑞金葡萄酒。德瓦特没有告诉汤姆他在萨尔茨堡的何处落脚，在他们互道再见之后德瓦特总是扔下汤姆，独自走开，性格使然。汤姆猜测他用另一个名字入住在某处。

汤姆会说，他连海洛伊丝都没有告诉，来萨尔茨堡是为了见德瓦特。

这个故事在慢慢地发展，开始逐渐成形。

汤姆打开对着西格蒙德广场的窗户，现在广场上满是小推车，里面装着硕大的白萝卜，鲜艳的橙子和苹果。人们站着拿着纸盘子，吃着长香肠蘸芥末酱。

或许现在汤姆可以面对伯纳德的背包了。汤姆跪在地板上，打开了拉链。最上面是脏兮兮的衬衣，衬衣之下是短裤和背心。汤姆将它们扔在地板上，然后用钥匙把门反锁上——尽管不同于其他很多酒店的员工，这里的女佣不会不敲门就冲进来。汤姆继续翻着。一份两天前的《萨尔茨堡新闻报》，同样两天前的伦敦《泰晤士报》。牙刷、剃刀和用了很久的梳子，一条卷起来的米褐色斜纹布裤子，下面是一本用旧的棕色笔记本，伯纳德在丽影就拿出来读过。笔记本下面是螺旋线圈的素描本，封皮上印着德瓦特的签名，这是德瓦特美术用品公司的商标。汤姆打开了素描本，里面画着萨尔茨堡巴洛克风格的教堂和高塔，其中一些还相当倾斜，装饰着繁复的花饰。一些建筑上方的天空有像蝙蝠一样的鸟儿在飞。湖面各处的阴影是用沾湿的手指在画纸上涂抹形成的。一幅素描被很用力地涂抹掉。在背包的角落里放着一瓶印度墨水，顶部的软木塞虽有破损，但还是塞住了，一捆画笔和几把画刷用一根橡皮筋绑在一起。汤姆鼓起勇气打开了棕色笔记本，看看是否添加了新的内容。今年十月五号后就没有别的内容了，但汤姆现在没法阅读这本笔记。他憎恶偷看别人的信件或者个人文件，但他认出了在丽影折起来的便条纸，有两张。这就是伯纳德在汤姆家第一晚写的，看了一眼之后，汤姆发现是伯纳德伪造画作的记录，开始于六年前。汤姆不想看，直接将它撕成碎片，扔进了垃圾桶。汤姆将东西放回背包，拉上拉链，放进自己的衣橱里。

怎样去买汽油来焚烧尸体呢？

他可以说他的车没有油了。这些肯定是无法在今天一天内完成，因为唯一一架飞巴黎的航班是在下午两点四十分。他有一张回程机票。当然，他可以乘火车，但行李检查是否会更严格？汤姆可不想让海关检查员打开行李，发现一包骨灰。

在露天焚烧尸体能充分燃烧成骨灰吗？需不需要一种专门的焚烧炉呢？来增加火焰温度？

中午刚过，汤姆就离开了酒店。在河对面的史瓦兹路买了一个小小的猪皮手提箱，同时买了几份报纸，装进了手提箱。尽管有阳光，但天气很凉，冷风阵阵。汤姆上了一辆公交车，在老城区一侧沿河向北走，朝着玛丽亚平原和贝格海姆方向行驶，这两个地方汤姆事先查过。汤姆在他认为正确的地方下了车，开始寻找加油站。他花了二十分钟才找到一家，汤姆将手提箱放在了树林中，然后朝加油站走去。

服务员很周到，提出开车送汤姆到他停车的地方，但汤姆说车就在不远处，并且因为他不想再回来一次，他可以将油桶一起买走吗？汤姆买了十公升，走上大路之后，他没有再向后看。汤姆拿起了手提箱。至少他没走错路，路途很长，而且有两次他以为走到了正确的树林，结果是错误的。

最后，他找到了那个地方。他看见前面灰色的岩石。汤姆放下手提箱，提着汽油桶，迂回向下走。伯纳德身下左右两侧渗出了很多细小的血流，纵横交错。汤姆四处张望，他需要一个洞穴，一个凹处，在上方支起一些东西来增加热度。需要很多的木头。他回忆起在高高的焚尸场焚烧印度人尸体的那些照片。显然需要很多柴火。汤姆在悬崖下面发现了一处合适的地点，是岩石中的一处凹陷。最简单的办法就是把尸体滚下去。

首先，汤姆将伯纳德戴的那枚戒指摘下来，是一枚黄金戒指，上面像是有磨损的羽饰图样。一开始汤姆想将戒指扔进树林中，然后又想到日后可能会被找到，所以他将戒指放入口袋，想着可以在桥上将戒指扔进萨尔察赫河。接下来是搜索伯纳德的口袋。除了雨衣里的几枚奥地利硬币之外什么也没有，在夹克口袋中找到几支香烟，汤姆没有拿出来，裤子口袋里有一个钱夹，汤姆将其中的东西——钱和纸——拿了出来，团成一团放进自己的口袋，用来引火，或者是之后扔进火中。然后他抬起黏乎乎的尸体，滚了下去。尸体滚下岩石堆。汤姆爬了下去，将尸体拖进之前找到的凹坑中。

然后，很高兴可以暂时离开这具尸体，他开始充满干劲地收集柴火。他至少往返了六次，把柴火送到他发现的那个苍白的小坑里。汤姆避免看向伯纳德的脸和头，现在一切笼罩在黑暗之中。最后他又收集了一把干树叶和树枝，将从伯纳德钱夹中拿来的纸片和钱塞了进去。然后他将尸体拖到木堆中，屏住呼吸，把伯纳德的腿推回到原位，又用脚把他的手臂也推回去。尸体已经僵硬，一只胳臂伸长着。汤姆拿出汽油，倒了一半在雨衣上，浸湿雨衣。在点火烧掉这一切之前，汤姆决定收集更多的木头放在顶部。

汤姆划了根火柴，从远处扔了进去。

火焰立刻升了起来，燃起黄色和白色的火苗。汤姆——眯着眼睛——找到一处避烟的地方。火堆噼里啪啦响个不停。汤姆没有看。

放眼望去，没有任何活物，连一只飞鸟都没有。

汤姆收集了更多的木头。汤姆想，再多的木头也不够。烟很淡，但是很大。

路上有一辆车路过，是卡车，从发动机刺耳的声音就可以判断。由于树木的遮挡，汤姆看不见卡车。声音渐渐小了下来，汤姆希望卡车没有停下来，查看树林里发生了什么。过了三四分钟，什么都没有发生，汤姆推断卡车应该是走远了。汤姆没有看伯纳德的尸体，用一根长棍将树枝推向更靠近火焰处。他感觉自己的行动笨拙，火焰的温度还不够高——火焰的温度肯定不够将尸体完全焚化。因此，汤姆唯一能做的就是尽可能延长燃烧时间。现在是下午两点十七分，火焰的温度非常高，因为柴火架子的缘故，最后，汤姆只好远远地往火里扔树枝。他扔了有几分钟。当火焰小了一些的时候，他就走到火跟前，捡起半燃的树枝，重新投入火中。还剩下半桶汽油。

汤姆想出了个主意，他到更远的地方去继续收集树枝，做着最后的努力。他将汽油桶扔到尸体上面——令人沮丧的是，尸体现在还是人形。雨衣、裤子烧完了，鞋子没有，现在他还可以看见肉，肉变成了黑色，没有烧焦，只是熏得黑了。汽油桶发出了类似打鼓似的"砰"的一声，但是没有爆炸。汤姆一直侧耳倾听着树林中有没有脚步声或者树枝折断的声音。很有可能有人会被浓烟吸引过来。最后，汤姆退后了几码，脱下了雨衣，把雨衣挽在胳膊上，他坐在地上，背对着火焰。他想，再等二十分钟。他知道，骨头不会燃烧，不会分解。这意味着要再挖一座坟墓。他必须在什么地方弄到一把铁锹。买一把？偷一把更加明智。

汤姆再回头看火堆时，一切已经焦黑，周围是一圈圈红色的余烬。汤姆将余烬推回。尸体还是人形。汤姆知道，就焚化来说，是失败了。他纠结是今天完成这事儿，还是明天回来继续，要是天够亮，能让他看清手头的工作，汤姆还是想今天就做完。他需要的是用来挖掘的工具。他用那根长长的树枝捅了捅尸体，发现尸体变得像果冻一样。汤姆将手提箱拿到小丛树木中间，平放在地面上。

然后汤姆几乎是跑上了斜坡，朝着马路的方向走去。浓烟的气味很难闻，事实上他已经有好几分钟没敢大口喘气。他想，他可以抽出一小时来找铁锹。他喜欢做事有计划，因为他现在感觉很迷茫，很不专业。他在公路上走着，两手空空，没有提着手提箱。几分钟后，他来到一大片稀疏的房子中间，离伯纳德喝红酒的咖啡馆不远。有几座修剪整齐的花园和几个玻璃温室，但没有铁锹恰好斜靠着砖墙。

"你好！"一个男人说，他正在用一把细长的尖锹翻着花园，正是汤姆需要的工具。

汤姆随意地也向他问好。

然后，汤姆看见一个公交车站，昨天汤姆并没有注意到，一个年轻的女孩或者是少妇朝着公交车站和自己的方向走来。公交车一定是快来了。汤姆真想跳上车，忘掉尸体，忘掉手提箱。汤姆走过那个女孩，没有看她，希望她不会对他有印象。接下来，汤姆看见路边一辆金属手推车里装满了树叶，手推车上边横放着一把铁锹。他简直不敢相信。真是天赐的小礼物——只不过那把铁锹有些钝。汤姆放慢了脚步，瞥了一眼树林，想着这把铁锹的主人可能已经走了一会儿了。

车来了。女孩上了车，车开走了。

汤姆拿起了铁锹，像来的时候一样随意地往回走，漫不经心地拿着铁锹，就好像拿着一把雨伞一样，只不过铁锹得横着拿。

汤姆回到焚尸地点，扔下了铁锹，去寻找更多的树枝。时间在流逝，趁着天亮还能看清，汤姆深入树林去寻找更多的柴火。他意识到，必须要将头骨毁坏，尤其是要毁掉牙齿，他不想明天再回来。汤姆又把火拨旺，然后拾起铁锹，开始在潮湿的树叶下面挖起来。铁锹不如耙子那么顺手。另一方面，伯纳德的尸体对那些游荡的动物来说，没什么吸引力，所以坟墓不需要挖得太深。他挖累了，就回到了火堆处，毫不迟疑就用铁锹击向头骨。他发现这并不起作用。但再打几次，下颌骨就脱落了，汤姆用铁锹将它勾了出来。在头骨旁边放了更多的柴火。

然后他走到手提箱边，将报纸铺进手提箱中。他必须要带走一部分尸体。一想到要带走一只手或者脚，他就不禁感到害怕。或许可以拿些尸体的肉。肉就是肉，汤姆想，人肉和牛肉是不可能搞混的。有好一会儿，他恶心得蹲了下来，斜倚在一棵树上。然后他拿着铁锹径直走向火堆，从伯纳德的腰处翻出一些肉。肉黑乎乎的，有一些湿润。汤姆用铁锹托着肉走到手提箱那儿，扔了进去。他没有关手提箱，然后筋疲力尽地躺在地上。

大概过了一个小时。汤姆没有睡着，暮色渐渐笼罩，他想到自己没带手电。汤姆站起来，再次用铁锹砸头部，但是没什么用，汤姆知道双脚踩头骨也不会有用。必须要用石头。汤姆找到了一块石头，将石头滚向火堆。接着他用突然鼓起的也许只是短暂的力气举起石头砸向头骨。头骨在重击下碎了。汤姆用铁锹将石头滚开，迅速向后退，避开玫红色火焰的热浪。汤姆戳了戳，用铁锹挖出一堆奇怪的骨头，应该是上齿。

这让汤姆松了一口气，现在他开始收拾火堆。他乐观地想，这具长长的形体一点都不像人。他继续挖坑，挖出了一个狭长的沟，很快就接近三尺深。汤姆用铁锹将那具冒着烟的尸体滚到刚挖的坟墓中去。他不时地用铁锹拍灭地上的小火苗。在埋骨头之前，检查自己是否拿到了上齿，他确实拿到了。汤姆将尸体埋了，用土盖住。最后在上边又撒上了树叶，树叶上升起了一些烟圈。汤姆将手提箱中的报纸扯下来一些，包住了有上齿的那些骨头，捡起下颌骨，也包了进去。

汤姆将火堆集中起来，确保火星不会弹出，在树木中引起火灾。他将火里的树叶拉出来，以防火灾发生。但是，他不能再在这里耽搁了，因为天渐渐黑了。汤姆将手提箱里的报纸叠起来，包住那个小包裹，手中拿着手提箱和铁锹，走上斜坡。

当他回到公交车站，那辆手推车已经不在原来的位置上。但汤姆还是将铁锹留在了路边。

汤姆走了好远，去下一个公交车站候车。一个女人和他一起等着。汤姆没有看她。

公交车进了站，慢慢悠悠的，又有些颠簸，门呼的一声打开，让乘客上下车。汤姆努力思考着，他的思维一如往常地胡乱跳跃。怎么能让所有的人——伯纳德、德瓦特以及他自己——都在萨尔茨堡会面，几次进行谈话呢？德瓦特提到过自杀。他说过他想要火化，不是在火葬场，而是露天。他请求伯纳德和汤姆帮他实现。汤姆竭力劝他俩别太压抑，但伯纳德因为辛西娅一直很抑郁（杰夫和艾德可以证实这一点），而且德瓦特——

汤姆下了车，并不在乎他在哪里下的，因为他想边走边思考。

"需要帮您提行李吗？"是金鹿酒店的服务人员。

"哦，不用了，包很轻，"汤姆说，"谢谢你。"汤姆上楼进了房间。

　　汤姆洗了手和脸，然后脱下衣服，洗了澡。他在想象和伯纳德还有德瓦特在萨尔茨堡各式各样的小酒馆中谈话。自从德瓦特五年多前动身前往希腊后，这是伯纳德第一次见德瓦特，因为在德瓦特回伦敦的时候，伯纳德躲着没见他，在德瓦特第二次短暂的旅程中，伯纳德又不在伦敦。伯纳德先到了萨尔茨堡，他在丽影和汤姆提过萨尔茨堡（事实如此），当德瓦特往丽影打电话给海洛伊丝的时候，海洛伊丝告诉德瓦特，汤姆去萨尔茨堡见伯纳德了，或者想要找伯纳德，因此德瓦特也来到了萨尔茨堡。德瓦特用的什么名字来的呢？好吧，就让这成为一个谜吧。就好像谁知道德瓦特在墨西哥用的什么名字呢？还需要汤姆告诉海洛伊丝（只有在有人问她的时候她再说），德瓦特往丽影打过电话。

　　也许这个故事现在还不算完美和无懈可击，但却是个开始。

　　汤姆第二次面对伯纳德的背包，现在他开始看伯纳德近期的记录。十月五号的笔记写着："有些时候，我感觉自己已经死了。十分奇怪的是，我越来越意识到我的身份，我自己，已经分崩离析，不知怎么就消失了。我从来不是德瓦特。但现在的我真的是伯纳德·塔夫茨吗？"

　　汤姆不能让这最后两句话留下，所以他撕掉了整页。

　　一些素描上有笔记。关于色彩的，关于萨尔茨堡建筑的绿色。"莫扎特喧嚣的故居——没有一幅像样的莫扎特画像。"之后还有，"我经常凝视河水。这条河水流湍急，这样很好。这也许是最好的去处，我希望能在某个晚上从桥上一跃而下，没有人在周围惊呼'救他！'"

　　这正是汤姆需要的，他迅速合上素描本，扔回背包里。

有没有关于他的记录？汤姆重新浏览了素描本，寻找自己的名字或者名字缩写。然后他打开棕色的笔记本。大部分都是德瓦特的日记摘录，最后几条是伯纳德自己写的，都标注了日期，均是伯纳德在伦敦那段时间的内容。没有任何关于汤姆·雷普利的信息。

汤姆下楼到酒店的餐厅，虽然很晚了，但是还可以点餐。吃了几口食物后，汤姆感觉好些了，微凉爽口的白葡萄酒振奋人心。他想乘坐明天下午的飞机离开。要是有人盘问昨天他打给杰夫的电话，汤姆就说，打给杰夫是自己的主意，是想告诉杰夫，德瓦特在萨尔茨堡，汤姆很担心他。汤姆还会说，他让杰夫别告诉任何人他在哪——至少别"广而告之"。伯纳德呢？汤姆向杰夫提到过伯纳德也在萨尔茨堡。因为没问题啊！警察没有在寻找伯纳德·塔夫茨。伯纳德的消失肯定是自杀，也许就是在萨尔察赫河跳河的，而且一定得发生在汤姆和伯纳德火化德瓦特尸体的那个晚上。最好说，伯纳德帮助汤姆一起进行了火葬。

汤姆可以预见，自己会因为怂恿协助自杀而备受指责。他们会怎样对待这样做的人呢？汤姆会说，德瓦特坚持要服用大剂量的安眠药。他们三个人一上午都在树林中散步。汤姆和伯纳德来之前，德瓦特已经服用了几片安眠药。根本没法阻止德瓦特把剩下的都吃掉，并且——汤姆只好坦白——德瓦特死意已决，他不打算横加干涉。伯纳德也这么想。

汤姆回到房间，打开了窗户，接着打开了猪皮手提箱。他将略小些的报纸包裹拿出来，多卷了些报纸。还是比西柚大不了多少。然后，他将手提箱合上，以防有女佣进来（尽管床已经铺好了），将窗户半开着，拿着小包裹下楼。他走上了右边的桥，带有栏杆扶手的那座桥，就是他看见伯纳德昨天倚靠着的桥。汤姆用同样的姿势靠在栏杆上。等周围没有行人路过的时候，汤姆松手让东西落入河中。包裹轻轻落下，很快就消失在了黑暗中。汤姆还带来了伯纳德的戒指，用同样的方式将戒指扔进河中。

第二天早上，汤姆预订好航班，出门买了些东西，大部分是买给海洛伊丝的。他给海洛伊丝买了一件绿色的马甲，一件天蓝色的当地传统女士外套，和高卢烟盒同样颜色，一件白色带荷叶边的女士衬衣，给自己买了一件深绿色的马甲和两把猎刀。

这次他的小飞机上印着"路德维希·范·贝多芬"。

奥利机场，晚上八点钟，汤姆出示了自己的护照。入境检查员看了一眼汤姆，看了一眼照片，没有盖章。他乘出租车回到维勒佩斯。他一直担心海洛伊丝会有客人来访，果不其然，他看见门前的斜坡上有一辆深红色的雪铁龙。是格雷斯家的车。

他们快吃完晚饭了。壁炉内生着小火，十分舒适。

"你怎么不打电话？"海洛伊丝埋怨道，但她还是很高兴见到汤姆的。

"别让我打断你们，请继续。"汤姆说。

"可我们都吃完了！"艾格尼丝·格雷斯说。

可不是。他们正要去客厅喝咖啡呢。

"你吃晚饭了吗，汤米先生？"安奈特太太问。

汤姆说吃过了，但是想来些咖啡。汤姆用一种他认为很平常的方式告诉格雷斯他去了巴黎，和一位朋友见面，这位朋友遇到了些个人困难。格雷斯没有追问下去。汤姆问为什么大忙人建筑师安东尼·格雷斯在周四晚上竟然在维勒佩斯。

"自我放纵，"安东尼说，"天气很好，我说服我自己为新建筑做些笔记，而且最重要的是，我在为我们的客房设计壁炉。"他大笑着。

汤姆想，只有海洛伊丝注意到他和平常不一样。"诺艾尔周四的派对怎么样？"汤姆问。

"可有趣了！"艾格尼丝说，"我们都想你了。"

"那个神秘的莫奇森怎么样了？"安东尼问，"发生了什么事？"

"哦——他们还是没能找到他。莫奇森太太来这儿找我了——海洛伊丝可能告诉你们了。"

"不，她没有。"艾格尼丝说。

"我没帮上什么忙，"汤姆说，"她丈夫的那一幅德瓦特的画也在奥利被人偷了。"说出这些无妨，汤姆想，因为这是真的，而且已经见报了。

喝完咖啡，汤姆告辞，说他想收拾下行李，过一会儿回来。让他气恼的是，安奈特太太已经将手提箱拿上楼了，他通常要求将手提箱放在楼下，这次竟然被忽略了。上楼后，汤姆看到安奈特太太两个皮箱都没有打开，松了一口气，或许是因为她在楼下的事已经够她忙的了。汤姆将新的猪皮手提箱放进衣橱里，打开另一个手提箱盖子，里面装满了他新买的东西。然后他下楼去了。

格雷斯夫妇通常很早起床，所以不到十一点就离开了。

"韦伯斯特又打电话来了吗？"汤姆问海洛伊丝。

"没有，"她柔声用英语说，"让安奈特太太知道你在萨尔茨堡行吗？"

汤姆笑了，欣慰的笑，因为海洛伊丝很有效率。"行。实际上，你现在必须说我在那里了。"汤姆想要解释，但是他今晚不能告诉海洛伊丝伯纳德尸体的事，什么时候都不能说。德瓦特—伯纳德的骨灰。"我以后再解释。现在我必须打电话去伦敦。"汤姆拿起电话，打给杰夫的工作室。

"萨尔茨堡那边发生什么事了？你看到那个傻瓜了吗？"海洛伊丝问道，口气中明显对汤姆的关心多一些，远胜于对伯纳德的厌烦。

汤姆看了一眼厨房，但安奈特太太已经说了晚安，关上房门了。"那个傻瓜死了。自杀。"

"真的吗！你没在开玩笑吗，汤米？"

但海洛伊丝知道他没在开玩笑。"重要的是——要告诉别人——我去了萨尔茨堡。"汤姆跪在她椅子旁边的地板上，将头枕在她的大腿上，呆了一会儿，然后站起来亲吻了她的双颊。"亲爱的，我必须要说德瓦特也死了，也在萨尔茨堡。而且——要是有人问你，就说德瓦特从伦敦打电话到丽影，问他能不能见我。于是你和他说：'汤姆去了萨尔茨堡。'可以吗？很容易就能记住，因为这是事实。"

海洛伊丝怀疑地看着他，带着点小俏皮。"什么是真的？什么是假的？"

她的语气听起来带着古怪的哲思。这应该是哲学家回答的问题，他和海洛伊丝干吗要去伤那个脑筋呢？"上楼来，我会证明我去了萨尔茨堡。"他将海洛伊丝从椅子上拉起。

他们来到汤姆的房间，看到手提箱里的东西。海洛伊丝试穿了绿色的马甲。她欣然接受那件蓝色的夹克，试了试，很适合她。

"你还买了个新手提箱！"海洛伊丝看见他衣橱中的棕色猪皮箱子说。

"只是个普通的手提箱。"汤姆用法语说，说着，电话铃响了。他挥手示意她别碰手提箱。接线员告诉汤姆，杰夫没有接通，汤姆让接线员继续联系。现在已经接近午夜了。

汤姆边洗澡，海洛伊丝边和他聊着天。"伯纳德死了？"海洛伊丝问。

汤姆将肥皂冲掉，很高兴回家，自己脚下的浴缸带着熟悉的气息。他穿上丝质睡衣。汤姆不知道从何开始讲起。电话铃响了。"如果你一起听，"汤姆说，"你就会明白。"

"你好？"是杰夫的声音。

汤姆站直了，有些紧张，他的语气很严肃。"你好，是汤姆。我打电话是要说德瓦特死了……他死在萨尔茨堡……"杰夫结巴着，好像他的电话被轻轻敲击一样，汤姆继续讲着，像个普通的诚实公民：

"我还没有告诉警察。他的死——当时的情形，我不想在电话中描述。"

"你要——来——来伦敦吗？"

"我不，不去。但你可以告诉韦伯斯特说我打电话给你了，说我去了萨尔茨堡找伯纳德……好了，现在别管伯纳德，就做一件重要的事。你可以去他画室将所有德瓦特的痕迹清除吗？"

杰夫明白了。他和艾德认识公寓管理员。他们能拿到钥匙。他们可以说伯纳德需要某样东西。汤姆希望所有的草图或者是没完成的油画都能拿出来。

"做得彻底一点，"汤姆说，"还有，德瓦特应该在几天前给我太太打电话了。我太太告诉他我去萨尔茨堡了。"

"好的，但是为什么——"

汤姆想杰夫是想要问为什么德瓦特去了萨尔茨堡。"我想重要的是，我准备好在这里见韦伯斯特了。事实上，我想见他。我有新消息。"

汤姆挂断了电话，转向海洛伊丝。他微笑着，几乎不敢笑。然而，他不是快要成功了吗？

"你是什么意思？"海洛伊丝用英语问，"德瓦特在萨尔茨堡死了？你不是告诉我，他几年前就在希腊死了吗？"

"他必须被证实死亡才算。你知道，亲爱的，我所做的一切都是为了保留——菲利普·德瓦特的尊严。"

"怎么能杀死一个已经死了的人？"

"让我处理这件事好吗？我有——"汤姆看了看床头柜上的腕表。"我有半个小时的工作要做，做完这些我很乐意和你一起——"

"工作？"

"一些小事。"天啊，要是女人都不能理解什么是一些要做的小事，谁还能明白？"一些小任务。"

"不能等到早上再做吗？"

"韦伯斯特探长也许明天就到了。甚至一早就会来。等你换完衣服，可能还没换好，我就回来了。"他将她拉起来。她欣然起身，由此他知道海洛伊丝心情不错。"爸爸那边有什么消息吗？"

海洛伊丝蹦出来一连串的法语，大概是："哦，在这样一个晚上，说什么爸爸的事情！……两个人死在了萨尔茨堡。亲爱的，你一定是说一个人。或者真有人死了吗？"

汤姆大笑着，被海洛伊丝无礼的态度逗乐了，因为她这点太像自己了。她的礼貌只是表面的，汤姆知道，要不然她肯定不会嫁给自己。

等海洛伊丝离开房间，汤姆掏出手提箱，拿出伯纳德棕色的笔记本和素描本，整整齐齐地放在自己的写字台上，伯纳德的斜纹布裤子和上衣早就扔进萨尔茨堡大街上的垃圾桶里，背包扔进了另一个垃圾桶里。汤姆会说伯纳德请求他，在其寻找另一家旅馆的时候帮忙保管背包。伯纳德再也没有回来，汤姆只保留了有价值的东西。汤姆从首饰盒中拿出了自己的墨西哥戒指，就是第一次在伦敦扮演德瓦特时戴的那枚。他带着戒指下了楼，光着脚，悄无声息。汤姆把戒指放进壁炉的余烬中。他想，戒指或许会熔化成一摊，因为墨西哥银子很纯很软。剩下的东西，他会放进德瓦特——就是伯纳德——的骨灰中。他明天早上一定要早点起，在安奈特太太清理壁炉灰烬之前起来。

海洛伊丝躺在床上，抽着香烟。汤姆不喜欢她抽的女士烟，但他喜欢她抽烟时的烟味。他们把灯关了，汤姆抱着海洛伊丝更紧了。可惜他今天晚上没有将罗伯特·麦凯伊的护照扔进壁炉里。还能不能有一刻消停了？

25

汤姆离开熟睡的海洛伊丝，从她脖子下抽出了手臂，大胆地将她翻过去，在下床之前，亲吻她一侧的胸部。她没怎么醒，也许以为汤姆要去厕所。汤姆光脚回到自己的房间，将麦凯伊的护照从他的夹克口袋中拿了出来。

他来到楼下。电话旁边的钟显示六点四十五分。壁炉里的火焰变成了白色的灰烬，但毫无疑问，还有余温。汤姆拿着一根小木棍，扒拉灰烬找银戒指，同时准备好，隐藏着手中的绿色护照——他将护照半卷着——以防安奈特太太进来看见。汤姆找到了戒指，烧黑了，还有些变形，但是没有像汤姆设想的那样熔化成了一摊。他将戒指放在壁炉边冷却，拨旺余烬，将护照撕开。他还划了根火柴加速护照的燃烧，看着护照烧完。然后他带着戒指上楼，将戒指和从萨尔茨堡带回的猪皮箱中难以描述的黑红色物体放在一起。

电话响了，汤姆立刻接起了电话。

"哦，韦伯斯特探长，你好！……没事，我起来了。"

"我听康斯坦特先生说——德瓦特死了？"

汤姆犹豫了一下，韦伯斯特接着说，康斯坦先生昨天晚上打电话给他，留下了口信。"他在萨尔茨堡自杀了，"汤姆说，"我当时正好在萨尔茨堡。"

"我想要和你会面，雷普利先生，我之所以这么早打给你，是因为我发现我可以乘坐九点的飞机。上午十一点左右到达，我可以和你见面吗?"

汤姆立刻答应了。

然后汤姆回到了海洛伊丝的卧室。如果汤姆能睡着,再过一个小时,安奈特太太会叫醒他们。安奈特太太会端着餐盘,盛着海洛伊丝的茶和汤姆的咖啡。安奈特太太总是发现他们两个在同一个卧室中,而不是分房睡。汤姆没有睡着,但是闭目养神了一会儿,像这样和海洛伊丝在一起,同样有利于恢复精神。

安奈特太太大约八点半来的,汤姆示意他想喝咖啡,但是海洛伊丝还要再多睡一会儿。汤姆小口喝着咖啡,思考他必须做的事,他应该怎样表现。汤姆想,诚实为上,他在脑中过了一遍编的故事。德瓦特打电话来,是因为莫奇森的失踪令他很痛苦(奇怪的是,德瓦特过于痛苦,就是那种不符合逻辑的事听起来会显得特别真实,他出乎意料的反应听起来会像是真的),他能否来拜访汤姆?海洛伊丝告诉他,汤姆去萨尔茨堡找伯纳德·塔夫茨去了。是的,海洛伊丝最好向韦伯斯特提到德瓦特。对于德瓦特来说,伯纳德·塔夫茨是位老朋友,一听到他的名字,德瓦特就立刻动身了。在萨尔茨堡,汤姆和德瓦特对伯纳德的担忧超过对莫奇森的担忧。

海洛伊丝一醒来,汤姆就下床去楼下,告诉安奈特太太重新备好茶。现在大约上午九点半。

汤姆出门查看之前埋葬莫奇森的坟墓。上一次来过后,下了一些雨。他没去动落在上边的几根树枝,因为这样看起来很自然,不像是有人想要故意掩盖这个地方,况且汤姆也没有任何理由掩盖警察挖动过的痕迹。

十点左右,安奈特太太出门购物去了。

汤姆告诉海洛伊丝,韦伯斯特探长快到了,他,汤姆,希望她在场。"你可以开诚布公地说，我去了萨尔茨堡，去找伯纳德。"

"韦伯斯特会指控你什么罪名吗？"

"怎么会？"汤姆微笑着回答。

韦伯斯特在十一点差一刻钟时到达，提着他黑色的公文包进门，看起来十分有效率，就像医生一样。

"我太太——你见过的。"汤姆说。汤姆接过韦伯斯特的外套，请他坐下。

探长在沙发上落座。首先他问了一遍事件的发生时间，边问边记录。汤姆何时听到德瓦特的消息？汤姆想，是十一月三号，一个周日。

"他打电话来的时候，是我太太接的，"汤姆说，"我当时在萨尔茨堡。"

"是你和德瓦特通话的？"韦伯斯特问海洛伊丝。

"哦，是的。他想要和汤米讲话，但我告诉他汤米在萨尔茨堡——去找伯纳德了。"

"哦——你入住的是哪家酒店？"韦伯斯特问汤姆，露出了他的招牌笑容，从他愉悦的表情完全看不出他是在调查一起命案。

"在金鹿酒店，"汤姆说，"我一开始去了巴黎，凭直觉寻找伯纳德·塔夫茨，然后去了萨尔茨堡——因为伯纳德提到过萨尔茨堡。他没说他要去那，但是他说过想再去一次。那是个小城镇，要找一个人并不难。总之，我在第二天找到了伯纳德。"

"你先见到的是谁，伯纳德还是德瓦特？"

"哦，伯纳德，因为我是去找他的。我不知道德瓦特在萨尔茨堡。"

"然后——继续说。"韦伯斯特说。

汤姆坐在椅子上向前探着身。"好的——我想我单独和伯纳德谈过一两次。和德瓦特也是一样。然后我们一起碰过几次面。他们是老朋友了。我想伯纳德更加绝望一些。他的朋友辛西娅在伦敦，不想再见他了。德瓦特没有——"汤姆犹豫了一下，"德瓦特关心伯纳德胜过关心自己。我正好有两本伯纳德的笔记，我想我应该拿给你看。"汤姆站了起来，但是韦伯斯特说：

"我先了解几个事实。伯纳德是怎么自杀的？"

"他失踪了。就在德瓦特死后。从他的笔记来看，我想他可能是跳进萨尔茨堡的河中自杀了。但是我不完全确定，所以没向当地的警方报案。我想先和你谈谈。"

韦伯斯特看起来有些困惑，或者是有些迟钝，这在汤姆的预料之中。"我很想看看伯纳德的笔记本，但是德瓦特——在那里出了什么事？"

汤姆瞥了一眼海洛伊丝。"好吧，周二，我们说好上午十点左右见面。德瓦特说，他服用了镇静剂。他之前说过要自杀，还说他想要火葬——由我们来执行，伯纳德和我。开始，我没有当回事，可是周二德瓦特摇摇晃晃地出现了，而且还拿这事——开玩笑时，我知道事态严重了。我们散步的时候他服下了更多的安眠药。我们走进了树林，是德瓦特要去的地方。"汤姆对海洛伊丝说："如果你不想听，你可以上楼去。我必须要实话实说。"

"我想听，"海洛伊丝将脸埋进手中有那么一会儿，然后将手放下，站了起来，"我让安奈特太太再沏点茶吧。好吧，汤米？"

"好主意。"汤姆说。他继续对韦伯斯特说："德瓦特从悬崖上跳下，摔在乱石之上。你可以说他是用三种方式自杀的——安眠药、跳崖——还有火葬，但是我们进行火葬的时候，他确实已经死了。

他是跳崖死的。伯纳德和我回来了——第二天。我们将能焚烧的都烧毁了，将其余的掩埋了。"

海洛伊丝回来了。

韦伯斯特边写边说："第二天。十一月六号，周三。"伯纳德入住在哪里？汤姆能说出在林茨街的蓝什么的地方。但是周三之后，汤姆就不确定了。他们什么时候、在哪里买的汽油？汤姆记不清地点了，但是是在周三的中午。德瓦特住在哪里？汤姆说他从没想过要问。

"我和伯纳德约定，周四上午九点半左右在老市场见面。周三晚上，伯纳德把他的背包给了我，让我帮他保管一晚，直到他找到旅店落脚。我让他住进我的酒店，但是他不肯。然后——他没能遵守我们周四的约定。我等了一个小时左右，再也没有见到他。他没在我的酒店留下任何口信。我觉得他没想要守约，他很可能已经自杀了——很可能是跳河。我就回家了。"

韦伯斯特点燃了一支香烟，比平时的动作要慢。"周三，你要替他保管一夜他的背包？"

"不一定。伯纳德知道我在哪，我倒觉得他会晚上很晚过来拿背包。我倒是说过'要是今晚我没有见到你，我们就明天见面'的话。"

"你昨天早上到各个酒店找他了吗？"

"不，我没有。我想我失去了所有的希望。我特别难过，特别灰心。"安奈特太太端来了茶，和韦伯斯特探长互道了一声"早安"。

汤姆说："几天前，伯纳德在我们的酒窖中用个假人上吊。寓意吊死自己。是我太太发现的，把我太太吓坏了。伯纳德的裤子和夹克用根皮带吊在天花板上，还系着一张字条，"汤姆瞥了一眼海洛伊丝，"海洛伊丝，对不起。"

海洛伊丝咬了咬嘴唇，耸了下肩。她的反应无可争议，太真实了。汤姆说的确实发生了，而且她并不愿意回想起这件事。

"他写的字条还在吗？"韦伯斯特问。

"是的，肯定是在我睡袍的口袋里。我去拿来吧？"

"一会儿再去吧。"韦伯斯特几乎又要再次那样微笑了，但是他没有。"我可以问你究竟为什么去萨尔茨堡吗？"

"我很担心伯纳德。他说过想要去萨尔茨堡看看。我感觉伯纳德想要自杀。我想——他究竟为什么要找我呢？他知道我有两幅德瓦特的画，这是事实，但他原先不认识我啊。他第一次来见我时，说话就很坦诚。我想或许我能帮上忙。结果，德瓦特和伯纳德都自杀了，德瓦特先自杀的。不过人们不会随意干涉——德瓦特这种人。干涉他们你会觉得自己在犯错误。我并不真的是这个意思，我的意思是，告诉一个已经决意自杀的人，别去自杀，你都知道那个人是听不进去的。这就是我的意思。这么做不对，而且也没用，一个人明知道说什么都不会有用，为什么还要因为他没说而备受指责？"汤姆停了下来。

韦伯斯特聚精会神地听着。

"在这里用衣像上吊之后，伯纳德就走了——或许去了巴黎。然后他又回来了。海洛伊丝就是在那时见到了他。"

韦伯斯特想知道伯纳德·塔夫茨回丽影的日期。汤姆尽可能地回忆，他想是在十月二十五号。

"我试着挽救伯纳德，我告诉他，他的女朋友辛西娅可能会再见他。虽然我不觉得这是真的，至少从伯纳德的话里听不出来这个意思。我只是想将他从沮丧的深渊中拉回来。我想德瓦特更是如此。

我可以肯定，他们单独在萨尔茨堡见了几次面。德瓦特很喜欢伯纳德。"汤姆对海洛伊丝说："亲爱的，这你能明白吗？"

海洛伊丝点了点头。

可能海洛伊丝明白了一切。

"为什么德瓦特如此抑郁？"

汤姆想了一会儿。"他对整个世界都感到绝望。还有生命。我不知道是不是个人原因——在墨西哥发生的事——导致的。他提到过一个墨西哥女孩，结了婚然后离他而去了。我不知道这对他有多重要。因为回到伦敦，他显得心烦意乱。他说这是个错误。"

韦伯斯特终于停下了记笔记的手。"我们能去楼上看看吗？"

汤姆将探长带到自己的房间，然后去衣橱中拿出了那个手提箱。

"我不想让我太太看见这个。"汤姆说，然后打开了手提箱。他和韦伯斯特在旁边弯腰查看。

小小的尸骨用汤姆买的奥地利和德国报纸包裹着。汤姆注意到，韦伯斯特看了看报纸的日期，然后才将那堆东西拿出来放在地毯上。他在这包东西下垫了更多的报纸，虽然汤姆知道这包东西并不很湿。韦伯斯特打开了东西。

"啊——老天啊。德瓦特想让你怎么处理这些？"

汤姆皱着眉头，犹豫了一下。"他没说。"汤姆走向窗户，将窗户稍微打开一点。"我不知道自己为什么拿了这些。我当时很难过，伯纳德也是。好像是伯纳德说我们应该带一些回伦敦，我不记得了。但是我带回了这些。我们以为会变成骨灰。但是没有。"

韦伯斯特用圆珠笔的尾端戳着这堆东西。他发现了戒指，用圆珠笔将戒指挑起。"一枚银戒指。"

"我特意带回来的。"汤姆知道戒指上的双蛇图案还依稀可见。

"我会将这枚戒指带回伦敦，"韦伯斯特说着，站了起来，"要是，你有盒子的话——"

"是的，当然有。"汤姆说着走向门口。

"你说有伯纳德·塔夫茨的笔记本。"

"是的。"汤姆转身回来，指着放在他写字台角落的笔记本和素描本。"在这里。他写的字条——"汤姆去到浴室，睡袍挂在挂钩上。字条还在口袋里。"我用自己的衣像在你家上吊……"汤姆将字条递给韦伯斯特，下了楼。

安奈特太太攒了很多盒子，各种尺寸的都有。"干什么用的?"安奈特太太问，想要帮忙。

"这个就很好。"汤姆说。盒子在安奈特太太的衣柜顶上，汤姆拿了一个下来。盒子中装着几卷用剩的毛线，整齐地卷着，汤姆微笑着将毛线递给安奈特太太。"谢谢你，你真是太棒了。"

韦伯斯特在楼下，用英语打着电话。海洛伊丝可能上楼回自己的房间了。汤姆拿着盒子上楼，将那一小包东西放了进去，在空隙处塞满报纸。他从工作室拿了些绳子，将盒子系好。那是个鞋盒。汤姆拿着盒子下了楼。

韦伯斯特还在打电话。

汤姆到吧台给自己倒了杯纯威士忌，他决定等着，看韦伯斯特需不需要杜本内酒。

"……巴克马斯特画廊的人? 你可以等我回去吗?"

汤姆改变了主意，他去到厨房拿了冰块，为韦伯斯特倒了杯杜本内酒。他拿出冰块，看到安奈特太太，就让她帮忙调酒，告诉她别忘了在里面加上柠檬皮。

韦伯斯特说："一小时之后我再打给你，所以先别出去吃午饭……不，现在什么都别和别人说……我也不知道呢。"

汤姆觉得很不安。他看见海洛伊丝在草坪上，就出去和她说话，尽管他其实更想呆在客厅。"我觉得我们应该邀请探长吃午餐，或者三明治之类的。亲爱的，你觉得呢？"

"你把骨灰给他了？"

汤姆眨眨眼。"很小一包，装在盒子里，"他笨拙地说，"东西包着呢。别想它了。"汤姆牵着海洛伊丝的手，回到房子里。"伯纳德的尸骨被当作德瓦特来纪念很合适。"

也许她明白了。她明白发生了什么，但汤姆不指望她能理解伯纳德对德瓦特的崇拜。汤姆问安奈特太太，是否可以用罐头龙虾肉之类的做一些三明治。海洛伊丝去帮安奈特太太，汤姆重新和探长谈起话来。

"雷普利先生，我可以看一眼你的护照吗？只是例行公事。"韦伯斯特说。

"当然。"汤姆去楼上，立马就拿着护照下楼了。

韦伯斯特正喝着杜本内酒。他慢慢地翻着护照，对几个月之前的日期和最近的日期似乎同样感兴趣。"奥地利。好的，嗯——嗯。"

汤姆安心地想到，在德瓦特第二次现身的时候，他没有用自己汤姆·雷普利的身份去伦敦。汤姆疲倦地坐在一把直背靠椅上。因为昨天发生的一系列事件，他应该筋疲力尽，心情沉重才对。

"德瓦特的东西呢？"

"什么东西？"

"例如，手提箱。"

汤姆说："我一直不知道他住在哪里。伯纳德也不知道，因为我问过伯纳德——就在我们将——就在德瓦特死后。"

"你觉得他就把自己的东西扔在了酒店?"

"不,"汤姆摇了摇头,"这不像德瓦特的作风。伯纳德说,他认为德瓦特可能销毁了自己所有的踪迹,才离开酒店,然后——嗯,怎么能处理掉手提箱呢?将手提箱中的东西扔进不同的垃圾桶或者——也许一股脑地将东西都丢进河中。在萨尔茨堡,这很容易办到。如果德瓦特在夜间,在黑暗中这么做,就更加容易了。"

韦伯斯特沉思了一下。"你有没有想过,伯纳德可能回到那片树林,也在同样的地方跳崖了?"

"想过。"汤姆说,因为这个想法也确实怪异地在他脑海中闪过。"但是昨天早上,我没有勇气回到那里去。也许我应该去看看。也许我应该多在街上找找伯纳德。但我觉得他已经死了——用某种方式,在某个地方,我再也找不到他了。"

"很有可能。"

"他有足够的钱吗?"

"这我有些怀疑。我提出借钱给他——三天前——但是他拒绝了。"

"关于莫奇森的失踪,德瓦特和你说过什么吗?"

汤姆想了一会儿。"这让他心情低落。至于他说的话——他说过类似成名是一种负担之类的话。他不想出名。他觉得他的出名导致了一个人的死亡——莫奇森的死亡。"

"德瓦特对你友好吗?"

"是的。至少我没有感觉有不友好的地方。我和德瓦特大概聊过一两次,每次都很简短。"

"他知道你和理查德·格林里夫的关系吗?"

一阵颤栗传遍全身，汤姆希望别人看不出来。汤姆耸耸肩。"就算他知道，他也从来没有提过。"

"伯纳德呢？他也没提过？"

"没有。"汤姆说。

"你看，多奇怪，你一定也认同，你周围的三个人都消失或者死亡了——莫奇森、德瓦特和伯纳德·塔夫茨。理查德·格林里夫也消失了——我想他的尸体一直没有找到。他的朋友叫什么？弗雷德？还是弗雷迪什么的？"

"我想是弗雷迪·米尔斯，"汤姆说，"但我认为莫奇森和我的关系不近。我几乎不认识他。更别说弗雷迪·迈尔斯了。"汤姆想，至少韦伯斯特还没想到自己有可能冒充德瓦特。

海洛伊丝和安奈特太太进来了，安奈特太太推着餐车，上面盛有一盘三明治和一瓶放在冰桶中的白葡萄酒。

"啊，点心来了！"汤姆说，"我没有问你是否午饭另有安排，探长，这点儿东西——"

"我和默伦的警方有安排，"韦伯斯特说着，快速微笑了下，"我得快点给他们打个电话。另外，打了这么多电话，我会将电话费付给你的。"

汤姆挥手表示不用。"谢谢你，太太。"汤姆对安奈特太太说。

海洛伊丝递给探长一个盘子和纸巾，然后递给他三明治。"龙虾和螃蟹的。这些是龙虾的。"她一边示意一边说。

"我怎么能拒绝呢？"探长说，每样都拿了一份。但韦伯斯特还是在讨论这个问题。"我必须提醒萨尔茨堡警方——通过伦敦方面，因为我不会说德语——寻找伯纳德·塔夫茨。也许明天我们可以安排一下，在萨尔茨堡见面。你明天有时间吗，雷普利先生？"

"是的——当然可以抽出时间。"

"你得将我们带到树林中的那个地方。我们必须掘出——你知道的。德瓦特是英国人。事实上，他是吗？"韦伯斯特嘴中塞满食物微笑着。"但可以肯定的是，他一定不会变成墨西哥公民。"

"我从没问过他这点。"汤姆说。

"要是能找到他在墨西哥呆的村子就好了，"韦伯斯特说，"那个遥远不知名的小村庄。你知道村子靠近哪个镇吗？"

汤姆微笑着说："德瓦特从来没有透露过。"

"我好奇，一旦确认他死了，他的房子是否会废弃——还有他是否委托了个管理员或者律师全权进行处理。"韦伯斯特停了一下。

汤姆沉默着。韦伯斯特是在四处撒网，想要套出汤姆的信息吗？在伦敦冒充德瓦特的时候，汤姆告诉韦伯斯特，德瓦特有一本墨西哥护照，在墨西哥居住期间使用的是化名。

韦伯斯特说："你猜，德瓦特进入英国境内，四处走动用的会不会都是假名字？可能用的是英国护照，但却用了假名字？"

汤姆冷静地回复说："我总是这样猜想的。"

"所以他住在墨西哥期间可能也是用的假名字？"

"有可能，我没想过这点。"

汤姆停顿了一下，好像对这个问题并不感兴趣。"巴克马斯特画廊应该知道。"

海洛伊丝再一次递上三明治，但是探长拒绝了。

"我确定他们不会说的，"韦伯斯特说，"而且他们很可能根本不知道德瓦特使用什么名字邮寄画作，比方说是不是用本名。但是他进入英国一定用的假名字，因为我们没有他出入境的记录。我现在可以打电话给默伦警方吗?"

"是的,当然了,"汤姆说,"你想用我在楼上的电话吗?"

韦伯斯特说楼下的电话就可以。他翻着他的笔记本,然后用十分流利的法语和接线员说话。他请求和警察局长通电话。

汤姆将白葡萄酒倒进托盘中的两个杯子里。海洛伊丝已经有一杯了。

韦伯斯特问默伦的警察局长,他们是否有托马斯·莫奇森的消息。汤姆想是没有。韦伯斯特说莫奇森太太在伦敦的康诺特酒店还要住几天,急着寻找线索,希望默伦警方一有消息就转告韦伯斯特的办公室。韦伯斯特还询问了那幅丢失的画作《时钟》。没有任何消息。

当他挂断电话后,汤姆本想问问关于莫奇森的搜索是否有任何进展,但汤姆不想显得好像自己在偷听韦伯斯特打电话。

韦伯斯特坚持留下五十法郎作为电话费。不用了,他谢了汤姆,不想再喝杜本内酒,但是可以来一点葡萄酒尝尝。

汤姆看出韦伯斯特站在那里盘算,汤姆·雷普利隐瞒了多少,他在哪个环节有罪、如何犯罪的,汤姆·雷普利在何处、通过何种方式获利? 汤姆想,很明显,没有人会杀死两个人,甚至三个人——莫奇森、德瓦特和伯纳德·塔夫茨——就为了保护挂在汤姆墙上的那两幅德瓦特画作。就算韦伯斯特再深入调查,查到德瓦特美术用品公司,通过这个公司的银行,汤姆每个月都有一笔进账,那笔进账也是匿名汇入瑞士的一个账户里的。

然而,明天还是要去奥地利的,汤姆不得不和警察一起去。

"雷普利先生,请问你可以帮我叫辆出租车吗? 号码你要比我熟悉。"

汤姆打电话给维勒佩斯出租车公司，他们说会立刻派车过来。

"今天晚上，你会接到我的电话，"韦伯斯特对汤姆说，"关于明天萨尔茨堡的事。那个地方路途方便吗？"

汤姆解释了一下，怎么在法兰克福换乘，接着又说，一位出租车司机告诉他如果乘飞机到慕尼黑，那里有去萨尔茨堡的公共汽车，这样比在法兰克福等飞机去奥地利要快。一旦韦伯斯特查到从伦敦飞往慕尼黑的航班时间，就得通过电话协调公交事宜。他将会和同事一同前往。

之后，韦伯斯特感谢了海洛伊丝的款待，出租车到达的时候，汤姆和海洛伊丝一同将探长送至门口。韦伯斯特看见在大厅桌子上的鞋盒，先于汤姆拿了起来。

"我公文包里收着伯纳德的字条和他的两个笔记本。"韦伯斯特对汤姆说。

汤姆和海洛伊丝站在前门的台阶处目送着出租车驶离，韦伯斯特通过窗子露出他像兔子一般的微笑。然后他们转身进屋。

房间里笼罩着平静和沉默的氛围。汤姆知道，或许没有平静，但是至少有沉默。"今晚——今天——我们什么都不做好不好？只看电视？"下午汤姆想整理花园，园艺总是能让他平复心绪。

于是他整理了花园。晚上，他们穿着睡衣躺在海洛伊丝的床上，看着电视喝着茶。十点刚过，电话就响了，汤姆在自己的房间接通了电话。他已经做好是韦伯斯特的准备了，手中拿着笔想要记下明天的安排，但打来的是在巴黎的克里斯·格林里夫。他从莱茵省回来，想要和他的朋友杰拉尔德一起来拜访。

汤姆和克里斯通过电话后，回到海洛伊丝的房间说："刚才是迪基·格林里夫的侄子克里斯。他想周一来看我们，带着他的朋友杰拉尔德·海曼。我和他说行。亲爱的,我希望你能同意。他们也许会在这过个夜。可以换换心境——陪他们四处逛逛,好好吃顿饭。对吧?很安宁。"

"你什么时候从萨尔茨堡回来?"

"哦,我应该是周日回来。我看不出有什么理由这事会耽搁超过一天——明天,周日再占用一些时间。他们只是想让我带他们去树林里的那个地方。还有伯纳德的旅店。"

"嗯——嗯。很好。"海洛伊丝嘟囔着,靠在枕头上。"他们周一到。"

"他们会再打电话来的。我会安排在周一晚上。"汤姆重新回到床上。汤姆知道,海洛伊丝对克里斯很好奇。像克里斯和他朋友这样的男孩,会让海洛伊丝开心一阵子。汤姆对这个安排很满意。他开始看他们面前电视屏幕上放映的法国老电影。路易·茹韦穿得像是梵蒂冈的瑞士卫队,拿着长戟正在威胁某人。汤姆决定明天在萨尔茨堡要严肃、坦率。当然,奥地利警方会开车,他将直接带他们到树林中的那个地方,趁着天还亮着的时候,然后晚上直接带他们到林茨街那个叫蓝什么的地方。那个前台的深色头发的女人应该会记得伯纳德·塔夫茨,还有汤姆曾经去那儿找过他。汤姆觉得一切都万无一失。他开始专注于屏幕中令人昏昏欲睡的对话,电话响了。

"肯定是韦伯斯特。"汤姆说,从床上再次起身。

拿起电话的瞬间,汤姆的手停住了——只有短短的一秒钟,但是在这一秒钟,汤姆预感到了失败,似乎真切地感到了失败的痛苦。败露。耻辱。像以往一样挺过去吧,他想。这场戏还没完呢。要鼓足勇气!他接起了电话。

雷普利游戏

RIPLEY'S GAME

[美] 帕特里夏·海史密斯

PATRICIA HIGHSMITH

著

温华 张艳蕊 译

上海译文出版社

1

"根本没有完美的谋杀!"汤姆对里夫斯说,"那不过是室内游戏凭空想象出来的罢了。当然,你会说,还有好多破不了的谋杀案呢。但那不一样!"汤姆不耐烦了。他在巨大的壁炉前走来走去,壁炉里噼啪作响的火苗虽小小一团,却令人舒服。汤姆觉得自己的口气有点儿自命不凡。但问题的关键是他帮不上忙,而且他早就告诉里夫斯了。

"是啊,没错。"里夫斯说。他坐在一把黄色丝质扶手椅上,瘦长的身躯向前弓着,两手交叉紧扣在膝间。他有张骨感的脸、浅棕色的短发、冷漠的灰眼睛——这张脸并不讨人喜欢,但若非那道五英寸长、从右边太阳穴横贯脸颊几乎到嘴边的伤疤,看上去还是相当英俊。那道疤比脸上其余部分略粉一些,看起来像是缝合得很糟糕,又好像压根就没缝合过。汤姆从未问起过那道疤,但里夫斯有一次主动提到说:"一个姑娘用她的小粉盒干的。你能想象吗?"(不,汤姆不能。)里夫斯当时给了汤姆一个忧伤短暂的微笑,汤姆记得,那是里夫斯为数不多的几次微笑。还有一次他说:"我被一匹马甩下来,被马镫拖了好几码。"这话是里夫斯对别人说的,但汤姆也在场。汤姆怀疑,那是在什么地方一场非常惨烈的打斗中被钝刀子割的。

现在,里夫斯想要汤姆给推荐个人,去干一两次"简单的谋杀",或者顺便偷点东西,也是既保险又简单的小事。里夫斯从汉堡

1

跑到维勒佩斯来找汤姆谈这事，他还打算待一晚，第二天去巴黎和别人谈这事，然后再回汉堡的家，如果谈不成，很可能再想其他办法。里夫斯以买卖赃物为主，但最近也涉足汉堡非法赌博圈，目前是要设法保护自己。防范什么呢？那些想插手他地盘的意大利骗子们吧。里夫斯认为，汉堡的一个黑手党爪牙被派来做探子，另外一个可能来自不同的家族。里夫斯希望干掉一个或一双闯入者，进而挫败黑手党进一步的企图，同时吸引汉堡警方对黑手党的注意，然后让警察去收拾残局，也就是说，把黑手党赶走。"这些汉堡兄弟可是正派人，"里夫斯曾兴奋地断言，"或许他们现在开的那几个私人赌场不合法，可夜总会并不违法，他们也没拿多么离谱的好处。这儿可不像拉斯维加斯，都被黑手党收买了，就在那些美国警察的鼻子底下！"

汤姆拿起拨火棍把火聚拢在一起，又放上一块劈砍整齐的三分之一的原木块。快六点了，很快就到喝一杯的时间了。干吗不现在就喝呢？"你想不想——"

安奈特太太，雷普利的管家，这会儿恰好从厨房来到客厅。"打扰了，先生们。您现在要喝点什么吗，汤姆先生？那位先生一直都没要什么茶。"

"要啊，谢谢，安奈特太太。我正这么想呢。去请海洛伊丝太太和我们一起，好吗？"汤姆想让海洛伊丝来缓解一下气氛。他三点钟去奥利机场接里夫斯之前就对海洛伊丝说过，里夫斯要跟自己谈点事情，因此海洛伊丝整个下午不是在花园里闲逛，就是待在楼上。

"你不想，"里夫斯带着最后关头的急切与盼望说，"考虑一下自己亲自出马？你跟他们毫无瓜葛，你知道，这正是我们想要的。很安全，而且九万六千块钱，毕竟是不小的数目嘛。"

汤姆摇了摇头。"可我跟你有某种关系。"妈的，他只为里夫斯·迈诺特干过些小活儿，传递些偷来的小东西啦，或者把里夫斯藏着缩微胶卷这种小东西的牙膏从不知情的人那儿弄出来啦。"你以为，这次秘密行动我侥幸得手的胜算有多大？我也得保护自己的名声啊，你知道的。"汤姆说着就很想笑，同时却因真正的感受而心跳加快了，他站直了一些，心里清楚自己住的是多么奢华的房子，过的是怎样安稳的日子。德瓦特事件过去整整半年了，他躲过了那灭顶之灾，顶多只沾上了一点点嫌疑。如履薄冰，没错，但冰面并未破裂。汤姆陪着那位英国警探韦伯斯特和几个法医去了萨尔茨堡森林，那具被他说成是画家德瓦特的尸体，就是在那儿被他烧掉的。警察当时问他为什么要砸碎头盖骨，汤姆现在想起来依然不寒而栗，因为他想把那些上颌的牙砸碎再藏起来，下颌很容易就脱落了，被汤姆埋在远处。但那些上牙——有几颗已经被一个法医找到了，不过好在伦敦没有一个医生有德瓦特的牙科记录，德瓦特最近六年一直住在墨西哥（他们相信了）。"半是为了焚尸火化，也有点想让他归于尘土吧。"汤姆当时这样回答。那被烧毁的尸体是伯纳德的。是啊，想起拿着一块大石头砸向那被烧焦的头盖骨的骇人之举，汤姆还会像当时一样战栗不已。但他至少没杀伯纳德，伯纳德·塔夫茨是自杀的。

　　汤姆说道："在你认识的所有人当中，你一定会找到能做这件事的人。"

　　"是啊，他们都和我有瓜葛，都比你的嫌疑更大。唉，我认识的人都是大家知道的那种。"里夫斯的嗓音里有种难过的挫败感，"你认识很多体面人，汤姆，真正清白的人，无可指责的人。"

　　汤姆大笑。"你打算怎么弄到这种人？有时候我觉得你真是疯

3

了，里夫斯。"

"不！你知道我的意思。某些人会为了钱做这件事，只是为了钱。他们不必非得是专家。我们可以为他准备好一切。弄得好像是众目睽睽之下被杀，就算被查问，那人看起来也显得——绝对做不出这种事。"

安奈特太太推着饮料小推车进来了。银制冰桶闪闪发光，推车在吱吱轻响。汤姆好几个星期来一直想给它上点油。他本来可以和里夫斯继续说笑的，因为上帝保佑，安奈特太太不懂英语。但汤姆厌倦了这个话题，很高兴被安奈特太太打断。安奈特太太六十多岁，来自一个诺曼底家族，容貌端正，身体结实，是仆人中的瑰宝。汤姆无法想象，丽影没有她还怎么运转。

不一会儿，海洛伊丝从花园回来了，里夫斯站起身来。海洛伊丝穿着粉红条纹的粗布喇叭裤，每道条纹下面都垂直印着"LEVI"的字样。她的长金发蓬松地摇荡着。汤姆看着火光在她发丝上闪耀，不禁想到："跟我们刚才谈的事情相比，这是多么纯净啊！"可她头发上金色的闪光，还是让汤姆想到了钱。好吧，他未必真需要更多的钱，即使德瓦特的卖画所得，他从中拿到分成，那钱会很快告罄，因为没有存货了。但汤姆还从德瓦特艺术用品公司分成，这部分收入还会继续下去。然后就是他通过自己伪造的遗嘱继承的绿叶公司债券，收入并不太多，却在慢慢增长。再加上海洛伊丝父亲慷慨的贴补。用不着太贪婪。汤姆是讨厌杀人的，除非绝对必要。

"你们聊得好吗？"海洛伊丝用英语问道，优雅地坐在黄色沙发上。

"是的，谢谢你。"里夫斯说。

剩下的谈话用的是法语，因为海洛伊丝说英语有困难。里夫斯不太懂法语，但勉强能跟上，他们也没有谈什么重要的事：谈谈花园，谈谈温暖的冬天真的已经过去了，因为现在是三月初，水仙花正在开放。汤姆从推车上的小瓶子中拿起一个，为海洛伊丝倒上香槟。

"汉堡怎……怎么样？"海洛伊丝又大胆说起了英语，当里夫斯挣扎着从习惯了的法语中脱身出来时，汤姆从她眼里看出她很开心。

汉堡也不太冷，里夫斯还补上一句说自己也有个花园，他的"小房子"就在阿尔斯特岸边，也就是说他算是住在那种小河湾上，那儿好多人都有带花园和水景的房子，如果愿意的话还可以有条小船。

汤姆知道海洛伊丝不喜欢里夫斯·迈诺特，也不信任他，里夫斯就是海洛伊丝希望汤姆避开的那种人。汤姆满意地想到，今晚自己可以老实地对海洛伊丝说，他拒绝了里夫斯提出的合作项目。海洛伊丝总是担心她父亲会说什么。她父亲雅克·普利松，是位家财万贯的制药商，戴高乐主义者，体面的法国精英人物。他完全不把汤姆放在眼里。"我父亲会不再支持我们的！"海洛伊丝经常警告汤姆，但汤姆知道，与抓住父亲给的补贴相比，她对他本人的安全更在意。据海洛伊丝说，父亲不断地威胁要中断这份补贴。她每周一次与双亲在尚蒂伊的家里共进午餐，通常是星期五。汤姆知道，假如她父亲对那份补贴苛刻一点，他们在丽影的生活就很难维持了。

今天的晚餐是勋章牛肉，前菜是冰洋蓟配安奈特太太的自制酱汁。海洛伊丝换了身淡蓝色的简装。汤姆觉得她应该已经知道，里夫斯并未得到想要的结果。在三个人都回卧室休息之前，汤姆确保了里夫斯需要的一切都准备停当，还问他早上几点让人把茶或咖啡送到房间里。八点，要咖啡，里夫斯说。里夫斯住在整套房左边的客房里，这一来他就得用海洛伊丝常用的那间浴室，不过安奈特太太已经把海洛伊丝的牙刷挪到了汤姆的浴室里。

"真高兴他明天就走了。他为什么那么紧张呢?"海洛伊丝一边刷牙一边问。

"他一直都很紧张。"汤姆关掉淋浴走出来，迅速用黄色大毛巾裹住自己。"那就是他消瘦的原因——很有可能哦。"他们现在说的是英语，因为海洛伊丝跟他说英语不会难为情。

"你是怎么认识他的?"

汤姆想不起来了。什么时候? 也许是五六年前吧。在罗马? 通过里夫斯的一个什么朋友? 汤姆太累了，无法深入思考，而且这也不是多要紧的事。他有五六个这样的熟人，很难说清都是在哪里认识的。

"他想要你做什么?"

汤姆揽住海洛伊丝的腰，压得她宽松的睡衣紧贴在身上。他吻了吻她凉爽的脸颊。"根本做不到的事。我拒绝了。你也能看出来，他很失望。"

那天晚上，有只猫头鹰，孤独的猫头鹰，在丽影后面公共林地的某片松林中叫唤。汤姆躺在床上思忖，左臂压在海洛伊丝颈下。她睡着了，呼吸变得缓慢轻柔。汤姆叹口气，继续思忖。但他的思路杂乱无章。多喝了第二杯咖啡让他睡不着，他回忆起一个月前在枫丹白露参加的一个聚会，为一位女士举行的非正式生日聚会。为谁呢? 汤姆感兴趣的是她丈夫的名字，一个眼看就要到嘴边的英国人名。那个男人，东道主，三十出头，他们夫妇有个小儿子。那所房子是直上直下的三层楼，坐落在枫丹白露住宅区的一条街道上，后面有片小花园。那人是做画框的，正因为此汤姆才被佩里耶·戈蒂耶拖着去参加聚会。戈蒂耶在枫丹白露有家美术用品商店，汤姆在那儿买过画和笔。戈蒂耶当时说："噢，跟我一起来吧，雷普利先生。带上你的妻子！他想要好多人去。他有点抑郁……不管怎么说吧，既然他是做画框的，你总会给他些生意做嘛。"

汤姆在黑暗中眨眨眼，头向后移了一点，以免睫毛碰到海洛伊丝的肩。他带着点不满和反感想起了一个高个儿金发英国男人，因为那天在厨房里，在那个铺着破烂漆布、装饰着十九世纪浅浮雕的油污铁皮天花板的阴暗厨房里，这个男人对汤姆说了句令他不快的话。那人——叫特洛布里奇，还是图克斯伯里来着？——几乎是以嘲笑的语气说："噢，是啊，我听说过你。"汤姆对他说："我是汤姆·雷普利，住在维勒佩斯。"汤姆本想问问他住在枫丹白露多久了，他以为一个有法国妻子的英国人也许会愿意结识一个住在附近的娶了法国妻子的美国人。可惜，汤姆的主动遭到了粗鲁对待。他的名字不是崔凡尼吗？金色的直发，更像荷兰人，不过反过来英国人也这么看荷兰人。

然而汤姆此刻想的却是戈蒂耶那天晚上后来说的话。"他有些抑郁。他并不想对你无礼。他得了一种血液病——我想是白血病吧。相当严重。你从他的房子上也能看出来，他的状况不是太好。"戈蒂耶有只黄绿色的玻璃眼，显然试图与真眼相配，结果却相当失败。他的那只假眼让人想起死猫的眼睛。人们尽量避免朝它看，可是眼睛却被它催眠般地吸引了。因此，戈蒂耶令人沮丧的话，再加上他的玻璃眼睛，给汤姆留下了强烈的死亡印象，让汤姆无法忘怀。

噢，是啊，我听说过你。这是不是意味着叫崔凡尼或别的什么名字的这个人认为，他得对伯纳德·塔夫茨的死，还有之前迪基·格林里夫的死负责呢？或者这个男人只是因为自己的病痛而想让每个人难受？他脾气不好，就像一直胃疼的那种人？现在汤姆想起崔凡尼的妻子了，一个并不漂亮但很有看头的女人，栗色头发，亲切开朗，聚会时在那个小起居室和厨房里来回忙活，努力招呼着没有几把椅子可坐的客人。

汤姆正在想的是：这个人会接受里夫斯提议的这项工作吗？汤姆突然想到一个接近崔凡尼的有趣方式。这是个对有所准备的人才会奏效的方式，不过这一次，准备已经做好了。崔凡尼非常担心自己的健康。汤姆的主意无非就是个恶作剧，一个让人讨厌的恶作剧，但谁让那人对他无礼来着。只要崔凡尼咨询他的医生，这个玩笑也许都撑不过一天。

汤姆被自己的点子迷住了，他轻轻从海洛伊丝身上抽回手，以免自己因控制大笑全身颤动而吵醒她。万一崔凡尼禁不住诱惑，像个战士一样执行了里夫斯的计划呢？是否值得一试？是的，因为汤姆又没有任何损失。崔凡尼也没有，照里夫斯所说，崔凡尼可能还会受益。里夫斯也会受益。不过还是让里夫斯去算计这些吧，因为在汤姆看来，里夫斯要做的这件事跟那些缩微胶卷一样不清不楚，想必与国际间谍活动有关。政府知道他们的间谍这些疯狂的举动吗？这些异想天开、近似疯子的人带着枪和缩微胶卷穿梭在布加勒斯特、莫斯科和华盛顿之间，他们那股子热情，不是跟投身于集邮或者刺探小型电动火车的秘密一样如痴如狂吗？

2

就这样，大概十天以后的三月二十二日，住在枫丹白露圣梅里街的乔纳森·崔凡尼，收到了好朋友阿兰·麦克尼尔的一封奇怪的信。阿兰是英国一家电子公司驻巴黎的代表，在派驻纽约之前写了这封信，而且，就在他去枫丹白露拜访过崔凡尼那天之后。乔纳森本来希望——毋宁说不希望——那是阿兰为乔纳森和西蒙娜给他开送行晚会而表示感谢的信，阿兰也的确写了几句感激的话，但下面这段话却让乔纳森疑惑顿生：

> 乔，听说有关你那血液老毛病的消息我十分震惊，即便现在我仍然希望它不是真的。我听说你早就知道，却不告诉任何一个朋友。你这样做非常高贵，可要朋友是做什么用的？你不要认为我们会躲着你，或者我们会因为你变得那么沮丧而不想见到你。你的朋友们（我就是一个）都在这儿呢——永远都在。可我这会儿写不出来我真正想说的话。几个月后我抽时间休个假，再见到你时我会做得更好些，所以，原谅我这些不当之辞吧。

阿兰这是在说什么啊？是他的医生佩里耶博士，对他的朋友们说了什么瞒着他的事吗？关于他不会活太长的事？佩里耶医生并未参加阿兰的那次聚会，可是佩里耶医生会对其他人说什么吗？

佩里耶医生对西蒙娜说的？而且西蒙娜也瞒着他？

乔纳森思考着这些可能性时，正是早上八点半，他站在花园里，穿着毛衣还觉得冷，手指上沾着泥土。他今天最好和佩里耶医生谈谈。和西蒙娜说没用，她会假装没这回事。"亲爱的，你在说些什么呀？"乔纳森可不敢肯定自己能分辨出来，她是不是在假装。

还有佩里耶医生——能相信他吗？佩里耶医生总是乐观向上，如果你得的是小毛病，这样挺好——他的乐观能让你觉得好了一半，甚至完全康复。可是乔纳森知道他得的不是什么小病。他得的是骨髓性白血病，特征是骨髓中的黄色物质过量。在过去的五年中，他每年至少输四次血。每次感到虚弱时，他就得去找自己的医生，或者去枫丹白露医院输血。佩里耶医生曾说过（巴黎的一位专家也这么说），迅速恶化的那一天总会到来，到时候输血就不会再有理想的效果了。乔纳森自己读过不少相关文献，他知道，目前还没有医生能治疗骨髓性白血病。一般说来，患者会在发病六到十二年之后死亡，甚至是六到八年。乔纳森的病正进入第六个年头。

乔纳森将叉子放回那个之前是户外厕所，现在当作工具棚的小砖房，然后走向后门的楼梯。他一只脚踏在第一节梯级上，将新鲜的清晨空气吸入胸腔，停下来想："我还能享受多少个这样的早晨呢？"他记得，去年春天自己也这么想过。振作起来，他告诉自己，六年来不是一直有人认为他活不到三十五岁吗？乔纳森步伐坚定地登上八级铁楼梯，心里想着现在已是早晨八点五十二分了，他要在九点或几分钟后到店里去。

西蒙娜已经带乔治去幼儿园了，家里空荡荡的。乔纳森在水槽里用蔬菜刷子刷净了手，西蒙娜不会同意他这样做的，不过他把刷子冲干净了。仅有的另外一个水槽在顶楼的浴室里。家里没有电话。

他到店里的第一件事就是给佩里耶医生打电话。

乔纳森走到教区街后左转，然后走上与它垂直的萨布隆街。在他店里，乔纳森拨通了佩里耶的号码，他熟记在心里的。

护士说医生今天预约已满，乔纳森早有预料。

"可是我情况紧急，不能等太长时间。其实只是问个问题——但我必须见到他。"

"你现在感觉虚弱吗，崔凡尼先生?"

"是啊。"乔纳森立刻回答。

会面约定在中午十二点。这个时刻本身就蕴藏着某种厄运。

乔纳森是个画框商。他切割垫衬与玻璃，制作画框，为决定不下的顾客选择货架上的画框，偶尔，在拍卖行和废品商那儿买进旧画框时，也会千载难逢遇到一幅有意思的画作，一幅他可以清洁后放进橱窗里出售的画作。可惜制作画框并不是个有利可图的买卖，他只能勉强糊口。七年前他还有个合伙人，也是个英国人，来自曼彻斯特。他们两个在枫丹白露开了家古董店，主要是翻新和出售废旧物品。这家店没法养活两个人，罗伊就离开了，在巴黎附近什么地方找了个汽车修理的工作。之后不久，巴黎一位医生就对乔纳森说了与伦敦医生一样的话："你有贫血倾向。你最好定期检查，如果不再做重活儿就更好了。"因此，乔纳森从买卖大衣柜和沙发，转向了买卖更轻便的画框和玻璃。与西蒙娜结婚之前，乔纳森告诉她自己可能活不过六年，因为就在他遇上西蒙娜的时候，他已经得到两位医生确认，他那周期性的虚弱，是骨髓性白血病造成的。

此刻，当乔纳森冷静地，非常冷静地开始这一天时，他觉得自己死后西蒙娜很可能会再嫁。西蒙娜每周有五个下午从两点半到四点半，在富兰克林罗斯福大街一家鞋店工作。那里距离他们家步行即可。也就是去年乔治年龄够送法国幼儿园后，西蒙娜才开始这份工作的。他和西蒙娜需要她每周挣来的那两百法郎。可是一想到她的老板布里亚德，乔纳森就很恼火，那人有点好色，很可能会捏员工的屁股，而且毫无疑问会在放库存的后屋里碰运气。西蒙娜是已婚妇女，布里亚德很清楚，乔纳森以为这会阻止他得寸进尺，但他那种人，绝不会因此就善罢甘休的。西蒙娜根本不是个卖弄风骚的女人——实际上她有种奇怪的羞涩，似乎觉得自己对男人没有吸引力。恰恰是这一点吸引了乔纳森。在乔纳森看来，西蒙娜异常性感，虽然那种性感对普通男人来说也许并不显眼。那个四处猎艳的下流坏布里亚德，一定察觉了西蒙娜与众不同的魅力，甚至还想亲自品味一下，这一点尤其让乔纳森生气。西蒙娜并未讲过布里亚德多少事。只有一次，她提到这人企图勾引另外两个女员工。那天早晨，就在乔纳森给顾客展示一幅裱好的水彩画时，他突然想象着，西蒙娜在自己死后一段时间，会投进那个讨厌的布里亚德的怀抱，他毕竟是个单身汉，经济状况又好过乔纳森呀。荒唐！乔纳森想。西蒙娜厌恶布里亚德那一类的人。

"哦，很可爱！太好了！"那个身穿亮红色大衣的年轻女人，把水彩画举到一臂远处说道。

乔纳森严肃瘦长的脸慢慢微笑起来，仿佛有颗属于他的小太阳，冲破乌云开始在他内心放射光芒。她是由衷地高兴！乔纳森不认识她——实际上，她正在观赏的那幅画是一位老妇人送来的，也许是她母亲吧。价格应该比他估计的多出二十法郎，因为画框与那位老妇人选好的不一样（乔纳森的存货有限），但乔纳森并未提到这一点，接受了原来商定的八十法郎。

顾客走后，乔纳森将一把扫帚放在木地板上，用掸子拂拭小小橱窗里的那三四幅画。他的店铺实在是很破旧啊，那天早晨乔纳森这么想着。没有一处刷了颜色，各种型号的画框倚在未粉刷的墙上，画框木材样品挂在天花板上，柜台上有本订货簿，一把尺子，几支铅笔。店铺后面立着一张长条木桌，乔纳森在那儿用辅锯箱、锯子和玻璃刀干活儿。也是在这张大桌子上，他小心摆放着一块块垫板，一大卷棕色纸，一卷卷细绳、金属丝，几罐胶水，几盒各种尺寸的钉子，桌子上方的墙上，是放刀和锤子的搁物架。大体上，乔纳森喜欢这种缺少商业性装饰的十九世纪氛围。他想让自己的商店看上去像是位好匠人在经营，而且他觉得自己也成功地做到了这一点。他绝不要高价，准时交货，如果要晚了，他就用卡片或电话通知他的顾客。乔纳森发现，大家挺赞赏这种做法。

上午十一点三十五分，给两幅小画装好画框，标上客户的名字，乔纳森用水槽里的冷水洗了手和脸，对着水龙头梳了梳头发，直起身来鼓起勇气，准备面对最坏的结果。佩里耶医生的办公室就在不远处的格兰德街上。乔纳森把门卡翻到下午两点半营业，锁好前门出发了。

乔纳森得在佩里耶医生的候诊室里等一会儿，房间里有盆病恹恹、灰扑扑的月桂。这植物从未开过花，既没有死掉，也从不生长，从不变化。乔纳森觉得自己跟这植物一样。虽然他努力地去想别的事情，眼睛却一次又一次被吸引过去。椭圆形桌子上有几本《巴黎竞赛》杂志，过期的，还被翻看过多次，但乔纳森发现它们比那盆月桂更让人沮丧。佩里耶医生也在枫丹白露的大医院工作呢，乔纳森提醒自己，否则的话，把自己的生命托付给在这种可怜的小地方工作的医生，相信他对生与死的判断，就显得太荒唐了。

护士过来叫他进去。

"噢，噢，有趣的病人来了，我最有趣的病人感觉如何？"佩里耶医生搓着手说道，然后将一只手伸向乔纳森。

乔纳森握住他的手。"我觉得相当好，谢谢你。不过那个结果怎么样——我的意思是两个月前的检查。我想不是太有利吧？"

佩里耶医生一脸茫然，乔纳森专注地看着他。接着佩里耶医生微笑起来，草草修剪的胡须下露出泛黄的牙。

"你说不利是什么意思呢？你看过那份报告结果的。"

"可是——你知道我在理解它们这方面不是专家——也许。"

"可是我给你解释过——现在出了什么事？你又感觉虚弱了？"

"其实没有，"乔纳森知道医生想脱身去吃午饭，于是飞快地说，"说实话吧，我的一个朋友不知从哪儿听说——我的情况很危险。也许我没多久可活了。我自然会认为，这个消息肯定来自你。"

佩里耶医生摇摇头，接着哈哈大笑，他像鸟儿一样四处踱步，又停下来把他瘦削的手臂轻轻搭在一个玻璃书柜上。"我亲爱的先生——首先，如果这消息是真的，我不会告诉任何人，那样不道德。第二，这不是真的，就上次检查结果来看。你今天想再做一次检查吗？今天下午晚一点去医院，也许我——"

"不必了。我真正想知道的是——这是不是真的？你不会瞒着我吧？"乔纳森笑着说，"只是为了让我感觉好点儿？"

"胡说！你觉得我是那样的医生吗？"

是的，乔纳森想着，直盯着佩里耶医生的眼睛。上帝保佑他，也许，对某些病例应该隐瞒，但乔纳森认为自己应当知道真相，因为他是那种能够直面现实的人。乔纳森咬住自己的下唇。他想，他可以去巴黎那家实验室，坚决要求再看一次专家莫索。他也可以在今天午饭时从西蒙娜那里问出点什么来。

佩里耶医生拍了拍他的手臂。"你的朋友——我不会问他是谁的！——不是搞错了就是不太够朋友，我觉得。从现在开始，你应该在感觉容易疲劳的时候告诉我，那才是最重要的……"

二十分钟后，乔纳森正登上自己家的前楼梯，手里拿着一个苹果派和一条长长的面包。他用钥匙开门进屋，穿过客厅走进厨房。他闻到了煎土豆的味道，一股总是代表午饭而非晚饭，让人口水直流的味道，西蒙娜做的土豆条又细又长，不像英国薯条那样又短又粗。为什么他会突然想起英国薯条呢？

西蒙娜戴着围裙站在炉前，挥动着长长的餐叉。"嗨，乔。你迟了一会儿。"

乔纳森用一只手臂搂住她，亲亲她的脸颊，然后举起那个纸盒，向坐在桌前的乔治晃了晃，乔治低着长满金发的小脑袋，正在切割一个空玉米片盒做汽车。

"啊，蛋糕！哪种蛋糕？"乔治问。

"苹果。"乔纳森把盒子放在桌上。

午餐每人有一块小小的牛排，美味的炸土豆，蔬菜沙拉。

"布里亚德要开始盘点了，"西蒙娜说，"夏天的货下个星期就来了，所以他想在周五和周六搞一次特卖。今晚我可能会晚一点儿。"

她把苹果派放在石棉板上加热。乔纳森不耐烦地等着乔治到起居室去，他的许多玩具都在那儿，或者出去到花园里玩儿。当乔治终于走开时，乔纳森说：

"今天我收到阿兰一封可笑的信。"

"阿兰？怎么可笑呢？"

"他就在去纽约之前写的。好像他听说——"他应该给她看阿兰的信吗？她的英文阅读已经足够好了。乔纳森决心说下去。"他不知在哪儿听说我身体更糟了，眼看要不行了——类似的话。你知道是怎么回事吗?"乔纳森注视着她的眼睛。

西蒙娜看起来真的受惊了。"啊，不会吧，乔。我怎么会听说——除非你告诉我?"

"我刚才和佩里耶医生谈过了。所以回来晚了。佩里耶说他不认为病情有什么变化，可你也知道佩里耶那个人!"乔纳森微笑着，仍然焦急地注视着西蒙娜，"噢，信在这儿。"他说着从后衣袋里抽出那封信，把那段话翻译了出来。

"我的天啊!——那么，他是从哪儿听说的?"

"是啊，问题就在这儿。我会写信问他的。你觉得呢?"乔纳森又微笑起来，一个更真实的微笑。他确信西蒙娜对这件事毫不知情。

乔纳森端着第二杯咖啡走进那间方正的小起居室，乔治此刻正拿着他剪好的东西，趴在那儿的地板上。乔纳森在写字台前坐下，它总让他感觉自己是个巨人。这是张相当讲究的法式写字台，是西蒙娜家送的礼物。乔纳森在上面写字时，总小心翼翼地不敢太用力。他给纽约客酒店的阿兰·麦克尼尔写了一封航空信。信的开头十分轻松，然后是第二段:

> 你信中谈到那个(和我有关)令你震惊的消息，我不太清楚是什么意思。我感觉很好，但今天早晨和我这儿的医生谈了谈，看看他是不是会告诉我事情的全部。他说并不知道我病情变糟的说法是怎么回事。所以亲爱的阿兰，让我好奇的是，你从哪儿听说这个消息的? 你能不能尽快写信给我? 这似乎是个误会。我很乐意忘掉它，但我希望你能理解我的好奇心，我很想知道你是从哪儿听说这事的。

他在去商店的路上，将这封信投入了一个黄色邮筒。收到阿兰回信可能需要一个星期。

那天下午，乔纳森沿着钢尺边缘拉动他的切割刀时，手像从前一样稳定。他想着自己的信，也许今晚，也许明早，就会到达奥利机场吧。他又想到自己的年龄，三十四岁，如果真的几个月后就死掉，他能做的事情真是少得可怜啊。他是生了个儿子，不能说没意义，可又算不上什么特别值得表扬的成就。他不会给西蒙娜留下多少生活保障。如果他曾经给她带来过什么，那就是跟他结婚稍稍拉低了她的生活水平。她的父亲只是个煤炭商，但多少年来还是积攒了些资本，比如一辆汽车，像样的家具，能让一家人过得舒舒服服。六七月份他们可以去南方租别墅度假，去年她家还付了一个月的租金，让乔纳森和西蒙娜可以带乔治去玩儿。乔纳森过得也没有他哥哥菲利普好，菲利普比他大两岁，虽然看上去身体更弱，一直都是性格沉闷、埋头苦干的那种类型。现在菲利普是布里斯托大学的人类学教授，虽不算杰出，却也是个可靠的好男人，事业稳定，有妻子和两个孩子。乔纳森的母亲，现在守寡，与她的兄嫂在牛津郡幸福地生活在一起，照料着那里的一个大花园，负责购物与烹饪。乔纳森觉得自己是家族里的失败者，无论身体还是工作，都不怎么样。他最初想当演员，十八岁时他曾去一个戏剧学校待过两年。他自认为他的长相做演员蛮不错，大鼻子和阔嘴并不太英俊，但也好看得足够扮演浪漫剧里的角色了，而且也够沉稳，可以演些更厚重的角色。真是白日做梦啊！在他游荡于伦敦和曼彻斯特各个剧院的三年里，他差点连两个跑龙套的角色都没搞到——他一直靠打零工养活自己，甚至给一个兽医做过助手。"你那么大个子，却对自己一点信心也没有。"一位导演曾这样对他说。后来，乔纳森为一个古董商打零工，觉得自己也许会喜欢这种古董生意。他从老板安德鲁·莫特那里学到了能学的一切，然后就与他的死党罗伊·约翰逊一起搬到法国来，罗伊虽说知识有限，却也对买卖旧货开家古董商店充满热情。乔纳森记得他那时的梦想，在新的国度，在法兰西冒险，获得荣耀、自由、成功。可惜，他并没有成功，一个接一个文雅高贵的情妇，成群结队的波希米亚朋友，或者乔纳森想象中存在但可能并不存在的某个法国阶层——这一切全都没有发生，乔纳森还是走得踉踉跄跄，与他拼命找戏演，努力养活自己的时候真没什么两样。

乔纳森觉得，自己整个生活中唯一成功的事情，就是和西蒙娜结婚。知道生病的消息就在他遇到西蒙娜·福萨蒂耶的那个月，开始感到莫名的虚弱时他还浪漫地以为，那也许是因为自己陷入了爱河。然而额外休息并未改变这种虚弱，还在内穆尔大街晕倒过一次，他就去看了医生——枫丹白露的佩里耶医生怀疑是血液问题，让他去看巴黎的莫索医生。莫索医生是这方面的专家，在两天的检查后确诊他得了骨髓性白血病，还说他可能只剩六到八年的寿命，幸运的话还能延长到十二年。他还会出现脾脏肿大，实际上当时这症状已经出现了，只是乔纳森没有注意而已。因此，乔纳森对西蒙娜的求婚就成了同时宣布爱与死的尴尬演讲。这足以吓跑大多数年轻女子了，或是让她们说自己需要时间考虑一下。西蒙娜却说了好，她也爱他。"重要的是爱，不是时间的长短。"西蒙娜说。没有丝毫算计——乔纳森本来以为法国人，或者说所有的拉丁族裔吧，都精于算计呢。西蒙娜说她已经告诉了自己家人。这一切都发生在他们相识仅仅两周之后。乔纳森觉得，自己突然进入了一个比以往所知的任何世界都更安全的世界。爱，真正的、并不只是浪漫的爱，他以前从未得到过的爱，奇迹般地解救了他。他觉得，这爱以某种方式将他从死亡中解救出来了，但他也明白，其实是这爱赶走了死亡的恐怖。还有六年，巴黎的莫索医生已经预言。也许吧，乔纳森不知道该相信什么。

必须再去拜访一下巴黎的莫索医生，他想。三年前，乔纳森在巴黎一家医院由莫索医生指导做了一次大换血。这种治疗方法被称为 Vincainestine，其理念，或者说希望，是让过量的白细胞和伴随的黄色物质不会在血液中重现。可是，过量的黄色物质在大约八个月后又出现了。

在与莫索医生约定之前，乔纳森还是想等待阿兰·麦克尼尔的来信。阿兰一定会马上回信，乔纳森肯定。阿兰是可以信赖的。

离开自己的商店之前，乔纳森向它那狄更斯式的周遭投以绝望的一瞥。这里并非真有多脏，只是墙壁需要重新粉刷了。他不知道，是否应该努把力，把这里打扮得整齐漂亮些，提高收费，像许多画框商那样，把喷漆铜框的价格涨一大截？乔纳森畏缩不前。他不是那种人。

那天是星期三。星期五，乔纳森正弯腰对付一个螺丝钉，这螺丝钉特别顽固，钉在那橡木框上大概有一百五十年了，无论如何就是不肯向他的老虎钳屈服。拧着拧着他突然扔掉钳子，想找地方坐下。他找到了靠墙的一个木箱子。但他刚坐下就又站了起来，到水槽边洗了把脸，尽他所能地弯下腰。大约五分钟后，晕眩过去了。到午饭时他已经忘记了这件事。这种情况每两三个月就会来一次，乔纳森很庆幸不是在大街上发生的。

星期二，在他寄信给阿兰后六天，他收到了从纽约客酒店寄来的信。

亲爱的乔：

相信我，听说你跟医生谈过了而且有好消息，我非常高兴！对我说你情况危急的那个人有点秃顶，留着胡子，有只玻璃眼，大概四十出头。他看起来真的很担心，也许你不该太怪罪他的，他可能也是从别的什么人那儿听来的吧。

我喜欢这个地方，真希望你和西蒙娜能来这儿，尤其是，我可以报销……

周六，三月二十五日

阿兰说的那个人是佩里耶·戈蒂耶，在格兰德街有家美术用品商店。他并不是乔纳森的朋友，熟人而已。戈蒂耶经常把他店里的顾客介绍到乔纳森店里来装画框。戈蒂耶那天晚上参加了阿兰的告别派对，乔纳森清楚地记得，他一定是后来对阿兰说的。毫无疑问，戈蒂耶这么说是不怀好意。乔纳森只是有点惊讶，戈蒂耶竟然也知道他有血液病。尽管乔纳森知道这件事早晚会传开。乔纳森觉得，现在要做的就是跟戈蒂耶谈谈，问问他到底从哪儿听说的。

现在是早上八点五十分，乔纳森之前一直在等邮差，前一天早晨也是一样。他有种冲动，想直接找上戈蒂耶的门去，但又觉得这会显得忧心忡忡，有失体面，他最好先去店里照常营业，弄清状况再说。

因为来了三四位顾客，乔纳森直到十点二十五分才有空闲。他把时间卡留在门玻璃上，说明会在十一点再营业。

乔纳森走进那家美术用品商店时，戈蒂耶正忙着招呼两位女主顾。乔纳森假装在画笔架间浏览，直到戈蒂耶空闲下来。他说道：

"戈蒂耶先生！怎么样啊？"乔纳森伸出一只手。

戈蒂耶两手握住乔纳森的手，微笑着。"你呢，我的朋友？"

"相当好，谢谢你……请听我说，我不想占用你的时间——但有点事我想问问你。"

"哦？什么事？"

乔纳森示意戈蒂耶远离那扇随时会开的大门。这个小店里并无太多地方可站。"我听一位朋友说——我的朋友阿兰，你记得吧？那个英国人。就在几周前我家的那个派对上。"

"记得！你的朋友，英国人阿兰。"戈蒂耶回忆着，看上去很认真的样子。

乔纳森努力避免去注视戈蒂耶的假眼，将目光只集中于另一只眼。"哦，你好像告诉阿兰，你听说我病得很重，可能不会活太久了。"

戈蒂耶温和的脸严肃起来。他点点头。"是的，先生，我确实听说了。我希望那不是真的。我记得阿兰，因为你给我介绍时说他是你最好的朋友。所以我以为他知道呢。也许我应该什么都不说。很抱歉，这也许不太合适。我还以为你——用英国人的方式——在假装若无其事呢。"

"没那么严重，戈蒂耶先生，因为据我所知，这不是真的！我刚刚和我的医生谈过。可是——"

"啊，太好了！噢，那就不一样了！听到你这么说我真高兴，崔凡尼先生！哈哈！"佩里耶·戈蒂耶爆发出一声大笑，似乎一个鬼魂已被埋葬，不单是乔纳森，就连他自己也活了过来。

"可我想知道你是从哪儿听说的。谁告诉你我病重的呢？"

"啊——是！"戈蒂耶用一根手指按着嘴唇，思考着。"是谁呢？一个男人。是的——当然！"他想起来了，但停顿了一下。

乔纳森等待着。

"但我记得他说他不太确定。他说他也是听说的。一种无法治愈的血液病，他是这么说的。"

乔纳森又感到一阵焦虑，就像过去一周来好几次体会到的那样。他舔了舔嘴唇。"到底是谁呢？他是怎么听说的？他没有说吗？"

戈蒂耶又犹豫了。"既然不是真的——我们不是应该最好忘记它吗？"

"是你很了解的人吗？"

"不！一点也不了解，我向你保证。"

"一位顾客？"

"是的，是的。一个好人，一位绅士。但既然他不太确定——说真的，先生，您不该心怀不满，虽然我能理解您对这样的议论会是多么厌恶。"

"这就引出了一个有趣的问题，这位绅士是怎么听说我病得很重的。"乔纳森继续追问，但此刻面带微笑。

"是啊，一点不错。呃，关键是，它不是真的。这不是最重要的事情吗？"

乔纳森看出戈蒂耶摆出了法国人的礼貌，他不愿意得罪顾客，还有——意料之中的——不喜欢谈论死亡这个话题。"你说得对，那才是最重要的。"乔纳森与戈蒂耶握手，两个人此时都微笑着，互相道别。

那天午饭时，西蒙娜问乔纳森是否收到了阿兰的回信。乔纳森说收到了。

"是戈蒂耶对阿兰说的。"

"戈蒂耶？那个美术用品商店的人？"

"是的。"乔纳森在喝咖啡，又点燃了一支香烟。乔治去外面花园玩了。"今天早上我去找了戈蒂耶，问他从哪儿听说的。他说从一个顾客那儿。一个男人——真可笑，不是吗？戈蒂耶不想告诉我是谁，我也不能当真责备他。这当然是个误会，戈蒂耶也承认。"

"可这太让人震惊了。"西蒙娜说。

乔纳森笑了，他知道西蒙娜并未真正受惊，因为她知道佩里耶医生已经给了他相当好的消息。"就像我们英国人常说的，切不可把鼹鼠丘当作高山。[1]"

接下来那一周，乔纳森在格兰德大街偶然碰到了佩里耶医生，医生正赶在兴业银行十二点关门前匆匆往里走，看到乔纳森却停下来问他感觉如何。

"相当好，谢谢您。"乔纳森说着，还想着一百码之外，他要买马桶疏通器的那家商店也很快要关门了。

"崔凡尼先生——"佩里耶医生一只手放在银行大门的把手上面。他离开门口，凑近了乔纳森。"关于我们那天讨论的事——像你这种状况，没有哪个医生能十拿九稳，你知道的。我不想让你认为，我在向你保证你是百分百健康的，会长期免疫。你知道你自己——"

"噢，我不会那么想的！"乔纳森打断了他。

"那么你明白了。"佩里耶医生微笑着说完，立刻冲进了银行。

乔纳森小跑着去买疏通器。是厨房的水槽堵了，不是厕所，他想起来了，西蒙娜几个月前把家里的疏通器借给了邻居。乔纳森又想起了佩里耶医生说的话。他是不是从上次检查中知道了些什么，怀疑着什么，发现了某种不能完全确定因此不能告诉他的状况呢？

在杂货店门口，乔纳森碰到一个笑眯眯的黑发女孩正在锁门，扭动着外面的门把手。

"很抱歉。现在十二点过五分了。"她说。

---

1. 意为小题大作，反应过激。

3

三月的最后一周里，汤姆忙于给海洛伊丝画一幅平躺在黄色缎面沙发上的全身像。海洛伊丝很少同意给他当模特。但好在沙发一动不动，汤姆也就心满意足地把它画上了。他还画了七八张海洛伊丝的速写，她左手撑着头，右手放在一本巨大的画册上。他留下了最好的两张，其余的扔掉了。

里夫斯·迈诺特给他写来一封信，问汤姆是否想出了有用的主意——里夫斯的意思是想到了某个人。这封信是在汤姆与戈蒂耶谈话几天后到的，汤姆经常从他那儿买颜料。汤姆给里夫斯回信说："正在努力想，不过你也可以按自己的想法办，如果你有的话。""正在努力想"只是客套话，甚至是谎话，就像许多为了润滑社会交往齿轮的句子一样，像埃米莉·波斯特[1]会说的那种。里夫斯几乎没有给丽影别墅的生活带来多少油水，实际上，里夫斯为汤姆偶尔做中间人和销赃者付的钱，连付他的干洗账单都不够，但是保持友好关系绝无坏处。里夫斯给汤姆弄过一张假护照，还及时送到巴黎给他，让他来得及保住德瓦特的生意。没准儿哪一天，汤姆又会需要里夫斯呢。

但乔纳森·崔凡尼那桩事，对汤姆来说只不过是个游戏罢了。他这么做不是为了里夫斯的赌场利润。汤姆碰巧不喜欢赌博，也瞧不起那些完全或部分以此为生的人。那不就是拉皮条嘛。汤姆捉弄崔凡尼是出于好奇，也是因为崔凡尼曾经讥笑过他——还因为汤姆想看看自己这样胡乱射击会不会歪打正着，让乔纳森·崔凡尼，这个在汤姆看来一本正经、自以为是的人，不安一阵子。然后，里夫斯就可以端出他的诱饵了，当然要用崔凡尼活不长这件事，来个一箭穿心。汤姆不太相信崔凡尼会上钩，但搞得他一段时间心神不宁，那是十拿九稳。只可惜汤姆猜不到这谣言要花多久才能传到乔纳森·崔凡尼的耳朵里。戈蒂耶倒是足够八卦，可就算戈蒂耶告诉了两三个人，也不一定会有一个敢跟崔凡尼本人提起这个话题。

因此，汤姆虽然像平常一样忙于作画，春耕，进行德国与法国文学研究（现在读到席勒和莫里哀了），加上还要当监工，有三个泥瓦匠要在别墅后院草坪的右边盖一间温室——却还是计算着过去的天数，想象着三月中旬那个下午之后到底会发生些什么。当时他对戈蒂耶说，他听说崔凡尼快要死了。戈蒂耶不大可能会直接对崔凡尼说，除非他们俩比汤姆想的更亲近。戈蒂耶更有可能把这事告诉别人。汤姆相信（他确信这是事实），有人可能死到临头了，这话题对每个人来说都很有吸引力。

汤姆每两周去一趟枫丹白露，枫丹白露距离维勒佩斯大约十二英里。购物、干洗麂皮大衣、买收音机电池和安奈特太太烹饪需要的稀罕东西，枫丹白露都比莫雷方便。乔纳森·崔凡尼店里有部电话，汤姆已经在号码簿里查到了，但很明显电话不在圣梅里街他的家里。汤姆一直想查到他家的门牌号码，但他觉得自己看到那房子就能认出来。临近三月末时，汤姆有些急于再见到崔凡尼了——当然是以远观为好。一个星期五的早晨，他去了一趟枫丹白露，在路

上买了两个赤陶圆花盆。把东西放进雷诺旅行车的后备厢之后，汤姆就走向了崔凡尼商店所在的萨布隆大街，此时接近中午。

崔凡尼的商店看起来需要粉刷，显得有点压抑，汤姆觉得它活像老人开的店。汤姆从来没光顾过崔凡尼的店铺，因为莫雷就有家很好的画框店，离汤姆更近。这家小店门上方的木头上有褪色的红色字母，拼成"镶框"的字样，它夹在一排洗衣店、补鞋店、小旅行社当中——门开在左边，右边的方形橱窗里摆着杂七杂八的画框，还有两三幅贴着手写价签的画作。汤姆悠闲地穿过街道，扫视那店铺，看到崔凡尼那北欧人似的高大身影站在柜台后面，离自己约有二十英尺远。崔凡尼正在向一个男人展示一截画框，一边用手掌拍打它，一边说着话。这时，崔凡尼瞥了眼橱窗，看了汤姆一秒钟，又继续与顾客交谈，表情并无变化。

汤姆继续漫步着，崔凡尼没有认出他来，汤姆感觉是这样。汤姆右拐走上法兰西大街，这是枫丹白露仅次于主街的第二条要道。他一直走到圣梅里街，然后向右拐。崔凡尼的家是在左边吗？不，右边。

是的，就在那儿，那栋看上去狭窄逼仄的灰色房子，门前阶上是单薄的黑色栏杆。台阶两边的一小片地方砌着水泥，没有一盆花来消减这种荒凉的感觉。但是它有个后花园，汤姆想起来了。几扇窗户虽然清洁光亮，却露出了后面松松垮垮的窗帘。是的，这就是二月那个晚上他应戈蒂耶之邀来过的地方。屋子左侧有条狭窄的过道，一定是通往后面花园的。一只绿色的塑料垃圾桶立在花园锁着的铁门前，汤姆想，崔凡尼一家通常应该从厨房后门进入花园，汤姆记得厨房有个后门。

汤姆在街道另一边慢慢地走着，但又小心不让人觉得他像是在闲荡，因为他拿不准那位妻子或别的什么人，此刻会不会从窗子里往外面看。

他还有什么别的东西要买吗？对了，锌白。他的锌白快用完了。买这个就得去找戈蒂耶，那个美术用品商。汤姆加快了脚步，感到很庆幸，因为他真的需要买锌白，这样他走进戈蒂耶商店就是为了办正事，与此同时又能满足自己的好奇心。

戈蒂耶一个人在店里。

"早上好[1]，戈蒂耶先生！"汤姆说。

"早上好，黎普利先生！[2]"戈蒂耶微笑着回答，"你好吗？"

"非常好，谢谢，你呢？——我发现我需要买一些锌白。"

"锌白。"戈蒂耶从靠墙的柜子上拉出一个抽屉。"给你。你喜欢伦勃朗牌的，我记得。"

的确如此。德瓦特牌的锌白和德瓦特的其它颜料也可以用，包装管标签上有德瓦特黑色粗体、向下倾斜的签名。可是汤姆不想在家画画时，每次伸手去拿颜料都让德瓦特这个名字映入眼帘。汤姆付过钱，就在戈蒂耶递给他找零和装着锌白的小袋子时，戈蒂耶说：

"啊，黎普利先生，你记得崔凡尼先生，圣梅里街那个画框匠吗？"

"当然记得。"一直琢磨着怎么提起崔凡尼的汤姆说道。

"哦，你听说的那个谣言，说他很快要死了，根本不是真的。"戈蒂耶微笑着。

"不是？噢，太好了！听你这么说我很高兴。"

---

1. 楷体字原文为法语。下同。
2. 戈蒂耶发音不准，说错了汤姆的名字。

"是啊。崔凡尼都去看了他的医生。我想他有点不安吧。谁能不这样呢，嗯？哈—哈！不过，你那天说是有人告诉你的，对吗，黎普利先生？"

"是的。二月份派对上的一个人。崔凡尼夫人的生日派对。因此我以为那是真的，而且每个人都知道这件事，你明白的。"

戈蒂耶看上去若有所思。

"你对崔凡尼先生说了？"

"没有——没有。可我有天晚上，这个月在崔凡尼家的另一个晚上，对他最好的朋友说了。很显然，他告诉了崔凡尼先生。这些事情都是怎么传开的呀！"

"他最好的朋友？"汤姆摆出一副无知的表情问道。

"一个英国人。叫什么阿兰吧。他第二天要去美国。可是——你还记得是谁告诉你的吗，黎普利先生？"

汤姆缓缓地摇头。"想不起他的名字了，就连他长什么样子都忘了。那天晚上人那么多。"

"因为——"戈蒂耶凑近一些低声说，好像还有别人在场似的，"崔凡尼先生问我，你瞧，是谁告诉我的。当然了，我没说是你。这些事会引起误会。我不想让你卷入麻烦。哈！"戈蒂耶亮闪闪的玻璃眼里没有笑意，却大胆地盯着汤姆，仿佛那只眼睛后面有个不一样的大脑，一种计算机式的大脑，只要有人启动程序，立刻就能洞察一切。

"谢谢你这么做，因为对别人的健康发表不实评论可不太好，对吗？"汤姆此刻咧嘴一笑，准备离开，但又加了一句："可是崔凡尼先生的确有血液病，你不是说了吗？"

"那倒是。我想是骨髓性白血病。但这种病并未让他丧命。他有一次告诉我，他得这病已经好些年了。"

汤姆点点头。"无论如何，他没有危险我很高兴。回头见，戈蒂耶先生。非常感谢。"

汤姆向自己汽车的方向走去。在崔凡尼向医生咨询之前，震惊虽然只能持续几个小时，但至少会给他的自信留下一道小小的裂痕。有几个人会相信这消息，也许崔凡尼自己也会相信，他活不过几个星期了。因为这种可能性对于一个有崔凡尼这种病的人来说，并不是毫无可能。可惜，崔凡尼现在已经放心了，但这道小小的裂痕也许就是里夫斯需要的全部。现在游戏可以进入第二阶段了。崔凡尼很可能会对里夫斯说不。那样一来，游戏就到此结束。换句话说，里夫斯去找他，当然会当他是大限已至。如果到时候崔凡尼动摇了，那该多么有趣啊。那一天，汤姆与海洛伊丝及她的巴黎朋友诺艾尔（她打算留下来过夜）吃过午饭后，离开两位女士，用他的打字机给里夫斯写了封信。

　　亲爱的里夫斯：

　　　　如果你还没有找到合适的人，我倒有个主意。他的名字叫乔纳森·崔凡尼，三十出头，英国人，一个画框匠，娶了位法国女人，有个小儿子。[汤姆将崔凡尼家和商店的地址及店里的电话号码留给了里夫斯]他看上去似乎很需要钱，虽然他可能不是你想要的那种人，他看起来就是正派和无辜的化身，但这对你来说不是更重要嘛。他只有几个月或几周可活了，我已经查明，他得了骨髓性白血病，他也已经知道了病情。他现在可能会愿意接受一份危险的工作来挣些钱。

　　　　我自己并不认识崔凡尼，需要强调一点，我不希望让他知道，也不希望你提到我的名字。我的建议是，如果你想试探他一下，就来枫丹白露一趟，在一个叫作黑鹰旅馆的迷人客栈住上几天，往崔凡尼的商店打电话联系他，约个时间，谈一谈。还需要我告诉你，给自己换个名字吗？

汤姆对这个计划突然感到很乐观。想象着里夫斯以那种打消人戒备的茫然和焦虑表情——几乎暗示着正直纯洁呢——把这样一个主意放在看上去像圣徒一样正派的崔凡尼面前，汤姆忍不住放声大笑。他敢不敢在里夫斯与崔凡尼在黑鹰旅馆的餐厅或酒吧约会时占个旁边的桌子呢？不行，那样太过火了。这让汤姆想到了另一个重点，于是他在信上加了一句：

如果你到枫丹白露来，请无论如何不要打电话或写便条给我。这封信请阅后即毁。

你永远的朋友

汤姆

三月二十八日，一九——

4

三月三十一日，星期五的下午，乔纳森店里的电话铃响了。他正在把牛皮纸粘到一幅大尺寸画作的后面，在拿起电话前，不得不寻找合适的重物——一块刻着"伦敦"字样的砂岩，一个胶水罐，一根木棒——来压住那幅画。

"喂？"

"您好，先生。崔凡尼先生吗？……我想你应该说英语吧。我的名字叫斯蒂芬·韦斯特，W-i-s-t-e-r。我要在枫丹白露待几天，不知道您能否抽出几分钟和我谈谈——我认为这件事您会感兴趣的。"

这人有美国口音。"我不买画，"乔纳森说，"我是做画框的。"

"我不想跟你谈任何有关你工作的事。这事我没法在电话里解释——我住在黑鹰旅馆。"

"噢？"

"不知道你今晚商店打烊后是不是能抽出几分钟时间？大概七点？还是六点半？我们可以喝杯酒或咖啡。"

"可是——我想知道你为什么要见我。"一个妇人走进了商店——蒂索太太，还是提索德太太？——来取一幅画。乔纳森抱歉地对她一笑。

"我必须当面跟你解释，"那个柔和、诚恳的声音说，"只需要十分钟。今天晚上七点你有空吗？"

乔纳森改口了。"六点半就可以。"

"我会在大厅等你。我穿着灰色格子呢西装。不过我会交待门房的。这不难。"

乔纳森通常在六点半关门。六点十五分，他站在冷水槽前搓洗双手。天气温和，乔纳森穿着高领毛衣和一件米黄色灯芯绒旧夹克，这身装束进黑鹰旅馆不够优雅，再加上他那不算最好的橡胶雨衣，就显得更糟糕了。他干吗要担心？那人一定是想卖东西给他。不可能有别的事情。

旅馆距离商店只有五分钟路程。前面有个小小的院子，被高高的铁栅栏围起来，有几节台阶通往前门。乔纳森看到一个神色紧张、留着平头的瘦长男人略带犹疑地向他走过来，乔纳森便说：

"韦斯特先生吗?"

"是的。"里夫斯挤出一个微笑，伸出了他的手。"我们是在这儿的酒吧喝一杯，还是你想去别的地方?"

这儿的酒吧宜人又安静。乔纳森耸耸肩。"随便你了。"他注意到韦斯特脸颊上有一道可怕的伤疤，特别长。

他们走进旅馆酒吧那道宽阔的门，里面空空荡荡，只有一张小桌旁有一对男女。韦斯特似乎被这份安静吓退了，他转过身说：

"咱们试试别处吧。"

他们走出旅馆向右拐。乔纳森知道旁边那家酒吧，叫"运动"咖啡吧或是别的什么，这个时候酒吧里面准是人声鼎沸、热闹非常，少年们挤在弹球机旁，工人们拥在柜台边上。韦斯特停在这家咖啡吧的门口，好像出乎意料地踏入了正在战斗的战场。

"你介不介意，"韦斯特边说边转过身，"到我的房间里去？里面很安静，我们还能让人送东西上去。"

他们回到旅馆，爬上一层楼梯，走进一个西班牙风格的漂亮房间——黑色铁艺，覆盆子色的床单，浅绿色的地毯。架上的行李箱是此屋有人的唯一标志。韦斯特进来没用钥匙。

"你想要点什么？"韦斯特走向电话。"苏格兰威士忌？"

"好的。"

这人用蹩脚的法语点了单。他要求将酒瓶送上来，外加许多冰块。

然后就是沉默。乔纳森很好奇，这个人为何如此不安呢？乔纳森站在窗边，一直在往外看。很显然，韦斯特在酒水送来之前不打算谈话。乔纳森听到了小心翼翼的敲门声。

一个身穿白夹克的侍者带着托盘与友好的微笑走了进来。斯蒂芬·韦斯特慷慨地倒着酒。

"有兴趣赚点钱吗？"

乔纳森笑了，他现在坐在舒适的扶手椅里，手中拿着放大冰块的苏格兰威士忌。"谁不想呢？"

"我有个危险的工作——呃，重要的工作——我准备为它出高价。"

乔纳森想到了毒品：这个人可能想运送或者携带什么东西吧。"你是做什么生意的呢？"乔纳森礼貌地问。

"好几种。目前这个你可以称之为——赌博。——你赌博吗？"

"不。"乔纳森微笑着。

"我也不赌。但这不是重点。"此人从床边站起来，在房间里慢慢地四处走动。"我住在汉堡。"

"噢？"

"赌博在市区内是不合法的，但在私人俱乐部里就很常见。不过，合不合法也不是重点。我需要有人帮我除掉一个人，也可能两个吧，再看看顺便偷点什么。好啦，现在我已经把我的想法和盘托出了。"他表情严肃，充满希望地看着乔纳森。

这人的意思是，杀人！乔纳森吓了一跳，接着便微笑着摇了摇头。"真奇怪你是从哪儿知道我名字的！"

斯蒂芬·韦斯特没有笑。"这不重要。"他继续走来走去，手里拿着酒，灰色的眼睛盯着乔纳森又移开。"不知道你对九万六千美元是否有兴趣？那是四万英镑，大概四十八万法郎——新法郎。只要枪杀一个人钱就到手，也许两个吧，我们得看情况。我会把一切安排妥当，保证你做起来又安全，又简单。"

乔纳森又摇了摇头。"我不知道你从哪儿听说我是个——职业杀手。你一定是把我和别人弄混了。"

"不，根本没弄错。"

乔纳森的微笑在此人紧张的注视下慢慢褪去了。"你弄错了……你介意告诉我你是怎么打电话找到我的吗？"

"嗯，你——"韦斯特显得十分痛苦，这是先前不曾有过的，"你活不过几个星期了。你自己也很清楚。你还有妻子和儿子——不是吗？你难道不想在走之前给他们留点儿什么吗？"

乔纳森感觉浑身的血液都要从自己脸上涌出去。韦斯特怎么知道这么多？接着他意识到，原来这一切全都环环相扣！告诉戈蒂耶他快死了的那个人，认识面前这个人，跟他不知有什么关系。乔纳森不打算提起戈蒂耶。戈蒂耶是个诚实的人，韦斯特却是个骗子。乔纳森的苏格兰威士忌突然变得不那么好喝了。"是有个疯狂的谣言——最近——"

现在轮到韦斯特摇头了。"那不是疯狂的谣言。也许是你的医生没告诉你真相。"

"你比我还了解我的医生吗？我的医生不会对我撒谎。没错，我是得了血液病，可是——我现在情况并没恶化——"乔纳森突然停了下来，"关键是，我恐怕不能帮你，韦斯特先生。"

韦斯特咬了咬下唇，那道长长的伤疤令人反感地蠕动着，活像条虫子。

乔纳森不再看他。难道佩里耶医生在撒谎吗？乔纳森认为，他明早应该打电话到巴黎那家实验室问一问，或者干脆去巴黎要求他们再做个解释。

"崔凡尼先生，很抱歉，但我要说，你显然还蒙在鼓里。至少你已经听到了那所谓的谣言，所以，我不是坏消息的送信人。这件事你可以自由选择，但在这种情况下，像这么大的数目，我会觉得，听上去相当诱人。你可以不再工作，享受你的——嗯，比如说，你可以带家人周游世界，然后还能给你妻子留下……"

乔纳森觉得有点晕眩，站起来做了个深呼吸。那种感觉过去了，但他更愿意站着。韦斯特正在说话，可乔纳森几乎听不到。

"……我的想法。汉堡有几个人愿意出这九万六千美元。我们想除掉的那个人，那些人，是黑手党。"

乔纳森只清醒了一半。"谢谢，我不是杀手。你还是别谈这件事了。"

韦斯特继续往下说。"但确切地说，我们需要的是和我们当中任何人、和汉堡那边都没有关系的人。第一个目标，只是个喽啰，必须在汉堡解决掉。原因是，我们想要警察认为那是两个黑手党帮派在汉堡互相厮杀。其实，我们希望警察插手时会顺便帮上我们这边。"他继续来来回回地走着，经常看着地板。"第一个人应该在人群里中枪，U-bahn 的人群。就是我们的地铁，你们叫做地下铁的。

枪得马上扔掉，然后——枪手就混入人群，消失得无影无踪。一把意大利枪，上面没有指纹。没有线索。"说到这里，他就像指挥结束一样，放下了双手。

乔纳森挪回到椅子里，他需要坐一会儿。"对不起，不行。"只要有了力气，他立刻就会向门口走去。

"明天一天我都在这儿，很可能会一直待到星期天下午晚些时候。我希望你考虑一下。——再来杯威士忌？可能对你有好处。"

"不，谢谢。"乔纳森硬撑着站起来。"我要走了。"

韦斯特点点头，看上去很失望。

"谢谢你的酒。"

"不值一提。"韦斯特为乔纳森打开了门。

乔纳森走了出去。他以为韦斯特会把一张印有名字和地址的卡片塞到自己手里。幸好没有。

七点二十二分，法兰西大街上的路灯已经亮了。西蒙娜要他买什么了吗？面包，也许吧。乔纳森走进一家杂货店买了一长条。熟悉的家务琐事令人心安。

晚饭有蔬菜汤，一些剩余的猪头肉冻切片，一个番茄洋葱沙拉。西蒙娜说起她那家鞋店附近有家店在搞墙纸特卖。只要一百法郎，他们就能换掉整个卧室的墙纸，她已经看上了一种淡紫和绿色的漂亮图案，特别明亮，有新艺术风格。

"只有一个窗户，卧室特别暗，你知道的，乔。"

"听起来很棒啊，"乔纳森说，"如果特价就更好了。"

"就是特价。不是只降价百分之五那种愚蠢的特卖——像我那个抠门儿的老板。"她把面包皮蘸上沙拉酱汁，匆匆送进嘴里。"你在担心什么吗？今天发生什么事了？"

乔纳森马上微笑起来。他没有担心什么。他很高兴西蒙娜没有注意到他回家晚了一点儿，而且还喝了一大杯酒。"没有，亲爱的。什么事都没有。也许是到周末了，快到周末了。"

"你又觉得疲劳了？"

这个好像来自医生的问题，现在已是例行公事。"不……今晚八点到九点我要打电话给一位顾客。"现在是八点三十七分。"我还是现在就去吧，亲爱的。也许回来后喝咖啡。"

"我能和你一起去吗？"乔治问道，放下他的叉子往后一坐，准备从椅子上跳下来。

"今晚不行，我的小老弟。我很着急。可你只想玩那些弹球机，我可知道你。"

"好莱坞口香糖！"乔治用法语的发音方式嚷着，"奥利坞霜糖！"

乔纳森从门廊衣钩上拿起夹克，脸上抽搐了一下。好莱坞口香糖，那绿白相间的包装纸常常散落在排水沟里，偶尔也落在乔纳森的花园里。它对法国的小孩子有着神秘的吸引力。"遵命，先生。"乔纳森说着，走到门外。

电话簿上有佩里耶医生家里的电话号码，乔纳森希望他今晚在家。有家烟草店有电话，比乔纳森的商店更近。此刻恐慌正牢牢抓住乔纳森，他赶忙朝着那发亮、倾斜的红色滚筒一路小跑，那是两条街外烟草店的标志。他一定要让医生把话讲清楚。乔纳森点头向吧台后他略有点面熟的年轻人致意，指了指电话和放电话簿的架子。"枫丹白露！"乔纳森喊道。这个地方很吵闹，还有台自动唱机在轰鸣。乔纳森找到那个号码，拨了出去。

佩里耶医生接了电话，还听出了乔纳森的声音。

"我非常想再做一次检查。甚至今晚都行。就现在——如果你能取样的话。"

"今晚？"

"我马上就可以去见你。五分钟后。"

"你是不是——又感觉虚弱了？"

"嗯——我想如果明天能送到巴黎检查——"乔纳森知道佩里耶医生的习惯是把各种样本在星期六早晨送到巴黎去。"如果你今晚或明早能采一个样本——"

"明天早上我不在办公室。我要出诊。你要是这么着急，崔凡尼先生，现在就来我家吧。"

乔纳森付了电话费，又在出门之前想起来，去买了两包好莱坞口香糖，放进了夹克口袋。佩里耶住在马其诺林荫路上，走过去大约要十分钟。乔纳森一路上连走带跑。他从未去过医生的家。

这是一栋阴暗的大楼，门房是个行动迟缓、皮包骨头的老太太，正在满是塑料植物的小玻璃房间里看电视。就在乔纳森等待电梯下降到那个摇摇晃晃的栅栏里时，那看门人蹒跚走进大厅，好奇地问道：

"您的妻子要生孩子了吗，先生？"

"不，不。"乔纳森笑着说。想起来佩里耶医生是全科医生。

他上了楼。

"现在怎么样？"佩里耶医生问，穿过餐厅召唤着他。"到这个房间来吧。"

整个屋子光线昏暗。电视机在什么地方开着，他们进入的那个房间像个小办公室，书架上有医学书籍，一张书桌上放着医生的黑皮包。

"我的天呀！别人会以为你马上就要崩溃了！你刚才一直在跑是

吧？很明显，你的脸颊都红了。别告诉我你又听到传言说，你死到临头了！"

乔纳森努力让声音平静一些。"我只是想确证一下而已。我感觉不太好，跟你说实话。我知道上次检查到现在只有两个月，可是——既然下次检查在四月末，现在做又有什么害处呢——"他停顿一下，耸耸肩。"既然采骨髓很容易，既然明天很早就能送走——"乔纳森知道，他的法语此刻讲得十分蹩脚，他知道"moelle"骨髓这个词，已经变得令人恶心了，尤其是想到他的骨髓在反常地变黄，就更觉恶心。他感觉到佩里耶医生现在的态度就是对他这位病人百般迁就。

"是的，我可以采样。结果很可能和上次一样。你永远不会从医生这里得到完全确定的答案，崔凡尼先生……"医生继续说着，乔纳森此时脱掉了毛衣，遵照佩里耶医生的手势在一个老式皮沙发上躺下来。医生将麻醉针头戳进去。"但我能理解你的担心。"佩里耶医生几秒钟后说道，把即将插入乔纳森胸骨的管子压了压，又敲了敲。

乔纳森不喜欢这种嘎吱嘎吱的声音，却发现这种轻微的疼痛很容易忍受。也许，这一次，他就能得知真相了。在离开之前，乔纳森忍不住开口说："我必须知道真相，佩里耶医生。真的，你觉得那个实验室会不会不给我们正确的结论呢？我宁愿相信他们的数据是正确的——"

"这个结论或预测根本就不存在，我亲爱的年轻人！"

乔纳森走回了家。他本想告诉西蒙娜他去见佩里耶了，他又觉得担心了，可是乔纳森不能：他已经让西蒙娜承受得够多了。如果告诉她，她又能说些什么呢？她只会变得更担心，像他一样。

楼上，乔治已经上了床，西蒙娜正在给他读书。又是阿斯特里克斯。乔治倚着他的枕头，西蒙娜坐在灯下一张矮凳上，乔纳森觉得，要不是西蒙娜懒散的样子，这场景实在像一幅家居生活真人画[1]，年代应该是一八八〇年。乔治的头发在灯光下像玉米须一样金黄。

"霜糖呢？"乔治咧嘴笑着问。

乔纳森笑着拿出一包。另一包可以等下一次再说。

"你去了好久。"西蒙娜说。

"我在咖啡馆喝了杯啤酒。"乔纳森说。

第二天下午四点半到五点之间，按照佩里耶医生的嘱咐，乔纳森给纳伊的艾伯勒-瓦伦特实验室打了电话。他报上自己的名字，拼写之后说，他是枫丹白露佩里耶医生的病人。然后等着联系对应的部门，此时电话每隔一分钟就发出收费的"嘀"声。乔纳森已经准备好了纸和笔。能不能再拼一遍您的名字呢？然后，一个女人的声音开始读报告了，乔纳森飞快地记下那些数字。白细胞计数十九万。这不是比以前高了吗？

"我们当然会送一份书面报告给你的医生，他应该在星期二收到。"

"这份报告没有上次结果那么好，不是吗？"

"我这儿没有以前的报告，先生。"

"有医生吗？也许，我可以和医生谈谈？"

"我就是医生，先生。"

"哦。那么这份报告——不管你是否有以前那份——结果不好，对吗？"

---

1. 由活人穿戏服在舞台上扮演静态画面、场面或历史性场景，盛行于十九世纪。

她像教科书一样回答："有潜在的危险，包括抵抗力下降……"

乔纳森是从店里打的电话。当时他把告示牌翻到"打烊"，还拉上了门帘，不过通过窗子还能看到他。这会儿他要去拿掉那牌子时，才发现自己刚才根本没有锁门。既然这天下午没人要来取画，乔纳森觉得他不妨关门。时间是四点五十五分。

他走向佩里耶医生的诊所，准备在必要时等上一个小时。星期六是繁忙的一天，因为大多数人不上班，有空来看医生。乔纳森前面有三个人，但护士问他是否可以久等，他说不能，护士就对下一位病人道个歉，让他加了进去。乔纳森怀疑，是佩里耶医生对护士说起过他吗？

佩里耶医生对着乔纳森潦草写下的纸条，抬起黑黑的眉毛说，"可是这并不完整啊。"

"我知道，但它能说明些什么，不是吗？情况有点恶化——不是吗？"

"别人会认为是你想要恶化！"佩里耶医生带着习惯的快活说道，乔纳森对此已经不再相信了。"坦白讲，是的，恶化了，但只是一点点。并不要紧。"

"就百分比来说——恶化了百分之十，可以这么说吗？"

"崔凡尼先生——你不是一辆汽车！让我在周二得到完整报告前就做评论，这是不合理的。"

乔纳森走路回家，走得相当慢，他专门走过了萨布隆街，看看有没有人要进他的商店。没有一个人。只有那家自助洗衣店生意兴隆，人们拿着大包小包的衣物，一不小心就会在门口撞上。快六点了，今天西蒙娜要七点之后才会离开鞋店，比平时晚，因为她的老板布里亚德不想在周日和周一休息前错过任何一个法郎。韦斯特还在黑鹰旅馆，他难道单单就是为了等他，等他改变主意说一声"好"吗？假如佩里耶医生与斯蒂芬·韦斯特合谋，假如是他们让艾伯勒-瓦伦特实验室给他一份不太好的检查结果，岂不是很可笑吗？假如戈蒂耶也卷入了这个阴谋，做了坏消息的小小送信人呢？仿佛一场噩梦，最古怪的事全都凑在一起，联手对付他这个做梦的人。但乔纳森知道他不是在做梦。他知道，佩里耶医生并未受雇于斯蒂芬·韦斯特，艾伯勒-瓦伦特实验室也没有。他的病情恶化了，死亡又比他预想的更近或更快了一些，这都不是梦。可是，每个又活过了一天的人不都是如此嘛，乔纳森提醒自己。他想到，死亡和老去都是个衰退的过程，简直就是一条下坡路。大多数人都有机会慢慢来，从五十五岁或者他们慢下来的任何时候开始，渐渐衰退到七十岁或者到他们的寿数尽头。乔纳森明白，他的死亡来得很快，就像从悬崖上往下坠。每次他想要做"准备"时，就不禁要思前想后，躲躲闪闪。他的心态，他的精神，都还是三十四岁，他还想要活下去。

崔凡尼家那栋小房子，在暮霭里泛着灰蓝色，没有一丝灯光。这是幢相当昏暗的房子，五年前，也正是这一点吸引乔纳森和西蒙娜买下了它。"那幢夏洛克·福尔摩斯的房子。"当他们讨论这幢和枫丹白露另一幢房子时，乔纳森曾这么称呼它。"我还是更喜欢夏洛克·福尔摩斯那幢。"乔纳森记得有一次这么说过。这幢房子有种十九世纪九十年代的气息，令人想起煤气灯和抛光的栏杆，尽管他们搬进来后房间里没有一块木头被抛光过。然而，这屋子看起来好像能散发出世纪之交的魅力。房间都很小，但格局别致，花园只有一小块矩形的土地，到处是野蛮生长的玫瑰花丛，但好歹已经有了玫瑰丛，再清理一下就是个花园。后面楼梯上扇形的玻璃门廊，里面小小的玻璃玄关，都让乔纳森想起维亚尔和博纳尔。[1]但现在乔纳森突然觉得，一家人住了五年，都不曾真正让那种阴暗减退半分。新墙纸会让卧室亮堂起来，没错，可也只是一个房间而已。这房子还没有付清欠款呢：他们还有三年的贷款要还。买一套公寓，像他们结婚第一年在枫丹白露住的那种，会便宜一些，但是西蒙娜习惯了有花园的房子——她在内穆尔生活时一直有花园——况且身为英国人，乔纳森也有点喜欢花园。房子虽然花掉他们这么多收入，乔纳森却从来没有后悔过。

乔纳森在爬前梯时，心里想的不是剩下的贷款，而是他很可能要死在这里了。十有八九，他再也不能和西蒙娜换到另一幢更怡人的房子里去了。他在想，夏洛克·福尔摩斯的房子早在他出生之前就已经矗立了几十年，在他死后还会矗立几十年。他觉得，选择这幢房就是他的宿命。总有一天，人们会把他脚冲外地抬出去，就算还活着也是奄奄一息，然后，他就永远不会再踏进这所房子了。

让乔纳森惊讶的是，西蒙娜在厨房里，正在桌旁与乔治玩一种扑克牌游戏。她笑着抬头看他，乔纳森知道她记得：他今天下午要给巴黎实验室打电话。但她不能在乔治面前提起。

"那个老家伙今天关门早，"西蒙娜说，"没有生意。"

"真好！"乔纳森高兴地说，"这个赌场情况怎么样啊？"

"我要赢了！"乔治用法语说。

西蒙娜起身跟着乔纳森走进客厅，他挂雨衣时，她探询地看

---

1. 维亚尔·爱德华（Edouard Vuillard，1868—1940）与佩里耶·博纳尔（Piere Bonnard，1867—1947），是法国纳比派代表画家。纳比派的主要理论家德尼，将纳比派的特色归纳为两种变形的理论："客观的变形，它基于纯美学，装饰概念，以及色彩和构图的技术要素；再就是主观的变形，它使画家个人的灵感得以发挥。"

着他。

"一点不用担心。"乔纳森说道。但她示意他离开客厅到起居室去。"似乎恶化了一点儿，但我感觉没什么变化，管他呢！我已经厌烦了！咱们喝杯沁扎诺吧。"

"你担心是因为那个传言，对吗，乔？"

"是的，没错。"

"真希望我知道是从谁那儿开始传的。"她的眼睛痛苦地眯缝起来。"传这种话真是不怀好意。戈蒂耶从来没告诉你是谁说的吗？"

"没有。据戈蒂耶说，是哪里有误会，话说得太夸张了。"乔纳森重复着以前对西蒙娜说过的话。但他知道，这不是误会，这是个精心策划的棋局。

5

　　乔纳森站在一楼卧室的窗前，注视着西蒙娜把洗好的衣服挂在花园的绳子上。几个枕套，乔治的睡衣，一打乔治和乔纳森的短袜，两件白色女睡衣，胸罩，乔纳森的米色工装裤——除了床单应有尽有，床单西蒙娜送到洗衣店了，因为熨烫平整的床单对她来说很重要。西蒙娜穿了一条花呢便裤，上面是紧身的红色薄毛衣。此刻她正朝那个椭圆形大筐弯下腰去，开始晾晒一条条抹布，她的背影看上去结实而又灵活。这是个阳光灿烂的大晴天，微风送来了夏天的气息。

　　乔纳森刚才推掉了去内穆尔与西蒙娜的父母，也就是福萨蒂耶一家共进午餐的事。照规矩，他和西蒙娜每隔一星期去一次。除非西蒙娜的哥哥杰拉德来接他们，他们一般都是坐公共汽车去内穆尔。然后，在福萨蒂耶家里，他们一家，还有住在内穆尔的杰拉德夫妇和两个孩子，会一起吃一顿丰盛的大餐。西蒙娜的父母总是对乔治小题大作，每次都送他礼物。大约在下午三点，西蒙娜的父亲让-诺维尔就会打开电视。这样的聚会乔纳森常常觉得无聊，但仍然与西蒙娜同去，因为这是应该做的事，因为他尊重法国家庭这种亲密无间的传统。

　　"你感觉还好吗?"乔纳森这一次请求缺席时，西蒙娜问道。

　　"还好，亲爱的。只是我今天没有心情去，我还想把那块地整理一下好种番茄。所以，你干吗不和乔治一起去呢?"

于是，西蒙娜和乔治中午坐公共汽车走了。西蒙娜把剩下的红酒烩牛肉放进红色的小平底锅，搁在炉子上，乔纳森饿了只要热一热就行。

乔纳森是想一个人待着。他正在想那个神秘的斯蒂芬·韦斯特，考虑他的提议。乔纳森今天并不想打电话给黑鹰旅馆的韦斯特，尽管他很清楚韦斯特还在那里，离自己不到三百码远。他本不想与韦斯特联系，但那个主意却莫名地令人兴奋和慌乱，像是晴天霹雳，给他平淡无奇的生活平添一抹亮色。乔纳森很想将这色彩端详一番，某种意义上说也是一种欣赏吧。乔纳森还有种感觉（以前就常被证实），西蒙娜能读懂他的想法，或者至少知道有什么事情正困扰着他。如果他在这个星期天又显得心不在焉，他可不想让西蒙娜注意到，来追问他发生了什么事。所以，乔纳森一边卖力地在花园里干活，一边做着白日梦。四万英镑这个数目，意味着立刻还清房贷，还清好多其它分期付款，粉刷家里需要粉刷的地方，再买一台电视机，为乔治上大学准备一笔储备金，给西蒙娜和自己买几件新衣服——啊，心情多放松！一下子从焦虑中解放了！他又想象着一个，或许是两个黑手党的形象——结实的黑发暴徒被炸死，手臂连枷般甩动，身体从空中坠落。乔纳森把铁锹用力插入花园的泥土，他无法想象的，是自己扣动扳机把枪瞄准一个人后背的样子。更有趣、更神秘、也更危险的，是韦斯特如何得知了他的名字。枫丹白露有一个针对他的阴谋，而且还以某种方式牵扯到了汉堡。韦斯特不可能把他与别人搞混，因为韦斯特连他的病情，他有妻子和小儿子的事都搞得一清二楚。有那么一个人，乔纳森认为，一个他心目中的朋友，或者至少是个友好的熟人，其实对他一点都不友善。

韦斯特可能在下午五点钟离开枫丹白露。就在今天，乔纳森想着。到三点时，乔纳森吃了午饭，整理了起居室中央圆桌抽屉里的文件和收据。然后——他很高兴地发现自己一点都不累——他用扫帚和簸箕打扫了炉子周围满是油污的地板和外露管道。

五点过了一点儿，正当乔纳森在厨房水槽前搓洗手上的煤烟时，西蒙娜和乔治回来了，她哥哥杰拉德和妻子伊温妮也一起来了。他们在厨房喝了一杯。乔治得到了外公外婆送的礼物，一盒复活节糖果。里面有包着金箔的鸡蛋，一个巧克力兔子，彩色的橡皮软糖，都裹着黄色玻璃纸而且并未打开，因为他在内穆尔已经吃了好多糖果，西蒙娜不许他打开。乔治和福萨蒂耶家的孩子们去了花园。

"松过土的地方不要踩，乔治！"乔纳森叫道。他已经把平了地面，但留下了鹅卵石没动，让乔治去拣。乔治可能会让他的两个小伙伴帮他捡石头，把他那辆红色货车填满。每装满一次，乔纳森就会给他五十生丁买下这一车的鹅卵石——也不用装满，盖住底就行。

外面开始下雨。乔纳森几分钟之前刚把晾着的衣服拿进来。

"花园看上去太妙了！"西蒙娜说，"看啊，杰拉德！"她招呼她哥哥看那个小小的走廊。

乔纳森想，这个时候，韦斯特可能正在枫丹白露去巴黎的火车上，也可能坐的士从枫丹白露去奥利，他似乎很有钱的样子。也许他已经在空中往汉堡飞了。西蒙娜的出现，杰拉德和伊温妮的声音，似乎将韦斯特从黑鹰旅馆抹掉了，至少，似乎将韦斯特变成了乔纳森想象的幻影。乔纳森对自己一直没打电话给韦斯特也颇为得意，仿佛通过不打电话，他就成功地抵制了某种诱惑。

杰拉德·福萨蒂耶，一位电气技师，是个整洁严肃的人，只比西蒙娜大一点儿，头发颜色更淡一些，留着精心修剪的棕色胡子。

他的嗜好是研究海军史，还制作了十八、十九世纪的护卫舰模型，在里面安装上微型的电灯，放在起居室里，一按开关电灯就全部或部分亮了起来。杰拉德自嘲说这些古代护卫舰里的电灯不合时宜，但是屋里其余的灯都关掉后，那效果非常漂亮，那八艘或十艘船就像航行在起居室黑暗的大海上一般。

"西蒙娜说你有点担心——你的健康，乔，"杰拉德诚恳地说，"真遗憾。"

"没什么。只是又一次检查，"乔纳森说，"检查结果跟上次差不多。"乔纳森早习惯了用这些陈词滥调回答，就像有人向你问好，你就说"很好，谢谢"一样。听乔纳森这么说，杰拉德似乎很放心，所以，西蒙娜看来没跟她哥哥多说什么。

伊温妮和西蒙娜正在讨论油布的事。厨房炉子和水槽前的油布快要烂掉了，他们买这房子的时候没有换新的。

"你真的感觉很好吗，亲爱的？"福萨蒂耶一家走后，西蒙娜问乔纳森。

"再好没有了。我连暖气锅炉都能对付呢，还有那些煤灰。"乔纳森微笑道。

"你疯了！——今晚你至少得吃顿正式的晚餐。妈妈坚持让我带回家三块肉卷，味道好极了！"

将近十一点钟，他们准备上床睡觉时，乔纳森突然感到一阵沮丧，好像他的双腿、他的整个身体都陷进了某种黏乎乎的东西里——他好像走在齐腰深的烂泥里。他只是累了吗？可是精神的疲劳似乎超过身体上的。灯光熄灭时他很高兴，他终于可以放松了，双臂环绕着西蒙娜，西蒙娜的双臂也环绕着他，就像每天睡觉时那样。他想，斯蒂芬·韦斯特（他的真名是什么？）此刻也许正向东飞呢，他那瘦长的身体在飞机座位上伸展开来。乔纳森想象韦斯特那张粉红疤痕的脸，困惑而又紧张，但韦斯特不会再惦记乔纳森·崔凡尼了。他会去考虑别人。他肯定有两到三个候选人，乔纳森想。

这个早晨寒冷多雾。八点刚过，西蒙娜和乔治就去了幼儿园，乔纳森站在厨房里，用第二杯法式咖啡暖着手指。暖气不够足。他们整个冬天都很不舒服，即使现在已是春天，清晨时分整幢房子依然很冷。他们买房时已经有炉子了，足够楼下的五个暖气片用，却支持不了楼上另外的五个——那是他们满怀希望加装的。乔纳森记得有人警告过他们，但是换一个更大的炉子要花掉三千新法郎，他们没有这笔钱。

三封信从前门的投信口掉了进来。一封是电费账单。乔纳森把一个白色方形信封翻过来，看到它背面印着"黑鹰旅馆"。他打开信封，一张名片露出来掉在了地上。乔纳森捡起名片，看到手写的"斯蒂芬·韦斯特敬上"，下面印着：

里夫斯·迈诺特

阿格尼斯街 159 号

温特胡德（阿尔斯特）

汉堡 56

629—6757

还有一封信。

亲爱的崔凡尼先生：

今天早晨直到下午都没有听到你的消息，我非常遗憾。但是为了避免你改变主意，我附上我的名片和汉堡地址。如果你对我的建议另有想法，请随时打电话给我，或者到汉堡来面谈。

你的往返交通费我一得到消息立刻就电汇给你。

说实话，看看汉堡的专家对你的情况怎么说，听听另一种观点，难道不是个好主意吗？这可能会让你感觉更放心。

星期天晚上我将返回汉堡。

你忠诚的

斯蒂芬·韦斯特

四月一日，一九——

乔纳森一时间感觉既惊讶，又有趣，又生气。更安心。这真有点可笑，韦斯特不是确信他很快就要死了吗？如果汉堡的专家说："啊，是这样，你只剩一两个月了。"这会让他更安心吗？乔纳森把信和名片塞进长裤后面的口袋里。免费往返汉堡，韦斯特还真是极尽诱惑之能事啊。有意思的是，他在星期六下午发出了这封信，这样乔纳森在周一早晨就会收到，尽管星期天他随时会接到乔纳森的电话。星期天城里是不开邮筒的。

现在是八点五十二分，乔纳森思考着自己该做些什么。他要从默伦一家工厂多订些牛皮纸。至少应该给两位顾客写明信片，因为他们的画已经准备好一个多星期了。乔纳森通常在星期一去他的商店，做些零零碎碎的事情消磨时间，但并不开门营业，因为开门会违反法国一周营业不得超过六天的法律。

乔纳森在九点十五分来到店里，拉下门上的绿色帘子，又锁上门，把"打烊"的牌子留在门上。他在店里来回闲逛，还在想着汉堡的事。听听德国专家的看法，也许是件好事。两年前乔纳森曾在伦敦咨询过一位专家。检查结果与法国医生的一样，这说明以前的诊断没错，乔纳森也就知足了。可是，德国人会不会更彻底、更前沿一些呢？假如他接受了韦斯特提供的往返机票，跑一趟德国呢？（乔纳森正在往一张明信片上抄地址。）但那样他就欠了韦斯特的人情。乔纳森发现，自己正在把玩为韦斯特杀人这个主意——也不是为韦斯特，而是为了钱。一个黑手党成员。他们原本就都是些罪犯，难道不是吗？当然了，乔纳森提醒自己，就算接受了韦斯特的往返费用，以后也一定要把钱还给韦斯特。关键在于，乔纳森现在没办法凑齐这笔钱，存款数目不够。如果他真想明确自己的病情，德国（或者瑞士）那边应该能告诉他。他们那儿的医生还是世界顶尖的，不是吗？想到这里，乔纳森将默伦那个供纸商的名片放在电话旁边，提醒自己隔天打电话，因为那家造纸厂今天也不开门。天知道，斯蒂芬·韦斯特的建议就不可行吗？一瞬间，乔纳森仿佛看到自己被德国警方的交叉火力炸成了碎片：他刚开枪杀了那个意大利佬，就被德国警察逮个正着！不过，就算他死了，西蒙娜和乔治还是会得到那四万英镑。乔纳森的思绪回到了现实。他不会去杀任何人的，绝不。但是，去汉堡怎么想都像个玩笑，像休假，即使会在那儿得到一些可怕的消息，那又怎样？无论如何，他会得知真相。如果韦斯特现在出钱，乔纳森大概三个月后就可以还给他，只要他精打细算，不买任何衣服，就连去咖啡馆喝啤酒也免掉。乔纳森可不敢告诉西蒙娜，虽然她肯定会同意，因为乔纳森这是去看另一位医生，可能还是位杰出的医生。所以，要节省就得勒紧乔纳森自己的口袋。

大约十一点，乔纳森拨通了韦斯特在汉堡的电话号码，直接打，没有要求对方付费。三四分钟后，他的电话响了，连线清晰，听上去比平常打到巴黎还要好很多。

"……是的，我是韦斯特。"韦斯特的声音轻柔又紧张。

"我今天早晨收到你的信了，"乔纳森开口了，"去汉堡这个主意——"

"是啊，干吗不去呢?"韦斯特若无其事地说。

"可我的意思是看专家这个主意——"

"我马上把钱电汇给你。你可以在枫丹白露邮局取钱。应该两三个小时就到了。"

"那——你真客气。我一到那儿，就能——"

"你今天能来吗? 今天晚上? 这儿有房间给你住。"

"我不知道今天行不行。"可是，为什么不呢?

"你拿到机票后再打电话给我。告诉我你什么时候来。我一天都在家。"

乔纳森挂上电话，心跳有点加快。

在家里吃午餐时，乔纳森上楼去卧室看行李箱是否能用。可以，它就在衣柜顶上，上次去阿尔勒度假后就一直放在那儿，已经一年多了。

他对西蒙娜说:"亲爱的，重要的事。我已经决定要去汉堡见一位专家。"

"噢，是吗? ——佩里耶建议的?"

"呃——说实话，不是。是我的主意。听听德国医生的看法也不错。我知道这得花钱。"

"噢，乔! 花钱! ——你今天早晨听到什么消息了吗? 可实验室的报告明天才到呀，不是吗?"

"是。反正他们说的都一样，亲爱的。我想要新鲜的看法。"

"你想什么时候去?"

"很快。这周吧。"

就在五点前，乔纳森来到枫丹白露邮局。钱已汇到。乔纳森出示身份证，领到六百法郎。他离开邮局去了富兰克林罗斯福广场上的旅游服务处——就在两条街之外——买了去汉堡的往返机票，当天晚上九点二十五分从奥利机场起飞。他知道得抓紧时间，他宁愿赶一点，因为这样就省去了思考，犹豫。他回到商店里给汉堡打电话，这次是对方付费。

韦斯特又接了电话。"噢，太好了。十一点五十五，好的。你乘机场大巴到市区的终点站，好吗？我会在那儿等你。"

之后，乔纳森给一位有重要画作要取的顾客打了个电话，说他因为"家里的原因"——司空见惯的借口——要在周二和周三关门两天。他还得在门口留个告示，以达到这种效果。没什么大不了的，乔纳森想，镇上开店的人经常因为这样那样的原因，好几天不开门。乔纳森有一次还看见一个牌子上写着"宿醉未消，休息一天"。

乔纳森关上店门，回家收拾行李。最多待两天，他想，除非汉堡的医院或别的什么原因要他多待几天再作检查。他已经查过去巴黎的火车时刻表，有一班在七点左右，很好。他得先到巴黎，然后去荣军院乘公共汽车到奥利机场。西蒙娜和乔治回家时，乔纳森已经把行李箱放了在了楼下。

"今晚吗？"西蒙娜说。

"越快越好，亲爱的。我很着急。我会在周三回来，也许明天晚上就回来了。"

"可是——我在哪儿能联系到你？你订好酒店了吗？"

"没有。我会发电报给你，亲爱的。不用担心。"

"你已经跟医生安排好一切了吗？医生是谁？"

"我还不知道呢。我只是听说过那家医院。"乔纳森想把护照塞进夹克里层的口袋里，却掉到了地上。

"我从没见过你像今天这样。"西蒙娜说。

乔纳森对她微笑着:"至少——我显然不会晕倒嘛!"

西蒙娜想陪他一起去枫丹白露-雅芳车站,然后坐公共汽车回来,但乔纳森恳求她不要去。

"我会马上发电报的。"乔纳森说。

"汉堡在哪儿?"乔治第二次问。

"日耳曼!——德国!"乔纳森说。

乔纳森在法兰西大街拦到一辆出租车,真幸运。他到的时候,火车正驶入枫丹白露-雅芳车站,他差一点就没时间买票再跳上车去。然后是坐出租从里昂车站到荣军院。乔纳森那六百法郎还剩一些,他暂时不用为钱操心了。

在飞机上,他腿上放了一本杂志,半睡半醒。他想象着自己成了另外一个人。飞机的猛冲似乎正在将这个新人从那个留在圣梅里大街上黑暗房屋里的人身上冲走。他想象着另一个乔纳森此刻在帮西蒙娜做菜,聊着厨房地板油布价格之类的琐事。

飞机落地了。空气凛冽,非常寒冷。一条长长的高速路,两边灯光明亮。然后是市区的街道,夜空中隐隐呈现出雄伟的高楼,路灯的颜色和形状都与法国的不一样。

接着是韦斯特微笑着伸出右手向他走来。"欢迎,崔凡尼先生!旅途顺利吗?……我的汽车就在外面。让你自己坐到终点站,请别介意。我的司机——其实不是我的司机,但我有时候用他——他直到几分钟前还被占用着。"

他们走向路边。韦斯特的美国口音一直絮叨着。除了那道伤疤,他身上没有一点让人想到暴力。乔纳森认为,他实在太冷静了,从精神病学的观点看这可不是好兆头。或者,他不过是笑里藏刀?韦斯特停在一辆精心抛光的黑色梅赛德斯奔驰旁边。一个上了年纪的人，没戴帽子，上来帮乔纳森提他的中型行李箱，还为他和韦斯特开车门。

"这是卡尔。"韦斯特说。

"晚上好。"乔纳森说。

卡尔微笑着，用德语咕哝了些什么。

那是一段很长的车程。韦斯特指点着市政厅的位置，"全欧洲最古老的一座，大战时躲过了轰炸"，还有一座宏伟的基督教堂还是天主教堂，名字乔纳森没记住。他和韦斯特都坐在后座上。他们进入了一个更具乡村氛围的城区，过去之后有一座桥，然后又上了一条更黑暗的路。

"我们到了，"韦斯特说，"我的地盘。"

汽车已经拐进一条上坡路，停在一幢大房子旁边，房间的几个窗子亮着，精心打理的大门口也亮着灯。

"这幢老房子有四套公寓，我拥有其中一套，"韦斯特解释道，"汉堡有好多这样的房子。改造过的。我这儿有美丽的阿尔斯特湖景。奥森阿尔斯特，大的那一块。明天你会看到更多。"

他们乘现代电梯上了楼，卡尔提着乔纳森的箱子。卡尔按门铃，一个穿黑衣戴白围裙的中年女人微笑着开了门。

"这位是盖比，"韦斯特对乔纳森说，"我的兼职管家。她为这幢房子里的另一家工作，还睡在那边，但我告诉她我们今晚可能想吃点东西。盖比，崔凡尼先生从法国来。"

那女人愉快地向乔纳森致意，接过了他的大衣。她有张布丁一样的圆脸，看起来心地善良。

"在这里洗漱，如果你需要的话，"韦斯特说着，指了指已经亮起灯的浴室，"我给你拿杯威士忌。你饿吗？"

乔纳森从浴室出来时，巨大的方形起居室里已经亮起了四盏灯。韦斯特正坐在绿色沙发上，抽着一支雪茄。两杯威士忌摆在韦斯特面前的咖啡桌上。盖比立刻用托盘端来了三明治和一块淡黄色的圆奶酪。

"啊，谢谢你，盖比，"韦斯特对乔纳森说，"盖比没有什么时间了，可我一告诉她我有客人要来，她就坚持要留下来准备三明治。"韦斯特虽然在做愉快的评论，脸上却并无笑容。其实，在盖比摆放碟子和银质餐具时，他那两道直眉毛还紧张地拧到了一起。盖比一离开他就说："你感觉不错吧？现在主要的事情就是——拜访专家。我想到了一个好人选，海因里希·文策尔医生，埃彭多夫医院的血液病专家，这家医院是这儿的大医院，世界闻名。我已经为你预约了明天下午两点，如果合适的话。"

"当然可以。谢谢你。"乔纳森说。

"这样你就有机会补补觉了。你这么突然地离开家到这儿来，但愿你妻子不会太介意吧？……毕竟，严重的疾病多请教几个医生还是明智的……"

乔纳森只听进去一半。因为他有点头晕，而且还在分心看房间的装饰。一切都是德国式的，他是第一次到德国来。家具都相当传统，但风格上现代多于复古，不过，乔纳森对面靠墙的位置倒是有张美观的比德迈厄式[1]桌子。沿着四面墙都是低矮的书架，窗边是长

---

1. 德意志邦联诸国在 1815 年至 1848 年之间的中产阶级艺术，比德迈厄风格家具基本上衍生于帝国时期和五人执政内阁时期，最大缺陷是笨重和稚拙，但以其技艺精湛简易和实用而受人称赞。家具表面饰以自然木纹、木结或仿乌木色加以变化，使之形成对比。以严谨的几何图形为明显特征。

长的绿色窗帘，角落里的灯散发着怡人的光芒。一只紫色的木盒敞开放在玻璃咖啡桌上，露出格子里形形色色的雪茄和香烟。白色的壁炉有黄铜配饰，但此刻没有点火。挂在壁炉上方的一幅画相当有趣，看起来像德瓦特的作品。里夫斯·迈诺特在哪儿？韦斯特就是迈诺特，乔纳森猜想。韦斯特自己会说出来吗？还是他觉得乔纳森已经知道了？乔纳森突然想，他和西蒙娜应该把他们的整个房子刷白，或者贴白色壁纸。他应该劝说西蒙娜打消在卧室里贴艺术墙纸的想法。若想房间更亮一些，白色才是合理的——

"……你可能已经考虑过另一个提议了吧，"韦斯特正在用他柔和的嗓音说着，"我在枫丹白露谈过的那个想法。"

"我恐怕还没有改变主意，"乔纳森说，"所以这么一来——我显然欠你六百法郎。"乔纳森挤出一个微笑。他已经感觉到威士忌的力量了，而且他一发现这一点就赶紧又从杯中喝了一点。"我可以在三个月内还给你。找专家现在对我来说是关键的事情——重中之重。"

"当然了，"韦斯特说，"你不必想着还钱。那太荒唐了。"

乔纳森不想争辩，但他觉得有点丢脸。最重要的是，乔纳森觉得很古怪，好像他正在做梦，或者不知何故不是他自己了。这只是因为周围都是异国风味的东西吧，他想。

"我们想除掉的这个意大利人，"韦斯特说着，将双手叠在脑袋后面，抬头看着天花板，"有份固定工作。——哈！真可笑！他只不过是找个固定时间过去，假装有工作罢了。他一直在绳索街[1] 那些俱乐部晃悠，装作对赌博很有品位的样子！他还冒充是个酿酒师，我

---

1. 绳索街是德国汉堡中区圣保利的一条街道，其名称源自为港口服务的缆绳工匠。绳索街是汉堡的夜生活中心，德国（也有说是欧洲）最大的红灯区。

敢肯定他有个同伙在——他们这儿叫做酒厂的鬼地方。他每天下午都去那个酒厂，晚上就泡在一两个私人俱乐部里，玩点儿轮盘赌，看看能碰上什么人。早晨他会睡觉，因为他通宵不睡嘛。现在的重点是，"韦斯特说着站了起来。"他每天下午坐地铁回家，他的家是租来的公寓。他租了六个月，为了显得合法，还在酒厂弄到一份六个月的工作合同。——吃个三明治！"韦斯特推过盘子，好像刚发现三明治在那儿似的。

乔纳森吃了一口。里面还有凉拌卷心菜和腌黄瓜。

"最重要的一点是，他每天大约六点十五分在斯坦斯塔索站下车，独自一人，看上去跟随便哪个生意人下班回家一样。我们就是要在这个时候干掉他。"韦斯特向下摊开他瘦骨嶙峋的手掌。"如果你能瞄准他后背正中间，就开枪一次，保险起见可能得两次，然后扔掉枪——按英国人的说法，'反正鲍勃是你叔叔'[1]，一切都易如反掌，对吧？"

这个说法的确很熟悉，很久以前就有。"这件事真要这么简单，你干吗还用得着我？"乔纳森努力挤出一个礼貌的微笑。"毫不夸张地说，我是个外行。我会搞砸的。"

韦斯特好像没听到。"地铁里的人也许会围过来看。肯定有一部分人会。谁能说得清？三十、也许四十吧，要看警察来得够不够快。那是个大站，主要线路的终点站。警察可能会在站里检查所有人。所以，万一他们搜到你身上呢？"韦斯特耸耸肩。"你已经扔掉了枪。

---

1. 英国俗语，起源尚不确定，但有一种普遍的理论认为，这种说法是在 1887 年保守党首相罗伯特·鲍勃·塞西尔（Robert Bob Cecil）任命他的侄子阿瑟·贝尔弗（Arthur Balfour）为爱尔兰首席秘书后产生的。不管贝尔弗还有其它什么资本，"鲍勃的叔叔"被认为是决定性的因素。意为"轻而易举"。

行动之前你手上可以套一只薄袜，开枪后几秒钟你就把它扔掉。所以你手上没有火药残留，枪上也没有指纹。你和死者没有半点关系。噢，其实根本查不到这一步。只要看一眼你的法国身份证，加上你和文策尔医生的约会，你就清白了。我的意思是，我们的意思是，我们就是专门要找和我们、和俱乐部没有任何瓜葛的人……"

乔纳森静静地听着，未做评论。他在想，开枪那天，他得住在一家酒店里，不能再做韦斯特的房客，以免警察问起他住在哪儿。卡尔和那个管家怎么样？他们知道这件事吗？他们可靠吗？都是胡扯，想到这儿，乔纳森很想笑，却笑不出来。

"你累了，"韦斯特提醒他，"想看看你的房间吗？盖比已经把你的箱子拿进去了。"

十五分钟后，乔纳森冲过热水澡，换上了睡衣。他的房间有两扇窗开在整幢楼的正面，乔纳森向外眺望着水面，沿着岸边有红红绿绿的灯光在闪烁，那是靠岸停泊的小船。湖面看上去黑暗、平静、广阔。一束探照灯光扫过天空，像在防备什么。他的床是四分之三宽度[1]，床单叠得很整齐。床头柜上有个玻璃杯，看起来装的像水，还有一包"吉卜赛女郎"香烟，是他抽的牌子，烟灰缸和火柴也都有。乔纳森从杯中抿了一口，发现那的确是水。

---

1. 德国常见的床尺寸，有 120 cm×200 cm 和 140 cm×200 cm 两种型号。

6

乔纳森坐在床沿上，啜饮盖比刚端来的咖啡。是他喜欢的那种加了点奶油的浓咖啡。乔纳森早上七点就醒了，然后又睡了个回笼觉，直到十点半韦斯特来敲门。

"不必介意，很高兴你睡着了，"韦斯特说，"盖比给你准备了些咖啡，或者你更喜欢茶？"

韦斯特又说他已经为乔纳森预订了维多利亚酒店——英语名字是这样。总之，他们午饭前要过去。乔纳森感谢了他。他们没有再谈起酒店。这就开始啦，乔纳森想，正如他昨晚想的那样。如果他真要实施韦斯特的计划，就千万不能再待在这儿做房客。不过，想到两个小时后就不用待在韦斯特的屋檐下，乔纳森还是觉得很高兴。

中午，韦斯特的一个朋友或熟人，叫做鲁道夫什么的人来了。鲁道夫年轻修长，黑色直发，紧张而有礼貌。韦斯特说他是个医学院学生。看样子他不会说英语。他让乔纳森想起了弗朗兹·卡夫卡的照片。大家都坐上汽车，由卡尔开车，奔乔纳森的酒店而去。乔纳森觉得，所见一切与法国相比都那么新，接着又想起来，汉堡在大战时曾被夷为平地。汽车停在一条像是商业区的街上。维多利亚酒店到了。

"他们都会说英语，"韦斯特说，"我们在这儿等你。"

乔纳森走了进去。一位侍者在门口接过他的箱子。登记时他仔细对照自己的英国护照以确保号码正确。他请侍者把箱子送进房间，按照韦斯特吩咐的那样。这家酒店属于中等规模，乔纳森看得出来。

然后几个人驱车到餐馆吃午餐，卡尔没有跟他们进去。他们在餐前喝了一瓶酒，鲁道夫变得更愉快了。鲁道夫说的是德语，韦斯特把其中一些玩笑话翻译给他。乔纳森却在想，下午两点，他就要去医院了。

"里夫斯——"鲁道夫对韦斯特说。

乔纳森觉得鲁道夫之前这么叫过一次，这一次他听得清清楚楚。韦斯特——里夫斯·迈诺特——对此泰然处之。乔纳森也是一样。

"贫血？"鲁道夫对乔纳森说。

"更糟。"乔纳森微笑着。

"更糟，"里夫斯·迈诺特用德语翻译道，然后继续用德语和鲁道夫交谈，在乔纳森看来，他的德语和法语一样蹩脚，但很可能也是同样够用。

食物很完美，分量极大。里夫斯还带来了他的雪茄。但是雪茄还没抽完，就得动身去医院了。

医院是个巨大的建筑群，掩映在树木之中，道路两边鲜花盛开。又是卡尔为他们开车。乔纳森要去的那一栋边楼看上去就像未来实验室——房间像酒店里那样开在走廊两侧，不同之处在于房间里摆着铬制的椅子和床，由荧光灯或各种颜色的灯照明。里面的味道不像消毒药水，而是某种怪异的气体，有点像乔纳森五年前在 X 光机下闻到的味道。五年前那次照 X 光对他的白血病一点用都没有。在这种地方，外行人只能听任无所不知的专家摆布，乔纳森想到这里，马上感觉虚弱得要昏倒。这时，乔纳森正与鲁道夫沿着看不到头的走廊往前走，地板做了隔音处理。鲁道夫会在乔纳森需要时为他做说明。里夫斯和卡尔还待在车里，但乔纳森不确定他们是否一直会等，也不知道检查会用多长时间。

文策尔医生身材粗壮，有灰白的头发和海象式胡须，懂一点儿英语，但不愿费力讲长句子。"多久了?"六年。乔纳森称了体重，被问到最近是否体重减轻，赤裸上身接受脾脏触诊。从始至终，医生一直用德语对记录的护士低语着。他被测了血压，查了眼睑，取了尿样和血样，最后用一个类似打孔器的装置采集了胸骨骨髓，操作起来比佩里耶医生快，也没有那么难受。乔纳森被告知，他明天早晨就可以拿到结果。整个检查只用了四十五分钟。

乔纳森和鲁道夫走出医院。汽车停在几码之外一个停车场里。

"怎么样? ……什么时候能知道?"里夫斯问，"你想回我那儿还是去酒店?"

"我想去酒店，谢谢。"乔纳森松了口气，坠入汽车后座的一个角落。

鲁道夫似乎在向里夫斯称赞文策尔。他们到了酒店。

"我们会来接你吃晚餐，"里夫斯快活地说，"七点钟。"

乔纳森拿到钥匙进了房间。他脱下夹克，脸朝下倒在床上。两三分钟后，他强自支撑来到写字桌旁。抽屉里有便笺纸。他坐下来写道：

我亲爱的西蒙娜：

我刚做了检查，明天早晨就会知道结果。这家医院效率非常高，医生长得很像弗兰茨·约瑟夫皇帝，据说是世界上最好的血液病专家！无论明天结果如何，我都会感觉更安心。幸运的话，也许在你收到这封信之前我就到家了，除非文策尔医生想做些其它的检查。

　　现在就去发电报，只想说我很好。我想念你，想着你和小石头。

全心全意爱你，马上回来的

乔

四月四日，一九——

　　乔纳森把最好的深蓝色西装挂起来，其它东西留在箱子里，下楼去寄信。昨晚在机场他兑现了一张十英镑的旅行支票，用的是老支票簿。他给西蒙娜发了简短的电报，说自己一切都好，有封信很快会寄到。然后他离开酒店，记下了街道名字和周边的样子——一幅巨大的啤酒广告令他印象最为深刻——就出去散步了。

　　人行道上，购物和赶路的人熙熙攘攘，有人牵着腊肠狗，有小贩在街角叫卖水果和报纸。乔纳森凝视着一个满是漂亮毛衣的橱窗，里面还有一件气派的蓝色丝质长袍，衬托着一块奶油白的羊皮背景。他开始计算它的法郎价格，接着又放弃了，并不是真的感兴趣。他穿过一条满是电车和公共汽车的繁忙大街，来到一条有人行天桥的运河前，然后决定不走过去。也许，该来杯咖啡。乔纳森走向一个外表喜人、橱窗里摆着糕点的咖啡馆，里面是同样小巧的柜台和桌子，却还是没办法让自己走进去。他意识到，自己被明早报告的内容给吓坏了。他突然有种熟悉的空洞感，仿佛自己已变得像薄纸一般脆弱，他的前额冰凉，似乎生命正在一点一滴蒸发出去。

　　乔纳森也知道，或者起码是怀疑吧，明天早晨他会收到一份伪造的报告。乔纳森怀疑鲁道夫的出现是别有用心。一个医科学生，鲁道夫根本没什么用处，因为根本就不需要他。医生的护士就会说英语。难道鲁道夫今晚不会写出一份假报告来吗？再想办法换掉原报告？乔纳森甚至想象着鲁道夫这天下午偷偷摸走医院的信纸。唉，或许是他精神要错乱了吧，乔纳森警告着自己。

他回头转向酒店的方向，抄最近的路走。到了维多利亚，要到钥匙，进入自己房间。乔纳森脱掉鞋子，走进浴室，打湿毛巾，躺下来把毛巾敷在前额和眼睛上。他并不困，只是觉得有些古怪。里夫斯·迈诺特很古怪。为一个完全陌生的人预付六百法郎，又提出那个疯狂的建议——还保证会支付四万多英镑。怎么可能真有这样的事！里夫斯·迈诺特永远都不会付款的。里夫斯·迈诺特似乎活在一个幻想世界里。也许他根本不是个骗子，只是有点精神错乱罢了，生活在自己有权有势的幻想中。

电话叫醒了乔纳森。一个男人用英语说：

"一位生（绅）士在下面等你，先生。"

乔纳森看看手表，现在是七点过一两分钟。"你能告诉他我两分钟后下来吗？"

乔纳森洗了脸，穿上高领毛衣，加上外套，还带上了大衣。

卡尔一个人在车里。"下午过得好吗，先生？"他用英语问。

简短交谈的过程中，乔纳森发现卡尔的英语词汇量相当可观。卡尔曾为里夫斯·迈诺特接送过多少陌生人呢？乔纳森很好奇。卡尔认为里夫斯做的是什么生意呢？也许，这对卡尔来说根本不重要。里夫斯又到底是做什么生意的呢？

卡尔再次将车停在那条坡道上，这一次乔纳森独自乘电梯上了二楼。

里夫斯·迈诺特，身穿灰色法兰绒长裤和毛衣，在门口迎接乔纳森。"进来吧！——今天下午放松下来了吗？"

他们喝了威士忌。桌子是为两个人安排的，乔纳森估计今晚他们将单独相处。

"我想给你看看我说的那个人的照片。"里夫斯说着，瘦长的身体从沙发上站起来，走向他的比德迈厄式桌子。他从抽屉里拿出点东西，是两张照片，一张正面照，另一张是夹在几个人中的一张侧脸，一群人站在桌边向下弯着腰。

桌子是张轮盘赌桌。乔纳森看着那张与护照相片一样清晰的正面照，此人看起来大概四十岁，有张肉乎乎的、颇具意大利特色的方脸，皱纹已经从鼻翼两侧延伸到他的厚嘴唇边。他的黑眼睛看上去很机警，几乎是受了惊的感觉，但那淡淡的笑容里却有种"我就这么干了，嗯哼？"的神气。萨尔瓦多·比安卡，里夫斯说出了他的名字。

"这张照片，"里夫斯指着那张集体照说，"是大约一周前在汉堡拍的。他根本不参加赌博，看看而已。像这样盯着轮盘看，很罕见哪……比安卡自己可能就杀过半打人，否则就当不上打手。但他并不是多么重要的黑手党分子。他是个弃子，只是拿他起个头，你知道……"里夫斯继续往下说，乔纳森喝完杯中酒时，里夫斯又给他倒了一杯。"比安卡不管什么时候都要戴顶帽子——我是说在外面——小礼帽。通常穿件花呢外套……"

里夫斯有台留声机，乔纳森倒想听些音乐，但又觉得提这个要求有些不礼貌，虽然他觉得自己若开口，里夫斯一定会飞奔到留声机前，准确地播放他想听的音乐。乔纳森终于插话说："一个长相普通的人，拉低礼帽，竖起衣领——就凭看了这两张照片，就打算在人群中认出他来，向他开枪吗？"

"我的一个朋友会在市政厅比安卡上车的那站乘坐同一班地铁，

他到下一站梅斯伯格下车，那是斯坦斯塔索站之前唯一的一站。你看！"

里夫斯再次起身，给乔纳森看汉堡的街区地图，地图折叠得像一架手风琴，用蓝点标明了地铁路线。

"你就和弗里茨一起在市政厅站上地铁。弗里茨晚饭后就来。"

很抱歉要让你失望了，乔纳森想说。让里夫斯一路走到这种地步，他感到一阵阵的内疚。抑或，是里夫斯害他走到了这一步？不会吧，里夫斯是在疯狂下注。里夫斯很可能早习惯了这种事情，他应该不是里夫斯试探的第一个人。乔纳森很想问问自己是不是第一个，但里夫斯还在继续唠叨。

"绝对有可能要开第二枪。我不想误导你……"

乔纳森很高兴听到了此事糟糕的一面。里夫斯一直在展示它美好的一面，易如反掌的开枪之后，就有大把大把的钱塞满口袋，回法国或随便哪里过更好的生活，周游世界，给乔治（里夫斯问过他儿子的名字）最好的一切，给西蒙娜更安稳的生活。我怎么向她解释这些钱的来历呢？乔纳森很困惑。

"这是鳗鱼汤，"里夫斯说着拿起了汤匙。"汉堡特色，盖比很爱做。"

鱼汤非常好。还有极好的冰镇摩泽尔葡萄酒。

"汉堡有个著名的动物园，你知道吧。萨特林根的哈根贝克动物园。开车离这儿不远。我们可以明天早晨去。就是说——"里夫斯突然显得更焦虑了——"如果没什么事发生的话。我简直是在盼着什么事发生呢。今晚或明早我就知道了。"

他这么一说，会让人以为去动物园是件重要的事。乔纳森说："明天早晨我要去医院取检查结果。我应该十一点到那儿。"乔纳森感到一阵绝望，好像十一点就是他的死期。

"是啊，当然了。嗯，动物园可以下午去。那儿的动物们都生活在自然的——自然栖息地里……"

醋焖牛肉。红卷心菜。

门铃响了。里夫斯没有起身。过了一会儿盖比进来通报，弗里茨先生到了。

弗里茨手里拿了顶帽子，穿着件相当寒酸的外套。他大约五十岁。

"这一位是保罗，"里夫斯指着乔纳森对弗里茨说，"英国人，这位是弗里茨。"

"晚上好。"乔纳森说。

弗里茨友好地向乔纳森挥手致意。乔纳森觉得，弗里茨是个粗人，但他有令人愉快的笑容。

"坐下吧，弗里茨，"里夫斯说，"来杯葡萄酒？还是威士忌？"里夫斯用德语说。"保罗是我们的人。"他用英语对弗里茨加了一句。他递给弗里茨一个盛着白酒的高脚杯。

弗里茨点点头。

乔纳森觉得很有趣。那只超大的酒杯看上去像是瓦格纳歌剧里的东西。里夫斯此刻正侧坐在椅子上。

"弗里茨是个出租车司机，"里夫斯说，"有好几个晚上送比安卡先生回过家，对吗，弗里茨？"

弗里茨微笑着咕哝了些什么。

"不是好几个晚上，是两次，"里夫斯说，"没错，我们不——"里夫斯犹豫着，好像不知道用哪种语言说话，然后又继续对乔纳森说，"比安卡很可能凭外貌认不出弗里茨，如果他认出来了也不要紧，因为弗里茨在梅斯伯格就下车了。重点是，你和弗里茨明天要在市政厅地铁站外面会合，然后弗里茨会向我们指认——比安卡。"

弗里茨点点头，显然了解一切。

明天的现在。乔纳森默默地听着。

"你们都在市政厅站上车，大概是六点十五分。最好在六点前就到那儿，因为比安卡可能出于某种原因早到，虽然他一般都相当准时，六点十五到。卡尔会开车送你过去，保罗，所以什么都不用担心。你和弗里茨，你们不用靠近对方，但弗里茨可能必须上你们那节车厢，以便准确地把他指出来。无论如何，弗里茨要在梅斯伯格下车，就是下一站。"说完，里夫斯用德语对弗里茨说了几句，还伸出一只手。

弗里茨从口袋里拿出一支黑色小手枪，递给里夫斯。里夫斯看看门口，好像担心盖比会进来，但又显得不是特别担心，手枪几乎还没有他的手掌大。摸索一会儿之后，里夫斯打开了枪，凝视着弹膛。

"装好子弹了，有保险。在这儿，你懂一点枪吗，保罗？"

乔纳森略知一二。里夫斯在弗里茨的帮助下展示给他看。保险是很重要的，要弄清楚怎么关上。这是把意大利枪。

弗里茨得走了。他说了声再见，对乔纳森点点头。"明天见！六点！"

里夫斯和他走到门口。从门廊回来时拿着一件红铜色的花呢外套，不是新的。"这衣服很宽松，"他说，"试试吧。"

乔纳森不想试，但他还是站起身穿上了大衣。袖子很长。乔纳森把手放进口袋里，发现正像里夫斯此刻告诉他的那样，右边口袋被割开了。手枪就藏在夹克口袋里，再通过大衣这个口袋伸手去够枪，最好一次开火就解决问题，然后扔掉它。

"你会看到好多人，"里夫斯说，"几百人。开枪之后你就后退，像其他人一样，听到砰的一声就往后缩。"里夫斯示范着，身体后仰，倒退一步。

他们就着咖啡喝了德国杜松子酒。里夫斯问起他家里的情况，西蒙娜，乔治。乔治说英语还是只说法语？

"他在学一点英语，"乔纳森说，"我处于不利地位，因为我陪他的时间不多。"

7

第二天早晨刚过九点，里夫斯的电话就打到了乔纳森的酒店。卡尔会在十点四十开车接他去医院，鲁道夫也一起来。乔纳森早就知道会是这样。

"祝你好运，"里夫斯说，"之后见。"

乔纳森在楼下大厅里读一份伦敦的《泰晤士报》，鲁道夫提前几分钟走了进来。他的微笑羞涩瑟缩，看上去比之前更像卡夫卡了。

"早，崔凡尼先生！"他说。

鲁道夫和乔纳森坐进汽车的后排。

"但愿报告结果顺利！"鲁道夫友好地说。

"我还想和医生谈谈。"乔纳森同样友好地说。

他敢肯定鲁道夫明白这句话的意思，但鲁道夫却显得有点困惑，还说："那我们再试试——"

乔纳森与鲁道夫走进医院，虽然鲁道夫说他可以去拿报告，顺便看看医生是否有空。卡尔的翻译很管用，所以乔纳森完全明白了鲁道夫的意思。其实卡尔似乎是中立的，乔纳森认为这很有可能。然而周围的气氛对乔纳森来说就是很古怪，好像每个人都在演戏，演得很拙劣，甚至包括他自己。鲁道夫在前厅桌前与一位护士说话，询问崔凡尼先生的报告。

那位护士立刻在一个盒子里翻找，盒子里塞满大大小小的密封信封。护士找出了一份公文大小的信封，上面有乔纳森的名字。

"文策尔医生在吗？我能不能见到他？"乔纳森问那个护士。

"文策尔医生？"她翻开一个分类簿，里面贴着一格格透明胶片。查到之后，她按下按钮，拿起话筒，用德语说了一分钟，放下电话对乔纳森用英语说："文策尔医生的护士说他整天都很忙，你介意约到明天早上十点半吗？"

"好的，可以。"乔纳森说。

"那好，我会预约好的。但他的护士说你看这份报告就会发现——许多信息。"

乔纳森和鲁道夫往汽车那边走。乔纳森觉得鲁道夫似乎很失望，抑或是他的想象？不管怎样，乔纳森手里拿着那个厚厚的信封，里面装着真实的报告。

在车里，乔纳森对鲁道夫说句"不好意思"，便打开了信封。有三页打印纸，乔纳森一眼瞥见其中许多字眼和他熟悉的法语、英语名词相同。但是，最后一页是德语写的两大段话。里面也有同样的关于"黄色物质"的报告。看到白血球数二十一万，乔纳森的脉搏都停顿了，比上次法国报告里要高！比以往任何一次都高！乔纳森不再挣扎于最后一页了，在他折起报告时，鲁道夫客气地说了些什么，伸出了手，乔纳森恨恨地把报告递了过去。他还能怎么样呢？又有什么要紧呢？

鲁道夫吩咐卡尔开车。

乔纳森看着窗外。他无意请鲁道夫解释什么。乔纳森宁愿用字典翻译，或者去问里夫斯。乔纳森的耳朵开始轰鸣，他向后靠着，努力地深呼吸。鲁道夫扫了他一眼，立刻放低了车窗。

卡尔回过头说："先生们，迈诺特先生希望你们俩都来吃午饭。然后可能会去动物园。"

鲁道夫大笑起来，用德语回答了他。

乔纳森想请卡尔开车回酒店。可回去做什么呢？为这份半懂不懂的报告烦恼？鲁道夫想找个地方下车。卡尔在一条运河边放下了他，鲁道夫向乔纳森伸出手，用力地握了握。然后卡尔继续开车，送乔纳森到里夫斯·迈诺特的家。阳光在阿尔斯特湖上闪耀。小船在码头随着水波欢快地浮动，有两三只船正在四处游荡，简洁干净，好似全新的玩具。

盖比为乔纳森开了门。里夫斯正在打电话，但很快就结束了。

"嗨，乔纳森！怎么样？"

"不太好。"乔纳森眨眨眼说。白色房间里的阳光令人晕眩。

"报告呢？我能看吗？你能全部看懂吗？"

"不——并不全懂。"乔纳森把信封递给里夫斯。

"你也见了医生？"

"他正在忙。"

"坐下吧，乔纳森。或许你可以喝一杯。"里夫斯去一个书架上拿酒瓶。

乔纳森坐在沙发上，把头向后靠。他感觉空虚而又泄气，但好在并不头晕。

"比你在法国拿到的报告更糟糕吗？"

里夫斯拿着威士忌和水回来了。

"差不多是这样。"乔纳森说。

里夫斯看着最后一页，那段文字。"你得小心小伤口。有意思。"

没一点新东西，乔纳森想。他的确很容易流血。乔纳森等待着里夫斯的评论，实际上是等着他的翻译。

"鲁道夫给你翻译了吗？"

"没有。可我也没请他翻译。"

"……无法判断是否代表着更糟的状况，因为没有看过以前的——诊断……考虑到时间这么长——等等因素，危险还是很大的。你要想的话，我就逐字逐句翻一遍，"里夫斯说，"有一两个词我需要查词典，有些复合词，但我能抓住关键点。"

"那就只告诉我关键点就行了。"

"我不得不说他们本应给你用英文写报告才是，"里夫斯说完，又浏览着那一页，"……细胞的颗粒化与黄色物质同样严重。由于你曾接受过 X 射线治疗，现在不建议再做，因为白血病细胞对此已有抵抗力……"

里夫斯继续译了一会儿。乔纳森注意到，里面没有预言他还剩多长时间，也没有暗示最后期限。

"既然你今天不能见文策尔，你愿意我去试试为你预约一下明天吗？"里夫斯听起来是由衷地关心。

"谢了，但我已经约了明天早上，十点半。"

"好的。你说过护士会说英语，那么就不需要鲁道夫了。——你干吗不躺几分钟呢？"里夫斯拉过一个枕头放到沙发一角。

乔纳森躺下来，一只脚搁在地板上，另一只悬在沙发边上。他感觉浑身乏力，昏昏欲睡，似乎能睡上好几个小时。里夫斯漫步走向阳光灿烂的窗口，谈论着动物园。他说起一种珍稀动物——乔纳森一听到那名字就抛到了脑后——最近刚从南非送来。是一对儿。里夫斯说他们一定得看看这些动物。乔纳森想的却是乔治在院子里用力拉着他的小拖车，车里装着鹅卵石。小石头啊。乔纳森知道，他无论如何都不可能活着看到乔治长大，更不可能看到他长高，听到他变声了。乔纳森猛地坐起来，紧咬牙关，努力振作精神，唤回自己的力量。

盖比端着一个大托盘进来了。

"我请盖比做了冷餐，这样不管你何时有胃口我们都能吃饭。"里夫斯说。

他们吃了蛋黄酱冷鲑鱼。乔纳森没吃多少，但黑面包、奶油和酒的味道都很好。里夫斯在谈萨尔瓦多·比安卡，谈到黑手党与卖淫的关系，谈到他们在赌场里雇用妓女招徕顾客，而且照惯例拿走女孩们百分之九十的收入。"敲诈！"里夫斯说，"他们的目标就是钱——恐怖行动只是手段。看看拉斯维加斯吧！就是例子！汉堡的兄弟们可不需要妓女！"里夫斯正气凛然地说，"那儿是有些姑娘们，不多，在酒吧里帮帮忙啥的，也许能把她们搞上手，但不会在场子里，不会真的在场子里。"乔纳森几乎没有听，当然也没有去想里夫斯在说什么。他轻轻拨动食物，感到血往脸颊上涌，他与自己进行着无声的辩论。他要试试开枪杀人这件事。并不是因为他觉得自己没几天就要死了，只是因为这笔钱很有用，因为他想把它留给西蒙娜和乔治。四万英镑，或者九万六千美元，或者——乔纳森假设——一半儿也可以，就是说只干一次，或者第一次就被抓住。

"那你愿意吧，我说？对不对？"里夫斯问，在清爽的白色餐巾上擦着嘴。他指的是今天晚上开枪杀人。

"如果我有什么不测，"乔纳森说，"你能保证我妻子拿到这笔钱吗？"

"可是——"里夫斯的伤疤在他微笑时扭曲了，"能发生什么不测呢？是的，我会看着你妻子拿到这笔钱。"

"但如果真有什么事发生呢——如果只开一次枪——"

里夫斯抿上嘴唇，好像不愿意回答。"那就给一半。——但老实说，很可能得两次。第二次以后付清全款。——那该有多棒啊！"他微笑了，这是乔纳森第一次从他脸上看到真正的笑容。"今晚你就会发现这次行动有多么容易。过后我们会庆祝一下——如果你有心情的话。"他双手在头顶上拍着，乔纳森以为那是庆祝的姿势，结果是他在叫盖比。

盖比进来端走了盘子。

乔纳森正在想，两万英镑，不是特别惊人的数目，但也比一个死去的人外加丧葬费要好得多。

喝咖啡。然后去动物园。里夫斯想要他看的动物是两个奶糖色像熊一样的小家伙。它们前面围着一小群人，乔纳森根本看不清楚。他也没有兴趣。几头狮子在随意漫步，乔纳森倒看得很清楚。里夫斯担心乔纳森会不会太疲劳，已经将近下午四点了。

回到里夫斯家，里夫斯坚持要给乔纳森一颗极小的白色药丸，他说是一种"平和的镇静剂。"

"可我不需要镇静剂。"乔纳森说。他感觉相当平静，实际上，是相当好。

"那最好。就听我的话吃了吧。"

乔纳森吞下了药丸。里夫斯要他去客房躺下休息几分钟。他没有睡着，五点钟里夫斯进来说，卡尔马上要开车送乔纳森去酒店，那件大衣还在酒店里。里夫斯递给他一杯放糖的茶，味道正常，乔纳森估计里面除了糖什么都没加。里夫斯把枪交给他，再次展示如何拉开保险栓。乔纳森把枪放进了长裤口袋。

"今晚见！"里夫斯开心地说。

卡尔开车送他到酒店，说会等他。乔纳森觉得自己应该有五到十分钟时间。他刷了牙——用的是肥皂，因为他把牙膏留给了家里的西蒙娜和乔治，还没有再买——然后点燃一支吉卜赛女郎香烟，站在窗边向外看，直到他发觉，自己根本没在看任何东西，甚至没在想任何事情，他接着去衣橱里拿出了那件相当大的外套。那外套有点旧，不过不要紧。它原来是谁的衣服呢？乔纳森觉得这样挺合适，因为这样他就可以假装是在演戏，穿着别人的衣服，拿着没有子弹的空枪。但乔纳森知道他到底在干什么，他心里一清二楚。对那个他要杀死（希望如此）的黑手党，他没有丝毫怜悯之心。乔纳森意识到，他对自己也没有丝毫怜悯之心。死就死了嘛。比安卡的生命与他自己的生命都失去了价值，只是原因不同而已。唯一有趣的地方，就是乔纳森要因杀死比安卡的行动而得到报酬。乔纳森把枪放进夹克口袋里，那只丝袜也在里面。他发现可以用手指头把那只袜子套在同一只手上。他急忙用套着丝袜的手指抹掉枪上真实或想象的指纹。开枪时他得把大衣往旁边拉一点儿，否则上面就会留下弹洞。他没有帽子。很奇怪，里夫斯竟然没有想到帽子。现在操心这个已经太晚了。

乔纳森走出房门，将门紧紧关上。

卡尔正站在人行道上的车子旁边。他为乔纳森拉开门。乔纳森怀疑，卡尔知道多少？他要是知道一切呢？乔纳森在后排座位上向前探身，请卡尔去市政厅地铁站，这时卡尔回头说：

"你要在市政厅车站与弗里茨会合，对吧，先生？"

"对。"乔纳森如释重负地说。他坐回到角落里，轻轻把玩着那把小巧的枪。他把保险打开又关上，提醒自己往前推是解除保险。

"迈诺特先生建议停到这儿，先生。入口在街对面。"卡尔打开门但没有出去，因为街上挤满了车和人。"迈诺特先生让我七点三十去你酒店找你，先生。"卡尔说。

"谢谢你。"听到车门关闭那砰的一声，乔纳森瞬间感觉到很失落。他四处寻找着弗里茨。乔纳森站在圣约翰大街与市政厅大街交叉的宽阔十字路口上。和伦敦的皮卡迪利街一样，因为有这么多街道交汇，这儿至少有四个地铁入口。乔纳森四处搜寻着弗里茨头戴帽子的矮小身影。一群穿大衣的男人，像支足球队，一股脑冲下地铁站台阶，弗里茨的身影此时终于显露出来，他正平静地站在台阶的金属栏杆旁边。乔纳森的心狂跳了一下，就像在秘密约会中终于见到情人一般。弗里茨朝台阶做个手势，然后自己走了下去。

乔纳森密切注视着弗里茨的帽子，尽管现在两人中间隔了至少十五个人。弗里茨向人群的一边移动。很显然，比安卡还未出场，他们得等他。德语的喧闹包围着乔纳森，一阵大笑，一声大喊："再见！马克斯！"

弗里茨靠墙站着，离乔纳森约十二英尺远，乔纳森朝他移动着，但也保持着安全距离。在乔纳森靠到墙边之前，弗里茨点点头，向墙的斜对角移动，走向一个售票口。乔纳森买了一张票。弗里茨混在人群当中。两张票打过孔，乔纳森知道弗里茨已经看见了比安卡，但乔纳森还没看到。

一列车正停在站里。当弗里茨向某节车厢猛冲时，乔纳森也冲了过去。这节车厢并不特别拥挤，弗里茨仍然站着，手握一根铬合金立柱。他从衣袋里抽出一张报纸，向前面点点头，并没有看乔纳森。

乔纳森看到了那个意大利人，那人离乔纳森比弗里茨更近——一个黑皮肤、方脸盘的男人，穿着件有棕色皮扣的漂亮灰大衣，一顶灰礼帽，相当恼怒地直瞪着前方，好像陷入了沉思。乔纳森再看看弗里茨，他只是假装在读报纸，当乔纳森的视线与他的相遇时，弗里茨便点点头，还表示肯定地微微笑了一下。

列车到达下一站梅斯伯格，弗里茨下了车。乔纳森又迅速地看了那意大利人一眼，但乔纳森这一瞥似乎并无打乱那意大利人放空凝视的危险。万一比安卡不在下一站下车，而是一直坐车到一个遥远的、几乎没人下车的车站，那怎么办呢？

但是随着列车减速，比安卡开始向门口移动了。市政厅。乔纳森赶紧加一把劲，紧跟在比安卡后面，又小心地不撞到别人。车站有一段向上的楼梯。出站的人群，也许有八十到一百人，在楼梯前变得更加拥挤密集，开始向上爬。比安卡的灰色大衣就在乔纳森前面，他们距离楼梯还有几码远。乔纳森能看到那男人后脑勺处的黑发夹杂着一些灰白，颈上的肌肉有一道锯齿状的凹痕，像是一个痈疤。

乔纳森右手持枪，拿出了夹克口袋。他移动保险，将大衣前襟推到一边，瞄准了那人大衣后背的中心。

那枪发出刺耳的"咔—砰"声。

乔纳森扔掉手枪。他刚才已停下脚步，此刻往后一缩，转向左后方，人群中爆发出"噢—啊—啊呀!"的惊呼。乔纳森也许是少数几个没有叫喊的人之一。

比安卡已经倒了下去。

一个不规则的圈围住了比安卡。

"……手枪……"

"……枪杀……!"

那把枪躺在水泥地面上，有人试图捡起，被至少三个人制止，说不能碰它。也有许多人不太感兴趣或者正在赶路，继续上了楼梯。乔纳森在围着比安卡的圈子里往左边悄悄移动。他走上了楼梯。听到一个人大喊："警察！"乔纳森快步走开，但并不比正在往站厅层赶的几个人更快。

乔纳森来到街上，只是继续走，一直朝前，不关心走向哪里。他以中等步速走着，好像他知道要去哪里，尽管他并不清楚。他看到右边有个巨大的火车站。里夫斯曾提到过。身后没有脚步声，没有追捕的声音。他用右手手指甩掉了袜子，但他不想把它扔到离地铁车站这么近的地方。

"出租车！"乔纳森看到一辆空车正在向火车站驶去。车停下来，他上了车。乔纳森说出他酒店所在那条街的名字。

乔纳森重重地坐下，却不自觉地朝车窗外左顾右盼，似乎盼望看到一个警察打着手势，指着这辆车要求司机停下。真荒唐！他绝对没有嫌疑！

然而，当他走进维多利亚，同样的感觉又袭来了——似乎警察肯定已经通过某种途径得到了他的地址，正在大厅里等他。但是没有。乔纳森平静地走进自己的房间，关上了门。他摸索着夹克口袋，找那只袜子。袜子不见了，已经掉在不知什么地方了。

七点二十分，乔纳森脱下大衣，扔进一张有软垫的椅子，就去找他的香烟，他刚才忘了带上。他猛吸着吉卜赛女郎那令人舒服的烟雾，然后把烟放在浴室脸盆的边上，洗了手和脸，接着又脱光上衣，用洗脸毛巾和热水擦洗了一遍。

就在他穿上毛衣的时候，电话响了。

"卡尔先生在楼下等您，先生。"

乔纳森下了楼，胳膊上搭着那件大衣。他想把它还给里夫斯，想看看它的结局如何。

"晚上好，先生！"卡尔满脸堆笑地说。他好像已经听到了消息，觉得结果不错。

在车里，乔纳森又点燃一支烟。这是星期三的晚上，他曾对西蒙娜说可能今晚回家，但她很可能明天才收到信。他又想起来，有两本书星期六要还给枫丹白露教堂开的公共图书馆。

乔纳森又来到了里夫斯舒适的公寓里。他将大衣递给里夫斯，而不是旁边的盖比。乔纳森觉得很尴尬。

"怎么样，乔纳森？"里夫斯紧张而又关心地问，"进行得如何？"

盖比走了。乔纳森和里夫斯在起居室里。

"很顺利，"乔纳森说，"我觉得。"

里夫斯微笑了一下——即便是那一点点也令他的脸看起来光芒四射。"非常好。漂亮！我还没听说，你知道吗？——我可以给你拿杯香槟吗？乔纳森，或者威士忌？请坐！"

"威士忌吧。"

里夫斯向那些酒瓶弯下腰去。他用柔和的声音问道："多少——多少枪，乔纳森？"

"一枪。"他要是没死会怎样，乔纳森突然想到。这不是很可能的吗？他接过里夫斯端来的威士忌。

里夫斯拿的是高脚玻璃杯装的香槟，他向乔纳森举起酒杯，然后喝了下去。"没有困难吗？——弗里茨干得好吗？"

乔纳森点点头，瞥着房门，如果盖比回来会在那儿出现。"让我们祈祷他死掉吧。我突然想到——他可能没死。"

"哦，就算没死，这样也不错。你看到他倒下了？"

"嗯，是的。"乔纳森长叹一声，这才发现自己已经好几分钟屏住了呼吸。

"消息也许已经传到了米兰，"里夫斯快活地说，"一颗意大利子弹。并不是说黑手党总用意大利枪，但这么小小地点个题，我觉得很不错。他属于迪·斯蒂法诺家族。汉堡现在也有吉诺蒂家族的几个人，希望这两个家族从此开始火拼。"

里夫斯以前说过这些。乔纳森坐在沙发上。里夫斯满意地走来走去。

"如果你愿意，我们就在这儿度过一个安静的夜晚吧，"里夫斯说，"若有任何人打电话，盖比就说我出去了。"

"卡尔或盖比——他们知道多少？"

"盖比——一无所知。卡尔嘛，就算知道也不要紧。卡尔根本不感兴趣。除我之外他还为别人工作，他的报酬很高。什么都不知道对他最好，你明白我的意思吧。"

乔纳森明白了。但里夫斯的解释并未使他感觉更舒服。"顺便说一下——我明天要回法国了。"这意味着两件事：第一，里夫斯可以付钱给他或者安排今晚付钱给他了。第二，如果还有其它任务，也应该今晚讨论了。乔纳森想拒绝任何其它任务，无论报酬是多少都不干，但他觉得，自己做了事情，应该有权得到四万英镑的一半。

"你要愿意，干嘛不呢，"里夫斯说，"不要忘记你明天早晨有约。"

可是，乔纳森不想再见到文策尔医生了。他湿了湿嘴唇。他的报告很糟糕，他的身体状况也更差了。还有另一个因素：有着海象胡子的文策尔医生某种程度上代表着"权威"，乔纳森觉得，再找文策尔当面对质会让自己处于危险境地。他知道这么想不合逻辑，但这就是他的感觉。"我看真没有什么理由再见他了——既然我不打算待在汉堡了。明天一早我会取消约会。他可以把账单寄到枫丹白露。"

"不能在法国之外汇法郎，"里夫斯微笑着说，"你收到账单就寄给我。不用为此担心。"

乔纳森随他去了。他当然不想让里夫斯的名字出现在给文策尔的支票上。但他告诉自己要抓住重点，重点就是里夫斯该付他报酬了。可是，乔纳森却坐回到沙发上，相当高兴地问，"你在这儿做什么呢——我指的是工作？"

"工作——"里夫斯犹豫着，但看起来根本没有被这个问题困扰，"各种各样的事情。比如说，我为纽约的艺术商搜罗作品。那儿所有的书——"他指着书架的底层，"都是美术书，主要是德国美术，记录着作品拥有者的名字和地址。纽约对德国画家的作品有需要，当然，我也在这儿的年轻画家中挑选，然后把他们介绍给美国的画廊和买家。得克萨斯那边买了很多呢。你一定很惊讶吧。"

乔纳森很惊讶。里夫斯·迈诺特——如果他说的不假——判断画作时一定带着盖格计数器[1]般的冷静。里夫斯会是个好的鉴别者吗？乔纳森已经认出，壁炉上那幅画，一位老人（男还是女？显然奄奄一息）躺在床上的粉红色静物画，的确是德瓦特的作品。乔纳森想，它肯定特别值钱，而且很明显，这幅画属于里夫斯。

"最近得到的，"看到乔纳森在看那幅画，里夫斯说道，"一件礼物——应该说是朋友的谢礼。"看他的神情，似乎本想多说一些，但又觉得不合适，于是就此打住。

晚餐时，乔纳森又想提起那笔钱，但又没能成功，里夫斯开始谈论别的事情。冬天在阿尔斯特湖上滑冰，冰上滑行船跑起来风驰电掣，偶尔还会撞上。将近一个小时后，他们坐在沙发上喝咖啡，里夫斯说：

---

1. 探测放射性的工具。

"今天晚上我只能付你五千法郎，这么一点儿是很可笑，零花钱而已。"里夫斯走到办公桌前打开一只抽屉。"但至少是法郎嘛。"他手里拿着法郎回来了。"今晚我也可以给你同等数量的马克。"

乔纳森不想要马克，免得回法国还要兑换。他看到那些一百元面值的法郎十张捆在一起，正是法国银行习惯的做法。里夫斯将那五沓钱放在咖啡桌上，但乔纳森没去碰它们。

"你知道，我只能给你这么多了，剩下的要等其他人。另外四五个人和我一起凑，"里夫斯说，"但要我凑足马克是毫无问题的。"

因为自己绝非善于讨价还价的人，乔纳森有点模糊地想到，里夫斯在完事之后才跟其他人要钱，应该不太好办。他的朋友难道不应该先拿出钱来托人代管，或者，至少再多一点吗？"我不想换马克，谢谢。"乔纳森说。

"是，当然了。我理解。还有另外一件事。你的钱应该存入瑞士的秘密账户，你不觉得吗？你不想让它出现在你法国的账户上，或者像法国人那样藏在袜子里吧，对吗？"

"不怎么想。——你何时能拿到那一半？"乔纳森问道，好像确定那一半会来。

"一周之内。不要忘记也许会有第二次——不然第一次就白干了。我们得看看再说。"

乔纳森有点恼了，但强压着。"你什么时候能知道？"

"也是在一周之内。也许是四天之内。我会联系你的。"

"但是——坦白讲——我认为比这更多才公平，你不觉得吗？我的意思是，和现在的数目比。"乔纳森感到自己脸上发热。

"我同意。所以我为这可怜的数目很抱歉。我也告诉你原因了。我会尽我所能，下次你会从我这儿听到——我会跟你联系——令人高兴的消息，让你知道瑞士银行有了你的账户，还有银行给的账目报表。”

这话听起来好一些了。“什么时候？”乔纳森问。

“一周之内。我以名誉担保。”

“那会是——一半儿吗？”乔纳森说。

“我不确定我能拿到一半——我向你解释过了，乔纳森，这是个双重交易。那些出钱的家伙们就是要看到某种结果。”里夫斯看着他。

乔纳森看得出来，里夫斯是在无声地问，他会不会再干第二次？如果他不干，现在就说不。“我理解。”乔纳森说。如果能再多一点，甚至是那笔钱的三分之一也不坏，乔纳森想。比如一万四千英镑。对于他干的那活儿来说，这一小笔钱算很合适了。乔纳森决定按兵不动，今晚停止讨论。

他乘第二天中午的飞机回了巴黎。里夫斯说他会跟文策尔医生取消约会，乔纳森就让他代劳了。里夫斯还说他周六会打电话，后天，打到他店里。里夫斯陪乔纳森去了机场，还向他展示了当天的晨报，上面有比安卡倒在地铁站台上的照片。里夫斯有种平静的得胜表情：除了那把意大利枪，再没有一点线索，有个黑手党杀手遭到了怀疑。警方认为比安卡就是黑手党成员或打手。乔纳森那天早晨出去买烟时已经看到了报纸的前几页，但他并无买那报纸的欲望。此刻在飞机上，微笑的空姐递给他一份报纸，乔纳森把它折起来放在大腿上，闭上了眼睛。

乔纳森赶火车又搭出租，回到家时已接近晚上七点。他用钥匙开门进了屋子。

“乔！”西蒙娜穿过走廊迎接他。

他拥抱了她。"嗨，亲爱的！"

"我正盼着你呢！"她大笑着说，"就是有种预感，就在刚才。——怎么样？脱下你的外套吧。我今天早上才收到你的信，说可能会昨晚回家。你想什么呢？"

乔纳森把外套挂在衣钩上，抱起朝自己双腿猛扑过来的乔治。"我的小讨厌怎么样啊？我的小石头怎么样？"他吻了乔治的脸颊。乔纳森给乔治买了辆垃圾车，与威士忌一起放在塑料袋里，但乔纳森认为卡车可以等会儿再拿，于是先把酒掏了出来。

"啊，好奢侈呀！"西蒙娜说，"现在要打开吗？"

"必须的！"乔纳森说。

他们走进厨房。西蒙娜喜欢加冰的威士忌，乔纳森倒是不在乎。

"告诉我医生说了什么。"西蒙娜把冰块托盘端到水槽边。

"呃——他们说的和这儿的医生一样。但他们想在我身上试用些药物。有消息会再通知我。"乔纳森在飞机上就决定这么对西蒙娜说了。这样就为下次去德国开了方便之门。告诉她病情糟糕了一点儿，或者看起来更糟了，又有什么真正的用处呢？除了更担心，她又能做些什么呢？在飞机上，乔纳森的乐观情绪抬头了：第一次进展这么顺利，很可能会顺利完成第二次。

"你是说你得再去？"她问道。

"很有可能。"乔纳森注视着她倒了满满两杯威士忌。"不过他们愿意为我出钱。他们会通知我的。"

"真的？"西蒙娜惊讶地说。

"那是威士忌吗？我怎么没有？"乔治用英语说得那么清楚，令乔纳森放声大笑。

"想来点？抿一口。"乔纳森说着递过去他的杯子。

西蒙娜挡住他的手。"有橙汁，乔奇！"她给他倒了杯橙汁。"你的意思是，他们在试验某种治疗方法？"

乔纳森皱起了眉头，不过他仍然觉得局势尽在掌握。"亲爱的，根本没有办法治疗。他们——他们想试验许多新药。那就是我知道的全部。干杯！"乔纳森感觉到有点愉快。他的夹克内口袋里有五千法郎。这一刻，他平安无事，安然地待在家庭怀抱里。如果一切顺利，这五千不过是零花钱而已，就像里夫斯所说。

西蒙娜倚着直靠背椅。"他们会出钱让你再去？那就是说会有某种危险吧？"

"不，我认为——是因为到德国有点不方便吧。我只是说他们会负责我的交通费。"乔纳森没有说清楚这个问题：他本可以说佩里耶医生将负责打针，开药。但在那一刻他觉得自己这么说很正确。

"你是说——他们认为你是个特殊的病例？"

"是的。某种程度上。当然我并不是。"他微笑着说。他不是，西蒙娜也知道他不是。"他们可能只是想做些试验吧，我还不知道，亲爱的。"

"不管怎样你看起来为此高兴得不行。我很开心，亲爱的。"

"今晚咱们出去吃晚餐吧。街角那家餐馆。我们可以带上乔治，"她刚要出声就被他制止了，"走吧，我们负担得起。"

8

　　乔纳森把四千法郎放进一个信封，放在商店后面一个木柜上八个抽屉中的一个里。这个抽屉是从下面数的第二格，除了线头、绳子、几个打过孔的标签——乔纳森认为，都是节俭或古怪的人才会保留的垃圾——什么都没放。这个抽屉和下面那个（乔纳森不知道里面装着什么）一样，乔纳森一般根本不会打开，因此他认为，西蒙娜也不会在她难得来店里帮忙时打开它。乔纳森真正放现金的抽屉，是木制柜台下面右边顶层的那个。剩下的一千法郎，乔纳森在周五早晨存入了他和西蒙娜在兴业银行的联合账户。西蒙娜可能要过两三周之后才会注意到多出来的这一千法郎。即使她在支票簿上看到这钱，她也许也不会说什么。如果她问起来，乔纳森可以说是几个顾客突然付的款。乔纳森通常签支票付家里的账单，银行存折一直放在起居室文具柜的抽屉里，除非他们两人当中谁要为什么东西付款，才会拿出去，这种情况大概一个月只有一次。

　　到周五下午，乔纳森终于想到了动用那一千法郎的方式。他从法兰西大街一家商店用三百九十五法郎给西蒙娜买了一套芥末黄的花呢套装。去汉堡的几天前他就看上了这套衣服，想到了西蒙娜——那圆圆的领子，点缀着棕色斑点的黑黄色花呢，短上衣上成正方形排列的四个棕色纽扣，似乎是专为西蒙娜量身定做。衣服的价格震惊了他的双眼，贵得离谱，他当时想。现在它却简直成了便宜货，乔纳森开心地凝视着新衣服被小心折叠放进雪白的包装纸里。

西蒙娜的赞赏又给了乔纳森莫大的快乐。乔纳森觉得，这是几年来她拥有的第一件新东西，第一件漂亮衣服，因为从市场或一口价商店买来的不算数。

"可是，这肯定贵得吓人，乔！"

"没有——算不上。汉堡的医生预先把钱给我了——以便我再去。他们很慷慨。不要考虑这些了。"

西蒙娜微笑着。她不想去考虑钱的事，现在不想。乔纳森明白。"我就把这个当作生日礼物好了。"

乔纳森也笑了。她的生日已经过去快两个月了。

周六早晨，乔纳森的电话响了。那天早晨电话响了几次，但这次是长途电话那种不规则的铃声。

"我是里夫斯……一切还好吧？"

"很好，谢谢。"乔纳森顿时又紧张又警惕。他店里有位顾客，那人正盯着墙上各种画框样品。但乔纳森说的是英语。

里夫斯说："我明天到巴黎，我想见你。有东西要给你——你懂的。"里夫斯听起来像平常一样冷静。

西蒙娜想要乔纳森明天去内穆尔她父母家。"我们能不能定在晚上或者——六点左右，如何？我午饭时间很长。"

"哦，没问题，我明白。法国人的周日午餐！好的，六点左右。我会住在凯尔酒店，在拉斯帕伊。"

乔纳森听说过这家酒店。他说他会尽量在六点到七点间到那儿。"星期天火车很少。"

里夫斯说不必担心。"明天见。"

里夫斯会带些钱来，很明显。乔纳森将注意力转向要画框的人。

星期天，穿着新衣的西蒙娜看上去妙不可言。在他们出发去福萨蒂耶家之前，乔纳森请求她不要说起他在接受德国医生资助的事。

"我不是傻瓜！"西蒙娜如此迅速地发表撒谎宣言，乔纳森觉得很有趣。同时感到西蒙娜确实站在他这一边居多，而不是她父母那边。以前，乔纳森的感觉常常是相反的。

"就连今天，"西蒙娜在福萨蒂耶家说，"乔都得去巴黎和那位德国医生的同事谈谈呢。"

这是一次特别欢乐的星期天午餐。乔纳森和西蒙娜还带来一瓶尊尼获加威士忌。

因为圣佩里耶-内穆尔没有方便的火车，乔纳森乘坐四点四十九分从枫丹白露出发的火车，大约五点半到达巴黎。他坐了地铁，那家酒店旁边就有地铁站。

里夫斯已经留了口信，让人送乔纳森到他的房间。里夫斯穿着衬衫，显然之前一直躺在床上读报纸。"嗨，乔纳森！怎么样？……坐下——随便坐。我有东西要给你看。"里夫斯去翻他的手提箱。"这——算是首期款。"他举起一个白色方信封，从里面拿出一张打字信纸，递给了乔纳森。

信是用英文写的，写给瑞士银行集团，由欧内斯特·希尔德斯海姆签字。这封信要求银行以乔纳森·崔凡尼的名字开一个银行账户，提供了乔纳森在枫丹白露商店的地址，并且附上了一张八万马克的支票。信是复写本，但签了字。

"谁是希尔德斯海姆？"乔纳森问道，同时想着德国马克相当于一点六法郎，因此八万马克可以换成十二万法郎。

"汉堡的一个商人——我帮过他一些忙。希尔德斯海姆不在任何监视之下，这笔钱也不会出现在他公司账上，因此，对他丝毫不必担心。他寄的是个人支票。关键是，乔纳森，这笔钱已经以你的名字存好了，昨天从汉堡汇出，所以你下周就会拿到你的私人账号。总共是十二万八千法郎。"里夫斯没有笑，但有种满意的表情。他伸手去拿写字桌上的盒子。"来支荷兰雪茄？非常棒。"

因为这种雪茄的确不一般，乔纳森便笑着拿了一支。"谢谢。"他就着里夫斯举起的火柴点燃了它。"也要为钱谢谢你。"乔纳森知道，还不到三分之一，更不是一半。但他说不出口。

"很好的开始，真的。汉堡赌场那些兄弟们相当满意。另一拨四处巡视的黑手党，吉诺蒂家族的那几个人宣称，他们对萨尔瓦多·比安卡的死一无所知，可是，他们当然会这么说啦。我们现在想要做的，就是再干掉一个吉诺蒂家的人，弄得像是跟比安卡有瓜葛的样子。我们要干一票大的，一个头目——老板手下的一个头目，你明白吗？有个叫做维托·马康吉罗的人，他几乎每个周末都从慕尼黑去一趟巴黎。他在巴黎有个女朋友。他是慕尼黑毒品生意的头目——至少对他家族来说是。说起毒品，慕尼黑现在比马赛还要活跃呢……"

乔纳森不安地听着，等待着机会让他可以说话，他不愿意接受另一份工作。乔纳森的想法是在最近四十八小时改变的。很奇怪，里夫斯的出现剥夺了乔纳森的勇气——也许是他的出现让这种事更加真实了吧。而且，他显然已经在瑞士银行拥有十二万八千法郎了。乔纳森已经端坐在一把扶手椅上。

"……在一列开动的火车上，日班车，莫扎特快车。"

乔纳森摇摇头。"抱歉，里夫斯。我认为我真的不胜任这个。"乔纳森突然想到，里夫斯这时还可以拦截那张马克支票呢。里夫斯只要打电报给希尔德斯海姆就行。哦，果真如此，就这样吧。

里夫斯显然垂头丧气。"噢，好吧——太遗憾了。真的。我们只好去找别人了——如果你不干的话。而且——恐怕这笔钱的一大部分也就归他了。"里夫斯摇着头，深吸一口雪茄，向窗外凝视了一会儿。然后，他弯下腰紧紧抓住乔纳森的肩膀。"乔，第一次干得多好啊！"

乔纳森往后一坐，里夫斯放开了他。乔纳森局促不安，像是不得已道歉的人。"是的，可是——在火车上向人开枪吗？"乔纳森仿佛看见自己被当场逮捕，无处可逃。

"不是开枪，不。我们不能弄出那么大动静。我想的是绞死他。"

乔纳森几乎不敢相信自己的耳朵。

里夫斯平静地说："这是黑手党惯用的手段。一根细绳，悄无声息——一个绞索！你把它拉紧。这就结了。"

乔纳森想象着自己的手指碰到那人温暖的脖子，太令人恶心了。"绝对不可能。我办不到。"

里夫斯深深地吸了一口气，换了另一个角度。"这个人戒备森严，通常都有两个贴身保镖。但在火车上——人们坐腻了会在过道里走一走，要么上一两次厕所，要么去餐车，都有可能单独去。乔纳森，事情可能做不成，你很可能——找不到机会，但你可以试试。——要不就是推，只需把他推出门去。火车前进时那些门都可以打开，你知道的。但他会喊叫——这样他也可能不会死。"

太滑稽了，乔纳森想。但他并不想笑。里夫斯继续做他的白日梦，抬头看着天花板。乔纳森在想，如果自己作为杀手或因企图杀人而被捕，西蒙娜绝对不会碰那笔钱的一分一毫。她会万分震惊，万分羞愧。"我就是不能再帮你了。"乔纳森说着，站了起来。

"但是——你至少可以先乘上那趟火车嘛。如果时机没有出现，我们就不得不想别的办法了。也许换另外一个头目，另外一种方式。

但我们太想干掉这个家伙了！他正打算从毒品转向赌博——组织赌博——反正传言是这么说的，"里夫斯换了个角度说，"你想用枪吗，乔？"

乔纳森摇头。"我没那胆子，老天啊。在火车上开枪？不。"

"看看这个绞索吧！"里夫斯迅速从裤子口袋里掏出左手。

他拿着的东西像是一根白色的细绳。绳子一头打了个活结，另一头的死结可以避免活结滑脱到底。里夫斯把它套在床柱上一拉，把绳子拉到了一边。

"看见了吧？尼龙，几乎和电线一样结实。连咕哝一下都来不及——"里夫斯突然停住了。

乔纳森实在受不了。这样他就不得不用另一只手——以某种方式去碰那个受害者了。这不得花三分钟时间吗？

里夫斯似乎放弃了。他踱到窗前又转过身。"考虑一下吧。你可以打电话给我，或者我几天后打给你。马康吉罗通常星期五中午离开慕尼黑。如果下个周末能行动就太理想了。"

乔纳森向门口走去。他把雪茄放在床头柜上的烟灰缸里。

里夫斯精明地看着他，也许是盯着他身后的远处，已经在想别的人选。由于光线的作用，他那条长长的伤疤看起来比实际上更粗大了。这道疤很可能让他对女人有自卑情结，乔纳森想。可他这道疤有多长时间了呢？也许就是两年前吧，谁说得清。

"想下楼喝一杯吗？"

"不，谢谢。"乔纳森说。

"噢，我有本书要给你看！"里夫斯又走向行李箱，从角落里抽出一本有亮红色护封的书。"看看吧。拿着。非常精彩的报道。纪实的。你会看到我们正在对付的那种角色。但他们也像别人一样，有血有肉。我的意思是，也非常脆弱。"

这本书叫做《冷面镰刀手：美国有组织犯罪剖析》。

"我会在周三打电话给你，"里夫斯说，"你最好周四到慕尼黑，待一晚，我也会在那儿，住另一家酒店，然后你在周五晚上乘火车回巴黎。"

乔纳森的手放在门把上，此刻他将门把转动起来。"抱歉，里夫斯，但我恐怕不会去。再见。"

乔纳森走出酒店，径直穿过街道走向地铁站。在站台等车时，他读了护封上的广告词。封底是警察的正面和侧面照片，六个或八个人，全都嘴角朝下，面无表情，瞪着直勾勾的黑色眼睛。奇怪的是，无论那些脸丰满还是消瘦，表情完全一样。这本书里有五六页的照片，每一章都以美国城市为题——底特律，纽约，新奥尔良，芝加哥。书的后面除了索引之外，还有一份黑手党家族谱系图，不过这些人都是同时代人：大老板，小老板，小头目，打手，光是打手这一级，乔纳森以前听说过的热那亚帮就达到了五六十人。书里的名字都来自真人真事，许多案例就发生在纽约和新泽西。乔纳森在回枫丹白露的火车上浏览了这本书。书中有"冰锥威利"奥尔德曼，里夫斯在汉堡说过，他杀人时喜欢俯向受害人的肩膀，似乎要跟他们说话，紧接着就用冰锥刺穿他们的耳膜。"冰锥威利"被拍了照片，露齿而笑，夹在一群拉斯维加斯赌博兄弟里面，六个人，都是意大利名字，身边还有一位红衣主教，一位主教和一位牧师（他们的名字也被公布了），这些神职人员"接受了他五年捐献七千五百美元的保证"。乔纳森忽然一阵乏力，他合上书，盯着窗外看了几分钟后又打开了它。不管怎么说，这本书讲的都是真人真事，而且，故事又引人入胜。

乔纳森乘公共汽车从枫丹白露-雅芳车站来到城堡附近的广场，沿着法兰西大街走向他的店铺。他带着商店的钥匙，进门后，他把那本黑手党传记放进那只藏着法郎、很少使用的抽屉，然后走向圣梅里大街上的家。

9

在四月的某个星期二，汤姆·雷普利注意到了乔纳森·崔凡尼商店橱窗里的牌子：因家庭原因暂停营业。他想，崔凡尼也许是去汉堡了。汤姆实在很好奇崔凡尼是否去了汉堡，但又没好奇到直接给里夫斯打电话去问。后来，在一个星期四的早上，十点左右，里夫斯从汉堡打来了电话，用压抑着喜悦的紧张声音说：

"噢，汤姆，搞定了！全都——一切都很顺利！汤姆，谢谢你！"

汤姆一时无语。崔凡尼真的成功了吗？海洛伊丝和他一起在起居室里，因此汤姆只能说："好啊，听到这个消息很高兴。"

"根本不需要那份假的医生报告。一切都进展顺利！就在昨晚。"

"那么——他现在就要回家了吗？"

"是的，就在今晚。"

汤姆没有跟里夫斯多聊。他曾提议里夫斯换掉检查报告，说崔凡尼的状态比事实上更差，汤姆的建议纯属开玩笑，尽管里夫斯是会去尝试的那种人——真是个毫无幽默感的卑劣玩笑，汤姆想。结果竟然根本不需要。汤姆惊愕地笑了。从里夫斯的喜悦当中他能判断出，那个受害人真的死了。被崔凡尼杀死了。汤姆着实吃了一惊。可怜的里夫斯多想听到汤姆对他的赞许之辞啊，是他一手策划了这条妙计。可汤姆却什么都不能说：海洛伊丝颇懂一些英语，汤姆不想冒险。汤姆突然想看看安奈特太太每天早晨都买的《自由巴黎人》，但她去购物还没有回来。

"是谁呀?"海洛伊丝问。她正坐在咖啡桌旁翻杂志,挑出旧的准备扔掉。

"里夫斯,"汤姆说,"没什么事。"

汤姆听到安奈特太太踩在屋前碎石上轻快的脚步声,便走进厨房去迎接她。她从侧门进来,对他微笑着。

"您还要些咖啡吗,汤姆先生?"她一边问,一边把篮子放在木桌上。一颗朝鲜蓟从顶上掉了下来。

"不,谢谢你,安奈特太太。我来看看你的《巴黎人》,如果可以的话。那些马——"

汤姆在第二版找到了那则消息。没有照片。一个名叫萨尔瓦多·比安卡的意大利人,四十八岁,在汉堡一个地铁站被枪杀。枪手不知是谁。现场发现一支枪,意大利制造。死者属于米兰黑手党斯蒂法诺家族。整段报道几乎不到三英寸长。但汤姆觉得,这可能是个有趣的开始。它会招致更大的事情。乔纳森·崔凡尼,那个一脸无辜,循规蹈矩的崔凡尼,已经屈服于金钱的诱惑(还能有别的吗?),干了次成功的谋杀!在迪基·格林里夫那个案子里,汤姆自己也曾屈服。崔凡尼会是我们的一员吗?但汤姆说的"我们",只是汤姆·雷普利而已。汤姆笑了。

上星期天,里夫斯灰心地从奥利机场给汤姆打来电话,说崔凡尼到目前为止一直拒绝,问汤姆能不能再想想别人。汤姆说不能。里夫斯说他已经给崔凡尼写了封信,邀请崔凡尼去汉堡做体检,周一早晨就到。就是在那时汤姆说:"如果他真去了,你也许可以试试让检查报告的结果变糟一点。"

汤姆本可以在周五或周六去枫丹白露一趟,满足一下好奇心,去看看商店里的崔凡尼,或许可以带幅画去装框(除非崔凡尼这周剩余时间都用来休养），本来汤姆想在周五去枫丹白露戈蒂耶的商店买撑幅器，可惜海洛伊丝的父母周末要来——他们会待周五和周六两晚——周五全家人都要为他们的到来紧张准备。安奈特太太为她的菜单过分地担心，担心周五晚上新鲜贻贝的品质。在安奈特太太已经将客房准备得无可挑剔之后，海洛伊丝又让她换掉了床上用品和浴室毛巾，因为上面绣的是汤姆的姓名缩写 TPR，而不是普利松夫妇的。普利松夫妇曾从家庭存货中拿出两打沉甸甸的床品给雷普利作为新婚礼物，海洛伊丝觉得，在普利松夫妇来访时使用它们，才显得有礼貌，而且懂世故。安奈特太太一时没想起来这样的礼数，海洛伊丝或汤姆当然不会怪她。汤姆知道，换床品的理由还有，海洛伊丝不想让她父母在上床时看到汤姆的名字，想起自己女儿嫁给了他这样的货色。普利松夫妇挑剔又古板，尤其是艾琳娜·普利松，一位仍然迷人修长的五十岁妇人，竭力要显得不拘礼节，容忍年轻人和所有这一切。可惜根本就不是那么回事！所以，这个周末简直是种折磨，在汤姆看来，老天爷，如果丽影都不算精心打理的家，那还有哪儿能算呢？银质茶具（普利松夫妇的另一个结婚礼物）被安奈特太太擦拭得一尘不染，就连花园里的鸟笼都天天打扫，好像它是个微型客房。家里的每一块木地板都闪闪发光，散发着宜人的薰衣草香，这地板蜡还是汤姆从英国买来的。然而，当身穿淡紫色长裤套装的艾琳娜在壁炉前的熊皮上伸展四肢，温暖着她的赤脚时，她却还是说："这样的地板光打蜡还不够，海洛伊丝。时不时地还需要用亚麻籽油和松香水保养一下——你知道，这样蜡才能更好地渗透进木头里去。"

普利松夫妇在星期天下午喝过茶后离开，海洛伊丝一把脱下她的水手衫，扔向一个法式窗子，结果水手衫上沉重的别针在窗玻璃上留下一道难看的裂痕，但玻璃还没有碎。

"香槟！"海洛伊丝嚷道，汤姆立刻冲到地下室去拿。

他们喝了香槟，尽管茶具还未清理（安奈特太太正破例搁起脚来休息着呢），之后，电话响了起来。

是里夫斯·迈诺特的声音，听起来很沮丧。"我在奥利机场，正要去汉堡。我今天在巴黎看了我们共同的朋友，他拒绝了下一个——下一个，你懂的。得再找一个了，我知道。我向他解释过了。"

"你已经给他付过一些钱了吗？"汤姆注视着海洛伊丝，她手拿香槟，正在跳华尔兹。她哼唱的是理查·施特劳斯的大华尔兹舞曲。

"是的，大概三分之一，我认为这就不错了。我已经给他存进瑞士银行了。"

汤姆记得承诺的数目接近五十万法郎。三分之一不算丰厚，但也合情合理，汤姆觉得。"你的意思是再来一次枪击。"汤姆说。

海洛伊丝边唱边旋转。"啦-哒-哒-啦-嘀-嘀……"

"不。"里夫斯声音嘶哑。他轻声说："这次打算用绞索。在火车上。我想该用绞索。"

汤姆很震惊。崔凡尼当然不干了。"必须得在火车上吗？"

"我已经计划好了……"

里夫斯永远有个计划。汤姆礼貌地听着。里夫斯的想法听上去既危险又不靠谱。汤姆打断了他。"也许我们的朋友眼下已经受够了。"

"不，我认为他很感兴趣。但他不肯——到慕尼黑来，我们需要下周末前完成这工作。"

"你又在读《教父》了吧，里夫斯。还是安排用枪吧。"

"枪的动静太大，"里夫斯毫无半点幽默地说，"我不知道——汤姆，我是去找别人呢，还是——去说服乔纳森。"

怎么可能说服他！汤姆想，于是相当不耐烦地说："没有什么比钱更有说服力了。如果那都不管用，我也帮不了你。"汤姆想起了普利松夫妇的来访，很不高兴。如果他和海洛伊丝不需要雅克·普利松每年给海洛伊丝的那两万五千法郎，他俩还用得着卑躬屈膝、低声下气地撑过这三天吗？

"恐怕再付钱给他，"里夫斯说，"他真的会退出。我已经告诉过你了，除非他做第二件事，否则我真没办法拿到——拿到剩下的那些钱。"

汤姆在想，里夫斯根本不了解崔凡尼这种类型的人。如果崔凡尼真的已经拿到了全部报酬，他要么履行承诺完成工作，要么会将钱退还一半。

"如果你想到了怎么处理他的事，"里夫斯明显很吃力地说，"或者你若是知道别的什么人能做这事，打电话给我，好吗？明天或者什么时候？"

挂上电话时汤姆很高兴。他迅速地摇摇头，眨眨眼。里夫斯·迈诺特的想法常常让汤姆感觉如坠云雾，甚至，完全没有大部分梦多少会有的一点现实感。

海洛伊丝一下跨过黄色沙发靠背，一只手温柔地抚摸着靠背，另一只手举着她的香槟杯，默默地在沙发上落座。她优雅地对他举起酒杯。"多亏了你，这个周末很成功，我的宝贝！"

"谢谢你，我亲爱的！"

是啊，生活又变得甜美了，他们又可以独处了，只要愿意，他们今晚可以光着脚吃饭。自由啦！

汤姆在想崔凡尼的事。汤姆并不真的担心里夫斯，他总能勉强应付，或者在关键时刻从过于危险的情境中成功脱身。但崔凡尼——就有点难以琢磨了。汤姆设法找到更接近他的方式，但很困难，因为他知道崔凡尼不喜欢自己。不过，没有什么比拿幅画给崔凡尼裱框更简单的了。

星期二，汤姆开车去枫丹白露，先去戈蒂耶的美术用品商店买撑幅器。汤姆觉得，戈蒂耶会主动讲些崔凡尼的新闻，关于他的汉堡之行。既然崔凡尼表面上是去看医生的。汤姆在戈蒂耶店里买了东西，可戈蒂耶并未提起崔凡尼。就在要走时，汤姆说：

"我们的朋友——崔凡尼先生怎么样了？"

"啊，对了。他上星期去汉堡看了一位专家。"戈蒂耶的玻璃眼盯着汤姆，那只好眼闪闪发光，显得有些难过。"我听说消息不太好。也许，比这里医生告诉他的情况又恶化了一点儿。但他很勇敢。你知道这些英国人，他们从来不表露自己真正的感情。"

"听说他病情恶化，我很遗憾。"汤姆说。

"是啊，呃——他是这么告诉我的。但他能承受。"

汤姆把撑幅器放进汽车，从后排座上拿出一个公文包。他带了一张水彩画给崔凡尼裱框。汤姆觉得，今天和崔凡尼的谈话可能不会太顺利，但他几天后总要来取画，保准有机会再见到崔凡尼。汤姆走向萨布隆大街，走进了那家小店。崔凡尼正在与一个女人讨论画框，将一截木框样品举到一幅蚀刻版画的顶端。他瞥见了汤姆，汤姆确信崔凡尼认出了自己。

"现在这样看起来会很沉重，但用白色的衬垫——"崔凡尼在说话，他的法语发音相当好。

汤姆在崔凡尼身上寻找着某种变化——也许，是一种焦虑吧——但目前为止他一点没看到。终于,轮到汤姆了。"您好。早上好。汤姆·雷普利,"汤姆微笑着说,"我在——在二月份去过你家,对吧?你太太的生日。"

"噢,是的。"

汤姆从崔凡尼脸上看得出来,自从二月份那个晚上他说"噢,是啊,我听说过你"以来,他对自己的态度并未改变。汤姆打开公文包。"我有张水彩画。我妻子画的。我想也许该用深棕色窄框,加底衬——大概,最宽两英寸半吧,我是说底宽。"

崔凡尼的注意力集中在那幅水彩画上,画放在他们俩之间的柜台上,柜台上有凹口,磨得很光滑。

这幅画的主色调是绿色和粉色,是海洛伊丝对丽影一角的自由阐释,以冬天的松树林为背景。汤姆觉得很不错,因为海洛伊丝知道适可而止。她不知道汤姆把它保存下来了,还要装上框给她一个意外之喜。汤姆希望如此。

"也许,就像这种吧。"崔凡尼说着,从乱糟糟伸出好些木头的架子上抽出一根,放在水彩画顶端,足够加底衬的距离上。

"我觉得很好,没错。"

"底衬用灰白色还是白色?像这种吗?"

汤姆做了决定。崔凡尼认真地在本子上记下汤姆的名字和地址。汤姆还留了电话号码。

现在说些什么呢?崔凡尼的冷漠几乎是明摆着的。汤姆知道崔凡尼会拒绝,但觉得说了又没有什么损失,于是便说:"也许你和你太太什么时候能来我家喝一杯。维勒佩斯并不远。也带上你们的小男孩。"

"谢谢。我没有汽车,"崔凡尼带着礼貌的微笑说,"恐怕,我们不怎么出门。"

"汽车不是问题。我可以来接你们。当然，还希望与我们共进晚餐。"汤姆急急忙忙说出这些话。此时崔凡尼两手插进毛衣外套的口袋里，重心左右变换了一下，似乎想法也在转换。汤姆感觉得出来，崔凡尼对他很好奇。

"我太太很害羞，"崔凡尼说道，头一回微笑了。"她不怎么说英语。"

"我太太也是，真的。她也是法国人，你知道的。不过——要是觉得我家太远，现在去喝杯茴香酒怎么样？你不是要关门了吗？"

是的。已经过正午了。

他们走向法兰西大街与圣梅里大街拐角处一家餐吧。崔凡尼停在一家面包店前买面包。他要了杯扎啤，汤姆也一样。汤姆将一张十法郎钞票放在柜台上。

"你是怎么到法国来的呢？"汤姆问。

崔凡尼告诉汤姆他和一个英国朋友在法国开了一家古董店。"你呢？"崔凡尼问。

"噢，我妻子喜欢这儿。我也是。我实在想不出比这里更开心的生活了。只要愿意我就能旅游。我有大把自由时间——你可以称之为闲暇。园艺和绘画。我就像个星期天画家那样画画，但我很享受。无论何时，只要我愿意，就去伦敦待几周。"汤姆像是把牌摊在桌面上，让人觉得他有点儿天真，没有害人之心。只可惜崔凡尼会怀疑，这样过日子，钱从哪里来？汤姆觉得，崔凡尼很可能已经听说了迪基·格林里夫的故事，但也像大多数人那样忘掉了它的大部分，留在记忆中的只有某些事，比如迪基·格林里夫"神秘的失踪"，尽管后来迪基的自杀已作为事实被广为接受。崔凡尼很可能知道，汤姆从迪基·格林里夫的遗嘱（汤姆伪造的）里得到一些收入，因为报纸上登了这件事。然后是去年的德瓦特事件，登在法国报纸上，与其说是"德瓦特"，不如说是托马斯·莫奇森的古怪失踪。这美国人当时正在汤姆家做客。

"听上去是很开心。"崔凡尼干巴巴地评论道，抹掉了上唇的啤酒泡沫。

汤姆觉得，崔凡尼想问他些什么。是什么呢？汤姆很好奇，以崔凡尼那英国人的冷静，会不会良心发现向妻子坦白，或者去警察局自首呢？汤姆估计崔凡尼还没有向妻子坦白，也不会这么做。他认为自己想的没错。就在五天前，崔凡尼扣动扳机杀死了一个人。里夫斯肯定给崔凡尼做了战前动员，向他细述黑手党是多么邪恶，崔凡尼或任何消灭他们的人是多么善良。想到这里，汤姆就想起了绞索的事。不行，让崔凡尼去勒死别人，他看不下去。崔凡尼会怎么想自己杀人这件事？或者，他还有时间去想什么吗？也许没有了。崔凡尼点燃一支吉卜赛女郎香烟，他有双大手。他这一类人就算身穿旧衣、长裤皱巴巴，也依然保持着绅士气质。他有着粗犷英俊的外表，只是他本人似乎并不十分清楚。

"你认不认识，"崔凡尼说，用他那平静的蓝眼睛看着汤姆，"一个叫做里夫斯·迈诺特的美国人？"

"不，"汤姆说，"住在枫丹白露吗？"

"不是。但他经常旅行，我认为。"

"不认识。"汤姆喝了口啤酒。

"我最好告辞吧，我太太在等我。"

他们走出去。两人方向不同。

"谢谢你的啤酒。"崔凡尼说。

"我很荣幸！"

汤姆走向停在黑鹰旅馆停车场上的汽车，向维勒佩斯开去。他一直在想崔凡尼，觉得他是个相当失意的人，对自己目前的境况很失望。崔凡尼年轻时一定很有抱负。汤姆记得崔凡尼的妻子，一个很可爱的女子，看起来沉着而又忠诚，绝不会催促丈夫改善境况，绝不唠叨他去多挣钱。她给人的感觉，就像崔凡尼本人一样诚实正派。然而，崔凡尼还是向里夫斯的建议屈服了。这说明，只要干得聪明，崔凡尼这人还是有可能任人摆布的。

安奈特太太告诉汤姆，海洛伊丝会晚点回来，因为她在夏翼的一家古董店发现了一个英式船形五斗柜，已经签了支票，但必须陪那位古董商去银行。"她随时都会带着那个五斗柜回家来！"安奈特太太说着，她的蓝眼睛闪闪发光。"她请你等她回来一起吃午饭，汤姆先生。"

"那当然！"汤姆高兴地说道。银行账户快要有点透支了，他想，那就是海洛伊丝不得不去银行和什么人谈谈的原因吧——可她在午饭时间银行关门的时候怎么谈呢？安奈特太太一脸高兴，因为这个家里又多了一件家具，她那不知疲倦的打蜡工作又可以继续了。几个月来，海洛伊丝一直在为汤姆找一个包黄铜的水手式抽屉柜。几个月前她突发奇想，觉得汤姆房间里应该有一个船形五斗柜。

汤姆决定趁此机会试探一下里夫斯，他跑到楼上自己的房间。现在是下午一点二十二分。丽影大约三个月前装了两部新式拨号电话，打长途不必再通过接线员了。

里夫斯的管家接了电话，汤姆用德语问迈诺特先生是否在家。他在。

"里夫斯，你好！汤姆。我不能说太久。我就想说我见过咱们的朋友了。和他喝了一杯……在枫丹白露一个酒吧。我认为——"汤姆紧张地站着，透过窗子注视着路旁的树木，注视着空旷的蓝天。他不确定自己想说什么，他只想告诉里夫斯要继续努力。"我还不知道，但我觉得他应该可以。只是种预感。你再试试吧。"

"是吗？"里夫斯被他的话迷住了，似乎他是个从不失败的预言家。

"你希望何时见他？"

"呃，我希望他星期四到慕尼黑来。后天。我要尽量说服他向那里的另一位医生咨询。然后——星期五，那趟火车大约两点十分离开慕尼黑去巴黎，你知道的。"

汤姆坐过一次莫扎特快车，在萨尔兹堡上的车。"我说，给他个选择，用枪或者——其它东西，但建议他不要用枪。"

"这我试过了！"里夫斯说，"但你觉得——他是不是有可能会回心转意？"

汤姆听到一辆车，两辆车，开上了屋前的碎石路。毫无疑问，是海洛伊丝和那个古董商。"我得挂了，里夫斯。就现在。"

那天晚些时候，汤姆独自在自己房间，更加仔细地查看了那只柜子，漂亮的五斗柜就摆在他房间两扇前窗之间。柜子是橡木的，低矮而结实，有闪亮的黄铜棱角和沉头黄铜抽屉拉手。那光亮的木头看起来栩栩如生，似乎被制造者的手，或是曾经用过它的船长或军官的手，赋予了生命。木头上有一些闪亮的黑色凹痕，就像每个生命在生活过程中都会留下的古怪瘢痕。一块椭圆形银匾镶嵌在顶部，上面雕刻着花体字：阿奇伯尔德·L. 帕特里奇船长，普利茅斯，1734，还有一些字母小了许多，是木匠的名字，汤姆觉得，它充分表达了巧匠的自豪。

10

星期三，里夫斯按照承诺往乔纳森的店里打了电话。乔纳森当时非常忙，只好请里夫斯中午之后再打过来。

里夫斯的确又打了过来，寒暄客套之后，问乔纳森第二天能不能来慕尼黑。

"你知道，慕尼黑也有医生，非常好的。我想起一个，马克斯·施罗德医生。我已经问清他可以在星期五早上见你，八点左右。我需要做的就是确认一下。如果你——"

"好的，"乔纳森说道，他已经预见到谈话会这样进行，"很好，里夫斯。我要看下我的票——"

"单程，乔纳森。——呃，由你决定吧。"

乔纳森明白。"我查清了航班时间就打电话给你。"

"我知道时间。如果你能赶上，下午一点十五分奥利机场有一个航班直飞慕尼黑。"

"好的，我争取吧。"

"如果没接到你的电话，我就默认你在这个航班上。我会像之前那样在巴士总站等你。"

乔纳森心不在焉地走向水槽，用两手理顺自己的头发，然后伸手去拿雨衣。外面有点下雨，而且相当寒冷。乔纳森昨天已经决定了。他要把之前做过的事情再来一遍，这一次是去看慕尼黑的医生，然后就将乘上那列火车。没有把握的只剩下他自己的胆量。他能走多远呢？他走出店铺，用钥匙锁上了门。

乔纳森撞上了人行道上的垃圾桶，这才意识到自己一路蹒跚，根本没有好好走路。他稍稍抬起头，他得向里夫斯要求既拿绞索也拿枪，如果他因为神经崩溃（乔纳森觉得这完全有可能）不敢用绞索，就用枪，那么就这样吧。乔纳森会与里夫斯作个安排；如果他用了枪，如果他很明显会被抓住，那剩下的一两颗子弹就留给自己。这样一来，他就绝无可能泄露里夫斯以及与里夫斯有染的其他人了。为此，里夫斯会将剩余的钱付给西蒙娜。乔纳森知道，没人会把他的尸体当成是一个意大利人的，但他认为，斯蒂法诺家族雇用一个非意大利裔的杀手，也不是不可能。

乔纳森对西蒙娜说："今天早晨我接到了汉堡医生的电话。他想要我明天去慕尼黑。"

"噢？这么快？"

乔纳森记得他曾告诉西蒙娜，医生要再见他可能是两周之后。他曾说文策尔医生给他开了些药，想检测一下它们的效果。乔纳森和文策尔医生的确谈过吃药的事——对白血病并没有什么真正的改善作用，只是想减缓它的发展——可是文策尔医生并没有真的开药给他。乔纳森确信，如果他去见文策尔医生第二次，医生会给他开一些药的。"慕尼黑有一位医生——叫做施罗德——文策尔医生想要我去见见。"

"慕尼黑在哪儿？"乔治问。

"在德国。"乔纳森说。

"你要去多久？"西蒙娜问。

"可能——到星期六早晨。"乔纳森说着，想起那趟火车周五晚上可能到得太晚，没有从巴黎开往枫丹白露的车了。

"那商店怎么办？要不要我明天早上去那儿？星期五早上呢？——你明天得什么时候走？"

"一点十五有班飞机。是啊，亲爱的，如果你明天和周五早晨能照看一下会很有帮助——就算一个小时也好。会有几个人来取画。"乔纳森将餐刀温柔地刺进一片卡门培尔奶酪，拿着它却并不想吃。

"你很担心，乔？"

"不完全是。——不，正相反，不管再听到什么消息都应该只会好不会差。"出于礼貌的乐观，乔纳森觉得，真是句废话。医生才没办法与时间作对呢。他瞥了一眼儿子，儿子显得有点困惑，但还没到要开口问的地步。乔纳森意识到，自从乔治能听懂大人说话以来，就一直在无意中听到类似的谈话。乔治被告知，"你父亲身上有病菌，就像感冒一样。那病菌有时候让他疲劳。但你不会传染。不会传染到谁，所以也不会伤害你。"

"你会睡在医院里吗？"西蒙娜问。

乔纳森一开始不明白她的意思。"不。文策尔医生——他的秘书说他们会给我预订酒店。"

第二天早晨刚过九点，乔纳森就离开了家，为了赶上九点四十二分去巴黎的车，因为乘下一班到奥利机场就太晚了。头天下午他已经买好机票，单程的，他还将另外一千法郎存入了兴业银行的账户，五百放进自己钱包，剩下两千五百法郎放在商店的抽屉里。他又把那本《冷面镰刀手》从那个抽屉里拿出来，塞进了行李箱，准备还给里夫斯。

就在五点前，乔纳森在慕尼黑汽车总站下了车。阳光灿烂，温度宜人。人行道上有几个穿皮短裤和绿夹克的强壮中年男人，在拉手风琴。他看到里夫斯向自己小跑过来。

"我有点晚了，抱歉！"里夫斯说，"你怎么样，乔纳森？"

"相当好，谢谢你。"乔纳森笑着说。

"我已经给你订了酒店房间。我们现在坐出租过去。我住另一家酒店，但我陪你一起过去，咱们谈一谈。"

他们坐上一辆出租车。里夫斯谈起了慕尼黑。讲得好像真的很了解又很喜欢这座城市似的，而不是要用讲话来掩饰紧张。里夫斯拿出一张地图，把"英国花园"指给乔纳森看，出租车不会经过那儿。还指给他看伊萨河两岸，告诉他明天早晨八点的约会就在那里。他们两人的酒店就在市中心区，里夫斯说。出租车停在一家酒店前，一个穿黑红制服的男孩打开了车门。

乔纳森登记入住。大堂里有许多现代的彩色玻璃嵌板，描绘着德国骑士与吟游诗人。乔纳森发现他感觉异乎寻常地好，于是心情更加愉快了。这会不会是明天大难临头，灭顶之灾的前奏？乔纳森突然觉得，自己这么开心简直愚蠢之极，他提醒自己要留神，就像平常快要喝醉之前那样。

里夫斯跟着他进了房间。侍者放好了乔纳森的箱子，刚刚离开。乔纳森把大衣挂在走廊的衣钩上，像在家里一样。

"明天早晨——或者今天下午，我们就给你换件新大衣。"里夫斯说着，带着有些痛苦的表情看着乔纳森的大衣。

"噢？"乔纳森不得不承认，他的大衣实在破旧。他并不生气地笑了笑。至少他带了那套好西装，他的黑皮鞋也相当新。他把那套蓝色西装挂了起来。

"毕竟，你要坐那趟车的头等车厢。"里夫斯说。他走到门口按下锁钮，免得外面有人进来。"我已经拿到枪了。另一支意大利枪，稍有区别。我弄不到消音器，但我觉得——跟你说实话——用不用消音器没多大区别。"

乔纳森明白。他看着里夫斯从口袋里掏出的那把小手枪，一时间脑子一片空白，觉得自己真蠢。从根本上说，用这枪开火，意味着他紧接着必须马上开枪自尽。那就是这支枪对他唯一的意义。

"当然，还有这个。"里夫斯说着，从口袋里拽出那个绞索。

在慕尼黑更明亮的灯光下，那绞索现出像皮肤一样的苍白颜色。

"在——椅子背上试一下。"里夫斯说。

乔纳森接过绞索，把圈套在椅背角的一个突起上。他漠然地将它抽紧。现在他甚至都不觉得恶心了，只觉得空虚。他很好奇，普通人在他口袋里或别处发现这个绞索，会马上明白它是什么东西吗？乔纳森觉得，很可能不会。

"你一定要一下就拉得很紧，"里夫斯郑重地说，"还不能松手。"

乔纳森突然感到很生气，很想开口说点什么，发作一通，但又克制住了。他把绞索从椅子上取下来，正要扔到床上，里夫斯说：

"把它放进你口袋里。或者你明天打算穿的衣服口袋里。"

乔纳森先是把它放进身上的长裤口袋，然后又拿出来塞进那套蓝色西装的长裤兜里。

"这儿有两张照片我想给你看一下。"里夫斯从夹克内兜里拿出一个信封。这个未封口的信封里有两张照片，一张光面的，明信片大小，另一张是从报纸上整齐地剪下来的，折了两折。"维托·马康吉罗。"

乔纳森看着那张光面照片，好几个地方有折痕。上面是一个圆头圆脸的男人，有曲线优美的厚嘴唇和波浪式黑发。两边太阳穴各一撮花白头发，让人感觉蒸汽正从他的头上喷涌而出。

"他大概五英尺六英寸高，"里夫斯说，"他那片头发还是灰白的，没有染过。这是在聚会时拍到的。"

报纸照片上，三个男人和几个女人正站在餐桌后。墨水画的箭头指向一个正在大笑的矮个男人，太阳穴旁有灰色闪光。标题是德文。

里夫斯收回了两张照片。"咱们下去买大衣吧。还有些商店开着门呢。顺便说下，枪上的保险用起来和另外那支一样。装了六发子弹。我把它放进这里，好吗？"里夫斯从床脚拿起枪，放进乔纳森行李箱的一个角落。"布莱涅大街非常适合购物。"乘电梯下楼时里夫斯说。

他们步行过去。乔纳森把大衣留在了酒店房间。

乔纳森选了一件墨绿色的花呢大衣。谁来买单呢？这似乎并不太重要。乔纳森还觉得，他也许只剩二十四小时来穿它了。里夫斯坚持要为大衣买单，尽管乔纳森说他把法郎换成马克时就会还给里夫斯。

"不，不，别客气。"里夫斯说着稍稍扭了下头，有时这动作在他身上相当于微笑。

乔纳森穿着那件大衣走出了商店。他们一边走，里夫斯一边给他指指点点——奥登广场，路德维希大街，那里通向施瓦宾区，托马斯·曼曾在这个区安家。他们走向英国花园，然后坐出租去一家啤酒馆。乔纳森其实更愿意喝茶。他知道里夫斯正试图让他放松一点。乔纳森感觉已经够放松了，连明天早晨施罗德医生会说些什么他都不担心。更有甚者，不管施罗德医生说些什么，都不再重要了。

他们在施瓦宾区一个喧闹的餐馆里吃饭，里夫斯告诉他，实际上这地方的每个人都是"艺术家或作家"。乔纳森被里夫斯逗乐了。啤酒让乔纳森觉得头有点晕，现在他们喝的是"古姆波尔德斯丁格"。

午夜之前，乔纳森身穿睡衣站在酒店房间里。他刚刚洗过澡。电话将在明天早上七点十五分响起，紧接着是一顿欧陆早餐。乔纳森在写字桌前坐下，从抽屉里拿出一些信纸，写好一个给西蒙娜的信封。这时他想起来，自己后天就会回家，甚至可能明晚就回去。于是他把信封揉成一团，扔进了废纸篓。今晚吃饭时他曾对里夫斯说："你认识一个叫汤姆·雷普利的人吗？"里夫斯显出一脸茫然地说："不认识。怎么啦？"乔纳森上了床，按下按钮，熄灭包括浴室灯的所有灯光。他今晚吃药了吗？吃了。就在沐浴之前。他已经把药瓶放进了夹克口袋，这样明天就可以给施罗德医生看了，万一医生感兴趣的话。

里夫斯曾问："瑞士银行写信给你了吗？"他们没有，但乔纳森觉得，他们的信很可能会在今天早晨寄到他的商店。西蒙娜会打开它吗？机会是五五开，乔纳森想，这取决于她在店里有多忙。瑞士的信将确认八万马克已经存入他名下，很可能还有要他签名的卡片，作为签字的范本。乔纳森猜想，信封上将不会有回信地址，或者任何可辨认出是银行的字样。既然他星期六就回家了，西蒙娜可能会把信原封不动留着的。机会是五五开，他这么想着，慢慢沉入了梦乡。

第二天早晨在医院，一切都似乎严格地遵照日常程序，但奇怪的是气氛又很随便。里夫斯全程在场，尽管他们的谈话都用德语，乔纳森还是能分辨出，里夫斯没有告诉施罗德医生他之前在汉堡做过检查。汉堡的报告现在由枫丹白露的佩里耶医生掌管，他应该已经把报告送到艾伯勒-瓦伦特实验室了，按照他承诺的那样。

与上次一样，又是一位护士讲着一口漂亮的英语。马克斯·施罗德医生大约五十岁，时髦的半长黑发垂向衬衣领。

"他的大概意思是，"里夫斯告诉乔纳森，"你是个典型的病例——估计未来不太乐观。"

不，对乔纳森来说没有任何新消息。就连明早可以拿到检查结果，也是老调重弹。

乔纳森和里夫斯走出医院时，大约是十一点。他们沿伊萨河的堤岸走着，婴儿车里的孩子，石砌公寓楼，药房，杂货店，这些都是生活的配件，乔纳森这天早上却一点不觉得自己置身其中。他甚至不得不提醒自己不要忘了呼吸。今天肯定是失败的一天，他想，好想一头扎进河里淹死，或者变成一条鱼啊。里夫斯在旁边，不时唠唠叨叨，让他厌烦。到最后，他尽量不去听里夫斯说话。乔纳森觉得，今天他不打算用口袋里的绳子杀任何人，也不想用那把枪。

"我得拿上行李箱吧？"乔纳森插嘴道，"如果那趟车是两点的话？"

他们找到了一辆出租车。

几乎就在酒店旁边，一家商店的橱窗里摆满亮闪闪的东西，像德国圣诞树那样散发着金色与银色的光芒。乔纳森朝那橱窗走过去。大部分是旅游纪念品，他看到后有些失望，但马上又注意到一个回转仪，倾斜着悬在它的方盒子里。

"我想给儿子买点东西。"乔纳森说着走进了那家商店。他指点着说："劳驾。"没有注意价格就买下了那个回转仪。那天早晨他已经在酒店换了两百法郎。

乔纳森的东西已经装好，因此只要关上行李箱盖即可。他自己将箱子拎了下去。里夫斯把一张一百马克钞票塞进乔纳森手里，请他去付酒店账单，因为若是里夫斯去付可能显得很古怪。钱在此时对乔纳森来说已经无关紧要。

他们早到了车站。在小餐厅里，乔纳森什么都不想吃，只想喝咖啡。

于是里夫斯点了咖啡。"我看，你必须要自己制造机会，乔。可能办不成，我知道，但这个人我们真想……你就待在餐车附近，抽支烟，站在紧挨餐车的那节车厢末尾，诸如此类……"

乔纳森喝了第二杯咖啡。里夫斯买了份《每日电讯报》和一本平装书给乔纳森带上。

列车进站了，铁轨丁当作响，灰蓝两色的车厢——莫扎特快车。里夫斯四下寻找马康吉罗的身影，估计他此刻至少有两位保镖陪同上车。站台上大概有六十个人要上车，下车的也有这么多人。里夫斯抓住乔纳森的胳膊指点着给他看。乔纳森正提着箱子站在车票显示的那节车厢边。他看到——他看到了吗？——里夫斯说的那三个人，三个戴帽子的矮个男人，正爬上阶梯进车厢，比自己车厢更靠前的一节车厢。

"就是他。我都看见他那片灰头发了，"里夫斯说，"那么餐车在哪儿？"他走回去想看个究竟，朝列车前部踱过去又走回来。"是马康吉罗车厢前面那一节。"

此刻，法语广播宣布这趟列车即将出发。

"你口袋里枪放好了吗？"里夫斯问。

乔纳森点点头。在他去酒店房间取箱子时里夫斯已经提醒过他，把枪放在口袋里。"无论我发生什么事，要保证我妻子得到那笔钱。"

"一言为定。"里夫斯拍拍他的胳膊。

汽笛第二次吹响，车门砰然关闭。乔纳森登上列车，没有回头看里夫斯，知道他会用眼神追随着自己。乔纳森找到了座位，八人包厢里只有另外两个人。椅套是暗红色的长毛绒。乔纳森将箱子放在头顶的架子上，再把新大衣由里朝外折好，也放上去。一个年轻人走进包厢，探出窗外用德语和某人交谈。乔纳森的另一位同伴是个中年男人，正埋头读着像是办公文件的东西；还有一个整洁的小个女人，戴着顶小帽子正在读小说。乔纳森的座位就挨着那个商人，那人的座位靠窗，面对着列车前进的方向。乔纳森打开了他的《电讯报》。

下午两点十一分。

乔纳森注视着窗外，慕尼黑的轮廓从眼前滑过，办公楼，洋葱塔[1]。乔纳森对面墙上是三张带框的照片——不知何处的一座城堡，有几只天鹅的湖面，峰峦积雪的阿尔卑斯山。列车在光滑的铁轨上咔嗒作响，轻柔晃动。乔纳森半闭着眼睛，两手交叉，胳膊肘放在扶手上，几乎要睡着。还有时间，还有时间下定决心，改变主意，再改回去。马康吉罗和他一样要去巴黎，火车要今晚十一点零七分才抵达。下午六点半会在斯特拉斯堡站停靠，他记得里夫斯说过。几分钟后，乔纳森清醒过来，透过包厢的玻璃门发现，过道里总是有人来来去去，虽然不多但很稳定。一个男子推着小车停在包厢门口，手推车上有三明治、啤酒和葡萄酒。那个年轻人买了瓶啤酒。一个粗壮的男人站在过道里抽烟斗，时不时地把身体挤到窗边，好让别人过去。

乔纳森想，假装要去餐车，闲逛经过马康吉罗的包厢，不会有什么害处的，只是估计一下形势而已嘛，可是，他还是用了好几分钟才让自己动起来。这几分钟时间，他抽掉了一支吉卜赛女郎。他

---

1. 慕尼黑的圣母院大教堂，位于慕尼黑市中心，有两个"洋葱头"式的顶。

把烟灰掸进窗下那个金属容器里，小心地不掉一点在那个看文件的男人膝上。

终于，乔纳森站起来向前走去。车厢尽头的门有点卡，不能灵活打开。要走到马康吉罗的车厢，还要经过另外两扇门。乔纳森慢慢走着，尽力稳住脚步，抵挡列车柔和但无规律的晃动，扫视每一个包厢。他一眼就认出了马康吉罗，因为他就在面对乔纳森的中间座位上睡觉，两手交叠在腹部，那两绺灰色头发在太阳穴旁来回飘动。乔纳森迅速看了下另外两人，那两个意大利佬凑在一起，正在打着手势说话。乔纳森认为，包厢里应该没别人。他继续往前走，来到车厢尾部，站在平台上又点燃一支烟，向窗外望去。这节车厢的尾部有个厕所，圆形锁扣显示为红色，表明有人占用。另一个秃顶消瘦的男人，站在对面窗边，也许在等着用厕所。想要在这儿杀人？这想法实在荒唐，因为无论如何都会有目击者。就算平台上只有杀手和受害者，难道就不会有人在几秒之内恰好出现吗？列车里并不嘈杂，如果一个人大声喊叫，就算绞索已经套住了他的脖子，难道最近那个包厢里的人会听不见吗？

从餐车里出来的一男一女走进这节车厢的过道，没有关车门，不过一位穿白色夹克的侍者立刻将门关上了。

乔纳森朝自己的车厢走回去，又朝马康吉罗的包厢里瞥了一眼，但非常短暂。马康吉罗正抽着一支烟，身体笨拙地前倾，在说话。

如果要干，就应该在火车到斯特拉斯堡之前动手，乔纳森想。他觉得，肯定有许多人会在斯特拉斯堡站上车去巴黎。但他这么想也许是错了。他想，半小时以后，他应该穿上大衣，站在马康吉罗车厢的平台上等着。但万一马康吉罗使用另一端的厕所呢？车厢两头都有厕所。要是他根本就不去洗手间呢？就算可能性不大吧，也不是完全没可能啊。还有，要是那些意大利人根本不光顾餐车呢？不，从逻辑上说他们会去餐车，但他们也可能会一起去。乔纳森觉得，如果他实在没办法下手，里夫斯也只好制订另一个计划，更好的计划。但是，如果乔纳森想赚更多的钱，马康吉罗或者与他相当的什么人，就必须要由他来杀掉。

　　就在四点前，乔纳森强迫自己起身，小心地从架上拿下大衣。在过道里，他穿上右边口袋沉甸甸的大衣，拿着他的平装书，走向了马康吉罗车厢尽头的平台。

11

乔纳森经过那意大利人的包厢时，没有往里面看，他已经用眼角余光看到人影混杂，像是几个人正从架上把行李箱拖下来，也可能是在闹着玩儿。他还听到了笑声。

一分钟后，乔纳森倚靠着一幅金属框的中欧地图站定，面对着走廊的半截玻璃门。透过玻璃，乔纳森看到一个人正走过来，撞开了门。这人看起来像是马康吉罗的一个保镖，深色头发，三十来岁，面目可憎，身材粗壮，让人觉得他总有一天会变得像只心怀不满的癞蛤蟆。乔纳森想起了《冷面镰刀手》护封上的照片。那人径直走向厕所，开门进去。乔纳森继续看他打开的平装书。过了一小会儿，那人又出现了，回到走廊上。

乔纳森发现，自己一直屏住了呼吸。假如那就是马康吉罗，这会儿没有人从这节车厢或餐车经过，不正是个下手的绝佳机会吗？乔纳森意识到，就算来人真的是马康吉罗，他还是会站在这儿，假装看书。乔纳森右手插在口袋里，把那把小手枪的保险打开又关上。说到底，风险是什么？损失又是什么？不过是他自己的性命罢了。

马康吉罗随时都可能笨重地走过来，推开门，然后——可能像之前在德国地铁上一样。之后给自己一颗子弹。但是乔纳森仍想象着向马康吉罗开火，之后立刻把枪扔出厕所门外，或那扇看上去开着的窗子外面，接着若无其事地走进餐车，坐下来点些什么。

这实在不可能。

我现在要点些东西，乔纳森想着，走进了餐车，里面有许多空桌子。一边是四人桌，另一边是两人桌。乔纳森选了张小桌子。过来一位侍者，乔纳森要了杯啤酒，很快又换成了葡萄酒。

　　"请来杯白葡萄酒。"乔纳森用德语说。

　　四分之一瓶的冰雷司令送了上来。列车咔嗒咔嗒的声音在这儿听上去更模糊、更奢侈了。这里窗子更大，然而某种程度上也更私密，使森林——是黑森林吗？——显得格外幽深青翠。高大的松树一望无际，似乎因拥有太多，德国人不需要砍伐它们来用。看不到一点碎屑或纸片，也不见任何人照料打理，这都让乔纳森吃惊。德国人何时收拾打扫的呢？乔纳森想靠酒精壮胆。他好像把冲劲丢在了铁路边什么地方，现在只需将它找回就好。他喝干最后一滴酒，仿佛那是他义不容辞的责任。付账后，他拿起放在对面椅子上的大衣。他决定一直站在平台上，直到马康吉罗出现，不管马康吉罗是一个人还是带着两个保镖，他都会开枪。

　　乔纳森拖动车厢门，将它拉开。他又回到了平台这小监牢里，又倚靠在地图边，看着那本愚蠢的平装书……大卫很好奇，伊莱娜怀疑了吗？此刻，绝望的大卫回想着当时的情景……乔纳森的眼睛在印刷字上方乱动，像文盲一样。他想起了几天以前的一些想法。西蒙娜如果知道那笔钱是怎么来的，肯定一毛钱都不会要。如果他在火车上开枪自尽，西蒙娜一定会知道是怎么回事。他不太相信西蒙娜会被里夫斯或其他什么人说服，去相信——他所做的一切确切来说并不是谋杀。乔纳森差点儿笑出来。那简直毫无可能。他站在这儿干什么？他现在大可以径直朝前走，回到座位上去。

　　一个人影正在靠近，乔纳森抬头去看，立刻眨了眨眼。那个朝他走来的男人竟是汤姆·雷普利！

雷普利推开半截玻璃门，微微笑着。"乔纳森，"他轻轻地说，"把东西给我，好吗？——那绞索。"他站在乔纳森一边，看着窗外。

乔纳森突然感觉一片空白，震惊得不知如何是好。汤姆·雷普利站在哪一边？马康吉罗那边吗？接着乔纳森注意到，走廊里有三个男人正走过来。

汤姆向乔纳森靠近一些，给他们让路。

那些人用德语交谈着，走进了餐车。

汤姆转过头对乔纳森说："绳子。我们来试一下，好吗？"

乔纳森明白了，或者明白了一部分。雷普利是里夫斯的朋友，他知道里夫斯的计划。乔纳森正把左手裤兜里的绞索揉成一团，他抽出手来把绞索放进汤姆手里。乔纳森把目光从汤姆身上移开，感觉到松了一口气。

汤姆把绞索塞进夹克的右边口袋。"你待在这儿，因为我可能需要你帮忙。"汤姆走向厕所，见里面没人，便走进去。

汤姆锁上厕所门。见那绞索的活结都没有穿好，汤姆把它调整好，小心地放进夹克右边口袋。他微微一笑。乔纳森的脸刚才已经白得像张纸！汤姆前天给里夫斯打电话，里夫斯告诉他乔纳森会来，但可能坚持要用枪。乔纳森身上现在一定有枪，汤姆想，但汤姆认为在这种情况下，用枪绝无可能。

踩下脚踏板，汤姆打湿双手，甩了甩，用手掌捂住脸。他自己也觉得有些紧张。这是他第一次准备干掉黑手党！

汤姆觉得乔纳森会搞砸这件事，既然是自己将崔凡尼拖进来的，理应由自己来帮助他解围。于是汤姆在昨天飞到萨尔茨堡，以便今天搭上这班车。汤姆曾问过里夫斯马康吉罗的样子，但相当随意，他认为里夫斯不会怀疑他竟然要上这趟车。相反，汤姆曾告诉里夫斯，他的计划很轻率，如果他想成功，或许得用一半的钱打发乔纳森，再找别人做第二个活儿。但里夫斯不同意。里夫斯就像个小男孩，玩着自己发明的游戏停不下来，这个游戏对别人来说规矩严格，还非玩不可。汤姆想帮助崔凡尼，这是多么伟大的理由啊！杀死一个黑手党大腕儿！也许还有两个黑手党打手！

汤姆恨黑手党，恨他们的高利贷，他们的敲诈勒索，他们血腥的派别斗争，他们的胆小怯懦。因为他们永远让手下人去干脏活儿，结果最大的坏蛋反而逍遥法外，除非指控他们偷税漏税或其它小事，否则永远不能将他们关进监狱。跟黑手党一比，汤姆觉得自己简直可谓道德高尚。想到这里，汤姆放声大笑，笑声在他站着的这个金属与瓷砖建成的小小房间里回荡（他也想到，自己很可能把马康吉罗本人挡在门外了）。是的，世界上有人比他更不诚实，更腐败，更冷酷无情，这些人就是黑手党——意大利裔美国人联盟宣称的那种充满魅力、大吵大闹的家族并不存在，只是小说家凭空想象的产物罢了。噢，教堂和主教们在圣真那罗节时让血液溶解，小姑娘看到了圣母马利亚的幻象，所有这些都比黑手党更真实可信！是的，千真万确！汤姆漱了漱口，让水流进面盆又流掉，然后走了出去。

平台上除了崔凡尼一个人都没有，乔纳森正在抽烟，一见到汤姆立刻扔掉那支烟，像士兵看见长官驾到，急忙摆出积极认真的模样。汤姆对他微笑一下，让他放松，然后把脸对着乔纳森旁边的窗子。

"他们碰巧经过了吗？"汤姆不想透过那两扇门往餐车里看。

"没有。"

"可能得一直等到过了斯特拉斯堡，但我希望不必。"

一个女人从餐车过来，很费力地开着那两扇门，汤姆冲上去为她打开了第二道门。

"十分感谢。"她说。

"不客气。"汤姆回答。

汤姆转向平台另一边，从夹克兜里取出一份《先驱论坛报》。现在是下午五点十一分。他们将在六点三十三分到达斯特拉斯堡。汤姆觉得那些意大利人中午肯定吃了大餐，还不打算进餐车。

一个男人走进厕所。

乔纳森正在低头看书，但汤姆的一瞥让他抬头去看，汤姆再次对他微笑。那人出来时，汤姆向乔纳森靠近了一些。几英尺外有两个男人站在车厢的走廊里，有一个抽着雪茄，两人都在往窗外看，没有注意他和乔纳森。

"我要尝试把他弄进厕所下手，"汤姆说，"然后我们就得一起把他弄出门外。"汤姆扭头示意厕所边的那道门。"等我和他进了厕所里，你觉得一切畅通时就敲两下门。然后咱们就给他来个老式的'嘿哟-喉'[1]，尽快把他扔出去！"汤姆很随意地点燃一支高卢人[2]，然后慢慢地、刻意地打了个哈欠。

汤姆待在厕所里时，乔纳森的恐慌达到了顶峰，现在已经平息了一点。看来汤姆要设法完成这件事。至于他为何这么做，超越了乔纳森目前的想象力。乔纳森还有种感觉，汤姆说不定是想搞砸这事，让乔纳森负全责。可是，为什么呢？更大的可能是汤姆·雷普利想分那笔钱，也许剩下的他全都想要。这时候，乔纳森根本不在乎钱不钱的。这并不重要。乔纳森觉得，现在连汤姆本人看上去都有点焦虑。

---

1. 指两人一齐用力将第三个人扔出去。
2. 法国香烟品牌。

他正倚靠着厕所门对面的墙，报纸拿在手里，他却并没有读。

接着，乔纳森看到两个人走了过来。第二个是马康吉罗。第一个并不是意大利人。乔纳森瞥了汤姆一眼——他也立刻看他一眼——乔纳森点了一下头。

第一个人在平台上四处张望，看到厕所后走了进去。马康吉罗从乔纳森身边走过，看到厕所有人占用，就转身回到了车厢走廊里。乔纳森看到汤姆咧嘴一笑，还挥动右臂，好像在说："妈的，大鱼跑了！"

马康吉罗就在乔纳森眼前，在几英尺远的走廊里等待着，看着窗外。乔纳森突然想到，马康吉罗那个在车厢中部的保镖，应该不知道马康吉罗还得等，因此马康吉罗若没有回去，他的保镖反而会提前开始担心。乔纳森对汤姆微微点头，希望汤姆能明白这意思是说马康吉罗就在旁边等着呢。

厕所里的人走出来，又回到了车厢。

现在马康吉罗往前走过来，乔纳森又看了汤姆一眼，可汤姆却在埋头看他的报纸。

汤姆知道，那个正进入平台的笨重身影就是马康吉罗，但他没有从报纸上抬头去看。马康吉罗就在汤姆面前打开了厕所门，汤姆突然冲上前去，好像要先进厕所，却将绞索套在马康吉罗的头上，马康吉罗刚要叫喊，汤姆就像拳击手打右交叉拳那样猛拉绳索，将马康吉罗拖进厕所关上了门。汤姆狠狠地拉着绳索——心想，马康吉罗自己壮年时爱用的武器，应该有这一种——看着尼龙绳陷入他脖子的肉里。汤姆把绳索在他脑后又缠了一圈，仍然紧紧拉着。他用左手按下门锁，锁上了门。马康吉罗喉头的咯咯声停止了，舌头开始从他可怕的、湿淋淋的嘴巴里伸出来，他的眼睛痛苦地闭上，又恐怖地睁开，开始出现垂死者的空洞眼神，似乎在问"我这是怎么了"。下面的假牙咔嗒一声掉在瓷砖上。因为用力拽绳子，汤姆几乎割破了自己的大拇指和食指侧面，但他觉得这种疼痛值得忍受。马康吉罗已经倒在地板上，但那绳索，或者毋宁说是汤姆，还让他保持坐着的姿势。汤姆想，马康吉罗现在已经失去了意识，他根本不可能呼吸了。汤姆捡起假牙扔进便池，使劲去踩那个冲水的踏板。他强忍着恶心，在马康吉罗肥厚的肩膀上擦了擦手指头。

乔纳森看到锁扣从绿色轻弹为红色。一片沉寂让乔纳森心惊。这到底要持续多久？里面发生了什么？过去多长时间了？乔纳森一直透过门上的玻璃看着车厢里面。

一个从餐车过来的人走向厕所，看到有人占用，又走进了车厢。

乔纳森在想，如果马康吉罗再不回他的包厢，他的同伙随时都会出现。现在应该算进展顺利，他是该敲门了吗？必须留足时间让马康吉罗死透。乔纳森上去敲了两下门。

汤姆平静地走出来，关上门四下查看一下，就在这时，一个穿红色花呢套装的女人进入平台，这个小个子中年女人很显然要去厕所。门锁现在显示为绿色。

"对不起，"汤姆对她说，"有人——里面有我的一个朋友，恐怕是病了。"

"什么？"

"我的朋友在里面，感觉很不舒服，"汤姆带着抱歉的微笑说，"对不起，好心的太太。他马上出来。"

她点头微笑，又回到车厢里去。

"好了，帮我一把！"汤姆悄悄地对乔纳森说着，奔厕所而去。

"又来了一个，"乔纳森说，"那个意大利人。"

"噢，天哪。"汤姆认为，如果他躲进厕所锁上门，那意大利人也许只会在平台上等着。

那个意大利人，一个脸色灰暗、大约三十岁的小伙子，看了乔纳森和汤姆一眼，看到厕所显示没人，就走进了餐车，显然要看看马康吉罗是不是在那儿。

汤姆对乔纳森说："我打倒他之后你能用枪猛砸他吗？"

乔纳森点点头。那把枪很小，但他的肾上腺素终于活跃起来了。

"就好像你的命全靠它一样，"汤姆补充道，"说不定真是这样呢。"

那个保镖从餐车返回，走得更快了。汤姆站在那意大利人左边，突然抓住他的衬衫前襟将他拉出餐车门的视野，猛击他的下巴。紧接着，又出左拳打这人的腹部，乔纳森急忙用枪柄猛砸他的后脑勺。

"门！"汤姆扭过头说道，尽力抓住正往前倒下的意大利人。

那人还有意识，胳膊微弱地摆动着，但乔纳森已经将边门打开，汤姆本能地要将人推出去，不想再花一秒出拳打他。车轮突然一声呼啸。他们连推带踢，把保镖扔了出去，汤姆失去了平衡，若不是乔纳森抓住他夹克一角，他险些摔出去。车门砰地重新关上了。

乔纳森用手梳理了凌乱的头发。

汤姆朝乔纳森打手势，要他去平台的另一边，那里可以看到整个走廊。乔纳森走过去，汤姆能看出他在努力振作自己，看上去又像个普通旅客了。

汤姆抬起眉毛询问，乔纳森点点头，汤姆便窜进厕所拧上门锁，相信乔纳森有些头脑，会在安全时再次敲门。马康吉罗瘫软在地板上，头紧挨着面盆立柱，苍白的脸上现在开始发青。汤姆从他身上移开视线，听到门外沙沙作响——是餐车门——然后，他一直盼望的两记敲门声响了。这次汤姆只把门打开一条缝。

"看起来一切正常。"乔纳森说。

门撞到了马康吉罗的鞋子，汤姆将它踢开，给乔纳森做手势，要他打开火车的侧门。但实际上他们得共同努力，乔纳森必须帮汤姆抬出马康吉罗，才能完全打开侧门。由于火车前进的关系，那扇门快要关上了。他们把马康吉罗头先脚后地推出去，汤姆还想最后踢上一脚，却根本没碰到他，因为他的身体已经落在一个离汤姆很近的废渣堆上，近得可以看到一撮撮灰和一根根草。乔纳森伸手去够门上的操纵杆，一把抓住时，汤姆也抓住了他的手臂。

汤姆推上厕所门，上气不接下气，努力装出平静的表情。"回到你的座位，在斯特拉斯堡下车，"他说，"他们会检查这趟车上的每一个人。"他紧张地拍了下乔纳森的手臂。"祝你好运，我的朋友。"汤姆注视着乔纳森打开门，走进车厢过道。

然后，汤姆准备进入餐车，但有四个人正要出来，说说笑笑、摇摇晃晃地走过那两扇门，他只好让到一边。进去之后，汤姆挑了第一张空桌子，在一张椅子上坐下来，面对着刚才走进来的餐车入口。他拿过菜单漫不经心地浏览着，随时等待着第二个保镖。凉拌卷心菜，牛舌沙拉，匈牙利浓汤……菜单用了法语、英语和德语。

乔纳森走过马康吉罗车厢的过道，与第二个意大利保镖打了个照面，那人经过时粗鲁地撞到了他。乔纳森很高兴自己还有点茫然，否则他会对这种身体接触感到恐慌。列车发出一长两短的呼啸声。这意味着什么吗？乔纳森回到座位上坐下，没有脱掉大衣，小心地不去看包厢里其他四个人。他的手表显示着五点三十一分，自从他上次看表已经过去了几分钟，却似乎比一个小时更长。乔纳森局促不安，他闭上眼，清清喉咙，想象着那个保镖和马康吉罗已经滚入车轮之下，被辗成了千千万万个碎片。或许他们根本没卷进去呢？

那保镖都没有死吧？说不定他会获救，把他和汤姆·雷普利的样子讲得一清二楚。汤姆·雷普利为什么要帮他？他应该把这当作帮助吗？雷普利想得到什么？他意识到，自己现在只能任由雷普利摆布了。不过，雷普利很可能只想要钱。或者，他的企图更坏？想敲诈？敲诈可有许多方式啊。

他今晚应该搭乘从斯特拉斯堡到巴黎的飞机，还是在斯特拉斯堡的酒店里待一晚呢？哪个更安全？什么叫安全？躲过黑手党还是警察？难道就不会有某个正望着窗外的旅客，看到一具或两具尸体，掉在铁轨旁边吗？或者，那两具尸体因离火车太近无法被人看见？如果有人看见了些什么，火车也许不会停，但应该会广播。乔纳森想着，时刻提防着走廊里的列车警卫，提防着任何骚动的迹象，但他什么也没有看到。

这时，已经点了匈牙利浓汤和一瓶卡尔斯巴德的汤姆，正在看报纸。他用芥末瓶撑着报纸，一点点吃着脆皮卷。那个焦急的意大利人耐心地等在被占用的厕所外，结果出来一个女人，他吃惊的样子让汤姆不禁莞尔。那保镖此时正第二次透过两扇玻璃门向餐车张望。他过来了，仍然尽量保持镇定，寻找着他的老板、同伙，或者两者，他走遍了整个餐车，好像这样就能发现马康吉罗趴在一张桌子下面，或者正跟车厢另一头的大厨聊天似的。

意大利人过来时汤姆并未抬眼，但感觉到那人扫了他一眼。此刻汤姆冒险侧过脸看了一下，装作正盼望食物上桌的样子，看到那个保镖——头发卷曲金黄，身着白色条纹西装、紫色宽领带——正在餐车尾部和侍者交谈。忙碌的侍者一边摇头，一边用托盘把他从身边顶开。那保镖又匆忙穿过桌子中间的过道，出去了。

汤姆的红辣椒汤和啤酒上来了，他饿坏了，因为他在萨尔茨堡的酒店——这次不是金色赫西，因为那儿的人都认识他——只吃了一顿简单的早餐。汤姆飞到萨尔茨堡而不是慕尼黑，是不想在火车站遇上里夫斯和乔纳森·崔凡尼。他在萨尔茨堡还抽空给海洛伊丝买了件带流苏的绿色皮衣，他想藏起来，到她十月份生日那天再拿出来。他告诉海洛伊丝他要去看些美术展，在巴黎待一两个晚上。因为汤姆不时地会这么做，住在洲际酒店、里兹饭店或者皇家桥酒店，海洛伊丝对此并不觉得惊讶。其实，汤姆变换自己的酒店，是为了保险。这样就算他告诉海洛伊丝他在巴黎，而实际上他跑去了别的什么地方，她也不会因为打电话到洲际酒店找不到他而奇怪。他还在奥利机场买好了票，而没在枫丹白露或莫雷那些认识他的旅行社买，用的是里夫斯去年提供的假护照：罗伯特·菲德勒·麦凯伊，美国人，工程师，生于盐湖城，未婚。汤姆想到过，黑手党稍加努力就能搞到火车旅客名单。他会在黑手党感兴趣的人的名单上吗？他不愿意将这样的荣誉归于自己，但有些黑手党家族可能已经在报上注意到了他的名字吧。他并非可招募的材料，也不是多好的敲诈对象，但终归是个游走在法律边缘的人啊。

不过，这个黑手党保镖，或者说打手吧，看汤姆那一眼还不及他看过道里那个年轻人时间长，那人穿着皮衣，经过汤姆身边。也许，一切都进展顺利。

乔纳森·崔凡尼需要打打气。崔凡尼一定以为他想要钱，认为他是打算敲诈勒索。想起自己走进平台时崔凡尼的表情，还有崔凡尼明白他是想帮忙的那一瞬间的样子，汤姆忍不住轻轻笑了（但他仍然看着报纸，好像在读阿尔特·布特沃尔德[1]）。汤姆在维勒佩斯

---

1. 二十世纪七十年代美国专栏作家。

考虑了一段时间，决定帮他完成绞死人这脏活儿，这样乔纳森至少可以得到说好的那笔钱。实际上，汤姆为把乔纳森牵扯进来隐隐感到羞愧，帮助乔纳森可以减轻一点负罪感。是的，如果一切进展顺利，崔凡尼就会时来运转，会更加幸福，汤姆相信凡事都要往好处想。不要祈祷，而是要想象最好的结果，汤姆觉得，这样事情就会有最好的结果。他必须再见崔凡尼一次，解释一些事情，为了从里夫斯那儿拿到剩下的钱，无论如何要让崔凡尼为杀死马康吉罗负全责。他和崔凡尼一定不能被看出是同伙，这是最关键的。他们绝不能称兄道弟。（汤姆现在很担心，崔凡尼不知怎么样了？第二个保镖会搜查整列火车吗？）黑手党那帮意大利老乡，一定会追查出凶手。汤姆知道，就算要花好几年时间，黑手党们也绝不会放弃。就算那些人逃到南美洲，黑手党照样找得到。但汤姆觉得，此时此刻里夫斯·迈诺特要比他和崔凡尼都更加危险。

明天早晨他要往崔凡尼商店里打电话。或者明天下午吧，万一崔凡尼今晚到不了巴黎。汤姆点燃一支高卢人，瞥了一眼他和崔凡尼在平台上见过的那个穿红色花呢套装的女人，她此刻正吃着美味的莴苣黄瓜沙拉，神情恍惚。汤姆觉得心情愉快。

乔纳森在斯特拉斯堡下车时，觉得那儿的警察明显比平时多，也许有六个，而不是平时的两三个。一个警察似乎在检查一个人的证件。或者那人不过是问个路，那警察是在看旅行指南？乔纳森拎着箱子径直走出车站。他已决定今晚待在斯特拉斯堡，不知为什么，他就是觉得今晚待在这儿似乎比巴黎更安全。幸存的那个保镖很可能要去巴黎找同伙，除非那保镖此时正跟踪着他，准备从背后捅他一刀。乔纳森感觉一阵微微出汗，突然意识到自己很疲劳。在一个十字路口，他把箱子放在路边，凝视着四周陌生的建筑。行人、汽车，一派繁忙的景象，现在六点四十分，显然是斯特拉斯堡的交通高峰。乔纳森想用另一个名字登记酒店。如果他写个假名，再加上假身份证或号码，就没人会要求看他真正的证件。接着他意识到，假名会让他更不安。刚才火车上所做的一切，在乔纳森心头渐渐清晰起来。他觉得一阵恶心。手枪在大衣口袋里沉甸甸的，他不敢把它扔进路边的排水沟，或者垃圾桶。乔纳森只好眼看着自己奔向巴黎，走进家门，一路上那把小手枪都塞在口袋里。

12

汤姆把他那辆绿色雷诺旅行车停在巴黎意大利门附近,于星期六凌晨一点前回到了丽影的家。屋前没有亮灯,但当汤姆拎着箱子爬上楼时,高兴地发现左边角落海洛伊丝的房间里亮着灯。他走进去看她。

"终于回来了!巴黎怎么样?你做了些什么?"海洛伊丝穿着绿色丝绸睡衣,粉红色鸭绒被盖到腰际。

"唉,今晚选的电影真烂!"汤姆看见她读的书是他之前买的,讲的是法国社会主义运动。读这样的书,是不会改善她与父亲关系的,汤姆想。海洛伊丝常常发表些极"左"的言论,一些她自己根本无意实践的原则。但汤姆觉得,他正在慢慢将她推向左派。一手推,另一手拉,汤姆这么想。

"你见到诺艾尔了吗?"海洛伊丝问。

"没有。怎么了?"

"她办了个晚餐聚会——就在今晚。她还缺一位男宾。她当然邀请了我们两个,但我告诉她你可能住在里兹,让她打电话给你。"

"我这次住在克里翁。"汤姆说,海洛伊丝身上古龙香水与妮维娅混合的香味令人愉悦。知道自己火车旅行后一身污秽,又让他很不愉快。"这儿一切都好吗?"

"非常好。"海洛伊丝的腔调听上去带有几分诱惑,虽然汤姆知道她没有那个意思。她的意思是她度过了愉快又平常的一天,她自己过得很开心。

"我想洗个澡。十分钟后见。"汤姆回到自己房间洗了个真正的澡，用澡盆而不是海洛伊丝浴室里的淋浴间。

几分钟后——海洛伊丝的奥地利夹克已经藏进最底部的抽屉里，压在毛衣的下面——汤姆躺在海洛伊丝身边打瞌睡，累得没法再看《快报》。他很好奇，《快报》下周那期，会不会登那俩黑手党之一或者两个人躺在铁轨旁边的照片呢？那个保镖死了吗？汤姆衷心希望他掉到铁轨下面去，因为汤姆担心他被推出去时还没有死。汤姆记得，自己快掉下去时被乔纳森一把拉住了，一想起这个他畏缩得闭上了眼睛。崔凡尼救了他一命，至少没让他摔得很惨，真摔下去，很可能会被车轮轧断一只脚。

汤姆睡得很好，在八点半左右起床，海洛伊丝还没有醒。他到楼下起居室喝了咖啡，抑制住好奇心，没有打开收音机听九点的新闻。他在花园里散了步，骄傲地凝视着最近刚修剪并除过草的草莓地，又盯住已经存放了一冬，准备栽种的三麻袋大丽花球根。汤姆在想，今天下午要打电话试探下崔凡尼。越早见到崔凡尼，崔凡尼就能越早放心。汤姆不知道，乔纳森是否也注意到了那个金发的保镖？那人看起来好惊讶啊。汤姆从餐车回自己那节车厢时，曾在过道里碰到他，那保镖看上去急得要发狂了，汤姆真想用他讲得最好的意大利土话问他："工作要一直干成这样，你准得卷铺盖走人吧，啊？"

安奈特太太十一点前买东西回来了，听到她关上侧门走进厨房，汤姆就进去看《自由巴黎人》报。

"那些赛马。"汤姆微笑着说，拿起了报纸。

"啊对了，你下了注吗，汤米先生？"

安奈特太太知道他从不赌马。"没有，我想看看一个朋友下注的进展如何。"

汤姆在头版底部发现了他要找的东西，一则大约三寸长的短讯。一个意大利人被勒死。另一个受重伤。被绞死者确认为维托·马康吉罗，五十二岁，米兰人。汤姆对受重伤的更感兴趣，菲利普·图罗利，三十一岁，被人推下火车，脑震荡，肋骨骨折，手臂重伤，可能需要在斯特拉斯堡的医院截肢。据说图罗利还在昏迷中，情况危急。报道还说一个乘客曾在火车路堤上看到一具尸体，并提醒了一位列车员，但莫扎特快车跑出好几公里之后才停下来，当时它正在全速向斯特拉斯堡前进。后来救援队发现了两个人。据估计两人掉下来的间隔是四分钟，警方正在积极展开调查。

很显然，在以后的几期中会有更多相关报道，很可能还会有照片。汤姆觉得，这项侦查工作的确颇具高卢风味，四分钟，就像给孩子出的算术题。如果一列火车以每小时一百公里的速度前进，一个黑手党被扔出来，第二个黑手党在距离第一个六又三分之二公里的地方被发现，那么两个人被扔出的时间间隔是多长？答：四分钟。报道里没有提到第二个保镖，这人显然守口如瓶，没有投诉莫扎特快车的服务质量。

可是，保镖图罗利没有死。汤姆意识到，在他打图罗利下巴之前，图罗利也许看了他一眼，对他有些印象。他也许能描述他的样子，或者再见到他时认出他来。但图罗利很可能完全没看清乔纳森，因为乔纳森是从后面攻击他的。

大约下午三点半，海洛伊丝去拜访住在维勒佩斯另一头的艾格尼丝·格雷斯，汤姆查找了崔凡尼在枫丹白露商店的号码，发现自己的记忆丝毫不差。

崔凡尼接起电话。

"您好，我是汤姆·雷普利。嗯，嗯——我的那幅画。——你现在是一个人吗？"

"是的。"

"我想见你。我认为这很重要。你能在，今天关门后来和我见面吗？七点左右，我可以——"

"可以。"崔凡尼紧张得像只猫似的。

"那我把车停在萨拉曼多酒吧附近？你知道我指的是格兰德街上那家酒吧吗？"

"是的，我知道。"

"然后我们开到什么地方谈一谈。七点差十五？"

"好的。"崔凡尼似乎从牙缝里挤出一句。

崔凡尼会很惊喜的，汤姆挂电话时这样想。

过了一会儿，汤姆正在画室里，海洛伊丝打来电话。

"嗨，汤米！我不回家了，因为艾格尼丝和我打算做些好吃的，我们想要你过来。安东尼也在家，你知道吧。今天是星期六啊！所以七点半左右过来，好吗？"

"八点怎么样，亲爱的？我要工作一会儿。"

"你要画画？"

汤姆笑了。"我在素描。我八点到。"

安东尼·格雷斯是位建筑师，有妻子和两个年纪还小的孩子。汤姆期待与他的邻居度过一个快乐轻松的夜晚。他提前开车去枫丹白露，这样就有时间买盆植物——他选择了山茶花——作为给格雷斯的礼物，而且，万一迟到的话，也有了借口。

在枫丹白露，汤姆还买了份《法兰西晚报》，了解有关图罗利的最新消息。他的伤势没有任何变化，但报上说这两个意大利人确信是黑手党吉诺蒂家族的成员，可能是黑帮火拼的受害者。至少，这消息会让里夫斯高兴，汤姆想，因为那正是里夫斯的目标。汤姆在离萨拉曼达几码远的路边找到了一个空位。他从后车窗里看到崔凡尼正朝自己走来，步子相当缓慢。崔凡尼看到了汤姆的车，他穿着一件雨衣，破旧不堪。

"嗨！"汤姆说着打开了门，"进来吧，我们去雅芳——或者其它地方也行。"

崔凡尼上了车，几乎是嘟哝出一声问候。

雅芳是枫丹白露的姐妹城，不过更小一些。汤姆开下斜坡开向枫丹白露-雅芳车站，在拐弯处转向右边通往雅芳的路。

"一切都好吗？"汤姆愉快地问。

"是的。"崔凡尼说。

"我猜，你已经看到报纸了吧。"

"是的。"

"那个保镖没有死。"

"我知道。"自从早上八点在斯特拉斯堡看到报纸，乔纳森就在想，图罗利随时会从昏迷中苏醒过来，详细描述平台上那两个人——他和汤姆·雷普利的样子。

"你昨晚回到巴黎的吗？"

"不，我——我待在斯特拉斯堡，今天早晨飞回来的。"

"在斯特拉斯堡没麻烦吧？没有第二个保镖的踪影吧？"

"没有。"乔纳森说。

汤姆慢慢开着，寻找一个僻静之处。他把车开上一条两边都是双层住宅的小街路边，停下车关了灯。"我认为，"汤姆掏出香烟说，

"既然报纸并没有报道破案线索——反正不是正确线索——就说明我们这活儿干得相当好。那个昏迷的保镖是唯一的麻烦。"汤姆递给乔纳森一支烟，但乔纳森抽了自己的。"你有里夫斯的消息吗？"汤姆问。

"有。今天下午，你打电话之前。"里夫斯今天早晨打过电话了，西蒙娜接的。汉堡的什么人，是美国人，西蒙娜说。单是西蒙娜与里夫斯说过话这件事，就让乔纳森紧张，尽管里夫斯并未说出自己的名字。

"希望他付钱别啰嗦，"汤姆说，"我催过他，你知道。他应该马上付清全款才对。"

那你想要多少？乔纳森想问，但还是决定让雷普利自己提出来。

汤姆微笑着，往方向盘后面靠了靠。"你可能正在想，我是想分这四万英镑，对吗？但我不想。"

"噢。——坦率地说，我就是认为你想要钱。没错。"

"这正是我今天想见你的原因。原因之一。另一个原因是想问你是不是担心——"乔纳森的紧张让汤姆很尴尬，舌头差点打结。他大笑一声。"你当然担心了！但要担心的事太多，一个接一个。我也许能帮你——假如你能把烦恼告诉我。"

他到底想要什么呢？乔纳森很纳闷。他一定想要点什么。"我想，我不太明白。为什么你在那趟车上？"

"因为这是一种乐趣！对我来说，除掉或帮别人除掉昨天那两个人是一种乐趣。就这么简单！对我来说，帮你赚点钱也是一种乐趣。——不过，我说的担心是指我们做过的那档事——不管你担心的是哪一方面。这我很难说清楚。也许是因为我根本不担心吧。丝毫都不担心。"

乔纳森心里很不平衡。汤姆·雷普利分明在避实就虚——不知道为什么——要么就是在开玩笑。乔纳森对雷普利仍有敌意，对他怀着一份戒心。可这时候再怎么想也已经太迟了。昨天在火车上，看到雷普利打算接手的时候，乔纳森就应该说："好吧，全都归你了。"然后走开，回到自己座位上。这样虽然没法抹掉雷普利已经知道的汉堡事件，但是——昨天的行动，钱根本不是动机！乔纳森一直十分恐慌，甚至雷普利还没到之前他就已经十分恐慌了。现在，乔纳森觉得自己找不到合适的武器来保护自己。"我知道就是你，"乔纳森说，"编出故事说我活不了几天。还把我的名字告诉了里夫斯。"

　　"是的，"汤姆有点懊悔但坚定地说，"但这也是你的选择，不是吗？你本可以拒绝里夫斯的主意啊。"汤姆等待着，但乔纳森并未回答。"不过，我相信现在局势好了许多。对吗？我希望你绝非离死不远，更何况你还得到了一笔钱——棒棒糖，你们是这么称呼它的吧。"

　　乔纳森看到，汤姆的脸因他那美国式的无邪微笑而容光焕发。无论是谁，看到汤姆·雷普利现在的脸，绝对想不到他会杀人，把人勒死，而且就在二十四小时之前，才刚刚那样做过。"你有玩恶作剧的习惯吗？"乔纳森微笑着问。

　　"不，不，当然没有。这回也许是第一次。"

　　"而且你——什么都不想要。"

　　"我想不出能从你这里要什么。连你的友谊都不想要，因为那太危险。"

　　乔纳森有些局促不安。他克制着自己不再用手指敲打一只火柴盒。

汤姆知道乔纳森此时一定在想,不管雷普利有没有跟自己要什么,他都只能任由汤姆·雷普利摆布了。汤姆便说:"我是有你的把柄,但你也一样有我的把柄啊,是我勒死了人,对吧?我要揭发你的话,你同样也可以揭发我呀。这么想想就好了。"

"没错。"乔纳森说。

"如果说真有一件事是我想做的话,那就是保护你。"

这次乔纳森笑了,而雷普利没有。

"当然,那也许并无必要。但愿不用吧。麻烦永远来自别人。哈!"汤姆盯着挡风玻璃看了一秒钟。"比如,你妻子。那笔钱你告诉她是怎么来的?"

这是个问题,真实,具体,悬而未决。"我说是德国医生给我的报酬。他们在做实验——利用我做实验。"

"不坏,"汤姆沉思着说,"但也许我们能想出更好的。因为很显然,那么大的数额你没法用这个说法解释,你也没法享用它。——说你家里什么人快死了怎么样?比如,在英国,一个隐居的表亲。"

乔纳森微笑着看了一眼汤姆。"这我已经想到了,但说实话,我家一个这样的人也没有。"

汤姆看得出来,乔纳森没有编瞎话的习惯。汤姆经常会编些事情告诉海洛伊丝,比方说,如果他突然得到一大笔钱,他会编出一个性情古怪的隐士,这些年一直藏在圣塔菲或索萨利托,是他母亲的第三个堂兄弟什么的,再讲些自己还是小男孩,已经失去双亲(真实情况就是这样)时,在波士顿与他短暂会面留下的一些细节,对这位要人添油加醋一番。他并不知道,这位堂兄有颗金子般的心。"这应该很简单的,你的家族在那么遥远的英国。我们可以再想想。"看见乔纳森准备说些消极的话,汤姆又加了一句。汤姆看了看手表。

"我恐怕得去吃晚餐了，我猜你也一样。啊，还有件事，那把枪。一件小事，不过你把它处理掉了吗？"

那把枪就在乔纳森穿着的雨衣口袋里。"现在就带在身上。我很想把它处理掉。"

汤姆伸出他的手。"那就赶快处理吧，这东西不能碍事。"崔凡尼把枪递给他，汤姆把它塞进了贮物箱。"根本没用过，所以不会太危险，但我会处理掉它的，因为毕竟是意大利枪。"汤姆停下来想了想。一定还有别的什么事，必须现在考虑清楚，因为他不想再见乔纳森了。想起来了。"顺便说一句，我想要你告诉里夫斯，是你自己干了这件事。里夫斯不知道我也在火车上。那么说要好得多。"

此话相当出乎乔纳森的意料，让他花了好一会儿来消化。"我以为你是里夫斯相当好的朋友。"

"噢，我们挺友好，但不是太好。保持着距离。"汤姆大声说出了自己所思所想，同时为了不吓坏崔凡尼，为了让他放心，也尽力小心措词。不过，这很困难。"除了你，没有一个人知道我在那趟车上。我用另一个名字买的票。其实我用的是假护照。我知道绞索这个主意对你来说很麻烦。我和里夫斯在电话里谈过。"汤姆发动马达，打开车灯。"里夫斯有点疯狂。"

"怎么会这样？"

一辆灯光刺眼的摩托车呼啸着驶过街角，掠过他们时盖过了汽车的嗡嗡声。

"他喜欢玩火，"汤姆说，"你可能已经知道了，他搞的主要是买卖赃物，收货，转手。搞这个就像间谍游戏一样蠢，但至少里夫斯还没有被抓住过——我是说连被捕、释放，所有这一切都没有过。我知道他在汉堡混得相当好，但我没去看过他的地盘。——他不应该涉足这种事情，这不是他的菜。"

乔纳森原本以为汤姆·雷普利是里夫斯·迈诺特汉堡据点的常客。他记得弗里茨那天晚上在里夫斯家出现时拿着个小包裹。珠宝？毒品？乔纳森注视着熟悉的高架桥，接着是火车站附近的墨绿色树林进入视野，树梢被街灯照得雪亮。只有他身边的汤姆·雷普利是陌生的。乔纳森的恐惧再度升起。"我可以问一下吗？——你是怎么选中我的？"

汤姆刚刚在小山坡顶费力地左转上了富兰克林罗斯福大街，必须暂停一下，等待即将到来的车流过去。"为一个微不足道的原因，说起来很抱歉。二月在你家聚会的那天晚上——你说了些我不爱听的话。"此刻车流已过。"你说：'是啊，我听说过你。'口气相当讨厌。"

乔纳森记得。他还记得那天晚上他一直觉得特别累，于是就很爱挑毛病。就因为一次轻微的冒犯，雷普利就把他拖进了这一团乱麻当中。当然啦，是他自投罗网，乔纳森提醒自己。

"你不必再见我了，"汤姆说，"我想，如果听不到那个保镖的什么消息，任务就算成功了。"他不应该对乔纳森说"对不起"吗？见鬼去吧，汤姆想。"从道德层面看，我相信你不会责备自己。那些人自己也是杀手。他们经常杀掉无辜的人。所以我们这是替天行道。黑手党会率先同意这话，人们应该将法律掌握在自己手中。这正是他们行动的基石啊。"汤姆右拐进法兰西大街。"我就不送你到家门口了。"

"随便在哪儿停吧。非常感谢。"

"我会让一个朋友去取画的。"汤姆停下车。

乔纳森下了车。"随便你吧。"

"遇到困难一定打电话给我。"汤姆笑着说。

至少乔纳森回报以微笑了，似乎很愉快。

乔纳森走向圣梅里大街，几秒钟后感觉好多了——轻松了许多。他觉得放心，主要是因为：雷普利似乎并不担心——不担心那保镖还活着，不担心他们俩在火车平台上待的时间似乎太长。至于钱的事——跟其他事情一样顺利得不得了！

乔纳森走向"夏洛克·福尔摩斯的房子"时放慢了脚步，虽然他知道自己比平时晚了一些。瑞士银行的签名卡昨天已寄到他店里，西蒙娜没有打开信封，乔纳森立刻签好名字，在昨天下午寄了出去。他给账户设了四位数的密码，本以为能记住，但已经忘记了。他说自己第二次去德国见专家，西蒙娜接受了。但以后不用再去了。乔纳森还得解释这笔钱的来历——不一定是全部，可光是多出来那么多钱就不好解释。比如说要打针，吃新药，也许还得再去一两次德国，就为了证实医生要继续实验的说法。这不容易，根本不是乔纳森的风格。他盼望着自己灵机一动，突然想到某种更好的解释，但他知道，除非绞尽脑汁，否则根本想不出来。

"你回来晚了。"他进门时西蒙娜说。她正和乔治在起居室里，图画书铺满了沙发。

"顾客多。"乔纳森说着，将雨衣挂在衣钩上。少了那把枪的重量，好轻松。他微笑看着儿子。"怎么样啊，小石头？你在忙什么呢？"乔纳森用英语说。

乔治咧嘴一笑，像个金发小南瓜。就在乔纳森去慕尼黑期间，他的一颗门牙掉了。"我在除草。[1]"乔治说。

---

1. 除草 weeding，与 reading 读音相似。

"是读书。你在花园才除草呢。当然，除非你有语言障碍。"

"什么是桃子障碍[1]？"

比如说，虫子——唉，这样下去会没完没了。什么是蠕虫？德国的一个城市。"语言障碍——就像你结巴的时候。结—结巴，那是——"

"噢，乔，看这个，"西蒙娜说着，伸手去拿报纸，"午饭时我还没注意到。看，两个人——不，一个人在昨天德国到巴黎的火车上被杀了。杀死后推下了火车！你觉得是不是你的那趟车？"

乔纳森看着照片里躺在地上的那个死者，看着下面的说明，好像之前从未看过似的……绞死……第二个受害人的胳膊需要截肢……"是的，莫扎特快车。我在车上什么都没注意到。不过那趟车有三十节车厢呢。"乔纳森已经告诉西蒙娜，他昨晚回来得太晚，没赶上回枫丹白露的最后一趟车，住在巴黎一家小酒店里。

"黑手党，"西蒙娜边说边摇头，"他们肯定是拉下窗帘，在包厢里勒死人的。呸！"她起身去了厨房。

乔纳森看了乔治一眼，他那会儿正俯身看一本阿斯特里克斯图画书。乔纳森可不想给他解释勒死是什么意思。

那天晚上在格雷斯家，虽然感觉有点紧张，汤姆依然兴高采烈。安东尼和艾格尼丝·格雷斯住在一座带角楼的圆形石头房子里，墙上爬满了月季。安东尼年近四十，干净利落，相当严肃，在家里当家做主，工作上极具野心。他一周都在巴黎一家中等事务所里上班，周末到乡下与家人共度，还要在花园里干得筋疲力尽。汤姆知道，安东尼认为他懒惰，因为就算汤姆的花园与安东尼家的同样整洁，

---

1. Speech defect，乔治听成了 peach defect。

那有什么稀奇？汤姆整天都没别的事情可做！艾格尼丝和海洛伊丝创造的特别菜式，就是米饭焙龙虾加各种海鲜，还有搭配的两种调味汁可选。

"我一直在思考引发森林大火的漂亮手法，"大家一起喝咖啡时，汤姆沉思着说，"在法国南部尤其合适，那边夏天有那么多干燥的树林。只要在松树上绑个放大镜，甚至冬天都可以，然后，等夏天来了，阳光穿过放大镜，就会在松针上烧起一点火苗。当然，你也可以把它放在你讨厌的人家附近，——噼里啪啦，砰！——整个房子都着火了！警察或保险公司的人在一大堆烧焦的木头里不太可能发现那个放大镜，就算他们真找也找不到。——多么完美呀，不是吗？"

安东尼勉强地笑了一声，女人们则发出欣赏又害怕的尖叫。

"我在南方的房子如果出事，我就知道是谁干的了！"安东尼用他深沉的男中音说。

格雷斯夫妇在戛纳附近拥有一处小房产，他们在七八月租金最高时租出去，夏天其他月份就自己住。

然而，汤姆此时主要还在想乔纳森·崔凡尼。这是个拘谨、压抑的家伙，但本质上很正派。他还需要更多的帮助——汤姆希望，只是道德上的援助就好。

13

由于菲力普·图罗利的情况还不明朗，汤姆便在星期天开车去枫丹白露，准备买几份诸如《观察家报》《星期日泰晤士报》等伦敦的报纸来看。这两份报纸，平时他都是在星期一早上才到维勒佩斯卖烟草、报纸的小摊上去买的。枫丹白露的报摊就在黑鹰旅馆的前面。汤姆往周围看了看，寻思不知道会不会碰到崔凡尼，没准他也有星期天买伦敦报纸的习惯呢。然而，他没有看到崔凡尼。已经是上午十一点了，可能崔凡尼早就买过报纸了吧。一回到车里，汤姆首先打开了《观察家报》。关于火车上那件事，他在这份报纸上什么都没看到。英国报纸何必费劲报道这种事呢，汤姆心想。但接下来他还是打开了《星期日泰晤士报》，没想到这份报纸第三版竟然登了一则相关消息，虽然只是短短的一栏。汤姆立刻急切地仔细查看。作者的笔调倒颇为轻松随意："……肯定是黑手党案件中手法超级利落的一个案子……菲力普·图罗利属于吉诺蒂家族，虽说丢了条胳膊，伤了只眼睛，周六早上还是恢复了意识，且身体恢复的速度飞快，也许很快就可以乘飞机回米兰就医了。如果说他知道什么事的话，那他现在依然是守口如瓶。"他的守口如瓶对汤姆来说可算不上是新闻，但他显然会活下来，这可就不太幸运了。汤姆心想，没准图罗利已经跟他的兄弟们描述过自己的样子了，图罗利在斯特拉斯堡的时候，黑手党家族里的人肯定去看过他。除掉图罗利如何？这个念头刚起，汤姆随即想到，黑手党骨干分子住院时通常会被日夜看护起来，图罗利应该也会享受到这种待遇。汤姆回忆起普罗菲斯家族的首领乔·科伦波在纽约住院时的情形，当时黑手党们对他的保护可以说是关卡重重。虽说证据确凿，但科伦波这家伙竟能够完全否认自己是黑手党的一员，甚至说黑手党压根就不存在。科伦波在病房里待着时，保镖们就睡在医院的走廊里，来回穿梭的护士们不得不从他们的腿上跨过去。最好还是别打除掉图罗利的主意了。想必他已经跟人说过，他是如何被一个男的在下巴和肚子上狠狠打了好几拳，打他的这人三十多岁，褐色头发，个头儿比一般人高点，当时这男人身后一定还躲着另外一个男人，因为他后脑上也挨了一下。问题在于，如果再次看到汤姆，图罗利能百分之百认出他吗？汤姆觉得这种可能性倒真的存在。更麻烦的是，如果图罗利看到乔纳森的话，也许他对乔纳森的印象更深刻、清晰，那是因为乔纳森的外貌跟普通人很不一样，他比大多数人都要高，头发、皮肤的颜色也更浅。而且，图罗利大可以把自己脑海中的印象跟另一个保镖比对一下，那个保镖可是活得好好的呢。

"亲爱的，"汤姆刚走进起居室，海洛伊丝就迎上来说，"你觉得我们去尼罗河来个游轮之旅怎么样？"

汤姆的思绪还没有回家，他不得不想了好一会儿才反应过来尼罗河是什么、位于何地。海洛伊丝光脚蜷在沙发上，正翻看着一本旅游手册。莫雷一家旅行社定期给海洛伊丝寄来一大堆旅游手册，毕竟，海洛伊丝是位极好的主顾。"我不知道。埃及嘛——"

"看着很诱人吧？"她向汤姆展示一张图片，图片上有一艘名为"伊希斯"[1]的小船——模样就像密西西比河上的汽船——正驶过美丽

---

1. 伊希斯，古代埃及司生育和繁殖的女神。

的河岸。

"哦，是挺诱人的。"

"或者去其他地方也行。要是你哪儿都不想去，我看看诺艾尔有什么打算。"说完她又埋头看起了旅游手册。

春意正在海洛伊丝血管里骚动，搅得她脚底发痒，非要动一动不可。圣诞节后他们哪儿都没去过。圣诞节期间他们是在一艘游艇上度过的，快乐地从法国的马赛一直航行到意大利的菲诺港。游艇的主人是诺艾尔的朋友，有把岁数了，在菲诺港有套自己的房子。这个时候的汤姆哪儿都不想去，可他不能跟海洛伊丝这么说。

这是个宁静愉悦的星期天，汤姆画了两幅安奈特太太熨衣服的素描草稿。每个星期天下午，安奈特太太会把电视推到厨房餐具柜正前方，她可以边看电视边熨衣服。汤姆感到，天底下没有什么事情，比安奈特太太弯着矮小结实的身躯在星期天下午熨衣服更有家庭味儿、更富于法国情调的了。他想在画布上捕捉到这样一种情调——阳光下的厨房墙壁闪耀着独特的橙色光芒，而安奈特太太身上那件连衣裙微妙的薰衣草蓝恰好跟她蓝色的眼睛相得益彰……

晚上十点刚过，电话响了。这时候汤姆和海洛伊丝正躺在壁炉前看星期天的报纸。汤姆接了电话。

是里夫斯打来的，声音听起来极为不安。线路太吵了。

"你等一下好吗？我到楼上试试看。"汤姆跟里夫斯说。

里夫斯说可以，汤姆急忙往楼上跑，边跑边跟海洛伊丝说："是里夫斯，线路太吵了!"当然楼上线路未必就好些，汤姆不过是想独自一个人接这通电话罢了。

里夫斯："我是说，我的公寓，我在汉堡住的公寓，今天挨了炸弹。"

"什么？我的天！"

"我现在是在阿姆斯特丹给你打电话。"

"你受伤了吗？"汤姆问道。

"没有！"里夫斯大声回答，声音都喊破了，"简直是奇迹。下午五点钟左右我凑巧外出了。盖比也不在，星期天她正好不上班。这帮家伙，他们准是把炸弹从窗口扔进屋子的。真他妈的。楼下的人听到有车子冲过来，过了一分钟又飞快开走，两分钟后就传来了可怕的爆炸声——墙上的画全都被震掉了。"

"那——他们知道了多少？"

"我就想我最好还是去别的地方避避风头好了。所以不到一个小时我就出了市。"

"他们是怎么发现的？"汤姆对着电话大吼。

"我不知道，我真的不知道。我猜他们可能是从弗里茨那儿搞到了点什么，弗里茨今天本来要跟我见面却失约了。希望老弗里茨没事。不过，你知道，他并不知道咱们那位朋友的名字。他在这里时，我一直叫他保罗，我还跟弗里茨说他是个英国人。所以弗里茨认为他住在英国。汤姆，我真的觉得他们只是出于怀疑才这样做的。我认为我们的计划本质上还是成功的。"

好一个乐观的老里夫斯，公寓被炸了，财产也没了，竟然还说计划成功了。"听着，里夫斯，那些东西——你在汉堡的那些东西怎么办？比如说文件之类？"

"都在银行保险柜里，"里夫斯马上回答，"我可以让银行那些人给我寄过来。呃，你说的是什么文件？要是你担心那个——我只有一本小通讯簿，而且从不离身。我放在那边的画儿、记录什么的，肯定会丢掉很多，我也难过得要死，但警察说他们一定会尽力保护好每一样东西。当然了，他们对我做了番询问——很客气，也只问了几分钟，但我说我受了惊吓（这一点绝对是千真万确），所以，需要到别的地方呆一阵子。他们知道我现在在哪儿。"

"警察怀疑到黑手党了吗？"

"就算怀疑他们也没说出来。汤姆老伙计，我明天再打给你吧。你记一下我的电话吧？"

即便意识到自己没准就会用到这个电话，汤姆还是有点不太情愿地记下了里夫斯住的旅馆的名字——"须德海"及其电话。

"虽然另一个家伙还活着，咱们那朋友的活儿做得算是不赖。毕竟，他还是那样一个患贫血症的——"里夫斯爆出一阵大笑，有点歇斯底里的味道。

"你把全部报酬都给他结清了？"

"昨天就全给他了。"里夫斯说。

"我想，你应该再也用不到他了。"

"是的。我们已经把警察的注意力吸引到这儿了，我是说汉堡的警察。我们要的就是这个。我听说更多黑手党已经到了。所以——"

电话突然断线了。汤姆呆站着，手里拿着嗡嗡作响的断了线的电话，心头掠过一阵不快，感觉自己傻乎乎的。挂了电话，他又在卧室呆了几分钟，一边自忖里夫斯会不会再打回来——觉得他可能不会，一边独自消化刚才听到的一切。照汤姆对黑手党的了解，他觉得他们大概会到此为止，炸完里夫斯的公寓就算了，不至于再为里夫斯的小命而大动干戈。但显然黑手党知道里夫斯跟谋杀事件有点什么关系，所以里夫斯想要藉此制造黑手党火拼的打算已经落空。但另一方面，汉堡警方会加大力度扫除黑手党势力，从而把他们赶出汉堡，这样一来也算把他们赶出了私人赌场。汤姆暗想，就像里夫斯搞出的每件事，或者他蹚的任何浑水那样，目前的局面仍然不甚明朗。要说有什么是肯定的，那就是：里夫斯的计划不算太成功。

唯一让人高兴的事实是，崔凡尼得到了钱。星期二或星期三他应该就会得到通知，来自瑞士的好消息！

接下来的几天风平浪静，里夫斯·迈诺特没打电话也没寄信，报纸上没有菲力普·图罗利呆在斯特拉斯堡或米兰的医院的新闻，汤姆又到枫丹白露买了巴黎的《先锋论坛报》和伦敦的《每日电讯报》，上面也没有什么消息。汤姆在一个下午种下了他的大丽花，这件事整整花了他三个小时才搞定。他把大丽花按照颜色分成一个个小包，又都标上颜色，然后一一种下，就像在画布上构思那样，他要在花圃里细心种植出一片片斑斓色彩。海洛伊丝回尚蒂伊她父母那里住了三个晚上，因为她妈妈要做个小手术，切除长在身上某处的一个肿瘤——幸好是良性的。想着汤姆孤单一个人，安奈特太太特意为他做了一顿可口的美国饭菜（这可是她专门为讨好他而学的）：叉烧汁烤小排骨、蛤肉浓汤和炸鸡。只是，此时的汤姆无时无刻不在担心着自己的安全。夜深人静，维勒佩斯整个村子都已沉入睡眠，丽影高大的铁门看上去足以保护城堡式的房子，但其实中看不中用（谁都能爬进来）。杀手，汤姆心想，某个黑手党杀手不知何时就会突然来到这里，敲门或是按响门铃，然后一把推开应门的安奈特太太，冲到楼上，最后把自己一枪撂倒。莫雷警方得花十五分钟才能到达这里，这还得看安奈特太太会不会立刻报警。即便有邻居能听到一两声枪响，也许还以为是某位猎手在拿猫头鹰练手呢，没准连进一步了解的想法都不会有。

海洛伊丝呆在尚蒂伊的这段时间，汤姆决定为丽影添置一架羽管键琴——当然是他自己要的，也可以说是给海洛伊丝的。他曾经在某处听过海洛伊丝在钢琴上弹奏过一些简单的曲子。至于说是在哪里、什么时候，他记不得了。他疑心海洛伊丝大概也是童年苦学才艺的牺牲品，凭他对她父母的了解，汤姆觉得他们肯定会拿一大堆繁重的学习任务剥夺掉海洛伊丝的学习乐趣。无论如何，一架羽管键琴可能需要花费一大笔钱（到伦敦去买当然会便宜一点，但要加上把它弄进法国会被征收的百分之百的税款，那就未必划算了）。不过，羽管键琴理所应当可以列在文化资产目录里，所以汤姆也就不必因此而自我苛责了。毕竟，羽管键琴可不是游泳池。汤姆给一位相交甚笃的古董商打了个电话，虽然对方只卖家具，但还是给汤姆提供了巴黎一家很可信赖的商家，让汤姆到那里买琴。

于是，汤姆去了巴黎，在那里花了整整一天，倾听了老板介绍的有关知识，欣赏了店里的羽管键琴，小心翼翼地试了几个音，最后做了决定。他挑中的宝贝有着米色的木制琴身，琴身上四处点缀着金叶子，要价高达一万多法郎。星期三，即四月二十六日，这架琴会送到丽影，调音师也会同来，他会立刻开始调音，因为运送会影响到琴音的。

这趟钢琴扫货之旅让汤姆心情大为雀跃，走向停在路旁的雷诺车时，他甚至觉得自己所向披靡、天下无敌，黑手党的眼睛、甚至他们的子弹都看不到他。

丽影没挨炸弹。维勒佩斯村子里那浓荫蔽日、没有铺砌的街道也跟往常一样平和静谧。周围没有任何陌生人游荡。星期五，海洛伊丝兴高采烈地回到家里。汤姆决定给她一个惊喜，对这份惊喜他自己也正满心盼望着。装羽管键琴的大箱子下星期三会被小心送达，绝对比圣诞节更乐趣多多。

汤姆也没跟安奈特太太说羽管键琴的事。但星期一的时候他说：

"安奈特太太，我有个请求。星期三我们会有个特殊的客人来用午餐，也许还要用晚餐。做点好吃的吧。"

安奈特太太的蓝眼睛瞬间被点亮，只要事关烹调，没有什么比让她多花点气力、多费点事更让她开心的了。"地道的美食大餐吗？"她满怀期待地问。

"我想是的，"汤姆答道，"你自己安排吧。我不打算跟你说要做哪些菜。也要让海洛伊丝夫人惊喜一下哦。"

安奈特太太开怀地笑了，别人还以为她收到了什么礼物呢。

14

乔纳森在慕尼黑给乔治买的回转仪，成了他送出的最得儿子欢心的礼物。乔纳森要求乔治不玩时就要把它装进盒子里，于是，乔治一次次把回转仪从装它的盒子里拿出来，每一次都觉得妙不可言，回转仪的魔力丝毫没有减弱。

"小心别摔了！"趴在起居室地板上的乔纳森叮嘱着儿子，"这种仪器很精巧的。"

为了玩回转仪，乔治不得不又学了几个新的英语单词，因为乔纳森自己玩得入迷时，才不想费事说法语呢。回转仪奇妙的转轮有时套在乔治的指尖上，有时斜倚在一个塑料城堡的角楼顶上——这个塑料城堡是从乔治的玩具箱里找出来重见天日的老物件，回转仪的粉色说明书上印着埃菲尔铁塔，这塑料城堡就是用来替代埃菲尔铁塔的。

"大一点的回转仪，"乔纳森说，"能够让船只在海上保持平衡、不致翻倒。"乔纳森解释得很是细致，但他还是觉得要是把回转仪装在玩具船里，再把船放在浴缸里，把浴缸里的水弄成波涛汹涌的样子，他的意思可能会表达得更清楚。"比如大型船只会同时装载三台回转仪工作。"

"乔，沙发！"西蒙娜正站在起居室门口，"你还没跟我说你想要什么样子的呢。墨绿色的好吗？"

乔纳森在地板上翻了个身，胳膊肘撑着地，眼睛还盯着那个漂亮的回转仪，它还在旋转，始终保持着平衡，太奇妙了。西蒙娜说的是沙发要重新包布面的事。"我想我们应该买一套新沙发，"乔纳森站了起来，"我今天看到一则广告，有一套黑色的切斯特菲尔德沙发，五千法郎。要是多看看，我打赌花三千五就可以买到同样的一套。"

"三千五百新法郎？"

乔纳森知道她会吓一跳。"把它看成一项投资好了。我们买得起。"乔纳森的确认识一名古董商，那人住在镇外五公里处，专卖修整得很好的大型二手家具。只是一直以来他还没想过可以从那家商店买些什么。

"切斯特菲尔德沙发是很好——但是，乔，别过分啊。你疯了吗！"

乔纳森今天还谈到要买一台电视。"我没疯，"他平静地说，"我又不是傻瓜。"

西蒙娜招手让他去大厅，意思是不想让乔治听见两人的谈话。乔纳森搂住西蒙娜，她的头靠在挂在墙上的大衣上，头发弄得乱糟糟的。西蒙娜在乔纳森耳边悄悄问道：

"这事先放放。你下一次去德国是什么时候？"

西蒙娜不愿意乔纳森去德国。乔纳森跟她说德国那边在实验新药，佩里耶让他吃这些药，虽然他的病情可能不会有什么变化，但终归有改善的机会，反正绝对不会更糟。因为乔纳森跟西蒙娜说收到的报酬不少，所以西蒙娜不相信他吃那些药没有危险。即便如此，其实乔纳森还是没跟西蒙娜坦白那些钱到底有多少，也就是说，西蒙娜并不清楚乔纳森在苏黎世那家瑞士银行到底存有多少钱。西蒙娜只知道他们在枫丹白露兴业银行的户头里大概有六千法郎，而不是平常他们拥有的四百到六百法郎——如果偿还一次贷款的话，就会减少到两百法郎。

"我也想要新沙发。但你觉得我们现在真需要买这个东西吗？还那么贵？别忘了我们还有贷款要分期偿还啊。"

"亲爱的，我怎么会忘？——该死的贷款！"乔纳森大笑，他真想一次把那些贷款全部付清，"好啦，我会小心的。我保证。"

乔纳森知道他得想出一套好点的说辞，或者把他现有的说法再润饰润饰。但这会儿他只想放松自己，享受一下拥有这么多财富的感觉——真要花出去还真不是件容易的事。而且，他很可能撑不到一个月就会告别人世。慕尼黑那位施罗德医生给他开了三十六片药，乔纳森现在每天服用两片，但这药既不能救他的命，也不会对他的病情造成任何重大改变。所以，这种药带来的安全感可能只是某种幻觉，但只要这种安全感还在，不就和其他东西同样真实吗？要不然还能怎样？幸福不就是一种精神状态吗？

况且，还有另一个不确定因素——那个叫图罗利的保镖还活着。

四月二十九日，一个星期六的晚上，乔纳森和西蒙娜到枫丹白露剧院去听一场弦乐四重奏，演奏的是舒伯特和莫扎特的作品。乔纳森买了最贵的票，本想把乔治带上，只要事前说好，这孩子还是能表现很好的。但西蒙娜不肯带乔治。因为要是乔治举止不够规范，她比乔纳森更不好意思。所以西蒙娜坚持说："下一年吧，下一年再说。"

中间休息的时候，乔纳森和西蒙娜走进宽敞的门廊，这地方可以抽烟。门廊里满是熟悉的面孔，开美术用品店的佩里耶·戈蒂耶也在里面，让乔纳森惊讶的是，他竟穿着翼领衬衫、打着黑领结。由于不习惯，脖子不停地扭来扭去。

"夫人，您今晚的光临真是让这场音乐会锦上添花啊！"戈蒂耶对西蒙娜说，边说边赞赏地看着西蒙娜身上那件中国红连衣裙。

　　西蒙娜优雅地接受了他的赞美。乔纳森觉得她今晚的确显得特别漂亮、特别开心。戈蒂耶是一个人来的，乔纳森突然想起，戈蒂耶妻子早在几年前就过世了，那时候他跟戈蒂耶还不熟呢。

　　"枫丹白露人今晚都在这儿了！"戈蒂耶说，众声嘈杂中他尽力抬高了声音。戈蒂耶拿他那只好眼睛在人群里四处逡巡，光秃秃的头顶精心遮盖着几缕灰黑色的头发，在灯光下熠熠闪光。"音乐会之后一起来杯咖啡吧？就在街对面那家咖啡馆怎样？"戈蒂耶问道，"若能邀请到你们二位，荣幸之至。"

　　西蒙娜和乔纳森正要答应，就发现戈蒂耶脸色突然有些僵硬。乔纳森顺着戈蒂耶的视线看过去，发现汤姆·雷普利就在离他们三码远的地方，站在四五个人中间。雷普利的视线与乔纳森的视线相遇，雷普利点了点头，像是要过来打个招呼。与此同时，戈蒂耶一个侧身转向左边，准备离开。西蒙娜转头去看，想知道乔纳森和戈蒂耶两人刚才都在看什么。

　　"待会儿再见！"戈蒂耶说。

　　西蒙娜注视着乔纳森，眉头挑高了一点。

　　雷普利在人群中很显眼，倒不是因为他长得太高，而是因为他一点也不像法国人，他那头褐中泛金的头发正在吊灯下闪光呢。他穿了一件栗色丝外套，身边那位没有化妆却仍艳光四射的金发女郎想必是他的妻子。

　　"怎么啦？"西蒙娜问道，"那个人是谁？"

　　乔纳森知道她问的是雷普利。他的心一时怦怦直跳："我不知道。以前见过，但不知道他姓甚名谁。"

"他来过我们家——就那个人，"西蒙娜说，"我记得他。戈蒂耶不喜欢他吗？"

铃响了，大家该回座了。

"我不知道。怎么啦？"

"因为戈蒂耶一看到他好像就要离开！"西蒙娜说，似乎觉得事情再明显不过了。

乔纳森感觉音乐会一下子变得索然无趣了。汤姆·雷普利坐在哪儿？是在包厢里吗？乔纳森没有抬头去看包厢。乔纳森判断，雷普利可能跟他就隔着一条过道。他意识到，剥夺他乐趣的不是雷普利的出现，而是西蒙娜的反应。而且，乔纳森还知道，西蒙娜的反应恰恰是他自己勾起来的，因为他一看到雷普利就变得很不自在。乔纳森手托下巴，在座位上处心积虑地想要装得自在随意，但他知道这些努力都骗不了西蒙娜。跟很多人一样，西蒙娜也听说过汤姆·雷普利的事（虽然直到此时她还想不起他的名字），没准她还会把雷普利和——和什么？——联系在一起。这个时候，乔纳森确实什么都不确定，但他害怕接下来会发生什么。他暗暗自责，怎么那么容易就让人看出自己紧张，怎么那么简单幼稚！乔纳森意识到自己把事态搞得一团糟，现在的处境是危险重重，如果能做到，他必须把这团乱麻一一理顺。他得演好这场戏。跟他年轻时追求在舞台上的成功不同，现在他面临的可是真实的场景。也可以说，相当虚假。此前，乔纳森从来没有跟西蒙娜玩过虚的。

"我们去找找戈蒂耶吧。"跟西蒙娜顺着过道往上走时，乔纳森提议。周围的法国听众纷纷急切地鼓掌，继而汇成强大的、整齐划一的击掌声，要求音乐家们再来一段。

但不知怎么搞的，乔纳森和西蒙娜并没有找到戈蒂耶。乔纳森没看到西蒙娜反应如何。她好像对找不找戈蒂耶没什么兴趣。已经夜里十一点了，而家里只有保姆——一个跟他们住在同一条街的女孩——陪着乔治。乔纳森没有去找汤姆·雷普利，也没再看到他。

星期天，乔纳森和西蒙娜在内穆尔跟西蒙娜的父母还有哥哥杰拉德及其妻子一起共进午餐，餐后跟平时一样看电视，只是乔纳森和杰拉德没去看。

"太妙了，那些德国凯子竟然花钱请你当他们的试药小白鼠！"杰拉德难得地笑了，"当然了，希望对你没啥伤害。"他这几句夹杂着法国俚语的话说得飞快，引起乔纳森注意的只有他说的第一句话。

两个人都在抽着雪茄，乔纳森在内穆尔一家烟摊买了这么一盒。"是啊，一大堆药丸呢。他们的意思是要用八种或十种药丸同时发起攻击，你知道，就是扰敌嘛。这样一来，还能迷惑那些有害细胞，让它们不那么容易产生抗药性。"乔纳森可以顺着这个话题扯上一大段，连他自己都对这篇鬼话半信半疑起来，但又记起这种抗击白血病的新疗法是他几个月之前看到的。"当然，没人能给什么保证。可能会有些副作用，这也是他们愿意付钱给我的原因。"

"怎样的副作用？"

"可能会——引起血液凝结能力变差之类。"乔纳森对这些毫无意义的句子越来越驾轻就熟了，别人专心致志的倾听进一步激发了他的灵感。"还有恶心呕吐——不过迄今为止我还没到这一步。当然，他们现在还不清楚到底都有哪些副作用。他们在冒险，我也是。"

"那如果成功了呢？如果他们把这叫做成功的话。"

"我就可以多活几年了。"乔纳森惬意地说。

星期一上午，乔纳森、西蒙娜跟一位叫艾琳·皮雷瑟的邻居

（乔治每天下午放学之后、西蒙娜接回之前由她照看着）一起，开车去枫丹白露郊外的一家古董店，乔纳森觉得那里有可能买到沙发。艾琳·皮雷瑟性格开朗，骨架子很大，老给乔纳森一种男人婆的感觉，事实上她一点也不男人婆。艾琳的两个孩子都还很小，她那枫丹白露的小家里，打褶桌布、薄纱窗帘之类的东西，说起来可比任何人家里都多。可以说，艾琳对自己的时间和汽车都一概慷慨大方，看到崔凡尼一家星期天要回内穆尔，总是要自告奋勇地开车送他们。但西蒙娜向来谨小慎微，认为内穆尔之行属于定期家庭聚会，所以对她的提议一向是婉言谢绝。因此，买沙发购物这样的事倒可以劳烦艾琳·皮雷瑟帮忙，而不至于心怀不安。况且，艾琳自己对于这次购买之旅也是兴致高昂，就像那沙发要放在她自己家里一样。

店里有两套切斯特菲尔德沙发可供选择，两套都是老框架，刚换上崭新的黑色皮面。乔纳森和西蒙娜倾向于那套大的，乔纳森把价钱还到三千法郎，比要价省下来了五百。乔纳森知道这样的价格算是捡到了便宜，他之前在广告图片上看到过同样尺寸的一套沙发，广告上报出的价格是五千法郎。这笔巨款，三千法郎，几乎是他自己和西蒙娜两个人一个月的全部收入，现在看起来却这么微不足道。太奇妙了，乔纳森想，想想看，人竟然这么快就能适应坐拥金钱的生活。

就连艾琳也对这套沙发眼睛一亮，艾琳家可是比崔凡尼家富裕多了。乔纳森注意到西蒙娜一时还不知道怎么说才能轻松打发这件事。

"乔从他一个英国亲戚那里得了笔意外之财，不多，但——我们想用这笔钱买点上档次的东西。"

艾琳点了点头。

一切顺利嘛，乔纳森暗想。

第二天晚上，晚饭前，西蒙娜说："我今天经过戈蒂耶那里，跟他打了声招呼。"

西蒙娜说话的腔调，让乔纳森立刻心生警惕。他正边喝加水威士忌边看着晚报："哦，怎么了？"

"乔，难道不是那位雷普利先生跟戈蒂耶说——说你活不了多久了？"西蒙娜说这话时声音很轻，虽然乔治已经上楼，没准都已经进自己房间了。

难道是西蒙娜开门见山地一问，戈蒂耶就承认了？乔纳森不知道戈蒂耶被直接询问时会怎么反应——而西蒙娜可能会表现得温柔却执拗，不达目的决不罢休。"戈蒂耶跟我说，"乔纳森开始字斟句酌，"呃，是的，我告诉过你，他不愿说是谁跟他说的。所以我不知道到底是谁跟他说的。"

西蒙娜看着他。她坐在漂亮的切斯特菲尔德沙发上，这套沙发昨天一进门就让他们这间起居室焕然一新。西蒙娜现在能坐在这样的地方，这得归功于雷普利，乔纳森暗想。但这个想法，现在可帮不了乔纳森。

"戈蒂耶跟你说是雷普利了？"乔纳森有点惊奇地问道。

"哦，他不肯说。但我只问了他一个简单的问题——是不是雷普利先生。我跟他描述了下雷普利的样子，就是我们在音乐会上见到的那个男的。戈蒂耶知道我说的是谁。你似乎也知道——他的名字。"西蒙娜啜了一口手里的苦艾酒。

乔纳森感觉西蒙娜的手在微微颤抖。"也可能吧，"乔纳森耸了耸肩，"你别忘了，戈蒂耶当时跟我说，不管是谁告诉他的——"乔纳森咧嘴笑了一声，"这一切真够烦人的！反正戈蒂耶说的是，不管是谁说的——那人也说过他可能是弄错了，或者有些夸大其词了——亲爱的，这事真的最好忘掉。去怪一个不认识的人，太傻了。硬要小题大做，也不算聪明之举。"

"说起来是这样，但是——"西蒙娜歪着头，嘴唇有点扭曲，这副表情乔纳森之前也只见过一两次。"事情怪就怪在，那个人是雷普利。我知道是他，戈蒂耶没这样说，确实没说，但我能分辨得出来……乔？"

"我听到了，亲爱的。"

"因为——雷普利跟个骗子没两样，可能他事实上就是个大骗子。你知道，有很多逍遥法外的骗子。就是因为这个，我才要问。才要问你。你是不是——乔，这些钱——你是不是因为什么原因，从这个雷普利先生那弄来的？"

乔纳森强迫自己正视西蒙娜，觉得无论如何要保住他弄来的东西，这笔钱其实并不是雷普利给的，但他要说跟雷普利没关系，又确实在撒谎。"怎么会呢？亲爱的，他干吗要给我钱呢？"

"就因为他是个大骗子！谁知道他干吗给你钱？谁知道他跟那些德国医生有什么勾当？还有，你说的那些人果真是医生吗？"她的嗓音开始变得歇斯底里，两颊也开始涨红。

乔纳森紧皱眉头。"亲爱的，佩里耶医生还拿着我的两份检查报告呢！"

"那些实验肯定有危险，乔，要不然他们干吗要给你那么多钱？你说这话是不是真的？——我总感觉你压根没把所有的事都告诉我。"

乔纳森轻笑了下。"汤姆·雷普利跟这些怎么可能有牵扯，他什么都做不了——他可是个美国人啊。他跟德国医生能有什么关系？"

"你去见那些德国医生，是因为你怕自己活不了多久了。而正是雷普利——我敢肯定——是他造谣说你活不了多久的。"

乔治跌跌撞撞地冲下楼梯，嘴里还在跟手里拖着的玩具喃喃说话。显然，乔治还留在自己的想象世界里，但他毕竟出现了，跟他们仅仅相隔几码，这让乔纳森很慌乱。他难以置信，西蒙娜竟然发现了这么多事情！冲动之下，他打算全盘否认，不计一切、全盘否认。

西蒙娜在等他开口说话。

乔纳森说："我不知道究竟是谁跟戈蒂耶说的。"

乔治正站在门口。这会儿乔治的出现，反而让乔纳森松了口气。这场对话被有效打断了。乔治在问跟窗外的一棵树有关的什么事，乔纳森没听，就让西蒙娜去回答吧。

吃晚饭时，乔纳森发觉西蒙娜并不相信他的话，她想要信他，却做不到。但西蒙娜（可能是因为乔治的缘故）表现得跟平时一模一样，既没有生闷气，也没有冷若冰霜。只是整个气氛都让乔纳森感觉不舒服。而且，他意识到，这种情形会持续下去，除非他能给出更明确的说辞，说清楚德国医院干吗要额外给他这么多钱。乔纳森痛恨撒谎，不想为那笔钱而极力夸大自己面对的危险。

乔纳森甚至想到西蒙娜没准会找汤姆本人去问个清楚。难道她不会给他打电话吗？约个时间不就能当面问了吗？但乔纳森驱散了这个念头。西蒙娜不喜欢汤姆·雷普利，她压根不想跟雷普利有任何接近的可能。

就在这个星期，汤姆·雷普利走进了乔纳森的店铺。他的画好几天前就已经装好画框了。雷普利来的时候，乔纳森正在接待另一名顾客，所以雷普利就倚着墙欣赏其他做好的画框，心平气和地等着乔纳森腾出手来接待自己。终于，那个顾客走了。

"早啊，"汤姆愉快地打着招呼，"找别人帮我取画终究不太方便，所以我想还是我自己来取更好。"

"是的，没错。已经弄好了。"乔纳森答道，走到店铺后面取画。裱好的画外面包着一层牛皮纸，但没捆扎，有一个用透明胶带粘着的标签，标注着雷普利的名字。乔纳森把画放到柜台上。"想打开看看吗？"

汤姆很满意，伸长双臂抱起画。"真不错，很好。需要付你多少钱？"

"九十法郎。"

汤姆掏出皮夹子。"一切都还好吧？"

乔纳森意识到自己先深深呼吸了好几下才做出回答。"既然你问起——"乔纳森接过一百法郎，礼貌地点了点头，拉开放现金的抽屉给汤姆找了零钱。"我妻子——"乔纳森注视着店门，庆幸这会儿没什么人进来，"我妻子问了戈蒂耶，戈蒂耶没跟她说是你跟别人说我——快要死了。但她似乎自己猜出来了。我真的不知道这是怎么回事，可能是直觉吧。"

汤姆预料到会出现这种情况。他清楚自己的名声不怎么样，许多人都会不信任他，会尽量避开他。汤姆常常觉得，要不是人们一旦认识他，一旦受邀到丽影消磨一晚，就会对他和海洛伊丝喜欢得紧，然后就会回请他们两口子，他的自我早就被碾成粉末了——一般人的自我遇到这种情况，恐怕都会被碾成粉末的。"那你是怎么跟你妻子说的？"

乔纳森尽量加快语速，留给他的时间可能不多了。"跟我一开始讲的一样，戈蒂耶拒绝告诉我是谁搞出的这事。事实也的确如此。"

汤姆知道这个。戈蒂耶拒绝得够大义凛然的，他没说汤姆的名字。"很好，保持冷静。要是我们不再见面的话——音乐会那天，很抱歉。"汤姆加上了笑脸。

"也好。不过——运气真背。最糟的是，她把你——她浮想联翩地把你——跟我们手头的那笔钱联系到一起了。那笔款子到底多大也不是我跟她坦白出来的。"

汤姆也想到过这个。确实够刺激的。"我不会再让你给我装画框了。"

一个男人拿了一幅很大的撑在撑幅器上的画，想方设法要挤进店里。

"好的，先生，"汤姆摆了摆空着的那只手，"谢谢！再见！"

汤姆走了出去。崔凡尼要是确实担心害怕，汤姆想，应该会给自己打电话的。汤姆跟他说过不止一次了。他妻子竟然怀疑到是汤姆搞出的那个下流谣言，这对崔凡尼来说确实很麻烦，太不走运了。但话说回来，要把这件事跟从汉堡和慕尼黑医院弄到的钱联系起来，那可不容易想到，更别说跟那两件黑手党命案扯到一起了。

星期天早上，西蒙娜正在花园晾洗好的衣物，乔纳森和乔治在砌石头边界。门铃响了。

是位邻居，一个大概六十岁的老太太，乔纳森弄不准她叫什么——德拉特还是德拉布尔来着？老太太一副垂头丧气的样子。

"打扰了，崔凡尼先生。"

"请进。"崔凡尼请她进门。

"是戈蒂耶先生出事了。你们听到消息了吗？"

"没有啊。"

"他昨天晚上被一辆汽车撞了。他死了。"

"死了？——在枫丹白露这里？"

"他那天晚上跟一个住在教区街的朋友参加了个聚会，半夜他正往家走时出的事。你知道戈蒂耶先生住在共和路，就在罗斯福大街旁边。那里有个十字路口，路口有块三角形状的草坪，还有红绿灯。有人看到了肇事者，是两个小伙子开的车。他们没停车，闯红灯时撞上了戈蒂耶先生，撞了就跑，连停都没停！"

"天啊！你要不要坐下来，太太——"

西蒙娜走进屋来。"早上好，德拉特太太！"她跟老太太打了声招呼。

"西蒙娜，戈蒂耶死了，"乔纳森对她说，"被一辆汽车撞了，肇事车逃逸。"

"是两个小伙子，"德拉特太太说，"他们连停都没停！"

西蒙娜倒抽了口气。"什么时候的事？"

"昨天晚上。送到医院的时候他已经死了。大概是半夜。"

"你不进来坐会儿吗，德拉特太太？"西蒙娜问道。

"不了，不了，谢谢你们。我得去看个朋友，默克太太。还不晓得她知不知道这件事。我们都跟戈蒂耶先生很熟悉，你们知道吧？"她说着眼泪就要流下来，禁不住把菜篮子搁在地上，擦了会儿眼泪。

西蒙娜安慰地拍了拍老太太的手。"谢谢你过来告诉我们这件事，德拉特太太。你太好了。"

"葬礼定于星期一举行，"德拉特太太说，"在圣路易教堂。"随后她就告辞了。

乔纳森对老太太带来的消息还没来得及细想。"她叫什么名字？"

"德拉特太太。她丈夫是水电工。"西蒙娜回道，好像乔纳森就应该知道似的，当然了。

他们没请德拉特修过水电。戈蒂耶死了。接下来他的店铺不知道会发生什么事，乔纳森想。他发现自己在盯着西蒙娜发愣，他俩这会儿都站在狭窄的门廊里。

"死了。"西蒙娜喃喃自语，伸出手抓住乔纳森的手腕，却不看他的脸。"我们星期一应该参加葬礼，你知道。"

"当然。"天主教葬礼。但现在都用法语，不用拉丁语了。乔纳森脑海中浮现出一个画面：所有的邻居，熟悉的脸还有不熟悉的脸，都站在点满蜡烛的冷冰冰的教堂里。

"肇事逃逸。"西蒙娜还在念叨。她僵直地走下前廊，回头看向乔纳森："真可怕！"

乔纳森跟着她穿过厨房，走到花园里。又回到阳光下的感觉真好。

西蒙娜晾完了衣服，把晾衣绳上的几件衣物拉直，然后从地上拿起空篮子。"肇事逃逸。——你真这么认为吗，乔？"

"她是这么说的。"他们俩的声音都压得很低。乔纳森有点精神恍惚，但他清楚西蒙娜在想什么。

西蒙娜手里拿着洗衣篮，朝乔纳森走近了一步，然后跟乔纳森打着手势让他到后面小门廊那边去，好像花园围墙那边的邻居能听到他们说话似的。"你觉得他会不会是被故意撞死的？比如被人雇凶弄死？"

"为什么？"

"因为可能他知道点什么事吧。这就是原因。难道不可能吗？——否则一个无辜的人怎么会被这样——意外地——撞死？"

"因为——有时候就是会发生这样的事嘛。"乔纳森说。

西蒙娜摇头不认可："你难道不觉得雷普利先生可能跟这件事有

牵连吗?"

乔纳森觉得西蒙娜的怒火不可理喻:"绝不可能。我当然不会那么想。"乔纳森简直想拿生命做赌注,打赌汤姆·雷普利跟这件事毫无关系。他正要这么说时,又觉得反应有点过度——而且,从另一个角度看,这个赌注也有点滑稽。

西蒙娜准备到屋里去,但走到他身边时又停了下来。"确实,戈蒂耶没跟我明确说什么,乔,但他可能知道某些事。我觉得他肯定知道。——我有一种感觉,他就是被故意撞死的。"

西蒙娜只是被吓着了,乔纳森想,他不也一样嘛。她说的这些话,压根没经过大脑。乔纳森跟着西蒙娜走到厨房里。"戈蒂耶知道些什么?"

西蒙娜把篮子收到墙角的柜子里。"问题就在这里,我不知道。"

15

　　佩里耶·戈蒂耶的葬礼于星期一上午十点在枫丹白露最主要的教堂——圣路易教堂举行。教堂里面坐满了人，连教堂外面的人行道上也站着人，两辆黑色大型汽车凄凉地等在那里——一辆是黑漆发亮的灵车，另一辆是厢式客车，以供没车的亲友乘坐。戈蒂耶是个无儿无女的鳏夫，可能有个兄弟或者姐妹什么的，因此或许有几个侄子、侄女之类的亲属。乔纳森希望如此。虽然来了这么多人，但是葬礼还是让人觉得凄凉。

　　"你知不知道他把义眼掉在了街上？"乔纳森邻座的一个男人悄悄跟他说，"他被撞倒的时候，义眼掉了出来。"

　　"啊？"乔纳森同情地摇摇头。跟他说话的人也是个店主。乔纳森认得他的脸，但想不起来哪家店是他开的。乔纳森脑海中清晰地浮现出戈蒂耶那只义眼掉在黑色柏油马路上的样子，没准这时候已经被车子压扁了，也没准被哪个好奇的孩子从水沟里捡走了。玻璃眼珠背面看起来是什么样子的？

　　烛火摇曳，闪烁着黄白色的光，几乎无法照亮教堂灰突突的墙壁。天气阴沉沉的。神父用法语一板一眼地念着悼词，戈蒂耶的灵柩摆放在祭台前，显得又短小又厚重。如果说戈蒂耶家人寥寥无几，至少，他的朋友很多。有好几位女性，还有几位男性都在擦拭眼泪。其他人则都在低声交头接耳，好像这样的交谈比台上神父诵念的悼词更能抚慰他们的伤怀。

传来几声低低的铃声，像是编钟在报时。

乔纳森往右边看了看，眼神无意中飘向走道另一边的一排排椅子，忽然看到了汤姆·雷普利的侧脸。雷普利双眼直视着前方的神父，他似乎在跟着神父念诵，显得非常专注。雷普利的脸在一群法国人中间非常显眼。或者不是这样？会不会仅仅是因为他认识雷普利的缘故？雷普利干吗费事来这里？下一刻，乔纳森不禁猜想，汤姆·雷普利有没有可能在这件事上做了什么？难道，就像西蒙娜怀疑的那样，汤姆果真跟戈蒂耶的死有关系？甚至就是他一手安排并出资雇凶的？

人们都站了起来，一个个从教堂鱼贯而出。乔纳森尽力想避开汤姆·雷普利，他觉得最好的办法就是不要刻意避开，尤其是不要再朝他那个方向看。但是在教堂前的台阶上，汤姆·雷普利突然从乔纳森和西蒙娜的边上冒出来，彬彬有礼地向他们致意。

"早上好！"雷普利用法语打招呼。他脖子上围着一条黑色的围巾，身上穿着一件深蓝色雨衣。"日安，夫人。很高兴看到你们两位。你们都是戈蒂耶先生的朋友吧，我想。"

人太多了，他们不得不慢吞吞地下着台阶，身体被挤得东倒西歪。

"是的，"乔纳森回道，"你知道，他也在附近开店。人非常好。"

汤姆赞同地点点头。"我今天早上没有看报纸，一个莫雷的朋友给我打了个电话——跟我说了这事。警察对凶手是谁有什么发现？"

"我没听说，"乔纳森说，"只听人说是两个小伙子。西蒙娜，你知道其他消息吗？"

西蒙娜摇了摇头，她头上裹着一条黑围巾。"没有，什么都没听说。"

汤姆点点头。"我想着你们可能听到点什么——你们比我住得近嘛。"

汤姆·雷普利看起来是真的非常担忧，乔纳森暗想，并不像是装给他们看的。

"我得买张报纸。——你们要去墓园吗？"汤姆又问。

"不去了，我们不打算去墓园。"乔纳森答道。

汤姆又点了点头。他们这时已经走到了人行道上。"我也不去。挺怀念戈蒂耶的，太不幸了。——很高兴见到你们。"雷普利笑了下，就离开了。

乔纳森和西蒙娜继续往前走，他们顺着教堂外面拐进教堂区，随后往家走去。邻居们碰到他们，大都点头招呼、微笑致意，有人会说句："早啊，先生、太太。"平时倒不会这样。几辆汽车开始发动，准备跟随灵车去墓地——乔纳森想起来，墓园就在他以前经常去输血的枫丹白露医院的后面。

"早上好，崔凡尼先生！太太！"是佩里耶医生，跟以前一样神清气爽，甚至可以说几乎像平日里一样神采飞扬。他拍拍乔纳森的手，又对西蒙娜微微弯了弯腰。"多可怕啊，呃？……没有，没呢，没呢，没呢，他们还没找到那两个开车的年轻人。但有人说那辆车挂的是巴黎车牌，车子是辆黑色的雪铁龙。他们知道的就是这些……你现在感觉怎么样，崔凡尼先生？"佩里耶医生脸上漾起信心满满的笑容。

"老样子，"乔纳森说，"没什么可抱怨的。"幸好佩里耶医生很快就走了，乔纳森庆幸不已，因为他意识到，西蒙娜以为他正频频去找佩里耶医生打针和拿药，而其实他至少有两个星期没去了。他最近一次去找佩里耶医生，也就是把施罗德医生寄来的检查报告送去而已。

"我们也需要买份报纸。"西蒙娜说。

"拐角那边就有。"乔纳森回答。

买到报纸，乔纳森就站在人行道上翻阅，很多人刚从戈蒂耶葬礼上出来，人行道上有点挤。乔纳森在报上看到这么一条：上个星期六晚间于枫丹白露一条街道上，"几个年轻流氓犯下一桩草菅人命的卑劣罪行"。西蒙娜掠过乔纳森肩头也在看这条新闻。周末的时候报纸对这件事还来不及报道，因此这是他们看到涉及此事的第一条报道。有人看到一辆大型黑色汽车，里面至少坐了两名男青年，但该新闻没提巴黎车牌的事。该车辆肇事后朝巴黎方向逃逸，待警察设法追捕时却已渺无踪迹。

"太可怕了，"西蒙娜说，"你知道，在法国，哪有这种撞了人就跑的，这可不常见……"

乔纳森从这话里嗅到了点自视甚高的味道。

"所以我才要怀疑——"她耸了耸肩，"当然，我可能全弄错了。可雷普利这样的人竟然会出现在戈蒂耶先生的葬礼上，他可真行！"

"他——"乔纳森刚说了一个字就顿住了。他本来想说这天早上汤姆·雷普利看起来是很关注这件事，他也在戈蒂耶店里买各种绘画用品嘛。但突然意识到，这件事自己不应该知道才对。"你说'他可真行'是什么意思？"

西蒙娜又耸了耸肩，乔纳森知道她这会儿对这件事可能什么都不想说了。"我觉得，可能就是因为雷普利发现我跟戈蒂耶说过话，问过他到底是谁在传你的闲话。我跟你说过我认为那个搞事的就是雷普利，即便戈蒂耶先生不肯这么说。现在——又出了这事——戈蒂耶先生就这么莫名其妙地死了。"

乔纳森沉默了。这时他们已经走到圣梅里街附近。"但是，亲爱的，那件事——怎么可能为那样的事杀人呢，不值得啊，理智点吧。"

西蒙娜突然想起得买点东西做午饭，便走进一家熟食店，乔纳森留在人行道上等她。有那么几秒钟，乔纳森意识到——以另一种不同的眼光，像是通过西蒙娜的眼光去看——自己到底做了什么，想想看，自己独自枪杀了一个人，还作为帮凶又杀了第二个人！乔纳森得以说服自己、让自己理直气壮的理由是，谁让那两个人是黑道杀手，是杀人犯呢。当然，西蒙娜可不会这么想。那毕竟是两条人命。西蒙娜光是想到汤姆·雷普利有可能——仅仅是可能——雇用了什么人杀死戈蒂耶就够烦乱的了。若是她知道自己的丈夫曾经亲手扣下扳机的话——他这是怎么啦？是不是被刚才葬礼上的一幕给影响了？虽说葬礼仪式表面上说着来世更为美好，但毕竟是在尊崇生命的神圣。乔纳森露出了嘲讽的笑容，神圣这个词啊——

西蒙娜从熟食店走出来，因为随身没带购物袋，手上很吃力地拿着好几个小食品袋。乔纳森接过来几个袋子，两人继续往前走。

神圣。乔纳森已经把那本关于黑手党的书还给了里夫斯。如果说他对自己做过的事有过什么疑虑的话，只需要想想这本书里那些杀人魔头就行了。

然而，跟在西蒙娜后面爬上台阶时，想着西蒙娜现在对雷普利如此敌视，乔纳森心头不无忧虑。西蒙娜原本对佩里耶·戈蒂耶没这么关注，而现在连对他的死都反应如此巨大。西蒙娜之所以表现出这样的态度，一方面是出于第六感，另一方面也是出于传统道德观和妻子保护丈夫的本能使然。她坚信雷普利就是乔纳森将不久于人世这一传言的始作俑者，乔纳森看得出来没有什么事能够动摇这一念头。毕竟现在没什么其他人能够担当搞出这一传言的替补了（尤其是这会儿戈蒂耶也死了），即便乔纳森能捏造出个其他什么人来，也没人能充当他的后援，支持他的说法。

汤姆在车里取下他的黑围巾，驱车沿莫雷方向回家。很遗憾，西蒙娜对他如此敌视，她竟然怀疑戈蒂耶的死是他策划安排的！汤姆从仪表盘下摸出打火机，点燃香烟。他现在开的是辆红色的阿尔法·罗密欧。一想起这些事，他不由加快了速度，但他随后还是谨慎地控制住了车速。

汤姆一清二楚，戈蒂耶的死的的确确是个意外。这当然很不幸、很糟糕，可毕竟是意外。除非，戈蒂耶卷入了什么其他汤姆不知道的勾当。

一只大个儿喜鹊突然从空中低徊到马路对面，在摇曳的鹅黄色垂柳映衬下格外漂亮。太阳露出了脸。汤姆考虑在莫雷停下车买点什么——安奈特太太总是需要点或可能想要点什么吧——但他今天想不起来她要的是什么，而且他也确实不想停车了。昨天打电话告诉他戈蒂耶去世这个消息的人，是莫雷那家平时帮他做框架的老板。汤姆之前肯定跟他提到过，自己在枫丹白露戈蒂耶那家店铺买绘画用品。汤姆踩了下加速器，越过一辆大卡车，又先后超越两辆风驰电掣的雪铁龙；不多时就飙到了通往维勒佩斯的路口。

"啊，汤姆，有一个长途电话找你。"他刚踏进起居室，海洛伊丝就迎上来说。

"哪儿来的？"其实汤姆知道电话是谁打来的，可能是里夫斯。

"我想，是从德国打来的。"海洛伊丝走回羽管键琴那里。羽管键琴现在已有幸安居于法式窗户旁。

汤姆认出海洛伊丝正在看着的是巴赫一首恰空舞曲的高音部。"电话会再打回来吗?"汤姆问。

海洛伊丝转过头来,飘逸的金色长发拂了开来。"我不知道,亲爱的。跟我说话的只是接线员,因为打电话的人要你接。电话来了!"海洛伊丝正说着,电话又响了。

汤姆立刻冲上楼回到自己的卧室。

接线员确认他是雷普利先生后,里夫斯的声音响起来:"你好,汤姆。你现在方便讲话吗?"里夫斯的声音听起来比上一次要平静一些。

"可以。你在阿姆斯特丹?"

"是的,我这里有些消息,报纸上没登,但我想你可能想知道。那个保镖死了。你知道,就是那个他们给弄到米兰的保镖。"

"是谁说他死了的?"

"呃,是从汉堡的一个朋友那里听到的,这人挺靠谱的。"

这正是黑手党通常爱放出的风声,汤姆暗想。不看到尸体他可不相信这个。"还有其他消息吗?"

"我觉得这对咱们那位朋友来说是个好消息啊,那个家伙死了嘛。你不觉得吗?"

"的确如此。我知道,里夫斯。你怎么样?"

"哦,反正还活着。"里夫斯挤出声大笑。

"我正让人把我的东西往阿姆斯特丹运。还是放在这儿踏实。告诉你吧,我感觉这儿比汉堡安全多了。哦,还有件事,是关于我朋友弗里茨的。他从盖比那里要到了号码,给我打了电话。他现在跟他表弟住在一个小镇上,就在汉堡附近。他被打得很惨,掉了好几颗牙,可怜的伙计。那些猪为了从他嘴里掏出东西,把他往死里揍……”

汤姆想，这倒接近事实。对这位陌生的弗里茨——里夫斯的司机，或者拎包伙计、跑腿儿马仔——他不由心生恻隐。

“弗里茨对咱们那朋友几乎一无所知，只知道他叫‘保罗’，”里夫斯继续说，“而且弗里茨把他的相貌向他们描述得正好相反，说是黑头发、又矮又胖之类，可我担心他们不一定相信他的话。考虑到他的遭遇，弗里茨表现得相当不错了。他说他一直坚持自己的说法，我们那朋友就长那样，他知道的也就那么多。我觉得，我现在才是处境最不妙的人呢。”

事实确实如此，汤姆想，因为意大利人知道里夫斯的样子，知道得清清楚楚。“这些消息挺有意思。可我觉得我们不该这么说上一整天，现在最让你担心的是什么？”

话筒里传来里夫斯的一声长叹：“怎么把我的东西弄过来。我给盖比寄了些钱，她准备把东西弄好装船运过来。我还写信通知了银行，诸如此类的事吧。我甚至给自己粘了一条假胡子，当然了，我现在用的名字也是另一个。”

汤姆猜到里夫斯会用假名，还会用这个名字办一个假护照。“那你现在怎么称呼？”

“安德鲁·卢卡斯——弗吉尼亚人，”里夫斯说着，似乎还笑了一声，“顺便问一句，你见到咱们那位朋友了吗？”

“没有。为什么我该见到他？唉，安迪，情况怎样，你要随时通知我。”汤姆确信，如果里夫斯遇到什么麻烦，而且那麻烦还没有麻烦到让他打不了电话，里夫斯就会打电话给他。因为里夫斯总觉得汤姆·雷普利能把他从任何险境中拯救出来。不过，汤姆想知道里夫斯是否陷入了麻烦，主要还是为了崔凡尼的缘故。

"我会的，汤姆。呃，还有件事！迪·斯蒂法诺家族里的一个人在汉堡被弄死了！事情发生在星期六晚上。报纸上可能有，也可能没有。肯定是吉诺蒂家族的人干的。而那正是我们想要的……"

里夫斯终于把电话挂断了。

汤姆思索着，如果黑手党在阿姆斯特丹找到里夫斯，他们肯定会严刑逼供，千方百计从里夫斯嘴里掏出点什么。汤姆怀疑里夫斯是否能像弗里茨那样宁死不屈，扛得住拷打。汤姆很疑惑，迪·斯蒂法诺和吉诺蒂这两个黑手党家族，究竟是哪一个家族逮住的弗里茨呢？弗里茨大抵只知道第一桩案子，即汉堡地铁站那次枪击。那次的死者只是个小喽啰。吉诺蒂家族可要暴怒得多：他们死掉的可是个头头儿，据说现在还又多死了一个喽啰或保镖之类。迄今为止，难道这两个家族还不知道这些谋杀事件都是里夫斯和汉堡地下赌场那帮人搞出来的，而不是什么黑帮火拼？他们会解决里夫斯吗？若里夫斯需要保护，汤姆觉得自己还真的保护不了他。假如他们要对付的只有一个人，那该多简单！黑手党徒却是难以计数啊。

里夫斯挂电话前补充说，他是在邮局打的电话。那至少比他在旅馆打电话安全。汤姆忽然想起里夫斯的第一个电话，那个电话是在那个叫须德海的旅馆打的吗？汤姆觉得应该是。

楼下传来羽管键琴清晰的音符，像是来自另一个世纪的信息。汤姆走下楼，海洛伊丝会向他打听葬礼的情况，听他说说对葬礼的观感，虽然当时他问她是否要一起去，她以参加葬礼让她心情不好的理由推辞不去。

乔纳森站在起居室里，盯着窗户外面发呆。这会儿刚过中午十二点，于是他打开收音机收听午间新闻，可收音机里却正播放流行音乐。西蒙娜正陪着乔治在花园里玩，夫妻两人离家参加葬礼那会儿，把乔治独自留在了家里。收音机里传来一个男声，唱着"在奔跑……在奔跑……"。对面人行道上，乔纳森看到有只长得像德国牧羊犬的小狗在两个男孩身后撒欢儿。乔纳森萌生了一种世事如烟之感，任何事物、任何生命都是如此——那条狗，那两个男孩，还有他们身后的房子，以及所有的一切，都将转瞬即逝、灰飞烟灭，连一丝记忆都不会留下。乔纳森想到，也许这时候躺在灵柩里的戈蒂耶正被徐徐放进墓穴，随后思绪又从戈蒂耶那里转回到自己身上。他不像眼前那条狗，还有撒欢儿的精力。若说他曾有过鼎盛年华，那也已经过去了。太迟了，乔纳森觉得，即便现在他有了一点享受生命的必备小钱，他也无力去享受自己余日无多的生命了。或许，他应该关掉、卖掉、转让掉店铺——反正也没什么差别。但下一刻他又觉得，他不能跟西蒙娜就这样把那笔钱随意挥霍掉，否则，他一死，西蒙娜和乔治还能有什么呢？四万英镑也不算多大一笔财富。又开始耳鸣了，乔纳森平静地慢慢地做了几个深呼吸。他用力想把眼前的窗户支起来，却浑身无力。他回头转向起居室，一时间感觉双腿沉重得无法控制，耳中轰鸣，那巨大的耳鸣声随即完全湮没了收音机播放的音乐。

乔纳森醒过来时，发觉自己正躺在起居室地上，浑身冷汗，四肢冰凉。西蒙娜跪在他旁边，拿一块湿润的毛巾擦他的额头，又往下擦他的脸。

"亲爱的，我刚刚才发现你躺在这儿！感觉怎样？——乔治，没事，你爸爸没事！"西蒙娜这样说着，可她的声音里饱含着恐惧。

乔纳森把脑袋又放回到地毯上。

"喝点水吧？"

乔纳森尽力从她端着的杯子里喝了点水，随后又躺了回去。"我觉着我可能得在这儿躺上一下午！"乔纳森感觉自己的声音像在跟耳鸣艰苦作战一般。

"让我把这个拉平整。"西蒙娜尽力将乔纳森压在身体下的外套拉好。

这时，有个东西从口袋里掉了出来。乔纳森看到西蒙娜把它捡了起来，之后专注地盯着他看。而乔纳森一直睁着眼睛，向上望着天花板，因为闭上眼睛感觉会更糟。几分钟过去了，这几分钟在完全的静默中流逝。乔纳森不担心了，他知道他能撑得住，死神尚未降临，只是昏倒了一下而已。或许是死神的近亲吧，死神到来的时候应该不是这样。死神的召唤可能更甜蜜、更动人心魄，像海浪从岸边卷去，紧紧吸附住不小心游得太远的泳者的双腿，而那些泳者也忽然莫名失去了挣扎的意愿。西蒙娜把乔治从乔纳森身边带走，她一个人返回来时给乔纳森带了一杯热茶。

"茶里面放了很多糖，会让你感觉好点。要给佩里耶医生打个电话吗？"

"哦，不，亲爱的。谢谢你。"啜饮了几口茶后，乔纳森自己起身坐到了沙发上。

"乔，这是什么？"西蒙娜手里举着一本小小的蓝色簿子问乔纳森，那是瑞士银行的存折。

"呃——那个——"乔纳森摇了摇脑袋，试图让自己清醒一些。

"这是个存折。没错吧？"

"是——没错。"总额高达六位数，超过四十万法郎，数字后的字母"f"表示法郎。乔纳森知道西蒙娜以前看过簿子里的内容，只是完全没看懂，以为记的是家庭支出，诸如两人共有的账册之类。

"说是法郎，法国法郎吗？——你从哪儿弄到的？这到底是什么，乔？"

金额表示的是法国法郎。"亲爱的，那个算是预先支付款——德国医生们给的。"

"但是——"西蒙娜有点失神，"是法国法郎，是吧？这么庞大的数目！"她扯了个笑脸，面容紧张。

乔纳森的脸突然温暖起来。"我跟你说了这钱从哪儿来，西蒙娜。自然——我知道这个数字太大，所以我不想一次跟你全说了。我——"

乔纳森的皮夹在沙发前的茶几上，西蒙娜小心翼翼地把小蓝本放到皮夹上面。随后拉了把椅子坐在写字桌前，侧着身子，一只手抱住椅背。"乔——"

乔治突然出现在门口，西蒙娜赶紧起身，动作坚定有力地转过乔治的肩膀。"小宝贝，妈妈正跟爸爸谈事，自己玩会儿去，别过来。"打发走了乔治，西蒙娜走回来平静地说，"乔，我不信你的话。"

乔纳森从她的声音里听出了颤抖，那不仅是因为那笔钱太过庞大，虽然数字的确让人发抖，也因为他近期的神秘行径——德国之行。"呃——你得相信我。"乔纳森说道，感觉身上的力气又回来了。随后，他站起身来。"真的是预付款，不过他们不认为我会用得上这笔钱。我没时间了，但你能用上。"

西蒙娜对他的笑毫无反应。"钱在你名下。——乔，无论你正在干什么，归根结底你没跟我说实话。"她等着，有那么一瞬间，他真的想要跟她坦白一切，但最终他还是没开口。

西蒙娜离开了房间。

午餐成了某种义务，味同嚼蜡。他们干巴巴地说了几句话。乔纳森看得出来，小乔治对此感到非常疑惑。他也能预料接下来的日子会怎样——西蒙娜可能不会再问他什么，只会冷若冰霜地等着他主动坦白或者作出解释——不管用什么方式吧。屋子里只有无边无际的沉默，不再做爱，不再有爱意或欢笑。他得再找个其他什么说辞，好点的说辞。就算他说他接受那些德国医生的治疗是在以命犯险，但他们付他那么大一笔钱能说得通吗？未必。乔纳森知道，他这条命比不上那两个黑手党徒值钱。

16

星期五上午很是令人神清气爽，轻柔的雨丝和温暖的阳光交替轮值，每隔半个小时就换一下班，汤姆暗想，这种天气简直就是为花园量身定做的。海洛伊丝开车去了巴黎，因为圣·奥诺路那里有家精品店正举行女装大甩卖，但他觉得海洛伊丝回家时也会带一条爱马仕的丝巾或者别的什么更贵重的物件。此刻，汤姆正坐在羽管键琴前，弹奏着《哥德堡变奏曲》低音部，努力将头脑中的指法落实为指尖真实的动作。那天在巴黎买琴的时候，他也买了几本乐谱。汤姆知道这首变奏曲听起来是什么样的，因为他有兰道夫斯卡弹奏的录音。正当他弹到第三或第四遍、感觉有所进步时，电话铃却响了。

"哪位？"汤姆接起电话。

"呃——啊，请问您怎么称呼？"一个男人问道，说的是法语。

汤姆的反应比平时慢了一点，感觉有点不大对头。"你需要找哪一位讲话？"他也以同样礼貌的言辞回敬。

"安奎廷先生在吗？"

"不，他不住在这里。"汤姆说完，便把话筒放了回去。

那男人的法语没有任何口音——是这样吧？但是意大利人也可以找个法国人来打这个电话，要么某个意大利人说起法语来也可以无懈可击。还是他太紧张了？汤姆转头面朝钢琴和窗户，眉头紧皱，双手插兜。难道是吉诺蒂家族已经在里夫斯藏身的旅馆找到了他，此刻正一个个查证他打出的电话？如果是这样的话，这个打电话的人不会满足于汤姆刚才的回答。一般人接到这种电话，通常会这样说："你打错了，这里是某某家。"阳光缓慢地透过窗户，如同某种液体从红色窗帘之间倾泻到地毯上。汤姆几乎觉得，洒在屋内的阳光就像回响在耳边的琶音——像是出自肖邦的手笔。汤姆发现，其实自己根本不敢打电话给阿姆斯特丹的里夫斯问问情况怎么样了。刚才那个电话听起来不像是长途，不过这也难说。可能是从巴黎打来的，也可能是阿姆斯特丹，或者米兰。汤姆的电话没有登记，接线员没法泄露他的名字和住址，但只要有心，从最前面三个数字即中转号码——424——就可以轻而易举地找出他居住的区域——枫丹白露区。汤姆知道，黑手党不可能发现不了汤姆·雷普利就住在枫丹白露区，甚至可以确定他就住在维勒佩斯，因为就在六个月之前，报纸上报道过德瓦特事件，汤姆的照片也上过报。当然，这些推测是否成真，更大程度上要看那第二个保镖的了，那家伙可活得好好的，毫发无伤。那天他在列车上来回寻找他的老大和兄弟，他很可能对坐在餐车上的汤姆的脸记忆深刻、清晰。

汤姆决定继续练习他的《哥德堡变奏曲》，但他刚坐下来，电话铃又响了。他感觉距离刚才那个电话打来差不多过了十分钟吧。这次他准备说这里是罗伯特·威尔森私宅，毕竟他的美国口音根本掩饰不住。

"喂?"汤姆用法语接起电话，故意显得很不耐烦。

"喂——"

"哦，你好。"汤姆回答，他听出来电话里是乔纳森·崔凡尼的声音。

"我想今天跟你见个面，"乔纳森说，"要是你方便的话。"

“没问题。——今天吗？”

“如果你有时间，就今天。午餐左右那段时间我不能——不方便出来，你不介意吧？今天晚一点可以吗？”

“七点钟左右？”

“六点半最好。你能来枫丹白露这里吗？”

汤姆同意在萨拉曼多酒吧见面。他能猜出来这次见面所为何事：乔纳森没办法把那笔钱跟他妻子解释得妥帖，乔纳森的声音听起来忧心忡忡的，但还算不上绝望。

晚上六点，汤姆驱动了雷诺车，那辆阿尔法·罗密欧被海洛伊丝开去了巴黎。海洛伊丝打过电话，说她要跟诺艾尔喝杯鸡尾酒，没准还会共进晚餐。她还在爱马仕买了一个漂亮的旅行箱，正逢打折促销嘛。海洛伊丝总觉得自己趁着打折买得越多，省得越多，也就更经济实惠，这可是美德啊。

汤姆到时发现乔纳森已经先到萨拉曼多了，正站在柜台旁喝黑啤酒——他猜可能是惠特布雷德老式啤酒。这个地方今天晚上比平时生意要好，吵得很，汤姆觉得他俩在柜台旁边讲话更好些。他朝乔纳森点头笑了笑，算是打了个招呼，然后给自己叫了杯相同牌子的黑啤酒。

乔纳森把发生的事告诉汤姆。西蒙娜发现了瑞士银行存折，他跟她说上面的钱是德国医生的预付款，因为自己吃他们的药丸是在拿命冒险，所以等于是他们给他一笔卖命钱。

“但她根本就不相信我的话。”乔纳森咧开嘴笑了一下，“她甚至认为我可能是帮一伙骗子到德国冒充某个人继承了一大堆钱物——大概就这意思——那笔钱就是我分到的赃款。或者我帮着在什么事情上做了伪证之类的。”乔纳森迸出一声大笑。这番话他其实得大声喊出来才能让汤姆听到，但他相信附近没人听得到，即便听到点什么也听不懂。三个酒保在柜台后正忙得热火朝天，他们得一杯接一杯地倒茴香酒和红酒，还得从啤酒桶里接啤酒。

"我能理解。"汤姆边说边扫视着嘈杂的四周。他心里还在想着上午接到的那个不明电话，下午倒是没再接到。六点钟出门时，他甚至绕着丽影和维勒佩斯转了一圈，四处查看了一番，看看街上有没有陌生人。说来也怪，一旦对村子足够熟悉，远远瞧见轮廓就能认出村里人，只要出现新面孔，眼睛马上就能捕捉到。其实，汤姆启动引擎时心里还有点恐惧，因为在汽车引擎那里装炸弹是黑手党最爱的手法。"我们得好好合计合计！"汤姆很严肃地冲乔纳森喊道。

乔纳森点点头，一口喝掉手里的啤酒。"真好笑，她猜得越来越接近，就差说我去当杀手了！"

汤姆把脚蹬在吧台下的铁架上，在喧闹声中思考着。他看见乔纳森的旧外套的一只口袋破了，又被仔细地补好，无疑是西蒙娜的手艺。汤姆突然有种豁出去的冲动，"直接跟她挑明真相怎样？毕竟，那些黑手党，那些害虫——"

乔纳森急忙摇头。"我也这样想过。但西蒙娜——她是个天主教教徒，所以——"定时试用那些药对西蒙娜来说已经算是法外特许了。乔纳森知道天主教教徒的退却如何缓慢，哪怕他们在此处、彼处不得不做出让步，但却绝对不想被视为全线撤退。乔治接受的也是天主教教徒式的教育，这在法国在所难免，但乔纳森也设法让乔治明白天主教并非是世界上独一无二的宗教，设法让他理解他将来长大一些就可以自由选择自己的信仰，只是乔纳森的这些努力还无法与西蒙娜抗衡。"那样的事对她来说完全不同，"乔纳森继续抬高音量，他这会儿已经习惯了周围的嘈杂，甚至喜欢上这层声音保护墙了，"那着实是一记霹雳——她没法原谅这个，你知道，人命关天，诸如此类。"

"人命关天！哈——哈！"

"关键是，"乔纳森脸色一整，郑重其事地说，"那几乎等同于我的婚姻。我的意思是，像是我的婚姻本身处于生死关头。"他看了看汤姆，后者正设法跟上他的思路。"在这地方谈这么严肃的事真是糟糕透顶！"乔纳森再次下定决心，"往轻了说，我们俩之间的关系跟之前已经不一样了。我也看不出事态怎么才能变好点。我只是想着你会不会有个好主意——我应该怎么说或怎么做。话说回来，我不知道你干吗就得帮我。毕竟是我自己的问题。"

汤姆想着他们能否找一个安静点的地方，或者坐在他的车里继续谈。但是在安静的地方他就能想出好点的主意来吗？"我好好想想！"他吼了一声。为何每个人——甚至乔纳森——都觉得他能帮他们出主意？汤姆经常觉得，他能让自己绝路逢生已经够困难重重了。他自己要想有点好处都得绞尽脑汁才想得出办法，常常在他沐浴时或在花园里忙活时，灵光才会在他殚精竭虑的脑海里乍然现身。但他毕竟是单枪匹马的一个人，一个人的大脑配置哪能顾得上再操心别人的事，且还要保持同样的高水准呢。汤姆这样想着，随后又反应过来自己的利益毕竟已经跟乔纳森的利益绑在一起了，若是乔纳森扛不住——但汤姆想象不出乔纳森会把自己在火车上跟他一起并助了他一臂之力的事说给什么人听。一方面是没有必要，出于道义他也不会说。所以，问题只有一个，怎么会有人突然能得到九万六千美元这么大笔款子？西蒙娜质疑乔纳森的就是这个。

"看来我们只能双管齐下了。"汤姆终于想到了个办法。

"你的意思是？"

"给那笔医生们可能支付的钱再加点说辞。——比如说加个赌注怎么样？德国那边的两个医生在打赌，他们都把钱存你这儿，算是信任基金之类的——我的意思是委托你保管。这大概能解释——我们可以说五万美元吧，那就超过那笔钱一半了。或者你想用法郎换算？唔——差不多超过二十五万法郎了。"

乔纳森笑了。这主意挺有趣，可太疯狂了。"再来杯啤酒？"

"当然。"汤姆应了一声，又点起一根高卢人，"这样一来，你可以跟西蒙娜说——因为打赌这件事太过无聊，或者说太残忍，诸如此类的吧，所以你才没有告诉她，这毕竟是在赌你的命嘛。一个医生赌你会活下去——比如说会活到寿终正寝吧。这样一来，留给你和西蒙娜的钱也就只有二十万法郎多点了——但愿你已经开始享受它了！"

砰！砰！一个酒保手忙脚乱地把汤姆要的啤酒和瓶子放到吧台上，乔纳森已经在喝第二杯了。

"我们买了一套沙发——我们急需这个，"乔纳森说，"可能还会犒劳自己一台电视。有了你的主意，总比我脑袋空空好。多谢。"

一个年约六十的矮胖男子走过来跟乔纳森打招呼，简单握了个手后就走到吧台后面，对汤姆视而不见。汤姆的目光落在两个金发美女身上，她们正被站在桌旁的三个穿喇叭裤的小伙子搭讪着。一条矮墩墩的肥壮老狗，四条腿却长得瘦骨伶仃的，正莫名其妙地盯着汤姆，等待主人喝掉手里那杯红酒用皮带把它扯走。

"最近里夫斯联系过你吗？"汤姆问。

"最近——近一个月内都没有，我想是没有。"

也就是说，乔纳森不知道里夫斯公寓被炸的事，汤姆也看不出有什么理由要告诉他。那只会动摇他的士气。

"你呢？他还好吗？"

"我也不清楚。"汤姆说得若无其事，就好像里夫斯压根不爱打电话或写信似的。汤姆忽然觉得浑身都不自在，像是被什么人盯着似的。"我们走吧？"他取出两张十法郎钞票，示意酒保结账，没让也掏出钱来的乔纳森结账。"我的车就停在右边。"

走到人行道上，乔纳森有些手足无措，"你现在怎么样？你自己没事吧？没什么需要担心的吧？"

此时两人已经走到汤姆车旁。"我可能有些思虑过度，你不会这样吧？事情发生之前，我总要想到最坏的情况。跟悲观主义还不太一样，"汤姆微笑着说，"你要回家吗？我可以顺路送你。"

乔纳森上了车。

一上车，关上车门，汤姆立刻感觉进了私密的空间，就像在他自己家的屋子里一样。还要多久他的房子才能安全？汤姆眼前浮现出一个令人不快的景象，似乎看到那些无所不在的黑手党像黑色的蟑螂那样，正从四面八方蜂拥而至，在屋子里窸窸窣窣地四处乱窜。要是他先将海洛伊丝和安奈特太太送走，或者带她们跟自己一起逃离，黑手党们就会一把火烧掉丽影。汤姆一想到心爱的羽管键琴在燃烧，或者被炸弹炸得四分五裂，就觉得难以忍受。汤姆承认，他对自己的房子、对自己的家有种通常女人们才会有的眷恋之情。

"如果那个保镖，就是第二个保镖，认得出我的脸的话，我的处境就比你还危险。报纸上曾经刊登过我的照片，那就是麻烦所在。"汤姆说。

乔纳森明白这一点。"我很抱歉要求今天跟你见面。我可能太过于担心我妻子了。只是因为——我们的关系怎样在我生命中是头等大事。你知道，这是我平生第一次试图骗她，而且还没骗住，差不多是一败涂地——所以我觉得天都塌了。但是——幸亏有你。多谢。"

"没事，今天一切顺利。"汤姆很轻松地回答，他的意思是两人这天晚上见面的事。"但我忽然想到——"汤姆打开车上的储物柜，拿出那把意大利枪，"我想你应该把这个放在手边备用，比如放在你店里。"

"真的需要吗？——跟你说实话，我怕一遇枪战整个人就傻了。"

"聊胜于无吧。要是有什么奇怪的人到你店里——你柜台后面不是有抽屉吗？"

乔纳森忽然觉出一股寒意沿着脊梁骨向上蹿，他在几天前的夜里曾做了个梦，梦中的景象现在还栩栩如生：一个黑手党杀手闯到店里，冲着他的脸直接就开了一枪。"可是为什么你觉得我需要这个？总有原因吧，有吗？"

汤姆突然想到，何不告诉乔纳森呢？若能刺激他提高点警觉性岂不更好。但汤姆也知道，警觉心也没多大用处。他也想到，也许乔纳森带着孩子老婆远走他乡一阵子会安全点儿。"是的，我今天接到个电话，感到很不安。电话是个男人打的，操着一口法语，但这个没什么意义。他号称要找的人也是法国名字。可能也没什么，但我不能肯定。因为我一开口，别人就能听出来我是美国人，他可能是在查证什么——"汤姆压低声音，"跟你再说件事，里夫斯在汉堡的住处被炸弹炸了——我记得大概是四月中旬的事。"

"他的公寓，我的天！他受伤了吗？"

"当时那地方没人。但里夫斯仓促之间逃到了阿姆斯特丹。就我所知，他现在还在那儿，用的是别的名字。"

乔纳森想到里夫斯的公寓会被翻个底朝天地搜寻名字、住址，想到他和汤姆·雷普利的名字、住址也可能会被发现。"那么那些人知道多少？"

"哦，里夫斯说所有重要资料都在他那里，事态还没有失控。他们抓住了弗里茨——我想你认识弗里茨——揍了他，但里夫斯说，弗里茨表现得很英勇，跟他们说了你——就是里夫斯或别的什么人雇用的那个杀手——的相貌，只是描述得跟事实正好相反，"汤姆叹了口气，"我想他们只是怀疑上了里夫斯和几个开赌场的人——只是这样。"他扫了一眼乔纳森大睁着的眼睛，乔纳森看起来就是吃惊而已，倒没有被吓坏。

"天啊！"乔纳森低语，"你觉得他们有没有弄到我的——我们的住址？"

"没有，"汤姆笑着说，"否则他们早就杀到这儿了，我可以跟你打包票。"汤姆想回家了，他打着火，设法把车子汇入路上的车流。

"那——假如给你打电话的人就是他们的人，那他是怎么弄到你号码的？"

"这些我们只能靠猜了。"汤姆说着，终于找了个空隙汇入车流。他还在笑，是的，很危险，而且这次他从这场危险中一个子儿也捞不着，甚至也不是为了保护他自己的利益。不像上次差一点翻船的德瓦特事件，最起码还是为了保住他自己的钱。"没准是因为里夫斯笨到从阿姆斯特丹打电话给我的缘故吧。我一直在想有没有可能是黑手党们循着里夫斯的踪迹追到了阿姆斯特丹，因为他竟然让他的管家把东西寄送到他身边，动得过早了，真够笨的，"汤姆接着说的话像是在做补充，"我在想，你看，假如——即便里夫斯走出阿姆斯特丹那家旅馆，黑手党徒也不会去查他打过的电话啊，而只有在那种情况下，他们才会有我的号码。另外，他在阿姆斯特丹时，我相信，应该没给你打过电话。你确定他没在阿姆斯特丹给你打过电话吧？"

"我接到的最后一个电话是他从汉堡打来的，我确信。"乔纳森记得，当时里夫斯兴高采烈地跟他说，他的钱，所有的钱，马上就会在瑞士银行存好。乔纳森对口袋里鼓起一块的枪有些忧心："抱歉，我想我最好先回店里一趟，把这把枪放好。你就把我放这儿吧。"

汤姆把车停在路边。"轻松点，若真感觉——有什么事不对头，赶紧打电话给我。我是说真的。"

乔纳森有点尴尬地笑了，他真的很害怕。"如果我能帮得上忙——你也别客气。"

汤姆开车离开。

乔纳森往店铺走去，一只手插在口袋里托着枪。随后，他把枪放到柜台后面的现金柜里。汤姆说得对，有把枪总比什么都没有强，乔纳森知道自己还有另一项优势：他对自己的生命不太在意。汤姆·雷普利要是中了枪或有个什么好歹，丢掉的可是正当盛年的生命，那就什么都没了，而乔纳森就不一样了。

要是有人走进他店里存心枪杀他，而他却有幸一枪先把这人结果了，事情也一样完蛋。这一点不言自明，乔纳森不需要汤姆·雷普利告诉自己。枪声会把人招来，把警察招来，尸体会被确认身份，他会被盘问："黑手党人为何要枪击乔纳森·崔凡尼？"他的火车之旅随之会曝光，因为警方会盘问他最近几周的行踪，还会检查他的护照。他就完了。

乔纳森锁上店铺门，朝圣梅里大街走去。他在想里夫斯公寓被炸的事，那么多书、唱片、画作啊。他想到弗里茨如何带着他确认那个叫萨尔瓦多·比安卡的打手，想到弗里茨怎样被拷打折磨却没有出卖他。

快到晚上七点半了，西蒙娜正在厨房忙活。"晚上好！"乔纳森笑着对西蒙娜说。

"晚上好。"西蒙娜回道，她弯腰关掉炉火，然后起身扯下围裙，"今天晚上你跟雷普利先生在一起做什么？"

乔纳森的脸抽了一下，她在哪儿看到了他们？是他从汤姆车里出来的时候吗？"他来找我谈做画框的事，"乔纳森回答，"于是我们喝了杯啤酒。差不多打烊的时候吧。"

"哦？"西蒙娜看着乔纳森，一动不动，"我明白了。"

乔纳森把外套挂在衣帽架上。乔治从楼上下来，向他问好，跟他说他的气垫船如何。乔治正在组装乔纳森给他买的一个玩具模型，这对他来说有点过于复杂了。乔纳森把乔治举起来，扛在肩头。"咱们晚饭后一起去看看，好不好？"

气氛不见任何改善。他们喝了美味的蔬菜浓汤，是乔纳森刚花六百法郎买的搅拌机的功劳。这玩意儿除了可以打果汁，几乎还可以磨碎一切东西，包括鸡骨头。乔纳森试着说点别的，却以失败告终。西蒙娜有能力迅速地把所有话题一一冻结。乔纳森在想，汤姆·雷普利让自己给他做些画框，这有什么不可能的。毕竟，汤姆说过他是画画儿的。于是，他说："雷普利有几幅画需要画框，我可能得去他家看一看。"

"哦？"西蒙娜还是那副口气。然后又跟乔治开心地说了几句什么。

乔纳森很不喜欢这个样子的西蒙娜，他又恨自己不喜欢她。他本来已经打算要用那套说辞——打赌的事——来解释瑞士银行的那笔钱了，可当天晚上他就是开不了口。

17

　　乔纳森下车后，汤姆忽然鬼使神差地在一个咖啡店停下车，往家里打了个电话。他想知道是否一切照常，海洛伊丝是否在家。还好，海洛伊丝接了电话，这让他大放宽心。

　　"是的，亲爱的，我刚到家。你在哪儿？没有，我跟诺艾尔只喝了一杯。"

　　"海洛伊丝，我的心肝儿，今晚咱们找点乐子吧。或许格雷斯夫妇或者贝特林一家正好闲着……我知道邀请人家晚餐有点晚，但可以安排点餐后活动嘛，说不定克雷格他们……没错，我就是想热闹一下。"汤姆答应自己十五分钟内就会到家。

　　汤姆把车开得飞快，但仍然很小心谨慎。他对今天晚上总感到有些忐忑不安。不知道他出门后，安奈特太太是否接到过什么电话。

　　虽然夜幕尚未降临，海洛伊丝或安奈特太太却早已打了丽影的前廊灯。就在汤姆的车刚准备拐进大门时，一辆大型雪铁龙缓缓经过，汤姆注意到该车是深蓝色，在凹凸不平的路上挪动得很慢，车牌号尾数是七五，意味着来自巴黎。车里至少有两个人。它是来丽影踩点的吗？或许他有点紧张过度了。

　　"嗨，汤姆！克雷格他们会过来小酌一杯，格雷斯夫妇会过来吃晚饭，因为安东尼今天没回巴黎。你开心吗？"海洛伊丝吻了吻他的面颊，"你去哪儿了？来看看我买的箱子！——我保证不是太大——"

　　汤姆眼前的行李箱整体是深紫色的，包着红色帆布边，搭扣和箱锁像是黄铜的。紫色皮革瞧着像是小羊皮制的，也许就是。"不错，确实很漂亮。"的确，跟他们那架羽管键琴一样，或者说跟他楼上卧室里的船柜一样，都很高档。

"再看看——里面，"海洛伊丝说着打开了行李箱，"相当结——实。"这句话她是用英语说的。

汤姆弯腰吻了吻她的头发。"亲爱的，箱子很可爱。我们可以为这个行李箱——还有羽管键琴庆祝一下。克雷格和格雷斯他们还都没见过咱们的琴吧？没有啊……那诺艾尔呢？"

"汤姆，有什么事让你紧张了。"海洛伊丝轻轻地说，以防被安奈特太太听到。

"哪有，"汤姆答道，"我只是想热闹一下。今天没有任何特别的事。啊，安奈特太太，晚上好啊！今天晚上家里会来客人，其中两位会跟我们共进晚餐。你能准备得了吧？"

安奈特太太推着饮料推车过来。"没问题，汤姆先生。恐怕只能将就吃家常菜了，但我可以加一道炖肉——诺曼底式的，您记得……"

安奈特太太一一历数菜里的配料——有牛肉、牛犊肉，还有腰子，是这天傍晚她去肉店转一圈的收获，这样一来，汤姆确信，这顿晚餐压根就不是什么家常便饭了。汤姆没听安奈特太太这番仔细讲解，但他必须等她说完。她说完了，汤姆说："顺便问一下，安奈特太太，我六点钟出门后家里接到过什么电话吗？"

"没有，汤米先生。"安奈特太太把香槟瓶塞一下子拔了出来，手法老练。

"一个都没有？哪怕打错的也没有？"

"一个都没有，汤米先生。"安奈特太太小心翼翼地把香槟倒入一个广口玻璃杯，拿给海洛伊丝。

海洛伊丝一直看着汤姆。但汤姆决定就这么呆着，不去厨房跟安奈特太太私下交谈。还是他不应该去厨房？当然不，那还不简单。于是，当安奈特太太回厨房时，汤姆跟海洛伊丝说："我想来一杯啤酒。"安奈特太太没给汤姆拿酒，让他自己去倒，汤姆向来喜欢自己去做这些事。

厨房里的安奈特太太正在大展身手，蔬菜已经洗好、备好，炉子上也有食物正在翻滚着。"太太，"汤姆问，"这事很重要——今天。你能肯定真的没接到任何电话吗？哪怕是有人——哪怕是打错的电话？"

这似乎唤起了她的记忆，汤姆不禁心头一紧。"啊，对了，大概六点半的时候有个电话。有个男的说要找——我记不起来他说的名字了，汤米先生。然后他就挂了。打错了，汤米先生。"

"你跟他说了什么？"

"我说这里没有他要找的那个人。"

"你跟他说这里是汤姆·雷普利私宅了？"

"哦，没有，汤米先生。我只跟他说他拨错号码了。我觉得这么做才对。"

汤姆心花怒放地看着安奈特太太。的确这么做才对。汤姆原本一直在责备自己今天下午六点离家时怎么没交代安奈特太太，任何情况下都不要告诉别人这里的住户是自己，结果，安奈特太太靠自己也把一切料理得极为妥帖。"很棒。这么做才对，"汤姆赞赏地说，"我之所以没登记号码，就是为了保持点私密空间嘛，对不对？"

"当然。"安奈特太太说，好像这种做法在世界上再正常不过了。

汤姆两手空空地回到起居室，早把拿啤酒的事忘到了九霄云外。

他给自己倒了杯苏格兰威士忌。然而，他并没觉得轻松多少。如果那个电话是黑手党找他的，那个人可能会加倍怀疑这里，因为这房子里的两个人都不肯透露房主是谁。不知道这通搜寻，是来自米兰、阿姆斯特丹还是汉堡？汤姆·雷普利是不是住在维勒佩斯？这个424开头的号码会不会是维勒佩斯的号码？是的，确凿无疑。枫丹白露地区的电话号码是422开头，而424开头的号码指的是南部地区，而维勒佩斯就在南部。

"什么事让你烦心，汤姆？"海洛伊丝问。

"没什么，亲爱的。——你的游轮计划怎么样了？看到什么喜欢的没有？"

"啊，当然有！不是那种得走个不停、拿来炫耀的旅行，而是简简单单、舒舒服服的。从威尼斯绕地中海的环海游，旅程中包括土耳其，共十五天——用餐也不必非得衣装齐整。你觉得怎么样，汤姆？五月和六月每三个星期都有游轮始发。"

"我这阵儿兴致不高。问问诺艾尔要不要跟你一起去吧。这样去玩一趟挺好。"

汤姆上楼回自己卧室。他拉开大一点的那个五斗橱最下层的抽屉，抽屉最上面摆着他从萨尔茨堡给海洛伊丝买的绿色短外套，最底下靠里的地方搁着那把他三个月前从里夫斯那里弄到的鲁格枪。说起来也够奇特的，枪不是直接来自里夫斯，而是来自巴黎的某个人。汤姆得去巴黎跟一个人见面取东西，把这件东西保管一个月后出手。这笔人情债，其实应该算是某种酬劳，汤姆讨要了一把鲁格枪，于是巴黎之行过后他就得到了这把枪——口径七点六五毫米，外加两小盒子弹。汤姆检查了下手枪，确认子弹已装好，又转回壁橱查看了他那把法国造猎枪。猎枪也已装好子弹，保险栓扣得好好的。万一今天或明天乃至明天晚上遇到麻烦，他应该会用到这把鲁格枪。汤姆先后从房间的两个窗户向外看去，可以观察到两个方向的情况。他想看看有没有只打开近光灯的车子在附近出没，但什么都没看到。天色已完全黑下来。

一辆车从左边目的明确地直冲过来：这是与人无害的、亲爱的克雷格夫妇来了，他们的车敏捷地穿过大门，进了丽影。汤姆下楼以示欢迎。

克雷格夫妇——男的叫霍华德，五十岁上下，英国人；妻子也是英国人，叫罗丝玛丽——过来喝两杯，随后格雷斯夫妇也加入进来。克雷格是一位退休律师，虽说是因为心脏不好才退休的，但比在座任何人都生龙活虎。银灰色头发剪得整整齐齐，穿着有一定年头的花呢外套和灰色法兰绒长裤，浑身透出一股汤姆渴望的乡居生活的安稳气息。克雷格站在前窗那里，背靠着窗帘，手里拿着一杯苏格兰威士忌，这会儿正在讲一件趣闻——今天晚上会有什么事打破这场乡村欢聚呢？汤姆没关卧室里的灯，还打开了海洛伊丝卧室的床头灯。客人们开来的那两辆车随随便便地停在碎石路上。汤姆希望这个房子呈现出一幅欢宴的场面，显得比实际更盛大的场面。倒不是说这样真能阻挡得了黑手党杀手做什么，要是他们选择扔炸弹的话，汤姆知道，他这样做也许就把朋友们置于险境了。但汤姆总觉得，黑手党更喜欢用一种安静的方式弄死他：等他落单时再发起攻击，没准连枪都不需要，只需要突然来那么一下致命一击足矣。黑手党大可以在维勒佩斯大街上动手，然后在镇上的人还没弄清发生了什么之前迅速离开。

罗丝玛丽·克雷格，这位容貌美丽、身段苗条的中年女性，正在对海洛伊丝许诺，要送丽影一棵她和霍华德刚从英国带回来的植物。

"今年夏天打算烧荒吗?"安东尼·格雷斯问汤姆。

"那倒真不对我胃口,"汤姆笑眯眯地说,"出来吧,看看我的温室如何?"

汤姆和安东尼从法式大窗户走出来,下了台阶,来到草坪,汤姆随身还带了支手电筒。地基已经用水泥铺好,一侧堆着些钢制框架(这对草坪可没什么好处),而工人们已经停工一个星期了。村子里有人事前让汤姆留心这个工程队:他们这个夏天接活儿太多,已经是接二连三、腾不开手脚了,本来是想取悦所有人呢,结果,不说所有人,至少把很多人弄得骑虎难下。

"我觉得,也算一直在进行吧。"安东尼终于开口说。

汤姆咨询过安东尼哪种温室最好,还支付了咨询费,而安东尼也帮他以专业折扣价买到了材料,反正比泥瓦匠要价便宜。汤姆不由朝安东尼背后看过去,视线里有片树林,树林里有条小路。那里黑漆漆的,没有一星灯火,当然这会儿也看不到车灯。

不过,到了夜里十一点,吃过晚餐后,他们四个人正在喝咖啡和甜酒时,汤姆还是下定决心,明天要把海洛伊丝和安奈特太太都打发走。打发海洛伊丝会容易点。他可以劝说她跟诺艾尔一起呆上几天——诺艾尔和她丈夫在诺伊市的公寓非常大——也可以去尚蒂伊她父母那里。安奈特太太有个姐姐住在里昂,而且幸运的是她姐姐那有电话,所以这些事都能很快安排好。至于说理由嘛,汤姆不想装作异想天开、怪脾气发作,说些诸如"我想一个人呆几天"之类的话,但如果他坦白说有危险,海洛伊丝和安奈特太太会大为紧张,她们会报警的。

那天晚上,准备各自上床就寝时,汤姆来到海洛伊丝身边。"亲爱的，"他用英语说，"我有一种不祥的感觉，这里可能会发生什么可怕的事，我想你最好离开这里。事关你自身的安危。安奈特太太明天也最好离开一阵子——所以，亲爱的，我希望你能帮我劝说她去看看她姐姐。"

背靠在浅蓝色枕头上的海洛伊丝皱了下眉，放下正在喝的酸奶。"会发生什么可怕的事？——汤姆，你必须告诉我。"

"没事。"汤姆摇了摇头，随后大笑，"可能我只是有些焦虑。没准什么事都没有。但这样做有益无害不是？"

"我不需要你的长篇大论，汤姆。到底发生了什么？肯定跟里夫斯有关！是那样吧，啊？"

"某种意义上是。"总比说跟黑手党有关好得多。

"他在哪儿？"

"哦，他在阿姆斯特丹吧，我想。"

"他不是住在德国吗？"

"是的，但他这会儿在阿姆斯特丹有事。"

"还有别的谁卷入这事了？你为什么要这么担心？——你到底做了什么，汤姆？"

"干吗呀，我什么都没做，亲爱的！"这是汤姆在这种情况下驾轻就熟的回答。他甚至对此毫无愧色。

"那你是要保护里夫斯啰？"

"我欠他人情。但我现在是要保护你——保护我们和丽影，而不是里夫斯。所以你必须让我尽力一搏，亲爱的。"

"丽影？"

汤姆带着微笑平心静气地说："我不希望丽影出任何乱子。不想看到任何东西被打碎，哪怕是一块玻璃片也不行。你一定要信任我，我不想让这里发生任何跟暴力——或危险有关的事情!"

海洛伊丝眨了下眼睛,口气有点愠怒:"好吧,汤姆。"

汤姆知道海洛伊丝不会再多问什么,除非有警察的指控,或者有黑手党的尸体需要他向她解释。几分钟之后,他们两人都笑了,汤姆那晚睡在了海洛伊丝床上。乔纳森·崔凡尼那边的情况要更糟,汤姆暗想——不仅是西蒙娜看起来很难缠,会刨根问底个没完,或者至少是有点神经质,而且乔纳森又是那种循规蹈矩的性子,任何出离常规的事都让他不习惯,连撒个善意的谎言都不会。就像乔纳森说的,要是他妻子开始不信任他,那对他来说就是天下大乱。而且,由于那笔钱,西蒙娜自然而然会联想到犯罪,联想到乔纳森无法承认的可耻事件。

第二天早晨,海洛伊丝和汤姆两个人一起找安奈特太太谈话。海洛伊丝在楼上喝过了茶,汤姆正在起居室喝着第二杯咖啡。

"汤姆先生说他想一个人呆几天,想点事,画几幅画。"海洛伊丝先开了口。

他们两人商量过了,这种说法最好。"而且度个短假对你有益无害,安奈特太太。这是另加的,八月份你还可以放个长假。"汤姆补充道,尽管安奈特太太一如既往地身体健壮、活力充沛,看样子一切都在最佳状态。

"如果先生和太太都希望这样的话,当然没问题。这是大事,是吧?"她微笑着说,虽说蓝色的眼睛现在确实不再熠熠闪光,但表现得很通情达理。

安奈特太太随即答应打电话给她那位住在里昂的姐姐玛丽-奥蒂。

邮件于上午九点半送来。那是一个方形白色信封,上面贴着一张瑞士邮票，收信地址是打印的——汤姆疑心是里夫斯自己打印的——没有回邮地址。汤姆本想在起居室看信，但海洛伊丝正跟安奈特太太商量要开车载她到巴黎乘火车去里昂的事，于是汤姆上楼到自己卧室拆信。信上这样写着：

亲爱的汤姆：

我现在人在阿斯科纳。不得不离开阿姆斯特丹，因为我住的旅馆里差点出了事，不过巳把我的东西——在阿姆斯特丹存好。天，好希望他们能歇歇手！我现在呆的小镇很漂亮，名叫拉尔夫·普拉特，住在山上一家叫"三只小熊"的小旅社——至于说舒不舒服，至少算远离闹市、避世隐居吧。祝你和海洛伊丝一切都好。

永远的朋友　里夫斯

五月十一日

汤姆把信揉成一团，随后撕碎了扔进废纸篓。果真跟汤姆想的一样糟：黑手党在阿姆斯特丹找到了里夫斯，无疑——查证了里夫斯打过的电话，从中找到了汤姆的号码。旅馆里那件差点出的事到底是什么？他暗暗发誓（以前也发过），以后绝不再跟里夫斯·迈诺特有任何瓜葛！就此次事件而言，他不过就是为里夫斯出了个主意，那又不会对谁有害，也确实没害到谁啊。汤姆意识到自己错就错在助了乔纳森·崔凡尼一臂之力。当然，里夫斯并不知道这个，否则，里夫斯也不会笨到打电话到丽影找他。

所以，虽然他知道乔纳森星期六要工作，他还是想让他今晚，甚至今天下午就到丽影来。真要有事，两个人处理起来会更容易些，他们可以一前一后守住房子，而一个人总是分身乏术，没办法照顾到每个地方。而且，除了乔纳森，别的人他还可以求助谁呢？乔纳森当然成不了斗士，但危急关头他还能扛事。比如火车上那次，从头到尾乔纳森表现得都很不错，汤姆还清楚地记得，在他马上就要从火车上跌下去时，是乔纳森及时把他拉回到了车上。所以，今天晚上他希望乔纳森能呆在丽影，他得亲自把他接到这儿，因为这里没有公共汽车，他也不想让乔纳森打车过来，以免万一今晚出了什么事，引得某个司机回忆起自己曾经从枫丹白露送了个人到维勒佩斯，毕竟平时不会有人坐这么远。

"今晚你会打电话给我吧，汤姆？"海洛伊丝问，她正在自己房间里忙着往大行李箱里装东西，她准备先回父母家。

"当然，亲爱的，大概七点半吧？"他知道海洛伊丝父母每天晚上八点准时吃晚饭。"我会打电话给你，说声'一切都好'，大概就这样。"

"你担心的只是今天一个晚上，是吗？"

事实并非如此，但汤姆可不想那么说。"我想是的。"

上午十一点左右，海洛伊丝和安奈特太太已经收拾停当准备出发。汤姆先进车库做了番检查，甚至来不及帮她们提行李。虽然安奈特太太有种老套观念，觉得应该由她把两个人的行李一一搬出来，因为她是用人嘛。汤姆掀开阿尔法·罗密欧的引擎盖仔细检查，金属、线圈之类的看起来没有什么异样。发动引擎，没爆炸。头天晚上晚餐前，汤姆专门出来用挂锁锁上了车库，但他总觉得一旦牵涉到黑手党，什么事都可能发生。他们会把锁撬开，完事后再锁上。

"保持联络，安奈特太太，"汤姆说着，吻了吻她的脸颊，"玩得愉快！"

"再见，汤姆！晚上给我打电话！注意安全！"海洛伊丝朝汤姆喊道。

汤姆咧嘴一笑，冲她们挥手再见。他看得出来海洛伊丝并没有忧心忡忡，还好。

随后，汤姆进屋给乔纳森打电话。

18

这天早上对乔纳森来说不太好过。西蒙娜倒是跟他说话了，而且语气也足够轻松愉快，因为当时她正在帮乔治往身上套毛衣。"我看咱们两个也不能一直这样，乔。你觉得呢？"

西蒙娜和乔治几分钟后得去乔治的学校，这会儿大概是八点十五分。

"是，我也这么觉得。瑞士银行那笔钱——"乔纳森决心快刀斩乱麻，就现在吧。他说得很快，希望这样一来乔治什么都搞不明白。"你一定要知道的话，那笔钱是他们的赌金。我替他们双方暂时保管，所以——"

"谁在打赌？"西蒙娜跟之前一样又困惑又生气。

"那些医生，"乔纳森说，"他们在尝试一种新疗法——一方在尝试——另一方反对。另一个医生。我觉得你肯定会认为太过可怕，所以不想跟你提这个。这意味着只会有大概二十万法郎属于我们，比现在你看到的要少。还得加上汉堡那边为试验新药付给我的报酬。"

乔纳森看得出她努力想要信任他，但仍然无法相信他的话。"荒谬无稽！"她说，"那么多钱，乔！就为打个赌？"

乔治仰头看着妈妈。

乔纳森看了眼儿子，舔了舔嘴唇。

"你知道我怎么想吗，我压根不在乎乔治听到我说什么！我认为你是在保管——藏匿赃款，为那个不干不净的汤姆·雷普利。他当然会分你一点油水，让你为帮他的忙尝点甜头！"

乔纳森感觉自己在浑身发抖，赶紧把手里的那碗牛奶咖啡放在厨房桌子上。他跟西蒙娜都一动不动地站着。"雷普利就不能把自己的钱藏在瑞士吗？"乔纳森冲动得真想跑过去抓住她的双肩，要她一定要相信自己。可他清楚地知道，西蒙娜一定会一把把他推回去。因此他只是站得更直些，直挺挺地站着说："你不相信我也没办法。但事实如此。"上个星期一下午他晕倒那天，他去输过一次血。西蒙娜当时陪他一起去的医院，之后他自己单独又去找了佩里耶医生，事前他跟医生约好要输血。佩里耶医生希望他做的是定期检查，但乔纳森跟西蒙娜说佩里耶医生给了他很多汉堡医生寄来的药。汉堡那位医生，文策尔，并没有寄药，他推荐的药在法国就能买到，所以乔纳森现在有足够的库存。乔纳森决定把这位汉堡医生设为打赌支持试验新药的一方，而慕尼黑那位医生是打赌不看好新药的另一方，但现在他跟西蒙娜根本说不到这一步。

"但我不相信你，"西蒙娜说，她的声音柔和中带着阴沉，"过来，乔治，我们得走了。"

乔纳森闭了闭眼睛，看着西蒙娜和乔治向前门走去。乔治拿起书包，可能被父母激烈的对话吓着了，连跟乔纳森说再见都忘了，而乔纳森也什么都没说。

由于星期六的缘故，乔纳森店里很忙。电话响了好几次，大概在上午十一点，乔纳森接起电话，电话那头是汤姆·雷普利。

"我希望今天能见到你。很要紧，"汤姆说，"你现在方便说话吗？"

"不太方便。"乔纳森眼前正有一名男子站在柜台边等着付账，两人之间放着打包好的画。

"我很抱歉星期六还麻烦你。但我想知道你大概多快能来我家——能否呆一个晚上？"

乔纳森身子晃了一下。店铺得打烊。得通知西蒙娜。通知她什么呢？"当然可以，没问题。"

"你什么时候能来？我去接你。中午十二点怎么样？是不是太早了点？"

"没事，我想办法。"

"那我到你店里接你，要么在街上等你。还有件事——把那把枪带上。"汤姆挂了电话。

乔纳森抓紧招呼店里的人，店里还剩最后一个顾客时，乔纳森在门上挂上了"打烊"的牌子。昨天见面后汤姆·雷普利到底出了什么事？西蒙娜这天上午应该在家，但星期六上午她通常在外的时间更多，买买东西、处理点杂事什么的，比如去干洗店之类。乔纳森决定给西蒙娜留个条，从前门送信口塞进去。上午十一点四十，乔纳森写好便条，之后沿教区街回家，这条路最快捷，有百分之五十的机会能碰到西蒙娜。但他没碰到她。乔纳森把便条塞进送信口，很快原路折返。纸条上是这样写的：

　　亲爱的：

　　　　午饭、晚饭都不回家吃，店铺打烊。有可能接到大单，地点较远，现在坐车去那儿。

内容含含糊糊，跟他之前的风格完全不同。不过，还有什么能比今天早晨的情形更糟的？

乔纳森回到店里，抓起他的旧雨衣，把那把意大利枪塞进雨衣口袋。他一出来走到人行道上，汤姆那辆绿色雷诺就朝他开过来。汤姆打开车门，车子还没完全停下，乔纳森直接钻进了车里。

"上午好！"汤姆问候道，"事情怎么样了？"

"家里吗？"乔纳森不由自主地四处搜寻西蒙娜的身影，没准她正在附近什么地方。"恐怕不是很好。"

汤姆可以想象。"你身体还好吧？"

"还好，谢谢。"

汤姆在普利祖尼那里右转上了大街。"我又接到个电话，"汤姆说，"确切地说是我的管家接到的。跟之前那个一样，打错了，她也没有说户主是谁。但这个电话让我感觉不妙，跟你说，我已经把我妻子和管家都送走了。我有种预感，肯定会发生什么事。所以打电话让你帮我。我没有别人可以求助。也不敢让警察留心。若是他们在我家周围发现几个黑手党的话，准会问一些让人不快的问题，比如他们怎么会来这儿之类的，那是一定的。"

乔纳森知道。

"现在还没到我家。"汤姆把车继续往前开，经过纪念碑，现在上了通往维勒佩斯的公路。"所以，你现在还来得及改变主意。我会很高兴地把你送回去，即便不帮我，你也无需抱歉。可能会有危险，也可能没有。只是，我总觉得两个人守卫一栋房子比一个人更容易些。"

"是的。"乔纳森感觉身体有些莫名的不听使唤。

"只是因为我不想丢下我的家不管，"汤姆现在把车子开得飞快，"我不想让它被人烧掉，或者像里夫斯的公寓那样被人炸掉。对了，里夫斯现在呆在阿斯科纳。他们追他追到了阿姆斯特丹，他只好跑路。"

"啊?"乔纳森体验到一阵恐惧,觉得恶心,感觉像天塌了。"你发现——你发现周围有什么不对劲了吗?"

"还没有。"汤姆的声音显得冷静自若,嘴角上的香烟向上翘了一下。

乔纳森想,自己还能抽身,现在还来得及。只要跟汤姆说自己干不了,没准一到紧要关头他就会晕过去。那他就可以回家去,自己就安全了。乔纳森深深吸了口气,把车窗再开大一点。要是他真的临阵退缩,他就成了杂种、懦夫,成了臭狗屎。起码他得试试,这是他欠汤姆·雷普利的。况且,他干吗这么在乎自己的安危?干吗现在才突然在乎起来了?乔纳森微微一笑,感觉好了点。"我跟西蒙娜说了人家拿我的命打赌的事,进展不太顺利。"

"她说了什么?"

"跟以前一样,还是不相信我。更糟的是,她昨天看见我跟你在一起——在什么地方。现在她甚至认为我是在为你藏钱——用我的名字,还是不干不净的钱,知道吧。"

"我明白。"汤姆明白乔纳森的处境。但这事无论是对他自己还是对乔纳森来说,都根本无法同丽影即将发生的危险相提并论。"你知道,我不是什么英雄,"汤姆阴郁地说,"假如黑手党抓住我,对我严刑拷打,逼我吐露真相,我怀疑自己能否像弗里茨那样勇敢无畏。"

乔纳森沉默了。他感觉得出,汤姆此刻跟自己几秒钟前一样紧张不安。

这天的天气特别好,空气里饱含着夏日的润泽,阳光也很灿烂。这样的日子还要去工作,还要像西蒙娜那样整个下午闭门不出,简直太遗憾了。她其实完全可以不用再去工作，乔纳森几个星期之前就想这样跟她说了。

他们现在已经进了维勒佩斯，这是个静谧的小村子，是那种可能只有一家肉店、一家面包店的小村子。

"那就是丽影了。"汤姆冲着一座圆顶塔楼向乔纳森点头示意，那处建筑就在不远处几棵白杨树的上方耸立着。

这里大概距他们刚刚经过的村子半公里远，路边的房子又大又分散。丽影看起来简直像一座小城堡，线条古典、造型沉稳大气，四个角上与下面的草坪自然连成一体的圆形塔楼又让整幢房子显得较为柔和。院子由铁门把守，汤姆从汽车储物格里拿出一把巨型钥匙，打开了大门，随后他们的车子碾过碎石路停在车库前。

"这地方真漂亮！"乔纳森赞叹。

汤姆微笑着点头。"算是我岳父岳母送的结婚礼物吧，最近每次到家，一看到这房子还完好无损地立着就很高兴。请进吧。"

前门当然也得用钥匙。

"对锁门还不太习惯，"汤姆说，"平时我的管家都在。"

走过铺着白色大理石的前厅，然后就是方形的起居室——铺着两块大地毯，墙上有个巨大的壁炉，房间里摆着一组看起来很舒适的黄缎面沙发。法式大窗户旁还伫立着一架羽管键琴。乔纳森看到，家具整体上都很棒，保养得也不错。

"把你的雨衣脱下来吧。"汤姆说，这会儿他感觉很松弛——丽影很安静，也没在村子里看到任何异乎寻常之处。他走到前厅桌边，从抽屉里拿出他那把鲁格手枪。看乔纳森一直静静地看着他，汤姆笑了。"是的，我准备整天都把这东西带着，所以才穿了这条旧裤子，口袋大嘛。这下子我知道有些人为何青睐挎枪肩带了。"他说着把枪塞进一个裤子口袋，"不介意的话，你也把枪放裤袋里吧。"

乔纳森照做了。

汤姆正在考虑楼上的步枪。这么快就开始办正事，他感觉有些抱歉，但又认为这样最好。"来吧，我让你看样东西。"

他们爬上楼梯，汤姆带乔纳森走进他的卧室。乔纳森随即被那个船柜吸引，忍不住凑近仔细去看。

"我太太最近送我的——看——"汤姆手里拿着步枪，"就是它了。远距离使用的，相当准，不过，当然不是军用步枪。你从前面这扇窗往外看一下。"

乔纳森照做了。路对面是一座十九世纪的三层楼房，一大半被茂密的树荫遮住了。路两边乱七八糟地种着很多树，乔纳森甚至想象着有一辆汽车停在丽影大门外的路上，汤姆讲的就跟这有关：步枪比手枪远距离射击更准。

"当然，这得看他们要干什么了，"汤姆说，"如果他们打算往里扔燃烧弹，那就正好能用得上步枪。后面当然也有窗户，两边也有，来这边看看。"

汤姆把乔纳森带到海洛伊丝的卧室，这个房间有扇窗朝向后院草坪，草坪远处的树荫更加浓密，草坪右边则是白杨树构成的边界。

"有条小路横穿树林，从左边能模糊地看到它。我的画室——"汤姆走到门厅，打开左边的一扇门。这个房间里的所有窗户都朝向后院草坪，从窗口往维勒佩斯村子坐落的方向看去，只能看到柏树、杨树和几座小房子的屋瓦。"我们大概得守住房子的两端，倒不是说非得一直站到窗户这边，但——还有另外一点也很重要，我希望能误导敌人，让他们认为只有我一个人在这儿。如果你——"

电话响了。汤姆本来不想接，犹豫了一会儿，又觉得没准接了能得到点什么消息，便到卧室接了电话。

"喂?"

"雷普利先生吗?"是一个法国女性的声音，"我是崔凡尼太太。我丈夫是不是在你那边?"

她的口气听起来很紧张。

"你丈夫? 没有啊，夫人!"汤姆用惊讶的口气回答。

"谢谢你，先生。打扰了。"她挂了电话。

汤姆叹了口气。乔纳森的确麻烦不小。

乔纳森站在门内。"是我太太。"

"是的，"汤姆说，"抱歉，我说你不在这儿。如果你愿意，尽可以发封电报过去，或者打个电话给她。可能她正在店里。"

"不会的，不会的，我觉得不可能。"但她可能真的在店里，她有店里的钥匙。这会儿才下午一点一刻。西蒙娜如果不是在店里从乔纳森的记事本上看到自己的号码，汤姆心想，她还能从别的什么地方弄到号码?"或者你愿意的话，我现在就可以开车把你送回枫丹白露。一切都取决于你，乔纳森。"

"不用，"乔纳森说，"谢谢你。"算了吧，他心想，西蒙娜知道汤姆在撒谎。

"我为刚才对你太太撒谎的事抱歉。你可以都推到我头上。估计我在你太太心目中的名声早就坏到不能再坏了。"说这话的时候，汤姆根本没工夫、也没那份闲情逸致去同情西蒙娜。乔纳森什么也没说。"我们下楼去看看厨房里有什么吃的。"

汤姆把卧室里的窗帘拉下来，拉到快要合上时留了个小缝，以便不用掀动窗帘就能看到外面的情况。海洛伊丝卧室的窗帘、楼下起居室的窗帘也一并照此办理。至于安奈特太太那个角落，他决定还是保持原状好了。现在，小路和后院草坪已经都能看到了。

头天晚上安奈特太太做的美味蔬菜炖肉还有很多，厨房水池上方的窗户没有窗帘，汤姆让乔纳森坐在避开窗外视线的桌子旁边，给他倒了一杯加水威士忌。

"真可惜，今天下午我们不能到花园里四处逛逛。"汤姆在洗涤槽里洗着生菜说道。一有车子经过，他就不由自主地往窗外看。十分钟内只有两辆车开过。

乔纳森注意到两间车库都门户大开着，汤姆的车就停在屋子前面的碎石路上。四周这么静，石子路上一有脚步声应该就能听到，乔纳森心想。

"不能开音乐，我怕音乐声把其他声响掩盖了。真够无聊的。"汤姆说。

虽然两人吃得都不多，他们还是在远离起居室的餐桌边消磨了很久。汤姆煮了咖啡。由于没什么东西可以当晚餐，汤姆便打电话给维勒佩斯肉店，要了两人份的好牛排。

"哦，安奈特太太休短假了。"汤姆貌似在回答肉店老板的问话。雷普利夫妻向来是好顾客，汤姆很容易就让肉店老板帮他到隔壁杂货铺带些生菜和其他新鲜蔬菜过来。

半个小时后，有汽车轮胎碾在碎石路上的独特声响传来，是肉店老板的送货车来了。汤姆立刻从座位上跳起来，向肉店老板的儿子付了账，后者态度温和，身上围着血迹斑斑的围裙，汤姆给了他小费。乔纳森正在翻阅几本讲家具的书，看起来很是自得其乐。汤姆便上楼靠整理画室打发时间，安奈特太太平时从未进过他的这间画室。

快五点时电话响了，铃声像刺耳的尖叫划破了房间里的寂静，对汤姆来说像是过滤了的尖叫，因为他已经到了室外，正拿着园艺剪刀在花园里修修剪剪。听到电话，汤姆赶紧跑到屋里，虽说他知道乔纳森不可能去接。乔纳森仍然窝在沙发上，身旁尽是书。

电话是海洛伊丝打来的。她非常兴奋，因为她给诺艾尔打了电话，而诺艾尔有个朋友，叫朱勒·格里佛德，是位室内设计师，刚在瑞士买了一座小木屋，要去那里布置一下房子，所以邀请诺艾尔和海洛伊丝跟他一起开车去那里，陪他住一个星期左右。

"周围的乡村是那么美，"海洛伊丝跟汤姆说，"我们还可以帮他……"

对汤姆来说，这听起来简直要命，但海洛伊丝兴致勃勃，这才最要紧。他早就知道，海洛伊丝才不会像寻常观光客那样，真的去坐什么亚得里亚海游轮呢。

"你还好吗，亲爱的？……你在干什么？"

"哦——做点园艺……是的，一切都非常平静。"

19

晚上七点半左右，站在起居室前窗旁的汤姆看到一辆暗蓝色雪铁龙——他觉得跟早上看到的那辆一模一样——正缓缓经过丽影，这一次速度稍快，但还是比那些通常准备去某地的车速度要慢。是同一辆车吗？夜色中，汽车的颜色会混淆——比如说蓝色和绿色会混为一色。不过，这辆车车身上缘带点白色的污渍，早上那辆车也有。汤姆注视着丽影的大门，他本来让门半开着，肉店送货的伙计却把它关上了。汤姆决定，索性让它关着，但不落锁。开门时就会发出吱呀的声音。

"怎么了？"乔纳森问道。他正在喝咖啡，他不喜欢喝茶。汤姆的不安影响到了他，他也不安起来。迄今为止，他还没发现让汤姆这么紧张的理由何在。

"我想我刚才看到了一辆汽车，这辆车早上我就看到过，是辆暗蓝色的雪铁龙。早上这辆车挂的是巴黎车牌，这一带大部分车我都认得，挂巴黎车牌的只有两三辆。"

"你现在能看到车牌吗？"乔纳森觉得外面看起来非常暗，或许是因为他身边亮着灯的缘故吧。

"不能——我得去拿上步枪。"汤姆脚不沾地地飞奔上楼，又很快拿着步枪下来。他把楼上的灯都关了。他跟乔纳森说："枪是能不用就不用，因为声音太大。现在可不是打猎季节，枪响会把邻居招来——没准什么人还会来查探。乔纳森——"

乔纳森从沙发上站起身来。"做什么?"

"你得像拿根棍子一样,这样挥动。"汤姆边说边做着示范,教给乔纳森怎样才能用到枪身最重的部分——枪托,这样砸下去的效果才能最好,"现在看清楚怎么开枪,以防万一吧。这会儿保险栓是拉上的。"汤姆一步步示范给乔纳森看。

但他们根本不在这儿,乔纳森心里想着,他这会儿总觉得很怪异,觉得一切很不真实,当初他到汉堡和慕尼黑去时也有这种感觉。而那时他尚知道自己的目标是真实的,那些人会活生生地出现在眼前。

汤姆心里默默计算,那辆雪铁龙沿维勒佩斯村后面那条路慢慢转上一圈会花多久,他们当然也可能会在路上某个方便之处拐个弯,直接回到这边。"如果有人来到门口,"汤姆说,"我觉得我一开门就会挨一枪。你瞧,这样一来最简单了。开完枪,枪手就会直接冲回接应的汽车里,然后很快消失。"

汤姆有点反应过度了,乔纳森暗想,但他还是仔细听着。

"还有种可能是从那边窗口扔炸弹,"汤姆指着前窗,"就跟炸里夫斯公寓一样。所以,如果你——呃——同意的话——抱歉,我以前没有跟其他人讨论行动计划的习惯。我做事通常是随机调整。不过,如果你愿意,能否请你躲在门口右边的灌木丛里——那边的灌木丛密实一些?一旦有人走过来按门铃,你就先发制人给他一枪托。没准他们不按门铃,但我会一直用鲁格枪瞄准,注意看着有没有丢炸弹的迹象。只要他来到门口,就直接迅速打倒他,因为他会动作很快。他口袋里还会有枪,他只要看清是我就会开枪。"汤姆朝壁炉走去,他原本说要烧起壁炉,后来却忘了,这会儿他从木材筐里拿了根短粗的木棒,把它放在前门右边的地板上。要说重量,这根木棒没有门边木头柜子上的紫晶花瓶重,但好在趁手。

"那不如这样，"乔纳森说，"干脆我去开门怎样？要是他们知道你的长相，就像你说的，那他们就能看出来我不是你，所以——"

"不行，"汤姆被乔纳森这个勇敢的提议吓了一跳，"首先，他们可能压根没工夫去看，直接就来上一枪。再者说，即便他们仔细看看你，你告诉他们我不住在这儿或我不在之类，他们只需要把你推开硬闯进来查看或是——"汤姆讲不下去了，忍不住大笑出声，脑海里浮现出黑手党如何一拳打中乔纳森的肚子，如何把他一下推进屋里的画面，"我想你现在还是去大门旁边就位为好，如果你愿意的话。我不知道你得在那儿呆上多久，不过我会随时给你送些补给。"

"没问题。"乔纳森从汤姆手里接过步枪，然后走了出去。丽影门前的路静悄悄的，乔纳森站在房子的阴影里，试着挥动步枪，看看举多高能够一下子打中站在台阶上的人的脑袋。

"很好，"汤姆说，"你现在要不要来杯威士忌？可以把杯子放在灌木丛里，打破了也没关系。"

乔纳森笑了："不用，谢谢你。"他蜷缩着身子钻进灌木丛——四尺高的灌木丛像是柏树或是月桂。乔纳森藏身的地方漆黑一片，他觉得自己藏得非常严实。汤姆关上了大门。

乔纳森盘腿坐在地上，膝盖顶着下巴，步枪搁在右手旁。得这样呆上一个小时？还是更久？或者这仅仅只是汤姆在耍着玩？乔纳森不知道。他不相信这只是汤姆在耍着玩。汤姆又没有精神失常，他坚信今晚会出事，就算几率很小，未雨绸缪总是比较明智。随后，有辆车开了过来，乔纳森开始感到真实的恐惧，冲动之下真想直接冲回房间去。汽车飞驰而过。隔着树丛和大门，乔纳森什么都没看到。他把一侧肩膀斜倚在一株细细的枝干上，有点犯困。五分钟过后，他躺在了地上，但还保持着清醒，开始觉得地上的寒气在逐渐侵入肩胛。这时候如果再有电话，那极有可能是西蒙娜打来的。他在想，西蒙娜会不会狂怒之下打车跑到汤姆家里，或者会不会打电话给她在内穆尔的哥哥杰拉德，让他开车把她送过来？后者似乎更有可能。乔纳森不敢再想下去，果真那样就太可怕了。太荒谬了，不可思议。即便他能把步枪藏好，对躺在屋外灌木丛里这事他又该作何解释？

乔纳森听到大门打开的声音。他这会儿已经在打盹了。

"拿上这条毯子。"汤姆轻声说。路上空荡荡的，汤姆把一块地毯递给乔纳森，"把它铺在身下。地上一定凉得可怕。"汤姆的声音很轻，说话时他突然意识到黑手党徒也可能会悄悄步行过来。这是他之前没有想到的。于是他立刻回到屋里，没再跟乔纳森说什么。

汤姆跑到楼上，在黑暗中透过窗户观察外面，前后都观察到了。一切都静悄悄的。有盏街灯光线很亮，但照不了太远，只能照到通往村子的那条路一百码远处，根本照不到丽影这边，汤姆很清楚这一点。四下里安静极了，不过这也是常态。汤姆暗想，只要有人走在路上，就算窗户紧闭他也可以听得到脚步声。真希望来点音乐听听。但正要转身离开窗口时，汤姆听到了微弱的咔嚓咔嚓声，是有人走在土路上的声音，随即又看到一束微弱的手电光，从右边向丽影移动。汤姆确信这人不是要拐到丽影，那人确实没有，而是一直往前直走，很快就不见了。连是男是女，汤姆也没看出来。

乔纳森可能饿了，那可没办法，汤姆自己也饿了。但是，怎么会没办法呢。汤姆下了楼，仍然是摸黑行动，手指头摸着楼梯栏杆下楼，摸进厨房——起居室和厨房都开着灯——做了些鱼子酱三明治。鱼子酱是昨晚剩的，就放在冰箱的一个罐子里，所以很快就做好了。正要端给乔纳森时，却听到汽车引擎的颤动声。汽车从左至右开过丽影，然后停下。接着，车门咔哒响了一下，这是车门没完全关好的声音。汤姆随即把盘子放在门口木柜上，掏出手枪。

脚步声沉稳有力，迈出的步伐听起来不紧不慢，先是走在外面的土路上，接着是门前的石子路。这不是要扔炸弹的，汤姆想。门铃响了，汤姆等了几秒，然后用法语问："谁呀？"

"打扰一下，我想问个路。"是一个男人的声音，一口标准的法语。

一听到脚步声走近，乔纳森就已经在树丛里拿好步枪蹲着等待，这会儿听到汤姆拉门栓的声音，他立刻从树丛里冲出来。那个人就站在乔纳森前面第二级台阶上，但乔纳森站起来跟站在台阶上的他差不多一样高。乔纳森挥起步枪，使出全身力气用枪托照这人脑袋上狠狠一击——他正朝乔纳森微转过头来，因为他肯定听到了乔纳森的动静。乔纳森正打在他左耳后边，帽檐下方。眼看着他摇晃了一下，往大门左侧门框上撞了一下，然后倒在地上。

汤姆打开大门，抓住双脚把这人往屋里拖。乔纳森帮着抬起肩膀。随后，乔纳森捡起步枪，走进屋内。汤姆随即轻轻关上大门，拿起那根短木棒用力朝这人长着金发的脑袋猛地一击。眼看着帽子掉下来，开口朝上掉在地板上。汤姆伸长手臂跟乔纳森要步枪，乔纳森把枪递给他。汤姆又用钢制枪托冲着地上人的太阳穴砸了下去。

乔纳森几乎不敢相信自己的眼睛。鲜血流到了白色的大理石上。这人原来是长着一头金色鬈发、身材高大的另外一个保镖，当时在火车上找不着人很是气急败坏。

"终于逮着这混蛋了！"汤姆满意地低声咕哝，"就是那个保镖，你看他还拿着枪！"

一把枪从这人上衣右侧口袋里掉了出来。

"得再把他弄到起居室那边，"汤姆说道，两个人便把这人连拖带拉地从地板上弄过去，"小心不要把血沾到地毯上！"说着他伸脚把地毯踢开。"下一个人很快就到，一定的。肯定得有两个，也可能是三个。"

汤姆从这人胸前口袋里掏出一块手绢——淡紫色，还绣着字母，用它擦掉门边地板上的血污。他对着地上的帽子踢了一脚，帽子飞过尸体，掉到门厅边的厨房门口。然后汤姆把前门插上，插门栓的时候左手小心压着以免弄出声响。"下一个恐怕不会这么容易了。"他小声说。

石子路上传来脚步声。随即门铃响了——急促地响了两次。

汤姆无声地大笑，掏出他的鲁格枪，还示意乔纳森也把枪拿好。突然间，汤姆乐不可支地弯下腰，身体剧烈抖动了几下，费了老大劲儿才控制住笑意，站直身体对乔纳森咧了下嘴，抹掉眼角笑出的眼泪。

乔纳森毫无笑意。

门铃又响起来，这一次又长又响。

乔纳森看到汤姆的脸色迅速变幻着，皱眉、眯眼，好像一时不知道应该怎么做了。

"别用枪，"汤姆低声嘱咐，"除非万不得已。"他的左手已经伸出去准备开门。

汤姆准是要一开门就开枪，乔纳森心想，或者制住来人。

然而脚步声又响起来，门外的人朝乔纳森后面的窗户走去，那个窗户正被窗帘严严实实遮挡着。乔纳森悄悄从窗户边挪开。

"安吉？——安吉！"门外的男人压低声音呼唤。

"到门边问他要干什么，"汤姆轻声跟乔纳森说，"用英语问——

装作管家。让他进来，我再用枪制住他。——你能行吗？"

乔纳森压根顾不上想自己能不能行。这会儿又开始听到敲门声，随即又是门铃声。"请问，哪位啊？"乔纳森对着门喊道。

"我——呃，要问，呃，路，打扰了。"这人的法语不那么地道。

汤姆哂笑了一下。

"请问您要找谁，先生？"乔纳森问。

"问路！——打扰了！"门外的声音已经在吼了，包含着绝望。

汤姆和乔纳森交换了下眼神，汤姆示意乔纳森把门打开。他自己立刻冲到大门左侧，这样门一开他就可以看到外面的人，而外面的人却看不到他。

乔纳森滑动门栓，转动自动锁的把手，把门打开一半，想着肯定会有颗子弹命中自己的肚子，结果他仍直挺挺地站着，右手还在夹克口袋里摸着枪。

门外那个个头矮一点的意大利人，跟刚才那人一样戴着帽子，手也正揣在口袋里，看到眼前出现一个衣着普通的高个男人，不禁呆住了。

"先生？"乔纳森注意到这人左边的袖子空荡荡的。

这人才往门内踏了一步，汤姆就用鲁格枪抵住了他的腰。

"把枪交出来！"汤姆用意大利语命令他。

乔纳森的枪这会儿也对准了他，这人揣在口袋里的手往上抬了一下，像是要开枪的样子，汤姆立时用左手朝他的脸猛推了一下，但这人没开枪。看起来这个意大利佬是因为突然发现汤姆·雷普利就近在眼前，一时间吓呆了。

"黎普利！"意大利佬惊叫出声，声音里夹杂着恐惧、惊讶，没准还有几分判断正确的得意。

"哦，别想这个了，把枪交出来！"汤姆改用英语下令，又拿枪戳着这人的肋骨，用脚把门踢上。

意大利佬终于听懂了汤姆的话。他按汤姆的指示，把枪放在了地上。随即看到自己先前的伙伴就躺在地板上，离他只有几码远，不禁吃了一惊，眼睛瞪得老大。

"闩上门，"汤姆跟乔纳森说，然后用意大利语问意大利佬，"外面还有你们的人吗？"

意大利佬用力摇头，汤姆想，那意思是没有了。接下来看到夹克下的一条手臂挂着吊带，的确跟报纸上报道的一样。

"我做事的时候你要瞄准他！"汤姆嘱咐乔纳森，便开始对这人搜身。"外套脱掉！"汤姆把这人的帽子拿下来扔到安吉那边。

意大利佬任由外套滑下来掉到地上，他肩膀上的枪套空空如也，口袋里也没有其他武器。

"安吉他——"他问。

"安吉死啦，"汤姆说，"要是你不听我的话，待会你也得死。你不想死吧？你叫什么名字？——你叫什么名字？"

"利波，菲利波。"

"利波。把你的手举起来，不准动。你的手。去，站到那边。"他推搡着利波，让他站到那具尸体旁。利波举起那只完好的右手。"看好他，乔。我去看一下他们的车。"

拿上枪，拉开保险，汤姆出门，右拐，沿门前的土路小心翼翼地往车边走去。汽车没有熄火，就在路边停着，泊车灯还亮着。汤姆停住脚步，把眼睛闭上几秒才再睁开，仔细查看车子两边或后车窗后边有没有什么动静。他慢慢地一步一步逼近汽车，以防随时从车里飞出的子弹，然而，一片安静。难道他们只派了两个人？刚才紧张之余，汤姆忘带手电筒了。汤姆一边拿枪瞄准有可能躲人的前座，一边拉开左边的车门。车里的灯亮了，但里面没人。汤姆用力摔上车门，车里的灯灭了，汤姆压低身子，仔细倾听周围声响。什么都没听到。接着，汤姆快速回家，打开丽影大门，然后折回，把车倒进前院的石子路上。这时，一辆从村子方向开来的汽车从门前大路上开过。汤姆熄了火，关掉泊车灯。敲了敲门，让乔纳森知道是自己。

"看起来只有他们俩。"汤姆说。

乔纳森还站在原地未动，手里的枪也还一动不动地指着利波，利波这时已经把那只好手放下来了，就垂在身侧。

汤姆对乔纳森笑了笑，然后面朝利波："现在你是孤立无援了，利波。要是你敢撒谎，今天就是你的死期，懂吗？"

黑手党的骄傲似乎重又附体，听到这话的利波默不作声，只是眯着眼睛斜觑着汤姆。

"快回答，你……！"

"是！"利波应了一声，愤怒又恐惧。

"你累了吧，乔纳森？坐下来吧。"汤姆给乔纳森拖来一把带黄色衬垫的椅子。"要是想坐，你也可以坐下，"汤姆对利波说，"坐在你同伙旁边吧。"汤姆跟利波用的是意大利语，他的意大利语又慢慢想起来了。

但利波还是站着不动。他大概有三十出头，汤姆猜测，身高五英尺十英寸，肩膀宽厚结实，啤酒肚已经开始冒出来了，蠢笨得无可救药，不是当头头的料。头发又直又黑，淡褐色的脸这会儿有点发青。

"想起在火车上见过我？只想起一点儿？"汤姆微笑着问他，一边扫了一眼躺在地上的大块头，"如果你表现得好，利波，你就不会跟安吉一样下场。怎么样？"汤姆两手叉腰，微笑着对利波说，"来一杯奎宁杜松子酒提提神如何？你还好吧，乔纳森？"汤姆看到，乔纳森的脸色已经恢复正常。

乔纳森紧张地笑了一下，点了点头："好的。"

汤姆走进厨房，正从冰箱里拿制冰盘时，电话响了。"不用管电话，乔纳森！"

"好！"乔纳森感觉电话还是西蒙娜打的，这会儿是晚上十点差一刻。

汤姆正在思考，得想个什么办法才能逼利波帮他甩掉他们那伙人的追踪。电话响了八次才停下，汤姆下意识地数了铃响的次数。汤姆端着托盘走进起居室，盘上放着两个玻璃杯、冰块和一瓶打开的奎宁。餐桌旁的小推车上放着杜松子酒。

汤姆把调好的酒递给乔纳森，说了声："干杯！"然后转向利波，"你们的老巢在哪儿，利波？是米兰吗？"

利波默不作声。这个家伙，利波还真是属于欠揍那号货。汤姆满脸嫌恶地扫了一眼安吉脑袋下面那片干了的血污，把手里的杯子放到门边木柜上，便走进厨房。他弄湿了一块厚实的擦地抹布——安奈特太太称之为拖布，用它把安奈特太太打过蜡的地板上的血迹擦拭干净。汤姆拿脚把安吉的脑袋往一边推了推，把拖布放在下面。这下总不会再有血流出来了，汤姆暗想。他突然想到了什么，于是把安吉的裤子、上衣再次仔仔细细地彻底搜了一遍，发现了一些香烟、一个打火机、一些零钱。前胸口袋里有个皮夹，汤姆没动它。裤子口袋里有一条揉成一团的手帕，汤姆一拿手帕，一条绞绳随之掉了出来。"看看！"汤姆叫乔纳森，"要的就是这个！啊哈，这些黑手党的念珠！"汤姆举起绞绳，快活地笑着。"给你准备的，利波，要是你不乖的话。"汤姆用意大利语说，"毕竟，我们可不想用枪弄出点什么动静，是吧？"

乔纳森死死地盯着地板，汤姆懒洋洋地朝利波逼近，还把绞绳在一根指头上绕来绕去的。

"你是大名鼎鼎的吉诺蒂家族的人吧，对不对啊，利波？"

利波犹豫了，但犹豫的时间很短，好像否认的念头在脑海里一闪即逝。"是。"他说得很坚定，也掺杂了一丝羞愧。

汤姆禁不住感到好笑。黑手党家族总是以数量取胜，以群体取胜。一旦落单，就像这家伙一样，他们就吓得满脸蜡黄乃至脸色发青了。汤姆对利波的胳膊委实有点抱歉，可这还没开始折磨他呢。汤姆可是很清楚，一旦黑手党人弄不到钱或讨不到人情，他们对落在自己手里的牺牲品会怎样百般折磨——拔指甲、拔牙齿、用烟头烫，等等，不一而足。"你杀过多少人，利波？"

"一个都没有！"利波大叫。

"一个都没有，"汤姆跟乔纳森说，"哈哈。"说完到前门对面的小洗手间洗了下手，然后喝了点自己的酒，捡起前门旁的那根木棒，朝利波走过去。"利波，今天晚上你要打电话给你老大吧。也许就是你们的新头头儿，哦？他今晚在哪儿？米兰？还是巴伐利亚的摩纳哥？"汤姆用木棒冲着利波脑袋就是一下，本来只是想表示自己绝不是开玩笑，但由于紧张，这一棒打得很重。

"别打了！"利波大吼，踉踉跄跄地几乎跌倒，一只手可怜巴巴地护着脑袋，"对我这么一个一只胳膊的家伙要这样？"他尖叫着，这时候说起话来像是来自那不勒斯的意大利小混混，汤姆想，也可能是米兰来的，反正汤姆也不是专家。

"就是！甚至还是两个人打一个！"汤姆答道，"我们玩得不公平，嗯？你不满啊？"汤姆骂了他几句不堪入耳的脏话，站起来拿了根香烟。"你干吗不向圣母马利亚祷告？"汤姆侧过脸讽刺利波，"还有，"他又改成英语对利波说，"不准再叫，否则你脑袋瓜立马得再挨一下！"边说边举起木棒在空中往下一挥——咻！——让利波知道他可绝不开玩笑。"安吉就是这么死的。"

利波闭了闭眼睛，嘴巴微张，呼吸急促。

乔纳森喝完了酒。他还在用枪瞄着利波，只是这时候是双手举枪了，因为枪变得越来越重。乔纳森压根不敢肯定，万一需要开枪的话，自己能否打得中利波，尤其是汤姆还老在他和利波之间晃悠。这会儿汤姆正拽着这个意大利佬的腰带使劲摇晃。乔纳森听不懂汤姆说的是什么，汤姆有时说的是不太娴熟的意大利语，有时用的又是法语、英语。这时候汤姆又几乎是在喃喃自语，只是最后又来了句带暴怒的高音，他把意大利佬使劲往后推了一把，自己转身走开。意大利佬几乎什么都没说。

汤姆走到收音机旁，按下几个按钮，一首大提琴协奏曲响了起来。汤姆把音量调到中度，然后检查下窗帘是不是严丝合缝。"是不是很无聊，"汤姆有点抱歉地跟乔纳森说，"下流无耻。他不告诉我他老大在哪儿，所以我只好小揍他一顿。显然，他怕我，也怕他老大。"汤姆冲乔纳森迅速笑了笑，然后走过去调音乐，找了一些流行音乐来放。接下来面色坚定地又捡起木棒。

利波避开了第一下，但汤姆立刻反手对着他的太阳穴打了一下，利波先是一声惨叫，然后叫喊着："不要！不要再打了！"

"老大的电话！"汤姆大吼。

咔嚓！这一下打中了利波挡在腰间的手，有玻璃碎片掉到地板上，这是利波戴在右手上的表，肯定打碎了。利波痛得把手捂在肚子上，一边低头看着地板上的碎玻璃，大张着嘴巴喘不过气来。

汤姆等着，手里的木棒又举了起来。

"米兰！"利波说。

"这就对了，你要——"

后面说了什么，乔纳森没听清。

汤姆正指着电话机，随后走到放电话的桌子旁边，拿了笔和纸。他正在问那位意大利老大在米兰的电话。

利波报出电话号码，汤姆记下来。

接下来汤姆说了一段很长的话，说完后，他把脸转向乔纳森，跟他说："我跟这家伙说，如果他不给他老大打电话，说我让他说的话，我就绞死他。"汤姆试了试绞绳，比划着看怎么绞合适，正当他转脸准备跟利波说什么的时候，听到有汽车从大路上开过来停在大门口。

乔纳森站起来，想着要么是意大利佬的后援来了，要么就是西蒙娜坐着杰拉德的车来了。乔纳森不知道哪种情况更糟，反正这会儿看来都是死路一条。

汤姆不想拉开窗帘往外察看，汽车没熄火，利波的脸色没有任何变化，汤姆看不出他有任何放松的迹象。

随后，那辆车向右边开来，汤姆从窗帘缝隙朝外看。车子继续往前开，往前走了很远，看起来没事——除非那辆车撇下了几个人，正躲在树丛里，准备对着窗子扫射一通。汤姆仔细听了一会儿，可能是格雷斯他们的车，汤姆想，几分钟前那个电话没准就是他们打的，他们刚才过来可能看到石子路上停着陌生人的车子，想着雷普利家有客人，于是又走了。

"现在，利波，"汤姆心平气和地说，"你要给咱们这个老大打个电话，我会在旁边用这玩意儿听着。"汤姆拿起夹在电话后面的一个圆形耳机，这种装置法国人一般用来放大音量。"若是有什么话让我听着不那么完美，"汤姆这会儿继续使用法语，他看得出来利波听得懂，"我会毫不犹豫地把这个用力拉紧，你明白吧?"汤姆把套索绕在自己手腕上做完示范，随即走到利波跟前，飞快地把绞绳套到利波脖子上。

利波吃了一惊，脑袋略向后仰，汤姆又把他往前扳，利波就像被皮带套着的小狗一样被拖到电话旁。汤姆把利波推坐到椅子上，以便自己拉绞绳时容易施力。

"现在我帮你拨号，恐怕得对方付费了。你要说自己在法国，你和安吉觉得你们被跟踪了。你要说你们见到汤姆·雷普利了，安吉说他不是你们正在找的人。懂吗? 懂不懂? 敢说任何不该说的，像暗号、密语之类——就这个——"汤姆把绞索用力一紧，但还不到勒进利波的脖子。

"是，是!"利波忙说，恐惧地看看汤姆，又看看电话。

汤姆拨号给接线员，要求接通一个到意大利米兰的长途电话。当接线员按常规询问汤姆这边的电话时，汤姆便报上了家里的号码。

"您这边的名字?"接线员问。

"利波，说利波就可以了。"汤姆回答。随后报上对方的号码。接线员说稍后会给汤姆回电。汤姆转身告诫利波："如果待会儿这个号码竟然是什么小杂货店或你的某个老相好的电话，我就像刚才那样勒死你! 明白吗?"

利波动了动身子，那模样像是拼命想逃却又不知道该怎么逃似的，情况也确实如此。

电话响了。

汤姆示意利波接起电话，自己戴上耳机旁听。接线员说对方马上就会接通。

"好了吗？"电话那头传来一个男人的声音。

利波用右手把话筒举到左耳旁。"好了。我是利波，路奇？"

"是我。"那男人说。

"我跟你说，我——"利波的衬衫上都是汗，黏在他后背上。"我们看到了——"

汤姆动了动绞绳威胁利波继续往下说。

"你在法国，对不对？你和安吉在一起？"对方的声音有些不耐烦，"然后呢——出什么事了？"

"没事。我——我们见到了那个人。安吉说不是那个男人……弄错了……"

"你们觉得被跟踪了。"汤姆低声吩咐，由于线路不太好，丝毫不用担心远在米兰的对方听得到他的话。

"我们觉得——我们可能被跟踪了。"

"被谁跟踪了？"米兰那边厉声问道。

"我不知道。所以——我们该怎么办？"利波问，用的是流利的黑帮行话，只有一个字汤姆没听懂。看起来利波这会儿确实吓得够呛。

汤姆憋笑憋得胸口发紧，他看了眼乔纳森，后者仍然恪尽职守地拿枪对着利波。汤姆虽说对利波说的话没有百分之百听懂，但利波不像在玩什么把戏。

"回去？"利波问。

"对！"路奇说，"把那辆车丢掉！打辆出租到最近的机场！你们现在在哪儿？"

"跟他说你得挂电话了。"汤姆打着手势低声吩咐。

"得挂了。再见了，路奇。"利波说完挂了电话。他仰望着汤姆，眼神像只可怜巴巴的狗似的。

利波马上要完了，看来他自己也知道这一点，汤姆想。一时对自己的名声颇为自豪。他可没打算给利波留一命。利波所属的黑手党家族在任何情形下，都不会对人网开一面。

"站起来，利波，"汤姆微笑着说，"咱们来看看你兜里还有什么宝贝。"

汤姆开始搜身时，利波那只完好的胳膊向后甩了一下，好像要打汤姆一样，但汤姆根本不想费神去躲，就是紧张罢了，他觉得。汤姆在利波其中一只口袋里摸到几枚硬币，一张有点皱巴的纸片，仔细一看是意大利电车车票的票根。接着又在裤子口袋里翻出一根绞绳，这根绞绳花里胡哨的，由红白两色的条纹绞扭在一起，让汤姆想起理发店门前那种旋转的灯柱，质地像上好的羊肠线，汤姆觉得就是羊肠线。

"看看这个！又是一根！"汤姆向乔纳森举了举绞绳，那样子就像在海滩上发现了漂亮的鹅卵石一样。

乔纳森几乎对那根晃动的绞绳完全视而不见，第一根绞绳还套在利波脖子上呢。乔纳森也没有去看那具尸体，尸体离他几乎只有两码远，一只脚上的鞋子在光溜溜的地板上不自然地朝内翻着，乔纳森不想看它，但眼角余光却始终躲不开。

"我的天！"汤姆看了看手表，忍不住惊呼。他没有意识到时间已经这么晚了，都十点多了。现在必须得开始了，他和乔纳森得开出去几个小时远的路程，然后赶在太阳升起之前返回——如果可能的话。他们得把尸体抛到离维勒佩斯远一些的地方，往南的地方，当然是朝意大利那边的方向。或许是东南方吧。哪个方向其实无关紧要，只是汤姆更青睐东南方。汤姆做了个深呼吸，准备开始行动了，但乔纳森戳在那里，让他有点不好下手。不过，乔纳森之前已经看过他挪动尸体，现在没时间浪费了。汤姆从地上捡起了木棒。

利波急忙躲避，一下子扑倒在地，或者说跌了一下摔到地上，汤姆上前用木棒对着他脑袋来了一下，接着又打了第二下。打的时候，汤姆并没有使出全力——脑海深处的想法是不想在安奈特太太擦得锃亮的地板上弄上太多血。

"他只是昏过去了，"汤姆跟乔纳森说，"必须把他处理掉，如果你不想看到的话，就去厨房里呆着。"

乔纳森已经站了起来，他当然不想看到。

"你会开车吗？"汤姆问，"我的意思是，开我的车，那辆雷诺。"

"会。"乔纳森回答。很久之前他跟罗伊（他的英国同伴）来法国时就有驾照，只是这会儿驾照留在家里了。

"我们今晚得开车出去。去厨房里吧。"汤姆示意乔纳森离开。随后汤姆俯下身子用力拉紧利波脖子上的绞绳，这当然不是什么美差——脑海里忽然掠过这两个老套的字眼——但是如果连昏过去这种慈悲的麻醉剂都享受不到呢？汤姆继续把绳子往紧里拉，绞绳深深陷入利波的脖子，汤姆在心里用他在莫扎特快车上以同样手段对付维托·马康吉罗的事给自己打气：那一次他不是做得很好！这都是第二次干这活了嘛。

正在这时，他听到有汽车在门前大路上试探着停了下，又开动，最后停下来，接着是拉手刹的声音。

汤姆紧拉着绞绳不动，究竟拉了多久？四十五秒？不到一分钟，真不幸。

"那是什么？"乔纳森从厨房过来低声问汤姆。

汽车引擎还在轰鸣。

汤姆摇了摇头。

这时，他们两个听到石子路上传来脚步声，随后是敲门声。乔纳森突然感到身体虚弱得站立不住，好像双膝擅离了职守似的。

"我想是西蒙娜来了。"他说。

汤姆真希望利波已经死掉了，可利波的脸看起来只是颜色发暗了一点而已。该死的！

敲门声又响起来。"雷普利先生？——乔！"

"问她跟谁一起来的，"汤姆吩咐乔纳森，"如果有人陪她一起来，我们就不能开门。跟她说我们这会儿正忙着。"

"谁跟你一起来的，西蒙娜？"乔纳森隔着紧密的大门问道。

"没别人！——我让出租车司机在一边等着。出什么事了，乔？"

乔纳森知道汤姆听到了西蒙娜的话。

"让她把司机打发走。"汤姆说。

"把路费给司机，西蒙娜。"乔纳森隔着门喊。

"已经付过了！"

"那就让他走吧。"

西蒙娜走开去打发司机。他们听到出租车开走了。西蒙娜返回，走上台阶，这一次她不再敲门，只是静静等在那里。

汤姆从利波身边直起身来，任由绞绳留在利波脖子上。汤姆在想，不知道乔纳森走出去能不能说服西蒙娜别进来？他们能否找到别的人帮忙？有人能给西蒙娜再叫辆出租车吗？用出租车的话，司机会不会起疑心？不管怎么说，打发走刚才那个司机还是对的，不至于让他看到明明屋里灯亮着，至少有一个人在家，却好像不让西蒙娜进门。

"乔，"西蒙娜对着门喊，"你还不开门吗？我得跟你谈谈。"

汤姆轻声说："你能陪她呆在外面等我再叫一辆出租车吗？告诉她我们在跟别人谈生意呢。"

乔纳森点头同意，稍微犹豫了一下，便拉开门闩。他把门打开了一点，正准备自己从门缝挤出去，没想到西蒙娜突然用力撞门，一下子冲到了大门里。

"乔！抱歉我——"她屏着呼吸，四下查看，似乎是在找房子的主人汤姆·雷普利，接着她看到了他，同时也看到了地板上的两个人。她发出一声短促的惊呼。手提包从手上滑落，砰的一声掉在大理石地板上。"天哪！——这儿出了什么事？"

乔纳森紧抓住她的一只胳膊。"不要看。这些——"

西蒙娜呆若木鸡地站着。

汤姆走过来。"晚上好，太太。别害怕。这两个人是侵入民宅的坏蛋，现在昏过去了。我们是有点麻烦！——乔纳森，带西蒙娜进厨房去。"

西蒙娜没动，她身体晃了下，便靠在乔纳森身上，但很快抬起头，有些歇斯底里地盯着汤姆。"他们看上去已经死了！——杀人犯！真可怕！——乔纳森！我简直不相信你竟是——在这里！"

汤姆朝装饮料的小推车走去，"西蒙娜能否喝点白兰地，你觉得？"

"可以。——西蒙娜，我们去厨房吧。"乔纳森边说边准备走在西蒙娜和尸体之间，但西蒙娜不肯动弹。

汤姆发现白兰地酒瓶比威士忌酒瓶难打开，于是改了主意，往推车上的一只玻璃杯里倒了些威士忌。他把这杯威士忌拿给西蒙娜，纯威士忌。"太太，我知道这场面很可怕。这两个人都是黑手党——意大利黑手党。他们是来这里攻击我们——或者说，攻击我。"看到西蒙娜开始小口啜起威士忌，脸部抽了一下，似乎喝的是苦口良药，汤姆大大松了口气。"乔纳森帮了我，我非常感激。要是没有他——"汤姆刹住话，看到西蒙娜的怒气又升腾起来。

"没有他？他在这儿干什么？"

汤姆挺直身体，径直走进厨房，觉着这是能让她离开起居室的唯一办法。果然，她跟乔纳森一起尾随他走进厨房。"我会向你解释今晚的事，崔凡尼太太。但不是现在。我们现在得离开了——带着这些人。你可不可以——"汤姆在考虑，他们有没有时间——他有没有时间——用那辆雷诺车把她送回枫丹白露后再返回来在乔纳森协助下弄走这些尸体？不行，汤姆绝对不想浪费那么多时间，那意味着最少也要四十分钟。"太太，我打电话帮你叫一辆出租车回枫丹白露可好？"

"我绝不离开我丈夫。我要知道我丈夫在这里搞什么——跟你这样的垃圾在搞什么！"

她的怒气全是冲他发作的。汤姆但愿这股怒气现在一下子爆发出来，一了百了。遇到女人发怒他就没辙——倒不是说他老是遇到这种情况。对汤姆来说，那就像是一个无限循环的麻烦，一圈都是小火堆，就算他成功扑灭了一堆，女人脑海里马上又燃起了下一堆。汤姆跟乔纳森说："若是西蒙娜能搭出租车回枫丹白露——"

"我知道，我知道。西蒙娜，你现在回家的确是最好的办法。"

"你会跟我一起回吗？"她问乔纳森。

"我——我不能。"乔纳森绝望地说。

"那就是说你不想跟我一起回去，你跟他站在一队。"

"你可不可以让我回头再给你解释，亲爱的——"

乔纳森徒劳地说着，汤姆觉得，也许乔纳森并不心甘情愿呆在这里，或者已经改变主意了，他根本劝不动西蒙娜。于是汤姆插嘴说：

"乔纳森。"向乔纳森打了个手势。"太太，请给我们一小会儿时间。"汤姆跟乔纳森在起居室低声商量："我们——或者说我——面临六个小时的工作。我得把这两具尸体弄走抛掉——还要赶在天亮或天亮之前回到这里。你真的愿意帮我吗？"

乔纳森感觉一片茫然，像是一名一上战场就会玩儿完的败兵，不过看眼下的局面，就西蒙娜那边而言他已经玩儿完了。他无法解释，即便跟她回到枫丹白露他也改变不了什么。他已经失去了西蒙娜，还有什么别的可失去的呢？这些想法在乔纳森脑海中一闪而过，"我愿意，是的。"

"很好。——多谢，"汤姆紧张地微笑了一下，"显然西蒙娜不想呆在这儿，她可以去我妻子的卧室。也许我能找到些镇静剂。但不管怎样，看在上帝的分上，她不能跟我们一起去。"

"不行。"西蒙娜会一口回绝乔纳森的建议。乔纳森既劝不动她，也命令不了她。"我从来就没办法让她——"

"但现在有危险。"汤姆打断乔纳森的话，但又忽然住了口。没时间浪费在喋喋不休上了。汤姆回到起居室，觉得必须得查看下利波的情况，他看到利波的脸色已经发青，或者汤姆感觉到发青。无论如何，利波笨拙的身体全然是死人的样子——甚至不像在做梦或睡觉，而只是空空的躯壳，像是意识已经永远离开了。汤姆刚要返回厨房，看到西蒙娜从厨房走出来，她手里的玻璃杯已经空了。于是汤姆走到小推车前把酒瓶拿过来，往西蒙娜的杯子里倒了更多，尽管西蒙娜摆手表示不要。"你不必非喝不可，太太，"汤姆说，"我们俩不走不行了，我得告诉你留在这里会有危险。我可不确定会不会还有人闯进来。"

"那我跟你们一起去，我要跟我丈夫呆在一起！"

"不行，太太！"汤姆非常坚定。

"你们要干什么？"

"我不确定，但我们得摆脱掉这些——这堆烂肉！"汤姆指了指尸体，"烂肉！"他又重复了一句。

"西蒙娜，你得搭出租车回枫丹白露。"乔纳森说。

"不！"

乔纳森抓住她的手腕，另一只手拿走西蒙娜的杯子，免得酒洒出来。"你必须照我说的做。这关系到你的命，我的命。我们不能呆在这里再吵下去！"

汤姆忽然飞奔到楼上，经过大概一分钟的搜寻，他找到一个小瓶子，里面还剩四分之一剂量的苯巴比妥，海洛伊丝很少服用这种镇静剂，老放在医药柜最里面的地方。汤姆手里捏着两颗镇静剂下了楼，若无其事地放进西蒙娜的玻璃杯里——是之前从乔纳森那里拿过来的——再往杯子里加了点苏打水。

西蒙娜喝了这杯饮料。这会儿坐在黄色沙发上的她看起来平静些了，虽说镇静剂还不到发生效果的时候。乔纳森在打电话，汤姆猜他可能在打电话叫出租车，薄薄的塞纳-马恩省电话簿就摊开在电话桌上。汤姆有点晕眩，西蒙娜看起来也像是这样，只是还有点像是被吓呆了。

"跟司机说维勒佩斯的丽影就行。"当乔纳森看向汤姆时，汤姆这样说道。

20

就在乔纳森和西蒙娜在死一般的寂静里等出租车的时候，汤姆从法式大窗走出屋子，到花园里的工具间去拿备用汽油。让汤姆感到失望的是，汽油桶没有装满，但感觉能有四分之三桶吧。汤姆随身带了手电筒照明，绕过房前拐角时听到有车子慢慢开过来的声音。希望是出租车，汤姆暗自期待。汤姆没把汽油桶放进雷诺车，而是先把它放进树丛里藏了起来。他敲了敲前门，乔纳森应声开门。

"我想是出租车到了。"汤姆说。

汤姆跟西蒙娜道了晚安，随后让乔纳森护送她坐车，出租车已经停在大门口了。出租车开走后，乔纳森回到屋里。

汤姆正在将法式大窗重新关紧。"天哪！"汤姆叹了口气，不知道还能说什么，终于又只剩他和乔纳森两个人了，不禁大为放松，"真希望西蒙娜没发这么大脾气，不过这也怪不得她。"

乔纳森眼神茫然地耸了耸肩。他试着想说点什么，却什么也没说出来。

汤姆了解他现在的状态，便像船长给军心动摇的水手下令那样对他说："乔纳森，她会想通的。"而且她也不会去报警，因为如果报警的话，她丈夫也会被牵连。汤姆的毅力和决心正在恢复，走过乔纳森时轻拍了下乔纳森的手臂："我很快回来。"

汤姆从树丛里取出汽油桶，把它放进雷诺后备厢。然后打开意大利人开来的雪铁龙，里面的灯亮起来，汤姆看到油表指针落在一半稍多一点处。这些应该可以足够完事：够他开上两个多小时了。他知道雷诺车的油也只剩一半多一点，况且雷诺车还得载上两具尸体呢。他跟乔纳森还没吃晚餐，饿着肚子可不明智。于是汤姆回到屋里对乔纳森说：

"出发之前我们应该吃点东西。"

乔纳森跟着汤姆走到厨房里，庆幸得以暂时逃开起居室那两具尸体。他在厨房水池里洗了洗自己的脸和手，汤姆微笑着看他。食物，这才是当务之急——这一刻的当务之急。他从冰箱里拿出牛排，塞进烧得通红的烤箱里。然后又找了个盘子，两把切牛排的餐刀和两把叉子。最后，两人坐下来开始享用，他们共用一个盘子，把牛排切成小块，蘸上盐和调味酱吃。牛排很棒。汤姆甚至从厨房食品柜里找到了半瓶波尔多红酒。汤姆过去很多时候吃的比这惨多了。

"这对你有好处。"汤姆说，把刀子、叉子扔回盘子。

起居室的钟响了一声，汤姆知道已经夜里十一点半了。

"要点咖啡吗？"汤姆问道，"家里有'雀巢'。"

"不用，谢谢。"对着牛排狼吞虎咽时，乔纳森和汤姆两人都没多说什么。这时候乔纳森开口问："我们要怎么处理？"

"找个地方烧掉。连带着车一起烧，"汤姆答道，"其实没必要烧掉他们，但这更像是黑手党的做法。"

乔纳森看着汤姆站在水池旁清洗一个保温瓶，看着他毫不在意地站在一扇敞开的窗户跟前。汤姆开始用热水冲洗瓶子，接着往瓶子里倒了一些雀巢咖啡，最后往瓶子里倒满热气腾腾的开水。

"要加糖吗？"他问乔纳森，"我想咱们需要点这个。"

接下来乔纳森先帮着汤姆把金发保镖弄出去，尸体已经开始僵硬。汤姆在说着什么，可能是什么笑话吧。随后汤姆说自己改主意了：把两具尸体都放进雪铁龙里。

"……虽然我那辆雷诺，"汤姆气喘吁吁地说，"更大一些。"

这会儿丽影前面一片漆黑，远处那盏街灯在这样远的地方一丝光也看不到。两人把第二具尸体摞进雪铁龙的后座，恰好叠在第一具尸身上，汤姆不禁笑了，因为利波的脸似乎正埋在安吉脖子那里，不过他忍住没有对此加以评论。汤姆在汽车里找到了几张报纸，就把这些报纸盖在尸体上，把四周尽量塞紧。汤姆确认乔纳森确实知道怎么开雷诺车后，又把转向灯、远光灯、近光灯都跟他一一指明。

"好了，开始吧。我去把门关上。"说完，汤姆跑进屋里，在起居室留一盏灯亮着，然后出来关上前厅门，加了双重锁。

汤姆之前已经跟乔纳森说过，他们第一个目标是桑斯，然后是特鲁瓦，从特鲁瓦他们还要再往东边走远些。汤姆车上带着地图，他们第一站要在桑斯的火车站会合。他把保温瓶放进乔纳森车里。

"你现在感觉还好吧？"汤姆问，"想停下来喝口咖啡，那就停下来喝，千万不要犹豫。"随后汤姆跟乔纳森兴高采烈地挥手告别。"你先走，我去关大门。我会超过你的。"

于是，乔纳森先开车上路。殿后的汤姆关上大门，锁好，随后很快在前往桑斯的路上越过乔纳森的车。三十分钟后他们就到达了桑斯。乔纳森看起来把雷诺车开得很好。汤姆在桑斯跟乔纳森简短交谈了几句。在特鲁瓦，他们还是约在火车站会合。汤姆不认识特鲁瓦，而两辆车为了安全又不能在路上车距过近，幸亏各个城镇往车站去的路上都标着"火车站"的字样。

汤姆到达特鲁瓦的时候大概是凌晨一点钟，他有一个半小时没有看到后面的乔纳森了。汤姆走进火车站咖啡厅喝了杯咖啡，喝完再要了第二杯，喝咖啡时他的眼睛一直注视着玻璃门，寻觅他那辆雷诺车，看乔纳森有没有把它停在车站停车场里。最后，汤姆付了账，走出门外，正当他朝自己开的车走去的时候，他的雷诺沿着斜坡朝停车场开过来。汤姆挥了挥手，乔纳森看到了他。

"你还好吗？"汤姆问，乔纳森看起来状态还不错，"如果你想在这儿喝杯咖啡或者去洗手间，最好去一下。"

乔纳森两样都不需要。不过汤姆劝他喝了些保温瓶里的咖啡。汤姆注意到，没有人看他们，连扫一眼都没有。一列火车刚进站，从火车上下来十个或十五个人，有的朝停着的自家汽车走去，有的朝迎接他们的汽车走去。

"我们从这里上十九号国道，"汤姆说，"咱们的目标是巴尔——巴尔奥布——还在火车站会合。好吧？"

汤姆先开车离开。公路变得有些开阔，车子稀稀落落的，只有两三辆特别笨重的大卡车，长方形的车尾闪着一圈红白两色的灯，这种庞然大物可能什么都看不到，汤姆觉得，起码看不到雪铁龙后座上报纸盖着的两具尸体，毕竟跟他们运载的货物相比，这车里的货物太渺小了。汤姆这会儿开得不快，还没超出九十公里的时速，或许车速只有每小时五十公里。在巴尔火车站，汤姆和乔纳森只是把头探出车窗说了几句话。

"汽油不够了，"汤姆说，"我要开到萧蒙过去一点，这样能在下一个汽油站停下来加点油，好吧？你也加点。"

"好。"乔纳森说。

这会儿是凌晨两点十五分，"还走十九号国道，萧蒙火车站见。"

汤姆离开巴尔后，看到一家"道达尔"加油站，便拐进去加了油。正付账时，看到乔纳森也开了进来。汤姆点起一根烟，没有看乔纳森。他在四周转了转，活动下腿脚，随后把车往旁边开了一点，去了洗手间。这里离萧蒙只剩四十二公里了。

凌晨两点五十五分，汤姆到达萧蒙。火车站旁连一辆出租车都没有，停着的几辆汽车里也没有人。这个点也不会再有火车到达。火车站咖啡厅已经打烊。乔纳森到达时，汤姆走到雷诺车旁，说："跟我来。得找个安静的地方。"

乔纳森累了，但到了这会儿，疲劳也已过渡到另一种状态：他甚至觉得还可以再开上几个小时。他开的雷诺很趁手，反应顺畅又快捷，开起来几乎不费什么力气。乔纳森对这一带一点都不熟悉，但这无关紧要。而且现在更简单了，他只需要跟着前面那辆雪铁龙的尾灯就好。汤姆此时车速更慢了，还在路边犹豫着停了两次，才又开始向前开。夜很黑，天上也看不到星星，最起码由于眼前发光的仪表板他没有看到星星。有一两辆车从他们身边经过，继而背道而驰。有辆卡车从乔纳森后面超车而过。继而，乔纳森看到汤姆车的右转灯开始闪烁，然后便没入了右边的夜色之中。乔纳森一直跟着，快到跟前时才能看清眼前漆黑的深谷是一条路还是小径。是一条土路，很短，很快就拐进了一片森林。路很窄，宽度不够两辆车并排而行，法国乡村常见这样的小路，使用者多为农民或者樵夫。有树丛在挡泥板上轻轻刮碰，路上间或还有一些坑洞时隐时现。

汤姆的车已经停下了。他们两人从主路岔道上开出来大概有两百码左右，差不多是拐了个大弯。汤姆关了车灯，但一打开车门，里面的灯就亮起来。汤姆让车门开着，向乔纳森的车走过去，边走边兴高采烈地挥着手。乔纳森这会儿也在熄火、关灯。汤姆穿着宽松长裤和绿色麂皮外套的身影在乔纳森眼前伫留了好一会儿，就好像汤姆本身也成了光明的一部分似的。乔纳森闭了下眼睛。

接着汤姆就到了乔纳森车窗旁边。"两分钟就能完事。把你的车倒回去十五英尺。你知道怎么倒车吧？"

乔纳森启动了车子，倒车灯亮了起来。等乔纳森停好车，汤姆打开雷诺车的后车门，取出汽油桶，拿上手电筒。

汤姆把汽油倒在盖着两具尸体的报纸上，又往衣服上倒，还往车顶上、前座的椅套上——可惜椅套是塑料的，而不是布做的——都洒了一些。汤姆抬起头，看到茂密的枝丫几乎遮蔽了公路的上空——都是些新生的嫩叶，还没到夏季它们生命的鼎盛时期。有一些枝叶可能会遭殃，但这牺牲总有值得付出的理由。汤姆把油桶里最后几滴汽油都洒在汽车底板上，那上面乱丢了些垃圾、吃剩的三明治和旧地图之类的东西。

乔纳森朝他慢慢走过来。

"我们这就好了。"汤姆小声说着，点着一根火柴。汤姆之前没关雪铁龙的前门，这会儿他把燃着的火柴从前门扔进车子后面，那里的报纸立刻燃起了黄色的火焰。

汤姆向后连退了几步，双脚不慎踩到路旁的坑洞打滑了一下，立刻抓住乔纳森的手。"都在车里！"汤姆低声说道，快步跑回雷诺。汤姆坐到了驾驶座上，脸上带着微笑。雪铁龙燃烧得很好，车顶开始从中间冒出火焰，一缕细细的黄色火焰，就像是一根蜡烛。

乔纳森坐到前驾驶座上。

汤姆启动车子，他的呼吸有点急促，很快又变成了大笑。"我觉得很不错。你说呢？我觉得好极了！"

雷诺的前灯猛地亮起，一时把眼前熊熊燃烧的火势也衬得微弱了些。汤姆把车往后迅速地倒了一些，他上身向后扭着，以便从后车窗里看路。

乔纳森呆呆地注视着那辆燃烧的汽车，很快，当他们沿着弯路倒回主路上时，雪铁龙就完全消失了。

车子一回到主路上，汤姆便坐直了身体。

"你从这里还能看到它吗？"汤姆问道，一边驱车向前飞驰。

乔纳森只看到透过树林的一点亮光，像是萤火虫，很快消失了。或者那纯粹是他想象出来的？"现在什么都看不到了，什么都没了。"有那么一刻，乔纳森对眼前的事实感到恐惧——好像他们有什么事没做好似的，或许火焰已经莫名其妙地灭掉了？但他知道火没灭，依然在燃烧，只不过是树林把火焰吞掉了，完全遮住了而已。然而，总会有人发现的，那会是什么时候？会发现多少？

汤姆大笑起来。"火在烧！全都会烧掉！我们弄干净了！"

乔纳森瞧见汤姆看了眼时速表，指针已经指到了一百三。汤姆便把车速降到了一百。

汤姆吹起口哨，吹的是一首那不勒斯民谣。他感觉好极了，一点也不累，甚至不用吸烟提神。人生在世，还有什么比得上处置黑手党这么痛快呢。只是——

"只是——"汤姆高兴地说。

"只是什么？"

"处理两个还真算不了什么。就像满屋子都是蟑螂，我们只踩死了两只而已。不过，我相信费这么番工夫，让黑手党知道有时候别人也可以干掉他们，总还是不错的。只可惜就这件事来说，他们会认为是另一个黑手党家族干掉的利波和安吉。至少我希望他们这么想。"

乔纳森这会儿感觉真困了。他试图抗拒睡意，强迫自己坐直，用指甲掐自己的手心。天啊，他想，还得好几个小时才能到家——不管是回汤姆家还是回他自己的家。汤姆还是一副生龙活虎的样子，正在高唱之前吹过的那首意大利曲子。

……爸爸不赞成

我们怎么相爱……

汤姆继续侃侃而谈，又开始谈自己的妻子，说她打算跟几个朋友在瑞士一栋小木屋里呆一阵子。后来乔纳森清醒了一点，这时汤姆正在说着："把头往后靠着吧，乔纳森。你不必硬撑着不睡。——我说，你还好吧？"

乔纳森不知道自己感觉究竟怎样。他觉得有点虚，但他经常感觉体虚。乔纳森不敢回想都发生了什么，不敢想这时候正在发生什么——肉体和骨头在熊熊燃烧，之后还会再焖烧上几个小时。悲伤忽然袭上乔纳森心头，就像日食一般。他真希望自己能够把过去的几个小时统统抹去，把它们从自己记忆里彻底剥离。然而他确实去过那儿，确实动了手，确实帮了忙。乔纳森把头往后靠，感觉半睡半醒。汤姆还在开心又随性地喋喋不休，似乎他一直在跟某个人交谈，这人也时不时地予以回应。乔纳森其实根本搞不明白汤姆为何如此兴致高昂，他自己正满怀愁绪，要怎么跟西蒙娜解释？仅仅想到这个问题就让他精疲力竭。

"弥撒曲用英语演唱，"汤姆正在评论，"我发现只会令人尴尬。不过，用英语讲话的人竟然相信自己说着的话，也真让人佩服，所以用英语唱弥撒曲嘛……总让人觉得唱诗班要么是脑袋抽风了要么成了一群大骗子。你不这样想吗？约翰·斯坦纳爵士……"

车子停下来时，乔纳森醒了。汤姆把车停在路边，正面带微笑、从保温瓶里啜饮咖啡。他给乔纳森也倒了一些，乔纳森喝了几口。随后两人继续上路。

黎明时他们才到达一个村子，乔纳森此前从没来过这里。黎明的阳光唤醒了乔纳森。

"再有二十分钟我们就到家啰!"汤姆兴高采烈地宣布。

乔纳森咕哝了句什么,又迷迷糊糊地半闭上眼。这会儿汤姆开始谈论羽管键琴,他的羽管键琴。

"巴赫的妙处就是可以让人立时变得文明起来,只需要一个乐句……"

21

　　乔纳森睁开眼睛，感觉自己似乎听到了羽管键琴的琴声。的确，这不是梦。他其实并没睡着。音乐声是从楼下传来的，一会儿结结巴巴地停顿，一会儿又从头开始。大概是首萨拉帮舞曲[1]。乔纳森虚弱地举起胳膊看看腕表，早上八点三十八分。此刻西蒙娜在做什么？她在想什么？

　　疲惫吞没了乔纳森的意志力，他往枕头上陷得更深，无力再做什么。他洗过热水澡，穿着汤姆坚持让他穿的睡裤。汤姆还给了他一支新牙刷，跟他说："不管怎样，先睡上几个小时再说。时间太早了。"那时候大概是早上七点。他得爬起来了，得找西蒙娜做点什么，得跟她谈谈。但是，乔纳森现在只能躺在床上，全身无力，听着羽管键琴有一搭没一搭的单音。

　　汤姆这会儿弹的不知是什么曲子的低音部，听起来没错，是羽管键琴能弹出来的最低音。就像汤姆说的，立时会让人文明起来。乔纳森强制自己起身，强制自己从淡蓝色床单和深蓝色羊毛毯的温暖包裹中爬出来。他尽力站起身来，跌跌撞撞地走到门口，光着脚下了楼梯。

　　汤姆正在仔细研读眼前的乐谱，现在开始弹高音。阳光透过窗帘大开的法式落地窗，洒在汤姆左侧肩膀上，在他穿着的黑色睡袍上形成金色的光斑。

　　"汤姆？"

汤姆闻声回头，立刻站起身来。"什么事？"

看到汤姆吃惊的脸色，乔纳森感觉身体更不舒服了。接下来，恢复知觉的他意识到自己正躺在黄色沙发上，汤姆在用一块湿布，一块洗碗巾，一直擦他的脸。

"喝点茶？或者白兰地？……你带没带要吃的药？"

乔纳森感觉非常难受，他知道出现这种感觉，唯一能够缓解的办法就是输血。离他上次输血还没过多长时间呢。现在的麻烦在于，他这次的感觉比之前任何时候都更糟，难道只是因为头天晚上缺了一觉吗？

"怎么办？"汤姆说。

"恐怕我最好到医院去。"

"我们马上就去。"汤姆说完急忙离开，回来时手上拿了一只高脚玻璃杯，"这是杯加水白兰地，想喝就喝一点。先呆在这儿，我马上就回来。"

乔纳森合上了双眼。额头上的湿布滑下了脸颊，感觉很冷，却乏力得难以动弹。似乎才过了一分钟，汤姆就回来了，他已穿戴整齐，手里还拿着乔纳森的衣物。

"其实，你只要穿上自己的鞋子和我的大衣，就不用换衣服了。"汤姆说。

乔纳森听从了汤姆的建议。他们又坐进雷诺车，朝枫丹白露开去。乔纳森的衣服已叠好，就放在两个人之间。汤姆问乔纳森是否知道到医院后他们应该去哪个部门，能够让他立刻输上血。

"我得跟西蒙娜谈谈。"乔纳森说。

---

1. 一种西班牙舞曲。

"我们当然需要——或者你需要。现在不用担心那个。"

"你能开车带她到医院吗?"乔纳森问。

"可以。"汤姆坚定地回答。直到这一刻他才开始担心乔纳森的情形。西蒙娜一看到他就生气,但不管是跟汤姆一起过来还是她自己过来,她终归会来看自己的丈夫。"你家里没电话吗?"

"没有。"

到了医院,汤姆先跟接待员说明情况,这位接待员跟乔纳森打了招呼,像是认识乔纳森。汤姆扶着乔纳森的胳膊,一直到把乔纳森交到专科医生那里得到妥善安置,汤姆才说:"我去带西蒙娜过来,乔纳森。放心好了。"他又问那位身穿护士服的接待员:"你觉得输血能成吗?"

接待员亲切地点了点头,汤姆也就当作肯定了,虽然并不确定她是否知道自己在说什么。他刚才要是询问医生就好了。汤姆回到车里,往圣梅里街开去。他在离乔纳森家几码远的地方停下,下了车,朝乔纳森家带黑色栏杆的台阶走过去。他一直没睡,胡子也需要刮一下,状态确实不好,但至少他带来的口信崔凡尼太太可能会感兴趣。他按了门铃。

没有应答。汤姆又按了一次,往人行道上张望,也没看到西蒙娜。今天是星期天,枫丹白露的市场都不开门。但早上九点五十这个时间,西蒙娜也可能是出外购物或带乔治去教堂了。

汤姆慢慢走下台阶,当他走到人行道时,看到西蒙娜正朝他这个方向走来,身边跟着乔治。她胳膊上挎着一个购物篮。

"早上好,太太,"汤姆彬彬有礼地问候,西蒙娜满脸敌意。他接着说:"我只是要跟你说你丈夫的事——早上好,乔治。"

"我不想从你那里知道任何事,"西蒙娜说,"我只想知道我丈夫在哪儿。"

乔治盯着汤姆，神情虽警惕但态度中立，他的眼睛和眉毛跟他爸爸长得很像。"他没事，我想，太太，但他——"汤姆很不愿意站在街上说这事，"他得在医院里呆一阵子，得输血吧，我想。"

西蒙娜看起来怒不可遏，似乎认为这全是汤姆的错。

"我们能不能进你们家再谈，太太？屋子里谈更方便些。"

犹豫了一下，西蒙娜同意进屋再谈，可能是出于好奇吧，汤姆想。西蒙娜从外衣口袋里掏出钥匙，打开屋门。汤姆注意到，她的大衣不是新的。"他出了什么事？"刚走进小小的前厅，西蒙娜就问汤姆。

汤姆吸了口气，心平气和地说："我们不得不开了一晚上的车，我觉得他只是累着了。但是——我想你可能会想要知道。我刚刚已经把他送到了医院，他还能走路，我想他的状况应该不算危险。"

"爸爸！我要去看爸爸！"乔治突然发脾气大叫，像是头天晚上也找过爸爸来着。

西蒙娜把篮子放下来。"你到底对我丈夫做了什么？他现在跟以前完全不一样了——自从他碰到你，先生！要是你再见他，我——我就——"

可能是因为她儿子在场，让她没能说出要杀死他这样的话，汤姆想。

她极力克制着自己，苦涩地说："他为什么会被你控制？"

"他没被我控制，从来没有被我控制过。而且我觉得事情都搞定了，"汤姆说，"只是现在没办法跟你解释。"

"什么事情？"西蒙娜问道，汤姆还没来得及开口，她继续说，"先生，你是个骗子，你把别人也带坏了！你究竟是怎么敲诈他让他屈服的？为什么要敲诈他？"

敲诈——法语是 chantage——这也太过分了，汤姆开口回答时变得有些结巴。"太太，没人拿乔纳森的钱，或者其他东西。恰恰相反。他也没做什么授人以柄的勾当。"汤姆义正词严地说，他也只能如此。因为西蒙娜看起来就像妇德的化身，诚实正直，漂亮的眼睛闪闪发光，眉毛紧皱，虎视眈眈，像萨莫色雷斯岛上带翅膀的胜利女神[1]一样威风凛凛。"我们花了一整晚才把事情处理干净。"汤姆说起这事来自觉低劣，他那一向流利的法语忽然弃他而去，他的话在眼前仁立的这位善良的贤内助面前一败涂地。

"把什么处理干净了？"她弯腰拿起购物篮，"先生，请你离开这里，我会感激不尽。谢谢你向我通报我丈夫在哪儿。"

汤姆点点头。"如果你愿意，我会很高兴开车送你和乔治去医院。我的车就停在外边。"

"谢谢，不用。"她站在前厅中央，回头看着他，等着他离开。"过来，乔治。"

汤姆只好自己离开。上了车，他想自己可以去趟医院瞧一眼乔纳森怎么样了，因为西蒙娜不管是打车还是步行，都至少得十分钟后才能到医院。又一想，决定还是回家给乔纳森打电话好了。于是汤姆便开车回了家。但一到家他又觉得还是不打电话为好，这会儿西蒙娜可能正在那儿呆着呢。乔纳森说过输血得好几个小时吗？汤姆只希望这一次不至于生死攸关，不至于意味着他的生命开始倒计时。

打开收音机，转到法国音乐电台，听着音乐声响起，汤姆把窗帘打开一点，让阳光照射进来，接着动手整理厨房。他给自己倒了杯牛奶，回到楼上卧室，又换上自己的睡衣，上床睡觉。睡醒之后

1. 创作于希腊化时期的著名雕像，原矗立在萨莫色雷斯岛上，现保存在法国卢浮宫。

再刮胡子吧。

汤姆但愿乔纳森能摆平跟西蒙娜之间的麻烦。但还是那个老问题：黑手党是怎么牵扯进来的，他们又怎么会跟那两个德国医生牵扯在一起？

想着这个无解的难题，汤姆昏昏欲睡。还有里夫斯。躲到阿斯科纳的里夫斯又会出什么事？这个轻率的里夫斯！汤姆内心深处仍然潜藏着对他的友情，里夫斯时不时地会犯糊涂，但他不管怎么疯，那颗心始终不失正直。

西蒙娜坐在放平的病床边，与其说是床，不如说更像轮椅，乔纳森就躺在这样的床上，通过一根插进胳膊的管子往体内输血，她也跟平时一样避免去看旁边盛血的罐子。西蒙娜神色严峻，背着乔纳森找护士问过了情况，乔纳森觉得可能自己这次的情况并不严重（假如西蒙娜果真问出了什么情况的话），否则西蒙娜会对他更关心些、更亲切些。乔纳森靠在枕头上，把白色的毯子拉到腰部保暖。

"你还穿着那个人的睡衣。"西蒙娜说。

"亲爱的，我总得穿点什么——去睡觉。我们返回时肯定才早晨六点——"乔纳森顿住了，觉得又无助又疲惫。西蒙娜跟他说了汤姆跑到他们家里告诉她他在哪里，西蒙娜感觉很气愤。乔纳森从没见过她如此严肃的模样，她那么讨厌汤姆，好像汤姆是兰德鲁或斯文加利[1]似的。"乔治在哪儿?"乔纳森问道。

"我给杰拉德打了电话，他和伊温妮十点半来家里，乔治会给他

---

1. 兰德鲁是法国童话《蓝胡子》里的杀人魔王蓝胡子公爵，每次娶到新妻子就会杀死，然后把尸体藏在地窖里；斯文加利则是英国小说家乔治·杜·莫里耶笔下的人物，是位善用催眠术控制女主人公、使其惟命是从的音乐家。

们开门。"

　　他们会等着西蒙娜，乔纳森想着，然后他们会一起到内穆尔共用星期天午餐。"我知道他们至少得让我呆到下午三点，"乔纳森说，"有很多检查要做，你知道的。"他知道她清楚这些，可能得再采一次骨髓样本，这个检查虽然只需要十到十五分钟，但还有其他检查，比如尿检、脾脏触诊等。乔纳森感觉还是很不舒服，他不知道接下来还会怎样。西蒙娜的冷漠让他更为不安。

　　"我不明白，实在弄不明白，"她说，"乔，你为什么要去见这个怪物？"

　　汤姆才不是这样的怪物，但怎么跟她解释呢？乔纳森再次尝试，"你能想到昨天晚上——那些人是杀手吗？他们带着枪，还带着绞绳。知道吗，绞绳。——他们闯进汤姆家里。"

　　"那么你怎么会在那儿？"

　　帮汤姆做画框的借口就算了吧。因为任何人都不会为达成几个画框的生意，而帮汤姆又是杀人，又是抛尸的。那么汤姆·雷普利到底给了他什么好处使得他这么帮忙呢？乔纳森闭上双眼，积聚力量，拼命思考。

　　"太太——"传来护士的声音。

　　乔纳森听到护士正在告诫西蒙娜最好让她丈夫多休息。"我向你保证，西蒙娜，我会跟你解释清楚的。"

　　西蒙娜站起身来，"我想你没法解释。我觉得你不敢。这个人已经死死困住了你——究竟是为了什么？为钱。他付你钱。但他为什么付你钱？——你要我认为你也是个罪犯吗？就跟那个怪物一样？"

　　护士已经走开，听不到他们的谈话。透过半闭的眼睛，乔纳森看着西蒙娜，绝望、无语、挫败等各种情绪一时间纷至沓来。难道他就不能让她明白，事情并非都像她所想的那样非黑即白？乔纳森感到一阵恐惧的寒意，觉出一败涂地的征兆，像是死亡。

西蒙娜要走了，走前像是留下了最后一句话——她的话，她的态度。在门口她给了他一个吻，但这个吻蜻蜓点水一般敷衍了事，就像人们到教堂做礼拜时随便屈膝做个样子而已，根本不上心。这一天剩下的时间就像摊在眼前的噩梦了，医院可能会留他过夜。乔纳森闭上双眼，脑袋在枕头上不安地从一边转到另一边。

到了下午一点，大部分检查都已做完。

"你最近压力很大，是不是，先生？"一名年轻医生问乔纳森，"有什么不同寻常的操心费力的事吗？"他出乎意料地笑起来，"在搬家？还是在花园里干活太多了？"

乔纳森礼貌地微笑，他这会儿感觉好点了。他突然也开怀大笑起来，倒不是因为医生的话。假如今天早上的昏倒就是大限将至呢？乔纳森对自己颇感欣慰，因为他渡过了难关，而没有丧失勇气。没准哪天他也能在死亡降临时毫无畏惧。医生让他自己穿过走廊去做最后一项检查：脾脏触诊。

"崔凡尼先生吗？这有个电话找你，"一名护士对他说，"既然你就在附近——"她指了指桌子上的电话，话筒已经放在一旁。

乔纳森感觉一定是汤姆。"喂？"

"乔纳森，你好。是我，汤姆。一切怎样？……你能自己站起来走路，那应该不太糟……那就好。"听起来汤姆很是欣慰。

"西蒙娜到这儿来过了。谢谢你，"乔纳森说，"但她——"即便他们讲电话时用的是英语，乔纳森有些话还是说不出来。

"你的日子不好过，我能理解。"又是老生常谈。汤姆在电话另一头听出来乔纳森口气很焦虑，"今天早上我已尽我所能，不过，你要我——再试着跟她谈谈吗?"

乔纳森舔了舔嘴唇。"我不知道。当然并不是她——"他本来想说"威胁要怎样",比如带走乔治、离开他等。"我不知道你还能怎样,她那么——"

汤姆明白了。"要不我试试?我试试再说。打起精神来,乔纳森!你今天要回家吗?"

"我不确定。可能是吧。对了,西蒙娜今天要在内穆尔跟她家人一起吃午餐。"

汤姆回说等到下午五点后他再去找西蒙娜。如果乔纳森那时在家,可能更好些。

西蒙娜家里没有电话,这对汤姆来说有点棘手。话又说回来,如果有电话,汤姆就得电话预约,那她准会回以斩钉截铁的:"不行!"汤姆买了束花,一束黄得有点假的大丽花,在枫丹白露那座古堡附近的一个小摊上买的,汤姆自己的花园还拿不出什么像样的东西。他在下午五点二十分时按响了崔凡尼家的门铃。

脚步声传来,然后是西蒙娜的声音:"哪位?"

"汤姆·雷普利。"

一阵迟疑。

接着,西蒙娜绷着脸打开屋门。

"下午好——您好,我又来了,"汤姆说,"我能单独跟你聊聊吗?几分钟就行,太太?乔纳森回来了吗?"

"他七点钟到家。还得输一次血。"西蒙娜回道。

"哦?"汤姆英勇地踏进房门,不知道女主人会不会发火把自己轰出去。"我带了些花儿过来,太太。"他微笑着把花儿拿出来。"还有乔治呢。下午好，乔治。"汤姆伸出双手，孩子接过花束，仰起脸对他笑着。汤姆想过要给乔治带点糖果，但他又不想做得太过，反而弄巧成拙。

"你又有何贵干？"西蒙娜问。对汤姆送的花，她也只是给了一句冷冷的"谢谢"。

"我必须来解释一下。我必须为昨天晚上的事给你个解释。所以才来打扰你，太太。"

"你的意思是——你能解释得了？"

汤姆对她讽刺的微笑回以真挚、开朗的笑容。"就黑手党来说，任何人都没办法解释得了。当然！是！回头想想，也许我当初可以掏钱打发走他们的——应该可以。他们这些人要的不就是钱吗？但是，就这一次的事，我不太确定，因为他们对我有种特殊的恶意。"

西蒙娜似乎很感兴趣。但这并没有减少她对汤姆的反感。西蒙娜又从汤姆旁边退后一步。

"我们能否到起居室谈——可以吗？"

西蒙娜在前领路，乔治一路尾随，一双眼睛紧盯着汤姆。西蒙娜示意汤姆坐在沙发上，汤姆在切斯特菲尔德长沙发上坐下，轻轻拍了拍沙发黑色的皮面，想着要奉承西蒙娜一句沙发真棒什么的，最后还是没开口。

"是的，一种特殊的恶意，"汤姆接着说，"我——你明白，我凑巧——凑巧跟你丈夫乘坐同一列火车，就是最近他从慕尼黑回来的那一次，你记得的。"

"是的。"

"慕尼黑！"乔治插了一句，兴奋得满脸放光，好像有故事听似的。

汤姆回头对他笑了笑。"慕尼黑！——所以，在火车上——由于我的原因——我可以毫不迟疑地告诉你，太太，有时我也会操纵法律，像那些黑手党一样。区别在于，我不会敲诈勒索正人君子，不会向那些压根不需要保护的人强行收取什么保护费，若不是我自己被威胁的话。"这些话很抽象，汤姆肯定乔治绝对听不懂，虽然小家伙一直专注地盯着自己。

"你到底要说什么？"西蒙娜问。

"我要说的是，我在火车上杀掉了其中一个野兽，还差一点杀死了另一个——把他推到火车外面了——乔纳森当时就在车上，亲眼目睹了这些事。你知道——"讲到这里，汤姆看到西蒙娜先是吃惊，随即恐惧地看了一眼正听得入迷的乔治，后者可能正在想"野兽"究竟是什么动物，或许都是汤姆编出来的。汤姆仅仅略微犹疑了一下，就继续往下说："你知道，我还有一点时间跟乔纳森交代了下前因后果，当时我俩正好在平台上——就在开着的火车上。乔纳森帮我望风，他做的就是这些。这已经让我感激不尽了。他帮了忙，而且我希望你知道，崔凡尼太太，他做了好事。看看法国警方在马赛是怎么对付黑手党——那些毒贩子的！看看每个人都是怎么跟黑手党搏斗的！都在尽力而为。但这一定会遭到他们可怕的报复，你知道。所以，昨晚发生的事就是这么回事。我——"他敢不敢说是自己主动求乔纳森帮忙的？说！"乔纳森之所以在我家，完全是我的错，因为我请求他再帮我一次。"

西蒙娜看起来既困惑不解，又高度怀疑。"为了钱，当然了。"

汤姆料到她会这样想，于是继续不动声色："不，不是，太太。"是为了荣誉，汤姆才要这样说，又觉得这种说法站不住脚，连他自己都说不通。那就说是友情吧，不过西蒙娜不会喜欢听到这个。"这是因为乔纳森心肠太好，心善又勇敢。你不该归咎于他。"

西蒙娜缓缓摇头，完全不信汤姆的说法。"我丈夫可不是警探，先生。你为什么不说实话？"

"可我说的就是。"汤姆简单回了一句，摊开双手。

西蒙娜全身紧绷地坐在沙发上，双手扭在一起。"最近，"她说，"我丈夫收到很大一笔钱。你是在说这笔钱跟你没一点关系？"

汤姆仰靠在沙发上，双脚在脚踝处交叉。他今天穿着自己那双最旧的、几乎快要穿破的沙漠靴。"啊，是啊。他跟我提过这件事，"汤姆微笑着说，"说是德国医生在打赌，他们把赌金委托乔纳森保管。是不是这样？我想他跟你说过。"

西蒙娜只是听着，看汤姆还会说什么。

"还有，乔纳森告诉我他们会给他一笔奖金——或者奖赏之类。毕竟他们在用他做试验。"

"他跟我说那些药没有——没有真正的危险，既然如此，人家干吗要付他钱？"她摇了摇头，短促地笑了一声，"不，我不相信，先生。"

汤姆沉默了。脸上浮现出失望之色，他故意为之。"很不可思议，太太。我只是在告诉你乔纳森跟我说了什么，我没有理由认为那是假话。"

没别的了。西蒙娜心绪不宁、如坐针毡，她猛地站了起来。她长得很可爱，眉眼秀丽、眼神清澈，聪明的嘴巴可以温言细语也可以声色俱厉——此刻正严厉地紧闭着。西蒙娜对汤姆礼貌地一笑："那么，你对戈蒂耶先生的死有何看法？你知道点什么？我知道你经常到他店里买东西。"

汤姆也已站起来，对这个问题，至少对这个问题，他的良心是清白的。"我知道他是被撞死的，太太，司机肇事逃逸了。"

"你知道的只有这些？"西蒙娜拉高嗓门，声音有些颤抖。

"我知道那是个意外事故。"汤姆真希望自己可以不用法语说这些。他觉得自己有些词不达意。"那样的意外事故没道理可讲。若是你认为我——我跟这件事有什么牵扯，太太——那你得告诉我我的目的何在。真的，太太——"汤姆扫了眼乔治，孩子这会儿正在地板上玩玩具。戈蒂耶之死像古希腊悲剧中的情节，不过，也不对，古希腊悲剧中的每个事件都是有因果关系的。

西蒙娜嘴角抽搐了一下，面带苦涩。"我相信你以后不再需要乔纳森了吧？"

"我会尽我所能不再有求于他，"汤姆随和地说，"那么——"

"我想，"西蒙娜打断汤姆的话，"有事应该求助警察，对不对？或者可能你自己就是秘密警察？是美国警察吧？"

看来她对自己的偏见、讥讽是根深蒂固的了，汤姆意识到这一点。他在西蒙娜这里根本不可能成功达到目的。虽说觉得有点受伤，汤姆还是微笑了一下。生活中比这难听的话他也忍受过，只是现在有点遗憾，他是那么想要说服西蒙娜相信乔纳森。"不，我不是警察。而且我时不时地就会在他们那里有点纠葛，我想你也知道。"

"是的，我知道。"

"纠葛，什么叫纠葛？"乔治高声插话，他那金发的脑袋从汤姆又转回他妈妈身上。他就站在他们旁边，离得很近。

汤姆用的词是 pétrins[1] ——他好不容易才找到的词。

"嘘——嘘，乔治。"他妈妈这样回他。

---

1. 法语，意为"揉面机"。

"但是就这件事而言，你得承认跟黑手党干仗总不是坏事。"你到底站在哪一边，汤姆很想这样问，但那样一来没准更会惹怒西蒙娜。

"雷普利先生，你是个极为危险的人物，我知道的就是这个。如果你离我和我的丈夫远一点，我将感激不尽。"

汤姆的花儿就在前厅桌子上，干巴巴地扔着。

"乔纳森现在怎么样？"走到前厅里汤姆又问了一句，"我希望他好点了。"汤姆甚至不敢说他希望乔纳森今晚就能回家，唯恐西蒙娜觉得他又要利用乔纳森。

"我想他没事——好点了。再见，雷普利先生。"

"再见，谢谢你，"汤姆说，"再见，乔治。"他边说边拍了拍孩子的脑袋，乔治笑了。

汤姆出来朝自己的车子走去。戈蒂耶！一张熟悉的脸庞，一个经常见到的乡邻，现在消失了。西蒙娜认为汤姆跟戈蒂耶的死有关系，是他策划了这起事件，虽说前些天乔纳森已经跟他说过西蒙娜对他的这种看法，此刻汤姆还是觉得自尊受到了伤害。我的天，这样的污点！是的，没错，他是有污点。没错。更糟的是，他杀过人。真的，迪基·格林里夫。那就是污点，真正的罪行。由于年轻人的头脑发热？一派胡言！其实是出于贪婪、嫉妒和对迪基的憎恨。而且，迪基的死亡——更确切地说是对他的谋杀——迫使汤姆又杀了那个叫弗雷迪·米尔斯的美国笨蛋。这些事过去很久了，都过去了。但他确实干了那些事，没错。警方怀疑过他，但找不到证据。他的这些往事在公众中流传，在人们心里悄悄扎根，就像墨水渗入吸墨纸一般。汤姆觉得羞愧，年轻时竟犯下这样一个可怕的错误。这是个致命的错误，有人可能觉得，汤姆后来的好运气不正是源于这个错误嘛。从身体上讲，他是挺过来了。而且，从那以后他再——杀人，比如杀害莫奇森之类的，他之所以那样做多半是为了保护他人、保护自己。

那天晚上进入丽影，一眼看到地板上躺着两具尸体，西蒙娜确实吓坏了——哪个女人看到那种景象会不害怕呢。但是做这样的事，难道汤姆不是在像保护自己一样保护她丈夫吗？若是黑手党逮住他、折磨他，难道他能不供出乔纳森的名字和住址吗？

这让汤姆想起里夫斯·迈诺特。他现在怎样了？汤姆觉得他应该会打电话过来。回过神来，汤姆发现自己正拧着眉头盯着自己的车门发呆。车子竟然没锁，他的钥匙，也同往常一样，正挂在仪表盘上晃悠。

22

星期天下午医生给乔纳森做的骨髓检查结果出来了，情况不好，医院便要他多留一晚，再给他做一个治疗，把他全身的血液全部换一遍，乔纳森之前也做过。

西蒙娜晚上七点刚过的时候来医院看乔纳森，医院的人跟乔纳森说西蒙娜早些时候往医院打过电话。但不管是谁接的电话，看来没告诉她乔纳森需要在医院过夜的事，因此西蒙娜听到此事很惊讶。

"所以——是明天。"她说，好像找不到其他话要说了。

乔纳森躺在床上，脑袋被枕头垫着稍微抬高一点。身上穿着的汤姆的睡衣换成了一件宽松的袍子，两只胳膊上都插着管子。乔纳森感觉自己与西蒙娜之间遥远得可怕，或者只是他自己胡思乱想？"明天早上，我想。不用费事来这儿，亲爱的，我可以自己打辆出租车——下午过得怎么样？家里人好吗？"

西蒙娜忽略了乔纳森的问题。"你朋友汤姆·雷普利今天下午来家里找过我。"

"哦，是吗？"

"他那么——全是谎话连篇，他的话哪怕有一星半点是真的也好，恐怕一丝一毫真话都没有。"西蒙娜往身后扫了一眼，什么人都没有。乔纳森住的病房有很多病床，但不是每张床都有人。不过乔纳森两边的病床倒都住了病人，其中一位还有一位访客。

他们不能随便说话。

"今晚你不能回家，乔治会很失望的。"西蒙娜说。

随后她就离开了。

乔纳森第二天上午——星期一上午十点——回到家，西蒙娜在家，正在给乔治熨衣服。

"你现在感觉好点了吗？……他们给你吃早饭了吗？……你想喝点咖啡吗？还是茶？"

乔纳森感觉好多了——他知道，换完血通常都会觉得病情好转，直到病情复发，血液再次坏掉。他现在只想洗个澡。洗了澡，换身衣服，下身穿了条破旧的米黄色灯芯绒裤子，上身套了两件毛衣，因为早上很冷，或许可能是他自己感觉比平时冷。熨衣服的西蒙娜只穿了件短袖的羊毛连衣裙。早报《费加罗报》折着放在厨房桌子上，跟平时一样，头版露在最外面，报纸松散地随意折着，显然西蒙娜已经看过。

乔纳森拿起报纸，西蒙娜一直在熨衣服，始终没有抬头看他，乔纳森便径直走进起居室。乔纳森看到报纸第二页最下角有一则两栏的简讯。

两具尸体在汽车里被焚

日期栏注明是五月十四日，萧蒙。一名叫热内·高尔特的五十五岁农夫星期天凌晨发现了这辆还在冒烟的雪铁龙，随即报警。死者身上皮夹里的证件尚未被焚毁，两名死者身份得以证实。一名死者是安吉洛·黎帕里，三十三岁，包工头；另一位叫菲利普·图罗利，三十一岁，推销员。两名死者都是米兰人。黎帕里死于颅脑损伤，图罗利死因不明，据信在车子被烧之时处于昏迷或者死亡状态。目前尚未找到任何线索，警方正在积极调查。

那根绞绳看来是完全烧掉了，乔纳森想，而且显然利波的尸体烧得很严重，以至于绞杀的痕迹都被破坏了。

西蒙娜手里拿着叠好的衣服进了房间，"怎么样？我也看了新闻，是那两个意大利人。"

"是的。"

"是你帮雷普利先生干的。就是你们说的'处理干净'。"

乔纳森什么都没说。他长叹了一声，在切斯特菲尔德长沙发上坐下，沙发发出很大一声吱呀。不过，他坐得相当直，以免西蒙娜觉得他以虚弱做借口回避问题。"总得处理掉他们。"

"那你就不只是帮忙了，"西蒙娜说，"乔——趁现在乔治不在——我想我们得好好谈谈。"她把衣物放在门口及腰高的书架上，在椅子边上坐下。"你没跟我说实话，雷普利先生也没有。我在想，将来你还会再帮他做什么事。"说到最后一句，西蒙娜的声音歇斯底里地高了起来。

"没了。"乔纳森确实坚信这一点。哪怕汤姆请他做什么，他也会直接拒绝。此刻，对乔纳森来说，这一点毋庸置疑。他必须留住西蒙娜，无论付出任何代价。西蒙娜比汤姆·雷普利更重要，比汤姆能给的任何东西都重要。

"我理解不了。你知道自己在做什么——我是说昨天晚上。你帮忙杀了那两个人，对不对？"她的声音低了下去，发着颤音。

"就是为了保护——先前的事不要暴露。"

"啊，是啊，雷普利先生解释过了。你是正好跟他坐在同一列火车上，从慕尼黑回来的火车上，是吗？而且你——协助他——杀了两个人？"

"是黑手党。"乔纳森说。汤姆都跟她说了什么？

"你——这么个普通乘客，协助一个谋杀犯？你想让我相信这个，乔?"

乔纳森默不作声，竭力理清思绪，满脸愁容。答案是否定的。你似乎还没认识到他们是黑手党，乔纳森想重申。而且他们在攻击汤姆·雷普利啊。另一个谎言，至少就火车上的事件来说，这又是撒谎。乔纳森闭紧双唇，在大沙发上往后靠靠。"我也不指望你相信这件事。现在我只有两件事要说，这件事到此为止，我们杀掉的人本身都是罪犯、谋杀犯。你得承认这一点。"

"你在业余时间是秘密警察吗？——为什么你做这样的事还能得到报酬，乔？你——这个杀人犯！"她站起来，双拳紧握。"我现在认不出你了，我现在才知道你到底是个什么人。"

"哦，西蒙娜。"乔纳森说着，也站起身来。

"我没办法喜欢你，也不可能爱你。"

乔纳森闭了下眼睛，西蒙娜刚才的话用的是英语。

接下来她改用法语，"我知道，你在做些偏离常规的事。我甚至已经不想知道那到底是什么了。你明白吗？肯定跟雷普利先生——那个可憎的人——有牵扯。我猜想那种事，"她的口气又加上了那种苦涩的讥讽，"只是因为丑恶得你自己都说不出来，我不该再猜了！你一定还帮他掩盖了其他罪行，所以你才能得到钱，所以你才被他控制。好啊，我才不要——"

"我没被他控制！你会看到的！"

"我看够了！"西蒙娜拿上衣服走了出去，上了楼。

午餐时间到了，西蒙娜说自己不饿。乔纳森给自己煮了颗鸡蛋，然后去了店里。他没摘门上的"打烊"牌，因为星期一他通常不开门。店里还是上星期六中午的样子，没有丝毫变化。他看得出来西蒙娜并没有进来过。乔纳森突然想到那把意大利枪，之前放在他这边抽屉里，现在在汤姆·雷普利那里了。乔纳森切割好一个画框，划了块装框的玻璃，该钉钉子时没了心情。西蒙娜那边他要怎么做？如果他把整件事情都告诉西蒙娜——一五一十和盘托出——会怎样？但是，乔纳森知道，那样一来他对抗的就是天主教徒关于取人性命的价值观了。更不用说西蒙娜会怎样对待里夫斯开始时给他的提议了，她一定会怒斥："怪异！——令人厌恶！"怪的是黑手党还百分之百都是天主教徒呢，却对取人性命这事毫不在意。但是他，西蒙娜的丈夫，却不一样。他不该取人性命。若是他跟西蒙娜说那只是他自己的一个"错误"，现在一直觉得后悔不已呢——毫无助益。首先，他自己就不相信那只是个错误，所以何必再撒一次谎？

乔纳森意志变得坚定了一些，又回到工作台旁。把画框上该粘的、该钉的——粘好、钉好，用牛皮纸在背面整齐封好，最后把顾客的姓名卡片夹到上面。接下来，乔纳森查看了需要做的订单，开始做另一个画框，这个跟前一个一样也不需要衬垫。他在店里一直干到傍晚六点才关了店门。他买了些面包和红酒，还从熟食店买了几片火腿，万一西蒙娜没出去采购，这些食物也足够他们三个的晚餐了。

看到他，西蒙娜说："我一直怕得要死，生怕警察不知道什么时候就会敲门找你。"

乔纳森正在摆桌子，听到这话沉默了几秒。"不会的，他们怎么会找到这里？"

"哪里会有找不到线索这种事。他们会找到雷普利先生，他就会跟警方供出你来。"

乔纳森知道她一整天肯定什么都没吃。他在冰箱里找到一些吃剩的土豆——土豆泥，开始独自准备晚餐。乔治从自己的房间下来。

"他们在医院里对你做了什么，爸爸？"

"我现在全身都是新血了。"乔纳森微笑着回答儿子，伸开自己的双臂，"想想看，全部都是新的——哦，至少有八升吧。"

"八升是多少？"乔治也伸开双臂。

"是这种瓶子的八倍，"乔纳森说，"所以花了一整夜。"

虽然乔纳森做了番努力，但还是无法消除西蒙娜的忧郁和沉默。她一言不发地拿叉子戳着食物，乔治什么都不懂。乔纳森想尽办法，西蒙娜却毫无变化，有些尴尬，喝咖啡时他也开始沉默，连跟乔治说话的兴致都没了。

乔纳森不知道西蒙娜有没有告诉她哥哥杰拉德。他把乔治打发到起居室去看电视，电视机几天前刚送到家里，这个点儿的电视节目——只有两个频道——也不是孩子感兴趣的，但乔纳森希望乔治找到个节目自己呆上一会儿。

"你跟杰拉德说过什么吗？"乔纳森问，到底没有压抑住心头的疑问。

"当然没有。你觉得我可能跟他说——这个？"西蒙娜点了根烟在抽，这对她来说可是罕事。她扫了眼通往前厅的门，确定乔治没跑回来。"乔——我觉得我们应该做些安排，分居吧。"

电视里，一个法国政客正在大谈什么辛迪加（企业联合组织）——即工会——的问题。

乔纳森又坐回到沙发上。"亲爱的，我明白，我知道。——这样的事你承受不了。过几天再说怎样？我相信，过上一些日子，你会有些明白的。真的。"乔纳森看似确凿地说着，但他清楚他连自己都说不服，一点胜算也没有。就像本能地要抓住生命一样，乔纳森想，他必须抓住西蒙娜。

"是的，你当然会那么想。但我更了解自己，我不是被感情冲昏头的年轻女孩子，你知道。"她的眼睛直盯着他，现在几乎怒气全无，只有决心和疏远。"我现在对你的钱毫无兴趣，一点都没有。我可以自谋生路——带着乔治。"

"啊，乔治——我的天，西蒙娜，我会抚养乔治的！"乔纳森难以相信他们竟然在谈这样的事。他站起身，粗暴地把西蒙娜从椅子上拉起来，她杯子里的咖啡溅到碟子上好几滴。乔纳森搂住她，打算吻她，她却挣脱了。

"不行！"西蒙娜摁灭手上的烟，开始清理桌子。"抱歉得跟你说这样的话，但我不能再跟你睡在同一张床上。"

"哦，是啊，我想也是。"明天你还会上教堂为我的灵魂祈祷，乔纳森暗想。"西蒙娜，你必须等过段日子再说。现在别说那些将来会后悔的话。"

"我不会改变主意。你可以去问雷普利先生，我想他清楚这一点。"

乔治又过来了，电视被抛到脑后，他满脸疑惑地看着自己的爸爸妈妈。

乔纳森走进前厅，经过乔治身边时用指尖轻轻摸了下孩子的脑袋。乔纳森原想上楼去卧室——但那间屋子不再属于夫妻二人共用，而且他上去还能干什么？电视还开着，乔纳森在前厅转了个圈，最后拿起雨衣和围巾出了门。乔纳森走到法兰西大街，左转，一直走到路尽头，进了街角的酒吧。他要打电话给汤姆·雷普利，他记得号码。

"哪位？"汤姆在电话里说。

"乔纳森。"

"你怎么样？……我给医院打过电话，听说你在那呆了整晚。你现在出来了？"

"哦，是的，今早上。我——"乔纳森喘息着。

"你怎么了？"

"我们能见个面吗？几分钟就行——如果你觉得安全的话。我——我可以叫辆出租车过去，这没问题。"

"你在哪儿？"

"街角酒吧——黑鹰旅馆附近新开的那家。"

"我可以去接你。不用？"汤姆猜想乔纳森跟西蒙娜相处的场面肯定不愉快。

"我往纪念碑那边走过去，我也想走几步。我在那儿等你。"

乔纳森感觉好一些了。这种感觉是虚幻的，毫无疑问，只是把跟西蒙娜的问题暂时推后而已。但是对于此刻来说，又有什么关系呢。乔纳森感觉自己就像一个受尽折磨的人得到片刻解脱一样，对这短暂的放松满怀感激之情。他点了根烟，慢腾腾地往前走着，汤姆来到这里差不多得花十五分钟。乔纳森走进一家运动酒吧，就在黑鹰旅馆过去一点，点了杯啤酒。他尽量什么都不想。然而，有个念头不由自主地冒出来：西蒙娜会回心转意的。但是，一旦他自觉去想这件事，又开始害怕她不再回心转意。他现在是孤家寡人了，乔纳森知道自己已经成了孤家寡人，就连乔治现在多半也从他身边剥离了，因为西蒙娜一定会带走乔治，但乔纳森现在对这事意味着什么还有些茫然。这需要时间。感情比思考要来得慢，有时候是慢。

汤姆的黑色雷诺在稀疏的车流中从黑乎乎的树林中驶出，开进方尖碑四周的亮光中，也就是纪念碑处。时间是晚上八点过一点，乔纳森站在街角，在大路左边，汤姆汽车的右边。如果他们要去汤姆家里，就得绕一个大圈，才能回到往汤姆家的路上。但乔纳森宁愿去汤姆家，而不是留在酒吧。汤姆停住车，打开车门。

"晚上好！"汤姆打招呼。

"晚上好。"乔纳森回道，上车关上车门，车子随即向前移动。"我们能去你那儿吗？我这会儿不喜欢酒吧的喧闹。"

"当然可以。"

"今晚可真糟糕。而且，恐怕白天也是。"

"我也这么想。是跟西蒙娜？"

"好像她已经下定决心了。谁能责备她呢？"乔纳森觉得有些不自在，想点根烟，却发现连抽烟也毫无心绪，便放弃了。

"我尽力了。"汤姆说。他专心致志地开着车，一边把车尽量开得飞快，一边留心不会招来骑摩托的巡警，有些巡警还会躲在路边树林里。

"哦，还是那笔钱——那些尸体，天哪！那笔钱，我说是为那些德国人保管的赌金，你知道的。"突然间，乔纳森觉得很可笑！无论是钱的事，还是打赌的事，都那么荒谬可笑。在某种意义上，钱是很具体的事物，看得见、摸得着、很有用，但是怎么也比不过西蒙娜亲眼目睹的那两具尸体显得更具体真切，或冲击更大。汤姆这会儿开得相当快，但乔纳森对两个人是会撞上树还是会翻了车毫不在意。"简单说吧，"乔纳森继续说，"问题就是那些死人。事实是我确实搭了把手——或者说就是我干的。我觉得她不会改变主意。"有什么益处呢？[1]——乔纳森差点失声大笑。他既没有赢得全世界，也没

---

1. 语出《圣经·新约·马太福音》第 16 章，第 26 节。原句大意为："一个人纵然赢得了全世界，却赔上了自己的灵魂，又有什么益处呢？"

赔上自己的灵魂，反正他也不相信灵魂之类的说辞。说是自尊更好些。他也没有失去自尊，只是失去了西蒙娜。但西蒙娜是他的精神支柱，那精神支柱是不是等同于他的自尊呢？

汤姆也不认为西蒙娜会改变对乔纳森的看法，但他什么都没说。也许到家他会说些什么，但他还能说什么？说些安慰的话、充满希望的话，还是说他们会和解？这些话连汤姆自己都不相信！不过，谁能搞得懂女人？有时她们显得比男人道德感更强，有时却并非如此——尤其是对于那些政治权谋、骗术之类，她们甚至会嫁给那些政客、那些政治猪猡——在汤姆看来，似乎女人比男人更灵活善变，更能够用两个标准双重思考。不幸的是，西蒙娜偏偏是一副坚定不移、刚正不阿的样子。乔纳森不是说过她还固定上教堂做礼拜嘛！但是，汤姆这会儿也在想着里夫斯·迈诺特的事。里夫斯很紧张，至于说有什么重要理由，汤姆倒没看出来。正思想间，汤姆突然发现他们已经到了通往维勒佩斯的那个岔路口，便把车速降下来，缓缓开过熟悉而幽静的街道。

隐身在几株高大的白杨树后的丽影现出身来，门口上方开着一盏灯——一切完好。

汤姆离家时刚煮了咖啡，乔纳森说他也想喝一杯。汤姆把咖啡稍微热了一下，连带着一瓶白兰地一起拿到咖啡桌上。

"说到问题，"汤姆说，"里夫斯要来法国。我今天在桑斯时给他打了个电话，他现在正躲在阿斯科纳一家叫'三只小熊'的小旅馆里。"

"我记得。"乔纳森说。

"他觉得一直有人在监视他——街上的人都在监视他。我试着劝他——咱们的对头可不会把时间浪费在这种事上。他应该知道的。

我连他想到巴黎来都尽力劝阻，当然更别说来我这儿了。我可不打算说丽影是这个世界上最安全的地方，你说呢？我自然对星期六发生的事半个字也不敢提，否则倒可能让里夫斯坚定要到这儿来的念头。我的意思是，那天咱们起码除掉了火车上见过咱们的那两个人。但我不敢肯定咱们这里的宁静祥和到底能保持多久。"汤姆上身前倾，手肘抵在膝头，扫了眼寂静无声的窗口。"里夫斯对星期六晚上的事一无所知，反正是未置一词。可能压根就没把两件事联系在一起——如果说他看过报纸的话。我猜你今天应该看到报纸上的消息了？"

"是的。"乔纳森回答。

"没有线索。今晚收音机里的新闻也没新鲜的，电视上插播了这条新闻。都没线索。"汤姆微笑着，伸手拿了根小雪茄。他把雪茄盒子递到乔纳森面前，但乔纳森摇头拒绝。"镇上没人问什么，这也算是好消息。我今天买了面包，还去了肉店——步行去的，消磨下时间——只是去瞧瞧动静。大约晚上七点半时，霍华德·克雷格来了一趟，他是我的一个邻居，给我送来一大袋马粪肥料，是从他的一个农夫朋友那里搞到的，他经常去人家那里买兔子。所以说，"汤姆抽口雪茄，轻松地笑了，"星期六那晚停在门口的汽车是霍华德开的，你还记得那事吧？他当时想着我们——我和海洛伊丝——有客人，而且那个时间送马粪也不太合适。"汤姆还在念念叨叨，想方设法把时间占满，希望乔纳森在此期间多少能不那么紧张，神经放松一些，"我跟他说海洛伊丝出门好几天了，而我正在招待从巴黎来的几个朋友，所以外面才会有挂巴黎车牌的汽车。我想这听起来合情合理。"

壁炉架上的闹钟打了九下，钟声不高但很清脆。

"好了，咱们再说里夫斯，"汤姆说，"我想过写封信给他，告诉他我有理由认为情况已经有所改善，但有两件事打消了我这个想法。首先，里夫斯现在没准已经离开了阿斯科纳；第二，他那边的情况其实并没有好转，没准那些外国佬还在找他的麻烦。虽说他现在用的名字是拉尔夫·普拉特，但他们知道他的真名，也知道他的模样。如果黑手党还在找他，除了巴西他无处可去，而且即便是巴西——"汤姆还在微笑，但现在已不含高兴的成分。

"难道他不是早已经习惯了吗？"乔纳森不解。

"习惯这样？怎么会。——我猜，没有什么人能对黑手党的追杀习以为常，还能活着对这些事谈笑风生。可能会有人活下来，但绝对快活不起来。"

但这是里夫斯自己引祸上身的，乔纳森暗想，而且里夫斯还把他给拖下了水。不对，他是自愿蹚进浑水的，说动他、让他动了心的是——钱。而且，帮他想方设法弄到那笔钱的人就是汤姆·雷普利——虽说一开始出馊主意弄出这么一场致命游戏的人也是汤姆。乔纳森脑海中飞快闪现出从慕尼黑到斯特拉斯堡火车上的那几分钟场景。

"对西蒙娜的事，我很抱歉。"汤姆说。乔纳森瘦长的身影影影绰绰地俯在咖啡杯上方，像座雕像一般，似乎成了失败的如实写照。

"哦——"乔纳森耸了耸肩，"她说要分居，当然，她要带走乔治。她有个哥哥，叫杰拉德，住在内穆尔。我不知道她会跟他——或者跟别的家人——怎么说。她完全吓坏了，你明白的。而且深以为耻。"

"我完全了解。"海洛伊丝也深以为耻，汤姆心想，但海洛伊丝双重思考的能力更强些。海洛伊丝知道汤姆跟一些杀人犯法的事纠缠不清，话说回来，那真的算犯法吗？至少最近跟德瓦特事件的牵扯，还有现在跟这些该死的黑手党的牵扯，算是犯法吗？汤姆愣了下，把这些道德问题暂时抛在一边，发现自己正下意识地掸掉落在膝盖上的烟灰。接下来乔纳森自己要怎么办呢？没有了西蒙娜，他压根全无斗志。汤姆想着，要不然自己再去跟西蒙娜谈谈？但想起昨天谈话的场面，他立刻泄了气。他可不想再到西蒙娜那里碰一鼻子灰。

"我完了。"乔纳森说。

汤姆刚要说话，乔纳森打断了他："你知道我跟西蒙娜——或者说她跟我——已经完了。接下来就是老问题了，我还能活多久？我干吗还要拖着这副身子苟延残喘？所以，汤姆——"乔纳森站起身来，"如果还有什么事我可以效劳，哪怕是让我自杀呢，我随时恭候你的差遣。"

汤姆笑了。"白兰地？"

"好的，来一点。多谢。"

汤姆把酒倒上。"我刚想了一下，试图跟你解释为什么我认为——我认为我们现在已经捱过最难的状况了。就是跟那帮黑手党意大利佬的事。当然，如果他们逮住了里夫斯——对他严刑逼供的话，我们也逃不脱。他可能会供出我们两个。"

乔纳森也想过这件事。只是这对他来说已无关紧要——当然对汤姆就非常重要了。汤姆还要好好活呢。"那有什么我可以效劳的吗？要么，当个诱饵怎么样？或者干脆牺牲自己？"乔纳森哈哈大笑。

"我不需要任何诱饵。"汤姆说。

"你不是曾经说过黑手党一旦实施报复，可能就要一定的流血才能平息吗？"

汤姆当然想过这事，但他不记得自己确实说过这话。"如果我们什么都不做——他们也许会逮住里夫斯，把他解决掉，"汤姆说，"这叫做顺其自然。这个念头——暗杀几个黑手党——可不是我塞进里夫斯脑袋里去的，也不是你塞的。"

汤姆冷漠的态度把乔纳森鼓起的勇气削弱了些，他坐了下来。"那弗里茨呢？没什么消息吗？我对弗里茨印象深刻。"乔纳森微笑着，好像正在回忆那些风平浪静的日子，那天弗里茨来到里夫斯公寓，手拿帽子，脸上挂着友善的笑容，带着一把性能很好的小手枪。

汤姆想了一会儿才意识到弗里茨是谁：就是汉堡那位集家务总管、出租车司机、送信人三位一体的人。"没有。但愿弗里茨已经回到乡下、跟发小们团聚了，就像里夫斯说的那样。希望他呆在那儿别动。也许他们已经结束了跟弗里茨的事，"汤姆站起身来，"乔纳森，你今晚得回家去，问题再麻烦也要面对。"

"我知道。"无论如何，跟汤姆聊了会儿，他已经感觉好点了。汤姆这人很现实，甚至在西蒙娜这件事上也很实际。"说来可笑，现在的问题不再是黑手党了，而是西蒙娜——就我而言。"

汤姆明白。"如果你愿意，我会陪你一起回去。试着再跟她谈谈。"

乔纳森又耸耸肩。他已经站起身来，有些焦躁不安。他看了看壁炉上方的那幅画，汤姆跟他说过是德瓦特画的《椅子上的男子》。他想起来，里夫斯公寓里壁炉上方也有一幅德瓦特的画作，没准现在已经被毁掉了。"我想我今晚得在切斯特菲尔德长沙发上睡觉——不管发生什么。"乔纳森说。

汤姆想着要不要打开收音机听听新闻，又觉得时间不对，应该听不到什么，连意大利那边也不会有什么新鲜的。"你觉得怎么样？西蒙娜尽可以让我吃闭门羹好了。除非你认为我跟你去只会让事态更加恶化。"

"不可能更糟了。——好吧，我希望你跟我一道回去，没错。但我们要说什么？"

汤姆把手插进他那条旧法兰绒裤子口袋里，右边的口袋里放着一把意大利小手枪，就是乔纳森在火车上携带的那把。自从星期六晚上以来，汤姆连睡觉都头枕着这把手枪。是啊，说什么呢？汤姆通常依靠的是随机应变，但在西蒙娜那里他不是已经机关算尽了吗？他还能想出什么别的光辉灿烂的一面，能让西蒙娜目眩神迷，让她想他们之所想，来解决这个难题？"唯一能做的，"汤姆深思熟虑地说，"就是想办法让她相信，一切都很安全——现在这时候。我承认这很难，就像整晚都在跨越一具具尸体。但她的问题主要在于焦虑，你知道。"

"好的——一切很安全吗？"乔纳森问道，"我们没法肯定，是吧？——我想，关键是里夫斯吧。"

23

他们在晚上十点到达枫丹白露。乔纳森领头踏上门前台阶，敲门，随后自己用钥匙开锁，但门从里面插上了。

"谁在外面？"西蒙娜在屋里问道。

"乔。"

她拉开门闩。"哦，乔——我很担心你！"

听起来有希望，汤姆心想。

下一秒，西蒙娜看到了汤姆，立刻变了脸色。

"是的——汤姆跟我在一起。我们能进来吗？"

她看起来像是马上就会脱口而出"不行"，但她还是退后了一步，只是身体僵硬。乔纳森和汤姆进了屋。

"晚上好，太太。"汤姆问候道。

起居室里的电视还开着，黑色的皮沙发上搁着一些缝补的东西——像是在补大衣衬里，乔治在地板上玩着一辆玩具卡车。多么平静祥和的家庭生活啊，汤姆心想。他跟乔治也打了个招呼。

"坐下吧，汤姆。"乔纳森招呼汤姆。

但汤姆没坐，因为西蒙娜没有落座的迹象。

"你这次来又有何贵干？"她问汤姆。

"太太，我——"汤姆结结巴巴地说，"我来是要向你请罪，所有的事都怪我，也想劝你要——要对你丈夫宽容一点。"

"你是在跟我说我丈夫——"她忽然打住，意识到乔治还在场，立即慌慌张张地急忙拉起孩子的手，"乔治，你必须上楼去。听到了吗？快去，亲爱的。"

乔治磨磨蹭蹭地走到门口，边走边回头看，走到前厅，上楼，很不情愿。

"快点！"西蒙娜朝他吼道。随即关上起居室的屋门，"你是在跟我说，"她接上刚才的话，"我丈夫对这些——事件——都一无所知，他只是偶然撞见。而那笔脏钱就是两个医生打赌的赌金！"

汤姆深吸了口气。"全都是我的错。也许——乔错就错在不该帮我。但这就罪无可赦了吗？他是你丈夫——"

"他已经成了罪犯。或许是你的魅力使然，但事实如此，难道不是吗？"

乔纳森在扶手椅里坐下。

汤姆决定在沙发一头坐下来——一直坐到西蒙娜把他赶出去为止。鼓足勇气，汤姆又开口道："乔今晚跟我见面商量了这件事，太太。他非常苦恼。婚姻——是很神圣的事，你对此很清楚。若是失去了你的爱，他的生命和勇气都会丧失殆尽。你当然也明白这一点。而且你也应该为自己的儿子着想，他需要父亲。"

西蒙娜似乎被汤姆的话触动了一点，但她回道："是的，孩子需要父亲。可他需要的是一位值得尊敬的真正的父亲！我同意这一点！"

汤姆听到门外石阶上传来脚步声，他迅速看向乔纳森。

"在等什么人吗？"乔纳森问西蒙娜。她可能给杰拉德打了电话，他想。

西蒙娜摇了摇头："没有。"

汤姆和乔纳森立刻跳了起来。

"把门插上，"汤姆低声用英语吩咐乔纳森，"问问是谁。"

是邻居吧，乔纳森边往门口走边想，他把门栓悄悄插上，没发出一点声响。"请问是哪位？"

"崔凡尼先生吗？"

乔纳森没听出说话的人是谁，扭头看向前厅门口的汤姆。

来人不止一个，汤姆在想。

"现在怎么了？"西蒙娜问。

汤姆手指放在唇上示意禁声。然后，不管西蒙娜如何反应，汤姆从前厅走到亮着灯的厨房。西蒙娜一直跟着他，汤姆在厨房里四处搜寻，想找件重物。他裤子口袋里还装着一根绞绳，当然如果叫门的是邻居那就另当别论了。

"你到底在干什么？"西蒙娜又问。

汤姆正在开一扇很窄的黄颜色的门，位于厨房一个角落里。是个工具间，他终于找到了可能用得上的东西———一把锤子，还有凿子，另外还有几把伤不了人的拖把和扫帚。"我在这儿可能更有用。"汤姆说着，拿起那把锤子。他等着对方射穿前门的枪响，等着前门被人用肩膀从外面撞开的动静，也许吧。但他却听到一声微弱的门闩被滑开的咔哒声——门开了。乔纳森疯了吗？

西蒙娜立刻冒失地冲向前厅，随即汤姆听到她倒抽一口冷气。大厅里发出一阵混乱的声响，随后门砰地关上了。

"崔凡尼太太？"是个男人的声音。

西蒙娜刚要张嘴呼喊就被捂住了嘴巴，前厅里的声响现在冲着厨房而来。

西蒙娜出现在汤姆眼前，她的脚后跟在地上拖着，一名黑衣壮汉粗暴地拖着她，壮汉的手还捂在她嘴上。壮汉走进厨房时，躲在左侧的汤姆立刻上前一步，用锤子朝他用力打去，正打在他脖子后面，帽檐下方。壮汉当然不至于被一下子敲昏，但他放开了西蒙娜，刚站直了一点，汤姆正好得着机会朝他鼻子上又来了一锤子，紧接着汤姆——壮汉的帽子已经掉下来——又对着他的脑门用力一锤，把他直截了当、彻底砸蒙了，好像这壮汉是屠宰场里的牛一样。那人腿一软瘫倒在了汤姆脚下。

西蒙娜从地上站起来，汤姆把她拉到工具间的角落里，正好避开前厅。就汤姆所知，这幢房子里现在还有另一个男人，只有他一个，此刻的悄无声息让汤姆想到了绞绳。汤姆拿着锤子，走到前厅，朝前门走去。虽然他尽量掩盖动静，但还是被起居室里的意大利佬听到了，那家伙现在正把乔纳森压在地板上。果然如汤姆所想，见过多次的绞绳再次登场。汤姆举起锤子扑向意大利佬，这家伙——一身灰衣灰裤，还戴着灰帽子——马上松开绞绳，准备从枪套中抽出手枪，还没等他掏出枪来，汤姆手里的锤子一下子击中了他的颧骨。简直比网球拍都准，好锤子！这人还没来得及站好就朝前跌倒，汤姆趁势飞快地伸出左手掀掉了他的帽子，右手则拿着锤子再次狠狠砸了下去。

咔嚓！这位小利维坦[1]的深色眼睛合上，粉红色的嘴唇松弛下来，随即砰的一声倒在地板上。

汤姆跪在乔纳森旁边，尼龙绳已经深深陷进乔纳森脖子里。汤姆把乔纳森的头转向这边，又转向那边，试图拉起绳子把绳结松开。乔纳森的牙齿已经露在外边，他自己也想解开绳结，却使不出力。

西蒙娜突然出现在他们身边，手里拿着一把像是拆信刀的东西。

1.《圣经·旧约》里的海中怪物。

她把刀尖插到乔纳森脖子一侧，绳子终于被弄开了。

汤姆膝盖失去平衡，一屁股坐在地上，但马上又跳起来。冲到前窗那里把窗帘拉下来，把先前敞着的六英寸宽的缝隙拉严实。汤姆算了下时间，从两个意大利佬进门到现在差不多已经过了一分半钟。他从地上捡起锤子，把前门再次闩上。外面没有任何异常响动，只听见有人在人行道上正常走过的脚步声，和过路汽车的嗡嗡声。

"乔。"西蒙娜叫着乔纳森的名字。

乔纳森咳嗽着，抓挠着自己的脖子，他试着想坐起来。

那个一身灰衣的猪猡躺着一动不动，脑袋不偏不倚正好靠在一把扶手椅的椅脚上。汤姆握紧手上的锤子，准备再给这个壮汉一锤，却犹豫了，因为地毯上已经流了些血。但是汤姆觉得这人还没死。

"猪！"汤姆低声咕哝，揪着壮汉的衬衫和花里胡哨的领带把他拉高一点，然后挥起锤子砸碎了他的左太阳穴。

乔治正站在门口，瞪大着双眼。

西蒙娜给乔纳森拿了杯水，这会儿正跪在乔纳森身边。她冲着乔治喊着："走开，乔治！"她说，"爸爸没事！去到——到楼上去，乔治！"

可是乔治没有动弹，他站在那儿，被眼前这一幕深深吸引，电视上演的可没这好看。也因为这一认知，他也没把这一幕当真。他眼睛大睁着，看得全神贯注，但并不害怕。

乔纳森由汤姆和西蒙娜扶着走到沙发旁，他在沙发上坐直，西蒙娜拿了块湿毛巾让他擦脸。"我真的没事了。"乔纳森含糊不清地咕哝着。

汤姆还在听着前后门的脚步声。偏偏在这个时候出事，汤姆想，正当他试图为西蒙娜营造一个平安无事印象的时候！"太太，花园过道锁了吗?"

"锁了。"西蒙娜回答。

汤姆随即想起铁门上方那一溜装饰性的长钉。赶紧用英语对乔纳森说:"外面的车里可能至少还有一个人。"汤姆猜想西蒙娜明白他的意思,但他从西蒙娜的脸上看不出来她是否明白。西蒙娜正看着乔纳森,看样子他似乎已经脱离了危险,她走到乔治跟前,小家伙还在门口站着呢。

"乔治! 你要——!"她再次哄孩子上楼,把他带到楼梯半中间,在他屁股上打了一下,"进你的房间去,把门关上!"

西蒙娜真了不起,汤姆暗赞。下一个人要来到门口,就像丽影那次一样,估计就是几秒钟的事,汤姆想。他试着猜测留在汽车里的人这时会怎么想:喧闹、尖叫、枪声都没听见,等在车里的那个或那些人可能就会觉得一切都在按计划进行。两个同伙随时会从房子里出来,任务完成,崔凡尼一家要么被绞杀了,要么被打死了。一定是里夫斯招了,汤姆想,对他们供出了乔纳森的名字和住址。汤姆脑海里掠过一个疯狂的想法,他要和乔纳森戴上意大利佬的帽子,快速冲出屋门,冲到意大利佬的汽车(如果确实有汽车的话)那里,然后趁着他们惊魂未定把他们直接干掉——用那把小手枪。但他不能要求乔纳森这么做。

"乔纳森,我最好冲出去,趁现在还不太晚。"

"不太晚——什么?"乔纳森用湿毛巾擦了脸,这会儿有几缕金发竖在前额上。

"趁着他们还没有攻进来。他们见不到同伙回去,一定会起疑。"汤姆在想,若是让意大利佬看到这里的情形,他们会直接拿枪轰了他们三个,然后乘车夺路而逃。汤姆走到窗口,弯下腰,从窗台上的缝隙往外看。他在听附近有没有汽车引擎空转的声音,看附近有没有车停在哪里亮着停车灯。对面的街道今天可以停车。汤姆终于看到了那辆车——可能就是那辆——靠左侧,就在斜对面十二码处。是辆大型汽车,停车灯亮着,但汤姆无法肯定引擎是不是没熄火,因为街上有些嘈杂。

乔纳森站起来,走向汤姆。

"我想我看到他们了。"汤姆说。

"我们该怎么办?"

汤姆正在想要是自己一个人会怎么办,那就呆在屋里,看谁闯进门就给他一枪好了。"需要考虑西蒙娜和乔治,所以咱们不能在这儿打起来。我觉得咱们应该朝他们冲过去才行——在外面打。否则他们就会冲到我们这里,他们闯进来就得用枪了。——我去就行,乔。"

乔纳森忽然火冒三丈,一定要捍卫自己的房子,自己的家!"好——咱们两人一起去!"

"你们要做什么,乔?"西蒙娜上前问道。

"我们觉得可能还有人——正往这边来。"乔纳森用法语回答。

汤姆走到厨房里,从尸体旁边地上的油毡上捡起意大利佬的帽子,戴到自己头上,却发现帽子太大,遮住了耳朵。他忽然意识到这些意大利佬,这两个家伙,应该都挎了肩套,里面有枪!他立即返回起居室,"有枪!"汤姆边说边伸手去拿地上那人的枪,枪就藏在他的外套里。汤姆拿起这人的帽子,发现这顶戴着比较合适,便把厨房那人的帽子递给乔纳森,"试试这个,若是我们穿过街道时模样跟他们相似,也算是略占了点优势。别跟着我,乔。一个人出去也一样。我只是要让他们离开而已。"

"那就我去。"乔纳森说。他知道自己必须要做什么：把他们吓走，可能的话，没准能抢在自己中枪之前先开枪打中一个。

汤姆递了把枪给西蒙娜，就是那把小小的意大利枪。"这个可能会有点用处，太太。"但西蒙娜看起来不太好意思拿枪，汤姆就把枪放在沙发上，保险已经拉开。

乔纳森也把手里的枪拉开保险。"你看得到汽车里有多少人吗？"

"里面什么也看不到。"话音刚落，汤姆就听到有人走上台阶，走得很小心，蹑手蹑脚，尽量不被察觉。汤姆对乔纳森猛地摆了摆头。"我们一走就把门闩上，太太。"他低声嘱咐西蒙娜。

汤姆和乔纳森这会儿都戴着帽子，走到前厅，汤姆滑开门栓，忽然把门打开，外面那人正站在门前，汤姆立即扑撞过去，一把扣住那人的胳膊，扭着他转头又沿来路向台阶下走。乔纳森抓着这人的另一只胳膊。在漆黑一片的夜色里，猛然一看，汤姆和乔纳森还真像那两个同伙，但汤姆知道这一假象不出一两秒就会被识破。

"到左边去！"汤姆对乔纳森说，被他们制住的这人在拼命挣扎，但并不出声喊叫，挣扎的力度扯得汤姆几乎脚不着地。

乔纳森之前已经看到了那辆亮着灯的汽车，这会儿这辆车的灯光忽然全亮了，发动机也开始轰鸣。车子稍向后倒了一点。

"甩掉他！"汤姆下令，接着就像提前演练过一样，他跟乔纳森同时发力猛地把这人向前扔了过去，这人的头撞到正慢慢开过来的车子侧面。汤姆听到啪嗒一声，意识到这个意大利佬的枪掉在了街上。汽车停住了，正对着汤姆的一扇车门打开：显然黑手党徒要把自己的同伙弄回去。汤姆把枪从裤子口袋里掏出来，瞄准司机开火。司机正在后座一个人的帮助下，要把刚才被摔晕的同伙弄进前座。汤姆不敢再开枪，因为有两个人正从法兰西街向他们跑过来，附近有栋房子也开了一扇窗户。汤姆看到，或者觉得自己看到，车子另一扇后门开了，有个人被从车里推出来扔到人行道上。

从车子后座那里往外开了一枪，接着是第二枪，这时乔纳森正好在汤姆前面绊了一下或者往右走了一步。车子开走了。

汤姆看到乔纳森往前倒去，汤姆还没来得及扶住他，他已倒在那辆车刚刚停的地方。该死的，汤姆暗骂，看来即便他打中了那个司机，也只是打到了胳膊而已。汽车还是开走了。

一名年轻男子，继而是一男一女先后跑过来。

"出什么事了？"

"他中枪了？"

"警察！"最后这声叫喊来自一名年轻女人。

"乔！"汤姆本来以为乔纳森只是绊倒而已，但乔纳森没有起来，而且几乎一动不动。在年轻男子的协助下，汤姆把乔纳森挪到了路边，只是乔纳森全身都软绵绵的。

看来乔纳森前胸中了一枪，他想，却觉得自己全身麻木，他惊呆了。乔纳森马上要昏过去了，也许比昏过去更为严重。一群人在他周围冲来撞去，大喊大叫。

这会儿汤姆才认出来路边上那个人影是谁——里夫斯！里夫斯身体缩成了一团，气喘吁吁，呼吸艰难。

"……救护车！"一名法国女子在说，"必须叫救护车来！"

"我有车！"一名男子喊道。

汤姆看了看乔纳森家的窗户，看到西蒙娜黑色的头部轮廓，她正透过窗帘往外看。不该把她留在那儿，汤姆心想。他得把乔纳森送到医院里，他自己开车比救护车更快。"里夫斯！——守在这里，我一分钟就回来。——没问题，太太。"汤姆对一名女子说（现在周围有五六个人围着他们），"我会用我的车立刻把他送到医院！"汤姆穿过街道，跑到乔纳森家，使劲敲门。"西蒙娜，是我，汤姆！"

西蒙娜一开门，汤姆就说："乔纳森受伤了。我们必须马上去医院，拿件外套就走，乔治也要去！"

乔治就在前厅。西蒙娜没有在外套上浪费时间，只是跑过去在外套口袋里摸到钥匙，随后急忙赶回汤姆身边。"受伤了？他中枪了？"

"恐怕是的。我的车在左边，就是绿色那辆。"汤姆的车就停在刚刚意大利人那辆车后面二十英尺处。西蒙娜要去乔纳森身边，但汤姆让她明白，她现在最好是帮他开车门，车门没锁。人更多了，但还没有警察现身，一个官员模样的小个子质问汤姆以为自己是谁，敢这样指手画脚？

"闭上你的臭嘴！"汤姆用英语骂他。他和里夫斯正小心翼翼地、尽量轻柔地抬着乔纳森，把车再开近一点更明智，但那样就得把乔纳森放在地上，所以他们还是坚持抬着，幸亏有两个人伸手相助，所以几步之后就没那么艰难了。他们把乔纳森放进后座的一个角落，把他小心固定好。

汤姆钻进车子，觉得嘴巴发干。"这位是崔凡尼太太，"汤姆对里夫斯说，又转向西蒙娜，"这是里夫斯·迈诺特。"

"你好。"里夫斯带着美国腔问候。

西蒙娜坐进后座，坐在乔纳森身边。里夫斯让乔治坐在自己旁边。汤姆启动车子，驶向枫丹白露医院。

"爸爸昏倒了吗？"乔治问。

"对，乔治。"西蒙娜已经开始啜泣。

乔纳森听到了他们的声音，但说不出话来。他无法动弹，连一根手指也动不了。他眼前是一片灰色的大海向外涌去——像是英国海岸的某个地方——身体下沉，瘫软。他已经远离了西蒙娜，只有头正靠在西蒙娜的胸口——或许是他自己觉得是这样。但汤姆还活着，汤姆正驾驶着汽车，乔纳森心想，就像上帝一样。身体某个地方中了一颗子弹，但这已不再重要。这是死亡，就是他以前鼓足勇气要去面对，却一直没能面对，尽力去准备却根本无法准备的死亡。此刻就是。其实根本不可能准备什么，毕竟，死亡就只是一场败仗，是投降而已。他做过什么，做错了什么，完成了什么，努力追求过什么——所有的一切似乎都已变得荒谬无稽。

一辆刚赶来的救护车鸣哇鸣哇悲号着与汤姆错身而过。汤姆开得很小心，距医院只有四五分钟车程。车内一片沉寂，让汤姆开始觉得有些可怕。似乎他和里夫斯、西蒙娜、乔治——如果乔纳森还有知觉的话——全都在一秒钟内被冻住了，然后一直冻在那里。

"这人已经死了！"一名实习生惊讶地叫了出来。

"但是——"汤姆不相信，他什么都说不出来。

只有西蒙娜大哭出声。

他们这会儿正站在医院入口的水泥地上，乔纳森已经被放到担架上，两名帮工还举着担架立在原地，像是不知道接下去应该怎么做才好。

"西蒙娜，你要——"汤姆突然不知道自己想说什么了。乔纳森正被往里抬去，西蒙娜跑着追向乔纳森，乔治跟在妈妈后面。汤姆跑向西蒙娜，想着向她要钥匙，把那两具尸体从她家里弄出去，然后再看怎么处理，然后，他忽然猛地刹住脚步，鞋子在水泥地上滑了几步。警察在他到达之前就会到达崔凡尼家，也许已经破门而入了，因为街上的人会报告说骚乱最开始是从那栋灰色房子开始的，枪响后有个人（汤姆）跑回过那栋房子，之后那男人带着一个女人和一个小男孩一起跑出来，进了一辆汽车。

西蒙娜紧随着担架上的乔纳森，这会儿已经在一个拐角处消失不见。那种景象，让汤姆感觉似乎正看到她走在葬礼行列里。汤姆转回头，走向里夫斯。

"我们走吧，"汤姆说，"趁我们还走得掉。"他要在有人问话或者记下他的车牌号码之前赶紧走人。

他和里夫斯坐进汤姆的车。汤姆发动车子，驱车开往纪念碑方向回家。

"乔纳森死了——是吧?"里夫斯开口问。

"是的。没错——你听到那个实习生的话了。"

里夫斯倒在座位上，擦起了眼睛。

里夫斯的样子倒不是陷进车座里，汤姆心想，他们两个都活着。汤姆很不安，深恐有车从医院里跟踪他，更怕警车。没有人可以把一具死尸送到医院，然后不回答任何问题就开车走人。西蒙娜会说什么呢?他们能容许她今天晚上什么都不说，但是明天呢?"而你，我的朋友，"汤姆说，他的嗓音变得沙哑，"骨头没断?牙没被拔?"他招了，汤姆想起来，没准一开始就招了。

"只被烟头烫了。"里夫斯低声下气地说，好像烫伤跟子弹相比不值一提似的。里夫斯留了胡子，有一英寸长，颜色偏红。

"我猜你知道崔凡尼家里有什么——两具男人的尸体。"

"哦，是的。——是的，我当然知道。他们不见了，他们出去就没回来。"

"我本来要回那里处理一下，想办法吧，但这会儿警察肯定在那儿。"身后传来的警笛声把汤姆吓了一跳，他不由握紧方向盘，结果却是一辆白色的救护车，这辆车顶上闪着蓝灯的救护车在纪念碑那里与汤姆错身而过，朝右打了一个急转弯，朝巴黎飞驰而去。汤姆真希望车里面是乔纳森，他们要把他送到巴黎的医院，在那里他会得到更好的救治。汤姆觉得，乔纳森应该是故意挡在汤姆和车里开枪那人之间的。这样想，是对还是错？开往维勒佩斯这一路上，没有人超车，也没有警笛示意他们靠边停车。里夫斯倚着车门睡着了，但车子一停他就醒了。

"到家了，甜蜜的家。"汤姆说。

出了车库，汤姆锁上车库的门，然后拿钥匙打开丽影大门。一派宁静祥和。简直难以置信。

"你要不要在我泡茶的时候倒在沙发上歇歇?"汤姆问，"我们现在得喝点茶。"

他们喝了加茶威士忌，茶比威士忌多。里夫斯以他一贯的低声下气问汤姆有没有烫伤药膏，汤姆从楼下卫生间的医药柜里拿了点药给里夫斯，里夫斯就留在卫生间处理自己的伤口，他说那些伤口都在胸口。汤姆点起一根雪茄，倒不是说他多想抽，而是抽支雪茄能让他有种安定之感，或许只是假象，但正是这种假象，这种面对问题的态度才能解决问题。人必须要有一种自信的态度。

当里夫斯走进起居室，他注意到屋里多了架羽管键琴。

"没错，"汤姆说，"新买的。我准备在枫丹白露或者其他什么地方报几节课学学，没准海洛伊丝也会学。我们可不想像猴子乱玩那样在这样的宝贝上乱弹一气。"汤姆忽然感到一阵无名火起，倒不是针对里夫斯，也不是针对其他任何特定事物。"跟我说说在阿斯科纳到底出了什么事?"

里夫斯又啜了口加茶威士忌，沉默了几秒，像是在把自己从另一个世界一点一点拖回来。"我在想乔纳森的事，他竟然死了。——你知道我没想要这样。"

汤姆换了下交叉的双腿。他也在想着乔纳森。"说阿斯科纳，那儿出什么事了?"

"哦，好吧。我告诉过你，我觉得他们盯上我了。后来，两天前——没错——其中一个人就在街上堵到了我。是个年轻家伙，穿着夏天的运动衣，模样像个意大利游客。他用英语跟我说:'行李收好，退房。我们等着你。'你知道，我——我知道不按他说的做会怎样——我的意思是若我决定打包开溜的话。当时是晚上七点左右，星期天，就是昨天吧?"

"昨天是星期天，没错。"

里夫斯盯着咖啡桌，坐得笔直，一只手小心放在上腹部，也许烟头烫的就是那个地方。"还有，我没拿行李，现在还在阿斯科纳旅馆大厅里搁着。他们只是示意我出来，说'不用管了'。"

"你可以打电话回旅馆，"汤姆说，"比如可以从枫丹白露打过去。"

"对。接着——他们一直问我问题，想要知道整个事件的主使是谁。我跟他们说没有什么主使，但也不可能是我，我，主使!"里夫斯大笑，但笑声虚弱无力。"我不打算说出你来，汤姆。不管怎样，又不是你要把黑手党赶出汉堡的。所以，后来——他们就开始用烟头烫了。他们问我当时是谁在火车上。恐怕我没有弗里茨那么勇敢。好样的老弗里茨——"

"弗里茨没死，对吧?"汤姆问。

"没有，就我所知他还活着。总之，这种丢脸的事还是简短点说吧。我跟他们说了乔纳森的名字——还有他的住址。我说了这些——因为我被他们摁在车里，停在一个不知道是什么地方的树林子里，拿烟头烫我。我记得我当时想，即便我喊破喉咙疯狂求救，也不会有人听得到。后来他们捏住我的鼻子，作势要闷死我。"里夫斯在沙发上扭了下身体。

汤姆能体会那滋味。"他们没有提到我的名字吗?"

"没有。"

汤姆不知道是否可以斗胆相信是自己与乔纳森的妙计起了作用。也许吉诺蒂家族确实认为追踪汤姆追错了。"我想，他们应该是吉诺蒂家族的人。"

"照常理说，应该是。"

"你不知道吗?"

"他们没提到家族的名字，汤姆，我发誓!"

说的也是。"也没提到安吉——或者利波? 或者是一个叫路奇的头头儿?"

里夫斯沉思。"路奇——可能我听到了这个名字。恐怕我吓傻了，汤姆——"

汤姆叹了口气。"安吉和利波就是乔纳森和我星期六夜里做掉的那俩人，"汤姆轻声说，像是怕有人偷听似的，"是两个吉诺蒂家族的人。他们来到我家这儿，我们——把他们塞进他们自己开来的车里，然后一把火烧了，地点离这儿有点远。乔纳森当时在这儿，他棒极了。你应该看看报纸上是怎么说的!"汤姆微笑着又补充说，"我们让利波打电话给他老板路奇，报告说我不是他们要找的人。所以我才问你是不是吉诺蒂家族，我很想知道那个电话是不是起到了作用。"

里夫斯还在尽力回忆。"他们没提到你的名字，我确信。竟然杀掉了两个，就在这房子里！太了不起了，汤姆！"里夫斯坐在沙发上往后靠了靠，往里挪了挪屁股，面露微笑，看起来好像这是他这些天来头一次感到轻松自在，没准果真如此。

"无论如何，他们知道我的名字，"汤姆说，"我不知道今晚那两个汽车里的人是不是认出了我。那就——天知道了。"他没想到自己嘴里会蹦出这几个词，他的意思是可能性一半对一半，诸如此类的吧。"我是说，"汤姆继续说，口气严肃了些，"不知道今晚乔纳森一死，他们满意了没有。"

汤姆站起身，扭转身子背对里夫斯。乔纳森死了，而他本来不必随汤姆冲出屋子冲向那辆汽车的。乔纳森到底是不是故意冲到他前面，挡在他和从车里向外瞄准的枪口之间？但汤姆无法确定是否真有枪口向外瞄准。事情发生得太快。乔纳森还没能跟西蒙娜和好，还没从西蒙娜那里获得谅解——除了他差点被绞死之后西蒙娜给他的那短短几分钟的关心之外，什么都没有得到。

"里夫斯，你是不是应该睡上一觉？还是想先吃点东西？你现在饿吗？"

"我觉得已经累得吃不下什么了，谢谢。我确实想睡一觉。谢谢你，汤姆。我本来还不确定你会不会收留我呢。"

汤姆大笑。"我自己本来也不确定。"汤姆领里夫斯到楼上客房，抱歉说乔纳森之前在这躺了几个小时，说要给里夫斯换一下床单，但里夫斯再三表示没有关系。

"这张床看起来已经是极乐世界了。"里夫斯说，开始脱衣服时已经累得东倒西歪了。

汤姆在想，不知道黑手党徒今晚会不会再来一次袭击，他现在有一支大点的意大利枪，加上自己的步枪、鲁格手枪，还有一个精疲力竭的里夫斯顶上之前乔纳森的位置。再三思考，他觉得黑手党今晚应该不会卷土重来。他们也许更倾向于跑得离枫丹白露尽可能远一些。汤姆真希望自己打中了那个司机，至少也要让他受重伤。

第二天早上，汤姆让里夫斯继续睡，自己到起居室坐下，喝着咖啡，把收音机调到一档每一小时播报一次新闻的法国流行节目。很不巧，这会儿九点钟刚过。他心里一直在想，不知道此刻西蒙娜正在跟警察说什么，昨晚又说了什么？她应该不会，汤姆心想，她应该不会提到自己，因为那就暴露了乔纳森跟黑手党被杀事件有关系。但他会不会想错了？难道她不会说是汤姆·雷普利引诱胁迫她丈夫干的——但是怎么胁迫的？又拿什么胁迫的？不会，西蒙娜可能会说："我想不出那些黑手党（或意大利人）为什么会闯到我家里。"类似这种话还比较可能。"那和你丈夫一起的那个男的是谁？目击证人说现场还有另一个人——说话带美国口音的人。"汤姆只希望现场旁观者没人会注意到他的口音，但也许偏就有人会注意到吧。"我不知道，"西蒙娜可能会这样回答，"那是我丈夫认识的什么人吧，我忘记他叫什么名字了……"

一切都不太确定，这种时候也只能这样了。

里夫斯快到十点的时候下了楼，汤姆给他又弄了些咖啡，还弄了份炒蛋。

"为了你好，我必须快点离开，"里夫斯说，"你能不能送我到——我想奥利好吗？我还想打个电话说下我行李的事，但不从你这儿打。你能带我到枫丹白露去打电话吗？"

"我可以送你到枫丹白露，然后去奥利。你准备去哪儿？"

"苏黎世吧，我想。然后我再悄悄潜回阿斯科纳，取回我的行李。不过如果我给旅馆打了电话，他们很可能会用'美国运通'把我的行李送到苏黎世去。那我就说忘了！"里夫斯笑了，是那种孩子气的、无所顾忌的笑——或者说更像是刻意挤出来的笑。

接下来就是钱的问题了。汤姆家里现在大约有一千三百法郎现金。他说这些钱可以轻而易举地买张去苏黎世的机票，还可以留一些让里夫斯到苏黎世之后换成瑞士法郎。

"还有，你的护照呢？"汤姆问。

"在这儿，"里夫斯拍了拍胸前口袋，"两份都在。带胡子的拉尔夫·普拉特和不带胡子的我。汉堡的一个兄弟帮我拍的照片，是粘了假胡子的。你能想象得到那些意大利佬竟然没把护照从我身上拿走吗？运气还不错，呃？"

确实不错。杀不死的里夫斯，汤姆心想，就像细细长长的蜥蜴一样，一溜烟从石头上爬过去就无影无踪。里夫斯被绑架过，被烟头烫过，天知道还被怎样威胁过，被从车上扔下来，现在却坐在这儿吃着炒蛋，两只眼睛完好无缺，连鼻子都好好的没有被打断。

"我准备换用我自己的护照。所以今天早上我要刮掉胡子，还要洗个澡——如果可以的话。我刚才下来得很匆忙，觉得自己已经睡到很晚了。"

里夫斯洗澡的时候，汤姆便开始打电话打听飞苏黎世的航班情况。当天有三趟航班，第一趟在下午一点二十起飞，奥利机场接电话的女孩说那趟航班很可能还有一个位置。

24

中午刚过几分钟，汤姆就陪着里夫斯到达了奥利。他把车停下。里夫斯打电话到阿斯科纳的"三只小熊"旅馆交涉行李的事，旅馆同意把行李送到苏黎世。里夫斯并不太担心，至少不会像汤姆那样担心，若是汤姆落下一只没上锁的行李箱，箱子里还有一本很重要的通讯簿，汤姆不知道会担心成什么样呢。也许里夫斯明天在苏黎世就能拿回他的行李箱，里面的东西也会完整无缺。汤姆还是坚持让里夫斯拿了自己的一只小行李箱，里面放了一件替换的衬衣、一件毛衣、一套睡衣、一双袜子和一套内衣，又加上了汤姆自己的牙刷和牙膏，汤姆觉得这样的行李箱看起来才正常。不知怎么搞的，汤姆不愿把乔纳森仅用过一次的新牙刷拿给里夫斯。此外，汤姆还给里夫斯拿了件雨衣。

剃掉了胡子的里夫斯看起来有些苍白。"汤姆，不用等我上飞机，我自己能行。感激不尽。你救了我的命。"

这话并不全对。除非那些意大利佬本来打算把里夫斯打死在人行道上，但汤姆对此表示怀疑。"要是没收到你消息，"汤姆微笑着说，"我就当你没事了。"

"可以，汤姆！"里夫斯摆了摆手，消失在玻璃门之后。

汤姆取了车就往家开去，觉得心里乱糟糟的，而且越来越难过。但他不想再通过晚上找人聚会来刻意摆脱这种难过的情绪，不会再专门让格雷斯或者克雷格们到家里来。甚至连去巴黎看场电影的心情都没有。他要在晚上七点钟左右给海洛伊丝打个电话，看她是否已经启程到瑞士短途旅游。若是她已经去了，她的父母会有她在瑞士小木屋那里的电话号码，或是其他能够联系到她的方式。海洛伊丝一向会考虑到这些事，会想到留个能找得到她的电话号码或地址什么的。

接下来，当然，警察可能会找上门来，那就能让他无需再在摆脱沮丧情绪上劳心费力了。既然头天晚上他整晚都呆在家里，哪儿都没去，他还能跟警察说什么？汤姆大笑，这是如释重负的笑。如果可能，他首先应该做的，当然是弄清楚西蒙娜说了什么。

但警察没有上门，汤姆也没有设法联系西蒙娜打探口风。如同以往一样，汤姆不免担心警方之所以没有上门，可能是正在四处搜罗证据和证人证词，以便到时候一股脑抛给他让他无法招架。汤姆买了些食物作晚餐，在羽管键琴上练了练指法，然后给安奈特太太写了封亲切的短笺，由她里昂的姐姐代转：

亲爱的安奈特太太：

丽影这边非常想念你。但我希望你好好放松，尽情享受这段初夏的美好时光。这里一切都好。过些天我会打电话给你问候下近况。奉上最美好的祝福。

挚爱你的汤姆

巴黎电台播报了一则新闻，说枫丹白露街上发生一起枪击案，三人死亡，但没报名字。星期二的报纸上（汤姆在维勒佩斯买了份《法国晚报》）倒是登了一则五英寸长的简讯：住在枫丹白露的乔纳森·崔凡尼被人枪杀身亡，还有两名意大利人在崔凡尼家里中枪身亡。汤姆的眼睛从这两人的名字上掠过，仿佛是不愿对它们留下任何记忆似的，但他知道这两个名字还是会在他的记忆里停驻很长时间：阿尔费欧利，庞蒂。西蒙娜·崔凡尼太太向警方表示，意大利人究竟为何闯进她家，她并不清楚原因。他们按了门铃，然后就突然闯进来，崔凡尼太太未具名的一位朋友协助她的丈夫抵抗，后来还把她和她幼小的儿子送到枫丹白露医院，只是她丈夫送到医院时已经死亡。

协助，汤姆觉得有些滑稽，想想看，那两个黑手党徒就那么头骨破裂地躺在崔凡尼家里！拿把锤子就轻而易举地制了敌，崔凡尼家这位朋友，或者是崔凡尼本人，可真是了不起，他们对付的可是荷枪实弹的四个人哪。汤姆开始放松下来，甚至想大笑一场——若是笑声里有那么一点歇斯底里，谁又能责备他呢？他知道，会有更多细节逐渐在报纸上披露，而且就算报纸上不说，警方那边的矛头也会逐渐指向西蒙娜，指向他自己，大有可能。不过，西蒙娜太太一定会想方设法保护丈夫的名誉，保护她在瑞士老窝里的蛋——那笔钱，汤姆对此坚信不疑，否则她早就向警方透露出更多内幕了。她大可以说出汤姆·雷普利，大可以说出她对雷普利的怀疑。报纸上还说，崔凡尼太太答应警方日后会供述更多细节，但显然她不会的。

乔纳森·崔凡尼的葬礼将于五月十七日，星期三，下午三点，于圣路易教堂举行。星期三，汤姆想去参加，但他又觉得，从西蒙娜的角度来看，他最不该做的可能就是去参加乔纳森的葬礼了。而且，葬礼是对生者的慰藉，归根结底是为生者办的，而非死者。于是，汤姆就在沉默中度过了那段时光，默不作声地在花园里干活。（他一定得催催那些可恶的工人，快点把温室建好。）汤姆越来越坚信，乔纳森一定是故意跨到他前边替他挡子弹的。

接下来，警方一定会传唤西蒙娜，要她说出协助她丈夫的那位友人的名字。那些意大利人——现在可能已经确认是黑手党了——追踪的目标会不会是他们这位友人，而不是乔纳森·崔凡尼呢？警方可能会给西蒙娜几天时间缓和伤痛，之后就会再次传唤。汤姆想象得到，西蒙娜的意志会更加坚定，一定会死守她一开始的说法：那位朋友不愿透露姓名，他跟崔凡尼家的关系并不熟，他的所作所为纯属自卫，她丈夫同样如此，她现在只想把这场噩梦全部忘掉。

大概过了一个月，时间到了六月，海洛伊丝早已从瑞士返回，汤姆对崔凡尼事件的推测也全被证实——报纸上一直没有关于崔凡尼太太进一步供述的报道——就在六月份的某天，汤姆在枫丹白露的法兰西街看到了西蒙娜，她跟汤姆在同一侧人行道上，正向着汤姆所在的方向走来。汤姆刚买了一个准备放在花园里的像瓮一样的东西，此时手里正抱着这个沉重的物件。汤姆没想到会碰到西蒙娜，感到很吃惊，因为他听说西蒙娜已经带着儿子搬到了图卢兹，她在那儿买了套房子。这消息汤姆还是从一个毛躁的年轻人那里听来的，这年轻人是家新开的高档熟食店的老板，他的熟食店就是由戈蒂耶的那家美术用品店改装而成的。汤姆觉得自己真该委托花店店员帮他把这个沉重的物件送回家，此刻却累得自己几乎双臂脱力，脑海里还残留着西芹色拉、奶油鲱鱼的怪味，而不是先前戈蒂耶店里那种习惯了的气味——没有气味的颜料、全新的画笔和画布——加上此前认为西蒙娜早已去了几百英里开外的地方，绝不可能轻易见到，所以，第一眼看到西蒙娜时，汤姆真以为自己看到鬼了，或者是出现幻觉了。汤姆当时只穿了件衬衫，衬衫袖子皱巴巴的，要不是看见了西蒙娜，汤姆可能会把坛子放下喘口气。他的车还在下一个转角停着呢。西蒙娜看到他，立刻怒目而视，像是遇到了不共戴天的仇敌一般。走到汤姆身边时，西蒙娜稍作停顿，汤姆差一点也要停下脚步，正想着是不是要打声招呼，她却突然对着汤姆啐了一口。她没吐中汤姆的脸，也没吐到他身上，那口唾沫直接吐到了圣梅里大街上。

　　这一吐，也许跟黑手党的报复异曲同工吧。汤姆只希望这一切到此为止——不管是黑手党的报复还是西蒙娜的仇视。其实，西蒙娜这一啐——不管吐没吐中——算是某种保证，虽然不那么让人愉快。若是西蒙娜不是决心守护住瑞士那笔钱，她就不用费事吐汤姆了，直接送汤姆坐牢就是。啐他一下，只是因为西蒙娜有点自觉羞愧吧，汤姆想。这么一啐，西蒙娜算是跟世上大多数人沆瀣一气了。汤姆甚至觉得，事实上，西蒙娜的良心比她丈夫的良心更心安理得呢——如果他还在世的话！

跟踪雷普利

[美] 帕特里夏·海史密斯

PATRICIA HIGHSMITH

著

一熙————译

THE
BOY WHO
FOLLOWED RIPLEY

上海译文出版社

1

汤姆轻手轻脚地踏上镶木地板，跨过浴室门坎，停下脚步，仔细聆听。

嗞——嗞——嗞——

勤劳的小虫子们又在忙碌了。汤姆仍能闻出杀虫剂的味儿，那天下午，他曾找到大概是虫洞的地方，小心翼翼地将药水灌进洞口。啃木头的声音响个不停，看来他白白忙活了一场。他瞅了一眼那张叠好的粉红色擦手巾，手巾搁在一层木板上，表面已经积起一堆细碎的褐色木屑。

"别吵!"汤姆拿拳头的一侧捶了捶柜子。

它们果真停了下来。四周一片寂静。汤姆想象着这些手拿锯子的小虫子停下手里的活计，恐惧地你看看我、我看看你，也许还彼此点点头，似乎在说："咱们遇到过这事儿。是'主人'又来了，不过他很快就会走的。"汤姆之前也遇到过这事儿——要是他大踏步地走进浴室，完全不把对方放在心上，就能赶在木蚁们发现他之前，听见它们辛勤劳作的沙沙声，但只要他再往前走一步，或者拧开水龙头，虫子们就会安静一阵子。

海洛伊丝觉得他太小题大做了。"要啃很多年，才会把柜子啃散架呢。"

但汤姆讨厌被木蚁打败，这害得他每次从搁板上取出叠好的干净睡衣时，不得不吹掉上头的木屑。他买过一种法国产的杀虫剂对付木蚁，名字听着唬人，说白了就是煤油。他还翻遍了家藏的两套百科全书，却仍然找不到妙方。弓背蚁属，喜好在木头内部啃食、筑巢。参见双尾虫。无翅、眼盲、身体呈蛇形、畏光、居于岩石底部。汤姆不相信这种害虫长着蛇一样的弯曲身体，而且它们也没有住在石头底下。他昨天专程跑了一趟枫丹白露，买回老字号的"能多洁"灭蚁药。没错，他昨天搞了一次突袭，今天又发动进攻，还是以失败告终。往高处喷灭蚁药确实麻烦，但虫洞在顶板上，非得这么做才行。

"嗞嗞"声继续响起，此刻，楼下留声机播放的《天鹅湖》正好娓娓地奏响下一支舞曲，和虫子一道，悠扬的华尔兹似乎也在嘲笑他。

得了，放弃吧，汤姆对自己说，今天就到此为止。从昨天到今天，他也算干了些正事：整理书桌，扔掉废纸，清扫花房，还写了几封商业书信，其中一封重要的信函寄到杰夫·康斯坦位于伦敦的私宅。汤姆一拖再拖，今天终于写好了这封信。他叮嘱杰夫，读完后，马上把信销毁。在信中，汤姆力劝对方别再闹出什么发现了德瓦特的油画或素描的假消息。汤姆曾婉转地问过，单凭生意兴隆的美术用品公司和开办在意大利佩鲁贾的艺术学校，利润还不够丰厚？杰夫·康斯坦以前是一位职业摄影师，现在和记者艾德·班伯瑞合伙经营巴克马斯特画廊。照杰夫的意思，画廊考虑多卖些伯纳德·塔夫茨模仿德瓦特失败的蹩脚之作。两人的生意做得风生水起，但汤姆希望他们见好就收，免得惹上麻烦。

汤姆决定出门散步，去乔治酒吧喝杯咖啡，换换脑子。现在才晚上九点半，海洛伊丝坐在客厅，跟她的朋友诺艾尔用法语聊天。诺艾尔结了婚，家住在巴黎，今晚，她要独自留在汤姆家过夜。

"办成了吗，亲爱的？"海洛伊丝端端正正坐在黄色沙发上，开心地用法语问他。

汤姆苦笑一声。"没呢！"他也拿法语回了一句，"我认输了。我是木蚁的手下败将！"

"啊——"诺艾尔应了一声，表示同情，然后咯咯地笑起来。

她肯定在想别的事儿，迫不及待地想跟海洛伊丝继续聊下去。汤姆知道她俩计划九月底或十月初一起搭游轮出门旅行，也许会去南极。她们希望汤姆同行，因为诺艾尔的丈夫借口有生意要打理，谢绝了两位女士的邀请。

"我出去散散步，大概半小时后回来，要买烟吗？"他问她们。

"噢，好！"海洛伊丝说，意思是带一包万宝路回家。

"我戒烟了！"诺艾尔说。

汤姆没记错的话，这至少是诺艾尔第三次戒烟了。他点点头，走出前门。

安奈特太太还没关上前院的大门。汤姆心想，等自己散步回来，帮她关好就行。他往左转，朝维勒佩斯镇中心走去。八月中旬，气候还算凉爽宜人。透过邻居前院的铁丝栅栏，能望见花园里处处盛开的玫瑰花。按照夏时制，天色比平时亮些，但汤姆很快就后悔忘了带手电筒出门，因为这段路没有人行道，回程时黑灯瞎火，肯定用得上。他深吸了一口气：别再想木蚁啦，想想明天要听的斯卡拉蒂，想想大键琴的演奏，或者想想十月底带海洛伊丝去美国旅行的事儿。这将是她第二次去美国。她喜欢纽约，觉得旧金山美不胜收，也钟爱蔚蓝色的太平洋。

昏黄的灯光从小村舍里透出来。"乔治酒吧"门上斜挂着一块写有"烟草"字样的红色牌子，下方射出一束光。

"玛丽。"汤姆走进门，一边点头一边招呼老板娘。玛丽正"咣"地扔了瓶啤酒给吧台旁的客人。这是个工薪族爱光顾的酒吧，离汤姆家很近，打发时间的乐子也多。

"汤姆先生！你好吗？"玛丽妩媚地撩了一下黑色的鬈发，咧开抹了口红的大嘴，冲汤姆微微一笑。她起码五十五岁了。"这么说！"她嚷嚷着，掉头继续跟两个靠在吧台喝茴香酒的男顾客聊天。"那个混蛋——混蛋！"她大吼一声，仿佛用上这个每天在酒吧里能听见好多次的字眼，就可以吸引别人的注意。但咆哮的男人们根本没有理会她，自顾自地交谈。她继续说道："那个混蛋就像接了太多客的妓女，搞得自己脱不开身！活该！"

汤姆想，她在说总统吉斯卡尔[1]，还是镇上的泥瓦匠？"来杯咖啡，"汤姆瞅准机会，冲稍稍分神的玛丽说，"再拿一包万宝路！"他知道乔治和玛丽支持希拉克[2]，即选民们口中的"法西斯主义者"。

"嘿，玛丽！"乔治洪亮的男中音从汤姆左边传来，招呼妻子住口。乔治的身子像一个水桶，两只肥手忙着擦高脚杯，擦完后，小心地搁在收款机右侧的杯架上。汤姆身后正进行一场热闹的台式足球赛，四个少年转动金属杆，身穿铅色短裤的小铅人前后旋转，踢着弹珠大小的球。汤姆突然注意到，在吧台左侧尽头的拐弯处，有个十多岁的男孩，几天前在家附近的路上见过。男孩有棕色的头发，和那天一样，穿法国蓝的工装和蓝色牛仔裤。那天下午，汤姆刚打开前院大门，准备迎接一位应约登门的访客，就看见站在街对面大栗树下的男孩，还没来得及看清，对方已经迈开腿，朝与维勒佩斯

1. 吉斯卡尔·德斯坦（Valéry Giscard d'Estaing, 1926—　），1974 年至 1981 年任法国总统。
2. 雅克·希拉克（Jacques René Chirac, 1932—　），法国著名右翼政治家。

镇相反的方向走远了。他是在丽影别墅附近踩点，打探住户的生活习惯吗？如果属实，跟木蚁成灾一样，又多了件叫人烦心的小事。还是想想别的吧！汤姆搅动咖啡，抿了一口，又瞄了一眼男孩，发现对方也瞅着他。男孩赶紧低下头，端起啤酒杯。

"他呀，汤姆先生！"站在吧台里的玛丽把身子凑过来，拿大拇指指了一下男孩，"是美国人。"点唱机刚好响起嘈杂的音乐，她把嘴贴在汤姆耳边，大声说，"趁着夏天，跑这儿来找活干，哈哈哈——"她的笑声很刺耳，似乎美国人找活干是一件可笑的事，又或者她觉得法国失业率这么高，匀不出活儿招人干。"想认识他吗？"

"算了，谢谢，他在哪儿干活？"汤姆问。

玛丽耸了耸肩，有人大喊倒杯啤酒。"嘿，你知道东西该放哪儿呀！"玛丽笑嘻嘻地冲另一位顾客叫嚷，一边拉下酒桶龙头。

汤姆想着海洛伊丝和即将到来的美国之行。他们这次要去新英格兰，到波士顿，游览那里的鱼市场、独立厅[1]、牛奶街和面包街。波士顿的面貌已经发生了很大变化，但总归是汤姆的老家。他想起从前吝啬的多蒂姑妈不情不愿地送给他的礼物：一叠总额为十一美元七十九美分的支票。姑妈去世后，留给汤姆一万美元，可他更想要她那栋闷热的小房子。不过，他至少能带海洛伊丝站在门外，让她见见自己童年时住过的地方。房产继承人是多蒂姑妈的姐姐的孩子，因为姑妈没有子女。汤姆放了七法郎在吧台，付了咖啡和烟钱，又瞄了一眼穿蓝色夹克的男孩，见他也付了钱。汤姆掐灭了烟，随口

---

1. 独立厅（Independence Hall），又作法尼尔厅（Faneuil Hall）。塞缪尔·亚当斯（Samuel Adams）等人曾在此发表演讲，宣传脱离英国独立。

说了声"晚安!",走出酒吧。

天色已晚,借着昏暗的街灯,汤姆穿过大路,拐进一条更黑的街道,再走几百米,就是他的家。这条路几乎笔直,铺成双车道,虽然他熟悉路线,摸黑也能走回家,但还是很高兴有辆车驶来,车灯照亮他走的马路左侧。车子刚开过,汤姆就听见身后传来快速但轻柔的脚步声,他转过身。

一个拿着手电筒的人。汤姆看到蓝色牛仔裤和网球鞋。是酒吧里那个男孩。

"雷普利先生!"

汤姆紧张起来。"怎么?"

"晚上好,"男孩停下脚步,摆弄着手电筒,"比……比利·罗林斯,我的名字叫。我带了手电筒——我能送你回家吗?"

汤姆依稀分辨出一张方脸和一对乌黑的眼睛。男孩比汤姆矮一头,语气彬彬有礼。是遇上抢劫了吗,还是自己紧张过头了?汤姆身上还剩几张十法郎钞票,深更半夜的,跟人干一架也不合适。"算了,谢谢,我就住在附近。"

"我知道。呃——我和你同路。"

汤姆忧虑地瞟了一眼前方的黑暗,又迈开步子。"是美国人?"他问。

"嗯,先生。"男孩小心地让光柱射向一个角度,照亮两人身前的路面,但他的双眼紧盯着汤姆。

汤姆始终与男孩保持一段距离,双手悬空,随时准备回击。"你过来度假?"

"算是吧。也干点活。当园丁。"

"哦?在哪儿?"

"在莫雷。一处私宅。"

汤姆指望能再有一辆车驶过，好看清男孩脸上的表情，因为他感觉对方有点紧张，意味着可能有危险将至。"莫雷的哪里？"

"让娜·布婷太太家，巴黎大街七十八号，"男孩答得很快，"她有个大花园，种了果树，但我主要负责除草——割草。"

汤姆紧张地攥紧拳头。"你在莫雷过夜？"

"嗯。布婷太太的花园里有间小屋，带床和洗脸盆，冷水，反正夏天，无所谓。"

汤姆惊呆了。"美国人来，一般都跑去巴黎，很少有到乡下的。你老家是哪儿？"

"纽约。"

"你多大？"

"快十九了。"

汤姆还以为男孩尚未成年。"你有工作许可吗？"对方的脸上第一次露出笑容。"没有。非正式的，一天五十法郎，我知道，够廉价，但布婷太太给我安排了睡的地方，她还请我吃过一顿午餐。当然，我也能自个儿买面包和奶酪，回屋里吃，或者上咖啡馆。"

从男孩的谈吐判断，他并非来自贫民区，而且从"布婷太太"两个词的发音，听得出他能讲一点法语。"这样多久了？"汤姆用法语问。

"五六天吧。"男孩用法语回答，眼睛仍然盯着汤姆。

歪向马路的大榆树映入眼帘，汤姆长舒一口气，这意味着再走五十步就到家了。"你为啥跑这儿来？"

"噢——也许是因为枫丹白露的森林。我喜欢在林子里散步，而且这儿离巴黎很近。我在巴黎待过一个礼拜——到处逛了逛。"

汤姆的脚步慢了下来。这个男孩为什么对他如此感兴趣，连他家的地址都打听得清清楚楚？"咱们过街吧。"

再走几米，就到了丽影别墅前院被门灯照亮的米色碎石路。汤姆问："你怎么知道我的住处？"男孩有些尴尬，垂着头，转着手电筒。"我见过你，两三天前，你就站在这儿，对不对？"

"嗯，"比利压低嗓门，回了一声，"我在报上看到你的名字——在美国的时候。我想反正离维勒佩斯镇不远，干脆来找找你住的地方。"

是啥时候的报纸？为什么见报？记者确实报道过他的消息。"你在镇上留了自行车吗？"

"没有。"男孩说。

"那你待会儿怎么回莫雷？"

"搭便车也行，走路也行。"

七公里呢。谁会家住在莫雷，晚上过了九点，不靠任何交通工具步行七公里跑到维勒佩斯镇来？汤姆看见树的左侧透出微弱的灯光，安奈特太太在房间里，还没有睡。汤姆用手推开一扇虚掩的铁门。"愿意的话，进屋吧，请你喝杯啤酒。"

男孩皱了皱深色的双眉，咬着下嘴唇，目光忧郁地瞅了眼丽影别墅的两座塔楼，进去，还是不进去，似乎是一个重大决定。"我——"

他的犹豫让汤姆更加疑惑。"我的车就在那儿。我可以送你回莫雷。"男孩在犹豫什么呢？他真的住在莫雷？在那儿干活？

"好吧，谢谢，我就待一小会儿。"男孩说。

进去后，汤姆关上铁门，但没有上锁。大钥匙插在内侧的门锁上，夜里则藏在铁门旁的杜鹃花丛里。

"今晚我妻子有朋友来访，"汤姆说，"不过我们可以去厨房里喝。"

前门没锁，客厅里留了一盏灯，海洛伊丝和诺艾尔已经上楼了。她们经常在客房或海洛伊丝的房间聊天聊到深夜。

"啤酒？还是咖啡？"

"这儿真不错！"男孩站在原地环顾四周，"你会弹大键琴？"

汤姆笑着说："正在学呢，一周两次课。咱们去厨房吧。"

两人走进左侧的走廊，汤姆摁亮厨房的灯，打开冰箱，拿出半打喜力啤酒。

"饿不饿？"汤姆问，他见盘子里有包好锡箔纸的烤牛肉。

"不饿，先生。谢谢。"

回到客厅后，男孩先是看了一眼摆在壁炉上方的《椅子上的男人》，又把视线转向挂在落地窗边的墙上、尺寸较小的德瓦特真迹《红色椅子》。男孩的目光只在画上停了几秒钟，却被汤姆注意到了。他为何只关注德瓦特的作品，而不是那张由苏丁[1]创作的大幅油画，红蓝色调鲜得耀眼，就挂在大键琴上方？

汤姆朝沙发指了指。

"我不能坐那儿——穿了牛仔裤，裤子太脏了。"

沙发上铺着黄色缎子，客厅里还有几把没铺垫子的直靠背椅，但是汤姆说："咱们上楼去，到我的房间。"

汤姆手里拿着啤酒和开瓶器，领男孩爬上螺旋状的楼梯。诺艾尔的房门大开，透出灯光，海洛伊丝的房间门微微露出一条缝，从

---

1. 柴姆·苏丁（Chaïm Soutine，1893—1943），生于白俄罗斯的犹太裔法国画家，"巴黎画派"代表之一，对表现主义绘画思潮有很大贡献。

里面传来谈笑声。汤姆走到左侧自己的房间，打开灯。

"来，坐我的木头椅子。"汤姆边说边把带扶手的书桌椅推到房间中央，又开了两瓶啤酒。

男孩的目光停留在正方形的威灵顿式高脚柜上，和往常一样，安奈特太太把柜子表面、柜棱的黄铜转角和抽屉拉环擦得锃亮。男孩赞赏地点点头。他有一副俊秀的面容，表情有点严肃，光光的下巴棱角分明。"你过得挺不错的，是吗？"

他说这番话，是嘲笑，还是羡慕？男孩是不是查了他的卷宗，觉得他是一个骗子？"还行吧，"汤姆递给他一瓶啤酒，"不好意思，忘了拿杯子。"

"您介意我先洗个手吗？"男孩有礼貌地问。

"当然不介意，跟我来。"汤姆打开浴室的灯。

男孩趴在洗手台上，认真搓洗了差不多一分钟。他没有关浴室门，走回来的时候，笑得很开心。他有光滑的嘴唇，长了一副好牙齿，一头深棕色的直发。"这下好多了，有热水！"他瞅着自己的手发笑，然后端起啤酒，"那里面是什么味儿？松节油？你画画吗？"

汤姆笑了笑。"偶尔画点，不过今天有这味儿，是因为之前我对付搁板里的木蚁来着。"汤姆不想提木蚁的事。男孩坐下后，汤姆坐在另一把木头椅子上，他问："你打算在法国待多长时间？"

男孩想了想。"也许再待一个月左右。"

"然后呢？回去念大学？你是大学生吗？"

"还不是呢，我也没想好要不要念大学，还没做决定。"他拿手指把头发撩到左边，有几根不太听话，桀骜地竖在头顶。汤姆刨根问底，让男孩有些不好意思，他喝了一大口啤酒。

汤姆发现男孩的右脸颊上有一个小点，是一颗痣。他随口说道：

"你还可以洗个热水澡,别客气。"

"噢,不用,非常感谢。我看起来是有点脏兮兮,可是我能洗冷水,真的,跟别人一样。"男孩年轻而饱满的嘴唇努力想挤出一丝微笑,他把酒瓶放到地上,看向椅子旁的废纸篓,里面有个东西吸引了他的注意。他瞪大眼睛。"四条腿动物收容所,"比利念着一个废信封上的文字,"太好笑了!你去过那儿?"

"没有——他们每隔一阵子就寄封信来,要我捐点钱。怎么了?"

"就这个礼拜,我在林子里散步时,在莫雷东边的土路上碰到一对男女,向我打听这个收容所在哪儿,因为照理说应该在维诺沙丘附近。他们说已经找了好几个小时,说他们寄过几次钱,所以想去看看。"

"他们寄来的简报上说不欢迎访客,因为这会让动物紧张。他们靠邮件给动物找到新家,然后刊登领养成功的故事,描绘小狗小猫在新家的快乐生活。"汤姆回想起自己读过的几篇感人的美文,忍不住面露微笑。

"你也寄钱给他们?"

"嗯,寄过几次,每次三十法郎。"

"寄到哪儿?"

"他们在巴黎的地址,是个邮政信箱。"

比利笑着说:"要是那个地方根本不存在,才叫好笑呢!"

完全有这种可能,汤姆也被逗乐了。"对呀,打着慈善的幌子诈财,我怎么没想到呢?"他又开了两瓶啤酒。

"我能看一下吗?"比利指了指废纸篓里的信封。

"当然可以。"

男孩取出信封里的油印纸,匆匆扫了一眼,大声念道:"……

'可爱的小家伙，遵循天意，她应该有一个幸福的家。'是只小猫。还有'我们家门前的台阶上不知从哪儿跑来一只骨瘦如柴、棕白色相间的獴——狐狸——亟须盘尼西林和其他预防针……'"男孩抬头望着汤姆，"谁知道他们家门前的台阶在哪儿？该不会是一场骗局吧？"他字斟句酌地念出"骗局"一词，似乎很满意自己的判断，"要是真有那个地方，不管多麻烦，我也要找到。我太好奇了。"

汤姆饶有兴致地看着他。比利——罗林斯，是叫这个名字吧？男孩在他的眼中变得鲜活起来。

"邮局寄存信箱两百八十七号，第十八区，"男孩念道，"不知道十八区属于哪一个邮局？这封信能给我吗，反正你也扔了？"

男孩这么有兴趣，给汤姆留下深刻的印象。他年纪轻轻的，为什么对揭发诈骗行为如此热衷呢？"当然可以，你拿着吧，"汤姆再次坐下，"你也被骗过吗？"

比利笑了笑，似乎在回忆一段往事。"也算不上，没有被真正骗过。"

也许这孩子遭人算计过，汤姆心想，决定不再追问下去。"如果咱们冒名寄封信过去，说手里有把柄，知道他们打着动物的幌子骗钱，要对方等候警察上门，到—— 邮政信箱，会不会很有趣？"

"咱们不能打草惊蛇，要先找到他们的老巢，再一网打尽。搞不好是几个住在巴黎豪华公寓里的大男人！咱们得跟踪他们——就从邮箱地址开始跟。"

汤姆听见敲门声，他站起身来。

海洛伊丝穿着睡衣和粉红色泡泡纱睡袍站在门外。"噢，汤姆，你有客人呀！我还以为是开了收音机！"

"是我在镇上遇到的美国人，叫比利——"汤姆转身牵着海洛伊丝的手，"这是我的妻子海洛伊丝。"

"比利·罗林斯，很高兴认识你，夫人。"比利站起来，一边用法语打招呼，一边微微鞠躬致意。

汤姆继续用法语介绍："比利在莫雷当园丁，他从纽约来——你的手艺还不错吧，比利？"汤姆面露微笑。

"我——希望是吧。"比利低下头，小心地把酒瓶放在汤姆书桌旁的地板上。

"希望你在法国玩得愉快，"海洛伊丝亲切地说，眼睛却上下打量着男孩，"汤姆，我过来跟你道声晚安，还有，明天早上诺艾尔和我要去逛那家叫'爱神'的古董店，然后到枫丹白露的黑鹰餐厅吃午餐。你要不要一起用餐？"

"不了，谢谢，亲爱的。你们好好玩。明天早上你俩出门时咱们再见，好吗？——晚安，"他亲了一下海洛伊丝的脸颊，"我开车送比利回去，如果你待会儿听见有人进门，别担心。我出去时会把门锁好。"

比利说自己能搭便车，但汤姆坚持要开车送他回去。汤姆想看看莫雷的巴黎大街上是否真有男孩口中的那栋房子。

途中，汤姆问比利："你家住在纽约？冒昧问一句，你父亲做什么工作？"

"他——弄电子产品，造测量设备，用电子仪器测各种东西。他当经理。"

汤姆感觉比利在说谎。"你跟家人关系还好吧？"

"噢，当然，他们——"

"他们写信给你？"

"噢，当然，他们知道我在哪儿。"

"离开法国后，你去哪儿？回家？"

男孩沉默了一阵。"可能去意大利，还不确定。"

"是这条路吧？在这儿拐弯？"

"不，是另一头，"男孩回答得很及时，"但路没错。"

男孩给汤姆指停车地点。这栋房子不大，外观也普通，窗户里黑乎乎的，前院顺着人行道砌了一圈白色的矮墙，一侧是关闭的马车道大门。

"我有钥匙，"比利从上衣的内层口袋里掏出一把长钥匙，"我得轻手轻脚的，非常感谢你，雷普利先生。"他推开车门。

"动物收容所的事儿，你查到了就告诉我。"

男孩笑着说："遵命。"

汤姆注视着他走向黑暗的大门，拿手电筒照亮门锁，转动钥匙。比利走进去，冲汤姆挥挥手，然后关上门。汤姆朝泊车的地方倒退几步，看见正门旁边挂着一块像模像样的蓝色金属牌，上面清清楚楚写着"七十八号"。真奇怪，即使是打短工，男孩为什么要选择这么无聊的活，除非他想隐藏什么。但比利不像是少年犯。很有可能，他跟父母吵了一架，要不就是和姑娘分了手，于是跳上飞机，想忘掉一切。汤姆感觉这孩子应该很有钱，不需要这每天在花园里干活赚来的区区五十法郎。

2

　　三天后的星期五，汤姆和海洛伊丝坐在客厅凹室的餐桌旁，一边吃早餐一边翻看九点半送到家的信件和报纸。汤姆在喝第二杯咖啡，第一杯是大概八点钟时安奈特太太连同海洛伊丝的茶一起端来的。阴云堆积，暴雨将至，一种紧张不安的气氛让汤姆八点就醒来了，那时安奈特太太还没来敲门。现在天色昏暗，似乎有不祥的事情要发生，外面一点风也没有，远处传来隆隆的雷声。

　　"有克雷格夫妇寄来的明信片！"海洛伊丝惊呼一声，发现了压在信封和杂志下面的明信片，"挪威！他们搭了游轮。汤姆，你还记得吗？你瞧！漂亮吧？"

　　汤姆从《国际先驱论坛报》后抬起头，接过海洛伊丝递来的明信片。画面中，一艘白色的游轮行驶在峡湾翠绿的山峦之间，近景是几栋村舍依偎在岸边。"水看起来很深。"汤姆说，不知为什么，突然就联想到了溺水现场。他害怕深水，讨厌游泳，连水边都不敢去。他常常觉得自己会被水淹死。

　　"念念明信片。"海洛伊丝说。

　　内容是英文写的，霍华德和罗丝玛丽·克雷格分别签了名，这对英国夫妇是他们的邻居，家住在五公里外。"游轮开得稳当，叫人舒心。我们用磁带播放西贝柳斯的乐曲，好配得上悠闲的心情。罗丝玛丽很想念你们，真希望你们也在，跟我们一起享受午夜的阳光——"雷声大作，震得耳朵嗡嗡响，汤姆愣了一下。"暴雨就要来了，"他说，"希望那些大丽花撑得住。"之前，他已经把花枝系在了木桩上。

海洛伊丝伸手接回汤姆交还的明信片。"你太紧张了，汤姆。我们遇到过暴雨呀，还好是现在下，没拖到晚上六点。我得去爸爸家。"

汤姆知道她要去尚蒂伊镇。海洛伊丝和父母约好每周五都聚在一起吃晚餐，她通常会赴约，汤姆有时去，有时不去。他不太喜欢去，因为海洛伊丝的父母很古板，令人厌烦，更别提他们从来不喜欢他。汤姆注意到海洛伊丝每次都说去"爸爸家"，而不是去"爸妈家"。也许因为她父亲管着家里的钱袋子，母亲虽然生性慷慨，但面对真正的危机时——比如上次伯纳德和美国人莫奇森搞出的德瓦特伪作事件，差一点就捅了娄子——如果海洛伊丝的父亲决定不再给女儿零用钱，当妈的也不敢吱声。但少了这笔钱，维持丽影别墅的日常运转会大受影响。汤姆点了根烟，紧张而兴奋地期待着下一道闪电。他想到海洛伊丝的父亲雅克·普利松，那个爱炫耀的胖子，紧紧攥着钱袋口上的绳子，像一个二十世纪手握战车缰绳的车夫。一分钱难倒英雄汉，现实就是这么残酷。

"汤姆先生，要不要再来杯咖啡?"安奈特人人突然提着银壶站在汤姆身边，汤姆注意到她的手在微微发抖。

"不用了，安奈特太太，你可以把壶留下，我待会儿再添。"

"我去看看窗户，"安奈特太太边说边把咖啡壶放在桌子中央的垫子上，"天真黑呀! 肯定会下场暴雨!"她有一双法国人特有的蓝眼睛，与汤姆四目相对了片刻，随后急匆匆地朝楼梯走去。她已经检查过一次窗户，还关了几扇百叶窗，但是乐得再去一趟。汤姆也喜欢她这么做。他不安地站起来，走到窗边的亮处，继续读《论坛报》背面的"人物"专栏——法兰克·辛纳特拉[1]又完成了一个告别艺坛之作,这次是一部即将上映的电影。法兰克·皮尔森,十六岁,是刚刚去世的食品业巨子约翰·皮尔森最宠爱的儿子,从位于缅因州的家出走,家人已经与他失去联系三周,非常担心。自从父亲七月去世之后,法兰克一直郁郁寡欢。

汤姆记得读过约翰·皮尔森去世的报道,就连伦敦的《星期日泰晤士报》都给了一些版面。约翰·皮尔森长年以轮椅代步,情况类似亚拉巴马州的州长乔治·华莱士,而且两人都遭遇过暗杀。虽然比不上霍华德·休斯[2],凭借食品行业,诸如餐饮、健康食品和减肥食品,倒也赚得盆满钵满。汤姆对那篇讣告的印象特别深刻,因为当时尚不能确定他的死因是在住宅附近跳崖自杀,还是意外身亡。约翰·皮尔森喜欢在悬崖边欣赏日落,但他不愿意装栏杆,免得破坏了景致。

喀——嚓!

汤姆从落地窗旁躲开,瞪大眼睛望着外面,检查花房的玻璃窗是否完好。起风了,呼呼的风把屋檐瓦上不知什么东西刮了下来,汤姆希望只是一根小树枝。

海洛伊丝正在看杂志,对屋外的情况毫不关心。

"该换衣服了,"汤姆说,"你没有约人吃午餐吧?"

"没有,亲爱的。我五点才出门。你每次都担心不该担心的事。这栋房子结实得很!"

汤姆勉强点点头,但是到处雷鸣电闪,正常人都该有点紧张吧。

---

1. 法兰克·辛纳特拉(Frank Sinatra,1915—1998),美国歌手、影视演员、主持人。
2. 霍华德·休斯(Howard Hughes,1905—1976),出生于美国得克萨斯州休斯敦,美国企业家、飞行员、电影制片人、导演、演员。

他从桌上拿起《论坛报》，走上楼、洗淋浴、刮胡子、浮想联翩。老普利松什么时候才死呀？自然死亡就好。汤姆和海洛伊丝并不缺钱花，钱多了也没用，真的，但他实在惹人讨厌，就像古往今来的恶公婆。普利松当然也是希拉克的拥趸。换好衣服后，汤姆打开卧室的边窗，一阵狂风夹着雨丝吹到他的脸上，他深吸了一口气，清新的空气让人兴奋异常，但他很快关上窗。雨滴砸在干燥地面上的气味真好闻！汤姆走到海洛伊丝的房间，看见窗户紧闭，听见玻璃上雨声淅沥。安奈特太太正在整理他们的双人床，把床罩盖在枕头上。

"都弄好了，汤姆先生。"她拍拍枕头，把背挺直。她的身子矮小而结实，精神头像年轻人一样好，就快满七十了，但看样子还能活很多年。一想到这里，汤姆就很欣慰。

"我去看一眼花园。"汤姆说完，转身离开房间。

他跑下楼梯，出了前门，绕到后院。拴大丽花的木桩和线都在。艳阳柑被吹得疯狂地点头，却仍然挺直腰杆。花瓣卷曲的橘色大丽花也一样，难怪汤姆如此钟爱。

西南方蓝灰色的天空划过一道闪电，汤姆站在原地，等待雷声响起。雨水打湿了他的脸，傲慢的雷声悠悠地回荡在云霄。

如果那天晚上他遇到的男孩就是法兰克·皮尔森呢？男孩自称有十九岁，但更像是十六岁，家住缅因州，而非纽约。老皮尔森去世后，《国际先驱论坛报》上是不是刊登过一张全家福？要不就是《星期日泰晤士报》？反正一定登过他父亲的照片，虽然相貌完全想不起来了。但是三天前的那个男孩，汤姆仍然记得对方的模样，要知道他平时跟人交往，很快就忘得一干二净。男孩的表情忧郁而严肃，不爱笑，嘴唇紧闭，深色的一字眉，右脸颊长了颗小痣，普通照片上也许看不出来，不过仍然是个典型特征。男孩有礼貌，还很谨慎。

"汤姆！——快进来！"海洛伊丝在落地窗后喊他。

汤姆朝她跑过去。

"你想被闪电击中吗？"

汤姆踩在门垫上擦靴底。"我没淋湿！我在想别的事儿！"

"想什么事？快把头发擦干。"她递给他一条楼下洗手间的蓝色毛巾。

"罗杰今天下午三点来，"汤姆一边说，一边擦脸，"我要弹斯卡拉蒂。上午要练练琴，午餐后也得练。"

海洛伊丝冲他微笑。阴霾的雨天让她蓝灰色眼睛的瞳孔里散发出淡紫色的光芒，美得令人沉醉。是不是因为今天的天气，她才刻意挑了一条淡紫色的连衣裙？也许不是，纯属一场巧合。

"我正打算坐下来练琴，"海洛伊丝拘谨地用英文说，"就看见你像傻子一样站在草坪上。"她走到大键琴旁坐下，挺直背，甩甩手，姿势像一个专业的乐手。

汤姆走进厨房，安奈特太太正在清理水槽右侧餐具柜上方的碗橱。她拿着抹布，站在三条腿的木凳上挨个擦拭香料瓶。离准备午餐还早，因为暴雨封门，她也许会把去村里买菜的计划推迟到下午。

"我只想翻一下旧报纸。"汤姆走到下一条走廊的入口，走廊通往右侧安奈特太太的房间。旧报纸放在一个用来堆放柴火的提篮里。他弯下腰。

"想找什么，汤姆先生？要不要我帮忙？"

"谢谢——马上就好，美国的报纸，我自己来就行。"汤姆一边心不在焉地回答，一边翻看七月份的《国际先驱论坛报》。是讣告版还是新闻版？他无法确定，但他记得写皮尔森的报道位于右边版面的左上角，旁边附一张照片。这里只剩十来份《国际先驱论坛报》，别的都扔了。汤姆上楼到自己的房间，找出更多《论坛报》，但没有一份刊登与约翰·皮尔森相关的报道。

海洛伊丝演奏的巴赫创意曲飘进汤姆房间，听起来很不错。自己是在嫉妒她吗？汤姆忍不住想笑。今天下午，在罗杰·勒佩蒂的耳中，他弹的斯卡拉蒂会不会比不上海洛伊丝弹的巴赫？汤姆终于笑出声来，双手叉腰，失望地看着地上的一小堆报纸。他突然想起《名人录》，于是穿过走廊，来到位于塔楼充当小图书馆的房间。汤姆抽出《名人录》，却找不到约翰·皮尔森的条目，他又查阅比英国版《名人录》发行更早的《美国名人录》，仍然一无所获。两本书都是大约五年前出版的，约翰·皮尔森大概属于将媒体拒之门外的那类人。

海洛伊丝第三遍演奏的创意曲以细腻响亮的和弦结束。

那个叫比利的男孩会再来找他吗？汤姆认为会的。

吃完午餐，汤姆开始练习弹斯卡拉蒂的作品。现在他能专心练半个多小时，中途不去花园休息，而几个月前，他只能坚持十五分钟。罗杰·勒佩蒂是个年轻人，又高又胖，鬈发，戴一副眼镜，汤姆觉得他的样子像法国版的舒伯特。勒佩蒂说干园艺会弄伤钢琴家或大键琴家的手，汤姆也只好做出让步，虽然没有放弃园艺，但是把修剪苗根等粗活留给了他们的兼职园丁亨利，当然，他的志向也不是成为一个职业大键琴家。反正人生就是这样，处处都得妥协。

下午五点十五分，罗杰·勒佩蒂说道："这里是连音，弹大键琴时，手指要使点力气才弹得出连音——"

电话铃声响起。

汤姆一直想弹得张弛有度，把这首简单的曲子弹好。他深吸一口气，站起身来，对罗杰说有事离开一下。海洛伊丝上完了课，正在楼上梳妆打扮，准备去父母家。汤姆拿起楼下的电话。

楼上的海洛伊丝先接的电话，正跟对方用法语交谈，汤姆听出是比利的声音，便打断他们。

"雷普利先生，"比利说，"我去了趟巴黎，调查——那个收容所的事儿——挺有意思的。"男孩听起来有些害羞。

"你找到啥了吗?"

"不多——但我想你会感兴趣——如果你今晚七点左右有空的话——"

"今晚，没问题。"汤姆说。

汤姆还没来得及问男孩怎么过来，电话就挂断了。嗯，反正他之前来过。汤姆活动活动肩膀，走到大键琴旁。他端坐在琴凳上，希望自己这一次能把斯卡拉蒂的小奏鸣曲演奏得更令人满意。

罗杰·勒佩蒂说他弹得很流畅，这算是难得的好评了。

中午，暴雨渐渐停歇，到傍晚时，花园被澄澈的霞光照得明亮清爽。海洛伊丝正准备出门，说她半夜之前回家。开车去尚蒂伊镇要一个半小时，她和母亲晚餐后会拉拉家常，而她父亲最迟十点半就上床睡觉。

"你见过的那个美国男孩今晚七点来，"汤姆说，"叫比利·罗林斯的。"

"噢，前几天晚上那个。"

"我会请他吃点东西，你回来时，他可能还没走。"

这种事不重要，海洛伊丝显得无动于衷。"再见，汤姆!"她拿起长茎雏菊加一支红牡丹配成的花束，花期将尽，花瓣蔫蔫的。怕万一天气变坏，她在裙子和衬衫外罩了一件雨衣。

汤姆正在听七点的新闻，大门的铃声响起。他告诉过安奈特太太，说七点钟有一位访客。汤姆在客厅拦住她，表示自己去开门就好。

比利·罗林斯步行走过大门和前门之间的碎石路。他穿了灰色法兰绒裤子，配衬衣和外套，胳膊下夹着一个拿塑料袋包裹的扁扁的东西。

"晚上好，雷普利先生。"他笑着说。

"晚上好，快请进。你怎么来的，这么准时？"

"出租车，今天奢侈了一把，"男孩把鞋子踩在门垫上蹭了蹭，"这是给你的。"

汤姆打开塑料袋，抽出一张由费舍尔-迪斯考[1]演唱的舒伯特《艺术歌曲集》唱片，最近才录制发行。"太感谢了，就像那句客套话说的，正合我的心意，但我是真心的，谢谢你，比利。"

和那天晚上不一样，男孩今天穿得干净整齐。安奈特太太走进来，问他们需要什么。汤姆介绍俩人认识。

"坐吧，比利，要喝啤酒还是别的？"

比利坐到沙发上，安奈特太太去拿啤酒放在饮料小推车上。

"我妻子看望她父母去了，"汤姆说，"每周五晚上都会去。"

安奈特太太在帮汤姆调金汤力鸡尾酒，配上一片柠檬。事儿越多，安奈特太太越来劲，汤姆对她调的酒水也挺满意。

"你今天上了大键琴课？"比利注意到琴盖开着，上面摆了

---

1. 狄特里希·费舍尔-迪斯考（Dietrich Fischer-Dieskau, 1925—2012），德国最为知名的男中音歌唱家，几乎参与了所有德国古典音乐独唱与钢琴的录音，其唱片成为其他演唱家学习的范本。

乐谱。

汤姆说是的，弹了斯卡拉蒂，他妻子弹的巴赫的创意曲。"比在下午打桥牌有趣多了，"汤姆庆幸比利没让他现场弹奏一曲，"说说你的巴黎之行吧——咱们四条腿的朋友们怎么样？"

"好的，"比利把脑袋往后仰，似乎在考虑该怎么开头，"我星期三整个上午都忙着打听是不是真有那个动物收容所。我去过咖啡馆，还去过一处停车场，那儿的人说之前也有人来打听过——我甚至问了维诺镇的警察，他们说从来没听说过那个地方，在详细地图上都找不到。我又问了附近的一家大酒店，他们也从没听说过。"

男孩说的也许是大维诺酒店，每次提到这个名字，汤姆都会联想到"大玩乐"，似乎里面的客人都是好色之徒。汤姆皱了皱眉。"看样子，星期三上午把你忙得够呛。"

"那可不，而且下午也很忙，每天我得给布婷太太干五六个小时的活儿。"他喝了一大口啤酒，"昨天星期四，我去了巴黎，到了十八区，从阿贝斯地铁站开始找，一直找到皮加勒广场。我去邮局问有没有二百八十七号邮政信箱，他们说信息不对外公开，我还问收信人叫什么名字，"比利微微一笑，"我当时穿着工作服，说要捐十法郎当动物救助基金，没邮箱地址，就没法捐。要是你看到他们的眼神，肯定也会认为我才是个骗子！"

"你问对邮局了吗？"

"谁知道呢，十八区的邮局我总共跑了四家，但都不肯告诉我是不是有二百八十七号信箱，我只好退而求其次，打算——"说到这里，比利看着汤姆，似乎要对方猜他接下来做了什么。

汤姆一时猜不出。"怎么弄？"

我买了纸和一张邮票，到附近的咖啡馆，写了封信给收容所，信上说："亲爱的所长，你们的收容所纯属子虚乌有，我是众多受骗人中的一位——"

汤姆点点头，表示欣赏男孩的做法。

"'——我已经联合其他被骗的好心人，就等着警察去敲你们的门吧。'"比利身子前倾，得意地想笑出声来，却又努力摆出一副义愤填膺的样子。他的脸颊绯红，皱着眉，嘴角露出一丝笑意。"我告诉他们，邮箱地址有人监视。"

"棒极了，"汤姆说，"给他们敲敲警钟。"

"我还真在一家可疑的邮局外面晃来晃去，我问一位柜台小姐，客户多久来取一次信？她不肯告诉我。法国人都这脾气，事不关己，倒不是说她真的想保护客户的利益。"

汤姆当然能体会。"你怎么这么了解法国？而且你的法语讲得也不错，是吧？"

"噢，学校里教过，而且几年前的夏天，我——我们一家来法国度假，在南部。"

汤姆觉得男孩来过法国很多次，说不定从五岁就开始了。普通的美国高中学不到一口地道法语。汤姆又从饮料小推车上拿了一瓶喜力啤酒，打开后放到咖啡桌上。他决定赌一把。"你有没有听说一个叫约翰·皮尔森的美国人去世的消息，大概一个月前？"

男孩的眼中闪过一丝惊讶，像是在努力回忆。"好像是——在哪儿听说过。"

过了一会儿，汤姆又说："他家有两个儿子，一个失踪了，名字叫法兰克，家里人很担心。"

"哦？——我不太清楚。"

男孩的脸色是不是变得更白了？"我在想——你可能就是那个孩

子。"汤姆说。

"我?"男孩身子前倾,手里端着啤酒,避开汤姆的视线,眼睛盯着壁炉,"如果是的话,我还去当什么园丁——"

足足沉默了十五秒钟,男孩没有再说话。"咱们来听你买的唱片,好吧?你怎么知道我爱听费舍尔-迪斯考?是因为大键琴吗?"汤姆笑着岔开话题,打开放在壁炉左边架子上的高保真音响。

琴声悠扬,然后传来费舍尔-迪斯考轻柔的男中音,唱的德语歌词。汤姆顿时精神一振,感觉心情舒畅,他回想起昨晚在收音机里听到的糟糕的男中音,不禁哑然失笑。那是一位英国歌手唱的英文歌曲,听起来像一头垂死的水牛在痛苦呻吟,而且还是四脚朝天陷在泥地里的水牛。歌词讲述了某人多年前爱过却依依惜别的康沃尔郡美丽少女,但从歌手老气横秋的嗓音来看,是一个老掉牙的故事了。汤姆突然笑出声来,这才意识到自己紧张得过了头。

"什么事儿那么好笑?"男孩问。

"我想到了自己为一首艺术歌曲取的名字,叫《自打周四下午,我变得魂不守舍,因为我打开歌德诗集,翻出一张旧的洗衣单》,用德语更传神。"

男孩也大笑起来——他也一样紧张吧?他摇摇头说:"我不太懂德语,但确实很好笑。魂不守舍!哈哈!"

美妙的音乐继续回荡在耳边,汤姆点燃一根高卢牌香烟,在客厅里慢慢地踱着方步,思考下一步该怎么做。要不要跟男孩摊牌,查看他的护照或者别的东西,比如别人寄给他的信,一劳永逸地把事情搞清楚?

一首歌唱完了,男孩说:"如果你不介意的话,我不想听完整张唱片。"

"行。"汤姆关掉唱机,把唱片装进封套。

"你刚才问我——那个人叫皮尔森?"

"是的。"

"如果我说——"男孩压低音量,生怕房间里还有别人或者在厨房的安奈特太太听见,"我就是他离家出走的儿子呢?"

"噢,"汤姆平静地说,"我会认为这是你的私事,如果你打算躲在欧洲——隐姓埋名——这么干的人多得是。"

男孩的表情轻松了些,嘴角抽动了一下,他又变得沉默,把喝了一半的啤酒杯捧在手心里转来转去。

"就是家里人挺担心的。"汤姆说。

安奈特太太走进房间。"不好意思,汤姆先生,你们需要——"

"好的,"汤姆回答,安奈特太太是打算问他要不要准备两个人的晚餐,"留下来吃点东西,怎么样,比利?"

"我很乐意,谢谢。"

看着男孩,安奈特太太满眼都是真诚的笑意。她喜欢客人,也喜欢让客人开心。"再过十五分钟可以吗,汤姆先生?"

安奈特太太离开客厅后,男孩把身子挪到沙发边缘,问道:"趁着还没有天黑,能去看看你的花园吗?"

汤姆站起身。两人穿过打开的落地窗,走下几级台阶,来到草坪。太阳正沉到地平线的左侧,从松树背后射出橘色和粉红色的光线。男孩原本打算避开安奈特太太的耳目,但此时此刻,他似乎被眼前的美景吸引住了。

"花园的布局不错,有格调。挺好的——又不至于太正式。"

"我可不敢抢设计师的功劳,原本就是这样子,我只负责打理。"

男孩弯下腰，欣赏还没有开花的虎耳草，他居然讲得出名字，让汤姆很吃惊。随后他又把注意力转向花房。

花房里有各种颜色的叶子、盛开的花和植物，全都栽种在湿度适宜、肥料充足的土壤里，等着送给亲朋好友。男孩很享受地深吸了一口气。他真的是约翰·皮尔森的小儿子吗？在优越的环境中长大，如果哥哥不成器，随时准备接手父亲留下的家族企业？已经到了隐蔽的花房，他为什么还不说出实情？男孩凝视着一个个花盆，轻轻地用指尖摸着植物。

"咱们回去吧。"汤姆有些不耐烦。

"遵命，长官。"男孩仿佛觉得自己做了件错事，挺直身子，跟汤姆走出花房。

都什么时代了，难道还有学校规定学生用"遵命，长官"来回答问题？是军校吗？

他们坐在客厅的凹室吃晚餐，主菜是鸡肉加汤团。男孩下午打来电话后，汤姆就吩咐安奈特太太开始和面。这种美式汤团是汤姆教安奈特太太做的，再配上佐餐的蒙塔榭葡萄酒，很合男孩的胃口。他客气地询问海洛伊丝的情况：她父母住在哪儿，是什么样的人？汤姆克制住自己，没有向他袒露对普利松夫妇的真实感受，尤其是对海洛伊丝父亲的不满。

"你的——安奈特太太会讲英语吗？"

汤姆笑着说："她连'早上好'都不会用英语讲。我猜她不喜欢英语。怎么了？"

男孩舔了舔嘴唇，把身子靠过来。两人之间隔着一米宽的餐桌。"如果我告诉你，我就是你之前提到过的那个——法兰克。"

"嗯，你已经问过了。"汤姆发现法兰克有点醉了。这样更好！

"你到这儿来——只是想离开家一阵子?"

"是,"法兰克认真地说,"你不会告发我吧?"他的声音轻得听不见,努力地盯着汤姆,但眼神已经开始迷离。

"当然不会,你可以相信我,你出走也许有自己的理由——"

"没错,我想换一种生活方式,"男孩打断他,"也许为了——"他欲言又止,"我很抱歉就这样离家出走,可是——可是——"

汤姆感觉法兰克只讲出了一部分实情,但是今晚只能到此为止了。在酒精的作用下,一个人的确可能吐露真言,尤其是像法兰克·皮尔森这样的年轻人,能编造的谎话毕竟有限。"聊聊你的家人吧,有人叫小约翰吗?"

"有,约翰尼,"法兰克转着葡萄酒杯的杯柄,眼睛盯着餐桌中央,"我拿了他的护照,从他房间里偷的,他满了十八,就快十九了。我能模仿他的签名——还行,看不出来。我之前没试过——谁知现在能派上用场。"法兰克沉默片刻,摇了摇头,脑子里似乎有些乱。

"你从家里跑出来后,做了些啥?"

"我搭飞机到伦敦,在那儿待了——大概五天,然后到了法国。巴黎。"

"哦——你的钱够吗?没有伪造旅行支票?"

"噢,没有,我拿了些现金,两三千块。从家里拿钱很容易,我会开保险柜。"

这时,安奈特太太走进房间收盘子,并端来加生奶油的野莓酥饼。

"约翰尼呢?"安奈特太太离开后,汤姆继续追问。

"约翰尼在哈佛念书,现在放暑假了。"

"你家住在哪儿?"

法兰克的眼珠转了转,似乎在思考该讲哪一个家。"你是指缅因州肯纳邦克波特的——那栋房子?"

"葬礼是在缅因州办的,对吧?我好像记得。你是从缅因州的家出走的?"听到这个问题,男孩显得很惊讶,这让汤姆感到诧异。

"对,是肯纳邦克波特,每年这个时候我们都去那儿,葬礼也在那儿举行——是火葬的。"

汤姆很想问他,他父亲是自杀的吗,又觉得这种问题太肤浅,只是为了满足自己的好奇心,所以改口道:"你母亲怎么样?"语气亲切得像是法兰克妈妈的老相识,顺便关心她的健康。

"噢,她——她很漂亮,虽然四十多了。她有一头金发。"

"你和她处得好吗?"

"当然,和我父亲比起来,她比较开朗。她喜欢社交,关注政治。"

"政治?哪一类?"

"共和党的事儿。"法兰克望着汤姆发笑。

"我记得她是你父亲的第二任太太。"汤姆记得讣文里提过。

"是的。"

"你没有告诉母亲自己在哪儿吗?"

"没有,我留了张字条,说要去新奥尔良,因为他们知道我喜欢那儿。我之前住过蒙特莱昂酒店——一个人。我从家里走到的公交车站,不然司机尤金会送我到火车站,这样他们就知道我没去新奥尔良了。我只想独自出行,所以先去了班戈市,然后到纽约,再搭飞机来这儿——我能抽一根吗?"法兰克从银杯里拿了一根烟,"我家里人肯定给蒙特莱昂酒店打过电话,发现我不在那儿,所以才——我知道，我偶尔也买《论坛报》，在报上读到了。"

"你在葬礼结束后多久离开家的?"

法兰克努力回忆准确的时间。"一个星期，也可能是八天后。"

"你为啥不给母亲发个电报，说你在法国，一切平安，想再多待一阵子? 成天躲来躲去，是不是很烦人?"但汤姆转念一想，法兰克也许觉得捉迷藏的游戏很有趣。

"现在，我不想和他们有任何来往。只想一个人，自由自在。"他说得很坚决。

汤姆点点头。"至少现在我知道你的头发为啥竖起来了，你以前是把头发梳到左边。"

"没错。"

安奈特太太端着咖啡托盘走进客厅。法兰克和汤姆站起身来，后者瞄了一眼手表，还不到十点。法兰克·皮尔森凭什么相信汤姆·雷普利会同情他? 就因为男孩也许读过报上关于雷普利的消息，知道他声誉不佳? 法兰克是否也干过坏事? 也许杀了自己的父亲，把他推下了悬崖?

"啊——嗯。"汤姆随意哼了两声，朝茶几走去时，摇晃了一下腿。真是个怪异的念头，他第一次产生这种念头吗? 汤姆也不清楚，反正他打定主意，说还是不说，什么时候说，都由男孩自己决定。"来喝咖啡。"他邀请法兰克。

"你希望我告辞吗?"法兰克问，他看见汤姆瞄了瞄手表。

"不，不，我在想海洛伊丝。她说半夜前要回来，不过现在离半夜还有很长时间。坐吧。"汤姆从饮料小推车上拿起一瓶白兰地。法兰克今晚讲得越多越好，汤姆可以送他回去。"干邑白兰地。"汤姆其实不喜欢喝白兰地，他先倒了一杯给法兰克，又给自己斟了同样多的酒。

法兰克看了看自己的手表。"我会在你太太回家前告辞。"

汤姆想，海洛伊丝会是又一个可能识破法兰克身份的人。"遗憾的是，他们肯定会扩大搜索范围，法兰克。他们不知道你已经到法国了吗？"

"我不清楚。"

"坐下吧。他们一定知道。等他们找完巴黎，就会来莫雷这样的小镇。"

"只要我穿旧衣服，打工——再改名换姓，他们就找不到。"

绑架，汤姆想。接下来可能就会发生这样的事。汤姆不想告诉法兰克盖提家的儿子被绑架的案子。案发后，警方进行了地毯式的搜索，可盖提家的儿子仍然音讯全无，绑匪剪下他一只耳朵的耳垂，以证明肉票在他们手上，最终盖提家支付了三百万美元赎金，才把儿子领回家。法兰克·皮尔森也是抢手货，绑匪们找人的本事比一般人强多了，要是他们认出他来，设局赚赎金，比把他交给警方更有利可图。汤姆问："为什么你要拿哥哥的护照呢？你没办护照？"

"有，还是本新的，"法兰克已经回到刚才坐的沙发角落，"我不知道，也许因为他年龄大些，感觉比较安全。我们俩长得有点像，不过他的头发颜色更金。"法兰克羞愧地咧了咧嘴。

"你和约翰尼合得来吗？你喜不喜欢他？"

"当然。"法兰克看着汤姆。

汤姆觉得他的回答发自内心。"你和父亲处得好吗？"

法兰克朝壁炉方向望去。"不好说，因为——"

汤姆等他平复心情。

"起初，他希望约翰尼对皮尔森感兴趣——我是指公司，然后又把希望寄托在我身上。约翰尼没考上哈佛商学院，或者他根本就不想去那儿。约翰尼的兴趣是摄影。"说这话时，法兰克像是在讲一件怪事，瞅了汤姆一眼，"所以父亲开始把我作为培养对象，这——大概是一年多以前的事儿，我一直下不了决心，因为这是个大事儿——做生意，你知道的，我为啥要——把自己的一生耗在这上面。"法兰克的棕色眼睛里闪过一丝愤怒。

汤姆一言不发。

"所以——说句老实话——也许我和父亲处得不是很好。"法兰克端起咖啡杯。他还没喝白兰地，也许用不着了，他已经打开了话匣子。

好几秒钟过去了，法兰克没有再说话，汤姆忍不住心生怜悯，因为他知道，接下来还有更悲伤的故事。汤姆说："我注意到你刚才在看德瓦特的画，"他朝壁炉上方的《椅子上的男人》点了一下头，"你喜欢吗？那是我最钟爱的一幅。"

"这幅我不知道，我知道那幅——在图录上见过。"法兰克扭头瞟了一眼左肩上方的画。

他指的是《红色椅子》，德瓦特的真迹。汤姆马上反应过来，男孩也许看过巴克马斯特画廊近期的图录，画廊努力把伪作剔除出了作品名单。

"有些画真的是仿品吗？"法兰克问。

"我不知道，"汤姆尽量露出真挚的表情，"从来没有证实过。是的。我记得德瓦特本人去伦敦鉴定过几幅。"

"对，我猜你当时也在场，你不是认识画廊的人吗？"听到这儿，法兰克顿时来了精神，"我父亲也有一幅德瓦特。"

汤姆很庆幸能稍稍换一下话题。"哪一幅？"

"叫《彩虹》，你听说过吗？米黄色打底，上面有一道彩虹，几乎全是红色，画得又朦胧又不齐整，根本看不出是哪座城市，是墨西哥城，还是纽约？"

汤姆清楚那幅画，是伯纳德·塔夫茨仿的赝品。"我知道，"汤姆说话时的表情像是在回味一幅精美的真迹，"你父亲喜欢德瓦特？"

"谁不喜欢呀？他的画给人一种温暖的感觉，我的意思是，带着人情味儿，现代派绘画中经常缺这种东西——我的意思是，有些人就喜欢这种温暖。弗朗西斯·培根的画笔调粗犷、真实，这幅画也是，虽然画上只有几个小姑娘。"男孩扭头看着左上方坐在红色椅子上的两个姑娘，她们身后似乎燃起一团红色的火焰。就主题而言，绝对算得上一幅"温暖"的画作，但汤姆知道，法兰克指的是德瓦特温暖的笔法，这可以从他用重复的线条勾勒出的人物身体和面部看出来。

汤姆有一点失落的感觉，因为男孩似乎不怎么欣赏《椅子上的男人》，男子和椅子都没有被颜料"点燃"，但笔调同样温暖，只是这一幅是仿品，所以深得汤姆的偏爱。幸好法兰克没问起画的真伪，要是他问了，就表明他听到过或读到过什么消息。"看样子你喜欢油画。"

法兰克扭扭捏捏地说："我很喜欢伦勃朗[1]，信不信由你，我父亲有一幅伦勃朗的画，锁在一个保险柜里，我偷偷瞧过几次，不是很大，"法兰克清了清嗓子，坐端正，"要只是图个乐子的话——"

这就是绘画的意义呀，汤姆心想，虽然按照毕加索的说法，画

---

1. 伦勃朗（Rembrandt Harmenszoon van Rijn，1606—1669），荷兰画家，欧洲十七世纪最伟大的画家之一。

是反对战争的武器。

"我喜欢维亚尔和勃纳尔[1]，他们的作品画面温馨，但这种现代的东西，抽象派，也许以后我才看得懂。"

"所以至少你和你父亲有共同点，都喜欢油画。他带你去看画展吗？"

"哦，我去过，没错，我喜欢逛画展。我记得那时我才十二岁，但从我五岁开始，父亲就坐轮椅了。有人冲他开枪，你知道吧？"

汤姆点点头，突然冒出一个疑问，约翰·皮尔森在轮椅上坐了十一年，那法兰克母亲的日子又是怎么过的呢？

"都是因为生意，赚钱的生意，"法兰克的语气中带着嘲笑，"我父亲知道谁是幕后黑手，是另一家食品公司，他们雇的杀手，但他从来没有起诉对方，要不然他的下场会更惨。你明白吗？美国就是这样。"

汤姆心领神会。"尝尝白兰地吧，"男孩拿起酒杯，抿了一口，皱皱眉，"你母亲现在住哪儿？"

"缅因州吧，我猜，也可能在纽约的公寓，我不清楚。"

汤姆想再试探一次，看法兰克会不会改变心意。"给她打个电话吧，两个地址的号码你肯定都知道，电话就在那儿，"靠近前门的桌子上放着一部电话，汤姆站起身，"我去楼上，免得打扰你们通话。"

"我不想让他们知道我现在在哪儿，"法兰克看汤姆的眼神变得更加坚定，"实在要打电话，我只打给一个姑娘，但就算是她，我也

---

1. 维亚尔（Édouard Vuillard，1868—1940）和勃纳尔（Pierre Bonnard，1867—1947），
   二者均为法国纳比派画家，强调绘画的主观性与装饰性。

不会透露我人在哪儿。"

"哪个姑娘?"

"特瑞莎。"

"她住在纽约?"

"嗯。"

"你为啥不打给她?她不担心吗?你不用告诉她自己在哪儿。我可以上楼去——"

法兰克慢慢摇了摇头。"她说不定猜得出我是从法国打的,我不能冒这个险。"

他是因为这个姑娘才离家出走的吗?"你有没有告诉特瑞莎你要走?"

"我告诉她我打算出门玩几天。"

"你跟她吵架了吗?"

"没有啦,怎么会。"幸福的笑容慢慢爬上法兰克的脸颊,他露出一种梦幻般的表情,汤姆还是第一次见到这个表情。男孩看了下手表,站起身来。"不好意思。"

才十一点,但汤姆知道法兰克不希望海洛伊丝再次见到他。"你有特瑞莎的照片吗?"

"有!"他把手伸进外套的内侧口袋,掏出皮夹,幸福的表情再次浮现,"这一张,我最喜欢的,虽然是用拍立得拍的。"他递给汤姆一张方形小照片,照片放在尺寸刚好合适的透明封套里。

汤姆看见一个棕色头发的姑娘,有灵动的眼眸,抿着嘴,眯着眼,笑得很俏皮。她的头发又直又亮,不太长,从表情上看,不像在搞恶作剧,笑容发自内心。她似乎刚好在跳舞,被拍了一张快照。"真漂亮。"汤姆说。

法兰克一言不发，开心地点点头。"您能开车送我回去吗？这双鞋子虽然舒服，但是——"

汤姆笑着说："小事儿一桩。"法兰克穿一双黑色古驰皱皮软帮鞋，擦得锃亮，棕褐色哈里斯花呢外套带有别致的菱形花纹，是汤姆也会选择的款式。"我去看看安奈特太太是不是还没睡，给她说一声我要出门，待会儿回来。她容易被车子吵醒，不过她应该正在等海洛伊丝回家。想上厕所的话，你可以用楼下的厕所。"汤姆冲前厅的一扇小门努了努嘴。

男孩上厕所去了，汤姆穿过厨房，走向安奈特太太的房间，透过门缝，他发现房间里已经关了灯。汤姆在电话桌前草草写了张字条："开车送朋友回家，约十二点回来。T."他把字条放在楼梯的第三级台阶，海洛伊丝肯定能看到。

3

汤姆想去看看法兰克口中的"小屋",途中,他漫不经心地提出这个要求:"我能参观一下你住的地方吗? 布婷太太会不会不高兴?"

"噢,当然可以,她十点就睡了!"

这时车子进入莫雷,汤姆已经熟悉了路线,他往左拐进巴黎大街,然后减速,七十八号就位于左侧路边。有一辆车停在布婷太太家附近,车头正对汤姆。街上没有车辆往来,汤姆直接把车停到左边,前大灯照亮那辆车的车头。汤姆注意到,对方车牌的最后两位数是 75,说明是在巴黎注册的。

恰在此时,那辆车也突然把前大灯开到最亮,光柱穿过汤姆的挡风玻璃,随后,那辆在巴黎注册的车子迅速倒车,汤姆隐约看见前排坐有两个人。

"怎么了?"法兰克听起来有点担心。

"我也正猜呢,"汤姆看着那辆车退到最近的拐角,然后重新往前,加速开走,"是巴黎的车。"汤姆停了车,但仍然亮着前大灯,"我去把车停在街角。"

汤姆的车停在刚才那辆巴黎车拐弯的地方,这里路灯更暗,路面更窄。汤姆关了大灯,等法兰克下车后,又锁上三扇车门。"没啥担心的。"汤姆嘴上这么说,心里却有些担心,布婷太太的花园里说不定正埋伏着一两个人。"带上手电筒。"汤姆边说边从置物箱里拿出手电筒,锁好驾驶座的车门,领着法兰克朝布婷太太家走去。

法兰克从外套的内袋里掏出一长串钥匙，打开车道大门，走进花园。

汤姆警觉地握紧拳头，随时准备迎接一场格斗。大门的高度只有九英尺，虽然带尖刺，却不难攀爬。翻越前门更容易。

"把门锁上。"两人进门后，汤姆低声说。

法兰克锁好门，现在是他拿着手电筒，汤姆跟在他身后，一起穿过葡萄藤和苹果树，朝右边的小屋走去。布婷太太的屋子在左边，黑沉沉的。汤姆听不见任何声响，连邻居的电视声都没有。深更半夜时，法国的村庄经常是一片死寂。

"小心。"法兰克低声道，拿光柱晃了一下挤在一起的三个水桶，提醒汤姆躲开。法兰克抽出一把小钥匙，打开屋门，开了灯，又把手电筒还给汤姆，"小是小了点，但好歹算是个家！"法兰克说，顺手关上两人身后的房门。

房间不大，摆着一张单人床和一张漆成白色的木桌，桌上放了几本平装书、一份法语报纸、几支圆珠笔和一个装着一半喝剩咖啡的马克杯。蓝色工装搭在直背椅上，墙边有水槽、小木炭炉、废纸篓和毛巾架。一个高架子上搁了一只成色不太新的棕色皮箱，架子下面是一根长约一米的晾衣竿，挂了几条西裤、牛仔裤和一件雨衣。

"坐吧，床上比椅子舒服，"法兰克说，"我可以请你喝杯速溶咖啡，拿冷水泡的。"

汤姆笑着说："没关系，你住的这地方还算——宽敞。"墙壁看起来才粉刷过，也许是法兰克亲自动的手。"那幅画很漂亮。"汤姆指着一幅画在白纸板上的水彩画（是那种垫在信纸底部的白纸板），斜靠着墙，立在床头柜上。说是床头柜，其实是个木箱子，上面摆了玻璃瓶，瓶里插着野花和一支红玫瑰。画面描绘的是两人刚刚走过的大门，半开半掩，笔法简洁、大胆，毫不造作。

"噢，那个呀。我在桌子抽屉里找到了一点小孩儿用的水彩颜料。"男孩的样子不像是喝醉了酒，只是累坏了。

"我得走了，"汤姆将手伸向门把手，"想来我家的话，就给我打电话。"汤姆把门推开一半，突然发现前方约二十米外布婷太太的屋子里亮起灯光。

法兰克也看到了灯光。"怎么回事？"法兰克烦躁地说，"我们又没弄出动静。"

汤姆本来想偷偷溜出大门，但是透过宁静的夜色，他听见布婷太太踩在碎石上的脚步声，似乎近在咫尺。"我还是躲到树丛里吧。"话音未落，他已经将身子靠向左边，因为花园的墙边和树下漆黑一片。

老太太走得小心翼翼，拿着一个铅笔粗细、灯光微弱的手电筒，用法语问："是比利吗？"

"是的，太太！"法兰克用法语答道。

汤姆一手撑着地，蹲在离法兰克的小屋约六米远的地方。他听见布婷太太说，大约十点钟时，有两个男人上门找过法兰克。

"找我？是谁？"法兰克问。

"没告诉我名字，只说想找我的园丁。我从来没见过他们！晚上十点来找一个园丁，太奇怪了吧！"布婷太太气呼呼地说，声音里满是怀疑。

"这可不是我的错，"法兰克说，"他们长什么样？"

"噢，我只看到一个，大概三十岁左右，问你什么时候回来。我怎么知道!"

"很抱歉他们来打扰您,太太,我没有去别处找活儿干,我向您保证。"

"但愿如此!我可不喜欢有人大晚上的来按我家门铃,"她瘦小而佝偻的身子准备掉头离开,"我锁了两道门,得一路走到前门跟他们搭话。"

"要不我们——算了,布婷太太,真的很抱歉。"

"晚安,比利,睡个好觉。"

"您也是,太太!"

汤姆等了一阵,目送她走回屋里。他听见法兰克关上房门,随后布婷太太的屋里终于也传出锁门声,紧接着是第二道门锁轻微的转动声,最后是门闩拉上沉闷的咔哒声。这是最后一道锁吗?汤姆没有再听见锁门声,但他仍然躲在原地。二楼的毛玻璃微弱地透出灯光,然后又熄灭。显然,法兰克在等他率先采取行动,这一点很机灵。汤姆轻手轻脚地钻出树丛,用指尖敲了敲门。

法兰克开了一道门缝,汤姆钻进屋子。

"我都听到了,"汤姆低声说,"你今晚最好离开这儿,现在就走。"

"是吗?"法兰克有些惊讶,"你说得对,没错。"

"快——咱们赶紧收拾行李。今晚住我家,明天再操心明天的事儿。你只有这个箱子?"汤姆从架子高处取下皮箱,打开摆在床上。

两人动作迅速。汤姆把东西递给法兰克,有裤子、衬衫、球鞋、书、牙刷和牙膏。法兰克一直低着头,汤姆觉得他就快哭出声来。

"别担心,今晚先甩掉那些讨厌鬼,"汤姆温柔地说,"明天咱们再写张纸条给这位好心的老太太,说你今晚给家里打过电话,有急事要马上赶回美国，别的理由也行，只是现在没时间写了。"

法兰克使劲把雨衣压了又压，合上皮箱。

汤姆从桌上拿起手电筒。"等等，我去看看他们回来了没有。"

汤姆悄无声息地踩在修剪整齐的草地上，朝大门走去。没有灯光的话，他只能看清方圆三米内的范围，但是他不想打开手电筒。布婷太太家的门前没有车的踪影，但他们会不会躲在他停在街角的车子旁边等呢？这可真烦人！门都上了锁，汤姆没办法走去街角一探究竟。他返回法兰克的小屋，发现他已经提着皮箱，准备出发。法兰克把钥匙插在小屋的锁孔上，锁好门。两人一起走向大门。

"你在这儿待一下，"法兰克打开门锁后，汤姆说，"我去街角看看。"

法兰克放下行李箱，紧张地跟在汤姆身后，但是对方把他往后推，又确认了一下大门，看起来是锁好的，然后朝街角走去。汤姆稍稍放宽了心，因为那两人肯定不是冲着他来的。

还好，街角只剩他的车。这附近的住户都有车库，没人把车停在街边。汤姆只希望那两个人没有注意到他的车牌号码，要不然的话，他们随便捏造一个理由，就能从警察那里查到他的姓名和地址。汤姆回去找法兰克，男孩仍然站在大门后。汤姆冲他招招手，男孩出了门。

"这串钥匙怎么办？"法兰克问。

"扔到门里面。"汤姆低声说。法兰克已经再次锁好大门。"明天我们写字条告诉她。"

两人一起出发，法兰克提着皮箱，汤姆拎着大手提包，走到街角，上了车。关上车门，汤姆感觉踏实多了。他选了另一条路，东拐西拐出了镇子。目光所及，没有别的车尾随其后。他们穿越镇中心，驶过有四座塔楼的老桥，街灯几乎都灭了，一间酒吧正准备打烊。路上只有两三辆车，没人注意到他们。汤姆开上五号公路，右转，朝欧碧利克镇方向驶去，这条路一直通往维勒佩斯。

"别担心，"汤姆说，"我熟悉路线，而且没人跟踪我们。"

法兰克似乎还没有回过神来。

布婷太太的小小世界崩塌了，汤姆想，男孩一时不知道自己身在何处。"我去跟海洛伊丝说，你今晚住在我家，"汤姆告诉他，"不过你的身份还是比利·罗林斯。我会告诉她，你要在我们的花园里干活，还有——"汤姆又看了一眼后视镜，后面一辆车也没有，"我会说你在找兼职，别担心。"汤姆瞅了一眼法兰克，男孩紧咬着下唇，盯着挡风玻璃发呆。

终于到家了，汤姆望见丽影前院柔和的灯光，是海洛伊丝特意为他留的。车子开进敞开的大门，驶入位于右侧的车库，海洛伊丝的红色奔驰车停在车库靠右的位置。汤姆叫法兰克稍等片刻，跳下车，从杜鹃花丛下摸出一把大钥匙，锁好前门。

这时，法兰克已经拿好皮箱和手提包，站在车旁。客厅里亮着一盏灯，汤姆打开楼梯间的灯，关掉客厅的灯，然后示意法兰克跟他上楼。两人往左转，爬到楼梯顶端，汤姆打开客房的灯。海洛伊丝的房门关着。

"别客气，"汤姆对法兰克说，"衣柜在这儿——"他打开奶油色的门，"抽屉在这儿——今晚用我的浴室，因为这一间海洛伊丝在用。我再过一小时才睡觉。"

"谢谢你。"法兰克把箱子放在一张单人床床脚边的橡木短凳上。

汤姆走进自己的房间，打开灯，也点亮浴室的灯，然后不由自主地走到窗边，安奈特太太已经将窗帘拉好，他透过窗帘缝隙向外张望，看有没有车子驶过或者停在路旁，但除了左侧一块被路灯照亮的区域，到处都是一片漆黑。当然，说不定有一辆车关了灯，停在某处，但汤姆觉得没有这种可能性。

法兰克敲了敲半掩的房门，穿着睡衣走进来，手里拿着牙刷，光着脚。汤姆指了指浴室的方向。

"请便，"汤姆说，"慢慢洗。"汤姆微笑地看着一脸疲惫的法兰克。男孩已经长出了黑眼圈，慢慢走进浴室，关上门。汤姆也换好睡衣。他很想知道随后几天的《论坛报》会怎么报道法兰克·皮尔森的失踪事件，可以肯定的是，搜索规模会扩大。汤姆走到走廊另一端海洛伊丝的房间，钥匙还插在门上，透过锁孔，能窥见里面是否亮着灯。汤姆把眼睛贴在锁孔上，房间里看不到灯光。

汤姆返回自己房间，正躺在床上翻看一本法语语法书时，法兰克走出浴室，笑容满面，顶着一头湿漉漉的头发。

"热水澡！哇！"

"快去睡吧，睡够了再起床。"

轮到汤姆洗漱时，那辆停在布婷太太家门口的汽车在他脑子里挥之不去，不管那两个男人是谁，他们似乎并不想贸然发生正面冲突，甚至不愿在法兰克和同伴跟前现身，但这并非是个好兆头。当然，他们也许只是出于好奇：莫雷镇上有人无意中聊到自己遇见一个从美国来的男孩，模样像法兰克·皮尔森，那人也许还有朋友住在巴黎。他们没说要找法兰克，只是说找布婷太太的"园丁"。汤姆心想，明天一早就把字条给布婷太太送去，越快越好。

4

一只孤零零的鸟儿唱起一首由六个音符组成的乐曲，把汤姆唤醒。听起来不像云雀。到底是什么鸟呢？音调中带着疑虑，甚至胆怯，却满怀好奇，精力充沛。这只鸟或它的家人常常在夏天叫醒汤姆。汤姆勉强睁开眼睛，望着灰色的墙壁和色调更深的灰色阴影，好似一幅淡水彩画。汤姆喜欢这幅画，边缘包有黄铜的柜子是一团颜色，书桌是更深的一团颜色。他叹了口气，把脑袋埋进枕头，准备再打个盹。

法兰克！

汤姆突然想到男孩住在家里，顿时没了睡意。他看看手表，七点三十五分。得去告诉海洛伊丝，法兰克住在这儿，噢，不对，是比利·罗林斯。汤姆穿上拖鞋和晨袍，走下楼去。最好先让安奈特太太得知这个消息。每天早上八点，安奈特太太都会给他端来咖啡，今天汤姆比她早一步下楼。安奈特太太从来不介意有客人登门，也从不过问客人要待多久，只要通知她准备几顿饭就好。

汤姆走进厨房，水壶正好开始呜呜响。"早安，安奈特太太！"他高兴地向她打招呼。

"汤姆先生！昨晚睡得好吗？"

"很好，谢谢你。我们来了客人，是你昨晚见过的那个美国小伙子，叫比利·罗林斯。他住在客房，也许要在这儿待几天。他喜欢弄园艺。"

"是吗？一个好男孩！"安奈特太太的语气带着几分赞赏，"他几点吃早餐？——汤姆先生，你的咖啡。"

汤姆的咖啡已经煮好，水壶里的水拿来给海洛伊丝泡茶。汤姆看着安奈特太太把黑咖啡倒进白色杯子，对她说道："不用着急，我叫他多睡会儿，等他下楼，我负责招待。"海洛伊丝的茶泡好了，安奈特太太端起托盘，汤姆说："我跟你一块去。"随后端起咖啡杯，跟在她身后。

安奈特太太敲了敲门，端着放了茶杯、西柚和吐司面包的托盘走进海洛伊丝的房间，汤姆站在门口。

海洛伊丝睡眼惺忪地说："呀，汤姆，进来吧！我昨天晚上好累——"

"不过至少你回来得不算晚。我是半夜回的家。听着，亲爱的，我留那个美国小伙子在家里过了夜，请他帮我们做一些园艺活。他住在客房，比利·罗林斯，你之前见过的。"

"噢。"海洛伊丝用汤匙挖了一口西柚送到嘴里。她似乎并不太吃惊，但随即问道："他没地方住吗？没有钱？"

两人用英语交谈，汤姆认真地回答："他当然有钱，住得起店，但是昨晚他说对之前住的地方不太满意，所以我说那就来我们家过夜吧。我们一起去拿的行李，他是个有教养的孩子。"汤姆又添上一句，"今年十八岁，爱好园艺，手艺还不赖。如果他要给我们打一阵子工——可以住雅各布家的廉价旅馆。"雅各布夫妇住在维勒佩斯镇，开了一间酒吧兼饭馆，二楼附设三个房间的"旅馆"。

海洛伊丝嚼着吐司，语气多了些警觉。"你太冲动了，汤姆，让一个美国男孩住在家里——平白无故的！谁知道他是不是个小偷？你还留他过夜——说不定他已经逃得无影无踪了！"

汤姆低头思考了一阵。"你说得没错，但这孩子不是搭便车到处玩的那种，你——"话音未落，汤姆的耳畔传来微弱的嗡嗡声，和他的旅行闹钟一样。海洛伊丝似乎没有听到，因为她离走廊比较远。"他设了闹钟，我去去就来。"

汤姆端着咖啡杯走出海洛伊丝的房间，关上房门，又敲响法兰克的房间门。

"请进。"

法兰克拿手肘撑着脑袋，坐在床上。床头柜上的旅行闹钟和汤姆那个很相似。"早安。"

"早上好，先生。"法兰克把头发往后一撩，双腿垂在床沿晃来晃去。

汤姆被逗乐了。"还要再多睡一会儿吗？"

"不了，八点起床刚刚好。"

"喝咖啡吗？"

"好的，谢谢。我一会儿下楼。"

汤姆说他愿意帮他端上来，于是下楼走进厨房。安奈特太太已经准备好一个托盘，上面放着橙汁、吐司等早餐，汤姆端起托盘，但安奈特太太告诉他咖啡还没倒好。

她把咖啡倒进托盘上预先加过热的银壶里。"汤姆先生，你真的要自个儿端过去？那孩子想不想再吃个鸡蛋——"

"这些就差不多了，安奈特太太。"汤姆朝楼上走去。

法兰克抿了一口咖啡，说："嗯——好喝！"

汤姆将托盘放在书桌上，提起银壶，给自己的杯子也添了咖啡。他坐在一把椅子上。"你今天早上务必要写张字条给布婷太太，越快越好，我帮你送过去。"

"行。"法兰克细细品尝着咖啡，样子清醒多了。他头顶的头发一根根竖起来，像是被风吹过。

"告诉她大门钥匙在哪儿。就在两扇门背后。"

男孩点点头。

男孩咬了一口抹了柑橘酱的吐司。汤姆问："你还记得是哪天离开家的吗？"

"七月二十七。"

今天是八月十九号，星期六。"你在伦敦待了几天，然后——你在巴黎住哪儿？"

"雅各布街的昂格勒泰酒店。"

汤姆听说过那家酒店，但没去住过。昂格勒泰酒店位于圣日耳曼德佩商业区。"我能看一眼你的护照吗？你哥哥的护照？"

法兰克跑到行李箱边，从箱子的顶袋里掏出护照，递给汤姆。

汤姆翻开护照，将护照页横过来，照片上是一个发色更金黄的年轻人，头发往右梳，脸颊更瘦，但眼睛、眉毛和嘴巴都和法兰克相似。汤姆很纳闷他是怎么混过检查的，难道是运气不错？护照上的男孩快十九岁了，身高五英尺十一英寸，个头比法兰克高一点。在法国住酒店无需出示护照或者身份证，但是英法两国的出入境管理局肯定接到了法兰克·皮尔森失踪的通知，也拿到了法兰克的照片，而且，他哥哥还没有发现自己的护照不见了？

"我劝你还是趁早放弃吧，"汤姆决定采用另外一种策略，"你这样子还敢在欧洲瞎逛？随便到个边境检查站，就会被拦下来，尤其是在法国。"

男孩有些不知所措，觉得受到了冒犯。

"我不知道你为啥要藏起来。"

男孩转了转眼珠，看样子他不像是在编谎话，而是在问自己接下来该怎么办。"我只想安安静静的——一个人再待几天。"

汤姆注意到男孩拿起餐巾放回托盘时，手微微抖了一下，然后心不在焉地将餐巾对折，随手扔进托盘。"你妈妈肯定发现你偷了约翰尼的护照，因为你的护照还在家里。他们很容易就能查到你在法国的行踪，与其让警察找上门来带走，不如自己告诉他们。"汤姆把咖啡杯放在法兰克的托盘里，"你给布婷太太写字条吧，我跟海洛伊丝说了你在这儿。你有纸吗？"

"有，先生。"

汤姆原本打算给他几张打字纸和一个廉价信封，因为客房抽屉里的便笺上印有丽影别墅的地址。汤姆回到房间，用电动剃须刀刮了胡子，换了一条平时去花园干活时爱穿的绿色灯芯绒旧裤子。天气不错，凉爽而晴朗。他给温室里的花草浇了一些水，寻思着他和法兰克怎么打发一上午的空闲，突然又放下手中的修枝剪和叉子，因为再过几分钟，报纸就要送来。汤姆听见邮车熟悉的手刹声，于是朝前门走去。

他想先看看《国际先驱论坛报》上有没有关于法兰克·皮尔森的消息，虽然和报纸一起送达的还有杰夫·康斯坦从伦敦寄来的信。杰夫是个自由摄影师，但奇怪的是，相比一门心思打理巴克马斯特画廊、终日以画廊为家的艾德·班伯瑞，杰夫更经常跟他通信。新闻版和"人物"栏都没有提到法兰克·皮尔森。汤姆突然想到周末发行的八卦小报《法兰西周日报》，今天是星期六，正好有新的一期付印。《法兰西周日报》专门挖掘名人的风流韵事，但金钱也是偏爱的主题。他走进客厅，拆开杰夫的信。

杰夫扫了一眼打印的信纸，信中并没有提到德瓦特的名字。杰夫表示同意汤姆的建议，决定适时收手，在与艾德商量之后，已经通知了相关人士。汤姆知道，杰夫口中的"相关人士"是一个住在伦敦的年轻画家，叫施托曼，一直帮他们伪造德瓦特的画作，已经完成了大概五幅，但是论画功的精湛程度，根本无法跟伯纳德·塔夫茨相比。传闻德瓦特已经在一个墨西哥的小村子过世，但他生前从未透露村子叫什么，好几年来，杰夫和艾德都忙着"发掘"德瓦特的遗作，并推向市场。杰夫继续写道："这会让我们的收入大幅度减少，但你也知道，我们向来听从你的意见……"在信的末尾，他嘱咐汤姆阅后即销毁信件。汤姆长舒了一口气，慢慢地把杰夫的信撕成碎片。

法兰克拿着信封走下楼。他穿着一条蓝色牛仔裤。"写完了。你可以帮我看看吗？我觉得还行。"

他的样子像一个交作业给老师的学生。汤姆找出两处法语表达的小错误，但无伤大雅。法兰克说他给家里打了电话，得知有家人生病，不得不赶回去。他感谢布婷太太的照顾，告诉她大门的钥匙藏在花园的门背后。

"我觉得很好，"汤姆说，"我现在就送过去，你可以看看报纸，或者去花园走走。我半小时后回来。"

"报纸。"法兰克轻声说，脸颊抽搐了一下，露出牙齿。

"我看了，上面没写。"汤姆指了指沙发上的《国际先驱论坛报》。

"我还是去花园吧。"

"别跑到房子前面，懂吗？"

法兰克心领神会。

汤姆拿起搁在大厅桌上的车钥匙，出了门，启动奔驰车的引擎。汽油就快用光了，他打算在返程时加点油。在限速范围内，汤姆尽可能地开足马力。可惜信是法兰克手写的，但如果用打字机打印，又难免令人怀疑。汤姆暗暗盼望，除了敲开布婷太太家门的警察，没有其他人对法兰克的笔迹感兴趣。

到了莫雷，汤姆把车停在离布婷太太家约一百米远的地方，然后下车步行。不巧的是，有一个女人正站在大门外，虽然汤姆看不见布婷太太，但他猜两人在聊天，也许聊的是比利失踪的事。汤姆转身往相反方向慢慢走了几分钟，等他再次回头看，那个原本站在人行道上的女人正朝他走来。汤姆赶紧转过身，往布婷太太家方向走去，从女人身旁经过时，他没有看对方一眼。大门紧闭，他把信封塞进标有"邮件"字样的门缝，绕过街角，又钻进车里。他朝镇中心驶去，打算开到卢万河大桥附近，那里有一间报亭。

汤姆停下车，买了一份《法兰西周日报》，和往常一样，头条标题是红色字体，不过内容讲的是查尔斯王子的女友，另一则提到一位希腊女继承人的婚姻灾难。汤姆过了桥，来到加油站，趁着给油箱加油的空当，他翻开报纸，法兰克的正面照吓了他一跳。照片上，法兰克的头发梳到左边，右侧脸颊有一颗小痣。版面呈正方形，分为两栏，标题为《美国百万富翁之子藏身法国》，照片下面写着一行字：这是法兰克·皮尔森。你是否见过他？

报道内容如下：

距美国食品业巨头、百万富翁约翰·皮尔森过世尚不到一周，他年仅十六岁的小儿子法兰克便拿走兄长约翰的护照，从位于美国缅因州的豪宅中出走。法兰克见多识广，特立独行，他美丽的母亲莉莉表示，父亲的过世让他非常难过。法兰克留下一张字条，说要去路易斯安那州的新奥尔良市待几天，但是家人和警方都找不到他在那里逗留的证据。据说，搜查工作已经从伦敦转到法国。

这个富有的家族陷入绝望中，兄长约翰会来欧洲，和私人侦探一起寻找法兰克。小约翰·皮尔森表示："我能找到他，因为我了解他。"

老约翰·皮尔森十一年前曾遭遇行刺，导致下肢瘫痪，他于七月二十二日在缅因州住处附近坠崖，死因是自杀或者意外，至今尚无定论。美国警方将其死因定为"意外"。

但是——男孩离家出走，究竟有何隐情？

汤姆付了油钱给值班员，也给了小费。他必须赶紧告诉法兰克，把报纸拿给他看，让这孩子想个什么对策，然后把报纸撕碎，免得海洛伊丝，特别是安奈特太太看到。

十点半时，汤姆的车钻过丽影别墅的大门，开进阴暗的车库。他折好报纸，将报纸夹在腋下，绕到屋子左侧，经过安奈特太太的房门。他看到门的左右各摆了一盆盛开的红色天竺葵。汤姆心想，她肯定得意极了，因为花是她自己买的。法兰克在花园的另一头，弯着腰，像是在拔杂草。透过微微打开的落地窗，屋里传出海洛伊丝练习的巴赫曲子，琴声规规矩矩。但汤姆知道，再过一个半小时，她就会要么播放别人演奏的巴赫唱片，要么播放曲风迥异、能让她换个心情的唱片，比如摇滚乐。

"比——利。"汤姆轻轻喊了一声，他提醒自己一定要喊"比利"，不要喊成"法兰克"。

男孩从草地直起身子，笑着问："你送过去了吗？有没有见到她?"声音也很轻,生怕背后的树林里有人在偷听。

汤姆也对花园后面的树林怀有戒心——将近十米宽的矮树丛后,林木愈加茂密,汤姆曾经身陷其中,十五分钟后才逃出来。齐腰高的荨麻遮挡了视线,带刺的野生黑莓藤长约三四米,从未结过果实,更别提高大的青柠树了,粗壮的树干背后完全能躲藏一个人。汤姆冲男孩甩甩头,男孩走过来,两人一起走向隐蔽的温室。"小报上有你的消息。"汤姆边说边打开报纸。他背对着别墅,海洛伊丝的琴声清晰可闻。"你看看。"

法兰克接过报纸,汤姆见他突然吃了一惊,手抖了一下。"该死的。"他轻声说,咬紧牙关读着报纸。

"你哥哥会来吗?"

"我猜——会吧。但说我的家人'陷入绝望'——太可笑了。"

汤姆故作轻松地问:"要是约翰尼今天突然来这儿,说'原来你在这儿呀!',该怎么办呢?"

"他为啥要来这儿?"法兰克问。

"你跟家人或者约翰尼聊到过我,提起过我吗?"

"没有。"

汤姆的声音低得几乎听不见。"德瓦特的画呢?有没有聊过这件事儿?你还记得吗?大概一年前?"

"我记得。我父亲提到过,因为报上有消息,但是没有特别写到你。"

"那么你是什么时候读到有关我的消息——你之前说过的在报纸上?"

"在纽约的公立图书馆,几周前的事儿。"

他说的是旧报纸。"你没跟家人或者朋友提过我?"

"没有。"法兰克看着汤姆，视线落在汤姆身后，又忧虑地皱起眉头。

汤姆转过身，看见老贝尔·亨利正慢慢朝他们走来，好像童话故事里的巨人。"是我请的兼职园丁，别跑，别担心，把头发弄乱一点。你得把头发留长，以后能派上用场。别说话，只用法语说声'你好'。他中午就走。"

此时，这个法国巨人已经快要走到能听清他们对话的距离，亨利的声音如隆隆的雷声，低沉而响亮。"早安，雷普利先生！"

"早安，"汤姆回答，"这位是弗朗索瓦，"汤姆用手指着法兰克，"来除草的。"

"你好。"法兰克说，他已经把头发抓乱，低着头，垂着肩，懒散地走到草坪边，拔马尾草和旋花。

汤姆很满意法兰克的机灵劲。他穿着破旧的蓝色夹克，看起来就是一个来雷普利家当钟点工的当地男孩，而且亨利向来不靠谱，所以出现竞争对手，他也没什么好抱怨的。亨利连周二和周四都分不清，他上工的日子也从来不按照约定。见到男孩，亨利并不惊讶，透过他棕色的小胡子和尚未修剪的络腮胡，可以看到他心不在焉的微笑。他穿一条宽松的蓝色工作裤，一件格子纹伐木工衬衫，戴一顶淡蓝白色条纹、有帽舌的棉帽，像一个美国的铁路工。亨利有一对蓝色眼珠，眼神永远扑朔迷离，像是酒醉未醒的样子，但汤姆从没见他喝醉过，也许是早些年喝得太厉害，留下了后遗症。亨利大约四十岁，汤姆付他一小时十五法郎，随便干点啥都行，哪怕他们只是站在园子里闲谈，讨论盆栽土或者冬天该如何储存大丽花的块茎。

汤姆建议两人再一次向长约一百米的花园后沿发动进攻，法兰克正在那里忙碌，只是位置靠左，挨着通往树林的小径，距离他们还有一长截路。汤姆递给亨利一把修枝剪，自己也拿了叉子和沉甸甸的铁耙子。

"在这儿砌一座矮石墙，就没这些麻烦事儿了。"亨利乐呵呵地低声说了一句，拿起锄头。这句话他说过很多次，汤姆懒得再重复一遍枯燥的回答，表示自己和妻子喜欢花园与树林融为一体的感觉，因为这样的话，亨利就会告诉汤姆，干脆让林子把花园盖住算了。

两人干得热火朝天，十五分钟后，汤姆扭头看了一眼，没有见到法兰克。汤姆心想，也好，要是亨利问起男孩，就说他磨洋工，已经溜了。但是亨利一个字也没提，这样更好。汤姆从侧门走进厨房，安奈特太太正在水槽旁洗东西。

"安奈特太太，能帮我个小忙吗？"

"行，汤姆先生！"

"住在我们家的那个男孩——和在美国的女朋友闹了别扭。他在法国还有一些从美国来的同伴。他想躲一阵，打算在这儿待几天，最好别跟村里的人说比利住在我们家，他不想朋友来这儿找他，明白吗？"

"哦——"安奈特太太心领神会。她脸上的表情似乎在说，感情这东西变得太快，爱得越深，伤得越深，不过男孩还年轻，能挺过来的。

"你没跟别人提过比利吧？"汤姆知道安奈特太太经常去乔治家的咖啡店喝茶，其他住户的管家也爱去那儿。

"绝对没有，先生。"

"那就好。"汤姆又回到花园。

将近中午，亨利原本就慢吞吞的手脚变得更慢，他抱怨天气太热，但其实一点也不热。汤姆倒是不介意停下手中的活，两人走进温室，温室地板上用来排水的一个方形水泥凹槽里放着六七瓶喜力啤酒。汤姆抽出两瓶，用生锈的开瓶器拧开瓶盖。

随后的几分钟，汤姆过得迷迷糊糊，因为他想着法兰克的事儿，他跑哪里去了？亨利的大手捏着小啤酒瓶，昂着脑袋走来走去，偶尔弯腰看看花架上的植物，嘴里念念有词，抱怨今年夏天树莓的产量少得可怜。亨利穿了一双系着鞋带的旧皮靴，鞋帮高过脚踝，鞋底又厚又软，虽然样式不时髦，却很舒适。汤姆从未见过这么大的脚。亨利的脚真的能将靴子填满吗？从他的手掌来判断，确实有这种可能。

"不对，是三十，"亨利说，"你忘了？上次你少给了十五。"

汤姆没有少给，但他不想跟亨利讨价还价，递给他三十法郎。

出门时，亨利跟汤姆约好下周二或者周四再来干活，其实哪一天都无所谓。几年前遭遇工伤后，亨利便"永久退休"或者说专注"休养"了。他过着轻松惬意的生活，谁见了都要羡慕。汤姆目送他高大的身躯越走越远，经过别墅米色的塔楼。汤姆在温室的水槽将手冲洗干净。

几分钟后，汤姆从前门走进屋子。客厅的音响正在播放勃拉姆斯的四重奏，海洛伊丝也许在那儿。汤姆上楼去找法兰克，房门关着，汤姆敲了敲门。

"进来吗？"汤姆已经习惯了法兰克说话时的疑问语气。

汤姆走进房间，看到法兰克已经收拾好行李箱，将床单和被子叠得整整齐齐。换掉工作服的法兰克虽然努力控制自己的情绪，却难掩悲伤，似乎快要哭出声来。汤姆关上门，轻声问："怎么啦？——担心亨利会说出去？"汤姆知道这事与亨利无关，但他得想个法子让男孩开口。报纸还插在汤姆裤子后面的口袋里。

"就算亨利不说，别人也会说。"法兰克声音发抖，低沉地说。

"又怎么啦？"约翰尼在来法国的路上，还带了个私家侦探，游戏马上就要结束了。但那是什么游戏？"你为什么不愿意回家呢？"

"我杀了我爸爸，"法兰克低声说，"没错，是我把他推下那个——"男孩欲言又止，嘴唇皱得像一个老头，垂下脑袋。

他是杀人犯，汤姆心想。为什么要杀人呢？汤姆从没见过如此温文尔雅的杀人犯。"约翰尼知道吗？"

法兰克摇摇头。"他不知道。没人看到我。"他棕色的眼睛里闪着泪光，但眼泪并没有夺眶而出。

汤姆渐渐听懂了事情的来龙去脉。是男孩良心受到谴责，又或者是被谁的话触动，逼得他离家出走。"有谁说了什么吗？是你妈妈？"

"我妈没说什么。是苏西，我们的管家。但她也没看到我。她不可能看到。她当时在屋子里，再说她又是个近视眼，从家里看不到悬崖。"

"她对你说了什么，或者是对别人？"

"都有。警察——不相信她的说法。她年纪大了，脑子有点糊涂，"法兰克像是在受刑，把脑袋痛苦地甩来甩去，伸手去拎放在地上的行李箱，"瞧，我都告诉你了。这个世界上我只给你一个人说了，随便你怎么着。我的意思是，你去告诉警察或者其他人，都行。反正我要告辞了。"

"算了吧，你要去哪儿？"

"我不知道。"

但汤姆知道，即使他拿着哥哥的护照，也不可能离开法国。他无处可藏，只能躲在庄稼地里。"你出不了法国，在国内也跑不了太远。听着，法兰克，咱们吃过午餐再聊。我们可以——"

"午餐?"听法兰克的语气，这两个字仿佛让他遭受了奇耻大辱。

汤姆走到他身旁。"你必须听我的。现在是午餐时间。你不能这时候一走了之，别人会怀疑。打起精神来，饱餐一顿后，我们再谈。"汤姆伸手去握法兰克的手，但男孩把手缩了回去。

"我想走就走!"

汤姆左手攥住男孩的肩膀，右手掐住他的喉咙。"不行，就是不行!"汤姆捏了一下对方的喉咙，然后松开手。

男孩吓得目瞪口呆，这正是汤姆想要的结果。"跟我走。下楼。"汤姆打了个手势，男孩和他一前一后朝门口走去。路过自己的房间时，汤姆跑进去处理那份《法兰西周日报》。为了保险起见，他把报纸塞到壁橱堆满鞋的黑暗角落。他不想让安奈特太太在废纸篓里找到报纸。

5

在楼下，海洛伊丝正往咖啡桌上的高脚花瓶里插橘色和白色的剑兰，汤姆知道她不喜欢剑兰，肯定是安奈特太太去花园剪的。她抬起头，冲汤姆和法兰克微微一笑。汤姆故作轻松地耸了耸肩膀，似乎想让外套穿起来更合身，但其实他是想让自己看起来冷静、淡定。

"上午过得还好吧？"汤姆用英语问海洛伊丝。

"嗯。我看那个亨利又来了。"

"跟往常一样，混日子。干活还不如比利，"汤姆示意法兰克跟他一起来到厨房，空气中飘溢着烤羊排的香味，"安奈特太太，不好意思，我想在午餐前来点开胃酒。"

她正巧在检查炉子烤架上的羊排。"汤姆先生，你该早点给我说呀！你好，先生！"她招呼法兰克。

法兰克有礼貌地回了一句。

饮料小推车在厨房里，汤姆走到推车旁，把苏格兰威士忌倒进玻璃杯，容量不多不少，然后塞到法兰克手中。"加水吗？"

"加一点点。"

汤姆从水龙头加了一点水，把玻璃杯递给法兰克。"这东西能让你放松，但舌头恐怕会打架。"汤姆喃喃地说，给自己倒了一杯金汤力鸡尾酒，没有加冰块，虽然安奈特太太说马上去开冰箱帮他拿。"咱们回去吧。"汤姆对法兰克说，冲客厅方向点点头。

他们刚把酒端回去，坐在桌旁，安奈特太太就端来了第一道菜，是她自制的清汤冻。海洛伊丝聊着她九月底搭"冒险号"游轮旅行的事。诺艾尔早上给她打过电话，讲了更多细节。

"去南极，"海洛伊丝开心地说，"我们可能需要准备——哟——不知得准备多少套衣服！一次就要戴两副手套！"

汤姆想的是长内衣裤，他问："价格这么贵，他们怎么不想点法子在南极统一供暖？"

"噢，汤姆！"海洛伊丝乐得合不拢嘴。

她知道他根本不在乎价钱。雅克·普利松说不定会把这次旅行当成送给女儿的礼物，因为他知道汤姆不去。

法兰克用法语问她行程有多少天、船上装多少人。汤姆很欣赏这个有教养的男孩，懂很多旧式的礼节，比如收到礼物后，不管是否喜欢这份礼物或者送礼物的阿姨，都要在三天内写一封致谢信函。同样是十六岁，普通的美国男孩遇到类似情况，绝不会如此沉着冷静。安奈特太太递来盛着羊排的盘子让他们添菜——海洛伊丝只吃了一块，盘子里还剩四块——汤姆给法兰克夹了第三块羊排。

电话铃声响起。

"我去接，"汤姆说，"失陪一下。"他难以想象，居然有人选在神圣的法国午餐时间打电话来。汤姆拿起电话。"喂?"

"喂，汤姆吗！我是里夫斯。"

"稍等片刻，"汤姆把听筒放在桌上，对海洛伊丝说，"是长途电话，我去楼上接，免得吵到你们。"汤姆跑上楼梯，拿起自己房间的电话，叫里夫斯再等等。他跑下楼，挂掉楼下的电话。里夫斯的电话来得正是时候，因为法兰克需要一本新护照，而里夫斯刚好擅长。"我回来了，"汤姆说，"有什么新消息吗，老兄？"

"噢，也没什么，"里夫斯·迈诺特的声音有点沙哑，美国口音听起来大大咧咧，"有件事儿——呃——所以我给你打电话。你能收留一个朋友吗——就住一晚？"

此刻，汤姆并不太乐意。"啥时候？"

"明天晚上。他叫艾瑞克·兰兹，从我这儿出发，他自己到莫雷，你不用去机场接他，但是——他最好不要在巴黎的酒店过夜。"

汤姆紧张得攥住电话。那人身上肯定带了什么东西，因为里夫斯的主业是倒卖赃物。"行，当然行，"汤姆担心要是稍有犹豫，自己请里夫斯帮忙时，对方也不会爽快答应，"只待一晚？"

"对，就一晚。然后他赶去巴黎。到时候再说吧。我不能透露太多。"

"我跟他在莫雷碰面？他长什么样？"

"他认得你。快四十岁，个子不高，黑头发。我拿到时刻表了，艾瑞克搭明晚八点十九分的火车。我是说到达时间。"

"好——吧。"汤姆说。

"你听起来不太乐意，汤姆，但这事儿很重要，我会——"

"我当然会帮忙，里夫斯，咱俩可是老朋友！既然你打电话来了，我刚好需要一本美国护照。我周一把照片快递给你，你最迟周三会收到。你还在汉堡吗？"

"当然，老地方。"里夫斯轻松地说，似乎他开的是一间茶馆，但其实他在阿尔斯特河边的公寓楼曾经被人炸过一次，目标当然是他。"你自己用？"里夫斯问。

"不，是个年轻人，还不到二十一岁，所以不要用太旧的护照。没问题吧？我会再联系你的。"

汤姆挂断电话，走下楼。树莓冰沙已经端上桌。"不好意思，"

汤姆说，"没什么要紧事儿。"他注意到法兰克看起来好多了，脸色不再苍白。

"是谁？"海洛伊丝问。

她很少问谁打电话来，汤姆知道她不相信里夫斯·迈诺特，或者说不太喜欢他，但汤姆没有隐瞒她。"是汉堡的里夫斯。"

"他要过来吗？"

"噢，不，只是跟我问个好，"汤姆回答道，"比利，喝咖啡吗？"

"不用了，谢谢。"

午餐时，海洛伊丝一般不喝咖啡，今天也没有喝。汤姆说比利想看一眼他的《简氏战舰大全》，于是三人离开餐桌，汤姆和男孩上了楼，走进汤姆的房间。

"讨厌的电话，"汤姆说，"我有个在汉堡的朋友，要我明天晚上接待他一个朋友，只住一晚上。我也不好拒绝，因为里夫斯——他能帮我很多忙。"

法兰克点点头。"需要我去住酒店吗，这附近的？或者我告辞？"

汤姆摇摇头。他躺在床上，用胳膊肘撑着脑袋。"你睡我的房间，我睡海洛伊丝的。这个房间门一直关着，我会告诉客人我们在用烟熏法杀木蚁，不能开门。"说到这里，汤姆笑起来，"别担心，他周一早上就会走，我以前也接待过里夫斯介绍来过夜的客人。"

法兰克坐在汤姆书桌旁的木头椅子上。"这个要来的人，是你那些——有意思的朋友之一？"

汤姆笑着说："要来的人我不认识。"里夫斯才是他有意思的朋友。说不定法兰克在报上见过里夫斯·迈诺特这个名字，但是汤姆不想问他。他轻声说："好吧，至于你的处境——"汤姆停顿一下，注意到男孩又皱起眉头，显得局促不安。汤姆也有些不自在，他脱掉鞋子，把脚跷到床上，把枕头拖过来垫着脑袋。"对了，我觉得你午餐时表现得不错。"

法兰克瞅了汤姆一眼，脸上的表情没有变化。"你之前问过我，"男孩说，"我也告诉了你。你是唯一知道的人。"

"我们继续保守秘密，千万别跟别人说——无论什么时候。告诉我——你那件事，是几点钟发生的？"

"大约七八点钟，"男孩的声音有些嘶哑，"父亲喜欢欣赏落日——夏天时，每个傍晚都去。我没有——"

他沉默了好一阵。

"我事先没有计划过。我也没发脾气，一点没生气。后来——甚至到了第二天，我还是不敢相信，自己居然做了这事儿。"

"我相信你。"汤姆说。

"太阳落山时，我一般不会陪我爸爸去看。我觉得他喜欢一个人待着，但那天他叫我陪他一块去。之前他一直跟我聊，表扬我在学校里成绩优异，读哈佛商学院肯定没问题——他常说这个。他甚至还恭维了特瑞莎几句，因为他知道我——我喜欢她，但那天之前，他从没讲过什么好话。他不满意特瑞莎来我家玩——她只来过两次，说什么十六岁就谈恋爱、结婚很愚蠢，虽然我压根没提过结婚二字，也没问过特瑞莎！她会嘲笑我的！总之，我猜我那天受够了。环顾四周，到处都是虚情假意，纯粹的虚情假意。"

汤姆刚想开口，又被男孩匆匆打断。

"特瑞莎两次来我们位于缅因州的家，我爸爸都对她不太有礼貌。气势汹汹的，你懂吗？也许是因为她长得漂亮，爸爸听说她有很多人追。爸爸生前听说的。你说不定也会这么想，觉得她是我在街上钓来的那种女孩！但是特瑞莎很有礼貌，举止也端庄！所以——她不太高兴。她不会再来我家了，我猜她大概是这个意思。"

"你一定很难过。"

"嗯。"法兰克沉默了几秒钟，望着地板发呆。他似乎身陷困境。

汤姆心想，法兰克可以去特瑞莎家，或者到纽约和她见面，但是汤姆不希望岔开话题。"那天有谁在你家？有管家苏西。还有你的母亲？"

"我哥哥也在。我和约翰尼本来在打门球，然后他说不玩了。他去赴约会。他有个女朋友，住在——反正约翰尼开车离开时，我爸爸正好坐在前廊，爸爸还跟他说了句再见。我记得约翰尼从花园摘了一大束玫瑰花送给女朋友，我当时还在想，要不是因为我爸态度不好，特瑞莎那天晚上就会来我家，很有可能，我俩也可以一起出门去玩。我会开车，但我爸连车都不让我摸。约翰尼在沙丘上教过我。我爸总觉得我会出车祸，把自个儿撞死，但在路易斯安那州和得克萨斯，十五岁或者快满十五岁的孩子，想开车就能开车。"

汤姆完全能体会。"后来呢？约翰尼离开后。你一直跟父亲聊天——"

"我一直听他训话——在楼下的图书室。我想逃走，但他却说：'跟我出门，去看看夕阳西下的风景，对你有好处。'我的心情糟透了，又不想被他发现。早知道我该说：'算了，我想回房间去。'但是我没说出口。然后苏西……她人倒是不坏，就是有些老糊涂，我一见她就感到紧张——她在旁边，看着我爸爸坐着轮椅下了斜坡。我家后阳台和花园之间有一道斜坡，是专门为我爸爸铺设的。她根本没必要来掺和，我爸自个儿就能下斜坡。然后她回了屋，我爸爸继续把轮椅推上小路——一条用宽石板铺成的小路，朝树林和悬崖方向前进。到了那里，他又开始说个不停，"法兰克垂着头，右手的拳头握紧又松开，"大概过了四五分钟，我再也无法忍受。"

汤姆眨着眼，男孩正盯着他，他却无法直视男孩的眼睛。"那里的悬崖陡吗？下面是海？"

"不算垂直，但是很陡。反正——足以让人丧命。到处是岩石。"

"有树吗？"汤姆在想还有没有什么人能看到他，"船呢？"

"没有，没有船。那儿不是港口。树当然有。松树。那块地是我家的，但我们让那里保持了野生的状态，只开辟了一条通往悬崖的小路。"

"从屋里拿望远镜也看不到你们？"

"看不到。甚至在冬天，我父亲在悬崖上时，从屋里看，也看不到他，"男孩重重地叹了一口气，"谢谢你听我说这些。也许我该提笔写下来，或者——反正——把它们赶出我的脑子。太可怕了。我不知道该怎么看这件事。难以相信我做了这样的事。太奇怪了。"法兰克突然看了一眼房门，似乎有人在他的脑海中一闪而过，但是并没有声音从门的方向传来。

汤姆笑了笑："为啥不写下来呢？愿意的话，你可以只给我看。然后咱们一起把它销毁。"

"好，"法兰克轻言细语地说，"我还记得——当时我觉得再也不想多看一秒他的肩膀和后脑勺。我那时在想——我不知道我那时在想什么，反正我冲过去踢开刹车杆，按下前进按钮，还推了轮椅一把。轮椅就往前滑动，掉下去了。我没有往下看。我只听见哐当哐当的声音。"

想到那个画面，汤姆突然感觉不舒服。轮椅上留下的指纹呢？是法兰克陪他爸爸去的悬崖边，轮椅上有他的指纹很正常。"有人提到过轮椅上的指纹吗？"

"没人。"

如果怀疑是蓄意谋杀，警方会第一时间采集指纹。"有指纹留在你刚刚说的按钮上？"

"我应该是用拳头砸的。"

"他们找到他时，马达肯定还在转。"

"嗯，有人提过这个。"

"后来呢——你做了什么？"

"我没有往下看。我开始往回走，突然感觉很疲惫。太奇怪了。然后我朝着房子小跑起来，想让自己清醒一点。草坪上没有人，除了尤金，他是我们的司机兼管家，他在楼下的大餐厅里，就他一个人，我说：'我爸爸刚才掉下悬崖了。'尤金叫我通知我妈妈，要她给医院打电话，然后他跑出门，跑向悬崖。我妈妈正和泰尔在楼上的客厅看电视，我告诉了她，泰尔给医院打了电话。"

"泰尔是谁？"

"我妈妈的朋友，纽约人，叫泰尔梅奇·史蒂文斯。他是个律师，但不是我爸爸的那些律师。他是个大块头。他——"男孩再次止住话头。

泰尔会不会是他妈妈的情人？"泰尔对你说了什么吗？问了什么问题？"

"没有，"法兰克说，"哦——我说是我爸爸自己把轮椅开下了悬崖。泰尔没问别的。"

"这么说——救护车——还有警察也到了？"

"是。都到了。好像花了一小时才把他拖上来。包括轮椅。他们用了大射灯。记者当然也到了，但是我妈和泰尔很快就把他们打发走了——他俩很擅长打发人。妈妈冲记者们发火，但那天晚上来的只是当地的记者。"

"后来呢——那些记者？"

"我妈只好见了几个，我也被迫接受了一个记者的采访。"

"你怎么说的——原话是？"

"我说我父亲当时坐在悬崖边，我觉得确实是他自己想把轮椅开下去。"吐出最后一个字，法兰克仿佛就快断了气。他站起来，走到半开的窗旁，随后转过身。"我撒了谎。我跟你说过。"

"你妈妈一点也没有怀疑过你？"

法兰克摇摇头。"如果她怀疑，我会察觉到，但是她没有。他们觉得我很——嗯——严肃——你懂我的意思吗？也很诚实，"法兰克紧张地笑起来，"约翰尼在我这个年纪时更叛逆，他们不得不帮他请家教，他经常从格罗顿市逃跑，跑去纽约。后来他清醒了一点。他不酗酒，偶尔吸一口大麻，或者来点可卡因。他现在好多了。相比之下，我更像一个规规矩矩的童子军。所以父亲才给我这么大的压力，你瞧，希望我对他的公司，对他一手打造的皮尔森帝国感兴趣！"法兰克挥舞胳膊，忍不住笑出声来。

看得出，男孩累得够呛。

法兰克慢悠悠地走回椅子，坐下来，头往后仰，眯着眼睛。"你猜有时候我怎么想的？反正我父亲就要死了。半死不活地瘫在轮椅上，指不定哪天就一命呜呼。我这么想，是不是在替自己找借口？想想就可怕！"法兰克气喘吁吁地说。

"再来说说苏西吧。她认为是你把轮椅推下去的，她对你说过吗?"

"嗯,"法兰克看着汤姆,"她还说从屋里看到我在悬崖边,所以没人信她。从家里看不到悬崖。苏西说这些的时候很紧张,有点歇斯底里。"

"苏西也告诉了你母亲?"

"噢,肯定的。但我妈不相信她。我妈不怎么喜欢苏西。我爸爸喜欢她,因为她做事靠得住——尤其是以前,她来我们家很久了,那时约翰尼和我还是满地爬的婴儿。"

"她是你们的家庭教师?"

"不,她更像是个管家。我们一直都另外请女家庭教师。多半是英国人,"法兰克笑着说,"来帮我妈妈做事。我差不多十二岁的时候,家里才辞掉最后一个家庭教师。"

"尤金呢?他说了什么吗?"

"我的事儿吗?没有,什么也没说。"

"你喜欢他吗?"

法兰克笑了笑。"他这人还行,从伦敦来,很有幽默感。但每次我和尤金开玩笑,事后爸爸都会告诫我,叫我别和管家或司机开玩笑。尤金却偏偏是我家的管家兼司机。"

"家里还有别人吗?其他用人?"

"那时没有。偶尔会请兼职,园丁维克七月份休假,如果赶不回来,家里就请兼职的园丁。我父亲不喜欢有太多用人和秘书在身边打转。"

汤姆在想,对约翰·皮尔森的死,莉莉和泰尔也许不会太难过。到底发生了什么?他起身走到书桌旁。"如果你想写出来的话,"他递给男孩二十来张打字纸,"用笔或打字机都行,这儿都有。"汤姆的打字机就摆在书桌正中。

"谢谢你。"法兰克盯着捏在手里的纸，若有所思。

"你大概想出去散散步吧——但不幸的是，你不能去。"

法兰克拿着纸站起身。"我正想去散个步。"

"你可以走小路，"汤姆说，"那是条单行道，没什么人，除了偶尔路过的农夫。你知道的，就是我们早上干活那地方的背后。"男孩清楚路线，他朝门口走去。"别跑，"汤姆见法兰克有些紧张，"半小时后回来，别让我担心。你戴了手表吗？"

"戴了——现在是，两点三十二分。"

汤姆看看自己的表，快了一分钟。"待会儿如果你要用打字机，就自己进来搬。"

男孩回到隔壁自己的房间，把纸放好，然后走下楼梯。透过侧窗，汤姆看着法兰克穿过草坪，钻进一截矮树丛，边走边跳，还绊了一跤，他伸出手，撑着地，然后像杂技演员一样直起腰，站起身。男孩拐进右侧的小路，消失在树林里。

过了片刻，汤姆打开收音机，他想听听三点钟的法语新闻，也想换换听完法兰克讲的故事后的心情。令人吃惊的是，男孩描述事发经过时竟然没有失声痛哭。他以后会不会伤心？还是已经伤心过了，在某个深夜，很多天之前，当他身在伦敦，或者独自一人住在布婷太太家的小屋，想象自己终有一天会受到惩罚而陷入恐惧？还是今天午餐前的几滴眼泪就已经足够？纽约市有很多十来岁的男孩和女孩，他们目睹过凶杀案，他们也拉帮结派杀过同龄人或陌生人，但法兰克不是这类人。像法兰克这样的人，罪恶感会在某个时候以某种方式表现出来。在汤姆看来，每一种强烈的情感，比如爱、仇恨或者嫉妒，都会在有一天以某种姿态呈现，其方式不一定能清晰地表现出对应的情绪，也不一定符合当事人或公众的预料。

怀着焦躁和不安，汤姆下楼去找安奈特太太。安奈特太太正准备用残忍的手法把活龙虾丢进一大锅沸水中。她抓起龙虾，凑近白茫茫的蒸气，龙虾拼命地扭动肢体，吓得跨过门槛的汤姆赶紧转身，冲她打个手势，表示自己去客厅等一等。

安奈特太太冲他微微一笑，表示理解，因为汤姆从来都是这种反应。

汤姆曾经听过龙虾嘶嘶的抗议声吗？还是此时此刻，汤姆高度敏感的听觉神经接收到从厨房传出的一声痛苦而愤怒的尖叫，或者是生命终结时发出的一声凄厉的哀号？这个可怜的生物昨晚在哪儿过的夜？因为安奈特太太肯定是昨天，也就是周五，在维勒佩斯的流动贩鱼货车上买的。这只龙虾个头很大，不像汤姆以前见过的那些倒挂在冰箱搁架上徒劳地扭来扭去的小虾。汤姆听见锅盖哐当一声盖上，微微低着头，再次走到厨房门口。

"噢，安奈特太太，"他说，"没什么要紧事儿，我只是——"

"噢，汤姆先生，你总是替龙虾担心！也担心贝壳，是吧？"她爽朗地笑着说，"我去告诉我的朋友们——珍娜薇和玛丽-路易——"她俩都是当地有钱人家的用人，安奈特太太逛市场时常遇到她们，因为家里都有电视，如果晚上有精彩的电视节目，就会串串门，搞搞联欢。

汤姆点点头，客气地笑了笑，承认自己有这个弱点。他用法语说自己是个"黄肝"，话刚出口就意识到自己说错了，他原本打算直译英语俗语里形容人胆小的"白肝"或者"黄肚皮"[1]。算了，错就

---

1. "白肝"与"黄肚皮"，即 lily-livered 与 yellow-bellied，都用于形容某人胆小、怯懦。

错吧。"安奈特太太，明天有另一位客人来，只在家里从周日晚上待到周一早上。是一位先生。我大概八点半时接他回家吃晚餐，他睡年轻人现在住的房间，我睡我妻子的房间。比利先生睡我的房间。我明天再提醒你一次。"但他知道安奈特太太肯定记得住。

"好的，汤姆先生。又是个美国人？"

"不，他——是欧洲人。"汤姆耸了耸肩。他似乎闻到龙虾的味道，倒退着出了厨房。"谢谢你，太太！"

汤姆回到自己房间，收听一个法国流行音乐电台的三点钟新闻，没有提到法兰克·皮尔森的消息。新闻播完后，汤姆发现距离法兰克出门散步已经超过了半个小时。他望着侧窗外，花园一角的树林里没有看到人影。汤姆点了根烟，回到窗边继续等。已经三点过七分了。

没什么好担心的，汤姆对自己说。那条路单程只要十分钟。而且谁会走那条路？睡眼惺忪的农夫拉着或驾着马车从那里经过，偶尔有个老兄开着拖拉机去大路对面的农田。但汤姆还是很担心。会不会有人一直暗中监视，从莫雷就盯上法兰克，一路跟踪到丽影别墅？之前有一个晚上，汤姆独自走到乔治和玛丽夫妇开的咖啡馆，在嘈杂声中点了一杯咖啡，观察附近有没有生人，特别是对他产生好奇心的生人。汤姆没见到一个新面孔，更重要的是，连长舌的玛丽都没来打听住在他家的那个男孩。汤姆的心稍稍安定了些。

三点二十分了，汤姆再次走下楼。海洛伊丝去哪儿了？汤姆从打开的落地窗走出去，慢慢踏过草坪，朝小路走去。他盯着草地，盼望着耳边随时传来男孩的一声大喊"嗨！"他会这么喊吗？汤姆从草叶间捡起一颗石头，用左手笨拙地朝树林扔去。他踢开一根野生黑莓藤，终于走上小路。杂草丛生，但是小路笔直，他能看到至少三十米远。汤姆一边走，一边仔细听，但他只听到麻雀清脆而心不在焉的啾啾声，以及不知何处传来的斑鸠叫声。

他肯定不能喊法兰克的名字，喊"比利！"也不行。汤姆停下脚步，再次竖起耳朵。什么都听不见，没有汽车的马达声，甚至连他身后丽影别墅门前那条路上都没有车辆经过。汤姆开始小跑，想跑到小路的尽头看一看——可是尽头在哪里？在汤姆的印象中，这条小路长约一公里，随后与另一条更宽的路交汇，路旁都是庄稼地，种了玉米喂牲口，还种有白菜和芥菜。汤姆一直留意小路两旁是否有折断的树枝，如果有，就表明可能有过搏斗，但他知道，马车的轮子也会压断树枝。叶子也没有什么异样。他继续前进，走到一个交叉路口，另一条路宽一点，但也是泥巴路，路的尽头是一片树林，树林背后是农夫翻过的田地，农舍则在视野之外。汤姆深吸了一口气，转身往回走。难道男孩在汤姆出门前就回了别墅？他现在会不会在房间里？汤姆身子前倾，又小跑起来。

"汤姆？"声音从道路右侧传出。

汤姆脚上的沙地靴差点打滑，他望着树林。

法兰克从一棵树的后面走出来——或者说在汤姆的眼前，绿色的树叶和棕色的树干突然变幻为一个人形，灰色裤子和米色的毛衣几乎融化在一抹斑驳的绿光中。他独自一人。

汤姆像一个受伤的人，痛感全消。"发生什么事了？你还好吗？"

"当然。"男孩低着头走过来，两人肩并肩朝别墅走去。

汤姆明白。男孩故意藏起来，是想看看汤姆会不会担心他，过来找他。法兰克想看看自己能不能信任汤姆。汤姆把双手插进裤兜，昂着头。他觉察到男孩在偷偷瞄他。"你回来晚了点，比你说的时间晚。"

男孩保持沉默，也像汤姆一样，把双手塞进裤兜。

6

那周六下午五点左右，汤姆对海洛伊丝说："我今晚不想去格雷丝夫妇家，亲爱的。没什么要紧吧？你去就好。"他们受邀共进晚餐，时间约在八点。

"噢，汤姆，你为啥不去？我们问问他们，看比利能不能去。他们肯定会同意的。"海洛伊丝从三角桌旁抬起头，桌子是她下午在一场拍卖会上买的，她穿着牛仔裤，正跪在地上给桌面打蜡。

"和比利无关，"虽然正是因为比利在家，汤姆才不想出门，"他们反正会请其他人——"汤姆故意这么说，是因为说"其他人"会逗海洛伊丝开心，"去不去有什么关系呢？我会打电话给他们，随便找个借口。"

海洛伊丝把金发往后一拨。"安东尼上次损了你，对吧？"

汤姆哈哈大笑。"是吗？我都忘了。他伤不了我的面子，我笑一笑，事儿就过去了。"安东尼·格雷丝年近四十岁，是个勤奋的建筑师，也是个能干的园丁，喜欢打理他乡村别墅的花园。他瞧不上汤姆闲散的生活方式，经常冷嘲热讽，但汤姆从不理会，海洛伊丝更没把这些话往心里去。"这个老清教徒，"汤姆加了一句，"像三百年前的美国人。我只是想待在家。我听够了这些当地人聊希拉克。"安东尼·格雷丝属于右翼保守派，向来自命不凡，他打死也不愿被人发现他看《法兰西周日报》，却会在酒吧或咖啡馆偷瞄别人手里的小报。汤姆担心安东尼会认出比利是法兰克·皮尔森。他的妻子艾格尼丝虽然不像他那么顽固，但也好不到哪去。反正，夫妻俩绝对会走漏消息。"要我打电话给他们吗，亲爱的？"汤姆问。

"算了，我就——过去看看。"海洛伊丝忙着给桌子打蜡。

"说我有难缠的朋友上门拜访，一般人对付不了。"汤姆清楚安东尼觉得他社交名单上的人个个都很可疑。有一次，安东尼不小心撞见了一个，是谁呢？噢，对了，是那个叫伯纳德·塔夫茨的天才，平时穿得邋里邋遢，经常忙着做白日梦，懒得搭理人。

"我觉得比利人挺好，"海洛伊丝说，"我知道你不担心比利，你只是不喜欢格雷丝夫妇。"

汤姆开始厌倦这个无聊的话题，比利住在家里，他不得不收敛一点，否则他会讲些更难听的话，说格雷丝夫妇是一对讨厌鬼。"他们去过个儿的日子吧。"汤姆原本打算告诉海洛伊丝，艾瑞克·兰兹明晚要来过夜，他突然决定暂时不提了。

"你喜欢这张桌子吗？我准备放在房间里，那个角落，你睡的那一边。我原来那张桌子摆在客房两张单人床中间会比较好看。"海洛伊丝一边说，一边摸着擦得锃亮的桌面。

"我喜欢——真的，"汤姆说，"多少钱买的？"

"才四百法郎，橡木的，仿路易十五时代的样式，本身也有一百年的历史。我好不容易才把价格谈下来。"

"干得好。"汤姆佩服她砍价的本事，因为桌子确实好看，坚固得可以坐在上面，但没有人敢去试一试。海洛伊丝喜欢炫耀自己买了便宜货，虽然她经常被人敲竹杠。站在桌旁，汤姆的思绪飘到了其他地方。

汤姆回到房间，他给自己一小时的时间，整理要交给会计师的每月收支明细表，这种活儿最单调乏味。会计师是海洛伊丝父亲派来的，叫皮埃尔·索尔维，他会把两笔账分开算，一笔是汤姆和海洛伊丝的，另一笔是威严的雅克·普利松的。令汤姆欣慰的是，他不用掏钱请会计师，费用由普利松承担，他也听说普利松很满意他们的账目，因为老人家肯定会找时间仔细看一遍。海洛伊丝的收入是父亲给她的零用钱，是现金形式，不用入账扣除所得税。汤姆可以分到自己名下德瓦特公司收益的百分之十，每月大概一万法郎，或者美元坚挺的话，折合约两千美元。这笔收入是台面下的，以瑞士法郎支票的形式开具，大多来自于意大利佩鲁贾的德瓦特美术学院，还有一部分是巴克马斯特画廊的销售所得。靠德瓦特的名号赚的利润，百分之十归功于贴有"德瓦特"标签的美术用品，从画架到橡皮擦，但是把钱从意大利北部弄到瑞士，比从伦敦弄到维勒佩斯容易得多。此外还有迪基·格林里夫留给汤姆的遗产，数额从几年前的每月三四百美元涨到现在的每月一千八百美元。说来令人奇怪，这笔收入汤姆足额缴了所得税给美国国税局，因为属于"资本收益"，听起来很荒谬，但也很恰当，因为迪基死后，汤姆伪造了遗嘱，是他在威尼斯用迪基的爱马仕牌打字机写的，还模仿了迪基本人的签名。

但是说到钱，汤姆每个月都在考虑同样的问题，丽影别墅是靠什么维持生计的呢？是一笔笔小钱。花了十五分钟列出一堆开支后，汤姆的脑子已经开始打结，他站起身，抽了根烟。

是啊，还有什么好抱怨的，他望着窗外想。汤姆向法国方面申报了德瓦特公司的一部分股票收益，他自己手上也持有股票和一些美国国债，这部分利息必须申报。他的法国纳税单上只需要填写在法国境内获得的收入，只有海洛伊丝有资格，金额少得可怜，而美国方面却想对他的全部收入课税。汤姆仍然持有美国护照，却是法国居民。汤姆还得为皮埃尔·索尔维单独准备一份英文表格，让他一并处理雷普利在美国的税务。实在很费事儿。法国人最怕填表，可就连普通老百姓申请健康保险，也得填写一堆表格。汤姆虽然喜欢算术，爱跟数字打交道，但是把上个月的邮政费用照抄一遍，就让他无聊透顶。他低头看着一目了然的淡绿色图标，上面是收入，下面是支出，骂出一串脏话。还有一个噩耗，就算他在一小时内填好，这只是七月底应该完成的当月收支，而现在已经到了八月底。

汤姆想着法兰克，他正在记录自己父亲去世那天的情况。法兰克把打字机搬进了房间，汤姆隐隐约约听见打字机的"哒哒"声，还听到法兰克"噢!"地发出一声惊呼。写起来是不是很痛苦? 打字机安静了好一阵子，男孩是不是换了手写的方式?

汤姆捏着一小叠收据，包括电话费、电费、水费和修车费，坐到椅子上，准备展开一场决胜的厮杀。他处理了明细表和收据，但不包括注销支票，因为法国的银行会保留这些支票。他把战果放入一个牛皮纸信封，等以后跟其他月度报表一起装进更大的信封，再交给皮埃尔·索尔维。汤姆把信封塞进书桌左下角的抽屉，心满意足地站起身。

他伸了个懒腰。楼下传来海洛伊丝播放的摇滚乐唱片。他正需要这个! 那是娄·里德[1]的歌。汤姆走进浴室，用冷水洗了把脸。现在几点了? 六点五十五! 汤姆决定去告诉海洛伊丝关于艾瑞克要登门的事。

法兰克刚好出了房间。"我听见在放音乐，"他在走廊里对汤姆

---

1. 娄·里德 (Lou Reed，1942—2013)，美国音乐人、歌手、诗人，曾是地下丝绒乐队主创之一。

说，"是广播？不对，是唱片吧？"

"是海洛伊丝的，"汤姆说，"咱们下楼去。"

男孩脱了毛衣，换了件衬衫，下摆敞在裤子外面。他一步三摇地踩着楼梯，脸上露出微笑，看来他听得入了迷，摇滚乐很合他的胃口。

海洛伊丝把音乐开得很大，正扭动肩膀跳舞，见汤姆和男孩下楼，不好意思地把音量调低。

"不用调！很好听。"法兰克说。

汤姆发现这两人在曲风和舞蹈方面很投缘。"搞完该死的账本了！"汤姆大声宣布，"打扮好了？你看起来美极了！"海洛伊丝穿一条浅蓝色裙子，配了黑色皮带和高跟鞋。

"我给艾格尼丝打过电话，她叫我早点去陪她聊天。"海洛伊丝说。

法兰克用一种全新的倾慕的眼光看着海洛伊丝。"你爱听这张唱片？"

"对呀！"

"我在家里也放过。"

"去跟着跳舞吧。"汤姆开心地说，他见法兰克还有点缩手缩脚。这孩子的生活还真是丰富多彩，几分钟前还在记录谋杀现场，现在又陶醉于摇滚乐欢快的旋律中。"下午写得怎么样？"汤姆轻声问。

"写了七页半，有些是手写，我换来换去的。"

海洛伊丝站在唱机旁，没听到男孩的回答。

"海洛伊丝，"汤姆说，"我明天晚上要去接里夫斯的一个朋友，他只在家里待一晚，比利睡我的房间，我和你一起睡。"

海洛伊丝把化好妆容的漂亮脸蛋转向汤姆。"谁要来?"

"里夫斯说他叫艾瑞克。我去莫雷接他。咱们明天晚上没安排吧?"

她摇摇头。"我得走了。"她走到电话桌旁,拿起放在上面的手包,又从衣柜里拿出一件透明雨衣,以备下雨时用。

汤姆陪她走到奔驰车旁。"对了,亲爱的,别跟格雷丝夫妇说有人住在咱们家,别提什么美国男孩的事儿,说我今晚要等一个电话,就这样。"

她的脸上突然神采飞扬,似乎想到一个好点子。"你是把比利藏在家吗?帮里夫斯的忙?"她隔着摇下的车窗问。

"不是,亲爱的,里夫斯不知道比利的事!比利只是个美国小孩,帮我们打理花园。但你也知道安东尼是个势利眼,他肯定会说'园丁怎么有资格睡客房!'——晚上玩得开心点,"汤姆俯下身亲吻她的脸颊,"你保证?"他补上一句。

他要海洛伊丝保证不提比利的事。她的脸上露出平静而顽皮的笑容,点点头,表示信守承诺。她知道汤姆偶尔会帮里夫斯的忙,有些她知道一点,有些则毫不知情。反正帮忙就意味着挣钱,收点跑路费,总归是好事。汤姆帮她推开大门,一边挥手,一边看着她开车出了门,向右转弯。

晚上九点十五分,汤姆脱了鞋子,躺在床上读法兰克写下的文字。

七月二十二日,是星期六,对我来说,这一天和往常一样普通。没什么特别的。阳光灿烂,是人们口中常说的"美好的一天",意思是天气好。对我来说,那一天却特别奇怪,因为一大早时，我根本没想到那天会如何结束。我没有计划，什么也没有考虑。我记得大约下午三点时，尤金问我要不要打网球，因为没有访客（客人）来，他正好有空。我说不用，我也不知为什么拒绝了他。我给特瑞莎打电话，她妈妈说她出去（去巴尔港）了，一晚上都在那儿，可能午夜后才回家。我很嫉妒，不知道是谁跟她在一起，一群人也好，一个人也好，都让我嫉妒。我决定第二天无论如何都要去纽约一趟，即使不住在公寓也无所谓。夏天时，我家在纽约的公寓都不住人，家具和别的东西都拿布罩起来。我要打电话给特瑞莎，说服她一起去纽约。我们可以住酒店，或者在我家的公寓住几天。我要采取实际行动，而纽约看上去是个向她表明心迹的好地方，也让人期待。要不是父亲要我跟一个叫邦普斯泰或者听起来像这个名字的人"谈一谈"，我早就身在纽约了。这家伙要去海厄尼斯港度几个星期的假，我爸爸说，这个邦普斯泰是个商人，三十来岁，我爸觉得找个三十岁的年轻人来劝我，也许能让我回心转意，他肯定是这么想的，要我过他的日子，打理他的生意。邦普斯泰本该第二天到的，但因为后来发生的事，他没有来。

（此处法兰克改用圆珠笔书写。）

　　但如果可能的话，我想思考更重要的事，思考自己的人生。我想替我的人生做一个总结，就像毛姆说的那样，我读过一本平装本的《总结》，但我不知道自己能不能做到，能总结多少。我一直在读毛姆的短篇小说（写得很精彩），短短几页篇幅，似乎就能阐述一切道理。我想思考自己的一生为什么而活，

78

似乎我的人生必须有意义，但也不一定。我想思考自己希望从生活中得到什么，但我满脑子都是特瑞莎，因为我陪着她的时候，我很快乐，她也很快乐，我觉得我们在一起，肯定能寻找到人生的意义，或者快乐，或者更多的东西。我知道自己想追求快乐，我觉得每个人都应该快乐，不受任何事或任何人的阻挠。我指的是物质上的舒适，还有他们的生活方式。但是

（法兰克划掉"但是"二字，改用打字机。）

　　我记得吃完午餐后，母亲的朋友泰尔和我们在一起，跟往常一样，我父亲又在絮絮叨叨，说楼下大厅的老爷钟该修了。钟已经停摆一年了，爸爸老说要送去修理，但是他不相信附近的修表行，又不想把钟送去纽约。这是他家传的古董钟。午餐时，我百无聊赖。我母亲和泰尔聊得开怀大笑，他们讲了那些在纽约认识的人的笑话。

　　午餐后，我听见父亲在图书室里冲着电话那头东京的人咆哮。我溜出来，在走廊等他。我父亲之前说他有事要跟我商量。晚上六点去图书室找他。他本应该午餐时就告诉我的。我回到自己房间，感到很生气。别人都开始在草坪上打门球了。

　　我承认，我讨厌我父亲。我听说很多人都讨厌他们的父亲，但这并不意味着他们会杀了他们的父亲。到现在我还是无法理解自己做过的事，所以或多或少还能够像常人一样生活，虽然我并不应该这样。在内心深处，我有另外一种感受，紧张不安，也许永远无法解脱。所以事发之后，我决定去寻找汤姆·雷普利，不知怎么的，我对他很感兴趣。也许是因为神秘的德瓦特

画作。我家藏有一幅德瓦特的画，几年前，一些德瓦特的作品被怀疑是赝品或伪作时，我父亲对他产生了兴趣。我那时候十四岁。报上提过几个人名，主要是在伦敦的英国人，德瓦特住在墨西哥，我那时正在读间谍小说，很感兴趣，专门跑到纽约的大图书馆查阅旧报纸，寻找这些人的资料，像侦探们开展调查一样。汤姆·雷普利的条目最吸引人，一个住在欧洲的美国人，曾经在意大利定居，他的一个朋友去世后把遗产都给了他——这么说，他肯定也喜欢汤姆·雷普利——还有一个失踪的美国人，叫莫奇森，与神秘的德瓦特有关，这个美国人去过汤姆·雷普利的家，然后就人间蒸发了。我觉得汤姆·雷普利也杀过人，但仅仅是猜测，因为他看上去既不凶悍，也不像一个暴发户，我在报纸上看过他的两张照片，他长相英俊，一点也不冷酷。他有没有杀过人，似乎无法证实。

（法兰克再次用笔书写。）

　　那天，我并非第一次考虑自己为什么不想从事这个老行当：有太多参与其中的小白鼠沦为了牺牲品，被逼得自杀、精神崩溃或者发疯，过去这样，将来也这样。约翰尼已经断然拒绝，他年纪比我大，所以清楚自己在干什么。为什么我不能效仿他的做法，而非得步父亲的后尘？

　　这是我的自白书，我只向汤姆·雷普利坦白自己杀了父亲。我把他的轮椅推下了那处悬崖。有时候我不敢相信自己做过这种事，但是我的确做了。我读过书中那些懦夫的所作所为，他们不敢面对犯下的过错。我不想跟他们一样。有时候我会产生一种残酷的想法：父亲这辈子已经活够了。他对我和约翰尼残暴而冷酷——向来都是如此。他偶尔也心情好，但他总想打击我们，改变我们。他享受了他的人生，娶了两个妻子，约过一堆女朋友，挥金如土，极尽奢华。他过去十一年都没法下地走路，因为有个"生意上的宿敌"曾经找人想一枪崩了他。相比之下，我所做的又有多糟糕？

我这些话只写给汤姆·雷普利看，因为这个世界上我只愿意把心里话讲给他听，我知道他不讨厌我，因为此时此刻，我就住在他家，承蒙他热情招待。

我要自由，我要感受自由。我只想自由自在，做真实的自己。我觉得汤姆·雷普利是自由的，这自由根植于他的灵魂深处，烙印在他的言行举止中。他也很和善，待人有礼貌。我得停笔了。写得够多了。

音乐是个好东西，任何音乐都是，不管是古典音乐还是别的。不画地为牢是一件好事。不操纵别人也是件好事。

法兰克·皮尔森

名字签得很工整，签名下方画了一条线，一气呵成。汤姆猜法兰克一般不会在签名下面画线。

汤姆有些动容，但他原本希望的是法兰克能描述一下将父亲推下悬崖的那个瞬间。他是否期待值过高了？男孩的记忆已经变得模糊，还是他无法把那一幕暴力的场景转换为文字？因为这需要思考，也需要全情投入。汤姆想，也许是自卫的本能让法兰克不愿回忆那个场景。汤姆不得不承认，自己也不愿去想或者回忆犯过的七八桩谋杀案，尤其是第一次，那一次最可怕，他拿船桨打死了一个叫迪基·格林里夫的年轻人。夺走他人的性命向来是个秘密,令当事人费解,又感到恐惧。也许正因为难以理解,所以人们不愿意面对事实。对于一个收钱除掉帮派分子或政敌的职业杀手来说,杀人很容易,因为他与被杀的人素不相识。但是汤姆跟迪基很熟,法兰克和他的父亲也很熟,所以男孩才丧失了这段记忆。但汤姆不想追问细节。

汤姆知道男孩迫切地想听听他的意见,希望听到一声表扬,表扬他是个诚实的孩子。看得出,男孩对汤姆一直很坦诚。

法兰克去了客厅。吃完晚餐后,汤姆为他打开了电视,也许因为是星期六晚上,法兰克对电视节目提不起兴趣,所以又放了一遍娄·里德的唱片,只是音量没有海洛伊丝开得那么大。汤姆把男孩写的东西留在房间,走下楼去。

男孩躺在黄色的沙发上,双脚小心地搭在边上,免得弄脏黄色的绸缎。他用手掌垫着后脑勺,闭着眼睛。他没有听到汤姆下楼。难道他睡着了?

"比利?"汤姆叫了一声。他再一次提醒自己,这段时间都得叫他"比利",得叫多久呢?

法兰克立刻坐直身子。"在的,先生。"

"我觉得你写得很不错——写完的部分都很有趣。"

"是吗?——你说'写完的部分'是什么意思?"

"我本来想——"汤姆望了厨房一眼,透过半掩的房门,他看到厨房的灯已经熄了。但他决定不再说下去,何必把自己的想法强加到一个十六岁的孩子身上呢?"但是,你动手的那一刻,你朝悬崖边冲过去的那一刻——"

男孩摇摇头。"我也很奇怪,我写不出来。其实我经常想起那一刻。"

汤姆也能想象那一幕，但这并不是他的本意。他的意思是男孩能否真切地意识到自己夺走了别人性命。如果男孩到现在都还没参透其奥秘，或者未知困惑，那说不定更好，因为刨根问底，甚至终于搞清楚事情的来龙去脉，又有什么好处呢？而且真的有可能搞清楚吗？

法兰克等着汤姆继续说下去，但是汤姆却一言不发。

"你杀过人吗？"男孩问。

汤姆朝沙发靠近一点，想让自己放松下来，也离安奈特太太的房间更远些。"嗯，杀过。"

"不止一个人？"

"说实话，是的。"男孩一定在纽约公共图书馆仔细翻阅过旧报纸，还发挥了一点想象力。报上都是捕风捉影，加上些谣言，就这些，没有实打实的指控。只有伯纳德·塔夫茨死在萨尔茨堡附近山腰的那一次，因为死得太蹊跷，汤姆差一点被起诉，受到法庭传唤，幸亏伯纳德是自杀的，希望他的在天之灵能够得到安息。

"我还没搞清楚自己干了什么事。"法兰克的声音小得几乎听不见。他把左手肘靠在沙发扶手上，这个姿势比几分钟前更放松些，但他显然放松不下来。"你呢？"

汤姆耸了耸肩膀。"也许是我们不敢面对。"这个"我们"对汤姆来说有特殊的意义，他曾经跟职业杀手们打过交道，但是这一次，他谈话的对象不是一个职业杀手。

"我又放这种音乐，你不会介意吧。我以前跟特瑞莎一起听过。她有这张唱片。我们都有。所以——"

男孩没有说下去，但汤姆听明白了，他欣慰地发现法兰克的脸上多了一些自信，甚至还在酝酿一丝微笑，再也不是惶惶然快要哭出声来的样子。要不要打个电话给特瑞莎？他想问，把音乐放大声点，告诉她你一切都好，马上就回家？汤姆之前对法兰克建议过，但是没有奏效。他拉过来一张装有软垫的椅子。"你瞧——法兰克，要是没有人怀疑你，你就没必要躲起来。你都写出来了，你——很快——就可以回家了。你说呢？"

法兰克直视着汤姆的眼睛。"我只想跟你多待几天。我可以干活，是吧？我不想成为你家的负担。但也许你认为我会给你带来危险？"

"不会的。"他其实算是个危险分子，但汤姆也说不出他究竟危险在哪里，唯一危险的是"皮尔森"这个名字，让绑匪们兴趣盎然，跃跃欲试。"准备帮你弄一本新护照——下周就能拿到。换了名字。"

法兰克的脸上露出微笑，似乎汤姆刚刚送给他一个惊喜、一份礼物。"是吗？怎么弄的？"

汤姆又朝厨房方向偷瞄了一眼，虽然里面空无一人。"咱们周一去趟巴黎，照张相。护照会在——汉堡制作。"汤姆不太习惯透露他在汉堡的人脉，暴露里夫斯·迈诺特的身份。"我已经订了。就是午餐时来的那个电话。你会有一个新的美国名字。"

"太棒了！"法兰克说。

唱片进入下一首歌，换了一种风格，节奏更简单。汤姆注意到男孩脸上的表情，似乎陷入了一种梦境。他是在想自己即将获得的新身份，还是在想那个名叫特瑞莎的漂亮姑娘？"特瑞莎也爱你吗？"汤姆问。

法兰克扬起一侧嘴角，但脸上并没有笑容。"她没这么说过。

她只说过一次，几周前的事儿了。但还有几个别的家伙——她倒不一定喜欢他们，可他们总在她身边转悠。我知道，我告诉过你，她家在巴尔港附近有一栋房子——在纽约也有一间公寓。所以我知道。还是别聊什么我的感受吧——不管是对她，还是对别的人。反正她知道。"

"她是你唯一的女朋友？"

"嗯，对，"法兰克微笑着说，"脚踩两只船，我想象不出来。也许会有一点好感，但谈不上喜欢。"

汤姆站起身，留他一个人在客厅听音乐。

汤姆回到楼上自己的房间，穿着睡衣读克里斯托弗·伊舍伍德[1]的《克里斯托弗及同党》时，突然听见车子驶进别墅的声音。是海洛伊丝。汤姆瞅了一眼手表：差五分到十二点。法兰克还在楼下听唱片，听得入了神，听得兴致高昂。引擎熄火时发出"突突"声，他听出来了，这不是海洛伊丝的车，赶紧跳下床，抓起睡袍，一边披在身上，一边冲下楼梯。汤姆把前门打开一条缝，看到安东尼·格雷丝奶油色的雪铁龙车停在门口石阶前的碎石路上。海洛伊丝正从副驾驶座位下来。汤姆掩上门，挂上锁。

法兰克站在客厅，看起来有些不安。

"快上楼去，"汤姆说，"是海洛伊丝。她和客人一起回来的。上去，把门关好。"

男孩撒腿就跑。

海洛伊丝转动门把手时，汤姆正朝门口走去。他打开锁，让海

---

1. 克里斯托弗·伊舍伍德（Christopher Isherwood，1904—1986），英裔美国作家，其作品以描绘二十世纪三十年代的柏林著称。

洛伊丝走进屋，跟在她身后的安东尼脸上洋溢着亲切的笑容。汤姆看到安东尼把视线投向楼梯。他难道听见了什么动静？"你好吗，安东尼？"

"汤姆，真是奇了怪了！"海洛伊丝用法语说，"车子刚才发动不起来了，怎么都不行！所以麻烦安东尼送我回家。快进来，安东尼！安东尼觉得只是——"

安东尼用浑厚的男中音打断海洛伊丝："我觉得是电池接触不良。我检查过了，得用个大扳手，再拿锉刀锉一锉。就这么简单。只是我没带大扳手。哈哈！你好吗，汤姆？"

"挺好的，谢谢。"他们走进客厅时，唱机仍然在播放音乐。"要喝点什么吗？"汤姆问，"请坐。"

"噢，不听大键琴啦？"安东尼冲留声机努努嘴。他竖起鼻子，东闻闻、西嗅嗅，像是在捕捉空气中残留的一丝香水味。他的黑发里夹杂着灰白色的头发，身材又矮又壮，正踮着脚尖打转。

"摇滚乐有啥不好的？"汤姆问，"我的兴趣可广泛呢。"他注意到，安东尼的视线飘向客厅，寻找有人跑上楼的痕迹。汤姆回忆起他跟安东尼围绕一栋浅蓝色的橡皮管状建筑展开的无聊争论，那里叫"蓬皮杜中心"，或称"美丽之城"，汤姆觉得那栋建筑很丑陋，安东尼却为之辩解，说它只是"太新潮"，像汤姆这种没上过学的人自然不懂得欣赏。

"你来了个朋友吗？不好意思，打扰了，"安东尼说，"男的还是女的？"他像是在开玩笑，语气中却带有一丝险恶的好奇心。

汤姆原本还挺乐意与他斗嘴，此时却只是微微一笑，紧闭双唇。"你猜。"

海洛伊丝去了厨房，她拿来一小杯咖啡递给安东尼。"喝点吧，安东尼，不然没力气开车回家。"

安东尼向来有节制，晚餐时只喝了一点酒。

"坐呀，安东尼。"海洛伊丝说。

"没事，亲爱的，这样就行，"安东尼一边呷着咖啡一边说，"是这样的，我们看到你房间有灯光，客厅的灯也亮着——所以就不请自来了。"

汤姆活像一只玩具鸟，有礼貌地频频点头。安东尼觉得有人刚刚钻进汤姆的房间，而海洛伊丝佯装不知情吗？汤姆把双臂交叉在胸前，就在这时，唱片也正好放完。

"安东尼，汤姆明天会带我去莫雷，"海洛伊丝说，"我们去找个机修工，把他送到你家修车——他叫马赛尔。你认识他吗？"

"没问题，海洛伊丝。"安东尼放下手里的咖啡杯，他做事向来很有效率，连烫咖啡都喝得飞快。"我得走了。晚安，汤姆。"

安东尼和海洛伊丝站在门边，两人用法国式亲吻告别，把脸蛋亲得啪啪响，一次，又一次。汤姆讨厌这种吻法，跟美国人想象中的法式热吻完全不一样，一点也不性感，简直可笑。安东尼看见法兰克冲上楼梯的身影了吗？不太可能。"安东尼以为我在家里藏了个姑娘吧！"海洛伊丝关上门后，汤姆笑着说。

"怎么可能！但是你为啥要把比利藏起来？"

"我没有，是他自个儿要躲起来。他跟亨利见面都有点害羞。这么着，亲爱的，奔驰车的事儿我来处理——等下周二吧。"必须要等到下周二，明天是周日，周一的话，法国的修车行都不营业，他们常去的那家也是，毕竟周六开了门。

海洛伊丝脱了高跟鞋，赤着脚。

"晚上好玩吗？还来了哪些人？"汤姆把唱片插进封套。

"一对从枫丹白露来的夫妇，丈夫也是建筑师，比安东尼年轻。"

汤姆什么也没听见。他突然想到，法兰克写好的稿纸就摊在平时搁打字机的书桌上。海洛伊丝正准备上楼。男孩睡了客房，她只好去用汤姆的浴室。不过汤姆还是继续收拾唱片——反正只剩最后一张了。海洛伊丝肯定不会驻足偷看他桌上的东西。汤姆关掉客厅的灯，锁好前门，走上楼去。海洛伊丝应该进了自己的房间，在换衣服。他拾起男孩的稿纸，拿回形针别好，塞进右上方的抽屉，然后想了想，又夹在标有"私人"字样的文件夹里。不管写得多有文采，男孩都得销毁掉这些文字，最迟明天，烧掉就好。当然，要先征得男孩同意。

7

第二天是周日，汤姆带法兰克去枫丹白露的树林散心。那片林子在枫丹白露西侧，法兰克还没去过。汤姆熟悉一块林地，那里很少有徒步者和游客前往。海洛伊丝不想去，说她宁可晒日光浴，读艾格尼丝·格雷丝借给她的小说。海洛伊丝有一头金发，身体晒成古铜色。她晒得恰到好处，但有时候肤色晒得比发色略深一些。她继承了父母的基因——母亲是金发，父亲的头发曾经是深褐色，如今变成灰白，残留一道深棕的边缘，显得神圣而不可侵犯，但汤姆知道，他跟圣人一点也不沾边。

将近中午，汤姆和法兰克开车去拉尚镇。这座宁静的小镇位于维勒佩斯以西几公里处。从公元十世纪至今，拉尚的大教堂屡遭火患，损毁后又重建。一栋栋小巧精致的私宅林立在鹅卵石铺成的街巷旁，看起来像一幅幅童书中的插图。宅子小得几乎容不下一对夫妇，汤姆在想，换做是一个人住在里面，应该很有意思。但他哪有机会独居？从小他就住在讨厌的多蒂姑妈家，别看她平时疯疯癫癫，对钱却精明得很。他十多岁离开波士顿后，在曼哈顿的破公寓里住过一阵子，偶尔也睡在阔绰的朋友家的客房或客厅沙发上。二十六岁时，他和迪基·格林里夫住在意大利的蒙吉贝罗。站在拉尚的教堂里，抬头望着奶油色和灰色的内部陈设，他的脑子里为什么会想到这些呢？

空荡荡的教堂里只有他们俩。来拉尚的游客少得可怜，汤姆不怕有人认出法兰克。但要是去枫丹白露的城堡,就难免叫人担心,那里的游客来自世界各地,说不定法兰克已经去过了,只是汤姆没问。

路过门边无人值守的柜台时,法兰克拿了几张教堂的明信片,算好价格,把钱投进木箱的投币口。掌心里还剩下一把硬币,他将手掌一歪,把剩的钱都投了进去。

"你们家上教堂吗?"汤姆问。两人踏着陡峭的鹅卵石坡道,朝泊车方向走去。

"不——去,"法兰克说,"我父亲觉得没文化的人才上教堂,我母亲则觉得上教堂很无聊。她不想给自己太大压力。"

"你母亲爱泰尔吗?"

法兰克看了汤姆一眼,笑着说:"谁知道呢?我母亲向来不露声色。也许她爱泰尔,但从不干傻事儿,从不表现出来。你知道的,她是个演员。我的意思是,在现实生活中,她也擅长演戏。"

"你喜欢泰尔吗?"

法兰克耸了耸肩。"还行吧。他也没那么糟糕。他喜欢户外运动,身为一位律师,体格算是强壮的。反正,他俩的事儿我不管。"

汤姆仍然很好奇法兰克的母亲会不会嫁给泰尔梅奇·史蒂文斯,但他为何要如此好奇呢?法兰克的处境更重要。在汤姆看来,法兰克并不在乎家里的财产,要是他的母亲和泰尔出于某种原因,怀疑法兰克杀了父亲,决定与他断绝关系,他也不会在乎那些钱。

"你写的那一叠,"汤姆说,"必须得销毁。留下来很危险,你觉得呢?"

男孩似乎有些犹豫,盯着自己的脚。"行。"他语气坚定地说。

"要是叫人发现，你总不能说那是短篇小说吧，里面写着名字呢。"男孩当然可以这么说，但谁会相信呢？"难不成你打算招供？"汤姆问，言下之意是这样做简直愚蠢透顶，根本不必考虑。

"噢，不，怎么可能。"

见他回答得如此坚决，汤姆很欣慰。"好吧，既然你同意了，今天下午我就去把那些纸处理掉。你还想再看一遍吗？"汤姆推开车门。

男孩摇摇头。"不用了，我看过了。"

回丽影别墅吃过午餐后，汤姆把对折了两次的稿纸捏在手里，走去花园（客厅就有壁炉，但是海洛伊丝正在那里练习大键琴）。法兰克在温室旁挥舞着锄头，身穿安奈特太太帮他洗好烫平的牛仔裤。汤姆走到花园与树林交界的偏僻角落，把稿纸点燃。

当晚，将近八点，汤姆开车去莫雷的火车站接里夫斯的朋友艾瑞克·兰兹。法兰克想跟他一起坐车出门，再走回来。他坚持说自己能步行返回丽影别墅，汤姆只好勉强同意了。临行前，汤姆对海洛伊丝说："比利今晚在房间里吃饭，他不想遇见陌生人，我也不想让里夫斯的朋友看到他。"海洛伊丝问："是吗？为什么呀？"汤姆回答道："因为他说不定会叫比利替他办事。我不希望这孩子惹上麻烦，哪怕报酬丰厚。你也知道里夫斯和他那帮狐朋狗友们。"海洛伊丝的确知道，汤姆经常告诉她，说"有时候，里夫斯还真管用"。情况紧急时，这个叫里夫斯的家伙总能帮上忙，比如伪造新护照本，充当捎客，或者把他位于汉堡的住宅贡献出来作藏身之处。具体详情，海洛伊丝有所耳闻，但有些事她毫不知情，也懒得打听。这样也好，免得她那个爱管闲事的父亲套出她的话来。

路边有一块空地，汤姆靠边停车，说道："咱俩各退一步，比利。这儿离丽影大概三四公里，你可以散个步。我就不搭你到莫雷了。"

"好。"男孩准备打开车门。

"等等，还有这个，"汤姆从裤兜里掏出一个扁平的盒子，是他从海洛伊丝房里偷的粉饼，"你那颗痣太显眼了。"他在男孩脸颊上涂了一点粉，细细抹匀。

法兰克咧嘴一笑。"样子是不是很滑稽。"

"把这个收好。海洛伊丝不会发现的，她的化妆品多得很。我往回再开一公里。"汤姆调转车头，路上几乎见不到其他车辆。

男孩一言不发。

"我回去之前你就得赶到家。别从大门进，"汤姆在距离丽影一公里远的地方停下车，"好好散个步，安奈特太太会把晚餐送到我的房间，说不定她已经送过去了，我告诉她你想早点睡。待在我房间里，明白吗，比利？"

"遵命，长官。"男孩微笑着冲他挥挥手，往别墅方向走去。

汤姆再次启动引擎，朝莫雷驶去。抵达车站时，从巴黎开来的火车正好开始下客。汤姆有些不自在，因为艾瑞克·兰兹知道他长什么样，而他根本不认识艾瑞克。汤姆信步走到出站口，一位头戴尖顶帽、身穿破旧制服的小个子检票员正弯下腰，检查乘客的车票是否有效。汤姆觉得四分之三的法国乘客不是学生、老人、公务员，就是伤残军人，这些人只需要买半票。难怪法国铁路局总是在叫穷。汤姆点了一根高卢牌香烟，望向天空。

"先生——"

汤姆把视线从蓝天移到一张笑脸。面前是一个矮墩墩、嘴唇红润、留着黑色小胡子的男人，穿一件难看的格子纹外套，戴一条俗气的斜纹领带，脸上挂着黑框圆眼镜。汤姆没有说话，等对方先开口。男人看起来一点也不像德国人，但谁能猜得准呢？

"是汤姆吗？"

"我是。"

"艾瑞克·兰兹，"他微微鞠躬行礼，"你好，谢谢你来接我。"艾瑞克拎着两个棕色的塑料箱子，都很小，可以当作随身行李登机。"里夫斯托我向你问好！"汤姆指了指停车的方向，两人朝车子走去时，艾瑞克的脸上洋溢着笑容。听得出来，艾瑞克说话时带有一点德国口音。

"旅途还顺利吧？"汤姆问。

"嗯！我喜欢法国！"艾瑞克说，仿佛他正踏上蔚蓝海岸的一处海滩，或者漫步在一座宏伟的博物馆，领略法国文化。

不知为什么，汤姆的心头酸溜溜的，不就是接个人吗？他会尽地主之谊，请艾瑞克吃顿晚餐，安排住处，再吃顿早餐，应该就差不多了吧？艾瑞克不愿把行李箱放在雷诺旅行车的前座背后，而是搁在自己脚边。引擎嗡嗡响，汤姆朝家的方向开去。

"啊——"艾瑞克一把扯掉胡子，"舒服多了，打扮成格鲁乔·马克斯[1]的样子真麻烦。"

汤姆往右边瞄了一眼，见他摘掉了眼镜。

"这个里夫斯！英语里怎么讲的？也太——夸张了。小事儿一桩，哪里用得着两本护照？"艾瑞克继续换自己的护照，从上衣口袋的内侧掏出一本，又伸手往脚边摸，另一本似乎放在简陋的塑料手提箱里，藏在剃须用具的最底层。

---

1. 格鲁乔·马克斯（Groucho Marx，1890—1977），美国喜剧演员、电影明星。

现在他口袋里护照上的照片应该比较像他本人了。他的真名叫什么？他的头发真的是黑色的吗？他除了替里夫斯跑腿，还做些什么？撬保险箱？在蔚蓝海岸盗窃珠宝？汤姆不想深究。"你住在汉堡？"汤姆礼貌地用德语问他，顺便练一练德语。

"不！西柏林。那儿更有趣。"艾瑞克用英语回答道。

这家伙如果是个毒品贩子，或者组织非法移民的话，报酬肯定更丰厚。他箱子里装了什么？他只有穿的两只鞋看起来比较上档次。汤姆又用德语问："你明天约了人吗？"

"对，在巴黎。按他们的吩咐，我明天告辞，早上八点钟，要是你方便的话。很抱歉，里夫斯没法安排——安排那个人跟我在机场见面。因为他也还没来这儿。见不了。"

他们到了维勒佩斯。见艾瑞克似乎口无遮拦，汤姆大胆地问了一句：

"你带东西给他吗？是什么——我能冒昧问一下吗？"

"是珠宝！"艾瑞克咯咯地笑出声来，"非常——漂亮。有珍珠，我知道现在没多少人喜欢珍珠了，但这些珍珠货真价实。还有一条祖母绿项链！"

哟，不错嘛，汤姆心想，但没有开口。

"你喜欢祖母绿吗？"

"说实话，不太喜欢。"汤姆很不喜欢祖母绿，这也许是因为海洛伊丝，她有一对蓝眼睛，所以不喜欢绿色。在她的影响之下，汤姆对佩戴祖母绿首饰或者穿绿色衣裙的女人都提不起兴趣。

"我正想给你展示展示。真高兴能来这儿，"车子驶进丽影敞开的大门后，艾瑞克似乎松了一口气，"我听里夫斯提起过，今天终于有机会好好欣赏一下你的豪宅了。"

"你能在这儿稍待片刻吗？"

"你有客人？"艾瑞克的脸上露出警惕的表情。

"没有。"汤姆拉了手刹。他看到自己房间的窗户透出灯光，法兰克应该在里面。"我去去就来。"汤姆跳上门前的台阶，走进客厅。

海洛伊丝正趴在黄色的沙发上看书，把两只光脚搭在沙发扶手上。"就你一个人？"她惊讶地问。

"不，不，艾瑞克在外面。比利回来了吗？"

海洛伊丝转身坐起来。"他在楼上。"

汤姆出了门，领艾瑞克进了屋，把他介绍给海洛伊丝，然后提议带他去看看房间。这时安奈特太太走进客厅，汤姆说："安奈特太太，这位是兰兹先生。太太，不劳你麻烦，我带客人去房间就行。"

楼上的客房里已经没有了法兰克住过的痕迹，汤姆问："我给妻子介绍说你叫艾瑞克·兰兹，没关系吧？"

"哈哈，那是我的真名！当然没关系。"艾瑞克把塑料箱子放在床边的地板上。

"那就好，"汤姆说，"浴室在那儿。快点下来，咱们可以喝两杯。"

晚上十点时，汤姆心想，艾瑞克真有必要在自己家里过夜吗？他要搭明早九点十一分的火车从莫雷去巴黎，还叫汤姆放心，如果不方便送的话，他就打出租到莫雷。汤姆明天要开车和法兰克去巴黎，当然，他不会把这件事透露给艾瑞克。

喝着咖啡，艾瑞克聊起柏林，汤姆听得心不在焉。好玩极了！很多地方都通宵营业。那儿有形形色色的人，个性十足，随心所欲，啥都能尝试一把。去柏林的游客不多，一般是受邀参加各种各样会议的古板的外国人。啤酒真棒。艾瑞克喝了一口"穆兹格"牌的德国啤酒，在莫雷的超市买得到，说味道胜过"喜力"牌。"但我还是更喜欢皮尔森啤酒——是生啤！"艾瑞克似乎很仰慕海洛伊丝，努力想给她留个好印象。汤姆想，艾瑞克该不会脑子一热，掏出宝石给她看吧。那就太滑稽了！给一个漂亮女人献上珠宝，然后又赶紧收回，因为他可做不了主，把贵重的礼物送给美人。

艾瑞克又提到德国可能会出现的工人罢工，如果成功的话，将是从希特勒执政前算起在德国爆发的第一起罢工事件。艾瑞克是个挑剔的人，还有点洁癖。他再次站起身，欣赏大键琴黑色和米白色的琴键。海洛伊丝无聊得快要打呵欠，咖啡还没端来，就借故告辞。

"祝你睡个好觉，兰兹先生。"海洛伊丝微笑着走上楼。

艾瑞克仍然紧盯着她，似乎希望今晚能有幸与她同床共枕。他急急地站起来，差点往前扑倒，再一次微微鞠躬，用法语说道："夫人！"

"里夫斯怎么样？"汤姆随口问道，"居然还住在那栋公寓！"汤姆轻声一笑。里夫斯的公寓挨过炸弹，幸亏爆炸时，他和兼职女佣盖比刚好不在家。

"嗯，还是那个用人！盖比！她人很好，什么都不怕！她喜欢里夫斯。他为她的生活增添了一点乐趣，你说是不？"

汤姆换了一个话题。"我能看看你刚才提到的珠宝吗？"汤姆心想，能借此长长见识也好。

"当然。"艾瑞克又站起来，瞅了一眼他的空咖啡杯和空酒杯，但愿这是他最后一次露出这种眼神。

他们走上楼梯，走进客房。汤姆房间的门缝下透出亮光。之前他叮嘱过，叫法兰克把房门从里面锁好，但这种事其实不用教，因为男孩早就习惯了紧张刺激的场面。艾瑞克已经打开一只小塑料箱子，在底层摸索，也许摸进了秘密夹层，然后抽出一块紫色绒布，摊在床上。珠宝就裹在绒布里。

汤姆对里面的钻石和祖母绿项链毫无兴趣。就算买得起，他也不会买这种东西，他不会买给海洛伊丝，也不会买给任何人。绒布里还有三四枚戒指，其中一枚镶了大钻石，另一枚嵌着祖母绿。

"这两颗是——蓝宝石，"艾瑞克的语气似乎在细细品味这个称呼，"我不会告诉你从哪儿弄来的，但它们值不少钱。"

是伊丽莎白·泰勒[1]最近被打劫了吗？真是奇怪，居然有人愿意花钱买钻石和祖母绿项链，又丑又俗气。汤姆宁可买丢勒[2]的版画或伦勃朗的作品。也许是他的品味提升了。二十六岁时，他和迪基·格林里夫一起住在蒙吉贝罗，会不会欣赏这些珠宝？也许吧，但纯粹是欣赏它们的货币价值，那已经足够糟糕。如今，面对一堆珠宝，他毫无感觉，毫不心动。汤姆叹了口气，说道："很漂亮。没人在戴高乐机场检查你的箱子吗？"

艾瑞克微微一笑。"没人来搭理我。我留那么蠢的胡子，人又不起眼——没错，不起眼的衣服，便宜又不上档次，吸引不了任何人的注意。他们说过海关是一种技巧，要靠态度。我的态度就刚刚好，不过度随意，也不太紧张。所以里夫斯喜欢我。叫我帮他带东西。"

"这些东西最后会去哪儿呢？"

---

1. 伊丽莎白·泰勒（Elizabeth Taylor，1932—2011），美国演员，拥有大量珠宝藏品。
2. 丢勒（Albrecht Dürer，1471—1528），德国画家，擅长木刻版画、铜版画、水彩风景画等。

艾瑞克重新折起紫色绒布，将宝贝包好。"我不知道。这不是我操心的事儿。我只需负责明天去巴黎跟人见面。"

"地点在哪里？"

艾瑞克笑起来。"人来人往的地方。圣日耳曼区。但我不便向你透露确切的地点和时间。"他用半开玩笑的语气说，然后嘿嘿一笑。

汤姆也面露微笑，他根本不在乎。这和发生在那位意大利的贝托洛齐伯爵身上的事儿一样愚蠢。伯爵曾经来丽影住过一晚，但他并不知道自己带的一支牙膏里装有微缩胶卷。汤姆还记得里夫斯要他从浴室偷走那支牙膏，艾瑞克今晚使用的碰巧就是这间浴室。"你有闹钟吗？艾瑞克，要不要我请安奈特太太叫醒你？"

"噢，我带了闹钟，谢谢。我们可以八点过一会儿出发吗？我不想叫出租车，但麻烦你送的话，又怕时间太早——"

"没问题，"汤姆打断他，爽快地说，"我睡得多一点少一点都成。祝你睡个好觉，艾瑞克。"汤姆走出房门，他看出来了，艾瑞克觉得他没有好好欣赏那些珠宝。

汤姆发现自己忘了拿睡衣。汤姆不喜欢裸睡，按他的看法，即使是裸睡，也该等到深更半夜的时候。他犹豫了一阵，还是拿指尖轻叩自己的房门。门缝依然透着灯光。"是汤姆。"他冲着门缝小声说，随后听到男孩光着脚轻轻地朝门口走来。

法兰克打开门，笑容灿烂。

汤姆竖起一根手指贴在嘴唇上，要对方保持安静，他走进房间，锁好门，然后轻声说："抱歉，我来拿睡衣。"他从浴室里拿了睡衣和拖鞋。

"他到了吗？是啥样的人？"法兰克问，指了指隔壁房间。

"别担心。他明早八点刚过就要走。你就待在这个房间,等我从莫雷回来,明白吗,法兰克?"汤姆注意到男孩右边脸颊上的那颗痣又露出来了,他可能洗了脸,或者泡了澡。

"遵命,长官。"法兰克说。

"晚安,"汤姆犹豫了一阵,伸手拍了一下男孩的手臂,"很高兴见你平安归来。"

法兰克笑着说:"晚安。"

"把门锁好。"汤姆轻声说,然后开门走了出去。他一直等到听见上锁的声音才转身离开。德国人的房间门缝下也透出灯光,汤姆隐约听到浴室里传来流水声和悦耳的哼唱声,是一首德语歌,歌名是《不要问我为什么流泪》,曲调甜美、忧伤,带华尔兹风格。汤姆弯下腰,努力不笑出声来。

汤姆站在海洛伊丝的房门前,突然想到如果约翰尼·皮尔森带着私家侦探来巴黎找弟弟,那就麻烦了,问题会变得棘手。他和法兰克明天要去美国大使馆附近,那里拍护照相片很方便。约翰尼会不会跑到大使馆探听他弟弟的消息?担心这些干啥,什么都还没发生呢,汤姆告诉自己。但如果发生意外呢?他为何要一心一意地保护法兰克,就因为法兰克想躲起来?他会不会变得和里夫斯一样,成天神神秘秘的?汤姆敲了敲海洛伊丝的房门。

"请进。"海洛伊丝说。

第二天一早,汤姆开车送艾瑞克到莫雷搭九点十一分的火车。他没有贴胡子,精神抖擞地和汤姆聊起路旁农田里种的次等玉米,说这些拿来喂牲口的玉米要是品质再好一点,连人都可以吃,之所以这样,是因为法国的农民接受了政府太多补助,耕种效率反而变得低下。

"不过，来法国还是挺开心。我今天要去看几个艺术展，因为我和对方的见面结束得——呃——比较早。"

汤姆并不在意艾瑞克什么时候完成任务，但是他计划带法兰克去"美丽城"[1]，那里正在举办一场主题为"巴黎—柏林"的展览，如果他和男孩碰巧在会场遇上艾瑞克，就太不走运了，因为艾瑞克很可能听说了法兰克·皮尔森失踪的消息。有趣的是，到目前为止，还没有一家报纸提及法兰克可能遭到了绑架，如果有人质在手的话，绑匪们肯定会第一时间索要赎金。法兰克的家人显然也认为他是离家出走，仍然独自一人在外流浪。现在不正是骗子站出来声称法兰克在他们手上，索要高额赎金的好时机吗？干嘛不试试呢？想到这里，汤姆忍不住笑起来。

"啥事这么好笑？我认为这件事对你来说一点儿也不好笑，毕竟你是美国人。"艾瑞克试图说得轻描淡写，表现出来的却是典型的德国人的严谨作风。他正和汤姆聊美元贬值问题，又提到与赫尔穆特·施密特政府明智的财政政策比起来，卡特总统实在不够称职。

"不好意思，"汤姆说，"我记得是施密特还是谁说过——'美国的财政现在都掌管在一群业余的人手中。'"

"没错！"

莫雷车站到了，艾瑞克没时间继续聊下去。他和汤姆握手，再三道谢。

"祝你今天顺利！"汤姆说。

"你也是！"艾瑞克微笑着钻出车厢，手里紧紧抓着塑料箱子。

1."美丽城"（Beaubourg），蓬皮杜艺术文化中心的别名。

开车回维勒佩斯的路上，汤姆看见邮差的黄色小货车正在村里送信，路线跟往常一样，今天的邮件肯定能在早上九点半准时送达。这倒是提醒了汤姆，办点小事的话，不用去拥挤的巴黎邮局，去镇上的邮局就行。他把车停好，走进邮局。那天早上，喝完第一杯咖啡后，他下楼给里夫斯写了一张便笺："……男孩十六七岁，但看起来不小，五英尺十英寸，棕色直发，可以出生在美国任何地方。请尽快寄。寄快递。费用请告知。先行道谢。这个是快递信封。一切顺利。汤姆。"在维勒佩斯镇邮局，汤姆多掏了九法郎买红色的快递标签，坐在格子窗后的女孩帮他把标签贴在信封上。准备收信时，她发现信封并没有封好，汤姆告诉她，信封里还要装一些东西。他把信封带回了家。

法兰克在客厅里，他换好衣服，正在吃早餐。

海洛伊丝还没下楼。

"早安，怎么样？"汤姆问，"睡得好吗？"

法兰克站起来，毕恭毕敬的样子让汤姆有些不自在。男孩的脸泛着红光，仿佛面前站的是他心爱的特瑞莎。"很好，先生，安奈特太太告诉我，说你送朋友去莫雷了。"

"嗯，他走了。咱们二十分钟后出发，怎么样？"汤姆看了看男孩小麦色的高领毛衣，穿成这样应该能拍护照相片。《法兰西周日报》刊登的照片也许就是护照相片，在那张照片上，法兰克穿了衬衣，系着领带。所以这次打扮得越随意越好。汤姆走近男孩，说道："今天去照相，记得把头发往右边分，但是头顶和鬓角旁边尽量搞乱点。到时候我会提醒你。带梳子了吗？"

法兰克点点头。"带了。"

"还有粉饼？"男孩已经拿粉把痣遮住，但是要遮一整天才行。

"带了。"男孩摸了一下右边屁股上的裤兜。

汤姆走上楼，看到安奈特太太正在客房里换掉艾瑞克睡过的床单，铺上法兰克之前睡的。汤姆突然想起来，昨天男孩坚持叫安奈特太太不用换掉他房间里的床单，似乎想睡在上面，安奈特太太却没有觉得有什么不妥。

"你和小伙子晚上要回家吧，汤姆先生？"

"嗯，要回来吃晚饭。"汤姆听见邮差送信的小货车拉紧手刹。他从房间的衣柜里取出一件旧的蓝色休闲西装外套，衣服买的时候就小了点，不合身。汤姆怕法兰克穿那件菱形花纹的花呢外套，拍在护照照片上太扎眼。

摆在衣柜底层的那一排鞋子吸引了汤姆的注意力。每双鞋都亮锃锃的！像列队整齐的士兵！他从没见过自己的古驰牌平底便鞋亮得如此耀眼，皮面泛着白光。就连那双系有可笑的缎带蝴蝶结的真皮拖鞋，也变得卓尔不群。看得出来，这一定是法兰克的杰作。安奈特太太偶尔也帮他擦鞋，却从来没有擦得这么仔细。汤姆有些感动。法兰克·皮尔森，一个百万富翁的儿子，居然帮他擦鞋！汤姆关上衣柜门，拿着西装外套走下楼。

没什么要紧的邮件，有两三封从银行寄来的信，汤姆连拆都懒得拆，还有一封是寄给海洛伊丝的，信封上是她朋友诺艾尔的笔迹。汤姆撕开包在《国际先驱论坛报》外的牛皮纸，走到客厅，对法兰克说道："别穿那件花呢，给你拿了这件穿，是我以前的旧衣服。"

法兰克小心翼翼地穿上外套，开心极了。袖子长了点，但是男孩轻轻伸展了几下胳膊，说道："简直帅呆了！谢谢。"

"是吗，你留着吧。"

法兰克笑得更开心了。"谢谢——真不好意思，我马上下来。"他朝楼上跑去。

汤姆浏览了一遍《论坛报》，在第二版下方找到一小篇文章，标题很平常，写的《皮尔森家派出私家侦探》，没有配照片，内容如下：

莉莉·皮尔森太太，已故食品业大亨约翰·皮尔森之妻，派出私家侦探到欧洲寻找失踪的儿子。十六岁的法兰克于七月底离开位于缅因州的家，有迹象表明他曾到过伦敦和巴黎。与私家侦探一同前来的是她十九岁的长子约翰尼，其弟离家出走时盗用他的护照。据悉，搜寻会从巴黎地区展开。目前尚未怀疑其遭遇绑架。

读着这篇报道，汤姆有些不安和担心，万一他们今天遇见法兰克的哥哥和侦探，该怎么办？他的家人只想尽快找到法兰克。汤姆不会跟法兰克提这篇文章，他把《论坛报》留在家里。海洛伊丝平时几乎不看报，但要是汤姆拿走一份或是丢掉一份，她却要问东问西。法国的报纸会如何报道私家侦探和法兰克哥哥的消息？他们是否会再次刊登法兰克的照片？

法兰克做好准备。汤姆上楼去跟海洛伊丝道别。

"你可以叫我一起去的。"海洛伊丝说。

这是海洛伊丝今天早上第二次抱怨了。她平时不这样。她总是有事可做。"你该昨晚跟我说呀。"她穿着粉红和蓝色条纹的牛仔裤，无袖的粉红色衬衫。像海洛伊丝这样的美女，八月间在巴黎穿什么都好看，但是汤姆不想让海洛伊丝知道法兰克要去拍护照相片的事。"我们要去美丽城，你和诺艾尔看过那个展览了。"

"这个比利是怎么回事?"她疑惑地问，金色的眉毛都拧在了一起。

"什么怎么回事?"

"他看起来好像在担心什么，而且他也很崇拜你。他是同性恋吗?"

"我觉得不是。你这么认为吗?"

"他要在我们家住多久? 他来这儿快一个星期了吧?"

"我只知道他今天要去一家旅行社。在巴黎。他说要去罗马。这周就会离开，"汤姆微笑着说，"再见，亲爱的。我七点左右回来。"

出门前，汤姆拿起那份《国际先驱论坛报》，折好，塞进裤子的后兜。

8

汤姆本来想开奔驰，但最后还是选了雷诺车。他责怪自己没有问海洛伊丝今天要不要用车，因为那辆奔驰还在格雷丝家。汤姆想，如果要用车的话，海洛伊丝应该早就说过了吧。法兰克心情很好，他把脑袋靠在椅背上，风从敞开的车窗吹进车厢。汤姆开始播放一盘磁带，听听门德尔松，换个口味。

"我喜欢把车停在这儿，市中心停车很麻烦。"汤姆把雷诺车停在奥尔良门的车库。"下午六点回来。"汤姆用法语对熟识的服务员说。他开过闸口，机器吐出一张停车票，票面印有抵达时间。然后他和法兰克在路边拦了一辆出租车。"去加布里埃尔大道，谢谢。"汤姆对司机说。他不想在大使馆门口下车，却记不起照相馆所在的那条与加布里埃尔大道形成直角的街道名字。两人快到目的地时，汤姆打算让司机停车下客。

"这才叫生活嘛，跟你在巴黎搭出租车！"法兰克说，像是陶醉在梦境里——什么样的梦？自由的梦？男孩坚持要付车费，他从汤姆旧外套的内层口袋里掏出钱夹。

男孩的钱夹里还装了什么？万一被搜查就麻烦了。汤姆让司机在加布里埃尔大道附近放他们下车。"这儿就是照相馆，"汤姆说，指了指大约二十米外悬挂在门口的一个小招牌，"店名好像叫玛格丽特。我就不跟你进去了。痣现在看着还行，别去摸。把头发搞乱，再挂一点点笑容。别看起来太严肃。"汤姆这样说，是因为男孩大部分时候样子都很严肃，"他们会要你签名登记，你就随便写个类似查尔斯·约翰逊这样的名字。他们不会要你出示身份证，我最近才去过。怎么样，没问题吧？"

"没问题，先生。"

"我在那儿等你，"汤姆指着街对面的一家咖啡馆，"出来后，到那儿找我，他们会告诉你要等一小时才能取照片，但其实只要四十五分钟。"

汤姆走到加布里埃尔大道，朝左拐到协和广场方向，他知道那里有一个书报摊。他买了《世界报》、《费加罗报》和头版被蓝、绿、红、黄弄得花里胡哨的花边刊物《这里是巴黎》。走回咖啡馆的路上，汤姆匆匆翻了下《这里是巴黎》，有一整版在讲克里斯蒂娜·奥纳西斯[1]下嫁俄国贫民的消息，另一版则报道玛格丽特公主[2]也许有了新欢，找到一个比她年轻的意大利银行家。和往常一样，每一版的内容都和性有关——谁和谁上床、谁要和谁上床、谁和谁分道扬镳。汤姆坐下来，点了杯咖啡，仔细翻看《这里是巴黎》的每一页，没有找到关于法兰克的报道。失踪案和性爱不沾边。倒数第二页刊登了很多小广告，教人如何找到真正的伴侣——"人生苦短，寻梦趁早"。还有各种充气娃娃的配图广告，价格从五十九法郎到三百九十法郎不等，邮寄时会用朴素的外包装掩人耳目，使用起来让人欲仙欲死。汤姆想，该怎么给娃娃吹气呢？会吹得人精疲力竭吧。如果谁的管家或者朋友在他的公寓里见到打气筒，却没见到自行车，

---

1. 克里斯蒂娜·奥纳西斯（Christina Onassis，1950—1988），"希腊船王"亚里士多德·奥纳西斯之女，奥纳西斯家庭财产继承人。

2. 玛格丽特公主（Princess Margaret，1930—2002），英国国王乔治六世之女，英国女王伊丽莎白二世的妹妹。

会做何感想呢？要是谁把充气娃娃拉到修车行，请伙计给"她"打气，那就更滑稽了。管家在床上看到娃娃，会不会以为是一具女尸？或者打开衣柜时，娃娃砸到她身上？买几个充气娃娃回家，意味着男人除了妻子以外，还有两三个情人侍奉左右，他的性生活应该是又忙又精彩吧。

咖啡来了，汤姆点燃一根香烟。《世界报》没写。《费加罗报》也没写。要是法国警方派了人在照相馆里埋伏，监视法兰克或者其他通缉要犯，该怎么办？通缉犯通常需要伪造护照和身份证。

法兰克笑着走了回来。"他们说要一个小时，你说的一样。"

"像你说的一样。"汤姆纠正他的语法。男孩的痣仍然被粉遮住，头发仍然竖立。"你签了谁的名字？"

"登记簿上吗，噢，签的查尔斯·约翰逊。"

"咱们去散个步吧，走四十五分钟，"汤姆说，"当然你也可以在这儿喝咖啡。"

法兰克还没有在小咖啡桌旁坐下，突然，他紧盯着街对面，身子变得僵硬。汤姆也朝对面望去，只看见一辆辆车呼啸而过。男孩坐下来，扭过脸，紧张地揉着额头。"我刚才看到——"

汤姆也站起来，望着街对面的人行道，就在这时，两个行人中的一个正好转过身——是约翰尼·皮尔森。汤姆再次坐下，说了声"嗯——嗯——"，瞄了一眼站在吧台后的服务员，对方似乎没有注意到他们。他起身走到门口，又张望了一下。有一个应该是私家侦探，穿灰色的夏装，没有戴帽子，红色的头发微微带一点卷，身材健壮结实。约翰尼比法兰克高一点，发色也深一些，穿一件齐腰的白色外套。汤姆想看看他们有没有走进照相馆——那里的招牌上并没有写提供护照照片拍摄服务，主业是卖相机，兼拍护照照片。见他们直接从门口走过，汤姆松了一口气。他们多半去街角的美国大使馆打听过消息了。"嗯——"汤姆坐回椅子上，"我敢肯定，他们在大使馆一无所获。反正没查到我们不知道的事儿。"

男孩没有说话，脸色发白。

汤姆从兜里掏出五法郎，足够付一杯咖啡，然后冲男孩示意。

他们走出咖啡馆，朝左拐，朝协和广场和里沃利街方向走去。汤姆看了一眼手表，取照片的时间是十二点十五分。"别着急，"汤姆走得不紧不慢，"等会儿我先去店里，看看他们有没有在里面。他们刚才没进去。"

"是吗?"

汤姆面露微笑。"是的。"当然，如果他们咨询大使馆要办护照的人一般去哪里照相，也许会返回那家店。他们会打听最近有没有一个长得像法兰克的男孩来拍过照片，要是那样的话，汤姆担心也没有用了。他们望着里沃利街旁边的商店橱窗，里面有丝巾、贡多拉船模型、双层袖口的时髦衬衫，以及摆在门口架子上的明信片。汤姆爱逛史密斯书店，但他没有带法兰克进去，因为里面有很多美国人和英国人。汤姆以为法兰克会喜欢这种斗智斗勇的游戏，但法兰克自从见到哥哥后，就一副魂不守舍的样子。该回照相馆取照片了。汤姆叫法兰克顺着人行道慢慢走，然后转弯走回里沃利街的游廊，以免再次遇到哥哥和侦探。汤姆会去那里找他。

汤姆走进照相馆，一对美国人模样的夫妇正坐在直靠背椅上。摄影师还是他几个月前见过的那个又瘦又高的小伙子，正把签名簿递给另一个来拍照的美国姑娘。小伙子和姑娘一起消失在布帘后的摄影棚。汤姆假装欣赏了一下装在玻璃柜子里的相机，然后走出小店，告诉法兰克里面很安全。

"我去街上等，"汤姆说，"你付过钱了吧？"这里的规矩是先付钱后取件，男孩已经付了三十五法郎。"别怕，我就在附近，"汤姆给了他一个鼓励的微笑，"走慢点。"

法兰克听话地放慢脚步，头也不回地朝照相馆走去。

汤姆走得不快，径直走向街尾。他一边走一边留意约翰尼和侦探有没有回来，但并没有发现他们的踪影。走到加布里埃尔大道的尽头时，汤姆一扭头，正好见到法兰克出了门，向他走来。法兰克穿过马路，从外套口袋里掏出一个白色小信封，递给汤姆。

照片上的男孩跟汤姆在《法兰西周日报》上见到的那个男孩不一样，头发更乱，脸上隐隐泛着一丝微笑，少了那颗痣，但眼睛和眉毛还是没有变。仔细端详的话，仍然看得出照片上其实是同一个人。

"还凑合，"汤姆说，"咱们打车去。"

看得出，法兰克对这种评价有点失望。他们运气不错，还没走到协和广场，就打到一辆出租车。汤姆把一张照片放进准备寄给里夫斯的信封，将信封封好，心情放松多了。他叫司机开到美丽城，那附近肯定有小吃店和邮筒。果然，小吃店和邮筒距离球形外观的蓬皮杜中心只有几步之遥。

"好看吗？"汤姆指着这座蓝色的、造型怪异的博物馆，"我觉得丑——从外观看就丑。"

蓬皮杜中心看起来像许多蓝色的长气球相互缠绕在一起，气球被吹得快要爆炸，又像是一根根管道，但直径十英尺的气球里装的是水还是空气，谁也猜不出。汤姆又想起那些充气娃娃，要是做爱时动作太激烈，充气娃娃会不会在男人的身下裂开，撒了气？这种事肯定经常会发生，那岂不是叫人少了性致！汤姆咬着嘴唇，强忍住笑意。他们找了一家咖啡馆，吃了点味道一般的牛排配薯条。汤姆把快信投进咖啡馆外的黄色邮筒，收信时间是下午四点。

主题为"巴黎—柏林"的艺术展，最吸引法兰克的是德国画家埃米尔·诺尔德的《围着金牛犊的舞蹈》，画中有三四个疯狂起舞的妇女，其中一个几乎全裸。"金牛犊。代表的是金钱吧？"法兰克问，看完画后，他看起来目光呆滞而恍惚。

"没错，是钱。"汤姆说。看这样的画展并不能让人心情平静，而且他还得随时往四周看，留意约翰尼·皮尔森和侦探会不会突然出现，这让他更紧张。这种感觉很奇怪，他一边要欣赏艺术家们对二十世纪二十年代德国社会的理解，譬如一战的反德皇海报，基尔希纳的画作，奥托·迪克斯的肖像画——包括他精彩的《街头三妓女》，一边还要担心那两个随时会出现、打断他赏画兴致的美国人。该死的美国人！汤姆在心头骂了一句，对法兰克说："你看着点，你知道的，你哥哥。我看一眼画。"说是看一眼，却目不暇接，一旁的画作像一首沉默的乐曲涌入他的耳中，映入他的眼帘。汤姆深吸一口气。啊，贝克曼[1]！

"你哥哥爱看画展吗？"汤姆问。

"比不上我，"法兰克说，"但还算喜欢。"

这个回答可让人高兴不起来。法兰克在一幅画前驻足欣赏，像是一幅素描，绘了一个房间的内景，左后方开着一扇窗，一个男子站在前方最显眼的位置，似乎被囚禁在房中，疲惫不堪。墙和地板的透视效果营造出一种禁锢的感觉。这也许不是一幅精彩的素描，

---

1. 贝克曼（Max Beckmann，1884—1950），德国表现主义画家和图形艺术家，其作品特征为扭曲的形式、厚重的线条、明亮的色彩，以及富于象征性的内容。

但画家作画的初衷和画面所蕴含的强烈情感，都表现得淋漓尽致。不知道是什么房间，但样子像监狱。汤姆明白法兰克为什么对这幅画情有独钟。

汤姆只好把手按在男孩肩头，将他拖走。

"不好意思，"法兰克微微摇了摇头，看着展厅的两扇大门，"我爸爸以前也带我们去看画展。他很喜欢印象派，主要是法国画家，画暴风雪中的巴黎街道。我家有一幅雷诺阿——像那样的。我记得就叫《暴风雪》。"

"这么说你父亲身上也有你喜欢的地方，他爱看画，也买得起画。"

"嗯——差不多吧，那些画，只值个几十百把万——"法兰克说得轻描淡写，似乎那些钱微不足道。"我注意到你一直在帮我父亲说好话。"他气呼呼地添了一句。

是吗？画展似乎让法兰克找到了情绪的宣泄口。"死者为大。"汤姆边说边耸耸肩膀。

"他买得起雷诺阿？当然！"法兰克弯着手臂，像是要揍人，但眼神却很空洞，茫然地平视前方，"他把生意做到世界每个角落，人人都是他的顾客。当然，是买得起的人。很多食材价格昂贵。他曾说：'美国有一半以上的人太肥胖。'"

他们慢慢往回走，穿过刚才参观过的展厅。左侧有三四个小剧场，其中一个在播放影片，有七八个人坐在椅子上观看，其余的人站着。银幕上，俄国的坦克正向希特勒的军队发起进攻。

"你知道吗，"法兰克继续说道，"除了普通的和高级的食物，还有一种样子差不多，但卡路里很低的食物。这让我想起人们常提到的赌博和嫖妓——两者都是靠人们的恶习发财。你把他们喂肥，再让他们变瘦，如此循环往复。"

男孩激动的样子让汤姆忍不住发笑。哼！他是想为自己谋杀父亲的行为找个借口吗？就像茶壶里冒出一股蒸气，壶盖飞起又落下。不知法兰克如何找到适当的理由，摆脱所有的负罪感？他也许永远都找不到，但他能恢复平常的心态。在汤姆看来，人生中犯下的每一个错误都必须用某种心态去面对，无论是错的，还是对的，是有建设性的，还是自我毁灭的。只要恢复正常的心态，一个人的悲剧，就不会带来另一个人的悲剧。法兰克感到内疚，所以才跑来找汤姆·雷普利，奇怪的是，汤姆从没有这种罪恶感，从不为此烦恼。正因为如此，汤姆才觉得自己是个怪人。大部分人犯下谋杀迪基·格林里夫这类案子后，会失眠、做噩梦，汤姆却不会。

法兰克突然握紧拳头——但他其实什么都没看到，只是过度紧张。

汤姆拉着他的胳膊。"看够了吧？咱们从这边出去。"汤姆领着他往出口方向走，又进入另一间展厅，汤姆觉得自己在检阅一个个士兵——一幅接一幅画作，像一列装备精良、武装到牙齿的斗士，即使有些画上的人物身穿讲究的晚礼服。汤姆有一种被人征服的感觉，他不喜欢这种感觉。为什么呢？肯定不是画的原因。得赶紧把男孩送走。气氛已经变得有点紧张和情绪化，甚至更糟。

汤姆突然大笑起来。

"怎么了？"法兰克问，他很注意汤姆的一举一动，四处张望，看看是什么事那么好笑。

"没啥，"汤姆说，"我老爱想些疯狂的事情。"汤姆刚才在想，要是侦探和约翰尼看到法兰克跟汤姆·雷普利在一起，肯定会以为汤姆绑架了他，因为汤姆一向臭名远扬。更别提侦探找到他的家，发现有个男孩住在那里，证据更确凿。不过话说回来，除了安奈特太太，维勒佩斯镇又还有谁知道这件事呢？而且汤姆也没有提出赎金要求。

他们搭出租车到了停车场，回到丽影时刚过六点。海洛伊丝正在楼上洗头，她还得花二十分钟吹干头发。这样挺好，因为他想再试探一下法兰克。男孩坐在客厅，正在看一本法语杂志。

"你干吗不打电话给特瑞莎，告诉她你没事呢？"汤姆语气轻松地说，"不用告诉她你在哪儿，她肯定知道你在法国。"

听到特瑞莎的名字，法兰克坐直身子。"我觉得你——你想让我走。我能理解。"法兰克站起来。

"如果你想待在欧洲，当然可以。那是你的事。但要是你给特瑞莎打个电话，告诉她你没事，不是更好吗？你不觉得她很担心吗？

"也许吧，希望如此。"

"现在是纽约的中午。她不是在纽约吗？——你拨 191，然后拨 212。我上楼去，免得听到你讲电话。"汤姆冲电话机挥了一下手，朝楼梯走去。男孩肯定会去打电话的。汤姆上了楼，关好房门。

还没到三分钟，男孩就来敲汤姆的房间门。进门后，法兰克说："她出去打网球了。"他的语气像是在宣布一个噩耗。

法兰克无法想象，特瑞莎居然对他漠不关心，还出门去打网球，更令他痛苦的是，她肯定在跟一个男孩打网球，比起法兰克，她更喜欢他。"你问了她母亲？"

"不，是用人——叫露易丝。我认识她。她叫我一小时后再打过去。露易丝告诉我，和她出去的是几个男生。"法兰克悲壮地说出最后四个字。

"你跟她说了你没事吗？"

"没有，"男孩沉吟了一阵说，"有必要吗？我听起来应该没事。"

"你不能再从这儿拨电话了，"汤姆说，"如果那个露易丝提起这件事，你打过去，他们也许会追踪电话。我不能冒这个险。枫丹白露的邮局已经关了，不然我可以开车送你去那儿打电话。比利，你今晚可能联络不上特瑞莎了。"汤姆本来希望男孩今晚能与特瑞莎通电话，她会说："噢，法兰克，你没事就好！我很想你！你什么时候回家？"

"我明白。"男孩说。

"比利，"汤姆斩钉截铁地说，"你必须决定下一步该怎么走。你不是嫌疑人。你不会被起诉。苏西的证词没有用，因为她什么也没看见。你到底在害怕什么？你必须面对事实。"

法兰克动动身子，把双手插进裤子的后兜。"我说过的，我怕我自己。"

汤姆明白他的意思。"如果我没在这儿，你会怎么做？"

男孩耸耸肩膀。"也许会自杀。也许会露宿在皮卡迪利广场。乞丐们都聚在喷水池和雕像附近。我会把约翰尼的护照寄回去，然后就不知道该干什么了——等别人识破我的身份，把我送回去——"他又耸了耸肩，"然后就不知道了，也许我永远不会承认——"他故意强调"承认"二字，但说得很小声，"也许几个星期后我会自杀。但一想到特瑞莎，我知道自己放不下她——要是我会出什么事——或者我已经出了什么事，她不能写信给我，这真是难熬。"

汤姆不想告诉法兰克，他也许要跟十七个女孩谈过恋爱，才能找到结婚对象。

周三午后，汤姆惊喜地接到里夫斯的电话。他要的东西当晚就会准备好，明天中午前会送到巴黎。如果汤姆着急，想自提的话，可以去巴黎的某个公寓领取，不然的话，有人会用挂号信把东西从巴黎寄给他。汤姆选择自提方式，里夫斯便给了他一个地址，一个姓名，在三楼。

汤姆还要了电话号码，以备不时之需。"手脚很麻利嘛，里夫斯，谢谢。"汤姆心想，里夫斯其实也可以把东西从汉堡挂号寄出，但用空运，确实能节省一天。

"小事一桩，"里夫斯还不到四十岁，声音却嘶哑得像个老人，"花了两千，美金，价格算是便宜，因为不容易搞到，算是新的。我想你朋友付得起吧？"里夫斯俏皮地说。

汤姆听懂了。里夫斯认出了法兰克·皮尔森。"就此打住，"汤姆说，"我会用老法子汇钱给你，里夫斯。"他的意思是通过瑞士银行。"你这几天在家吗？"汤姆并没有具体的安排，只是想问问，说不定还得求里夫斯办事。

"在呀，什么事？你要来吗？"

"没——没有。"汤姆小心地说，他担心电话会被窃听。

"你在家吧。"

里夫斯多半知道他收留了法兰克·皮尔森，即使不住在他家，也一定是待在某个地方。

"遇上什么麻烦事吗？不能说，嗯？"

"嗯，眼下还不能说。真的很感谢你，里夫斯。"

两人挂掉电话。汤姆走到落地窗前，看见身穿李维斯牌牛仔裤和深蓝色工作衫的法兰克正在长长的玫瑰花床边挥舞着铁锹。他挖得很慢，有条不紊，不像是一个硬拼十五分钟就耗尽力气的生手，而像一个经验老到的农夫。汤姆觉得很奇怪。也许在男孩心目中，劳动是一种赎罪的方式？法兰克这两天都在看书、听音乐、做家务，比如洗车和打扫别墅的酒窖。他移动沉重的葡萄酒架，再放回原位。法兰克觉得这些都是他的本职工作。

他们该不该去威尼斯呢？换个环境也许能帮男孩理清思绪，让他做出决定。汤姆也许能把他送上从威尼斯飞往纽约的航班，独自返家。或者去汉堡？是一回事。但汤姆不想让里夫斯掺和进来，为法兰克·皮尔森提供庇护。事实上，他觉得自己已经仁至义尽。也许有了新护照，法兰克会获得勇气，一个人出发，用自己的方式完成他的冒险旅程。

周四中午，汤姆拨打巴黎马戏团街的号码，一个女子接通电话。两人用法语交谈。

"我是汤姆。"

"噢，知道，都准备好了。你今天下午要过来？"她的口气不像是用人，倒像是女主人。

"是的，如果方便的话。三点半左右到？"

完全没问题。

汤姆告诉海洛伊丝要去巴黎一趟，见见银行经理，大概五六点钟回来。汤姆从来不透支，但是摩根担保信托银行的一位经理的确经常向他提供股市交易信息，汤姆觉得没有多大帮助，他宁可让手里的股票慢慢升值，也不愿浪费时间玩危险的投机倒把游戏。反正海洛伊丝信了汤姆的话，再说那天下午她的心思都在自己母亲身上。海洛伊丝的母亲五十出头，一向身体健康，但最近去医院做了一次检查，医生说也许要动手术切除肿瘤。汤姆表示，医生总爱把患者的状况往坏处想。

"她看起来健康得很。见到她时，代我向她问好。"汤姆说。

"比利跟你一块去？"

"不，他待在家。他可以帮我们做点小事。"

在马戏团街，汤姆找到一个免费的停车位，他停了车，走向公寓。这是一栋保养得不错的老建筑，临街大门上装有按钮，进门后，是一个门厅，有看门人房间的门窗。汤姆径直穿过门厅，搭电梯上三楼，然后按响房门左侧标有"斯凯勒"字样的门铃。

一个红色头发的高个子女人把门拉开一条缝。

"我是汤姆。"

"噢，请进！这边请，"她领着汤姆来到走廊对面的客厅，"你们应该见过面。"

艾瑞克·兰兹双手叉腰，站在客厅里冲他微笑。沙发旁的小茶几上摆着一个咖啡托盘。"你好呀，汤姆。没错，又是我。最近过得怎么样？"

"很好，谢谢。你呢？"汤姆惊讶地笑着。

红发女人已经离开了。从公寓的另一个房间里传出缝纫机低沉的嗡嗡声。这儿是做什么的？难不成跟里夫斯在汉堡的公寓一样，也是一个犯罪据点？以女裁缝作幌子？

"给你。"艾瑞克解开绳子，打开一个米黄色的纸公文夹。他从一叠厚信封间抽出一个白色信封。

汤姆接过信封，扭头看了看，然后打开。房间里没有其他人，信封也没有封口。艾瑞克是不是看过里面的护照了？也许吧。汤姆不想当着艾瑞克的面检查护照，但又想知道汉堡那边做得如何。

"你肯定会满意的。"艾瑞克说。

法兰克的照片上盖着表面凸起的官方钢印，印文"美国国务院纽约护照局附照"一部分盖在照片上,一部分盖在照片外。名字叫"本杰明·格思里·安德鲁斯",出生于纽约,身高、体重和出生日期都与法兰克相近。这让他一下子跨入了十七岁,不过没关系。汤姆也买过假证件,他觉得这本护照做得不赖,只有拿放大镜,才能看出照片上凸起的印文和护照页上的印文有点脱节,光用肉眼根本看不出来。首页显然留的是护照主人的父母在纽约的详细住址。护照是五个月前办的,盖着伦敦希思罗机场的入境印章,然后是法国和意大利。那个倒霉蛋一定是在意大利弄丢的护照。护照上没有最近的法国入境证明,但汤姆知道,除非检查官员对法兰克的外表产生了疑心,否则是没有人细看出入境签章的。"非常好。"汤姆最后说道。

"没别的事儿了,只需要在照片上签上名字就行。"

"你说这名字改过吗?还是真有一个人叫本杰明·安德鲁斯,正在找自己的护照?"汤姆看不出封面内页用打字机打出的名字有涂改的痕迹,之前留在照片附近的签名已经被清除得干干净净。

"姓改了,里夫斯告诉我的。要喝咖啡吗?这壶喝完了,我可以叫用人去煮点。"艾瑞克比汤姆三天前看到他时苗条多了,一下子变成了上等人,仿佛能创造神迹,心有所想,就能变幻一副造型。他穿一条深蓝色的西装裤,一件白色的丝质衬衫,只有脚上的鞋还是汤姆见过的那双。"请坐,汤姆。"

"谢谢,我得赶回家去。你最近行程很忙嘛。"

艾瑞克大笑起来,红润的嘴唇间露出雪白的牙齿。"里夫斯老给我找活干。柏林那边也是。这次我是卖高保真音响,"他压低嗓门,瞄了一眼汤姆身后的门,"应该是的。哈哈!——你啥时候来柏林?"

"不知道。没计划。"汤姆已经把护照装进信封,在塞进外套内侧口袋前,他捏着信封甩了甩,说道:"我安排好了,钱直接转给里夫斯。"

"行,"艾瑞克从搭在沙发上的蓝色外套里掏出皮夹,抽出一张名片,递给汤姆,"有空来柏林的话,欢迎来找我。"

汤姆扫了一眼名片。尼布尔街。汤姆不知道这条街在哪里,但肯定是在柏林。名片上还有电话号码。"谢谢——你认识里夫斯很久了吧?"

"噢——两三年了,"他又笑了起来,咧开玫瑰色的嘴唇,"祝你好运,汤姆——还有你那位朋友!"他把汤姆送到门口,用德语说了声"再见!",声音温柔而清晰。

汤姆走到停车位,开车回家。柏林,这倒是好地方。去柏林的念头与艾瑞克无关,不管他在不在家。选择到柏林观光的游客很少。谁会去柏林呢?除了研究世界大战的学者,或者像艾瑞克说的,那些受邀参会的生意人。如果法兰克想再躲些日子,柏林也许是个理想的地方。威尼斯虽然风景更漂亮,更吸引人,但也是约翰尼和侦探可能去找的地方。汤姆最不希望见到的,就是他俩敲响自家的大门。

9

"本杰明。本。我喜欢这个名字。"法兰克坐在床边，盯着他的新护照，喜滋滋地说。

"希望能给你壮壮胆。"汤姆说。

"我知道这要花不少钱。你告诉我，是多少，我现在给不起，以后也会还你。"

"两千美元……现在你想去哪儿就可以去哪儿了。记得把头发留长，还要在照片上签个名字。"汤姆要他在一张打字纸上练习签全名。男孩的笔迹原本很简洁、棱角分明，汤姆叫他把"本杰明"的首字母"B"写得圆润一点，又让他练习签了三四次全名。

最后，男孩拿汤姆的黑色圆珠笔在护照上签了名。"看起来如何？"

汤姆点点头。"挺好。记住了，以后签名的时候别着急，笔画都签圆一点。"

晚餐早已吃过。海洛伊丝想看电视，汤姆叫男孩和他一起上了楼。

男孩看着汤姆，一直眨着眼睛。"如果我要出门的话，你会不会和我一块去？到另一个镇子？另一座城市？"他舔了舔嘴唇，"我给你添了麻烦——在你家躲了这么久。如果你和我一起去另一个国家，你可以把我留在那儿。"他突然神情沮丧地望着窗口，又看着汤姆，"离开这儿，离开你的家，我会很难过。但我能做到。"他把背挺得更直，似乎想证明他能靠自己的力量走下去。

"你想去哪儿？"

"威尼斯，或者罗马。都是大城市，没人认识我们。"

想到意大利是绑匪的温床，汤姆不禁哑然失笑。"南斯拉夫呢？喜欢那里不？"

"你喜欢南斯拉夫吗？"

"喜欢，"汤姆说，但听他的语气，并不想马上动身，"可以去南斯拉夫，如果你想躲一阵子的话，不建议去威尼斯或者罗马。柏林也行，游客很少。"

"柏林。我还没去过。你会跟我一起去柏林吗？就去几天？"

这个建议很诱人，因为柏林的确很有趣。"如果你保证从柏林回家的话。"汤姆轻声说，语气很坚定。

就像刚才拿到新护照时一样，法兰克的脸上再次绽开笑容。"行，我保证。"

"好，我们就去柏林。"

"你很熟悉柏林？"

"去过两三次。"汤姆突然觉得精神一振。柏林起码能待个三四天，找找乐子，然后他会监督男孩信守诺言，从那里搭飞机回家。也许根本不需要提醒男孩信守许下的诺言。

"我们啥时候动身？"法兰克问。

"越快越好。明天就行。我明早去枫丹白露看看能不能订机票。"

"我还有点钱，"男孩变了脸色，"不多，只有法郎，值大约五百美元。"

"别担心钱的事。以后再算账。快去睡吧，我下楼和海洛伊丝聊会儿天。当然，你想下楼也可以。"

"谢谢，我去写信给特瑞莎。"法兰克看起来很兴奋。

"好，但不要从这儿寄，明天到了杜塞尔多夫再寄。"

"杜塞尔多夫？"

"到柏林的航班要先在德国境内的另一座城市降落，我都选杜塞尔多夫，而不去法兰克福，因为杜塞尔多夫不用转机，只需要下机几分钟——查验护照。还有，千万记住，别告诉特瑞莎你要去柏林。"

"好。"

"因为她可能会告诉你母亲，你不想有人去柏林找你吧？看到杜塞尔多夫的邮戳，她就知道你在德国。告诉她你要——要去维也纳，怎么样？"

"遵命——长官。"法兰克像刚受提拔的士兵，高兴地接受命令。

汤姆走下楼，海洛伊丝正躺在沙发上看新闻节目。"你瞧，"她说，"他们怎么会自相残杀呢？"

谁也无法给出答案。汤姆呆呆地望着电视屏幕，画面中，一栋公寓楼被炸毁，红色、黄色的火焰四处乱窜，一根铁柱子飞到空中。肯定是黎巴嫩。几天前，以色列航空公司的班机在伦敦希思罗机场遭遇袭击，几天后，世界就陷入了战火。也许明早十点钟，海洛伊丝就能得知她母亲病情的消息，汤姆希望诊断结果是不用动手术。汤姆打算在十点前到枫丹白露，买好机票，再告诉海洛伊丝他半夜时接到里夫斯的电话，说有要紧事，得去一趟。海洛伊丝的房间里没有电话，只要房门紧闭，就听不到他的房间或楼下客厅的电话铃声。电视继续播报可怕的消息，汤姆决定先不跟海洛伊丝说出门的事。

当晚，上床前，汤姆敲开法兰克的房门，递给他几本柏林的旅游小册子和一份地图。"你也许会感兴趣。里头还提到当地的政治局势。"

吃早餐时，汤姆已经修改了出行计划。他决定去莫雷镇找旅行社买机票，买他自己的，然后再打电话到机场，买法兰克的机票。汤姆告诉海洛伊丝，说里夫斯半夜时来过电话，叫他立刻赶去汉堡，为一笔艺术品交易把把关。

"我早上跟比利聊过，他想和我一起去汉堡，"汤姆说，"他从那儿飞回美国。"汤姆之前告诉过她，星期一去巴黎时，比利还没有想好要去哪里。

不出所料，听说男孩要和汤姆一起外出，海洛伊丝喜形于色。"你什么时候回来？"她问。

"噢——大概三天后。周一或者周二，"汤姆已经换好衣服，在客厅里喝第二杯咖啡，吃吐司面包，"我几分钟后出门，去订机票。亲爱的，希望十点钟时你能听到好消息。"

十点时，海洛伊丝会打电话到巴黎的医院，向医生询问母亲的病情。"谢谢你，亲爱的。"

"我有一种预感，你母亲不会有事的。"汤姆说得真心实意，因为她母亲看起来很健康。就在这时，汤姆看到园丁亨利进了门——今天不是周二，也不是周四，而是周五。他懒洋洋地把蓄水池里的雨水接进温室旁的大金属罐子里。"亨利来了。真好！"

"我知道。汤姆——你去汉堡不会有危险吧？"

"没有危险，亲爱的。里夫斯知道我了解巴克马斯特画廊的那笔买卖，跟汉堡的这一笔差不多。比利也可以从那里搭飞机回家。我会带他在城里逛逛。我从来不做危险的事。"汤姆嘴边露出微笑，心头却回想起那一场场不期而遇的枪战，还有一天夜里，在丽影别墅，一两个黑手党成员躺在客厅的大理石地板上，身上汩汩冒着血，汤姆只好拿安奈特太太的灰色厚抹布擦掉血迹。海洛伊丝没有见到这一幕，也没有子弹横飞。黑手党成员们身上都带了枪，但是汤姆抢起一根柴火棍，用力砸向其中一人的脑袋。汤姆一点也不想回忆这件事。

汤姆从自己房间打电话到戴高乐机场，得知当天下午三点四十五分起飞的法航班机还有空位。他帮本杰明·安德鲁斯订了位子，票得到机场去取。然后他开车到莫雷，用自己的名字买了往返机票。回家后，他通知法兰克，下午一点左右出发去戴高乐机场。

幸亏海洛伊丝没有问里夫斯在汉堡的电话号码，汤姆以前肯定告诉过她，但她也许弄丢了。要是海洛伊丝找到号码，打给里夫斯，汤姆的谎话就穿帮了，所以他决定一到柏林就给里夫斯打电话，但现在不用着急。法兰克在收拾行李，汤姆往四周看了看，虽然安奈特太太把一切打理得井井有条，丽影却仿佛是一艘即将被抛弃的沉船。就走三四天？没什么大不了的。汤姆本来想开雷诺车去机场，把车留在停车场，但海洛伊丝说奔驰车修好了，她会开车送他们去，或者跟他们一起坐奔驰过去。到头来，还是由汤姆开奔驰车到戴高乐机场。一两年前，他们通常是去位于维勒佩斯镇和巴黎之间的奥利机场搭飞机，那里交通便利，但后来位于巴黎北边的戴高乐机场启用，所有的航线，包括飞往伦敦的班机，都从新机场起飞了。

"海洛伊丝——谢谢你收留我这么多天。"法兰克用法语说道。

"不胜荣幸，比利！你也帮了我们很多忙——房前屋后的。祝你好运！"她从打开的车窗里伸出手，法兰克弯下腰，汤姆惊讶地看着她亲吻法兰克的左右两边脸颊。

法兰克不好意思地笑了。

海洛伊丝开车走后，汤姆和法兰克提着行李走进机场航站楼。海洛伊丝跟法兰克亲密的道别让汤姆突然想到，她从来没问过他给男孩付过多少工钱。一毛钱也没付。就算付钱给男孩，他也不会要。今天早上汤姆给了男孩五千法郎，是从法国出境时随身携带现金的上限，汤姆也带了五千法郎，虽然之前他出境时从来没被检查过。如果他们在柏林把钱花光了（这种可能性不大），汤姆可以给苏黎世的一家银行打电话，叫他们把钱汇过来。他叫法兰克去法航的柜台买机票。

"本杰明·安德鲁斯，789号航班，"汤姆提醒他，"我们分开坐。别看我。咱们到杜塞尔多夫或者柏林时再碰头。"他本来打算去托运行李，但还是决定留在柜台附近，看法兰克买票时会不会遇上麻烦。法兰克前面排了一两个人，轮到他时，柜台后的女工作人员潦草地划了几笔，收了钱。看来一切都很顺利。

汤姆托运了行李，搭乘上楼的自动扶梯，走到六号登机口。在英国和其他地方的机场，登机的小门通常被称作"gates（登机口）"，而在法国却奇怪地被标识成"satellites（卫星）"，仿佛它们是独立存在的，绕着机场转圈子。汤姆在最后一个吸烟区点燃一根香烟，查看与自己同机的乘客，几乎都是男性，其中有一个人把脸埋在《法兰克福汇报》背后。汤姆率先登机。他没有回头看法兰克是否进了候机厅。汤姆把自己安顿在吸烟座上，半闭着眼，瞄着一个个乘客拎着行李箱，跌跌撞撞地走过机舱通道。他没有看到法兰克。

到了杜塞尔多夫，乘客们听到广播通知，随身行李可以留在飞机上，但每个人都得下机。大家像一群羊，被赶到未知的目的地。汤姆来过一次，知道机场只是要检查乘客的护照和入境章。

然后他们聚到一个小候机厅。汤姆见到法兰克了，他正在问邮票的价格，准备买一张，贴在寄给特瑞莎的信封上。汤姆忘了给男孩一些德国马克的纸币和硬币，他的兜里还装着前几次旅行剩下的零钱，但那个德国女人微笑着收下了法兰克递过去的法郎，接过信。汤姆登上飞往柏林的航班。

汤姆对法兰克说过："你会喜欢上柏林-泰格尔机场的。"汤姆很喜欢那里，因为看起来很精致，没有装饰，没有自动扶梯，三层小楼。也没有炫目的金属材料，只有一个漆成淡黄色的接待大厅，正中是一圈柜台，出售咖啡和饮料，走不到一公里就有一处洗手间。汤姆拿着手提箱在柜台附近转悠，见法兰克走近，冲他点了下头，但法兰克显然严格遵守他的命令，看都不看他一眼。汤姆只好拦下他。

"想不到能在这儿见到你！"汤姆说。

"下午好，先生。"法兰克微笑着说。

在柏林下机的四十多个乘客现在只剩十来个，正是细细观察的大好时机。

"我去订房间，"汤姆说，"你在这儿等着，看好行李。"汤姆走到几米外的电话亭，翻出身上的地址簿，查找佛兰可酒店号码，拨通电话。汤姆曾经来这家平价酒店拜访过一个熟人，抄下了地址，以备不时之需。酒店还剩两间房，汤姆用他的名字订了房间，说大约半小时后到。舒适的航站楼里只剩下几个人，都不像是坏人，汤姆大着胆子叫来一辆出租，和男孩上了车。

他们要去位于选帝侯大街旁的阿尔布雷希特-阿基琉斯街，车子先是越过绵延数公里的平原，经过仓库、田野和谷仓，随后进入城市，窗外出现几栋崭新的建筑，米黄色和奶油色的高楼，以及天线般的尖塔。车子由北向南行驶。汤姆渐渐辨认出这座孤岛般、名叫西柏林的小城，被苏联控制的土地团团包围，让汤姆有些不自在。没错，他们已经钻过柏林墙，暂时受到法国、美国和英国军队保护。看到一栋锯齿状的老旧建筑，汤姆吃了一惊，心头怦怦直跳。

"那是威廉一世纪念教堂！"汤姆像一个当地人，得意地对法兰克说，"是重要的地标性建筑，被炸过，但他们让它维持原状。"

法兰克全神贯注地望着打开的车窗，好像在欣赏威尼斯的美景。的确，和威尼斯一样，柏林也是一座风格独特的城市。

威廉一世纪念教堂残破的红棕色塔楼从他们左侧掠过，汤姆说："这附近能看得见的范围都被炸成了平地，后来的房子是新修的。"

"没错，以前被炸毁了！"中年出租车司机用德语说，"你们是游客吗？过来玩？"

"是的，"汤姆很高兴司机也加入聊天，"天气怎么样？"

"昨天下雨——今天像这样。"

天色阴沉，但没有下雨。车子飞快地驶过选帝侯大街，在列宁广场的红绿灯前停下。

"瞧瞧这些新开的店，"汤姆对法兰克说，"我其实对选帝侯大街不是很感兴趣。"他回忆起第一次独自来到柏林旅行，在又长又直的选帝侯大街来回走，想感受一种与摆满瓷器、手表和皮包的漂亮橱窗以及货摊所不同的气氛，却没有成功。相比之下，十字山区是柏林的老贫民区，如今住满土耳其工人，倒显得个性十足。

司机往左拐进阿尔布雷希特-阿基琉斯街，路过街角的比萨店。汤姆对这家店还有印象。车子又经过右侧一家关了门的超市。佛兰可酒店位于道路左侧的一个小弯道处。汤姆的口袋里还剩下六百马克，他掏出一部分付给司机。

他们开始填写前台接待递来的白色小卡片，两人各自翻开护照，填写护照号码。他们的房间在同一层楼，但没有挨着。汤姆不想住在威廉一世纪念教堂附近更高级的皇宫酒店，因为他之前住过一次，店员们说不定还记得他，也许会注意到他跟一个非亲非故的少年住在一起。其实谁都会起疑心，佛兰可酒店的人也不例外，但汤姆并不在乎别人怎么看，他只是觉得像佛兰可酒店这样的平价酒店，应该认不出法兰克·皮尔森。

汤姆挂好裤子，拉开床罩，把睡衣丢在塞了羽绒、钉了纽扣、兼作毛毯的白色床单上。很久以前，汤姆就见识过德国人的起居习俗。窗外能望见了无生趣的灰色庭院，另一栋六层楼高、倾斜的水泥建筑，以及远处几棵树的树顶。汤姆突然感到一种难以名状的快乐，觉得自己挣脱了束缚，但这也许是一种错觉。他把护照本和法郎塞到手提箱的底部，合上箱盖，走出去，锁好门。他刚才告诉过法兰克，五分钟后去接他。汤姆敲敲法兰克的房门。

"汤姆？——请进。"

"本！"汤姆微笑着说，"情况怎么样？"

"你看看这张滑稽的床！"

两人突然一起大笑起来。法兰克也把床罩往后拉，将睡衣放在钉了扣子的羽绒被上。

"咱们出去走走。那两本护照呢？"汤姆要男孩把新护照收好，又从行李箱里找出约翰尼的护照，放进从写字桌抽屉找到的信封里。他把信封塞进男孩的行李箱底层。"你该不想摸出来一本错的护照吧。"汤姆后悔没有在家里把约翰尼的护照烧掉，因为约翰尼肯定申领了新护照。

　　他们出了房门，本来可以走楼梯，但法兰克想再看一眼电梯。他看起来和汤姆一样开心。为什么呢？

　　"按 E，代表一层（Erdgeschoss）。"

　　他们把钥匙留在前台，走出酒店，往右转，朝选帝侯大街方向走去。法兰克什么东西都盯着看，连一根正被风干的达克斯香肠都看得津津有味。汤姆提议去街角的比萨店喝啤酒。他们买了餐票，在啤酒柜台前排队，然后端着大马克杯，选了一张没有坐满的桌子。有两个女孩正在吃比萨，她们冲两人点点头，同意汤姆和男孩坐下。

　　"明天我们去夏洛特堡，"汤姆说，"那儿有博物馆，还有一个漂亮的公园。然后去蒂尔公园。"今晚怎么过呢？柏林的夜晚有很多地方可去。汤姆看了一眼男孩的脸颊，痣已经用粉遮好。"保持下去。"汤姆指着自己的脸颊说。

　　午夜时分，他们来到罗密哈格酒吧。法兰克又喝下三四杯啤酒，带了一点醉意。他在一家啤酒馆外的投掷游戏摊上赢得一只玩具熊，汤姆替他拿着这头象征着柏林的小棕熊。汤姆上次来柏林时，到过罗密哈格，这是一家酒吧兼迪斯科舞厅，有不少游客光顾，午夜场有变装秀。

　　"你不去跳舞吗？"汤姆对法兰克说，"随便邀请哪一个。"汤姆指的是坐在吧台边高凳上的两个女孩，她们的面前摆了酒杯，目光却盯着在舞池上方不停旋转的一个灰色球，斑驳的光点和明暗交替的影子慢慢在墙上掠过。灰球比沙滩球小一点，样子很丑，像是一件三十年代的遗物，让人穿越到希特勒统治时代之前的柏林，释放出一种迷人的美感，格外抢眼。

法兰克扭了扭身子，没有胆量走近那两个女孩。他和汤姆站在吧台前。

"她们不是应召女郎。"汤姆在嘈杂的乐声中大声嚷了一句。

法兰克去了门边的洗手间，回来时，他从汤姆身旁经过，走进舞池。有好几分钟，汤姆见不到他的身影，后来才发现他在旋转灯下和一个金发女孩跳舞，周围还有好几对夫妇和一群单身男女。汤姆微微一笑。法兰克跳上跳下，玩得很开心。音乐并没有停，但几分钟后，法兰克得意洋洋地走回汤姆身边。

"我不去邀请女生跳舞的话，你肯定会觉得我是个胆小鬼！"法兰克说。

"她不错吧？"

"嗯，很不错！也很漂亮！只是她老爱嚼口香糖。我用德语说了'晚安'，还说了'我爱你'，我只从德语歌里学到这几句。她肯定觉得我喝醉了。不过她笑得很开心！"

他的确喝醉了。汤姆伸出胳膊稳住他的身体，帮他把一条腿翘上凳子。"不想喝的话，剩下的酒就别喝了。"

鼓声阵阵，宣告歌舞表演即将开始。三个身强力壮的男人大踏步走进舞池，身穿粉色、黄色和白色带褶饰的曳地礼服，头戴宽边花帽，胸前挂着硕大的塑料乳房，露出红色的乳头。观众们报以热情的掌声！他们唱了歌剧《蝴蝶夫人》里的选段，又演了几出短剧，汤姆看不太懂，观众却很捧场。

"他们的样子真好笑！"法兰克在汤姆耳边咆哮。

最后，肌肉男三人组伴随《柏林的空气》挥动裙子，把脚踢得老高，观众们不停向他们抛去花束。

法兰克鼓着掌，大声喝彩"棒极了！——棒极了！"差点从凳子上跌下去。

几分钟后，汤姆挽着法兰克的胳膊，走在昏暗的人行道上——主要是为了搀扶喝醉的男孩。现在是凌晨两点半，但仍有几个行人。

"那是什么？"法兰克问，有一对穿着奇装异服的人朝他们走来。

他们看起来像一对男女，男人穿滑稽的紧身衣，戴一顶前后帽檐都尖尖的帽子，女人的装扮像一张行走的扑克牌，靠近时，汤姆看清她是黑桃 A。"也许刚结束一场派对，"汤姆说，"要不就是去参加派对。"汤姆以前就注意到柏林人的穿着时而保守、时而奔放，甚至叫人完全辨认不出。"他们在玩'猜猜我是谁'的游戏，"汤姆说，"整座城市都爱这样玩。"汤姆还可以继续说下去：柏林是一座很诡异、很不自然的城市，至少从政治地位上看，此言不虚。所以，也许柏林的市民们希望用他们的穿着和举止克服这种弱点。这也是柏林人表达"我们存在！"的独特方式。但是汤姆并没有心思整理纷乱的思绪，他只是说："想想吧，这里被那些令人生厌、缺乏幽默感的苏联人包围着！"

"嘿，汤姆，我们能去东柏林看看吗？我想去！"

汤姆捏着小柏林熊，想象法兰克去东柏林会遇到什么危险。实在想不出。"当然可以，他们只对赚游客身上的德国马克有兴趣，管你是谁。——来了辆出租车！咱们走吧！"

10

第二天早上九点，汤姆从自己房间打电话给法兰克。本现在感觉如何？

"还好，谢谢。我两分钟前刚醒。"

"我点了两人份的早餐，送到我房间。快过来，414号房。出来时记得锁门。"

凌晨三点回酒店后，汤姆检查过他的护照是否在行李箱里。护照还在。

吃早餐时，汤姆提议先去夏洛特堡，然后到东柏林，如果还走得动，再逛西柏林动物园。他递给男孩一篇伦敦《星期日泰晤士报》上的文章，作者叫法兰克·吉尔斯。汤姆特意把这篇文章剪下来，精心保存，因为作者用寥寥数语，就讲清楚了柏林的历史。文章的标题是《柏林会永远一分为二吗？》。法兰克一边读，一边吃果酱吐司。汤姆说剪报沾上牛油也没关系，反正已经旧了。

"只距离波兰边界五十英里！"法兰克惊奇地说，"还有——九万三千名苏联士兵驻扎在柏林市郊二十英里的范围内。"法兰克看着汤姆，"他们为什么如此担心柏林？还要修一道墙？"

汤姆正在喝咖啡，不想展开长篇大论。也许接下来一天的见闻会让法兰克对这座城市有所了解。"柏林墙贯穿整个德国，不止是柏林。但柏林墙最常被人提起，因为这道墙围住西柏林，然后一直延伸到了波兰和罗马尼亚。你今天就能见到。明天有空的话，咱们搭出租去格里尼克桥，那里是西德和东德交换囚犯的地方。我的意思是间谍。他们甚至把河分成两半，你能在河面看见一道铁丝网，将河道一分为二。"男孩似乎明白了些，他仔细研读过那篇文章，里面解释了柏林城由英、法、美三国军事力量占领或控制的原因，也说清了为什么德国汉莎航空公司的班机不能直接在柏林-泰格尔机场降落（但汤姆还是云里雾里，一涉及柏林，他就理解不了）。柏林很做作，也很特别，甚至不算西德的一部分，也许他们也不希望自己是，因为柏林人就是柏林人，生来就为自己的身份感到骄傲。

"我去换衣服，十分钟后来敲你的门，"汤姆站起身，"带好你的护照，本，过柏林墙时需要。"男孩换好了衣服，汤姆却还穿着睡衣。

两人爬上一辆从选帝侯大街开到夏洛特堡的老式有轨电车。他们在考古博物馆和绘画博物馆参观了一个多小时。法兰克徘徊在模拟古代柏林地区人类生活的展区，那里展示了公元前三千年，一群身披兽皮的男人开采铜矿的情景。跟在美丽城时一样，汤姆一直在观察有没有人注意到法兰克，但他只看到一对对父母和眼睛盯着展品、一直刨根问底的好奇的孩子们。起码到现在，柏林算是一座温情脉脉、没有危险的城市。

他们又搭另一辆有轨电车到夏洛特堡城市轻轨站，再换乘去弗里德里希大街和柏林墙。汤姆带着地图。虽然是地铁车厢，列车却一直在地面上行驶。法兰克望着窗外，一栋栋公寓楼擦身而过，大多又老又旧，说明这些建筑在战争中没有被炸毁。随后是柏林墙，果然灰扑扑的，十英尺高，顶上有带刺的铁丝网。汤姆想起来了，几个月前，卡特总统到柏林墙参观，东德士兵事先做好准备，把墙面各处都喷上了油漆，免得西德的电视台拍下写在墙上的反苏口号，让东柏林人和很多能收看西德电视节目的东德人看到。汤姆、法兰克在一个房间里等待，身边还有五十来个游客和西柏林人，很多人手里拎着购物袋、水果篮、罐头火腿和服装店的纸盒子。他们大多是老年人，从1961年开始，他们已经无数次来探望被这道墙隔开的兄弟姐妹或者亲戚。铁栅栏窗后的女孩终于念出汤姆和法兰克的七位数号码，代表他们可以排队走到另一间房间。房间里摆了一张长桌，桌旁有几个身穿灰绿色军服的东德士兵。另一个女孩把护照还给他们，又走了几步，他们得从一个士兵手中兑换价值六马克五十芬尼的东德货币，因为西德马克和东德马克汇率不同。汤姆连数也懒得数，随手塞进了屁股上的裤兜。

现在他们"自由"了。汤姆忍不住想笑，他们开始沿着柏林墙另一侧的弗里德里希大街散步。汤姆指了指仍然残破的普鲁士王室宫殿。他们为什么不把瓦砾清理一下呢？或者在周围围一圈篱笆。他们难道不想给游客留个好印象吗？

法兰克四处张望，好几分钟没有说话。

"菩提树下大街。"汤姆的语气有些忧郁。然而，自我保护的本能让他突然开心起来，他抓住法兰克的胳膊，把他拉进右边的一条街。"咱们走这儿。"

他们又走回那条街——没错，又是弗里德里希大街——长条形的柜台从小吃店伸出来，占据了一半人行道，食客们站在柜台前喝汤、吃三明治、喝啤酒。有些看起来像建筑工人，身穿沾满灰泥的连身工作服，也有一些妇女和姑娘，她们应该是办公室的职员。

"我想买一支圆珠笔，"法兰克说，"到了这儿总得买点东西。"

他们走到一家门前摆着空报摊的文具店，只见门上挂了一个招牌："心情不佳，今日歇业"。汤姆哈哈大笑，把招牌上的内容翻译给法兰克听。

"这儿肯定还有别的店。"汤姆说，两人继续往前走。

确实还有另外一家，但也关着门，手写的招牌上写着"酒醉，歇业"。法兰克简直不敢相信自己的眼睛。

"也许他们真的有幽默感，不然就像我读的那篇文章说的，有点——懒散。"

沮丧渐渐爬上心头，汤姆记得自己第一次来东柏林旅行时，就有这种感觉。这里的人衣服都穿得松松垮垮。这是汤姆第二次到东柏林，要不是男孩说想来看看，他绝不会故地重游。"咱们去吃午餐吧，换个心情。"汤姆指着一家餐馆说。

这是一家大餐馆，价格适中，上菜也很快，几张长桌上铺着白色桌巾。汤姆心想，如果他们的饭钱不够，收银员应该很乐意收西德马克。两人坐到桌旁，法兰克仔细打量着吃饭的人——有一个穿深色西装、戴眼镜的男人正独自就餐，还有两个胖乎乎的女孩在邻近的一张桌子旁边喝咖啡边聊天。法兰克像是在观察动物园里的新物种，逗得汤姆直发笑。也许法兰克觉得他们都是"俄国人"，是共产主义者。

"他们不全是共产党员，"汤姆说，"他们是德国人。"

"我知道。我只是想到，他们不能跑到西德去住，没那个自由——对吧？"

"是的，"汤姆说，"他们去不了。"

他们的餐食端来了，汤姆等笑容亲切的金发女招待离开后，继续说道："但是俄国人说他们修围墙只是为了把资本主义者挡在外面。反正他们是这么说的。"

亚历山大广场电视塔是东柏林的骄傲。他们爬到楼顶喝咖啡，欣赏风景。随后，两人突然都有了逃离此地的念头。

他们钻过围墙，跳上哐啷哐啷开往蒂尔公园的高架列车，回到与世隔绝的西柏林，突然有一种海阔天空的感觉。他们之前又兑换了几张十马克的纸币，法兰克倒出口袋里的东柏林硬币。

"我要留下来作纪念——或者寄几枚给特瑞莎。"

"不要从这儿寄，"汤姆说，"先留着，等你回家再说。"

隔着一道壕沟，游客们能看见狮子在蒂尔公园里走来走去，老虎懒懒地躺在游泳池旁边，对着游客打呵欠，这实在令人放松身心。汤姆和法兰克经过时，水中的黑嘴天鹅直起长长的脖子，高声鸣叫。他们慢慢走到水族馆，法兰克第一眼就爱上了印章鱼。

"太神奇了！"法兰克惊讶地张大嘴，像一个十二岁的小孩，"瞧那些睫毛！就像是化了妆！"

汤姆也笑着欣赏这种亮蓝色的小鱼，长度不足六英寸，游得不紧不慢，似乎无欲无求，只有一张小圆嘴不停地张开、闭上，像是在提问题。超大尺寸的眼睛上下勾勒出一圈黑线，看起来宛如长长的黑色睫毛，线条优雅弯曲，似乎有一位漫画家拿油彩笔在蓝色的鱼鳞上画了一笔。真是大自然的奇观！汤姆以前见过这种鱼，如今再看到，仍然惊讶不已，更让他高兴的是，相比有名的毕加索鱼，法兰克更喜欢印章鱼。毕加索鱼的个头也很小，黄色的身体上有黑色的"之"字形花纹，酷似毕加索立体主义时期的画风。鱼头有一道蓝色条纹，还翘起几根触须，样子的确很古怪，但仍然比不上印章鱼的睫毛。汤姆把视线从水族箱移开，继续往前走时，觉得腿脚有些笨重。他用力地吸了口气。

鳄鱼住在加热的玻璃房里，顶上是人行天桥。有几只鳄鱼的身上挂了彩，伤口流着血，肯定是和同伴打过架。鳄鱼们都在打盹，个个张开恐怖的大嘴。

"看够了吗?"汤姆问,"该去班霍夫车站了。"

他们离开水族馆,走过几条街去火车站。到了车站后,汤姆用法郎兑换了更多的德国马克,法兰克也换了一些。

"听着,本,"汤姆一边把钱装进口袋,一边说,"再待一天,你就该考虑回家的事儿了吧?"汤姆已经扫了一眼车站里面,这里聚集了皮条客、销赃犯、同性恋、男妓、吸毒者,天晓得还有些什么人。他边说边走,想尽快离开这里,免得在这些闲散人员中有谁对他或者法兰克感兴趣。

"我还想去罗马。"法兰克说,两人朝选帝侯大街走去。

"别去。以后再去。你不是说去过罗马了吗?"

"小时候去过两次。"

"先回家。把事情处理好。还有特瑞莎的事。今年夏天你还有机会去罗马,今天才八月二十六号。"

半个钟头后,汤姆正在房间里休息,看《汉堡摩根邮报》和《晚报》,法兰克从房里打来电话。

"我订了周一飞纽约的机票,"法兰克说,"十一点四十五分起飞,法航班机,在杜塞尔多夫转德国汉莎航空公司。"

"非常好——本。"汤姆松了一口气。

"我得向你借点钱。我买了机票,手头就有点紧了。"

"没问题。"汤姆耐心地说。五千法郎相当于一千多美元,要是他直接飞回家,为什么还需要更多钱?是他习惯身上多揣点钱,不然就不自在?或者在他看来,汤姆借给他的钱代表着对他的关爱?

当天晚上,他们去了一家电影院,但影片还没放完就离了场。已经过了十一点,他们还没吃晚饭,汤姆领着法兰克,走到距影院几步之遥的"莱茵葡萄酒"餐厅。至少有八杯倒了一半的啤酒杯排列在啤酒龙头下，等待客人选用。德国人倒满一杯啤酒要花好几分钟，汤姆很欣赏这一点。汤姆和法兰克在柜台挑选食物，那里有自制浓汤、火腿、烤牛羊肉、卷心菜、炸土豆或水煮土豆，以及六种面包。

"特瑞莎的事儿，你说得没错，"他们找到桌子后，法兰克说，"我应该跟她把关系挑明。"法兰克嚼了半天，还没有吞下一口，"也许她喜欢我，也许不喜欢。我还不够成熟，等我念完大学还要五年。天哪！"

法兰克突然对教育制度极度不满意，但汤姆知道，他的问题是摸不透那个女孩的心思。

"她和其他姑娘不一样，"男孩继续说，"我无法用语言来描述。她不笨，很有主见——但这经常让我害怕，因为我不像她那么有主见。说不定我根本没有主见——也许有一天你会见到她，我真心希望。"

"希望如此——快趁热吃吧。"汤姆觉得自己永远没有机会见到特瑞莎，但支撑人们走下去的，不正是男孩想努力抓住的这种幻想和希望吗？实现自我、激励斗志、振奋精神，还有追逐所谓的未来——不都是为了满足别人吗？所以极少有人能独自生活。而他自己呢？汤姆想象着丽影没有了海洛伊丝的日子。家里除了安奈特太太，没人陪他聊天，没人播放留声机，让屋里突然回荡起摇滚乐或者拉尔夫·柯克帕特里克演奏的大键琴。虽然汤姆向海洛伊丝隐瞒了许多事，比如他参与的那些会招来祸事的非法活动，一旦东窗事发，丽影就会落入他人之手，但不可否认，她已经变成他生命的一部分，血肉相连，就像他们结婚誓词里说的那样。他们不经常做爱，即使睡在一张床，也是各自入梦，但偶尔一次床笫之欢，总能让海洛伊丝欢愉而满足。她看起来并不在意两人的性生活如此不频繁，这很稀奇，因为她才二十七八岁。但汤姆对此很满意，他无法忍受那种一周有好几次需求的女人，那会让他对做爱失去兴趣，暂时或是永久。

汤姆鼓起勇气，轻描淡写地问："你和特瑞莎上过床吗？"

法兰克从餐盘上抬起头，不自然地笑了一下，笑容转瞬即逝。"就一次。我——感觉很奇妙，也许太奇妙了。"

汤姆等他继续说下去。

"我只讲给你一个人听，"法兰克压低嗓门说，"我表现得不够好。现在想起来，那时太兴奋了。她也很兴奋。但什么也没发生——真的。在她家位于纽约的公寓里，大家都走了，我们把所有的门都上了锁——最后她笑了。"法兰克看着汤姆，像是在陈述一件事实，并不令人伤心，只是一件事实。

"她笑你？"汤姆佯装没多大兴趣，点燃一根德国造的香烟。

"笑我，也许是吧，我不知道。我很难过。很尴尬。我想跟她做爱，却没做成。你懂吗？"

汤姆能够想象当时的情景。"也许是跟你一起开怀大笑。"

"我也尝试想笑一笑。你别告诉别人，好吗？"

"不会的，再说我讲给谁听？"

"学校里的其他男生，他们总爱吹牛。我觉得他们是谎话精。彼得，他比我大一岁，我很喜欢他，但我知道他经常不讲实话，我是说关于女孩的事。当然，如果你不是深爱那个女孩，情况就很简单。你说呢？你只顾自个儿高兴，动作粗暴，做完就拎着裤子走人，也没啥。但是——我爱特瑞莎好几个月了。算起来有七个月了。自从那个晚上我见到她。"

汤姆在考虑该如何措辞,提出一个问题:特瑞莎有没有别的男朋友跟她上过床?还没等他想好,嘹亮的音乐突然奏响,盖过啤酒馆嘈杂的人声。

对面远端的墙边传来一阵动静。汤姆曾经看过一次这种歌舞秀。灯光亮起,不知从什么地方,老留声机开始播放歌剧《魔弹射手》喧闹的序曲。一栋栋鬼屋的平面图由剪影构成,伸出墙面几英寸——树上站着一只猫头鹰,有月色,有闪电,还有水珠模拟的雨点倾斜落下。雷声隆隆,听起来像是有人在后台摇晃大铁罐子。为了看得更清楚,一些人从桌旁站起来。

"太疯狂了!"法兰克笑嘻嘻的,"我们看看去!"

"你去吧。"话音未落,男孩已经迈开步子。汤姆想坐在原位从远处盯着法兰克,看有没有人注意到他。

法兰克穿着汤姆的蓝色西装上衣和棕色灯芯绒裤子——裤子短了些,男孩一定长高了——他双手叉腰,欣赏墙边那幅生动的剪影。似乎没人注意到男孩。

音乐在一阵铙钹声中结束,灯光熄灭,雨滴渐止,观众都回到座位。

"真有创意!"法兰克慢慢走回来,表情很放松,"看到了吗?雨水滴进了前面的一条小排水沟里——要我再帮你买杯啤酒吗?"法兰克想讨好一下汤姆。

快到凌晨一点时,汤姆叫出租车司机送他们去一间叫"开心之手"的酒吧。汤姆不知道酒吧在哪一条街上,只是以前有人跟他说过,也许是里夫斯。

"你说的是'开心驴子'吧。"司机笑着用德语说,酒吧的名字其实是英语"Glad Ass"。

"随便吧。"汤姆说,他知道柏林人私底下聊天时经常会把酒吧的名字改来改去。

这间酒吧外面没有招牌,只在门边外墙的玻璃窗里摆着被灯光照亮的写有酒水和点心价格的菜单,但站在门口,就能听见从里面传出轰隆轰隆的迪斯科乐曲声。汤姆推开咖啡色的大门,一个身材高大、凶神恶煞的男人开玩笑地把他推了回去。

"不行,不行,你不能来这儿!"那人说,然后伸手抓住汤姆毛衣的衣领,把他拉了进去。

"你真迷人!"汤姆冲那个拉他进去的男人大吼——那人身高超过六英尺,穿一件拖到地面的穆斯林长袍,脸上涂了粉白相间的油膏。

汤姆一边往吧台挤,一边紧盯着法兰克,免得他跟丢。挤到吧台边几乎不可能,因为人实在太多了——都是男人和男孩,彼此扯着嗓子嚷嚷。酒吧里好像有两三个供客人跳舞的房间,许多人瞅着努力跟在汤姆身后的法兰克,朝他打招呼。"真是见了鬼?"汤姆对法兰克说,乐呵呵地耸了耸肩,意思是他挤不到吧台去点啤酒或其他酒。墙边摆了几张桌子,但都坐了人,还有更多的人站在一旁和坐着的人聊天。

"哎哟!"另一个身穿女装的男人冲汤姆的耳朵尖叫,他有些不好意思,因为他看起来并不像同性恋。他没被扔出去,真是个奇迹,也许他是托了法兰克的福。这也让他有些沾沾自喜:身边陪着一个十六岁的美少年,自然会遭来嫉恨。汤姆恍然大悟,忍不住笑出声来。

一个身穿皮衣的男人邀请法兰克跳舞。

"去吧！"汤姆大声对法兰克说。

法兰克一时有些不知所措，也有点害怕，但随后镇定下来，和皮衣男一起走向舞池。

"……我表哥在达拉斯！"一个操美国口音的男人在汤姆左边冲别人大喊，汤姆把身体往外挪了挪，离他远些。

"是达拉斯-沃斯堡！"他的德国同伴说。

"不对，那是他妈的机场！我是说达拉斯！那间酒吧叫礼拜五。是同性恋吧！有男有女！"

汤姆转身背对他们，总算摸到吧台边，点了两杯啤酒。三个分辨不出男女的酒吧招待穿着旧牛仔裤，头戴假发，抹了口红，衬衣带褶纹饰边，脸上露出妩媚的笑容。没有人有醉意，但每个人都笑得肆无忌惮。汤姆一只手扶着吧台，踮起脚尖寻找法兰克。他看见男孩在跳舞，跳得比在罗密哈格酒吧与女孩共舞时更放纵。似乎又有一个人加入了他们的舞蹈，但汤姆不是很确定。此时，一座比真人还高、形如美男子阿多尼斯的镀金雕像从天花板降下，在舞池上方水平旋转，从空中飘落一堆彩色气球，在人群的争抢中打转、上升。有一个气球表面用黑色哥特式字体印着"干你娘"，其他气球上面也有图案和文字，但汤姆看不清。

法兰克挤回到汤姆身边。"瞧！丢了一颗扣子，抱歉。我在舞池里没找到，还差点被人撞翻了。"他指的是上衣中间那颗纽扣。

"没关系！你的啤酒！"汤姆说，把一个高脚锥形玻璃杯递给男孩。

法兰克呷了口泡沫下的啤酒。"他们玩得真开心——"他叫喊道，"而且没有姑娘！"

"你为啥回来了？"

"另外两个人吵起来了——有点凶！头一个人——他说的话我听不懂。"

"没关系，"汤姆完全能想象当时的情形，"你该叫他用英语说！"

"他说了，我还是没听懂！"

汤姆身后有几个男人正盯着法兰克。法兰克想告诉汤姆，今晚很特殊，在庆祝某人的生日，所以才撒了气球。音乐震耳欲聋，根本无法聊天。不过也没必要聊天，客人们都能看清自己心仪的对象，或者结伴离开，或者交换地址。法兰克说他不想再跳舞了，两人只喝了一杯啤酒，就出了酒吧。

周日上午，汤姆在十点时醒来，打电话问楼下是否还有早餐供应。还有。他又打到男孩的房间。没人接。法兰克大清早出去散步了吗？汤姆耸了耸肩。他有些无可奈何吗？这是下意识的反应吗？男孩会不会在街上遇到麻烦，被产生疑心的警察盘问？"请问你叫什么名字？请出示你的护照或身份证。"他和法兰克之间有一种情感上的纽带吗？没有。即使有，也该剪断了。汤姆心想，反正明天就会剪断了，男孩就要坐飞机回纽约了。汤姆把空香烟盒捏扁，扔进垃圾桶，第一次没扔进去，他又走过去，把烟盒从地上捡起来。

汤姆听到有人用指尖轻轻敲门，方式和他一模一样。

"是法兰克。"

汤姆打开门。

法兰克手上拎了一个装着水果的绿色透明塑料袋。"刚才出去走了走。他们说你叫了早餐，所以我知道你醒了。我用德语问的。厉害吧？"

快到中午，他们站在十字山区的快餐车旁，每人手里捏着一罐啤酒。法兰克还拿着煎肉饼，煮熟的肉已经冷了，但可以拿手指捏着蘸芥末吃。一个土耳其人拿着啤酒和法兰克福香肠站在他们身旁，身穿今夏最休闲的服饰——光着上身，毛茸茸的小肚子鼓到短裤外面，绿色的短裤又破又旧，被狗咬成了布条。脏脚趿着一双拖鞋。法兰克泰然自若地把这个家伙上下打量了一番，说：

“柏林真是大，一点都不拘束。”

这让汤姆有了主意，下午可以去柏林西郊的格鲁内瓦尔德森林，但要先去格里尼克桥看看。

“我永远不会忘记今天——我和你的最后一天，”法兰克说，“也不知道什么时候才能再见到你。”

汤姆心想，这不是对爱人说的情话吗？要是汤姆今年十月份去美国时顺道去看望法兰克，他的家人——尤其是他的母亲，会不会喜出望外？汤姆对此深表怀疑。他母亲是否知道德瓦特的画作被仿造一事？很有可能。因为法兰克的父亲提过这事，也许在晚餐桌旁。法兰克的母亲听到他这个熟悉的名字，会不会有所警觉？汤姆不想追问下去。

过了午餐时间，他们才在一张露天餐桌旁吃饭。桌子摆在一处高地，俯瞰蓝色万湖中的小岛。脚下踩着卵石和泥土，头顶绿荫环绕，胖乎乎的服务员态度友好。他们点了酸焖牛肉配土豆圆子、马铃薯汤团、紫甘蓝和啤酒。这里是西柏林的西南部。

“天哪，这里真漂亮，你觉得呢？德国。”法兰克说。

“是吗？比法国还漂亮？”

“至少这儿的人感觉和气些。”

汤姆也这么觉得，但是好像很少有人这样形容柏林。那天早上，他们坐车经过一长段看不到士兵把守的围墙。和弗里德里希大街一样，墙体高十英尺，但背后有拴着的警犬，每次听到出租车经过，就开始狂吠。司机很高兴走这么一趟，一路上说个不停。他用德语介绍道，在墙的那一边，看不见的地方，也就是警犬的后面，有一片地雷区，足足"五十米宽！"。过了雷区，是一条深达九英尺的壕沟，防止车辆闯入，再后面还有一块犁过的地，人一旦踩上去，就会留下脚印。"他们真是不嫌麻烦呀！"法兰克说。汤姆也试着用德语跟司机聊天："他们说每个国家都需要一次革命——"司机说："噢，现在只剩枪炮了。至于革命理想，没有啰。"司机一副听天由命的口吻。到格里尼克桥时，汤姆已经把写在大标语牌上的德语文字译给法兰克听：

> 将此桥命名为"统一桥"的人，也修筑围墙，安装铁丝网，制造了"死亡地带"，阻碍了统一。

听完汤姆的译文，男孩想知道德文原文，汤姆便帮他抄了一遍。司机赫尔曼很和气，汤姆问他要不要一起吃午餐，吃了再送他们去别的地方。赫尔曼同意了，但客气地说自己坐到另一桌吃。

"去格鲁内瓦尔德森林，"付了账单后，汤姆对赫尔曼说，"怎么样？然后你就可以走了，我们想在里面逛逛。"

"没问题！当然可以！"赫尔曼一边说，一边吃力地从椅子上站起身，似乎一顿饭下肚，体重马上多了几公斤。天气温暖，他穿了一件短袖白衬衫。

车子朝北开了四英里。汤姆把柏林地图摊开在腿上，给法兰克看他们的位置。他们穿过万湖桥，往北拐，经过一块块盖满小屋的林地。终于到了格鲁内瓦尔德森林，汤姆告诉法兰克，法国、英国和美国的军队经常在这里进行坦克和实弹演习。

"能送我们在瓦砾山下车吗，赫尔曼?"汤姆问。

"瓦砾山，好的，就在恶魔山旁边。"司机回道。

赫尔曼的车爬上一处斜坡，就到了瓦砾山。这座山由在战火中毁掉的建筑废墟堆成，上面盖了土，山体越堆越高。汤姆把车费付给赫尔曼，又多给了他二十马克。

"谢谢你，祝你们玩得愉快!"

一个小男孩站在高处的山坡玩遥控飞机。沿着瓦砾山的一侧有一条挖好的弯曲的凹槽，能滑雪和玩平底雪橇。

"他们冬天在这儿滑雪，"汤姆对法兰克说，"好玩吧?"现在没有雪，汤姆也不知道这里有什么好玩的，只是觉得神清气爽。放眼望去，一边是莽莽的森林，另一边是遥远的柏林城。一条条碎石小路通向森林，林间看起来扑朔迷离，从地图上计算，占地大约十二平方英里。柏林市郊居然有这么一处森林，实在令人称奇，而且也是一件幸运的事，因为包括格鲁内瓦尔德森林在内，整个西柏林都被绿色包裹了起来。

"咱们走这边。"汤姆说。

他们沿着一条小路走进森林，没过几分钟，就被大树重重包围，树冠遮挡了大部分阳光。一对小情侣在几米外的地方野餐，把毯子铺在松针上。法兰克出神地望着他们，也许还有点嫉妒。汤姆捡起一枚小松果，吹了吹，装进裤兜。

"桦树真好看! 我喜欢桦树!"法兰克说。

树干斑驳的桦树四处林立，有粗有细，附近是松树和几棵橡树。

"我记得这儿有一处军事区，围了带刺的铁丝网，还有红色的警示标志。"汤姆心不在焉地说。他觉得男孩也有些悲伤。

明天这个时候，法兰克就会坐上飞机，往西朝纽约飞去。回家后，他会变成什么样子？等待他的是捉摸不透的女孩，还有曾经问过他有没有杀死父亲，得到否定回答后似乎相信他的母亲。美国那边的情况有没有发生变化？有没有找到对法兰克不利的新证据？很有可能，汤姆虽然猜不出，但确实有可能找到新证据。法兰克真的是杀父凶手吗？还是这一切都是他自己的幻想？汤姆不是第一次产生这种怀疑。难道是因为阳光照耀下的森林美不胜收，天气也很好，让他不愿意相信男孩杀了人？汤姆注意到他们左边有一棵倒下的大树，他朝大树走过去，男孩跟在身后。

汤姆靠在树上，才看清树是被砍断的。他点了一根烟，瞄了眼手表：差十三分钟到四点。他打算返回瓦砾山，那儿有车，说不定还能打到一辆出租。再往前走的话，很可能会迷路。"要烟吗？"汤姆问。昨晚男孩抽过一根烟。

"不了，谢谢。稍等，我去尿个尿。"

男孩从旁边经过时，汤姆站直身子。"我去那儿等。"他指了指来的时候走的小路。汤姆想着自己可以明天下午返回巴黎，当然他也可以顺便去拜访艾瑞克·兰兹，在他家住一晚。看看艾瑞克在柏林的公寓长什么样，以及他过着什么样的生活，也许很有意思。这样的话，他也有时间给海洛伊丝买个礼物，比如到选帝侯大街帮她挑个手包。汤姆似乎听到什么动静，好像有人说话，他往右边扫了一眼。"本？"他叫道，往后退了几步，"嘿，本，你迷路了吗？我在这儿！"汤姆走回两人刚才倚靠的那棵树，"本！"他是听到了树林深处灌木丛里枯枝断裂的声音？还是一阵风声？

这孩子又在淘气了吧，汤姆想，就像上次在别墅旁边的小路上一样，等着汤姆去找他。汤姆不想走进林子，因为树丛会划破他的裤脚。他知道男孩听得见，继续大喊："好了，本！别闹了！咱们走！"

四周一片安静。

汤姆想吞一口唾液，却吞不下去。他在担心什么？汤姆也不能确定。

汤姆突然拼命往左前方跑，他似乎听见树枝窸窣作响。"本！"

没人回应，汤姆继续往前跑，途中只停过一次脚步，回头看了一眼空旷茂密的树林。"本？"

眼前忽然出现一条泥巴路，他跑上泥巴路，方向仍然往左。泥巴路很快朝右拐弯，他是该继续跑，还是回去呢？在好奇心的驱使下，汤姆决定往前，只是步伐变成小跑，而且他决定要是再过三十米左右还看不到男孩，就原路返回，再去林子里找。男孩是想逃跑吗？要是法兰克这么做，那就太蠢了，因为他的护照还留在酒店，能去哪儿呢？难不成他被人抓走了？

在前方一处比路面稍低的小空地上，汤姆突然找到了答案：一部深蓝色的轿车，车头正对汤姆，两扇前门打开。司机"轰"的一声发动引擎，"咣"的一声关上车门。另一个男人从车后跑来，准备跳上副驾驶座，他见到汤姆，迟疑了一下，一只手放在门上，另一只手往外套里摸。

肯定是他们抓了法兰克。汤姆走过去。"你们搞什么——"

大约五米外的地方，一支黑色的手枪正对着他。男人双手握枪，钻进车里，关上门。车子开始后退，车牌是 B - RW - 778。司机有一头金发，跳到车里的男人身材魁梧，有黑色的直发，留着小胡子。他们肯定看清了汤姆的一举一动。

车子渐渐开远，车速不快，汤姆完全可以追上去，但是为了什么呢？为了肚子上挨枪子儿？汤姆·雷普利的小命和身价几百万美金的男孩比起来算得了什么？法兰克是不是嘴巴被塞了东西，关在后备厢？还是脑袋被敲了一下，不省人事？后座上还有人吗？很有可能。

他想着这些，那辆奥迪车在树林中静静地转了个弯，驶出他的视线。

汤姆带了圆珠笔，但是找不到纸，他取出烟盒，撕掉玻璃纸，趁着脑子里还有记忆，把车牌号写在粉红色的烟盒上。他们知道他看见了车牌，很可能弃车而逃或者把车牌换掉。还有一种可能，这是一辆偷来的车。

说不定他们早就认出他是汤姆·雷普利，也许从昨天开始他们就一直在跟踪他和法兰克。除掉他对他们来说有什么好处吗？利弊各半。他一时难以理清头绪，写下车牌号时手不停发抖。那时林子里果然有人说话！绑匪们也许借口问路，接近了法兰克。

最好别在柏林多待一天了。汤姆再次钻进阴郁的密林，抄近道走回小路，因为他担心绑匪们中途折返，冲他来一枪。

11

汤姆沿着刚才跟法兰克一起走的小路回到瓦砾山，焦急地等了快二十分钟，才遇上一辆偶尔路过的出租车，因为大部分人都是自己开车来格鲁内瓦尔德森林。汤姆叫司机送他去阿尔布雷希特-阿基琉斯街的佛兰可酒店。

如果法兰克又在耍花招，已经回到了酒店房间；如果汤姆看到的人、车和枪都是恶作剧的一部分——套用法兰克常说的一句话——那真是精彩呀！但事实并非如此。法兰克的钥匙还挂在酒店前台的挂钩上，汤姆的也是。

汤姆拿了钥匙，走进房间，紧张地把门从里面反锁。他坐在床上，伸手拿起电话簿。报警电话应该在最前面，果然如此。他拨了"紧急呼叫"号码，把写下车牌号的烟盒摆在跟前。

"我目击了一场绑架案。"汤姆说，然后回答对方提出的问题，什么时候，在哪里。

"请留下你的名字。"

"我不想透露我的名字，我记下了车牌号码。"汤姆念了号码，又说了车子的颜色，深蓝色，一辆奥迪。

"谁是受害者？你认识受害者吗？"

"不认识，"汤姆说，"是一个男孩，看起来十六七岁。有个人带了枪。我能几小时后再打电话来问问你们的进展吗？"其实不管对方如何回应，汤姆都会再次拨打电话。

那人说"可以"，然后草草地道了声谢，挂断电话。

汤姆告诉他绑架案发生在大约下午四点钟，地点是格鲁内瓦尔德森林，离瓦砾山不远。现在快五点半了，他想他应该联系法兰克的母亲，警告她也许会有人向她索要赎金，虽然他也不清楚这样做有什么用处。皮尔森的私家侦探终于有事可做了，他就在巴黎，但汤姆不知道如何才能联系上。莉莉·皮尔森太太肯定知道。

汤姆去楼下的酒店前台，要安德鲁斯先生的钥匙。"我朋友出去了，他叫我帮他拿点东西。"

前台问也没问就把钥匙给了汤姆。

汤姆上了楼，走进法兰克的房间。床已经铺好，房间干净整洁。汤姆先看书桌上有没有电话簿，又想起法兰克的行李箱里有约翰尼的护照。约翰尼留的地址位于纽约的派克大街，他母亲现在应该住在肯纳邦克波特，不过能找到个纽约的地址总比什么都没有好。汤姆抄了地址，把护照放回箱子，又在箱盖的夹层找到一个棕色的小地址簿，赶紧打开。可惜"皮尔森"那一页只有一个佛罗里达州的地址和电话号码，户主叫"皮尔森·桑富士"。真是不走运。汤姆原本以为普通人不会抄下自己家的地址，因为实在太熟悉，没必要，但皮尔森家有太多房子，可能会一一抄下来。

还是去前台问吧——今天是周日，邮局关门歇业。他先回到自己的房间，把法兰克的钥匙丢到床上，脱掉毛衣，拧了一把湿毛巾擦脸和上半身，再穿好毛衣，努力让自己镇定下来。男孩被人绑架，让汤姆彻底慌了阵脚。他自己做过的事，从来没有让他感到如此胆战心惊，因为一切都在他的掌控之中，但现在的情势却让他难以应对。他离开房间，锁好门，走下楼梯。

他在酒店前台拿了一张便笺，写下：约翰·皮尔森，缅因州（班戈市）肯纳邦克波特。班戈是距离肯纳邦克波特最近的大城市，也许能提供肯纳邦克波特的号码。"能不能麻烦你打电话到缅因州的班戈市，查一查皮尔森家的电话号码？"汤姆问柜台后的男人，对方看了一眼便笺，说道："好的，稍等。"随即走向汤姆右手边、坐在总机旁的一个姑娘。

男人回到座位，对汤姆说："也许要两三分钟。你要和谁直接通话吗？"

"不用，给我号码就行，谢谢。"汤姆在大堂等了一阵，担心总机旁的姑娘能不能打通，美国那边的接线员会不会说这个电话号码没有登记或者无法提供。

"雷普利先生，问到号码了。"前台的男接待说，手里拿着一张纸。

汤姆感激地一笑，把号码抄到另一张纸上。"可以麻烦你们帮我拨这个号码吗？我到房间接。请不要报我的名字，就说是从柏林打的。"

"好的，先生。"

汤姆回房，还没等到一分钟，电话铃声就响起。

"这里是缅因州肯纳邦克波特，"一个女子说，"我是在跟德国柏林的人通话吗？"

佛兰可酒店的接线员表示确认。

"请讲。"缅因州的接线员说。

"早上好，这里是皮尔森家。"一个英国口音的男人拿起电话。

"你好，"汤姆说，"我能和皮尔森太太通话吗？"

"请问您是——"

"与她的儿子法兰克有关。"电话的另一端语气彬彬有礼，让汤姆也静下心来。

"请稍等。"

汤姆等了好一阵,但至少法兰克的母亲在家。他听到女人和男人的声音,也许是那个叫尤金的管家正陪着莉莉·皮尔森朝电话机走来。

"喂?"声音又高又尖。

"喂,皮尔森太太,能麻烦你告诉我,你的儿子约翰尼和私家侦探住在巴黎哪一家酒店吗?"

"你为什么问这个?你是美国人吗?"

"是。"汤姆说。

"可以请教尊姓大名吗?"她听起来很小心,也很害怕。

"那不重要。重要的是——"

"你知道法兰克在哪儿吗?他和你在一起?"

"没有,他没和我在一起。我只想知道怎么联络上你们在巴黎的私家侦探。我想知道他们住哪一家酒店。"

"可你为什么想知道?"她的声音变得更刺耳,"是你绑架了我的儿子?"

"没有,真的,皮尔森太太。我也可以打电话给法国警方,问出你的私家侦探住哪里,但何必这么麻烦呢?不如你直接告诉我。他们住在巴黎哪一家旅馆,这应该不是秘密吧?"

对方犹豫了一下。"他们住露特西亚酒店,但我想知道你为什么要打听。"

汤姆如愿以偿,但他不希望皮尔森太太或者她的私家侦探惊动柏林警方。"因为我好像在巴黎见过他,"汤姆说,"但是不确定。谢谢你,皮尔森太太。"

"在巴黎哪里见过他?"

汤姆很想挂断电话。"在圣日耳曼德佩区的一家美国药房,我刚离开巴黎。再见,皮尔森太太。"汤姆放下听筒。

他开始收拾行李。佛兰可旅馆突然变得很不安全。那两三个挟持法兰克的绑匪很可能从周五晚上就开始跟踪他和法兰克到酒店,所以趁他走出酒店时冲他开一枪也许没什么大不了,说不定还会爬上楼潜入他的房间下手。汤姆打电话通知前台,说自己几分钟后退房,要他们准备好他和安德鲁斯先生的账单,然后关上行李箱,拿着法兰克的钥匙,走进法兰克的房间。汤姆在想要不要打电话给艾瑞克·兰兹,看能否在他家过夜,实在不行的话,柏林的其他酒店都比这一家安全。汤姆收好法兰克的东西,包括地上的鞋、浴室里的牙膏牙刷,还有柏林熊,关好行李箱,拎着箱子走出房间,把钥匙插在锁孔上。汤姆把法兰克的行李箱搬到自己房间,从上衣口袋里翻出艾瑞克的名片,拨通号码。

一名带德语口音、声音比艾瑞克低沉的男人接起电话,问他是谁。

"汤姆·雷普利。我在柏林。"

"啊,汤姆·雷普利!请稍等,艾瑞克在泡澡!"

汤姆差点笑出声来。艾瑞克在家泡澡!几秒钟后,艾瑞克接起电话。

"你好呀,汤姆!欢迎来柏林!我们啥时候能见面?"

"现在——如果方便的话,"汤姆尽可能保持平静的口吻,"你在忙吗?"

"不忙。你在哪儿?"

汤姆告诉他:"我正准备退房。"

"我们可以去接你！你有时间吗？"艾瑞克开心地说，"彼得！阿尔布雷希特-阿基琉斯街，离得不远……"他说着德语，话音渐渐飘远，一会儿又回到听筒，"汤姆！我们十分钟后见！"

汤姆放下电话，心头踏实多了。

汤姆问前台要账单时，对方一点也不惊讶，但要是看到他离开酒店时拿走男孩的行李箱，也许会起疑心。汤姆准备好了一套说辞，他会告诉酒店的人，安德鲁斯先生正在机场航站楼等候。汤姆付了两人的房费，也付了电话费，对方没有多问。这样也好。就当他自己是绑架法兰克的人，或者是绑匪的同伙，来拿走法兰克的东西。

"祝你旅途愉快！"前台的男接待微笑着说。

"谢谢！"汤姆看到艾瑞克正走进大堂。

"你好，汤姆！"艾瑞克喜气洋洋地说，他刚泡过澡，深色头发还湿漉漉的，"你办完了吗？"他扫了一眼前台，"我来帮你拿个箱子——就你一个人？"

大堂里有一个服务生，但他正守在一个拖着三件行李的男子身旁。

"嗯，暂时是这样。我朋友在机场等我。"汤姆故意说得大声，好让前台接待或者其他人听见。

艾瑞克接过法兰克的行李箱。"走吧！彼得的车停在右边。我的车在修，明天才拿得到。暂时坏掉了，哈！"

一辆浅绿色的欧宝停在路边不远处，艾瑞克把汤姆介绍给一个大概叫彼得·舒伯勒的人。彼得又高又瘦，三十岁左右，下巴突出，黑发贴着头皮，像是刚刚剪过。他们把行李放在后排和座位下，艾瑞克坚持要汤姆坐副驾驶座。

"你朋友呢？他真的在机场？"彼得发动车子后，艾瑞克兴致勃勃地把身子向前靠过来。

艾瑞克并不知道汤姆口中的朋友是谁，但他也许猜得出是法兰克·皮尔森，因为之前他去巴黎送护照给汤姆，照片上的人就是法兰克。"不是，"汤姆说，"待会儿再告诉你。能去你家吗，艾瑞克？还是你觉得不太方便？"汤姆用英语问，也不管彼得能不能听懂。

"当然没问题！走，咱们回家去，彼得！反正彼得要回去。我们本来以为你会有点闲工夫。"

走出旅馆时，汤姆望了望街道两旁，留心观察了一下人行道上的行人，甚至停在路边的车，等他们的车子开到选帝侯大街，汤姆才感觉轻松了些。

"你和那个男孩在一起？"艾瑞克用英语问，"他在哪儿？"

"散步去了。我待会儿去找他。"汤姆随口一说，突然觉得很难受。他摇下车窗，再也没有关上。

"就像西班牙人说的那样，我家就是你家。"艾瑞克在翻新过的旧公寓楼前门内侧拉出一个钥匙圈。他们来到与选帝侯大街平行的尼布尔大街。

三人搭乘宽敞的电梯，和行李一起上了楼。艾瑞克又打开一扇门，说出更多欢迎词，彼得则帮汤姆把行李箱放到客厅的角落。这是一个单身汉的公寓，没有多余装饰，家具老旧耐用，只有餐具柜里一把擦得锃亮的银咖啡壶反射出一点光辉。墙上挂了几幅十九世纪的德国风景画，每一幅都价值不菲，但汤姆却觉得是平庸之作。

"让我们单独聊聊，彼得。你可以先去拿瓶啤酒。"艾瑞克说。

沉默寡言的彼得点点头，拿起一份报纸，坐上台灯旁的黑色大沙发。

艾瑞克示意汤姆到旁边的一个房间，然后关上门。"说说吧，怎么回事？"

他们没有坐。汤姆快速地讲了一遍事发经过，包括他和莉莉·皮尔森的通话内容。"我在想，绑匪们可能打算把我干掉。也许他们在格鲁内瓦尔德森林认出我了，或者是从男孩那儿套的话。如果你能留宿我一晚，艾瑞克，我会感激不尽。"

"一晚？两晚！住多久都没问题！怎么会发生这种事，天啊！绑匪提出赎金要求了吧，我猜？向他母亲？"

"会的吧。"汤姆抽出一根烟，耸耸肩膀。

"我不觉得他们会把男孩从西柏林弄出去，你知道的，太难了，每辆车过东部的边境时都会被彻底搜查。"

汤姆完全能想象。"我晚上再打两个电话，一个问警察有没有找到出现在格鲁内瓦尔德森林的那辆奥迪车，另一个打去酒店，问法兰克有没有回来。我在想，绑匪也许会临阵退缩，把男孩放了，但是——"

"但是什么？"

"我不会把你的电话号码或地址透露给别人，没这个必要。"

"谢谢，至少不要给警察。这点很重要。"

"我也可以去外面打电话。"

"用我的吧！"艾瑞克摆了摆手，"跟我这儿接打的电话比起来，你那个就是小儿科！我经常得用暗号！随便打，汤姆，叫彼得帮你打！"艾瑞克听起来自信满满，"彼得现在是我的司机、秘书兼保镖——是个全才！咱们出去喝一杯！"他拉着汤姆的胳膊。

"你信任彼得。"

艾瑞克低声说："彼得是从东柏林逃出来的。第二次他才成功，被扔出来的。第一次逃跑，他们把他扔进了监狱，结果他在里面到处闯祸，搞得他们也受不了。彼得——他看起来胆子小，话也不多，但他其实——呃——很有种。"

他们一起走进客厅，艾瑞克倒好威士忌，彼得马上跑到厨房拿冰块。已经快八点了。

"我让彼得打电话到佛兰可旅馆，问有没有客人留言，来自——他叫什么来着？"

"本杰明·安德鲁斯。"

"对，"艾瑞克把汤姆上下打量一番，"你太紧张了，汤姆，快坐坐。"

彼得把从黑色制冰盒里取出的冰块压进银桶，汤姆手上很快端了一杯苏格兰威士忌。艾瑞克转过身，用德语向彼得快速讲了一遍事发经过。

"什么？"彼得很震惊，向汤姆投去敬佩的眼神，似乎突然意识到汤姆刚刚经历了地狱般的一天。

"……应急部门，"艾瑞克用德语跟彼得说，然后转向汤姆，"还有车牌号，你说了。你没告诉他们你叫什么吧？"

"当然没有。"汤姆把记在烟盒上的号码工工整整地抄到艾瑞克家电话机旁的一张纸上，又添了"深蓝色奥迪"几个字。

"现在应该还没有车子的消息，"艾瑞克说，"如果是偷来的话，他们会把车扔了。除非警方采集指纹，车子留不下任何线索。"

"先给酒店打电话，彼得，"汤姆从酒店账单上找到号码，"免得他们又听到我的声音。能问他们有安德鲁斯先生的留言吗？"

"安德鲁斯。"彼得重复一声，拨响号码。

"或者给雷普利先生的留言。"

彼得点点头，把这些问题抛向佛兰可酒店。几秒钟后，彼得说：

"好的，谢谢。"他对汤姆说："没有留言。"

"谢谢你，彼得。能麻烦你再问问警察车子的事儿吗?"汤姆查了查艾瑞克的电话簿，确定上面的报警电话和他之前拨的一样，然后指给彼得看，"这个号码。"

彼得拨了电话，跟对方说了好几分钟，中间停顿了好几次，最后挂掉电话。"他们还没找到那辆车。"彼得说。

"我们可以待会儿再试——打给酒店和警察。"艾瑞克说。

彼得走进厨房，汤姆听见盘子的哗啦声和冰箱门关上的声音。彼得似乎很熟悉这里。

"法兰克·皮尔森，"艾瑞克笑得小心翼翼，没有注意到彼得正端着托盘走过来，"他爸爸前不久才过世吧? 没错。我看过报道。"

"对。"汤姆说。

"是自杀，对吧?"

"好像是。"

彼得在摆放餐具，他端来一块冻过的烤牛肉、几个西红柿和一碗散发出樱桃酒香味的新鲜菠萝切片。他们拉出椅子，坐到长桌旁。

"你跟他母亲通了电话。你是想联系上巴黎的那个私家侦探吗?"艾瑞克叉了一块牛肉放进嘴里，然后抿了一口红葡萄酒。

艾瑞克漫不经心的语气让汤姆有些冒火。也许在艾瑞克眼中，这是件鸡毛蒜皮的小事，他愿意帮汤姆一把，只因为汤姆是里夫斯的朋友。艾瑞克跟法兰克从未见过面。"我不用给巴黎那边打电话，"汤姆说，言外之意是他不愿当个中间人，"我说了，他母亲不知道我叫什么。"

彼得听得很认真，虽然语言不通，却似乎都弄明白了。

"不过我希望皮尔森太太收到赎金要求后，别让私家侦探通知柏林警方。像这样的案子，警察一般帮不上忙。"

"没错，如果想那孩子活着回来的话。"艾瑞克说。

汤姆在想，那个美国侦探会不会来柏林？既然很难把男孩弄到别处去，释放地点很可能就在柏林。绑匪们想在哪里拿钱呢？实在猜不到。

"你在担心什么？"艾瑞克问。

"不是在担心，"汤姆微笑着说，"我是在想，皮尔森太太说不定会叫她的私家侦探提防一个在柏林的美国人，这人不是在耍花招，就是绑匪的同伙。我告诉过她——"

"同伙？"

"跟他们一起干。我告诉过她，说在巴黎见过法兰克。不巧的是，她知道我是从柏林打的电话，是佛兰可酒店的接线员说的。"

"汤姆，你顾虑太多了，但也许正因为这样，你才这么成功。"

成功？他成功吗？

彼得用德语对艾瑞克说了一通，语速太快，汤姆什么也没听清。

艾瑞克哈哈大笑，他把嘴里的食物吞下肚，然后对汤姆说："彼得讨厌绑匪。他说他们假装成左翼人士，拿政治当借口，其实只对钱感兴趣，跟骗子一样。"

"我今晚再给露特西亚酒店打个电话，问问他们有没有消息，"汤姆说，"绑匪也许给皮尔森太太打过电话，他们不会给她发电报或寄信。"

"嗯。"艾瑞克说，给每个人又斟满酒。

"现在巴黎的侦探也许已经知道该把赎金送到哪里，还有男孩被释放的地点了。"

"他会把这些告诉你吗?"艾瑞克坐回椅子上。

汤姆又笑起来。"也许不会,但我还是能搞清楚一些事。对了,艾瑞克,我来付电话费。"因为他还得打很多通电话。

"真是的!典型的英国人作风——朋友跟客人还得付电话费,我家可不来这套——我家就是你家。现在几点了?汤姆,要不要我帮你打电话到露特西亚酒店?"艾瑞克看了眼手表,汤姆还没来得及回答,他又开了口,"现在十点,跟巴黎的时间一样。咱们给侦探留够时间吃完他的法——式大餐,花皮尔森家的钱,哈哈!"

彼得煮咖啡时,艾瑞克打开了电视。几分钟后要播新闻节目。艾瑞克接了两次电话,第二次,他用蹩脚的意大利语接听。然后艾瑞克和彼得开始看电视,听一位政治人物讲了几分钟,两人从头笑到尾,品头论足。汤姆则兴趣索然,屏幕上那人说了什么,他一点也没听进去。

十一点左右,艾瑞克建议给露特西亚酒店打电话。汤姆故意没有先提出来,免得艾瑞克又说他紧张过了头。

"我这儿有号码,"艾瑞克翻开黑色的皮电话簿, "嘿,有呢——"他开始拨电话。

汤姆站在一旁。"艾瑞克,找约翰尼·皮尔森。我不知道侦探叫什么名字。"

"他们现在还不知道你的名字?"艾瑞克问,"那孩子没说——"他指了指电话背后的圆形小听筒。

汤姆拿起听筒,凑到耳朵边。

"喂,请找约翰尼·皮尔森,行吗?"艾瑞克用法语说,等接线生答应帮他转接电话时,得意地冲汤姆点点头。

"是谁？"听筒里传来一个年轻美国人的声音，和法兰克很像。

"你好，我打电话来，是想问问你有没有弟弟的消息？"

"你是谁？"约翰尼问，身旁还有一名男子在跟他说话。

"喂？"一个更低沉的声音问。

"我打电话来，是想知道法兰克的消息。他还好吗？你们有没有收到消息？"

"请问尊姓大名？你从哪儿打来的？"

艾瑞克用疑问的眼神望着汤姆，汤姆点点头。

"柏林，"艾瑞克说，"他们是怎么跟皮尔森太太讲的？"艾瑞克用平淡得近乎无聊的语气问道。

"如果你不表明身份，我为什么要告诉你？"侦探回答。

彼得靠在餐具柜旁听他们说话。

汤姆示意艾瑞克把电话递给他，然后他把小听筒还给艾瑞克。"你好，我是汤姆·雷普利。"

"啊！——对，是你打过电话给皮尔森太太吗？"

"是的。我想知道她儿子情况怎么样，你们有什么打算？"

"我们不清楚他的情况。"侦探冷冰冰地说。

"他们提出赎金要求了吗？"

"提——了。"话似乎在侦探的脑子里转了一下才出口，也许他觉得但说无妨。

"钱是送到柏林？"

"我不知道你为什么如此感兴趣，雷普利先生。"

"因为我是法兰克的朋友。"

侦探沉默了一阵。

"法兰克可以告诉你——如果你能和他通话的话。"汤姆说。

"我们还没跟他通过话。"

"但他们会让他开口的，要证明法兰克在他们手上的话——是吧？可以请教您尊姓大名吗？"

"噢……拉尔夫，我姓瑟罗。你怎么知道那孩子被绑架了？"

汤姆无法回答，也不想回答。"你通知柏林警方了吗？"

"没有，绑匪不想警方插手。"

"知道他们在柏林哪个位置吗？"汤姆问。

"不知道。"瑟罗听起来有些泄气。

没有警方协助，很难追踪电话。"他们怎么向你证明那孩子还活着？"

"他们说会让他和我们通话——也许今晚晚些时候。说给他吃了些安眠药——你能给我在柏林的电话号码吗？"

"抱歉，我不能。但我可以联系你。晚安，瑟罗先生。"对方还在说什么，但汤姆已经挂断了电话。

艾瑞克开心地看着汤姆，似乎这次通话很成功，他也放下听筒。

"总算有点收获，"汤姆说，"男孩是真的被绑架了，我没——弄错。"

"下一步怎么做？"艾瑞克问。

汤姆拿起银壶，给自己倒了满满一杯咖啡。"我要待在柏林，看形势如何发展，直到法兰克安全获救为止。"

12

彼得临走时，答应艾瑞克第二天一早去趟车库，看看艾瑞克的车是否已经被送回到公寓门口。"汤姆·雷普利——祝你成功!"彼得边说边紧紧握住汤姆的手。

"他很棒吧?"艾瑞克关上公寓的门，"我帮彼得逃出东德，他一直想报答我。他是个会计师，在这儿能找到工作。他确实当过一段时间会计，但现在主要替我做事，根本不需要另外找别的工作了。他还帮我填所得税的申报单。"艾瑞克轻笑一声。

汤姆耳朵在听，脑子里却想着晚些时候还得再打电话去巴黎，也许是凌晨两三点钟，问问瑟罗有没有和法兰克通话。安眠药。没错，绑匪爱用这个。

艾瑞克拿出雪茄盒，但汤姆谢绝了来一根雪茄的好意。"你没把我的电话号码给那个侦探是对的，他说不定会告诉绑匪! 很多侦探都是笨蛋——只顾着搜集情报，不管别人的死活。笨蛋! ——我喜欢这个美国俚语。"

汤姆很想告诉他"笨蛋（boobs）"一词还有别的含义[1]。"我一定要寄一本讲俚语的书给你。从苏黎世，或者巴塞尔。"这是汤姆的心里话，他很高兴能当着艾瑞克的面说出心里话，因为平时他习惯把自己的想法埋在心底。

---

1. boobs 还指女人的乳房。

"你觉得钱会在苏黎世或者巴塞尔过手？"

"你不觉得吗？除非绑匪在柏林，需要德国马克资助他们的反政府活动。我反正觉得瑞士更安全。"

"你觉得他们会要多少？"艾瑞克轻轻抽了一口雪茄。

"一两百万美金吧？瑟罗也许知道数额。说不定他明天就会去瑞士。"

"你为啥对这宗绑架案如此感兴趣？——如果你不介意的话。"

"噢——我希望那孩子安全脱险，"汤姆双手插进裤兜，在房里转圈子，"他是很特别的孩子，家里那么有钱，他却害怕钱，或者说讨厌钱。你知道吗，他帮我擦了每一双鞋。比如这双。"汤姆抬起右脚。虽然在格鲁内瓦尔德森林里钻了一趟，鞋面仍然亮锃锃的。汤姆想到法兰克杀了父亲。正因为如此，汤姆才对他产生恻隐之心。但对艾瑞克，汤姆只是说："他爱上了一个纽约的姑娘，他人在欧洲，姑娘也没办法写信给他，因为他不能给她详细地址。他想隐姓埋名一阵子，所以整天提心吊胆——不知道姑娘是否还喜欢他。他才十六岁，你知道那是什么感觉。"但艾瑞克谈过恋爱吗？汤姆想象不出。艾瑞克是个极度自私、疑神疑鬼的家伙。

艾瑞克若有所思地点点头。"我去你家时，他也在。我知道还有人在那儿。我以为——是个姑娘——或者——"

汤姆大笑起来。"我背着老婆在家里藏个姑娘？"

"他为啥要离家出走？"

"哦——小孩子嘛。也许因为父亲去世，很难过。也许因为女朋友。反正他想躲几天——清静清静。他在我家的花园打工。"

"他在美国犯了事儿吗？"艾瑞克问，好像他本人是个守法的公民。

"据我所知没有。但他暂时不想当法兰克·皮尔森，所以我帮他搞了个新护照。"

"而且你带他来了柏林。"

汤姆深吸了一口气。"我以为能劝他从这儿飞回家，他也答应了，订了明天的机票，直飞纽约。"

"明天。"艾瑞克面无表情地重复了一次。

汤姆心想，艾瑞克原本就是个冷漠的人。汤姆看着艾瑞克丝绸衬衫上的纽扣被鼓起的小腹绷得紧紧的，他的心情就跟那几枚纽扣一样。"我今晚要再打电话给瑟罗，可能会很晚，凌晨两三点。不会吵到你吧，艾瑞克？"

"当然不会，汤姆。你随便打。"

"我还得问问睡哪儿，这儿吗？"汤姆指了指马鬃大沙发。

"噢，幸好你提起！看来你真的累坏了，汤姆。睡这张沙发，没错，不过这是个沙发床，瞧！"艾瑞克拿走沙发上一个粉红色靠枕，"看起来像古董，却是个新发明。只需按一个键——"艾瑞克按了一下，沙发的座椅上升，椅背躺平，变成了一张双人床大小的沙发床。"瞧！"

"妙极了。"汤姆说。

艾瑞克从别处拿来毯子和床单，汤姆做帮手。艾瑞克先用毯子填平沙发按钮上的凹陷，再铺上床单。"好啦，你该上床睡觉了。上床、下床、翻身、开灯、关灯、趴着、仰卧。说真的，有时候我觉得英语跟德语一样——动态十足。"艾瑞克一边说一边拍打枕头。

汤姆脱掉毛衣，觉得自己今晚一定会睡得很香，但他并不想和艾瑞克讨论为什么睡得很香（sleep like a top）与陀螺（top）相关，免得艾瑞克刨根问底，所以干脆没有说出口，只是从行李箱的底层扯出睡衣。他想着绑匪也许会逼迫法兰克说出他的名字。皮尔森太太会信任他，让他送赎金去吗？汤姆想狠揍绑匪一顿，也许是逞匹夫之勇，太疯狂，但他正在气头上，又累得脑子发昏。

"浴室归你了，"艾瑞克说，"晚安，我不打扰你了。需要我帮你设个两点的闹钟，好让你起来打电话吗？"

"我能行——起得来，"汤姆说，"谢谢你——非常感谢，艾瑞克。"

"噢，我还想到个小问题，你们是说'弄醒人'、'叫醒人'，还是'唤醒人'？"

汤姆摇摇头。"我也说不清。"

汤姆冲个澡，上床睡觉，脑子里记着凌晨三点钟，也就是说再过一小时二十分钟就要起床。冒着自己也被绑架甚至被枪杀的危险去交付赎金，这样做值得吗？谁都可以做这事。绑匪也许有指定的人选，会是谁呢？绑匪会不会坚持要汤姆·雷普利送钱？很有可能。如果绑匪抓住他，就能拿到更多钱。汤姆想象着海洛伊丝筹集赎金的样子——要多少钱？二十五万？——她得去求她父亲——天哪，别去！汤姆把脑袋埋在枕头里暗笑。雅克·普利松出钱赎回他的女婿汤姆·雷普利？怎么可能！二十五万会花掉他和海洛伊丝所有的积蓄，也许还得卖掉丽影别墅。真是不堪设想！

也许他想的这些都不会发生。

汤姆从梦中惊醒。他梦见自己把车开上一条陡峭无比的山路，比旧金山的任何坡道都要陡，几乎垂直，车子还没爬到山顶，就快往后翻倒。他的额头和胸口冒出汗水，摸起来滑溜溜的。还差一分钟到三点，时间刚刚好。

他拿起艾瑞克的电话簿，看到上面也写着巴黎的区号。他拨通露特西亚酒店的号码，说要找拉尔夫·瑟罗先生。

"你好，是我，雷普利先生，我是瑟罗。"

"有什么消息？你和男孩通话了吗？"

"嗯，大约一小时前，我们和他通了话。他说自己没有受伤，只是听起来有些困。"瑟罗疲倦地说。

"其他安排呢？"

"他们还没安排地点。他们——"

汤姆等着对方说下去。瑟罗肯定在犹豫要不要提钱的事儿，他今天也许在露特西亚酒店累得够呛。"他们说了要多少钱吗？"

"说了，明天从苏黎世汇过去——不，是今天。皮尔森太太把钱汇到三家柏林的银行。他们说要三家银行，皮尔森太太也觉得这样比较安全。"

也许是数额太大，她不想惹人眼球。"你要来柏林？"

"我还没安排好。"

"谁去银行取钱？"

"我不知道。他们首先要确定钱到了柏林，才会通知我把钱送到哪里。"

"你猜会在柏林吗？"

"应该是吧，我不知道。

"警方没有介入吧？没有监听你的电话？"

"没有，"瑟罗说，"这样就好。"

"多少钱？"

"二百万美元，兑换成德国马克。"

"你觉得是否该找一个信使来跑几家银行的事儿？"想到这里，

汤姆忍不住发笑。

"他们——听上去他们的意见也不统一，"瑟罗的美国口音低沉而单调，"关于地点和时间。有个人跟我说——他是德国口音。"

"我早上九点再打电话给你？那时候钱应该到账了吧？"

"应该到了。"

"瑟罗先生，我愿意去领钱，送到他们要求的地方。这样会快一点，考虑到——"汤姆停顿一下，"请不要跟他们提我的名字。"

"法兰克告诉了他们你的名字，说你是他的朋友，也跟他母亲说了。"

"好吧，但如果他们问起，就说你没听过我的消息，因为我住在法国，可能已经回家了。请你也这样对皮尔森太太说，因为我猜他们会给她打电话。"

"他们主要打给我。他们只让男孩跟她通过一次话。"

"你可以叫皮尔森太太通知瑞士的银行或柏林的银行，说我会去取钱——要是她同意的话。"

"我问问她。"瑟罗说。

"我几小时后再给你打电话。我很高兴男孩没什么大碍——除了想打瞌睡，没别的什么问题。"

"嗯，希望如此！"

汤姆挂断电话，回到床上。艾瑞克在厨房里轻手轻脚、忙前忙后，吵醒了他。耳畔回荡着茶壶的叮当声和电动咖啡研磨机的嗡嗡声，听上去令人很安心。今天是八月二十八日，周一，还差十二分钟到九点。汤姆走进厨房，告诉艾瑞克凌晨三点通话的结果。

"两百万美元！"艾瑞克说，"跟你猜的差不多，是吧？"

比起法兰克还活着、可以和他的母亲说话，艾瑞克好像对赎金更感兴趣。汤姆随他怎么想，只顾喝自己的咖啡。

汤姆穿好衣服，努力把床铺恢复成沙发的模样。他把床单叠好，今晚说不定还得睡在这张床上。客厅收拾整齐后，汤姆看了一眼手表，想到瑟罗，又好奇地跑到艾瑞克摆在书架上的一排席勒作品旁，抽出一本《强盗》。还真是一本皮面精装。汤姆还以为那一排席勒的全集是假的，背后藏着保险箱，或者每一本书都有秘密夹层。

汤姆拿起电话，拨通露特西亚酒店的号码，找拉尔夫·瑟罗先生。

瑟罗回答道："我是，雷普利先生，你好。我收到银行的名字了，三家银行。"瑟罗听起来清醒了些，心情也好了些。

"钱已经到柏林了？"

"是的，皮尔森太太希望你今天尽快去取。她已经告诉苏黎世那边，转账经过了她的同意，苏黎世那边也同样通知了柏林的银行。柏林的银行营业时间很奇怪，不过没关系，你可以打电话给每一家银行，告诉他们你什么时候到，他们会——呃——"

"我懂，"汤姆知道有些银行下午三点半才开门，有些一点就关门，"这么说——银行那边——"

瑟罗打断他。"那些——给我打电话的人，他们说今天晚些时候会再打给我，确定钱都取了，再通知我把钱送到哪里。"

"我明白了。你没跟他们提我的名字吧？"

"绝对没有。我只说会有人去取钱，也有人送钱。"

"很好。把银行的名字给我吧。"汤姆拿起一支圆珠笔开始记录。第一家是位于欧洲中心的 ADCA 银行，取一百五十万德国马克；第二家是柏林迪森托银行，金额相同；第三家是柏林商业银行，取"不到"一百万德国马克。"谢谢，"写完后，汤姆说，"我接下来几个小时就去取，中午再跟你联络——希望一切顺利。"

"我等你电话。"

"对了，咱们的朋友有没有说他们属于哪个组织？"

"组织？"

"或者是帮派？有时他们会给自己取个名字，也喜欢到处吹嘘，像'红色救世主'之类的。"

拉尔夫·瑟罗紧张地轻笑一声。"没有，他们没说。"

"他们是从私人公寓打的电话吗？"

"不，基本上不是。法兰克跟他母亲讲话那次也许是。她感觉是，但今天早上他们用的是投币的公共电话。八点左右时他们打电话来，问钱是否到了柏林。我们一晚上都在忙钱的事儿。"

挂上电话时，汤姆听见艾瑞克的卧室里传出打字机的咔哒声。汤姆不想去打扰他。他点了一根烟，心想自己该打个电话给海洛伊丝，因为他说过今明两天回家，但他现在不想花时间解释。而且明天这时候，谁知道他会在哪儿？

汤姆想象着法兰克被关在柏林某处一个房间里的模样，也许没有被绳子捆起来，但日夜都被人监视。法兰克是那种敢找准机会逃跑的孩子，如果离地面不高，他甚至会跳窗而出，但绑匪也许早就意识到了这一点。汤姆还听说那些反政府成员或者绑架组织有朋友为他们提供庇护所，里夫斯不久前才在电话上跟汤姆提过这事。情况很复杂，因为那些所谓的革命者和帮派分子声称自己从事左翼政治运动，却不被大多数左派人士接受。在汤姆看来，这些帮派行踪诡秘，经常故意制造紧张气氛，好让政府镇压他们，从而揭露当局法西斯主义者或种族主义者的"真实"嘴脸。汉斯-马丁·施莱尔就被一些人诋毁为老纳粹分子和工厂老板经理们的代表，他遭遇绑架和谋杀，不幸引发了一场当局对知识分子、艺术家和自由派人士的政治迫害。右翼分子也抓住机会，指责警方镇压的手腕不够强硬。在德国，没有黑白分明、简单容易的事。绑架法兰克的人是"恐怖分子"，还是有特定的政治倾向？他们会不会拖延谈判，大肆宣传？汤姆希望不会，因为他实在不想再出名了。

艾瑞克走进客厅，汤姆告诉了他银行的事。

"好大的一笔钱！"艾瑞克看起来很震惊，然后眨了眨眼，"我和彼得上午可以帮你，这些银行几乎都在选帝侯大街，我们可以开我的或者彼得的车去。彼得的车上有枪，我的没有。这儿不允许车上放枪支。"

"你的车不是不转了吗。"

"不转了？"

"就是坏了。"汤姆说。

"噢，今天早上就修好了。我记得彼得说他早上十点前会帮我把车开回来。现在是九点三十五分，安全起见，汤姆，我们上午一起去，你说呢？"艾瑞克看起来相当谨慎，准备走到电话旁。

汤姆点点头。"我们拿到钱后，把钱带回这里——如果你同意的话，艾瑞克。"

"好——的——当然行，"艾瑞克扫了一眼墙壁，似乎不出几个小时，墙壁就会被拆得四分五裂，"我给彼得打个电话。"

彼得没有接听。

"他可能去帮我拿车了，"艾瑞克说，"要是他待会儿在楼下按门铃，我就问他上午要不要跟我们一起去。钱送到哪里，汤姆？"

汤姆笑着说："希望中午时有人通知。对了，艾瑞克，我需要一个能拖的行李箱，你有吗？我不想把我和法兰克行李箱里的东西倒出来。"

艾瑞克马上跑进卧室，拿来一个中等尺寸的棕色猪皮行李箱，看起来不太新，也不太贵，虽然汤姆不知道四千张左右的千元德国马克纸币体积有多大，但箱子的大小应该刚刚好。

"谢谢你，艾瑞克。如果彼得不能一起去，我想我们也可以搭出租车。我得去给那几家银行打电话了。"

"我可以帮你打，是叫 ADCA 银行吧？"

汤姆把银行名单放在艾瑞克的电话机旁，翻开电话簿，找到 ADCA 银行的号码。艾瑞克给 ADCA 银行打电话时，他又写下另外两家银行的号码。艾瑞克语气镇定而流畅，他让经理接电话，告知对方自己要来领取存在汤姆·雷普利名下的那笔钱。一通电话要打几分钟，汤姆一边听，一边把用来证明身份的护照本放进口袋。艾瑞克没有联系到每一家银行的经理，但是三家银行都确认钱已经准备好了。艾瑞克说雷普利先生会在一个小时内上门。

打最后一通电话时，门铃响了，艾瑞克示意汤姆去厨房按开门键。汤姆按下对讲键，问道："是哪位？"

"是彼得，艾瑞克的车在楼下。"

"稍等，彼得，"汤姆说，"艾瑞克就来。"

艾瑞克走到对讲机旁，汤姆出了厨房。

汤姆听见艾瑞克在问彼得上午有没有空处理一件"很重要的差事"。随后艾瑞克走进客厅说："彼得有空，他说我的车已经在楼下，怎么样，他很了不起吧？"

汤姆点点头，把银行名单装进口袋。"没错。"

艾瑞克穿上一件外套。"咱们出发吧。"

汤姆拿起空行李箱，艾瑞克给门锁了两道锁，一起走下楼梯。

彼得坐在停在路边的车里，艾瑞克的奔驰车停得离公寓大门不远。艾瑞克坐上彼得车子的副驾驶座，示意汤姆坐后座。

"先关好门，我再跟你解释。"艾瑞克对彼得说。他用德语告诉彼得说汤姆现在要去三家银行取点钱作为付给绑匪的赎金，他问彼得能不能开自己的车送他们去，或者是开艾瑞克的车？

彼得笑着看了汤姆一眼。"我的车，没问题。"

"你的枪还在吧？"艾瑞克笑了笑，"希望咱们用不上！"

"在这儿。"彼得指了指杂物箱，脸上露出微笑，汤姆去银行取钱是正大光明的事，怎么可能用得上枪。

他们马上决定先去位于欧洲中心的 ADCA 银行，因为另外两家银行都在选帝侯大街，在返回艾瑞克公寓的路上。他们把车停得离 ADCA 银行很近，因为旁边的皇宫酒店门前正好有一截专供客人和出租车停靠的弯道。银行开着，汤姆独自走进银行大门，手里没有拿行李箱。

汤姆向银行柜员报上姓名，用英语说经理正等着他。姑娘拿起电话讲了几句，然后指了指汤姆身后左边的门。一个蓝眼睛、五十岁左右的男人打开了门，他一头灰发，背挺得很直，脸上挂着和善的笑容。另一个守在房间里的男人拿了几只公文包出来，看也没看汤姆，转身就走，这让汤姆感觉很自在。

"是雷普利先生？早上好，"经理用英语说，"请坐。"

"早上好，先生，"汤姆没有马上坐进皮扶手椅，而是从口袋里拿出护照，"要看吗？我的护照。"

站在办公桌后的银行经理戴上眼镜，仔细检查护照，比对照片上和汤姆本人的脸，然后坐下，在便笺本上写了几个字。"谢谢，"他把护照还给汤姆，按了一下桌上的按钮，"佛瑞德？没问题。——

是的，请。"他双手抱在胸前，微笑着望着汤姆，但眼神中带着一丝迷惑。之前离开的那个男人又来了，手里拿着两个大牛皮纸信封。门在他身后"咔嚓"一声自动关上，汤姆觉得自己被囚禁了起来。

"你要不要数一下钱？"银行经理问。

"我看看。"汤姆有礼貌地说，像是在聚会上接过一片面包，但是他根本不想数。他打开那两个捆了橡皮筋的牛皮信封，看到里面有几打用棕色纸带束起的德国马克，两个信封的重量差不多，纸币的面额都是一千马克。

"一百五十万马克，"经理说，"每一打有一百张。"

汤姆拿起一打纸币，从一端翻了翻，看起来是一百张。汤姆点点头，心想银行有没有记下每张纸币票面的编号，但他懒得问。让绑匪去操心吧。绑匪们肯定没提过要多大面额的钞票，不然瑟罗一定会告诉他。汤姆说："我相信没问题。"

两名德国人面露微笑，拿信封来的男人出了房间。

"还有收据。"经理说。

汤姆签收了一百五十万德国马克，经理也签上姓名缩写，留下复写副本，把收据原件递给汤姆。汤姆站起来，伸出手，说了声："谢谢。"

"祝你在柏林玩得愉快。"经理和汤姆握手。

"谢谢。"经理的语气听起来好像汤姆要拿这笔钱去狂欢作乐。汤姆把厚信封夹在胳膊下。

经理看起来很开心。他是不是想好了午餐时要讲的笑话，还是打算讲个故事，说有个美国人取了一百多万马克，夹在胳肢窝下就走出了银行？"要找人护送你出去吗？"

"不用了，谢谢。"汤姆说。

汤姆谁也没有搭理，径直出了银行。艾瑞克坐在彼得的车里，彼得站在一旁，一手插进裤兜，一手夹着烟卷，抬头望着太阳。

"没问题吧?"彼得看着信封。

"还行。"汤姆坐进后座，打开手提箱，把两个信封塞进去，再把箱子关好。出发时，汤姆注意到艾瑞克一直扫视着人行道的行人。汤姆没有往窗外看，他故意打了个呵欠，身子往后靠，见彼得把车往左转，拐到选帝侯大街。

接下来的两家银行挨得很近，都在宽敞的选帝侯大街上，路旁栽满小树。又见到了用金属和闪闪发光的玻璃装饰的店面。汤姆要去的两栋建筑也很新，窗户上有大字银行招牌，窗玻璃也许是防弹玻璃。这里找不到免费停车位，彼得只好把车暂时停在街角那一家银行门前。汤姆下了车，艾瑞克说他会等在外面的人行道上，等汤姆出来，再带他去停车的地方。

取钱的过程和第一家银行差不多：柜员、经理、检查汤姆的护照，然后是钱和收据，金额跟 ADCA 银行一样。这次钱放在一个大信封里，对方也问汤姆要不要点个数，汤姆说不用。需要银行保安陪他出门吗?

"不用了，谢谢。"汤姆说。

"要不要我把信封密封起来? ——出于安全考虑。"

汤姆扫了一眼大信封，看到里面一沓沓用纸带束在中央的马克纸币，跟他之前取的现钞一样。汤姆把信封递过去，经理从桌上一个小玩意里抽出一截褐色的宽胶带，把信封封好。

艾瑞克站在人行道上，似乎他等的朋友会从左边或右边过来，但就是不会从银行大门里出来。艾瑞克朝右边指了指，彼得的车和另外一辆车并排停放。艾瑞克和汤姆上了车，汤姆仍然坐后座，把信封装进箱子。

汤姆在第三家银行取了六十万马克，拿着一个绿色信封走出银行，又看到艾瑞克站在人行道上。彼得把车停在右侧的街角。

砰！车门关上的声音悦耳动听。汤姆身子往后一倒，把绿色信封放在大腿上。彼得又拐了一个弯，车子朝艾瑞克的公寓方向驶去。彼得和艾瑞克说着玩笑话，汤姆却听不太仔细，大概讲的是银行抢劫的事。两人哈哈大笑。汤姆把最后一个信封塞进手提箱。

到了公寓，好心情依然继续，彼得和艾瑞克冲着箱子咯咯笑。彼得坚持说该由他来提箱子，因为他是司机。彼得把皮箱靠在餐具柜旁的墙边，正对公寓大门。

"不，不，放到原来的壁橱里！"艾瑞克说，"混在其他几个样子差不多的箱子中间。"

彼得遵命照办。

十一点四十五分，汤姆正准备给瑟罗打个电话，艾瑞克开始播放西班牙女高音维多利亚·德·洛斯·安赫莱斯的唱片，说他心情好的时候最爱听。话虽如此，汤姆却感觉在他的笑容背后，隐隐透着紧张。

"也许我今晚能见到法兰克，"艾瑞克对汤姆说，"希望如此！他可以住这儿，睡我的床。我去睡地板。法兰克是我的贵客！"

汤姆只好笑了笑。"我给瑟罗打电话的时候，麻烦你把音乐开小声一点。"

"没问题！"艾瑞克调低音量。

彼得端着一盘冰啤酒走进来，汤姆拿了一杯，放在电话机旁，开始拨号码。

瑟罗的电话占线，汤姆告诉酒店接线员他可以等等。没等多久，瑟罗接起电话。

"一切按照计划进行。"汤姆努力保持镇定。

"你拿到钱了？"瑟罗问。

"嗯，你拿到地址了？"

"嗯，拿到了。他们说在柏林北边，我拼给你听，L，u上加两点，b，a，r，s。抄好了吗？街名叫——"

汤姆一边写，一边示意艾瑞克拿起电话机背后的小听筒，艾瑞克很快照做了。

瑟罗念了一个街名，然后拼出来：Zabel-Krüger-Damm，他说和一条叫老卢巴斯的街交汇。"前一条是东西走向，老卢巴斯街和这条街交汇后，往北延伸。你沿着老卢巴斯街继续朝北走，会走到一条小泥巴路，那条路没有名字。再走大约一百米，会看到路的左侧有一个木棚子。你都记下来了吧？"

"嗯，谢谢。"汤姆记好了路线，艾瑞克冲他点个头，叫他放心，那些街道没有汤姆想象中那么难找。

瑟罗继续说："你要把——把所有的钱装进一个盒子或袋子里，凌晨四点时送到那里。也就是今晚，明白吗？"

"嗯。"汤姆说。

"把钱放在木棚背后，然后离开。只能一个人，他们说的。"

"那孩子呢？"

"他们一拿到钱就会给我打电话。你能过了四点打个电话来，告诉我情况一切顺利吗？"

"当然可以。"

"祝你好运，汤姆。"

汤姆放下电话。

"卢巴斯！"艾瑞克放下手中的小听筒，转身对彼得说，"去卢巴斯，彼得，凌晨四点！那是个老农场区，汤姆，在北边。挨着围墙。没多少人住在那儿。围墙在卢巴斯北边。你有地图吗，彼得？"

"有，我到过那儿一两次——开车去的，"彼得用德语说，"我可以送汤姆去。到那儿必须得开车。"

汤姆很感激。他相信彼得的车技和胆量，再说彼得的车上还有一把枪。

彼得和艾瑞克准备了简单的午餐，开了一瓶葡萄酒。

"我今天下午在十字山有个约会，"艾瑞克对汤姆说，"跟我一块去吧。就像法国人爱说的——换换心情。就去一小时，说不定更短。我今晚还要和马克斯见面。你也去吧！"

"马克斯？"汤姆问。

"马克斯和罗洛，都是我的朋友。"艾瑞克边说边吃。

彼得的脸色有些苍白，冲着汤姆微笑。他微微扬起眉毛，看起来很镇定，胸有成竹。

汤姆没什么食欲，也听不太进去艾瑞克和彼得插科打诨，他们在聊柏林开展的"反狗屎运动"。柏林效仿纽约，要求狗主人遛狗时带着小勺子和纸袋子。柏林的卫生部门还打算盖狗厕所，尺寸大得能容下德国牧羊犬。彼得说这样一来狗可能分不清室内室外，会在主人的家里乱拉屎。

13

艾瑞克开车载汤姆去柏林的十字山区，说车程不到十五分钟。彼得出了门，答应凌晨一点左右回到艾瑞克的公寓。汤姆跟他讲过，如果能早点出发去卢巴斯，将感激不尽。就连彼得自己也承认开车加上找路，可能要花一小时。

艾瑞克把车停在一条阴暗的街道上，那里有一栋红褐色、四五层楼高的旧公寓，紧挨着一间大门敞开的街角酒吧。几个野孩子跑过来要钱，艾瑞克赶紧往口袋里掏，说要是不给他们几个子儿，自己的车恐怕会遭殃。男孩看起来八岁左右，女孩也许十岁，嘴唇上胡乱抹着口红，脸颊涂了腮红，穿一条拖地的袍子，样子像是用褐红色窗帘和别针改成的晚礼服。汤姆一开始还以为小女孩只是偷了妈妈的化妆品和衣服，后来才意识到她的打扮别有深意。小男孩浓密而蓬松的黑发被剪得一撮一撮，乌黑的眼睛呆滞无神、难以捉摸，突出的下嘴唇似乎在向周围的世界表示蔑视。男孩把艾瑞克给女孩的钱装进兜里。

"男孩是土耳其人，"艾瑞克压低嗓门说，锁上车门，指着两人要进去的那扇门，"他们居然不识字？不应该呀。他们会讲流利的土耳其语和德语，却一个字都看不懂！"

"那女孩呢？她看起来像德国人。"小女孩金发碧眼。这个奇怪的二人组还站在艾瑞克的车旁，盯着他俩看。

"噢，是德国人，没错。雏妓，他负责拉客——要不就是在学着拉客。"

嗡嗡的门铃声后，大门打开，他们走进去，顺着灯光昏暗的楼梯爬了三层。大厅的窗户脏得连阳光都照不进来。艾瑞克敲了敲一扇深褐色的门，门上的油漆到处裂开口子，像是被人拳打脚踢过。咚咚的脚步声渐渐靠近，艾瑞克对着门缝说："是艾瑞克。"

门开了，一个又高又壮的男人开了门，招呼他们进去，嘟嘟嚷嚷地说着德语，声音很低沉。又是个土耳其人，发色再深的德国人，也不会有这么一张黑黝黝的脸。汤姆走进一股臭烘烘的气味中，像是羊肉炖白菜。更糟糕的是，他们很快被领进厨房，那里是臭味的源头。几个小孩在铺了油毡的地板上玩耍，一个老妇人站在炉子前紧张地搅着一锅菜，她的脑袋很小，灰发稀疏蓬松。她应该是奶奶，也许是德国人，因为看起来不像土耳其人，但汤姆分辨不出来。艾瑞克和那个壮汉坐到一张圆桌旁，他们也招呼汤姆坐下，汤姆只好犹犹豫豫地照办，希望能从两人的聊天中找到乐趣。艾瑞克来这儿做什么？艾瑞克满口俚语，加上土耳其人胡乱拼凑的德语，汤姆一句也听不懂。他们聊着数字："十五……二十三"，还有价钱，"四百马克……"十五个什么？汤姆想到艾瑞克曾经说过，土耳其人为柏林的律师们充当中介，替巴基斯坦人和东印度人签发许可证，让他们能留在西柏林。

"我不喜欢这种烦人的小差事，"艾瑞克当时说，"但我要是不合作一点，自己也当个中介，哈奇就只能当个臭移民，不能帮我做事儿了。"没错，仅此而已。一些移民连本国的语言都读不懂，也没有任何专长，通过秘密渠道从东柏林跑到西柏林，再由哈奇领他们去找律师。只要他们声称遭受"政治迫害"，就能在长达数年的调查期间领取西柏林的救济金。

哈奇不是个全职骗子，就是个无业游民，或者兼而有之，不然这个时段怎么会待在家里？他看起来不满三十五岁，强壮得像头牛，腹围早就超过腰围，只好在腰间系了一条绳子把裤子拎起来，露出几颗解开的纽扣。

哈奇端来他口中的自酿伏特加，问汤姆是想喝伏特加，还是想喝啤酒？尝了一口伏特加，汤姆选了啤酒。端来的啤酒装在一个半空的大瓶子里，寡淡而温热。哈奇去另一个房间拿东西。

"哈奇是个建筑工人，"艾瑞克对汤姆说，"因为工伤在家养病，再说他也喜欢领——失业救济金。"

汤姆点点头。能领失业救济金是好事。哈奇拿着一个脏鞋盒慢慢走回来，每走一步，地板就抖一下。他打开鞋盒，拿出一个成年人拳头大小、外面裹着褐色包装纸的小包裹。艾瑞克摇了摇，里面叮当作响。是珍珠？还是药丸？艾瑞克掏出钱包，递给哈奇一张一百马克的纸币。

"只是小费，"艾瑞克对汤姆说，"等烦了吧？咱们马上就走。"

"麻香就走！"一个脏兮兮的小女孩坐在地上盯着他们，重复了一句。

汤姆吓了一跳。这些孩子知道多少内情？搅着锅子的老妇人像《麦克白》里的女巫或者精神病院的病人，也盯着汤姆看。她像是在微微打颤，神经系统似乎出了问题。

"他太太在哪儿，"汤姆低声问艾瑞克，"这些孩子的妈？"

"噢，去上班了。是德国人——从东柏林来的。造孽啊，还好有个工作——"艾瑞克说得很小声，又用光滑的手指打了个手势，意思是点到为止。

艾瑞克站起身来，汤姆终于松了一口气。他们在这儿只待了半小时，汤姆却感觉度日如年。道完别，汤姆和艾瑞克很快又站在人行道上，明媚的阳光轻拂在他们脸上。小包裹把艾瑞克的外衣口袋撑得胀鼓鼓的，他四处看了看，然后打开车门，发动引擎。汤姆很好奇包裹里头装着什么，但又不好意思开口。

"讲个好笑的——他的太太，既然你这么称呼她，是东柏林的妓女，被美国大兵用吉普车拉过来的！在这儿她过得还不赖——虽然也是当妓女，不过她也是个瘾君子。她找了份工作，清理公厕啥的，我不太清楚。你知道吗？美国大兵也玩不起西柏林的妓女了，因为美元跌得厉害，他们只好去东柏林招妓。共产党员们很生气，因为照官方的说法，他们那儿是不该有妓女的。"

汤姆一边微笑一边听他侃大山，努力让脑子里想别的事情，好熬过接下来的时间。绑匪是什么样的人？小毛贼？狡猾的老手？团伙里有没有姑娘？有时候姑娘能给外界留下无辜的印象，帮上大忙。也许艾瑞克说得没错，他们只要钱，无意伤害法兰克或其他人。

回到艾瑞克的公寓，汤姆打电话回家，丽影的区号和巴黎一样。电话响了六七声，汤姆猜海洛伊丝也许心血来潮，跟诺艾尔跑去巴黎看下午场的电影了，而安奈特太太则坐在玛丽和乔治家的酒吧里喝茶或冰苏打水，和维勒佩斯镇的其他女管家们分享最新的八卦消息。响到第九声时，话筒里传来安奈特太太的声音：

"喂？"

"安奈特太太，我是汤姆！家里还好吗？"

"很好，汤姆先生！你什么时候回家？"

汤姆松了口气，笑着说："周三吧，我也不确定。别担心，海洛伊丝在吗？"

她在家，但安奈特太太得上楼去叫她接电话。

"汤姆！"海洛伊丝飞快地接起电话，汤姆知道她一定是用他房间那台，"你在哪儿？汉堡？"

"没有，到处玩。我没有打扰你睡午觉吧？"

"我把手指泡在安奈特太太帮我调的东西里，所以是她帮我接的。"

"泡手指？"

"我昨天去浇花，被温室的气窗压了手指，肿起来了，不过安奈特太太说指甲盖没事，掉不了。"

汤姆同情地叹了口气。她说的是温室里撑起来的那几扇窗户。"叫亨利去打理温室呀！"

"噢，亨利！——那孩子还跟着你吗？"

"嗯，"汤姆不知道有没有人打电话到丽影找法兰克，"也许明天飞回纽约。海洛伊丝，"还没等她插嘴，又继续说道，"如果有人打电话问我在哪儿，就说我去散步了。说我在家，只是出去了。只要有人打长途电话来，就这么说。"

"为什么？"

"因为我很快就回家，周三吧。我在这儿搬来搬去的，在德国，反正也没人找得到我。"

这个理由听起来很有说服力。

汤姆说了声"吻你"，挂上电话。

汤姆的心情好多了。他承认有时觉得自己像个已婚的男人——踏实、被人爱慕，或者任何已婚男人应该体会到的感觉。虽然他刚才对妻子撒了谎，但只是个小谎，跟婚姻中的其他谎言有天壤之别。

晚上十一点左右，汤姆来到一个比十字山区更充满欢声笑语的地方——男同志吧。这里比他和法兰克之前去过的那间酒吧时髦多了，有一段玻璃做的楼梯，一直通到洗手间，站在梯级上的人冲着楼梯下的人眉来眼去。

　　"很好玩吧？"艾瑞克说，他在等朋友来。酒吧里没有空位，两人只好站在吧台旁。这间酒吧当然也有迪斯科舞厅，"容易——"艾瑞克还没说完，就被身后的人推了一把。

　　艾瑞克也许想说和街头拐角比起来，在这种地方做交易更容易，因为除了跳舞的人，客人们都在扯着嗓子聊天，或者紧盯着他们想搭讪的对象。谁也不会留意走私物品。汤姆很欣赏一个男孩的打扮，他身穿女装，披一条黑色长披肩，羽毛有一截绕在脖子上，有一截悬空，他迈着碎步，把披肩的末端舞来舞去。连女人都很少能打扮得如此精致。

　　艾瑞克约的人到了，是一个高个子年轻人，穿黑色皮装，双手插在短皮夹克的口袋里。"这是马克斯！"艾瑞克对汤姆大喊。

　　艾瑞克没有介绍汤姆的名字，这倒也好。他那用包装纸包好、捆上一根蓝色缎带的小包裹易了手，进了马克斯皮夹克的口袋，再加上一道拉链。马克斯的头发剪得很短，指甲涂成鲜艳的粉红色。

　　"还没来得及擦掉，"马克斯的英语带有一点德语口音，"忙了一整天。好看吗？"他挑逗地咧着嘴笑，向汤姆展示他的指甲。

　　"喝点啥，马克斯？杜松子酒，"音乐咚咚响，艾瑞克冲他大吼，"还是来杯伏特加？"

　　马克斯望了远处的角落一眼，突然变了脸色。"谢谢，我得闪人了，"他朝望过的那个方向点了一下头，不好意思地垂下眼，"有个我现在不想见的家伙。讨厌鬼。不好意思，艾瑞克，晚安。"他向汤姆点个头，转身走出酒吧大门。

"是个好孩子！"艾瑞克对汤姆大喊，往门口歪了一下头，"好孩子！同性恋，但是和彼得一样靠得住！马克斯的朋友叫罗洛！你也许能见到他。"艾瑞克拉着汤姆的胳膊，要他再喝一杯，什么都行，来一杯啤酒？艾瑞克的意思是他们最好不要马上离开。

汤姆同意喝一杯啤酒，抢先把钱付给了酒保。"我喜欢这里疯狂的气氛！"汤姆对艾瑞克说，他是指偶尔出现的易装者，精致的妆容，虚情假意的打情骂俏，以及无处不在的欢声笑语。这让汤姆的心情为之一振，就像听《仲夏夜之梦》的序曲总能提振他披挂上阵前的心情。一切都是幻觉！勇气是想象出来的，与人的精神状态有关。面对枪口或利刃时，大实话派不上什么用场。汤姆已经不是第一次注意到艾瑞克经常神神秘秘、紧张兮兮地扭头往后看。他肯定不是想在人群中寻找老相识，或者认识新朋友。他是这样的人吗？不，艾瑞克是个生意人，打理各种门类的生意，回头查看情况已经成了他的习惯。

"你被警察盯上过吗？"汤姆贴着艾瑞克的耳朵问，"在这种酒吧里？"

艾瑞克没听清，铙钹声轰然响起，音乐达到高潮，颤颤悠悠地持续了好几秒钟，又恢复低沉的鼓声，仿佛心跳一般敲击着墙壁。舞池里，男人们跳上跳下，精神恍惚地转着圈子。汤姆没有再问艾瑞克，他摇摇头，端起鲜啤酒。他才不想扯着嗓子喊出一声"警察"呢。

14

柏林城的灯光在他们身后渐渐变得稀疏，彼得和汤姆驶过郊区乏味的小型社区，所有的咖啡馆都已经熄灯打烊。车在朝北行驶。艾瑞克决定待在家里，这样也好，他去也没啥用，帮不上忙，而且绑匪如果看到车上还有第三个人，会怀疑来了警察。

"喏——咱们进入老卢巴斯区了，"开了四十分钟后，彼得说，"是这条路，没错，咱们来瞧瞧。"他身子坐得笔直，像是在执行一项重要的任务。他画过一张草图，在艾瑞克的公寓里还拿给汤姆看过。现在他把草图摊开在仪表板上。"我走错了。该死的！不过没关系，还有时间，现在才三点三十五，"彼得从仪表板上方的架子里拿出一个小手电筒，把图照亮，"我懂了，得拐个弯。"

车子转弯时，前大灯的光柱掠过黑暗的庄稼地里一排排的白菜或生菜，菜头像一个个绿色圆点整齐地倒扣在地上。汤姆挪了挪夹在双脚和膝盖间的厚皮箱。这是个凉爽的夜晚，月亮不见踪影。

"对——这儿是扎贝尔克吕格街，我该在这儿左拐。这儿的人睡得太早了，起得也早！老卢巴斯街，没错，"彼得小心地往左拐，"前面右边应该是村里的广场，"彼得轻声说着德语，"家里的小地图上是这么标的，有教堂啥的。你看到前面那些灯光了吗？"汤姆还是第一次听他这么说话，紧张得提高了嗓门，"那儿是围墙。"

汤姆看到前方隐约有黄得发白的光晕，照得很低，伸得很长，沉到路面之下。那是围墙另一侧的探照灯。路面微微往下倾斜。汤姆环顾四周，想看看有没有别的车路过，但到处漆黑一片，只有彼得说的广场方向有几盏仅供照明的路灯。彼得的车几乎没有动，汤姆也看不到绑匪的影子。

"这条小路不是车道，所以我开得慢。很快就能看到货仓了，在左边吧？"

汤姆看到那个木棚了，修得不高，长度超过高度，朝路面一侧似乎开着门。右边的田间依稀能看见几个东西，也许是跑马的围场。彼得把车停在木棚旁。

"快去。把箱子放到木棚背后，然后咱们就走，"彼得用德语说，"这儿不能调头。"他关掉车灯。

汤姆准备下车。"你回去吧，我留在这儿。别担心，我能想办法回柏林。"

"什么意思，'留在这儿'？"

"嗯。我突然想到一个主意。"

"你想和那帮人打照面？"彼得双手扭动方向盘，"跟他们拼命？你疯了吧，汤姆！"

汤姆用英语说："我知道你带了枪，能借给我吗？"

"行，行，我可以等你——如果——"彼得看起来有些不知所措，他按了一下杂物箱的把手，从布片下拿出一把黑色手枪，"装了子弹，有六发，保险在这儿。"

汤姆接过枪，枪身短小，没什么分量，但威力足以置人死地。"谢谢。"他把枪放进外套右侧的口袋，看了眼手表，三点四十三分。彼得也紧张地瞄了一眼仪表板上的时钟，快了一分钟。

"瞧，汤姆，看到那边的小山坡了吗？"彼得指着右后方村庄广场的方向，"有个教堂，我在那儿关着车灯等你。"彼得像是在发布一道命令，枪已经被汤姆拿走，他不能再让步了。

"不用等我。你说过这儿整晚都有公交车。"汤姆打开车门，拎出皮箱。

"我只是说有公交车，又没有叫你去搭，"彼得轻声说，"别朝他们开枪！他们会还手，把你打死的。"

汤姆轻轻关上车门，朝木棚走去。

"拿着！"彼得在车窗里轻声喊着汤姆，递给他一个小手电筒。

"谢谢，我的朋友！"手电筒绝对有用，因为地面崎岖不平。汤姆觉得自己对不起彼得，害得他没了枪，没了电筒，手无寸铁。汤姆走到木棚背后的拐角，关了手电筒，抬起胳膊，冲彼得挥手告别。也不知彼得有没有看见，车子慢慢在泥地上往后直倒，只靠停车指示灯，视线肯定很差。彼得把车开上老卢巴斯街，缓缓转到汤姆左边，朝广场开去。彼得准备去那儿等他。

老卢巴斯街头还稀稀拉拉亮着几盏灯，但天色有了变化，拂晓即将来临。彼得的车看不见了。汤姆听到远处传来狗叫声，是墙那边东德的警犬，叫得令人毛骨悚然。警犬叫了一阵就消停了，有一股微风从围墙方向吹来，也许他听到的只是一场狗与狗之间的交谈，为铁丝网边的巡逻增加一点轻松气氛。汤姆把视线从墙上诡异的探照灯移开，竖起耳朵听。

他听着汽车的引擎声。收钱的人该不会从他身后的庄稼地里过来吧？

皮箱原本放在棚子背后，汤姆轻轻用脚把箱子钩到离他更近的地方。他从外套口袋里掏出彼得的枪，拉开保险栓，又塞进口袋。周围太安静了，如果还有谁躲在木板背后的棚子里，汤姆肯定听得见对方的呼吸声。汤姆用指尖摸了一下木板，粗糙的表面上有一些裂缝。

他突然感到尿急，这让他想起在格鲁内瓦尔德森林被绑架的法兰克，但憋是憋不住的，他瞅准机会，尿了个痛快。他到底想干啥？为什么留在这儿？想再看一眼绑匪？在这么暗的地方？还是把他们吓跑，把钱保住？肯定不是。他想救出法兰克？那他留在这儿也没什么用，说不定还适得其反。他恨得牙痒痒，想把绑匪揍一顿，但他也知道这样做无异于送死，因为很可能寡不敌众。可他还是守在这里，孤零零地等着挨枪子儿，而绑匪说逃就能逃个飞快。

老卢巴斯街方向传来汽车引擎声，汤姆站直身子。那是彼得的车开走的声音吗？引擎声咣啷咣啷，越来越近，汤姆隐约能看到微弱的停车灯。车子以极慢的速度开上泥巴路，笨重地朝木棚开来，车身因为路面不平而左右摇摆。最后车子在汤姆右侧大约十米外的地方停下。车的颜色像是深红色，但汤姆也不敢确定，他靠在木棚背后，从一角探出脑袋窥视。车灯没有照到木棚。

车的左后门打开，出来一个人影。车灯灭了，下车的人打开手电筒。他看起来很结实，个子不高，走得昂首挺胸，不过他离开土路、踏进庄稼地时，还是放慢了速度。然后他停下脚步，朝车里的同伙挥挥手，像是在说一切正常。

车里有几个人？一个？两个？也许有两个，因为那人是从后座下来的。

那人慢慢接近木棚，左手拿着手电筒，右手摸向裤兜，掏出个东西，也许是一把枪。他走到汤姆右侧，朝木棚背后前进。

汤姆拎起皮箱，抓紧手柄，等那人绕过角落，便抡起箱子，往他的左边脑袋砸了一下，砸得声音不大，却结结实实，那人的脑袋撞到木板，又发出"砰"的一声响。那人倒下时，汤姆又对准他的左脑袋抡了一下皮箱。男人黑色毛衣上的浅色衬衫领子像一个方向指示牌，汤姆掏出彼得的手枪，拿枪托猛敲那人的左太阳穴。男人还没有叫出声来，就瘫在地上一动不动了。手电筒的光柱照亮汤姆左边的地面，汤姆紧握手枪，保持射击姿势，枪口指向天空。

"逮到猪了！"汤姆大叫起来，听上去像德语的"天哪，这只猪"，他朝天上开了两枪。

汤姆又乱叫一通，也不知吼了句什么，大概是骂人的话，他拿脚踹着木棚子，这才意识到自己的声音变得尖锐刺耳，吼得莫名其妙。

围墙那边的狗听到枪声，也激动地狂叫起来。

车门关上的"咔哒"声吓了汤姆一跳，他以为自己中了枪。汤姆把脑袋伸出木棚拐角，正好看见坐在驾驶座的男子把脚缩进车里，顶灯亮了一下，车门关上，还没开驻车灯，就在汤姆右侧倒车。随后驻车灯亮起，车子往左后退，一直退到老卢巴斯街，再加速朝大路驶去。

绑匪抛弃了同伙，没错，别说是丢下同伙，就是把钱丢了都没关系，因为他们手上还有法兰克·皮尔森。他们可能以为是警察设的陷阱，钱没有送来。汤姆大口大口地喘息，像是刚打过一架。他关上手枪的保险，将枪插进右边裤兜，捡起手电筒，朝躺在地上的男人照了几秒钟。他左边的太阳穴都是血，可能被敲破了，汤姆觉得他长得很像在格鲁内瓦尔德森林遇见的那个意大利人，只是少了小胡子。要不要搜搜身？借着手电筒的光，汤姆迅速摸了一下男人黑色裤子的后兜，什么也没发现，又吃力地把手伸进左边的前侧口袋，掏出一盒火柴、几枚硬币和一把门钥匙。汤姆随手把钥匙装进自己的口袋，视线躲开男人太阳穴和脸上的血迹，免得脑子发晕。

右边的前侧口袋摸起来瘪瘪的，没有东西。汤姆捡起男人手边的枪，塞进皮箱一角，拉好拉链。他把手电筒在裤子上蹭了蹭，关了灯，扔到地上。

汤姆没有打开彼得的小手电筒，摸回土路，重重地绊了一跤，朝老卢巴斯街走去，身后传来警犬的叫声。没有谁冒险走到屋外查看枪声来自何处，所以汤姆的胆子也大了些，打开小手电筒一两秒又关掉，好看清路面。等到了老卢巴斯街，地面很平，就不用开手电筒了。汤姆没有往左看，彼得应该在那儿等，但他不想撞见正打算出门的村民。

身后有个地方开了一扇窗，有人在喊。

汤姆没有回头。

那人喊的什么？"谁在那儿？"还是"是谁？"

狗叫声渐渐微弱，汤姆一边向右拐过街角，走进扎贝尔克吕格街，一边舔了舔嘴唇。皮箱突然变得轻飘飘的。街边停着车，也有几辆车嗖嗖地从身旁开过。拂晓真的降临了，为了证明这一点，半数的街灯纷纷熄灭。远处不到一百米的地方好像能看到公交站牌，彼得说20路公交车要开到泰格尔，也就是机场，反正是柏林城的方向。汤姆大着胆子举起皮箱，检查四个角有没有红色或粉红色的血迹，可是天色太暗，看不清楚，而且泥土的颜色和血很像，他查看了一阵，没看到什么招人怀疑的东西。他步伐稳健，似乎有赶路的目标，走得不紧不慢。除了他，人行道上还有另外两个男人，其中一个是老人家，身子佝偻。他们并没有注意到他。

公交车多久来一班？汤姆停下脚步，回头看站牌。有辆车从身旁驶过，车灯全开。

"苹果、苹果！"叫声来自一个小男孩，他跑过来扑到老人家身上，老人几乎抱住他。

汤姆望着他们。小男孩从哪儿跑来的？他为什么大叫"苹果!"，而他手里明明没有苹果？老人牵着男孩的手，两人继续朝与柏林相反的方向走。

来了一辆亮着淡黄色车灯的车，模样像公交。汤姆看见车头上亮着"20 泰格尔"。买车票时，汤姆注意到自己左手指关节上有深红色的血迹。是怎么沾上去的？车厢很空，汤姆随便找了个座位，把皮箱夹在双脚之间，左手插进外套口袋，目光避开其他乘客。汤姆盯着左边的车窗外，房子、车子和人越来越多。天色渐亮，已经看得清往来车辆的颜色。彼得怎么样了？但愿他听到枪声就逃到了安全的地方。

尸体过多久会被人发现？一小时后？被好奇的狗发现？狗主人是不是一位农夫？站在路边看不见尸体——汤姆确信那人变成了一具尸体，而不是不省人事。汤姆叹了口气，或者说是喘了口气，摇摇头，盯着膝盖间的棕色猪皮行李箱，里面有价值二百万美元的现钞。他靠着椅背养神。泰格尔机场是终点站，所以睡着了也没关系。但他没有睡，只把脑袋靠在窗户上休息。

公交抵达泰格尔，这里看起来不像机场，更像个地铁站。汤姆准备搭出租，没过几秒钟，他就找到了出租车停靠站。他叫司机送他去尼布尔大街，但没说门牌号码，只告诉司机到了那条街，他就知道是哪一间。安顿好后，汤姆点燃一根香烟。他的指关节擦破了皮，但没什么大碍，况且是他把自个儿弄伤的。绑匪会不会再试一次，打电话到巴黎，另外约个时间？还是他们被吓得惊慌失措，会把法兰克放了？这样做太业余了，但那些绑匪又有多专业呢？

汤姆在尼布尔大街下车，付给司机车钱加小费。他朝艾瑞克的公寓走去。艾瑞克给了他两把钥匙，他用一把打开前门，走进电梯。到了艾瑞克房间门口，他敲敲门，轻按了一下门铃。现在是早上六点半。

汤姆听见脚步声，艾瑞克用德语问：

"是谁？"

"汤姆。"

"啊——哈！"铁链咔哒咔哒响，几道门闩滑动。

"回来啦！"汤姆开心地低声说，把皮箱放到客厅附近的门廊。

"汤姆，你为啥叫彼得走？他很担心，打了两次电话！——你还把皮箱带回来了！"艾瑞克微笑着摇摇头，表情和他聊到政府愚蠢的经济政策时一样。

汤姆脱掉外套，八月的骄阳开始在窗外燃烧。

"两声枪响，彼得告诉我。发生了什么事？——快坐，汤姆！要不要来杯咖啡？或者来点酒？"

"先来杯酒，有金汤力吗？"

没问题。艾瑞克调酒时，汤姆走进浴室，用温水和肥皂把手洗净。

"你怎么回来的？彼得说你拿了他的枪。"

"枪在我身上，"汤姆一手夹着香烟，一手端着酒杯，"我搭的公交和出租车。钱也在里面，"汤姆冲皮箱点了下头，"我把你的箱子拎回来了。"

"还在里面？"艾瑞克咧开粉色的嘴唇，"谁开的枪？"

"我，朝天上开的，"汤姆的声音有些嘶哑，他坐到椅子上，"我拿你的箱子砸了一个绑匪，长得像意大利人那个，他应该死了。"

艾瑞克点点头。"彼得看到他了。"

"是吗?"

"嗯。我去换件衣服,这件太不合适了。"艾瑞克还穿着睡衣,他快步跑进房里,回来时,手上还在系黑色丝质晨袍的带子。"彼得一直等,他说,等了大概十分钟,然后他走回去看,以为你死了或者受伤。他看到有个人躺在木棚背后。"

"没错。"汤姆说。

"所以你只是——你为啥不回去找彼得呢?他一直在教堂等。"

在教堂等!汤姆大笑起来,往前伸直双腿。"谁知道呢。我多半是吓到了,想也没想。我都没朝教堂看,"汤姆又抿了一大口酒,"请再来点咖啡,艾瑞克,我要睡一觉。"

话音刚落,电话就响了。

"肯定又是彼得。"艾瑞克接起电话。"刚回来!"艾瑞克说,"没事,他很好,没有受伤——他搭的公交和出租!"也不知彼得讲了什么,艾瑞克开怀大笑,"我要告诉汤姆。嗯,很好笑。对,至少大家都没事。听着!你相信吗?"艾瑞克把话筒贴在胸口,脸上仍然挂着爽朗的笑容。"彼得不相信钱还在这儿!他要跟你聊聊!"

汤姆站起身。"喂,彼得……对,我没事。非常感谢你,彼得,你干得很棒,"汤姆用德语说,"没有,我没有朝那个人开枪。"

"那里太黑,我看不清——也没有灯,"彼得说,"我看到不是你,就走了。"

汤姆心想,彼得胆子真大,还敢回去看。"你的枪和手电筒都在我这儿。"

彼得偷笑一声。"咱们都去补个觉吧。"

艾瑞克替汤姆煮好咖啡——汤姆知道自己就算是喝下咖啡,睡眠也不会受丝毫影响。两人一起打开马鬃沙发,铺好床单和毯子。

汤姆把棕色皮箱搬到窗边，检查有没有血迹。没有。但他还是在征得艾瑞克的同意后，去厨房拿了块抹布，沾水弄湿，把皮箱外面擦了一遍，然后洗净抹布，挂在架子上晾干。

"你知道吗?"艾瑞克对汤姆说，"彼得从那条小路回来时，有人走过去，问他'你听到枪声了吗?'彼得说听到了，所以才跑过来的。那人又问彼得在那儿干啥，说从来没见过他，彼得回答：'噢，我刚好和我女朋友路过教堂!'"

汤姆没有心情开玩笑。他在浴室里胡乱擦了几把，换上睡衣。他在想即使绑匪放了法兰克，也不一定会通知瑟罗。法兰克也许知道哥哥和瑟罗住在巴黎的露特西亚酒店，要是他逃出来，肯定会想办法找到他们。又或者——绑匪让男孩过量服药而死，把尸体留在柏林城某个被遗弃的公寓里。

"你在想啥呢，汤姆? 咱俩都得上床补个觉。补个好觉。睡多久都行! 我的管家明天不过来，我已经把门锁好，还加了插销。"

"我在想要不要打电话到巴黎给瑟罗，我答应过他。"

艾瑞克点点头。"对——接下来还会发生什么事儿? 你去打吧。"

汤姆穿着睡衣和拖鞋走到电话旁，拨通号码。

"有几个人，"艾瑞克问，"你看到的?"

"看不清。你是说车里? 有三个吧。"汤姆心想，现在只剩两个了。他关掉电话机旁的台灯，从窗户照进来的光已经足够亮。

"喂!"瑟罗问，"发生了什么事?"

听得出来，他们和瑟罗联系过了。"电话上不方便说。他们愿意再约个时间吗?"

"愿——意，我敢肯定，不过他们听起来吓坏了——很紧张，我的意思是，而且威胁说，要是再派警察来的话——"

"没有警察。今后也不会有警察来。告诉他们我们愿意再约个时间，好吗？"汤姆突然想到一个见面的好地方，"我想他们还是要那笔钱。让他们证明孩子还活着，好吗？今天晚一点我再打给你，我得先睡一下。"

"钱现在在哪儿?"

"在我这儿，很安全。"汤姆放下电话。

艾瑞克端着汤姆喝光了的咖啡杯，站在旁边听。

汤姆点燃最后一根烟。"在问钱的事儿，"他笑着对艾瑞克说，"我敢打赌他们还想要钱，谁愿意把那孩子杀了，留一具尸体在手里?"

"那当然。我把皮箱拿回房间了，你注意到了吗?"

汤姆没有看到。

"晚安，汤姆。睡个好觉!"

汤姆瞄了一眼门上的插销，说道："晚安，艾瑞克。"

15

"艾瑞克，我想借几件女装——今晚也许用得上。你的朋友马克斯能不能行行好，借我几件？"

"女装？"艾瑞克脸上露出神秘的微笑，"穿女装干啥？参加派对？"

汤姆哈哈大笑。现在是下午一点十五分，他们在吃早餐，其实只有汤姆在吃。他穿着睡衣和晨袍，坐在小沙发上。"不是为了派对，我想到一个点子，也许行得通，反正肯定很好玩。我想约绑匪今晚在驼峰见面。马克斯可以和我一块去。""驼峰"就是那家有玻璃楼梯的同性恋酒吧。

"你打算穿女装在驼峰交付赎金？"

"不，不带钱。只穿女装。你能找到马克斯吗？"

艾瑞克站起身来。"马克斯估计在上班。找罗洛能成，他一般睡到中午。他俩住在一起。我试试看——"艾瑞克没有看电话簿，直接拨了一个号码，几秒钟后，他说，"喂，罗洛！你好吗？……马克斯在吗？听着，"他用德语继续说，"我朋友汤姆想——嗯，马克斯见过他。汤姆住我家，想借几件女装，今天晚上用……对！长裙——"艾瑞克瞅了汤姆一眼，点点头，"对，还要假发，化妆品和——鞋子，"他望着汤姆的拖鞋，"要马克斯的，你的太大了，哈哈！……应该是去驼峰！……哈哈！噢，你也可以去。"

"再弄个手包。"汤姆低声说。

"对，还要个手包，"艾瑞克说，"我不知道，找乐子吧。"他咯咯地笑起来，"你也这么觉得？好的，我转告汤姆，再见，罗洛。"艾瑞克挂上电话，对汤姆说："罗洛说马克斯今晚大约十点钟到——这儿。马克斯在美容院工作到九点，罗洛六点出门布置橱窗，一直到十点，不过他说会留个条子给马克斯。"

"谢谢你，艾瑞克。"虽然什么都还没安排妥当，汤姆已经心情大好。

"我今天下午三点又约了人，"艾瑞克说，"不在十字山。一起去吗？"

这次汤姆不想去了。"算了，谢谢，艾瑞克。我出去散散步——给海洛伊丝买个礼物。我还得再给巴黎那边打个电话。我应该欠你一千美元电话费了。"

"哈哈！帮我付电话费！不用啦，咱们是朋友，汤姆。"艾瑞克走回他的卧室。

汤姆点燃一根德国香烟，艾瑞克的话还回荡在耳边。他们是朋友，里夫斯也是他们的朋友。他们分享彼此的电话、房子、生活，互不相欠。不过汤姆还是打算寄一本美国俚语词典给艾瑞克。

汤姆再次打电话到露特西亚酒店。

"你好，谢谢你打电话来，"瑟罗的嘴里像是在嚼什么东西，"没错，"他回答汤姆之前提出的问题，"他们今天中午打来电话，背景里听起来有消防车的声音。反正他们另外选了一个明确的——时间和地点。是一家餐厅，我把地址说给你，你只需要把包裹留在那儿——"

"我有个建议，"汤姆打断他，"一家叫驼峰的酒吧。就是骆驼背上那个驼峰。在——请稍等，"汤姆拿手遮住话筒，大声问，"艾瑞克！——不好意思，驼峰酒吧在哪条街？"

"温特费尔特街。"艾瑞克立刻回答。

"温特费尔特街，"汤姆对瑟罗说，"噢，不用给门牌号，让他们自个儿去找……噢，是的，一家普通的酒吧，但是很大。出租司机肯定知道……半夜的时候，十一点到十二点差不多。叫他们找乔伊，乔伊有他们要的东西。"

"你是乔伊？"瑟罗觉得很有趣。

"呃——不一定。但乔伊会在那儿。他们说那孩子还好吗？"

"是这么说的。我们没跟他通话。背景有消防车的声音，他们肯定在街边打的。"

"谢谢你，瑟罗先生。希望今晚行动成功，"汤姆说得很坚定，连他自己都感到意外，他继续道，"拿到钱后，他们肯定会告诉你去哪儿接那孩子。你能叫他们这么做吗？他们今晚会再打电话跟你确定时间吧？"

"但愿如此。他们要我转告你。我的意思是——在餐厅见面的事儿。你什么时候再打来，雷普利先生？"

"我现在还没法告诉你确切时间，我会再打给你。"汤姆挂掉电话，心头有些不满意，要是他能确定绑匪今天会再打电话给瑟罗就好了。

艾瑞克斗志昂扬地从过道走来，拿舌头舔着信封。"搞定啦？有什么新消息？"

见艾瑞克不慌不忙，汤姆也冷静了些。几分钟后，两人都要离开公寓，把两百万扔在家里无人看管。"我约了绑匪今晚十一点到十二点之间在驼峰见面，叫他们找乔伊。"

"你不带钱去？"

"不带。"

"然后呢?"

"到时候见机行事吧。马克斯有车吗?"

"没有——他们没车,"艾瑞克规整了一下深蓝色外套的肩部,看着汤姆,脸上露出微笑,"你今晚要穿女装坐出租车啦。"

"要一起去吗?"

"不一定有时间,"艾瑞克摇着脑袋,"汤姆,别客气,把这儿当成自己家,但如果要出门的话,记得上两道锁。"

"没问题。"

"你要不要看看皮箱在哪儿? 在我的壁橱里。"

汤姆笑着说:"算了。"

"回见,亲爱的汤姆。我六点回来。"

几分钟后,汤姆也出了门,按照艾瑞克的吩咐给门上了两道锁。

尼布尔大街看起来平静而寻常,没有闲人在街头游荡,也没人注意他。汤姆往左拐进莱布尼茨街,再向左转到选帝侯大街。这里有商铺,书店兼唱片店,停在人行道上的四轮快餐车,生活的气息,和各种各样的人——小男孩抱着大纸箱飞跑,姑娘试着不动手就蹭掉靴子后跟上的口香糖,看得汤姆忍不住笑起来。他买了份《汉堡摩根邮报》,随便翻了翻,但愿上面没有绑架案的消息。果然没有。

汤姆站在一家商店前,橱窗里摆满高级公文包、手包和钱夹。他进了店,买了一个深蓝色、配肩带的漆皮手包。海洛伊丝肯定会喜欢,二百三十五德国马克没有白花。也许他买下这个包,只是为了证明自己能够平安返家,把包送给海洛伊丝,尽管这有点不合逻辑。他去一辆快餐车买了几包烟。这些快餐车很方便,既卖食物、啤酒，也出售香烟和火柴。他想来点啤酒吗？算了。他慢慢走回艾瑞克住的公寓。

汤姆帮一个从公寓里推着空手推车出来的女人扶住大门。她向他道谢，却没有看他一眼。

他不想回到艾瑞克静悄悄的公寓。会不会有人躲在艾瑞克的卧室里？这个想法太可笑了。但他还是走进艾瑞克的卧室，里面安静整洁，床铺得规规矩矩。他打开壁橱，棕色的皮箱立在一个大行李箱背后，大行李箱跟前摆着一排鞋子。汤姆抬了抬棕色皮箱，感受到熟悉的重量。

回到客厅，汤姆盯着一幅以森林为主题的风景画发呆。他讨厌这幅画。画上有一头带角的雄鹿，站在深蓝色的雷雨云下，布满血丝的眼中带着恐惧。有猎犬在身后追赶吗？画面中没有狗，也没有看到伸出的枪管。也许这头雄鹿只是讨厌画家本人。

电话响了，汤姆吓得差点跳起来。铃声听起来格外响亮。绑匪搞到了艾瑞克的号码？怎么可能。他该不该接呢？要不要换一个声音？想来想去，汤姆还是拿起电话，用平常的声音接听。

"喂？"

"喂，汤姆。我是彼得。"彼得的语气很平静。

汤姆笑着说："嘿，彼得，艾瑞克不在，他说六点回来。"

"没事儿。你怎么样？睡觉了吗？"

"我很好，谢谢。你今晚有空吗，彼得？十点半或十一点左右。"

"有啊。我只去见我表哥，吃个晚饭。今晚有啥事？"

"我要去趟驼峰，也许跟马克斯一块去。又想麻烦用用你的车，今晚应该比较安全，"汤姆赶紧加了一句，"我希望会比较安全，但要是出了什么岔子，全赖我，与你无关。"

彼得答应十点半到十一点之间赶到艾瑞克家。

马克斯把女装行头摆在艾瑞克的客厅，像一个推销员向顾客展示心仪的商品。他只带了一套。"这是我最好的。"马克斯用德语说，穿着靴子和黑色皮衣在公寓里咚咚地走来走去，把长裙披在身上，让汤姆看个仔细。

幸亏是长袖，汤姆松了口气。长裙粉白相间，是透明的，下摆有三排荷叶边。"棒极了，"汤姆加上一句，"非常漂亮。"

"还有这个，"马克斯从红色帆布包里抽出一条白色衬裙，跟刚才那条裙子一样长，"先把连衣裙穿上，我才知道该咋化妆。"马克斯笑着说。

事不宜迟，汤姆脱掉晨袍，只剩短裤。他钻进衬裙，套上连衣裙。在穿米黄色的薄连裤袜时，汤姆遇上大麻烦。马克斯叫他坐下来往腿上拉，但最后又说："唉，算了吧。"如果鞋子的尺寸合适，不穿丝袜也无所谓，因为连衣裙几乎挨到地板。马克斯和汤姆差不多一样高。长裙没有腰带，松垮垮地垂到地上。

汤姆坐在艾瑞克之前从他卧室里拿来的一面长方形镜子前。马克斯把化妆包放在餐具柜上，准备动手给汤姆上妆。艾瑞克抄着手，在一旁饶有兴致地默默观赏。马克斯在汤姆的眉毛上刷了厚厚的白色面霜，一边哼着歌，一边抹匀。

"别担心，"马克斯说，"我会帮你把眉毛弄回来的，跟原来一样。"

"来点音乐！"艾瑞克说，"这时候适合听《卡门》。"

"算啦，别放《卡门》！"汤姆不喜欢《卡门》这个点子，因为化妆又不是件好笑的事儿，再说他现在也没有心情听比才的音乐。汤姆惊讶地发现自己的嘴唇发生了变化，上唇变薄，下唇变厚。他几乎认不出自己了！

"戴上假发。"马克斯喃喃地用德语说，甩了甩那个一直放在餐具柜角落、样子有点吓人的赤褐色的东西。马克斯仔细地梳着垂下来的发卷。

"唱首歌吧，"汤姆说，"有首歌，歌词讲了个漂亮的小姑娘，你知道吗？"

"啊！——唱的就是你的脸吧——化的妆！"马克斯松开手，惟妙惟肖地模仿歌手娄·里德，"涂脂抹粉，熏香冰敷……"马克斯一边扭动身体，一边帮汤姆上妆。

这让汤姆想到了法兰克，海洛伊丝，还有丽影别墅。

"睁开眼睛！"马克斯唱了一句，开始专心勾画汤姆的眼睛，他停下来看看汤姆，又看看镜子。

"你今晚有空吗，马克斯？"汤姆用德语问。

马克斯笑起来，帮汤姆挪挪假发，查看自己的杰作。"你是认真的吗？"他的大嘴咧出一缕微笑，脸颊微微发红，"我一直留短发，很短，所以假发戴上去不会跑，不过太挑剔也没意思。我觉得你挺好看。"

"是吗？"汤姆看着镜子里的另外一个人，但是此刻他对自己的模样并不是很有兴趣，"说真的，马克斯，你能抽一个钟头，陪我去酒吧吗？今天晚上，在驼峰？十二点左右或者早一点。带罗洛一起来，我请客，就一个钟头，怎么样？"

"把我给抛下啦？"艾瑞克用德语问。

"噢，艾瑞克，你也去呀。"

马克斯帮汤姆穿上漆皮高跟鞋，鞋面满是裂纹。

"十字山的旧货店买的二手，"马克斯说，"这双穿了脚不会痛，不像别的高跟鞋。瞧！刚好！"

汤姆又坐到镜子前，马克斯在汤姆的左脸颊上点了一颗美人痣，他顿时感觉进入了一个梦幻世界。

门铃响了，艾瑞克走进厨房。

"你真的要罗洛和我今晚陪你去驼峰？"马克斯问。

"你总不想看我一个人坐在那儿，站在那儿，像一朵孤零零的墙头花吧？我需要你们俩。艾瑞克不是合适的类型。"汤姆练习尖着嗓子讲话。

"只是去玩玩？"马克斯问，摸了摸汤姆赤褐色的发卷。

"嗯，我会想象自己是去参加一个相亲会，只是他走过来时认不出我的模样。"

马克斯笑了起来。

"汤姆！"艾瑞克走进客厅。

汤姆心想：别叫我汤姆啦。

艾瑞克盯着镜子里汤姆上过妆的脸，半天没说出话来。"彼——彼得在楼下，说他找不到地方停车，问你可不可以下去？"

"噢，行。"汤姆面无表情地拿起一个用红色皮革和黑色漆皮交叉织成的提篮形状的手包，又面无表情地把手伸进他挂在衣帽间的外套的口袋，取出那把在意大利人身上找到的钥匙，然后将手探到衣帽间右后方的角落，拿出彼得的枪。艾瑞克和马克斯一边聊天，一边欣赏汤姆的装扮，谁都没有注意到他把枪装进了手包。汤姆背对着他们。"好了吗，马克斯？谁陪我下去？"

马克斯陪他下了楼。马克斯之前来艾瑞克家来得比较晚，他说罗洛也许已经到了驼峰，但他想先跑回家，换"几件"衣服，因为他穿着衬衫工作一整天了。

彼得坐在车里，嘴上的烟差点掉下来。

"我是汤姆，"汤姆说，"你好，彼得。"

彼得和马克斯看样子是熟人。马克斯对汤姆说他住得很近，跑回去就行，因为驼峰在相反方向。他待会儿再去找汤姆。彼得开车出发，送汤姆到温特费尔特街。

"你为啥打扮成这样？好玩吗？"彼得紧张地问。

汤姆有没有嗅到彼得语气中的一丝凉意？"不完全是，"汤姆想起他刚才该给瑟罗打个电话，问他绑匪今晚会不会来，"趁着还有点时间，我想问你，那天晚上，你去了那个木棚子？"

也许是哪里不舒服，彼得耸了耸肩。"我走过去的，没开车，怕声音太大。很黑，没有一点光。"

"那倒是。"

"我以为你死在那儿了——或者受了伤，那样就更糟糕。然后我看到有个人躺在地上——不是你。我就走了。你朝他开的枪？"

"我拿皮箱砸了他。"汤姆吞了口唾沫。他不敢告诉彼得自己还拿他的枪托砸了那个人的太阳穴。"绑匪以为我还有帮手，我朝天上开了两枪，还大声嚷嚷。不过躺在地上的那个人应该死了。"

也许是出于紧张，彼得轻轻笑了一声，却让汤姆感觉好了点。彼得说："我没待太久，不知道。我还没看今天的报纸，也没看晚间新闻。"

汤姆一言不发。他暂时还没有杀人的嫌疑，他要操心的是眼前的事。他敢开口麻烦彼得在驼峰酒吧外等他吗？今晚的行动，他能帮上大忙。

"他们开车走的，"彼得说，"我看到他们的车开走，然后我继续等你——等了五分多钟。"

"那时我正朝大路走，回克吕格街搭公交车。我没看教堂那边。是我的错，彼得。"

彼得拐了个弯。"钱还在艾瑞克房里！——要是他们没拿到钱，会怎么处置那个孩子？"

"噢，他们不要人，只要钱。"车子开上酒吧所在的街道，汤姆开始留意写有"驼峰"的粉红色霓虹灯招牌，"驼峰"二字是手写体，字下有一条横线连到建筑物的侧面。他还没找到。汤姆想提醒彼得今晚可能会出现的状况，却难以启齿。身上的女装让他觉得自己很滑稽、弱不禁风。他紧张地拎起放在膝盖上的黑红相间的手包，有点重，里面放了彼得的枪。汤姆对彼得说："我拿了你的枪。还剩四发子弹。"

"现在？你带了枪？"彼得用德语问，瞄了一眼汤姆的手包。

"嗯，今晚我约了绑匪——他们也许只来一个人，我不确定——约在驼峰见面——十一点到十二点之间。彼得，你愿意等我吗？现在十一点刚过。我不会暴露身份，我想跟踪他们。他们说不定会开车来，谁知道呢，要是没开车，我就走快点，跟在他们后面。"

彼得"喔？"了一声，表示怀疑。

他是不是看见了汤姆脚上的高跟鞋？"如果他们没派人来，今晚就当是出来散心吧，至少没人挂彩。"汤姆刚好看到粉红色的"驼峰"招牌，比他记忆中小了些。彼得开始找停车位。"那儿有个位子！"汤姆指着街道右侧一排车中间的一个缺口。

彼得把车停过去。

"你能在这儿等一个钟头吗？或者更长点？"

"行，行。"彼得一边停车一边说。

汤姆解释道：如果绑匪赴约，他们会问酒保或者男招待，找一个叫"乔伊"的人，要是过了一阵子，乔伊还没有出现，他们就会离开，那时他就可以跟踪他们。"他们应该不会等到天亮时酒吧打烊才走，过了半夜，他们就知道自己被耍了。不过如果你想方便，最好现在就去。"

彼得的长下巴微微下垂，笑着说："不用，我没事儿。就你去？一个人？"

"我看起来那么弱吗？马克斯要来，罗洛可能也要来。回见，彼得，待会儿见。要是十二点过一刻还没动静，我就出来跟你说一声。"

汤姆看着驼峰的大门。一个壮汉走出来，两个人钻进去。门一开，就听到有节奏的迪斯科舞曲，音量很大，砰……砰……砰……像一声声心跳，不快也不慢，但强劲有力。是虚幻的电子音乐，缺乏真情实感。汤姆知道彼得在想什么。

"这样做能行吗？"彼得用德语问。

"我想知道男孩在哪儿，"汤姆拿起手包，"要是你不想等，彼得，我也不怪你。我可以打个出租跟踪他们。"

"我会等你，"彼得露出紧张的微笑，"要是你遇上麻烦——我就在这儿。"

汤姆下了车，穿过马路。晚风轻拂，让他觉得自己似乎赤身裸体，他朝下看了一眼，确定裙子没有被风掀起。踏上人行道时，脚踝扭了一下。他提醒自己别着急。汤姆紧张地摸摸假发，嘴唇微微张开，拉开酒吧的大门。迪斯科的节奏吞没了他，震得他耳膜里嗡嗡响。汤姆朝吧台方向挤，至少有十个人注视着他，很多人冲他微笑。空气中飘着大麻的味道。

吧台仍然没有空位，但神奇的是，有四五个人闪到一旁，汤姆终于摸到了吧台锃亮圆滑的金属边沿。

"你是——?"一个穿李维斯牌牛仔裤的年轻人问，裤子满是破洞，能偷看到他的光屁股。

"梅布尔。"汤姆扇动他的睫毛。他面无表情地打开手包，想掏出包底的零钱买酒，突然发现自己忘了涂指甲油，估计马克斯也没想到。管他呢。像英国人那样把硬币倒在台面上似乎太阳刚之气，汤姆没这么做。

舞池里的男人和男孩们伴着"咚咚"的节奏扭动身体，跳来跳去，脚下的地板仿佛在起伏爆裂。人群聚集在通往洗手间的玻璃楼梯上，徘徊着，观望着，脚步懒散。有人在楼梯上摔了一跤，被另外两个人搀扶起来，安然无恙地继续下楼。这里至少有十个身穿长裙的男人，但他要找的是马克斯。汤姆用极慢的速度从手包里摸出一根香烟，点燃了烟，不慌不忙地迎上酒保的目光，暂且点上一杯酒。现在是十一点一刻，汤姆看看四周，尤其是吧台附近，如果有人找酒保打听乔伊，肯定会去吧台，但是到目前为止，他还没见到任何可能是异性恋的人。他猜绑匪不会是同性恋。

马克斯来了，他穿一件西部牛仔风格的白衬衫，衬衫上钉有珍珠纽扣，下身着黑色皮裤，脚蹬一双靴子。他从酒吧的后部走过来，那里都是跳舞的人。他身后跟着一个穿长连衣裙的高个子男人，裙子像是用米白色薄纸做的，那人理着平头，耳朵上各系了一条细细的黄丝带。

"晚上好，"马克斯微笑着说，"这是罗洛。"他指了指穿薄纸连衣裙的人。

"我是梅布尔。"汤姆笑得很开心。

罗洛薄薄的红唇两侧上扬,脸抹得像面粉一样白,蓝灰色的眼睛像切割过的钻石闪烁着光芒。"在等你朋友吗?"罗洛问,手里捏着一柄黑色长烟斗,烟嘴里却没有烟卷。

罗洛不是在开玩笑吧?"对。"汤姆说,眼珠转了转,紧盯着墙边赌桌旁的人。难以想象会有一两个绑匪在舞池里跳舞,但谁知道呢,什么都有可能发生。

"想喝点什么?"罗洛问汤姆。

"我来买,啤酒怎么样,汤姆?"马克斯问。

啤酒似乎不符合淑女的身份,汤姆正打算说声"好",马上就意识到自己的做法太可笑,他看见吧台背后摆了一台浓缩咖啡机。"咖啡,谢谢!"汤姆从手包底层掏出零钱,放在台面。他没有带钱包出门。

马克斯和罗洛要了杜松子酒。

汤姆转个方向,脸朝着大门,身子靠着吧台,与马克斯和罗洛面对面聊天。在嘈杂的环境中聊天并不容易。每隔几秒钟就有一两个男人走进大门,离开的人却比较少。

"你在等谁?"马克斯在汤姆耳边大喊,"见到他了吗?"

"还没呢!"就在这时,汤姆注意到一个深色头发的年轻人靠墙站在吧台右侧最远角的拐弯处。他的模样像个异性恋,年龄将近三十,穿一件褐色帆布外套,靠着吧台的左手捏着一根烟。他一边喝啤酒,一边缓慢而警觉地四处查看,偶尔也瞅大门一眼。不过其他人也爱瞅着大门,所以汤姆无法肯定。他要找的人迟早会去向酒保打听,说不定去了一次还有第二次,问对方是否认识或者看到乔伊,或是有乔伊的留言。

"要跳舞吗?"罗洛的个子比汤姆高,他有礼貌地冲汤姆弯下腰。

"好呀。"他和罗洛走向舞池。

才过几秒钟,汤姆就不得不脱掉高跟鞋,罗洛殷勤地帮他拎着鞋子,像响板一样举过头顶,敲得叮当作响。裙摆旋转,每个人都在笑,但不是嘲笑他俩,事实上没人注意到他和罗洛。耳边传来"嚼它……嚼它……嚼它……"的歌声,但歌词说不定是"挠它"、"摇它"或者"撩它",无所谓啦,都差不多。汤姆喜欢光着脚踩在地板上的感觉。他时不时伸手到头上把假发摆正,罗洛也帮他弄了一次。汤姆注意到罗洛穿了一双平底凉鞋,真是善解人意。汤姆觉得精神振奋,连力气都变大了些,像是去了一趟健身房。难怪柏林人喜欢乔装打扮!让人感觉自由自在,而且从某种意义上说,人在伪装的时候才能做回真正的自己。

"要不要回吧台去?"现在肯定过了十一点四十,汤姆想再观察一下。

汤姆赤脚走回吧台后才穿上鞋子,没喝完的咖啡还摆在那里。马克斯替他看着手包。汤姆又坐到能看见门的位置,之前注意到的那个人已经没在吧台的尽头,汤姆左顾右盼,寻找那个穿褐色外套的人,看他有没有混在赌桌附近乱转的人群中,或是像其他站着的人一样盯着舞池或者楼梯。后来,汤姆在身后几米远的吧台边发现了目标,那人被客人们遮挡,正努力想引起酒保的注意。马克斯冲汤姆大喊着什么,汤姆竖起一根手指摇了摇,叫他保持安静,又透过几乎密不透风的假睫毛观察那个人。

戴着金色假鬈发的酒保身子前倾,然后摇摇头。

穿褐色外套的人还在问,汤姆踮起脚尖,盯着他的嘴唇。他是不是在说"乔伊"？看起来像，随后酒保点点头，大概是想表达"如果他来的话，我会告诉你"。然后穿褐色外套的人慢慢挤过站立的人群和形单影只的散客，走到吧台对面的墙边，和一个金发男子交谈。男子穿一件鲜蓝色的开领衫，靠在墙上，始终一言不发。

"你刚才说啥？"汤姆问马克斯。

"那是你朋友吗？"马克斯咧开嘴，脑袋朝穿褐色外套的人点了一下。

汤姆耸耸肩。他撩起粉红色的荷叶边袖口，差十一分到十二点。汤姆喝完咖啡，身子靠向马克斯。"我可能待会儿就得走，不一定，但我还是先跟你说声晚安，谢谢你，马克斯。但愿我不会像灰姑娘一样逃跑！"

"要打辆出租吗？"马克斯很疑惑，但还是有礼貌地问。

汤姆摇摇头。"再来一杯酒？"他竖起两根手指，给酒保指了指马克斯的玻璃杯，然后不顾马克斯的反对，在吧台上放了两张十马克的纸币。与此同时，汤姆看见那个穿褐色外套的人挤回吧台，走向墙边他刚才站的那个角落，却发现那里已经被一个男子和一个男孩占领，两人正聊得起劲。随后，他似乎放弃了，转而往门口走。汤姆见他抬起一条胳膊，招呼站在吧台另一端的酒保，酒保马上冲他摇摇头。汤姆终于能肯定穿褐色外套的男子就是在寻找乔伊的人。那人瞅了一眼手表，又看着门口。三个少年走进来，都穿着牛仔裤，都目不转睛，都把空手摇来摇去。褐色外套朝蓝衬衫方向看了一眼，脑袋朝门口一歪，走了出去。

"晚安，马克斯，"汤姆拿起手包，"很高兴认识你，罗洛！"

罗洛鞠躬回礼。

蓝衬衫也朝门口移动，汤姆让他先出了门，然后从容不迫地走到门边，迈出酒吧。褐色外套在等蓝衬衫会合，两人都站在汤姆右手边的人行道上。汤姆往左走，朝彼得的车走去。车头正好和那两人是反方向。更多人走进酒吧，不知是谁冲汤姆吹了声口哨，其他人笑成一片。

彼得把脑袋靠在椅背上，汤姆敲了敲半开的车窗，他立刻坐直身子。

"又是我！"汤姆绕到另一边，上了车，"你得调头，我刚才看到他们了，在这条街上，是两个男人。"

彼得已经在调头。街道昏暗，路旁停满了车，路上却没有往来的车辆。

"开慢点，他们走路，"汤姆说，"假装你在找停车位。"

那两人正往前走，没有回头看，显然聊得很认真，随后在一辆车旁停下。汤姆打了个手势，彼得把车开得更慢。有辆车跟在后面，幸好车道够宽，能让别人超车。"我要跟着他们，还不能被他们发现，"汤姆说，"咱们试试吧，要是他们怀疑有人跟踪，肯定会绕道或者提速。"汤姆本想用德语说"绕道"一词，但彼得似乎心领神会。

那辆车在前方大约十五米处驶出，敏捷地在下一个十字路口往左拐。彼得跟在后面，车子又往右转到一条更热闹的街。有两辆车加了塞，但汤姆盯得很紧，在下一个左转路口，另一辆车大灯一照，照亮了前车暗红色的车身。

"暗红色的，就是那辆车！"

"你见过？"

"就是卢巴斯那辆。"

他们跟了大约五分钟，不过也许只有两分半钟，汤姆一路指挥，车子又拐了两个弯，随后那辆车开始减速，靠向左侧路边的停车位。街道旁都是四层或六层高的楼房，窗户都灭了灯。

"在这儿停，退一点。"汤姆说。

汤姆想看看他们进了哪栋楼，可能的话，说不定还能看到某一层楼的灯亮起。这里是中下层阶级居住的公寓楼，气氛阴郁，躲过了二战的轰炸。多亏了褐色外套，汤姆能分辨出一团比黑色背景稍亮的模糊身影，影子走上几级台阶，朝一扇门走去，消失在公寓里。

"彼得，再往前开三米。"

彼得的车慢慢往前挪，汤姆看到三楼的灯变亮，二楼的灯变暗，然后熄灭。是自动熄灯开关？还是走廊灯？三楼左边的灯亮度逐渐增加，二楼右边的灯却一直亮着。汤姆摸到手包底层，从一堆硬币和纸币中间掏出那把从意大利人口袋里拿走的钥匙。

"靠右，彼得，我在这儿下车。"汤姆说。

"要等你吗？"彼得低声问，"你想干啥？"

"不知道。"彼得的车停在街的右侧，紧挨着一排停在路边的车，但没有挡道。他也许能在这儿等十五分钟，但是汤姆不知道自己要耗多少时间，也不希望彼得有生命危险，万一有人从公寓里冲出来，朝他开枪，而彼得正好开车过来接他。汤姆知道他总喜欢设想最糟糕、最可笑的场景。手里这把钥匙能开大门、公寓房间门，还是都打不开？汤姆想象自己在楼下一家家按响门铃，运气好的话，刚好错开绑匪，某个好心的住户开门让他走进公寓。"我只想吓唬吓唬他们。"汤姆说，用指尖敲着车门把手。

"不需要我打电话叫警察吗？现在打，还是五分钟后打？"

"算了。"不管有没有救出男孩，有没有抓到绑匪，汤姆都得在警察到达现场之前离开，要是警察及时赶到，或者来得太晚，汤姆的名字就会被牵扯进这个案子，那就弄巧成拙了。"警察根本不知情，我也不想让他们知道，"汤姆打开车门，"别等我，你把车开远一点，再使劲把车门关一次。"他半掩上车门，只发出一声微弱的咔哒声。

一个穿浅色连衣裙的女人走在人行道上，她从汤姆身旁经过，惊恐地望了他一眼，继续往前走。

彼得的车滑入黑暗，开到安全的地方，汤姆听见车门"咣"的一声关上。他集中精神，把高跟鞋踩上前门台阶，将长裙的裙摆拉起几英寸，免得绊倒。

第一道前门内有一块面板，板上至少有十个按钮，住户的名字大多模糊不清，有的甚至连房间号都没有。汤姆有点泄气，要是标示清楚，他就敢试着按一按"2A"或"2B"的门铃。刚才亮灯的楼层按欧洲的算法是二楼，在美国却算三楼。汤姆试了一下手中那把像是用来开弹簧锁的钥匙，让他感到震惊的是，锁竟然开了。也许每个绑匪身上都带了把这样的大门钥匙，公寓里也一直有人帮他们开房间门？究竟是哪一间？汤姆按下自动熄灯开关的按钮，眼前出现一段木楼梯，棕色的木头早已失去光泽。他的左右各有一扇关着的门。

他把钥匙扔进手包，摸出枪，打开保险，又装在手包里，然后再次撩起前面的裙摆，开始爬楼梯。快爬到二楼时，他听见有扇门关上，一个男人出现在走廊，按下墙上的按钮，借着灯光，汤姆看到迎面走来一个穿了裤子和运动衫的中年胖子。他正准备下楼，见到汤姆，赶紧闪到一旁，他也许是出于礼貌，但其实是被汤姆的样子吓坏了。

胖子可能没看出眼前是个穿着女装的男人，以为汤姆是个应召女郎。汤姆继续爬楼，拐弯向上一层。

"你住这儿?"男人用德语问。

"对。"汤姆轻声说，语气很肯定。

"真是奇了怪了。"男人嘀咕了一句，走下楼梯。

汤姆又爬上一层，楼梯微微嘎吱作响。左右两边各有一扇门透出灯光，后面好像还有两扇，意味着还有两个房间。汤姆本想直扑左边的门，但为了保险起见，他先把耳朵贴在右边的门上，听见里面有电视的声音，随后才走到左边。门里有说话声，至少两个人，音量很低。汤姆掏出彼得的枪，按下楼灯按钮。灯光只能维持三十来秒，门只上了一道锁，但看起来很坚固。接下来该怎么办? 汤姆也不确定，但他知道最好是吓他们一跳，打一个出其不意。

就在灯快灭的时候，汤姆把枪口对准锁，拿左手关节重重地砸门，手包滑到手肘上。

门背后突然鸦雀无声，几秒钟后，一个男人用德语问："谁?"

"警察!"汤姆大声喊，听起来像模像样，"开门!"

汤姆听到有人小跑和拖动椅子腿的声音，但并不惊慌。里面的人又在低声说话。"警察，开门!"他说，继续用拳头把门砸得咚咚响，"你们被包围了!"

他们是不是正从窗口逃出去? 汤姆小心地站到门的右边，怕对方开枪，子弹穿过门板，但他的左手仍然靠在门锁下方，这样就能知道锁的位置。

灯灭了。

汤姆移到门前，枪口对准金属和木板之间的裂缝，扣动扳机。枪身往后弹了一下，但他握得很紧，同时还用肩膀撞了一下门。门没有全开，背后好像还上了一条链子。汤姆再次大喊："开门！"声音很大，这层楼的其他住户肯定都吓坏了。汤姆希望他们待在家里，但他扭头瞄了一眼，发现身后有扇门微微开了一条缝。汤姆没空关心身后的门，他听见有人在开面前的门，他们也许投降了。

穿蓝衬衫的金发年轻人开了门，房里的灯照在汤姆身上。他吓了一跳，伸手往后兜摸。汤姆用枪指着蓝衬衫，走进房间。

"你们被包围了！"汤姆用德语重复道，"从房顶出去！别想从楼下的大门出去！——那孩子在哪儿？在这儿吗？"

褐色外套也惊得目瞪口呆，他站在房间中央，不耐烦地打个手势，冲一个身体结实、棕色头发、卷起衣袖的人说着什么。蓝衬衫踢了一脚破门，门却关不上。他转身跑进汤姆左侧的房间，前窗应该在里面。汤姆站的房间里摆了一张椭圆形的大桌子，有人已经关了吊灯，只亮着一盏落地台灯。

混乱持续了几秒钟，汤姆差点就想趁乱而逃了。他们也逃之夭夭，顺便给他来一枪。他是不是犯了个错，没让彼得叫警察响着警笛过来？汤姆突然用英语大喊：

"能逃就赶紧逃！"

蓝衬衫和卷袖飞快地说了几句，把他的枪递给褐色外套，然后走进汤姆右侧的房间。"砰"的一声，像是有个箱子被扔到了楼下。

汤姆不敢去找男孩，他把枪口对准褐色外套，对方手上也握着枪。汤姆听见身后有人用德语问：

"这儿怎么了？"

汤姆往后瞄了一眼，是一个好奇的邻居站在楼道里，他穿着拖鞋，惊恐地瞪大眼睛，随时准备躲进自己的房间。

"走开！"褐色外套大叫。

刚才在客厅的卷袖匆忙跑进汤姆站的房间，邻居悄悄地溜了。

"好，快！"卷袖边说边抓起搭在椭圆形桌旁椅子上的外套。他一手穿外套，另一只空着的手往上一举，穿过房间，跑向汤姆右侧的门，正好跟拎着箱子出来的蓝衬衫撞个满怀。

他们真的看见街上有动静吗，还是他那一枪把警察招来了？不太可能！蓝衬衫拎着箱子从他身边跑过，褐色外套紧随其后。他们爬上通往屋顶的楼梯，屋顶的门预先就开了，要不就是他们有钥匙。这种老房子没有逃生梯，消防车只能开进中庭，屋顶给住户留了逃生出口。卷袖也从汤姆身边冲过，手里像是提着一个棕色公文包。他跑上楼梯，滑了一跤，又爬起来。他刚才冲得太快，差点把汤姆撞到。汤姆去关门，但门被一块木头碎片卡住，关不上。

汤姆走进右侧的房间。他仍然握着彼得的枪，随时应敌。

这间是厨房。法兰克躺在地上，嘴里绑了一条毛巾，双手反剪，脚踝也捆着。他移动身子，脸在毯子上蹭，努力想把毛巾弄掉。

"嘿——法兰克！"汤姆跪在男孩身旁，把绑在他下巴上的洗碗布扯到脖子上。

男孩流着口水，两眼迷糊，大概是服了毒品或者安眠药，眼神对不上焦。

"我的老天！"汤姆低声抱怨，到处找刀子。他在案桌抽屉里找到一把，拿拇指试了试刀口，太钝了，他又抓起滴水板上的一把面包刀，附近还有几个空的可口可乐罐子。"马上帮你解开，法兰克。"他边说边开始割绑住法兰克手腕的绳子。绳子很结实，直径有半英寸，绳结更是紧得解不开。汤姆一边割，一边听有没有人进门。

男孩吐了口唾沫到毯子上，汤姆紧张地拍了拍他的脸颊。

"醒醒！我是*汤姆*！咱们得赶紧走！"汤姆希望自己有时间给他泡杯速溶咖啡，将就用水槽里的冷水也行，但时间紧迫，连找咖啡都没工夫。他向捆在脚踝上的绳子发起进攻，割了一半才发现割错了绳结，气得破口大骂。他终于把绳子割断，把男孩拖起来。"你能走路吗，法兰克？"汤姆脚上丢了一只高跟鞋，他索性把另一只也踢掉。现在光脚最好。

"汤——姆？"男孩看起来像是喝得酩酊大醉。

"咱们走！"汤姆把法兰克的一条胳膊绕在自己脖子上，朝公寓门口走去。但愿走几步能让男孩清醒些。两人吃力地往前走，汤姆环顾了一下没有铺地毯的客厅，看绑匪有没有留下东西，像是笔记本、纸片之类的，但什么都没有。看来他们办事很利索也很有效率，把装备都集中在一个地方。汤姆只看到墙角有一件丢掉的脏衬衫。手包居然还挂在他的左臂上，扶起法兰克前，他还记得把枪插进手包，把包往胳膊上推。楼道里站着三个邻居，两男一女，都惊魂未定。

"没事儿！"汤姆听见自己刺耳的声音，像是在发火。见他朝楼梯走去，三个人都稍稍倒退了一步。

"那是个女的吗？"其中一个男人问。

"我们打电话叫了警察！"女人狠狠地说。

"都解决了！"汤姆用德语说，听上去十分轻松。

"那孩子被下药了！"另一个男人说，"哪个禽兽干的？"

汤姆和法兰克继续走下楼梯，他得支撑男孩全身的重量。他们很快就出了公寓大门，途中只经过两扇微微打开的房门，里面露出向外窥视的眼睛，一双双充满好奇。没有墙可以倚靠，汤姆差点摔倒在前门的石阶上。

"我的神哪!"有人惊呼一声,是两个小伙子走过人行道,哈哈大笑,"要帮忙吗,我的夫人?"他们故意装得彬彬有礼。

"要,谢谢,我们要辆出租车!"汤姆用德语回答。

"看得出来!哈哈!出租车,我的夫人!请稍等!"

"这时候一位女士最需要出租车了!"另一个人说。

有他俩帮忙,汤姆和法兰克没费太多力气就走到下一个街角。小伙子们见汤姆光着脚,又狂笑起来,问"你们俩到底做了什么?"但他们一直忙前忙后,其中一个还跑到街上,手舞足蹈地拦出租车。汤姆抬头看了一眼路牌,原来他们刚才走过的这条街——也就是绑匪公寓所在的街道,叫宾格街。汤姆听到了警笛声,不过出租车也叫来了!车停到路边,汤姆先钻进车厢,再把男孩拖进去,两个开心的小伙子还从身后推了一把。

"旅途愉快!"其中一人大声说,帮他们关上车门。

"请到尼布尔大街。"汤姆对司机说,司机看了汤姆好一阵,才按下计费器,发动引擎。

汤姆打开车窗。"深呼吸。"他捏着法兰克的手,想让他清醒一点。管他的,随便司机怎么想吧。他摘掉假发。

"派对好玩吧?"司机问,两眼平视前方。

"嗯,好玩。"汤姆咕哝一声,像是被派对耗尽了精力。

感谢上帝,到尼布尔大街了!汤姆开始摸钱,掏出一张十马克纸币。车费只要七马克,司机正准备找零,汤姆告诉他不用找了。法兰克稍微清醒了些,但膝盖还是发软。汤姆捏着他的胳膊,按下艾瑞克家的门铃。他没带艾瑞克的钥匙出门,不过艾瑞克肯定在家,因为他家存了巨款。动听的蜂鸣声终于响起,汤姆推开大门。

彼得瘦长敏捷的身影跑下楼梯。"汤姆!"他低声说,又看见男孩,"噢——噢——噢!"

法兰克努力想抬起脑袋,却晃晃悠悠,脖子像断了一样。也许是紧张,也许是兴奋,汤姆很想笑。他紧咬下嘴唇,和彼得一起把男孩扶进电梯。

见他们过来,艾瑞克把半掩的门又拉开一点。"天哪!"

汤姆手上还拎着假发。他把假发和手包扔到地板上,和彼得扶着法兰克坐进马鬃沙发。彼得去拿湿毛巾,艾瑞克去端咖啡。

"不知道他们给他吃了些啥,"汤姆说,"我弄丢了马克斯的鞋——"

彼得紧张地笑着,盯着汤姆替男孩擦脸。艾瑞克的咖啡也端来了。

"凉咖啡,但是对你有好处,"艾瑞克温柔地对法兰克说,"我叫艾瑞克,是汤姆的朋友,别怕!"又扭头对站在身后的彼得说:"天哪,他病了吗!"

但是汤姆看得出男孩的气色好多了,虽然还端不稳杯子,已经能小口地啜咖啡了。

"饿不饿?"彼得问男孩。

"别,别,他会噎着的,"艾瑞克说,"咖啡里有糖,对他有好处。"

法兰克像一个喝醉的孩子,对着他们笑,给汤姆的笑容最灿烂。汤姆嘴里发干,从艾瑞克的冰箱里拿了瓶比尔森啤酒。

"发生什么事了,汤姆?"艾瑞克问,"彼得说你进了他们的楼?"

"我开枪把锁弄开。不过没人受伤。他们吓到——被吓到了,"汤姆突然觉得精疲力竭,"我得去洗洗。"他喃喃地走去浴室,洗了个淋浴，先冲热水，再淋冷水。幸好他的晨袍还挂在浴室门背后。然后，他把要还给马克斯的长裙和衬裙叠好。

汤姆回到客厅，彼得正在喂法兰克吃东西：是涂了黄油的面包。

"乌里希——是一个，"法兰克说，"和波波……"他后面说的名字听不清。

"我问他们叫什么！"彼得对汤姆说。

"明天！"艾瑞克说，"明天他就记起来了。"

汤姆去看艾瑞克的门有没有上门闩。上了。

彼得冲汤姆微笑，看起来很高兴。"太棒了！——他们去哪里了？逃走了？"

"从屋顶跑的。"汤姆说。

"三个人，"彼得佩服地说，"也许被你穿的衣服吓跑了。"

汤姆笑了笑，累得说不出话来。他也许能讲别的事儿，却无法讲述刚才的冒险经历。他突然笑起来。"你也该一块去驼峰的，艾瑞克！"

"我得走了。"彼得嘴上这么说，身子却始终在一旁打转。

"噢，对了，你的枪，彼得，还有手电筒，我差点忘了！"汤姆从手包里掏出枪，再从衣柜里拿出手电筒，"非常感谢！我开了三枪，还剩三发子弹。"

彼得把枪装进口袋，笑着说："晚安，睡个好觉。"然后出了门。

艾瑞克也向他道晚安，插上门闩。"咱们把沙发床打开吧，怎么样？"

"好，快来，老朋友法兰克。"法兰克坐在沙发上，一只胳膊肘撑着沙发扶手，半睁着眼，看着他们傻笑，像一个在剧院打瞌睡的观众，汤姆哑然失笑。他把男孩拖起来，搀他坐到扶手椅上。

汤姆和艾瑞克一起打开沙发，铺好床单。

"法兰克可以跟我睡，"汤姆说，"我俩肯定会睡得昏天黑地。"汤姆帮法兰克更衣，法兰克却并不怎么配合，好不容易才把衣服脱掉。汤姆又去端了一大杯水，想叫法兰克多喝点。

"汤姆，你还没给巴黎那边打电话吧，"艾瑞克问，"告诉他们男孩没事？万一那帮人又想到别的招数！"

艾瑞克说得没错，但一想到打电话到巴黎，汤姆就觉得厌烦。"我会打的。"他扶法兰克平躺在床上，把被单拉过来盖到脖子，又搭了一条薄毯。然后他拨通露特西亚酒店的电话，差点就想不起来号码了，幸好没有拨错。

艾瑞克在一旁走来走去。

瑟罗接起电话，声音透着疲惫。

"喂，是汤姆，我这儿一切都好……对，我就是这个意思……很好，只是想睡觉。镇静剂……我今晚不能详细说……以后再解释。没有动……对……中午前别打来，瑟罗先生，我们累得够呛。"瑟罗还在说，但汤姆已经挂断电话。"还问了钱的事儿。"汤姆笑着对艾瑞克说。

艾瑞克也笑了。"箱子在我卧室的壁橱里！——晚安，汤姆。"

16

汤姆第二次被艾瑞克家咖啡研磨机温馨的嗡嗡声唤醒。今天早上，他的心情更好。法兰克脸朝下趴着，还在呼呼大睡。之前汤姆忍不住去检查他的肋骨，看他还有没有呼吸。汤姆披上晨袍，去找艾瑞克。

"可以说说昨晚发生的事儿了吧，"艾瑞克说，"你开了一枪——"

"是，就一枪，朝着门锁。"

艾瑞克在托盘里放上各种面包、面包卷和果酱——也许为了款待法兰克，才准备得如此丰盛。"让他多睡会儿。这孩子长得真好看！"

汤姆笑起来。"你也这么认为？没错，长得帅，却不自以为是，这就很难得了。"

他们坐在客厅的小沙发上，沙发前有一张咖啡桌。汤姆讲起昨晚发生的事，包括马克斯和罗洛去驼峰陪他，以及有两个绑匪去酒吧找乔伊，最后却失望离开的经过。

"他们做事儿太业余啦——居然还被你跟踪。"艾瑞克说。

"的确是。他们看起来很年轻，才二十几岁。"

"宾格街的邻居们呢，他们没认出那孩子？"

"应该是，"法兰克睡得很香，但汤姆和艾瑞克还是尽可能把音量压低，"邻居们能干啥？他们应该更熟悉绑匪的长相，因为常在楼道里进进出出。有个女住户说要报警，可能已经报了警，反正警察肯定会来勘察现场，仔细一点的话，还能采集到很多指纹。但是邻居知道发生了什么事儿吗？——警察会在那儿找到马克斯的高跟鞋。然后把鞋子扔掉！"喝了艾瑞克煮的浓咖啡，汤姆舒服多了，"我想尽快把那孩子带出柏林——我也该走了。我想搭今天下午的飞机去巴黎，但他还不行。"

艾瑞克看了眼沙发床，又看着汤姆。"我会想你的，"他叹了口气，"柏林的生活太平淡。也许你不这么觉得。"

"是吗？——今天还得办一件事，艾瑞克，把钱退给银行。能不能请信差？找一个就行。我不想再跑腿了。"

"当然，没问题，咱们去打电话。"房间里突然洋溢着艾瑞克爽朗的笑声。他穿着缎面的黑色晨袍，样子像个中国人。"一讲到那些钱，我就想到那个在巴黎的笨蛋啥都没做！"

"他只管收费。"汤姆说。

"你想想，"艾瑞克继续说，"那个笨蛋穿女装的样子！我敢打赌他办不到！真希望我昨晚也去了驼峰。我可以帮你和马克斯、罗洛拍照片！"

"请帮我把衣服还给马克斯，再帮我谢谢他。噢——我得把那个意大利人的枪从箱子里拿出来。这东西可不能让银行的信差看到。我能进去吗？"汤姆指着艾瑞克的卧室。

"当然可以！在壁橱后面。你找得到。"

汤姆从艾瑞克的壁橱深处取出皮箱，拿到客厅，拉开拉链。枪柄插在牛皮纸信封和箱壁之间，长长的枪管正对着他。

"少了啥东西吗？"艾瑞克问。

"没有，没有，"汤姆小心地把枪拿出来，确定关了保险，"我要把它当礼物送人。带着它我上不了飞机。你喜欢吗，艾瑞克？

"啊，老古董！太谢谢你了，汤姆。这儿不容易弄到枪，连超过规定长度的弹簧刀都少见。这儿管得很严。"

"请笑纳。"汤姆把枪递给艾瑞克。

"谢谢，汤姆。"艾瑞克拿着枪消失在卧室。

法兰克动了一下，翻个身，仰面躺着。"我……不要……不要。"他像是在和谁争辩。

汤姆看到他的眉头皱得更紧。

"上去，你说的，我不知道——放开我！"男孩弓起背。

汤姆摇摇他的肩膀。"嘿，我是汤姆。没事了，法兰克。"

法兰克睁开眼睛，再次皱起眉头，努力想把身子坐直。"哇!"他摇摇头，笑得很茫然，"汤姆?"

"喝咖啡。"汤姆替他倒了一杯。

法兰克朝四周望去，看着墙壁和天花板。"我——我们怎么会在这儿?"

汤姆没有回答。他端着咖啡杯，喂男孩喝了一口。

"这儿是酒店房间吗?"

"不，是艾瑞克·兰兹家。还记得在我家，你要躲开的那个人吗？一个多星期前?"

"嗯……记得。"

"这是他的公寓。多喝点咖啡。头还痛吗?"

"不痛……这儿是柏林?"

"嗯。公寓楼。三楼……要是你能行的话，我们今天得离开柏林。也许今天下午。回巴黎去，"汤姆端来一盘面包、黄油和果酱，"他们对你做了什么？吃安眠药？打针?"

"是药丸。放在可乐里——逼我喝下去。在车上他们扎了我一针——在大腿上。"法兰克慢慢地说。

在格鲁内瓦尔德森林。手法听起来挺专业。汤姆高兴地看到男孩咬了一口吐司，细细咀嚼。"他们给你吃东西了吗？"

法兰克努力想做出耸肩的样子。"我吐了好几次。他们——不让我去上厕所。——我可能尿到了裤子上——糟糕！我的衣服——"他四处寻找，皱着眉，似乎这些难以启齿的东西就在身边，"我——"

"没关系，法兰克，"艾瑞克正走回来，汤姆说，"艾瑞克，快来认识下法兰克，他醒了。"

被单盖到法兰克的腰，但他继续把被单往身上拉。他的眼皮还有些耷拉。"早安，先生。"

"很高兴认识你，"艾瑞克说，"感觉好点了吗？"

"好多了，谢谢，"法兰克盯着床尾，被单没有罩住的地方露出了马鬃，这让他很好奇，"汤姆告诉我——是你家。谢谢。"

汤姆走进艾瑞克的房间，从法兰克的棕色行李箱里抽出睡衣，又回到客厅，扔给法兰克。"你可以下来走走，"汤姆说，"你的行李在这儿，东西都没丢——我很想带他出去散个步，呼吸点新鲜空气，但还是待在家里为妙，"汤姆对艾瑞克说，"下一步是打电话给那些银行，ADCA银行或者迪森托。迪森托要大一点，对不？"

"银行？"法兰克正在被单下穿睡裤，"是赎金？"他的声音仍然很疲倦，听起来似乎不太关心。

"你的钱，"汤姆说，"你觉得你值多少？猜猜看。"汤姆想和法兰克聊聊天，让他保持清醒。汤姆翻开钱包找里面的三张收据，上头有银行的电话。

"赎金——谁拿了?"法兰克问。

"在我这儿。之后要还给你家。详情待会儿再告诉你。"

"我知道他们约了时间,"法兰克一边说一边穿上睡衣,"有个人用英语讲电话,然后他们都出去了——有一次——只留了一个人。"法兰克讲得慢条斯理,但语气很肯定。

艾瑞克伸手在咖啡桌上的银碗里拿了一根黑色的香烟。

"你知道的——"法兰克的眼神又变得迷离,"我一直在厨房里——但我想那是对的。"

汤姆又给法兰克倒了杯咖啡。"喝吧。"

艾瑞克在打电话,说要找银行经理。汤姆听他报了自己的地址,告诉对方是关于昨天雷普利先生取钱一事。艾瑞克还提到另外两家银行的名字。汤姆松了口气。艾瑞克处理得很好。

"信差中午前赶过来,"艾瑞克对汤姆说,"他们有瑞士银行的账号,可以把钱汇过去。"

"干得好。谢谢你,艾瑞克。"汤姆看着法兰克爬下床。

法兰克瞧了一眼地板上打开的皮箱,箱子里装了厚厚的牛皮纸信封。"是这个?"

"对。"汤姆拿了几件衣服,准备去浴室里换。他一回头,就看到法兰克在箱子旁逡巡,像是见到一条毒蛇。站在花洒下,汤姆突然想到他答应过中午给瑟罗打电话,法兰克说不定也想和哥哥通话。

回到客厅后,汤姆告诉法兰克自己要给巴黎那边打电话,他昨晚给瑟罗打过一次,说法兰克安然无恙。法兰克似乎对巴黎没什么兴趣。"你不想跟约翰尼说话吗?"

"约翰尼——好吧。"法兰克光着脚走来走去,汤姆觉得这样对他有好处。

他拨通露特西亚酒店的号码，对电话那头的瑟罗说："那孩子在这儿，你想跟他通话吗？"

法兰克皱着眉，摇着头。汤姆把话筒塞给他。

"证明给他看，"汤姆面露微笑，低声说，"但别提艾瑞克的名字。"

"喂？……嗯，我很好……当然，在柏林……和汤姆，"法兰克说，"汤姆昨晚救的我……我不知道，真的……没错，在这儿。"

艾瑞克指着小听筒叫汤姆听，但是汤姆没有拿。

"肯定不会的，"法兰克说，"汤姆为啥想要那些东西，那很——"法兰克听了很久，"你怎么叫我在电话上谈这些事儿？"法兰克气愤地说，"我不知道，我真的不知道……行，好吧。"法兰克脸上的表情缓和了些。"喂，约翰尼……当然，我没事，我才说了……噢，我不知道，我刚起床。不过别担心。我一根骨头也没断！"现在轮到约翰尼长篇大论了，法兰克有些局促不安。"行，行，但是——这是什么意思？"男孩皱着眉头，"不着急！"他嘲讽地说，"你究竟什么意思——你是说她不来，也不——在乎？"

汤姆能听到巴黎那头传出约翰尼轻松的笑声。

"好吧，至少她打过电话，"法兰克的脸变得苍白，"好啦，好啦，我懂了。"他不耐烦地说。

从汤姆站的地方听得见瑟罗的声音，他拿起小听筒。

"……等你来这边。那边有什么控制你？——你还在吗，法兰克？"

"我为什么要去巴黎？"法兰克问。

"因为你母亲希望你回家，我们希望你——安全。"

"我很安全。"

"是——汤姆·雷普利劝你留在那里?"

"没人劝我。"法兰克把每个字讲得清清楚楚。

"我想跟雷普利先生说两句,如果他在的话。"

法兰克冷冷地把话筒递给汤姆。"这个混——"他没有说下去。汤姆印象中的那个法兰克突然变成了一个普通的美国男孩,正怒气冲冲。

"我是汤姆·雷普利。"汤姆说。他看着法兰克走进过道,也许想找卫生间。他在过道右侧找到了卫生间。

"雷普利先生,你也明白,我们希望这孩子平安返回美国,这也是我来这儿的目的。你能不能告诉我们——我万分感激你所做的一切,但我得告诉他母亲一些实情——比如他什么时候能回家。还是我得来柏林接他?"

"不——用,我会和法兰克商量。你知道的,过去这几天他待在糟糕的环境里,他们给他服用了很多镇静药品。"

"但他听起来情况还好。"

"他没有受伤。"

"至于那些德国马克,法兰克说——"

"今天就会还给银行,瑟罗先生,"汤姆笑了笑,"如果不怕你的电话被人监听的话,这倒是个不错的话题。"

"为什么会被人监听?"

"噢,因为你的职业。"汤姆说,仿佛当私家侦探的都不是正常人,和应召女郎差不多。

"皮尔森太太很高兴那些钱没事。但我不能在巴黎等你或者法兰克,或者你们两人决定他什么时候回家——你能理解吧,雷普利先生？"

"这个嘛——比巴黎更糟糕的城市多着呢，"汤姆调侃地说，"我能和约翰尼说话吗？"

"可以——约翰尼？"

约翰尼拿起电话。"我们很高兴法兰克获救！真的！"约翰尼听起来坦率而友好，他的口音跟法兰克一样，只是声音更低沉，"警察抓到绑匪了吗？"

"没有，没让警察介入。"汤姆听见瑟罗在旁边"嘘"的一声，叫约翰尼不要提警察的事。

"你的意思是，你一个人去救的法兰克？"

"不——还有几个朋友帮了小忙。"

"我母亲非常高兴！她一直——呃——"

很怀疑我，汤姆知道这句话该如何补充完整。"约翰尼，你跟法兰克说有人给他打电话？从美国打的？"

"是特瑞莎。她原本要来，但现在又不来了。我敢肯定她不会来了，因为法兰克没事，但是——我听说她跟别人好上了，所以才改了主意。她没跟我说，但我刚好认识那小子，我介绍他俩认识的——我离开美国时，他告诉了我。"

这下汤姆全明白了。"你跟法兰克说了？"

"我觉得他越早知道越好。我知道他忧心忡忡。我没告诉他那小子是谁，只说特瑞莎另外有了心上人。"

从这一点，汤姆能看到约翰尼和法兰克天大的区别。约翰尼显然是那种"来得容易，去得容易"的浪荡子。"我懂了。"汤姆甚至都不想跟他说——眼下给法兰克提这种伤心事，实在不应该。"好了，约翰尼，我挂电话了，"汤姆隐约听到瑟罗在一旁说他还有话要讲，"再见。"汤姆挂断了电话。"蠢驴——这两人都是蠢驴!"汤姆大吼道。

没人听见他的咆哮。法兰克又躺在床上疲惫地睡着了，艾瑞克不知去了哪个房间。

银行派来的信差随时会到。

等艾瑞克回到客厅，汤姆说:"去凯宾斯基吃午餐怎么样? 你中午有空吗?"汤姆非常希望法兰克能吃点牛排或者维也纳炸肉排，给脸上恢复一点血色。

"我有空。"艾瑞克已经换好衣服。

门铃响起，是银行的信差。

艾瑞克按下厨房里的开门键。

汤姆摇摇法兰克的肩膀。"法兰克，老朋友——起来! 穿我的晨袍，"汤姆从自己的行李箱里抓出晨袍，"快去艾瑞克的房间，我们要在这儿跟人见个面，就几分钟。"

法兰克去了。汤姆在被单上铺了一条毯子，让床看起来整洁点。

银行信差是个矮胖子，穿着西装，身旁跟了一个穿制服的高个子保安。信差向他们出示了证件，说楼下有司机开车等他，但不用着急。他提了两个大手提箱。汤姆懒得看他的证件，于是叫艾瑞克代劳，不过他认真盯着他们点钞，盯了几秒钟。有个信封是封好的，没有打开过。其他信封里用纸带捆扎的马克也没人动过，但谁知道里面有没有被抽出一两张千元大钞。艾瑞克也在一旁看他们点钞。

"后面的事儿你来办吧，可以吗?"汤姆问。

"没问题，汤姆! 但是有些需要你签字，知道吗?"艾瑞克和信差站在餐具柜旁，信封分开摆，钱也分开堆放。

"我几分钟后回来。"汤姆进房间去找法兰克。

法兰克光着脚在艾瑞克的房间，拿一条湿毛巾贴着额头。"我刚才有点头晕。真奇怪——"

"我们待会儿去吃午餐，吃顿好的，心情也会好，对不对？你要不要冲个凉水澡？"

"好呀。"

汤姆走进浴室，帮他调好水温。"小心别滑倒了。"汤姆说。

"他们在这儿做什么？"

"点钞。我替你拿几件衣服。"汤姆走回客厅，在法兰克的箱子里找到蓝色棉裤、套头翻领毛衣，没找到短裤，又拿了一条自己的短裤。汤姆敲了敲半掩的浴室门。

男孩正用大毛巾把身子擦干。

"你觉得巴黎怎么样？想去吗？今天晚上？"

"不想。"

汤姆注意到他的眼中泛着泪光，尽管像大人一样皱着眉头。"我知道约翰尼跟你说了什么——是特瑞莎的事。"

"呃，不完全是。"法兰克说，用力把毛巾扔到浴缸边沿，但马上又捡起来挂到晾衣竿上。他接过汤姆递来的短裤，转身穿上。"我还不想回去，就是不想！"法兰克回头看汤姆，眼中闪烁着怒光。

汤姆懂他的心思：回去相当于一败再败，失去特瑞莎，又身陷牢笼。万一吃了午餐，法兰克会冷静下来，换个角度看问题呢？恐怕很难，因为特瑞莎就是他的一切。

"汤姆！"艾瑞克喊他。

需要他签字。汤姆仔细查看收据，上面列了三家银行的名字和分别支付的金额。银行信差正在用艾瑞克的电话，汤姆听他说了几次"没问题"。他签了名。收据上没有出现皮尔森的名字，只有瑞士银行的账号。握手，道别，艾瑞克送他们去坐电梯。

法兰克走进客厅，他换好了衣服，但没穿鞋子。艾瑞克回来时，满脸堆笑，一脸轻松，用手帕擦着额头。

"我家该挂一个——牌子！你们把它叫什么来着？"

"牌匾？"汤姆说，"走吧，刚才说好的，去凯宾斯基吃午餐。需要预约不？"

"最好预约一下。我来约。是三个人。"艾瑞克走到电话机旁。

"能联系到马克斯和罗洛的话，也可以请他们。他们还在——上班？"

"噢！"艾瑞克扑哧一笑，"罗洛现在还没清醒。他喜欢熬夜，熬到早上七八点钟才睡。马克斯嘛，是个自由职业者——美发师，哪儿有活就去哪儿。一般要晚上六点左右我才找得到他们。"

汤姆想，等他从艾瑞克那里问到他们的地址，可以从法国把礼物寄来，寄几顶好看的假发。艾瑞克订了十二点四十五分的位子。

他们坐上艾瑞克的车。汤姆在艾瑞克的药箱里找到一支处理刀伤和擦伤的药膏，是肉色的，刚好遮住法兰克脸上的痣。法兰克的后兜里本来装着海洛伊丝的粉饼，也不知丢哪儿去了，汤姆倒是无所谓。

"多吃点，我的朋友，"汤姆对坐在餐桌旁的法兰克说，开始念长长的菜单，"我知道你喜欢熏鲑鱼。"

"哈，我要吃我的最爱！"艾瑞克说，"这儿能做牛肝——味道很好！"

餐厅的天花板挑得很高，白墙上挂着镀金的和绿色的卷轴，桌上铺着讲究的台布，穿制服的侍者神气十足。等着被带去座位时，汤姆注意到餐厅的另一块区域是便装餐室，用来招待穿着不太正式的客人。有两个穿蓝色牛仔裤的男人，虽然毛衣和外套都很整洁，侍者仍然彬彬有礼地用德语告诉他们：便装餐室往那边走。

听着汤姆搜肠刮肚找来的笑话，法兰克总算吃了点东西。汤姆其实不想讲笑话，他知道法兰克还笼罩在特瑞莎的乌云下。法兰克有没有猜到或者认识特瑞莎的新欢？汤姆想问又不敢问。他只知道法兰克正经历一段痛苦的"放下"过程，放下精神上的支柱，放下疯狂的理想，放下世间这个独一无二的女孩所代表的一切。

"吃巧克力蛋糕吗，法兰克？"汤姆说，往法兰克的杯子里添满白葡萄酒。这是第二瓶了。

"这儿的巧克力蛋糕很棒，果馅卷也是，"艾瑞克说，"汤姆，这是值得纪念的一餐！"他拿餐巾把嘴细细擦干净，"也是值得纪念的一上午，不是吗？哈哈！"

他们坐在餐厅靠墙的凹室里，这儿没有小隔间那么简陋，浪漫的曲线营造出私密的氛围，还能随心所欲地观察别的客人。汤姆没见到谁在注意他们。他突然想到一个妙招——法兰克可以用本杰明·安德鲁斯的假身份离开柏林，那本护照还在法兰克的箱子里。

"咱们啥时候再见面，汤姆？"艾瑞克问。

汤姆点了根烟。"下次你带小东西到丽影的时候？我不是指小礼物哟。"

艾瑞克笑了起来，吃了东西，喝了酒，他的脸颊变得绯红。"这倒提醒了我，我三点钟还约了人，请原谅，"他看了眼手表，"才两点一刻。来得及。"

"我们可以搭出租车回去。你去忙你的事儿。"

"不，不，刚好顺路，回我家的路上。没问题。"艾瑞克拿舌头剔着牙，若有所思地望着法兰克。

法兰克吃完了几乎整个巧克力蛋糕，闷闷不乐地转着酒杯。

艾瑞克冲汤姆扬了一下眉毛。汤姆没有说话，要了账单，付了钱。他们顺着一条单行道走到艾瑞克停车的地方。阳光明媚，汤姆笑着用力拍了拍法兰克的背。他能说些什么呢？他想说："这比待在厨房的地板上好多了吧？"但是他说不出口。连心直口快的艾瑞克也没有说话。汤姆想陪男孩多散一会儿步，但他不确定与法兰克·皮尔森同行是否百分之百的安全，也不确定是否有人在暗中观察。他们坐进车里，汤姆有艾瑞克家的钥匙，艾瑞克在街角放他俩下了车。

汤姆朝艾瑞克的公寓走，警惕地留意附近有没有闲人，但没有看到。楼下大厅是空的。男孩一言不发。

进了公寓，汤姆脱掉外套，推开窗户，放新鲜空气进屋。"巴黎的事儿。"汤姆开口道。

法兰克突然把脸埋在手掌里。他坐在咖啡桌旁的小沙发上，胳膊肘拄在分开的膝盖上。

"算了，"汤姆说，为男孩感到不好意思，"发泄出来吧。"汤姆知道这种情绪持续不了太久。

几秒钟后，男孩松开手，站起身。"对不起。"他把手插进口袋。

汤姆走进浴室，足足刷了两分钟牙，然后心平气和地走回客厅。"你不想去巴黎，我知道。——那汉堡呢？"

"哪儿都行！"法兰克露出疯狂的眼神。

汤姆望着地板，眨眨眼睛。"你不能说'哪儿都行'，像疯子一样，法兰克——我知道——我听说了特瑞莎的事。你很——"汤姆寻思着该用个什么词儿比较合适，"很失望。"

法兰克像一尊雕像一样僵硬地站在原地，像是在挑衅汤姆，看他还敢不敢说下去。起码你还得面对你的家人，汤姆想说，但那样做会不会太没有同情心，尤其是现在？去找里夫斯应该是个好主意吧，换个环境怎么样？汤姆也需要换个环境。"我在柏林有点透不过气。我想去汉堡找里夫斯。在法国时我提过他，对不对？我的一个朋友。"汤姆努力保持轻松的语气。

男孩看起来清醒了些，又变得彬彬有礼。"是的，你好像提过。你说他是艾瑞克的朋友。"

"没错，我——"汤姆有些犹豫，他看着双手还插在口袋里的男孩，男孩也盯着他。汤姆本来可以坚持己见，轻松地把男孩送上飞往巴黎的班机，跟他说再见，但是汤姆有种预感，男孩一下飞机，就会再次逃跑。他不会去露特西亚酒店。"我来联络里夫斯。"汤姆朝电话走去，铃声正好响起，他拿起电话。

"喂，汤姆，我是马克斯。"

"马克斯！你好吗？你的假发和衣服还在我这儿——没弄坏！"

"我早上想打电话给你的，事儿太多了。我没在家。一小时前我路过艾瑞克家，里面没人。昨晚怎么样？那孩子呢？"

"他在这儿。他没事。"

"你找到他了？你没受伤吧？没人受伤吧？"

"没人受伤。"汤姆眨眨眼，免得眼前出现那个意大利人脑袋被砸烂、倒在卢巴斯街边的场景。

"罗洛说昨晚你美极了。我都嫉妒了。哈哈——艾瑞克在家吗？我有口信留给他。"

"不在，他三点钟约了人。需要我转达吗？"

马克斯说算了，他会再打电话来。

汤姆在电话簿上查到汉堡的区号，拨通里夫斯的号码。

"喂？"传来一个女人的声音。

这应该是里夫斯的女佣兼管家，她比安奈特太太还胖，但做事一样精细。"喂——是盖比吗？"

"你是？"

"我是汤姆·雷普利。你好吗，盖比？——迈诺特先生在吗？"

"不在，呃——我听到声音了，"她继续用德语说，"稍等。"过了一会儿，盖比回到电话机旁，说道，"他刚回家！"

"喂，汤姆！"里夫斯气喘吁吁地说。

"我在柏林。"

"柏林！你可以来找我吗？你在柏林干啥？"里夫斯的声音跟往常一样沙哑朴实。

"现在还不知道，我想去看你——今天晚上，如果你方便的话。"

"当然可以，汤姆，你的事儿总是优先，我今晚刚好也不忙。"

"有个朋友和我一起，是美国人。你那儿可以住一晚吗？"汤姆知道里夫斯有一间客房。

"住两晚都没问题。你们啥时候到？机票订了吗？"

"还没呢，我试试看能不能订到今晚的票。七点、八点或者九点。要是你一直在家，我就不再打给你了，直接过去。如果到不了，我再打电话给你，怎么样？"

"行，我很乐意！"

汤姆扭头冲法兰克微笑。"说好了，里夫斯很高兴我们去。"

法兰克正坐在小沙发上抽烟，他很少这样。他站起身，个子看起来突然跟汤姆差不多高了。这几天他又长高了吗？有这种可能。"很抱歉我今天心情不好。我会熬过去的。"

"噢，你肯定会熬过去的。"男孩努力让自己斯斯文文，这也许是他看起来高了一头的原因。

"我很高兴要去汉堡。我不想去巴黎见那个侦探。谢天谢地！"法兰克用低得几乎听不清的音量，恶狠狠地说，"他俩为啥不先回去？"

"因为他们想确定你要回家。"汤姆耐心地说。

汤姆打电话给法国航空公司，订了两张七点二十分飞往汉堡的机票。汤姆报了乘客的名字：雷普利和安德鲁斯。

汤姆正打电话，艾瑞克回了家，汤姆将他们的计划告诉了他。"哈！里夫斯！好主意！"艾瑞克瞅了法兰克一眼，他正在叠箱子里的东西。艾瑞克示意汤姆到他的房间。

"马克斯打电话来，"汤姆跟在艾瑞克身后说，"他说会再打给你。"

"谢谢你，汤姆——看看这个，"艾瑞克关上卧室门，抽出夹在腋下的报纸，把头版递给汤姆，"你该看一眼。"艾瑞克笑得面部肌肉都抽动起来，看他的样子，不像是觉得有趣，而是因为紧张。"好像还没找到线索——到现在。"

《晚报》的头版登了一张照片，占了两栏，上面是卢巴斯街边的那个木棚和那个意大利人，样子跟汤姆最后见到他时一样，身子俯卧，脑袋微微向左歪，左侧太阳穴上有深色的血块，有些血流到脸上。汤姆快速浏览了照片下面的五行文字说明。男性，身份尚未确定，穿意大利造外衣，德国造内衣，周三清晨被人发现死在卢巴斯，太阳穴被钝器击碎。警方正试图确定死者身份，并询问当地住户是否听见打斗声。

"你都能看懂？"艾瑞克问。

"嗯。"汤姆当时朝空中开了两枪。即使男人并非死于枪击，肯定也会有住户向警察说听到两声枪响。周围邻居也可能跟警察描述见到一个拿着皮箱的陌生人。"我不想看这个。"汤姆把报纸折好，放在书桌上。他瞄了一眼手表。

"我可以送你们去机场。有的是时间，"艾瑞克说，"那孩子真的不想回家吗？"

"不想，他今天收到一个坏消息，跟他喜欢的那个美国姑娘有关。他哥哥告诉他，说姑娘有了新男友。就是这事儿。如果他二十岁，也许能看得开些。"但是真的吗？法兰克谋杀了自己的父亲，这可能也是他不想回家的原因。

17

飞机开始降落到汉堡，法兰克打了个盹，刚好被惊醒，拿膝盖夹住差点滑到地板上的报纸。他朝窗外望去，但飞行高度太高，除了一朵朵云，什么都看不到。

汤姆偷偷地抽了一根烟。空姐们在过道里穿梭奔忙，收拾用过的玻璃杯和托盘。他见法兰克从膝盖上拿起那份德语报纸，盯着卢巴斯街死者的照片。对法兰克来说，那只是另一张登报的照片。汤姆没有告诉法兰克自己跟绑匪约在卢巴斯见过面，只说他放了绑匪鸽子。"然后你就跟踪他们？"法兰克当时问道。汤姆说不是，他是从同志酒吧跟过去的，之前他托瑟罗给绑匪捎了个口信，叫他们到酒吧找一个叫乔伊的人。法兰克被逗乐了，他相当佩服汤姆的胆量，也许还有勇气。汤姆自个儿也这么认为，因为他只身闯入了绑匪的老巢。报纸上没有提到三名绑匪在宾格街附近或者别的地方被抓到的消息。除了汤姆，没人知道他们是绑匪。他们也许有犯罪前科，没有固定住址，仅此而已。

入境时，有人随意扫了一眼递上的护照，就还给他们。取了行李后，他们招了一辆出租车。

汤姆把汉堡的地标性建筑指给法兰克看，夜色渐浓，能看清的越来越少，他记得有一座教堂尖塔，然后是一条灌了水的运河，俗称"小河"，河上架着一道道小桥，最后是阿尔斯特湖。他们在向上倾斜的私人车道旁下了车，车道通往里夫斯的白色公寓。公寓很大，曾经是私宅，后来被隔成几间公寓。汤姆以前来过两三次，他按了楼下的电铃，对着喇叭报上名字，里夫斯马上开了门。汤姆和法兰克搭电梯上楼，里夫斯正站在门口等候。

"汤姆！"里夫斯压低嗓门，因为这层楼还有别的住户，"快请进，两位！"

"这是——本，"汤姆把法兰克介绍给他，"这是里夫斯·迈诺特。"

里夫斯对法兰克说了声"你好"，然后关上门。和以前一样，里夫斯的公寓最打动汤姆的地方是宽敞和一尘不染。白色墙壁上挂着印象派和风格更现代的作品，都装在画框里。靠墙有一排排矮书架，摆的大多是艺术画册。此外还有几株高大的盆栽和蔓绿绒。两面大窗正对阿尔斯特湖，垂着黄色窗帘。供三人用餐的桌子已经摆好。汤姆看到壁炉上方仍然挂着粉红色的德瓦特真迹，画上的女人躺在床上，陷入弥留之际。

"换了画框，对不对？"汤姆问。

里夫斯哈哈大笑。"汤姆，你真是善于观察！画框坏了。那次我家挨了炸，掉下来，裂了。我更喜欢这个米白色的框，以前那个太白了。来，行李放这儿，"里夫斯带汤姆到客房，"飞机上没给你们吃东西吧，我帮你们准备了一点吃的。咱们先来杯冰葡萄酒啥的，聊一聊！"

汤姆和法兰克把行李搬进客房，里面有一张大床，一侧床沿靠着前墙。汤姆记得乔纳森·崔凡尼来这儿睡过。

"你说你朋友叫什么来着？"里夫斯低声问，但当他和汤姆回到客厅时，他并没有刻意回避男孩。

从里夫斯脸上的微笑，汤姆看得出他已经猜到了男孩的身份。

汤姆点点头。"待会再跟你说，不是——"汤姆有些尴尬，自己为什么还要瞒着里夫斯呢？法兰克站在客厅远角，正在看一幅画。"报上没写，这孩子其实在柏林被人绑架了。"

"真的吗？"里夫斯停下手中的开瓶器，另一只手握着酒瓶。他的右脸颊上有一道粉红色的伤疤，歪歪扭扭地伸到嘴角。他惊讶地张大了嘴，伤疤显得更长。

"上周日晚上，"汤姆说，"在格鲁内瓦尔德，那儿有很大一片森林。"

"嗯，我知道那儿。怎么绑架的？"

"我当时跟他一起，就分开了几分钟——快坐，法兰克，别见外。"

"对，快坐。"里夫斯用沙哑的嗓子说，拉开瓶塞。

法兰克看了汤姆一眼，点点头，仿佛示意汤姆可以讲出实情。"法兰克昨晚才被放了，"汤姆继续说，"绑匪给他吃了镇静药，他应该还有点困。"

"不，我现在不困了。"法兰克说得很客气，也很肯定。他从刚刚坐上的沙发起身，凑到跟前欣赏壁炉上的德瓦特画作。他把双手插进后兜，瞅了汤姆一眼，脸上微微一笑。"画得好，是吧，汤姆？"

"那可不？"汤姆满意地说。他喜欢画中灰蒙蒙的粉红色调，像老人铺的床罩，或者是她穿的睡袍。背景为深棕色和暗灰色。她是即将告别人世，还是对生活感到疲惫和厌倦？这幅画的名字叫《垂死的女人》。

"画的男的还是女的？"法兰克问。

名字可能是巴克马斯特画廊的艾德·班伯瑞或者杰夫·康斯坦

取的——德瓦特通常不会给自己的画起名字，比如这一幅，很难分辨画上的人是男是女。

"叫《垂死的女人》，"里夫斯对法兰克说，"你喜欢德瓦特的画？"他惊喜地问。

"法兰克说他父亲家也有——在美国。一幅还是两幅，法兰克？"汤姆问。

"一幅，叫《彩虹》。"

"啊哈。"里夫斯说，仿佛那幅画就在眼前。

法兰克朝大卫·霍克尼的画走去。

"你们付了赎金？"里夫斯问汤姆。

汤姆摇摇头说："没有，钱在我手上，没给他们。"

"多少钱？"里夫斯笑着斟酒。

"两百万美金。"

"哟，哟——那现在呢？"里夫斯朝男孩的背影点了一下头。

"噢，他准备回家。可以的话，我们明晚也住在你家，周五再去巴黎。我不想别人在酒店认出他来，让他多休息一天更好。"

"行，没问题，"里夫斯皱起眉头，"我不太明白。警察还在找他？"

汤姆紧张地耸耸肩。"绑架发生前，他们在找，但我猜在巴黎的那个侦探应该通知了法国警方，说孩子找到了。"汤姆向里夫斯解释说警察根本不知道有这么一起绑架案。

"你要带他去哪儿？"

"去巴黎，交给他家雇的那个侦探。法兰克的哥哥约翰尼也在那儿——谢谢你，里夫斯。"汤姆端起酒杯。

里夫斯又给法兰克端了杯酒。他走进厨房，汤姆跟在身后。里夫斯从冰箱里端出一个大盘子，摆了切片火腿、菜丝沙拉、各式切片香肠和腌黄瓜。里夫斯说都是盖比做的。盖比住在同一栋楼的另一户人家，她早上七点前就买好菜，跑到里夫斯家为客人"安排"食物。"我运气好，她喜欢我，"里夫斯说，"觉得我这儿比她现在住的地方好玩——可惜被人扔过一次炸弹。幸亏她当时刚好出去了。"

三人坐在餐桌旁，聊起其他话题，但仍然和柏林有关。艾瑞克·兰兹好吗？他的朋友是些什么样的人？他有女朋友吗？里夫斯边笑边问。里夫斯有女朋友吗？汤姆也在想。他俩难道真的都不温不火，对女人毫不在乎？葡萄酒让汤姆感到一股暖流，他想到，有个妻子真是件好事。海洛伊丝曾经对他说，她喜欢他，甚至爱他，是因为他让她有机会独处，给了她呼吸的空间。她的话让汤姆受宠若惊，虽然他从未想过要给海洛伊丝什么生存空间。

里夫斯望着法兰克。法兰克看起来昏昏欲睡。

刚过十一点，他们扶法兰克进了客房，睡到床上。

里夫斯又开了一瓶"比斯波特黄金水滴"雷司令，两人坐回客厅沙发，汤姆给他讲了过去几天发生的事，包括法兰克·皮尔森怎么去维勒佩斯找到他，在他家打零工、当花匠。讲到在柏林穿女装那一段时，里夫斯要他细细描述，笑得前仰后合。然后他恍然大悟，说道：

"那张柏林的照片——今天的报纸上。我记得他们说是在卢巴斯。"里夫斯一跃而起，从书架上拿下一张报纸。

"就是这张，"汤姆说，"我在柏林见到了。"汤姆觉得有点恶心，放下酒杯，"这就是我提到的那个意大利人。"汤姆之前只是跟里夫斯说把他砸晕了。

"没人见到你吧？你确定？跑了？"

"没人——等着看明天报上的新闻吧。"

"那孩子知道吗？"

"我没跟他说。没跟他提卢巴斯。里夫斯，老朋友，能麻烦你再帮我弄点咖啡吗？"

汤姆不想独自留在客厅，陪里夫斯一起进了厨房。那个意大利人并非他杀的头一个人，但得知有人死在自己手上，终究不是件开心事。他看到里夫斯瞄了他一眼。还有一件事他没告诉里夫斯，也永远不会说——法兰克杀了他父亲。还好里夫斯虽然读了约翰·皮尔森去世的报道，知道自杀还是意外尚无定论，却没有问汤姆是否有人把老皮尔森推下了悬崖。

"那孩子为啥跑了？"里夫斯问，"父亲的死让他太伤心？还是因为那个姑娘？叫特瑞莎吧，你说过？"

"应该不是，他出门时跟特瑞莎还好好的。他住我家时还写过信给她。他昨天才知道她有了新男朋友。"

里夫斯的脸上露出慈祥的笑容。"满世界都是姑娘，漂亮的那么多。汉堡这儿就有！咱们要不要分散下他的注意力——带他去夜总会？你说呢？"

汤姆淡淡地说："他才十六。这个打击可不小。他哥哥太麻木了，不该选这个时候告诉他。"

"你要去见他哥哥？还有那个侦探？"说出"侦探"一词时，里夫斯忍不住笑出声来，无论是谁，只要以缉拿罪犯为业，都会被他嘲笑一番。

"不想去，"汤姆说，"但我得把他交到他们手上，因为他不想回家。"汤姆端着咖啡站在厨房，"咖啡味道不错，我又犯困了，再喝一杯吧。"

"不怕睡不着？"里夫斯嘶哑地说，像母亲或者护士一样关怀备至。

"实在太累了。明天我会带法兰克在汉堡逛逛。去搭阿尔斯特湖的游船。我想给他打打气。你能跟我们一起吃午餐吗？"

"谢谢，但是我明天约了人。我可以给你一把钥匙。我现在就去拿。"

汤姆端着咖啡杯走出厨房。"最近生意怎么样？"汤姆指的是赃物买卖、代理的几个有才华的德国画家，和一些艺术品交易，后两个一直是里夫斯打的幌子。

"噢——"里夫斯把一串钥匙塞到汤姆手里，扭头看了一眼客厅的墙壁，"那幅霍克尼——是借的——或者说是偷的，从慕尼黑。我很喜欢，所以挂到了墙上。反正我不会随便带人进家门。霍克尼很快就要去别人家了。"

汤姆笑起来。他惊讶地发现里夫斯在这座宜居的城市里过着愉快的生活。每天都会遇上新鲜事。里夫斯从不焦虑，即使处境尴尬，也能应付自如，比如有一次他被人揍了一顿，被不省人事地扔到行驶中的车外，汤姆记得是在法国，结果他连鼻梁都没摔断。

那一晚，汤姆爬上床时，法兰克一动不动，两条胳膊抱着枕头，脸朝下躺着。汤姆觉得很安全，比在柏林时安全多了。里夫斯的公寓被炸过，可能也被偷过，却宛如一座隐秘的小城堡。他想问里夫斯除了防盗报警器之外，还采取了什么措施。他还雇了人吗？里夫斯有没有请警察提供保护，因为有时要经手贵重的画作？不太可能。问里夫斯安全措施方面的问题，肯定会惹他生气。

轻轻的敲门声把汤姆惊醒，他睁开眼睛，发现自己在里夫斯家。"请进。"

胖胖的盖比走进房间,她一脸羞涩,手里端着放了咖啡和面包卷的托盘,用德语说:"汤姆先生……很高兴再次见到你!好长时间了,有多久啦?"见法兰克睡得很熟,她说得很轻。盖比五十多岁,黑色直发在脑后盘成发髻,粉红色的脸颊上长了很多雀斑。

"很高兴来这儿,盖比。你过得怎么样?可以放这儿,没事。"汤姆指的是他的膝盖,托盘下面有脚架。

"里夫斯先生出去了,他说你有钥匙,"她笑着望了一眼熟睡中的男孩,"厨房里还有咖啡。"盖比木然地说,乌黑的眼睛却透出活泼和孩子般的好奇,"我要在这儿待一小时——有需要的尽管告诉我。"

"谢谢你,盖比。"咖啡和香烟让汤姆清醒了些,他去冲了个淋浴,刮了胡子。

回到客房时,他看见法兰克光着双脚,一只踩在窗台上。汤姆刚才开了窗,他觉得男孩正要往下跳。"法兰克?"男孩没听到他进来。

"风景很美吧?"法兰克说,双脚踩到地上。

他在发抖吗?还是汤姆产生了幻觉?汤姆走到窗边,望着窗外的阿尔斯特湖,一艘艘游船在湛蓝的湖面慢慢往左航行,六艘小帆船疾驰而过,游客在湖边的码头漫步。鲜艳的三角旗四处飘扬,阳光耀眼。眼前像一幅杜菲的画,描绘的是德国风景。"你刚才该不是想跳下去吧?"汤姆开玩笑地问,"只有几层楼高,效果不理想的。"

"跳下去?"法兰克赶紧摇摇头,后退一步,像是不好意思挨汤姆那么近,"当然不是——我去洗个澡可以吗?"

"去吧。里夫斯出去了，盖比在家，她是管家，记得跟她道个'早安'就行，她人很好。"男孩提上裤子，穿过走廊。他觉得自己也许是多虑了，法兰克今天早上看起来神采奕奕的，药效可能过了。

上午，他们来到圣保利区。他们看了绳索大街旁的情趣用品店橱窗，全天播放的色情电影院的花哨门脸，还有橱窗里令人惊艳的男女内衣。摇滚乐不知从何处飘来，大早上的就有人在这里逛街、买东西。汤姆发现自己不停地眨着眼睛，也许是太兴奋，也许是站在清澈的阳光下，炫目的色彩像马戏团演员一样在他身旁打转。汤姆发现自己居然也有假装正经的时候，这大概是因为他的童年在马萨诸塞州的波士顿度过。法兰克看上去很淡然，但等他见到贴着价签的假阳具和按摩棒，估计就只能装出一副冷静的样子了。

"这儿晚上肯定很热闹。"法兰克说。

"现在就热闹，"汤姆看到两个姑娘含情脉脉地朝他们走来，"咱们坐电车或者搭出租去动物园吧，那儿很好玩。"

法兰克笑着说："又是动物园！"

"我喜欢动物园。等你看到这座动物园就知道了。"汤姆正好见到一辆出租车。

两个姑娘中有一个看起来才十多岁，不施粉黛的脸蛋尤其迷人，两人似乎想和他们一同搭出租，但汤姆礼貌地冲她们笑了笑，摇摇头，摆摆手。

汤姆在动物园门口的报摊买了一份《世界报》，花一分钟浏览了一遍。翻第二遍时，他想看看短新闻里有没有写到关于柏林的绑匪或者法兰克·皮尔森的消息。这次他看得也不仔细，但还是没有相关报道。

"没消息，"汤姆对法兰克说，"就是好消息。咱们进去吧。"

汤姆买了门票，领到两条橘色的、打了孔的带子，这样他们就能搭玩具般的小火车游遍哈根贝克动物园。法兰克欣喜若狂，这让汤姆觉得很高兴。小火车有十五节车厢，是露天的，不用开侧门就能跨上去。火车悄无声息地开过儿童游戏区，孩子们有的伸手抓住橡胶轮胎，沿着缆绳从高处滑下，有的在修了洞穴、隧道和斜坡的双层塑料建筑里爬进爬出。火车经过狮子和大象的园区，人与动物之间似乎能亲密接触。到了鸟园，他们下了车，到小摊买了啤酒和花生，又跳上另一辆火车。

然后他们搭出租到一家很大的港口餐厅。汤姆以前来过，餐厅有玻璃墙，能俯瞰停泊在港口的油轮、白色旅游船和驳船装卸货物、上客下客，水从船只的自动水泵里流出。海鸥时而滑翔，时而俯冲。

"我们明天去巴黎，"午餐上桌后，汤姆说，"怎么样？"

法兰克马上警惕起来，但是看得出他努力让自己心平气和。汤姆想，要么明天去巴黎，要么等他某一天情绪爆发，坚持一个人离开汉堡去别的地方。"我不爱对别人的生活指手画脚，但你终究要面对家人，对吧？"汤姆一边轻声说，一边左顾右盼。左侧是一面玻璃墙，邻近的餐桌在法兰克身后至少一米远的地方。"你总不能接下来几个月一直飞来飞去吧？天天吃你的'农夫早餐'？"

男孩继续吃饭，吃得很慢。刚才他见菜单上有"农夫早餐"，觉得很有趣，就点了这道菜——鱼、家常炸薯条、培根、洋葱，都混在一个大盘子上。"你明天也回巴黎？"

"当然，我要回家。"

吃完午餐，他们散了会儿步，越过一道威尼斯风格的水湾，岸边立着漂亮的尖顶老屋。走在一条商业街的人行道时，法兰克说："我想换点钱。我能进去几分钟吗？"

他是指去银行。"行。"汤姆陪他一起走进银行，男孩排在标记"外币兑换"的窗口前，排队的人不多。法兰克应该没有带本杰明·安德鲁斯的护照，但是用法郎兑换马克不需要护照。汤姆很放心，他早上在法兰克的痣上抹了另外一种药膏。他为啥老想到那颗该死的痣？现在就算有人真的认出法兰克，又有什么关系？法兰克笑着走回来，把马克塞进钱夹。

他们又去了民俗和史前博物馆，汤姆来过一次。这里有各种桌面模型，模拟二战时盟军扔下的燃烧弹把汉堡港炸成平地的场景：九英寸高的仓库着了火，升腾起黄蓝色的火焰。法兰克几乎趴在一个沉船打捞模型上，小船长约三英寸，靠在沙滩边，下面似乎有数米深的海水。又过了一小时，看完身着本杰明·富兰克林时代装束的汉堡市长签署文件、主持纪念仪式的油画后，汤姆开始揉眼睛，想抽根烟。

几分钟后，两人走进一条有许多商店和贩卖鲜花水果的小推车的大道，法兰克问："可以等我一下吗？就五分钟？"

"你要去哪儿？"

"我马上就回来。在这棵树下碰头。"法兰克指着附近的一棵法国梧桐。

"我想知道你去哪儿。"汤姆说。

"相信我。"

"好吧。"汤姆转过身，慢慢地往前走了几步，他怀疑男孩又要逃跑，但同时又提醒自己，不能永远当法兰克·皮尔森的保姆。没错，要是他跑了怎么办——他去银行换了多少钱？他还剩多少法郎或美金？——汤姆就把法兰克的行李箱带回巴黎，送到露特西亚酒店。法兰克今天早上有没有把护照带在身上？汤姆转身朝约好的碰头地点走去，他一眼就认出了那棵法国梧桐，因为树下有位老先生坐在椅子上看报纸。男孩不在那儿，已经不止五分钟了。

又过了一阵，法兰克的身影出现在几个行人中间，他提着一个红白相间的大塑料袋，笑着说："谢谢。"

汤姆松了口气。"买了东西？"

"对，待会儿给你看。"

下一站是处女堤。汤姆记得这条街或者步道的名字，因为里夫斯曾经告诉他从前这里是汉堡的漂亮姑娘们闲逛的地方。游船从与处女堤垂直的一个码头出发，环游阿尔斯特湖。汤姆和法兰克登上其中一艘。

"最后一个自由之日啦！"法兰克说，风把他棕色的头发往后吹，吹得裤子贴在腿上。

他们都不想坐，于是站在游船上层不挡道的一个角落。有个戴白帽子的男人口若悬河地拿着扩音器介绍经过的景点，尤其是一家家建在倾斜的绿草坪上、俯瞰湖水的大酒店，他向众人吹嘘那里的房间价格"贵得数一数二"。汤姆被逗乐了，男孩则望着远处发呆，也许在看海鸥，也许在想特瑞莎，汤姆猜不透。

刚过六点，他们就回到里夫斯家。里夫斯不在，但他在客房收拾整齐的床上留了一张字条："七点前回来，里。"幸亏里夫斯还没回来，汤姆想单独和法兰克聊聊。

"还记得我在丽影对你说过的话吧——跟你父亲有关？"汤姆说。

法兰克先是一愣，然后说："我记得你对我说过的每一句话。"

他们在客厅，汤姆站在窗旁，男孩坐在沙发上。

"当时我说，别告诉任何人你做了什么。千万不要承认。千万不要有一分一秒产生认罪的念头。"

法兰克的视线从汤姆移到地板。

"你是在考虑告诉别人吗？你哥哥？"汤姆随便说了个人，希望能引他开口。

"我没有。"

男孩的声音坚定而低沉，但汤姆还是不大相信他。他很想攘着男孩的肩膀，把他摇醒。他敢这么做吗？不敢。他在害怕什么？无论怎样都摇不醒他？"这件事该让你知道——那东西在哪儿？"汤姆走到沙发一侧的一小叠报纸旁，找出昨天那份，翻到刊登有卢巴斯死者照片的头版，"你昨天在飞机上看过。这个——这个人是我在卢巴斯杀的，在柏林城北。"

"你？"法兰克惊讶得声音高了八度。

"你从没问过我交赎金的地点在哪儿。算了。反正我砸了他的脑袋。就是这样。"

法兰克眨眨眼，望着汤姆。"你之前为啥不告诉我？没错，我认出这家伙了，是那间公寓里的意大利人！"

汤姆点了一根烟。"我告诉你这个，是因为——"因为，哎呀，什么？汤姆停下来理清他的思绪。的确，把某人自己的父亲推下悬崖，和砸碎拿着上了膛的手枪朝你走来的绑匪的头颅，两者虽然不具备可比性，但共同点是夺走了别人的性命。"我杀了那个人——我的生活并不会发生改变。再说他也许本来就恶贯满盈，再说他也不是我杀过的第一个人。好吧，就这些。"

法兰克吃惊地看着他。"你杀过女人吗？"

汤姆大笑起来。他确实需要一场大笑。法兰克没问过他关于迪基·格林里夫的事，也让他松了一口气，因为那是唯一让他觉得有负罪感的一次谋杀。"没有——没杀过女人。从来没这个必要。"汤姆加上一句，突然想起那个笑话：一个英国人告诉朋友，因为老婆要死了，就把她给埋了。"从未遇到过这种情况。女人？你没在考虑吧，法兰克……想杀谁？"

法兰克笑着说："噢，没有谁！怎么可能！"

"那就好。我提这个是因为——"汤姆又一次语塞，但还是努力说下去，"这——我的意思是——"汤姆朝那张报纸示意，"有些事儿过了就过了——人这一辈子还长着呢。没理由一蹶不振。"像他这个年纪的孩子，懂不懂什么叫一蹶不振？那种彻底失败后的一蹶不振？青少年们常常一蹶不振，甚至自杀，就因为他们遇到棘手的问题，比如学业。

法兰克拿右拳的指关节在咖啡桌的尖角来回磨蹭。桌面是玻璃的吗？黑白相间，但不是大理石。法兰克的举动让汤姆很紧张。

"懂我的意思吗？你可以让某件事毁掉你的一生，也可以不受其影响。决定权在你手上。你很幸运，法兰克，你很幸运，这次决定权在你手上，因为没人指控你。"

"我懂。"

汤姆知道，男孩有一部分心思放在失去的爱人特瑞莎身上。是多大一部分呢？命案能找到借口，情伤却很难愈合，汤姆有些手足无措，他紧张地说："别拿手敲桌子好吗？这解决不了任何问题，只会让你拖着流血的手去巴黎。别犯傻！"

男孩捶了一下桌子，力度不重。汤姆试着放松心情，把视线转到一旁。

"我没那么笨，别担心，别担心，"法兰克站起身，双手插进口袋，走到一扇窗户旁，然后转身向着汤姆，"明天的机票。我来订好吗？可以用英语订票吧？"

"当然可以。"

"汉莎航空，"法兰克捡起电话簿，"什么时候，明早十点钟？"

"再早点也行。"汤姆长舒了一口气。法兰克似乎终于缓过来了，或者至少他正朝这个方向努力。

里夫斯进门时，法兰克正好在订九点十五分起飞的航班，乘客名字是雷普利和安德鲁斯。

"今天过得好吗？"里夫斯问。

"很好，谢谢。"汤姆说。

"你好，法兰克。我得先洗个手，"里夫斯沙哑地说，举起灰扑扑的手掌给他们看，"今天搬了画，不是脏——"

"搬了一整天？"汤姆说，"真是一双大力士的手！"

里夫斯清了清喉咙，但仍是一副鸭嗓子。"其实我想说不是干了一天脏活，而是守了一天赃货。你们喝东西了吗？"里夫斯朝浴室走去。

"想出去吃饭吗，里夫斯？"汤姆跟在他身后，"明天我们就走了。"

"不介意的话，算了。家里肯定有吃的。盖比在准备，她应该炖了砂锅菜。"

汤姆想起来了，里夫斯从不爱上餐厅吃饭。他也许想在汉堡保持低调。

"汤姆，"法兰克把汤姆叫到客房，从红白相间的塑料袋里取出一个盒子，"给你的。"

"给我？谢谢，法兰克。"

"你还没打开呢。"

汤姆解开红蓝两色的缎带，打开白色盒子，里面塞了一堆白色薄纸。他发现一个红色的、闪着金光的东西，扯出来一看，是一件晨袍，配了条深红色丝绸腰带，袍边垂下黑色流苏，红色部分点缀着金色的箭头。"真漂亮，"汤姆说，"穿着挺帅。"他脱掉外套。"要我试试吗?"他穿上晨袍，大小刚好，把里面穿的毛衣和裤子换成睡衣会更合身，汤姆瞄了一眼袖口，"不长不短。"

法兰克低头走开了。

汤姆小心地脱下晨袍，铺在床上。晨袍发出悦耳动听的沙沙声，颜色是褐红色，汤姆不太喜欢，柏林绑匪开的车也是褐红色，但要是能和杜本内酒联想在一起的话，他也许能忘掉那辆车。

18

在飞往巴黎的航班上，汤姆注意到法兰克的头发已经留得很长，几乎盖住了脸上的痣。自从八月中旬汤姆建议他把头发留长，他就没理过发。正午到下午一点之间，汤姆会把法兰克送到露特西亚酒店，交给瑟罗和约翰尼·皮尔森。昨晚在里夫斯家，汤姆提醒法兰克要是瑟罗没有帮他把护照捎来，或者叫母亲从缅因州寄来，他该考虑补办一本真护照。

"你看这个了吗？"法兰克递给汤姆一本塑面小开本航空杂志，"有咱们去过的地方。"

是一篇介绍罗密哈格酒吧变装秀的短文。"我敢打赌他们没去过驼峰！这是给游客看的杂志。"汤姆笑着说，尽可能地把腿伸直。坐飞机越来越不舒服了。他坐得起头等舱，但是欧洲各国的货币汇率涨了不少，花太多钱会让人有负罪感，而且他也不想别人看到他坐在头等舱里。为什么呢？每次登机，经过宽敞豪华的头等舱，看到一个个还没起飞就被拔掉的香槟软木塞，他就很想踩这些乘客的脚。

这一回，由于并不期待露特西亚酒店的会面，汤姆提议从机场搭火车到巴黎北站，再打出租车。在北站排队等出租时，他们看到至少三名脚穿白色高筒靴、臀部挂着枪的警察在一旁维持秩序。乘车前往露特西亚酒店途中，法兰克表情紧张，一言不发地盯着窗外。他在想该摆出什么样的姿态吗？对瑟罗是"别碰我"？对哥哥是找个蹩脚的借口，还是和他对着干？法兰克会不会坚持要留在欧洲？

"你也不想让我哥哥为难。"法兰克紧张地说。

汤姆点点头。他希望法兰克平安回家，继续他的生活，去学校，面对他应该面对的事，学会如何生存。十六岁的孩子，尤其是像法兰克这种家庭出身的孩子，还不能离家独自闯荡，像从贫民窟或者不幸家庭出来的孩子一样去街头讨生活。出租车慢慢开到露特西亚酒店的大门。

"我有法郎。"法兰克说。

汤姆让他付了车费。门童帮他们把两个行李箱搬下车，但刚走进招摇的酒店大堂，汤姆就对门童说："我不住这儿，麻烦你帮我寄存半小时就好。"

法兰克也要求寄存。一个行李员走来，给了他们两张单子，汤姆装进口袋。法兰克从前台回来，说瑟罗和他哥哥出去了，一小时内回酒店。

他们居然不在。汤姆看看手表，十二点过七分。"也许他们出去吃午饭了？我到隔壁的咖啡吧打个电话回家，你要去吗？"

"嗯！"法兰克率先走出大门，低着脑袋走在人行道上。

"站直了。"汤姆说。

法兰克马上把背挺直。

"能帮我点杯咖啡吗？"走进咖啡吧时，汤姆对法兰克说。他走下旋转楼梯，找到厕所旁的投币电话。他投进两法郎，免得待会儿手脚一慢，晚了几秒钟投币，电话就被切断。他拨通丽影的号码，安奈特太太接了电话。

"哎呀！"听到他的声音，安奈特太太似乎要晕过去。

"我在巴黎。家里一切都好吗？"

"噢，都好！太太不在家，她和闺蜜出去吃午餐了。"

汤姆注意到了安奈特太太的措辞。"告诉她我今天下午回来，大概——四点。反正六点半之前一定到家。"他加上一句，想到里昂车站从下午两点到五点没有往返巴黎的车次。

"你不要海洛伊丝太太去巴黎接你吗？"

汤姆说不用了。他挂断电话，回到法兰克身边，咖啡已经端上来了。

法兰克坐在吧台旁，面前的可口可乐几乎没有喝。他把嘴里的口香糖吐到从大烟灰缸里捡起的一个捏皱的空烟盒里。"抱歉，我讨厌嚼口香糖，不知怎么的就买了。还有这个。"他推开可口可乐。

男孩走向门边的点唱机，这个盒子正播放一首用法语演唱的美国歌曲。

法兰克走了回来。"家里一切都好吗？"

"嗯，谢谢。"汤姆从口袋里掏出几枚硬币。

"已经付了。"

两人出了咖啡馆。男孩再次埋着脑袋，汤姆一言不发。

汤姆叫法兰克去前台问问，拉尔夫·瑟罗总算回来了。他们坐上一部装饰华丽的电梯，汤姆顿时联想到一幕演出糟糕的瓦格纳歌剧。瑟罗是个冷酷而高傲的人吗？如果是，那就有意思了。

法兰克敲了敲 620 号房的房门，门马上开了，瑟罗热情地迎接男孩进屋，一声不吭，他又看着汤姆，脸上保持微笑。法兰克优雅地把手一扬，领汤姆进去。门关上前，谁也没有说话。瑟罗穿着衬衫，袖子卷起，没有打领带。他是个矮胖子，快四十岁了，红色头发剪得很短、微微卷曲，一张脸棱角分明。

"我的朋友汤姆·雷普利。"法兰克说。

"你好，雷普利先生。——请坐。"瑟罗说。

房间宽敞，有很多椅子和沙发，但汤姆没有马上坐下。右侧有一扇门关着，左侧窗户旁边的门开着，瑟罗去喊约翰尼，对法兰克和汤姆说约翰尼大概在洗淋浴。桌上摆了报纸和一个手提箱，更多的报纸散落在地板上，还有一台晶体管收音机和一台录音机。汤姆猜这里不是卧室，而是两个卧室中间的小客厅。

约翰尼走了进来，他个子很高，脸上挂着微笑，鲜粉红色的衬衫还没来得及塞进裤腰，棕色直发，发色比法兰克淡一些，脸也窄一些。"法兰吉!"他摇着弟弟的右手，几乎给了他一个拥抱，"你好哇?"

这声"你好哇"似乎也说给汤姆听，汤姆觉得一踏进 620 号房，就像是到了美国。法兰克把汤姆介绍给哥哥，两人握了握手。约翰尼看起来是个直率、快乐、随和的人，虽然已经十九岁了，看上去却只有十七八岁。

接下来该谈正事了，瑟罗结结巴巴地开了口。他首先转达皮尔森太太的谢意，叫汤姆放心，说那笔钱已经到了苏黎世银行。

"所有的钱，除了银行手续费，"瑟罗说，"雷普利先生，我们不知道详情，不过——"

你永远也不会知道，汤姆心想，没认真听瑟罗接下来说了什么。他不情愿地坐上一个装了软垫的米黄色沙发，点了一根高卢牌香烟。约翰尼和法兰克在窗边低声交谈，语速飞快。法兰克看起来又生气又紧张。约翰尼提到特瑞莎了吗? 有可能。他见约翰尼耸了耸肩。

"你说警察没有介入，"瑟罗说，"你去了他们的公寓——你怎么做到的?"瑟罗笑得很大声,也许他觉得硬汉对硬汉就该这么笑,"了不起!"

汤姆完全不想搭理瑟罗。"行业秘密。"汤姆说。他还得忍受多久?汤姆站起身。"我得走了,瑟罗先生。"

"走了?"瑟罗还没来得及坐下,"雷普利先生,除了跟你见面——向你表示谢意——我们还不知道你的具体住址!"

要寄酬金给他?"在电话簿里。塞纳-马恩省,维勒佩斯镇,七十七号。——法兰克?"

"是,先生!"

男孩突然满面愁容,和汤姆八月中旬在丽影见到他时一样。"我们能到里面去一下吗?"汤姆问,他指的是约翰尼的房间,房门还开着。

可以,约翰尼说。汤姆领法兰克进了房间,又关上房门。

"别告诉他们那晚发生的事儿——在柏林的那个晚上,"汤姆说,"尤其别说死了个人,好吗?"汤姆到处看,没有发现录音机,只看到床边的地板上有一本《花花公子》,还有几大瓶橘子汽水立在托盘上。

"我肯定不会。"法兰克说。

男孩的眼神似乎比哥哥更成熟。"你可以说——好吧——我没能按时送赎金过去,所以钱在我那儿。好吗?"

"好。"

"我第二次赴约,跟踪了其中一名绑匪,才知道你被关在哪儿。别提那个疯狂的驼峰酒吧!"汤姆忍不住笑起来,笑得弯下了腰。

他们都在笑,笑到快喘不过气来。

"我懂。"法兰克低声说。

汤姆突然揪住男孩的外套，又不好意思地撒手。"千万别提那个死了的人！你保证？"

法兰克点点头。"我知道，我懂你的意思。"

汤姆走回另外一个房间，又转过身。"我的意思是，"他低声说，"点到为止——要是说到汉堡，别提里夫斯的名字。就说你忘了。"

男孩沉默地望着汤姆，眼神很坚定，点点头。两人回到刚才的房间。

瑟罗坐在一把米黄色的椅子上。"雷普利先生——不着急的话，请您再过来坐坐。"

出于礼貌，汤姆坐了下来，法兰克也坐在米黄色的沙发上。约翰尼仍然站在窗边。

"我向您道歉，有几次跟您通电话，言语多有冒犯，"瑟罗说，"我当时还不知道——"他停住话头。

"我想问问，"汤姆说，"关于法兰克失踪和搜寻一事，现在情况如何？你通知了警方，是吗？"

"是这样的——我先告诉了皮尔森太太，说法兰克在柏林，安然无恙——跟你在一起。征得她同意，我通知了这儿的警察。其实我也不需要征得她同意。"

汤姆咬着下嘴唇。"但愿你和皮尔森太太没有向警方提到我的名字。没有这个必要。"

"没有跟这儿的警察说，"瑟罗向汤姆保证，"皮尔森太太——我——没错，我把你的名字告诉了他，但我明确叫她不要对美国警方提到你的名字。美国那边没有参与。这是一次私家调查。我要她跟记者说——她讨厌记者——我们找到了男孩，他正在德国度假。"

甚至要她别说在德国哪里，因为会招来另一宗绑架！"瑟罗轻笑一声，靠着椅背，用大拇指调了调系着黄铜扣子的皮带。

他面带微笑，似乎另一宗绑架案已经把他带到另一个美丽的城市，比如西班牙的马略卡岛。

"希望你能告诉我在柏林发生了什么事，"瑟罗说，"至少描述一下绑匪们的样子，也许——"

"你该不是想去找他们吧，"汤姆的语气中带着惊讶，微笑着说，"算了吧。"他站起身。

瑟罗也站起来，看上去不太满意。"我录了跟他们的通话内容，也许法兰克能多告诉我一点。雷普利先生，你为什么去柏林？"

"噢——法兰克和我想离开维勒佩斯，换个环境，"汤姆觉得这很像观光片或者旅行手册上的话，"去柏林的游客比较少，法兰克也想隐姓埋名一段时间……对了，你这儿有法兰克的护照吗？"汤姆抢先开口，免得瑟罗问他为什么要收留法兰克。

"有，我妈妈用挂号信寄来的。"约翰尼插了一句。

汤姆对法兰克说："你最好把安德鲁斯那本扔了。咱们一块下楼的话，我可以替你保管。"汤姆想把护照寄回汉堡，那里肯定还用得上。

"什么护照？"瑟罗问。

汤姆慢慢朝门边走去。

瑟罗似乎不再追问护照一事，走向汤姆。"也许我和别的侦探不同，也许根本就没有啥侦探。我们手段不同，必要的时候，不是谁都能跟人打一架。"

但他就是一副侦探的模样。汤姆瞄了一眼瑟罗肥胖的身子和肥厚的手掌，小指上戴了一枚校戒。他有没有当过警察？汤姆懒得发问。

"你跟黑帮交过手吧，雷普利先生？"瑟罗友好地问。

"咱们都干过吧？"汤姆说，"每个从东方国家买过地毯的人都是——法兰克，带上护照，准备下楼吧。"

"我今晚不住这儿。"法兰克边说边站起身。

瑟罗看着男孩。"什么意思，法兰克？你的箱子在哪儿？你没带行李？"

"在楼下，和汤姆的一起，"法兰克答道，"我要跟汤姆回去了，今晚住他家。我们今天不回美国吧？反正我不。"法兰克看起来心意已决。

汤姆嘴角微微露出一丝笑容，静候事态发展。他早就料到会发生这种事。

"我们明天回去，"瑟罗双臂交叉，用同样坚定但略带困惑的语气说，"要不要给你母亲打个电话？她一直在等。"

法兰克把头摇得像拨浪鼓。"她打来的话，就说我很好。"

瑟罗说："我希望你待在这儿，法兰克。就一个晚上，待在我眼前。"

"来嘛，法兰吉，"约翰尼说，"你当然跟我们住啦！"

法兰克看了哥哥一眼，似乎不喜欢"法兰吉"这个昵称，他踢了下右脚，虽然脚下并没有东西。他挨近汤姆。"我想走了。"

"听着，"瑟罗说，"就一个晚上——"

"我能跟你去丽影吗？"法兰克问汤姆，"能吧？"

接下来的几秒钟，除了汤姆，每个人都在开口说话。汤姆把家里的号码写在电话旁的便笺簿上，又在下面添上自己的名字。

"咱们就这么跟我母亲说吧，没关系的，"约翰尼告诉瑟罗，"我了解法兰克。"

他了解吗，汤姆表示怀疑，但约翰尼显然一向很信任他的弟弟。

"——会推迟的，"瑟罗恼怒地说，"把你兄长的身份亮出来，约翰尼。"

"我的话可没分量！"约翰尼说。

"我得走了，"法兰克挺直腰板，站得跟汤姆一样高，"汤姆写了他的号码。我看到了。再见，瑟罗先生。回头见，约翰尼。"

"明儿早上，是吧？"约翰尼跟在汤姆和法兰克身后出了房间，"雷普利先生——"

"你可以叫我汤姆。"他们进了过道，一起朝电梯走去。

"不欢而散的一次会面，"约翰尼一本正经地对汤姆说，"最近实在太忙了。我知道你一直在照顾我弟弟，救了他的命。"

"这个嘛——"汤姆能看清约翰尼鼻子上的雀斑，他的眼睛长得和法兰克一样，只是多了些笑意。

"拉尔夫说话就那样——直来直去的。"约翰尼继续说。

瑟罗也加入队伍。"我们打算明天出发，雷普利先生。我能明天早上九点左右打电话给你吗？那时机票应该已经订好了。"

汤姆点点头。法兰克已经按下电梯。"行，瑟罗先生。"

约翰尼伸出手。"谢谢，雷——汤姆。我母亲一直以为——"

瑟罗做了个手势，要约翰尼别说下去。

但约翰尼继续说道："她不知道你是怎样的人。"

"噢，住口吧！"法兰克尴尬地扭动身子。

电梯门打开，仿佛张开双臂喊着"欢迎光临！"汤姆赶紧踏进电梯，法兰克紧随其后。汤姆按了按钮，电梯开始下行。

"呼！"法兰克拿手掌拍了一下额头。

汤姆笑起来，靠着瓦格纳风格的电梯内壁。下了两层后，有一男一女走进来，女子喷了昂贵的香水，熏得汤姆直后退。她身上黄蓝色条纹的连衣裙看起来也很贵，黑色漆皮高跟鞋让汤姆想起他留在柏林绑匪公寓的那一只或者一双高跟鞋，要是被邻居或警察发现，一定很意外。回到大堂，汤姆取了两人的行李，直到他站在人行道上，等门童帮忙叫出租，才觉得呼吸顺畅了些。很快来了一辆，两个女子下了车，汤姆和法兰克跳上车，朝里昂车站开去。他们赶得上两点十八分那班，还能多出几分钟，免得傻等几个小时坐五点钟那班。法兰克凝视着车窗外，他眼神热切，像是进入梦境，身体却僵硬得像一尊雕像，汤姆觉得是守在教堂大门两侧睡眼惺忪却尽职尽责的天使雕像。汤姆买了头等车厢的票，又在列车旁边的报摊买了一份《世界报》。

火车刚开动，法兰克就拿出在汉堡的一家书店买的平装本《英伦乡野手记》，汤姆记得当时那么多书，他偏偏选了这本。汤姆扫了一眼《世界报》，读完一篇讨论左派的专栏，发现没什么新意，便把《世界报》放在法兰克旁边的座位，伸出双脚压在上面。法兰克没有看他，他是在假装专心看书吗？

默伦到了。男孩继续看书，几分钟后，他把书中的一个句子指给汤姆看。"我们在缅因州的花园里种了这些。我父亲从英国订的。"

这句话写了一种汤姆从没听说过的英国野花，花瓣是黄色，有时为紫色，早春时节开花。汤姆点点头。他过于担心，想得太多，反而毫无益处。

到了莫雷站，他们下了车，从等在路旁的两辆出租车中叫来一辆。汤姆的心情好多了。这儿是他的家，能看到熟悉的房屋，熟悉的树，还有横跨卢万河的塔桥。他还记得第一次带男孩回布婷太太家的情景，记得他对男孩的话半信半疑，不明白男孩为什么要找到他。出租车驶过丽影敞开的大门，碾上碎石路，停在台阶前。汤姆高兴地看到停在车库里的红色奔驰，另一间车库的门关着，雷诺车应该也在里面。海洛伊丝在家。汤姆付了车费。

"你好，汤姆先生！"安奈特太太站在台阶上，"比利先生，欢迎！"

她似乎对比利的再次出现一点都不吃惊。"家里没事吧？"他轻轻吻了一下安奈特太太的脸颊。

"都很好，海洛伊丝太太很担心——担心了一两天。快进来。"

到了客厅，海洛伊丝朝他走来，扑进他的怀抱。"汤米，你终于回来了！"

"我走了很久了吗？——比利也来了。"

"你好，海洛伊丝。我又来打扰了，"男孩用法语说，"可以的话——我只打扰一晚上。"

"哪有打扰。"她眨眨眼，伸出一只手。

她一眨眼，汤姆就明白了，海洛伊丝肯定知道男孩的身份。"说来话长，"汤姆开心地说，"但我得先把行李弄上楼，所以——"他一时不知道该叫男孩哪个名字，于是朝他做了个手势。两人把行李箱搬上楼。

汤姆闻到橘子和香草的味道，安奈特太太忙着烘焙，不然准会跑来抢着拎行李箱，但汤姆肯定会阻止她，因为他不喜欢看女人提男人的行李。

"哇，回家真好！"汤姆站在楼上过道里说，"法兰克，你住空房吧，除非——"他拉开一道门缝，确认客房现在没有人住，"但你可以用我的厕所。我要和你谈谈，待会儿进来找我。"汤姆走进自己房间，取出箱子里的衣服，该挂的挂，该洗的洗。

男孩一脸不安地走进房间，他注意到海洛伊丝的态度发生了微妙变化。

"嗯，海洛伊丝猜到了，"汤姆说，"但有什么好担心的？"

"只要她不认为我是个冒牌货。"

"这我也不担心——我在想那个闻起来很香的蛋糕或啥的是下午的茶点，还是晚餐要吃的？"

"安奈特太太呢？"法兰克问。

汤姆笑起来。"她似乎想叫你比利，但她也许比海洛伊丝更早发现你是谁。安奈特太太看八卦小报。反正等你明天出示护照，大家就知道了——怎么啦？你还不好意思吗？——咱们下楼吧。把你要洗的东西扔到地上，我叫安奈特太太洗，明天早上就干了。"

法兰克回到自己房间，汤姆走到楼下的客厅。天气晴朗，打开的落地窗对着花园。

"我当然知道，我看了照片，有两张，"海洛伊丝说，"安奈特太太给我看了第一张。——他为啥离家出走？"

安奈特太太正好端着茶盘进来。

"他想离家一阵子，从美国走的时候，拿了哥哥的护照。他明天回去，回美国。"

"是吗？"海洛伊丝惊讶地问，"一个人？"

"我刚和他哥哥约翰尼见了面——还有他家请的侦探，都住在巴黎的露特西亚酒店。我在柏林时跟他们联系上的。"

"柏林？我以为你们在汉堡。"

男孩走下楼梯。

海洛伊丝帮大家倒茶。安奈特太太回了厨房。

"艾瑞克住在柏林,"汤姆继续说,"艾瑞克·兰兹,上周来过我们家。请坐,法兰克。"

"你们在柏林干吗?"海洛伊丝问,仿佛那里是一处军事要塞,或者游客从来不考虑的度假地点。

"噢——就到处逛逛。"

"要回家了,觉得高兴吧,法兰克?"海洛伊丝一边问,一边递给他一块橘子蛋糕。

男孩心情不好,但汤姆假装没看见,从沙发上起身,走到电话机旁安奈特太太平时放信的地方。那里堆了六七封信,有几封看起来像账单。一封是杰夫·康斯坦寄来的。汤姆很想知道信上写了什么,但他没有拆开。

"你在柏林时和妈妈通过话吗?"海洛伊丝问法兰克。

"没有。"法兰克说,费劲地咽了一口蛋糕,像是在吞一把沙子。

"柏林怎么样?"海洛伊丝看着汤姆。

"独一无二,就像他们形容威尼斯一样,"汤姆说,"每个人都能做自己喜欢的事,你说是不,法兰克?"

法兰克拿手指关节揉着左眼,扭动身体。

汤姆放弃了。"嘿——法兰克,上楼去打个盹吧,"他转头对海洛伊丝说,"昨晚在汉堡被里夫斯弄到很晚才睡——我晚餐时再叫你,法兰克。"

法兰克站起身,冲海洛伊丝微微鞠躬行礼,但喉咙太紧,说不出话来。

"怎么回事?"海洛伊丝低声问,"汉堡——昨晚?"

男孩已经上了楼。

"呃——别管汉堡的事了。法兰克上周日在柏林被绑架了,到周二早上,我才把他救出来。他们给他——"

"被绑架了?"

"我知道报上没登。绑匪给他吃了很多镇静类药物,药效还没过。"

海洛伊丝睁大眼睛,又眨了眨,但眨眼的方式跟刚才不一样。她的眼睛睁得很大,大得让汤姆能看见从瞳孔中释放出的、穿过蓝色虹膜的深蓝色射线。"我没听说什么绑架的事。他的家人付了赎金?"

"没有,哦,有,但是没付给绑匪。我找个时间单独告诉你。你突然让我想起了柏林水族馆里的印章鱼,是一种神奇的小鱼!我买了几张明信片,待会儿给你看!尤其是眼睫毛——好像有人给鱼儿的眼睛画了一圈,又黑又长!"

"我可没有又黑又长的睫毛!——汤姆,关于绑架的事,之前你没找到他,是什么意思?"

"改天吧,详情我慢慢告诉你。反正你也看到了,我们都没受伤。"

"他妈妈呢,知道绑架的事吗?"

"肯定知道,因为要筹赎金。我只是——我告诉你这些,是想说明那孩子今晚为什么有点奇怪,他——"

"他很奇怪。他当初为什么离家出走?你知道吗?"

"不太清楚。"汤姆知道,自己永远不会把法兰克告诉他的事透露给海洛伊丝。哪些事能告诉她,哪些事该瞒着她,汤姆心头像秤杆上的刻度一样清清楚楚。

19

汤姆读了杰夫的信，放了心，因为杰夫许诺会把一堆半成品和完全失败的素描"撕得粉碎"，都是伯纳德·塔夫茨的接班人模仿的德瓦特作品，质量低劣，却源源不绝。汤姆查看了温室，摘下一个安奈特太太漏掉的熟西红柿，又冲了个淋浴，换上干净的牛仔裤。他还给海洛伊丝刚买的衣帽架抛了光。架子上有弯曲的木头挂钩，黄铜钩尖让汤姆联想到美国西部的牛角。让汤姆吃惊的是，海洛伊丝告诉他衣帽架的确来自美国，看来价格不菲，不过汤姆没有问。海洛伊丝对这个架子情有独钟，美式的粗犷风格让家里多了几分喜气。

八点钟，汤姆开了两瓶啤酒，叫法兰克下楼吃晚餐。汤姆本来叫法兰克去打个盹儿，结果他却没睡。汤姆听海洛伊丝讲家人的近况，说她妈妈身体没有大碍，无需动手术，但是医生要求不沾盐、不沾脂肪，汤姆心想，法国的医生面对无法诊断的病人时，就爱开这种老掉牙的处方。海洛伊丝说下午已经给家里打过电话，告诉父母她今晚不能回去陪他们吃饭，因为汤姆刚到家。

他们在客厅喝咖啡。

"我来放你喜欢的唱片。"海洛伊丝对法兰克说，然后开始播放娄·里德的专辑《改变者》，唱片第二面的第一首歌是《化妆》。

> 你熟睡的面孔如此高贵庄严，

之后你就睁开了双眼……

然后拿来蜜佛佛陀一号粉饼，

眼线膏，玫瑰腮红和唇彩多可爱！

你是个漂亮的小女孩……

法兰克埋头喝着咖啡。

汤姆去电话桌上找雪茄盒，没在那里。也许那盒抽完了，新买的在他房间里，但为了抽一根雪茄，他懒得爬上楼去。海洛伊丝放这张唱片，让汤姆觉得很对不起法兰克，因为他会想起特瑞莎。法兰克的内心饱受煎熬，他会不会想独自待着？还是听着令人心碎的音乐，渴望他和海洛伊丝的陪伴？也许第二首歌会合适一点。

爱之卫星……

升向火星……

我听人说你一直大大咧咧

跟哈利、马克和约翰在一起……

那种事情令我疯狂……

我看了那么一会儿……

我喜欢电视上那些事……

娄·里德的美国口音唱得从容不迫，曲调轻松而简单，但要是有人非得换一个角度解读，歌词也许描写了个人的情感危机。汤姆冲海洛伊丝使个眼色，意思是"请关掉"，然后从扶手椅上站起来。"很好听——要不再来点古典乐？阿尔贝尼兹怎么样？我也爱听。"他们买了一张新录制的《伊比利亚组曲》，由米歇尔·布洛克演奏钢琴，资深乐评家说他的演绎超越了同时代的其他钢琴家。海洛伊丝换了唱片。这张好听多了！相比之下，古典乐像一首隽永的音诗，不受歌词限制。法兰克瞅了瞅汤姆，眼中闪过一丝感激。

"我要上楼了，"海洛伊丝说，"晚安，法兰克，希望明早还能见到你。"

法兰克站起来。"好，晚安，海洛伊丝。"

她走上楼梯。

汤姆能感觉到海洛伊丝是在暗示他也早点上楼。她还有更多问题想问。

铃声响起，汤姆把音量调低，拿起电话，是拉尔夫·瑟罗从巴黎打来的，他想知道汤姆和男孩有没有到家，汤姆说已经平安到达。

"我订了明天十二点四十五分从戴高乐机场起飞的航班，"瑟罗说，"你看看法兰克能赶上吗？他在吗？我想跟他通话。"

法兰克在一旁拼命摆手。"他上楼了，已经上床睡了，但我保证他会赶到巴黎，是哪家航空公司？"

"环球航空，562 号航班。他最好能在明早十点到十点半之间来露特西亚酒店，我们再搭出租去机场。"

"好，没问题。"

"我今天下午没来得及问，雷普利先生，你肯定花了不少钱。你告诉我，我来处理。给我写信，请皮尔森太太转交，法兰克能给你她的地址。"

"谢谢。"

"明天早上能见到你吗？我希望你——呃——带法兰克过来。"

"行，瑟罗先生，"汤姆微笑着挂断电话，对法兰克说，"瑟罗订了明天中午的机票。你十点左右到酒店。没问题，有很多早班列车，我也可以开车送你过去。"

"哦，算了。"法兰克礼貌地说。

"你保证自己会过去？"

"我会去的。"

汤姆心头像是放下一块巨石，却不敢表露出来。

"我在想，你能不能陪我一起去——但又觉得这会不会太过分。"法兰克插在裤兜里的手捏成拳头，下巴微微发抖。

陪他去哪儿？"坐下，法兰克。"

男孩不想坐下。"我要面对一切，我知道。"

"什么一切？"

"告诉他们我做了什么——对我父亲。"法兰克回答道，仿佛替自己判了死刑。

"我告诉过你别这么做，"汤姆轻声说，虽然他知道海洛伊丝就在楼上自己的房间，或者在后面的浴室，"没必要这么做，你知道的，为什么又重提这件事？"

"要是我有特瑞莎，我就不会，我保证，但我连她都失去了。"

又是这条死路——特瑞莎。

"我自杀好了，不然还能怎样？我不是在威胁你，那就太愚蠢了，"他看着汤姆的眼睛，"我是在讲道理。我在楼上思考了我的人生，想了一下午。"

十六年的人生。汤姆点点头，然后开始说连自己都不相信的话："也许你没有失去特瑞莎。也许她只是这几个星期对某人产生了兴趣，一厢情愿而已。姑娘们爱玩，你懂的，但她肯定知道你是认真的。"

法兰克挤出一丝微笑。"有什么用？那个家伙年纪比我大。"

"听着，法兰克——"让法兰克在丽影多待一天，跟他讲道理，会不会有好处？恐怕很难，"反正你记住——别告诉任何人。"

"这该由我自己决定。"法兰克的语气出奇的冷静。

汤姆在考虑，自己是不是该和法兰克一起去美国？看看他和妈妈重逢后的第一天是如何相处的，免得他一不小心说漏嘴。"我明天陪你去吧？"

"去巴黎？"

"我是说去美国。"他本以为法兰克会舒缓紧张的心情，受到鼓舞，谁知他只是耸了耸肩。

"行啊，但那有什么用——"

"法兰克，你必须撑住。——你不想我跟你一块去？"

"想啊。你可是我唯一的朋友。"

汤姆摇摇头说："我不是你唯一的朋友，只是你唯一的倾诉对象。好吧，我跟你去。我得去和海洛伊丝说一声。——你该上楼去睡了吧？"

男孩跟着汤姆爬上楼梯，汤姆说了声"晚安，明天见"，然后敲开海洛伊丝的房门。她躺在床上，胳膊肘靠着枕头，正在读一本平装书，是那本看旧了的《奥登诗选》。她喜欢奥登的诗，因为文字很"清澈"。这时候读诗好像很奇怪，但谁知道呢，也许睡觉前就适合读读诗。汤姆看着她的眼神从虚幻游回现实，游到他和法兰克身边。

"我明天和法兰克一起去美国，"汤姆说，"只待两三天。"

"为什么？——汤姆，有很多事儿没告诉我。你什么都没告诉我。"她把书丢到一旁，但没有生气。

汤姆突然想到有些事可以讲给海洛伊丝听。"他爱上了一个美国姑娘，那姑娘最近找了别人，所以他心情糟透了。"

"这就是你要陪他去美国的原因？——在柏林究竟发生了什么事？你还在保护他，帮他躲开——犯罪团伙？"

"没有！绑架案发生在柏林。我和法兰克去森林里散步，一两分钟没见——他们就把他抓走了。我和绑匪约了时间——"汤姆顿了一下，"反正我把他从绑匪住的公寓弄出来了。他吃了镇静类药物，昏昏沉沉的——现在都还有一点药效。"

海洛伊丝似乎不太相信。"都发生在柏林——城里？"

"对，西柏林。比你想象中大多了，"汤姆本来坐在海洛伊丝的床沿，现在站起身来，"你别担心明天的事，我很快就回来——你具体什么时候搭游轮出行？九月底前，是吧？"今天是九月一日。

"二十八号——汤姆，你究竟在担心什么？你觉得他们还会去绑架那孩子？同一帮人？"

汤姆笑起来。"当然不是！他们是柏林城里的一帮浑小子！就四个人——我敢肯定他们现在个个吓得半死，躲起来了。"

"你还有些事没告诉我。"海洛伊丝既没有生气，也不带讥讽，介于两者之间。

"也许是吧，不过我以后会告诉你。"

"你上次就这么说过，关于——"海洛伊丝停下来，低头望着自己的手。

她指的是莫奇森？他失踪了，原因至今都是个谜。这个美国人死在丽影的酒窖里，汤姆拿酒瓶砸了他。汤姆还记得那是一瓶上好的玛尔戈红葡萄酒。没错，他从没告诉海洛伊丝自己把莫奇森的尸体拖出了酒窖，也没告诉过她酒窖水泥地面上那一大块至今都刷不掉的深红色污渍并不完全是酒的红酒。"反正——"汤姆朝门口缓缓移动。

海洛伊丝抬起头，看着他。

汤姆跪在床边，伸出手臂紧紧搂住她，脸贴着盖在她身上的被单。

她用手指梳理他的头发。"会遇到什么危险？你就不能告诉我吗？"

汤姆自己也不知道。"没危险，"他站起来，"晚安，亲爱的。"

汤姆走进过道，见男孩的房间还亮着灯，从旁边经过时，房门开着一条缝，法兰克叫了他一声。他走进去，法兰克关上门。男孩换了睡衣，拉开了被单，但还没躺上床。

"刚才在楼下，我真像个胆小鬼，"法兰克说，"我是指我说那些话的方式，用词错误，还差点哭鼻子，天哪！"

"那又怎样？没关系。"

男孩走过地毯，低头看着自己的光脚。"我想失去自我。相比自杀，失去自我的效果更好。这都是因为特瑞莎。要是我能像蒸汽一样消散就好了。"

"你的意思是失去身份？还想失去什么？"

"失去所有的东西——有一次跟特瑞莎在一起，我以为把皮夹丢了，"法兰克笑着说，"我们在纽约的一家餐厅吃饭，我准备付钱，却找不到皮夹。我记得几分钟前才把它掏出来，也许掉地上了。我们坐的长凳，我钻到桌子底下找，还是没找到，然后我想，也许忘在家里了！跟特瑞莎在一起的时候，我脑袋总是晕乎乎的。没错，快要昏倒的感觉。从我第一次见到她，每次都是，叫人无法呼吸。"

汤姆同情地闭上眼睛。"法兰克，跟女孩子在一起的时候，即使心头紧张得不得了，也绝对不能表现出来。"

"是，先生——反正，那一天，特瑞莎说：'你一定没弄丢，再找找看。'后来，连侍者都过来帮我找，特瑞莎说她来付钱，拿钱包时，却发现我的皮夹装在她的手包里，因为我太紧张，提早把皮夹掏出来了。每次和特瑞莎在一起都这样，本来以为很尴尬——却每每出现转机。"

汤姆明白。弗洛伊德也明白。这个姑娘是法兰克的幸运女神吗？汤姆表示怀疑。

"我还可以给你讲另外一个故事，跟刚才那个差不多，但我不想害你听得打瞌睡。"

他想说明什么？他只是想聊聊特瑞莎的事？

"汤姆，我真的想失去一切，没错，甚至我的生命。很难用语言来描述。也许我可以向特瑞莎解释，或者至少跟她说点什么，但是现在她根本不在乎。她厌倦了我。"

汤姆抽出一根烟点燃。男孩还活在梦境，需要有人把他拉回现实。"差点忘了，法兰克，安德鲁斯的护照，能给我吗？"汤姆指着法兰克挂在直靠背椅上的外套。

"去拿吧，就在里面。"法兰克说。

汤姆从内袋拿出护照。"这个要还给里夫斯，"汤姆清清嗓子，继续说道，"我该不该告诉你，我在家里杀过一个人？很吓人，是吧？就在这栋房子。——我可以告诉你原因，就是楼下壁炉上的那幅画，叫《椅子上的男人》——"汤姆突然发觉不能告诉法兰克那幅画是赝品，也不能告诉他市面上很多德瓦特的画都是伪作。万一法兰克几个月或者几年后告诉别人怎么办？

"是吗，我喜欢那幅画，"法兰克说，"那个人要偷画？"

"不是！"汤姆往后仰起头，笑着说，"点到为止，我们俩在某些方面很像，你不觉得吗，法兰克？"他有没有在男孩眼中看到一丝安慰？"晚安，法兰克，我八点左右叫你起床。"

回到房间，汤姆发现安奈特太太已经把行李箱里的东西都拿了出来，他得重新收拾，从剃须套装开始装。要送给海洛伊丝的蓝色手包摆在书桌上，还装在白色塑料袋里，外面套着盒子。汤姆决定明天早上偷偷把盒子放进她的房间，等他离开后，给她一个惊喜。现在是十一点过五分，虽然房间里有电话，他还是决定下楼给瑟罗打电话。

约翰尼接起电话，说瑟罗在冲澡。

"你弟弟要我明天陪他一起走，我同意了，"汤姆说，"我是指美国。"

"噢，真的吗？"约翰尼很高兴，"拉尔夫来了，是汤姆·雷普利。"约翰尼把电话递给瑟罗。

汤姆又解释了一遍。"你能帮我订一张这个航班的机票吗？还是我晚上自己试试？"

"我来处理。肯定能订到，"瑟罗说，"是法兰克的主意？"

"是的。"

"行，汤姆，明早十点见。"

汤姆又冲了个热水澡，盼着尽快入睡。那天早上他还在汉堡，亲爱的老里夫斯此刻在做什么？在公寓里喝着爽口的白葡萄酒跟人做成又一笔交易？汤姆决定明早再收拾行李。

他关了灯，躺在床上，思考着代沟问题。每一代人都会面对这个问题吧？这一辈人和下一辈人，年龄难道不会重叠吗？所以谁能说出每隔二十五年的、从这一辈步入下一辈的变化期在什么时候？

汤姆试着想象法兰克出生时的世界，那一年披头士乐队继汉堡演出之后，在伦敦崭露头角，然后去美国巡演，改变了流行乐坛的面貌。法兰克七岁时，人类登上月球，联合国作为一个维持世界和平的组织开始被人嘲笑、利用。联合国之前是国际联盟，对吧？国际联盟已经成为历史，未能阻挡佛朗哥和希特勒。每一代人似乎都会放弃一些东西，然后拼命寻找和追求新鲜的事物。现在的年轻人崇尚上师、克里须那教或者统一教会，还有永不落伍的流行音乐——抗议社会的人变成灵魂歌手。汤姆还听到或者读到一个说法：谈恋爱已经过时了，但法兰克从没这么说，他也许是个例外，甚至还承认自己在恋爱。"玩酷，冷淡"是年轻人念叨的信条。很多年轻人不相信婚姻，只想同居，偶尔生个孩子。

法兰克现在处于哪个阶段？他说想失去自我。他的意思是放弃皮尔森家族的责任？自杀？改名换姓？法兰克想追求什么？浓浓的睡意袭来，汤姆无法思考下去。窗外有只猫头鹰在叫，"啾——呼！啾——呼！"。九月初了，丽影正步入秋冬季节。

20

　　海洛伊丝开车送汤姆和法兰克到莫雷火车站。她本想直接送他们去巴黎，但是她今晚要去尚蒂伊镇看父母，所以汤姆劝她打消了去巴黎的念头。送别时，她祝两人一路平安，还吻了法兰克一下。

　　汤姆没在莫雷火车站买到刊登八卦消息的《法兰西周日报》，但一到里昂车站，他马上买了一份。才过九点，汤姆停下脚步，翻开报纸，在第二版看到法兰克·皮尔森的名字，配了旧护照照片，大小仅占一个专栏版面，新闻标题是《失踪美国企业家继承人在德国度假》。汤姆扫了一眼专栏，生怕找到自己的名字。幸好没有。拉尔夫·瑟罗是否终于做了一件值得夸奖的事？汤姆如释重负。

　　"没啥吓人的，"汤姆对法兰克说，"你要看看吗？"

　　"算了，谢谢。"法兰克故意把头抬得很高，看来心情又不好了。

　　他们加入打车的队伍，乘出租前往露特西亚酒店，走进大堂时，瑟罗正在前台签支票付房费。

　　"早安，汤姆。——嗨，法兰克！约翰尼还在楼上看行李有没有都搬下来。"

　　汤姆和法兰克等了一阵。约翰尼出现在电梯口，手里拎着几个旅行包。他笑着对弟弟说："你早上看《论坛报》了吗？"

　　他们出门太早，来不及看《论坛报》，而且汤姆也没想着要买。约翰尼告诉弟弟，《论坛报》上说他被人找到了，正在德国度假。汤姆心想，法兰克现在应该在哪儿呢？不过他没有抛出这个问题。

法兰克说："我知道。"表情有些不自然。

他们需要两辆出租车。法兰克想和汤姆坐，但汤姆建议他和哥哥坐一辆，因为自己想跟拉尔夫·瑟罗单独相处几分钟，说不定会有意外的收获。

"你认识皮尔森家的人很久了吧？"汤姆以平和愉快的语调发问。

"嗯，我认识约翰六七年了。我是杰克·戴蒙德的合伙人，他也是私家侦探。杰克回了我的老家旧金山，我一直待在纽约。"

"幸好报上没有大肆报道法兰克被找到的消息。是你的功劳吧？"汤姆问，想借机说一句恭维话。

"估计是，"瑟罗似乎很满意，"我尽量给这件事降温。但愿没有记者守在机场——法兰克讨厌这些，我知道。"

瑟罗的身上散发出男士香水的味道，汤姆慢慢缩到座位角落。"约翰·皮尔森是个怎样的人？"

"噢——"瑟罗点了一根烟，"他是个天才，绝对是。也许我无法理解像他那样的人。他活着就是为了工作——或者赚钱，这是他给自己打分的标准。也许比起他的家人，金钱更能带给他安全感。他对生意了如指掌。他白手起家，没有富爸爸助他一臂之力。约翰从买下康涅狄格州一家濒临破产的杂货店起步，慢慢做大做强，但他始终没有离开食品生产线。"

汤姆常听人提到，食物是安全感的另一个来源。他等瑟罗继续往下说。

"他的第一段婚姻——他娶了一个康涅狄格州的富家小姐。我猜她让他提不起兴趣。还好两人没生孩子。后来他老婆遇到另外一个男人，对方愿意花更多时间陪她，于是他们就离了婚，没有声张，"瑟罗瞅了汤姆一眼，"那时我还不认识约翰，但我听说过这些事。约翰向来工作勤奋，希望自己和家人能有最好的生活。"瑟罗带着尊敬的口吻说。

"他快乐吗？"

瑟罗望着窗外，摇了摇头。"管那么多钱，谁能快乐？就像统治一个庞大的帝国。——他有个好妻子，莉莉，有听话的儿子，还有遍布各地的房子——也许像他这样的人，拥有这些很自然。谁知道呢？不过他肯定比霍华德·休斯幸福多了，"瑟罗笑起来，"那人疯了！"

"你为什么觉得约翰·皮尔森是自杀的？"

"我不能肯定他是自杀，"瑟罗望着汤姆，"你什么意思？法兰克这么认为？"瑟罗的语气很轻松。

瑟罗是否在试探他？探法兰克的口风？汤姆也故意慢慢地摇头，这时，朝北行驶在环城大道的出租车正好突然变道，超了一辆大卡车。"没有，法兰克什么都没说。他的说法跟报上一样，可能是意外，或者自杀。——你觉得呢？"

瑟罗似乎在思考，但薄薄的嘴唇挤出一丝善意的微笑。"我觉得是自杀，不是意外——我也不清楚，"瑟罗对汤姆说，"只是瞎猜。他已经六十多了。一个半身不遂、过去十年都坐在轮椅上的人，怎么快乐得起来？约翰一直想让自己开心——但他也许受够了？谁知道呢。但他去悬崖边不下数百次，那天也没有强风能把他吹下去。"

汤姆很满意。瑟罗似乎没有怀疑法兰克。"那莉莉呢？她是啥样的人？"

"她来自另一个世界。约翰遇到她时,她还是个演员。——你为什么要问这些?"

"因为我可能会见到她,"汤姆笑着说,"两个儿子,她更爱哪一个?"

瑟罗笑起来,这种简单的问题让人没什么心理负担。"你肯定觉得我和他们家很熟。其实没那么熟。"

汤姆没有追问下去。车子从环城大道出了"小教堂门",拐进一条十五公里长的公路,路边风景索然,径直通往戴高乐机场。在汤姆眼中,这座机场和"美丽城"一样丑得招人厌,但好歹"美丽城"里还有漂亮的展品可看。

"你平时怎么打发时间,雷普利先生?"瑟罗问,"听说你没有固定的工作,我是指,有间办公室那种的——"

这对汤姆来说也算是个简单的问题,他不止一次回答过。他说自己要打理花园,要学大键琴,还喜欢读法语和德语的书,一直想提高自己的语言水平。他能感觉到,瑟罗把他视为从火星来的怪人,很不招人喜欢。但汤姆并不在乎。他与比瑟罗更糟糕的人打过交道。他心里清楚,瑟罗觉得自己是个骗子,只是运气好,娶了一个有钱的法国女人。他是个小白脸、寄生虫和懒汉。汤姆的脸上一直和颜悦色,因为说不定哪天他需要瑟罗帮帮忙,或者将瑟罗拉拢过来,为自己效力。瑟罗这辈子有没有拼过命,比如像他死守德瓦特的名声一样——准确地说,是德瓦特的伪作,但至少前期的作品是如假包换的真迹?瑟罗有没有像他一样杀过一两个黑帮分子,或者对付过现在所谓的"有组织犯罪团伙",例如皮条客、敲竹杠的?

"苏西呢?"汤姆又开了口,"你应该见过她吧?"

"苏西?噢,那个管家。当然。她在家里好多年了。老得快走不动了，但是他们不想——让她退休。"

到了机场，他们没找到推车，只好拖着所有的行李前往环球航空的值机柜台。突然，有两三个摄影师举起相机蹲在队伍两旁，汤姆低下脑袋，法兰克也镇定地拿手遮住脸。瑟罗同情地冲汤姆摇摇头。一名记者用带着法语口音的英语问法兰克：

"你在德国玩得愉快吗，皮尔森先生？——你对法国的印象如何？——为什么——为什么你要躲起来？"

记者把又大又黑的相机垂在胸前，挂绳绕在脖子上，汤姆差点按捺不住，想把相机拽下来砸他的脑袋。见法兰克转过身去，记者拿起相机，对着法兰克咔嚓咔嚓按动快门。

办完值机手续后，瑟罗冲到前面，像一个美式橄榄球前锋一样用肩膀把四五个记者撞到一边，他们直接走向通往五号航站楼的电梯，护照检查处能把记者挡在后面。

"我要和我朋友挨着坐。"登机后，法兰克对空姐说。他指的是汤姆。

汤姆让法兰克去协调。一个乘客愿意和他换位子，这样汤姆和法兰克就能肩并肩坐在一排可以容纳六个人的座位上，汤姆靠着过道。机型不是协和式，所以接下来七个小时很难熬。奇怪的是，瑟罗居然没有买头等舱的票。

"你和瑟罗聊的什么？"法兰克问。

"随便聊聊。他问我平时怎么打发时间，"汤姆笑着说，"你和约翰尼呢？"

"也是随便聊。"法兰克随口答道。汤姆熟悉他的说话风格，所以并不在意。

但愿法兰克和约翰尼没有聊特瑞莎的事，因为约翰尼对失恋这种事好像没什么同情心。汤姆带了三本书，都装在格子纹的手提袋里。不出所料，飞机上载了三个不知疲倦的美国小孩，开始在过道跑来跑去。汤姆本以为他和法兰克能躲过一劫，因为他们的座位和小孩的至少隔了十八排。汤姆尝试看书、打盹、想问题——但刻意地想，却什么也想不出来。灵感或者好点子都是突然蹦出来的。半梦半醒间，"演技"一词突然在他耳边或者脑袋里出现，他惊醒过来，坐端正，一边眨眼，一边看着机舱正中屏幕上播放的彩色西部片，他没戴耳机，听不见声音。如何表演？他准备去皮尔森家做什么？

汤姆又拿起书。当那几个四岁的讨厌鬼中的一个再次叽里呱啦地顺着过道跑来时，汤姆伸了个懒腰，悄悄把一只脚伸进过道。那个小怪物摔了个狗吃屎，几秒钟后，客舱里响起一声犹如报丧女妖的哀嚎。汤姆假装睡觉。不知从哪里走来一个空姐，懒洋洋地把小鬼从地上扶起来。汤姆看见坐在过道另一侧的男人也露出满意的笑容，看来讨厌小鬼的不止汤姆一个人。那孩子被领回了座位，等他恢复元气，肯定会变本加厉。汤姆心想，到那时候，他要把绊倒小鬼的乐趣留给那一位乘客。

抵达纽约时，已经过了中午。汤姆伸长脖子望着窗外，像往常一样兴奋地俯瞰曼哈顿的摩天大楼，楼群被蓬松的白色、黄色云朵萦绕，宛如一幅印象派画作。真是美得叫人惊叹！世界上没有哪座城市能在如此狭小的地盘容下如此多高楼！紧接着，一声闷响，飞机降落在跑道，继续滑行。护照、行李、搜身。一个脸色红润的男人来接他们，法兰克告诉汤姆说他是司机尤金。尤金五短身材，秃顶。见到法兰克，他看起来很高兴。

"法兰克！你好吗？"尤金友善而彬彬有礼，举止也很得体。他讲一口英国腔，衣着普通，穿衬衫，打领带。"瑟罗先生，欢迎！——约翰尼！"

"你好，尤金，"瑟罗说，"这位是汤姆·雷普利。"

汤姆和尤金相互问候了一番，尤金接着说："皮尔森太太一大早去了肯纳邦克波特。苏西不太舒服。皮尔森太太说你们可以在公寓住一晚，也可以搭直升机飞过去。"

他们站在明媚的阳光下，行李堆在人行道上，只有汤姆手里还拎着旅行包。

"公寓里有谁？"约翰尼问。

"没人住，先生。佛洛拉去度假了，"尤金说，"我们本来想把公寓关了的，但皮尔森太太说她过几天可能要来，如果苏西——"

"咱们去公寓吧，"瑟罗打断他，"反正顺路。你说呢，约翰尼？我得打个电话到办公室，我今天可能要过去一趟。"

"行，没问题。我也想去看看有没有我的信，"约翰尼说，"尤金，苏西怎么了？"

"不清楚，先生。好像是轻微心脏病发作。他们去请医生了，是今天中午的事，你母亲打的电话。我昨天开车送她过来，在公寓住了一晚。她本来想在纽约等你们，"尤金微笑着说，"我去开车，两分钟后回来。"

苏西是第一次心脏病发作吗？佛洛拉应该是用人吧。尤金开来一辆黑色的大奔驰，众人上车后，车厢里还有空间放下行李。法兰克和尤金坐在前座。

"家里都好吧，尤金？"约翰尼问，"我妈怎么样？"

"噢，是的，先生。当然——她一直很担心法兰克。"尤金开车的动作很僵硬，但效率很高。汤姆想到自己读过一本劳斯莱斯使用手册，上面提醒车主开车时不能把胳膊肘靠在窗沿，因为看起来邋里邋遢。

约翰尼点燃一根烟，按下米色皮内衬上的某个按钮，眼前顿时多了一只烟灰缸。法兰克沉默不语。

车子开到第三大道，然后是列克星敦大道。跟巴黎比起来，曼哈顿更像一个蜂巢，到处都是小小的巢室，熙来攘往，人像虫子一样爬进爬出，搬东西、装货、走路、撞来撞去。在一栋带有伸向路边的遮雨篷的公寓前，车子静静地停下，身着灰色制服、面带微笑的门房摸了一下帽檐，打开车门。

"下午好，皮尔森先生。"

约翰尼也喊了声他的名字，跟他打招呼。他们走过玻璃门，搭电梯上楼，行李箱用另一部电梯送上楼。

"带钥匙了吗?"瑟罗问。

"我带了。"约翰尼得意地说，从口袋里掏出一串钥匙。

尤金停车去了。

公寓门上标着 12A。他们走进一个宽敞的门厅，虽然窗户紧闭且放下了软百叶窗帘，大客厅紧靠窗户的几张椅子上仍然罩着白色的保护罩，房间里要开灯才看得清。约翰尼很高兴能回到这个临时的家，微笑着拉开百叶窗，让阳光照进来，然后打开落地灯。法兰克徘徊在门厅，翻着那堆信。他满脸严肃，皱着眉头。应该没有特瑞莎的信。但他还是从容地走进客厅，看着汤姆说:

"瞧，汤姆，就是这儿——我们家的一部分。"

汤姆礼貌地笑了一下，法兰克希望看到这样的回应。壁炉还能用吗? 汤姆凑到挂在壁炉上方的油画前，是一幅平庸之作，画上的女子应该是法兰克的母亲，金发，美艳，精致的妆容，双手没有放在腿上，而是将手掌摊开，和伸长的手臂一起靠在浅绿色的沙发椅背上。她穿一条黑色无袖连衣裙，腰带上别了一朵橘红色的花。嘴角有浅浅的笑意，但是被画得太造作，丢失了人物的神韵。是什么让约翰·皮尔森为这幅拙劣的画掏钱？瑟罗正在玄关打电话，也许是打给他办公室的人。汤姆没兴趣听他说了什么，他看到约翰尼在门厅翻邮件，装了两封信到兜里，又拆开第三封，似乎心情很好。

客厅里有两张很大的棕色皮沙发，罩着白布，摆成直角。其中一张沙发，汤姆能看到没有被白布遮住的侧面底部。这里还有一台三角钢琴，放着乐谱。汤姆走到跟前，想看看是什么曲目，但摆在钢琴上的两张照片吸引了他的注意。其中一张有个深色头发的男人，抱了一个小孩，两岁左右，金发，笑眯眯的，应该是小约翰尼，抱他的男人是约翰·皮尔森，看起来还不到四十岁，笑起来深色眼睛里透着友善。法兰克的眼睛跟父亲很像。另一张是约翰·皮尔森的单人照，他穿着白色衬衫，没有打领带，也没有戴眼镜，正微笑着把烟斗从嘴里拿出来，周围烟雾缭绕，升到空中。老皮尔森是个暴君，也是个强悍的生意人，很难想象照片上年轻的他居然是这个样子。乐谱封面用花体写着《可爱的洛林》。莉莉会弹吗？汤姆很喜欢《可爱的洛林》这首曲子。

尤金回来了，瑟罗也正好从另一个房间走进来，手上端着一杯加了苏打的威士忌。尤金问汤姆要不要喝点茶或者酒，汤姆谢绝了他的好意。瑟罗和尤金讨论接下来做什么。瑟罗建议搭直升机出发，尤金说当然可以安排，但所有人都去吗？汤姆把视线转向法兰克，要是他说宁愿和汤姆待在纽约，那倒也不奇怪，但法兰克说：

"好吧，我们一块过去。"

尤金打了个电话。

法兰克招呼汤姆进了一条走廊。"想看看我的房间吗?"男孩打开走廊右侧的第二扇门,屋里的软百叶窗也关着,法兰克把绳子往下拉,让光线照进来。

汤姆看见一张长搁板桌,一本本书靠着墙,整齐地放成一排,还有一叠圆脊的学校用笔记本和两张照片,照片上的女孩是特瑞莎,一张是单人照,她戴着头冠和花环,身穿白色连衣裙,粉红色的嘴唇弯出俏皮的笑容,明眸善睐。汤姆猜她一定是当晚舞会上最美丽的姑娘。另一张彩色照片尺寸稍小,是法兰克和特瑞莎站在华盛顿广场,法兰克牵着她的手,特瑞莎穿着米黄色喇叭牛仔裤和蓝色牛仔布衬衫,手上拿了一小袋东西——也许是花生。法兰克又帅气又开心,像一个对爱情深信不疑的少年。

"这张我最喜欢,"法兰克说,"让我看起来比较成熟,是——我去欧洲前两周照的。"

也就是他杀死父亲的前一周,汤姆的心头再次浮现出令人不安的、奇怪的疑问:法兰克真的杀了他父亲吗?还是他的幻想?青少年的确会产生幻想,然后紧抓不放。法兰克也会吗?跟约翰尼不一样,法兰克感情充沛又多愁善感。失去特瑞莎,他破碎的心可能要很久才能平复,也许要两年。但是换句话说,幻想杀了父亲,还把故事讲给汤姆听,借以吸引他的注意力,又不像是法兰克的行为。

"你在想什么?"法兰克问,"特瑞莎?"

"关于你父亲,你说的都是实话吗?"汤姆轻声问。

法兰克的嘴唇突然变得僵硬,汤姆熟悉他的这种表情。"我为什么要骗你?"他随即耸耸肩,仿佛觉得自己太小题大做,有点难为情,"咱们出去吧。"

法兰克也许在撒谎,相比现实,他更沉迷于幻想。"你哥哥一点也没怀疑？"

"我哥哥——他问过我，我说我没有——推——"法兰克欲言又止，"约翰尼相信我。我觉得就算我告诉他真相，他也不会相信。"

汤姆点点头，又朝门的方向点头示意。走出房间前，汤姆瞄了一眼门边的高保真音响和漂亮的三层唱片盒，然后又走回窗边，把软百叶窗放下来。地毯是深紫色的，床罩也是。汤姆很喜欢这个颜色。

一行人下了楼，坐上两辆出租车，朝位于西三十街的中城直升机场出发。汤姆听说过这个地方，但从来没去过。皮尔森家有自己的直升机，汤姆没数，但起码能装十多个人。座位前有伸脚的空间，机上还带酒吧和厨房。

"我不认识这些人，"法兰克指的是飞行员和帮他们拿饮料和食物的乘务员，"他们是机场雇的员工。"

汤姆点了啤酒和黑麦乳酪三明治。刚过五点，不知是谁说要飞三个钟头。瑟罗和尤金坐在飞行员附近的座位。汤姆望着窗外的纽约城在身下慢慢变小。

"嗒嗒嗒"，直升机飞行时发出的声音跟漫画上的文字描述一样。建筑群像是被往下吸走，又似乎是倒放的电影胶片。法兰克和汤姆中间隔着一条过道，身后没有坐人。空乘和飞行员在最前面讲笑话，不时发出笑声。在他们左边，橘色的太阳悬在地平线上。

法兰克在看他从自己房间里拿的另一本书。汤姆想打个盹。他们今晚可能要很晚才睡，抓紧时间补个觉是上策。对汤姆、法兰克、瑟罗和约翰尼来说，现在是凌晨两点。瑟罗已经睡着了。

引擎声变了音量，将汤姆吵醒。直升机开始降落。

"我们要在后草坪降落。"法兰克对汤姆说。

天已经黑了。汤姆看到一栋白色的大宅，两侧的门廊下漫出昏黄的灯光，给人印象深刻，又感觉很亲切，也许母亲会站在一处门廊，迎接肩上扛着行囊的儿子风尘仆仆地归家。汤姆对这栋宅子充满好奇，这不是皮尔森家唯一的房产，却是很重要的一处。右边有一片海，汤姆能看到点点光亮，不知是浮标的灯还是小船的渔火。那儿，莉莉·皮尔森——他们的妈妈——正站在门廊上挥手！她好像穿着黑色长裤和衬衫，但是夜色太浓，汤姆看不清楚，但门廊的灯光照亮了她的金发。她身边站着一个壮硕的女人，一袭白衣。

直升机着陆，他们走下折叠舷梯。

"法兰吉！欢迎回家！"母亲大叫。

站在母亲身边的女人是个黑人，脸上也挂着微笑，她走上前去帮尤金和空乘从侧舱取出行李。

"嗨，妈妈。"法兰克喊了一声，紧张地、有点不自然地用胳膊搂住妈妈的肩膀，蜻蜓点水般吻了一下她的脸颊。

汤姆还站在草坪上，从远处观察。法兰克应该是害羞，而不是讨厌自己的母亲。

"这是伊万杰琳，"莉莉·皮尔森对法兰克说，指了指拎着行李朝他们走来的黑人女子。"这是我儿子法兰克——和约翰尼。"她对伊万杰琳说。"你好吗，拉尔夫？"

"很好，谢谢，这位是——"

法兰克打断瑟罗。"妈，这位是汤姆·雷普利。"

"很高兴见到你，雷普利先生！"莉莉·皮尔森友善地微笑着，用化过妆的眼睛打量了汤姆一番。

他们被领进大宅，莉莉告诉他们外套和雨衣可以随意留在门厅。他们吃过东西了吗？是不是很疲惫？想吃东西的话，伊万杰琳准备了简单的晚餐。莉莉的声音从容而亲切，融合了纽约和加州的口音。

随后他们坐在大客厅里，尤金和伊万杰琳消失在同一个方向，也许是去了厨房，机组成员大概也在那里。那幅画也在，法兰克第二次到丽影时提过的《彩虹》，是伯纳德·塔夫茨仿的德瓦特作品。汤姆从没见过这幅画，只记得大约四年前，巴克马斯特画廊向他提交销售报表时填过这个名字。汤姆也记得法兰克的描述：底色是米黄色，勾勒出城市建筑的顶端，前方有一道暗红色的彩虹，夹着一抹浅绿。画得又朦胧又不齐整，法兰克当时这么说，根本看不出是哪座城市，是墨西哥城，还是纽约？就是这一幅，贝纳德画得惟妙惟肖，从那道彩虹中能触摸到大胆而自信的线条。汤姆依依不舍地把视线移开，生怕皮尔森太太问他是否特别钟爱德瓦特的作品。瑟罗和莉莉·皮尔森在聊天，瑟罗告诉她在巴黎发生的事，包括电话通话内容，还说法兰克和雷普利先生离开柏林后去汉堡待了几天，对此莉莉·皮尔森当然也知道详情。坐在比自己家大很多的沙发上，面对比自己家大很多的壁炉，壁炉上都挂着德瓦特的伪作，只是他家里挂的是一幅《椅子上的男人》，似曾相识的场景，让汤姆感觉很奇怪。

"雷普利先生，我听拉尔夫说你帮了我们个超级大的忙。"莉莉眨着眼睛说。她坐在汤姆和壁炉之间的一个大号绿色座凳上。

在汤姆眼中，"超级大的"是青少年们的口头禅。他有时心头会用到这个词，但说话时不用。"帮了点小忙。"汤姆谦虚地说。法兰克和约翰尼离开了客厅。

"我得谢谢你。但我不知道该如何用语言表达，因为首先——我知道你冒了生命危险。拉尔夫是这么说的。"她像女演员念台词一样口齿清晰。

拉尔夫·瑟罗居然这么善良？

"拉尔夫说你甚至都没有惊动柏林警方。"

"我觉得如果自己能解决的话，最好不要让警方介入，"汤姆说，"有时绑匪难免惊慌失措——我跟瑟罗说过，柏林这帮绑匪都是新手。太年轻，没有组织性。"

莉莉·皮尔森一直在仔细观察他。她看起来不到四十岁，但实际年龄也许大一些，身材苗条匀称，蓝眼睛跟汤姆在纽约见到的那幅油画里一样，所以她的确是金发。"而且法兰克一点没受伤。"她似乎觉得不可思议。

"没有。"汤姆说。

莉莉叹了口气，瞄了拉尔夫·瑟罗一眼，又把视线落到汤姆身上。"你和法兰克是怎么遇到的？"

法兰克正好走进客厅，嘴角看起来绷得更紧。汤姆猜他可能去找有没有特瑞莎的信或者留言了，又是空手而归。男孩换了衣服，穿着蓝色牛仔裤、运动鞋和一件淡黄色的法兰绒衬衫。他刚好听到最后一个问题，便对母亲说："是我去汤姆住的镇子找的他。我在附近的一个镇上兼职——做园丁。"

"真的吗？好吧——你一直想当那个——做那个，"母亲看起来有些吃惊，又开始眨眼，"哪些镇子？"

"莫雷，"法兰克说，"我在那儿工作。汤姆住在五英里外，他那个镇子叫维勒佩斯。"

"维勒佩斯。"他母亲重复了一遍。

她的腔调让汤姆忍不住发笑。汤姆盯着《彩虹》，他实在是喜欢这幅画。

"巴黎南郊不远，"法兰克站得笔直，说起话来跟平时不一样，措辞很严谨，"我知道汤姆的名字，因为爸爸提过汤姆·雷普利好几次——和我们家的德瓦特画作有关。你记得吗，妈妈？"

"真是不记得了。"莉莉说。

"汤姆认识伦敦画廊的人。是真的吗，汤姆？"

"是的。"汤姆镇定地说。法兰克像是在吹嘘自己的朋友是个重要人物，当然也可能是故意挑起话头，让母亲或瑟罗聊到家藏的德瓦特签名画作，探讨画的真伪问题。法兰克坚信这幅德瓦特和家中其他疑似的德瓦特伪作都是真迹？他们没有深入聊下去。

伊万杰琳慢慢地、步伐稳健地将盘子和葡萄酒端到汤姆身后一个房间的长桌上，尤金在一旁帮忙。与此同时，莉莉领着汤姆去看他的房间。

"我很高兴你来我们家住一晚。"莉莉一边说，一边领汤姆踏上楼梯。

汤姆被带进一个正方形的大房间，带两扇窗，莉莉说窗户都朝着大海，但现在外面太黑，看不到。家具是白色和金色系，紧挨一间浴室，浴室的色调也是白色和金色，甚至连毛巾都是黄色的，其他的设施，比如一个小五斗柜，也装饰有金色的涡卷形花纹，是货真价实的老家具，来自路易十五时期。

"法兰克到底怎么了？"莉莉问，紧缩的额头出现三道皱纹。

汤姆不慌不忙地说："我想他爱上了一个叫特瑞莎的女孩。你认识这个特瑞莎吗？"

"噢——特瑞莎——"房门虚掩着，莉莉瞄了一眼门，"她是我听说过的第三个还是第四个女孩。倒不是说法兰克不跟我讲他那些女朋友的事——别的事也一样——但约翰尼总会知道。你为什么提起特瑞莎？法兰克经常说到她？"

"不，不，说得不多。但他好像爱上了她。她来过这里，对不对？你见过她吗？"

"当然。很好的女孩。但她才十六岁。法兰克也是。"莉莉·皮尔森看着汤姆，眼神像是在问这有什么重要的。

"在巴黎时，约翰尼告诉我特瑞莎喜欢上了别人，一个年龄比法兰克大的男生。这让法兰克很心烦。"

"噢，有可能。特瑞莎很漂亮，她非常招人喜欢。十六岁的女孩——当然喜欢二十岁甚至更年长的男生。"莉莉微笑着说，觉得这个话题应该就此打住。

汤姆本来想陪莉莉聊会儿天，听听她口中的法兰克是个什么样的孩子。

"法兰克会忘了特瑞莎。"莉莉语气轻松地说，但声音很低，似乎担心法兰克在走廊偷听。

"趁现在有机会，皮尔森太太，我还想问一个问题。我觉得法兰克离家出走是因为父亲去世让他很难过。——这是主要原因吗？我的意思是，相比特瑞莎这件事，因为那时候，据我所知，特瑞莎还没有移情别恋。"

莉莉像是在思考该如何回答。"约翰的死让法兰克很难过，我知道，约翰尼就不这样。约翰尼脑子里想的都是摄影和他那些女朋友。"

汤姆看着莉莉那张扭曲的脸，不知该不该开口问她是否认为丈夫死于自杀。"你丈夫的死是个意外，我在报上看到的。他的轮椅翻下了悬崖。"

莉莉耸了耸肩，像是抽搐了一下。"我真的不知道。"

房门仍然虚掩着，汤姆想过去把门关上，要莉莉别起身，但如果她知情的话，这样做会不会打断即将透露的真相？"你觉得那不是自杀，而是意外？"

"我不知道。那里的地势有点往上斜，而且约翰从来不会坐到悬崖边去。那太蠢了。再说他的椅子有刹车，法兰克说他突然就冲了过去——除非是有意的，为什么要按下开关？"她再次不安地皱起眉头，瞅了汤姆一眼，"法兰克朝屋子跑来——"她没有再说下去。

"法兰克告诉我，说你丈夫很失望，因为两个儿子都不想——他们对他的事不是很感兴趣。我是指皮尔森家的生意。"

"噢，那倒是真的。儿子们害怕做生意。他们觉得太复杂了，就是不喜欢，"莉莉朝窗口望去，仿佛生意是一场黑色风暴，就要从窗外袭来，"约翰很失望，这是肯定的。你也知道，当父亲的都希望至少有个儿子能接他的班。但是约翰还有别的家人——他把公司里的人也称作家人——他们也能接班，比如尼古拉斯·伯吉斯，他是约翰的左膀右臂，才四十岁。我很难相信约翰是因为对儿子们失望才自杀的，我猜他想这么做是因为——困在轮椅上让他感到羞耻。他厌倦了这种生活，再加上夕阳——夕阳总会让他变得情绪激动。或者也不是情绪激动，是心灵受到触动。既开心又悲伤，像是一场谢幕。看着面前日头西沉，暮色笼罩海水。"

这么说，法兰克是跑着回房子的。莉莉说得像是亲眼看见一样。"法兰克经常陪他父亲散步？去悬崖边？"

"不，"莉莉笑着说，"法兰克很烦这事。他说那天下午约翰要他一块去。约翰经常叫上法兰克。他对法兰克寄托了更多希望，而不是约翰尼——你别说出去。"她俏皮地笑了笑，"约翰说：'法兰克身上有一股踏实的干劲，但愿我能给他激发出来。从他的脸上就看得出。'他是把法兰克和约翰尼相比，约翰尼比较——我也不知道——稀里糊涂的。"

"读到你丈夫的消息，让我想起乔治·华莱士的案子。约翰有抑郁症吗？"

"噢——没有，"莉莉笑着说，"他工作时严肃、冷酷，要是哪里出了岔子，就爱拉长了脸，但这肯定不是抑郁的表现。皮尔森公司，或者说皮尔森家的生意，都一个意思，对约翰来说是在下一盘很大的棋。很多人都这么认为。你今天赢了一点，明天又输了一些，棋局永远不会结束——即使约翰已经去世。不会的，约翰生性乐观。他脸上几乎总是带着微笑。即使这么些年，他一直坐在椅子上。我们都说椅子，不说轮椅。但是就父亲这个身份来说，儿子们很可怜，因为他们认识的父亲一直都是那个样子——一个坐在椅子上的生意人，老爱谈论市场、金钱和人际关系——都是些看不见摸不着的东西。他没法带儿子们出去散步，教他们柔道，或者别的父亲通常做的事。"

汤姆笑着问："柔道？"

"约翰以前就在这个房间练柔道！这里不是一直都是客房。"

他们朝门口走去。汤姆看了一眼高高的天花板，宽敞的地板的确铺得下垫子，也能在上面翻筋斗。楼下，其他人正在客厅里"挤来挤去（buffeting）"，汤姆每次吃"自助餐（buffet）"，就会想到这个词，但楼下客厅空间绰绰有余，根本用不着挤来挤去。法兰克正在喝一瓶可口可乐，瑟罗和约翰尼站在桌旁，手里拿着加了苏打的威士忌，端着一盘菜。

"咱们出去走走。"汤姆对法兰克说。

法兰克立刻放下可乐瓶。"去哪儿？"

"去草坪，"汤姆见莉莉已经与约翰尼和瑟罗攀谈起来，"你有没有问苏西的情况？她还好吧？"

"噢，她睡着睡着就卡壳了，"法兰克说，"我问过伊万杰琳。真少见的名字！她还是某个古怪的灵魂团体的成员。她才来一个星期。"

"苏西在这儿？"

"嗯，她在楼上后面有一个房间。我们可以从这儿出去。"

法兰克打开主餐厅里的一扇大落地窗。餐厅里摆着一张长桌，桌旁围了一圈椅子。墙边有几张配了椅子的小桌子，还有餐具柜和书架。桌上摆满餐盘，盘里放着一个蛋糕。法兰克打开一盏室外灯，照亮从露台到四五级台阶下的草坪。台阶左侧是法兰克提到过的倾斜坡道，再过去是一片黑暗，但法兰克说他认识路。隐约能看见一条石板路穿过草坪，然后弯向右边。等汤姆的眼睛适应黑暗后，他看到前方有参天大树，也许是松树或者白杨。

"这儿是你父亲以前散步的地方？"汤姆问。

"嗯——他不能走，用他的椅子，"法兰克放慢脚步，把手插进口袋，"今晚没有月亮。"

男孩停下脚步，准备往回走。汤姆深吸了几口气，回头看着两层的白色大宅，房间里透出昏黄的灯光。大宅有一个尖顶，门廊向左右两边伸出。汤姆不喜欢这栋宅子，看起来还算新，但风格捉摸不透，既不像美国南部的庄园，也不像北部新英格兰殖民地风格的宅院。约翰·皮尔森也许花了大钱请人修房子，但建筑师的水平确实不敢恭维。"我想看看悬崖。"汤姆说。法兰克不会不知道吧？

"行，这边走。"法兰克说。他们继续沿着石板路，走入更深的暗夜。

石板一块块依稀可见，法兰克似乎对每一寸路都了如指掌。他们穿过白杨林，来到悬崖。汤姆看到被浅色石板和卵石勾勒出的悬崖边沿。

"海在下面。"法兰克做了个手势，从悬崖边缩了回来。

"肯定是。"汤姆能听见悬崖下传来温柔的波涛声，不是有节奏的撞击，而是忽快忽慢的轻拍。远处黑暗中有一艘船，船头亮着白灯，好像还有一盏粉红色的左舷灯。大概是一只蝙蝠在他们头顶嗖嗖飞舞，但法兰克并没注意到。就是在这儿发生的，汤姆心想，然后看到法兰克把双手插在牛仔裤的后兜，从他身旁走过，走向悬崖，往下看。法兰克的举动突然让汤姆感到恐惧，因为天太黑，而男孩走得太靠近悬崖。其实崖边有一截向上的斜坡，但汤姆看不见。法兰克突然转过身：

"你晚上跟我妈聊过？"

"噢，对，聊了一会儿。我问她特瑞莎的事。我知道特瑞莎来过这儿——她没给你写信？"汤姆觉得与其回避这个问题，不如切入正题。

"没有。"法兰克说。

汤姆走近他，两人之间只相距四五英尺。男孩站直身子。"我很抱歉。"汤姆说。他想起几天前，特瑞莎还着急地给在巴黎的瑟罗打过一次电话，现在法兰克找到了，安然无恙，她却不告而别，没有任何解释。

"你们只谈了这个？特瑞莎？"法兰克淡淡地问，像是在说特瑞莎的事儿没什么好聊的。

"还聊了别的，我问她觉得你父亲的死是自杀还是意外。"

"她怎么说？"

"她说不知道。法兰克——"汤姆轻声说,"她一点也没有怀疑你——你最好让这事儿慢慢平息,就这样,说不定已经平息了。你妈妈说:'自杀也好,意外也罢,都结束了。'反正是这个意思。所以你得振作起来,法兰克,抛开——你别站得那么靠边。"男孩面向大海,踮起脚尖又放下,也不知是有意还是无意的。

随后他转过身,朝汤姆走来,从他左侧经过,又转过身。"但你知道是我把椅子推下去的。你跟我妈聊的是她认为或者相信的事,但是我告诉了你——我的意思是,我告诉她父亲是自己掉下去的,她信了我,但那并不是真的。"

"行,行。"汤姆轻声说。

"我把父亲的椅子推下去时,我还以为能和特瑞莎在一起——以为她——喜欢我。"

"行,我明白。"汤姆说。

"那时我想,我会把父亲从我的生活,从我们的——我和特瑞莎的生活中赶出去。我觉得父亲毁掉了——我的生活。可笑的是,那时是特瑞莎给了我勇气。现在她走了,只剩下一片死寂——什么都没有了!"他的声音有些哽咽。

真奇怪,有些女孩意味着悲伤和死亡。有些女孩看起来很阳光、充满创造力、开朗,却仍然意味着死亡,但这并不是因为她们善于引诱受害者,事实上,男孩子受骗、遭遇背叛,只能怪他们自作多情。汤姆突然笑出声来。"法兰克,你要知道,这个世界上还有别的女孩!你现在必须弄明白——特瑞莎放了你,你也要放开她。"

"我放开了。我在柏林时就放开她了。约翰尼告诉我时,我真的陷入了情感危机,"法兰克耸了耸肩,但是没有看着汤姆,"当然,我承认刚才还在找她的信。"

"所以你得重新开始。现在虽然有点糟糕，但未来还有很多星期、很多年。来吧！"汤姆拍拍男孩的肩膀，"咱们马上就回去。你等我一下。"

汤姆想看看悬崖边是什么样子。他朝浅色岩石走去，感觉脚下踩着石头和青草。他还感觉悬崖下面黑乎乎、空荡荡的，发出一种洞穴里常听到的回响。法兰克的父亲就掉在下面锯齿状的岩石上，只是现在看不到。男孩的脚步声渐渐靠近，汤姆赶紧离开悬崖边，他突然很担心，害怕男孩冲过来把他推下去。这个想法是不是太疯狂？汤姆知道男孩很崇拜他，但是爱这种东西本来就很诡异。

"准备回去了吗？"法兰克问。

"当然。"汤姆感觉额头上渗出冷汗。他累得够呛，长途飞行和时差已经让他搞不清现在是几点了。

21

汤姆头还没挨到枕头,已经睡着了。过了一会儿,他忽然浑身打颤,惊醒过来。是做了噩梦?但他根本不记得梦见了什么。他睡了多久?一个小时?

"不!"门外走廊传来一声低语。

汤姆跳下床。门外的说话声还在继续,女人像鸽子一样叽叽咕咕,和法兰克的声音交织在一起。法兰克的房间在他右边隔壁。他隐约听见女人在说:"……太心急了……我知道……什么,你要做什么……不关我的事!"

肯定是苏西,她听起来很生气。汤姆能分辨出她的德国口音。他本来可以把耳朵贴在门上,听到更多内容,但是他讨厌偷听别人谈话。他转身背对着门,摸到床边,在床头柜上找到香烟和火柴。汤姆点燃一根火柴,打开台灯,点了一根烟,坐在床上。他感觉好多了。

苏西去敲了法兰克的门吗?总不会是法兰克敲苏西的门吧!汤姆笑了笑,躺到床上。他听到关门声,很轻,应该是隔壁法兰克的房门。汤姆站起身,把烟掐灭,穿上皮便鞋——在柏林时他就把皮便鞋当拖鞋穿。他走进走廊,看见法兰克紧闭的房门下透出亮光,拿指尖敲了敲门。

"是汤姆。"他听到一串轻快的脚步声朝门口走来。

法兰克打开门,因为疲倦,他的眼窝有些凹陷,但脸上仍然挂着微笑。"请进!"他低声说。

汤姆进了房间。"刚才是苏西?"

法兰克点点头。"有烟吗?我的在楼下。"

汤姆的烟在睡衣口袋里。"她来干啥?"他帮男孩点了根烟。

法兰克"嘿"了一声,吐了口烟,差点笑出声来。"她还是说那天看到我在悬崖上。"

汤姆摇了摇头。"她的心脏病会再次发作的。要我明天去跟她聊聊吗?我很想见见她,"见法兰克看了一眼房门,他也回头看了看关上的门,"她爱半夜起来到处转吗?我以为她病了。"

"她壮得像头牛。"法兰克累得踉踉跄跄,仰面倒在床上,光脚弹到空中。

汤姆环顾四周,看到一张咖啡色的古董桌上摆着收音机、打字机、书和一叠信纸,半开的衣橱旁的地板上放着滑雪靴和一双马靴。古董桌上方一块巨大的绿色公告板上钉着流行歌手的海报,莱蒙斯乐队的成员们穿着蓝色牛仔裤,个个无精打采,歌手海报下面是卡通造型,还有几张照片,也许是特瑞莎的,但汤姆不敢问,所以没有凑过去看。"滚她的蛋,"汤姆骂了一句苏西,"她当时根本没看到你。她今晚不会再来了吧?"

"老巫婆。"法兰克半闭着眼睛。

汤姆挥手告别,出了门,回到房间。他注意到自己房门背后的锁上插着一把钥匙,但他并没有反锁。

第二天一早,吃过早餐后,汤姆问皮尔森太太他能不能去花园采几枝花送给苏西,莉莉·皮尔森说当然可以。不出所料,法兰克比他母亲更了解自家的花园,他还叫汤姆放心,说母亲根本不在乎他们采了什么花。他们采了一束白玫瑰。汤姆原本打算直接去敲门,但想了想，还是请伊万杰琳先去通报一声。黑人女佣回来了，让他在走廊等两分钟。

"苏西喜欢梳一梳毛。"伊万杰琳笑得很开心。

几分钟后，里面有人召唤一声"请进"，像是从喉咙里发出，带着浓浓睡意，他敲了下门，然后走进去。

苏西靠在枕头上，白色的房间被阳光照得更白。她淡黄色的头发中夹杂着几根灰发，一张圆脸布满皱纹，两眼疲惫却透着睿智，让汤姆联想到印在德国邮票上的那些著名的女性，虽然他从没听过她们的名字。她罩在白色长睡衣袖子里的左臂露在被子外面。

"早安，我叫汤姆·雷普利。"他本来还想说自己是法兰克的朋友，但没有说出口。她也许已经从莉莉那儿听说了他的事。"你今天早上感觉如何？"

"相当好，谢谢。"

一台电视机正对她的床，让汤姆想起去过的医院病房，但除了电视，其他都是个人物品，比如家人的老照片、钩针编织的桌布、一书架的小摆设、纪念品，甚至还有旧玩偶，是一个戴着高帽子的吟游诗人，也许是约翰尼小时候玩过的。"那就好，皮尔森太太说你心脏病发作。太可怕了。"

"第一次当然可怕。"她嘟嘟囔囔地说，一双蓝眼睛直勾勾地盯着汤姆。

"我刚刚——法兰克和我在欧洲待了几天。皮尔森太太也许跟你说了。"见对方没有回应，汤姆看看四周，想找个花瓶把玫瑰插进去，却没有找到。"我带了点花儿来，给你的房间添点色彩。"汤姆手捧花束，微笑着朝她走去。

"非常感谢。"苏西说，一只手接过法兰克拿餐巾扎起的花束，另一只手按下床边的电铃。

很快响起敲门声，伊万杰琳走进来，苏西把花束交给她，请她去找个花瓶。

她没有叫客人入座，不过汤姆自己找了一把直靠背椅坐下。"我想你听说了——"汤姆心头怪自己一时疏忽，居然忘了先打听苏西姓什么，"法兰克因为父亲的死，很难过，所以才跑来找我，我在法国。我跟他是这么认识的。"

她仍然用犀利的眼神望着他。"法兰克不是个好孩子。"

汤姆想叹口气，却不得不忍了回去，努力装出一副招人喜欢、乖巧的样子。"我看他是个挺好的孩子——他在我家住过几天。"

"那他为啥要离家出走？"

"因为难过吧，呃，他只是——"苏西是否知道法兰克偷了哥哥的护照？"很多小孩子都爱离家出走，然后又回来。"

"我觉得法兰克杀了他父亲，"苏西说得哆哆嗦嗦，竖起放在被子外面的食指摇了摇，"这太可怕了。"

汤姆徐徐地吸了一口气。"你为什么这么想？"

"你不感到吃惊吗？他告诉你了吗？"

"当然没有。所以我才问你，为什么认为他杀了父亲？"汤姆一脸严肃地皱着眉头，想营造一点惊愕的气氛。

"因为我看到了——看到他。"

汤姆沉默了一阵。"你是说在那个悬崖。"

"对。"

"你看到他——你在草坪上？"

"没，我在楼上。但我看到法兰克跟他爸爸一块出去。他从来不跟爸爸一块出去。他们刚打了一场门球。皮尔森太太——"

"皮尔森先生也打球?"

"当然!他想去哪儿,就动动他的椅子。皮尔森太太一直叫他打打球——转移下注意力——免得老想着生意上的事。"

"法兰克那天也去打了球?"

"嗯,还有约翰尼。我记得约翰尼有个约会,先走了。那天他们都打了球。"

汤姆跷起二郎腿,他想抽根烟,但又觉得还是不点为好。"你告诉皮尔森太太,"汤姆皱起眉头,"说你认为法兰克把他爸爸推下了悬崖?"

"对。"苏西的语气很肯定。

"皮尔森太太似乎不信你的话。"

"你问过她?"

"对,"汤姆也肯定地说,"她觉得不是意外,就是自杀。"

苏西轻哼了一声,朝电视方向看去,电视没开,但她似乎在欣赏屏幕上的节目。

"你也是这么跟警察说的?——法兰克的事?"

"对。"

"他们怎么说?"

"噢,他们说我不可能看到,因为我在楼上。但有些事天知地知,你知我知,是吧,这位——"

"雷普利。汤姆·雷普利。不好意思,还没请教您尊姓大名。"

"舒马赫,"她回答道,伊万杰琳刚好拿着插了玫瑰的粉红色花瓶走进来,"谢谢你,伊万杰琳。"

伊万杰琳把花瓶摆在汤姆和苏西之间的床头柜上,出了房间。

"除非是你亲眼所见——警察都说不可能,就肯定不可能——你还是别提这件事了，法兰克已经够受折磨的了。"

"法兰克跟他爸爸在一块，"她略带细纹的肥手再次举起又垂到被面，"就算是意外，甚至自杀，法兰克也该制止他吧，你说呢？"

汤姆觉得苏西的话有点道理，但又转念一想，那操控轮椅的手脚得多麻利才行。他不想和苏西讨论这种可能性。"会不会法兰克还没有反应过来，皮尔森先生就启动轮椅冲下去了？我是这么认为的。"

她摇了摇头。"他们说法兰克跑回来了。我下了楼才看到他。大家七嘴八舌。法兰克说他爸爸自己开着轮椅冲了下去。"她浅蓝色的眼睛盯着汤姆。

"法兰克也是这么跟我说的。"选错说谎的时机也许是法兰克犯下的第二个罪过，他应该若无其事地走回家，隔半小时后再提，让人觉得是他把父亲独自留在了悬崖！换成是汤姆，就会这么做——他当然也会紧张，但至少会提前计划一下。"不管你怎么想——都无法得到证实。"汤姆说。

"我知道法兰克不承认。"

"你想看到他因为你的——指控而垮掉吗？"苏西没有吱声，像是在思考这个问题，汤姆赶紧趁热打铁，让自己占据有利地形，扩大优势。"除非有目击证人或者确凿的证据，否则你所说的永远都得不到证实——没人会相信。"汤姆在想，这个老太太啥时候才会寿终正寝，让法兰克脱身？但是看苏西·舒马赫的气色，再活几年没问题，而且法兰克还摆脱不了她，因为她就住在肯纳邦克波特的宅子里，皮尔森家常住于此，就算全家人去纽约的公寓，她也会跟着去。

"法兰克过得好过得坏关我什么事？他——"

"你不喜欢法兰克?"汤姆故作吃惊地问。

"他——不听话。他很叛逆——总是不开心。你永远猜不到他在想什么。成天瞎想,还不听人劝。很固执。"

汤姆皱起眉头。"你觉得他是不诚实的人吗?"

"不,"苏西说,"他太客气了,我的意思是,这超出了不诚实的范畴,甚至更叫人难以容忍——"她似乎说累了,"但他的生活关我什么事?他什么都有,就是不珍惜,从来都不。他离家出走,让他妈妈担心。他连这个都不在乎。他不是个好孩子。"

现在不是好时机,不能提到法兰克畏惧或者厌恶他父亲的生意,也不敢问她知不知道特瑞莎给法兰克的生活带来了哪些影响。汤姆听见远处的电话铃声。"但皮尔森先生很喜欢法兰克吧,我觉得。"

"喜欢得过了头,他哪里配?你看他干的这些事!"

汤姆松开二郎腿,有些局促不安。"抱歉占了你这么多时间,舒马赫太太——"

"没关系。"

"我明天离开,说不定今天下午就走,所以先跟你道个别,祝你早日康复。你看起来气色不错。"他站起身,添了一句。

"你住在法国。"

"对。"

"我记得皮尔森先生提起过你的名字。你认识伦敦那些搞艺术的人。"

"对。"汤姆说。

她再次抬起左手又放下,望着窗户。

"再见,苏西。"汤姆冲她鞠了一躬,但她没看到。汤姆走出房间。

他在走廊里遇到又高又瘦、笑眯眯的约翰尼。

"我正要来救你！要不要看看我的暗室？"

"好呀。"汤姆说。

约翰尼转过身，领着汤姆走到走廊左边的房间。他打开红灯，汤姆顿时置身于一个黑暗的洞穴，身旁飘动着粉红色的空气，宛如舞台布景。墙壁是黑色的，沙发也是，远处的墙角影影绰绰能看到一排长长的水槽，颜色稍浅。约翰尼关了红灯，打开普通照明灯。几台相机立在三脚架上，黑色胶片看起来比想象中更小。房间不大。汤姆对相机并不在行，约翰尼向他介绍一台刚买的相机时，他只好敷衍一句"真不错"。

"我可以给你看看我拍的一些照片，差不多都放在这儿的相册里，除了一张，挂在楼下的餐厅，我叫它《白色星期天》。不是雪景。还有——我妈妈现在想跟你聊聊天。"

"现在？她叫我？"

"对，因为拉尔夫要走了，妈妈说等他走之后，想见见你。——苏西还好吧？"他的笑容里夹杂着一丝玩味和期待。

"还行吧。看起来身子骨挺硬朗。当然我不知道她平常看起来如何。"

"她有点怪怪的。她的话别当真。"约翰尼站得笔直，脸上仍然带着笑，但语气像是一种警告。

汤姆觉得他是想保护自己弟弟。约翰尼知道苏西会说什么，法兰克也说过约翰尼不信她的话。汤姆和约翰尼一起下了楼，找到皮尔森太太和胳膊上搭着雨衣的瑟罗。瑟罗肯定起得很晚，汤姆现在才见到他。

"汤姆——"瑟罗伸出一只手，"如果你想找份工作——或别的事儿——"他从皮夹里抽出一张名片递给他，"给我办公室打电话，好吗？上面也有我家的地址。"

汤姆微笑着说："一定。"

"我是真心实意的，等哪天我们找个晚上在纽约聚一聚。我马上回纽约去，再见，汤姆。"

"旅途愉快。"汤姆说。

汤姆以为瑟罗会坐那辆停在车道上的黑色轿车，但皮尔森太太和瑟罗跨上门廊，继续往左走。汤姆看到一架直升机降落在（或者说被推到）后草坪上的圆形水泥圈里。这座宅子太大了，皮尔森家肯定有自己的机库，修在消失于林间的水泥跑道尽头。这架直升机比头天载他从纽约起飞的那架小一点，当然也可能是他的错觉，习惯了这里的每一样东西都要大一号。汤姆看到黑色戴姆勒-奔驰车的排气管微微冒着烟，法兰克独自坐在方向盘前。车子前进了两码，又平稳地后退。

"你在干啥？"汤姆问。

法兰克微微一笑。他还穿着那件黄色的法兰绒衬衫，坐得笔直，像一个身穿制服的司机。"没干啥。"

"你有驾照吗？"

"还没有，不过我会开。你喜欢这辆车吗？我很喜欢。保守的风格。"

这辆车跟尤金在纽约开的那一辆很像，但内饰不是米色，而是棕色的皮革。

"没拿到驾照就别上路，"汤姆见他慢吞吞、谨小慎微地换挡，很想把车开动，"待会儿见，我要去陪你母亲聊天。"

"噢？"法兰克关掉引擎，打开车窗，望着汤姆，"你对苏西印象如何?"

"她——还是老样子吧,我猜。"汤姆的意思是她讲的还是老一套。法兰克像是被逗乐了,若有所思。他思考时的样子最帅气,一下子成熟了好几岁。有个念头在汤姆脑海中一闪而过,法兰克早上也许接到了特瑞莎打来的电话,但他不敢问,走回房里。

莉莉·皮尔森今晨穿着一条浅蓝色的休闲裤,正吩咐伊万杰琳要准备什么午餐。汤姆在考虑返程的计划。要不要今晚赶到纽约?在纽约待一晚?他今天该给海洛伊丝打个电话了。

莉莉转过身,微笑着说:"请坐,汤姆,噢,咱们到那儿去吧——光线好一点。"她领着他走向客厅外的一个洒满阳光的房间。

这里是个图书室,粗略扫一眼,到处都是书衣崭新的经济学类书籍,还有一张方形的大书桌,桌面摆着一个烟斗架,搁着五六支烟斗。书桌背后有一把深绿色的皮转椅,看起来很旧,从来没人坐过。汤姆突然想到,就算约翰·皮尔森来这个房间,大概也不会劳神费力地让自己从轮椅爬到皮椅子上。

"你对苏西印象如何?"莉莉的语气和她的两个儿子一样,抿嘴笑着,双手紧握,像是等着被汤姆逗乐。

汤姆若有所思地点点头。"跟法兰克说的一样。她——有点固执。"

"她还是觉得是法兰克把他父亲推下悬崖的吧?"听得出,莉莉认为这个想法很可笑。

"对,她是这么说的。"汤姆说。

"没人信她。没什么好信的。她什么都没看到。我真的没法一直操心苏西的事。她能把每个人搞得像她一样神经兮兮的。——我想告诉你的是，汤姆，我知道你为法兰克花了不少钱，话不多说，请你务必收下这张支票，这是我们一家的心意。"她从上衣口袋里掏出一张折起的支票。

汤姆看了一眼，是两万美元。"我花的钱微不足道，再说，我也很高兴能认识你儿子。"汤姆笑着说。

"如果你收下，我会很开心。"

"我还没花到这个的一半。"但此时此刻，她突然不耐烦地伸手把额头上的发丝往后撩了一下，汤姆明白要是他收下这张支票，她确实会很高兴。"好吧，"他把支票装进裤兜，将手插在兜里，"谢谢你。"

"拉尔夫给我讲了柏林的事。你冒着生命危险。"

汤姆现在没有兴趣讨论这些。"法兰克今天早上有没有接到特瑞莎打来的电话？"

"应该没有。怎么啦？"

"刚才他看起来好像很开心，但我不能肯定。"汤姆的确无法肯定，他只知道法兰克换了一种心情，一种他从没见过的心情。

"你永远猜不透法兰克，"莉莉说，"我的意思是，无法从他的行为去判断。"

也就是说，法兰克的行为也许与他的心情相反？见法兰克回了家，莉莉长舒了一口气。汤姆想，希望特瑞莎这个人渐渐淡出他的视线。

"我朋友泰尔·史蒂文斯下午要来，我想你见见他，"莉莉陪他走出图书室，"虽然他不是约翰的公司雇员，却是他最信得过的律师，负责法律咨询。"

他就是法兰克提过的莉莉的好朋友。莉莉说泰尔下午要上班，六点钟到。"我正考虑要走呢,"汤姆说, "我想在纽约待一天左右。"

"但我希望你今天别走。打电话到法国,跟你的妻子说一声。就这么定了!——法兰克说你家很漂亮。他告诉我说你有一间温室和——两幅德瓦特的画作,在你的客厅,还有你的大键琴。"

"是吗?"将他和海洛伊丝的法国大键琴摆在有直升机、缅因州大龙虾和名叫伊万杰琳的美国黑人的环境中!汤姆突然有种离奇的感觉。"你允许的话,"汤姆说,"我想去打几个电话。"

"别客气,把这儿当自己家里一样!"

汤姆从自己的房间打电话到曼哈顿的切尔西酒店,问他们晚上有没有单人房。对方友善地说如果运气好的话,也许能空出一间来。这就相当不错了。他可以吃完午餐后告辞。莉莉说有一对叫亨特的夫妇四点钟要来,他们住在附近,很喜欢法兰克,想来看看他。皮尔森家应该能帮他找辆车去班戈市,他再从那儿搭飞机到纽约。

刚刚才想到龙虾,缅因州的龙虾就上了菜单。午餐前,尤金开一辆旅行车送他和法兰克到肯纳邦克波特取订购的龙虾。这座小镇在汤姆心中荡起阵阵乡愁,差点就让他泪眼迷蒙:白色的住宅和商铺门脸、海边的新鲜空气、阳光、站在夏日浓荫下的麻雀——这一切都让汤姆觉得离开美国是个错误。但他马上从脑海中挥去这个想法,免得让自己更沮丧和困惑。他提醒自己,等到十月底或者是海洛伊丝搭乘游轮从南极归来并且恢复体力后,就带她来美国。

汤姆说自己下午就要离开时,法兰克似乎有点惊讶和失望,但他午餐时仍然表现得很开心。他是装出一副好心情吗?法兰克穿了一件好看的浅蓝色外套,但下身仍是那条牛仔裤。"我在汤姆家喝过这种酒，"他对母亲说，夸张地把酒杯举得老高，"桑赛尔白葡萄酒。我叫尤金去找的，实际上是我跟他一起去酒窖拿的。"

"味道不错。"莉莉说，望着汤姆微笑，似乎这是汤姆家的酒，而不是她家的酒。

"海洛伊丝很漂亮。"法兰克说，将一叉子龙虾肉蘸进融化的黄油里。

"是吗？我会转告她。"汤姆说。

法兰克一手按着腹部，假装打嗝，像演哑剧一样，冲汤姆微微鞠躬还礼。

约翰尼吃得很专注，他对母亲说有个叫克莉丝汀的姑娘七点钟会来，他还没想好他们是出去吃晚饭，还是在家吃。

"姑娘，姑娘，又是姑娘。"法兰克轻蔑地说。

"闭嘴，你这个小崽子，"约翰尼嘟哝一声，"你八成是嫉妒。"

"行了，你们俩。"莉莉说。

听起来就像是寻常人家的一顿午餐。

到了三点钟，汤姆已经安排就绪。他订了傍晚从班戈市飞往肯尼迪机场的航班，尤金开车送他去班戈市。汤姆收拾好行李箱，但没有把箱子关上。他进了走廊，敲了敲法兰克虚掩的房门，没人回应，他把门推开一点，走了进去。法兰克不在，到处整整齐齐，伊万杰琳铺了床。法兰克的书桌上摆着那个十二英寸高的柏林熊，亮晶晶的棕色眼珠外面绕了一圈黄色，抿着嘴笑。汤姆记得那天法兰克看到手写招牌时，顿时来了兴致。招牌上写着：一马克掷三次（3 WÜRFE 1 MARK）。法兰克觉得"Würfe"这个德语单词很有意思，听起来像能吃的"腊肠"，又像是"狼（wolf）"的叫声。这头小熊是如何在绑架、谋杀和好几趟飞行后幸存了下来，还是一副毛茸茸、憨态可掬的样子？汤姆想叫上法兰克，再去一次悬崖。"习惯"一词也许不是很恰当，但汤姆觉得如果能让法兰克习惯那处悬崖，也许能减轻他的负罪感。

"法兰克和约翰尼去给自行车胎打气了。"莉莉对下楼的汤姆说。

"还以为他能来陪我散会儿步呢，我一小时后走。"汤姆说。

"他们马上就回来，法兰克肯定愿意，你是他心目中的偶像，能把月亮挂上天去。"

从十多岁离开波士顿起，汤姆就没再听过有人这样夸奖自己。他走上草坪，沿着石板小路前行。他想看看白天的悬崖是什么样子。小路比印象中长了些，不经意间，他已经穿过树林，一泓碧水映入眼帘，也许比不上太平洋，但仍然蔚蓝清澈。海鸥乘风飞翔，有三四艘小船，其中一艘是帆船，正在辽阔的海面上缓缓移动。随后他看到了悬崖。悬崖突然变得丑陋无比。他走到悬崖边，低头望着杂草丛生的石块和山岩。他停下脚步，脚尖距离边缘八到十英寸。跟他想象中一样，悬崖下散落着米色和白色的大石块，仿佛不久前才山体崩塌过。海水和陆地相接的地方，白色的浪花轻轻拍打着小块礁石。他愣了神，想寻找约翰·皮尔森坠崖惨剧的蛛丝马迹，比如轮椅的金属碎片，但他没看到任何人造的东西。约翰·皮尔森的轮椅速度要是不快，翻过悬崖后，会撞到下方三十英尺处锯齿状的岩石，说不定还会再朝下滚个几米。但现在石头表面一点血迹都没有。汤姆打了个哆嗦，往后退，转身离开。

他朝那栋宅子望去，树林太密，几乎遮挡了一切，除了一道深灰色的屋脊。他看到法兰克顺着小路向他走来，还穿着那件蓝色外套。是来找他的吗？汤姆没有多想，跳进右侧的树林，躲在灌木丛后。他会四处察看吗？法兰克如果觉得他来这儿散步，会不会喊他的名字？汤姆只是很好奇，他想看一看男孩走到悬崖边时脸上的表情。法兰克离他越来越近了，汤姆看到他每走一步，头顶的棕色直发就上下摆动。

法兰克左右看了看，又瞅了瞅树林，但是汤姆藏得很隐蔽。

汤姆没跟莉莉说要来悬崖边散步，她估计也没有告诉法兰克。总之法兰克没有喊汤姆的名字，也没有再四处寻找。他拿大拇指勾着李维斯牛仔裤的前侧口袋，慢慢地迈着步子朝悬崖边走去，走得大摇大摆。蓝天下，男孩的身体像一幅优美的剪影。走到离汤姆大约二十英尺外的地方，男孩俯瞰着大海，像是放松地深吸了一口气，然后和汤姆刚才一样，低头看着自己脚上的运动鞋，往后退了一步。他把右脚往后蹬，扬起几粒小石子，然后把大拇指从口袋里拿出，身子前倾，开始跑。

"喂！"汤姆大叫一声，朝他跑过去。他不知怎么摔了一跤，当然也可能是他自己一个俯冲，扑倒在地，伸出手，一把抓住了法兰克的脚踝。

法兰克趴在地上直喘气，右胳膊垂在悬崖外边。

"天啊！"汤姆喊着，用力地把法兰克的脚踝往自己方向拉，然后站起身，抓着法兰克的一条胳膊，把他拖起来。

男孩气喘吁吁，目光呆滞。

"你在搞什么？"汤姆声嘶力竭地吼了一声，"快醒醒！"他惊魂未定地把法兰克的身子扶正，又拉着他的胳膊，朝林间小路走去。就在这时，一只鸟怪叫一声，像是也被吓了一跳。汤姆站直身子，说道："好了，法兰克。你差点就跳下去了。跟真的跳没什么区别，对吧？——听见我说话了吗？吱个声。你扑下去的时候倒像是个打橄榄球的!"汤姆在说自己吗?是他抓住法兰克的脚踝才没让这孩子跳下去?汤姆重重地拍了拍男孩的背。"你现在试了一次,够了吧?"

"嗯。"法兰克说。

"你给我说到做到,"汤姆提高了嗓门,"别光说个'嗯'。你想试的都试过了,行了吧?"

"遵命,长官。"

两人开始往回走,汤姆的双腿渐渐恢复了力气,他故意深深吸了一口气。"我不会跟别人说。咱们都不跟别人说,好吗,法兰克?"汤姆看了他一眼,这孩子突然蹿得和他一样高了。

法兰克平视前方,目光越过那栋宅子,望向更远的地方。"好,汤姆,当然行。"

22

汤姆和法兰克回到大宅，亨特夫妇已经到了。当然，要不是法兰克把停在车道上的那辆绿色的车指给他看，汤姆还以为这又是皮尔森家的车。

"我敢肯定他们去了海景房，"法兰克特别强调了"海景"二字，"妈妈常在那儿请客人喝茶。"他看了一眼汤姆的行李箱，不知是谁把箱子提下了楼，放在前门旁边。

"咱们去喝点什么吧，我得来一杯，"汤姆走到将近三米长的吧台旁，"有杜利标利口酒吗？"

"杜利标利口酒？肯定有。"

汤姆看着他在两排酒瓶前弯下腰，食指先伸向左，又伸向右，找到后，笑着抽出酒瓶。

"我记得你家也有。"法兰克把酒倒进两个杯子。

法兰克端得很稳，但举起酒杯时，脸色仍然很苍白。汤姆也举起杯，碰了一下男孩的酒杯。"喝点酒对你有好处。"

他们各自呷了一口。汤姆注意到自己外套最下面那颗扣子脱了线，他把扣子扯掉，装进兜里，又拍了拍身上的土。男孩的外套在右胸位置有一条一英寸长的裂缝。

法兰克踩着一只脚后跟，在原地转了个圈，问道："你几点走？"

"五点左右。"汤姆看了看手表，现在是四点一刻。"我不想去跟苏西道别了。"汤姆说。

"噢，别管她！"

"但是你妈妈——"

他们一块上了楼。法兰克的脸颊上恢复了一点血色，脚步变得轻盈。法兰克轻叩一扇半开的白色房门，两人走了进去。房间很大，地毯铺到墙根，三扇大窗占据了对面整张墙，窗外便是大海。莉莉·皮尔森坐在一张小圆茶几旁，一对中年夫妇坐在扶手椅上，应该就是亨特夫妇。约翰尼手捏一沓照片站在旁边。

"你们去哪儿了？"莉莉问，"快进来。贝琪，这位是汤姆·雷普利——我跟你们提过很多次。沃里——法兰克终于回来了。"

"法兰克！"亨特夫妇同时喊了一声，男孩走上前，微微鞠了个躬，跟沃里先生握手。"又拿你这些破烂来显摆呀？"法兰克问哥哥。

"终于见到你了。"沃里·亨特先生握住汤姆的手，紧盯着汤姆的眼睛，仿佛他是个奇迹创造者，或者根本就没有存在过——汤姆的手都被捏痛了。

亨特先生穿一件褐色棉西装，亨特太太穿一条淡紫色棉裙子，俨然一场缅因州的夏装秀。

"要喝茶吗，法兰克？"妈妈问。

"好的，谢谢。"法兰克还没入座。

汤姆谢绝了她的好意。"我得走了，莉莉，"她告诉过汤姆，叫她莉莉就行。"尤金说他送我去班戈。"

尤金当然会送他去班戈市，约翰尼和他母亲一起开了口。"要不我送你吧？"约翰尼说。汤姆得知自己至少还能待十分钟，但他不想聊在欧洲发生的事，莉莉便支开话题，答应另找时间告诉沃里·亨特先生法国和柏林的事。贝琪·亨特拿冷灰色的眼睛打量着汤姆，但是汤姆并不在意她的想法。他对提前登门的泰尔·史蒂文斯也毫无兴趣。亨特一家跟泰尔亲热地打招呼，看来是熟人，关系很好。

莉莉把泰尔介绍给汤姆。他的个头比汤姆高一点，四十五岁左右，体格强健，也许爱慢跑。汤姆立刻察觉到莉莉和泰尔的关系很暧昧。但那又怎样？法兰克去哪儿了？他早已溜出房间。汤姆也溜了出去。他刚刚似乎听到一阵乐声——可能是法兰克在放唱片。

法兰克的房间在对面靠近走廊尽头的地方。房门关着。汤姆敲了敲，没人回应。他将门推开一点。"法兰克？"

法兰克不在房里。留声机的盖子揭开了，摆着唱片，但没有播放。是娄·里德的《改造者》，翻到了第二面，海洛伊丝在丽影家中放的也是这一面。汤姆看了眼手表：将近五点。他和尤金准备五点出发。也许尤金正等在楼下宅子背后的用人房。

汤姆下了楼，走进空荡荡的客厅，就在此时，他听见楼上海景房传来一阵笑声。汤姆穿过另一间窗户正对花园的客厅，找到走廊，继续朝宅子背后的厨房走去。厨房门开着，墙上挂着亮闪闪的铜底煎锅和煮锅。尤金站在厨房里，面色红润，边喝东西边和伊万杰琳聊天。见汤姆过来，他吓了一跳。汤姆本以为能在这里找到法兰克。

"不好意思，"汤姆说，"你有没有——"

"我看着时间呢，先生，差七分钟到五点。要我帮你拿行李吗？"尤金放下杯碟。

"不用了，谢谢，行李在楼下。法兰克在哪儿？你知道吗？"

"他不是在楼上吗，先生？在喝茶。"尤金说。

他没在楼上喝茶。汤姆想说，但欲言又止。他突然有种不祥的预感。他对尤金说了声"谢谢"，快步穿过宅子，走到最近的前门出口，踏上门廊，然后往右绕到草坪。法兰克可能又上楼去陪那些人喝茶了，但是汤姆想去悬崖看一眼。他似乎又看见男孩站在悬崖边，在凝望着——什么？汤姆一口气跑到悬崖。法兰克没在那儿。汤姆放慢脚步，如释重负地喘了口气。悬崖越来越近，他突然又害怕起来，但仍然继续往前走。

悬崖下能看到蓝色外套、深蓝色李维斯牛仔裤和被一圈殷红勾勒出轮廓的深色头发——红得像花朵一样，感觉极不真实，却又真实地印在白色的岩石上。汤姆张开嘴，像是要大喊一声，却喊不出来。有好几秒钟，他甚至失去了呼吸，直到他发现自己浑身打颤，差点也从悬崖边掉下去。男孩死了，什么都没用了，什么都救不活了。

汤姆往回走。得去通知他母亲呀，老天爷，所有人都在那儿！

汤姆一进屋就撞见尤金，脸色红润的他吃惊地问："怎么了，先生？还差两分钟到五点，我们——"

"咱们得打电话叫警察——或者叫一辆救护车来。"

尤金上下打量着汤姆，看他哪里受了伤。

"是法兰克！他在悬崖那儿。"汤姆说。

尤金突然明白了。"他掉下去了？"他准备往外跑。

"他死了。你能给医院或者别的什么地方打电话吗？我去通知皮尔森太太。——先打给医院！"他见尤金想从落地窗冲出去。

汤姆撑着栏杆，爬上楼，敲响正在开茶会的房间门，走了进去。他们看起来很惬意，泰尔靠在莉莉身旁的沙发边上，约翰尼仍然站着陪亨特太太聊天。"能跟你说件事儿吗？"他对莉莉说。

她站起身。"怎么啦，汤姆？"她似乎以为汤姆只是想改变行程，其他人听到也没有大碍。

汤姆把她叫到走廊,关上房门。"法兰克刚才跳崖了。"

"什么——? 噢,不!"

"我去找他。我看到他在下面。尤金打电话通知医院了——他死了。"

泰尔突然推开门,表情顿时大变。"怎么了?"

莉莉·皮尔森说不出话,于是汤姆告诉他:"法兰克刚才跳崖了。"

"那座悬崖?"泰尔正想跑下楼,汤姆做了个手势,表示来不及了。

"发生了什么事?"约翰尼走出门,亨特夫妇跟在他身后。

汤姆听到尤金咚咚咚跑上楼梯,便顺着走廊去和他碰头。

"救护车和警察几分钟后到,先生。"尤金飞快地说,从汤姆身旁跑过。

汤姆望着走廊尽头,看到一个白色的身影——不,是浅蓝色,比法兰克外套的颜色浅一点。是苏西。尤金从众人身旁跑过,跑到苏西面前,跟她说了一句。苏西点点头,甚至还微微一笑。这时,约翰尼也朝楼梯跑去。

两辆救护车驶来,其中一辆带了人工呼吸器。汤姆看到两个白衣男子在尤金的带领下急匆匆地跑过草坪。随后又来了一把折叠梯。是尤金带的路,还是他们仍然记得约翰·皮尔森失足坠落的悬崖?汤姆在宅子附近犹豫不前。他不愿看到男孩那张破碎的脸,想马上离开,但他知道自己走不了。他得等到男孩被抬上来,跟莉莉再讲几句话。汤姆转身回屋,他瞅了瞅还放在门边的行李箱,然后爬上楼梯。他突然很想再去一次法兰克的房间,看最后一眼。

上了楼,他看见苏西·舒马赫站在走廊尽头,双手放在身后、摸着墙壁。她像是在看汤姆，点着头。他朝法兰克的房间走去，过了门口，见苏西果真在点头。她想怎么样？汤姆直勾勾地盯着她，朝她皱起眉头。

"你瞧见了吧？"苏西说。

"没有。"汤姆一字一顿地说。她是想吓唬他？还是想说服他？汤姆对她怀有一种野兽般的敌意，这种自我保护的本能可以帮他渡过难关。他继续朝苏西走去，停在离她大约八英尺的地方。"你这话什么意思？"

"法兰克。他是个坏孩子，他自己也清楚。"她虚弱地走向汤姆，往右转，回到自己房间。"你跟他差不多。"她添了一句。

汤姆往后退了一步，想跟她保持一定距离。他转身朝法兰克的房门走去，进了房间。他关上门，起初怒气难消，却又渐渐平息。床铺得真整齐！可惜法兰克再也不会躺在上面了。还有那头柏林熊。汤姆慢慢走过去，想拿走它。要是他拿了，谁会知道呢？谁会在意呢？汤姆轻轻拾起毛茸茸的小熊，桌上有张正方形的纸映入眼帘，刚才就放在小熊的左边，上面写着："特瑞莎，我永远爱你。"汤姆原本屏住呼吸，读完后，出了一口气。太荒唐了！真是一语成谶，因为半小时前，法兰克永远告别了人世。汤姆很想为亡友效劳，琢磨着要不要把这张纸条拿走销毁，但最后还是没有碰。他只拿走了柏林熊，然后关好房门。

到了楼下，他把小熊塞到行李箱的角落，鼻子朝里面，免得被压坏。客厅里空无一人，大家都站在草坪上，一辆救护车正准备开走。汤姆不想再看外面，于是在客厅里走来走去，点了一根烟。

尤金来了，他说打电话问过班戈机场，如果他们十五分钟之内出发，汤姆也许赶得上另一班飞机。尤金又恢复了用人的模样，虽然脸色发白。

"好的，"汤姆说，"谢谢你帮我打听。"他走到草坪寻找法兰克的母亲，刚好看见一个盖着白布的担架被推上另一辆救护车。

莉莉把脸埋进汤姆的肩膀。众人七嘴八舌，只有她紧紧抓住汤姆的肩膀，一言未发，却道尽千言万语。随后，汤姆坐上一辆大车的后座，尤金送他去班戈机场。

他半夜才到切尔西酒店。酒店大堂有一个正方形的壁炉和几把黑白相间的塑料沙发，拿铁链锁在地上，免得被人偷走。有人还在大堂里唱歌，歌词是一首五行打油诗，在嬉笑声中，身穿李维斯牛仔裤的少男少女们弹着吉他，唱得热火朝天。有，有一个房间给雷普利先生，前台身穿粗花呢制服的男人说。汤姆扫了一眼挂在墙上的油画，有几幅是付不起房费的客人捐的，颜料红得像西红柿。随后，他搭一部老式电梯上楼。

汤姆冲了个澡，换上一条旧裤子，在床上躺了几分钟，试着放松心情，但根本办不到。最好是吃点东西，哪怕肚子不饿，出去走一走，再回来睡觉。在肯尼迪机场，他已经订了明晚飞巴黎的机票。

他出了酒店，走上第七大道，经过打了烊或者还在营业的熟食店和小吃店。丢弃在人行道上的罐装啤酒金属拉环隐隐闪着光。出租车像醉汉一样东倒西歪地碾过路面的凹坑，隆隆地往远处驶去，让汤姆一下子想到法国的雪铁龙车，空间大，动力强劲，气势汹汹。大道前方两侧耸立着黑色的建筑，一些是办公楼，一些是住宅，像半空中突然竖起一块块土堆。很多窗户亮着灯。纽约真是一座不夜城！

汤姆那时对莉莉说："我没有理由再留在这儿了。"他的本意是留下来参加葬礼，但他还想表示自己无法再为法兰克帮上忙。汤姆没有告诉她就在一小时前，法兰克曾试图自杀。莉莉也许会说："后来你为什么不把他盯紧点？"唉，是汤姆判断错误，他以为法兰克已经度过了危机。

他走到街角的一家小吃店，柜台前摆了几张凳子，点了汉堡和咖啡。他不想坐下，索性站着吃。两个黑人食客正为他们刚下的一个赌注争得不可开交，怀疑帮他们投注赛马的人可能做了手脚。听起来太复杂了，汤姆没有听下去。他在想，明天可以打电话给几个在纽约的朋友，向他们问声好。但这个想法也吸引不了他。他觉得怅然若失，心情沮丧。他吃了半个汉堡，喝了半杯淡咖啡，付钱离开小吃店，走到四十二街。现在快凌晨两点了。

这里的气氛很活跃，像一个欢乐马戏团或者外人能闲逛的舞台。身材魁梧的警察身穿蓝色短袖衬衫，手里挥舞着警棍，与应召女郎们调笑。汤姆刚从报上得知，警方要对她们展开围捕行动。是因为同一批人抓了太多次，抓得警察都烦了？还是他们正准备动手？几个化了妆的少年老练地打量着路过的成熟男人，主顾们手里捏着钞票，正准备买下看中的货物。

一个金发姑娘向他走来，大腿快把黑得发亮的皮裤撑破。"不用了。"汤姆轻声说，埋下脑袋。他惊讶地浏览着电影院灯箱上直白露骨的片名。色情业做到这个份上，真是缺乏创意！但客人要的就是简单粗暴。一张张放大的彩色照上，男人和女人、男人和男人、女人和女人都赤身裸体，正在翻云覆雨。法兰克跟特瑞莎只做过一次，还没做成功！汤姆笑了笑，感觉匪夷所思。他不想再逛街，快步穿过走得慢吞吞的黑人和脸色苍白的白人，朝第五大道上亮着灯的纽约公共图书馆跑去。但他没有跑上第五大道，而是拐到了南边的第六大道。

一名水手从右侧的酒吧冲出来，撞到汤姆身上。水手跌倒在地，汤姆将他拉起，一只手搀扶着他，另一只手捡起他掉在地上的白帽子。他看起来只有十多岁，身子像一根桅杆在暴风雨中摇摇摆摆。

"你的伙伴呢？"汤姆问，"他们在里面吗？"

"我要打车，我要姑娘。"男孩笑着说。

他看起来很正常，也许是几杯苏格兰威士忌再加六瓶啤酒把他变成了这副德性。"走。"汤姆拉着他的胳膊，推开酒吧大门，寻找其他穿水手服的人。有两个正坐在吧台前，但酒保走过来说：

"我们这儿不欢迎他，不卖酒给他！"

"那不是他的朋友吗？"汤姆说，指指另外两名水手。

"我们不要他！"其中一名水手说，看来也醉得不轻，"他可以滚了！"

汤姆搀扶的水手将身子靠在门柱上，拼死不让酒保搡他出去。

汤姆朝吧台边那两名水手走去，也不管会不会被对方抡起拳头在下巴上挨一下。他装出一副纽约口音，气势汹汹地说："把你们的弟兄照顾好！都是一家人，这么凶可不成，对吧？"汤姆盯着另一名水手，他喝得没那么醉，像是听明白了，从吧台凳上起身。汤姆走向门口，又回头看了看。

比较清醒的水手不情愿地走近醉醺醺的同伴。

行了，也算是帮了忙，虽然是个小忙，汤姆一边出门一边想。他回到切尔西酒店，大堂里的人带着一点醉意，嬉戏作乐，但和时代广场的人群比起来，就安静多了。切尔西酒店的客人向来以举止怪诞著称，但做事很有分寸。

现在是巴黎时间早上九点左右，汤姆本想打电话给海洛伊丝，却没有打。他有些心力交瘁。对，心力交瘁。酒吧里的水手居然没冲他的肋骨来一拳？他再次觉得自己很走运。他躺在床上，赶紧睡一觉吧，管他什么时候醒。

他明天是不是该给莉莉打个电话？还是这样做会打扰她，害她更难过？她在操心该选哪一种棺材吗？约翰尼会不会突然长大，负责这些事？还是泰尔来负责？有人通知特瑞莎了吗？她会不会参加葬礼、火化或其他仪式？今晚非得想这些事吗？汤姆在床上辗转难眠。

到了第二天晚上九点，汤姆的情绪才稳定了些，恢复了常态。引擎一发动，他突然从梦境中醒来，觉得自己到了家。他感到开心，很开心，能远远躲开——他想躲开什么呢？他新买了一个马克·克洛斯牌的行李箱，因为古驰太讲究派头，他准备放弃古驰品牌的产品。新行李箱里装满了他采购的东西，有一件送给海洛伊丝的毛衣，一本双日出版社的画册，一条送给安奈特太太的围裙，带蓝白条纹，红色口袋上印着"外出午餐"字样，还有一枚金质小胸针，是安奈特太太的生日礼物，造型是一只飞翔在金色芦苇上的大雁，最后是送给艾瑞克·兰兹的时髦护照夹。他也没忘记柏林的彼得。他要在巴黎给他买一件特别的礼物。汤姆望着曼哈顿仙境般的灯火在机身附近慢慢升起、坠落，想到法兰克很快就要被埋进这块土地。美国的海岸消失在视野之外，汤姆闭上眼睛，想睡一觉，但满脑子都是法兰克，实在难以相信他已经离开人世。事实归事实，汤姆尚无法接受。他本以为睡觉会有帮助，但一大早醒来时，他仍然觉得法兰克的死是自己的幻觉——仿佛他只要望向飞机过道对面，就能看见法兰克坐在那儿对他微笑，给他惊喜。汤姆想起盖在担架上的那张白布。躺在上面的人肯定死了，否则即使是实习医护人员也不会把白布盖在他头上。

他得写封信给莉莉·皮尔森，一封手写的正式书信。他知道自己能办到，写得彬彬有礼、语气委婉，但是对于法兰克在莫雷住过的那间花园小屋，在柏林发生的那些事，甚至特瑞莎对她儿子的影响，莉莉又知道多少呢？法兰克从悬崖坠落到岩石的那一刻，他在想什么呢？想到特瑞莎？想到父亲摔死在同一堆岩石上？法兰克会想到他吗？汤姆挪了一下身体，睁开眼。空姐开始在过道来回穿梭。他叹了口气，也没注意到自己点了些什么，啤酒、苏格兰威士忌、飞机餐，还是什么都没点？

汤姆回想自己当初仔细考虑后对法兰克说的一番话，谈到"金钱"和"金钱与权力"，简直毫无用处，纯粹是个笑话！汤姆劝他花点小钱，享受一点花钱带来的乐趣，别再有负罪感。捐些钱给慈善机构、艺术项目，捐给需要的人。没错，和莉莉一样，他还提到叫其他人来掌管皮尔森家的生意，至少在法兰克完成学业之前。当然法兰克也不能缺席经营管理，跟哥哥一样，他的名字会出现在公司董事的名单里。但法兰克不愿这么做。

不知过了多久，飞机在高高的夜空中飞行，汤姆盖着一个红发空姐送来的毛毯睡着了。醒来时，日出东方，阳光炽热——新的时区、新的生活开始了。吵醒汤姆的广播说飞机已经进入法国领空。

又到了戴高乐机场，汤姆踏上航站楼亮闪闪的自动扶梯，拎着随身行李下楼。新行李箱和里面装的东西也许会给他招来麻烦，但他装作若无其事，顺利通过了无申报通道。他查了下夹在钱包里的时刻表，决定坐火车。他拨通丽影的号码。

"汤姆！"海洛伊丝说，"你在哪儿？"

她不相信他在戴高乐机场，他也不相信能与她如此接近。"我十二点半能到莫雷。我查过了，"汤姆笑着说，"家里一切都好吗？"

都好，除了安奈特太太在楼梯上滑了一跤，扭伤了膝盖。听起来不严重，她还能像往常一样干活。海洛伊丝问："你怎么不给我写信，或者打电话呢？"

"我在那儿没待多久！"汤姆答道，"才两天！见面后我再告诉你经过。十二点三十一分。"

"回头见，亲爱的！"她准备出门去接他。

汤姆拖着未超重的行李，搭出租车到里昂车站，买了《世界报》和《费加罗报》，坐上开往莫雷的火车。报纸快翻完了，他才发现自己居然没有找法兰克的消息，当然这些报纸也来不及刊登他的死讯。又是一次"意外"吗？他的母亲会怎么说？莉莉会说儿子是自杀的。一个夏天，两位死者，小道传闻想怎么说就怎么说吧。

海洛伊丝站在红色奔驰车旁等他。微风吹散了她的头发。她看见他，冲他招手，他却腾不出手，因为拎着两个行李箱再加一塑料袋荷兰雪茄、报纸和平装书。他亲了海洛伊丝的左右脸颊和脖子。

"旅途还顺利吧？"海洛伊丝问。

汤姆"嗯"了一声，把行李放进后备厢。

"我还以为你要带法兰克一起回来。"她笑着说。

她看起来很开心，让汤姆有些诧异。他们出了车站，他在想什么时候告诉她法兰克的事。海洛伊丝主动担任司机，一路交通顺畅，也没遇上红灯，径直朝维勒佩斯驶去。"我还是告诉你吧，法兰克前天死了。"汤姆瞄了一眼方向盘，海洛伊丝的双手只是捏紧了一下。

"死了是什么意思？"她用法语问。

"他跳下了他父亲死的那座悬崖。到家后我再详细解释，但是我不想当着安奈特太太的面说，哪怕是用英语。"

"哪儿的悬崖？"海洛伊丝仍然用法语问。

"他们在缅因州的家附近的。正对着海。"

"噢，对！"海洛伊丝想起来了，也许她读过报上的消息，"你也在？你看到他了？"

"我在门口。我没看到他，没有，因为那儿离悬崖还有一段距离。我——"汤姆不知道该怎么说下去，"没什么好讲的。我在他家住了一晚上，打算第二天走——我后来确实走了。他母亲和几个朋友正在喝茶。我出门去找他。"

"他就已经跳下去了？"海洛伊丝用英语问。

"对。"

"太可怕了，汤姆！——怪不得你看起来这么——魂不守舍。"

"我吗？魂不守舍？"他们到了维勒佩斯，汤姆看着一栋他熟悉和喜欢的房子，然后是邮局，是面包店。海洛伊丝往左拐，把车开上一条横穿镇子的路，她也许是开错了，也许是因为太紧张，想开慢一点。汤姆继续说："他跳下去十分钟后，我才发现的。我也不知道。我得回去告诉他的家人。悬崖很陡——下面都是石头。我待会儿再讲给你听吧，亲爱的。"但还有什么呢？汤姆瞅了海洛伊丝一眼，她正把车开进丽影的大门。

"好。你一定要告诉我。"她边下车边说。

看得出，她很想知道故事的来龙去脉，而且汤姆没做任何亏心事，不会对她有所隐瞒。

"知道吗？我喜欢法兰克，"海洛伊丝对汤姆说，她那双薰衣草蓝的眼睛和汤姆对视了片刻，"是后来，一开始我并不喜欢他。"

汤姆早就看出来了。

"这是买了个新箱子?"

汤姆笑着说:"里面还装了些新玩意儿。"

"噢!——谢谢你在德国给我买的手包。"

"你好,汤姆先生!"安奈特太太站在阳光明媚的门阶上,汤姆能看到她裙摆下有一边膝盖缠了绷带,藏在米色的长袜或者连裤袜里。

"你好吗,亲爱的安奈特太太?"汤姆伸出胳膊搂着她的腰。她回答说很好,假装吻了他一下,然后急匆匆地穿过碎石路,从海洛伊丝手中接过行李。

虽然扭了膝盖,安奈特太太坚持要把行李箱提上楼去,一次提一个,汤姆也没有阻拦,反正她喜欢就好。

"总算回家了!"汤姆环顾客厅,见桌上摆好了午餐的餐具,大键琴还在,壁炉上方还是那幅德瓦特的伪作。"皮尔森家有一幅《彩虹》,我跟你提过吗? 是——很好的德瓦特作品。"

"真的——吗?"海洛伊丝的语气中带着嘲讽,也不知她是否听说过那幅画,还是她怀疑那压根就是个假货?

汤姆无法分辨。但他脸上露出轻松愉快的笑容。安奈特太太一手扶着栏杆,小心翼翼地走下楼。幸好他几年前就劝安奈特太太别再给楼梯打蜡了。

"那孩子死了,你怎么看起来这么开心呢?"海洛伊丝用英语问。安奈特太太正去搬第二个箱子,没有注意他们。

海洛伊丝说得没错。汤姆也不知道自己为什么如此开心。"也许我还没弄明白这件事。发生得太突然了——每个人都很震惊。法兰克的哥哥约翰尼也在那儿。因为那个姑娘,法兰克一直心情不好。我跟你提过。叫特瑞莎。再加上他父亲去世——"汤姆不能再多说了。老约翰·皮尔森死于自杀或者意外，他只能这么对海洛伊丝说。

"但也太可怕了——才十六岁就自杀！听说了吗，越来越多的年轻人自杀？我经常在报上读到。——要不要来点？或者别的？"海洛伊丝给自己的酒杯里倒满毕雷矿泉水，问汤姆喝不喝。

汤姆摇摇头。"我去洗个脸。"他朝楼下的卫生间走去，途中扫了一眼电话桌上的四封信，是昨天和今天送来的。留着以后慢慢看吧。

午餐时，汤姆向海洛伊丝描述皮尔森家位于肯纳邦克波特的宅第，还提到那个叫苏西·舒马赫的老用人，说她性格古怪，是家里的管家，也充当孩子们童年时的家庭教师，因为心脏病发作而卧病在床。在他的口中，那栋宅子奢华而阴郁，不过事实的确如此，至少他有这种感受。海洛伊丝微微皱起眉头，看得出来，她知道汤姆并没有讲出实情。

"你当天晚上就走了——男孩死的那天？"她问。

"嗯。我留在那儿也帮不上忙。葬礼——大概两天后才举行。"说不定就是今天，星期二。

"你也没心情去参加葬礼，"海洛伊丝说，"我知道你很喜欢他，对吧？"

"对。"汤姆总算能从容面对海洛伊丝了。给像法兰克那样的年轻人指引成长之路，是一种新奇的体验，他尝试过，却失败了。也许有一天他会向海洛伊丝承认自己的失败。但另一方面，他又不能这么做，因为他永远不会告诉她是男孩把自己父亲推下了悬崖，而这才是他自杀的主要原因，比失去特瑞莎的爱更重要。

"你见过特瑞莎吗？"海洛伊丝问。她已经叫汤姆详细描述了莉莉·皮尔森这位息影的女演员如何嫁入富豪之家，还有那个殷勤的泰尔·史蒂文斯，汤姆觉得他俩早晚会结为夫妻。

"没，我没见到特瑞莎。我猜她住在纽约。"特瑞莎恐怕不会参加法兰克的葬礼，但那有什么关系？对法兰克来说，特瑞莎只是一个念头，捉摸不透，所以她还是像法兰克写的那样，"永远"捉摸不透吧。

吃完午餐，汤姆上楼去看邮件，拿出行李。又是巴克马斯特画廊的杰夫·康斯坦从伦敦寄来的信，汤姆扫了一眼，信上说一切顺利，新消息是佩鲁贾的德瓦特美术学院换了经理，是两个从伦敦来的很有艺术天赋的年轻人（杰夫写了他们的名字），两人提出购买美术学院附近的房子，改建成学生旅馆。杰夫问汤姆觉得是否可行，问他是否知道位于美术学院西南方向的那栋房子。两个年轻人会在下一封信中把照片寄来。杰夫写道：

> "这意味着扩大经营，听上去很不错，你觉得呢，汤姆？除非你有关于意大利国内形势的内幕消息，认为不宜购买该处房产。"

汤姆哪有什么内幕消息。杰夫觉得他是天才吗？汤姆同意这个收购计划。扩大经营，挺好的，改成旅馆。美术学院大部分的收入都来自旅馆。德瓦特若是泉下有知，肯定会觉得丢脸。

他脱掉毛衣，慢慢走进蓝白相间的浴室，把毛衣扔到身后的一把椅子上。他幻想木蚁们感受到他的脚步声，纷纷停下手中的活计。他一进门就听见木蚁的声音了吗？他把耳朵凑到木板侧面，果然听见了！它们没有停手。耳畔响起微弱的呼呼声，听得越久，声音越大。这些猖獗的家伙居然还在！一件叠好的睡衣放在木板上，汤姆看到从上一层木板底部飘落的红褐色粉末在睡衣表面堆起一座小金字塔。它们在建造什么？床铺？还是储卵室？这些小木匠有没有群策群力，用唾液和木屑在里面搭一个小书橱，或者是小纪念碑，展现它们的高超技艺和顽强的生存意愿？汤姆忍不住笑出声来。他是不是疯了？

汤姆从箱子角落拿出那个柏林熊，轻轻拍了拍它身上的毛，放在书桌后方的几本字典旁。小熊的腿弯不了，只能坐不能站，一对明亮的眼珠望着汤姆，开心得跟它在柏林时一样。汤姆也朝它微笑，想起"一马克掷三次"的情景。"从今往后，你会有一个美好的家。"汤姆对小熊说。

他要去冲个淋浴，倒在床上，读剩下的信。尽快让一切恢复正常，现在是法国时间两点四十分。汤姆确信法兰克今天会下葬，但他不想知道是什么时候，因为对法兰克来说，时间已经不重要。

水魅雷普利

RIPLEY UNDER WATER

[美] 帕特里夏·海史密斯———著

PATRICIA HIGHSMITH

马丹———译

上海译文出版社

1

汤姆站在乔治和玛丽的酒吧烟草店[1]里，手上端着几乎满满一杯的意式浓缩咖啡。他付过钱了，为海洛伊丝买的两包万宝路也鼓鼓囊囊地塞在他的外衣口袋里。他正在看别人玩一个投币机游戏。

屏幕上是一个奋力冲向背景深处的卡通机车手，道路两旁有不断向前移动的木栅栏，给人造成一种速度的错觉。玩家依靠一个半轮形的方向盘来操控机车手，或转变方向，超越前方的车辆，或像马儿一样纵身跨越突然出现在路上的障碍物。倘若机车手（玩家）未能及时跨越障碍物，就只有悄无声息地撞上去，一颗金闪闪的黑色星星便出现了，表示撞车啦，机车手玩完啦，游戏结束啦。

汤姆已经看过这个游戏好多次了（据他所知，这是乔治和玛丽买回来的最受欢迎的游戏），可他从来没玩过。不知道为什么，他就是不想玩。

"不——不对！"玛丽的大嗓门从吧台后面传过来，连酒吧里闹哄哄的嘈杂声都给盖过了。她正在和某个客人争论问题，且八成是政治问题。反正她和她的丈夫是力挺左翼的。"听我说，密特朗他……"

此时一丝念头从汤姆的脑海中划过，乔治和玛丽可不怎么喜欢从北非蜂拥而来的移民呐。

"喂，玛丽！两杯茴香酒！"胖胖的乔治喊话了。只见他一身衬衫长裤，外面罩了一件有些污渍的白围裙，在几张桌子之间来回穿梭着。客人们坐在桌子边上喝着酒，偶尔吃点薯条和煮透了的鸡蛋。

自动点唱机放着一首老的恰恰舞曲。

一颗亮闪闪的黑色星星无声地出现啦！围观的人遗憾地大呼起来。死翘翘了。玩完了。屏幕上默默而持续地闪烁一条催促的信息："**投币投币投币**。"穿蓝色牛仔裤的工人只得乖乖地去摸口袋，又投入几枚硬币，游戏才重新开始——机车手生龙活虎地往背景深处飞驰，做好了应对一切的准备，灵巧地躲过出现在车道上的一只圆桶，然后平稳地越过第一道障碍。那个掌控方向盘的男人则表情专注，非要让他的机车手过关不可。

汤姆此时正想着海洛伊丝，想着她要去摩洛哥旅行的事。她想去看看丹吉尔、卡萨布兰卡，也许还想看看马拉喀什。汤姆已经答应要陪她。毕竟这次旅行不像她以前的探险一样，总要在出发前去医院注射疫苗，而且作为她的丈夫，偶尔陪她出去散散心也是理所应当的。海洛伊丝每年都有两三次心血来潮的时候，但并不是每次她都会付诸行动。汤姆现在可没心情出去度假。八月初正是摩洛哥最热的时候，而且在这个时节，汤姆钟爱他自己种的牡丹和大丽花，几乎每天都要剪下两三枝鲜花来装点他的客厅。汤姆很喜欢他的花园，尤其喜欢那个帮他干粗活的亨利，这家伙使起劲儿来没得说，大力士一个，可有些细活却没法做。

再来就是那对怪夫妻，汤姆私底下开始这么称呼他们。他不确定他们是否结了婚，当然这无关紧要。他感觉他们就是潜伏在这一带监视他的。也许他们没什么威胁，但谁知道呢？汤姆大约在一个月以前注意到他们，那天下午他和海洛伊丝在枫丹白露买东西，有

---

1. 原文 bar-tabac，能同时经营餐饮、烟草、游艺机等多种业务的商店。

一男一女，看起来像美国人，三十五六岁的那种，朝他们走过来，并用一种汤姆十分熟悉的眼神盯着他，仿佛他们知道他是谁，也许还知道他的名字：汤姆·雷普利。汤姆在机场也见到过同样的眼神，尽管不是什么常有的事，也并非最近才遇到。大概是因为某些人的照片登过报以后就会遇到吧，他估摸着，可他已经有好多年没上过报纸了，他很肯定这一点。自从出了莫奇森的事以后，那都是五年以前了——莫奇森，这个人的血迹还残留在汤姆地窖的地板上，有人问起来的时候，汤姆都推说是红酒染的。

实际就是红酒和血的混合嘛，汤姆提醒自己，因为莫奇森是被红酒瓶砸中脑袋的。被汤姆拿一瓶玛格红酒砸的。

呃，那对怪夫妻。机车手撞车了。汤姆转过身，带着空杯子走去吧台。

说到那对怪夫妻呢，男的有一头深色直发，戴一副黑色圆框眼镜，女的一头浅棕色头发，瘦长脸，灰色或浅褐色眼睛。盯着他看的是那个男的，脸上还似笑非笑，一副不明所以的表情。汤姆觉得他似乎以前见过这男的，在希思罗或者戴高乐机场，就是这副"我认得你的脸"的表情。也没什么敌意，但汤姆就是不喜欢。

后来汤姆又见过他们一次，中午的时候在维勒佩斯的大街上，他正从面包店出来，手里拿着长条面包（肯定是安奈特太太休假或者正忙着做午饭的时候），那对怪夫妻就驾着车慢慢地开过来，汤姆再次发现他们在注视着他。维勒佩斯是个小镇，离枫丹白露有几公里之远。这对怪夫妻跑到这儿来做什么呢？

汤姆把他的杯碟推开，正好吧台后面站着咧着大红嘴巴、笑容灿烂的玛丽，还有头发愈见稀少的乔治。"谢谢。晚安，玛丽——乔治！"汤姆用法文大声说道，冲他们微笑。

"晚安,黎普利[1]先生!"乔治喊道,一只手挥舞着,另一只手顾着倒苹果酒。

"谢谢您,先生,再见!"玛丽对他说。

汤姆快走到门口时,怪夫妻中的男的正好走进来,戴着圆框眼镜,一副老样子,似乎是孤零零一个人。

"雷普利先生?"他的粉色嘴唇又泛起微笑,"晚上好。"

"晚上好。"汤姆应酬了一句,准备继续朝门口走。

"我们——我夫人和我——我可以请您喝一杯吗?"

"谢谢,我要走了。"

"改天吧,也许。我们在维勒佩斯租了一栋房子,就在这个方向。"他含糊地往北指了指,一张嘴笑得更开,露出了四四方方的牙齿。"看来我们会成为邻居。"

汤姆迎面碰上两个进酒吧的人,不得不又退了回来。

"我姓普立彻,名叫戴维。我正在枫丹白露的工商学院——欧洲商学院[2]进修。我肯定你知道这学校的。我租的房子呢,是一栋两层楼的白色房子,有花园和一个小水塘。我们爱上这栋房子是因为那个水塘,天花板上都能映出来影子——水影。"他咯咯地笑。

"这样啊。"汤姆尽量拿出一副轻松愉快的口吻,他这时已走出门口。

"我再打电话给您。我夫人叫贾尼丝。"

汤姆勉强地点了下头,挤出一个笑容。"好——好的。就这么办。晚安。"

---

1. 即雷普利。乔治说话带有口音,将 Ripley 发成了 Reepley。
2. INSEAD,法语全称 Institut Européen d'Administration des Affaires。

"这一带的美国人并不多呢！"戴维·普立彻还不肯罢休，在他背后大喊一声。

普立彻先生可得花点力气来找他的电话号码呢，汤姆心里嘀咕，他跟海洛伊丝好不容易把自家的号码给弄出了电话簿。这个表面上看起来愚钝的戴维·普立彻（身高几乎和汤姆一样，体格略壮一些）似乎是个麻烦，汤姆在回家的路上边走边想。是警察之类的人吗？要想翻旧账吗？还是哪个派来的私家侦探——究竟有谁会派他来呢？汤姆想不出有任何敌人会针对他采取行动。汤姆觉得这个戴维·普立彻从头至尾都是"虚假"的：虚假的笑容，虚假的善意，也许连在欧洲商学院读书都可能是虚假的故事。枫丹白露的那所教育机构可能就是个幌子，只不过这幌子如此招摇，汤姆觉得他兴许真的在里面学点什么。又或者，他们根本不是夫妻，而是一对中情局（CIA）的搭档。美国政府追他做什么呢？汤姆纳闷了。不会是所得税的问题，他都安排好了。莫奇森的案子？也不是，已经结案了。或者说是撤案了。莫奇森生不见人，死不见尸。迪基·格林里夫的案子吗？不太可能。连迪基的堂弟克里斯托夫·格林里夫偶尔也会寄给汤姆一张表示友好的明信片，比如去年吧，他就从艾丽斯泉[1]寄来的。汤姆记得克里斯托夫现在是一名土木工程师，结了婚，在纽约州境内的罗彻斯特市工作。汤姆和迪基的父亲赫伯特的关系也很好，至少他们会互寄圣诞卡。

就快走到"丽影"对面的那棵树枝略微向路面倾斜的大树跟前了，汤姆的精神也振奋了起来。有什么好担心的呢？汤姆推开一扇大门，门缝刚好够他溜进去。他尽量小心地把门关上，轻轻地锁好

---

1. Alice Springs，澳大利亚北领地的一个城镇。

挂锁，再插上长门闩。

里夫斯·迈诺特。汤姆突然停住脚，鞋子在前院的碎石路上滑了一下。又要帮里夫斯买卖赃物了。里夫斯几天前来过电话。汤姆经常发誓不再干这种勾当，可又忍不住要答应下来。是因为他喜欢结交新朋友吗？汤姆淡然一笑，几乎没发出声，然后他轻快地走向前门，像平常一样几乎没有弄响脚下的碎石。

客厅的灯亮着，前门没有上锁，是汤姆四十五分钟前出门时就开着的。汤姆进了门，随手把门锁上。海洛伊丝坐在沙发上聚精会神地读一本杂志——大概是一篇和北非有关的文章吧，汤姆想。

"哈啰，亲爱的——里夫斯来过电话了。"海洛伊丝抬头说道。她扬一下头，把金发甩到后脑去了。"汤姆，你有没有——"

"有。接住！"汤姆笑吟吟地将第一包红白包装的香烟丢给她，接着再丢第二包。她接住了第一包，第二包打在她蓝衬衫的前襟上。"里夫斯有什么急事吗？Repassant——熨衣服——büegelnd?[1]"

"喂，汤姆，别闹了！"海洛伊丝一边说一边点燃打火机。汤姆觉得她心里其实是喜欢他的双关语的，只是她嘴巴上坚决不承认，也不太愿意笑一笑。"他会再打来的，但可能不是今天晚上。"

"有人——呃——"汤姆住了口，因为里夫斯没有跟海洛伊丝细说，从来也没有过，而且海洛伊丝也明确表示对汤姆和里夫斯做的事情没兴趣，甚至感到无聊。这样比较安全：她知道得越少越好，汤姆猜海洛伊丝是这么想的。谁能说事实不是如此呢？

"汤姆，我们明天去买机票——到摩洛哥的机票。好吗？"她像

---

1. 前文"急事"的英语单词是 pressing，这个单词也有"熨衣服"的意思，与后文的法语单词 repassant、德语单词 büegelnd 同义。

猫咪一样舒服地把光脚蜷在黄色的丝面沙发上。她淡紫色的眼睛冷静地看着他。

"好——好，好的，"他答应过她的，他提醒自己，"我们先飞到丹吉尔。"

"好啊，亲爱的，然后我们再从那儿出发。去卡萨布兰卡——当然啦。"

"当然啦，"汤姆附和道，"好，亲爱的，我们明天去买机票——到枫丹白露去买。"他们总是到枫丹白露的一家旅行社买机票，他们认识那家旅行社的员工。汤姆犹豫了一下，随即决定现在就把事情说出来："宝贝，你还记得那对夫妻吗？就是我们那天在枫丹白露，在人行道上遇见的看起来像美国人的夫妻？他们迎面走过来，我后来还说那个男人在盯着我们看，那个深色头发、戴眼镜的男人？"

"好像是——记得。怎么了？"

汤姆看得出来她确实记得。"他刚才在酒吧烟草店跟我说了话。"汤姆解开外衣的扣子，把双手插进裤兜。他一直没有坐下。"我不喜欢这个人。"

"我记得和他一起的那个女人，头发颜色浅一些。美国人，是不是？"

"他确实是美国人。这个嘛——他们在维勒佩斯租了一栋房子。你记得那栋有——"

"真的？在维勒佩斯？"

"是的，亲爱的！那栋带水塘的房子，水塘的水会倒映在客厅的天花板上？"他和海洛伊丝都曾亲眼见过白色的天花板上一团水波荡漾的倒影，都感觉不可思议。

"是的，我记得那栋房子。两层楼的白色房子，壁炉不怎么好看。离格雷丝他们家不远，对吧？跟我们一起去的某个人本来想买这栋房子的。"

"对，没错。"有一个朋友的朋友，是个美国人，他想在离巴黎不太远的地方找一栋乡村别墅，于是叫了汤姆和海洛伊丝陪他去看周边的几栋屋子。他一栋也没买，至少没在维勒佩斯附近买。那已经是一年多以前的事。"呃——言归正传，那个戴眼镜、深色头发的男人打算和我，或者说和我们，套近乎，我可不买他的账。就因为我们说英语或者美语吗，算了吧！他好像跟欧洲商学院有联系，就是挨着枫丹白露的那所大学校，"汤姆补充道，"首先，他是怎么知道我的名字的，另外他为什么感兴趣？"为了不让自己显得太过忧虑，他冷静地坐了下来。此时他坐到一张直背椅上，隔着咖啡桌与海洛伊丝正面相对。"戴维和贾尼丝·普立彻，他们两口子的名字。万一他们要是打了电话过来，我们要——客气，但我们没空。行吗，亲爱的？"

"当然行啦，汤姆。"

"万一他们敢厚着脸皮来按门铃，千万别让他们进来。我会告诫安奈特太太的，你放心。"

海洛伊丝素来没什么心事，这下也皱起了眉头。"他们怎么了？"

这么直白的问题把汤姆给逗乐了。"我有一种感觉——"汤姆欲言又止。他通常不会把自己的直觉告诉海洛伊丝，可这次他如果说了，也许就是在保护她。"我觉得他们不太正常。"汤姆垂下眼睛去看地毯。可什么是正常？汤姆也没法回答。"我觉得他们没结婚。"

"那——又如何呢?"

汤姆笑了起来,伸手去拿咖啡桌上那包蓝色包装的"吉卜赛女郎"(Gitanes)香烟,用海洛伊丝的登喜路打火机点燃一根。"你说得对,亲爱的。可是他们为什么监视我?我不是跟你说过,我记得同一个男人,也许是同一对夫妻,不久前还在某个机场盯着我看过?"

"不,你没跟我说过。"海洛伊丝说。

他露出微笑。"以前也出现过一些我们不喜欢的人,不是什么大问题。"汤姆站起来,绕过咖啡桌去拉海洛伊丝伸出来的手,顺势将她拉了起来。他拥抱她,闭上眼睛,沉浸在她秀发与肌肤的芳香中。"我爱你,我要确保你的安全。"

她笑了笑。他们彼此松开了怀抱。"丽影看起来非常安全啊。"

"他们没法踏进脚来。"

2

第二天，汤姆和海洛伊丝到枫丹白露去买机票，他们本来想订法国航空，结果却买了摩洛哥皇家航空的机票。

"这两家航空公司关系密切。"旅行社的一名年轻女职员说，她对于汤姆来说是张新面孔。"明萨酒店，双人床，三个晚上是吧？"

"明萨酒店，没错。"汤姆用法语说道。他相信，如果他们玩得愉快，还可以多留个一两天的。明萨酒店据说是目前丹吉尔最好的酒店呢。

海洛伊丝已经跑到附近的一家商店买洗发水去了。在等候女职员开机票的这段漫长时间里，汤姆总是不由自主地往门口张望，他发觉自己心里隐隐约约记挂着戴维·普立彻。然而他并不是真的在等普立彻走进来。他和他的女伴此刻应该正忙着收拾租来的房子，不是吗？

"您以前去过摩洛哥吗，雷普利先生？"女职员抬起头来，笑容可掬地询问他，同时将机票塞进大信封内。

她在乎这个吗，汤姆暗想。他礼貌地冲对方微笑。"没去过。我很期待。"

"回程日期没有填。所以，假如你们爱上了那个国家，你们可以多住一阵子。"她把装有第二张机票的信封递给他。

汤姆事先已经签了一张支票。"好的。谢谢您，小姐！"

"祝您旅途愉快！"

"谢谢！"汤姆朝门口走去，门两侧的墙上贴满了五颜六色的海报——大溪地，湛蓝的海水，小小的一叶扁舟，还有那儿——对啦！——总是能让汤姆会心一笑（至少笑在心底）的海报：普吉岛，汤姆记得是泰国的一座离岛，他专门查过资料的。这张海报同样有一片湛蓝的海水，黄色的沙滩，一棵棕榈树因为常年的风吹而向海面倾斜。一个人影也看不见。"今天心情不好？还是一整年都不顺心呢？来普吉岛吧！"汤姆觉得这也许是个不错的广告，能招徕不少度假的人。

海洛伊丝之前交代说要在商店里等他，于是汤姆出门往人行道的左边去了。商店就在圣皮耶教堂的另一侧。

哎呀，汤姆真想骂人呐，可他只咬了下舌尖。在他的前方，那迎面朝他走过来的，不正是戴维·普立彻，还有他的——情妇？汤姆最先从涌动的人潮中发现他俩（正值中午，午餐时间），可要不了几秒钟，那对怪夫妻也盯上他了。汤姆赶紧把视线挪开，正视前方，但他后悔自己的左手里还捏着装机票的信封，正好处于他们的视线范围内。普立彻夫妇会注意到信封吗？一旦他们确认他要离开一阵子，会开着车到途经丽影的马路上转悠，然后寻找通往丽影的小巷子吗？他是不是担心得太多，有点莫名其妙？离"梦露思"的金色窗户只剩下几米了，汤姆大踏步走过去。商店的门敞开着，他在门口停下来，回头去看那对怪夫妻是否仍然盯着他，甚至还溜到旅行社里去了。没什么好大惊小怪的，汤姆告诉自己。他看见普立彻穿着蓝色运动上衣的宽肩膀正好从人群的上方显露出来，还看见他的后脑勺。显然，怪夫妻正经过那家旅行社呢。

汤姆走进了空气里弥漫着香水味的"梦露思"。海洛伊丝正在和一个熟人聊天，汤姆并不记得那熟人叫什么。

"哈啰，汤姆！弗朗索瓦丝——你记得吗？贝特林夫妇的朋友。"

汤姆不记得，但他假装记得。反正无所谓。

海洛伊丝已经买好了东西。他们向弗朗索瓦丝道了声再见，然后离开"梦露思"。海洛伊丝说弗朗索瓦丝正在巴黎上学，而且也认识格雷丝夫妇。安东尼和艾格尼丝·格雷丝是他们的老朋友、老邻居，住在维勒佩斯北区。

"你看起来有心事呐，亲爱的，"海洛伊丝说，"机票没问题吧？"

"应该没问题了。酒店也订好了。"汤姆拍拍他外衣的左边口袋，机票从里面探出头来。"去'黑鹰'吃午餐吗？"

"啊——对哟！"海洛伊丝愉快地说，"必须的。"

这是他们本来计划好的。汤姆喜欢听她带口音地说"必须的"，所以不再提醒她正确的说法应该是"必须地"[1]。

他们坐在露台上，沐浴着阳光享用午餐。服务员和领班都认识他们，知道海洛伊丝喜欢白葡萄香槟、比目鱼鱼排、阳光和沙拉（最好是菊苣沙拉）。他们聊着愉快的话题：夏天，摩洛哥的皮制手提包。也许来个黄铜或红铜的水壶？为什么不呢？骑骆驼如何？汤姆头晕了。他好像骑过一次，也有可能是在动物园里骑的大象？突然就被摇摇晃晃地带到离地面几码远的高度（他要是失去平衡，肯定就摔下来了），他才不乐意呢。可女人喜欢呐。女人都是受虐狂吗？这样解释得通吗？比如生孩子，就像修行一般忍受痛苦？这些都能相互印证吗？汤姆咬了咬下嘴唇。

"你心神不林啊，汤姆。"她把"宁"发成了"林"。

---

1. "必须的""必须地"原文分别是 sure 和 surely。

"没有。"他断然说道。

接着他故作镇静地吃完了饭，然后开车回家。

他们差不多还有两周的时间就要出发去丹吉尔了。一个叫帕斯卡尔的年轻人，他是杂工亨利的朋友，将搭他们的车一起去机场，然后再把车开回维勒佩斯。帕斯卡尔以前就是这么帮他们的。

汤姆拿了一把铁锹到花园里去，又用手除了下草。他换上了他喜欢的"李维斯"牛仔裤和防水皮鞋。他把杂草丢进堆肥用的塑料袋里，接着开始摘除枯萎的花朵。就在此时，安奈特太太从后院阳台的落地窗口喊他。

"汤姆先生？请来接您的电话！"

"谢谢！"他一边走一边合上剪刀，将剪刀丢在阳台上，随即接起楼下大厅里的电话。"喂？"

"喂，我是——你是汤姆吗？"听起来像是一个年轻人的声音。

"我是。"

"我从华盛顿特区打来的。"这时电话里传来一阵"咕叽咕叽"的杂音，仿佛从水底下发出的。"我是……"

"你是谁？"汤姆完全听不清对方的声音，"你先别挂，行吗？我去用另一部电话接听。"

安奈特太太正在客厅的用餐区使用吸尘器，距离足够远，不会影响正常的电话交流，但这通电话可不行。

汤姆到他楼上的房间里接起了电话。"喂，我回来了。"

"我是迪基·格林里夫，"年轻人的声音说，"记得我吗？"他发出一阵咯咯的笑声。

汤姆有股想挂电话的冲动，但这股冲动并未持续多久。"当然记得，你人在哪里？"

"在华盛顿特区呀，我说过了。"现在这声音听来有点像假音。

汤姆觉得这骗子装得太过了。是个女人吗？"有意思。观光吗？"

"呃——经过我在水底的一番遭遇，这你记得的——也许吧——我的健康状况还不允许我去观光呢。"强装的欢笑声，"我被——我被——"

电话里有点混乱，几乎中断，"咔哒"一下，声音又恢复了。

"……被发现了，救活了。你看看吧。哈哈，从前的日子还没忘呢，唔，汤姆？"

"哦，没有，确实没忘。"汤姆答道。

"我现在坐的轮椅，"电话那头的声音说道，"无法修复——"

电话里传来更多杂音，哗啦哗啦的像是一把剪刀或更大的东西坠落的声音。

"轮椅倒了？"汤姆问。

"哈哈！"停顿一下。"不是，我刚刚是说，"年轻的声音继续镇定地说道，"自主神经系统受到无法修复的损伤。"

"原来如此，"汤姆礼貌地说，"很高兴又听到你的消息。"

"我知道你在哪儿住。"年轻的声音说，刻意把最后一个字拉高音调。

"我想也是——既然你电话都打来了，"汤姆说，"我真心祝愿你身体健康——早日康复。"

"你应该的！再见，汤姆。"说话人仓促地挂上电话，也许是怕自己忍不住笑出声来。

好家伙，好家伙，汤姆心里嘀咕，他发现自己的心跳比平时快了。是因为愤怒吗？吃惊吗？反正不是害怕，汤姆告诉自己。他下意识地认为那个声音可能是戴维·普立彻的女伴的。还可能是谁的呢？他想不出第二个人了，现在想不出。

真是个低级又可恶的——玩笑呀。神经病，汤姆心想，太老套了。可是谁会这么干呢？又为了什么？那是真的越洋电话，还是说假冒的？汤姆不确定。迪基·格林里夫，他所有麻烦的源头，汤姆想。他杀害的第一个人，也是他唯一后悔杀害的，真的，他唯一感到遗憾的罪行。迪基·格林里夫，一个在那些年头算是富有的美国人，住在意大利西海岸的蒙吉贝罗，对他十分友好，盛情款待他，而汤姆也敬重他，仰慕他，事实上，也许是过分仰慕了。后来迪基与汤姆唱反调，招致汤姆的厌恨。于是，没做太多准备趁他们两人单独划小船出海的时候，汤姆顺手操起船桨打死了迪基。死了吗？迪基这么多年当然是死了的！汤姆把迪基的尸体绑上一大块石头，然后推出小船，尸体就沉了下去，而且——呃，都这么多年了，迪基始终没有露面，他怎么可能现在又冒出来呢？

汤姆眉头紧皱，在他的房间里踱来踱去，双眼凝视着地毯。他发觉自己有点恶心，于是深吸一口气。不，迪基·格林里夫已经死了（电话里的声音也根本不像迪基本人），汤姆冒充过迪基的身份，盗用过他的护照，但很快就放弃了。汤姆撰写的那份迪基的非正式遗嘱也通过了审查。所以说，到底是谁有胆子敢重提这档子旧事呢？到底是谁知道，或者说有意要去调查他以前和迪基·格林里夫的关系呢？

汤姆恶心得不行了。一旦他认为自己快吐了，他就无法控制住。这样的情况以前就发生过。汤姆伏在掀起盖子的马桶座上，幸好只吐了一点液体，但他的胃痛了几秒钟。他冲了马桶，然后到洗脸台前刷牙。

该死的混蛋，管他们是谁，汤姆心里骂道。他觉得刚才的电话里有两个人同时在线，只不过两个人没有同时说话，而是一个在说，另一个在听，因此有些嘻嘻哈哈的声音。

汤姆下楼去挂电话，在客厅遇见安奈特太太，她手里拿着一瓶大丽花，花瓶里的水她很可能已经换过了。她用抹布擦拭花瓶底部，再将花瓶放回餐具柜。

"我要出门半小时，安奈特太太，"汤姆用法语对她说，"万一有人打电话来就这么说。"

"好的，汤姆先生。"她答了一声，然后继续干活。

安奈特太太已经为汤姆和海洛伊丝服务好几年了。她的卧室和浴室在丽影正门进来的左手边，她还有个人专属的电视机和收音机。厨房也是她的领地，跟她的地盘以一个小厅相连。她是诺曼底人，淡蓝色的眼睛，眼角下垂。汤姆和海洛伊丝喜欢她，因为她喜欢他们，或者表面上如此。她在镇上有两个密友，珍娜薇太太和玛丽-路易太太，两人也是管家，她们三个似乎每到了休假日就轮流到各自的家中看晚间电视。

汤姆从阳台上拾起剪刀，顺手将剪刀扔进一个木箱子里。这木箱子就藏在一个专门用来堆放此类物件的角落里，相比一路走到花园右后方的温室，它要方便多了。他从玄关衣橱取出一件棉质外衣，确认他带了钱包，驾照也夹在里面，虽然只是出去一会，驾照也是必不可少的。法国人很喜欢临时检查，且弄些外地人来当警察，所以对本地人毫不客气。海洛伊丝在哪儿呢？也许在楼上她自己的房间里，为旅行整理衣物？幸亏海洛伊丝没接到那些怪物打来的电话！她肯定没有，不然早就跑到他的房间来，一脸茫然地问东问西了。不过话又说回来，海洛伊丝本来就不是个爱偷听的人，对汤姆的事也不感兴趣。如果她发现电话是打给汤姆的，就会立马挂电话，不是慌慌张张地挂，而似乎是想也不想地挂上了。

汤姆很清楚，海洛伊丝知道迪基·格林里夫的事，甚至也听说汤姆曾经（或者一直）有嫌疑。可她什么也没说，一句话也没问。当然了，她和汤姆必须尽量少提汤姆那些可疑的活动、频繁而又原因不明的旅行，目的是为了宽慰海洛伊丝的父亲——雅克·普利松。他是个制药商，海洛伊丝是他的独生女儿，雷普利家的开销要部分依靠他给海洛伊丝的大笔零用钱。至于海洛伊丝的母亲艾琳娜，她比海洛伊丝更不愿意理会汤姆的事。她是个苗条而优雅的女人，似乎努力要包容年轻人，且喜欢向海洛伊丝或是其他人传授家具保养之类的居家小窍门，还有如何开源节流等各种持家之道。

以上这些琐事在汤姆的脑海中闪过时，汤姆正开着他的棕色雷诺不紧不慢地驶向镇子中心。快到下午五点了。今天是周五，安东尼·格雷丝可能在家，汤姆盘算着，不过也不一定，如果安东尼一整天都在巴黎的话。他是个建筑师，跟他的妻子有两个十一二岁的孩子。戴维·普立彻说他租下的那栋房子就在格雷丝家附近，这也是为什么汤姆要在维勒佩斯镇的某条路上右转的原因：他可以跟自己说，他只是路过格雷丝家去打个招呼什么的。汤姆已经从镇上那条舒服的大街开过去了，街上有邮局，一间肉铺，一间面包店，还有酒吧烟草店，几乎就等于维勒佩斯镇的全部了。

看到格雷丝家了，就在一排美丽的栗子树后面。他们家的房子是圆形的，样子像一座军事炮塔；如今整幢房子几乎都爬满了粉色的玫瑰藤蔓，煞是好看呐。他们家有一间车库，汤姆看见车库门是关着的，说明安东尼还没有回到家过周末，而他的妻子艾格尼丝，或者还有两个孩子，刚好外出购物去了。

现在白房子也看到了——不是眼前的第一栋，而是第二栋。汤姆从婆娑的树影中间发现了它，在马路的左侧。汤姆把车换到二挡。那条只够容纳两辆车同时经过的柏油碎石路，眼下都已经废弃不用了。这里地处维勒佩斯镇的北边，鲜有住户，草地多，耕地少。

汤姆心想，假如普立彻夫妇十五分钟前给他打过电话的话，他们就很可能还待在家里。汤姆觉得他应该能从马路上望见普立彻家的水塘，他至少可以看看那两口子是否躺在水塘边的躺椅上舒服地晒太阳。一块亟须修整的绿色草坪横在马路与房子之间，一条石板路从车道延伸到通往门廊的几级台阶。门廊靠近马路的这一侧也有几级台阶，水塘就位于这一侧。汤姆记得，房子后方占地很大。

汤姆听到有笑声传过来，显然是个女人的笑声，也许还混杂了男人的笑声。没错，就是从水塘那边传来的，位于汤姆和那房子之间的区域，一片基本上被篱笆和树木遮蔽了的区域。汤姆望了望水塘，水面上波光粼粼，有两个人躺在草地上的倒影，但他看得并不真切。一个男人的影子站了起来，身材高大，穿红色短裤。

汤姆加快了车速。没错，那正是戴维本人，汤姆百分之九十肯定。

普立彻夫妇认识他的车，这辆棕色雷诺吗？

"雷普利先生吗？"远远的有声音在喊，但非常清楚。

汤姆继续保持车速，装作什么也没听见。

真是烦人，汤姆心里念叨。他在下一个路口左转，来到一条小路上，路的一侧有三四幢房子，另一侧是农田。这条路是回镇中心的方向，可汤姆来了个左转，拐到一条与格雷丝家的路垂直的路上。他想再度回到格雷丝家的炮塔去看看。他的车速依旧是从容不迫、不紧不慢的。

这时汤姆看见格雷丝家的白色旅行车停在车道上。他并不喜欢未打电话通知就贸然地登门拜访，不过他带着新邻居的消息上门，也许并不算太失礼。汤姆开上车道，艾格尼丝·格雷丝正好从车里拎了两只大大的购物袋出来。

"你好，艾格尼丝。要帮忙吗？"

"那敢情好呀！你好，汤姆！"

汤姆把两只购物袋都接过来，艾格尼丝又从旅行车里搬了点东西出来。

安东尼已经搬了一箱矿泉水到厨房去，两个孩子也打开了一大瓶的可乐。

"向你问候，安东尼！"汤姆说道，"我碰巧经过这里。天气真好，是吧？"

"确实是。"安东尼用他的男中音说，这声音有时让汤姆觉得他的法语听起来像俄语。眼前的安东尼穿着短裤、袜子、网球鞋和一件绿色的T恤，汤姆尤其不喜欢那种绿色。安东尼有一头微卷的深色头发，体重总是超重几公斤。"有什么新情况呢？"

"没什么。"汤姆一边说，一边放下购物袋。

格雷丝家的女儿希薇已经开始熟练地从车上卸货。

汤姆谢绝了喝一杯可乐或葡萄酒的邀请。安东尼那台不靠电力而靠汽油发电的除草机马上就要嗡嗡作响了，汤姆猜测。安东尼要是不在巴黎的办公室或者维勒佩斯的家中勤奋工作的话，他就找不到存在的价值。"你们在戛纳的房客今年夏天如何呢？"他们仍然站在宽敞的厨房里。

格雷丝夫妇在戛纳市内或者附近有一栋汤姆从未见过的别墅，七八月份租金最高的时候他们会把别墅租出去。

"他们已经预付了房租——还付了电话押金，"安东尼答道，随即耸了耸肩膀，"依我看——一切都还好。"

"你们这里有新邻居了，你知道吗？"汤姆指着白房子的方向问道，"一对美国夫妇，我想——说不定你认识他们？我不知道他们搬来多久了。"

"不——"安东尼若有所思，"不会是隔壁的房子吧。"

"不是，再过去那栋，那栋大房子。"

"啊，要卖的那栋啊！"

"或者是要出租的。我想他们是租来的，租的人叫戴维·普立彻，和他的太太一起。要不然——"

"美国人。"艾格尼丝意味深长地说。她听到了后面的内容，可她几乎没有停下来，正忙着将一棵莴苣放进冰箱下层。"你见过他们啦？"

"没见过。他——"汤姆决定把话说出来，"那个男的在酒吧烟草店跟我说过话，可能有人告诉过他我是美国人。我觉得应该让你们知道。"

"有孩子吗？"安东尼的两道黑眉毛拧到了一起。安东尼喜欢安静。

"我不知道。我想应该没有吧。"

"他们会说法语吗？"艾格尼丝问。

汤姆微微一笑。"不清楚。"倘若他们不会说法语，汤姆心想，格雷丝夫妇就不愿与他们来往，还会看不起他们。安东尼·格雷丝希望法国是只属于法国人的，即使外面的人来了会走，且仅仅租下一栋房子而已。

他们聊其他的事情，聊安东尼这个周末要安装的新堆肥箱。安装箱子的套件现在就摆在车上呢。安东尼在巴黎的建筑师工作很顺利，他招了一个学徒，九月开始上班。当然了，安东尼八月是不休假的，哪怕巴黎的办公室空无一人呢。汤姆本来有意将他和海洛伊丝要去摩洛哥度假的事告诉格雷丝夫妇，但又打消了主意。为什么呢？汤姆问自己。他是潜意识里决定不去了吗？不管怎样，他还有机会打电话给格雷丝夫妇，秉持邻里友好的态度把消息告诉他们，说他和海洛伊丝要出门两三个星期。

等双方都邀请对方到自己家中小酌或喝杯咖啡之后，汤姆开口道别。他感觉他向格雷丝夫妇提起普立彻夫妇的事主要是为了保护他自己。那通声称是迪基·格林里夫打来的电话难道不是一种威胁吗？绝对是。

汤姆开车离去的时候，格雷丝家的孩子希薇和艾德华正在前院的草地上踢一个黑白相间的足球。艾德华向他挥手告别。

3

汤姆回到丽影，发现海洛伊丝正站在客厅里。她有点坐立不安的样子。

"亲爱的——有个电话。"她说。

"谁打来的？"汤姆问，心中漾起的一丝担忧让他感觉不快。

"一个男人——他说他是迪基·格林里夫——在华盛顿的——"

"华盛顿？"汤姆想安抚海洛伊丝的不安，"格林里夫——真是荒唐呀，我的宝贝。烂到家的玩笑。"

她皱起眉头。"可是为什么——要开这种玩肖？"海洛伊丝的口音又卷土重来了，"你知道吗？"

汤姆挺直了腰身。他要守护他的妻子，还有丽影。"不知道。但肯定是个玩笑——某人开的。我想不出是谁。他说了些什么？"

"一开始——他说要跟你说话。然后他说了些——什么坐在轮椅[1]上——wheelchair？"

"是的，亲爱的。"

"因为跟你发生了一次意外。还有水——"

汤姆摇摇头。"这是个冷酷的玩笑，我亲爱的。有人在假扮迪基，迪基其实是自杀的——很多年前了。在某个地方，也许是在水里，没人找到他的尸体。"

"我知道。你跟我说过的。"

"不只是我说，"汤姆冷静地答道，"所有人，包括警察。尸体也一直没有找到。他还写了一份遗嘱。我记得就在他失踪之前几周写的。"汤姆全然相信自己口中所说的，哪怕那份遗嘱曾是他亲手撰写的。"他反正没跟我在一起。他是在意大利失的踪，好多年前了。"

"我知道，汤姆。可为什么这个——家伙现在要来骚扰我们呢？"

汤姆双手插进裤袋里。"搞恶作剧呗。有些人就是喜欢闹事，找刺激，懂吗？我很抱歉他居然有我们家的电话号码。他的声音听起来如何呢？"

"听起来像是个年轻人，"海洛伊丝似乎在仔细考虑她的措辞，"不是很深沉的声音。美国口音。线路不是很清楚——连接问题。"

"真是从美国打来的吗？"汤姆不太相信。

"是。"海洛伊丝坦然地说。

汤姆挤出一个微笑。"我觉得我们该把这事忘了。如果再有骚扰，如果我在家，你就把电话转给我，亲爱的。如果我不在家，你就要冷静应对——还要表现得你根本不相信他说的话一样。然后挂断。你明白了吗？"

"哦，明白。"海洛伊丝似懂非懂地答应下来。

"这些人就是想骚扰其他人。他们就是这么找乐子的。"

海洛伊丝坐在沙发靠落地窗的那一头，她最喜欢的一那头。"你刚才上哪儿去了？"

"开车到处转转。逛下镇子。"汤姆差不多每周都有两次这么开车到处转悠，他们有三部车，他通常是开那辆棕色雷诺，路上顺便干点什么琐事，比如到莫雷附近的超市加油，或者检查轮胎的胎压。"我发现安东尼回来过周末了，就停车去打了下招呼。他们当

---

1. 原文为法语 fauteuil roulant，后文的 wheelchair 是"轮椅"的英语表达。

时正在把采购的杂货从车上卸下来。我跟他们说了他们的新邻居——普立彻两口子。"

"邻居?"

"他们住得相当近呢。只有半公里,不是吗?"汤姆笑了。

"艾格尼丝问他们说不说法语。要是不说呢,他们就不在安东尼交往的范围内,你知道吧?我告诉她说我不知道。"

"安东尼对我们的北非之旅有什么看法呢?"海洛伊丝微笑着问,"奢——侈吗?"她扑哧笑起来。这个词从她口中说出来的味道,光听着就很昂贵了。

"我还没跟他们提这个呢。要是安东尼对费用有什么意见,我就提醒他那边的东西很便宜,比如酒店的住宿。"汤姆朝落地窗走过去。他想到自己的地盘溜达溜达,看看香草,看看欢欣而摇曳的欧芹,看看敦实又美味的芝麻菜。兴许他还能采点芝麻菜来做今晚的沙拉。

"汤姆——你打算不管那通电话了吗?"海洛伊丝微微嘟着嘴,语气又很坚定,就像个孩子在问话。

汤姆并不介意,因为她的问话中没有要要孩子气的意思,也许是因为她柔顺的金色长发遮住了她半个额头的缘故,所以她看起来才有些孩子气。"没法管吧,我想,"汤姆说,"报告给警察吗?荒唐。"他知道海洛伊丝很清楚要让警察来管什么骚扰或者色情(他们还没有遇到过)电话是一件多么麻烦的事情。他们必须填写多张表格,接受一台监控设备的监控,监控设备肯定是除了电话以外的一切事务都要监控的。汤姆从来没经历过,也不想去经历。"他们从美国打过来。他们迟早要玩够的。"

他看着半开的落地窗,决定路过落地窗而径直走到安奈特太太的领地，也就是位于房子正门左边的厨房。一股混合的蔬菜汤味道扑入他的鼻孔。

身穿蓝白小圆点连衣裙、系深蓝色围裙的安奈特太太正守在炉边搅什么东西。

"晚上好，安奈特太太！"

"汤姆先生！晚上好。"

"今晚的主菜是什么？"

"切块的小牛肉——不过不是大块的，因为今晚天气偏热。"安奈特太太说。

"确实。闻起来很香呐。管它热不热的，我都有胃口。安奈特太太，我想跟你明确一下，希望在我和夫人离开的期间，你能高高兴兴、放放心心地邀请你的朋友到家里来。海洛伊丝夫人跟你说过什么了吗？"

"啊，是的！说了你们要去摩洛哥旅行的事！当然了。一切都将照旧，汤姆先生。"

"不过——很好。你必须邀请珍娜薇太太，还有另外一个朋友？"

"玛丽-路易。"安奈特太太说。

"对了。邀请她们晚上来看电视，吃晚饭也行呐。喝点酒窖里的红酒。"

"啊，先生！晚饭呐！"安奈特太太似乎认为那样太过分了，"我们喝喝茶就很开心了。"

"那就喝喝茶，吃点蛋糕吧。你要在家里当一阵子的女主人。当然，除非你想和你在里昂的姐姐待上一个星期。克吕佐太太——我们可以安排她为家里的植物浇水。"克吕佐太太比安奈特太太年轻，每周都要过来做一次汤姆所谓的深度清洁，打扫浴室和地板。

"噢——"安奈特太太做出一副思索的样子，但汤姆觉得她八月份更情愿留在丽影。这个时候，房子的主人一般都出去度假了，而仆人们如果不随同度假，就会留下来过无拘无束的生活。"我不想离开，汤姆先生，不过还是很感谢你。我觉得我更想待在这儿。"

"悉听尊便。"汤姆冲她一笑，然后从仆人专用的门走出去，到了房子侧面的草坪。

他面前蜿蜒着一条车道，几乎被梨树和苹果树，以及枝叶横生的矮灌木丛遮蔽了。他曾经沿着这条未铺设的土路将莫奇森用手推车推去掩埋——只是暂时性的掩埋。也同样在这条路上，偶尔会有农民开着小拖拉机朝维勒佩斯镇的主街道驶去，或者推着一车马粪或成捆的引火柴不知从哪儿就冒了出来。反正这条车道不属于任何人。

汤姆继续走到温室旁那一小块精心呵护的香草园。他已经从温室取来一把长剪刀，此时他剪下一些芝麻菜和一簇欧芹的叶子。

从后花园欣赏丽影，跟从房子正面欣赏是一样漂亮的：底楼和二楼，或者欧洲人说的一楼，都有两个带凸窗的圆角。呈粉红色调的棕褐色墙砖石看起来像城堡一样坚不可破，但一棵五叶爬山虎的红色叶子、开花的灌木，还有放置于墙边的几大盆植物让丽影的格调又柔和了许多。汤姆突然想起他必须在出发前联系上"小巨人亨利"。亨利没有电话，但乔治和玛丽可以给他带口信。亨利和母亲一起住在维勒佩斯镇主街道背后的一个院子里。他既不聪明，也不敏捷，但力气大得惊人。

对了，亨利还有身高优势，至少六英尺四英寸，一百九十三厘米，汤姆估计。他意识到自己近来不断地设想亨利保护丽影不受到实质性的攻击。真是可笑！会有什么样的攻击呢？又由谁来发动呢？

戴维·普立彻一天到晚都做些什么呢？汤姆一边想，一边往三扇落地窗的方向走回去。普立彻真的每天一早就开车到枫丹白露吗？什么时候回来呢？还有那个娇小玲珑、小妖精样的贾尼丝还是贾尼的，她每天又靠什么打发呢？她画画吗？写作吗？

他是不是该去拜访下他们（当然要在他能找到对方电话号码的前提下），带上一束大丽花和牡丹花，以睦邻友好的名义过去？这个念头在瞬间就失去了诱惑力。他们相处起来肯定很乏味。而汤姆本人又会因为尝试接近他们而被认为是一个爱窥视的家伙。

算了，还是按兵不动吧，汤姆决定。他要多读点资料，了解摩洛哥、丹吉尔，还有任何其他海洛伊丝想去的地方，准备好他的相机，也要为丽影把男女主人不在的这两周的工作安排好。

汤姆开始照计划行事，到枫丹白露买了一条深蓝色的百慕大短裤，还有几件长袖的快干型白衬衫，因为他和海洛伊丝都不喜欢短袖的衬衫。海洛伊丝有时会到尚蒂伊跟父母吃午饭，像平时一样开着奔驰车独自北上，然后利用上午和下午的部分时间来购物，这是汤姆看到她拎着至少六个购物袋回家时猜测的，购物袋上还印有商店的名字。汤姆几乎就从来没参加过普利松家每周一次的午餐聚会，因为午餐让他感觉无聊，而且他也清楚海洛伊丝的父亲雅克不过是在容忍他，知道他有些事情是见不得光的。话说，谁没有点见不得光的事情呢，汤姆经常想。普利松自己不就在税务局瞒报收入吗？海洛伊丝曾有一次不小心说漏嘴（她实际并不在乎），说她父亲在卢森堡有个账户。汤姆也有，账户里的钱是从德瓦特美术用品公司得来的，甚至还有从德瓦特画作在伦敦出售或转手得来的——这里的活动当然是越来越少了，因为干了至少五年德瓦特画作伪造的伯纳德·塔夫茨多年前死了，自杀死的。

总而言之，谁又算得上多么清白的呢？

雅克·普利松不信任他，是因为对他了解得不够全面吗？汤姆不得而知。但普利松有一点好处，就是不怎么催促海洛伊丝生孩子，和她妈妈艾琳娜一样，都没有急于想当外祖父母的意思。汤姆当然私底下跟海洛伊丝提过这个敏感的话题：海洛伊丝对怀胎生子并不热衷。她看起来也不是坚决反对，只是没有那么渴望要一个孩子。如今，许多年过去了，汤姆本人也无所谓。他是个孤儿，没有父母来为海洛伊丝怀孕的喜讯激动落泪。他的父母早在他年幼的时候就溺亡于马萨诸塞的波士顿港，他后来被同样生于波士顿的吝啬的多蒂姑妈收养。不管怎样，汤姆感觉海洛伊丝跟他在一起是幸福的，至少很满足，不然她早就连声抱怨，甚至弃他而去了。秃顶的老雅克肯定也看到自己的女儿生活幸福，女儿女婿在维勒佩斯的豪宅也相当体面。普利松夫妇差不多每年有个一次的机会来吃晚饭。艾琳娜·普利松独自到访的时候要略为频繁，相处起来也确实愉快得多。

汤姆好几天都没去想那对怪夫妻的事了，只是偶尔有点念头一闪而过，直到某个周六的早上，一封四四方方的信件在九点三十分的投递时间来到汤姆的手中。汤姆并不认识信封上的字迹出自何人之手，但看到那字迹的第一眼就感到厌恶：胖乎乎的大写字母，小写字母"i"的头上不是点，而是个小圈。真是自负又愚蠢，汤姆心想。信是写给他们夫妻二人的，所以汤姆打开了信封，迫不及待地查看信的内容。海洛伊丝此时正在楼上洗澡。

亲爱的雷普利先生、太太：

　　我们衷心地邀请你们周六（明天）来寒舍小酌。你们可否六点左右到？我深知此次邀请过于唐突，若你们二人有所不便，我们将择日再邀。

热切期待与你们相会！

贾尼丝与戴维·普立彻

背面：前往寒舍的路线图。电话：424－6434

汤姆把信纸翻过来，瞄了一眼上面画的路线图。图上简单勾勒出维勒佩斯镇的主街道和与之相垂直的街道，而那条街道上又标注了普立彻家和格雷丝家的位置，连同两家之间的那栋小一点的空房子也标注出来了。

铛——提——铛，汤姆默念，同时将信纸轻轻地弹拨手指。邀请的时间就是今天。他有足够的好奇心想去看看，这毋庸置疑——对于潜在的对手了解得越多越好——但他不想带着海洛伊丝一起去。他必须找个幌子来搪塞海洛伊丝。此外，他应该给邀请人一个肯定的回复，但不是在早上九点四十分，汤姆想。

汤姆把其余的信件都拆开了，只除了一封给海洛伊丝的信，他觉得信封上的笔迹是诺艾尔·哈斯乐的。她是海洛伊丝的一个好朋友，住在巴黎。信件都没什么意思：一封纽约曼尼锦兴银行寄来的对账单，他在这家银行开了账户；《财富 500》寄来的垃圾邮件，也不知怎么搞的，竟然会以为他富裕到要想读一本有关投资和股票的杂志的程度。汤姆已经把投资的任务交给他的税务会计师皮埃尔·索尔维，此人同时为雅克·普利松服务，也是通过雅克·普利松与汤姆相识的。索尔维偶尔有些好的点子。这种性质的工作，如果它能被称为工作的话，汤姆是很厌烦的，可海洛伊丝乐此不疲（也许她骨子里是个会理财的人，或者至少对理财感兴趣）。而且，在她和汤姆出手之前，她总是要跟父亲商量商量。

"小巨人亨利"应该在那天上午的十一点过来，尽管他有时候分不清周四和周六的区别，但他的确是十一点过两分就到了。亨利和往常一样穿着褪色的蓝工装裤，肩膀上两根过时的带子，头上也戴着他的堪称破烂的宽边草帽。他还有红棕色的络腮胡，他时不时的会用剪刀胡修乱剪一通，轻而易举地就把刮胡子的工夫给省下了。凡·高肯定是喜欢拿他当模特的，汤姆经常这么想象。不妨设想下，假如凡·高给他画了一幅淡彩的肖像画，也许到了今天能卖上三千万美元呢。当然，这些钱凡·高是一分也拿不到呀。

汤姆回了回神，开始向亨利交代他离开的两三周时间需要干些什么。堆肥。可以麻烦亨利翻动一下吗？汤姆现在有一个圆筒形铁丝堆肥箱，高度齐到他的胸口，直径不到一米，有个门，一抽出金属丝就能打开。

汤姆一路跟着亨利来到温室，正说着他新买的玫瑰喷雾器（亨利在听吗？），亨利就迅速地从温室里拿出一柄叉子，开始狠命地往堆肥上戳。他是如此的高大、威猛，汤姆都不想去制止他了。亨利确实也知道该如何处理堆肥，因为他明白堆肥的用处。

"是，先生。"亨利时不时轻声嘟囔几句。

"还有——呃——我刚才提到玫瑰花，目前还没有斑点。现在——只要让花草看起来美观即可——月桂树丛——用剪刀。"如果要处理靠近顶端的边缘，亨利不像汤姆需要用到梯子，他几乎不用。汤姆任由树丛的顶端往上冒，不去修剪它，要是把顶端剪得平平整整的反倒有点像刻意做出来的树篱。

汤姆羡慕地看着亨利左手推铁丝箱，右手拿叉子从箱底耙起来一些漂亮的深色堆肥。"啊，真棒！太好了！"等到汤姆自己去试着推铁丝箱的时候，箱子却扎了根似的一动也不动。

"确实很不错。"亨利表示认可。

接下来是温室里的幼苗，还有一些天竺葵。它们需要浇水。亨利在木板条地板上咚咚地走来走去，点着头表示他知道了。亨利知道温室的钥匙藏在哪儿，就在温室背后的一块圆石头底下。汤姆只有在他和海洛伊丝都不住在主屋的时候才把温室锁上。就连亨利那磨损的棕色布洛克鞋也像是凡·高时代的东西，鞋底差不多有一英寸厚，鞋帮遮住了脚踝。是祖上传下来的吗？汤姆深表怀疑。亨利是个典型的不合时宜的人。

"我们将离开至少两周，"汤姆说，"但安奈特太太会一直待在这儿。"又交代了一些小细节之后，汤姆认为亨利已经知道得够清楚了。预付一点费用是没问题的，于是汤姆从后袋里取出钱包，给了亨利两张一百法郎的钞票。

"这你先拿着，亨利。你记下账。"他补充了一句。汤姆准备要返回屋内了，可亨利完全没有要离开的意思。他总是这样，绕着边四处走动，这里拾起一根落枝，那里又抛开一颗石子，磨磨蹭蹭好久才一声不吭地溜掉。"再见，亨利！"汤姆转过身，朝屋子走去。等他回头看的时候，亨利正准备拿叉子把堆肥再搅和一通。

汤姆走上楼，到浴室里洗净手，然后拿着两三本摩洛哥的小册子坐到扶手椅上休息。小册子上有十张还是十二张照片，展示的是一座清真寺的蓝色马赛克内饰、排列于悬崖边上的五门大炮、一个挂满鲜艳条纹地毯的市场，还有一位裸露得不能再裸露的比基尼金发女郎在黄色沙滩上摊开一条粉色浴巾。小册子的另一面有丹吉尔的简明地图，清楚地标注了蓝色和深蓝色色块，沙滩是黄色的，港口则是两条小心翼翼地延伸至地中海或直布罗陀海峡的曲线。汤姆找到明萨酒店所在的自由路，似乎步行就能到大市场去了。

电话响了。汤姆的床边有一部电话。"我来接！"他冲楼下的海洛伊丝喊道。海洛伊丝正在用大键琴练习舒伯特的曲子。"喂？"

"你好，汤姆。我是里夫斯。"里夫斯·迈诺特的线路很清晰。

"你在汉堡吗？"

"当然在啦。我想——对了，海洛伊丝应该跟你说了我之前打过电话吧。"

"是的，她说了。一切都好吗？"

"哦，是的，"里夫斯的语气沉着、令人心安，"只是——我想寄个包裹给你，就磁带盒大小的。实际上——"

就是个磁带盒吧，汤姆在想。

"不是爆炸品，"里夫斯继续说道，"如果你能保管个五天左右，然后把它寄到一个地址，地址会夹在包裹的包装里——"

汤姆犹豫了，还有点生气，但他知道自己有义务帮忙，因为里夫斯在他需要的时候给予他很多帮助——为某人弄来的一本新护照，在里夫斯的大公寓里过夜。里夫斯帮忙很爽快，也不收取费用。"我想说没问题，老朋友，可是海洛伊丝和我过几天要去丹吉尔，再从那儿去别处旅行。"

"丹吉尔！很好！还来得及，如果我寄快件的话。说不定明天就到你家了。没问题的。我今天就寄出去。然后你就再把它转寄出去——从现在开始算起四五天之后，不论你去哪里都把它转寄出去。"

他们应该还在丹吉尔，汤姆估计。"好的，里夫斯。原则上没有问题。"汤姆下意识地把声音放低，好像有人想要偷听一样，但海洛伊丝仍然在弹琴。"那就丹吉尔了。你相信那边的邮政吗？我可是被警告过的——说那边很慢。"

里夫斯干笑一声，汤姆对这笑声很熟悉。"这上面——里面可没有像《撒旦诗篇》[1]这样的东西。别逗了，汤姆。"

"行啦——这东西到底是什么呢？"

"暂时不说。现在不行。重量连一盎司[2]都没有。"

几秒钟之后他们就挂了电话。汤姆怀疑他的收件人还要将包裹转寄给另一个中间人。东西经手的次数越多就越安全，这是里夫斯的信条，也可能是他自创的理论。里夫斯本质上是干赃物买卖的，或者说，"销赃"，他热爱这份工作。销赃——多么迷人的一个词啊！更确切地说，干上销赃这一行对里夫斯就像施了一种虚构的魔法，就像孩子爱上捉迷藏的游戏。汤姆不得不承认里夫斯·迈诺特迄今为止是成功的。他独自行动——至少，他总是独自生活在汉堡近郊艾托纳的公寓里；在一次以他的公寓为目标的炸弹袭击中，他也侥幸逃脱；另外还有一次严重的事故曾在他右脸颊留下一道五英寸长的伤疤，不管什么样的事故，他总归是全身而退了。

回头去看那些小册子，接下来是卡萨布兰卡了。他的床上摆着差不多十份册页。汤姆想起即将收到的快件。他肯定自己不需要去签收：里夫斯不敢寄任何挂号，所以家里任何人都能收取这份快件。

再就是，今天晚上，六点钟跟普立彻两口子小酌的事情。现在已经过了十一点，他应该给对方确认一下。怎么跟海洛伊丝说呢？他不想让海洛伊丝知道他要去拜访普立彻家，一方面是因为他不想

---

1. *The Satanic Verses*，印裔英籍作家萨曼·拉什迪（Salman Rushdie）于1988年出版的作品，其巨大的争议性甚至导致伊朗精神领袖霍梅尼针对作家本人下达全球追杀令。
2. 一盎司约为二十八克。

带她过去，另一方面是不想把事情弄复杂了，免得他到时候不得不出于保护的目的来明确告诫海洛伊丝不要亲近那些怪人。

汤姆走下楼，打算到草坪周围转一转，或者跟安奈特太太要杯咖啡，如果她在厨房的话。

海洛伊丝从米色的大键琴跟前站起来，伸了个懒腰。"亲爱的，你跟亨利说话的时候，诺艾尔打过电话来。她想今晚过来吃晚饭，也许还要留下来过夜。可以吗？"

"当然可以啦，我的甜心。没问题。"以前不就这样嘛，汤姆暗想，诺艾尔·哈斯乐打个电话过来，然后不请自到。她是个好相处的人，汤姆并不反感她。"我希望你已经答应她了。"

"我答应了。那个可怜虫——"海洛伊丝兀自笑开了，"有个男人——诺艾尔根本就不该以为他是认真的！他对她也不好。"

那就是出走了，汤姆猜测。"所以她心情沮丧咯？"

"哦，不是特别沮丧，不会持续太久的。她没有开车，所以我要去枫丹白露接她。到车站去接。"

"什么时候？"

"大概七点。我要看看时间表。"

汤姆松了口气，或者略微放下心来。他决定把实话说出来："今天早上，你也许不相信，有个邀请函是普立彻家发过来的，你知道，那对美国夫妻。邀请我们今晚六点过去喝一杯。你介意我一个人去吗——只是去多了解他们一点？"

"不介意，"海洛伊丝的声音和表情都像个十几岁的少女，而不是三十几岁的女人，"我为什么要介意呢？你要回来吃晚饭吗？"

汤姆微微一笑。"你放心，我一定回来。"

4

汤姆最终决定剪下三枝大丽花送给普立彻家。他中午的时候已经确认了他要去赴约，贾尼丝·普立彻当时听起来很高兴。汤姆也提前声明了他是一个人去，因为他的妻子六点左右要去车站接一位朋友。

于是，六点过几分的时候，汤姆开着他的棕色雷诺驶入了普立彻家的车道。太阳还没有下山，气温依旧很高。汤姆穿了一件夏季的外衣、一条长裤、一件衬衫，没有领带。

"噢，雷普利先生，欢迎欢迎！"贾尼丝·普立彻站在她的门廊上问好。

"晚上好，"汤姆微笑着说，他将红色的大丽花献给她，"刚刚剪下的，自家种的。"

"噢，真是太漂亮了！我去拿花瓶。你请进。戴维！"

汤姆步入一个小门厅，门厅进去是一个正方形的白色客厅，他记得这客厅。难看的壁炉还是老样子。壁炉的木头涂成白色，竟然还加了一条可笑的紫红色的装饰边。汤姆从所有的家具中看出一股造作的乡村风，除了沙发和扶手椅，接着戴维·普立彻进来了，一边用洗碗布擦拭双手。他只穿了衬衫，没有穿外衣。

"晚上好，雷普利先生！欢迎你来。我正忙着做法式吐司呢。"

贾尼丝附和地笑起来。她比汤姆想象的还要瘦，穿一条淡蓝色的棉质休闲裤，一件红黑色的长袖上衣，上衣的袖口和领口都有花边。她的浅棕色头发实际上是好看的杏色，剪得短短的，梳理得很蓬松。

"现在——你想喝点什么？"戴维问。透过他的黑框眼镜，他正礼貌地看着汤姆。

"呃——嗯——有金汤力吗？"汤姆问。

"速速就来。也许你能带着雷普利先生参观下房子，亲爱的。"戴维说。

"当然啦。如果他愿意的话。"贾尼丝像个妖精一样偏着她的细长脑袋，汤姆之前就注意到她有这样的姿势。她的眼睛也因此有点斜视，让人感到些微的难受。

他们参观了客厅背后的餐厅（厨房在左边），里面摆着一张厚重的餐桌，桌子周围几把高背椅，椅看起来并不比教堂里的条凳更舒适，汤姆这下认定自己所看到的都是些恶心的仿古家具。上楼的楼梯在那个花哨壁炉的一侧，汤姆跟着喋喋不休的贾尼丝上了楼。

两个卧室，卧室中间夹着一个浴室，没别的了。到处都贴着素色的花朵图案壁纸。走廊挂着一幅画，也是花朵图案，跟在酒店房间里看到的类似。

"你们是租的房子。"他们走下楼梯的时候，汤姆说道。

"哦，是的。还不确定我们是不是要住在这里。或者说住在这栋房子里——你现在看看那片倒影呢！我们把侧面的百叶窗敞开了，这样你就能看见了。"

"是的——真是太美了！"汤姆从楼梯上望过去，刚好位于天花板视平线以下的位置，他看到了灰白相间的波纹图案，那正是屋外的池塘在天花板上作的画呢。

"当然美啦，等风吹起来的时候会更加——生动！"贾尼丝发出尖利的咯咯笑声。

"你们自己买的这些家具吗?"

"算是吧。不过有些是借的——从房东那借的。比如餐厅的那套。有点重了,我觉得。"

汤姆没作评价。

戴维·普立彻已经将酒水放在沉稳的仿古咖啡桌上了。法式吐司加了融化的奶酪酱,用小牙签串起来的。此外还有酿橄榄。

汤姆坐在扶手椅上。普立彻两口子坐在沙发上。沙发跟扶手椅都铺着一层类似轧光布的花卉图案面料,算是这屋子里最不碍眼的东西了。

"干杯!"戴维举杯说道,他已经脱去了围裙,"敬我们的新邻居!"

"干杯!"汤姆说完呷了一口。

"我们很遗憾你的妻子没能过来。"戴维说。

"她也很遗憾。下次吧。你觉得——你在欧洲商学院具体做些什么呢?"汤姆问。

"我在上市场营销的课程。各个方面的课程。营销还有效果评估等等。"戴维·普立彻的表达清楚又直接。

"各个方面!"贾尼丝又咯咯笑了,这次有点紧张。她在喝着什么粉色的东西,汤姆猜应该是基尔酒,一种温和的葡萄酒调合物。

"课程是法语的?"汤姆问。

"法语和英语。我的法语还行,不过再多学一点也无妨,"他的卷舌音很重,"有了营销方面的培训,工作机会多得多呢。"

"你是美国哪里人?"汤姆问。

"印第安纳州,贝德福德。我后来在芝加哥工作过一段时间。一般都是终端销售工作。"

汤姆半信半疑。

贾尼丝·普立彻焦躁起来。她有一双修长的手,指甲涂成淡粉色,保养得很好。她戴的一枚戒指上只镶了一颗小钻石,看起来更像是订婚戒指,而非结婚戒指。

"你呢,普立彻太太,"汤姆愉快地询问道,"你也是从中西部来的吗?"

"不,华盛顿特区,我的老家。不过我后来生活在堪萨斯、俄亥俄,还有……"她迟疑了,仿佛一个忘记台词的小女孩,低头盯着她膝盖上轻轻扭动的双手。

"生活,遭罪,生活——"戴维·普立彻的语气不全是开玩笑,他看着贾尼丝的眼神也相当冷酷。

汤姆感到很惊讶。他们吵架了吗?

"又不是我提起来的,"贾尼丝说,"是雷普利先生问我从哪儿——"

"你也没必要说得那么详细嘛,"普立彻宽阔的肩膀略微向贾尼丝转动了一下,"是吧?"

贾尼丝一脸委屈,也不说话了。她只是尽量微笑,然后瞄了汤姆一眼,像是在说:别介意,抱歉。

"可你就喜欢这么干,不是吗?"普立彻不肯罢休。

"说得太详细吗?我没意识到——"

"这到底怎么回事呀?"汤姆满脸笑意地插了一句,"我就是问了贾尼丝她从哪儿来的。"

"噢,谢谢你叫我贾尼丝,雷普利先生!"

这下子汤姆不得不大声笑起来。他希望自己的笑声能缓和气氛。

"你看到了，戴维?"贾尼丝说。

戴维一言不发地注视着贾尼丝，但他好歹身子又往后靠在沙发垫上了。

汤姆喝了一小口酒，味道不错，然后从外衣口袋里摸出香烟来。"你们家这个月要出门吗?"

贾尼丝看着戴维。

"不，"戴维·普立彻说，"我们还有几箱子书要整理。箱子就在车库里呢。"

汤姆刚才见到了两个书架，一个在楼上，一个在楼下，里面只有几本平装书。

"不是所有书都在这儿，"贾尼丝说，"还有些——"

"我觉得雷普利先生不想听我们的书在哪儿，或者多余的冬毯都堆在哪儿，贾尼丝。"戴维说。

汤姆想听，但他没说出口。

"你们呢，雷普利先生，"戴维继续说道，"夏天出去旅行一趟——跟你可爱的妻子? 我见过她——只有一次，而且还离得很远。"

"不，"汤姆若有所思地回答道，好像他和海洛伊丝还有改变主意的余地，"我们今年可以待着不动的。"

"我们——我们大部分的书都在伦敦，"贾尼丝坐直了身子，看着汤姆，"我们有个小公寓在那边——布里克斯顿方向。"

戴维·普立彻愠怒地看了一眼妻子。然后他深吸一口气，对汤姆说:"没错。而且我觉得我们应该有些共同认识的人。辛西娅·葛瑞诺?"

汤姆当即想起了这个名字，她是过世的伯纳德·塔夫茨的女友、未婚妻。她曾经深爱伯纳德，却因为无法忍受他伪造德瓦特的作品而离开他。"辛西娅……"汤姆装作还在回忆中搜索这个名字的样子。

"她认识巴克马斯特画廊的人，"戴维继续说道，"她是这么说的。"

汤姆觉得自己当时肯定无法通过测谎仪的测试，因为他的心跳明显加快了。"啊，对啦。一个金头发的——呃，浅色头发的女人，我想。"辛西娅到底向普立彻透露了多少，汤姆纳闷，而她又为什么要跟这些无聊的人闲扯呢？辛西娅不是个多嘴的人，普立彻夫妇跟她的社会地位相比又差了几个档次。假如辛西娅想伤害他、毁掉他，汤姆在心里琢磨，那她几年前就动手了。当然，辛西娅还可以曝光伪造的德瓦特画作，可她从来没有过。

"也许你更熟悉伦敦巴克马斯特画廊的人。"戴维说。

"更熟悉？"

"相比辛西娅来说。"

"我真的不是很了解他们中的任何人。我曾去过画廊几次。我喜欢德瓦特。谁不喜欢呢？"汤姆微笑了，"那家画廊是专卖德瓦特的。"

"那你从那家画廊买了一些咯？"

"一些？"汤姆哈哈笑了，"以德瓦特的市价？我只有两幅——买的时候还不是这么贵。比较旧的了。现在上了很高的保险。"

几秒钟的沉默。普立彻也许在计划他下一步该怎么走。汤姆忽然想到贾尼丝可能在电话里假扮过迪基·格林里夫。她的音域很广，能发出从尖利到她轻声说话的时候很低沉的音调。他的怀疑是正确的吗？普立彻两口子真的已经深入调查过汤姆·雷普利的背景——通过新闻档案，通过与辛西娅·葛瑞诺这样的人交谈——只是想捉弄他，激怒他，进而让他承认些什么吗？他们到底得到了什么消息，这是很关键的。汤姆不觉得普立彻是警探。可谁也说不准。像 CIA、FBI 这样的机构有的是外援。李·哈维·奥斯瓦尔德[1]就是 CIA 的外援，汤姆知道，最后成了替死鬼。普立彻夫妇想要敲诈勒索，骗钱吗？可怕的想法。

"你的酒再来点吗，雷普利先生？"戴维·普立彻问道。

"谢谢。半杯即可。"

普立彻到厨房调酒去了，也带上了他自己的杯子，忽略了贾尼丝。朝向餐厅的厨房门是敞开的，汤姆觉得里面的人能轻易听见客厅的人在说什么。可他要等贾尼丝先开口。他真的要等吗？

于是汤姆开口说了："你也要工作吗，夫人——贾尼丝？或者你以前工作过？"

"噢，我在堪萨斯做过秘书。然后我学习了声乐——声音训练——先是在华盛顿。那儿的学校好多，你都不敢相信。可是我后来——"

"遇见了我，运气不好。"戴维端着一个小圆托盘过来了，托盘上有两杯酒。

"是你自己说的，"贾尼丝故作正经，接着她用更轻柔、深沉的声音补充道，"你应该知道。"

戴维还没有坐下来，一只手捏紧拳头假意打了贾尼丝一下，几乎打中她的脸部和右肩。"我要修理你。"他脸上没带笑。

---

1. Lee Harvey Oswald，美籍古巴人，被认为是肯尼迪遇刺案的主凶。

贾尼丝并不示弱。"有时候也该轮到我了。"她反驳道。

汤姆看出来他们在小打小闹。然后又到床上去复合？不敢想象。汤姆关心的是辛西娅那条线索。那简直是个马蜂窝，假如普立彻两口子或者任何其他人——尤其是辛西娅·葛瑞诺，她跟巴克马斯特画廊的人一样清楚最近的六十几件"德瓦特"都是伪作——非要去捅破它，让真相大白于天下的话。再做任何的弥补都无济于事了，因为所有那些昂贵的画作都会变得一钱不值，除了对那些有怪癖的喜欢高级伪造品的藏家还有点意思，比如像汤姆这样的，但这世上又有多少人像他一样，对公正和诚实都持怀疑态度呢？

"辛西娅，是姓葛瑞诺，对吧？她怎么样呢？"汤姆开口道，"我好久没见过她了。很沉默的人，我记得。"汤姆还记得辛西娅痛恨他，因为是他在德瓦特自杀后提出要伯纳德·塔夫茨仿造德瓦特作品的。伯纳德十分巧妙且成功地完成了伪作，他在他伦敦的小阁楼兼工作室里缓慢而持续地工作，但这段过程毁了他的生活，因为他崇拜、尊重德瓦特本人及其作品，并最终发觉自己背叛了德瓦特，犯下不可饶恕的罪过。于是伯纳德自杀了，出于精神崩溃。

戴维·普立彻此刻正乐悠悠地不急于回答，汤姆发现（或者自认为发现）普立彻心里清楚汤姆是担心辛西娅的，汤姆想从普立彻的口中探出点辛西娅的消息。

"沉默吗？不觉得。"普立彻终于表态。

"不觉得。"贾尼丝脸上闪过一丝微笑。她正在抽一支过滤嘴香烟，她的双手没那么紧张了，但仍然握在一起，即使还拿着香烟。她看看她丈夫，又看看汤姆，目光不断地在两人之间扫来扫去。

这意味着什么呢？意味着辛西娅已经向普立彻两口子和盘托出了吗？汤姆简直不敢相信。若果真如此，就让他们爽快点说出来吧：

巴克马斯特画廊的人是骗子，最后六十几幅德瓦特作品是他们造的假。

"她现在结婚了吗？"汤姆问。

"我想她结婚了，对吧，戴维？"贾尼丝一边问一边用手掌揉了几下她的右上臂。

"我忘了，"戴维说，"不过我们前几次见她的时候，她都是单身一个人。"

在哪儿见的，汤姆想知道。又是谁把辛西娅介绍给他们的？可汤姆不便多作打听。贾尼丝的手臂是有淤青吗？汤姆琢磨。是因为这个，她才在八月份这么热的天穿一件奇怪的长袖棉上衣吗？为了掩盖她那个暴躁的丈夫对她的伤害？"你们经常去看艺术展览吗？"汤姆问。

"艺术——哈哈！"戴维瞥了一眼他妻子后发出由衷的大笑。

手上没有香烟之后，贾尼丝又开始拨弄她的手指，她的双膝也并拢了。"我们能说点更愉快的话题吗？"

"还有什么比艺术更愉快的呢？"汤姆微笑着说，"欣赏一幅塞尚的风景画多么令人愉悦啊！栗子树，一条乡村小道——房顶上那些温暖的橙色调。"汤姆哈哈笑了一声，这次是友好的笑声。到时间该走了，可他还在琢磨该说点什么来打听到更多的消息。贾尼丝把盘子端过来的时候，他拿起了第二块奶酪吐司。汤姆不打算提及杰夫·康斯坦，他是个摄影师；也不想说起艾德·班伯瑞，他是做特约记者的，他在数年前靠着伯纳德·塔夫茨的假画以及他们从假画赚取的利润买下了巴克马斯特画廊。汤姆也同样从德瓦特的销售中获得一定比例的提成，最近几年这个提成只能算平平，但也情有可原，毕竟伯纳德·塔夫茨死后就没有新的假画出来。

汤姆对塞尚诚挚的赞美大概是被人当成耳旁风了。他看一眼手表。"想起我太太了，"汤姆说，"我必须得回家了。"

"要是我们想多留你一会呢？"戴维说。

"留我？"汤姆这时已经站了起来。

"不让你出去。"

"噢，戴维！想跟雷普利先生玩游戏吗？"贾尼丝显然尴尬极了，但她歪着头，咧着嘴在笑，"雷普利先生不喜欢玩游戏！"她的声音又尖利起来。

"雷普利先生很喜欢玩游戏。"戴维·普立彻说道。此时他正襟危坐在沙发上，粗壮的大腿显而易见，两只大手叉于腰间。"你现在不能走，如果我们不想放你走。而且我会柔道。"

"真的啊。"前门，或者说汤姆刚才进来的那扇门，在他身后大约六米的距离，汤姆盘算着。他并不愿意跟普立彻干一架，可如果形势所迫的话，他也做好自卫的准备了。比如，他将一把抓起他们两人之间的那个笨重的烟灰缸。弗雷迪·米尔斯在罗马正是被烟灰缸砸中额头的，结结实实，不偏不倚。就那么砰的一下，弗雷迪一命呜呼。汤姆注视着普立彻。真是个讨厌鬼，一个胖乎乎、琐碎又平庸的讨厌鬼。"我要走了。非常感谢，贾尼丝。还有普立彻先生。"汤姆微笑着转过身。

汤姆没听见背后有任何动静，走到通往玄关的门口时他又回头看了看。普立彻先生只是漫步向他走过来，好像忘了游戏那回事了。贾尼丝则步履翩翩地迎上去。"你们在这附近都能找到需要的东西吗？"汤姆问，"超市？五金店？最好都到莫雷去看看。反正那儿也离得最近。"

得到肯定的答复。

"你和格林里夫家有联系吗?"戴维·普立彻问的时候把头往后仰,好像故意要让自己显得更高大。

"有时候吧,是的,"汤姆仍旧一副无所谓的表情,"你认识格林里夫先生?"

"哪一个格林里夫?"戴维开玩笑地说,还有点粗鲁。

"那就是不认识了。"汤姆说。他抬头看了看客厅天花板上那一圈闪闪烁烁的水波倒影。太阳几乎已经落到树后面去了。

"下雨的时候,那池塘大得够淹死人呢!"贾尼丝注意到汤姆在看。

"池塘多深?"

"噢——大概五英尺吧,"普立彻说,"底部是淤泥的,我想。不能蹚过去的。"他咧嘴笑了,露出方方正正的牙齿。

这样的笑原本可能是毫无恶意、友善的笑,但现在汤姆更清楚他的为人了。汤姆走下台阶来到草坪上。"谢谢二位!我希望我们很快又能见面。"

"一定的!感谢光临。"戴维说。

两个怪人,汤姆开车回家的路上这么想。他现在是百分之百地跟美国断绝联系了吗?美国的每一个小镇都有一对儿像普立彻两口子这样的怪人吗?都有些可笑的毛病?就像有些年轻的男男女女,十七八岁的样子,非得要把自己的腰围吃到两米多才罢休?这些人大都聚集在佛罗里达和加利福尼亚,汤姆在哪儿读到过。这些极端分子胡吃海喝之后又进行严酷的节食,一旦瘦到皮包骨头就马上开始新一轮的循环。这是一种自恋的表现吧,汤姆怀疑。

汤姆家的大门敞开着,车子驶入丽影灰色沙砾的院子,发出令人舒畅的嘎吱嘎吱声。接着车子进了左边的车库，跟红色的奔驰并行排列。

诺艾尔·哈斯乐和海洛伊丝坐在客厅的黄色沙发上，诺艾尔的笑声一如既往的响亮、欢快。今天晚上，诺艾尔的深色头发是她自己的头发，又长又直。她喜欢戴假发——其实就是喜欢乔装改扮。汤姆永远猜不出她会打扮成什么样。

"女士们!"他说，"晚上好，女士们。你好吗，诺艾尔?"

"很好，谢谢，"诺艾尔说，"你呢?"

"我们在讨论生活。"海洛伊丝用英语补充道。

"啊，那是个永恒的话题，"汤姆继续用法语说，"我希望晚餐没有因为我而推迟吧?"

"没有，亲爱的!"海洛伊丝说。

汤姆喜欢看着她此时坐在沙发上的修长身形，赤裸的左脚跷在右膝上。海洛伊丝和那个紧张兮兮、扭扭捏捏的贾尼丝·普立彻简直天上地下!"我还想在吃饭前打个电话，如果可以的话。"

"有何不可呢?"海洛伊丝说。

"抱歉。"汤姆转身上楼回到他自己的房间，在他的浴室里迅速地洗手。这是他的习惯，每次经历了像刚才那种不愉快的事情之后都要洗手。他意识到，他今晚要和海洛伊丝共用浴室，只要家里来了客人，她都把自己的浴室让给客人使用。汤姆确认了浴室的第二扇门，也就是通往海洛伊丝房间的那扇门没有锁。真太讨厌了，那个胖墩普立彻竟然说"要是我们想多留你一会呢"，而那个贾尼丝又呆呆地望着，动也不动。贾尼丝真的会协助她的丈夫吗? 汤姆觉得她应该会。也许像个机器人那样。为什么呢?

汤姆将擦手巾扔回挂杆上，来到他的电话机旁。他的棕色皮面地址簿就在那儿，他需要这个，因为他记不住杰夫·康斯坦或者艾德·班伯瑞的电话号码。

先找杰夫。据汤姆所知，他还住在伦敦八区，他的摄影工作室在那儿。汤姆的手表显示七时二十二分。他拨了号码。

第三次铃响后留言机就开始讲话了，汤姆抓了一支圆珠笔，记下另一个号码："……在晚上九点前。"这是杰夫的声音。

按照汤姆的时间，也就是晚上十点了。他拨打了刚才记下的号码。电话里传来一个男人的声音，嘈杂的背景声像是个聚会现场。

"杰夫·康斯坦，"汤姆重复着，"他在那儿吗？他是个摄影师。"

"噢，摄影师啊！请稍等。您是哪位呢？"

汤姆不喜欢被这么问。"就说是汤姆，可以吗？"

经过漫长的等待，杰夫终于过来了，还有点喘不过气的样子。聚会的喧闹声又响起来。"噢，汤姆啊！我还以为是另一个汤姆呢……嗯，是个婚礼，仪式结束后的招待会。有什么事吗？"

汤姆现在很高兴电话里有一片嘈杂的背景声。杰夫不得不大声吼出来，还要竖着耳朵听汤姆在讲什么。"你认识什么人叫戴维·普立彻吗？美国人，三十五岁左右，深色头发，妻子叫贾尼丝，金色头发。"

"不——"

"你能把这个事儿再问下艾德·班伯瑞吗？能找到艾德吗？"

"好的，不过他刚搬家不久。我会问他的。我记不住他的号码。"

"呃，你听我说——这两个美国人在我住的村子里租了一栋房子，他们还说最近见过辛西娅·葛瑞诺——在伦敦见的。他们说了些冷嘲热讽的话，就是普立彻夫妇，不过没有提到伯纳德。"汤姆说出这个名字的时候倒吸了一口凉气，他几乎也能听到杰夫的脑子里滴答作响。"他怎么可能碰到辛西娅呢？辛西娅去过画廊吗？"汤姆指的是旧邦德街上的巴克马斯特画廊。

"没去过。"杰夫肯定这一点。

"我连他见没见过辛西娅都不确定。但即使只是听说她——"

"跟德瓦特有关吗？"

"我不知道。你该不会以为是辛西娅在当贱人使坏吧，别——"汤姆戛然而止，他惊恐地意识到那个普立彻或者普立彻夫妇在查他的旧账，都查到迪基·格林里夫那里去了。

"辛西娅不是贱人。"杰夫压低了声音，真诚地说道。疯狂的背景声一点没减弱。"听着，我会带话给艾德，然后——"

"今晚吧，如果可以的话。给我回个话，到你那边的凌晨之前都可以。我明天也在家。"

"你觉得这个普立彻到底想干什么？"

"问得好。就是有某种预谋，别问我是哪种预谋。我还说不上来。"

"你意思是说他知道的可能比他说的要多？"

"是的。而且——我用不着告诉你辛西娅她恨我吧。"汤姆尽可能放低声音，但又确保对方能听到。

"我们几个她谁都不喜欢！我或者艾德会给你打电话的，汤姆。"

他们挂了电话。

接下来是晚餐时间。安奈特太太先端上来一道极美味又清亮的汤，像是由五十种原材料做成的，再来是蛋黄酱柠檬小龙虾，佐配一瓶清凉的白葡萄酒。夜晚的气温还是很高，落地窗依旧敞开着。

女人们聊着北非的话题，因为诺艾尔·哈斯乐看起来至少去过一次的样子。

"……出租车没有表的，司机说多少，你就付多少……气候宜人呐!"诺艾尔陶醉地举起双手，然后拾起她的白色餐巾擦拭指尖。"微风吹拂! 天气并不热，因为一整天都有舒服的微风持续不断地吹过来……啊，是的! 法语! 谁会说阿拉伯语呀?"她笑起来，"你说法语就没问题——不论到哪儿。"

然后是友情提示。要喝矿泉水，叫西迪还是什么牌子的，装在塑料瓶里的。肠道出现问题要吃易蒙停[1]的药丸。

"买点抗生素带回家，不需要处方的，"诺艾尔兴奋地说，"比如卢比塔辛[2]，便宜着呢! 而且保质期有五年! 我知道是因为……"

海洛伊丝把这些全都听进去了。她确实对陌生的地方感兴趣。很奇怪她家里人竟然从没带她去过以前的法属殖民地，汤姆想，普利松夫妇似乎总是喜欢到欧洲度假。

"还有普里克夫妇呢，汤姆。他们怎么样?"海洛伊丝问。

"是普立彻夫妇，亲爱的。戴维和——贾尼丝。呃——"汤姆瞄了一眼诺艾尔，她虽然在听，但只是出于礼貌罢了。"典型的美国人，"汤姆继续说道，"男的在枫丹白露的欧洲商学院学习市场营销。我不知道女的怎么打发时间的。家具很糟糕。"

诺艾尔朗声笑了。"怎么个糟糕法呢?"

"乡村风格，从超市买的，着实笨重，"汤姆一副痛苦的表情，"而且我也不怎么喜欢普立彻两口子。"他温和地总结道，脸上还挂

---

1. Imodium，一种治疗腹泻的药物。
2. Rubitracine，治疗麻疹的药物。

了笑容。

"有孩子吗?"海洛伊丝问。

"没有。不是我们喜欢的那类人,我想,我亲爱的海洛伊丝。所以我很高兴我一个人去的,而你就不必受罪了。"这时候汤姆开心地笑了,伸手去拿酒瓶,为每个人的杯子都加了一点酒。

晚餐过后,他们用法语玩了拼字游戏。这正是汤姆需要的放松手段。他已经开始为讨厌鬼戴维·普立彻发愁了,就像杰夫问的,老是要想他究竟想干什么。

到凌晨的时候,汤姆上楼进了自己的房间,准备上床看看周末版的《世界报》和《论坛报》。

过了不知多久,汤姆的电话在黑暗中响起,将他吵醒了。汤姆马上想起他事先叫海洛伊丝掐断了她自己房间的电话线,以免汤姆半夜有电话吵到她。他很满意这样的安排。海洛伊丝和诺艾尔晚上已经聊得够晚了。

"喂?"汤姆说。

"你好,汤姆!我是艾德·班伯瑞。很抱歉这么晚打过来,不过我几分钟之前刚回来就接到杰夫的留言,我听出来这事儿很重要,"艾德轻描淡写又准确的措辞听起来比任何时候都准确,"一个叫普立彻的人?"

"是的,还有他妻子。他们——他们在我住的村子里租了一栋房子。他们说见过辛西娅·葛瑞诺。你知道这事儿吗?"

"不知道啊,"艾德说,"但我听说过这家伙。尼克——尼克·霍尔是我们画廊新聘的经理,他提到说有个美国人过来,问起有关——有关莫奇森的事。"

"莫奇森!"汤姆轻声地重复道。

"是的，太奇怪了。尼克跟我们还不到一年，他哪里知道有个失踪了的莫奇森。"

艾德·班伯瑞说话的语气好像是莫奇森自己玩消失的，而不是汤姆杀了他。"我能问下吗，艾德，普立彻有没有说起或者问起我呢？"

"据我所知没有。我问过尼克，也不想让他因为这个产生怀疑，这是自然！"说到这里，艾德一阵狂笑，像是恢复了他的老样子。

"尼克说了什么关于辛西娅的？比如普立彻跟她聊过之类的？"

"没有，杰夫跟我说了，尼克不可能认识辛西娅。"

汤姆知道艾德和辛西娅相当熟。"我只是想知道普立彻是如何遇见辛西娅的——或者他是否真的遇见过。"

"可这个普立彻到底要干什么呢？"艾德问。

"他在揭我的老底，该死的偷窥狂，"汤姆回答道，"我咒他淹死在黑暗里——淹死在任何地方。"

艾德短促地一笑。"他提到伯纳德了吗？"

"没有，感谢上帝。他也没有提到莫奇森——没对我提到。我跟普立彻喝了一杯，仅此而已。普立彻是个婊子，娘娘腔[1]。"

他们两人都坏笑了一阵。

"喂，"汤姆问道，"我能问下，这个尼克知道伯纳德之类的事吗？"

"我想不知道吧。他也许知道，如果是这样，他肯定选择了把怀疑咽到肚子里。"

---

1. 原文 tease 和 prick 有对男性进行色情引诱的意思，此处分别译为"婊子"与"娘娘腔"。

"怀疑？我们有受到敲诈的危险，艾德。要么尼克·霍尔不要去怀疑——要么他就站在我们这边。必须得这样。"

艾德叹口气。"我没有理由认为他在怀疑呀，汤姆——我们有共同的朋友。尼克是个失败的作曲家，可他还没有放弃。他需要一份工作，然后他到我们这儿来上班。不懂绘画，也不太关心，这是肯定的，只是负责管理画廊的一些价格方面的资料，如果有买家确实感兴趣的，他就打电话给我或者杰夫。"

"尼克多大岁数？"

"三十左右。布莱顿人，老家在那儿。"

"我不希望你问尼克任何有关辛西娅的事，"汤姆像是在自言自语，"可我确实担心，不知道她会透露些什么。她什么都知道，艾德，"汤姆声音很轻柔，"她说一句，等于好几句——"

"她不是这种人。我发誓，我觉得她如果把秘密泄露出去，连她自己都会觉得愧对伯纳德。她尊重他的过去，某种形式的尊重。"

"你偶尔会碰见她？"

"不。她从不来画廊。"

"也就是说你不知道她现在是否结婚了？"

"不知道，"艾德说，"我可以查下电话簿，看她是否还登记在葛瑞诺的名下。"

"唔，好，有何不可呢？我好像记得她有一个贝斯瓦特的号码。我从来没有过她的地址。还有，如果你想起来普立彻可能通过什么途径见过她，假如他确实见过的话，你就告诉我一声，艾德。可能是个重要线索。"

艾德·班伯瑞答应下来。

"噢，还有，你的号码是多少，艾德？"汤姆记下艾德的号码，还有他的新地址，在考文特花园附近。

他们互道祝福，然后挂断了。

汤姆到走廊听了一会动静，又看了看门缝下面是否有灯光（一丝也没看见），确认电话没有吵到任何人才回到床上。

莫奇森，我的老天！莫奇森在维勒佩斯汤姆的家里过夜之后就再没消息了。他的行李最后在奥利机场被发现，仅此而已。莫奇森大概——不，绝对——没有登上他应该搭乘的飞机。他的骸骨就沉在一条叫卢万的河里，或者漂移到另外一条离维勒佩斯不远的运河里去了。巴克马斯特画廊的兄弟们，艾德和杰夫，他们尽量不去打听。莫奇森曾怀疑德瓦特的画作是假的，一旦他被清理掉之后，汤姆等人就得救了。当然，汤姆的名字还是出现在报纸上，只有很短的一阵子，因为他有确凿的证据证明自己开车送莫奇森去了奥利机场。

那又是一桩他后悔犯下、不情愿犯下的罪状，根本不像勒死黑手党那样给他带来痛快与满足。在丽影的后花园，伯纳德·塔夫茨曾协助汤姆将莫奇森的尸体从一个浅坑里挖出来，那个浅坑是汤姆几天前亲手挖掘的，既不够深，也不够安全。汤姆记得，他和伯纳德在夜深人静的时候将裹着防水布或者某种帆布的尸体用旅行车偷偷运到卢万河上的某一座桥上，桥的护栏不高，方便他们两人把用石头加重的尸体抛下河里。当时的伯纳德像个士兵一样服从汤姆，他有自己的荣誉观，对不同的事情有不同的态度：伯纳德的良心没能承受住数年之内仿造六七十幅德瓦特油画和无数素描作品所带来的罪恶感，毕竟德瓦特是他的偶像。

在调查莫奇森事件的那段时间，伦敦或美国的报纸（莫奇森是美国人）提到过辛西娅·葛瑞诺吗？汤姆觉得没有。伯纳德·塔夫茨的名字绝对没有和莫奇森失踪联系在一起。莫奇森当时跟泰特美术馆的某个男人约好要谈一谈假画的事情，汤姆记得。他先去了一趟巴克马斯特画廊，跟老板艾德·班伯瑞和杰夫·康斯坦聊了聊，两位老板立马通知汤姆来救场。汤姆赶到伦敦，成功地假扮德瓦特本人来证实几幅油画确是真迹。之后莫奇森来到丽影，为了欣赏两幅德瓦特的作品。据莫奇森远在美国的太太透露，汤姆是最后一个见过莫奇森的人。莫奇森肯定在启程前往巴黎，继而前往维勒佩斯会见汤姆之前就在伦敦跟太太通过电话了。

汤姆以为那天晚上他会噩梦连连，梦见莫奇森重重摔倒在地窖的地板上，躺在一片鲜血和红酒的混合物中，或者梦见伯纳德·塔夫茨穿着他破旧的沙漠靴站在萨尔茨堡附近的悬崖上，然后消失不见。可他没有。梦和潜意识就是如此怪诞而不合逻辑，汤姆竟然一夜好眠，第二天早上醒来的时候感觉尤其的精神饱满、心情舒畅。

5

汤姆冲了澡，刮了胡子，换好衣服，走下楼的时候刚好过八点半。这是个阳光灿烂的早晨，还不算热，一股和煦的微风吹得桦树枝叶摇曳。安奈特太太肯定是已经起床，在厨房忙活了。她的手提式小收音机固定放在面包匣旁边，播放着新闻，还有法国电台里常有的聊天及流行乐节目。

"早上好，安奈特太太！"汤姆说，"我在考虑——既然哈斯乐太太很可能今天上午就要离开，我们可以安排一顿丰盛的早饭。炖蛋如何？"他用英语说的"炖蛋"两个字。"炖"在他的字典里是有的，只是不用于鸡蛋。"Oeufs dorlotés[1]？你还记得我翻译有多费劲吧？就是放在小瓷杯里面的。我知道它们在哪儿。"汤姆从橱柜里找出一套六只小瓷杯。

"啊，是的，汤姆先生！我记得，四分钟。"

"至少的。但我先得问问女士们是否想吃。对了，我的咖啡。太感谢了！"安奈特太太将随时准备好的一壶热水倒进汤姆的滴滤式咖啡机，汤姆只等了几秒钟，然后就端着一杯咖啡去客厅了。

汤姆喜欢一边站着喝咖啡一边凝望后花园的草坪。这时候他可以信马由缰地胡思乱想，还能考虑下花园里需要干点什么活。

几分钟过后，汤姆来到香草园，摘了些欧芹。倘若女士们同意吃炖蛋，这些欧芹就能用上了。炖蛋之前要往每只生鸡蛋里放点切碎的欧芹，外加黄油、盐和胡椒，再将小瓷杯的盖子拧上，浸泡到热水里炖。

"你好，汤姆！已经开始工作了？早上好呀！"是诺艾尔在跟他打招呼。诺艾尔穿一条黑色棉质休闲裤、一双凉鞋，还有紫色上衣。她的英语并不差，汤姆知道，但她几乎都跟他说法语。

"早上好。非常辛苦的工作呢，"汤姆将一把摘下的欧芹凑到她面前，"你想尝一下吗？"

诺艾尔取了一小枝放进嘴里慢慢嚼。她已经给自己搽上了淡蓝色的眼影和浅色的口红。"啊，很好吃！你知道，"她继续用法语说，"海洛伊丝和我昨天晚饭过后在聊。我也许可以到丹吉尔跟你们会合，如果我能把巴黎的一些事情安排好的话。你们下周五过去，我也许周六出发。就是说，假如你不介意的话。或者有个五天的时间——"

"真是个惊喜呀！"汤姆答道，"你了解这个国家，我觉得这主意很好。"汤姆确实这么想的。

女士们都同意吃炖蛋了，每人一个，再多来点吐司、茶和咖啡，早餐就十分惬意了。他们刚刚吃完早餐，安奈特太太便从厨房的方向过来，要汇报点什么事情。

"汤姆先生，我觉得我应该告诉你，有个男的在马路对面拍丽影的照片。"她说"丽影"的时候带着敬意。

汤姆站了起来。"抱歉。"他对海洛伊丝和诺艾尔说。汤姆心里已经有了怀疑对象。"谢谢你，安奈特太太。"

他走到厨房的窗户前观望。是的，正是那个胖胖的戴维·普立

---

1. "炖蛋"的法语表述，英语是 coddled eggs，指煮得半生不熟的鸡蛋，coddle 兼有文火炖和娇生惯养的意思。

彻在干坏事。他从丽影对面汤姆喜欢的那棵倾斜的大树底下走出来，从树阴走到有阳光的地方，把照相机举到眼前。

"也许他觉得这房子很漂亮。"汤姆对安奈特太太说，语气虽然平静，但他内心并不如此。要是家里有把来复枪的话，他真想干脆点毙了戴维·普立彻这个家伙，当然他事后还要能脱罪才行。汤姆耸了耸肩。"如果你发现他踏入我们家草坪，"汤姆微笑着附带一句，"那就是另外一回事了，你得向我汇报。"

"汤姆先生——他可能是个游客，不过我相信他住在维勒佩斯。我觉得他是跟妻子一起在那下面租房子的美国人。"安奈特太太手指了指，方向也是对的。

小镇上的消息真是传得快啊，汤姆心想，大多数的女佣都没有私人汽车，只有靠窗户和电话传消息。"真的吗？"汤姆立马有了负疚感，因为安奈特太太也许知道，或很快要知道他昨天晚上到这个美国人的家里喝了餐前开胃酒的。"应该没什么要紧的。"汤姆边说边往客厅方向走去。

他发现海洛伊丝和家里的客人正从客厅的前窗打望，诺艾尔把一副长长的窗帘往后拉了一点，正笑着跟海洛伊丝说些什么。汤姆现在离厨房够远了，不用担心被安奈特太太听见，但他还是先往身后瞄了一眼，然后才敢开口。"就是那个美国人，跟你们提一下，"他轻声用法语说道，"戴维·普立彻。"

"你刚才去哪儿了，亲爱的？"海洛伊丝把脸转过来对着他，"他为什么要拍我们？"

普立彻确实没罢手，他已经穿过马路，到这条人尽皆知却没人管的土路上来了。周围都是高大的树木和低矮的灌木丛。普立彻没法从这条土路上拍摄到清晰的丽影的照片。

"我不知道，亲爱的，不过他是那种爱惹人嫌的人。他巴不得我跑出去冲他发发脾气，所以我宁可保持沉默。"他向诺艾尔使了个俏皮的眼色，然后回到餐厅，他的烟还放在餐桌上。

"我觉得他看到我们在打望了。"海洛伊丝用英语说道。

"很好，"他开始享受今天的第一支香烟，"说真的，他巴不得我跑出去问他为什么要拍照片，他求之不得呢！"

"真是个怪人！"诺艾尔说。

"没错。"汤姆回答。

"他昨晚上没说要拍你家的照片？"诺艾尔又问道。

汤姆摇头。"没有，别管他了。我跟安奈特太太交代了，如果他敢踏入——我们的地盘，就跟我汇报。"

他们讨论起别的事——到北非国家用旅行支票还是维萨信用卡[1]。汤姆说他倾向于两个都用一点。

"两个都用一点？"诺艾尔问。

"比如，你会发现有些酒店不接受维萨卡，只接受美国运通卡，"汤姆说，"不过，旅行支票是通用的。"他站在靠近阳台落地窗的位置，于是他趁机把后花园从左到右地扫视了一番，左边方向是那条土路，而右边的角落里正静静地坐落着他的温室。没有人影或者活动的迹象。汤姆发现海洛伊丝已经注意到他有心事了。普立彻是从哪儿下的车，汤姆纳闷。或者贾尼丝先开车送他过来，之后再来接他？

女士们询问了到巴黎的火车时刻表。海洛伊丝想开车送诺艾尔去莫雷，那里有一班火车可以直达里昂车站。汤姆主动说要帮忙，

---

1. Visa，国际银行卡组织。

不过海洛伊丝似乎坚持要亲自开车送送朋友。诺艾尔的行李是刚好够住一晚用的，而且已经打包好了，她转眼就拎着行李下楼了。

"谢谢你，汤姆，"诺艾尔说，"我们应该很快又能见面了，不用像平时等那么久，只有六天！"她笑起来。

"希望如此。一定很好玩。"汤姆想帮诺艾尔拿行李，可她不让。

汤姆和女士们一同走出门，目送着红色的奔驰车左转，往村子的方向驶去。接着他看到一辆白色的汽车从左边靠拢、减速，一个人影从灌木丛中钻出来，跑到马路上——穿着皱巴巴的褐色薄外套和深色长裤的普立彻。他上了那辆白色汽车。现在汤姆顺势站到丽影大门一侧的树篱后面观察动静，树篱长得比波茨坦卫兵还高。

自以为是的普立彻夫妇把车子缓缓开过来，戴维对兴奋的贾尼丝咧着嘴笑，而贾尼丝几乎没有看路，而是盯着戴维。普立彻看了一眼丽影敞开的大门，汤姆甚至希望他有胆子叫停贾尼丝，让她倒车，然后开进来——汤姆真想拿拳头来对付他们两人呢——然而普立彻显然没有向贾尼丝发布这样的指令，因为汽车慢慢地驶离了丽影。这辆白色的标致上了巴黎的车牌，汤姆注意到。

现在莫奇森的骸骨变成什么样了呢，汤姆琢磨。河水长年累月地冲刷，缓慢而持久地侵蚀，应该跟那些食肉的鱼类一样能分解掉莫奇森的尸骸，甚至有过之而无不及。汤姆并不确定卢万河里是否有食肉的鱼类，但肯定是有鳗鱼的。汤姆听说过——但他迅速打消了自己那些恶心的念头。他不愿意去想象。两只戒指，汤姆记起来，是他当时决定要留在尸体的手指上的。石头估计也能将尸体固定在某个位置。脑袋会不会从颈椎上掉下来，滚落到别处去，这样就无法做牙齿鉴定了？防水布或者帆布应该是早就腐烂了。

别去想了！汤姆告诉自己，同时抬起了头。从他见到那对怪夫妻到现在不过才几秒钟的时间，而且他刚走到自家没有上锁的房门前。

安奈特太太已经清理好了吃完早餐的桌子，此刻大概在厨房里做一些最琐碎的小活吧，比如检查黑白胡椒还剩了多少之类的。或者她就干脆待在自己的房间里，给自己或朋友做缝纫（她有一台电动的缝纫机），又或者给她里昂的姐姐玛丽-奥蒂写信。周日就是周日，汤姆发现，连他自己也受了周日的影响：没人愿意在周日还和平常一样拼命。周一是安奈特太太的正式休息日。

汤姆凝视着带有黑色和米色琴键的米色大键琴。他们的音乐老师罗杰·勒佩蒂先生周二下午要来给他们两夫妻上课。汤姆现阶段在练习一些老的英文歌曲，民谣之类，虽然他相比之下更喜欢斯卡拉蒂，但民谣更加私人、更有温度，而且毕竟是带来了一种改变。他喜欢倾听，或是偷听（因为海洛伊丝不希望别人关注她）海洛伊丝练习舒伯特。在汤姆看来，她的纯真，她的善良，似乎将大师的经典曲目演绎出新的意境。另外，汤姆觉得欣赏海洛伊丝的舒伯特还有一个更有趣的理由，勒佩蒂先生本人就长得像年轻的舒伯特——舒伯特当然一直都很年轻，汤姆意识到。勒佩蒂先生年纪不到四十，有点软绵绵、圆滚滚的样子，像当年的舒伯特那样戴着无框眼镜。他没有结婚，跟母亲同住，这一点又像大个子的园丁亨利。这两个男人的差别还是挺大的！

别再白日做梦了，汤姆告诫自己。从逻辑上来讲，今天上午普立彻来丽影拍照会带来什么样的后果呢？照片或是底片会寄给 CIA 吗？汤姆记得 JFK[1] 曾说他希望看到这个组织被绞死、淹死，被五马

---

1. 应该是指约翰·菲茨杰拉德·肯尼迪，美国第三十五任总统。

分尸。戴维和贾尼丝会仔细研究照片，把某些照片放大了来看，然后一边嬉笑一边唠叨着说他们要闯进雷普利的大本营——连个看家狗或者保安都没有的破地方？他们是真有打算还是胡说八道呢？

他们到底抓住了他什么把柄，为什么要针对他呢？他们跟莫奇森，或者说莫奇森跟他们有什么关联？他们是亲戚吗？汤姆简直不敢相信。莫奇森显然受过良好的教育，要高普立彻夫妇一个层次。汤姆也见过他的妻子，丈夫失踪后，她就到丽影来找过汤姆。她和汤姆聊了一个多小时。很有教养的女人，汤姆记得。

有特殊癖好的收藏家吗？普立彻两口子也没跟汤姆要过签名呐。他们打算趁汤姆不在的时候破坏丽影吗？汤姆在考虑是否该通知警察，就说他见到一个男的鬼鬼祟祟的，有可能要入室行窃，而且雷普利夫妇要离开一阵子——他还没有考虑完这茬，海洛伊丝就回来了。

海洛伊丝心情很好。"亲爱的，你为什么不叫这个男人——拍照的——进来？普利卡——"

"普立彻，亲爱的。"

"普立彻。你到过他家了。有什么问题吗？"

"他不是很友好，海洛伊丝。"汤姆站在面向后花园的落地窗前，刻意将两腿微微分开，以显得放松。"无聊的小探子，"汤姆以更加冷静的口吻说道，"好管闲事，他就是这种人。"

"那他为什么来打探呢？"

"我不知道，宝贝。我只知道——我们必须保持距离——别去管他。还有他太太。"

第二天早上，周一，汤姆趁海洛伊丝泡澡的时候往枫丹白露那边打了个电话，就是普立彻说他自己在上营销课程的那家学院。汤姆花了点时间才把电话打通，一开始就说自己要找营销专业的人。汤姆本来准备说法语，没想到接电话的女人说的是英语，还没有口音。

等到汤姆要找的人来听电话时，他就问一个叫戴维·普立彻的美国人是否在学校，或者他能否留个口信。"营销专业的，我想。"汤姆说。他解释说他找到一栋普立彻先生可能会想租下来的房子，他务必要把口信带到才行。汤姆感觉欧洲商学院的这个男的听信了他的说辞，因为那里的人经常都在找房子。他回到电话线上，告诉汤姆花名册里面没有一个叫戴维·普立彻的，不管是营销专业还是别的专业。

"那我可能是搞错了，"汤姆说，"真是麻烦你了，谢谢。"

汤姆绕着花园逛了一圈。他早该知道了，没的说，戴维·普立彻这家伙——假如这是他的真名——玩了个撒谎的游戏。

现在轮到辛西娅。辛西娅·葛瑞诺。也是个谜团。汤姆迅速地弯腰，从草坪上摘下一朵艳丽、娇小的金凤花。普立彻是如何得知她的名字的？

汤姆深吸一口气，转身又朝房子走去。他已经决定，唯一的办法就是叫艾德或杰夫给辛西娅打电话，直接问她是否认识普立彻。汤姆也可以亲自打过去，不过他严重怀疑辛西娅会挂他的电话，要不就故意推脱，不管他问什么。相比其他两个人，她更恨汤姆。

汤姆刚一走进客厅，前门的门铃就响了，"嗞嗞"地叫了两次。汤姆挺直了腰身，握紧拳头又松开。门上有猫眼，汤姆往里看了看。他看见一个戴蓝色鸭舌帽的陌生人。

"谁在外面？"

"送快递的，先生。给雷普利先生？"

汤姆开了门。"我是，谢谢。"

快递员递给汤姆一个小而结实的牛皮纸信封，微微行下礼就离开了。他肯定从枫丹白露或者莫雷那边过来，汤姆思忖，大概是从酒吧烟草店那里问到的汤姆家的地址。这是汉堡的里夫斯·迈诺特寄来的神秘包裹，里夫斯的姓名和地址都写在左上角。汤姆在信封内发现一个白色的小盒子，小盒子里面是一卷用透明塑料盒装好的像是迷你打字机色带一样的东西。另外还有一个白色信封，上面是里夫斯写的"汤姆"。汤姆打开信封。

你好，汤姆：

就是这件东西。请在五天之内将它寄给乔治·沙迪，纽约州皮克斯基市坦波街 307 号，邮政编码 10569，切勿使用挂号，信封上注明录音带或打字机色带即可。请寄航空快递。

始终给你我最衷心的祝福。

R. M.

这上面有什么，汤姆一边琢磨，一边把透明塑料盒放回白盒子。某种国际机密吗？金融交易？贩毒洗钱的记录？还是什么恶心的隐秘又私人的勒索材料，有两个人的声音在当事人不知情的情况下被录了下来？汤姆很高兴自己一无所知。对于这种麻烦事，他不收受费用，也不希望收受费用，就算里夫斯要给，他也不愿意接受，哪怕是危险工作津贴呢。

汤姆决定先给杰夫·康斯坦打电话，追问他，甚至强迫他去调查戴维·普立彻是如何得知辛西娅·葛瑞诺这个名字的。还有，辛西娅这段日子在干些什么——结婚了，在伦敦工作吗？艾德和杰夫这两个小子当然不用太紧张咯，汤姆心想。是他，汤姆·雷普利，替大家扫除了托马斯·莫奇森这个障碍，而现在是汤姆碰到个趁火打劫的，像是秃鹫转世的普立彻在他和他的房子上空转来转去。

海洛伊丝已经泡完澡了，汤姆肯定，她就在楼上自己的房间里。不过汤姆还是想到他的房间试着打这通电话，把门关上就行。他一步两梯地上了楼，查阅了圣约翰伍德的电话号码，拨了号，等着对方接听。

一个陌生的男人的声音接听了电话，说康斯坦先生现在很忙，他能否带个口信？康斯坦先生正在给一个预约好的客户拍照。

"你能告诉康斯坦先生说汤姆在电话里等他，只需要和他说上几句吗？"

不到半分钟，杰夫来接电话了。汤姆说："杰夫，不好意思，确实有点急事。你和艾德两个能不能再去打听下戴维·普立彻是如何得知辛西娅名字的？这很重要。还有，辛西娅是否曾见过他？普立彻就是个说谎精，我还真没遇到过这样的人。我前天晚上和艾德通过电话。他打给你了吗？"

"打了，今早不到九点的时候。"

"很好。我这边的消息——普立彻昨天早上公然站在我家门口的马路上，拍我家的照片。你怎么看？"

"拍照啊！他是个警察吗？"

"我正在想办法查。我必须查出来。还有几天，我就要和妻子出门度假了。我希望你能理解我为什么如此担心家里的安全。你们不妨邀请辛西娅来喝一杯，或者吃个午饭，随便怎么都行，反正要把我们想问的话给套出来。"

"这恐怕——"

"我知道这不太容易，"汤姆说，"不过值得一试。足可以抵得上你相当一部分收入了，杰夫，还有艾德也是。"也许还能防止对杰夫和艾德的欺诈指控，以及对汤姆本人的一级谋杀指控，但汤姆不想在电话里把话说得这么清楚。

"那我试试吧。"杰夫说。

"再说说普立彻：美国人，三十五岁左右，深色直发，约六英尺高，体格健硕，戴黑色边框眼镜，发际线后退，都快有寡妇尖了[1]。"

"我记下了。"

"如果说，出于某种原因，艾德也许更适合办这件事的话——"然而在这两人之间，汤姆并不能说清哪一个更适合。"我知道辛西娅很难对付，"汤姆继续说道，语气温和了一些，"但普立彻已经查到莫奇森头上了——至少提到他的名字了。"

"我知道了。"杰夫说。

"好的，杰夫，你和艾德就尽量去办吧，随时知会我。我到周五一早都留在家里的。"

他们挂了电话。

汤姆抓紧时间练了半个小时的大键琴，他觉得比平时练得还专注些。他确实在有限的时间内，比如二十分钟、半小时，能表现得更好，甚至还可以说进步得更多，假如他敢用上"进步"这个字眼的话。汤姆的目标并不是要完美，连娴熟都不指望。哈！怎么说呢？他从来没有，以后也不会为他人表演，那他平庸的琴艺除了对他自

---

1. widow's peak，额前的 V 形发尖，早年西方流行的迷信说法是有这种发尖的女人会比丈夫活得长久。

己，对别人又有什么影响呢？对于汤姆来说，每周与舒伯特式的罗杰·勒佩蒂见面、学习，是一种他已经学会享受的自律的形式。

电话铃响的时候，汤姆心里的、手表上的半小时还差两分钟才到。但他还是去了玄关，接起电话。

"你好，请接雷普利先生——"

汤姆立刻听出来是贾尼丝·普立彻的声音。海洛伊丝也接起了她的电话，于是汤姆说："没关系，亲爱的，我想是打给我的。"接着他听到海洛伊丝挂断电话。

"我是贾尼丝·普立彻，"那声音继续说道，感觉紧绷绷的，有些慌张，"我想为昨天早上的事道歉。我丈夫就是有那些个荒唐的，有时候还很鲁莽的想法，比如给你家的房子拍照！我肯定你昨天看见他了，或者你的妻子看见了。"

汤姆一边听她说着，一边回想起她那张脸，她在车里盯着她的丈夫，脸上明显露出赞许的笑容。"我想是我妻子看到了吧，"汤姆说，"没什么大不了的，贾尼丝。不过他怎么想起要拍我家的房子呢？"

"他不是想拍房子，"她提高了声调，"他就想惹恼你，对其他任何人也是如此。"

汤姆放声大笑，带着疑惑的大笑，有一句评语他很想说，但也忍住了。"他觉得好玩，是吧？"

"是的。我没法理解他。我跟他说过——"

汤姆打断了她这套假情假意的替丈夫辩护的说辞："我能问你吗，贾尼丝，你从哪儿弄到我的电话号码的，或者是你丈夫弄到的？"

"哦，这很容易。戴维问了我们的管道工。他是本地人，直接就把号码给我们了。我们家里出了点小问题，所以请他过来帮忙。"

维克·贾侯，肯定是他了，这个与失控的水箱顽抗到底、对堵塞的管道穷追猛打的家伙。这样的人能否有点隐私的概念啊！"我知道了。"汤姆嘴上这么说，心里的怒火可是腾的一下上来了，但又不知该拿这个贾侯怎么办，除了能告诫他一声，别再把他的电话给任何人，任何情况下都不行。同样的事情也可能发生在加燃料油——取暖用油——的人身上，汤姆估计。他们这些人以为全世界都是围着他们的行业转的，没别的可能性了。"你的丈夫究竟是做什么的？"汤姆冒险一问，"实际上——我不太相信他还在学营销。他应该对营销了如指掌了吧！所以我觉得他在开玩笑。"汤姆不打算告诉贾尼丝他跟欧洲商学院打听过的事。

"噢——等一分钟——没错，我想我刚才是听到车子的声音了。戴维回来了。必须得挂了，雷普利先生。再见！"她挂掉了电话。

真是的，还得偷偷摸摸给他打电话！汤姆微微一笑。她的目的呢？道歉！道歉对贾尼丝·普立彻来说更觉羞耻吗？戴维真的进门了吗？

汤姆"呵呵"笑出了声。游戏，都是游戏！秘密的游戏和公开的游戏。看起来公开实际上秘密的游戏。当然，还有那些从头到尾都秘密的游戏，在紧闭的大门后继续展开，这是规律。而那些牵扯进去的人不过是玩家，玩着一些他们无法掌控的东西。哦，肯定如此。

他转过身，目光落在大键琴上，可他并不打算重新再弹了。他走出屋子，快步来到离他最近的一簇大丽花前。他用小折刀剪下一枝他称为"卷毛橙"的大丽花，这是他最钟爱的品种，因为它的花瓣令他想起凡·高的素描，想起亚尔勒附近的田野，想起那些不论用铅笔或油画笔描绘的笔触细腻、深情款款的叶子和花瓣。

汤姆走回了屋子。他脑子里想着斯卡拉蒂第三十八号作品，即勒佩蒂先生口中的 D 小调奏鸣曲。他正在练习这部作品，有希望取得进步。他喜欢（对他而言）这曲子的主题，听起来像是一场抗争，与困难的较量，然而却十分优美。可他并不想操练得太频繁，以免这曲子变得乏味起来。

他同时还惦记着杰夫或艾德的电话，他们要向他汇报辛西娅·葛瑞诺的事。想想也真是沮丧，就算杰夫成功地和辛西娅搭上了话，他也得等上二十四小时才能接到电话。

当天下午五点左右电话铃响时，汤姆还抱有十分渺茫的希望，但愿这电话是杰夫打来的，结果却并非如此。他一下就听出了艾格尼丝·格雷丝悦耳的声音，她问汤姆他和海洛伊丝能否在晚上七点左右过去吃点开胃菜。"安东尼周末多待了一段时间，他想明天一早就走，你们两个又马上要出远门了。"

"谢谢你，艾格尼丝。你稍等下，我跟海洛伊丝说一声。"

海洛伊丝同意了，汤姆又回到线上，跟艾格尼丝说他们要过去。

汤姆和海洛伊丝差不多快七点了才从丽影出发。普立彻刚租下的房子就坐落在同一条马路上，离得不远，汤姆一边开车一边想着。格雷丝家的人注意到这些"租客们"的情况吗？也许什么也注意不到。这一带的树木生长茂盛——汤姆喜欢这些自然生长的树木，房与房之间的空地上到处都是，有时连远处房屋的灯光都给遮挡住了。

汤姆像往常一样和安东尼站在一起说话，尽管他暗暗下过决心这次不必太过于亲近。安东尼是个勤奋的右翼建筑师，汤姆与他几乎没什么话可聊，而海洛伊丝与艾格尼丝则是典型的女性特质，一见面就聊开了，叽叽喳喳地说个没完——脸上还露出愉快的表情，若是有必要的话，说一整晚都没问题呢。

安东尼这次的话题可不再是那些拥入巴黎、吵着要住房的移民，他主动谈起了摩洛哥。“是的，我的父亲在我六岁的时候带我去过那儿。我永远也忘不掉。当然我后来还去过几次。那地方有一种魅力，一种魔力。想想看法国曾经是它的保护国，那时候的邮政服务是到位的，还有电话服务，街道……”

汤姆安静地听着。安东尼说起他父亲对丹吉尔和卡萨布兰卡的热爱，简直是眉飞色舞，几乎到了诗情画意的地步。

“确实是人民，毫无疑问的，”安东尼说，“造就了这个国家。他们有权利掌控自己的国家，但是，站在法国的立场来看，他们又弄得一团糟。”

是的，没错。能作何评价呢？唯有叹息。汤姆试着开了口：“咱们换个话题吧，”他摇了摇手中的金汤力，里面的冰块咔咔作响，“你们这儿的邻居还安分吗？”他朝普立彻家的方向点点头。

“安分？”安东尼噘起下嘴唇，“既然你问起来，”他边说边咯咯笑了一声，“他们有两次放了很吵的音乐。很晚的时候，差不多午夜了。是午夜之后！放的流行音乐。”他说出“流行音乐”几个字的语气，好像有人在半夜十二点之后放流行音乐是很稀奇的事。“不过时间不长。半个小时。”

这半个小时的长度有点古怪，汤姆心里琢磨，安东尼·格雷丝也就是那种会用手表给这些个怪事件计时的人。“你在这儿都能听见，你是说？”

“哦，是的。我们差不多隔了半公里呢！他们确实放得太大声了。"

汤姆微微一笑。"还有别的什么讨厌事？他们还没跟你们借除草机？"

"没有。"安东尼咕哝一声，然后喝他的金巴利酒。

汤姆不打算提普立彻给丽影拍照的事，一个字也不说。怕万一说了，安东尼对汤姆的隐约怀疑又要加深几分，这是汤姆最不希望发生的。全村的人都知道，莫奇森刚失踪的时候，英法两国的警察就到丽影找汤姆谈话了。警察倒没有声张此事，连警报都没有拉响，但小镇上有点风吹草动都会弄得人尽皆知，汤姆实在是受够了。他在来格雷丝家之前就告诫过海洛伊丝不要提普立彻拍照的事。

此时格雷丝家的两个孩子走了进来。他们刚从外面游完泳回来，脸上带着微笑，头发湿润，还光着脚，但仍然毕恭毕敬：格雷丝夫妇不允许他们喧哗吵闹，有失礼数。艾德华和姐姐道了一声"晚上好"之后就去厨房了，艾格尼丝尾随其后。

"一个莫雷的朋友有泳池，"安东尼向汤姆解释道，"对我们非常好。他也有孩子。他把我们家的孩子送回来。我把他们送过去。"安东尼又一次露出少有的笑容，挤得他那张肥厚的脸皱皱巴巴的。

"你们什么时候回来？"艾格尼丝问道，同时用手指梳理头发。这问题是在问海洛伊丝和汤姆。安东尼已经去了别处。

海洛伊丝说："大概三周吧？还没确定呢。"

"我又回来啦。"是安东尼的声音，他本人正从旋转楼梯上下来，每只手里都拿着东西。"艾格尼丝，亲爱的，来几只小玻璃杯如何？我这儿有一幅精细的地图，汤姆。虽然旧了，但是——你知道的！"他的言外之意是旧的才是最好的。

汤姆看到这是一张用旧了的摩洛哥地图，很多折痕，还用透明胶修补过。

"我会尽量小心保管好的。"汤姆说。

"你们该租一辆车，绝对的。开车到小地方转转。"话音刚落，安东尼就摆弄起他的私家珍藏——盛在一个冰凉的瓦瓶内的荷兰琴酒。

汤姆想起安东尼的家庭工作室里有一个小冰箱。

安东尼倒好酒，然后将摆着四只小酒杯的托盘优先传给女士们。

"哇！"海洛伊丝礼貌地大呼一声，尽管她并不喜欢琴酒。

"干杯！"等大家都举起了酒杯，安东尼说道，"预祝旅途愉快，平安归来！"

众人一饮而尽。

荷兰琴酒喝起来尤其顺口，汤姆不得不承认，但安东尼的姿态做得好像是他把那东西给调和出来的，而且汤姆也从未见过他招待大家喝第二轮。汤姆意识到普立彻夫妇尚未试图与格雷丝家交好，也许是因为普立彻还不知道雷普利家与格雷丝家是老朋友。至于格雷丝家与普立彻家之间的那栋房子？据汤姆所知，房子已空置多年，兴许是要出售的。没什么关系，无甚要紧，汤姆如此判断。

汤姆和海洛伊丝准备告辞了，答应主人家要寄明信片过来，为此安东尼向他们警告一番，摩洛哥的邮政可是糟糕得很呐。汤姆不由得想起里夫斯的磁带。

他们刚回到家，电话铃就响了。

"我在等电话，亲爱的，那就——"汤姆从玄关桌上拿起电话，做好要上楼的准备，如果电话是杰夫打来的，就不是三两句能说清楚了。

"亲爱的，我想来点酸奶，我不喜欢刚才喝的琴酒。"海洛伊丝一边说，一边往厨房方向走了。

"汤姆，我是艾德，"是艾德·班伯瑞的声音，"我联系上了辛西娅。杰夫和我都做了些——努力。我没法约她，不过我了解到一些事情。"

"什么事？"

"似乎是辛西娅前不久参加了一次记者的聚会，一次很随意、规模很大的聚会，几乎人人都能进去，好像这个普立彻当时也在场。"

"稍等，艾德，我得用另一部电话来接听。你先别挂。"汤姆三步两步地上了楼，摘下房间里的电话听筒，然后又下楼去把玄关的电话挂断。海洛伊丝根本没管汤姆在忙活什么，她正准备打开客厅的电视。可汤姆不愿意让她听见辛西娅的名字，免得她想起辛西娅就是那个疯子（海洛伊丝的叫法）伯纳德·塔夫茨的未婚妻。海洛伊丝曾在丽影见过伯纳德，当时被他吓了一跳。"我又回来了，"汤姆在电话上说，"你刚才说跟辛西娅谈过了。"

"电话里谈的。今天下午。聚会上有个辛西娅认识的男人过来跟她说，现场有个美国人在问他是否认识汤姆·雷普利。就那么突然的，好像是。所以说这个男人——"

"也是美国人？"

"我不知道。反正辛西娅告诉她的朋友——也就是这个男人——说让那个美国人去查一查雷普利跟莫奇森的关系。整件事就这么来的，汤姆。"

汤姆感觉自己一头雾水。"你不知道这个中间人的名字？那个跟普立彻说话的辛西娅的朋友是谁？"

"辛西娅没有透露，我也不想太——太勉强。首先，我打电话给她总得有点理由吧？就说有个鲁莽的美国人知道她的名字吗？我没说是你告诉我这件事的。就随便问一下，打她个措手不及！我必须这么干。我觉得我们还是掌握了些消息的，汤姆。"

是的，汤姆心里承认。"但辛西娅从未见过普立彻吗？那天晚上？"

"我感觉没有。"

"中间人肯定是跟普立彻这么说的：'让我来问问我的朋友辛西娅·葛瑞诺关于雷普利的事吧。'普立彻就把她的名字记下了，这名字也不常见。"或许辛西娅是特意通过她的中间人把名字像递名片一样说出去，汤姆思忖，她大概觉得倘若这事儿给汤姆·雷普利听见了，会让他对上帝产生恐惧之心，假如他的心里有上帝的话。

"你还在线吗，汤姆？"

"在啊。辛西娅对我们不怀好意，我的朋友。普立彻也是。不过他也就发发疯而已。"

"发疯？"

"脑子有点不正常，别问我怎么不正常，"汤姆深吸一口气，"艾德，谢谢你帮忙。跟杰夫也道声谢。"

挂上电话之后，汤姆哆嗦了一阵子。辛西娅已经对托马斯·莫奇森的失踪起了疑心，这是肯定的。而且她还有胆量去调查这起案子。她肯定知道，如果汤姆打算让某人消失的话，那个人必定是她自己，因为她掌握了造假的全部内幕，从伯纳德·塔夫茨第一次造假的作品（连汤姆本人都不一定看得出来），还有日期，她基本都了然于胸。

汤姆估计，普立彻很有可能是在查阅汤姆·雷普利的新闻档案时偶然看到莫奇森的名字。据汤姆所知，他的名字只在美国的各报刊媒体上登了一天。安奈特太太明明看见汤姆拎着莫奇森的行李箱上了他的（汤姆的）车，时间也正好是莫奇森去奥利机场赶飞机的时间，但她却错误地（但也是无心地）告诉警察说她看见雷普利先生和莫奇森先生一起带着行李上了雷普利先生的车。这就是暗示的力量，表演的魔力，汤姆心想。实际在那一刻，莫奇森正躺在汤姆的酒窖里，身上胡乱裹着一张旧帆布，汤姆生怕安奈特太太在他处理尸体之前跑下去拿酒。

辛西娅重提莫奇森的名字兴许是大大提振了普立彻夫妇的热情。汤姆确信辛西娅知道莫奇森在刚刚拜访完汤姆之后就离奇"失踪"了。汤姆记得，英国的多家报纸都刊登了这条消息，哪怕只是一个小小的豆腐块。莫奇森曾坚信最近出售的德瓦特作品均系伪作，而伯纳德·塔夫茨似乎还嫌莫奇森底气不足似的，竟然跑到伦敦莫奇森下榻的酒店，当面告诉莫奇森："不要再买德瓦特的作品。"莫奇森也向汤姆说起过这次奇怪的会面，和一个陌生人在酒店的酒吧里见面。莫奇森告诉汤姆，这个陌生人（即伯纳德）并未透露自己的名字。而汤姆本来那段时间就在监视莫奇森，他亲眼见到莫奇森与伯纳德会面，当时就吓得他魂飞魄散，现在都还没缓过劲来：汤姆早就猜到伯纳德当时跟莫奇森所说的话了。

汤姆经常在猜想伯纳德·塔夫茨是否去找过辛西娅，试图把她追回来，说他已经立誓不再画任何伪作。但即使伯纳德去找过辛西娅，辛西娅也未能原谅他。

6

汤姆料想贾尼丝·普立彻会再次设法"联络"他——"联络"就是她打的旗号,没成想她果真在周二下午打电话了。丽影的电话在下午两点半左右响了。汤姆隐约听见铃响。他当时正在给房子旁边的一个玫瑰花坛除草。海洛伊丝接了电话,过几秒钟就喊起来:"汤姆!电话!"喊的时候,她人已经来到了敞开的落地窗边上。

"谢谢,我的甜心,"他放下锄头,"谁打来的?"

"普利卡的太太。"

"啊哈!普立彻,亲爱的。"汤姆虽然不悦,但也好奇。他到玄关接听了电话。这一次,他没办法不跟海洛伊丝解释下就直接溜到楼上去。"喂?"

"喂,雷普利先生!我真高兴你在家。我想问一下——你可能会觉得我很唐突——我非常想跟你当面说几句。"

"噢?"

"我有车。我差不多五点之前都有空。你能——"

汤姆不愿意她来丽影,也不想去那个天花板上光影绰绰的房子。他们约好在枫丹白露的方尖碑见面(汤姆的主意),具体地点在东北角的一家叫"莱斯波特"还是什么的酒吧咖啡馆(工人阶级咖啡馆),时间是三点一刻。汤姆和海洛伊丝四点半要上勒佩蒂先生的音乐课,但汤姆没跟贾尼丝提到这事。

海洛伊丝以询问的眼神盯着汤姆,这眼神是汤姆以前接电话时几乎从未见过的。

"没错，偏偏就是她打来的，"汤姆根本不愿启齿，但又不得不坦白交代，"她想见我一面。我也许能掌握一些情况，所以我就答应了，今天下午。"

"掌握一些情况？"

"我讨厌她丈夫。他们两个我都讨厌，亲爱的，可是——如果我能掌握一些情况，或许有帮助。"

"他们在问些滑稽的问题？"

汤姆淡然一笑，他感谢海洛伊丝对他们共同的问题，主要是他的问题，所表现出来的理解。"也没问太多。别担心。他们就是开玩笑的。开玩笑，两个人都在开玩笑，"汤姆又换了一个更愉快的语调，"等我回来就一五一十地向你汇报——我准时回来上勒佩蒂先生的课。"

汤姆几分钟之后便出了门，在方尖碑附近找了个停车位，虽然有可能被开罚单，他也并不在乎。

贾尼丝·普立彻已经到了，正紧张兮兮地站在吧台旁边。"雷普利先生。"她冲着汤姆温和地微笑。

汤姆点头示意，但没有去握对方伸过来的手。"下午好。我们能找个卡座吗？"

他们坐进了卡座。汤姆为女士点了茶，为自己点了一杯浓缩咖啡。

"你丈夫今天在做什么？"汤姆露出友好的笑容，期待贾尼丝说他在枫丹白露的欧洲商学院，这样汤姆就能趁机多问些他学业方面的问题。

"他今天下午按摩去了，"贾尼丝·普立彻晃了下脑袋，"在枫丹白露。我四点半要去接他。”

“按摩？他腰背不舒服？”汤姆忌讳说按摩这样的字眼，会让他联想到色情场所，尽管他知道市面上有正规的按摩店。

“不是，”贾尼丝的脸拧起来了，她的视线有一半落在桌面上，另一半才在汤姆身上，“他就是喜欢。不管在哪儿，随便哪儿，每周两次，从不落下。”

汤姆咽了口唾沫，不由得恶心起这样的谈话。连那些人大喊着“来杯茴香酒”，或是游戏机里发出胜利的欢呼声，都要比贾尼丝谈论她的怪胎丈夫听起来要悦耳得多。

“我意思是说——就算我们到了巴黎，他也能马上找到一家按摩店。”

“有意思，”汤姆嘀咕道，“那他为什么要针对我呢？”

“针对你？”贾尼丝表示不解，“没什么可针对的呀。他很敬重你呢。”她注视着汤姆的眼睛。

汤姆就知道有这么一招。“他为什么说他在欧洲商学院，其实他根本没去？”

“噢——你知道啦？”贾尼丝顿时目光如炬，眼中带着戏谑的意味。

“哪里，”汤姆说，“我全靠猜的。我只是不相信你丈夫说的话。”

贾尼丝咯咯笑起来，显得异常高兴。

汤姆没有跟着她一起乐，因为他没感觉有什么可乐的。他注意到贾尼丝用大拇指搓自己的右手腕，似乎在下意识地做什么按摩之类的。她身着一件简练干净的白色衬衫，下装依然是那条蓝色的休闲裤。一条绿松石（不是真石，但很漂亮）项链佩戴在衬衫领子下面。此时贾尼丝按摩的动作将袖口往上推了一下，汤姆分明地看到她手上的淤青。汤姆还意识到，她脖子左侧上的一个青紫瘀痕也是一块淤青。她是故意让汤姆看到自己身上的淤青吗？"话说回来，"汤姆重新开口道，"如果他没有去欧洲商学院——"

"他喜欢吹牛。"贾尼丝说道。她低垂着眼去看桌上的玻璃烟灰缸，烟灰缸里盛着之前的客人留下的三个烟头，有一个是过滤嘴。

汤姆露出善解人意的笑容并尽量使这笑容显得真诚。"可你还是很爱他嘛。"他看到贾尼丝犹豫了，皱起眉头。汤姆感觉她在演一出少女蒙难的传统戏码，反正都是那些套路，而且还很享受他的配合，让她把戏演足了。

"他需要我。我不确定他——我是说，不确定我是否爱他。"她抬眼看汤姆。

噢，去你的吧，谁管你，汤姆暗想。"问一个典型的美国式问题，他靠什么生活呢？他的钱从哪儿来？"

贾尼丝的眉头霍地舒展开来。"钱嘛，不是问题。他家在华盛顿州经营木材生意。他父亲去世的时候把生意转手了，戴维跟他弟弟两人得了一半。钱都用来投资了，不知道怎么弄的，收入就从那里面来。"

她这句"不知道怎么弄的"让汤姆意识到她对股票和债券一无所知。"在瑞士的投资？"

"不——不。纽约的某家银行，他们全权代理。对我们来说已经足够了——可戴维总是不满足，"贾尼丝几近甜蜜地笑了，像是在说一个总吵着要多吃一块蛋糕的孩子，"我想他父亲就是因为看不惯他无所事事的样子，所以才在他二十二岁左右的时候把他赶出家门。戴维那个时候的花销也是可观的，但他就是贪心不足。"

汤姆能想象得到，伸手就来的钱财让他的生活萌生幻想，确保他能不切实际地胡闹下去，反正冰箱和餐桌上都有源源不断的食物供应上来。

汤姆呷了一口咖啡。"你为什么要见我呢？"

"噢——"这问题让贾尼丝如梦方醒。她微微摇头，看着汤姆。"是为了告诉你他在跟你玩一个游戏。他想伤害你。他也想伤害我来着。不过你——才是他现在的兴趣点。"

"他怎么能伤害到我呢？"汤姆摸出他的吉卜赛女郎香烟。

"噢，他怀疑你的一切。所以说他就是想让你难——受——"她故意拖长声音，好像这种类型的伤害虽然令人不快，但也不过是场游戏罢了。

"他还没伤害成功呢。"汤姆把香烟盒递过去，她摇摇头，从自带的香烟盒中取出一支。"怀疑我的什么，比方说？"

"噢，我不敢说。他会打我的，要是我说了。"

"打你？"

"噢，是的。他有时会发脾气。"

汤姆假装有点惊讶的样子。"可你肯定知道他有什么针对我的吧。而且绝对不是私人恩怨，因为我两三周以前才第一次见到他，"接着他大胆试探了一句，"他对我一无所知。"

她的眼睛眯起来了，脸上隐约浮现的笑意现在也几乎消失不见了。"对，他只是在虚张声势。"

汤姆对贾尼丝的厌恶不亚于对她丈夫的厌恶，但他努力不把这厌恶写在脸上。"他就是这么习惯性地到处去骚扰别人吗？"汤姆问话的语气似乎是在调侃对方。

贾尼丝又发出一阵少女般天真的咯咯笑声，尽管她眼部周围的细纹表明她至少有三十五岁了，跟她丈夫看起来的年龄差不多。
"可以这么说吧。"她瞄了汤姆一眼，又挪开了视线。

"在我之前是谁呢？"

没说话。贾尼丝只顾看着那个脏兮兮的烟灰缸，像在看一个算命人用的水晶球，仿佛从中看到了些许往事的片段。她的眉毛还扬了起来——是在自娱自乐地扮演什么角色吗？此时汤姆第一次注意到她额头右侧有一处新月形的伤疤。难道是某天晚上被飞来的碟子砸到了？

"那他去骚扰别人是为了得到什么呢？"汤姆轻声问道，像是在参加一场降神会[1]。

"噢，他自己觉得好玩，"贾尼丝真笑了一下，"美国那边有个歌手——是两个！"她大声笑着说，"一个是个流行歌手，另一个——要更有地位些，唱歌剧的女高音。我忘了她的名字，可能忘了才最好，哈哈！是挪威人吧，我觉得。戴维——"贾尼丝的目光又回到了烟灰缸上面。

"一个流行歌手？"汤姆提示她说。

"是的。戴维就是写了一些侮辱性的字条，你看，说什么'你要过气了'，或者'有两个杀手在等你'之类的。戴维就想扰乱他，让他表演的时候出丑。我都不确定他是否收到了这些字条，明星们收的信可够多的了，他在孩子们中间名气很大。他的名字叫托尼，我还记得。不过我想他后来是有了毒品问题，没有——"贾尼丝再次停了下来，然后总结性地说，"戴维无非是想看到别人倒霉的样子——如果他有能力的话。如果他能把这些人弄得蔫儿吧唧的。"

---

1. séance，一种以鬼神附体者为中心人物、设法与鬼魂通话的集会。

汤姆认真听着。"他还收集这些人的档案资料吗？新闻报道？"

"也没收集多少。"贾尼丝随意地说道。她瞄了汤姆一眼，喝了一口茶。"一方面，他不想把那些放在家里，万一他要是——呃，成功了。我觉得他对那个挪威的歌剧演员，比如说，就没骚扰成，可他就一直开着电视，看她表演来着，我记得，还不停说她要不行了——菱了。简直胡说八道，我心想。"贾尼丝盯着汤姆的眼睛。

她这是在假坦白，汤姆暗忖。要是她真这么看不惯的话，为什么还要跟戴维·普立彻这种人生活在一起？汤姆深吸一口气。对无论哪个已婚女人，都不要问什么逻辑性的问题。"那他对我有什么计划呢？仅仅是瞎捣乱吗？"

"噢——大概吧，"贾尼丝又躁动不安起来，"他觉得你太过于自信。自负了。"

汤姆忍住没笑出声来。"给我捣乱吧，"汤姆沉吟道，"接下来呢？"

贾尼丝的薄嘴唇有一角翘了起来，形成一丝汤姆从未见过的狡诈的、幸灾乐祸的神情，而她的眼睛也在回避汤姆的视线。"谁知道呢？"她又搓了搓手腕。

"那戴维是怎么发现我的呢？"

贾尼丝匆匆看了他一眼，继而思索起来。"我好像记得他是在某个机场见到你的。注意到你的外套。"

"外套？"

"是皮草的。反正很漂亮的外套，戴维就说：'那外套真是好看，我想知道这人是谁。'于是他就想办法打探了出来。也许是跟在你后面排队，这样他就能知道你的名字。"贾尼丝耸肩。

汤姆努力要回忆些什么，可什么也回忆不起来。他眨眨眼睛。

当然这事有可能发生，在某个机场得知了他的名字，发现他持有美国护照。然后去调查——什么呢？使馆吗？汤姆没有在使馆登记，他自己觉得没有，比如，在巴黎的使馆。去翻阅新闻档案吗？那可是需要很大耐性的。"你们结婚多久了？你怎么认识戴维的？"

"噢——"她窄窄的脸上又露出喜悦之情，她用一只手拂过自己杏色的头发，"是——是的，我想我们结婚三年多了吧。我们认识是在——一次大型的会议上，有秘书、簿记员，甚至还有企业主参加，"再次放声大笑，"在俄亥俄州克利夫兰。我不知道我跟戴维是怎么搭上话的，那地方人真多。不过戴维有种特殊的魅力，兴许你看不到。"

汤姆确实看不到。像普立彻这种类型的男人，看起来总是志在必得的样子，哪怕要扭伤某个男人或者女人的胳膊，或者把他们掐个半死也在所不惜，而且汤姆知道，这种表现对某些类型的女人有吸引力。他拉起袖口。"抱歉，我几分钟以后有个约会，不过现在还不急。"他巴不得马上就问辛西娅的事，问问看普立彻到底拿她作何打算，但汤姆不想自己把辛西娅的名字捅出去。此外，他也不想让人看出内心的焦虑。"你丈夫究竟想从我这里得到什么呢——恕我直言？他为什么要拍我家的照片呢，比如？"

"噢，他想让你怕他。想看到你怕他的样子。"

汤姆宽容地笑笑。"抱歉，不可能。"

"站在戴维的立场，就是要示威，"她厉声说道，"我已经劝过他很多遍了。"

"再问一个直白的问题——他去看过心理医生吗？"

"哈哈！嘻！"贾尼丝笑得左摇右摆，"当然没有！他笑话他们，说他们是装腔作势——假如他提到过这些人的话。"

汤姆示意服务员过来。"不过——贾尼丝,你觉得丈夫打妻子不太正常的吧?"汤姆几乎没法收敛自己的笑容,反正贾尼丝肯定很享受这种"待遇"。

贾尼丝挪挪身子,眉头紧蹙。"打呀——"她盯着墙壁看,"也许我不该提这个。"

汤姆听说过有为伴侣打圆场的人,贾尼丝就属于这类人,至少现在是。他从钱包里拿出一张纸币。钱比实际要付的账单多,汤姆让服务员留着找零的钱。"我们还是高兴点吧。跟我说说戴维的下一步打算。"汤姆愉快地说,仿佛这是一场好玩的游戏。

"什么打算?"

"对付我呀。"

她的眼神迷离起来,似乎有成千上万种可能装在她脑子里。她挤出一个笑脸。"老实说,我不能讲,也许不能诉诸语言,如果我要——"

"为什么不能讲?试试看嘛,"汤姆不肯罢休,"往我家窗户上扔石头吗?"

她没有回答。汤姆觉得一阵恶心,索性起身。

"不好意思——"他说。

她也默然地起身,或许有点生气了,汤姆就跟着她来到了门口。

"顺便提一句,我周日看见你在我家门前接戴维了,"汤姆说,"你这会又要去接他。你真是贴心。"

还是没有回应。

汤姆顿时怒火中烧,他意识到自己是因为受挫而生气。"你为什么不离开?为什么要留下来受罪?"

贾尼丝·普立彻自然是不会回答这问题的，太刺中要害了。他们一起往应该是贾尼丝的车子方向走着，因为贾尼丝在带路，汤姆看见她的右眼中有一滴泪在闪烁。

"还是你们根本没结婚？"汤姆继续追问。

"噢，别说了！"眼泪已经夺眶而出，"我多么希望能喜欢你这个人。"

"算了吧，夫人，"汤姆当即回想起上个周日早上她开车载着戴维·普立彻离开丽影时那种满足而幸福的表情，"再见。"

汤姆转身去找自己的车，一路小跑了几码的距离。他真想拿拳头来砸点什么，树干之类的，任何东西。回家的路上，他必须得小心着别踩过了油门。

汤姆庆幸丽影的前门是锁着的，海洛伊丝帮他开了门。她一直在练习大键琴，她的舒伯特乐谱就摆在琴架上。

"太他妈扯淡了，气死我了！"汤姆盛怒，一时用双手抱住头。

"怎么了，亲爱的？"

"那女人简直疯了！让人难受得要死。恶心。"

"她说了什么？"海洛伊丝冷静地询问。

海洛伊丝是不容易慌乱的人，看到她沉着淡定的样子，汤姆也会好受些。"我们喝了一杯咖啡。是我喝的。她嘛——呃，你知道的，这些美国人。"他在犹豫。汤姆依旧觉得他自己，他和海洛伊丝，都可以无视普立彻两口子的存在。为何还要拿他们的怪癖来惹得海洛伊丝心烦呢？"你知道的，我的甜心，总是有些人让我厌烦得很，厌烦得要暴跳，对不起。"不等海洛伊丝再问什么，汤姆赶紧说一声"抱歉"，然后就去了玄关边上的洗手间。他到里面用冷水洗了脸，用肥皂洗了双手，还用刷子刷了指甲。等勒佩蒂先生过来了，他很快就会浸入到另一种完全不同的氛围中。汤姆和海洛伊丝从来都猜不到勒佩蒂先生会优先挑选谁来做头半个小时的指导。他总是临时做决定，然后礼貌地笑着说"好吧，有请先生"或者"夫人，请您先来"。

勒佩蒂先生几分钟之后到了，照例要先就什么好天气、精心料理的花园寒暄一番，直到他面带红晕地对海洛伊丝示意，举起一只胖乎乎的手，说道："夫人，您先来，好吗？我们可以开始了吗？"

汤姆就留在旁边，仍旧站着。他知道海洛伊丝不介意他看她弹琴，这一点汤姆是欣赏的。他才不喜欢扮演什么严苛的乐评人角色。他点燃了一支香烟，站在长沙发的后面，凝视着壁炉上方的德瓦特画作。不是德瓦特，汤姆提醒自己，只是伯纳德·塔夫茨的仿作而已。画名叫《椅子上的男人》，画面以红棕色为主，间杂黄色的色调，跟所有的德瓦特作品一样有着多重轮廓，且色调更深，让某些人看了觉得头疼。从远处看，画面的形象非常生动，甚至有轻微活动的感觉。坐在椅子上的男人长了一张褐色的猿猴样脸庞，表情至多能说得上是在思虑什么，绝没有任何明显的特征。正是这种焦虑不安（即使坐在椅子上），怀疑而忧虑的情绪打动了汤姆，此外还有它仿作的真相。此画在汤姆家中占有专门的荣誉席位。

客厅里还有另外一幅德瓦特画作，名叫《红色椅子》，也是中大号尺寸的帆布油画。画中有两个十来岁的小姑娘，直挺挺地坐在直背椅子上，两眼圆睁，流露出惊恐之情。同样的，椅子和人物都有三四重轮廓，看画人观察几秒钟之后（汤姆总是设想初次见此画的情形）才会意识到，也许背景画的是火焰，椅子可能着火了。那幅画现在估值多少呢？六位数的英镑吧，很高的六位数。也许更高。取决于拍卖师。汤姆的保险公司一直在抬高他两幅藏品的价钱。汤姆根本不打算出售。

倘若那个莽汉戴维·普立彻想方设法地揭发了所有的假画，他必定也碰不了《红色椅子》，因为它的出处久远且来自伦敦。普立彻不可能把他的狗鼻子伸进来，然后把这一切都毁了，汤姆寻思。普立彻从来没听说过伯纳德·塔夫茨。弗兰兹·舒伯特欢快的节奏让汤姆重拾力量和信心，尽管海洛伊丝的演奏够不上演奏会的标准，她的演奏中融入了丰富的情感与对舒伯特的敬意，正如德瓦特作品——不，伯纳德·塔夫茨作品——《椅子上的男人》中融入了对德瓦特的敬意（当伯纳德模仿德瓦特的风格进行创作时）。

汤姆松了松肩膀，活动活动手指，又检查了下指甲。都很整齐、漂亮。伯纳德·塔夫茨从来没有要求从不断上涨的德瓦特伪作销售额中分得一杯羹，汤姆记得。伯纳德只是收取足够他在伦敦工作室继续创作的费用。

假如像普立彻这等混蛋把假画都曝了光——如何曝光还是个问题，伯纳德·塔夫茨也必定脱不了干系，汤姆猜想，就算他死了也不能一了百了。杰夫·康斯坦和艾德·班伯瑞两个人肯定要回答谁是造假者的问题，而辛西娅·葛瑞诺当然知道答案。有意思的是，她对于旧爱伯纳德是否有足够的尊重而不至于把他的姓名给捅出去？汤姆感觉到一种奇怪而又令他骄傲的欲望：他想保护那个理想主义又孩子气的伯纳德，一个因自己的罪恶而亲手了断自己（主动跳下萨尔茨堡的悬崖）的人。

汤姆编造的故事是说伯纳德把自己的圆筒帆布袋交给汤姆保管，因为他想换一家宾馆，于是独自去找宾馆去了，就再也没有回来。但事实上，汤姆尾随了伯纳德，亲眼看到他跳下悬崖。第二天汤姆竭尽所能地把尸体火化了，并宣称尸体是德瓦特本人的。就这样，大家还相信了汤姆的话。

想来也是好玩，不知道辛西娅是否积攒了满腔的怨怒，不停地问自己：伯纳德的尸体到底哪去了呢？反正汤姆知道她恨他，还有巴克马斯特画廊的家伙。

7

飞机开始下降时陡然间倾斜了右翼，要不是有安全带系着，汤姆几乎站了起来。海洛伊丝坐在靠窗的位置，这是汤姆所坚持要求的——他们的眼前出现了丹吉尔港口的两股巨大的向内弯折的分流，向着直布罗陀海峡张牙舞爪地伸出去，像是要抓住什么东西。

"还记得地图上画的吗？这就是了！"汤姆说。

"是的，亲爱的。"海洛伊丝似乎没有他那么兴奋。不过她的视线始终也没有离开那扇圆圆的窗户。

可惜窗户不够干净，视野并不是很清晰。汤姆猫起身子去看直布罗陀。看不到。他倒是看到了西班牙最南端的阿尔赫西拉斯。那些地方看起来都如此渺小。

机身恢复水平姿态，接着向另一侧倾斜，左转飞行。什么也看不到了。不过很快右翼又倾斜下来，汤姆和海洛伊丝的眼前呈现出一片更近距离的景象：隆起的地势上挤挤挨挨一大片白色的房子，雪白的火柴盒般大小的房子，窗户只是一点点方形的影子。到了地面上，飞机滑行了十分钟，乘客们都解开安全带，等不及要下飞机了。

他们走进入境手续办理处，那是一间天花板很高的房间，阳光从高处紧闭的窗户直泻下来。汤姆感觉热，遂脱下外套，搭在胳膊上。缓缓移动、排队办理手续的两队人中，似乎法国的游客居多，也有摩洛哥本地人，汤姆寻思着，有些穿着结拉巴长袍[1]。

到了下一个房间，汤姆从地板上提取行李——非常不正式的提取流程，兑换了一千法郎的迪拉姆，然后向一个坐在咨询台的深色头发女人询问前往市中心的最佳方式。搭出租车。价格呢？大概五十迪拉姆，她用法语回答道。

海洛伊丝出发前还算是"理智的"，两个人没带多少行李，不用请帮手也能拿得动。汤姆提醒过海洛伊丝，说她可以到摩洛哥买东西，甚至还能再买个行李箱来装那些东西。

"五十到市区，好吧，"汤姆用法语问打开车门的出租车司机，"明萨酒店？"他知道出租车不打表。

"上车。"司机用法语粗鲁地回答。

汤姆和司机把行李装上车。

汤姆感觉车像火箭一样冲出去，不过这种错觉是因为路面不平坦，还有风使劲往敞开的车窗里灌造成的。海洛伊丝牢牢抓住她的座椅和拉手吊环。灰尘从驾驶座的窗户扑将进来。好在路是笔直的，行驶的方向似乎是向着汤姆刚才从飞机上看到的那一片白房子。

路的两旁都耸立着外观粗糙的红砖小楼，仅四至六层楼高。他们行驶到一条看起来像是主街的路上，穿凉鞋的男男女女在人行道上穿梭，路边有一两家小咖啡馆，年幼的孩子们肆无忌惮地横穿到街道中央，导致司机不得不急刹车。这里无疑就是市区了吧，尘土飞扬，一片灰蒙蒙的景象，到处都是买东西和闲逛的人。司机左转之后又开了几码就停下了。

明萨酒店到了。汤姆下车，付了车费，还多加了十个迪拉姆。一个穿红衣服的酒店行李员过来帮他们拿行李。

---

1. djellaba，阿拉伯男子穿的带风帽的斗篷。

汤姆到大堂登记，那大堂相当正式，天花板很高，至少看起来干净整洁，色调以红色和深红为主，尽管墙面是奶白色的。

几分钟后，汤姆和海洛伊丝就住进了他们的"套房"——汤姆总觉得"套房"一说有点莫名的优雅意味。海洛伊丝快速高效地洗完手和脸，准备开始整理行李，而汤姆则一动不动地在窗边观赏周边的景色。按欧洲的数法，他们现在处于第四层楼。放眼望去，周围是一片灰扑扑的白色建筑，都没有超过六层楼高，乱七八糟地晾着洗好的衣物，几根房顶上的杆子上挂着破破烂烂、无法识别的旗子，到处是枝丫横生的电视天线，还有些洗好的衣物干脆就铺开在房顶上晒着。在他们的正下方，可以从房间的另一个窗户看到，是一群有钱人（汤姆大概也属于这一类）在酒店的地盘上晒太阳，伸展四肢。阳光已经晒不到酒店泳池周边的区域了。在一排排穿比基尼和泳裤的人体后面是一长串的白色桌椅，再后面就是惹人喜爱、养护良好的棕榈树、灌木丛，以及盛放的三角梅。

在汤姆大腿的位置正好有一台空调吹着冷气，他伸出双手，让冷气沿着袖口往上吹。

"亲爱的！"海洛伊丝略为失望地喊了一声，接着发出一个短笑声，"停水了！突然间停的！"她继续说道，"诺艾尔说过的，记得吗？"

"一天停四小时，她不就这么说的？"汤姆笑嘻嘻地说，"厕所也停了吗？浴室呢？"汤姆走进浴室，"诺艾尔不是说过——对了，你看这个！一桶干净的水。我倒不是想喝这个水，洗洗还不错——"

汤姆好歹用冷水洗完手和脸，然后两个人将行李放到中间，把带的东西基本都拿了出来。之后他们出门逛去了。

汤姆在右边裤袋里叮叮当当地捣腾异国的硬币，琢磨着先买点什么。一杯咖啡，几张明信片？他们现在到了法兰西广场，有五条街道在这里交汇，其中包括他们酒店所在的自由路，这是汤姆从地图上看到的。

"看这个！"海洛伊丝手指着一个压花的皮质钱包。它正挂在一家店铺的外面，跟什么围巾啦，奇形怪状的铜碗啦挂在一起。"好看吧，汤姆？很特别呢。"

"嗯——应该还有别的店铺吧，亲爱的？我们再逛逛。"时间已近晚上七点。汤姆发现有些店家已经开始准备打烊了。他突然握住海洛伊丝的手。"好玩吧？来到一个新的国家！"

她用微笑回应他。他看到她淡紫色的眼睛里，瞳孔竟然出现了奇怪的深色线条，仿佛车轮的轮辐般发散出来；对于海洛伊丝这么漂亮的眼睛来说，这些线条都太沉，不协调。

"我爱你。"汤姆说。

他们步入巴斯特大道，一条略微呈下坡趋势的宽阔街道。这里商店更多，更繁华，更拥挤。姑娘和妇女们穿着长袍，光脚踩着凉鞋簇拥而过，男孩和小伙子们则更喜欢蓝色牛仔裤、运动鞋和短袖衬衫。

"你想来杯冰茶吗，我的乖乖？或者一杯基尔酒？我猜他们知道怎么调基尔酒吧。"

回头往酒店方向走，途经法兰西广场，他们根据汤姆携带的手册上的简略地图找到了巴黎咖啡馆，一长串闹哄哄的桌椅就沿着人行道一字排开。汤姆赶紧占住似乎是唯一空着的小圆桌，又从旁边的一桌匀了张椅子过来。

"给你点钱，亲爱的。"汤姆边说边摸出钱包，把一半的迪拉姆纸币都给了海洛伊丝。

海洛伊丝打开手提包的姿态很优雅——这只包看起来像鞍囊，但更小巧——然后让钞票或是别的什么立马消失掉，但其实是放到最合适的位置上。"这是多少钱？"

"大概——四百法郎。我今晚到酒店再兑换一些。我看到明萨酒店的汇率跟机场的一样。"

海洛伊丝对他的话没有表现出一丝兴趣，但汤姆知道她会记在心里。他听到周围没人说法语，只有阿拉伯语，或者是他之前从小册子上读到的所谓柏柏尔语[1]。不管怎么，反正汤姆是听不懂的。坐在桌子边上的客人也几乎都是男人，其中有几个微胖的穿短袖的中年男子。事实上，只有远处的一桌是坐着一个穿短裤的金发男人和一个女人。

服务员也少得可怜。

"我们是不是该确认下诺艾尔的房间，汤姆？"

"是的，再核对下也无妨。"汤姆微微一笑。他在酒店登记的时候就已经为明天晚上入住的哈斯乐夫人询问了预订的事宜。前台说他们已经预留好了一间房。汤姆第三次跟一个服务员打招呼。这服务员穿着白上衣，托着托盘，一脸茫然的样子。但这次他过来了。

汤姆被告知葡萄酒和啤酒无法供应。

他们就都点了咖啡。两杯咖啡！

汤姆此刻的心思在辛西娅·葛瑞诺身上，远在北非的他竟偏偏想起这么一个人。辛西娅可是典型的英式冷傲性格的代表，外表冷酷，一头金发。她曾经对伯纳德·塔夫茨也这么冷酷吗？冷酷到毫无同情心？唉，汤姆可回答不出，因为这涉及两性关系的范畴，私

---

1. Berber，柏柏尔语是闪含语系中的一支，由许多非常相近的方言组成。

底下的二人相处要跟外人所看到的大大不同。为了要曝光他——汤姆·雷普利，而不至于牵涉到她本人和伯纳德·塔夫茨，辛西娅究竟会做出多大的动静呢？奇怪的是，尽管辛西娅和伯纳德尚未成婚，汤姆总是认为他们是一体的，精神上结合在一起。当然了，他们原本是恋人，谈了好多个月的恋爱——但肉体关系算不得什么。辛西娅敬重伯纳德，深深地爱慕于他，而饱受折磨的伯纳德也许到最后认为自己连跟辛西娅做爱都"不配"，因为他对仿造德瓦特画作一事太过于内疚和自责。

汤姆不禁叹气。

"怎么了，汤姆？你疲乏了吗？"

"没有！"汤姆并不疲乏，他又一次灿烂地微笑，真真切切地体会到自由的滋味，因为他意识到自己身在何处：离他的那些"敌人"有好几百英里呢，如果他能称那些人为"敌人"的话。他觉得自己可以称他们为捣乱分子，不仅包括普立彻两口子，还有辛西娅·葛瑞诺。

一时之间，这样的思绪挥之不去，汤姆的眉头又泛起愁容。他觉察到自己皱眉，赶紧用手搓搓额头。"明天——我们干什么呢？去富比士博物馆看玩具士兵？在卡斯巴？还记得吗？"

"记得！"海洛伊丝的脸顿时容光焕发，"卡斯巴！然后是萨科。"

她指的是大萨科，或者说大市场。他们要去购物，跟店家讨价还价，虽然汤姆不喜欢，但他知道不得不讲价，否则就像个傻瓜一样乖乖地花冤枉钱。

回酒店的路上，汤姆没有讲价就买了些淡绿色和深绿色的无花果——都是成熟到刚好的果子，还有漂亮的绿葡萄和几个橘子。他用推车的小贩给的两只塑料袋装好水果。

"这些水果放到我们的房间里肯定漂亮，"汤姆说，"我们也给诺艾尔拿一点。"

汤姆惊喜地发现酒店的供水恢复了。海洛伊丝先冲了澡，接着汤姆去冲。然后他们穿着睡衣，舒服地躺在特大号的床上，享受空调的凉爽。

"还有电视呢。"海洛伊丝说。

汤姆早看到有电视了。他走过去，打开电视，想试一试。"就是觉得好奇。"他对海洛伊丝说。

电视没反应。他检查了插头，似乎连接正常，插在同一个插座的落地灯都是亮的。

"等明天吧，"汤姆无所谓地嘟囔了一句，"我找人问问怎么回事。"

翌日早上，他们先去了大萨科，而不是卡斯巴，因此不得不专门坐一趟不打表的出租车把海洛伊丝买的东西——一个棕色皮手袋和一双红色皮凉鞋——送回酒店，他们谁也不想拎着这些东西转悠一整天。汤姆把东西放到前台，让出租车在外面候着。之后他们去了邮局，汤姆把那个看起来像打字机色带的神秘包裹给寄了出去。他在法国就重新打好了包。要寄航空件，不要挂号，这是里夫斯嘱咐的。汤姆连一个假的回邮地址也没写。

然后再搭另外一辆出租去卡斯巴，穿过几条窄巷子，沿坡道往上开。约克堡就坐落在这里（他好像读到过塞缪尔·佩皮斯[1]曾被短

---

1. Samuel Pepys（1633—1703）曾任英国皇家海军部长、英国皇家学会会长，著有《佩皮斯日记》。

暂派驻于此?),俯瞰港口,石头堆砌的围墙因为周边矮小的白色房屋而显得出奇雄伟。城堡附近有一座绿色高穹顶的清真寺。汤姆看过去的时候,寺内正好响起响亮的吟诵声。汤姆读到过,这吟诵声每日要响五次,是穆安金(宣礼人)召唤信徒朝拜的声音,如今都是播放的录音了。信徒都懒得起床,爬坡上坎地过来了,汤姆心想,不过要在凌晨四点把人叫醒也确实够残忍的。他的想象中,信徒们必须要起床,面朝麦加的方向朝拜、吟诵,然后又回床上睡觉。

在富比士博物馆,汤姆感觉自己比海洛伊丝更喜欢那些铅制的士兵,不过他也并不确信。海洛伊丝嘴上没说什么,可她的表情却是和汤姆一样的痴迷,看到那些战斗的场面,伤病员的营地,伤员的头上扎着血渍的绷带,各个兵团的阅兵仪式,许多马背上的士兵——统统都摆在玻璃展示柜内。士兵和军官都差不多四英寸半高,大炮和马车则呈相应的比例。妙不可言呐!能再次回到七岁的童年,这是多么兴奋的事——汤姆的思绪突然中断了。等他长到足够欣赏铅制士兵的年纪,他的父母已经死了,溺水死了。他那时由多蒂姑妈照顾,而她永远不可能欣赏铅制士兵的魅力,也永远不会拿钱出来买哪怕一个这样的玩具。

“这里就我们两人,多好啊!”汤姆对海洛伊丝说。不知何故,他们逛了好几个大大的展厅,竟然没看见一个人。

博物馆不收门票。管理员是个守门厅的年轻人,穿着白色结拉巴长袍,他问他们是否可以在访客簿上签名。海洛伊丝签了,接着是汤姆。访客簿厚厚的,奶黄色纸张。

“谢谢,再见!”他们齐声说道。

“现在搭出租车?”汤姆问,“看呐!那是不是一辆出租车呢?”

他们走下一条步道,步道两边是宽阔的绿油油的草地。来到一个貌似是出租车站台的路缘上，正好有一辆布满灰尘的小车停着。他们很走运，就是一辆出租车。

上车前，汤姆对着车窗里的司机说："请到巴黎咖啡馆。"

现在他们开始考虑诺艾尔的问题——诺艾尔几小时后从戴高乐机场登机。他们要在她的房间里（就在他们楼上）摆上一盘新鲜的水果，然后搭出租车去机场接她。汤姆喝着面上漂浮一片柠檬片的番茄汁，海洛伊丝喝着她听说过却一直未能试过的薄荷茶。薄荷茶闻起来不错，汤姆尝了一口。海洛伊丝说她热得发烫，这薄荷茶应该能降暑，但她想不出怎么个降法。

酒店只几步路的距离。汤姆付了钱，把他的白色外衣从椅背上取下来，就在这时，他晃眼看到左边的大街上似乎有个熟悉的背影。

戴维·普立彻？那背影中的头部确实像普立彻。汤姆踮起脚尖望了望，来来往往的人太多了，普立彻，如果真是他的话，也早消失不见了。没必要冲到路口去辨别清楚吧，汤姆琢磨，更没必要去追踪。他极可能是看花眼了。要说深色头发、戴圆框眼镜的人，每天都能碰上好几个吧？

"走这边，汤姆。"

"我知道，"汤姆瞅见路上一个卖花的小贩，"有卖花的！我们现在就买点吧。"

他们买了三叶梅，几枝金针花，还有一小束山茶花，是为诺艾尔准备的。

有留给雷普利夫妇的口信吗？没有，先生。穿红色制服的前台服务员告知汤姆。

给酒店管家打了通电话，得到两只花瓶，一只给诺艾尔的房间，一只给汤姆和海洛伊丝的房间。反正花买得够多。接着赶紧冲凉，准备出去吃午饭。

　　他们决定去找诺艾尔推荐的"酒吧"，"就在巴斯特大道边上，市中心的位置。"汤姆记得诺艾尔说过。汤姆问街上一个卖领带和皮带的小贩去"酒吧"怎么走。第二条街，往右手边就看到了。

　　"非常感谢!"汤姆说。

　　"酒吧"开着空调，也许没开，但总的说来既舒适又有格调。连海洛伊丝都喜欢这地方，因为她知道有些英式酒吧是什么样的。"酒吧"的老板确实花了点心思：棕色的橡木，老旧的吊钟挂在墙上，墙上还装饰着运动队的照片，菜单写在黑板上，喜力啤酒瓶也摆在显眼的位置。地方不大，也不十分拥挤。汤姆点了一份切达芝士三明治，海洛伊丝点了一份奶酪拼盘，外加一瓶啤酒，她只在天气最热的时候喝啤酒。

　　"我们该不该给安奈特太太打个电话?"他们喝了几口啤酒之后，海洛伊丝问道。

　　汤姆略有不解。"不需要吧，亲爱的。为什么? 你担心吗?"

　　"不，亲爱的，是你担心。不是吗?"海洛伊丝轻微地皱眉，但她平时极少皱眉，以至于现在看起来有点像生气的样子。

　　"不，宝贝。担心什么呢?"

　　"担心这个普利卡呀，不是吗?"

　　汤姆一只手放到眉梢上，感觉到自己脸发红。是天热的缘故吗?"是普立彻，亲爱的。别担心他。"汤姆坚定地说，正好他的芝士三明治和调味料端到了他的面前。"他能做什么呢?"他加上一句。汤姆不忘跟服务员说声"谢谢"，但服务员这会才给海洛伊丝上菜，也许是不小心忘了"女士优先"的规矩。对于"他能做什么呢?"这个问题，汤姆感觉既愚蠢又苍白，纯粹说出来安慰海洛伊丝的。普立彻能做的事多了去了，全凭他具体要证明什么。"你的奶酪如何？"汤姆问了个无关紧要的问题。

"亲爱的，普黎夏不是那个打电话来假装格林里夫的人吗？"海洛伊丝小心翼翼地在奶酪上抹了点芥末。

她说"格林里夫"名字的发音方式，还有她省略了"迪基"二字，让迪基这个人还有他的尸体都显得格外遥远，甚至不真实起来。汤姆镇静地说："很有可能不是，亲爱的。普立彻嗓音低沉。反正不像是那种年轻人的声音。你说过打电话的人声音听起来年轻。"

"没错。"

"说到打电话，"汤姆一边用勺子把调味料舀到盘子边上，一边思索着说，"我倒是想起一个傻子的笑话。你想听吗？"

"想听。"海洛伊丝的淡紫色眼睛里透出期待的眼神，并不强烈，但很执着。

"疯人院里，一个医生看见病人在写字，就问他写的是什么。写的一封信。写给谁的呢？医生问。写给自己的，病人回答。那信里写了什么？医生又问。结果病人说：'我也不知道，我还没收到呢。'"

海洛伊丝听完没有呵呵笑出声来，但好歹挤了个笑脸。"我觉得确实够傻的。"

汤姆深吸一口气。"宝贝儿——明信片。我们得买一大堆。有什么骆驼跑得飞快的，有市集的，沙漠风光的，还有倒立的鸡——"

"鸡？"

"明信片上的鸡一般都倒立的。比如说在墨西哥，那些被送去市场的鸡。"汤姆可不想加一句说等着被拧断脖子呢。

再喝两瓶喜力结束午饭。小瓶装的喜力分量不多。回到富丽堂皇的明萨酒店，再冲一次凉，这次是两人一起冲。而后都感觉到困意，想午睡一下，反正离出发去机场的时间还早得很。

四点过后，汤姆穿上蓝色牛仔裤和一件衬衫，下楼去买明信片。他在酒店前台买了十二张。他随身带了圆珠笔，打算先写好一张给忠实的安奈特太太，而后可以让海洛伊丝补充几句。啊，细想起来，以前那些从欧洲给多蒂姑妈寄明信片的日子已经一去不复返了（这样的日子有多少呢？）。汤姆心里承认，他这么做无非是为了博取多蒂姑妈的欢心，以便他能继承点遗产。她确实给他留下了一万美元，可她的房子却给了另外一个人，汤姆原本中意这房子，以为自己有机会继承的，至于那继承人的名字是什么，汤姆早已忘记，或许他根本就不想记住。

他坐在酒店吧台的一张凳子上，因为这里的光线相当好。汤姆琢磨着，给老邻居克雷格夫妇寄一张也是友好的表示，他们住在梅朗附近，都是英国人，丈夫是退休的律师。他用法语写道：

亲爱的安奈特太太：

这里非常热。我们已经看到两头山羊在人行道上散步，没人牵着它们！

这是实话，只不过放养它们的那个穿凉鞋的男孩很厉害，必要的时候会抓住它们的犄角来控制方向。它们当时去了哪儿呢？他又继续写道：

请告诉亨利，温室附近那株小连翘要浇水了，现在就要。回见！

汤姆

"先生，你好？"吧台服务员招呼道。

"谢谢，我在等人。"汤姆回答。穿红上衣的服务员知道他住在这儿吧，汤姆猜。摩洛哥人跟意大利人一样，眼神里都有那种观察并记住陌生人长相的意味。

汤姆希望普立彻不要在丽影附近转悠，不要去打扰安奈特太太。安奈特太太现在肯定跟汤姆一样的敏感，大老远就能认出他来。至于说克雷格夫妇的地址？汤姆记不清他们的门牌号，不过可以先写明信片。海洛伊丝总是乐意让别人尽量地分担写明信片的琐事。

正要提笔写，汤姆往他的右侧瞄了一眼。

这下他可不必担心普立彻到丽影捣乱了，因为他就坐在吧台里，乌黑的眼睛盯着汤姆，离得不过四张凳子的距离。他戴了圆框的眼镜，穿一件蓝色短袖衬衫；他的面前摆着一个玻璃杯，可他的眼睛却死死盯着汤姆。

"下午好。"普立彻开口道。

有两三个人从普立彻背后的门进来，刚从泳池里游完泳，一双凉鞋、一件浴袍往吧台这边走来。

"下午好。"汤姆冷静地回了一句。他最糟糕、最不可思议的怀疑似乎已变成事实：该死的普立彻在枫丹白露撞见他买机票，机票或者拿在手上，或者揣在兜里，他当时刚从旅行社出来没多远！普吉岛！汤姆想起旅行社海报上那片岛屿上的宁谧沙滩。汤姆又低头看他的明信片，明信片上分为四组画面：骆驼，一座清真寺，披条纹围巾的市集姑娘，一片蓝黄色的沙滩。"亲爱的克雷格一家……"汤姆握笔写道。

"你们要在此逗留多久，雷普利先生？"普立彻此时已大胆地向汤姆靠拢过来，手里端着杯子。

"噢——我看我们明天就走了。你和你太太一起过来的吗？"

"是的。不过我们没住这家酒店。"普立彻语气冰冷。

"顺便问下，"汤姆说，"你打算怎么处置你拍的我家的照片？周日那天拍的，记得吗？"汤姆想起他曾经向普立彻的妻子问过同样的问题，而且他仍然相信，也希望贾尼丝没有把她和汤姆·雷普利见面喝茶的事告诉她丈夫。

"周日，当然了。我看到你太太或是别的什么人从前窗看出来。呃——照片就是用来存档的。我不是说过，我有大量有关你的资料嘛。"

普立彻才没说过这样的话，汤姆心里嘀咕。"你在为某些调查机构工作吗？国际潜行者公司？"

"啊——哈！哪有，不过是为了自娱自乐而已——也娱乐下我太太，"他略带强调地补充道，"而你，雷普利先生，是一片娱乐的沃土。"

汤姆正在头脑中设想旅行社那个呆板的姑娘如何被戴维·普立彻钓上钩的。"你刚才的那位顾客买的机票是去哪儿的？他是我的邻居，雷普利先生。我们刚跟他打招呼来着，他没看到我们。我们还没做决定，不过我们想去个不一样的地方。"那姑娘估计这么说的："雷普利先生刚为他自己和太太买了去丹吉尔的机票。"她大概是反应太迟钝，所以才没有把酒店的名字也报出来，汤姆寻思着，尤其是旅行社可以从顾客的预订中获得百分之一的回扣。汤姆开口道："你和你的太太大老远地跑到丹吉尔，就为了看我吗？"听他的口气，他似乎有点受宠若惊。

"有何不可呢？好玩得很。"普立彻深棕色的眼睛紧盯着汤姆不放。

也烦人得很。汤姆每次见到普立彻，这家伙都像是又胖了一磅左右的样子。奇怪。汤姆往左侧瞟了一眼，想看看海洛伊丝是否到大堂来了，她是时候该下来了。"对你也不太方便吧，照我说，考虑到我们逗留的时间如此短暂。我们明天就走了。"

"噢？你们要去看看卡萨布兰卡吧，不去吗？"

"哦，当然要去，"汤姆回答道，"我们就是要去卡萨布兰卡。你和贾尼丝住哪家酒店呢？"

"呃——是法国别墅大酒店[1]，只隔了——"他一只手朝汤姆的方向挥舞——"差不多一条街的距离。"

汤姆并不全然信他。"我们的那些共同的朋友如何了？我们有好多共同的朋友啊。"汤姆微笑。他现在站起来了，左手捏着明信片和圆珠笔，搭在黑色皮面的吧凳上。

"哪些朋友？"普立彻咯咯笑着，声音像极了一个老头子。

汤姆真想往他太阳穴上鼓起的神经丛猛击一拳。"比如莫奇森太太？"汤姆主动提醒。

"是的，我们在联系。还有辛西娅·葛瑞诺也是。"

辛西娅的名字再次从普立彻的口中脱口而出。汤姆后退了几步，一副马上要从大门口离开的架势。"你们隔着大西洋聊天吗？"

"哦，是的。有何不可呢？"普立彻露出他的方形牙齿。

"可是——"汤姆调侃地说道，"你们聊些什么呢？"

"聊你呀！"普立彻微笑着回答，"我们把各自掌握的情况汇总起来，"又一次点头以示强调，"然后我们制订计划。"

---

1. Grand Hotel Villa de France.

"你们什么目的呢?"

"好玩,"普立彻说,"也许是报复。"此时他纵声大笑一声,"为了某些人,这是自然。"

汤姆点头,愉快地道一声"祝你好运",接着转身离开了。

汤姆找到海洛伊丝,就在大堂的一张安乐椅上发现了她。她正在读一份法国报纸,至少是法语印刷的报纸,不过汤姆在头版的下方看到一则阿拉伯语的专栏。"亲爱的——"他知道她看见普立彻了。

海洛伊丝一跃而起。"又来了!那个谁谁谁!汤姆,我不敢相信他居然在这儿!"

"我跟你一样难受,"汤姆小声用法语说,"不过我们现在要保持冷静,他可能正从吧台那边看着我们呢。"汤姆挺直腰身,十分镇静,"他说自己住在什么大酒店来着,跟太太一起的。我才不相信他的鬼话。不过他今晚肯定要在某家酒店落脚。"

"他居然跟我们到这儿来了!"

"亲爱的,宝贝儿,我们可以——"汤姆戛然止住,仿佛在他理性的悬崖上刹住了脚。他本来要说他跟海洛伊丝可以当天下午就搬走,换家酒店,让普立彻扑个空,也许还能在丹吉尔顺利地摆脱他,但这样一来就扫了诺艾尔·哈斯乐的兴,她很可能已经跟朋友打了招呼说她要在明萨酒店住几天。而且,为什么要他跟海洛伊丝去屈就那个叫普立彻的怪胎呢?"你把钥匙留在前台了吗?"

海洛伊丝说她留了。"普利卡的太太跟他一起的吗?"他们穿过酒店正门的时候,她问了一句。

汤姆根本不去管普立彻是否离开了吧台,连看也没看一眼。"他说是一起的,不过很可能没在一起。"他的太太!多么奇特的关系啊，他的太太在枫丹白露的咖啡馆向汤姆亲口承认说她的丈夫是个专制又暴力的人。可他们还搅在一起。真让人恶心。

"你很紧张，亲爱的。"海洛伊丝抓着他的胳膊，主要是为了在人行道上不被拥挤的人群冲散。

"我在想问题，对不起。"

"什么问题？"

"我们的问题，丽影的问题，所有的一切。"他匆匆瞥一眼海洛伊丝的脸，海洛伊丝正用左手将头发往后梳。我想确保我们的安全，汤姆也许还能加上一句，可他不想再令海洛伊丝忧心了。"我们过街吧。"

他们再度来到巴斯特大道，仿佛这里的店铺和人群是一块磁铁，把他们给吸过来了。汤姆看到一块红黑色的招牌悬在一家店门口上：露碧酒吧烧烤，英语下面还写着阿拉伯语。

"进去看看吗？"汤姆问。

这是一家规模不大的酒吧兼餐厅，或站或坐着三四个非游客类型的人。

汤姆和海洛伊丝站在酒吧区，点了一杯浓缩咖啡和一杯番茄汁。酒吧服务员推了一小碟冰豆子和一小碟小萝卜加黑橄榄给他们，另外还有叉子和餐巾纸。

一个体格壮硕的男人坐在海洛伊丝背后的凳子上，他正聚精会神地读一份阿拉伯语报纸，似乎就是在用小碟子吃午饭。他穿一件黄色调的长袍，长袍几乎拖到了他的黑色商务皮鞋上。汤姆见他一只手插进长袍的开缝里，为了去摸他裤子的口袋。开缝的边缘看起来有点脏。那男人擤了擤鼻涕，又把手绢塞回到裤袋里，视线都没有从报纸上挪开一下。

汤姆受到了启发。他也要买一件长袍，还要鼓起勇气穿上身。他如此告诉了海洛伊丝，海洛伊丝哈哈笑了。

"那我要给你拍照——在卡斯巴？还是在酒店外面？"她问。

"哦，随便哪里都行。"汤姆心里感叹这宽松的外衣是多么实用啊，里面既能穿短裤，也能穿商务套装，还可以穿泳衣。

汤姆运气真好，刚出了露碧酒吧烧烤店就在拐角处发现一家挂了长袍和彩色围巾的店铺。

"结拉巴长袍，能看看吗？"汤姆对店主说。"不，不要粉色的，"看见店主第一次给他挑选的长袍，他继续用法语说，"有长袖的吗？"汤姆用食指在手腕上比划。

"啊！是的！看这儿，先生。"他的平底凉鞋踩在老旧的木地板上啪哒作响。"这儿——"

一整排的长袍，部分被两三个展示柜给遮住了。店主站的位置，其他人都没办法挤过去。汤姆只好指着一件淡绿色的。这件有长袖，还有两个开缝能插手进去摸裤袋。汤姆拎起长袍在身上比试长短。

海洛伊丝乐得前仰后合，为了不显得无礼，她咳了一声，朝门口走去。

"好吧，就这件了。"汤姆问了价钱，居然发觉价钱挺合理的。"还有这些呢？"

"啊，是的——"紧接着店主对他家的各种刀具好一通夸赞，汤姆只能听个大概，尽管店主说的都是法语。有打猎用的，有办公室用的，还有厨房用的。

这些是随身携带的小折刀。汤姆很快挑选出中意的：浅棕色的木刀柄，刀柄上内嵌了铜饰，刀刃尖利，刀背下凹。三十迪拉姆。他的小刀折叠起来还不到六英寸，可放进任何口袋。

"打车吗？"汤姆对海洛伊丝说，"快速地逛一圈，任何方向都行。你意下如何？"

海洛伊丝看了一眼手表。"可以啊。你不需要先把长袍换上？"

"换长袍？出租车里就能换。"店主还望着他们，汤姆朝他挥挥手。"谢谢，先生。"

店主说了些什么，汤姆听不懂，他希望说的是"愿神灵与你们同在"，不管什么神灵都行。

出租车司机问道："帆船俱乐部吗？"

"那地方是哪天要去吃午饭的，"海洛伊丝对汤姆说，"诺艾尔想带我们过去。"

一滴汗珠从汤姆的脸颊滑落。"去个凉快点的地方？有点凉风的？"他用法语对司机说。

"拉哈法？娘（凉）风——海洋。粉（很）近。茶！"

汤姆迷糊了。不过他们还是上了车，让司机爱去哪去哪。汤姆只声明了一句，并确保司机听懂："我们必须在一小时内赶回明萨酒店。"

对表。他们七点要去接诺艾尔。

出租车又是箭一样地冲出去，车内颠簸得厉害。司机明显有个目的地。朝西的，汤姆心想，开始远离市区了。

"你的长袍。"海洛伊丝狡黠地说。

汤姆把叠好的长袍从塑料袋里取出，整理好，然后低头将这件劣质的浅绿色袍子从头顶套下来。接着左摇右晃两下，袍子就盖到他的牛仔裤上了。他先确认好袍子不会因为他坐下而撑破，之后才踏踏实实地坐下。"穿好啦！"他得意洋洋地对海洛伊丝说。

海洛伊丝仔细打量了他一番，眼里闪烁着赞许之情。

汤姆摸了摸他的裤袋，能摸到。小刀就放在他的左裤袋内。

"拉哈法。"司机在一堵水泥墙前停下了。水泥墙上有两三道门，其中一道开着。从墙上开口的地方能看到不远处湛蓝的直布罗陀海峡。

"这是什么地方？博物馆吗？"汤姆问。

"茶-咖啡，"司机说，"我等着？半小时？"

答应他是最明智的做法，汤姆暗忖，于是他回了一句"好，半小时。"

海洛伊丝已经下了车，翘首凝望着那一片湛蓝的海水。微风不断地将她的秀发吹向一侧。

一个穿黑裤子、松垮垮白衬衫的人影从一道石头门那里缓缓向他们招手示意，就像某个邪恶的魂灵，汤姆寻思，要把他们带到地狱里去，或者至少是堕落之地。一条瘦巴巴的杂种狗跑过来嗅他们的气味，此狗黑乎乎的，相当的营养不良，且显然没什么精力，蹬着三条腿一瘸一拐地跑开了。他那条有毛病的腿，不管是什么毛病，看上去都有很长时间不能走了。

汤姆几乎是不情愿地跟着海洛伊丝穿过古老的石头门，踏入一条通往海边的石头小径。汤姆在他们的左边看到一个类似厨房的地方，里面有一个能烧开水的火炉。接着是下行到海边的宽阔而没有栏杆的石梯。汤姆瞅了瞅石梯两旁的小隔间，朝海的那面都没有墙，杆子上搭几块草席权当是屋顶，地上铺着席子，此外别无家具陈设。眼下连客人也没有。

"有意思，"汤姆对海洛伊丝说，"你想来点薄荷茶吗？"

海洛伊丝摇头。"现在不要。我不喜欢这里。"

汤姆也不喜欢。没有转来转去的服务员。汤姆能想象得出，这地方到了晚上，或者日落时分是何等的惬意，可以三五好友聚会，多一点生气，地上点一盏油灯。人还必须盘腿坐在这席子上，或者学古希腊人侧躺。这时汤姆听见一个隔间里传来欢笑声，是三个男人正在抽什么烟，他们的腿跪坐在席子上。汤姆隐约看到阴暗处有几只茶杯和一个白盘子，阳光似金屑般洒落在那阴暗的角落。

出租车还在等他们，司机跟那个穿白衬衫的瘦子开心地聊着。

回到明萨酒店，汤姆付了车钱，和海洛伊丝一起走进大堂。汤姆从他所站的位置没有见到普立彻的一丝踪影。而他的长袍也没有引起任何关注，他觉得很高兴。

"亲爱的，有点事情我想现在去办——也许要一个小时。你能——你介意自己一个人去机场接诺艾尔吗？"

"不，"海洛伊丝若有所思地说，"我们马上就回这儿了，肯定的。你要去办什么事？"

汤姆微笑，犹豫了一下。"没什么要紧的。就是——想自己待一会。那就大约——八点见？或者等下就见？代我向诺艾尔问好。等会就去找你们两个啦！"

8

汤姆再次步入艳阳之下，撩起他的长袍，将他的简明地图从后袋中取出。普立彻提到的那家法国别墅大酒店确实就在附近，一眼就找到了，可以从荷兰路过去。汤姆出发了，边走边拎起淡绿色长袍的上半部分擦拭额上的汗水，然后抓住两侧将袍子提起，整个从头顶上脱下。可惜他没有塑料袋，只能把袍子叠成尽量小的方块。

没人看他，他也不看任何过往的行人。大多数的路人，不论男女，都拎着各式各样的购物袋，根本不是出来闲逛。

汤姆走进法国别墅大酒店的大堂，四顾了一下。豪华程度不及明萨；有四个人坐在椅子上，不见普立彻或者他妻子的踪影。汤姆走到前台，询问能否跟戴维·普立彻先生通话。

"或者普立彻夫人也行。"汤姆补充道。

"我该报上哪位的姓名呢？"站在前台的年轻人问。

"就说是托马斯。"

"托马斯先生？"

"对。"

普立彻先生好像不在，尽管那年轻人往身后看了一眼，说普立彻的钥匙并没在前台。

"我能跟他的妻子通话吗？"

年轻人挂了电话，说普立彻先生是单独入住的。

"非常感谢。请留言说托马斯先生打过电话，好吗？不用了，谢谢。普立彻先生知道怎么找我。"

汤姆正欲转身离开，当即看见普立彻从电梯里出来，肩膀上挎着一台相机。汤姆从容不迫地朝他走去。"下午好，普立彻先生!"

"啊——你好! 真是意外之喜。"

"是的。我觉得还是该过来拜访下。你能抽出几分钟时间吗? 还是你有什么约会?"

普立彻的深粉色嘴唇惊讶地张开，那神态或许是高兴也说不定? "唔——好的，有何不可呢?"

看来这是他的口头禅了，有何不可。汤姆态度变得殷勤起来，带头朝大门走去，不过还得等等普立彻寄存钥匙。

"好漂亮的相机，"汤姆等普立彻回来以后称赞道，"我刚才还去了附近海滩的一个很棒的地方。不过这地方整个都靠海的，不是吗?"他轻松地笑了。

走出空调的凉爽，又回到烈日的炙烤。已经快六点半了，汤姆看时间。

"丹吉尔你熟吗?"汤姆打算扮演万事通的角色，"拉哈法知道吗? 是个风景绝佳的地方。或者——去咖啡馆?"汤姆一根手指转个圈，表示这附近的地方。

"我们去你说的第一个地方看看吧。那个风景好的地方。"

"也许贾尼丝愿意同行呢?"汤姆在人行道上停住。

"她这会正打瞌睡呢。"普立彻说。

他们在大街上花了几分钟找来一辆出租车。汤姆请司机开到拉哈法去。

"这小风舒服吧，"汤姆把窗户开了一英寸，让风从缝隙进来，"你会阿拉伯语吗? 或者说柏柏尔语?"

"会得很少。"普立彻说。

汤姆准备在语言方面也造点假。普立彻脚上穿一双透气的白色网面鞋，正是汤姆难以忍受的那种鞋。说来怪得很，普立彻身上的一切都让他难受，就连那只手表，可收缩的金表带，又贵又浮夸，金子做的表壳，连表面都是金色的，对皮条客再适合不过了，汤姆想。相较之下，汤姆简直太喜欢他那只低调的百达翡丽了，棕色的皮革腕带，有古董的质感。

"看呐！我想我们已经到了。"同样的目的地，第二次来总感觉比第一次花的时间短。汤姆不顾普立彻的反对付了车费，二十迪拉姆，再把司机打发掉。"这是喝茶的地方，"汤姆说，"薄荷茶。也许还有别的选择。"汤姆咯咯笑一声。他猜什么北非大麻、印度大麻也许是点了就能上来的。

他们进了石头门，沿小径一路往海边走去，汤姆注意到这条路上有一个穿白衬衣的服务员。

"你看那边的景色！"汤姆说。

夕阳仍旧悬浮于蓝色海峡之上。远眺大海，人们也许会忘记尘器的海岸，忘记脚下、左右两边都散落着的尘粒和沙土，那人工编织的草席还赫然躺在石头小径上，干燥的土壤中插着渴水的植物。有一个小隔间（或者别的什么对于这种分割空间的叫法）里面人满为患，六个大男人或坐或躺，相谈甚欢。

"坐这儿吗？"汤姆指着一个隔间问，"这样我们等服务员过来了就能点单了。喝薄荷茶？"

普立彻耸耸肩，调了调相机的刻度盘。

"有何不可呢？"汤姆以为能抢先把这句话说出来，没想到跟普立彻异口同声。普立彻一脸严肃地将相机举到眼前，对准海面。

服务员过来了，手里拎着一只空托盘。这名服务员的脚是光着的。

"来两杯薄荷茶，可以吗?"汤姆用法语问道。

男孩作了肯定的回答，转身离开。

普立彻又拍了三张照片，慢慢地，他的后背几乎完全朝向汤姆，而汤姆则站在垂落下来的草席屋顶所形成的阴凉中。之后普立彻转过身，笑意淡然地说:"你也来一张?"

"不了，谢谢。"汤姆婉拒了。

"我们就安排在这里坐下?"普立彻往阳光斑驳的小隔间里走了几步。

汤姆短笑了一声。他才没心情坐下。他从左腋下取出叠好的长袍，将其轻放在地上。他的左手又放回裤兜，大拇指悄悄地摩挲他的小折刀。地上还有两三个套了布套的枕头，汤姆注意到，无疑是给侧躺的人垫肘部准备的。

汤姆斗胆一问:"你为什么要说你太太跟你一起的，而她实际并没有过来?"

"噢——"普立彻的脸上虽然挂着浅笑，但他的脑子正忙着应付，"就是开个玩笑吧，我想。"

"为什么?"

"好玩呗。"普立彻举起相机对准汤姆，仿佛要报复汤姆刚才的刁难。

汤姆则粗暴地对着相机做一个摔到地面的动作，尽管他连碰都没碰一下。"你最好马上停下来。我不习惯面对镜头。"

"不止不习惯吧，你好像恨之入骨的样子。"但普立彻放下了相机。

这地方真是解决掉这混蛋的绝佳场所啊，汤姆暗忖，反正没人知道他们有约，没人知道他们约在这里。先把他打晕，然后用小刀捅，让他流血而死，最后拖到别的隔间（也可以不管他），离开现场即可。

"其实也不是，"汤姆说，"我自己家里就有两三部相机。我同样不喜欢别人拍我家房子的照片，鬼鬼祟祟，像是要调查、要作为资料保存的样子。"

戴维·普立彻双手握着相机垂到腰部的位置，脸上露出和善的笑容。"你害怕了，雷普利先生。"

"一点也不。"

"也许你是害怕辛西娅·葛瑞诺——还有莫奇森的事。"

"一点也不。首先，你根本没见过辛西娅·葛瑞诺。你为什么要暗示你见过？只是玩玩而已吗？有什么好玩的？"

"你知道有什么好玩。"普立彻在挑衅，但出于紧张，显得格外谨慎。他显然更倾向于唇枪舌剑、面冷心热的对峙。"看到你这样一个自以为是的骗子完蛋就是好玩。"

"哦。那就祝你好运了，普立彻先生。"汤姆稳稳地站着，插在裤袋里的两只手痒痒得直想打人。他意识到自己在等服务员上茶，此时茶就送来了。

年轻的服务员"啪"地将托盘放置于地上，从一个金属水壶中将茶倒入两只玻璃杯，然后祝两位先生品茶愉快。

茶闻起来确实清香扑鼻、令人陶醉，完全不似这个讨人嫌的普立彻。此外还有一小碟薄荷枝。汤姆掏出钱包，任凭普立彻多么不乐意，他都执意要付茶钱。汤姆还多加了小费。"我们喝了？"汤姆俯身去端他的杯子，并尽量保持面对普立彻的姿态。他不打算把另一杯递给普立彻。杯子都配了金属的杯托。汤姆往茶里放了一根薄荷枝。

普立彻弯腰去端起他的那杯。"哎呀!"

他大概是把茶水溅到自己身上了,汤姆不知道也不关心。他关心的是,这个变态的普立彻是否正享受与他聚会喝茶的时光,尽管这场茶会无非是让二人更加痛恨对方?难道普立彻是觉得越痛恨越享受吗?很有可能。汤姆又想起莫奇森来,只是角度有所不同:普立彻此刻正好处在莫奇森的位置,扮演一个有可能背叛他,同时泄露德瓦特仿作的秘密、破坏德瓦特艺术中心的生意(这门生意现在以杰夫·康斯坦和艾德·班伯瑞的名义在经营)的角色。普立彻会像莫奇森一样揪住不放吗?普立彻是真的掌握了证据,还是只是虚张声势?

汤姆品完茶,遂站直身子。汤姆发觉这其中的相似之处在于,他必须都问问这两个人是愿意放弃追查还是愿意丢掉性命。他曾请求莫奇森不要管假画的事,别去惹他们。他并没有威胁过莫奇森。只是后来看到莫奇森执迷不悟——

"普立彻先生,我想拜托你一件也许对你来说是不可能的事。直接从我的生活中消失,放弃你的调查。还有,你为什么不离开维勒佩斯呢?你在那儿除了骚扰我还能做什么?你连欧洲商学院都没去上。"汤姆满不在乎地大笑起来,似乎普立彻为自己编造的这些故事十分幼稚。

"雷普利先生,我有权住在我想住的地方。跟你一样。"

"是的,假如你跟我们一样行为正常的话。我打定主意让警察来关照你,让他们在维勒佩斯监视你——我可是在那儿住了好多年。"

"你去叫警察!"普立彻欲笑不笑。

"我可以告诉他们你拍我房子的事。我有三个目击证人，当然除了我之外的。"汤姆兴许还能加上第四个证人，贾尼丝·普立彻。

汤姆将茶放到地上。普立彻被茶烫了之后就没再拿起过杯子。

在汤姆的右侧，普立彻的身后，夕阳不断地接近蓝色的海面。此时此刻，普立彻按捺不动，努力保持淡定的姿态。汤姆则想起普立彻会柔道，或者他自诩会柔道。也许他在说谎呢？汤姆顿时脾气就上来了，火山一样爆发了，抬起右腿朝普立彻的肚子上一记猛踢——大概是柔术的招式吧——可惜踢得不够高，正中普立彻的胯部。

普立彻痛苦地弯腰护住自己，汤姆顺势又往他的下巴猛击一拳。普立彻栽倒在石头地面上铺着的草席上，一声闷响，像是不省人事了，不过也可能还没到那种程度。

千万别踢一个倒下的人，汤姆想起这句忠告，遂又狠狠踢了普立彻的腹部一脚。汤姆简直气急败坏，都想摸出新买的小刀捅几下子方才解气，但此地不宜久留。于是汤姆不甘心地拽起普立彻的领口，再给他的下巴来一记右拳。

这次小的较量他可是大获全胜，汤姆边想边把长袍套在头上。茶水没有洒出来。也没有血迹，汤姆觉得。服务员走进来的时候看到普立彻侧躺在自己的左侧，完全背对隔间的入口，可能会以为他在打盹呢。

汤姆离开隔间，沿石梯上行，几乎是毫不费力地爬到了厨房的位置，走出石头门，冲着外面站着的穿松垮垮衬衫的小伙子点头示意。

"叫辆出租车，可以吗？"汤姆问。

"可以，大概五分钟？"他摇晃着脑袋，像是不相信出租车会在五分钟内到达。

"谢谢。我等着。"汤姆没发现有别的交通工具可用，比如公交车——视线内没有公交站。汤姆此时怒火未消，他沿着马路边缘——没有人行道——慢慢走着，让微风吹拂他汗湿的额头，舒服极了。咚，咚，咚，汤姆的步伐如此沉重，仿若一个沉思中的哲学家。他看看表，七时二十七分，接着转身往拉哈法走去。

汤姆确实在思考，他在想象普立彻向丹吉尔的警方报案说他遭到袭击和殴打。想象这个吗？汤姆实在想象不出。有诸多难以形容的困难之处。普立彻绝对不会这么做，汤姆觉得。

那么现在，如果有个服务员冲出来（像英国或法国的服务员那样），喊道"先生，您的朋友受伤了！"，汤姆就假装对此毫不知情。只不过，茶歇时间（这个地方什么时候不是茶歇呢？）是如此轻松惬意，服务员又已经收了费，汤姆认为不至于有人急匆匆地穿过拉哈法的石头门，特地跑过来追他吧。

过了差不过有十分钟，一辆出租车从丹吉尔的方向驶来，停下，"吐"出三名男乘客。汤姆赶忙上前拦车，同时又不忘掏出口袋里的零钱给站在门口的小伙子。

"去明萨酒店，谢谢！"汤姆舒服地往椅背一靠，准备享受这趟旅程。他摸出他那包皱巴巴的吉卜赛女郎香烟，点燃一支。

他开始喜欢上摩洛哥了。卡斯巴区域的那一片片可爱的白色小房子离得越来越近；之后汤姆就感觉出租车被城市的景观吞没，汇入到一条长长的大街而变得无可辨别。左转一下，他的酒店就到了。汤姆拿出钱包。

在酒店门口的人行道上，他镇定地伸手去撩他的衣服边，把长袍从头上脱下，又折叠成之前的样子。他右手食指上裂了个小口，已经沾了几点血迹到袍子上，汤姆之前在出租车上就注意到了，不过现在几乎不流血了。这点小伤无甚要紧，跟他可能被普立彻的牙齿或者皮带扣划上一条大口子的情况相比，就太小意思了。

汤姆走进挑高的酒店大堂。时近九点。海洛伊丝肯定已经和诺艾尔从机场回来了。

"钥匙不在这儿，先生。"前台的男服务员说。

也没有留言。"那哈斯乐夫人呢？"汤姆问。

她的钥匙也不在。于是汤姆请服务员给哈斯乐夫人的房间打电话。

诺艾尔接了电话。"你好，汤姆！我们在聊天——还有我在穿衣服，"她呵呵笑，"就快好了。你觉得丹吉尔如何呢？"不知何故，诺艾尔正说着英语，声音听起来也很愉快。

"非常好玩！"汤姆说，"很迷人！我觉得我都可以为丹吉尔大唱赞歌了！"他觉察到自己说得很兴奋，或许热情过度了，可他脑子里想的是普立彻躺在草席上的样子，而且很可能他到现在也没被发现。普立彻明天就不会这么感觉良好了。汤姆听见诺艾尔说她和海洛伊丝半小时内到楼下与他会合，如果汤姆没意见的话。接着她把电话交给海洛伊丝。

"喂，汤姆。我们在聊天。"

"我知道。那楼下等你们——二十分钟左右？"

"我现在回我们的房间。我想清爽一下。"

这让汤姆不悦，可他不知如何阻止她。况且，海洛伊丝还有房间钥匙。

汤姆乘电梯到他们住的楼层，比海洛伊丝早几秒钟到房间门口，海洛伊丝走的楼梯。

"诺艾尔听起来心情好极了。"汤姆说。

"是的。噢,她很喜欢丹吉尔!她想邀请我们今晚去一家海边的餐厅。"

汤姆开了门。海洛伊丝走进去。

"混(很)好啦。"汤姆学着中国人的口音来说,这口音经常逗乐海洛伊丝。他迅速吸了吸他受伤的手指。"我可以先用浴室吗?混快的啦,霍——霍。"

"哦,好的,汤姆,你先用吧。不过如果你要洗澡,我就用盥洗盆。"海洛伊丝朝大窗户下方的空调走去。

汤姆打开浴室门。浴室里并列排着两个盥洗盆,跟许多酒店一样是为了给客人营造舒适之感的陈设,汤姆猜想,但他不禁要联想到一对夫妻各自刷着牙,或者妻子镊眉毛、丈夫刮胡子的场景,这毫无美感的画面令他沮丧。他从自己的洗漱包里拿出装有洗衣粉的塑料袋,他和海洛伊丝旅行时总带着它。先得用冷水,汤姆提醒自己。血迹很少,但汤姆希望彻底清洁干净。他搓了搓沾有血迹的几处,颜色淡掉以后,他把水放掉。现在用热水再洗一遍,抹上低泡而去污力强的肥皂。

他走到宽敞的卧室——两张特大床也是并排着紧挨在一起——从衣橱里拿了一只塑料衣架。

"你今天下午干什么去了?"海洛伊丝问道,"你买东西了吗?"

"没买,宝贝儿,"汤姆微笑着说,"就到处走走——喝了茶。"

"喝了茶,"海洛伊丝重复道,"哪喝的?"

"噢——小咖啡馆——和其他地方差不多的。我就是想看看路上的行人,休息一会。"汤姆返回浴室,将长袍挂在浴帘后面,这样长袍上的水就能滴到浴缸里。接着他脱下衣服,把衣服挂到毛巾架上，迅速地冲了个凉。海洛伊丝进来用盥洗盆。汤姆穿着浴袍，光着脚，出去找干净的内衣。

海洛伊丝已经换好衣服，白色休闲裤配绿白条纹衬衣。

汤姆穿上黑色的棉质裤子。"诺艾尔喜欢她的房间吗？"

"你把你的长袍洗了？"海洛伊丝从浴室里叫他，她本来在浴室里化妆。

"脏了！"汤姆回答。

"这是什么污渍？油脂吗？"

难不成她发现了什么他没看到的污渍吗？就在此时，汤姆听到附近塔楼里传来的宣礼人那哀嚎般尖厉的声音。这声音都能被当作警报了，汤姆暗忖，告诫人们有什么灾难来临，虽然他并未这么想，不过他这么想也未尝不可。油脂？他这次可以应付过去吗？

"看起来像血迹呢，汤姆。"她用法语说的。

他赶紧过去，边走边扣衬衫。"只是一点点啦，宝贝儿。是，我是把手指弄伤了一点。撞到什么东西上，"这是事实，他伸出右手，掌心向下，"很小的伤口。不过我不想血迹留在上面。"

"噢，是很淡的血迹，"她认真地说，"不过你怎么弄伤的？"

汤姆坐出租车回来的时候就已经想到要跟海洛伊丝解释几句，因为他准备提议说明天中午，明天中午以前就离开酒店。他甚至都不太愿意今晚继续待在这里。"呃，我亲爱的——"他在想怎么说。

"你见了这个——"

"普立彻，"汤姆帮她说了出来，"是的，我们有点小摩擦。打了架——在一家茶馆，不，咖啡馆外。他把我惹急了，我就揍了他。拳头砸他。不过我没伤他太重。"海洛伊丝等着汤姆继续说下去，她向来是这个脾气。他们之间很少有如此相处的时候，遇到有事发生，汤姆也不太习惯跟她解释太多，点到为止即可，绝无废话。

"好吧，汤姆——你从哪儿找到他的？"

"他就住在附近的酒店里。而且他太太根本就没跟他一起，他到楼下吧台见我的时候，竟然骗我说他太太也来了。我猜她人应该在维勒佩斯。反倒让我奇怪她到底在家干什么。"他脑子里想的是丽影。一个女性潜入者比男性更为恐怖，汤姆觉得。女性首先就比男性更不容易受到外人的质疑。

"可这个普黎夏到底怎么回事？"

"亲爱的，我跟你说过他们是神经病。疯子！你没必要为这个扫兴。你有诺艾尔陪你了。这个变态要骚扰的是我，不是你，我很肯定这点。"汤姆舔舔嘴唇，走到床边坐下，穿上袜子和鞋子。他想先回丽影看看情况，然后去趟伦敦。他快速地系好鞋带。

"你们在哪儿打架？为什么打？"

他摇摇头，无言以对。

"你的手指还在流血吗？"

汤姆看看手指。"没有。"

海洛伊丝走进浴室，出来的时候拿着一张创可贴，准备撕下来给汤姆贴上。

小小的创可贴一下就贴好了，汤姆感觉好些了，至少他不必在某处留下什么痕迹，哪怕只是极淡的粉色污迹。

"你在想什么？"她问。

汤姆看看表。"我们不是要下楼去找诺艾尔吗？"

"是——的。"海洛伊丝镇定地说。

汤姆将他的钱包放入外衣口袋。"我今天打架是占了上风的。"汤姆想象普立彻今晚回到酒店后"倒头休养"的画面，可他明天要干什么只有靠猜了。"不过我觉得普——普立彻先生还是想报复回来的。也许就等明天了。最好你跟诺艾尔换一家酒店住。我不希望这里发生任何不愉快的事影响到你们。"

海洛伊丝的眉毛微微颤动。"怎么报复？你是想留在这儿吗？"

"我还没想好。我们先下楼吧，亲爱的。"他们已经让诺艾尔等了五分钟，可她似乎心情很好。她看起来就像故地重游，阔别多年以后又回到自己喜爱的地方。他们走过去的时候，她正在和吧台服务员闲聊。

"晚上好，汤姆！"诺艾尔打招呼，然后继续用法语说，"我给你点个什么开胃酒呢？今晚我请客。"诺艾尔甩甩头，她的直发像幕布一样逸动。她戴着又大又细的金圈耳环，穿一件绣花黑外衣和黑色休闲裤。"你们俩今晚穿得够暖和吗？对嘛……"诺艾尔自言自语道，她母鸡护雏一般地检查海洛伊丝的手上是否拿着一件毛衫。

汤姆和海洛伊丝提前就得到警告：丹吉尔的夜晚可比白天冷多了。

两杯血腥玛丽，一杯金汤力给这位先生。

海洛伊丝把那件麻烦事说了出来："汤姆认为他明天可能不得不离开这家酒店——是我们可能要离开。你还记得那个给我们家拍照的男人吧，诺艾尔？"

汤姆发觉海洛伊丝没有私下跟诺艾尔提起过普立彻，他很高兴。诺艾尔确实记得。

"他在这儿吗？"诺艾尔大吃一惊。

"而且还在找麻烦呢！摊开你的手[1]，汤姆！"

---

1. 原文 show your hand，有摊牌，说明意图的意思。

汤姆呵呵笑出声。摊开他的手。"看了我的伤,你们就得相信我说的话。"汤姆庄重地说道,同时把贴了创可贴的手伸出来。

"拳头对拳头打的!"海洛伊丝说。

诺艾尔看着汤姆。"可他为什么看你不顺眼呢?"

"这就是问题所在。他像个跟屁虫一样黏着我——宁可买张机票,大多数人都不愿意干的事,"汤姆用法语回答,"就为了靠近我。太奇怪了。"

海洛伊丝告诉诺艾尔说普立彻抛下妻子独自过来的,就住在附近的酒店,为了防止普立彻偷袭他们,他们最好全都离开明萨酒店,因为普立彻知道她和汤姆住这里。

"这里还有别的酒店。"汤姆说了一句废话,不过他也是想尽量表现得轻松一点。他发觉自己对诺艾尔和海洛伊丝的理解感到高兴,她们理解他的难处,或说他目前的压力,尽管诺艾尔并不清楚莫奇森神秘失踪的原因,也不知道德瓦特业务的秘密。业务。这个词有两层意思,汤姆边品咂酒水边琢磨,一是指生意,德瓦特确实是一门生意,二是指造假,这门生意目前有一半是造假。汤姆艰难地将注意力重新放到两位女士身上。他自己是站着的,海洛伊丝也是站着的,只有诺艾尔歇在凳子上。

她们两人正讨论到大市集买珠宝的事情,两人同时都在说个不停,又都在努力让对方听清楚自己在说什么,就跟平时一样。

一个卖红玫瑰花的男人进来了,从打扮上来看像是个街边的小贩。诺艾尔摆摆手让他走,一边仍不忘跟海洛伊丝热烈讨论。吧台服务员遂将这男人送出了大门。

晚餐在"诺提洛斯海滩"。诺艾尔已经预订了位子。这是一家海边的露台餐厅,客人多,但气氛相当优雅,餐桌间隔很宽,还准备了蜡烛方便客人看餐单。鱼是招牌菜。他们后来才慢慢回到明天换酒店的话题。诺艾尔保证她可以轻松地帮他们解除一连住五天的非书面约定。她认识明萨的人，明萨已经预订满了，她只消说一句她想回避某个即将入住的客人就可以了。

"这是实话吧，我觉得?"她挑起眉毛望着汤姆，面带微笑。

"确实是。"汤姆说。诺艾尔似乎已经忘了前一任伤害她的男友了，汤姆想。

9

汤姆第二天一早就起床了。虽然八点没到,他不小心吵醒了海洛伊丝,但她似乎并不介意。

"我下楼去喝杯咖啡,亲爱的。诺艾尔说她什么时候退房——十点?"

"十点左右,"海洛伊丝仍闭着眼睛,"我可以打包行李,汤姆。你要去哪儿?"

她知道他要去某个地方。但汤姆不确定他的去向。"到处逛逛,"他说,"想让我帮你点一份欧陆式早餐吗?加一杯橙汁?"

"我自己会点——等我想吃的时候。"她脑袋往枕头里钻了钻。真是个温柔贴心的爱侣啊,汤姆打开房门,回头向她飞吻了一下。"差不多一小时后回来。"

"你怎么把长袍也带上了?"

汤姆确实一只手攥着叠好的长袍。"我不知道。或许买顶帽子配它?"

到了楼下,汤姆又提醒了一下前台的服务员他和妻子当天上午就要退房。诺艾尔昨天晚上临近午夜的时候才通知过他们,但汤姆觉得现在服务员已经换岗,出于礼貌应该再多说一句。接着他到了男卫生间,一个中年美国人正在盥洗盆边上刮胡子,他至少看起来像美国人。汤姆抖开长袍,穿上身。

那美国人从镜子里观察他。"你们穿着这玩意儿不是要到处旅行[1]吗?"他一手拿电动剃须刀,咯咯笑着,似乎并不确定汤姆是否听懂他的意思。

"哦,当然啦,"汤姆回答道,"到时候我们就开个恶毒的玩笑,比如说祝你旅行愉快?"

"哈——哈!"

汤姆摆摆手,离开了。

再次踏上略微有点下坡的巴斯特大道,商贩们已经或正在人行道上摆摊设点。当地的男人以什么为头饰呢?汤姆环顾四周,发现大多数人都光着头的。有少数几个缠了白布的,感觉更像理发店的白毛巾,而不是头巾。汤姆最终选择了一顶宽帽檐的草帽,颜色偏黄,卖二十迪拉姆。

穿戴整齐后,汤姆朝法国别墅大酒店走去。沿途经过巴黎咖啡馆,他停下喝了一杯意式咖啡,吃了类似羊角面包的早点。然后继续上路。

他在法国别墅大酒店的门口徘徊了两三分钟,看如果普立彻自己出来的话,他就可以把帽檐拉下来遮住脸,暗中观察普立彻。但普立彻并未现身。

汤姆步入大堂,环顾一下四周,再走到前台。他把帽子往后拉,好像刚从大太阳底下进来的旅客,用法语说道:"早上好。请问我可以和戴维·普立彻先生通话吗?"

"普黎夏——"服务员查了查登记簿,然后在汤姆左边的电话上拨了个号码。

---

1. 原文是 trip,也有绊倒的意思,此处用作双关语。

汤姆看到服务员点头、皱眉。"我很抱歉，先生，"服务员回来对汤姆说，"普黎夏先生现在不想被打扰。"

"请告诉他我是汤姆·雷普利，"汤姆语气急切地说，"我相信——这很重要。"

服务员又试了一次。"是雷普利先生找您，先生。他说——"

服务员显然被普立彻打断了，过了一会又回来告诉汤姆说普立彻先生现在不想跟任何人通话。

第一回合、第二回合都是汤姆赢了，汤姆心想。他谢过服务员，转身离开了。普立彻是下巴被打裂了吗？牙齿被敲松掉了？只可惜不能伤得更重一点。

现在回明萨。他必须在退房结账的时候多换一点钱给海洛伊丝。没能多看看丹吉尔还真是遗憾呐！不过转念一想——汤姆立刻来了精神，自信心也随之增强——他或许可以坐下午晚点的飞机回巴黎。必须电话通知安奈特太太，他寻思。先联系机场吧。尽可能坐法国航空。汤姆想把普立彻给诱导回维勒佩斯。

他从一个街边小贩那里买了一束扎得很紧的茉莉花。这花香不仅诱人，且纯正。

回到房间，他发现海洛伊丝已经穿戴整齐，正在收拾他们的行李箱。

"你的帽子！我想看你戴戴它。"

汤姆一走进酒店就下意识地把帽子摘了，这会他又戴上了。"你不觉得太像墨西哥人的帽子？"

"不，亲爱的，跟你的衣服搭一起就不像。"海洛伊丝仔细地打量他。

"诺艾尔有什么指示吗？"

"我们先去伦勃朗酒店，然后呢——诺艾尔想打出租车去斯巴特角。我们必须去看看，她说的。也许在那儿吃个午饭。随便吃点。不是大餐那种。"

汤姆记得斯巴特角在地图上的位置，是丹吉尔西边的一个海角或海岬。"要坐多久的车过去？"

"诺艾尔说不超过四十五分钟。有骆驼，她说。风景美极了。汤姆——"海洛伊丝的眼神突然忧伤起来。

她预感到汤姆可能要离开，汤姆知道，而且就在今天。"我——呃——我必须给航空公司打电话，宝贝儿。我想丽影了！"接着他像辞别的骑士一样补充说道，"不过——我可以尽量安排今天下午的飞机。我也想去看看斯巴特角。"

"你——"海洛伊丝将一件叠好的女士衬衣放进她的行李箱，"你今早上见到普黎硕了吗？"

汤姆笑了起来。海洛伊丝能把这个名字念出多少花样来啊。他本来想说这该死的家伙就窝在酒店里不肯出来见他，可他最后只说了一句："没有，我就是到处走走，买了这顶帽子，喝了杯咖啡。"他不愿意把某些芝麻小事说给海洛伊丝听，因为这些小事只会徒增她的烦恼。

差一刻到中午十二点，诺艾尔、海洛伊丝和汤姆正乘坐出租车穿越空旷、干旱的沙漠，向西前往斯巴特角。汤姆已经在伦勃朗酒店的大堂给机场打了电话，酒店经理凭借他的人脉关系帮汤姆预订了法国航空的从丹吉尔飞往巴黎的航班，下午五点一刻出发。酒店经理保证下午汤姆一到丹吉尔机场，他预订的机票就会出票。如此一来，汤姆就可以将注意力转移到欣赏美景上，至少他自己是这么认为的。没有时间给安奈特太太打电话了，就算他出其不意地回去，也不至于会吓到她，而且他的钥匙圈上还有家里的钥匙。

"则（这）个才是非常重要的——一直是。"诺艾尔开始介绍斯巴特角。之前她还非要付车费，汤姆好不容易才争取过来。"罗马人曾经来过——所有人都曾来过。"她张开双臂，用英语演讲。

她的皮革手提包挂在她一侧的肩膀上。此时她身穿黄色棉质休闲裤，衬衣外面罩着一件宽松的外衣。清风徐徐吹拂他们的衣服和头发，始终保持向西的方向，或者这只是汤姆的感觉。这轻柔的风将男人们的衬衣和裤子吹得鼓起来。两家狭长形的咖啡餐吧似乎是这片区域内唯一的建筑了。斯巴特角高高地矗立在直布罗陀海峡之上，此处的景色比汤姆之前看到过的都要好，因为大西洋从这里开始往西边无尽地延伸开来。

笑嘻嘻的骆驼从几码远的地方注视着他们，其中有两三头正舒服地跪在沙地上。穿白袍子的看护人在骆驼群附近走来走去，但似乎从未看它们一眼。他正吃着手里的像花生样的东西。

"现在骑骆驼，还是等午饭过后？"诺艾尔用法语问道，"看呐！我差点忘了！"她手指着海边，海岸靠西的一侧曲折有致，汤姆能看见一些棕褐色的砖坯废墟，低矮的殿堂、房间之类的。"罗马人以前在这里生产鱼油，然后运回罗马。罗马人曾拥有这一切。"

这时候，汤姆正望着一个小山坡，山坡上有个骑摩托车的男人从车上下来，当即变成跪拜的姿势，头朝下，屁股撅起来，无疑是朝向麦加的。

两家咖啡吧都有室内和室外的餐桌，其中一家有个朝海的露台。他们就选择了那家，找一张白色的金属餐桌坐下。

"多么美的天空啊！"汤姆说。这里的天空确实能让人怦然心动，难以忘怀，蓝色的穹顶之上没有一丝云彩，此时连飞机或飞鸟都看不到，唯有寂静，和忘却了时光的宁静。说到底，汤姆寻思，骆驼在这几千年的岁月里是否也曾改变，从遥远的，还没有相机的古代直到现在。

他们午饭吃了各种小点心，海洛伊丝最喜欢这么吃饭了。番茄汁、巴黎水、橄榄、小萝卜，还有小块的炸鱼。汤姆在桌子底下偷偷看手表，快两点了。

两位女士正聊着骑骆驼的话题。诺艾尔的瘦长脸、窄鼻子已经有点晒黑了。或者只是化的防晒妆？另外，诺艾尔和海洛伊丝要在丹吉尔待多久呢？

"大概再待三天？"诺艾尔看着海洛伊丝问道，"我有几个朋友在这儿。有一家高尔夫俱乐部，是个吃午饭的好地方。我今早上才联系了一个朋友而已。"

"你会保持联系吧，汤姆？"海洛伊丝问，"你记了伦勃朗的电话的。"

"当然了，亲爱的。"

"真遗憾，"诺艾尔忿忿地说，"普黎夏这种野蛮人也能把别人的假期搞砸了！"

"噢——"汤姆耸一下肩，"他没有搞砸。我本来就要回家办点事，还要去别的地方。"汤姆并不觉得自己说话含糊，尽管他实际上如此。诺艾尔则毫不关心他的具体动向，以及他如何谋生。她自己就是靠家里资助，还有某个前夫给的一笔财产生活，汤姆隐约记得。

吃过午饭，他们慢慢朝骆驼群走去。还没走到，他们先摸了摸"小毛驴宝宝"，毛驴妈妈的主人是个穿凉鞋的男人，他用英语招呼大家来看毛驴宝宝。毛驴宝宝有着毛茸茸的身子和耳朵，紧跟在毛驴妈妈的身边。

"照相吗？照片？"主人问，"毛驴宝宝。"

诺艾尔的大容量手提包里装着相机。她拿出相机，给了毛驴主人一张十迪拉姆的钞票。"把你的手放在毛驴宝宝的头上。"诺艾尔对海洛伊丝说。咔！海洛伊丝咧嘴笑着。"你过去，汤姆。"

"不了。"或许也行吧。汤姆往前一步，走到毛驴母子和海洛伊丝的身边，接着摇头。"算了，我给你们两人照吧。"

汤姆照了相。然后他就由着女士们用法语跟毛驴主人交流。他必须搭出租车回丹吉尔，拿他的行李，本来他可以带在身上的，不过他想回伦勃朗一趟，看看普立彻是否跟踪到那儿去了。他们之前跟明萨酒店的人说他们准备前往卡萨布兰卡来着。

汤姆必须得等一下。几分钟前，他问咖啡吧的服务员他是否可以打电话叫一辆出租车。服务员就帮他叫了。眼下，汤姆正在露台上徘徊，这样好让自己走慢一点。

一辆出租车开到这里下客。汤姆上车，交代司机说："请到巴斯特大道伦勃朗酒店，谢谢！"

他们飞驰而去。

汤姆没有回头去看骆驼群。也许海洛伊丝正骑在骆驼背上，骆驼起身的时候将她晃来晃去的，汤姆可不想看到。他也不想去想象从骆驼背上朝下看沙地的感觉，尽管海洛伊丝很可能在骑行时保持灿烂的微笑，还可以轻松地四处瞭望。骑完以后她肯定也能安全着地，不摔断一块骨头。汤姆把车窗关到只剩一条缝，出租车跑太快，风都刮进来了。

他曾经骑过骆驼吗？汤姆不太确定，尽管这种被抬起到半空的不适感对他是如此真实，仿佛深嵌于他的记忆中，他感觉这事就像真真切切发生过。那他当时必定很厌恶。这就像站在五六米高的跳板上往下看泳池的水面。跳啊！他为什么该跳下去？当时有人命令他跳吗？在夏令营的时候吗？汤姆不得而知。有时候他的想象跟记忆中的亲身经历一样清楚明了。而有些记忆反而褪色模糊起来，他猜想，比如杀害迪基和莫奇森的事，甚至还有用绞索勒死那两个肥头大耳的黑手党这样的事。后面两个家伙虽然算得上杜斯别里[1]口中的"人类"，可对他来说毫无意义，只是代表了他尤其憎恨的黑手党。他果真在火车上杀了那两个家伙吗？他的潜意识为他制造了没有杀人的错觉，从而屏蔽掉真实的记忆吗？或者并非如此？然而，他确实在报纸上读到过火车上两具尸体的新闻。难道这也有假？他当然不会把新闻剪下来存放在家里！汤姆发觉，现实与记忆之间确实隔着一道屏障，尽管他没法给这道屏障命名。但几秒钟之后，他又认为自己当然可以命名了，那就是"自我保护"。

四周又开始出现丹吉尔尘土飞扬、忙碌而拥挤的街道，以及四层楼的高大建筑。他瞥见了圣弗朗西斯科大教堂的红砖塔楼，教堂的外观有点像威尼斯的圣马可教堂，只不过是用白色砖块砌成的阿拉伯式建筑。"已经很近了。"他用法语提醒司机，因为司机开得很快。

最后车子来一个左急转弯到巴斯特大道的另一侧停下，汤姆走下车，付了车钱。

他之前就把行李委托给楼下的门房保管。"有给雷普利的口信吗？"他问前台。

---

1. Doonesbury，美国漫画家加里特鲁多的漫画《杜斯别里》的主角。

没有。

汤姆很高兴。他的行李只有一只小箱子和一个公文包。"现在我需要一辆出租车,谢谢,"汤姆说,"去机场的。"

"是的,先生。"前台的男服务员举起一根手指,对一个行李员说了点什么。

"没人过来找过我吗?来过但没有留下口信的人?"汤姆又问。

"没有,先生。我想应该没有。"男服务员诚恳地说。

车已经到了,汤姆上车。"到机场,谢谢!"

车子向南行驶,很快就出了城。汤姆往后靠到座椅上,点燃一根烟。海洛伊丝要在摩洛哥待上多久呢?诺艾尔可能游说她到别的地方去吗?埃及吗?汤姆觉得埃及不太可能,看得出诺艾尔想在摩洛哥多待一段时间。这样正合汤姆的意,因为他预感到危险或者暴力事件即将发生,就在丽影附近。他必须设法让恶心的普立彻夫妇离开维勒佩斯,汤姆琢磨,作为一个外来人——何况还是个美国人——他不想给那个平静的小镇带来麻烦和纷扰。

法国航空的航班上充满了法式风情。汤姆坐在头等舱,他一边看着丹吉尔,乃至非洲的海岸线从他的视野中逐渐消失,一边接过一杯香槟酒(并非他最爱的酒)。假如说真有什么海岸线可称为"独特"(一个旅游册子上用滥的词)的话,那就是丹吉尔港口那两股分流。汤姆希望有一天还能回来看看。很快连西班牙这头的地质风貌也隐退不见了,只剩下一片司空见惯的灰白,乘飞机的旅客都不得不忍受这样无聊的"空窗",而汤姆也拿起刀叉开始用餐了。航班为汤姆准备了最新一期(对他本人而言)的《观点周刊》,汤姆打算等用餐完了之后再看,然后就美美地睡一觉,直到飞机着陆。

汤姆想给艾格尼丝·格雷丝打个电话,问问家里的情况,于是他等拿到行李之后就从机场打过去了。艾格尼丝正好在家。

"我人在戴高乐机场呢，"他回答对方的提问，"我决定提前回家了……是的，海洛伊丝跟她的朋友诺艾尔还留在那里。家里一切都还好吧？"他继续用法语问道。

汤姆得知一切都还好，据艾格尼丝所知。"你坐火车回家？那我到枫丹白露去接你。不管多晚……这是自然，汤姆！"

艾格尼丝查了时刻表。她半夜十二点后就去接他。她一再向汤姆表示她很乐意。

"还有一件事，艾格尼丝。你能否现在给安奈特太太打个电话，告诉她我今晚自己回来了？这样我用钥匙开门的时候就不会吓着她了。"

艾格尼丝说可以。

汤姆这下感觉好多了。他偶尔也为格雷丝夫妇，还有他们的孩子们帮类似的小忙。这是乡下生活的一部分，通过邻里间相互帮助而获得一种满足感。当然，交通不便也是乡下生活的一部分，不论是从乡下去别的地方，或是从别的地方回来，都像汤姆现在这般折腾。汤姆先搭出租车去里昂车站，然后再坐火车，他宁可直接从售票员手里买票，多付一点小额的罚金，也不愿意在车站摆弄那些投币售票机。他原本可以搭出租车回家的，但他不希望司机一路畅通地开到丽影的大门口。他感觉这是在给一个潜在的敌人暴露自己的具体住址。汤姆觉察到这种内心的忧虑，怀疑自己是否太偏执了。然而，一旦某个出租车司机真的成了敌人，那再来说这些理论问题也无济于事了。

到了枫丹白露，艾格尼丝已经等候在那儿了。她跟平时一样面带微笑，温柔体贴。他们开车回维勒佩斯时，汤姆回答了她有关丹吉尔的问题。他没有提到普立彻夫妇，同时却希望艾格尼丝能说点什么关于贾尼丝·普立彻的事情，任何事情都行，因为贾尼丝住得离她不过两三百米远。可艾格尼丝什么也没说。

"安奈特太太说她愿意等你回来。说真的，汤姆，安奈特太太她——"

艾格尼丝找不到合适的词来形容安奈特太太的尽心竭力，不过也无妨。安奈特太太连外面的大门都敞开了。

"这么说，你都不确定海洛伊丝什么时候回来？"车子驶入丽影的前院时，艾格尼丝问道。

"不知道。看她自己决定。她需要放个短假。"汤姆将行李从后备厢拿出，对艾格尼丝表示感谢，并祝她晚安。

安奈特太太打开前门。"欢迎回家，汤姆先生。"

"谢谢你，安奈特太太！我很高兴回来。"他很高兴又再次闻到淡淡的、熟悉的玫瑰花瓣以及家具抛光漆的味道，听到安奈特太太问他是否饿了。他告诉她他确实不饿，他就想赶紧上床。不过先看看邮件？

"在这儿，汤姆先生。跟平常一样。"

汤姆看见邮件都叠放在玄关桌上，一小堆而已。

"海洛伊丝夫人，她还好吗？"安奈特太太殷切地询问。

"噢，是的。和她的朋友诺艾尔夫人在一起，你记得吧。"

"在这些热带国家——"安奈特太太微微摇头，"人都必须非常小心才行。"

汤姆哈哈笑了。"夫人今天还骑了骆驼呢。"

"啊——呀！"

现在给杰夫·康斯坦或者艾德·班伯瑞打电话都太晚了，不可能不失礼，然而汤姆还是打了，先给艾德打的。伦敦差不多时近午夜。

艾德接了电话，声音有点困倦。

"艾德，不好意思，这么晚打搅你。不过确实事出紧急——"汤姆舔舔嘴唇，"我想我该来一趟伦敦了。"

"噢？怎么了？"艾德清醒了。

"焦虑，"汤姆叹一口气，"可能我跟那边的人聊一聊会好些，你知道的？你能让我住下吗？或者杰夫那边？住个一两晚？"

"我想你住哪边都行吧，"艾德现在的声音又回到了平时紧张、清晰的状态，"杰夫那边有张空床，我也是。"

"至少到伦敦的第一天晚上要住，"汤姆说，"直到我看清楚形势再说。谢谢你，艾德。有辛西娅的消息吗？"

"没——没有。"

"任何地方，任何的暗示或谣传都没有？"

"没有，汤姆。你回法国了？我还以为你——"

"戴维·普立彻也到丹吉尔了，你敢相信吗？跟踪我们过去的。"

"什么？"

"他对我们不怀好意，艾德，而且他要竭尽全力地对付我们。他太太就待在家里，在我的镇上。我去了伦敦再告诉你详情，我明天再打给你，等我买好票了。什么时候找你合适？"

"十点半之前吧，我这边的时间，"艾德说，"明天上午。普立彻现在人在哪儿？"

"丹吉尔，据我所知。目前是。我明天上午打给你，艾德。"

10

汤姆八点不到便起床了。他下楼去看了一眼花园。他之前担心的那株连翘已经浇过水了，或者至少看起来不错，亨利也确实来过，汤姆发现温室旁边的堆肥堆上又多了些折下的枯玫瑰枝。才两天的时间而已，除非有冰雹，否则不会有什么灾祸发生。

"汤姆先生！早安！"安奈特太太站在面向露台的三扇落地窗中的一扇前。

无疑他的黑咖啡已经准备好了，汤姆小跑着回屋子。

"我没想到你会这么早起，先生。"安奈特太太为他倒了第一杯咖啡后说道。

他的托盘连同滤壶一起都放在客厅。

"我也没想到，"汤姆坐在沙发上，"你现在必须跟我汇报下近况了。请坐下，夫人。"

这请求非同寻常。"汤姆先生，我还没去买面包呢！"

"就找那个开车叫卖的男人买吧！"汤姆微微一笑。一辆卖面包的小货车会在路边按喇叭，妇女们穿着睡衣就跑出去买了。汤姆亲眼见过。

"可他不经过这儿，因为——"

"你说得对，夫人。不过你现在跟我聊上几分钟，今早上面包店里的面包也卖不完的。"她喜欢走到镇上去买面包，因为她在面包店能碰上熟人，大家就开始互通小道消息。"这阵子都还太平无事吗?"他知道这问题能让安奈特太太尽力想出什么不寻常之事。

"亨利先生来过一次。时间不长,不到一小时。"

"没有别的人给丽影拍照吗?"汤姆微笑着问。

安奈特太太摇头。她紧握的双手正好放在腰线以下。"没有,先生。不过——我的朋友伊芳跟我说那个毕夏——夫人?太太——"

"毕夏,差不多是这个。"

"她在哭——她去买东西的时候。流眼泪呢!你能想象吗?"

"不能,"汤姆说道,"流眼泪啊!"

"还有她丈夫现在也不在。他走了。"安奈特太太的意思好像是他可能抛弃了他妻子。

"也许他只是出差去了。毕夏夫人在镇上有朋友吗?"

安奈特太太犹豫了。"我觉得没有吧。她看起来挺伤心的,先生。我可以为你煮个半熟的鸡蛋,之后再去面包店吗?"

汤姆同意了。他饿了,而且他也没理由不让安奈特太太去面包店。

安奈特太太往厨房去了。"啊,克雷格先生来过电话。我肯定是昨天打的。"

"谢谢。有什么口信吗?"

"没有。就是问候一声。"

这么说,普黎夏太太是在哭咯。又是一场精彩的作秀,汤姆猜想,或许只是为了她自己好玩罢了。汤姆站起来,走到厨房。这时,安奈特太太也拎着手提包从房间里走过来,从钩子上取下一只购物袋,汤姆便说道:"安奈特太太,请不要对任何人提起我现在在家或者我昨天在家。因为我打算今天再出门的……对了,哎呀,你就不要买我那份了!我晚点再跟你交代清楚吧。"

汤姆九点的时候给枫丹白露的旅行社打电话，预订到伦敦的往返机票，回程未定，去程就是当天下午一点过后从戴高乐机场出发。汤姆收拾了一只小行李箱，带上常用的东西，外加两三件快干的衬衫。

他对安奈特太太交代说："但凡有人打电话找我，你就说我还在摩洛哥跟海洛伊丝夫人一起的，好吗？我随时都会回来。也许明天，也许后天……不，不，我会打电话给你，肯定明天就打给你，夫人。"

汤姆告诉安奈特太太说他要去伦敦，但没说他要住哪里。他也没有交代万一海洛伊丝打电话回来该怎么说，他只是希望海洛伊丝不要打电话，反正摩洛哥的电话系统糟糕得很。

然后汤姆就到楼上的卧室里给艾德·班伯瑞打电话。尽管安奈特太太仍然不懂英语，而且汤姆也经常觉得她似乎对这门语言毫无兴趣，他还是想让聊天更加私人一点，尽量不让她听见。汤姆跟艾德说了他到达的时间，大概下午三点刚过。方便的话，他可以直接到艾德的家。

艾德说他会安排接待。没问题。

汤姆核对了艾德在考文特花园的地址，以确保无误。"我们必须考虑辛西娅的问题，查出她究竟在干些什么，假如有的话，"汤姆说，"我们需要几个能守得住嘴的眼线。我们确实需要一个奸细。好好考虑下吧。期待与你见面，艾德！想从青蛙国[1]带点什么吗？"

"唔，好吧，那就从免税店带一瓶保乐[2]绿茴香酒？"

---

1. Frogland，指法国。
2. Pernod，法国绿茴香酒品牌。

"说办就办了。再见。"

汤姆拎着他轻便的行李箱走下楼梯时，电话正好响了。他希望是海洛伊丝打来的。

是艾格尼丝·格雷丝。"汤姆——既然你一个人在家，我想今晚邀请你到我们这儿来吃晚饭应该还不错。家里只有孩子们，他们吃饭早些，你知道的？"

"谢谢你，亲爱的艾格尼丝，"他用法语回答，"很抱歉，我必须又要坐飞机了……是的，就今天。实际上，我正准备打电话叫出租车呢。真是遗憾。"

"坐出租车去哪儿？我现在就要去枫丹白露购物。能帮你一下吗？"

这正合汤姆心意，于是他主动说要搭便车去枫丹白露，毫不费力、自然而然地说出口的。短短五分钟或十分钟后，艾格尼丝就到了。她的旅行车开进汤姆先前敞开的大门，汤姆匆匆与安奈特太太告别。接着他们就出发了。

"你现在又要去哪儿？"艾格尼丝瞥了他一眼，脸上挂着笑，似乎把他当成了一个长期在外游荡的人。

"伦敦。办点小事——顺便说下——"

"怎么了，汤姆？"

"我想请你别跟任何人提起我昨晚在家的事情。也别说我要去伦敦待一两天。不是什么大不了的事——对任何人来说——我只是觉得应该跟海洛伊丝待在一起，尽管她有个好朋友诺艾尔在陪她。你见过诺艾尔·哈斯乐的？"

"见过。两次吧，我想。"

"我还是要回——卡萨布兰卡的，估计几天之内。"汤姆换了一种更轻松的语气，"你知道那个奇怪的普立彻夫人最近眼泪汪汪的事吗？我是从我的忠实侦探安奈特太太那听说的。"

"眼泪汪汪的？为什么？"

"不知道啊！"汤姆不打算告诉她普立彻先生最近好像不在家。假如艾格尼丝没有注意到贾尼丝的丈夫不在家，那说明贾尼丝·普立彻太太还真是很会保守秘密。"擦着眼泪跑到面包店里去，很奇怪，是不？"

"太奇怪了！而且还挺伤感的。"

艾格尼丝·格雷丝把汤姆送到他忽然拍脑袋想到的地方：黑鹰酒店的门口。一个行李员从台阶上下来，穿过露台来接应他。汤姆只光顾过酒店的餐厅和吧台，所以这行李员不一定认识汤姆，不过他主动地帮汤姆找了一辆愿意前往机场的出租车，汤姆给了他小费表示感谢。

像是才过了一会工夫，汤姆就已经坐上了另一辆靠马路左边行驶的、前往伦敦的出租车了。他脚下的塑料袋里装着艾德的保乐酒和一条高卢牌香烟。从车窗望出去，汤姆只看到红砖砌成的厂房，硕大的公司招牌，跟他想象的那种来伦敦探望好友的兄弟温情毫不搭界。他在自己的英国-英格兰信封里（他的百宝箱有一个抽屉专门用来存放用剩下的外币）找到了两百英镑的现金，还有若干英镑的旅行支票。

"到了七晷区的时候请注意下，"汤姆礼貌而担忧地对司机说，"如果你走那条路的话。"艾德·班伯瑞提醒过他，说出租车司机可能会转错弯，造成后面很大的麻烦。艾德住的那一片公寓是翻新过的旧公寓，他还说过，在贝佛伯瑞街。出租车到了以后，汤姆发现这条街几乎算得上古雅。汤姆付了车钱，打发司机走了。

艾德答应过在家等他，从对讲机里证实汤姆的声音后，艾德给汤姆开了门。就在此时，轰隆一声雷鸣把汤姆吓得打了个颤。紧接着，汤姆刚把第二道门打开，他听见头上天空开裂，大雨倾盆而下。

"这里没电梯，"艾德倚靠着栏杆俯身说道，然后开始下楼，"到三楼来。"

"你好，艾德。"汤姆的声音小得近乎耳语。他不想说太大声，尤其是在每层楼的两间公寓都能听到对方声音的情况下。艾德接过了塑料袋。木制的栏杆打磨得很漂亮，墙壁是新粉刷的白色，地毯是深蓝色。

艾德的公寓跟大堂一样崭新、整洁。艾德泡了茶，他说他这个点儿都要泡茶。

"你跟杰夫谈过了？"汤姆问。

"噢，是的。他想见你。也许今晚。我告诉他你一过来就给他打电话，我们商量过了。"

他们在给汤姆准备的卧室里喝茶。这卧室像是客厅边上的一间小书房，有个沙发也像是由罩上罩子、放上垫子的双人床改造而成的。汤姆快速地跟艾德讲了戴维·普立彻在丹吉尔的行径，尤其是他和普立彻的对峙，最后以普立彻人事不省地躺倒在拉哈法的石头地板上告终这一得意桥段。

"自那以后我就没见过他，"汤姆继续说道，"我太太还跟一个巴黎的叫诺艾尔·哈斯乐的朋友留在那儿。我猜她们还要去卡萨布兰卡。我不希望普立彻伤害我太太，当然我也觉得他不会。他是冲着我来的。我不知道这混蛋的脑瓜里想的什么。"汤姆啜了一口美味的伯爵红茶。"普立彻可能是个疯子，没问题。但我好奇的是他有可能从辛西娅·葛瑞诺那边听来什么事情。对了，有什么消息了吗？比如关于这个中间人的，那个在免费聚会上跟普立彻说话的辛西娅的朋友？"

"是的。我们打听到了他的名字，乔治·宾顿。是杰夫想办法打听到的，并不容易，必须先处理聚会上拍的照片。杰夫也问了些问题，尽管他连聚会都没参加。"

汤姆来了兴致。"你们肯定名字没错？住在伦敦的？"

"很肯定，"艾德的细长腿重新交叉了一下，"我们在电话簿里找到了三个很有可能的宾顿。有太多叫宾顿的了，也有 G 开头的名字——我们不可能挨个打电话去问他们是否认识辛西娅——"

汤姆不得不承认这一点。"我担心的是辛西娅要走到何种地步的问题。实际上，她是否现在还跟普立彻保持联系？辛西娅她恨我，"汤姆说到这里竟打了个冷战，"她巴不得给我致命一击。不过，假如她决定要揭发这些假画，揭发伯纳德·塔夫茨造假的起始时间"——此处汤姆的声音降到几乎耳语的程度——"她也就背叛了她的挚爱伯纳德。我打赌她不会做到这么绝。这就是一场真正的赌博，"汤姆往扶手椅后面靠了靠，但他仍然没有放松下来，"但更多的是希冀与祈祷。我有好几年没见过辛西娅了，她对于伯纳德的态度或许已经变了——微小的变化。没准儿她更想对我实施报复。"汤姆暂停一下，望着思考中的艾德。

"你为什么要说是对你实施报复，你明知道我们所有人都会遭殃的，汤姆？杰夫和我——我们还用德瓦特和他的那些老画作的照片搞了不少文章出来，"他微笑着补充道，"虽然我们当时都知道他已经死了。"

汤姆一本正经地看着他的老朋友。"那是因为辛西娅知道是我最先提出来让伯纳德造假的。你们的文章后来才出来。伯纳德告诉了辛西娅，于是他俩就有了隔阂。"

"确实如此。对的，我记得。"

艾德和杰夫，还有伯纳德，尤其伯纳德，都曾经与画家德瓦特交好。那时德瓦特处于抑郁期，兀自跑到希腊去，跑到某个岛上跳海自杀了，伦敦的朋友们都相当震惊，觉得不可思议：事实上，德瓦特只是在希腊"失踪"了，因为他的尸体从未被发现。汤姆考虑到德瓦特当时不过四十岁上下，刚刚才被认可为一流的画家，尚未画出自己最好的作品。因此汤姆想出了让同为画家的伯纳德·塔夫茨来效仿德瓦特的主意。

"你在笑什么？"艾德问。

"我在想我的告解。我敢肯定神父会说——你能把告解都写下来吗？"

艾德仰面大笑。"不——他会说都是你瞎编的！"

"不！"汤姆也哈哈笑起来，"神父会说——"

有电话铃声从另一个房间传来。

"抱歉，汤姆，我正等着这通电话。"艾德说完就离开了。

趁艾德接电话之际，汤姆环视了下这间准备给他过夜的小书房。两面墙上都是高至天花板的书架，他看见上面摆满了大量的精装书，也有平装书。汤姆·夏普、穆丽尔·斯巴克[1]，几乎并排在一起。跟上次汤姆看到的时候相比，艾德又添置了一些上好的家具。艾德家是哪里的？霍夫吗？

---

1. Tom Sharpe, Muriel Spark，均为英国小说家。

海洛伊丝这会在干什么呢？将近下午四点的时候？她越早离开丹吉尔去卡萨布兰卡，他越是高兴。

"没问题了，"艾德回来了，一边还将一件红毛衣罩在他的衬衫外面，"我取消了一些不要紧的事，今天下午就有空了。"

"那我们去趟巴克马斯特吧，"汤姆站起身，"是开到五点半？还是六点？"

"六点，我肯定。我马上把牛奶拿开，剩下的就不管了。你要是想挂什么东西，左边的橱柜里面有地方。"

"我就把一条多余的裤子挂在这椅子上吧——暂时的。我们走。"

艾德去开门。他已经穿上雨衣了。"你刚才提到有两件事要说。关于辛西娅的？"

"噢——是的，"汤姆扣上他的巴宝利外衣，"第二件——细节问题。辛西娅当然知道我火化掉的尸体是伯纳德的，不是德瓦特的。这个我也不必跟你们说。所以说，在某种意义上，这是对伯纳德的又一次侮辱——告诉警方他的尸体是别人的，似乎是进一步玷污了他的声名。"

"不过，你知道的，汤姆，这段时间以来，她没有对我们说过任何事。对杰夫或者对我。她无非是不理睬我们，我们也觉得无所谓。"

"那是她还没遇到像戴维·普立彻这样可以捣乱的机会罢了，"汤姆反驳道，"一个胡搅蛮缠、施虐成性的疯子。辛西娅完全可以利用他，你没看出来吗？她正是这么干的。"

搭出租车到旧邦德街，来到巴克马斯特画廊的橱窗前。橱窗的灯光低调、沉稳，外框镶着黄铜与深色原木。精致的旧门上仍然是磨得光滑的铜把手，汤姆注意到。前窗放着的两三盆棕榈树将一幅画围起来，以至遮挡了大部分室内的景象。

那个据说三十岁左右的名叫尼克·霍尔的男人正在跟一个年纪较长的男人说话。尼克长着黑色直发，身材相当魁梧，好像习惯把双臂抱起来。

汤姆看到墙上挂着不少他认为平庸的画作，并非都出自某一位之手，而是三四位画家的作品选集。汤姆和艾德就站在一旁等着，直到尼克跟那位年长的绅士说完话。尼克递给长者一张名片，长者遂告辞离开。此时画廊里似乎只剩下他们几个，没别人了。

"班伯瑞先生，下午好啊。"尼克迎面过来，面带微笑，露出整齐短小的牙齿。尼克至少看起来挺直率的。而且他熟悉艾德，说明他们联系紧密。

"下午好，尼克。我来给你介绍一个朋友——汤姆·雷普利。尼克·霍尔。"

"很高兴认识你，先生。"尼克再次微笑。他没有伸手，不过微微鞠一下躬。

"雷普利先生只过来逗留两三天，想到店里来看看，认识下你，也许还能看到一两幅喜欢的作品。"

艾德态度随和，汤姆也同样如此。尼克显然没有听说过汤姆的名字。很好。跟上次完全不同了（而且要安全许多）。汤姆还记得上次那个叫雷纳的同性恋小子，他就处在现在尼克这个职位上，汤姆假扮德瓦特在这间画廊的内室召开记者招待会的时候，雷纳也在场。

汤姆和艾德信步来到第二间展厅（总共只有两间），看了看墙上挂着的柯洛风格的风景画。这间展厅靠后的角落里还有几幅油画倚墙放着。内室里应该放得更多，汤姆知道，就在那扇略有污迹的白门后边，他扮演的德瓦特曾在里面开过——实际有两次——记者招待会。

等尼克到了前厅，听不到他们说话的时候，汤姆叫艾德去问问尼克最近是否有人咨询过德瓦特的作品。"然后，我想看看访客签名簿，看有谁签过名，"像戴维·普立彻这样的人很有可能签名，汤姆暗忖，"反正巴克马斯特画廊的人——也就是你和杰夫，画廊的老板——都知道我喜欢德瓦特，对吧？"

艾德于是照办了。

"我们现在有六幅德瓦特，先生，"身穿灰色修身西服的尼克笔直站起来，仿佛有笔生意要成交了，"当然我现在回想起你的名字了，先生。请到这边来看。"

尼克将德瓦特的作品一一摆放到椅子上，让画作靠在椅背上展示。这些都是伯纳德·塔夫茨的仿作，有两幅汤姆是有印象的，另外四幅没有。《午后的猫》是汤姆最喜欢的，温暖的红棕色色调，近乎抽象的构图，一只打盹的橙白斑纹猫隐匿其中，无法一眼找到。然后是《无名车站》，由蓝色、棕色和黄褐色的色块组成的一幅可爱的作品，背景是一栋灰白但外观脏污的建筑，应该是火车站吧。接下来——又是人物画了——《争吵中的姐妹》，典型的德瓦特风格，尽管汤姆从日期可推断出是伯纳德·塔夫茨画的：画面中有两名女性张着嘴对视。德瓦特的多重轮廓手法传达出一种动态感，争吵的声音，而红色的笔触——德瓦特最偏爱的表现手段，由伯纳德·塔夫茨如法炮制——暗示出愤怒的情绪，也许还有指甲的抓痕和抓痕处渗出的鲜血。

"这个你们要价多少？"

"《争吵中的姐妹》——我相信差不多要三十万，先生。我可以再查一下。此外——如果有了交易意向，我还得通知另外一两位买家。这幅画挺受欢迎的。"尼克的脸上再次露出微笑。

汤姆并不希望这幅画出现在家里，他询价只是出于好奇。"还有那幅《猫》呢？"

"稍贵一点。那个很抢手的。我们可以想办法。"

汤姆与艾德交换了下眼神。

"你现在对价格很熟悉嘛，尼克，"艾德亲切地说道，"很好。"

"是的，先生。谢谢你，先生。"

"你们这里来咨询德瓦特的多吗？"汤姆问道。

"唔——不是很多，因为德瓦特太名贵了。我觉得他是我们的镇店之宝吧。"

"好比王冠上的宝石，"艾德加了一句，"泰特美术馆的人，苏富比的人，都跑到我们这儿来看画，汤姆，想看看有什么是返回我们这里来重新出售的。这些拍卖行的人——我们并不需要他们。"

巴克马斯特有自己的拍卖方式，通过通知潜在的买家，汤姆猜想。令他高兴的是，艾德·班伯瑞在尼克·霍尔面前说话随意，侃侃而谈，好像汤姆与艾德是老朋友，艺术经纪人和顾客的关系。艺术经纪人：听起来挺奇怪的称呼，不过艾德和杰夫确实一直在挑选哪些作品拿到店里来卖，哪些年轻的或者稍年长的艺术家由画廊来代理。他们的决定通常都基于市场行情，取决于当前流行的风尚，汤姆知道，但艾德和杰夫确实有足够的眼光来支付旧邦德街高昂的租金，而且还赢了利。

"我猜的话，"汤姆对尼克说，"应该没有更多新的德瓦特作品在

147

阁楼之类的地方被发现了吧?"

"阁楼!没有——不太可能,先生!素描的话——连素描近一两年都没有。"

汤姆若有所思地点点头。"我喜欢那幅《猫》。至于我能否负担得起——我得好好考虑下。"

"你是有了——"尼克做出努力回想的样子。

"两幅,"汤姆说,"《椅子上的男人》——我的最爱——还有《红色椅子》。"

"是的,先生。我肯定这是有记录的。"尼克没有表现出任何回忆起或者提醒自己《椅子上的男人》系伪作而另一幅不是的迹象。

"我们该走了吧,我想。"汤姆对艾德说,似乎他们有什么约会要去。然后对尼克·霍尔说:"你们有访客簿吗?"

"噢,是的,先生。在这边的桌子上。"尼克走到前厅的桌子前,将一大本簿子翻到当前页。"这里有笔。"

汤姆弯腰去看,顺手拿起笔。都是潦草的签名,肖克罗斯什么的,福斯特,亨特,有些留了地址,多数没有。再瞟一眼上一页,汤姆发现普立彻至少在去年内没有签过名。汤姆签下名,没有留地址。只是写上"汤姆·P. 雷普利",还有日期。

紧接着他们就离开画廊,来到小雨淅沥的人行道上。

"说真的,我很高兴看到画廊没有代理那个叫施托曼的家伙。"汤姆咧嘴笑着。

"是的。你不记得了吗——你当时从法国发了好大一通牢骚过来。"

"没理由不发呀!"两人这会都在看有无出租车经过。艾德或是杰夫——汤姆不想把矛头对准任何一个——数年前发掘了一个叫施托曼的画家，他们认为这个人伪造的德瓦特能蒙混过关。蒙混过关？汤姆到现在穿着雨衣还不禁身子一紧。要是巴克马斯特蠢到去卖施托曼造的假画，他估计早就把一切都搞砸了。汤姆是根据画廊寄给他的彩色幻灯片来否决施托曼的，汤姆还记得。不管怎样，他反正在某处见过这些幻灯片，根本不可能蒙混过关的。

艾德站在街道中央挥舞着一条胳膊。这个时间点，这样的天气，要找到一辆出租车是很难的。

"今晚跟杰夫的会面如何安排的？"汤姆喊了一句。

正好有一辆出租车在下客，车顶前方的黄灯喜人地闪烁着。他们上了车。

"我刚才看到那些德瓦特的作品真是享受啊，"汤姆意犹未尽地说，"我应该说——塔夫茨。"他最后一个词说得像棉花一样轻柔，"而且我已经想到一个解决辛西娅问题的办法，或者说心结，我该用什么词呢？"

"什么办法？"

"我直接打电话问她。我问她是否与莫奇森太太有联系，比如说。还有跟戴维·普立彻的关系。我假扮成法国的警察。如果可以的话，就从你家里打过去？"

"噢——噢，当然可以！"艾德恍然大悟。

"你有辛西娅的电话吧？不成问题？"

"不成问题，就在电话簿里。不在贝斯瓦特了，而是在——切尔西，我想。"

11

回到艾德的公寓，汤姆接过一杯金汤力，开始整理他的思路。艾德已经把辛西娅·葛瑞诺的号码抄在一条纸条上给他了。

汤姆跟艾德练习他的法国警局局长口音。"系（现）在快七点了。柔（如）果杰夫到了——你让塔（他）进来，跟平时一样，好吗?"

艾德点头，几乎是鞠躬的姿势。"好。是的!"

"我是从则（这）个警局搭（打）过来的——我最好说在巴黎的警局，不是梅朗——"汤姆在艾德的大工作室走来走去，电话就摆在一张乱七八糟、满是纸张的桌子上。"背景杂音。麻烦来点打字机亲（轻）微的啪啪声。则（这）是警察局。西默农[1]笔下的警察局。我们彼兹（此）认识。"

艾德听命坐下来，往打字机里塞了一页纸。咔咔——啪啪。

"要有思考的余地，"汤姆说，"不一定要快。"他拨了号码，准备好要先确认接电话的是辛西娅·葛瑞诺，然后说戴维·普立彻跟他们联系了几次，问他们能否就雷普利先生问几个问题。

电话响了又响。

"她不在假（家），"汤姆说，"见鬼。去他妈的!"他看了看手表，七点过十分。汤姆放下电话。"也许她出去吃饭了。也说不定出城了。"

"明天再试也不妨，"艾德说，"或者今天晚点再试下。"

门铃响了。

"是杰夫。"艾德去了前厅。

杰夫走进门，虽然拿着伞，身上也是潮乎乎的。他比艾德个子更高，块头更大。脑袋比上次汤姆见他的时候秃得更厉害了。"你好，汤姆！真是意外的惊喜啊，反正随时都欢迎你！"

两人亲热地握手，几乎还抱上了。

"把湿雨衣脱下来，换件随便什么干的衣服，"艾德说，"威士忌？"

"正合我意。谢谢你，艾德。"

三人都到艾德的客厅就坐。客厅有沙发，搭配一张轻便的咖啡桌。汤姆向杰夫解释了他此行的原因：自从他们上次通过电话之后事态就有了升级。"我太太还留在丹吉尔，跟她的一个女性朋友一起，住在伦勃朗酒店。所以我就过来看能不能打探出辛西娅的动静，或者说她的计划，针对莫奇森的。她也许在联络——"

"是的，艾德跟我说过了。"杰夫说道。

"——联络美国的莫奇森太太，她自然是想知道自己的丈夫如何失踪的。我觉我有必要说一下此事，"汤姆将他的金汤力放到一张玻璃杯垫上，"至于说要在我的地盘上搜索莫奇森的尸体的话——他们，那些警察，有可能找到。或者找到一具骨骸也说不定。"

"离你家不过几公里，你说过，是吧，"杰夫的语气中夹杂一丝担忧或畏惧，"在一条河里？"

汤姆耸肩。"是的，也可以说是一条运河。我倒是刻意忘了具体的地点，不过我认识那座桥，那天晚上我和伯纳德抛尸的那座

---

1. Simenon，应该指乔治·西默农（1903— ），法国侦探小说家。

桥。当然了——"汤姆挺直身子,语气也变得更轻松愉快,"没人知道托马斯·莫奇森为何以及如何失踪的。有可能在我送他去的奥利机场被绑架了——你们知道吧。"汤姆笑得更加灿烂。他说"送"莫奇森的时候,感觉他自己是真的送过了。"他随身带着那幅《钟》,画也在奥利丢失了。那是真正的塔夫茨作品。"此时汤姆大声笑出来。"也有可能是莫奇森自己决定要消失的。无论如何,有人偷了《钟》,我们再没见过或者听说过那幅画,记得吗?"

"记得。"杰夫的高额头因思索而皱了起来。他握杯子的手也放在两膝之间。"这些人,普立彻两口子,打算在你那儿附近住多久呢?"

"可能是六个月的租期吧,我猜。应该问问的,但我没问。"他估计六个月不到就能摆脱普立彻,汤姆琢磨。总有办法的。汤姆感觉自己的火气一下上来了,于是又向艾德和杰夫描述了普立彻两口子租的房子如何如何,这样才能消消气。汤姆描述了那些仿古的家具,草地上的池塘,午后的阳光照射在池塘上,水面的反光又投射到客厅的天花板上,影影绰绰。"问题是,我真想看到他们两个淹死在里面。"汤姆最后总结说,引得其他两位哄然大笑。

"再来点喝的吗,汤姆?"艾德问。

"不用了,谢谢。我可以了。"汤姆瞟一眼手表,八点刚过。"我想出门前再给辛西娅打一下。"

艾德与杰夫开始配合。仍旧是艾德来制造打字机的背景声,汤姆与杰夫练习口音:"别笑。则系(这是)巴黎警察局搭(打)来的。我从普黎夏哪(那)里得到笑死(消息)。"汤姆语气急切,再次站起来说话:"我必须询问下葛瑞诺女士,因为她可能基(知)道有关莫机(奇)森先生或者太太的事情。可以吗?"

"可以。"杰夫以同样严肃的语气说道，好像他在宣誓一样。

汤姆准备好纸笔以便记录，另外还有写着辛西娅号码的纸条。他拨了号码。

响到第五声的时候，一个女人的声音接了电话。

"喂，晚上好，女士。请问是葛瑞诺女士吗？"

"是的。"

"我是巴黎的艾德华·毕绍局长。我们在与普黎夏先生联系，调查托马斯·莫机（奇）森的案子，我想你知道莫机（奇）森的名字。"

"是的，我知道。"

进展顺利。汤姆故意把嗓子提起来说话，这样听起来更紧张一些。辛西娅有可能会记起他平时说话的声调，从而认出他来。"普黎夏先生系（现）在在北非，你可能知道的，女士。我们想得到莫机（奇）森太太的地址，在米（美）国的地址，柔（如）果你有的话。"

"用来做什么呢？"辛西娅·葛瑞诺又是从前那副傲慢无礼的语气，若有必要，她还可以加上一副死板的脸孔。

"因为我们可能特岛（得到）一些笑死（消息）——很快——有关塔（她）丈夫的。普黎夏先生从唐吉（丹吉尔）打来过一次电话。但我们现在联系不上塔（他）。"汤姆提高声调，以表明事态紧急。

"唔，"怀疑的语气，"普立彻先生有他自己的方式来处理——你所说的事情，我想。与我无关。我建议你等到他回来。"

"但我们不能——不应该等了，女士。我们有问题要问莫机（奇）森太太。我们搭（打）电话给普黎夏先生的时候，塔（他）不在。唐吉（丹吉尔）的电话混（很）难搭（打）。"汤姆狠命地清下嗓子，结果弄疼了自己，他示意要加上背景声音。辛西娅听说普立彻在唐吉（法国人的叫法）似乎并不感到意外。

艾德扔了一本书在书桌的空白处，继续啪啪敲着打字机。杰夫在稍远处面对墙壁，双手捧起，制造出警笛的尾音，汤姆觉得真像极了巴黎的警笛声。

"女士——"汤姆焦急地继续说道。

"稍等。"

她去找去了。汤姆拿起笔，没有看他的朋友。

辛西娅回到线上，念出一个在曼哈顿东区七十几街的地址。

"谢谢你，女士，"汤姆的礼貌仅限于警察理应表达的程度，"害（还）有电话呢？"汤姆把电话一并记下，"万般感谢，女士。晚安。"

"呜噎——噎——咕嘟——咕嘟。"这是杰夫在汤姆客气地道别时弄出来的声响，汤姆承认确实挺像跨海峡打来的电话，但辛西娅或许根本没听见。

"大功告成，"汤姆镇定地说，"不过想想看，她竟然有莫奇森太太的地址。"汤姆望着他的朋友们，朋友们此时也默不作声，只顾看着他。他将莫奇森太太的联络方式揣进兜里，然后又看了手表。"再打一个电话，可以吗，艾德？"

"你打吧，汤姆，"艾德说，"需要回避吗？"

"不必。这次是打给法国那边。"

两个家伙还是溜到了艾德的厨房。

汤姆拨通了丽影的电话，那边应该是晚上九点半了。

"喂，安奈特太太！"汤姆说。安奈特太太的声音让汤姆眼前浮现出家里熟悉的玄关，还有同样熟悉的厨房操作台，挨着咖啡机，那里同样有电话。

"噢，汤姆先生！我不知道上哪儿去找你！我有个坏消息。夫——"

"真的吗？"汤姆皱着眉头。

"是海洛伊丝夫人！她被绑架了！"

汤姆倒抽一口气。"不可能！谁告诉你的？"

"一个说美国口音的男人！他打电话过来——大约今天下午四点的样子。我不知道该怎么办。他说完就挂了。我跟珍娜薇夫人商量。她说：'这边的警察能做什么？'她还说：'要通知丹吉尔那边，要通知汤姆先生。'可我不知道怎么找你。"

汤姆紧闭双眼，听着安奈特太太继续说下去。汤姆在思考：是普立彻撒的谎，他发现汤姆·雷普利不在丹吉尔了，反正没跟他太太在一起，于是决定制造更多的麻烦。汤姆深吸一口气，试图条理清晰地向安奈特太太解释情况。

"安奈特太太，我觉得这是个恶作剧。请不要担心。海洛伊丝夫人和我已经换过酒店了，我想我告诉过你的。夫人现在在伦勃朗酒店。但请你不要担心这个。我今晚就打电话给我太太——我打赌她还住在那儿！"汤姆笑了一声，真正在笑。"美国口音！"汤姆鄙夷地说，"那说明不是北非那边的人或者丹吉尔的警察给你传达的准确信息，夫人，你现在想想看呢？"

安奈特太太不得不承认这一点。

"家里的天气怎么样？这里在下雨。"

"等你确认了海洛伊丝夫人的去向，你能给我打电话说一声吗，汤姆先生？"

"今晚吗？好——好吧，"他冷静地补充说，"我希望今晚能和她通上话。到时候我再联系你。"

"随时都行，先生！我把家里的所有门都小心锁上了，还有外面的大门。"

"干得好，安奈特太太！"

挂下电话后，汤姆"吁"了一声。他把双手插进口袋，然后去找他的朋友们，两个家伙这会已经端着各自的饮品到了小书房。"我有新消息了。"汤姆很享受现在这种可以与人分享消息的快乐，尽管不是什么好消息，但也好过平时那种缄口不言的状态。"我的管家说我太太被绑架了。在丹吉尔。"

杰夫皱眉。"绑架？你在开玩笑吗？"

"一个有美国口音的男人给我家打电话，通知安奈特太太——然后挂掉了。我敢肯定这是假消息。很典型的普立彻作风——竭尽所能地捣乱。"

"你该怎么办呢？"艾德问，"给她的酒店打电话，看她是否还在？"

"正是。"但与此同时，汤姆点燃了一根吉卜赛女郎香烟，花上几秒钟时间来鄙视戴维·普立彻，厌恶他身体的每一寸肌肤，甚至他的圆框眼镜，还有他低俗的手表。"是的，我要给丹吉尔的伦勃朗酒店打电话。我太太一般在下午六七点的样子回房间，换好晚上穿的衣服。酒店至少能告诉我她是否还在住。"

"当然了。去打吧，汤姆。"艾德说。

汤姆又回到电话机旁边，挨着艾德的打字机。他从外衣的内袋里摸出一个记事本。他之前记下了伦勃朗酒店的号码，连同丹吉尔的区号。不是有人说过凌晨三点才是给丹吉尔打电话的最佳时间吗？

汤姆现在还是要试试，他小心地拨了号码。

没声音。接着是一阵铃响，三次铃响表明电话接通中。之后又没声音了。

汤姆试着给接线员打电话，请女接线员帮忙接通电话，并且把艾德的号码给了对方。接线员让他挂掉电话。她过了一分钟打过来说她在拨打丹吉尔的号码。汤姆听见伦敦这边的接线员在给一个声音小得几乎听不见的人回复一些粗鲁气愤的话，不过那女人仍旧运气不佳。

"晚上这个时候偶尔如此，先生——我建议你今晚稍后再试。"

汤姆谢过她。"我必须出门了。我待会自己再试试。"

接着他又去了小书房，艾德和杰夫都快把他的床铺好了。"运气不佳，"汤姆说，"我打不通。我听说过丹吉尔的电话就是这种状况。我们出去吃点东西吧，暂时不管它了。"

"真是糟糕，"杰夫起身说道，"我听见你说晚点再试的。"

"是的。顺便说下，感谢二位为我铺床。看起来今晚睡着挺舒服的。"

几分钟后，他们三人撑着两把伞步入毛毛细雨中，准备前往艾德推荐的那家酒吧式餐厅。餐厅并不远，到处装饰着温馨的棕色橡子，还有原木的雅座。他们选了一张汤姆觉得能更方便观察其他顾客的桌子。他点了烤牛肉和约克郡布丁，为了怀旧。

汤姆询问了杰夫·康斯坦的自由职业，杰夫必须做点零活来赚钱，尽管不如他所喜欢的"有人物或者没有人物的艺术室内照"——他指的是环境优美的建筑内部，也许加入一只猫，或者几盆植物。商业性的工作大部分时间要接触工业设计，杰夫说，比如给电熨斗来几张特写。

"或者到郊外的建筑工地，"杰夫继续说道，"修到一半的状态。我必须给它们拍照，有时天气就像现在这样。"

"你和艾德经常见面吗？"汤姆问。

艾德和杰夫两人不约而同地笑了，看了对方一眼。艾德首先发话。

"我不敢这么说，你呢，杰夫？不过如果对方有需要的话，我们总是能随叫随到。"

汤姆回忆起过去的时光，那时候杰夫给德瓦特的真迹拍摄绝佳的图片，而艾德·班伯瑞则吹捧这些画作，写有关德瓦特的文章，不时地放出一些有可能引起公众关注的消息，他们希望制造出雪球效应，而事实上也确实取得了成效。对外的宣传是说德瓦特一直住在墨西哥，而且现在还住在那儿，只是隐居起来，拒绝接受采访，拒绝透露他所住村庄的名字，尽管那地方肯定是靠近维拉克鲁兹港的，因为他要从港口把画作运往伦敦。巴克马斯特画廊以前的老板代理德瓦特的时候并没有多么显著的成功，因为他们没有尝试去营销他。等到杰夫和艾德营销他的时候呢，德瓦特又已经跑到希腊去跳海自杀了。他们全都认识德瓦特（除了汤姆，奇怪的是，汤姆总觉得自己早就认识他了）。德瓦特生前曾是一位优秀又有魅力的画家，即使在伦敦生活得穷困潦倒，他也是杰夫、艾德、伯纳德和辛西娅的备受景仰的朋友。德瓦特的老家在某个乏味的北方工业小镇，汤姆忘了具体是哪个。真是吹捧造就了德瓦特啊，汤姆意识到。奇怪的现象。可当年凡·高就饱受无人吹捧之苦啊。谁来吹捧过他呢？没谁，估计只有他弟弟西奥。

艾德的窄脸皱了起来。"我今晚只问这一次，汤姆。你真的不担心海洛伊丝吗？"

"不担心。我刚才在想别的事情。我了解这个普立彻，艾德。虽然不多，但也足够了，"汤姆扑哧一笑，"我从没遇到过像他这样的人，不过我倒是从书上读到过。有虐待倾向。独立的收入来源，他太太是这么说的，但我怀疑他们根本就是睁眼说瞎话。"

"他还有太太?"杰夫惊讶地问道。

"我没跟你说过吗? 美国太太。他们两个在我看来就像是一对虐待狂和受虐狂的组合。他们彼此又爱又恨，你知道吗?"汤姆继续对杰夫说，"普立彻告诉我说他在枫丹白露的欧洲商学院读书，绝对的谎话。他太太手臂上有瘀伤，脖子上也是。他搬到我家附近完全是为了尽可能地扰乱我的生活。现如今，辛西娅把莫奇森的旧事重提，正好激发了他的想象。"汤姆用刀切他的烤牛肉，此时他才意识到他并不想告诉艾德或杰夫普立彻（或他妻子）曾假扮迪基·格林里夫打电话过来，并且与他和海洛伊丝两人都通过话。汤姆并不想把迪基·格林里夫给牵扯进来。

"还跟踪你到了丹吉尔。"杰夫停下来，手里还握着刀叉。

"没有跟太太一起。"汤姆说。

"怎么才能摆脱这样的跟屁虫呢?"杰夫问。

"这真是个有趣的问题。"汤姆爽朗地笑了。

另外两位被他的笑弄得有点莫名其妙，不过还是挤出了笑脸。

杰夫说："我想再去一趟艾德家，如果你还要给丹吉尔打电话的话。我想知道到底发生了什么。"

"一起去吧，杰夫! 海洛伊丝打算待多久呢，汤姆，"艾德问，"在丹吉尔? 或者摩洛哥?"

"也许还有十天左右。我不知道。她的朋友诺艾尔以前去过那里。她们还想去卡萨布兰卡。"

来杯意式浓缩咖啡。接着杰夫和艾德开始聊工作。汤姆明显觉得两人可以时不时地相互配合工作。杰夫·康斯坦擅长人物摄影，而艾德·班伯瑞经常为周日副刊做人物专访。

汤姆坚持要付饭钱。"是我的荣幸。"他说。

雨已经停了。快到艾德家时，汤姆建议绕着街区转一转。汤姆非常喜欢那些跟公寓入口间杂在一起的小店铺，还有门上面磨得光亮的铜制投信口，甚至是那些温馨的夜间小吃店，灯光照得亮堂堂的，供应有新鲜的水果、罐头，几个架子上放着面包和谷物，一直营业到将近午夜。

"都是阿拉伯人或者巴基斯坦人开的，"艾德说，"不过始终是种福利，连周日和节假日也照开不误的。"

他们又回到艾德的家门口。

汤姆寻思他现在给伦勃朗酒店打电话估计还有点戏，虽然不比凌晨三点有把握。于是他又小心地拨打了号码，希望操纵交换机的话务员是个聪明且会说法语的人。

杰夫和艾德溜了进来，杰夫抽着香烟，他们是来听消息的。

汤姆打了个手势。"那边还是没接电话。"他打给话务员，把任务交给她。等她联系上伦勃朗，她又再打回来。"该死！"

"你觉得有希望吗？"艾德问，"你可以发电报，汤姆。"

"伦敦的接线员应该要打回来的。你们两个就别在这儿傻等着不睡觉了，"汤姆看着家里的男主人，"艾德，如果今晚上丹吉尔那边打回来，我跑到这里来接，你介意吗？"

"当然不介意。我在卧室里听不见的，里面没电话。"艾德拍拍汤姆的肩膀。

汤姆的记忆中，除了握手，这是艾德第一次与他的肢体接触。

"我要去冲个澡，肯定洗到一半电话就打过来了。"

"去洗吧！我们会喊你的。"艾德说。

汤姆从他的行李箱底部拿出睡衣，脱下衣服，迅速地冲进位于他睡觉的小书房和艾德卧室之间的浴室。艾德喊他的时候，他正在擦干身子。汤姆吼了一声以示回应，接着他让自己镇静一下，穿上睡衣，再趿拉着麋鹿皮的拖鞋走出去。是海洛伊丝还是前台打来的？汤姆想问艾德，但他什么也没说，直接拿起电话。"喂？"

"晚上好，伦勃朗酒店。请问阁下是——"

"雷普利先生，"他继续用法语说道，"我想跟雷普利太太通电话，317房间的？"

"啊，是的。阁下是——"

"她丈夫。"

"稍等。"

"她丈夫"这句话起了点作用，汤姆觉得。汤姆看了看他的两位专注倾听的朋友。之后电话里响起一个睡意蒙眬的声音：

"喂？"

"海洛伊丝！我真担心死了！"

艾德和杰夫松了一口气，脸上泛起微笑。

"是的，你知道吗——那个可恶的普黎夏——他竟然打电话给安奈特太太说你被绑架了！"

"绑架！我今天都没见过他人呢。"海洛伊丝说。

汤姆愉快地笑了。"我今晚就给安奈特太太打电话，她肯定要放心多了。现在你听我说。"汤姆想试着打听下海洛伊丝和诺艾尔的计划。她们今天去了一座清真寺，还有一个市场。是的，她们准备明天去卡萨布兰卡。

"住哪家酒店？"

海洛伊丝必须想一想，或者查一下。"米拉玛。"

多么有创意啊，汤姆心想，他依然兴致勃勃。"即使你没看见那个怪人，我亲爱的，他也有可能到处在打探，想要找出你的——也许还有我的——住处。所以我很高兴你明天就去卡萨布兰卡了。然后呢？"

"什么然后？"

"从卡萨布兰卡又去哪里呢？"

"我不知道。估计是马拉喀什吧。"

"拿支铅笔。"汤姆语气坚定。他告诉海洛伊丝艾德的电话号码，并确保她准确无误地记下了。

"你怎么跑伦敦去了？"

汤姆哈哈一笑。"你怎么跑丹吉尔去了？亲爱的，我可能不是随时都在，但你也可以打过来留言——我想艾德这里有留言服务的——"艾德冲着汤姆点头，"如果你离开了卡萨布兰卡，把你下一个入住的酒店告诉我……很好。给诺艾尔问好……我爱你。再见，亲爱的。"

"这下松口气了！"杰夫说。

"没错。对我来说是这样。她说她都没见过普立彻——不过这也说明不了什么。"

"鸡鸡——坚挺[1]。"杰夫说。

"坚挺——鸡鸡。"艾德回了一句。他面无表情地走来走去。

"够啦！"汤姆咧嘴笑了，"今晚还有电话打——给安奈特太太。

---

1. 原文 Preek-hard，是以 Prictchard 的名字开玩笑。

我必须打。此外我还一直在担心莫奇森太太。"

"怎么了？"艾德好奇地问，一只胳膊靠在书架上，"你觉得辛西娅在跟莫奇森太太联系吗？互通消息？"

真是可怕的想法，汤姆暗忖。"她们也许知道彼此的地址，但能够互通多少消息呢？而且——她们有可能是在戴维·普立彻介入之后才开始联系的。"

杰夫依然没有坐下，正焦躁不安地四处晃动。"你对莫奇森太太有何看法？"

"那个——"汤姆迟疑了，他不想把尚未成形的想法说出来，不过既然大家都是朋友，说说也无妨。"我想给她美国那边打电话，问她有关情况如何——寻找她丈夫的下落的情况。但我觉得她差不多跟辛西娅一样恨我。当然，也不尽如此，可我毕竟是最后一个见到她丈夫的人。可我为什么要打电话给她呢？"汤姆突然气急败坏，"普立彻究竟能干出什么坏事呢？他知道什么新消息呢？滚他妈的蛋！他屁都不知道。"

"说得对。"艾德说。

"假如你给莫奇森太太打电话——你很擅长模仿，汤姆——你就模仿那个韦伯斯特督察的声音，是叫这个名字吗？"杰夫问。

"是的，"汤姆很不情愿地回想起英国的韦伯斯特督察，尽管他并没有戳穿事情的真相，"不，我不想冒这个险，谢了。"这个亲自到过丽影，甚至连萨尔茨堡也走访过的韦伯斯特现在还在调查这件案子吗？韦伯斯特在与辛西娅、莫奇森太太保持联系吗？汤姆又一次回到从前的结论上：既然事情没有任何新进展，还有什么值得担心的？

"我最好赶紧走人，"杰夫说，"明天还有工作。你能通知我你明天的安排吗，汤姆？艾德有我的电话。你也有，我记得。"

他们互道晚安，彼此祝愿。

"给安奈特太太打电话吧，"艾德说，"至少算是个美差了。"

"算是了！"汤姆说，"我也要说声晚安，艾德，感谢你的盛情款待。我站着都快睡着了。"

随后汤姆拨通了丽影的号码。

"喂？"安奈特太太的声音紧张得有些尖厉。

"我是汤姆！"汤姆说。他告诉对方海洛伊丝夫人一切安好，那个被绑架的消息不过是虚假的谣言。汤姆并没有提到戴维·普立彻的名字。

"可是——你知道是谁散布了这个恶毒的谣言呢？"安奈特太太用了"恶毒"这个词，以示忿忿。

"不知道，夫人。这世界上多的是心怀不轨的人。做坏事是为了满足他们的怪异癖好。家里一切都好吗？"

安奈特太太向汤姆保证一切安好。他说等他知道回程时间就通知她。至于海洛伊丝夫人的回程时间，他并不确定，不过夫人一直跟她的好朋友诺艾尔夫人在一起，玩得很开心。

汤姆倒在床上，一下就睡着了。

12

翌日早上，天气晴朗得仿佛昨天那场雨根本没下过似的，只是万物都像经历了洗礼一般，至少汤姆从窗户往楼下狭窄的巷道里张望时是如此感慨的。阳光在玻璃窗户上闪烁，天空一碧如洗。

艾德在汤姆的咖啡桌上留下一把钥匙，钥匙下面还压了一张字条，说汤姆不要客气，请自便，艾德要下午四点后才回家。艾德昨天已经给汤姆介绍过厨房的使用方法。汤姆刮了胡子，吃了早饭，又铺好床。九点半的时候，他已经下了楼，朝皮卡迪利的方向走去。他很享受沿途的街道风景，也喜欢从路人那里听来一星半点的谈话，各式各样的口音都能听到。

走进辛普森服饰店，汤姆四处逛了逛，吸入鼻观的花香让他想起可以在伦敦给安奈特太太买一些薰衣草的蜡膏回去。汤姆信步来到男士的睡衣区，给艾德·班伯瑞买了一件轻便的深色方格羊毛睡衣，又给自己买了一件亮红色方格花呢睡衣，这可是皇家史华都方格，汤姆心想。艾德的尺码比他小一号，汤姆确定。汤姆拎着装有两件睡衣的大塑料袋走了出来，直奔旧邦德街和巴克马斯特画廊的方向去了。此时将近十一点。

汤姆到了的时候，尼克·霍尔正站着与一位体型偏胖的深色头发男子说话。他看见汤姆，对汤姆点头示意。

汤姆到处看了看，走进隔壁挂有沉静的柯洛画作或者仿柯洛画作的展厅，接着又回到前厅，听见尼克在说"——不到一万五，我敢肯定，先生。我可以查一下，如果你愿意。"

"不用了，不用了。"

"所有的价格都要由巴克马斯特画廊的老板来审核，价格可以上下浮动，一般幅度都很小，"尼克停顿了一下，"根据市场行情来定，而不是买家个人的身份。"

"很好。那请帮我查一下吧。我估价一万三吧。我——挺喜欢这个的。《野餐》。"

"好的，先生。我有了你的号码，明天我会设法联系你的。"

不错，汤姆暗想，尼克没有说"明天回头找你"。尼克今天穿了一双帅气的黑皮鞋，跟昨天的不一样。

"你好，尼克——我可以这么称呼吗，"汤姆等其他人都走了才打招呼，"我们昨天见过了。"

"噢，我记得，先生。"

"你这里有什么德瓦特的素描可以给我欣赏下吗?"

尼克迟疑了一下。"是——是的，先生。都在内室的资料夹里面。基本不出售的。我觉得没有一件是可以出售的——公开出售。"

很好，汤姆想。宝贵的档案资料，经典画作或准经典画作的素描草稿。"不过——可以让我看一眼吗?"

"当然。没问题，先生。"尼克瞟一眼前门，然后走过去，或许是检查是否上锁，或者是闩好门闩。他回到汤姆这边，他们一起走过第二间展厅，进入那间更小的内室。内室依旧是摆着一张略微凌乱的书桌，污迹斑斑的墙壁，油画、画框和资料夹倚靠在曾经白净的墙壁上。就这么一个弹丸之地，以前的那二十名记者、负责饮品的服务员雷纳、几个摄影师，还有他本人都挤在里面过吗? 是的，汤姆记得。

尼克蹲下来，提起一本资料夹。"这里面差不多有一半是油画的素描草稿。"他双手抱着一大本灰色的资料夹。

靠门的地方还有一张桌子。尼克毕恭毕敬地将资料夹放到上面，然后解开套住的三根绳子。

"这抽屉里边还有资料夹，我知道的。"尼克的头往墙边的白色储物柜点一点。那柜从上往下至少有六层浅浅的抽屉，最高到人的腰部。汤姆以前没见过这件家具。

每一幅德瓦特素描都存放在一个透明的塑料文件袋内。炭笔的，铅笔的，还有彩色蜡笔的。尼克将作品一幅幅地翻看，都只能透过塑料袋欣赏，汤姆竟然发现自己没有十足的把握去区分德瓦特和伯纳德·塔夫茨。《红色椅子》的素描（有三幅），这是肯定的，因为他知道这是德瓦特的真迹。可是，等尼克翻到《椅子上的男人》（伯纳德·塔夫茨的伪作）的素描草稿时，汤姆的心怦然一动，因为他拥有这幅油画，钟爱并熟知这幅作品，还因为伯纳德·塔夫茨呕心沥血，像德瓦特本人一样专注于作品的草稿绘画。而在这些无意于博取任何人好感的素描中，伯纳德确实历练了技巧，为后来的油画创作打下坚实基础。

"这些你们出售吗？"汤姆问。

"不。是这样——班伯瑞先生和康斯坦先生不想出售。据我所知，我们从来没有出售过。没有多少人——"尼克迟疑了，"你看，德瓦特所用的纸张——并非总是最上乘的。都变黄了，边角也破损了。"

"我觉得都是精品，"汤姆说，"小心保管好。避免光线，还有别的什么。"

尼克立刻笑盈盈的。"还有尽量少触碰。"

继续看画。《沉睡的猫》是汤姆喜欢的，伯纳德·塔夫茨创作（汤姆认为），选用廉价的大幅纸张，铅笔涂色：黑色、棕色、黄色、红色，甚至绿色。

汤姆猛然间意识到，塔夫茨与德瓦特已融为一体，要从艺术的角度区分二人是不可能的，至少就这些素描的部分或者大部分来说是如此。伯纳德·塔夫茨已经在不止一种意义上成了德瓦特。伯纳德因他的成功而迷惘、羞愧，以致自杀。事实上，他不仅成功地效仿了德瓦特，还承继了德瓦特曾经的生活方式，他的绘画风格，以及他实验性的素描技法。伯纳德醉心于此，至少从巴克马斯特画廊保存的这些草稿来看，伯纳德的无论是铅笔或者彩铅的素描都没有透露出任何躲闪与怯懦。伯纳德似乎是掌控了这些作品，对色彩和比例都具有决断力。

"你感兴趣吗，雷普利先生？"尼克·霍尔站起身来，将一只抽屉滑进去关上，"我可以跟班伯瑞先生说说。"

汤姆此时露出笑容。"还没确定。确实很诱人。而且——"汤姆一时半会不知该如何提问，"对一幅草稿画，画廊可能要多少价钱——就这些作品中的一幅？"

尼克的眼睛盯着地板，他在思考。"我说不上来，先生。我真不敢说。我想这里也找不到素描的报价——如果有报价的话。"

汤姆吞了吞口水。这些素描的大部分都来自伯纳德·塔夫茨在伦敦的那间狭小简陋的工作室，他生命中的最后几年都在那里度过。奇怪的是，正是这些素描成了德瓦特油画和素描系真迹的最佳证明，汤姆暗忖，因为这些素描没有表现出任何色彩运用上的变化，而莫奇森当年就曾对这个问题纠缠不休。

"谢谢你，尼克。我们再看吧。"汤姆朝门口走去，辞别。

汤姆穿过伯灵顿拱廊，商店橱窗内的丝质领带、漂亮围巾和皮带暂时对他失去了诱惑。他在想，假如德瓦特的作品被曝光出来大部分属于仿作，这又有什么关系呢？因为伯纳德·塔夫茨的成就完全可与之媲美，具有绝对的相似度和逻辑性，即使德瓦特本人活到五十或者五十五岁，而不是在三十八岁或者任何别的时候选择自杀，他所能达到的高度恐怕也就是塔夫茨的水准。塔夫茨可以说是在德瓦特早期作品的基础上将其发扬光大了。假如现在存世的德瓦特作品的百分之六十（汤姆估计）都签上伯纳德·塔夫茨的大名，它们又怎么会随之贬值呢？

答案很简单，无非是因为这些画作曾以欺诈的手段进行销售，它们的市场价值之所以不断攀升且仍处于上升趋势，完全是基于德瓦特的声名，尽管他去世的时候还籍籍无名。但这样的困局汤姆以前就考虑过了。

汤姆很高兴能借着在福南·梅森百货公司询问居家用品的机会让自己回过神来。"小的东西——家具保养蜡。"他对一位身穿轻便夹克的营业员补充说。

不一会，他就已经打开一盒薰衣草味的蜡膏，闭上眼睛仔细闻着并想象自己回到了丽影。"我能要三盒吗？"他对女售货员说。

他将三盒蜡膏都放进装睡衣的塑料袋里。

刚完成了这件小任务，汤姆的思绪又回到德瓦特、辛西娅、戴维·普立彻这些人，还有眼前的问题上。为什么不试着去见见辛西娅，当面跟她谈谈，也好过打电话呀？当然了，要约她出来是相当困难的，给她打电话呢，她也许要挂断，到她家附近等她呢，她多半也是爱搭不理。但这又有什么损失呢？辛西娅很可能跟普立彻提过莫奇森失踪的案子，强调这是汤姆的履历中浓墨重彩的一笔，普立彻显然也早就从新闻档案中了解过汤姆的背景了。在伦敦？汤姆可以打探下辛西娅是否还在跟普立彻联系，偶尔打个电话，写个便条什么的。此外他还可以查出她有什么计划，如果她不仅仅是想小小地骚扰下他的话。

汤姆到皮卡迪利附近的一家酒吧吃了午饭，然后搭出租车回艾德·班伯瑞的公寓。他把艾德的睡衣连同塑料袋放到艾德的床上，不是什么正儿八经的礼物，没有写卡片，但辛普森服饰店的袋子确实漂亮，汤姆心想。他回到小书房，把自己的睡衣挂到一张直背椅上，接着去找电话簿。电话簿就放在艾德的办公桌旁边，汤姆查了查葛瑞诺，名字是辛西娅·L.，找到了她的号码。

他先看下表——差一刻两点——再拨了号码。

电话铃响了三声后开始播放录音，辛西娅本人的声音。汤姆抓起一支铅笔。录音里说来电者可在上班时间拨打某某号码。

汤姆拨打了号码，一个女人的声音自报家门，听起来像说的是什么威依·麦克伦公司。汤姆问他能否跟葛瑞诺小姐通话。

葛瑞诺小姐接听了电话。"喂？"

"喂，辛西娅。我是汤姆·雷普利，"汤姆故意压低了嗓音，义正辞严地说，"我在伦敦待几天——实际也就一两天吧。我希望——"

"你怎么找上我了？"她已经急了。

"因为我想见你，"汤姆冷静地说，"我有个想法，估计对你和我们大家都有好处。"

"我们大家？"

"我觉得你知道——"汤姆站直了身子，"我肯定你知道。辛西娅，我希望能见你十分钟。哪儿都行——餐馆，茶室——"

"茶室!"她的声音还没有高得离谱,不然就失控了。

辛西娅从未失控过。汤姆仍然没有退却的意思,"是的,辛西娅。随便哪儿。如果你肯告诉我——"

"这究竟怎么一回事?"

汤姆微微一笑。"一个想法——也许能解决很多的问题——不愉快。"

"我并不想见你,雷普利先生。"她挂断了。

汤姆对这样的断然拒绝思虑了几秒钟,在艾德的书房转了转,然后点燃一根烟。

他重拨了刚才记下的号码,又联系上那家公司,确认了公司名称并取得其地址。"你们的办公时间到几点?"

"唔——五点半左右。"

"谢谢。"汤姆说。

当天下午从大约五点过五分开始,汤姆就一直在国王路上的某栋大楼出口处守候着。威侬·麦克伦公司就在这栋看起来挺新的灰色大楼里,汤姆在大厅的墙上看到入驻公司的名录,共有十二家公司。他的眼睛一直在搜寻一个身材相当高挑、瘦削,长着浅棕色直发的女人,这女人可能没有预料到他在等她。或者她预料到了也未可知?汤姆等了很久。已经五点四十分了,他差不多第十五次看手表,不停搜索的眼睛也开始酸疼,那些走出来的男男女女,他们的样貌、身材,有些疲态尽显,有些又谈笑风生,似乎为又一天的工作结束感到高兴。

汤姆点燃了他守到这里以来的第一根烟,因为在某些即将禁烟的场合下,烟一抽就来事儿了,比如某人等了半天的公交车就来了。此时汤姆走进前厅。

“辛西娅!”

大楼有四部电梯,辛西娅·葛瑞诺从后方右边的电梯出来。汤姆扔下烟卷,踩上一脚,又拾起来扔进沙缸。

“辛西娅。”汤姆又喊了一声,因为她第一声肯定没听见。

她立马停住脚,头两侧的直发随之晃动一下。她的双唇看起来比汤姆记忆中还要薄,还要扁。“我跟你说了不想见你的,汤姆。你为什么还要这样纠缠我?”

“我不是想来纠缠你的。恰好相反。我只要五分钟就好了——”汤姆迟疑一下,“我们找地方坐下来,好吗?”汤姆之前注意到附近有酒吧。

“不,不用了,谢谢。你有什么事如此要紧呢?”她灰色的眼睛恶狠狠地看他一眼,而后撇开不去看他的脸。

“是有关伯纳德的事。我想应该是——唔,这事可能让你感兴趣。”

“什么,”她的声音小得几乎听不见,“有关他的什么?我猜你大概是又有了什么让人难受的鬼主意吧。”

“不,正好相反。”汤姆摇头说道。他想起戴维·普立彻:有什么事情,什么想法会比普立彻这个人更让人难受?对汤姆来说,目前还没有。他再次低头去看辛西娅的黑色平底便鞋,看她的黑色长筒袜,意式风格的。虽然时髦却拒人于千里。“我考虑的是戴维·普立彻,他可能对伯纳德造成不小的伤害。”

“你什么意思?怎么个伤害法?”辛西娅被身后的一个过路人给挤了一下。

汤姆伸出一只手想稳住她,辛西娅连忙躲闪。“站在这儿说话太不方便了,”汤姆说,“我意思是说,普立彻这家伙对谁都不怀好意，不管是对你，对伯纳德，还是对——"

"伯纳德已经死了，"辛西娅在汤姆说出"我"字之前打断了他，"伤害已成定局。"她也许还能加上一句"拜你所赐"。

"尚未完全成定局。我必须解释下——就两分钟。我们能找地方坐下吗？前面路口就有个地方！"汤姆尽量表现得既礼貌得体又坚持己见。

辛西娅无奈地叹口气，他们于是一同走到路口。酒吧地方不大，因此也不是太吵，他们甚至还找到一张小圆桌。汤姆才不在乎待会是否有人站在旁边等他们让出座位，他相信辛西娅也不在乎。

"普立彻到底想干什么，"汤姆问，"除了要偷偷摸摸地到处窥探——暗地里监视汤姆，还有我强烈怀疑他对他妻子有虐待倾向。"

"反正再怎么着也不会去谋杀。"

"噢？我倒是愿意听到这个。你在给戴维·普立彻写信，通电话吗？"

辛西娅深吸一口气，眨眨眼。"我以为你有关于伯纳德的话想说。"

辛西娅·葛瑞诺与普立彻来往密切，汤姆寻思，尽管她可能精明到不留下任何书面上的证据。"我确实有。有两件事。我——不过我能先问你为什么要跟普立彻这种人渣牵扯到一起吗？他脑子有毛病！"汤姆自信十足地笑了。

辛西娅放慢语速地说："我不想说普立彻这个人——而且我从没见过，也不认识这个人。"

"那你是怎么知道他的名字的？"汤姆礼貌地质问。

又深吸一口气。她低头去看桌面，然后抬头看汤姆。她的脸突然变得更瘦削，更老气了。她现在应该有四十了吧，汤姆估计。

"我不想回答这个问题，"辛西娅说，"你能直接说正题吗？有关伯纳德的，你刚才说。"

"是的。他的作品。我见过普立彻和他妻子，你看，因为他们现在是我的邻居——在法国的邻居。也许你早就知道了。普立彻提起过莫奇森，那个强烈怀疑造假的男人。"

"还莫名其妙地失了踪。"辛西娅此时来了兴致。

"是的，在奥利机场。"

辛西娅不屑地冷笑。"只是换乘了一架飞机吗？飞去哪儿了呢？从此再不联系他的妻子了？"她停顿下来，"别逗了，汤姆。我知道你把莫奇森除掉了。你可能就带着他的行李去了奥利——"

汤姆面不改色。"你去问问我的管家好了，她那天亲眼看见我们离开的——看见我和莫奇森一起。前往奥利。"

辛西娅大概一时半会不知该如何反驳他吧，汤姆寻思。

汤姆站起来。"我给你买点什么？"

"杜博尼酒加一片柠檬，谢谢。"

汤姆去了吧台，点了辛西娅的酒，又给自己点了一杯金汤力，等了差不多三分钟左右就可以付钱，将饮品取走。

"再说到奥利，"汤姆坐下来后继续刚才的话题，"我记得我把莫奇森放到路边。我没有停车。我们也没喝什么饯行酒。"

"我不相信你。"

但汤姆相信他自己，事到如此，他无论如何都不会怀疑。他还要继续相信下去，直到有任何不可否认的证据摆在他面前。"你怎么说得清他跟他妻子的关系呢？我又从何得知呢？"

"我以为莫奇森太太来找过你。"辛西娅温和地说。

"她确实来过。在维勒佩斯。我们在家里喝了茶。"

"那她提起过她和丈夫关系不融洽吗？"

"没有，她有必要说吗？她来找我无非是因为我是最后一个见到她丈夫的人——这事大家都知道。"

"是的。"辛西娅得意地说，好像她掌握了汤姆不知道的消息。

若果真如此，她究竟掌握了什么消息呢？他等着辛西娅往下说，然而她打住了。汤姆便接过话茬。"莫奇森太太——我猜的话——可能会再次提起造假的事。任何时候都可能。可当我见到她的时候，她坦白说她自己也不理解她丈夫对于近期德瓦特作品造假的推断。"

这时候辛西娅从手提包里摸出一包过滤嘴香烟，小心翼翼地抽出一根，似乎在限制自己的抽烟数量。

汤姆把自己的打火机递过去。"你从莫奇森太太那边听到什么消息吗？她当时应该在长岛，我想？"

"没有。"辛西娅轻轻地摇头，表情依然冷静且并不感兴趣。

对于此前法国警察打电话向辛西娅询问莫奇森太太地址的事，辛西娅好像并没有联想到是汤姆假扮的，一点迹象都没有。又或者，辛西娅正在上演一出好戏？

"我之所以这么问你，"汤姆又说道，"只是因为——怕你万一没发现——普立彻正在利用莫奇森大做文章。普立彻尤其是针对我来的。很奇怪。他根本不懂油画，当然也不关心艺术——你该去看看他家里的那些家具，还有墙上那些玩意儿！"汤姆忍不住大笑。"我只是去他家喝了一杯而已。气氛并不友好哇。"

正如汤姆所料，辛西娅一听这些话就露出一丝满足的笑容。"你担心什么呢？"

汤姆仍旧一副乐不可支的表情。"不是担心，就是厌烦。他有个周日的上午给我家的房子，房子的外观拍了些照片。换作是你，你愿意陌生人这么干吗，招呼都不打一个？他拿我家的照片又有什么用呢？"

辛西娅一言不发，只抿了一口她的杜博尼酒。

"是你在背后怂恿普立彻来玩捉弄雷普利的游戏吗？"汤姆问道。

正当此时，汤姆身后的一桌人爆发出一阵哄笑声。

汤姆吓了一跳，而辛西娅却镇静自若，只是将一只手慵懒地拂过自己的头发，汤姆因而发现她头发中已有了几许霜白。汤姆试着去想象她的公寓——很可能非常现代，但也不乏来自家庭的温馨——一个旧的书架，一床被子。她的衣服都很漂亮、保守。他不敢问她是否幸福。她会嘲笑他，或者把酒水泼过来。她愿意将一幅伯纳德·塔夫茨的油画或者素描挂到墙上吗？

"听着，汤姆，你以为我不知道你杀了莫奇森，然后想办法处理掉尸体吗？还有，在萨尔茨堡跳崖的人是伯纳德，而你将他的尸体或者骨灰当作德瓦特的来蒙混，你以为我不知道吗？"

汤姆沉默了，至少在此时，他因为她的愤慨而沉默。

"伯纳德被这场倒霉的游戏害死了，"她继续说道，"是你的主意，要他画假画。你毁了他的生活，也差不多毁了我的。可你只要有德瓦特签名的油画源源不断地出来，还关心过什么呢？"

汤姆点燃了一根香烟。吧台那边站着一个讨厌鬼，不仅拿他的鞋后跟乒铃乓啷地撞铜栏杆，还狂笑不止地制造更多的噪声。"我从未强迫伯纳德去画——一直画下去，"汤姆声音轻柔地说，尽管周围谁也听不见他们说话，"这不在我的或者任何人的能力范围内，你知道的。我提出画假画的时候，我几乎不了解伯纳德。我问了艾德和杰夫，问他们是否认识能画假画的人。"汤姆并不确定他是否真的没有直接举荐伯纳德，因为汤姆当时只见过伯纳德的极少数作品，而伯纳德的画风与德瓦特并不相冲突。汤姆继续说道："伯纳德更多的是艾德和杰夫的朋友。"

"可一切都是你怂恿的。你给他们拍手鼓劲！"

汤姆这下子苦恼了。辛西娅只说对了一部分。他怕是碰到女人要发飙的时候了，汤姆有些担心。谁能掌控得了这样的局面呢？"伯纳德本来可以随时放弃，你知道的，放弃模仿德瓦特。他热爱作为艺术家的德瓦特。你绝不能忽略这其中的私人情感——伯纳德与德瓦特之间的私人情感。作为我——我真心认为伯纳德的行为到了最后已经超出我们的掌控——甚至可以说从伯纳德开始沿袭德瓦特的风格开始，他很快就失控了，"汤姆颇为自信地补充说，"我倒想知道当时是谁能阻止他。"显然辛西娅没有阻止他，汤姆心想，而且她从一开始就知道伯纳德在造假，因为她和伯纳德的关系相当亲密，都住在伦敦，已经到了谈婚论嫁的阶段。

辛西娅继续保持沉默。她猛吸一口烟，一时间脸的两颊都凹陷下去，看起来像是死人或者病人的样子。

汤姆低头去看他的饮品。"我知道你我之间谈不上什么交情，辛西娅，所以无论普立彻如何骚扰我，你都无所谓。但他是否会把伯纳德给捅出来呢？"汤姆再次压低声音，"只是为了打击我——表面上看来？真是荒唐！"

辛西娅紧盯着汤姆。"伯纳德？不会。这整件事里面有谁提到过伯纳德呀？现在还有谁把他给扯进去？那个莫奇森知道他的名字吗？我觉得不知道。他知道又如何？他已经死了。普立彻提到过伯纳德吗？"

"没跟我提到过。"汤姆说。他看着她喝光酒杯里的最后几滴红色液体，似乎是在宣布他们的会面结束。"你还想再来一杯吗?"汤姆瞟了瞟她的空酒杯，"如果你想的话，我也一样。"

"不用了，谢谢。"

汤姆努力地转动脑子，而且要快。辛西娅知道——或者自认为——伯纳德·塔夫茨的名字从未与假画相提并论过，这真是遗憾呐。汤姆倒是跟莫奇森吐露过伯纳德的名字（汤姆记得），为了说服莫奇森放弃调查假画。然而，正如辛西娅所说，莫奇森已经死了，因为汤姆在说服无果之后几秒钟就杀了他。汤姆实在无法挑起辛西娅的欲望——他认为她怀有如此的欲望——来保护伯纳德的名声不被玷污，如果他的名字没有在报纸上出现过的话。可尽管如此，他还是要试一把。

"你肯定不希望伯纳德的名字被牵扯进来吧——万一那个疯子普立彻继续胡闹下去，从某人那里听说了伯纳德的名字。"

"从何人那里听说呢?"辛西娅问道，"你吗? 你在说笑吗?"

"不是!"汤姆能看出来她已经将他的问题当成了一种威胁。"不是，"他严肃地重复道，"事实上，要说把伯纳德的名字跟油画联系起来，我倒是突然有了一个完全不同且更为乐观的想法。"汤姆咬他的下嘴唇，低垂着眼睛去看那只朴素的玻璃烟灰缸。这令他想起他在枫丹白露与贾尼丝·普立彻见面的情形，同样的晦气，烟灰缸里还盛着陌生人留下的烟头。

"是什么想法呢?"此时辛西娅拿好手提包，挺直了坐姿，像是要扬长而去的架势。

"那个——伯纳德从事这个有很长时间了——六七年的样子? ——他发扬并改进了——从某种意义上说成了德瓦特。"

"你以前没说过这些吗? 要不就是杰夫向我转达过你的这些话?"

辛西娅不为所动。

汤姆坚持要往下说。"更重要的是——即使后半时期或者更多的德瓦特作品被曝光出来系伯纳德·塔夫茨伪造，那又能带来什么灾难性后果呢？那些画的艺术价值就打折扣了吗？我不是在讨论质量上乘的仿作的价值——对于当下的新闻媒体也好，甚至对于时尚潮流或者新兴产业也好。我讨论的是伯纳德作为画家站在德瓦特的高度——继续发扬光大，我是这么个意思。"

辛西娅躁动不安得几乎要站起来。"你好像从来没弄懂过——你，还有艾德和杰夫——伯纳德最痛恨的就是他当时在做的事。我们也因之而分手。我——"她摇摇头。

汤姆身后的那一桌人又闹了起来，一阵狂笑。他如何在接下来的三十秒内告诉辛西娅说伯纳德同样热爱并尊重他的工作，即使是在画假画？令辛西娅不齿的是伯纳德试图模仿德瓦特的风格，这是不诚实的做法。

"艺术家自有其宿命，"汤姆说，"伯纳德也有他的宿命。我竭尽全力要——要让他活下去。他当时来我家，你知道，我和他谈了谈——就在他去萨尔茨堡之前。伯纳德到了最后是很迷惘的，他认为自己背叛了德瓦特——以某种方式。"汤姆舔湿双唇，迅速地喝下最后的几滴酒。"我说：'很好，伯纳德，那就别画假画了，但是要摆脱掉抑郁才行。'我一直希望他能跟你再谈一谈，希望你们两人能复合——"汤姆停下来。

辛西娅看着他，两片薄嘴唇微微张开。"汤姆，你是我见过最邪恶的人——假如你认为这是你的过人之处的话。你很可能就是这么想的。"

"不。"汤姆匆忙起身，因为辛西娅正从椅子上站起来，将手提包的肩带挎到一侧肩膀上。

汤姆尾随她出来，知道她巴不得马上说再见。汤姆从电话簿的地址判断出她也许可以从此地步行回公寓，如果她确实要往回走的话，而且他相信她不想汤姆送她回家。汤姆的直觉告诉他，她是一个人独居的。

"再见，汤姆。谢谢你请客。"辛西娅等两人都到了室外时对他说。

"我的荣幸。"汤姆回答。

随即汤姆便成了孤零零一个人，面朝着国王路，之后他又转头去看辛西娅高挑的穿着米色毛衣的背影消失在人群中。他为什么没有问更多的问题？她怂恿普立彻是为了从中得到什么呢？他为什么没有直截了当地问她是否给普立彻夫妇打电话？因为辛西娅不会回答这些问题，汤姆心里清楚。或者，辛西娅是否见过莫奇森太太呢？

13

汤姆花了几分钟时间叫到一辆出租车,请司机往考文特花园方向开,并说了艾德的地址。七点二十二分,汤姆的表上显示。他的目光从商店招牌跳到屋顶上,再到一只鸽子的身上,然后落到国王路上一条正被牵着过马路的腊肠狗身上。司机必须得掉个头往另外一个方向开。汤姆在琢磨一个问题,倘若他真的问了辛西娅她是否与普立彻频繁接洽,她多半会来个招牌式的猫一样狡黠的笑容:"当然没有啦。有必要吗?"

这或许意味着像普立彻这样的人,即使没有受到更进一步的挑唆(尽管辛西娅已经挑唆过了),也会由着自己的性子继续胡闹下去,因为他誓要与汤姆·雷普利对抗到底。

汤姆回到公寓的时候,惊喜地发现杰夫和艾德两人都在。他们当时就待在艾德的工作间里。

"你今天过得如何?"艾德问,"你干了些什么?除了给我买漂亮的睡衣之外。我把睡衣给杰夫看了。"

"噢,我——今早上去巴克马斯特晃了一圈,和尼克聊了聊,我越来越喜欢这个尼克了。"

"他为人不错。"艾德的英国腔听起来很机械。

"先问下,艾德,有我的电话留言吗?我把你的号码给了海洛伊丝,你知道的。"

"没有,我四点半左右回来的时候查过了,"艾德回答,"如果你现在想打给海洛伊丝的话——"

汤姆笑了笑。"卡萨布兰卡？这个时候打过去？"然而汤姆是有点担心的，他想到梅内克或者接下来的马拉喀什，这两个内陆城市会让人联想到黄沙、遥远的地平线、悠闲自在的骆驼，还有陷进柔软沙堆的人类（在汤姆的想象中，这些沙堆具有流沙的邪恶力量）。于是汤姆眨眨眼睛。"我等——也许今晚晚点再联系她吧，如果你不介意的话，艾德。"

"我家就是你家了！"艾德说，"要来杯金汤力吗，汤姆？"

"稍等一会吧，谢谢。我今天见到辛西娅了。"汤姆看到杰夫竖起了耳朵。

"哪里见的？怎么见的？"杰夫问第二个问题时大笑了一声。

"在她办公的大楼外面等的。六点钟，"汤姆说，"我还费了些劲，邀请她到附近的酒吧喝了一杯。"

"真的呀！"艾德不敢相信。

汤姆照着艾德的手势坐到一张扶手椅上。杰夫窝在艾德略微松弛的沙发上似乎很舒服。"她一点没变。还是那么冷冰冰的。可是——"

"别急，汤姆，"艾德说，"一秒钟回来。"他跑到厨房，真的只花了一秒钟就回来了，还拿着一杯金汤力，没加冰，但多加了一片柠檬。

杰夫趁着这个间歇问了个问题："你觉得她结婚了吗？"杰夫是认真在问，可他的神态像是他已经意识到如果汤姆问了辛西娅本人，她也不会回答结了还是没结。

"我感觉没结。直觉而已，"汤姆接过他的金汤力，"谢谢你，艾德。其实呢，这似乎只是我个人的问题，与你们两人无关，也与巴克马斯特——或者德瓦特无关。"汤姆举起酒杯。"干杯。"

"干杯。"他们附和道。

"我所谓的问题呢,是说辛西娅已经向普黎夏传达了一个信息——她还说自己从未见过普黎夏——要他去调查莫奇森的案子。所以我才说是我自己的问题,"汤姆做个鬼脸,"普立彻还住在我家附近呢。至少现在他太太还住那儿。"

"他能搞出什么名堂来,或者准确地说,辛西娅?"杰夫问。

汤姆说:"对我挑衅。不停地巴结辛西娅。找到莫奇森的尸体。哈!不过——至少葛瑞诺小姐不像是要曝光假画的样子。"汤姆嘬一口酒。

"普立彻知道伯纳德吗?"杰夫问。

"我想说不知道,"汤姆回答,"辛西娅说:'这整件事里面有谁提到过伯纳德呀?'也就是说没人提到过。她对伯纳德是持维护态度的——这要感谢上帝,也要庆幸我们几个人运气好!"汤姆舒服地靠在椅子上。"实际上——我是又一次尝试了不可能完成的事。"就像他对莫奇森一样,汤姆寻思,努力过,但失败了。"我问辛西娅,非常严肃地问她,伯纳德的油画归根结底难道不是跟德瓦特可能创作出来的一样优秀,甚至有过之而无不及吗?同样也是德瓦特的画风,即使把德瓦特的名字换成塔夫茨,又有什么可惧怕的呢?"

"哎哟。"杰夫搓自己的额头。

"我看不出有什么问题。"艾德双臂抱拢。他站在沙发的边上,杰夫坐的那头。"就油画本身的价值而言,我看不出有什么问题——至于说它们的品质嘛——"

"本来应该是一样的东西,可实际却不一样。"杰夫瞥了艾德一眼,然后嘲讽地笑了。

"没错。"艾德承认说。"你和辛西娅谈了这个吗?"他略显焦虑地问道。

"没——没有很深入,"汤姆说,"更多的是我自说自话。我本来准备先发制人的,怕她有什么刁难,可实际却没有。她说我毁了伯纳德的生活,也几乎毁了她的生活。我估计她说的是实话。"此时汤姆搓额头并起身,"介意我去洗洗手吗?"

汤姆去了位于小书房和主卧室之间的浴室。他在想海洛伊丝,想知道她正在做些什么,想知道普立彻是否尾随她和诺艾尔去了卡萨布兰卡。

"还有其他的什么威胁,汤姆——是来自辛西娅的?"艾德等汤姆回来之后轻声问他,"或者有威胁的暗示?"

艾德说话的时候几乎是哭丧着一张脸:他从来都应付不来辛西娅这个女人,汤姆知道。辛西娅有时让人感觉不自在,因为她总是那样超然事外,对别人可能做什么、想什么都毫不关心,多少还有点瞧不起的意思。对于汤姆和巴克马斯特画廊的合伙人,她当然是公然地蔑视。但事实就摆在那儿,辛西娅终归是没能劝服伯纳德放弃造假,想必她也努力尝试过了。

"没有,我觉得她没说什么,"汤姆最终回答道,"她听说普立彻在骚扰我,她很高兴。如果有机会的话,她该要帮他一把的。"

"她跟他在联系?"杰夫问。

"电话吗?我不知道,"汤姆说,"也许吧。既然电话簿里有辛西娅的号码,那普立彻要打电话是轻而易举的事——如果他想的话。"汤姆琢磨,倘若辛西娅不打算透露假画的秘密,她还有什么消息可以提供给普立彻?"也许辛西娅想骚扰我——我们所有人——只是因为她随时都可以把秘密抖搂出去。"

"可你说她没有暗示要这么干呐。"杰夫说。

"是没有，可真要干的话她也不会暗示了。"汤姆回答。

"她不会。"艾德附和说。"考虑到舆论的问题。"他轻声补充了一句，像是刚想到的，语气也很郑重。

艾德是考虑到对辛西娅本人的负面舆论，还是对伯纳德·塔夫茨以及画廊的，或者三者兼而有之？不管怎样，这都是很糟糕的情况，汤姆寻思，特别是造假可通过源头记录的缺失而非油画分析来证实，而德瓦特、莫奇森和伯纳德·塔夫茨三人不明不白的失踪更是雪上加霜。

杰夫扬起宽下巴，露出他那灿烂又随和的微笑，汤姆已许久未见这笑容了。"除非我们能证明我们对造假一无所知。"他的笑声仿佛在说这显然不可能。

"是的，如果我们跟伯纳德·塔夫茨并不亲近，他也从来没到过巴克马斯特画廊，"艾德说，"他确实从来没到过画廊。"

"我们把责任都推到伯纳德身上。"杰夫说。他稍微严肃了点，但仍在笑。

"纸包不住火。"汤姆听取各方意见后说。他喝干了酒杯。"我的第二个担心是，如果我们把责任都推到伯纳德身上，辛西娅肯定要用指甲撕开我们的喉咙。想想都浑身发抖！"汤姆高声笑起来。

"说得太对了！"艾德·班伯瑞对这话里的黑色幽默莞尔一笑，"可话说回来——她如何证明我们在撒谎呢？如果伯纳德之前一直从伦敦的工作室寄东西过来——不是从墨西哥——"

"或者他会大费周章地将东西从墨西哥寄过来，这样我们就相信上面的邮政标签了？"杰夫问。这愉快的幻想让他的脸上神采奕奕。

"依那些油画的价格来看，"汤姆插嘴道，"伯纳德还有可能大费周章地从中国寄过来呢！特别是有同伙的帮忙。"

"同伙！"杰夫举起一根食指，"说到重点了！同伙就是罪魁祸首，我们没法找到，辛西娅也找不到！哈哈！"

他们又一次开怀大笑，总算松了一口气。

"真是胡闹。"汤姆伸直了双腿。他的这两个伙计是打算抛个"主意"给他，让他去折腾吗？等折腾完了，他们三个人，还有画廊就能摆脱辛西娅的潜在威胁，洗清所有的罪过吗？若是这样，同伙的主意可行不通。汤姆的心思又回到海洛伊丝身上，他开始琢磨要不要从伦敦给莫奇森太太打电话试试。他要问莫奇森太太什么问题呢？要符合逻辑，貌似合理的？是以汤姆·雷普利的身份，还是以法国警察的身份，就像之前对辛西娅的伎俩？辛西娅是否已经电话通知莫奇森太太说法国警察询问了她的地址呢？汤姆表示怀疑。虽然莫奇森太太比辛西娅好糊弄，可也不能掉以轻心呐。所谓骄兵必败。汤姆想知道"大忙人"普立彻是否最近或者曾经与莫奇森太太通过电话。确实，汤姆主要关心的是这个，不过他可以假装去核对她的地址和电话号码，就以寻找她丈夫下落为借口。不，他还必须问个像样的问题：请问她是否知道普黎夏先生此刻身在何处，因为他在北非时与警方失去联络，普黎夏先生正在协助他们寻找莫奇森先生的下落。

"汤姆？"杰夫向汤姆靠拢一步，递了一碗开心果给他。

"谢谢。我能吃点吗？我很喜欢开心果。"汤姆说。

"爱吃多少吃多少吧，汤姆，"艾德说，"壳就丢在这废纸篓里。"

"我刚想到一个明摆着的问题，"汤姆说，"有关辛西娅的。"

"什么问题？"杰夫问。

"辛西娅无法两头兼顾。她不可能一头拿着'莫奇森在哪儿'的问题来捉弄我们或者普立彻,另一头却不承认莫奇森失踪有其原因,即阻止他把假画的事捅出去。假如辛西娅继续这么搞下去,她必定要牵扯出伯纳德即是造假者的事实。但我觉得她不想让伯纳德牵扯到任何事里面。连说是被利用了也不行。"

另外两位沉默了几秒钟。

"辛西娅知道伯纳德是个怪才。我们利用了他,利用了他的才华,我对你们坦白这一点,"汤姆若有所思地问,"她当初有可能嫁他吗?"

"是的,"艾德点头,"我觉得有可能。她是很母性的那种,骨子里的。"

"母性!"坐在沙发上的杰夫笑得前仰后合,连双脚都离地了。"辛西娅啊!"

"所有女性都是母性的,你不觉得吗?"艾德认真地说,"我觉得他们应该要结婚。这也是辛西娅如此痛苦的原因之一。"

"有人想吃东西吗?"杰夫问。

"噢——是的,"艾德回应道,"我知道一个地方——不对,那是伊斯灵顿。这附近还有一个不错的地方,跟昨晚去的不一样,汤姆。"

"我想试下莫奇森太太,"汤姆从椅子上站起来,"纽约,你们知道的。也许正是时候,如果她在家吃午饭的话。"

"那就试下吧,"艾德说,"要用客厅的电话吗?或者在这儿?"

汤姆知道自己的表情是想单独一人的样子,不仅皱眉,还有点小紧张。"客厅,很好。"

艾德做了手势,汤姆随即掏出他的小记事本。

"别客气。"艾德摆了一把椅子在电话旁边。

汤姆站着不动。他拨了莫奇森太太在曼哈顿的号码，同时还默默练习着扮演法国警官的台词——自我介绍是巴黎警局局长艾德华·毕绍。幸亏他注意到莫奇森太太电话和地址下方的那个不同寻常的名字，不然他该记不住了。这次他可能要改下口音，学一学默利斯·西瓦勒[1] 的腔调。

不幸的是，一个女声告诉汤姆莫奇森太太不在家，但随时可能回来。汤姆觉得那女声多半是用人或者清洁工，虽然他没法确定，他还是小心自己的口音不要露馅才好。

"请您缩（说）一声，我系（是）毕绍局长——不，不，不用写下来。我费（会）再打来的——今晚——或者明天……多贼（谢），女士。"

不必说这电话是有关托马斯·莫奇森的，因为莫奇森太太肯定能猜到。汤姆觉得他今晚晚点应该再试一下，既然莫奇森太太很快就回去了。

汤姆还没想好到时候电话上该问她什么：她有戴维·普立彻的消息吗？这是自然，法国警方暂时失去了与他的联系。汤姆准备好了要听对方回答说"不，我没有"，但他不得不问点什么，或者说点什么，因为莫奇森太太和辛西娅很可能在保持联系，至少也是偶尔联络下。他刚一进到艾德的工作间，书桌上的电话就响了。

艾德接了电话。"噢——是的！好！稍等！汤姆！海洛伊丝打来的！"

"哦！"汤姆拿起话筒，"喂，亲爱的！"

---

1. Maurice Chevalier（1888—1972），法国演员兼歌手。

"喂，汤姆！"

"你们在哪儿？"

"我们在卡萨布兰卡。微风一阵阵地吹——舒服！另外——你有什么消息了？这个普黎夏先生出现了吗？我们今天下午一点到的——他肯定过不多久就跟来了。他肯定找到我们住的酒店了，因为——"

"他住在同一家酒店吗？米拉玛？"汤姆无助地握紧话筒，铁青着脸。

"没有！不过他——到这里面来看了。他看到我们，诺艾尔和我。可他没看到你，我们发现他在四处打探。汤姆，听我说——"

"你说，宝贝儿？"

"这是六个小时之前的事了！现在——诺艾尔和我在到处找。我们打电话给一家酒店，两家酒店，他都不在。我们觉得他是因为你不在才离开的。"

汤姆仍然眉头紧锁。"我不是很确定。你怎么知道呢？"

突然咔哒一声，电话像是被谁恶意中断了。汤姆深吸一口气，努力不骂出脏话来。

接着海洛伊丝的声音又响起来，穿透越洋的噪声，以更为冷静的语气说道："……现在是晚上，我们再也没见到他。当然，他跟踪我们这件事本身就够恶心了。真是混蛋！"

汤姆猜想普立彻也许已经回到了维勒佩斯，他以为汤姆是回去了的。"你还是要小心才好，"汤姆说，"这个普立彻鬼把戏多得很。也不要相信任何陌生人，比如有人说'跟我一起去'某个地方，哪怕是去什么商店之类的，也不要去。你明白吗？"

"好的，亲爱的。不过——我们现在都是白天出门，逛一逛，买点小的皮制品、铜制品。别担心，汤姆。实际正好相反！这里好玩极了。嘿！诺艾尔想说几句。"

汤姆经常都被海洛伊丝"嘿!"的一声吓到。可今晚这一声听起来格外舒心，让他忍俊不禁。"你好，诺艾尔。看来你在卡萨布兰卡玩得很开心啊?"

"啊，汤姆，棒极了！我三年没来卡萨布兰卡了，我想，可我清楚记得这里的港口——比丹吉尔的要好，你知道吗？这里大很多……"

噪声海潮般涨起来，淹没了诺艾尔的声音。"诺艾尔?"

"……一连几个小时没看到这个怪物真是愉快啊。"诺艾尔继续用法语说道，显然没有觉察到信号的中断。

"你说的是普黎夏。"汤姆说。

"普黎夏，没错！太龌龊了！竟然编造绑架的传言！"

"对，是很龌龊!"汤姆重复着这个法语词汇，似乎这样就能断定戴维·普立彻是个疯子，为全人类所不齿，应该被扔进监狱。哎呀，普立彻才没有进监狱呢。"你知道的，诺艾尔，我也许很快就回维勒佩斯了，明天，因为普立彻大概是回去了——不一定惹出什么麻烦呢。我明天能和你确认下吗?"

"当然啦。那就中午吧？我们可以在这儿等。"诺艾尔回答说。

"假如你没接到我的电话也不必担心，因为白天打过来是很困难。"汤姆跟诺艾尔确认米拉玛的号码，诺艾尔很迅速地找来了号码。"你知道海洛伊丝这个人——她有时对危险估计不足。我不希望她独自一人上街，诺艾尔，哪怕是大白天出去买份报纸。"

"我明白，汤姆，"诺艾尔换到了英语，"这边很容易就能雇到人去干任何寺（事）情。"

多可怕的想法啊，可汤姆还是不胜感激。"是的！就算普黎夏回到了法国也得小心呐。"汤姆又骂了一句法语，"但愿他拖着他的"——汤姆不得不跳过这个词——"滚出我们的村子。"

诺艾尔在那头笑了。"明天等你哦，汤姆！"

汤姆再次掏出他的小记事本，上面有莫奇森的电话。他发觉自己对普立彻憋了一肚子火。他拿起听筒，拨了号码。

莫奇森太太接了电话，或者汤姆认为是如此。

汤姆又开始作自我介绍：巴黎的艾德华·毕绍局长。请问是莫奇森太太吗？是的。汤姆已准备好在必要时报出自己现编的警局辖区和所在行政区。汤姆很想知道——如果他能巧妙地问出来的话——辛西娅今天晚上是否已经联络过莫奇森太太了。

汤姆清清嗓子，把嗓音再提高了些。"夫人，此次联系有关您思（失）踪的藏（丈）夫。我们目前无法联系到戴维·普黎夏。我们近期都在与塔（他）保持联络——但普黎夏先生去了丹吉尔——您知道则（这）个吗？"

"哦，是的，"莫奇森太太冷静地说，她文雅的嗓音勾起了汤姆的回忆，"他之前说他可能要去，因为雷普利先生要去——跟他的妻子一起去，我想是。"

"好的。没错，夫人。自从他到了丹吉尔就没有跟您联路（络）吗？"

"没有。"

"或者辛西娅·葛瑞诺女士呢？我相信她也在跟您保持联路（络）。"

"是的，近期在联络——她给我写信或打电话。但没有涉及丹吉尔的任何人。我没法帮你。"

"我知道了。多贼（谢），夫人。"

"我不知道——唔——普立彻先生去丹吉尔做什么。是你们建议他去的吗？是法国警方的安排吗，我意思是？"

这正是那个神经病普立彻自己的安排啊，汤姆想，跟踪雷普利，连暗杀都谈不上，纯粹瞎起哄而已。"不是，夫人，系（是）普黎夏先生自己要跟着雷普利先生去——北非的，不是我们的安排。不过塔（他）平时和我们联系比较密切。"

"可是——我丈夫那边有什么消息呢？发现什么新情况了吗？"

汤姆叹口气，同时听见几声纽约汽车的喇叭声从莫奇森太太旁边的一扇敞开的窗户传来。"没有，夫人，我很抱歉地通知你。不过我们抓紧在查。则（这）件案子很棘手，夫人，因为雷普利先生在塔（他）所纠（居）住的社区很受尊重，我们没有掌握对他不利的证旧（据）。普黎夏先生有塔（他）自己的想法——我们当然知道，但是——你明白的，莫奇森夫人？"汤姆继续礼貌地说着，但他慢慢地将话筒拿开，让自己的声音渐行渐远。他发出一声"啧啧"吮吸的声音，然后"咯咯"一下，好像他们的通话被迫中断一样。

吁！没有汤姆之前所担心的那么糟糕，一点也不危险，他想。但辛西娅绝对跟她有来往！他希望这是他最后一次不得不硬着头皮给莫奇森太太打电话了。

汤姆回到书房，艾德和杰夫已经准备好要出去吃饭了。他决定今晚不打给安奈特太太，换到明天上午她采购回来之后再打，他相信安奈特太太的采购时间还是老样子，没有变化。安奈特太太会从她的忠实哨兵——珍娜薇，是这个名字吗？——那儿打听到普黎夏先生是否已经回到维勒佩斯。

"两位，"汤姆微笑地说道，"我跟莫奇森太太通话了。而且——"

"最好别兜圈子了，汤姆。"杰夫很感兴趣的样子。

"普黎夏确实跟莫奇森太太联系紧密，连他去丹吉尔的事都说了。想象下吧！我估计一通电话就能搞定。而且她说辛西娅也在打电话或者写信——偶尔。够糟糕的吧，是不？"

"都在相互联系，你的意思是，"艾德说，"是的——非常糟糕。"

"我们出去吃点东西吧。"汤姆说。

"汤姆——艾德和我商量过了，"杰夫开口道，"我们中的一个人，或者我们两个人都去法国帮你——对付这个"——杰夫想找个合适的词——"鬼迷心窍的疯子普立彻。"

"或者到丹吉尔去，"艾德马上插嘴道，"不论你去哪儿，汤姆。不论哪里需要我们。我们都是一条船上的，你知道。"

汤姆把这些话都听进去了。确实很让人宽慰。"谢谢。我该考虑下——或考略下——我或者我们必须采取什么措施。我们出门吧，好吗？"

14

在与杰夫、艾德用餐的时候，汤姆并未太多地考虑他眼下的问题。他们最终打车去了一家杰夫推荐的餐厅，在小威尼斯区，地方不大且环境静谧。餐厅当晚的客人很少，出奇的安静，以至于汤姆不得不小声说话，即便他说的只是些类似于烹饪的无关痛痒的话题。

艾德说他一直在开发自己尚未被发掘的烹饪天分（若有的话），下次他可以斗胆为二位一试身手。

"那明天晚上？明天中午？"杰夫不相信地笑了。

"我买了本叫作《创意厨师》的小册子，"艾德继续说道，"书里鼓励大家混合各种食材，还有——"

"剩菜？"杰夫举起一条滴着奶油的芦笋，接着把芦笋尖放进嘴里。

"随你怎么高兴，"艾德说，"不过下次一定做，我发誓。"

"可你还是不敢明天就做。"杰夫说。

"我怎么知道明天晚上汤姆还在不在这儿呢？汤姆自己知道吗？"

"不知道。"汤姆说。他的眼神已经开溜到几张空桌子以外的一个金发美女身上了。这女人满头直发，美艳极了，正和对面一个年轻男人说着话。她身穿无袖裙装，戴金耳环，一股子自信的满足感是汤姆在英国以外很少见到的，而她姣好的长相也让汤姆的眼睛忍不住要往她身上转悠。这年轻的女郎令汤姆想起要为海洛伊丝带点什么礼物。金耳环吗？荒唐！海洛伊丝有多少副金耳环了？手镯？海洛伊丝喜欢惊喜，哪怕只是他出门从外面带回来的一点小小的惊喜。海洛伊丝又什么时候回家呢？

艾德顺着汤姆痴迷的眼神去看了一眼。

"她很漂亮，是不？"汤姆说。

"很——漂——亮，"艾德表示同意，"听我说，汤姆——我这周末就有空了，或者周四都能空出来——离现在不过两天的时间——去法国——或者任何地方。我有篇文章要润色，然后打印出来。如有必要，我会加快速度。如果你处境困难的话。"

汤姆没有马上答复。

"艾德不用文字处理软件，"杰夫插了嘴，"艾德是个老古板。"

"我就是文字处理软件，"艾德说，"说到老古板，你的那些老相机呢？有些都很旧了吧。"

"都是超棒的设备。"杰夫阴阴地说。

汤姆看到艾德忍住没回嘴。汤姆正在享受美味的羊排和醇香的红酒。"艾德，老朋友，我非常感激你，"汤姆压低嗓音说道，同时他还瞅了瞅左边隔了一张空桌子的那张桌子，现在已经有三个人坐在那边，"因为你可能受伤。提醒你一下，我根本不知道具体是怎么个受伤法，因为我从没见过普立彻拿枪，比如说。"汤姆略垂下头，仿佛自言自语般地说道，"我可能不得不跟这狗娘养的肉搏。真正地结果他，也说不定。"

他的话音在空气中回荡。

"我很强壮呢，"杰夫兴奋地说，"你可能需要我这样的帮手，汤姆。"

杰夫该是比艾德强壮些，汤姆琢磨，因为他更高，更重。另一方面呢，艾德看起来又要灵活些，必要时移动迅速。"我们都必须保养好身体，不是吗？现在谁还要来一份香甜软糯的甜品？"

杰夫抢着要买单。汤姆邀请他们喝一杯苹果酒。

"谁知道我们以后几时再聚会了——像这样的聚会？"汤姆说。

餐厅的女老板告诉他们苹果酒是餐厅免费赠送的。

汤姆在雨点敲打窗户的啪嗒声中醒来，声音虽然不大，却很清晰。他穿上新买的睡衣（连标签都没有扯掉），到浴室洗漱一番，再走进艾德的厨房。艾德似乎还未起床。汤姆烧了点热水，给自己煮了一杯浓浓的滴滤式咖啡，然后迅速地冲澡、剃须。等艾德露脸的时候，汤姆正在试他的领带。

"天气真好啊！早安！"艾德微笑着说，"你看我在炫耀我的新睡衣呢。"

"我看到了。"汤姆正惦记着给安奈特太太打电话的事。他愉快地想着法国的时间要晚一个小时，再过二十分钟，她就购物回来了。"我煮了咖啡，如果你想来点的话。我的床怎么办？"

"暂时先铺好吧。我们待会再看。"艾德去了厨房。

汤姆很高兴艾德如此了解他，知道他想铺床或者撤下床单，而说一句"铺好床"就意味着欢迎他再住一晚，如有必要的话。艾德放了几只羊角面包到烤箱里加热，此外还有橙汁。汤姆喝了橙汁，但由于心情太紧张而吃不下任何东西。

"我约好了中午给海洛伊丝打电话，或者说试着打一下，"汤姆说，"我忘了是否跟你说过。"

"随时都欢迎你用我的电话，非常欢迎。"

汤姆想他中午也许不在这儿。

"谢谢。我们再看吧。"紧接着艾德的电话铃就响了，把汤姆吓了一跳。

汤姆听艾德说了几句，知道这是一通业务电话，有关一则图片说明的。

"好的，当然了，简单，"艾德说，"我这里有碳粉……我十一点前再打给你。没问题。"

汤姆看看手表，发现从他上次看表到现在，分针就几乎没走过。他估摸着他也许能跟艾德借把伞，花上小半天的时间到处走走，说不定到巴克马斯特画廊去挑选一幅能买回去的素描。一幅伯纳德·塔夫茨的素描。

艾德回来了，一言不发，径直去拿咖啡壶。

"我现在试试给我家里打电话。"汤姆从厨房椅子上站起来。

到了客厅，汤姆拨通丽影的电话，耐心地等着电话铃响了八下，接着又等了两下才放弃。

"她出去采购了，也有可能在说长道短。"汤姆微笑地对艾德补充了一句。不过安奈特太太也有点耳聋了，他之前注意到。

"待会再试，汤姆。我去换衣服。"艾德走开了。

汤姆几分钟后又试了一次。电话铃响到第五下时，安奈特太太接了电话。

"啊，汤姆先生！你在哪儿呀？"

"还在伦敦呢，夫人。我昨天跟海洛伊丝夫人通话了。她很好，在卡萨布兰卡。"

"卡萨布兰卡！那她什么时候回来？"

汤姆笑了。"我怎么说得上来呢？我打电话来是想问下丽影的情况。"汤姆知道安奈特太太如果遇到有潜入者必定要汇报，或者直接指名道姓，说是普立彻先生，倘若他来得及赶回去打探的话。

"一切都好，汤姆先生。亨利没有过来，不过一切都照旧。"

"普黎夏先生是否回维勒佩斯的家里去了，你可知道？"

"还没回来，先生，他一直不在家，不过他今天就回来了。我今早上在面包店才听珍娜薇说的，她又是从电工余伯先生的太太那里听说的，余伯先生今早上刚到普黎夏太太那里干了点活。"

"原来如此，"汤姆对安奈特太太的情报服务心怀敬意，"今天就回来。"

"噢，是的，千真万确。"安奈特太太冷静地说，似乎她在谈论日升日落这样的事实。

"我会再打回来的，等我——等我——呃，又要换地方的时候，安奈特太太。好了，你保重吧！"他挂掉电话，然后长叹一声气。

汤姆觉得他今天该回家，所以下一步就是预订回巴黎的机票。他走到他的床前，开始撤床单，可他转念一想，自己也许在艾德招待下一位客人之前又回来了，于是他又把床铺恢复原样。

"我以为你早铺好了呢。"艾德走进房间。

汤姆解释说："老普利卡今天回维勒佩斯了。我得回去跟他会一会。必要的时候，我就把他引到伦敦来，这地方"——汤姆朝艾德坏笑一下，因为他要开始说点不着边际的了——"街道数不胜数，晚上又黑漆麻乌的，开膛手杰克都能来去自如，是吧？他要想——"汤姆打住了。

"他要想什么？"

"普立彻要想通过毁掉我而得到什么，我不知道。我猜是满足他的虐待狂心理吧。他大概无法证明任何事，你知道的，艾德？但对我来说就悲剧了。假如他真的想方设法杀了我，他就能眼看着海洛伊丝变成一个伤心的寡妇，也许回巴黎去生活，因为我无法想象她独自生活在我们的房子里——更无法想象她嫁给另一个男人，又继续生活在那儿。"

"汤姆，别胡思乱想了！"

汤姆张开双臂，想要放松下。"我理解不了这些脑子进水的人，"可他倒是非常理解伯纳德·塔夫茨啊，他意识到，"我现在想看看航班的情况，请别介意，艾德。"

汤姆给法国航空的订票专线打电话，了解到他可以搭乘当天下午一点四十分从希思罗机场出发的航班。汤姆把消息告诉了艾德。

"我这就打包走人。"汤姆说。

艾德正准备到打字机前坐下，他的桌子上也摆好一些要处理的文件。"希望我们很快又再见面，汤姆。我非常欢迎你到我这儿来。我的精神与你同在。"

"有德瓦特的素描出售吗？我觉得原则上是不出售的吧。"

艾德·班伯瑞淡然一笑。"我们捏得很紧——不过对你的话呢——"

"总共有多少？价格怎么定的——大概？"

"五十左右？价格可能从两千往上至——一万五，差不多。当然了，有些是伯纳德·塔夫茨的作品。好的作品价格也会趋高。不单单以尺寸而论。"

"我按市价付钱，这是自然的。我也很愿意。"

艾德几乎笑出声来。"你要是喜欢哪幅素描，你大可作为礼物笑纳好了！说到底，谁是真正获利的人啊？我们三个都是啊！"

"我今天可能还有时间去画廊看看。你家里有保存的画吗？"汤姆问得好像艾德说没有都不行。

"我卧室里有一幅，如果你想看的话。"

他们移步到那个短过道尽头的房间。艾德举起一幅面朝里倚靠着斗柜的镶框画。蜡笔和炭笔勾勒的垂直和倾斜的线条似乎在描绘一个画架的形象，而画架后面又隐约显现出一个略高出画架的人影。这是塔夫茨还是德瓦特本人的作品呢？

"漂亮，"汤姆眯起眼又睁开，身子往前凑，"什么题目呢？"

"《画室里的画架》，"艾德回答道，"我喜欢这温暖的橙红色。只用这么两根线条来显示房间的大小，很独特。"跟着他补充说，"这画我不是一直挂着的——差不多一年里只挂六个月——所以它对我还有新鲜感。"

画有近三十英寸高，约二十英寸宽，灰色的素色画框十分得宜。

"伯纳德的？"汤姆问。

"是德瓦特的。我多年前买来的——便宜得吓人。我想也就四十英镑吧。忘了在哪儿买的了！德瓦特在伦敦画的。看这只手。"艾德伸出右手，做出和画上一样的姿势。

画上确有一只右手伸出来，指间似乎还夹着一支细长的画笔。画家正朝画架走去，左脚仅由一笔深灰色来表示鞋跟。

"正要工作的男人，"艾德说，"让我精神振奋，这幅画。"

"我懂，"汤姆转身朝门口走去，"我出去看画——然后打车去希思罗。非常感激，艾德，感激你的盛情款待。"

汤姆收拾起他的雨衣和小行李箱。他把钥匙留在床头柜上，下面还放了两张二十英镑的钞票，是打电话的费用，艾德也许今天或明天就能发现。

"我要确定下我具体什么时候来吗？"艾德问，"比如明天？你说句话就行，汤姆。"

"我先看看情况再说。我可能今晚打电话给你，如果没打，你也别担心。我应该今晚七八点钟到家——如果一切顺利的话。"

他们在门口紧紧地握手。

汤姆步行到一个看起来能打到车的街角。打到车以后，他请司机开到旧邦德街。

这次汤姆去的时候，尼克正好一个人坐在书桌前看着苏富比的目录，他站起来迎接汤姆。

"早上好，尼克，"汤姆愉快地说，"我又回来了——想再看看德瓦特的素描。不知可否？"

尼克挺直身子，面带微笑，似乎觉得这要求挺特别的。"可以，先生——这边请，您知道的。"

汤姆喜欢尼克取出的第一幅画，是窗台上一只鸽子的速写，德瓦特风格的多重轮廓线条表明这警觉的鸟儿有一丝惊动。米白色的画纸已经泛黄，虽然纸质上乘，也免不了边角处出现破损的痕迹，但汤姆反而喜欢这样。这画以炭笔和蜡笔绘成，此时就保存在透明的塑料膜之下。

"这画的价格多少呢？"

"唔——大概一万英镑吧，先生。我还得去核实下。"

汤姆又看了另一幅资料夹里的画，繁忙餐厅的内景，他并不感兴趣，接下来好像是伦敦某个公园里的两棵树和一条长凳。都不行，还是鸽子好。"我先交首付款——然后你再跟班伯瑞先生商量？"

汤姆签了一张两千英镑的支票交给坐在桌前的尼克。"可惜没有德瓦特的签名。只差签名而已。"汤姆说道。他很想听听尼克怎么答复这个问题的。

"呃——是的，先生，"尼克愉快地说，急忙打个圆场，"这就是德瓦特的做派，我听说。灵感来了就马上画个速写，没想过要签名，日后也忘了签名，后来呢，他——就不在人世了。"

汤姆点头。"确实如此。再见，尼克。班伯瑞先生有我的地址。"

"噢，是的，先生，没问题。"

再到希思罗机场，汤姆每回来都感觉这地方人更多了。带着扫帚和滚轮垃圾筒的清洁女工无法跟上人们乱扔纸巾和机票封套的节奏。汤姆还来得及给海洛伊丝买一盒六种不同英国香皂的套装，为丽影捎上一瓶保乐绿茴香酒。

他什么时候再见到海洛伊丝啊？

汤姆买了一份飞机上并不提供的小报。吃完一顿龙虾配白葡萄酒的午餐后，汤姆小睡了一会，直到空乘提醒他系安全带的时候才醒。飞机下方就是整齐、绵延的法国田野了，浅绿色和较深的棕绿色交错拼接在一起。机身开始倾斜。汤姆感觉力量倍增，做好了迎接一切的准备——几乎是。他当天上午在伦敦的时候曾想过要到报纸档案馆去查戴维·普立彻的资料，不论是什么地方的档案馆，正如这家伙很可能在美国就已经查过汤姆·雷普利一样。可又能查到些什么有关戴维·普立彻的记录呢，倘若这是真名的话？纨绔子弟的玩世不恭吗？超速的罚单吗？十八岁违反毒品禁令吗？这些都没什么记录的价值，即使是在美国，到了英国或法国就更没有任何意义了。然而，还是很好奇，普立彻也许会因为十五岁时虐狗致死而被记录在案，像这样细小而可怕的事实也许就可能发生在伦敦，假如电脑能事无巨细地搜索并拷贝下来的话。飞机平稳地降落并开始滑行，汤姆牢牢地稳住自己。而他自己的记录呢——呃，基本都是涉嫌一连串匪夷所思的案子，不过都没有定案。

通过入境检查之后，汤姆找到最近的一个电话亭，往家里打电话。

安奈特太太在铃响第八声的时候接了电话。"啊，汤姆先生！您在哪儿啊？"

"在戴高乐机场。运气好的话，两小时就能到家了。一切都好吗？"

汤姆确认了一切都好，跟平时一样。

然后搭出租车回家。他太想回家了，也顾不上司机是否会留意他家的地址。天气温暖，阳光普照，汤姆将两边的窗户都打开一条缝，希望司机别抱怨说风太大，因为法国人是连一丝丝的小风都不乐意的。汤姆回想起伦敦的事，想起年轻的尼克，还有随时准备伸出援手的杰夫和艾德。贾尼丝又在做什么呢？她给她丈夫提供了多少协助，为他打了多少掩护，又如何拿着这些事来取笑他呢？先帮着他把火烧起来，然后再来个釜底抽薪？贾尼丝是个反复无常的人，汤姆想，尽管用这个词来形容像她那样脆弱的人很是荒唐。

安奈特太太已经早早地打开前门，站在石头门廊上等着出租车停车。看来她耳朵并不聋，至少听得见出租车车轮碾压碎石路的声音。汤姆付了车钱，又多加了小费，然后拎着箱子来到门口。

"不，不，我自己来吧！"汤姆说。

"就这么点分量？"

安奈特太太的老习惯从未改过，比如总是要搬最重的箱子，这些都是当管家的本分。

"海洛伊丝夫人打过电话吗？"

"没有，先生。"

这就是好消息了，汤姆暗忖。他走进玄关，闻见类似紫玫瑰花瓣的香味，但此刻没有薰衣草蜡膏的味道，这一点让他立马想起他的手提箱里有薰衣草味的蜡膏。

"来杯茶吗，汤姆先生？或者咖啡？加冰的饮品？"她正在挂他的雨衣。

汤姆没想好。他步入客厅，透过落地窗向花园的草坪望了一眼。"好吧，那就来杯咖啡。当然还加一杯饮品。"时间刚过了七点。

"好的，先生。啊！贝特林太太昨晚来过电话。我告诉她你和夫人都不在家。"

"谢谢。"汤姆说。贾克琳和凡森·贝特林夫妇是住在几公里以外另一个镇上的邻居。"谢谢，我会给她打电话的，"汤姆往楼梯走去，"没有别的电话了？"

"没——没了，我想是。"

"我十分钟后下来。噢，对了——"汤姆将手提箱平放在地板上，打开，抽出装着几罐蜡膏的塑料袋，"这是给家里带的礼物，夫人。"

"啊，薰衣草亮光蜡！这礼物总不会错的！谢谢！"

汤姆十分钟后下来了，换了一身衣服，外加一双便鞋。他决定喝一小杯的苹果酒来搭配咖啡，这样能换换口味。安奈特太太就守在汤姆的边上，确认她准备的晚饭是否合乎汤姆的胃口，尽管一向都没什么问题。她呱啦呱啦地描述着，话从汤姆的这边耳朵进，又从那边耳朵出去，因为他在考虑给贾尼丝那个没原则的人打电话。

"听起来很诱人呐，"汤姆礼貌地说，"我真希望海洛伊丝夫人能跟我一起享用。"

"那海洛伊丝夫人什么时候回来呢？"

"还不确定，"汤姆回答，"不过她玩得很开心——和一个好朋友一起，你知道的。"

随后他就清静了。贾尼丝·普立彻。汤姆从黄沙发上起来，故意慢吞吞地走到厨房。他对安奈特太太说："还有普立彻先生呢？他今天该回来了吧？"汤姆尽量问得随意，好像只是在打听一位尚未交好的邻居。他一本正经地挪到冰箱那里，想拿一块奶酪或者别的什么一眼能看到的东西吃吃，以显示自己进厨房的目的正是为此，而非其他。

安奈特太太帮他准备了一只小盘子和一把餐刀。"他今早上没有回来，"她回答说，"也许现在也还没有。"

"可他的妻子还在这儿？"

"噢，是的。她偶尔去杂货铺。"

汤姆端着小盘子回到客厅，将盘子放在酒杯旁边。玄关桌上有他的记事簿，安奈特太太从不碰它。很快汤姆就找到了普立彻家的号码，这号码尚未登记在官方电话簿上。

汤姆还没来得及去摸电话，安奈特太太就又过来找他了。

"汤姆先生，趁我还没忘，我今早上听到消息说普立彻夫妇已经买下他们在维勒佩斯租的那所房子了。"

"当真吗？"汤姆说，"有意思。"可他的语气听起来并不那么感兴趣。安奈特太太转身离开了。汤姆眼睛盯着电话。

倘若是普立彻本人接了电话，汤姆盘算着，他就立马挂电话。倘若是贾尼丝接了电话，他就试着聊一聊。他可以询问下戴维的下巴如何了，普立彻多半已经告诉贾尼丝他们在丹吉尔打架的事。贾尼丝知道普立彻说着美式法语给安奈特太太假传海洛伊丝被绑架的消息吗？汤姆决定不提起此事。什么时候软的不行来硬的呢？或者先来硬的再来软的？汤姆挺直身子，一边提醒自己有礼有节终归是没错的，一边拨打了号码。

贾尼丝·普立彻接了电话，唱歌一样来句美式的"哈——啰——?"

"喂——贾尼丝。我是汤姆·雷普利。"汤姆面带微笑地说。

"噢，雷普利先生！我以为你还在北非呢!"

"去了又回来了。在那儿见到你的丈夫，你也许知道。"还把他揍晕过去了，汤姆心想。他再一次微笑，好像对方能从电话上看到他一样。

"是——是的。我明白——"贾尼丝止住口，不过她的语调很动听、柔和，"是的，还打了架——"

"噢，也不算真正的打架，"汤姆谦逊地说，他感觉戴维·普立彻还没到家，"我希望戴维现在没问题了吧?"

"当然，他没啥问题。我知道有些事他是自作自受，"贾尼丝一本正经地说，"打掉牙也只能往肚子里咽，不是吗? 谁让他要自己跑去丹吉尔呢?"

汤姆不禁浑身一冷。这些话可比贾尼丝要表达的意思深刻得多呀。"戴维马上回来了吗?"

"是的，今晚上。我要去枫丹白露接他，等他先电话通知我，"贾尼丝还是那样不紧不慢、一本正经地回答他，"他说他要稍晚点，因为他今天要在巴黎买体育用品。"

"哦。高尔夫吗?"汤姆问道。

"不——不是。我想是渔具。不太确定。你知道戴维说话的方式，老是兜圈子。"

汤姆并不知道。"你一个人过得怎么样呢? 不觉得孤单或者无聊吗?"

"哦，不觉得，从来没有过。我听我的法语语法磁带，努力提高下法语，"此处略有笑声，"这里的人都很友好。"

确实如此。汤姆立刻想到格雷丝夫妇，就隔了两栋房子的距离，但他不想问贾尼丝是否与他们熟络了。

"再说戴维吧。下周也许就要买网球拍了。"贾尼丝说。

"只要他高兴就好，"汤姆咯咯笑了一声，"也许这样他就不用惦记我家的房子啦。"他宽容又打趣地说，似乎在说一个喜厌无常的小孩子。

"噢，那很难说。他把这里的房子都买了。他很为你着迷呢。"

汤姆的脑海中又浮现出那一幅画面：笑盈盈的贾尼丝毫无怨言地将她的丈夫从丽影接走，而她的丈夫刚拿着相机到丽影周边徘徊，不停地拍照。"你好像也不太赞同他的某些做法，"汤姆继续说道，"你曾想过要劝阻他？甚至离开他吗？"汤姆斗胆一问。

紧张的笑声。"女人不会背弃自己的丈夫，对吧？而且他肯定不会放过我！"最后一个"我"字从笑声中破发出来，挺刺耳的。

汤姆一点也没笑，哪怕只是淡然一笑。"我懂，"他没有别的话好说，"你是个忠实的妻子！好吧，我祝福你们两个，贾尼丝。也许我们很快就能见到你了。"

"噢，也许吧，是的。谢谢你打电话过来，雷普利先生。"

"再见。"他挂掉电话。

真是个疯人院！很快就见到他们了！他刚才说的"我们"，好像海洛伊丝已经回家了一样。有何不可呢？兴许还能诱导普立彻再去冒点险，再蛮干一番。汤姆觉察到自己有了要杀掉普立彻的念头，这跟当年他想要打击黑手党的念头差不多，只不过后者不涉及私人恩怨：他痛恨的是黑手党这个组织，他认为黑手党是一伙既残忍又组织严密的敲诈者。不管他杀的是谁（他杀了两个黑手党成员），都不要紧，只不过少了两个成员而已。但杀普立彻是为了解决私人恩怨，是他自己伸着脑袋过来，非要挨上一刀不可。贾尼丝能帮忙吗？别指望贾尼丝了，汤姆提醒自己，她到了关键时刻肯定要掉链子，她要救她的丈夫，再从他那里多多地享受身心的折磨。为什么他没有在拉哈法解决掉普立彻，用他那把新买的藏在口袋里的小刀？

他大概只有解决了普立彻两口子才能得到片刻的安宁，汤姆一边点燃一支香烟，一边做这样的估计。除非他们都决定要搬离维勒佩斯。

苹果酒与咖啡。汤姆喝完最后的几滴，将杯碟送回厨房。他随便瞄了一眼，发现安奈特太太五分钟之内还没法开饭，于是汤姆告诉她说他还要再打一通电话。

然后他给格雷丝家打了过去，他脑子里记着号码的。

艾格尼丝接了电话，汤姆从远处传来的哗啦声判断出他打扰别人家吃饭了。

"是的，今天从伦敦回来的，"汤姆说，"我想我打扰你们了。"

"不！希薇和我刚好在收拾。海洛伊丝和你一起的吗？"艾格尼丝问。

"她还在北非。我只是想说一声我回来了。我也不知道海洛伊丝什么时候才决定回家。你知道你们的邻居普立彻夫妇已经买了那房子吗？"

"知道！"艾格尼丝脱口而出，她还告诉汤姆是从酒吧烟草店的玛丽那里听来的。"还有噪声呢，汤姆，"她的声音里有点开心的意味，"我相信夫人现在是一个人在家，可她还是放着大声的摇滚乐，直到深更半夜！哈——哈！我想问，她是一个人独舞吗？"

或是在观看变态的色情录影带？汤姆眨眨眼。"不知道哦，"汤姆微笑着回答，"你从你那儿都听得见？"

"要是顺风的话！并不是每天晚上如此，只是上个周六晚上安东尼气愤得很，可他又没有气愤到要上门叫他们安静下来的程度。另外，他也找不到他们的电话号码。"艾格尼丝又哈哈笑了。

他们愉快而亲切地挂了电话，就像两个友好的邻居那样。随后汤姆坐下来独自享用晚餐，面前摊开一本杂志。他嘴里嚼着美味的炖牛肉，脑子里还琢磨着恶心的普立彻两口子。戴维也许这会儿带着渔具回来了吧？用来钓莫奇森的？汤姆怎么当时没有立即反应过来呢？莫奇森的尸体？

汤姆的视线离开了他正在看的杂志，他身子靠后坐，用餐巾擦拭嘴唇。钓鱼的渔具？这事儿需要一个钩锚，一条结实的绳索，还要一艘比划艇好的船。肯定也不是光光坐在河岸上，拿着一根细细的鱼竿加鱼线就算了，像有些当地人干的，运气好的话，能抓到些应该能吃的小白鱼。既然普立彻的财力充足，照贾尼丝说的，那他是要买一艘气派的摩托艇吗？甚至再雇个帮手？

但这样一来，他也许就走错路子了，汤姆想，可能戴维·普立彻真的喜欢钓鱼。

那天晚上汤姆做的最后一件事是写好一个寄给西敏寺国立银行分行的信封，因为他需要将储蓄账户里的钱转到现金账户来支付那两千英镑的支票。明天早上他一看到打字机旁边的信封就能想起来了。

15

第二天早上，喝过第一杯咖啡后，汤姆从露台到了花园。昨夜下过雨，大丽花看起来都娇艳欲滴的，它们的花头可以修剪下，另外再摘几枝放到客厅里也是不错的。安奈特太太很少亲手去摘，因为她知道汤姆喜欢自己挑选当天的花色。

戴维·普立彻已经回来了，汤姆提醒自己，很可能是昨天晚上回来的，今天也许就去钓他的鱼了吧。是不是？

汤姆付了些账单，又在花园里摆弄了一个小时，然后吃午饭。安奈特太太只字未提今早上到面包店里闲聊普立彻家的事。他检查了车库里的两辆车，还有一辆停在外面的车，目前是辆旅行车。三辆车都能正常发动。汤姆把车窗都擦洗了。

随后他开着那辆红色的奔驰往西边去了。这辆车他很少开，他觉得是海洛伊丝的专用车。

往西边的路相当熟悉，地势也很平坦，可这些路并非他平常去莫雷或者去枫丹白露购物时走的路。汤姆根本说不清那天夜里他和伯纳德出去抛弃莫奇森尸体时走的是哪一条路。汤姆只是想找一条运河，任何距离够远的水流，能让他轻松抛掉捆裹好的尸体就行。汤姆往莫奇森裹尸的帆布里装了几块大石头，他还记得，这样尸体就能沉下去并一直沉在水底。呃，据汤姆所知，这方法确实管用。汤姆无意中发现前排的储物箱里有张折叠的地图，也许是这附近的地图，但他暂时还想凭着直觉去找找看。这区域内的几条大河——

卢万河、约纳河和塞纳河都有无数的运河和支流，有些连名字都没有，汤姆知道他把莫奇森的尸体扔进了其中一条河道里，而且是越过一座桥的护栏往下扔的，他要是到了那个地方，自然就能认出来。

也许是大海捞针吧。倘若有人执意去墨西哥寻找德瓦特，到某个小村子去找，那才是穷其一生都完成不了的任务，而且很艰巨，汤姆寻思，因为德瓦特从未到墨西哥生活过，只在伦敦停留，最后跑到希腊去自杀了。

汤姆瞄一眼油量表，还有一半多。他到下一个安全点掉转车头，往东北方向开去。差不多每隔三分钟他才能看见别的车经过。道路两旁都是高高的青纱帐一般的玉米林，是为养牛种下的玉米。黑乌鸦在玉米林上盘旋，聒噪。

汤姆想起来，他和伯纳德那天夜里是从维勒佩斯开出去七八公里的样子，方向往西。他是否该回家找张地图，把维勒佩斯以西的地方圈起来？汤姆选了一条他认为能经过普立彻家和格雷丝家的路。

必须给贝特林家打电话，汤姆忽然想起。

普立彻两口子认识海洛伊丝的红色奔驰车吗？汤姆觉得他们不认识。当他接近他们的两层楼白房子时，他放慢速度，尽可能地一边看路，一边看房子。门廊前面停着一辆白色的小货车，汤姆一下子注意到。来送体育用品的？车上装着一件笨重的灰色货物，尾巴已经伸到车外、拖到地上去了。汤姆觉得他听到一个男人的声音，也许是两个男人，可他并不确定，随后他便驶离了普立彻家。

小货车上装的可能是一艘小船吗？车上覆盖的灰色防水布令汤姆想起覆盖在托马斯·莫奇森尸体上的米色或棕黄色的防水布，或帆布。哎呀！也许戴维·普立彻搞到了一辆小货车，一艘小船，甚至连助手也有了？是划艇吗？一个人怎么能徒手将划艇放到运河里去呢（运河的水位可是随着闸门的开关而变化的），外加马达，外加自己用绳子把船放下去？运河的河岸十分陡峭。普立彻刚才是在跟送货人或者他打算雇用的人谈报酬吗？

如果戴维·普立彻回来了，汤姆就无法向他的不可靠的盟友贾尼丝询问有关她丈夫的问题了。因为戴维本人可能接到电话，或者偷听，或者直接从贾尼丝纤细的手中夺过电话。

格雷丝家这会没有人气。汤姆左转到一条空荡荡的马路，行驶几米之后又右转到丽影所在的那条路。

瓦济，这个名字突然在汤姆的脑海中闪现。毫无征兆的，就像一盏灯忽然被点亮。那是一个村子，靠近他抛尸的运河或者河道。瓦济。向西，汤姆琢磨，不论怎样，他都找地图查一查。

汤姆一回到家就找了一张枫丹白露地区的详细地图。略偏西方向，离桑斯不远。瓦济本来就位于卢万河之上，汤姆放下心来。莫奇森的尸体若是移动了，应该往北漂到塞纳河，汤姆寻思，但他很怀疑尸体会移动。他考虑了暴雨和回流的情况，有可能出现回流吗？内陆河不会，他想，而且幸亏是条自然河，因为运河时不时地要排干水来进行修缮。

他打了贝特林家的电话，贾克琳接了电话。是的，他和海洛伊丝都去了丹吉尔几天，汤姆说，海洛伊丝现在还在那儿。

"你们的儿子儿媳如何呢？"汤姆问。他们的儿子让-皮埃尔已经完成了艺术学院的学业，他之前两三年因为一个女孩中断了学业，而这个女孩就是他现在的妻子，尽管他的父亲凡森·贝特林对女孩十分怨怒，汤姆还记得。"那女孩不值得你这么做！"凡森当时是这么怒吼的。

"让-皮埃尔很好,他们到十二月份就要生宝宝了!"贾克琳的声音充满了喜悦。

"啊,恭喜啊!"汤姆说,"这样你们的房子就得为宝宝保暖了。"

贾克琳哈哈大笑,觉得汤姆确实说到他们的痛处了。她和凡森多年来都没有热水供应,她承认,但他们要安装第二间厕所,就在客房的旁边,外加一个盥洗盆。

"很好!"汤姆微笑着说。他回想起贝特林一家不知为何非要在乡村住所里简单过日子,洗漱用的热水是用水壶在厨房的炉子上烧的,厕所也修在室外。

他们约好要尽快地拜访彼此,但这样的约定不一定总是遵守的,因为有些人似乎总是很忙,汤姆想,但他挂掉电话之后总归是舒服多了,保持良好的邻里关系是很重要的。

汤姆舒服地坐在沙发上看《先驱论坛报》。安奈特太太呢,他想是在她的卧室里,汤姆幻想自己都听见她的电视机声音。他知道她在看肥皂剧,因为她以前经常跟他和海洛伊丝聊这些剧,直到她后来意识到雷普利夫妇根本不看肥皂剧。

下午四点半,太阳依旧高悬于天空。汤姆开上棕色雷诺车,往瓦济的方向去了。真是不一样的景致啊,汤姆感叹,今天看到的是阳光照耀下的农田,而那天晚上没有月亮,漆黑一片,他都不确定自己在往哪儿开。到目前为止,他自我肯定,莫奇森的水下墓地还是最安全的隐匿点,也许仍然是最安全的。

汤姆先看到小镇的路标"瓦济",然后才看到小镇。小镇实际上就在一片树林的后面,向左拐过一条弯就到了。汤姆在他的右手边发现了那座桥,水平的桥面,两端都有引桥,大概三十米长,也许不止。正是在这座桥上，他和伯纳德两人合力将莫奇森的尸体从齐腰的护栏上抛出去。

汤姆放慢车速，平稳地行驶着。到了桥头，他右转驶过桥面，并不知道也不关心这条路会通往哪里。他记得当时他和伯纳德停了车，然后把捆好的防水布拖到了桥上。或者，他们竟然有胆量把车往桥上开了一点吗？

汤姆找了个方便的地方停下来查看地图。他看到一个十字路口，然后继续往前开，只要有个路牌指示内穆尔或桑斯的方向，他就知道该怎么走了。汤姆在脑子里回想刚才看到的那条河：蓝绿色的河水有点脏，河岸松软，杂草丛生，水位（只是今天的水位）离河岸的上沿有两三米的距离。若是有人步行到那河岸的边缘上，多半不是滑进河里，就是站不稳摔进河里。

戴维·普立彻会有什么理由跑到瓦济来呢？维勒佩斯附近可是有二三十公里的河道和运河呢。

汤姆回到家，脱掉衬衫和牛仔裤，在卧室里小睡了一会。他感觉更安全，更放松了。美美地睡上四十五分钟后，汤姆感觉整个人都轻松了：在丹吉尔的那份紧张，在伦敦和辛西娅交谈的那份焦虑，还有对普立彻夫妇可能买条船的那份担忧都统统消失了。汤姆信步来到那间他认为是在丽影右后方角落的房间，那是他的工作间。

上好的旧橡木地板看起来依然漂亮，虽然不比家里其他地方的地板光亮。汤姆放了些旧帆布在地板上，他觉得起个装饰作用，有颜料滴下来的时候能防止弄脏地板，同时在他想擦干净画笔的时候也能充当抹布。

那幅《鸽子》。他该把泛黄的素描挂在哪里呢？自然是在客厅了，可以给朋友们欣赏。

汤姆花了几秒钟审视他之前画过的一幅画,这幅画现在就靠墙放着。站立的安奈特太太一手端着杯碟,那是汤姆早上喝的咖啡:汤姆事先画了速写,这样就不必劳累安奈特太太。她穿着一条紫色的裙子,系着白色的围裙。接下来一幅是画的海洛伊丝,她站在汤姆工作室角落里的一扇弧形窗户前向外眺望,她的右手放在窗棂上,左手放在腰间。还是事先画了速写,汤姆记得。海洛伊丝不喜欢保持同一个姿势超过十分钟以上。

他该试着画一幅窗外的美景吗?他已经三年没画过了,汤姆想。在他家院墙以外的那片阴森茂密的树林就是最初藏匿莫奇森尸体的地方——不是什么美好的回忆。汤姆将思绪转回创作。是的,他该试一试,明早先画几笔速写,前景的左右两边都画上漂亮的大丽花,后面是粉色和红色的玫瑰。这样的田园景致可以画得甜美而忧伤,但汤姆本意并非如此。他也许要尝试下只用画刀进行创作。

汤姆下楼,从玄关的衣橱里找出一件白色的棉质外衣,主要是为了在内袋里装上他的钱包。接着他走到厨房,发现安奈特太太已经开始忙活了。"在忙了吗?才五点而已,夫人。"

"处理蘑菇,先生。我喜欢提前把它们准备好。"安奈特太太拿她的淡蓝色眼睛瞅了他一眼,脸上泛起笑容。她确实站在水槽边上的。

"我要出门半小时。我能帮你带点什么吗?"

"是的,先生——《巴黎人报》?麻烦啦!"

"我很乐意,夫人!"汤姆说完便离开了。

他一到酒吧烟草店就马上买好报纸,免得自己忘了。时间尚早,男人们还没有下班,但店里面已经一如既往地热闹起来。有人在喊"来杯小杯的红酒,乔治!",而玛丽也开始进入夜间的节奏了。她站在吧台后面偏左的位置，远远地向汤姆挥手。汤姆发现自己快速地环顾四周，想找一找戴维·普立彻，但没有看到他人。普立彻是很扎眼的，比大多数人高大，标志性的圆框眼镜，无法混进人堆里。

汤姆又上了那辆红色的奔驰车，往枫丹白露的方向开去，却无缘无故地在下一个路口左转。他现在差不多是在朝西南方行驶。海洛伊丝此刻在干什么呢？和诺艾尔两个人溜达回米拉玛酒店，都拎着塑料袋，还有新买来的篮子，里面满载着一下午采购的收获？她们在商量要回去冲凉、小睡，然后再吃晚饭？他是否应该今晚三点给海洛伊丝打个电话？

汤姆看到了一块维勒佩斯的指示牌，于是开始朝家的方向行驶，他注意到还有八公里才能到家。他减速，停下车，等一个村姑用长杆子赶鹅过马路。真美，汤姆想，三头美丽的白鹅正去往它们该去的地方，且踏着自己的步调，从容不迫。

到了下一个小弯道附近，汤姆不得不放慢速度，因为前面有辆小货车走得很慢。他立刻注意到车尾有一块灰色的形状伸了出来。马路的右边有一条运河或河道，大概六十至八十米远。是普立彻和他的团队，还是普立彻一个人呢？汤姆离得很近，足以透过后窗看到司机正与副驾座位上的人聊天。汤姆想象他们都在观察并讨论右边的那条河。汤姆把速度放得更慢，他肯定这辆小货车就是先前在普立彻家看到的，不管那地方是前院还是后院。

汤姆在考虑左转或者右转绕行，但他最后决定要直走，超过小货车。

正当汤姆加速时，迎面开来一辆灰色的大标致，飞扬跋扈，一副完全不考虑其他人的架势。汤姆不得不减速，等避让过大标致之后才开始踩油门。

小货车里的两个人仍旧说着话，司机不是普立彻，而是个汤姆不认识的人，留一头浅棕色鬈发。普立彻坐在他旁边，汤姆经过时看见他手指着河流的方向说个不停。汤姆相信他们并没有注意到他。

汤姆继续往维勒佩斯的方向开去，同时从后视镜中一直观察那辆小货车，看它是否要凑到河道跟前，比如穿过一片田野过去。但汤姆直到最后都没有看到。

16

　　汤姆当天晚上吃完饭后感觉坐立不安，他不愿意看看电视来转移注意力，也不想给克雷格夫妇或艾格尼丝·格雷丝打电话。他在纠结是否给杰夫·康斯坦或艾德·班伯瑞打电话，他们可能有一个人在家。他要说点什么呢？要他们尽快过来？汤姆觉得他可以邀请他们中的一个过来——必要时当个帮手，汤姆打心底承认——他也不介意向艾德和杰夫坦承。无论谁过来，都可能只是度个短假，汤姆寻思，特别是无意外发生的情况下。如果普立彻折腾了五六天什么都没钓到或者捞到，他就会放弃吗？要是他完全鬼迷了心窍，一直折腾下去，钓个几周，几月呢？

　　这想法固然令人胆寒，却也是不无可能的，汤姆意识到。谁能预见到一个乱了心智的人会干出什么事情来？好吧，心理学家也许可以，但那是建立在以往的案例、行为相似性和可能性之上的，而这些东西连医生都无法下定论。

　　海洛伊丝。她已经离开丽影六天了。想到她和诺艾尔两个人在一起，还是很舒心的，况且普立彻也没在那儿捣乱了，这样就更是愉快。

　　汤姆看着电话，先想到艾德，再想到杰夫，他觉得伦敦时间比他这里早一个小时是种幸运，万一他待会有冲动给他们两人中的一个打电话呢。

　　现在是九点十二分。安奈特太太已经忙完厨房里的活，多半在津津有味地看着电视了。汤姆寻思他也许可以为"窗外景色"的油画画一两幅速写。

他正要走到楼梯,电话铃响了。

汤姆到玄关接了电话。"喂?"

"喂,雷普利先生,"一个笑嘻嘻的充满自信的美国嗓音说道,"又是我,迪基。记得吗?我一直在关注你——我知道你去了哪里。"

这声音听起来像是普立彻,捏起嗓子说话,比平时的音调高了些,装得更"年轻"些。他想象着普立彻一张龇牙咧嘴的脸,嘴巴歪来歪去地要学纽约人拖长调子说话,或者是把辅音吞下去的样子。汤姆一言不发。

"害怕了吧,汤姆?从过去传来的声音?死人也会说话啦?"

汤姆隐约听到贾尼丝在电话那头抗议了一声,或者只是他的想象?一声偷笑吗?

对方清了清嗓子。"报应很快就来了,汤姆。一切的所作所为都必须付出代价。"

这有什么意义呢?没意义,汤姆认为。

"还在吗?也许你是被吓得哑巴了,呃,汤姆?"

"完全没有。这电话可是有录音的,普立彻。"

"哎哟——是迪基。开始把我放心上了,是吧,汤姆?"

汤姆仍旧默不作声。

"我——我不是普立彻,"尖嗓子继续自说自话,"但我认识普立彻。他在为我做点事情。"

或许他们要不了多久就到阴间相识去了,汤姆这么想着,并决定一个字也不说。

普立彻还没完。"干得很好。我们正在取得进展,"停顿一下,

"还在吗？我们……"

汤姆索性挂断电话，轻轻地。他的心跳比平时快，他并不喜欢这样，然而他人生中有好几次心跳比现在还快，他提醒自己。接着他两步并作一步地爬上楼梯，好让部分肾上腺素排出体外。

到了他的工作室，他打开日光灯，找来一支铅笔和一沓廉价的画纸。靠着一张便于站立的桌子，汤姆开始画他印象中的窗外景色：笔直的树木，他的花园与外界几乎水平的分界线，分界线以外那片并不属于他的土地生长着更为茂密的草和灌木丛。重描线条，尝试更有趣的构图，暂时不去想普立彻，但只是一定程度上的。

汤姆丢下他的维纳斯铅笔，心里嘀咕——这混蛋竟敢第二次假扮成迪基·格林里夫给他打电话！应该是第三次了，如果把海洛伊丝接到的那次也算上的话。看来真是他和贾尼丝两人联合起来搞的鬼。

在另一张画纸上，汤姆简单勾勒出普立彻的肖像，线条粗犷，深色的圆框眼镜，深色的眉毛，嘴巴夸大得几乎成了圆形，仿佛正在说着什么。眉毛可是一点都没皱：普立彻对自己的行事相当满意。汤姆用彩色铅笔涂色，红色的嘴唇，眼睛下面一点紫色，还有点绿色。好一幅逼真的漫画呀。但汤姆一把将画纸撕下来，折叠好，再一点点地撕成碎片，扔进废纸篓里。他可不想让任何人发现这幅画，他意识到，万一他要是除掉了普立彻呢。

随后汤姆去了他的卧室，那部经常放在海洛伊丝房间的电话已经被他挪用过来。他在考虑给杰夫打电话。伦敦现在差不多十点了。

接着他问自己，混蛋普立彻的胡搅蛮缠已经让他不堪重负了吗？他是因为害怕而寻求支援吗？不管怎么说，他跟普立彻拳脚相向的时候，他可是占了上风的，尽管普立彻完全有机会做更多的反抗，但他并没有。

正准备拨号，电话突然响起。普立彻又来了，他猜想。他保持着站立的姿势。"喂?"

"喂，汤姆，我是杰夫。我——"

"噢，杰夫!"

"是的，我跟艾德通过话了，你还没有联系他，所以我觉得该问下你那边情况如何。"

"唔，这个嘛——有点升温了，我想。普立彻回到镇上了——我这边。而且我觉得他买了一艘船，并不确定，也许是一艘带舷外马达的小船。我只能靠猜，因为东西装在小货车上，盖着布。我开车经过他家的时候看到的。"

"真的吗? 用来——做什么的?"

汤姆认为杰夫应该能猜到。"我觉得他可以在运河里打捞——寻找东西!"汤姆大声笑了，"用爪锚来打捞，我的意思是。我还不确定。而且我敢保证，他还要花上很长时间才可能找到点什么。"

"我懂你意思了，"杰夫轻声说，"那个男的简直疯了，没错吧?"

"没错，"汤姆愉快地重复一句，"我还没亲眼见到他行动呢，给你说一声。不过未雨绸缪总是好的。我会再次向你们汇报情况。"

"我们会帮你的，汤姆，如果你有需要。"

"有你们这句话就行了。谢谢你，杰夫，也跟艾德说声谢谢。同时我还是希望来艘驳船把普立彻的独木舟给撞沉喽。哈哈!"

他们互道珍重之后就挂了电话。

随时都能搬来救兵，这还是很让人宽慰的，汤姆感慨。杰夫·康斯坦，比如说，他就比伯纳德·塔夫茨更强壮、更机警。汤姆和伯纳德一起从汤姆花园后面的树丛里转移莫奇森尸体时，汤姆必须向伯纳德解释每一步操作的手法和目的，以最大限度地少发出声音，少开车灯。然后他还要教伯纳德在遇到警察查访时如何应对，而事实上他们确实遇到了一名警察。

在当前的情况下，汤姆琢磨，他的目标应该是确保莫奇森那具被帆布包裹的腐烂中的尸体继续留在水下，假设尸体还有残骸的话。

不过话说回来，一具尸体泡在水下四五年，或者只有三年，会怎么样呢？防水布或者帆布肯定会泡烂，也许一半多的布料都不在了；石头很可能滚落出来，导致尸体更易于浮动，甚至会上浮一点，假如尸身上还附有肉的话。可尸体上浮难道不是因为肿胀吗？汤姆联想到"离析"这个词，指的是外表皮肤一层层脱落。然后又如何呢？被鱼一点点咬食吗？水流难道不会将尸身上的肉冲刷干净，直到只剩下一堆白骨吗？肿胀的阶段肯定早就过去了。他到哪里去寻找这么一个莫奇森呢？

第二天吃过早饭，汤姆告知安奈特太太他要到枫丹白露或者内穆尔去买园艺用的大剪刀，他问她有什么需要捎带回来的。

她说不需要，并表示感谢，但汤姆了解她的那点脾气，她可能要在汤姆出门前想点什么东西出来。

安奈特太太并无更多的表示，汤姆便在十点前出门了。他计划先到内穆尔去看看。汤姆发现自己又行驶在无名的小路上，因为他有充裕的时间：他只消开到下一根柱子那里，瞄一瞄上面一堆的指示牌，就知道该往哪个方向走了。他开到一间加油站停车加油。他今天开的是棕色的雷诺车。

他走了一条往北的路，想着先开几公里，然后左转到内穆尔。从汤姆的车窗望出去是一片片农田，一辆拖拉机缓慢地行驶在黄色的麦茬之间。他一路上看到的车辆也几乎一半是轿车，一半是带大后轮的四轮农用车。现在又到了另一条运河，可以看见河上有一座黑色拱桥，桥的两端都长着郁郁葱葱的树木，别有一番乡村风情。汤姆发现他的路线必须要经过这座桥，他慢慢地开过去，因为他后方没有来车。

汤姆刚驶上那座黑色铁桥，只是往右边瞥了一眼就看到两个男人坐在一艘划艇上，其中一个坐着的手上拿着像是很宽的耙子一样的东西。站着的那个右臂举得高高的，右手擎着一条绳子。汤姆把注意力放回到路上，马上又转移到两个男人身上，他们并没有注意到他。

坐着的男人身穿浅色衬衫，深色头发，正是戴维·普立彻本人。站着的那个穿米色裤子和衬衫的汤姆并不认识，他个子高，金色头发。他们正在摆弄一根一米多宽的金属棒，棒上至少有六只小钩子，如果钩子再大一点，汤姆就感觉像四爪锚之类的东西了。

很好，很好。这些人如此专注，都没有抬头看他的车，戴维·普立彻现在对这辆车应该挺熟悉的吧。可汤姆转念一想，倘若普立彻认出来这辆车，那无非是满足了他的虚荣心而已：汤姆·雷普利已经担心得到处打探他普立彻在干什么了，他普立彻又有何损失可言呢？

这小船安装了舷外马达，汤姆留意到。而且，他们可能有两个这样的带钩子的耙形工具？

尽管这样的小船在遇到驳船时必须靠岸躲让，或遇到两艘驳船交会时必须想办法远离，但汤姆已经没法从中获取安慰了。普立彻及其同伴似乎是铁了心的要完成他们的任务。说不定普立彻给他的帮手也是付了重酬的？他住在普立彻家吗？他究竟是什么人，本地人还是巴黎过来的？普立彻告诉他要打捞的东西是什么了吗？艾格尼丝·格雷丝也许知道这金发陌生人的来历。

普立彻有多大的几率找到莫奇森？普立彻眼下离他的目标只有大约十二公里。

一只乌鸦从汤姆的右手边俯冲下来，发出傲慢、聒耳的叫声"哑！哑！哑！"，像是在笑。这臭鸟在嘲笑谁呢，他还是普立彻，汤姆琢磨。当然是普立彻了！汤姆的双手把方向盘握得更紧了，脸上泛起笑容。普立彻这爱管闲事的混账，他马上就要自食其果了。

17

汤姆好几天没有海洛伊丝的消息了，他只能假定她们还在卡萨布兰卡，写了几张明信片往维勒佩斯这边寄过来：这些明信片估计得海洛伊丝回来几天后才能收到。

汤姆感觉坐立不安。他给克雷格夫妇打电话，尽量轻松愉快地跟他们两人闲聊了一会，说了说丹吉尔和海洛伊丝后面的行程。但他婉言谢绝了与他们小酌的邀请。克雷格夫妇都是英国人，先生是退休律师，非常可靠得体，根本不知道汤姆和巴克马斯特画廊那伙人之间的关系，这是当然的，而且就算他们听说过莫奇森的名字，大概也早把它抛诸脑后了。

汤姆有了新的灵感，他画了几幅房间内景的速写作为他下一幅油画的素材，是一个朝向走廊敞开的房间。他想用紫色和近乎黑色的颜色构图，再以某个浅色物体来平衡下色调，他想象这个物体是一只花瓶，也许是空的，或者插上一支红色的花，待他后期确定好了就添加上去。

安奈特太太认为他有点"忧郁"，因为海洛伊丝夫人没有写信回来。

"一点没错，"汤姆淡淡地笑了，"可你知道的，那边的邮政糟糕透顶——"

一天晚上，他九点半左右到酒吧烟草店去换换空气。这个时候在店里逗留的人群跟五点半刚下班的那一拨略有不同。那边有几个打牌的男人，汤姆先前以为多数是单身汉来着，可他现在知道事实并非如此。许多已婚男人也喜欢晚上到当地的小酒馆消遣，而不是在家看电视什么的——实际上他们也可以到玛丽和乔治的店里来看电视。

"啊——呀，不明真相的人就该闭嘴！"玛丽一边倒着生啤，一边对某人或是全场的人喊叫。她咧开红唇对汤姆嫣然一笑，并点头示意。

汤姆到吧台找了个位置。他通常喜欢站在吧台旁。

"黎普利先生。"乔治打招呼了，他的胖手牢牢地扶在吧台另一侧的铝制水槽边上。

"唔——来半杯生啤。"汤姆说。乔治立马倒酒去了。

"他就是个懒鬼，铁定的！"汤姆听见右边一个男人在说。这男人的同伴还推了他一把，说了句什么又气又好笑的话来顶他，然后哈哈大笑。

汤姆往左挪了挪，因为这两位已经有点醉意了。他从周围的谈话中听来点片言只语，什么北非啦，某地的建筑项目啦，哪个建筑老板要招泥瓦匠啦，至少招六个，等等。

"……普黎夏，不是他？"一阵短笑声，"钓鱼！"

汤姆仔细去听，没有转动头。这些话来自他身后的一张桌子，在他的左侧。他扫一眼那张桌子，发现三个男人坐在那里，都穿着工作服，四十岁上下。其中一个在洗牌。

"在河里钓鱼——"

"他怎么不从岸上钓呢？"另一个人问道，"要是来了一艘小游艇"——嘎吱一声，配上两手的动作——"他就跟那艘笨船一起沉了！"

"嘿，你知道他在干什么吗?"一个新加入的嗓音，有个年轻点的男人端着酒杯溜达过来，"他不是在钓鱼，他是在打捞河底的东西! 两个带钩子的家伙!"

"啊，是的，我看到他们了。"一个打牌的人说道。他不太感兴趣，准备继续打牌。

牌已经在发了。

"他用那些家伙一条鲤鱼都捞不到。"

"没用的，只能捞到旧橡胶靴，沙丁鱼罐头，自行车! 哈哈!"

"自行车!"年轻点的男人说道，他仍旧站着，"先生，你可别笑! 他真的捞到了一辆自行车! 我亲眼见到的!"他大笑起来，"生了锈，还歪七扭八的!"

"他到底要找什么?"

"古董呀! 这些美国人，你永远不知道他们的口味，呃?"这是一个稍年长的男人说的。

接着又是哄笑声，还有人咳嗽。

"他还真有个助手呢。"坐在桌边的一个男人高声吼了一句。此时正好玩机车游戏的那边（靠近门口）有人赢了头奖，一阵欢呼声传过来，淹没了那男人接下来几秒钟说的话。

"……又是个美国人。我听见他们说话了。"

"为了钓鱼，真是荒唐啊。"

"那些美国人——如果他们有钱来搞这些无聊的事……"

汤姆啜了口啤酒，慢悠悠地点燃一根吉卜赛女郎香烟。

"他确实很卖力。我在莫雷附近看到过他!"

汤姆背对着桌子继续听着，甚至还不忘跟玛丽友好地聊上几句。但那些男人没有再聊普立彻了。打牌的人又痴迷地玩起来。汤姆知道他们刚才说的两个单词，一个是"gardons"，是一种产于欧洲的淡水小鱼，另一个是"chevesnes"，同样是一种可食用的鱼类，属于鲤科。不，普立彻不是在钓这些银色的小鱼，也不是在打捞旧自行车。

"海洛伊丝夫人呢？还在度假吗？"玛丽问。她深色的头发和眼睛看起来和平时一样带点野性，可她正动作机械地用湿润的抹布擦着吧台的木质台面。

"啊，呃，是的，"汤姆伸手去掏钱付账，"摩洛哥的魅力，你知道的。"

"摩洛哥！啊，美得很呐！我看过照片！"

玛丽几天前说过一模一样的话，汤姆想起来，但玛丽是个忙碌的女人，从早到晚要招呼一百多个客人呢。汤姆离开酒吧前买了一包万宝路，好像有了这烟，海洛伊丝就能早点回来似的。

回到家，汤姆挑选出他明天作画时可能用到的几管颜料，并把画布装上画架。他在考虑他的构图，暗色，有张力，焦点放在背景上色彩更暗的一块神秘未知的区域，就像一间没有灯的小黑屋。他已经画了几幅素描。明天他就要开始在白色的画布上用铅笔勾图。但不是今天。他有点累了，怕勾不好，怕留下污迹，总之就是怕它不够完美。

晚上十一点的时候，电话还没有响过。伦敦现在是晚上十点，他的朋友们也许认为没有接到消息就是好消息。而辛西娅呢？很可能在读一本书，同时心里笃定汤姆就是杀害莫奇森的凶手，几乎都有些自鸣得意了——她肯定也知道迪基·格林里夫是以何种可疑的方式撒手人寰的；她相信命运将最终做出判决，给汤姆的人生烙下烙印，不论结局如何。也许就是将他毁灭吧。

说到书嘛，汤姆很高兴能在临睡前看看理查德·艾尔曼[1]写的奥斯卡·王尔德传记。他每一段话都读得津津有味。王尔德的人生，有些部分读起来就像是一场排除异己的暴力，人类的命运便可见一斑；如此一个善良、有才华的人，为大众娱乐做出如此突出的贡献，竟然受到一班乌合之众出于嫉恨的攻击和诋毁，而这些人又从王尔德的受辱中获得施虐的快感。王尔德的故事让汤姆联想到基督，他也是博爱之人，怀有提升觉悟、增进生命喜乐的愿景。他们两人都为同代人所误解，都为那些咒他们死、骂他们活的人胸中深藏的嫉恨所害。所以也不奇怪，汤姆感叹，各种类型和年龄段的人都在读奥斯卡，也许连自己为何痴迷的原因都还没有弄清楚。

想着这些，汤姆翻了页，开始读有关雷诺·罗德[2]第一本诗集的内容。这本诗集是罗德本人以朋友身份送给奥斯卡的。在这本诗集中，罗德以意大利文——据说这是个奇怪的做法——手书一段题词，译文如下：

> 在你受难的时候，
>
> 那些曾听你说话的贪婪而冷酷的众人将聚集起来；
>
> 都来观看十字架上的你，
>
> 却无人怜悯你。

如今读来真是有先见之明啊，奇怪的很，汤姆心想。他以前在哪儿读到过吗？但汤姆觉得他应该没有。

---

1. Richard Ellmann（1918—1987），美国文学批评家、传记作家。
2. Rennell Rodd（1858—1941），英国外交官、诗人。

汤姆一边读着，一边想象奥斯卡得知自己的诗作赢得纽迪该奖[1]时的狂喜——得奖前不久他才遭学校勒令停学。此时，汤姆尽管躺在床上，舒服地靠着枕头，尽管还兴味盎然地想多读点书，仍免不了要去想普立彻，想他那该死的机动船。他还想到普立彻的助手。

"见鬼。"汤姆嘀咕着下了床。他要查看下这周边的地形，查看下附近的水道，虽然他已经不止一次地在地图上查看过了，他还是忍不住。

汤姆翻开他的大地图——《时代简明世界地图》。这些河道和运河，从枫丹白露和莫雷地区附近，往南到蒙特罗及更远的区域，看起来像是《格雷解剖学》中一幅循环系统的插图：动脉和静脉兼而有之，粗细不一，互相交叉或互不干涉。但每一条河道或运河，都应该能装下普立彻的机动船。好极了，普立彻的任务很繁重啊。

他多想跟贾尼丝·普立彻聊一聊啊！她对这一切有何看法呢？"有收获吗，亲爱的？有晚餐吃的鱼吗？又是一辆旧自行车？或者一只破靴子？"普立彻告诉她要打捞的究竟是什么呢？很可能说了实话，汤姆寻思，是莫奇森。有何不可呢？普立彻手头有一份地图或者记录表吗？多半有的。

汤姆手头当然还留着他查看的第一份地图，上面还画了圈。他用铅笔画的那个圈把瓦济和更远一点的地方都涵盖进去了。在《时代简明世界地图》上，河道和运河画得更清晰，因此看起来更密密麻麻的。普立彻采取的策略是从大包围圈逐渐缩小范围，还是从就近的地方开始不断扩大范围呢？汤姆认为是后者。一个拖着尸体的人不可能有时间跑二十公里那么远，汤姆想，也许跑个十公里或十

---

1. The Newdigate Prize，该奖项创立于1806年，获奖者需为牛津大学学生。

公里不到就行了。汤姆估计瓦济距离维勒佩斯也就八公里。

汤姆快速地估算出在十公里半径的范围内有约五十四公里的运河和河道。这是个不小的挑战！普立彻有可能再租上一艘机动船，再雇用两个帮手吗？

一个人要坚持多久才会放弃这样的挑战呢？汤姆提醒自己普立彻可不是普通人。

他已经打捞多少公里了，这七天以来，或者九天了？假设在运河上打捞一遍，照理说就在运河的中央，以每小时两公里的速度，上午三小时，下午三小时，这样一天就能覆盖十二公里，但并非没有难度的，比如每隔半小时要避让另一条船，也许还得把船装上小货车，运送到另一条运河。如果是河道，就必须来回打捞两遍才能覆盖完整个河道的宽度。

那么，粗略估计一下，有五十公里左右的河道和运河，似乎还需要三周或不到三周的时间才能发现莫奇森，假如莫奇森的尸体还在的话，这也要靠点运气才行。

汤姆的内心难免咯噔一下，但他转念一想，这个时间段其实并不确定。万一莫奇森的尸体继续往北漂移，已经出了汤姆所考虑的范围呢？

此外，裹着防水布的尸体也许几个月前就漂进了一条运河，而运河又因为维护把水抽干了，尸体就被发现了，这又该如何呢？汤姆见到过好多干枯的运河，水都被某处的闸门给拦起来了。莫奇森的遗骸很可能就被交予警方，而警方大概也无法辨认其身份。汤姆并没有在报纸上看到相关的报道——一包身份不明的尸骨——但他没有认真去找过这样的报道，况且，这样的事有必要登上报纸吗？呃，还是有必要吧，汤姆琢磨，正好符合法国公众或其他任何国家民众的阅读口味：一包身份不明的尸骨被打捞上来，发现人是——一个周日钓鱼的人？男性，很可能死于暴力冲突或谋杀，非自杀。可不论怎样，汤姆还是不太相信警方或者任何个人已经发现了莫奇森。

一天下午，汤姆所构想的油画"内室"进展得还不错，他兴之所至，想打个电话给贾尼丝·普立彻。如果是戴维·普立彻接的电话，他大可以挂断；如果是贾尼丝，那他可以试试看能探听到什么消息。

汤姆将一支沾了赭色的画笔轻轻地放在调色盘旁边，然后下楼去玄关打电话。

克吕佐太太，也就是汤姆所谓"更认真的"清洁工，此时正在楼下的浴室里忙碌，那里有一个洗手盆，一扇门朝向通往地窖的楼梯。据汤姆所知，克吕佐太太并不懂英语。她现在就在四米开外的位置。汤姆查了查他之前记下的普立彻家的号码，然后去拿电话，正好电话就响了。要是贾尼丝打来的就好了，汤姆边想边接起了电话。

不是贾尼丝。是跨洋电话，两个接线员小声嘟囔着，其中一个反应过来，询问了一句："您是汤姆·黎普利先生吗？"

"是的，夫人。"海洛伊丝是受伤了吗？

"请稍等。"

"喂，汤姆！"海洛伊丝听起来无恙。

"喂，我的宝贝。你好吗？你为什么没有——"

"我们都很好……马拉喀什！是的……我写了一张明信片——在信封里，可你知道的——"

"没关系，谢谢。关键是——你身体可好？没生病？"

"没有，汤姆，亲爱的。诺艾尔知道什么药最管用！如果我们有需要，她可以去买的。"

好吧，这当然算是一种保障啦。汤姆听说过一些非洲的怪病。他大口吞咽了一下。"那你什么时候回来？"

"噢——"

汤姆从这个"噢"字中听出至少还要一个星期。

"我们想去看——"响亮的静电干扰，或是邻近的线路挂断了。接着海洛伊丝的声音又回来了，很冷静地说着："梅内克。我们坐飞机过去——这边出了点状况。我要说再见了，汤姆。"

"什么状况？"

"……好的。再见，汤姆。"

结束了。

究竟出了什么状况呢？有人等着用电话吗？海洛伊丝听起来像是从酒店大堂打的电话（背景有其他人的声音），汤姆觉得这么做也很正常。还是窝火。不过他至少知道海洛伊丝目前一切顺利，如果飞去梅内克，那就在北边，往丹吉尔的方向，那她肯定就从丹吉尔坐飞机回家了。可惜没有时间跟诺艾尔说两句，而且他也不知道她们现在住哪家酒店。

总的说来，接到海洛伊丝的电话还是很振奋的。汤姆再次拿起电话，看了看手表——三点十分——再拨通普立彻家的号码。电话铃响了五次、六次、七次。然后，贾尼丝的尖嗓子操着美国腔问了一声："哈——啰——？"

"喂，贾尼丝！我是汤姆。你好吗？"

"噢——！很高兴接到你的电话！我们都好。你也好吗？"

汤姆觉得贾尼丝异常友好和兴奋。"很好，谢谢。你在享受这舒服的天气吗？我觉得很享受。"

"确实舒服呢！我刚才在外面给我的玫瑰花除草。我基本没听到电话响。"

"我听说戴维在钓鱼。"汤姆强装笑颜。

"哈——哈！钓鱼！"

"难道不是吗？我想我见到过他一次——我沿着附近的一条运河开车的时候。钓鲤鱼吗？"

"不，不是，雷普利先生。他在钓一具尸体[1]，"她笑得很欢快，显然是被这谐音词给逗乐了，"真是荒唐！他能找到什么呀？什么都找不到！"又是一阵欢笑，"不过好歹他是出门去了。锻炼身体。"

"一具尸体——谁的？"

"一个叫莫奇森的家伙。戴维说你认识他——甚至还杀了他。你觉得像话吗？"

"不像话！"汤姆也哈哈笑了，故作开心的样子，"什么时候杀的他？"汤姆等了一会，"贾尼丝？"

"不好意思，我刚才以为他们可能回来了。结果是另外一辆车。几年前吧，我想是。噢，这太荒唐了，雷普利先生！"

"确实荒唐，"汤姆说，"不过正如你所说，能锻炼身体——运动——"

"运动！"贾尼丝的尖叫声，外加一声大笑，让汤姆觉得她丈夫运动的每一分钟她都欢喜得很。"拖着一个钩子——"

"还有跟你丈夫一起的那个男人——是老朋友吗？"

"不是！是一个学音乐的美国学生，戴维从巴黎挑来的！幸好他

---

1. 英语中的 carp（鲤鱼）与 corpse（尸体）谐音。

是个规矩的年轻人，不是个小偷——"贾尼丝咯咯笑着，"因为他在家里睡觉，所以我才这么说。他叫泰迪。"

"泰迪，"汤姆重复了一句，想等着对方把姓也说出来，可惜没有，"你觉得他们这么干能持续多久？"

"噢，直到他找到点东西为止吧。戴维是铁了心的，我可以肯定地说。我成天都忙着帮他们买汽油、包扎受伤的手指，还要给他们做饭。你不能抽个空过来喝杯咖啡什么的吗？"

汤姆猝不及防。"我——谢谢。只是现在——"

"我听说你太太不在家。"

"是的，还有几周才回，我想。"

"她去哪儿了？"

"我想她下一站是去希腊。和一个朋友出去度度假，你知道的。我自己又还有很多园丁的活要干。"他微微一笑，此时克吕佐太太带着桶和拖把从楼下的浴室上来了。汤姆并不打算邀请贾尼丝·普立彻来家里喝咖啡或者酒水，因为贾尼丝可能因为天真或者出于恶意把此事汇报给戴维，到时候汤姆就显得太过于关心戴维的举动，从而暴露他内心的担忧。戴维当然也知道他妻子是个飘忽不定的人：那可能是他们虐爱游戏中的一部分。"好了，贾尼丝，我衷心祝愿你丈夫——邻里间的友好祝愿——"汤姆停顿下来，贾尼丝也等着他说话。他知道戴维已经跟她说了他在丹吉尔殴打戴维的事，不过在他们的世界里，对与错，礼与非礼，都无足轻重，甚至无可挂怀。这其实比游戏更难以掌控，因为游戏至少还有某种规则可言。

"再见，雷普利先生，感谢来电。"贾尼丝一如既往地友好。

汤姆出神地望着窗外的花园，思考着普立彻夫妇的可疑之处。他了解到什么信息呢？戴维可能要无休止地蛮干下去。不，那不可能。再有一个月，戴维就会搜遍方圆三十七点五公里内的范围！简直疯狂了！除非泰迪的报酬高得出奇，否则他也会坚持不下去的。当然了，普立彻也可以另外聘人，只要他付得起钱。

现在普立彻和泰迪搜到哪儿了？光是每天把船从小货车上卸下来，再装上去就够费劲的了，汤姆琢磨。这两个家伙此时此刻有可能在瓦济附近的卢万河段打捞吗？汤姆有股冲动想过去看看——不妨换上那辆白色的旅行车——以满足他的好奇心，反正也才三点半。然而他意识到自己根本不敢这么做，不敢第二次跑到抛尸现场去转悠。万一那天他去瓦济，开车过那座桥的时候被人看见了，且记住了他的脸呢？万一他正好撞见戴维和泰迪在那儿拖他们的钩子呢？

那会让汤姆睡不好觉的，就算他们没有什么发现。

汤姆凝视着他业已完成的画作，很满意，相当的满意。他在构图的左侧加上了一个蓝红色的竖条，作为室内的窗帘。内室的门口，一个边角柔和的黑色长方形在中心略偏的位置，那些蓝的、紫的和黑的色调从这个长方形的边缘开始往外加深。整幅作品的高度要比宽度大。

又是周二了，汤姆想起了勒佩蒂先生，他们的音乐老师，通常是周二上门。但汤姆和海洛伊丝暂停了他们的课程：他们不知道要在北非待多久，而汤姆回来之后也没有打电话给勒佩蒂先生，尽管他自己在坚持练习。格雷丝家邀请汤姆某个周末过去吃顿饭，可汤姆婉言谢绝了。汤姆选了个平时的日子给艾格尼丝·格雷丝打电话，并主动说哪天下午三点左右过去造访。

周遭环境的转换让汤姆感觉眼前一亮。他们待在格雷丝家实用又整洁的厨房里，坐在够六个人用餐的大理石台面的餐桌边上喝着意式浓缩咖啡，搭配一小杯苹果酒。是的，汤姆说，他接到过两三次海洛伊丝的电话——至少有一次是断了线的。汤姆愉快地笑了。一张很久很久以前写的明信片，就在他离开后三天写的，也是昨天才寄到。一切都很顺利，据汤姆所知。

"你的邻居还在忙着钓鱼吧，"汤姆笑吟吟地说，"我听说的。"

"钓鱼，"艾格尼丝·格雷丝的棕色眉毛拧到一起，"他在找什么东西，但又不肯说是什么。他拖着那些小钩子，你知道吗？他的同伴也是。我没有亲眼见过，只是在肉铺里听别人议论来着。"

人们总是喜欢在面包房和肉铺里闲聊，而且面包师和屠户也会跟着一起聊，因此做买卖的速度就放慢了，不过人在里面待得越久，听到的闲话也越多。

汤姆最后说道："我相信大家能从这些运河或河道里捞出些有意思的东西来。你要是看到我从当地的公共垃圾场——在被政府关闭之前，该死的政府——找到的东西，你会大吃一惊的。跟一场艺术展差不多！有古董家具！有些可能要小修小补一下，这是肯定的，但是——我家壁炉边上的那些金属水壶——还能装水呢，属于十九世纪晚期的东西了。它们都是从公共垃圾场捡来的。"汤姆得意地笑了。所谓的公共垃圾场，就是靠近一条从维勒佩斯通往外界的主干道的一片空地，以前允许大家把破椅子、旧冰箱，任何老旧的物品，比如图书（汤姆还回收了好些回去）都扔到那里去。如今这片空地被金属围栏包围起来，还上了锁。现代的进步呵！

"大家说他不是在搜集什么东西，"艾格尼丝说，一副不甚关心的样子，"有人说他把金属的物件都扔回去了。他这么做不太厚道。他应该扔到岸上去，至少捡垃圾的人会去收拾的。这样也算对社区做了贡献。"她淡然一笑，"再来一杯苹果酒吗，汤姆？"

"不用了，谢谢，艾格尼丝。我该回去了。"

"你现在回去做什么呢？工作吗？去独守空房？噢，我知道你有法子自娱自乐，汤姆，画画啦，还有你的大键琴——"

"是我们的大键琴，"汤姆插嘴道，"海洛伊丝和我两个人的。"

"没错，"艾格尼丝把头发往后一甩，注视着他，"可你看起来有点紧张。你在强迫自己回去。不过没关系。我希望海洛伊丝会打电话给你。"

汤姆已经起身，他微笑着说："谁知道呢？"

"反正你知道，我们随时欢迎你过来吃个便饭，或者就是小坐一会。"

"我还是喜欢先打个电话，你了解的。"汤姆以同样愉快的语调说道。今天是工作日，汤姆知道安东尼要周五晚上或周六中午才回来，孩子们倒是随时都可能放学回家了。"再见，艾格尼丝。浓缩咖啡很好喝，非常感谢。"

她送他走到厨房门口。"你看起来心情不太好呢。别忘了你的老朋友在这儿。"她拍拍他的一只胳膊，然后他上了自己的车。

汤姆最后一次从车窗挥手告别。他刚把车开到马路上，那辆黄色的校车就从对面过来，停下，让艾德华和希薇两个下车了。

他不由得想到安奈特太太，想到她九月初休假的事。安奈特太太不喜欢在八月休假，虽然八月是法国的传统假期，她说是因为她无论走到哪，都是人满为患、交通拥塞的，而且八月里各家雇主往往都出门了，村里的管家们也比平日多了些闲暇，她和她的好朋友们可以互相串门。可尽管如此，他是否该建议安奈特太太现在就开始休假，假如她愿意的话？

他应该提议吗，出于安全的考虑？他并不希望安奈特太太在村里看见或听见太多事情。

汤姆发觉自己有了焦虑的情绪，这样一来，他就更感觉软弱无力了。他必须得做点什么来缓解下焦虑，而且越快越好。

汤姆决定给杰夫或艾德打电话，他俩现在对汤姆来说同样重要。他需要有个朋友在身边，必要时能提供援手。毕竟，普立彻都有了泰迪这个帮手。

还有，倘使普立彻发现了他的目标物，泰迪会说些什么呢？普立彻到底是怎么跟泰迪交代的呢？

想到这里，汤姆突然开始捧腹大笑，几乎在客厅里跌跌撞撞起来，他本来刚才还一直在客厅来来回回地踱步。那个泰迪，学音乐的学生——是吗？——也许要找一具尸体！

就在此时，安奈特太太走了进来。"啊，汤姆先生——看到你心情愉快，我也跟着高兴啊！"

汤姆觉得自己一定是笑得满脸通红。"我刚想到一个好笑的笑话……不，不，夫人，翻译成法语就不好笑了！"

18

跟安奈特太太聊完天几分钟后，汤姆查看并拨打了艾德在伦敦的号码。他听见艾德的留言机要求来电者留下姓名和电话，汤姆正要留言，艾德就接听了电话，让他顿感欣慰。

"喂，汤姆！是的，刚回到家。有什么新进展吗？"

汤姆深吸一口气。"新进展就是一切照旧。戴维·普利卡还在附近打捞东西，从一艘划艇上拖他的小钩子。"汤姆刻意保持冷静。

"别逗了！现在都多长时间了？十天——呃，肯定有一周多了吧。"

艾德根本没数过日子，汤姆也没有，不过汤姆感觉普立彻忙活了差不多两周了。"十天左右，"汤姆说，"老实说，艾德，如果他继续这样下去——他真是一点都不含糊的——他很可能会发现你知道的那个东西。"

"是的。这让人难以置信——我觉得你需要支援了。"

汤姆听得出艾德理解他的处境。"是的。好吧，我应该是需要的。普立彻找了个帮手，我肯定已经跟杰夫说过了，一个叫泰迪的男人。他们两人一起在那艘不知疲倦的机动船上工作，拖着他们的两只耙子——其实就是两排小钩子而已。他们忙活了好长一阵子了——"

"那我赶过来吧，汤姆，尽我所能地帮你。看这样子，我是越早过来越好啊。"

汤姆迟疑了一下。"我承认那样我会感觉好些。"

"我会尽力的。有点活儿要周五中午前完成，不过我尽量明天下午就搞定。你跟杰夫说过了吗？"

"没有，我还在考虑——如果你能赶过来，也许就不用叫他了。周五下午还是晚上呢？"

"我得看看这活儿做得如何，也许我能早点过来，比如周五中午。我再给你电话吧，汤姆——把航班时间告诉你。"

汤姆打完电话以后轻松多了，一刻不等地跑去找安奈特太太，想通知她周末要来客人，一位从伦敦来的绅士。可安奈特太太的房门紧闭，没动静。她在午睡吗？她很少午睡的。

他从厨房的一扇窗户望出去，发现安奈特太太正弯腰站在右边的一丛野生紫罗兰旁。紫罗兰花呈淡紫色，在汤姆看来，它们禁得起风吹寒冻，或者虫害。他走出去。"安奈特太太？"

她直起身子。"汤姆先生——我正凑近了欣赏这些紫罗兰呢。它们太可爱了！"

汤姆表示同意。这些花儿把月桂树和黄杨树篱笆的周围点缀得十分漂亮。汤姆说出了他的好消息：要为某人烹调好菜，准备客房。

"一个好朋友！这样会让你开心起来，先生。他以前来过丽影吗？"

他们正朝着通往厨房的侧门走去。

"不确定。我觉得没有，奇怪得很。"这确实奇怪，因为他与艾德已经是这么长时间的老相识了。可能艾德无意之间要与汤姆及其家眷保持距离，出于对德瓦特伪作的避讳。当然，还有伯纳德·塔夫茨那次造访的悲剧。

"你觉得他会喜欢吃什么菜呢?"安奈特太太一回到她的领地——厨房——就问起了汤姆。

汤姆灿然一笑,仔细想了想。"他可能想吃点法国菜。在这样的天气——"眼下天气温和,并不热。

"龙虾——冷盘?普罗旺斯炖菜?当然啦!冷盘。小牛肉片佐马德拉酱?"她淡蓝色的眸子闪着光芒。

"是——是的,"光是听安奈特太太说这些就够吊人胃口的了,"好主意。他估计周五过来。"

"还有他夫人吗?"

"没有结婚。艾德先生一个人来。"

随后汤姆开车去邮局买邮票,顺便看看第二批邮件里是否有海洛伊丝的来信,这第二批邮件是不会送到家门口的。有一个信封上面是海洛伊丝手写的地址,他的内心雀跃起来。邮戳是马拉喀什,邮票上的墨迹模糊,看不清寄出的日期。信封里面是一张明信片,海洛伊丝在上面写道:

亲爱的汤姆:

一切都好,这是个热闹的城镇。如此美丽!傍晚时分,黄沙会变成紫色。我们没有生病,基本每天中午都吃库司库司[1]。下一站是梅内克,我们乘飞机过去。诺艾尔向你问好,我致以浓浓的爱意。

H.

---

1. couscous,(北非的)蒸粗麦粉食物。

汤姆很高兴能收到这明信片，只不过他数天前就知道她们要从马拉喀什去梅内克了。

汤姆接下来就兴致勃勃地到花园里干活了，拿着铲子卖力地将亨利漏掉的边缘给铲平整。亨利干起活来总是有些新奇的想法。他在某种程度上比较务实，甚至对植物十分在行；此外他还分不清主次，把一些不重要的小事办得妥妥当当的。但他总归是要价不高又不会耍滑头的人，汤姆觉得自己没什么可抱怨的。

干完活，汤姆冲了个澡，而后开始读奥斯卡·王尔德的传记。正如安奈特太太所言，知道有客来访，他是很高兴的。他甚至翻看了《电视周报》，想看看今晚有些什么节目。

他没有看到感兴趣的节目，不过他觉得可以十点的时候打开一个频道试试，除非他还有别的更有意思的事要做。汤姆等到十点时打开了电视，但五分钟之后就关掉了；他拿一把手电筒，步行到玛丽和乔治的酒吧喝浓缩咖啡去了。

那帮打牌的牌友又在酒吧，游戏机吱吱嘎嘎、劈里啪啦响着。但汤姆没有听见任何有关那个怪渔夫戴维·普立彻的消息。普立彻估计也是累得没法夜里出来喝一杯啤酒或者别的什么了，汤姆猜想。可尽管如此，只要前门一打开，汤姆还是会留意下普立彻是否来了。汤姆刚付完钱、准备离开时，正好门又开了，他一眼就瞄到普立彻的同伴泰迪进来了。

泰迪像是一个人来的，刚洗完澡的样子，一身干净的米色衬衣和丝光卡其布长裤。不过他看起来还有点蔫儿，也许只是疲劳的缘故。

"请再来一杯浓缩咖啡，乔治。"汤姆说。

"没问题，黎普利先生。"乔治都没有看汤姆一眼。他转过自己圆乎乎的身子，朝咖啡机走去。

那个叫泰迪的男人似乎没有注意到汤姆——倘若曾有人向泰迪指认过汤姆的话，他挑了个吧台附近靠近门口的位置站着。玛丽给他端来一杯啤酒，跟他打招呼的样子像是以前见过一样，汤姆暗想，尽管他听不见她所说的话。

汤姆决定大胆地多看泰迪几眼，比一个陌生人看的次数要多，试试泰迪能否认出自己来。泰迪一点儿也认不出来。

泰迪皱了皱眉，低头去看自己的啤酒。他跟左边的一个男人随便说了两句，脸上没有笑容。

泰迪在考虑解除普立彻的聘约吗？他在思念巴黎的女友吗？他受够了普立彻家的气氛，受够了那两口子莫名其妙的关系吗？普立彻空手而回的那天，他能听见普立彻在卧室暴打妻子吗？泰迪很可能是想呼吸点新鲜空气。从他的手可以看出，泰迪是个强壮的人，不是个有脑子的人。真是学音乐的学生吗？汤姆知道有些美国大学的课程看起来像是职业学校的课程。学音乐并不一定意味着要懂或者热爱音乐；文凭才是最重要的。泰迪有六英尺多高，反正他越早撒手不干，汤姆越高兴。

汤姆付了第二杯咖啡的钱，朝着门口走去。当他经过机车游戏的时候，骑手正好撞上一道障碍物，一颗不停闪烁的星星便模拟他撞车的情形，星星最后就固定在屏幕上不动了。游戏结束。"**投币投币投币。**"观看游戏的人先是啧啧可惜，接着又哄笑起来。

那个叫泰迪的男人并没有看汤姆一眼。汤姆于是得出结论，普立彻还没有告诉泰迪他们要找的是莫奇森的尸体。也许普立彻骗他说要找的是一艘沉没游艇上的珠宝，一个装有宝贝的箱子？不管怎样，据汤姆观察，普立彻都没有提到说这东西跟本镇的某位邻居有关。

等汤姆从门口回望时，泰迪仍旧专心地喝着啤酒，没有跟任何人交谈。

既然天气温和适宜，加之安奈特太太似乎对龙虾的菜谱十分期待，汤姆主动要求开车去枫丹白露帮忙采购，顺便再去看看那边最好的鱼市。也没费多大劲——安奈特太太通常要受到两次邀请才会答应这样的外出计划——汤姆劝服了她一同前往。

除了准备好购物清单，他们还找了些购物袋和购物篮，带上汤姆送去干洗店的衣物，于九点半之前出了门。又是阳光明媚的一天，而且安奈特太太从她的收音机里听预报说周六周日两天都是晴天呢。安奈特太太问，艾德先生做什么谋生的？

"他是个记者，"汤姆回答，"我从未测试过他的法语，他应该会一点的。"汤姆开心地笑了，想象着后面发生的情景。

他们的购物袋和购物篮都装满了，龙虾也妥妥地绑好，装进鱼贩子保证是可靠的双层白色塑料袋里。汤姆又给停车计时器投了些币，并邀请安奈特太太（两次）去附近的茶室享受"款待"，一点额外的奖励。她拗不过，便欣然接受了。

安奈特太太点了一只大大的巧克力冰淇淋球，上面插着兔耳朵一样的两根手指饼干，兔耳朵中间再抹上一大坨鲜奶油。她谨慎地环视周围，看看旁边桌子上正在闲聊的主妇们。闲聊吗？呃，汤姆觉得永远都无法断定，尽管她们埋头吃甜食的时候笑得很灿烂。汤姆点了一杯浓缩咖啡。安奈特太太很喜欢她的冰淇淋，并向汤姆如是表示，令汤姆格外欢欣。

他们回车上的时候，汤姆一边走一边想，要是这个周末平安无事呢。艾德能待多长时间呢？待到周二吗？那样汤姆会觉得有必要再把杰夫叫来吗？关键还是在于，汤姆寻思，普立彻还能坚持多久。

"等海洛伊丝夫人回来了，你就更开心了，汤姆先生，"安奈特太太在回维勒佩斯的路上说，"夫人近况如何呢？"

"近况！我倒是希望我能知道点！邮政——唉，邮政好像比电话还要烂。我估计不到一周的时间，海洛伊丝夫人就回来了。"

汤姆的车转入维勒佩斯主街道的时候，他看到普立彻的白色小货车自他的右边横穿街道。汤姆不是很有必要减速的，但他还是刹了下车。船的马达已经取下，船尾悬空在小货车的地板上。他们到了午饭时间就把船抬出水面吗？汤姆觉得应该是这样，否则，光是把船系在岸边，就有可能被偷或者被驳船撞到。深色的帆布或防水布此时就扔在船旁边的地板上。他们吃完午饭又要再出来的，汤姆猜想。

"普黎夏先生。"安奈特太太说道。

"是的，"汤姆说，"那个美国人。"

"他想在运河里打捞点什么东西，"安奈特太太继续说道，"大家都在议论。可他就是不说到底在找什么。他花了这么多时间，这么多钱——"

"有些传说——"此时汤姆能笑得出来了，"你知道的，安奈特太太，有关沉没的宝藏、金币、珠宝盒子之类的传说——"

"他捞了不少猫呀狗呀的尸体，你知道的，汤姆先生。他就把这些尸体留在岸上了——随便那么一扔，或者是他的朋友扔的！这周围的住户可恼火了，还有散步过去的人……"

汤姆不愿听到这些，可他还是在听。他向右转弯，把车开进了仍旧敞开着的丽影的大门。

"他住在这儿不会开心的。他本来就不是个开心的人，"汤姆瞟了一眼安奈特太太，"我简直无法想象他会在这一带长住。"汤姆的声音很柔和，但他的脉搏跳得有点快。他恨普立彻，这没什么新鲜的，可就是因为有安奈特太太在场，他不方便大声地咒骂普立彻，连小声嘀咕下也不行。

到了厨房，他们存放好多余的黄油，漂亮的花椰菜、莴苣，三种芝士，一罐极为好喝的咖啡，一块用来烤炙的牛排，当然还有那两只活生生的龙虾，安奈特太太后面会亲自处理龙虾，因为汤姆并不乐意干这事。汤姆知道，对安奈特太太而言，这些龙虾跟扔在沸水里的四季豆没什么两样，可他感觉自己听得见龙虾在沸水里垂死挣扎的惊叫声，至少是哀嚎声。同样令人难过的是汤姆读到过有关微波炉烤龙虾的内容，那里面说人在打开微波炉之后有十五秒的时间跑出厨房，不然就会听见，乃至看见龙虾在死之前用钳子狠命地敲打微波炉的玻璃门。汤姆估计有人是可以一边无动于衷地削土豆皮，一边等着龙虾被烤死的——需要多少秒钟？汤姆不敢相信安奈特太太是这样的人。不管怎么说，他们家还没有微波炉呢。安奈特太太和海洛伊丝都没表现出要买一台的意思。就算她们想买，汤姆也准备好了如何打消她们的念头：他看到有消息说微波炉烤出来的土豆更像是水煮的，而不是烤的，这一点他们三个人都必须认真对待。至于说烹饪这件事，安奈特太太可从来都不着急。

"汤姆先生！"

汤姆听见安奈特太太在喊。声音从后院露台的台阶上传来，而他本人正待在温室里，温室的门敞开着，就是怕万一有人喊他。"啊？"

"电话！"

汤姆一路小跑，希望是艾德的电话，但又觉得可能是海洛伊丝打来的。他两大步跨上露台的台阶。

电话是艾德打来的。"明天中午左右应该没问题，汤姆。要准确点的话——拿支铅笔来记下？"

"好的，确实要记，"汤姆写下十一点二十五分到达戴高乐机场，航班号212，"我去接你，艾德。"

"那太好了——如果不是很麻烦的话。"

"不——不麻烦。一段舒服的车程——对我有好处。有什么消息——呃，辛西娅的？任何人的？"

"一点儿消息没有。你那边呢？"

"他还在钓鱼。你马上就看到了——噢，还有件事，艾德。《鸽子》的价格是多少？"

"给你算一万吧。不算一万五。"艾德咯咯笑了。

他们愉快地挂了电话。

汤姆开始考虑给《鸽子》素描装个画框：要浅棕色木质的框，细框或很粗的框都行，但必须是暖色调，就像那幅画略微泛黄的纸张一样。他跑到厨房去向安奈特太太宣布好消息：他们的客人明天中午将准时过来吃午饭。

随后他又回到温室去把他的杂活都干完了，还扫了地。同时他从屋子里取来一把软扫帚，将斜窗内侧的灰尘清洁了一番。汤姆希望他的家能够向艾德这样的老朋友呈现出最好的一面。

当天晚上，汤姆看了电影《热情似火》[1]的录影带。正是他所需要的轻松诙谐的作品，就算男声合唱团强颜欢笑的荒唐也是能放松

----

1. *Some Like It Hot*，1959 年拍摄的美国浪漫喜剧电影，由玛丽莲·梦露主演。

心情的。

　　上床就寝之前，汤姆去了他的工作室，舒服地站在桌子边上画了几幅速写。他用粗粗的黑色线条勾勒出印象中艾德的脸。他也许可以问下艾德是否愿意摆上五至十分钟的造型，好让他画些草图。给艾德画肖像应该很有意思：他生就一张典型的英国面孔，肤色白皙，高高的发际线，稀疏的浅棕色直发，彬彬有礼但又戏谑的眼神，细长的嘴唇随时都可能泛起笑意或紧紧闭上。

19

汤姆每逢有约在身的时候，都会比平时起得还要早些。才六点三十分，他就已经刮完胡子，穿上李维斯牛仔裤和衬衣，轻手轻脚地下了楼，再穿过客厅到厨房去烧些开水。安奈特太太一般要到七点十五分或七点半的时候才起床。汤姆用托盘端着他的滴滤式咖啡壶和杯碟走回客厅。咖啡还没有煮好，于是他走到前门，想着要把门打开，呼吸点清晨的新鲜空气，顺便看看车库里的车，考虑下是开红色的奔驰车还是开雷诺车去戴高乐机场。

没成想，脚跟前一长捆灰色的包裹把汤姆吓得往后跳了一小步。包裹就横躺在门口的台阶上。汤姆从惊恐中当即反应过来这是什么东西。

汤姆看得出普立彻已经用所谓的"新的"灰色帆布将东西包扎起来，再捆上绳子，汤姆觉得那帆布眼熟，像是普立彻之前覆在船上的那块布。普立彻还在帆布上用小刀或剪刀戳了几个洞——为什么呢？方便手指去抠住吗？普立彻必定是把这东西从别处搬运过来的，也许还是他一个人干的。出于好奇，汤姆弯腰去掀开新帆布的一角，里面顿时露出来一块破破烂烂的旧帆布，还有灰白色的尸骨。

丽影的大铁门依然紧闭，并上了挂锁。普立彻肯定是先开车到汤姆家草坪边上的一条巷子，然后停下车，将包裹或拖或抱地运过草坪，再走上十来米的碎石路来到他家的前门。碎石路当时应该是有声响的，只不过安奈特太太和汤姆就寝的地方都在房子的后半部分。

汤姆怀疑自己能闻见一股臭味，但那可能只是一股潮乎乎、陈腐的气味——也可能纯粹出于想象。

这下子那辆旅行车就成了一根救命稻草，而且幸好安奈特太太尚在睡梦中。于是汤姆返回玄关，从玄关桌上抓起他的钥匙串，冲出来，打开车子的后车厢。接着他两手牢牢地握住包裹上的两条绳子，准备使劲提起包裹。

这该死的东西竟然比汤姆料想的要轻，不足十五公斤，汤姆估计，连四十磅都不到，而且还包含了水的重量。一些水从包裹上滴下来，汤姆摇摇晃晃地往白色旅行车那边走时，水仍然在滴。汤姆觉得自己刚才在台阶上被吓蒙了几秒钟。这样的情况绝不能再发生！汤姆将包裹抬上后车厢，这才发现自己分不清哪是头，哪是脚。他坐到驾驶座上，拉了拉包裹上的一根绳子，后车厢的门终于能关上了。

没有血迹。汤姆立马觉察到这想法的荒谬。伯纳德·塔夫茨协助他放进去的石头肯定也早不知去向了。这些尸骨一直没有浮起来，大概是因为肉已经不复存在了吧，汤姆推测。

汤姆把后车厢锁好，然后锁上侧门。这辆车停在双车位车库的外面。接下来怎么办呢？先回去喝咖啡，跟安奈特太太问好。同时想一想，或者计划一下。

他走回前门，门口的台阶和垫子上还残留着明显的水渍，他尽管不喜欢，但阳光很快就能让水渍蒸发掉，肯定在九点半之前，汤姆估计，那是安奈特太太通常出门购物的时间。实际上，安奈特太太一般都从厨房门出入的。进了屋子，汤姆直奔玄关浴室，在盥洗盆前清洗双手。他注意到自己的右大腿上沾了些泥沙，便尽可能地将泥沙刮到盥洗盆里去。

普立彻什么时候捞到他的战利品的？很可能是昨天下午晚些时候，当然，也可能是昨天上午。他多半是把东西藏在了船里，汤姆猜测。他告诉贾尼丝了吗？应该说了，为什么不说呢？贾尼丝这个人似乎对万事万物都没有是非对错的立场，当然也包括她的丈夫在内，否则她现在也不会跟他在一起了。汤姆得出新的结论：贾尼丝跟戴维一样的神经病。

汤姆精神焕发地走进客厅，看到安奈特太太正把吐司、黄油和果酱放到咖啡桌上，让他的早餐立刻丰盛起来。"太棒了！谢谢，"汤姆说道，"早安，安奈特太太！"

"早安，汤姆先生。你起得真早。"

"我有客人来访的时候不都是这样吗？"汤姆咬了一口吐司。

汤姆在考虑给那包裹上面覆盖点什么，比如报纸之类的，这样别人从车窗看进去就不会一眼发现它不对劲了。

普立彻希望他如何处置这包枯骨呢？他随时都会带着警察过来，然后指证说"看！这就是失踪的莫奇森！"吗？

汤姆想到这里便站了起来，一手端着咖啡杯，眉头紧锁。这具尸骸最好是直接回到运河里去，汤姆思忖，普立彻也可以见鬼去了。当然了，泰迪可能作证说他和普立彻发现了某具尸体，可有什么证据证明那就是莫奇森呢？

汤姆扫一眼腕上的手表。差七分八点。他估计最晚可以九点五十出门去接艾德。汤姆舔了舔嘴唇，点燃一根烟。他缓慢地在客厅四处走动，安奈特太太如果过来，他随时都可以停下。汤姆记得他当时没有碰莫奇森手上的两枚戒指。牙齿，牙医记录？普立彻有可能大费周章地跑到美国去拿警方资料的复印件吗？也许是通过莫奇森太太？汤姆意识到他完全在折磨自己，因为有安奈特太太在厨房，厨房又有窗户，他现在就不能径直走出去，看看他的旅行车里到底装着什么。车子停靠的位置与厨房窗户平行，也许安奈特太太一抬头就能看到包裹的一部分，可她为何要去偷看呢？邮差也是九点半准时上门。

他干脆把旅行车开进车库里看一看，动作要快。汤姆镇定地抽完烟，从玄关桌上拿起他的瑞士军刀放进口袋，然后又从壁炉旁边的篮子里抓一把旧报纸，折起来。

汤姆把红色的奔驰车倒出车库，准备好开去机场，再把白色的旅行车停到原来奔驰车的位置上。汤姆偶尔会用车库里面的插座来插一个小型的吸尘器，所以安奈特太太这时候可以理所应当地认为他在用吸尘器。车库的门正好与厨房的窗户垂直。不过没关系，汤姆关上旅行车所在的那一侧的门，让另一侧门开着，那是棕色雷诺车所在的位置。他打开了右侧墙壁上的带铁丝罩的灯。

他钻进旅行车的后车厢，努力想分辨出包裹里的东西哪是头，哪是脚。这并不容易，当汤姆发觉这尸体倘若是莫奇森就过于短小的时候，他才反应过来尸体上没有头。头已经掉了，分离了。汤姆勉为其难地拍拍脚，拍拍肩膀。

确实没有头。

这下就放心了，没有头也就意味着没有牙齿，没有特征性的鼻梁或别的什么。汤姆钻出车子，将驾驶座和副驾驶座边上的窗户打开。这帆布包裹散发出可笑的霉味，不像是死亡的气息，倒像是什么东西受潮了。汤姆想起他必须查看下手上的戒指。没有头。头到哪儿去了呢？也许是被水流冲跑了吧，汤姆琢磨，还有可能被冲回来吗？不，不可能在河道里。

汤姆试图坐到一个工具箱上面，可惜工具箱太矮，他只能低垂着头靠在一块挡泥板上。他差点要晕过去了。他能冒险等到艾德过来，给予他精神上的支持吗？汤姆不得不承认自己无法继续检查这尸骨了。他应当说……

汤姆直起腰身，强迫自己思考。万一普立彻带着警察来了，他应当说，为了礼貌和体面，他当然要把这包令人作呕的尸骨——他本人确实见到一些骨头并摸了一摸——拿到管家看不到的地方，而且事后他一直难受想吐，所以尚未亲自联系警方。

然而，假设警察赶来（被普立彻叫来）的时候，他正好去机场接艾德去了，那可是非常不妙的啊。安奈特太太只得应付警察，警察肯定要搜查普立彻举报的那具尸体，而且花不了多长时间就能找到，半小时不到，汤姆估计。汤姆在屋外靠近巷子的一根立管边俯下身子，洗了一把脸。

他现在感觉好多了，尽管他知道自己在等着艾德来给他鼓劲、打气。

假设这尸体是别人的，不是莫奇森的呢？人脑子里的想法真是奇形怪状呵。随后汤姆提醒自己，那块褐色的防水布像极了他和伯纳德那天晚上用过的。

假设普立彻还在发现尸体的水域附近继续打捞头部呢？瓦济的居民有何说法呢？有人注意到什么异常吗？汤姆觉得被人发现的概率是百分之五十。经常有男人或者妇女沿着河岸散步并跨过那座桥，因为桥那头的风景要好一些。不幸的是，这个打捞上来的物件看起来像是一具人类的尸体。很明显，他和伯纳德使用的那两条（三条？）绳子很结实，否则防水布早就散落到其他地方去了。

汤姆琢磨是不是该到花园里干半小时的活以舒缓下神经，然而他并不想去。安奈特太太已经准备好要出门采购了。他也只剩下半小时左右就要出发去接艾德。

汤姆上楼冲了个澡，尽管他一早已经冲过了。之后他又换了一身衣服。

他下楼的时候屋子里已经没人了。如果电话铃此时响了，汤姆打算不去管它，哪怕有可能是海洛伊丝打来的。他真不愿意外出近两个小时的时间。他的手表显示已经九点五十五分了。汤姆不紧不慢地走到饮品推车那里，选了最小的一只酒杯（带脚的），倒了一点人头马进去，然后在舌尖上细细品咂酒味，又嗅了嗅杯中的酒香。接着他到厨房洗净并擦干酒杯，再把它放回饮品推车上。钱包，钥匙，一应俱全。

汤姆走出屋子，锁上前门。安奈特太太已经周到地将大铁门为他打开了。汤姆没关铁门就驾车往北边去了。他以中等速度行驶。反正有的是时间，只是不知环城快道上的路况如何。

从拉沙佩勒桥出口下来，汤姆继续往北，朝着那个他始终不喜欢的巨大而阴郁的机场驶去。希思罗机场是个庞然巨物，它覆盖的范围之大之复杂，人要是不拖着行李走上一公里，就很难想象得出它究竟长啥样。相反，戴高乐机场就设计得霸气，不那么方便，但很容易想象：一栋环形的主楼，从主楼辐射出一圈的道路，虽然每条道路都设置了标识，但一旦你错过第一个标识，就很难回头了。

汤姆把车停进一个露天的停车场，他至少提前了十五分钟。

不久艾德就出来了，喜气洋洋的样子，穿着白色衬衣，领口没扣，一个小背包斜挂在一侧的肩膀上，随手还拎了只公文包。

"艾德？"艾德没看见他。汤姆朝他挥手。

"你好，汤姆！"

他们用力地握了握手。

"我的车没多远，"汤姆说，"我们先坐摆渡车吧！伦敦那边情况如何？"

艾德说一切都好，他这一趟过来也没多少麻烦，没惹谁不高兴。他待到周一都没问题，必要的话，还能多待一阵子。"你那边呢？有什么新情况？"

在这小小的黄色摆渡车内，汤姆只手拉着吊环，难受得挤眉弄眼。"呃——有点新情况。待会跟你说，这里不方便。"

到了汤姆的车上，艾德询问海洛伊丝怎么样了。还在摩洛哥。汤姆又问艾德以前是否去过维勒佩斯，艾德说没有。

"有意思！"汤姆说，"简直不敢相信！"

"但结果很满意啊，"艾德冲着汤姆友好地微笑，"保持一种业务来往，不是吗？"

接着艾德哈哈笑了，似乎觉得自己的话很荒唐，因为他们的交情之深，从某种意义上讲不亚于友情，只是性质有所不同。任何一方的背叛都意味着名誉扫地，罚款，甚至牢狱之苦。"是的，"汤姆表示同意，"说到这儿了，杰夫这个周末怎么安排呢？"

"唔——我不太清楚，"艾德好像正在享受窗户外吹来的夏日微风，"我昨晚给他打了电话，告诉他我要过来找你。我还说你可能需要他。说一下没什么坏处，汤姆。"

"是，"汤姆附和说，"没坏处。"

"你觉得我们可能需要他帮忙吗？"

汤姆对拥堵的环城快道皱起眉头。周末出城的车流量已经明显开始加大，往南开的话，车流量会更大。汤姆在脑子里反复琢磨着是该午饭前还是午饭后把尸体的事告诉艾德。"我现在还真说不上来。"

"这里的田野真美啊!"艾德感叹道,这时他们正从枫丹白露往东行驶,"好像比英格兰那边的要宽广许多。"

汤姆一言不发,但他心里高兴。有些客人是不做评价的,好像他们眼睛看不到,或者在做白日梦。艾德对丽影也同样赞赏有加,对阔气的大门十分喜爱,汤姆还笑嘻嘻地提醒他说这大门并不防弹呢。接着艾德又夸赞房屋的设计从正门看上去具有优美的平衡感。

"好了,现在呢——"汤姆将奔驰车停在前门不远处,车尾对着屋子,"——我必须告诉你一件很恶心的事,我也是今早上八点才知道的,艾德——我发誓。"

"我相信你,"艾德皱着眉头说,他把行李拿在手上,"什么事?"

"在那边的车库里——"汤姆放低声音,靠近艾德一步,"普立彻今早把尸体扔在我家门口了。莫奇森的尸体。"

艾德眉头锁得更紧了。"尸——你不会是说真的吧!"

"是一包尸骨,"汤姆几乎是说着耳语,"我的管家还不知道,我们千万别露馅了。尸体就在那边的旅行车里。没多少分量了。但我们必须做点什么。"

"当然啦,"艾德轻声说道,"你想说弄到树林里扔掉吗?"

"我不知道。还得想想。我认为——现在告诉你比较好。"

"就在这门口吗?"

"就在那儿,"汤姆点点头以示方位,"他肯定是夜里摸黑干的。我睡觉的地方一点声儿都听不到。安奈特太太也没说听见什么动静。他就从这边过来的——也许带着他的帮手,泰迪,不过他就算一个人也能轻松地把东西拖过来,从巷子那边。现在不怎么看得到巷子，不过你可以开车进去，停车，再走到我家里来。"汤姆朝巷子的方向扫了一眼，觉得自己仿佛看到了一点草被压过的痕迹，像是一个人走过来的痕迹，因为那包尸骨并不太重，不必拖在地上走。

"泰迪。"艾德若有所思地说，他往屋子的门口转了转身子。

"是的，我听普立彻的妻子说的。我觉得我跟你说过了，我想知道泰迪是还在帮忙干活，还是普立彻认为活已经干完了？好了——我们先进去，喝点东西，然后吃个愉快的午饭。"

汤姆的手上一直捏着钥匙圈，他拿钥匙开了门。安奈特太太在厨房忙着，她也许早看见他们回来了，但又知道他们要说上几句，不便打扰。

"真漂亮啊！说实话，汤姆，"艾德说，"客厅非常漂亮。"

"你想把雨衣挂在这儿吗？"

安奈特太太走进来，汤姆介绍他们相互认识。她照例想要拎艾德的公文包上楼，艾德微笑着拒绝了。

"这是个小仪式，"汤姆小声嘀咕，"来吧，我带你看看房间。"

汤姆带他去了。安奈特太太已经剪下一枝桃红色的玫瑰花摆在梳妆台上。玫瑰花插在细长的花瓶里十分得体。艾德觉得房间很雅致。汤姆又带他看了邻近的浴室，叫他先休整一下，然后尽快下来喝点餐前酒。

时间刚好过一点。

"有人打电话过来吗，夫人？"汤姆问。

"没有，先生。我从十点一刻开始就一直待在家里。"

"好的。"汤姆冷静地说，心想这真是太好了。普立彻肯定已经把他的行动告诉他老婆了吧，他取得的成功？汤姆怀疑，除了傻笑，他老婆还会有什么反应呢？

汤姆走到他收藏的 CD 唱片前，犹豫着该选史克里亚宾[1] 的弦乐——优美却梦幻——还是勃拉姆斯[2] 第三十九号作品，结果选了后者，钢琴演奏的十六支欢快的华尔兹。这正是他与艾德所需要的，他希望艾德也能喜欢。他把音乐声调到不太大的音量。

他为自己做了一杯金汤力。他刚把扭好的柠檬皮扔进杯子里，艾德就下来了。

艾德也要一杯同样的酒。

汤姆又做好一杯，然后到厨房去通知安奈特太太过五分钟左右再开饭。

汤姆和艾德举起酒杯，默默地对视了一眼，就为勃拉姆斯干杯吧。汤姆很快就喝上头了，但勃拉姆斯让他更加血脉偾张。音乐中的乐思一个紧接着一个，迅疾而又扣人心弦，似乎这伟大的作曲家在炫技一般。如此的才华横溢，炫技又有何不可呢？

艾德慢悠悠地走到靠近露台的落地窗前。"多么漂亮的大键琴啊！还有这里的景色，汤姆！都是你家的？"

"不是，我家就到那排灌木为止了。外面是树林。没人管的地方。"

"另外——我喜欢你的音乐。"

汤姆欣慰地笑了。"很好。"

艾德又漫步回到客厅中央。他刚才换了一件干净的蓝衬衣。"这个普立彻住的地方有多远？"他悄悄地问。

---

1. Scriabin（1872—1915），俄国作曲家。
2. Brahms（1833—1897），德国作曲家。

"在那边大约两公里，"汤姆回头指着左后方，"顺便说下，我的管家不懂英语——我是这么认为的，"他笑着补充一句，"或者我倾向于如此。"

"我好像从哪儿听说过。这样就方便了。"

"是的，某些时候。"

他们午餐吃了冷火腿、软干酪加荷兰芹、安奈特太太自制的马铃薯沙拉和黑橄榄，还喝了一瓶不错的冰镇格拉夫葡萄酒，然后是冰糕。他们表面上兴高采烈的，但实际上汤姆心里正盘算着下一步的行动，他知道艾德肯定也是如此。他们饭后都不想喝咖啡。

"我去换上李维斯牛仔裤，"汤姆说，"你准备好了吗？我们必须——我们可能要跪在后车厢里面。"

艾德已经换上蓝色牛仔裤了。

汤姆冲上楼，换好裤子。他下来以后又从玄关桌上拿起他的瑞士军刀，朝艾德点点头。他们从前门出去。汤姆故意不去看厨房窗户，免得引起安奈特太太的注意。

他们从棕色雷诺车那边敞开的车库门进去。车库里的两个车位间没有隔墙。

"也不是太糟糕，"汤姆尽量说得轻松一点，"头不见了。我现在要找的是——"

"不见了？"

"很可能是掉了，你觉得呢？都过了三四年了，软组织溶解了——"

"掉到哪儿去了呢？"

"这东西一直在水底下，艾德。卢万河底下。我想水流不会像运河那样回流吧，不过——总是有水流的。我只想检查下戒指。他有两枚，我记得，而且我没有去碰。好了，你愿意冒险一试吗？"

汤姆看得出艾德点头表示愿意的时候还是有点勉强的。汤姆打开侧门，那一团深灰色的帆布包裹就大部分都暴露在他们眼前了。汤姆看到包裹上捆着两束绳子，一束显然在腰上，另一束大约在膝盖的位置。于是汤姆判断肩膀应该是朝车头的。"肩膀在这边，我想，"汤姆用手指了指，"不好意思。"汤姆率先钻进车子，爬到尸体的另一侧，好腾出空间给艾德。他摸出了他的瑞士军刀。"我打算看看手。"汤姆开始割绳子，还不是那么轻松的活儿。

艾德一只手放到包裹下面，脚的那头，试着抬了一下。"好轻啊！"

"我跟你说过了。"

汤姆此时双膝跪在车子的地板上，用刀子的小小锯片从下往上地割绳子。这是普立彻的绳子，新的。他终于割断了。汤姆解开绳子，做好心理准备，因为他现在正对着尸骸的腹腔位置。尸骸仍然只散发出一股陈腐、潮湿的气味，如果人不去想它的话，也不至于会难受。汤姆能看见一些肉还附着在脊柱上，灰白的颜色，松松垮垮的。腹腔当然已经彻底空洞了。看手部，汤姆提醒自己。

艾德就在一旁看着，嘴里喃喃地不知说些什么，也许是他最喜欢的感叹语。

"手部，"汤姆说道，"这下子，你知道它为什么轻飘飘的吧。"

"从没见过这样的东西！"

"我希望你再也别见到了。"汤姆解开普立彻的帆布，然后是那块破烂得随时都可能像木乃伊的绷带一样四分五裂的米色防水布。

手部和腕部的骨头几乎已经脱离前臂的两块骨头了，汤姆心想，可终归是没有脱离开来。这只是右手（莫奇森的尸骸呈仰卧姿态），汤姆立刻发现了那枚镶有紫色宝石的硕大的金戒指，他隐约记得这戒指，当时他还以为是纪念戒来着。汤姆小心翼翼地将戒指从小指上取出。要脱下来很容易，可他不想把脆弱的指骨弄断。汤姆将戒指套在自己的大拇指上擦拭，然后塞进牛仔裤的前裤兜里。

"你说有两枚戒指的?"

"我记得是两枚。"汤姆不得不往后挪了一点，因为尸骸的左臂没有弯曲，而是伸直了放在身体一侧。汤姆又解开一部分帆布，然后把身后的车窗摇下来。"你还好吧，艾德?"

"当然了。"但艾德的脸色煞白。

"很快就好了。"汤姆查看了手部，没有戒指。他在尸骸下面找了找，看是否掉下去了，说不定落到普立彻的帆布里去了。"结婚戒指，我想是，"汤姆对艾德说，"这里没有。也许是掉出去了。"

"它当然有可能掉出去了，这很合理。"艾德回答道，顺便清了清嗓子。

汤姆看得出艾德在苦撑着，他多半是不愿意旁观的。汤姆又一次伸手到盆骨下面去摸索。他摸到一些碎渣，有点软，又不是很软，但都不是像戒指一样的东西。他一屁股坐下了。应该把两层帆布都去掉吗? 是的。"我必须找找看那个——就在这儿。你知道的，艾德，如果安奈特太太喊我们去接电话什么的，你就出去，告诉她我们在车库，我马上就过去。我不确定她是否知道我们在这儿。万一她要问起我们在做什么——她一般不会问的——我就说我们在看地图。"

接着汤姆就坚定地继续他的任务，以同样的方式把另一束绳子（打了个死结）也割断了。他真希望手头有温室里的那把剪枝用的锯子。他抬起踝骨与胫骨，从上往下地仔细查看并触摸。没有发现。

汤姆注意到左脚的小指不见了，手指的一两节指骨也不知所踪。但那枚纪念戒足以证明这具尸骸就是莫奇森了，汤姆想。

"找不到，"汤姆说，"现在——"汤姆在考虑石头的问题。他应该弄点石头来把这些骨头沉到水底，就像之前跟伯纳德·塔夫茨做的那样？他到底要如何处理这包东西呢？"我想再重新捆起来好了。这样看起来像雪橇，你懂吗？"

"这个混蛋普立彻不会找警察过来吗，汤姆？通知警察到这儿来？"

汤姆倒吸一口凉气。"是的，你可以这样设想！但我们在跟疯子打交道，艾德！你得试着去预测他们的行为！"

"可万一警察来了呢？"

"这个嘛——"汤姆感觉他的肾上腺素上升，"那我就说，这包尸骨之所以在我的车里，是因为我不想我的客人看到。而且，我被这东西吓得不轻，所以打算等自己缓过劲来就立马交由警察处理。再说了，是谁报的警呢？那才是元凶啊！"

"你认为普立彻知道那枚戒指？身份的证明？"

"我怀疑这点。怀疑他根本没去找过戒指。"汤姆开始重新捆绑尸体的下半部分。

"我来帮你绑上半部分。"艾德伸手去拿汤姆放在旁边的绳子。

汤姆非常感激。"只能缠两圈了，我想，没法缠三圈，都怪那个死结。"普立彻本来用他的新绳子缠了三圈的。

"不过——我们最终要如何处置它呢？"艾德问。

扔回某条运河里去吧，汤姆暗自揣度。那样一来，他们或者他自己就必须重新解开绳子，把石头装进普立彻的帆布里。或者把这该死的东西扔到普立彻家的小池塘。汤姆忽然大笑起来。"我在想我们可以把它扔回给普立彻。他家的草坪上有个池塘。"

艾德难以置信地笑了笑。他们两人都在使劲打最后的结，好让绳子捆紧。

"我酒窖里还有些绳子，谢天谢地，"汤姆说，"太棒了，艾德。我们现在知道手头是什么东西了，对吧？一具无头尸，很难辨认身份，我敢说，指纹老早就连着皮肤一起被冲走了。"

此时艾德勉强笑了一声，像是不太舒服的样子。

"我们出去吧。"汤姆当即说道。艾德下到车库的地板上，汤姆也随后钻出来。汤姆看了看丽影前面的那一段马路，尽可能地看个清楚。他相信普立彻已经好奇得要溜过来打探了，他差不多随时都等着普立彻出现。然而他没有将这些告诉艾德。

"谢谢你，艾德。多亏了你，我才完成了任务！"汤姆拍了拍艾德的手臂。

"你在开玩笑吗？"艾德咧咧嘴，没笑出来。

"没开玩笑。我今天上午就没办成，我说过的。"汤姆想马上去找点多余的绳子，放到车库备用，可他发现艾德的脸依然惨白，"想到后花园去转一转吗？晒晒太阳？"

汤姆关掉车库里的灯。他们从厨房那边绕行过去——安奈特太太大概是干完活了，正在她自己的房间里休息——来到屋后的草坪上。明媚而温暖的阳光落在他们脸上。汤姆介绍了他的大丽花。他说现在就摘几枝，因为他随身带着刀子。不过温室近在眼前，汤姆干脆去拿上他的大剪子，第二把剪子。

"你晚上不锁温室吗？"艾德问。

"一般不锁。我知道应该锁上的，"汤姆回答，"这附近大多数人都要锁。"汤姆发现自己不时关注着旁边那条没有铺设道路的小巷子，看有没有车或者普立彻本人过来。毕竟普立彻就是从那条路把东西给送来的。汤姆剪下三枝蓝色的大丽花，接着他们穿过一扇落地窗回了客厅。

"来点好喝的白兰地？"汤姆建议。

"老实说，我想躺几分钟。"

"再容易不过了，"汤姆倒了一小口人头马递给艾德，"千万别推辞。作为精神上的支持。对你无害的。"

艾德微笑着一饮而尽。"唔，谢谢你。"

汤姆陪同艾德上楼，从客卫拿了一条擦手巾，用冷水打湿。他叫艾德躺下并以湿毛巾敷额头。如果他想睡一会的话，也没问题。

然后汤姆下楼，到厨房找了一只合适的花瓶来插大丽花，插好后放在咖啡桌上。海洛伊丝昂贵的玉石登喜路打火机正躺在咖啡桌上。她没带去旅行可真是明智啊！汤姆想着她什么时候再拾起打火机。

汤姆打开楼下小浴室的门，再打开一扇更小的门，然后把灯点亮。从楼梯下来就是酒窖，除了酒类，有些没用过的画框还靠墙放着，旧的书架上堆着家里的囤货——矿泉水、牛奶、软饮、土豆和洋葱。要找一条绳子。汤姆到角落里四处寻找，拎起装谷物的塑料袋，终于找到他想要的东西。他把绳子抖搂开来，又重新盘好。他差不多有五米长的绳子，他可以用它缠上三圈，把石头装进帆布里。汤姆于是上楼，从正门出了屋子，顺手把门都关好了。

那是普立彻的车吗？一辆白色的车从左边偷偷摸摸地靠近丽影。汤姆走进车库，将绳子扔到左后方的角落里，雷诺车左轮的边上。

那正是普立彻。从汤姆的位置看过去，普立彻的车子就停在大门的右边，而他本人站在大门外，将照相机举到眼前。

汤姆走上前去。"我家的房子有什么让你如此着迷的，普立彻？"

"哦，有很多！警察来过了吗？"

"没有。为什么？"汤姆停下脚步，双手叉腰。

"别明知故问了，雷普利先生。"普立彻转身朝车子走去，只回头看了一眼，带着那种似笑非笑、傻里傻气的表情。

汤姆一动不动地看着普立彻的车开走。照片也许把他也照进去了，汤姆想，那又如何呢？汤姆往碎石路上啐了一口，朝着普立彻离开的方向，然后转身回到自家的前门。

一个问题在汤姆的脑中盘桓，普立彻有可能留着莫奇森的头吗？作为胜利的象征？

20

汤姆走进屋子的时候，安奈特太太正好在客厅。

"啊，汤姆先生，我刚才找不到你。警察大约一小时前来过电话。内穆尔警局。我以为你和那位先生出去散步了。"

"来电话干吗的?"

"他们问是不是晚上有什么动静。我说没有，不是——"

"什么样的动静?"汤姆皱起眉头。

"某种噪声吧。他们还问了我，我说'没有，先生，绝对没有噪声。'"

"我也只能这么回答。很好，夫人。他们没说是什么样的噪声吗?"

"说了，他们说有个大包裹送过来了，有人举报的——带美国口音的某人——一个让警察感兴趣的包裹。"

汤姆哈哈大笑。"一个包裹! 肯定是个玩笑吧。"汤姆找了找烟，最后从咖啡桌上的一包烟里面抽出一支，再用海洛伊丝的打火机点燃，"警察还会打来吗?"

安奈特太太本来在擦拭那张闪亮的餐桌，她停下手中的活。"我不确定，先生。"

"他们没说那个美国人是谁?"

"没有，先生。"

"也许我该给他们打过去。"汤姆喃喃自语。他觉得他确实该打过去，免得警察找上门来。但他同时也意识到他这么做等于授人以柄，只要那包尸骨尚在他的地盘上，他若要说自己根本不知道什么包裹的话，就会陷自己于危险境地，简单说来，就是在撒谎。

汤姆从电话簿中找到内穆尔警局的电话。他拨通号码，报上姓名和住址。"今天警局给我家打了电话。管家告诉我了。是从你们警局打的吗？"汤姆的电话被转给另一个人，他只好再等等。

等另一个人上线了，汤姆便重复了刚才的话。

"啊，是的，黎普利先生，"电话那头的男声继续用法语说道，"一个美国口音的男人通知我们说你收到一个警方可能会感兴趣的包裹。于是我们就给你家里打了电话。应该是今天下午三点打的。"

"我没有收到什么包裹呀，"汤姆说，"今天收到几封信，没错，但没有包裹。"

"那美国人说是个大包裹。"

"没有什么包裹，先生，我向你保证。我想不到会有人——这个男人留下姓名了吗？"汤姆保持一种轻松自如的语调。

"没有，先生，我们问了，但他没有留下姓名。我们知道你的房子。有个很漂亮的大门——"

"是的，谢谢。邮差可以按铃，如果他有包裹的话。不然，门外面也有信箱的。"

"说得对——这是常理。"

"感谢你们的提醒，"汤姆说，"不过我确实几分钟以前才绕着我家走了一圈，没有发现任何包裹，不管大小。"

他们愉快地挂了电话。

令汤姆高兴的是，警察还没有将操着美国口音的来电者跟普立彻这个现居维勒佩斯的美国人联系起来。也许以后会联系起来，如果有以后的话，可汤姆并不希望还有以后。刚才和他通电话的那位警官也多半不是几年前来丽影调查莫奇森失踪案的警官。但那次调查肯定是记录在案的。当时派过来的警官不是在比内穆尔更大的梅朗镇工作吗？

安奈特太太小心翼翼地在汤姆周围转来转去。

汤姆向她解释，没有什么包裹，他和班伯瑞先生已经绕着房子找过一遍了，没有人从大门进来，连邮差今早都没来（又没有海洛伊丝的消息），而汤姆也拒绝让内穆尔的警察到家里来搜索一个诡异的包裹。

"那很好，汤姆先生。这样就放心了。一个包裹——"她摇着头，仿佛在说她才懒得搭理那些搞恶作剧和说谎的人。

汤姆觉得安奈特太太没有怀疑到普立彻的头上也是一件好事。如果她真有怀疑的话，她肯定当场就说出来，这种事她是憋不住的。汤姆看看手表：四点十五分。他很高兴劳累一天的艾德正舒服地打着盹。也许喝杯茶吧？他是不是该叫格雷丝夫妇过来喝杯餐前饮品？有何不可呢？

他走进厨房并说道："来一壶茶吧，夫人？我肯定我们的客人随时都会醒来。给我们两人喝的茶……不，不用准备三明治或者蛋糕……可以，伯爵茶正好。"

汤姆回到客厅，双手插在牛仔裤的前袋；右边口袋里装着莫奇森那枚沉甸甸的戒指。最好把它扔进河里，汤姆寻思，也许过一会儿就从莫雷那边的桥上扔下去。要是情况紧急，干脆直接扔进厨房的垃圾袋。只要水槽下方的门一打开，塑料垃圾袋就自动晃荡出来；垃圾袋都统一放到马路边上，每周三和周六上午有专人来收。比如说，明天上午就是收垃圾的日子。

汤姆上楼去敲艾德的门，艾德正好开了门，还谨慎地冲他微笑。

"哈啰，汤姆！睡了一个好觉呢！希望没有打扰到你。这里真舒服，很安静。"

"当然没有打扰我啦。喝点茶怎么样？下来吧。"

他们喝着茶，看着花园里汤姆打开的两个喷水器。汤姆决定不提警察打电话过来的事。说了有什么好处呢？不过是徒增艾德的烦恼，让他更心慌意乱。

"我在考虑，"汤姆开口道，"为了缓解今天下午的气氛，我可以叫两个邻居过来喝点餐前饮品。艾格尼丝和安东尼·格雷丝。"

"那敢情好。"艾德说。

"我叫他们一声。他们很友好——住得不远。男的是建筑师。"汤姆走到电话前面，拨了号码。他等着，不，希望着对方一听到他的声音就哇啦哇啦地聊普立彻的事情。但事实并非如此。"我打电话来是想问你和安东尼——如果他在家的话，我希望他在——愿意七点左右过来喝一杯吗？我有个老朋友从英国过来度周末。"

"噢，汤姆，你真好！是的，安东尼在家呢。可你们为什么不来我家一聚呢？让你的朋友也换换环境。他叫什么？"

"艾德华·班伯瑞。一般叫他艾德，"汤姆回答说，"好吧，艾格尼丝，我亲爱的，我们很荣幸。什么时间？"

"噢——六点三十，不会太早吧？孩子们想吃完饭以后看个什么电视。"

汤姆说没问题。

"我们要过去，"汤姆微笑着对艾德说，"他们住一栋圆形的房子，像塔楼一样。到处爬满了蔷薇花。再过去两栋房子就是那个该死的——普立彻家。"汤姆说最后几个字的时候声音放得很轻，同时还往厨房那边的门口看去；毫无疑问的，安奈特太太正好从门口过来，问两位先生是否还加些茶水。"我想不用了，夫人，谢谢。你呢，艾德？"

"不用，谢谢，非常感谢。"

"噢，安奈特太太——我们六点半要去格雷丝家。我估计要到七点半，七点三刻才回来。所以晚饭就等到八点十五左右？"

"很好，汤姆先生。"

"还要一瓶上好的白葡萄酒来搭配龙虾。蒙哈榭[1] 如何？"

安奈特太太表示悉听尊便。

"我该穿上外衣，打上领带吗？"艾德问。

"我才不这么麻烦呢。安东尼估计已经换上牛仔裤，甚至短裤了。他今天从巴黎回来。"

艾德站起来，喝干了杯里的茶，汤姆看到他朝窗外的车库方向望去。他瞥了汤姆一眼又立刻转移视线。汤姆知道他在想什么：他们准备怎么处置它呢？他很高兴艾德不是马上发问，因为他自己也没想好。

汤姆上楼去了，艾德尾随其后。汤姆换上黑色的棉质长裤，一件黄色衬衫。他将戒指放到长裤的右侧口袋内。也不知怎的，他觉得戒指放在身上安全些。接着去了车库，汤姆先看看棕色的雷诺车，又看看车道上的红色奔驰，像是在考虑开哪辆车——怕万一安奈特太太在厨房窗户那里盯着。他走进车库关着门的那一侧，确认帆布包裹仍在车里。

---

1. Montrachet，法国勃艮第地区出产的高级白葡萄酒。

要是警察在他外出期间过来，他可以辩解说包裹肯定是在半夜他不知情的情况下扔进来的。戴维·普立彻有可能到现场指认绳子之类的区别吗？汤姆表示怀疑。汤姆不想向艾德吐露这些，免得他更神经紧张。汤姆唯有希望艾德不在场，不受到警察的盘问，或者受到盘问的时候能和他保持口径一致。

等到艾德下楼，他们便出发了。

格雷丝一家对他们的新客人——伦敦来的记者艾德·班伯瑞——很热情，也很好奇。两个十几岁的孩子盯着客人看了一会，大概是被艾德的口音给逗乐了吧。安东尼果然穿着短裤，正如汤姆所料；他露出晒得黝黑的双腿，发达的肌肉鼓鼓囊囊的，像是完全不知疲惫，能绕着法国的边境走个马拉松一样。可今晚他只能用他的双腿来来回回地从客厅走到厨房了。

"你在报社工作吗，班伯瑞先生?"艾格尼丝用英语提问。

"我是自由职业。独立记者。"艾德回答。

"真是不可思议，"汤姆说，"我认识艾德这么些年了——我承认我们之前不是特别亲密的朋友——他从来没来过丽影！我很高兴他——"

"丽影很美。"艾德说。

"啊，汤姆，昨天发生了点事，"艾格尼丝说，"普黎夏那个助手，不管别人怎么叫他吧，已经离开了。昨天下午走的。"

"噢，"汤姆假装不太感兴趣的样子，"那个划船的人。"他抿了一口金汤力。

"我们还是坐下吧，"艾格尼丝说，"有人想坐吗？我要坐了。"

他们一直站着，因为安东尼带艾德和汤姆参观了一下他们的房子，至少去了楼上安东尼所谓的"瞭望台"，那上面有他的工作间，另一侧（另外半弧）则是两间卧室。再往上一层有儿子艾德华的卧室以及一个阁楼间。

他们都坐下了。

"对了，这个泰迪，"艾格尼丝继续说道，"我昨天下午碰巧看到他开车经过，四点左右，一个人开着小货车从普黎夏家出来。所以我就想他们今天收工得早。你的朋友知道他们在挖当地的水道吗？"

汤姆看着艾德并用英语说道："我跟你说过这两个怪人，在河里打捞——什么宝贝。"汤姆忍俊不禁，"实际有两对儿怪人，一对儿是普立彻和他妻子，另一对儿就是普立彻和他的助手。"他紧接着对艾格尼丝说法语："他们到底在找什么呢？"

"没人知道呀！"艾格尼丝和安东尼此时都笑了，因为他们几乎异口同声地说出这句话。

"不，说正经的，今早上在面包店——"

"面包店！"安东尼像是对这种唯有妇女参与的八卦场所十分鄙视，但他又竖起耳朵在听。

"嗯，西蒙娜·克雷芒在面包店跟我说她从玛丽和乔治那里听来的，泰迪昨天在酒吧烟草店喝了几杯，他告诉乔治他跟普黎夏结束了，他心情很不好，可又没说是为什么。好像他们吵了架的样子。我不太确定。反正听起来是这么回事，"艾格尼丝温和地一笑，"不管怎么样，泰迪今天没在这儿，他的小货车也没在。"

"奇怪的人呐，这些美国人。有时候。"安东尼补充了一句，像是担心汤姆听到"奇怪"两个字不高兴，"海洛伊丝那边有什么消息，汤姆？"

艾格尼丝又把她准备的小香肠吐司和一碗绿橄榄递过来。

汤姆一边给安东尼讲他所知道的情况，一边在心里琢磨，泰迪离开且情绪低落对他是绝对有利的。难道泰迪终于知道了普立彻在打捞什么，认为自己最好别沾上边吗？选择退出不就是个正常的反应吗？还有，泰迪估计也受够了普立彻两口子的怪脾气，哪怕报酬再高呢。汤姆觉得正常人跟极不正常的人相处是非常难受的。此时汤姆的嘴里还不停聊着别的事情，虽然他的心思早神游到别处去了。

五分钟过后，看到艾德华跑过来请求父母同意他到花园里做点什么，汤姆又有了别的想法：泰迪也可能向巴黎警方汇报尸骨的事情，不必赶在今天，明天也行。泰迪可以据实交代说普立彻告诉他要找什么宝藏，一只沉底的箱子之类的，反正不是尸体，他（泰迪）认为警方应该知道尸体的事。此外，如果泰迪有心要报复普立彻，这就是极佳的报复方式。

目前看来都是好消息。汤姆感觉自己的表情松弛了下来。他接受了一个开胃小吐司，但拒绝再添加酒水了。艾德似乎跟安东尼用法语聊得相当尽兴嘛，汤姆发现。艾格尼丝今天穿的带刺绣和灯笼短袖的乡村风格的白衬衫也很漂亮。汤姆向她称赞了一番。

"海洛伊丝真是该给你再打个电话了，汤姆，"艾格尼丝在汤姆和艾德告辞的时候说道，"我预感她今晚会打。"

"真的吗?"汤姆笑吟吟地说，"我可不敢打这个大赌。"

今天运气不错，汤姆暗想。到目前为止。

21

汤姆认为他今天还有一件走运的事：他不必亲眼见到或亲耳听到，或想象自己听到两只龙虾被活活煮死的惨叫声。他又咬了一片丰美多汁、饱蘸温柠檬奶油的龙虾肉，同时提醒自己他与艾德在格雷丝家做客时警察并未到访。倘若他们来过，安奈特太太必定第一时间就说出口了。

"很美味呀，汤姆，"艾德说道，"你每天晚上都么吃吗？"

汤姆淡然一笑。"哪里，这是专为你准备的。我很高兴你能喜欢。"他夹了点芝麻菜沙拉。

他们刚吃完沙拉和奶酪，电话铃就响了。是警察打来的？还是如艾格尼丝·格雷丝所预言的那样，果真是海洛伊丝打来的？

"喂？"

"喂，汤姆！"确实是海洛伊丝，她和诺艾尔已经到机场了，问汤姆能否今晚晚点去枫丹白露接她。

汤姆深吸一口气。"海洛伊丝，宝贝儿，我很高兴你回家了，不过——就只有今晚，你能暂时到诺艾尔家住一下吗？"汤姆知道诺艾尔有一间空房，"我今晚有位英国来的客人——"

"谁呀？"

汤姆不情愿地回答一句"艾德·班伯瑞"，他清楚这名字对海洛伊丝而言可能意味着潜在的危险，因为它牵涉到巴克马斯特画廊。"今晚——我们有点事要办，而明天呢——诺艾尔怎么样？……很好。代我问候她，好吗？你也是好好的？亲爱的，你不会介意今晚留在巴黎吧？明天一早随时给我电话。"

"没问题，亲爱的。回家的感觉太棒了！"海洛伊丝用英语说道。

他们挂断了电话。

"我的老天！"汤姆走回餐桌时忍不住惊呼一声。

"海洛伊丝。"艾德说。

"她本来想今晚回来的，还好她现在要到她的朋友诺艾尔·哈斯乐那里借住。谢天谢地。"汤姆心想，车库里的那具尸体只剩下白骨了，纵然是无法辨别身份，可毕竟是一个死人的骸骨，汤姆出于本能地不希望海洛伊丝靠近这些东西。汤姆吞咽了一下，然后抿一口蒙哈榭酒。"艾德——"

正好安奈特太太进来了。是时候撤掉主菜和沙拉的盘子，换上甜点盘了。等安奈特太太端来她自制的清淡的覆盆子慕斯之后，汤姆又开口说话了。艾德脸上挂着隐约的笑意，眼神还很机警。

"我打算好今晚来处理问题了。"汤姆说。

"就猜你是这样打算的——另外找一条河吗？这东西能沉下去，"艾德语调积极，但也轻柔，"没什么可漂起来的。"

汤姆知道他意思是不用加石块。"不是。我另有打算。把东西直接扔回到老普利卡的池塘里去。"

艾德先是微笑，然后发出轻微的呵呵声，双颊也红润了起来。"直接扔回去。"他重复一句，似乎在听别人讲或者自己读到一个充满喜剧色彩的恐怖故事。他舀了一勺甜点。

"应该可行，"汤姆冷静地回答，也开始吃甜点，"你知道吗，这可是用我自家的覆盆子做的。"

两人在客厅喝咖啡，谁也不想要白兰地。汤姆慢步走到前门，迈过门槛，看看外面的天色。已经快十一点了。天上阴云密布，星光失去了夏日的璀璨，月亮也不见踪影。如果他们动作快一点，汤姆寻思，谁还管有没有月光呢？他反正现在是找不到月亮的。

他返回客厅。"你准备好今晚和我一起冒险了吗？我料想是看不见普立彻的尊容的——"

"是的，汤姆。"

"我马上回来。"汤姆噔噔噔跑上楼，又换上他的李维斯牛仔裤，再把那枚沉甸甸的戒指从黑色裤子转移到牛仔裤。他对换衣服这件事有点过度依赖了吗？以为换换衣服就能换来点运气，补充点活力吗？接着汤姆走到工作间，拿了一支软芯铅笔和几页速写纸，他下楼的时候顿时觉得整个人快活了许多。

艾德还坐在黄色沙发的一头，没换过位置，手里多了一根烟。

"你能坐着不动，让我画一页速写吗？"

"画我吗？"不过艾德默许了。

汤姆开始画了，只寥寥几笔画出沙发和枕头，作为背景。艾德盯着他看时，他捕捉到艾德金色的眉毛和眼睫毛所形成的那种疑惑而专注的神情，然后是薄薄的英式嘴唇，以及随意敞开的衬衣领子。汤姆将他的椅子往右挪动半米，又画了一页速写。还是相同的形象。艾德可以移动，可以喝咖啡，他也就照做了。汤姆大概画了有二十分钟，然后对艾德的配合表示感谢。

"配合！"艾德大笑起来，"我可是在胡思乱想呢。"

安奈特太太已经到客厅添加过咖啡，此时应该回房休息了，汤姆清楚她的规律。

"我的想法是，"汤姆开始交代，"从另一侧接近普立彻家的房子——并非从格雷丝家那一侧——然后下车步行，把东西带到普立彻的草坪，再到草坪上的池塘，直接扔进去就行了。反正东西又不重，你知道的。呃——"

"连三十磅都不到吧，我估计。"艾德说。

"差不多，"汤姆喃喃地说，"呃——普立彻和他妻子，如果他们在家，可能会听到点动静。客厅朝池塘的那边有一扇窗户，我想有两三扇窗户吧。我们到时候离开现场即可。让他发牢骚去吧！"汤姆大胆地补充一句，"让他报警，说他的那些废话吧！"

几秒钟的沉默。

"你觉得他会报警吗？"

汤姆耸耸肩。"谁知道一个疯子会干出什么疯事来？"他的口气像是要听天由命。

艾德站起身。"我们该出发了吗？"

汤姆将速写本上的画纸翻过来，连同铅笔一起放到咖啡桌上。他从玄关桌上拿起一件外衣，又从抽屉里摸出钱包带上，怕万一警察临检呢，他愉快地想着这一茬：他可是不带证件就不开车上路的人呐。今晚可能有警官检查他的证件，但不会去看后车厢的包裹里装着什么，那东西乍一看就像是一捆卷起来的地毯。

艾德下楼来了，手里也拿了一件外衣，深色的，脚上还穿着帆布鞋。"准备好了，汤姆。"

汤姆关掉几盏灯，他们从前门出去，汤姆关上前门。他在艾德的协助下打开丽影的大铁门，接着打开高高的金属车库门。安奈特太太房里的灯也许还亮着，但那在屋子的后面，汤姆无法确认，也并不关心。他半夜带着客人出门也没啥稀奇的，可能就是去趟枫丹白露的咖啡馆而已。他们上了车，各人把车窗摇下一点，尽管汤姆此时连一丝霉味也闻不见。汤姆把车开出丽影的大门，左转走了。

他在维勒佩斯镇的南边横穿镇子，同时尽量选一条往北的路走，他从不在意具体走的是哪条路，只要方向大致正确就行。

"你这些路都认识啊。"艾德半是提问地说。

"哈！百分之九十吧，大概。晚上开车很容易就冲过支路的路口了，因为没有标识。"汤姆来了个右转，前行一公里后看到一个路标，上面写着几个镇子的名字，其中一个是维勒佩斯，向右转。汤姆于是右转。

接着他就到了一条熟悉的马路，通往普立彻家，那栋空房子，然后是格雷丝家。

"这就是通往他们家的路了，我想，"汤姆说，"现在说下我的计划——"他继续放慢车速，让一辆小车超过去，"我们走路把东西弄过去——差不多三十米远，这样他们就听不见车子的声音了。"仪表盘上显示的时间是凌晨十二点半。汤姆的车缓缓滑行着，车灯很暗。

"是那个吗？"艾德问，"右边的白色房子？"

"正是。"汤姆看到楼上楼下都亮着灯，只不过楼上只亮了一盏灯。"但愿他们在开派对！"汤姆微笑着说，"但我表示怀疑。我把车停到那几棵树那边，希望别出什么岔子。"他倒好车，然后熄了灯。他正处于一个弯道附近，弯道向右拐是一条主要供农夫使用的没有铺设的巷子。尽管汤姆的车没有更靠右一点停放，因为他怕陷进一条哪怕很浅的沟，但一辆小车完全可以轻松地超过去。"我们来试试。"汤姆拿起他之前放在两人之间的手电筒。

他们打开后车门，汤姆将手指置于离他更近的一捆绳子下面，在莫奇森小腿的位置，然后用力一拽。轻而易举。艾德刚要去抓下一捆绳子，汤姆说了一声："等等。"

他们一动不动地听着动静。

"我以为听到点什么，可能我听错了。"汤姆说。他们接着把包裹拽出来。汤姆轻轻地关上后车门，没有关紧：他可不想弄点声响出来。汤姆以头部动作示意艾德离开，他们便沿着马路的右侧出发了，汤姆走在前头，左手持手电筒，但他只是时不时打开手电筒照一下路面，毕竟这一路上都太黑了。

"等一下，"艾德小声说道，"手没抓好。"他调整了一下手指抓绳的姿势，他们又继续前行。

汤姆再次停下，低声说道："你看，还有十米左右——我们可以走到草坪上。我觉得那边没有水沟。"

此时他们能清楚地看见客厅亮着灯的窗户了，棱角分明。汤姆是真的听见了音乐声，还是想象他听见了？他们的右边似乎有一条水沟，但没有栅栏。左边约四米开外便是车道，普立彻夫妇俩均不见身影。汤姆再次无声地示意他们要往前走。他们步入车道，右转朝池塘的方向走去，池塘现在看上去就是一团近乎圆形的椭圆形黑影。他们走在草坪上没有一点儿声响。汤姆听见音乐声从屋子里飘出来，古典乐，且今晚的音量不大。

"来吧，把东西抬起来，"汤姆说着，并开始喊口令，"一——"摇了一下，"——二——三，扔到正中央去。"

扑通——！池水被激得一声闷响，汩汩得像是在呻吟。

汤姆和艾德缓缓离开池畔时，池中仍有水花溅起，一连串的气泡咕噜咕噜地从水底升起。汤姆带着艾德回到马路上，然后左转，为了方便两人，他还用手电筒照了一次路面。

当他们离车道差不多二十步远时，汤姆放慢脚步，停了下来。

艾德也停下不走了。他们站在黑暗中回望普立彻家的房子。

"……啊呀……蟒——蟒蛇……?"断断续续传来一个女人提问的声音。

"是他的妻子,贾尼丝。"汤姆悄声对艾德说。汤姆往他的右边瞥了一眼,只能隐约看到那辆白色旅行车的影子,正好被漆黑的树叶挡住了。汤姆又回头去看普立彻家的房子,内心十分惬意。他们显然听见了水花声。

"你——噢——哇!"说话的调子更低沉了,汤姆听起来像是普立彻的声音。

房子侧面门廊的一盏顶灯亮了起来,汤姆看到普立彻穿着一件浅色衬衫、一条颜色较深的裤子出现在门廊上。只见普立彻左顾右盼,拿手电筒在院子里照来照去,检查马路的情况,然后迈下几步台阶到草坪上去了。他直奔池塘而去,探头看了一下,然后朝屋内望去。

"……池塘……"普立彻清楚地喊出这两个字,后面跟着一串粗鲁的杂音,也许在骂人。"……妈……从花园里,珍!"

贾尼丝也出现在门廊,穿着浅色的休闲裤和上衣。"……哇……吗?"贾尼丝在问。

"不——带钩子的那个!"这句话肯定是被一股顺风直接送到汤姆和艾德耳朵里的。

汤姆碰了一下艾德的胳膊,发觉胳膊绷得紧紧的。"我猜他是要去捞东西了!"他压低了嗓子,好不容易才没有迸发出神经质的坏笑。

"我们该走了不,汤姆?"

正好贾尼丝又重回他们的视线中,匆匆忙忙地绕过屋子前方的角落，手中还拿着一根杆子。汤姆弯腰从普立彻草坪边缘的茂密树丛中窥视，只能依稀分辨出那杆子并非那种宽阔的带钩子的耙子，而是一柄三叉耙子，类似于园丁用来耙一些犄角旮旯里的落叶和杂草的工具。汤姆就有这样的工具，还不到两米长，而贾尼丝手中的看起来更短。

普立彻现在已经匍匐在草坪上，唠唠叨叨地要什么东西，也许是手电筒。他接过杆子，好像是把杆子插进池塘里去了。

"他万一捞到了怎么办？"汤姆对艾德嘀咕，同时往车子的那一侧走去。

艾德尾随其后。

接着汤姆伸出左手拦住艾德，他们停住了脚步。从树丛的缝隙中，汤姆看见普立彻俯身去抓贾尼丝递给他的什么东西，他整个人腰部以上都朝前弯曲，然后普立彻的白衬衫就消失了。

他们听见普立彻的一声惊叫，紧接着是巨大的水花声。

"戴维！"贾尼丝的身影绕着半个池塘跑来跑去，"戴——维！"

"老天，他掉下去了！"汤姆说。

"妈——哇——啊……"那是普立彻浮出水面的声音。然后是"扑哧"一下吐水的声音。一阵水花声，像是有胳膊在划动水面。

"那柄钩子在哪儿？"传来贾尼丝尖厉的呼喊，"手……"

普立彻的钩子已经脱手了，汤姆心想。

"贾尼丝！……给我……下面是淤泥！你的手！"

"最好是扫帚……或者绳子……"贾尼丝冲向亮着灯的门廊，然后疯了一样地掉转方向，回到池塘边，"那根杆子……找不到了！"

"……你的手……这些……"戴维·普立彻的声音消失了，接着又是一阵哗啦的水花声。

贾尼丝苍白无力的身影鬼魅一般在池塘的边缘游荡。"戴维，你在哪儿？啊！"她看到了什么，然后弯下腰。

汤姆和艾德听见池塘的水面在翻滚。

"……我的手，戴维！抓住边上！"

几秒钟的沉默，接着是贾尼丝的尖叫，又一股巨大的水花。

"上帝啊，他们俩都掉下去了！"汤姆欣喜若狂，本想小声说话的，却说得跟平时的音量差不多了。

"那池塘有多深？"

"不知道。五六英尺？我猜的。"

贾尼丝呼喊着什么，可声音被水呛回去了。

"我们是不是该——"艾德焦虑地看着汤姆，"也许——"

汤姆能感觉到艾德的紧张。汤姆将重心从左脚转移到右脚，又从右脚转移到左脚，仿佛在权衡或者争辩什么是非对错的问题。是艾德的出现让事情变得复杂了。掉进池塘的那些人可是汤姆的敌人呐。倘若只有他一个人在场，他肯定连想都不用想，直接扭头走人了。

水花声终于止住了。

"又不是我推他们下去的。"汤姆义正辞严地说。此时正好池塘那边传来一点微弱的像是一只手搅动水面的声音。"趁现在还来得及，我们赶紧走吧。"

他们只需在黑暗里摸索个十五步的样子就到了。汤姆觉得刚才的意外发生只五六分钟的时间，这期间没有路人经过真是万幸啊。他们上了车，汤姆先把车倒进旁边的一条巷子，这样才好把车开出去，再左转，回到那条他来的时候绕行的路线。他现在把车灯开到最亮。

"真是运气啊！"汤姆微笑着说。他想起之前和木讷的伯纳德·塔夫茨一起时狂喜的心情，那时他们刚刚把——对，同样的骸骨，莫奇森的骸骨——丢到瓦济的卢万河中，他简直高兴得想唱歌。而这次他只是感觉到轻松惬意，但他知道艾德·班伯瑞没这种心情，他高兴不起来。于是汤姆小心开着车，一句也没多说。

"运气？"

"噢——"汤姆驶入了一片伸手不见五指的地方，他不确定下一个路口或者指示牌在哪儿出现。但他觉得自己的路线可以让他们返回维勒佩斯南部，垂直绕过主街道。玛丽和乔治的酒吧烟草店多半已经打烊，可汤姆不想被人看到哪怕只是横穿过主街道。"运气——刚才那几分钟没人开车经过呀！不是说我有多在乎。说到底，我跟普立彻夫妇两个，还有他们家池塘里的那包尸骨——我估计明天就会被发现——有何相干呢？"汤姆的脑海里大致浮现出两具尸体漂浮于水面下一英寸左右的场景。他笑了一声并看了艾德一眼。

艾德正抽着烟，他回看了汤姆，然后深埋下头，一只手托着额头。"汤姆，我没法——"

"你不舒服吗？"汤姆关切地询问，同时减慢了车速，"我们可以停车——"

"不是，是我们见死不救，不管他们在水里挣扎。"

他们已经淹死了，汤姆心想。他回忆起戴维·普立彻喊他的妻子，"把手给我！"，像是故意要拉她下水，作为最后一次施虐的行为，但普立彻当时确实站不稳脚，他求生心切。原来艾德对这件事的看法跟他是不一样的，汤姆醒悟过来，难免还有点沮丧。"他们是一对儿捣蛋鬼，艾德，"汤姆再次把注意力集中在道路上，集中在车轮下不断往前延伸的那一块沙褐色的路面上，"请别忘了，今晚是为了解决莫奇森的问题。也就是——"

艾德将烟头熄灭在烟灰缸里。他还在不停地揉着前额。

我也不愿意见死不救啊，汤姆想这么说一句，但他怀疑这话说得能否取信于人，因为他刚才还幸灾乐祸来着。汤姆深吸一口气。"那两个人肯定巴不得揭穿假画的事——揭穿巴克马斯特画廊，揭穿我们所有人，通过莫奇森太太——这是很有可能的，"汤姆继续说道，"普立彻是冲我来的，但假画的事有可能因此曝光。他们完全是自作自受，艾德。他们纯粹是多管闲事，自讨苦吃。"汤姆说得理直气壮。

他们快到家了，维勒佩斯稀落的乡村灯光在他们的左侧闪烁。车子行驶在通往丽影的路上。汤姆已经看到了丽影大门前那棵向他家倾斜的大树，汤姆一直觉得那棵树是在保护他的家。大门依旧敞开着，前门左边的一扇窗户中透出客厅里的微弱灯光。汤姆把车开到车库空闲的那个车位上。

"我要用手电筒。"汤姆边说边拿起手电筒。他从车库的角落里找来一块粗布，将旅行车后车厢的一点儿沙土掸出来，灰色的土渣。土渣？汤姆顿时反应过来那可能是，必定是莫奇森的遗骸，（他）难以形容的人体的残留物。残留物并不多，汤姆将其从车库的水泥地板上踢出去，细小的残渣就消失在碎石路上，至少肉眼是无法辨别的了。

汤姆拿着手电筒，他们走到屋子的前门。艾德确实劳累一整天了，汤姆意识到，切身体验到他的生活——汤姆的生活——是什么滋味，为了保护他们这几个人，汤姆必须采取哪些行动，且时不时地要处理什么样的问题。可汤姆根本无意与艾德长篇大论，连简短的几句话也不想说。他刚才在车里不是已经说过了吗？

"你先请，艾德。"汤姆在门口说了一句，让艾德先进去。

汤姆打开客厅的另一盏灯。安奈特太太早在几小时前就拉上了窗帘。艾德去了楼下的浴室，汤姆担心他千万别去吐了。汤姆到厨房的水槽边上洗了洗。给艾德来点什么呢？茶？一杯烈威士忌？艾德不是更喜欢杜松子酒吗？或者一杯热巧克力，然后上床休息？艾德又回到客厅。

汤姆看到艾德的脸上挂着疑惑或忧虑的表情，但他尽量表现得和平时一样，甚至还挺愉快的。

"来点什么，艾德？"汤姆问，"我打算喝一杯粉红杜松子酒，不加冰。你想要什么尽管说。要茶吗？"

"一样吧。跟你的一样。"艾德说。

"请坐吧。"汤姆走到饮品推车那里，摇了摇安古斯图拉苦精[1]瓶。他端了两杯一样的酒过来。

他们一起举杯，然后各自啜饮一口。汤姆说："非常感谢你，艾德，今晚能和我一起。有你在，就是对我极大的支持。"

艾德苦笑一下。"我能否问一句——现在该如何呢？接下来有什么事发生？"

汤姆迟疑了。"对我们而言吗？为何要发生什么？"

艾德又抿一口酒，像是很困难地咽下去。"在那所房子里——"

"普立彻家的房子！"汤姆低声说道，脸上微微一笑。他仍旧站着，没有坐下。他觉得这问题有点意思。"呃——我能预见明天的情况，比方说。假设邮递员——很可能是他——九点左右过去。他可能会注意到那柄园艺用的耙子，木头把柄的那一端从水里伸出来，

---

1. Angostura，安古斯图拉树皮制剂，南美产，味苦，滋补及调味用。

然后就凑近了去看。或者不是这样的。他会发现大门敞开着，除非有风吹来把门关上，他可能会注意到灯都亮着——门廊吊顶的灯。"又或者，邮递员从车道那边径直走到门廊的主台阶。而那柄耙子还不到两米长，很可能不会伸出池塘的水面，因为池塘底部都是淤泥。汤姆估计，普立彻夫妇也许要等上一两天才会被发现。

"然后呢？"

"他们很可能在两天之内被发现。这又如何呢？我敢打一万个赌，莫奇森是查不出来的，证明不了身份。连他的妻子也无法证明。"汤姆马上想到莫奇森的那枚纪念戒。他干脆今晚就把戒指藏起来，免得明天警察上门，虽然这是最不可能发生的情况。普立彻家的灯还没关，汤姆意识到，但他们的生活方式本来就奇怪，他不相信会有邻居因为他们家里通宵亮灯就跑去敲门。"艾德，这次是我有史以来最轻松的一次——我觉得，"汤姆说，"你没发现我们连一根手指都没动吗？"

艾德看着汤姆。他坐在一张黄色的直背椅上，身子前倾，手臂放在膝盖上。"是的。没错，你可以这么说。"

"毫无疑问的。"汤姆口气坚定。他又喝了一口粉红杜松子酒，感觉很舒服。"我们根本不知道什么池塘。我们从未靠近过普立彻家，"汤姆温和地说，同时向艾德走近，"谁知道那包东西在这里出现过？谁会质疑我们呢？没人。你和我开车去了趟枫丹白露，决定——可能最后连酒吧都没看一眼就回家了。我们出去了——四十五分钟不到的时间。实际也差不多。"

艾德点头，再次抬眼看看汤姆，说道："没错，汤姆。"

汤姆点燃一根香烟，坐到另一把直背椅上。"我知道这是个让人身心俱疲的事。我以前还迫不得已做过更糟糕的事。要糟糕得多得多，"汤姆大笑一声，"好了，现在说说看，你希望明早什么时候把咖啡送去房间？或者茶？你想睡多晚都行啊，艾德。"

"我想喝茶吧。优先喝茶，在下楼吃别的东西之前，这样雅致些，"艾德强装笑容，"那就——九点吧，八点四十五?"

"行啊。安奈特太太非常殷勤好客，你知道吧？我给她留个字条。不过我可能九点前就起床了。安奈特太太七点刚过就起，她的习惯如此，"汤姆的语气欢快起来，"之后她喜欢步行到面包店买新鲜的羊角面包。"

面包店，汤姆想，那就是个情报中心。安奈特太太明早八点会带回来什么新闻呢?

22

八点刚过，汤姆就醒了。鸟儿在他半开的窗户外唱歌，今天似乎又是一个晴天。汤姆不自觉地——他感觉就像神经官能症患者——走到他放袜子的抽屉那儿，也就是储物柜的最下面一层，然后在一只黑色的羊毛袜里摸索一块硬东西，莫奇森的戒指。戒指还在。汤姆把镶了铜角的抽屉关上。戒指是他昨晚藏起来的，不然他老是担心裤袋里的戒指，根本睡不着觉。试想一下，假如他把裤子随便往椅子上一扔，戒指不就掉到地毯上，让所有人都看见了嘛。

汤姆冲完澡，刮好胡子，穿上昨晚那条李维斯牛仔裤，换了一件干净的衬衫，便悄悄地下楼去了。艾德的房门紧锁着，汤姆希望艾德还在酣睡中。

"早安，夫人！"汤姆发觉自己比平时还要开心。

安奈特太太对他报以微笑，评价了今天的好天气，又是一个晴天呐。"这就去拿你的咖啡，先生。"她于是去了厨房。

但凡有一点恐怖的消息，安奈特太太必定已经宣布出来了，汤姆寻思。尽管她还没去面包店，朋友也可能打电话通知她。要耐住性子，汤姆告诫自己。等消息果真传出来的时候，那必定更加骇人听闻，他也必须表现出震惊的样子，这是毫无疑问的。

喝完第一杯咖啡后，汤姆走到花园里剪了两枝新鲜的大丽花，三枝娇艳的玫瑰，然后去厨房拿花瓶来插上，安奈特太太帮了他一点小忙。

接着他拿了一把扫帚去了车库。他先是快速地打扫了车库的地板，发现地板上没什么落叶和尘土，他要扫出去的渣滓可以直接洒落到碎石路上，根本看不出来。汤姆打开旅行车的后车厢，把一些灰色的颗粒扫出来，实际也没几颗，他便把颗粒扔进了碎石路。

也许今早去趟莫雷是个好主意，汤姆想。带艾德出去透透气，顺便把戒指丢到莫雷的河里。而且，汤姆真心地希望，海洛伊丝到时候已经打过电话，通知他们她的火车什么时候到站。他们可以把这几件事结合到一起，去莫雷转一转，然后去枫丹白露，再开车回家，旅行车肯定能装下海洛伊丝买的东西，她多半还买了新的行李箱来托运这些东西呢。

九点半过后送来的信件中有一张是海洛伊丝十天前从马拉喀什寄出的明信片。再正常不过了。如果那边的沙漠上一周都没有信件发出的话，这一张明信片该是多么受欢迎啊！明信片上的照片是市集里戴条纹披肩的妇女。

亲爱的汤姆：

    又骑了骆驼，可好玩了！我们遇见两个里尔[1]来的男人！很风趣，晚饭很棒。他们都是离开妻子单独旅行的。诺艾尔给你飞吻！XXX我给你拥吻！

                            H.

离开妻子，但似乎没离开女人呐。晚餐很棒，听起来像是海洛伊丝和诺艾尔要吃掉他们一样。

---

1. Lille，法国东北部城市。

"早上好，汤姆。"艾德笑容满面地下楼来了。他的脸偶尔会像现在这样无故地泛着红晕，汤姆以前就注意到这一点，他只好认为这是英国人独有的特质。

"早上好，艾德，"汤姆回应道，"又是一个好天气！我们运气不错。"汤姆指着饭厅的餐桌，餐桌的一角已经布置好两人用餐的位置，宽敞的空间很舒适。"阳光太刺眼了吗？我可以拉上窗帘。"

"我喜欢阳光。"艾德说。

安奈特太太送来橙汁、热羊角面包和新鲜的咖啡。

"你想吃个煮鸡蛋吗，艾德？"汤姆问，"或者炖蛋？荷包蛋？我觉得这家里什么都可以做。"

艾德笑了笑。"不吃鸡蛋，谢谢。我知道你为什么心情好——海洛伊丝人在巴黎，今天就可能回家了。"

汤姆笑得更灿烂了。"但愿如此。我相信如此。除非巴黎有什么过分吸引她的东西。想不出来有什么。哪怕是一场精彩的卡巴莱表演也不行吧——她和诺艾尔都喜欢的。我觉得海洛伊丝随时会打电话过来。噢！今早上还收到她寄来的明信片。从马拉喀什寄过来花了整整十天呐。你能想象吗？"汤姆乐得哈哈大笑，"试试果酱怎么样。安奈特太太亲手做的。"

"谢谢。邮递员——他会先到这儿来，然后再去那栋房子吗？"艾德声音小得刚好能听见。

"我不知道，说真的。我猜他是先到这儿来吧。从镇中心往外走。并不确定，"汤姆看到艾德一副忧心忡忡的样子，"我打算今天早上——等我们接到海洛伊丝的电话之后——我们就开车去趟卢万河上的莫雷。非常宜人的小镇。"汤姆停顿一下，本来要说他想把戒指扔到河里来着，可他又转念一想：艾德还是少知道点这些让他操心的事为妙。

汤姆与艾德在落地窗外面的草地上散步。画眉鸟在草中啄食，对他们毫无防备，一只知更鸟更是直接与他们对视。此时一只黑乌鸦从头顶飞过，发出难听的叫声，汤姆像听见杂乱无章的曲子一样撇撇嘴。

"哑——哑——哑！"汤姆学着叫起来，"有时候只有两声哑，甚至更糟糕。我等着第三声叫出来，就像等第二只靴子落地一样。这让我想起——"

电话铃响了，他们隐约听见从屋里传来的。

"也许是海洛伊丝。不好意思——"汤姆小跑过去了。到了屋里，他说："没关系，安奈特太太，我来接好了。"

"喂，汤姆。我是杰夫。我觉得我该打个电话过来问问情况。"

"你真好，杰夫！情况就是——噢——"汤姆看见艾德轻轻地穿过落地窗，走到客厅里来了，"——目前来讲，相安无事。"他意味深长地朝艾德眨眨眼，同时保持一脸的冷峻，"没什么大事要通知你的。你想和艾德说几句吗？"

"好的，如果他方便的话。不过你说完之前——请别忘了我随时愿意过来帮忙。我相信你会通知我的——千万别犹豫。"

"谢谢你，杰夫。我很感激。现在是艾德过来了。"汤姆将话筒放在玄关桌上。"我们一直都在家里——没发生任何事，"他们两人擦身而过时，汤姆小声提醒艾德，"这样更好。"等艾德拿起听筒，他又加上一句。

汤姆朝黄色沙发溜过去，经过黄色沙发，站在高大的窗户前，几乎是影响不到艾德打电话了。他听见艾德说雷普利这边没什么动静，还说汤姆家的房子很漂亮，天气很好。

汤姆跟安奈特太太商量午饭的事。海洛伊丝夫人大概是不会回来吃午饭了，所以就班伯瑞先生和他两个人。他告诉安奈特太太他马上给哈斯乐夫人在巴黎的公寓打电话，问问海洛伊丝夫人是怎么安排的。

　　正说到这里，电话铃又响了。

　　"肯定是海洛伊丝夫人了！"汤姆对安奈特太太说完便立马跑去接电话。"喂？"

　　"喂，汤姆！"是艾格尼丝·格雷丝那熟悉的声音，"你接到消息了没？"

　　"没有。什么消息？"汤姆问。他看到艾德在注意他。

　　"普黎夏夫妇的。他们今早上被发现死在自家池塘里了！"

　　"死了？"

　　"淹死了。好像是这样。这真是——呃，对我们这里的人来说真是一个相当沮丧的周六早晨啊。你认识雷菲尔家的那个男孩吗，罗伯特？"

　　"我恐怕不认识。"

　　"他和艾德华上同一所学校。反正啊，他今天一早来卖彩票——和他的某个朋友一起，我不知道那男孩的名字，无所谓，我们当然就买了十张彩票来关照他们，他们便离开了。这是一个多小时以前的事了。后面一栋房子没人住，你知道的，他们肯定就去了普黎夏家——哎呀，他们没命地跑回我们家，吓得要死！他们说房子是开着的——门开着。按门铃也没人回应，一盏灯还亮着，他们就进去——我相信只是出于好奇——看了一眼房子边上的池塘，你知道那池塘吗？"

　　"是的，我见到过。"汤姆说。

"在那儿他们就看到了——因为池水似乎是相当清澈——两具尸体——还没有完全浮起来的！噢，太恐怖了，汤姆！"

"天哪，确实恐怖！他们觉得是自杀的吗？警察——"

"噢，是的，警察，当然了，他们还在那房子里，有一个警察甚至跑过来询问我们。我们只是说——"艾格尼丝重重地哀叹一声，"唉，我们能说什么呢，汤姆，就说那两个人作息不规律，放很吵的音乐。他们最近才搬到这附近的，从来没来过我们家，我们也没去过他们那里。最糟糕的是——噢，我的老天，汤姆——这就像巫术一样！太可怕了！"

"怎么说呢？"汤姆明知故问。

"在他们的下面——水底下——警察发现了骸骨，没错——"

"骸骨？"汤姆用法语重复了一句。

"是人的遗骸。包裹起来的，一个邻居告诉我们，因为有不少跑去看热闹的人，你知道吗？"

"维勒佩斯的人？"

"对。直到警察拉了警戒线。我们没去，我可没有那么重的好奇心！"艾格尼丝干笑了一声，像是要缓解下紧张的情绪，"谁知道是怎么回事呢，他们疯了吗？他们自杀了吗？是普黎夏把这些骨头给捞起来的吗？我们全不知道答案。鬼晓得他们的脑子是怎么想的。"

"没错。"汤姆想问一问那些骸骨可能属于何人，但艾格尼丝必定答不上来，而他又何必表现出关切呢？汤姆跟艾格尼丝一样，纯粹是震惊而已。"艾格尼丝，感谢你通知我。这真是——难以置信。"

"让你的英国朋友好好见识下维勒佩斯！"艾格尼丝又是一声干笑。

"不就是嘛!"汤姆微笑着说。一个不愉快的念头在最后几秒钟钻入了他的脑子。

"汤姆——我们都在家,安东尼要待到周一早上,都想努力忘掉离家不远处发生的恐怖事件。跟朋友聊一聊是很好的。你有海洛伊丝的消息吗?"

"她到巴黎了!我昨天晚上接到她的电话。我预期她今天回家。她在她的朋友诺艾尔家过夜,诺艾尔在巴黎有套公寓,你知道的?"

"我知道。代我们问候海洛伊丝,好吗?"

"好的,一定!"

"我要是再得到什么消息,我今天再打电话给你。毕竟我离得更近,不走运啊!"

"哈!我知道了。非常感谢,亲爱的艾格尼丝,向安东尼——还有孩子们致以我最衷心的祝愿。"汤姆挂掉电话。"吁!"

艾德站在不远处靠近沙发的位置。"是我们昨晚去喝酒的地方——艾格尼丝——"

"是的。"汤姆说。他复述了两个卖彩票的小男孩如何在池塘里发现两具尸体的过程。

艾德尽管知道事情的真相,也还是苦着一张脸。

汤姆则把事情的原委说得像是他刚听来的新闻一样。"可怜的孩子们,竟然碰上这种事!我估计那两个男孩不过才十二岁吧。池塘里的水确实清澈,我记得。虽然池底尽是淤泥。还有些奇怪的边缘——"

"边缘?"

"池塘的边缘。我记得有人说是水泥做的——应该不厚。不过你站在草坪上看不见水泥,位置没那么高,也许这样才容易在边上滑倒，掉进池塘吧——尤其是搬东西的时候。噢，对了，艾格尼丝还说警察在池底发现了一包人的骸骨。"

艾德看着汤姆，一言不发。

"她说警察还在那房子里。我想也是，"汤姆深吸一口气，"我想我该去和安奈特太太说说了。"

宽敞的正方形厨房里没有人，他扫一眼就知道了。汤姆于是向右转身，准备去敲安奈特太太的房门，没想她正好就出现在那条短走廊里。

"噢，汤姆先生！重大消息！灾难呀！普黎夏家发生的！"她已经按捺不住，要和盘托出了。安奈特太太的房间有一部独立的电话，号码是她私人专用的。

"啊，是的，夫人，我刚从格雷丝太太那里听说了！真是太震惊了！两条性命呐——和我们近在咫尺！我正打算要告诉你的。"

他们一起去了厨房。

"玛丽-路易太太刚告诉我的。她又是珍娜薇太太告诉她的。全村的人都知道了！有两个人淹死了！"

"一场意外——他们这么认为吗？"

"大家认为他们当时在吵架，一个滑倒，掉进去了，也许是这样。他们总是在吵架，你知道吗，汤姆先生？"

汤姆迟疑一下。"我——想我听人说过。"

"可池塘里还有骸骨呢！"她压低声音说道，"诡异啊，汤姆先生——相当诡异。诡异的人。"安奈特太太说得好像普立彻夫妇是从外太空来的，超出了正常人的理解范围。

"确实如此，"汤姆说，"怪异——大家都这么说的。夫人——我现在必须去给海洛伊丝夫人打电话了。"

汤姆正要拿起电话时，电话铃忽然又响了。这一次，他沮丧地在心里暗骂。是警察吗？"喂？"

"喂，汤姆！我是诺艾尔！通知你们一个好消息——海洛伊丝到家了……"

海洛伊丝预计一刻钟后到家。她和诺艾尔的一个叫伊夫的年轻朋友开车回来，伊夫有辆新车，他想磨合一下。况且，新车有足够的空间来放置海洛伊丝的行李，相比火车又方便许多。

"一刻钟！谢谢你，诺艾尔。你还好吗？……海洛伊丝呢？"

"我们都跟那些最坚韧的探险家一样身体棒棒的！"

"希望很快能见到你，诺艾尔。"

他们彼此挂了电话。

"海洛伊丝搭别人的车回来了——随时可能到家。"汤姆面带笑容地对艾德说。接着他把消息告诉安奈特太太。她顿时就容光焕发。海洛伊丝回家可要比普立彻夫妇死在自家池塘这样的消息让人愉快多了，汤姆相信。

"午餐吃——冷盘肉吗，汤姆先生？我早上买了非常美味的鸡肝酱……"

汤姆向她保证这些菜听起来都很诱人。

"那晚上就吃——嫩牛排，够三个人的分量。我预计海洛伊丝夫人晚上肯定在家的。"

"加上烤土豆。你能做吗？做得非常好。不，算了！我还是自己到外面的烤架上做吧！"那无疑是吃烤土豆和嫩牛排最愉快又最美味的方式了，"再准备些上好的蛋黄酱？"

"当然了，先生。另外……"

她打算下午去买点新鲜的四季豆，还有别的什么，也许买一种海洛伊丝夫人喜欢的奶酪。安奈特太太简直快活到天上去了。

汤姆回到客厅，艾德正在看今早上的《先驱论坛报》。"都安排好了，"汤姆大声宣布，"想跟我一起散个步吗？"汤姆感觉想慢跑，或者跨栏。

"好主意！活动下腿脚！"艾德准备好了。

"可能还会碰见海洛伊丝坐在那辆快车里吧？是伊夫自己在试车吗？无所谓了，反正到时间了，"汤姆又去了厨房，安奈特太太正在有条不紊地工作，"夫人——艾德先生和我出去走一走。十五分钟后回来。"

然后汤姆到玄关与艾德会合。就在此时，汤姆想起了早上那个钻入他脑袋、令他沮丧的念头，他手放在门把手上，站着不动了。

"怎么啦？"

"没什么特别的。既然我已经——如此信任你了——"汤姆用手指拂过他的棕色直发，"呃，今早我突然想到，说不定那个老普黎卡一直在写日记呢——甚至是那个女人，更有可能。他们也许在日记里写了他们发现尸骨的事，"汤姆继续说道，他声音放低了，眼睛还望了一下通往客厅的那条宽走廊，"还写了把尸骨扔到我家门口——就在昨天，"说到这里，汤姆打开门，让阳光和新鲜空气进来，"并且他们把头骨藏在家里的某个地方。"

他们两人走到前院的碎石路上。

"警察会找到日记，"汤姆接着说，"很快就发现普立彻的消遣之一就是骚扰我。"汤姆讨厌把自己的忧虑说出口，反正他的这点忧虑历来都稍纵即逝。不过艾德总归是信得过的人，他提醒自己。

"但他们两个都疯癫得很呢！"艾德冲着汤姆皱眉头，他说话的声音也不比脚下的碎石响声更大，"不管他们写了什么——都可能是幻想，不一定是真实的东西。再说了，即使是这样——他们的证词比得过你的吗？"

"假如他们写了把尸骨送到我家的话，我矢口否认即可，"汤姆冷静而坚定地说，好像事情到此为止了，"我觉得发生的概率很小。"

"说得对，汤姆。"

他们继续走着，似乎想要摆脱掉紧张的情绪；路上没什么车，他们可以并肩前行。伊夫的车是什么颜色，汤姆寻思，现在的人有了新车都必须磨合下吗？他想象车子是黄色的，运动气息十足。

"你觉得杰夫可能过来吗，艾德？只是来玩的？"汤姆问道，"他说他现在可以抽出空。顺便说下，我希望你能至少再待个两天，艾德。可以吗？"

"可以，"艾德看了汤姆一眼，他的脸上又泛起英国人特有的红晕，"你可以打电话问问杰夫。这主意不错。"

"我的工作室里有一张沙发。非常舒适。"汤姆渴望丽影与老朋友一起欢度哪怕只有两天的假期，与此同时，他又在想他的电话是否响了，十二点十分了，也许警察想向他了解点情况。"看那儿！"汤姆跳起来，手指着一辆车，"是黄色的车！我敢打赌！"

那辆敞篷车向他们驶来，海洛伊丝在副驾驶座的位置挥手。她努力地站起来，身上还系着安全带，她的金色头发被风吹到脑后。

"汤姆！"

汤姆和艾德站在车子行驶的一侧。

"嗨！哈啰！"汤姆挥舞着两条胳膊。看起来，海洛伊丝的肤色被晒黑了不少。

司机刹了车，但还是从汤姆和艾德的身边冲过去，他们俩只好往回小跑一段路。

"哈啰，宝贝儿！"汤姆亲吻海洛伊丝的额头。

"这是伊夫！"海洛伊丝介绍道，于是那个深色头发的年轻人微笑着打招呼，"幸会，雷普利先生！"他开的是一辆阿尔法·罗密欧。"你们想上车吗？"他用英语问。

"这位是艾德，"汤姆指了指，"不，谢谢，我们随后就到，"他用法语回答，"我们到家再见！"

车子的后座塞满了小行李箱，有一个是汤姆绝对没见过的，就这满满当当的架势，汤姆觉得恐怕连只小狗都挤不进去。他和艾德开始小跑，然后快跑，边跑边笑。等那辆黄色的阿尔法右转入丽影的大门时，他们顶多落后了五米的距离。

安奈特太太出门迎接。少不了要寒暄，问候，彼此介绍介绍。最后他们全都帮忙拿行李去了，因为后备厢里还有数不清的装满各种物什的塑料袋。这一次，安奈特太太终于被允许拿较轻的物品上楼。海洛伊丝则守在车子边上，指认那些装着"摩洛哥糕点和糖果"的袋子，以防有人挤压。

"我不会挤压的，"汤姆说，"拿到厨房即可。"他去了，又回来了。"伊夫，我给你端一杯喝的，行吗？同时也欢迎你留下来吃午饭。"

伊夫都婉言谢绝了，他说他要去枫丹白露赴个约会，已经有点迟了。海洛伊丝和伊夫互相道别并表示感谢。

随后安奈特太太端来两杯血腥玛丽和一杯橙汁，血腥玛丽是汤姆给自己和艾德点的，橙汁是海洛伊丝选的。汤姆贪婪地看着海洛伊丝。她既没有瘦，也没有胖，他思忖，她淡蓝色裤子包裹着的大腿曲线真是优美，像艺术品。而她的声音，一会英语一会法语地讲述着摩洛哥的趣闻轶事，对他而言就是比斯卡拉蒂还要动听的音乐。

汤姆发现艾德也同样迷恋海洛伊丝，他看到艾德端着那杯番茄色的酒水站在那里，趁海洛伊丝往落地窗外眺望的时候一直注视她。海洛伊丝问了亨利的情况，以及上一次下雨是什么时候。她还有两个塑料袋放在玄关，她去拎了进来。其中一个袋子装着一只铜碗，海洛伊丝高兴地说是一只朴素的没有装饰的碗。安奈特太太又要多擦亮一件东西了，汤姆暗想。

"还有这个！你看，汤姆！这么漂亮，又很便宜！你桌上用的公文包。"她掏出一个长方形的棕色软皮包，有压花，但不是特别精致，仅仅在边缘上压花。

哪张桌子呢，汤姆疑惑。他的房间里有一张写字桌，不过——

海洛伊丝打开皮包，向汤姆展示里面的四个口袋，每侧各有两个，均为真皮制作。

汤姆还是更喜欢盯着海洛伊丝看，离他这么近，他觉得自己都能闻见她皮肤上的阳光味。"很好看，宝贝儿。若是给我的话——"

"当然是给你的啦！"海洛伊丝哈哈笑了，快速看了艾德一眼，又把她的金发向后拢。

她现在的肤色又比头发的颜色略深一点。汤姆以前曾见过几次这样的情况。"是个钱包，宝贝儿——不是吗？我觉得不像公文包呢，公文包一般有个提手。"

"噢，汤姆，你太严肃了！"她调皮地推了他的额头一下。

艾德大声笑了。

"你觉得这是个什么，艾德？信件夹？"

"用英语来说的话——"艾德开了口，但没说完，"反正不是文件夹。我估计是个信件夹吧。"

汤姆表示同意。"它很漂亮,亲爱的,谢谢你,"他抓起她的右手,匆匆吻了一下,"我会好好珍惜的,经常擦拭——或者保养。"

汤姆的心思有一半多都放到别处去了。他该选个什么地方,什么时候来告诉她普立彻夫妇的悲剧呢?安奈特太太两小时内都不会提及此事,因为她要忙着午饭的事。但电话铃随时会响,随时都可能有人通知他们最新的消息,也许是格雷丝夫妇,甚至是克雷格夫妇,如果消息传到数公里以外的话。汤姆最终决定先吃个愉快的午饭,听听马拉喀什的趣闻,还有那两位"晚餐很棒"的法国绅士——安德烈和帕特里克。餐桌上笑声连连。

海洛伊丝对艾德说:"我们非常欢迎你过来做客!希望你玩得愉快!"

"谢谢你,海洛伊丝,"艾德回答,"房子很漂亮——非常舒适。"艾德瞥了汤姆一眼。

此时的汤姆思虑重重,咬着自己的下嘴唇。或许艾德知道他在想什么:他必须尽快告诉海洛伊丝普立彻家的事。如果海洛伊丝在午饭时间问起来的话,汤姆打算打个马虎眼,敷衍过去。他很高兴她并未提起。

23

午饭后没人想喝咖啡。艾德说他要出去多转一转，"穿过整座村子。"

"你觉得你还要给杰夫打电话吗——说真的？"艾德问。

汤姆向坐在桌边抽烟的海洛伊丝解释，他和艾德认为他们的老朋友杰夫·康斯坦，一个摄影师，可能愿意过来玩几天。"我们碰巧知道他目前有空，"汤姆说，"他是自由职业，和艾德一样。"

"好呀，汤姆！为什么不呢？他过来睡哪里？你的工作室吗？"

"我考虑过这个问题。除非我到你的房间挤一下，他来睡我的房间，"汤姆微笑，"随你高兴吧，我的甜心。"汤姆记得他们有过几次这样的安排：他到海洛伊丝的房间睡觉，相比海洛伊丝把各种必需品搬到他的房间要方便多了。他们的房间都各有一张双人床。

"没问题啊，汤姆。"海洛伊丝以法语作答。她站了起来，两位男士也跟着起身。

"容我失陪一会。"汤姆表示歉意，主要是对艾德。他去了厨房。

安奈特太太正把盘子放进洗碗机，和平时一样忙碌着。

"夫人，午饭棒极了——谢谢。还有两件事要说一下，"汤姆放低声音，说道，"我现在要把普黎夏家的事告诉海洛伊丝夫人——免得她从一个外人那里听到——这样嘛，也许就不是那么震惊了。"

"好的，汤姆先生。你说得对。"

"第二件事呢，我打算邀请另一个英国朋友明天过来。我不确定他能否过来，不过我会事先让你知道。到时候他会睡我的房间。我几分钟后就给伦敦打电话，然后再通知你。"

　　"很好，先生。不过吃饭的问题——菜单？"

　　汤姆淡然一笑。"如果有困难的话，我们明晚就到外面去吃。"明天是周日，汤姆意识到，不过村里的肉铺明天上午还会开。

　　他一刻不耽搁地爬上楼梯，想着电话铃随时会响——比如说是格雷丝夫妇打来的，他们知道海洛伊丝该到了家了——也许有人就开始说普立彻夫妇的事了。楼上的电话现在放在汤姆的房间，没有像平时一样放在海洛伊丝的房间，不过电话铃一旦响了，她仍然会跑去接电话的。

　　海洛伊丝在自己的房间里收拾行李。汤姆注意到几件棉质衬衣是他以前没见过的。

　　"你喜欢这件吗，汤姆？"海洛伊丝将一条竖条纹的裙子举在腰间。条纹是紫、绿、红三色的。

　　"这件挺特别。"汤姆说。

　　"是的！我就是因为特别才买的。这条皮带怎么样？我还给安奈特太太带了点东西！让我——"

　　"宝贝儿，"汤姆打断她，"我有事要告诉你，非常遗憾的事。"她停下来听他说话。"你记得普立彻夫妇吗？"

　　"噢，普黎夏夫妇，"她的语气说得好像普立彻夫妇是这世界上最无聊，最讨厌的人，"然后呢？"

　　"他们——"尽管他知道海洛伊丝不喜欢普立彻两口子，但话仍然难以说出口，"他们出了意外——或者是自杀了。我不知道是哪种情况，不过警察也许能下个定论吧。"

"他们死了吗？"海洛伊丝的双唇一直没有合拢。

"艾格尼丝·格雷丝今早上告诉我的。她打的电话。他们在草坪上的池塘里被发现。记得吗？我们去那栋房子的时候见过的。"

"噢，是的，我记得。"她两只手里还拿着那条棕色腰带。

"他们可能是滑倒了——也许一个把另一个拖下去了，我不知道。而且池底满是淤泥，要爬上来不容易。"汤姆说话的时候苦着一张脸，像是为普立彻夫妇惋惜的样子，但他只是对泥塘溺毙这种事感到恐惧，想到人陷进淤泥里，鞋子灌满泥浆。汤姆不愿意去想溺毙的事了。他继续告诉海洛伊丝有两个卖彩票的小男孩惊恐万分地跑到格雷丝家，告知他们在池塘里看见了两具尸体。

"我的天哪！"海洛伊丝喃喃地说道，接着在床铺的边缘坐下，"然后艾格尼丝就报了警？"

"肯定的。再然后——我不知道她怎么听来的，或者我忘了，说警察在普立彻夫妇的尸体下面找到了一包人的尸骨。"

"什么？"海洛伊丝吓得倒吸一口凉气，"尸骨？"

"他们很奇怪——诡异。这对儿普立彻夫妇，"汤姆此时坐在椅子里，"所有这些都是几个小时以前发生的，宝贝儿。我猜我们待会能得到更多的消息。不过我想在艾格尼丝或别的什么人之前先告诉你。"

"我应该给艾格尼丝打个电话。他们离得那么近。我在想——那包尸骨！他们当时要拿它做什么？"

汤姆摇头并站起来。"他们还能在那栋房子里发现什么？折磨人的工具吗？锁链吗？那两个人属于克拉夫特-艾宾[1] 研究的那种人！

---

1. Richard Von Krafft-Ebing（1840—1902）奥地利精神病学家，性学研究创始人，早期性病理学家、心理学家。

也许警察还会找到更多的尸骨。"

"太恐怖了！是他们杀死的人吗？"

"谁知道呢？"汤姆确实不知情，他觉得戴维·普立彻的收藏中也许就有些不知从哪儿挖来的人骨，或者就是他亲手杀害的人的尸骨；普立彻是个撒谎精。"别忘了，戴维·普立彻喜欢打老婆。他可能还打过别人的老婆。"

"汤姆！"海洛伊丝双手掩面。

汤姆过去将她揽入怀中，双臂搂住她的腰身。"我不该说这些的。只是一种可能性，没别的。"

她紧紧抱住他。"我还以为——今天下午——是我们相聚的好时光。不是要听这件恐怖的事。"

"还有今天晚上嘛——时间多得是！你想给艾格尼丝打电话，我知道，亲爱的。那我之后再给杰夫打电话，"汤姆松开了手，"你不是在伦敦见过杰夫一面吗？比艾德要高点，壮点，也是金头发。"汤姆现在可不想提醒她杰夫和艾德都是巴克马斯特画廊的创始人，跟汤姆一样，因为她会联想到伯纳德·塔夫茨，一个她从来不喜欢的人，一个表面上看起来就很怪异的疯子。

"我记得名字。你应该先给他打电话。我等一会，艾格尼丝那边还能得到更多的消息。"

"没错！"汤姆开心地笑了，"顺便说一下——安奈特太太今早上已经听说消息了，从她的朋友玛丽-路易太太那里，我想，"汤姆挤出一个笑脸，"以安奈特太太的电话网络，她多半比艾格尼丝还知道得多呢！"

汤姆发现他的私人电话簿不在房间里，那就很可能放在玄关桌上了。他走下楼，查到杰夫·康斯坦的电话，然后拨打号码。电话铃一直响到第七声时，他才等到杰夫。

"我是汤姆，杰夫。我跟你说——目前一切安好，你为什么不过来跟我还有艾德小聚呢，或者聚久一点也行，如果你可以的话。明天如何？"汤姆发觉他说话的时候小心翼翼，像是怕被窃听一样，但迄今为止，他还没有被窃听过，"艾德刚刚出去散步了。"

"明天。呃，好吧，就明天。我想我能过来。订得到机票的话，我很乐意。你确定有住的地方给我？"

"绝对没问题，杰夫！"

"谢谢你，汤姆。我看下航班再给你电话——我估计一个小时不到吧。这样行吗？"

当然行。汤姆向杰夫保证说他非常高兴去机场迎接。

汤姆告诉海洛伊丝电话没人用了，而且杰夫·康斯坦似乎明天就能过来待上几天。

"很好，汤姆。那我现在给艾格尼丝打过去。"

汤姆慢慢退出去，又跑下楼去了。他想检查下炭烤架，为今晚做好准备。他一边折叠好防水罩，将烤架推到一个方便的地方，一边在想着：万一普立彻通知了莫奇森太太，说他确定所发现的即是她丈夫的骸骨，因为右手小指上有枚纪念戒指，该怎么办呢？

警察怎么还没打电话找他呢？

他的麻烦也许远没有结束。普立彻，如果他通知了莫奇森太太——或者还有辛西娅·葛瑞诺，上帝啊——也许还会补充说他已经或者打算将骸骨扔到汤姆·雷普利的家门口。对莫奇森太太他肯定不能说"扔"，汤姆琢磨，而是"送"或者"放"。

再说了——汤姆对自己的胡思乱想忍俊不禁——普立彻通知莫奇森太太的时候，也许根本就没说他打算把尸骨送去何处，因为这么做难免有点不尊重：据汤姆推断，正确的做法应该是将尸骨运往他自己家里，普立彻家，正如普立彻所做的那样，然后再报警。从包裹上最初捆绑的绳子原封未动这一点来看，普立彻也许没有在包裹里搜索过戒指。

但还有另一种可能，普立彻在旧帆布上划开几条小口子，说明他有可能亲自摘掉了婚戒，将其藏匿于家中的某处，一个可能被警方发现的地方。假如莫奇森太太从普立彻那里听说了尸骨的事，她也许会提到她丈夫经常佩戴的两枚戒指，而她本人可以辨认出那枚婚戒——若警方找到的话。

汤姆感觉自己的思绪愈发地缥缈起来，撕裂得不成形状——也就是说，他不敢相信这最后一种可能性会成为现实：假设普立彻把戒指藏在了一个只有他自己知道的地方（前提是那枚婚戒没有在卢万河里脱落下来），而那个地方除非把房子烧光，把灰烬都筛一遍，否则外人是无法找到的。泰迪是否可能——

"汤姆？"

汤姆吓了一跳，转过身去。"艾德！嗨！"

艾德已经从外面回来，正站在他的身后。"我不是故意要吓你哟！"艾德披着毛衣，毛衣袖子绑在脖子下面。

汤姆不由得笑了。他刚才像中枪一样跳起来。"我在想事情呢。我联系上杰夫了，他似乎明天就能过来。还不赖吧？"

"真不赖，对我来说好极了。另外有什么最新消息吗？"他声音放低了些，"任何消息。"

汤姆拿着炭包走到露台的一角。"我想女士们正在交流意见呢。"他刚好能听见海洛伊丝和安奈特太太在前厅附近热烈交谈的声音。她们两人同时在说话，但汤姆知道她们完全能理解对方在说什么，只是需要重复几次。"我们过去看看。"

他们从一扇落地窗进入客厅。

"汤姆，他们搜索了——你好，艾德先生。"

"请叫我艾德吧。"艾德说。

"——搜索了房子，警方，"海洛伊丝继续说道，而安奈特太太像是侧耳倾听的样子，尽管海洛伊丝说着英语，"警方一直待到今天下午三点多，艾格尼丝告诉我，他们甚至又跑去询问了格雷丝一家。"

"这是意料之中的，"汤姆回答，"他们说是一场意外了吗？"

"没有留下遗书哪！"海洛伊丝回答，"警方——也许他们觉得是场意外，艾格尼丝说，当他们去扔这些——这些——"

汤姆瞟了一眼安奈特太太。"尸骨。"他柔声说道。

"——尸骨——进去！哇！"海洛伊丝恶心地挥着双手。

安奈特太太走开了，看来是要回去干活了，她好像没有听懂"尸骨"这个词的意思，而且她很可能确实没听懂。

"警方还没有确认这些尸骨是谁的吗？"汤姆问。

"警方不知道——或者他们没有透露。"海洛伊丝答。

汤姆皱起眉头。"艾格尼丝和安东尼亲眼见到那包尸骨了吗？"

"没有——不过两个孩子跑过去了，他们说他们见到了——在草地上，后来警察又叫他们离开。我想那房子周围都拉了警戒线，还有一辆警车——蹲守。噢——艾格尼丝说尸骨有些年份了。那位警官告诉她的。有好几年——且一直泡在水里。"

汤姆瞅一瞅艾德，发现艾德听得十分认真且很感兴趣。"或许他们失足落水——是为了把尸骨捞出来？"

"啊，是的！艾格尼丝说警方也有类似的推断，因为现场有一件——工具——园艺用的带钩子的——和他们一同落水。"

艾德说："他们要把尸骨送到巴黎——或者别的地方,我猜的话,拿去检验?那栋房子的上一个主人是谁?"

"我不知道,"汤姆说,"不过要查出来很容易。我肯定警方现在已经查出来了。"

"那池水可真清澈啊!"海洛伊丝说,"我还记得我看到池水的时候。当时我想里面都能养一些漂亮的鱼了。"

"池塘底部却是淤泥啊,海洛伊丝。有些东西可能会陷进去——瞧我们聊得够起劲的,"汤姆说,"这里的生活平时都太安静了。"

他们此时就站在沙发旁边,没人坐下。

"你知道吗,汤姆,诺艾尔都已经知道了,她从午间一点的广播新闻里听到的,不是电视,"海洛伊丝将头发往后拢,"汤姆,我觉得喝点茶会舒服些。也许艾德先生也想来点?你能跟夫人说一下吗,汤姆?我现在想一个人走走——到花园里。"

汤姆很乐意,因为独处一会可以让海洛伊丝放松下来。"你尽管去吧,我的甜心!我这就去叫夫人泡茶。"

海洛伊丝离开了,跑下几步台阶到草坪上去了。她穿着白色的休闲裤和网球鞋。

汤姆则去找安奈特太太,他刚说完他们都想喝茶,电话铃就响了。

"我想那是我们在伦敦的朋友。"汤姆对安奈特太太说,接着穿过客厅去接电话。艾德此时看不到人。

是杰夫的电话,他确定了到达的时间:明天上午十一点二十五分,英国航空 826 航班。"没订返程,"杰夫说,"以防万一。"

"谢谢你,杰夫。我们都盼着你来!天气很好,不过还是带上一件毛衣。"

"我能给你带点什么吗，汤姆?"

"就带你自己，"汤姆爽朗地笑了，"噢! 方便的话，带一磅切达干酪吧。从伦敦带过来的总是美味些。"

喝茶了。他们三人在客厅舒服地喝茶。海洛伊丝端着杯子，靠在沙发一角坐着，几乎没说话。汤姆并不介意。汤姆惦记着六点的电视新闻，还有二十分钟就开始了，此时他突然发现亨利高大的身影出现在温室转角的附近。

"哎呀，亨利呀，"汤姆放下茶杯，"我去看看他想干什么——如果有事的话。失陪了。"

"你约了他吗，汤姆?"

"没有，亲爱的，没约他，"汤姆对艾德解释，"他是我的兼职园丁，友好的大个子。"

汤姆出去了。正如他所料，亨利并不想在这个周六傍晚的时候开始工作，只是想聊一聊有关普黎夏家发生的大事。汤姆看得出，即便是亨利口中所谓的一场双人自杀事件，也无法激起他庞大身躯内的活力，连一丝紧张都没有。

"是的，没错，我听说了，"汤姆说，"格雷丝夫人今早上打电话通知我了。确实很震惊!"

亨利的厚底靴子左右来回移动。他的大手拈着一根三叶草的草茎，草茎的末端有一朵淡紫色的圆形小花。"还有下面的尸骨呢，"亨利以一种不祥的低沉语调说道，似乎那些尸骨让普立彻夫妇遭到了报应，"人骨啊，先生!"拈来拈去，拈来拈去，"奇怪的人啊——就住在这儿! 我们眼皮底下!"

汤姆以前从未见过亨利不安的样子。"你认为——"汤姆把视线转向草坪，接着又回到亨利身上——"他们两人都真的决定自杀吗？"

"谁知道呢？"亨利反问，浓密的眉毛略微扬起，"也许这是个奇怪的游戏？他们尝试过什么——不过又怎么样呢？"

非常含混不清，汤姆暗想，不过也许亨利的想法能代表村里其他人的想法。"要是知道警方的说法就有意思了。"

"那当然！"

"那些尸骨是谁的呢？有人知道吗？"

"没人，先生。时间挺久的骨头了！好像是——哎呀——你知道的——大家都知道——普黎夏之前一直在这附近的运河和河道里打捞！为了什么？为了好玩吗？有人说这些骨头就是普黎夏从一条运河里捞上来的，他和他的妻子——他们为骨头吵架。"亨利看汤姆的眼神，仿佛他是在向汤姆透露这对夫妻不可告人的秘密。

"为骨头吵架。"汤姆以地道的乡下人的口吻重复道。

"奇怪啊，先生。"亨利摇头。

"对，没错，"汤姆无可奈何地叹口气，好像每天都会发生些令人费解的事，而他们只能默默忍受罢了，"也许今晚的电视新闻会给我们带来些消息，如果他们愿意操心一个像维勒佩斯这样的小村子，唔？好吧，亨利，我必须回去找我的妻子了。我们有一位伦敦过来的客人，明天还要过来一位。你肯定不希望现在开始干活吧，是吗？"

亨利不希望，不过他可以在温室里喝一杯酒。汤姆在温室里放了一瓶酒和几只酒杯，专门用来招待亨利的——酒他经常都换，以保持新鲜。那两只酒杯并不怎么干净，不过他们还是举杯畅饮。

亨利压着嗓子说道："这两个人从村子里清除出去也是件好事——还有那些骨头。都是些怪异的人。"

汤姆郑重地点头，表示认可。

"向你的妻子问好，先生。"亨利说完就慢慢走到草坪那边，再穿过草坪往侧面的巷子去了。汤姆回到客厅继续喝茶。

艾德和海洛伊丝竟然在聊布莱顿[1]，真是挺会聊的。

汤姆打开电视机，节目差不多开始了。"很想知道维勒佩斯是否够资格上一分钟的国际新闻，"汤姆主要是对海洛伊丝说的，"国内新闻也行。"

"啊，没错！"海洛伊丝坐直了身子。

汤姆已经把电视机往中间挪了挪。第一条新闻是在日内瓦召开的会议，然后是某地的划船比赛。他们失望起来，艾德和海洛伊丝又开始用英语聊天。

"有了。快看。"汤姆相当冷静地说道。

"那栋房子！"海洛伊丝说。

他们都在看电视了。画面上出现普立彻家的那栋两层楼白房子，有新闻评论员的声音在此背景下解说。很明显，摄影师没能越过那条马路进行拍摄，也许就只拍到这一个镜头，汤姆心想。播音员的声音说道："……今天上午在莫雷附近的维勒佩斯村发生了一桩离奇的意外事件。两名三十五岁左右的美国人，戴维和贾尼丝·普黎夏，被发现死在自家的池塘。池塘水深两米。两具遗体都衣物完好，还穿着鞋，相信他们夫妇的遇难纯属意外……普黎夏先生和太太最近刚买下他们的房子……"

播音员播完普立彻的新闻，汤姆发现其中竟然没有提到尸骨。他看着艾德，艾德略微上扬的眉毛让他感觉艾德跟他想的一样。

---

1. Brighton，英国城市。

接着海洛伊丝开口了："他们根本没有提到——提到那些尸骨啊。"她焦虑地看着汤姆。海洛伊丝只要一说到尸骨，就表现得难受。

汤姆整理好思绪。"依我看——尸骨会被送去某个地方——检验出年龄，比如说。那很可能是警方不愿意透露尸骨信息的原因吧。"

"有意思，"艾德说，"警察把那地方封锁起来了，你不觉得吗？连池塘的镜头都没有，只是远远地拍一下房子。警方戒备森严呢。"

警方仍在调查，汤姆猜艾德是这意思。

电话铃响起，汤姆起身去接电话。他猜得没错，是艾格尼丝打来的，她刚看了晚间新闻。

"安东尼说'谢天谢地'，"艾格尼丝告诉汤姆，"他认为那些人都疯了，他们不小心挖了些人骨出来，就变得——得意忘形——竟然自己都掉进去了。"艾格尼丝几乎要笑出来了。

"你想和海洛伊丝说话吗？"

她想。

海洛伊丝去接了电话，汤姆回去找艾德，不过一直站着。

"一场意外，"汤姆若有所思地喃喃自语，"事实也的确如此啊！"

"没错。"艾德回应了一句。

他们俩都没去听，也不想听海洛伊丝与艾格尼丝亲热的交谈。

"我上楼去休息几分钟，七点四十五分来看看我们的炭如何了，"汤姆说，"放在露台上的炭。"他笑了笑，"我们要好好享受一个晚上。"

24

汤姆从楼上下来，穿着一件干净的衬衣，外面还罩了一件毛衣。正好电话铃响了，他到玄关去接听电话。

一个男人的声音说他是警察分局的局长，或者听起来像这个，内穆尔的艾廷·洛马，问他能否现在上门找雷普利先生谈一谈。

"我相信谈不了多久，先生，"那警官说道，"不过相当重要。"

"当然没问题，"汤姆回答，"现在吗？……很好，先生。"

汤姆推断警察知道他家在哪儿。海洛伊丝已经告诉过他，她和艾格尼丝·格雷丝打完电话之后，说警察仍在普立彻家，马路上还停了几辆警车。汤姆有种想上楼去提醒艾德的冲动，不过很快决定放弃：艾德知道汤姆会有什么说辞，而且警察来的时候，也没必要让艾德在场。汤姆于是去了厨房，安奈特太太正在洗生菜，他告诉她一名警官也许五分钟后上门。

"一名警官，"她淡然地重复一句，不是太吃惊，因为这不是她负责的范围，"很好，先生。"

"我就让他进来。他待不了多久。"

然后汤姆从厨房门背后的挂钩上拿了一件喜欢的旧围裙，先挂在脖子上，再系在腰间。围裙正面的一个红口袋上用黑色字母写着"出去吃午饭"。

汤姆走进客厅时，艾德从楼上下来。"一名警官马上要到了，"汤姆说，"也许是因为有人说我们——海洛伊丝和我——认识普立彻夫妇，"汤姆耸耸肩，"还有就是我们会说英语。这附近没多少说英语的人。"

汤姆听见门环的声音。门上既有门铃，也有门环。不管人们用哪一个，汤姆都无所谓。

"我该回避吗？"艾德问。

"你自己倒一杯喝的吧。随便怎么都行。你是我的贵客。"汤姆说。

艾德于是朝远处一个角落的饮品推车走去。

汤姆打开门，向警官们问好，有两名警官，他觉得是以前没见过的。他们报了名字，碰了碰帽子以示敬意，汤姆请他们进屋。

他们都挑了直背椅坐下，没有选择沙发。

艾德走过来，汤姆还没坐下，他向警官介绍艾德：艾德华·班伯瑞，伦敦人，一位过来度周末的老友。随后艾德端着杯子到外面的露台去了。

两位警官年纪相仿，大概警衔也一样。不管怎样，他们两人都在说话，事情是这样的，一位托马斯·莫奇森太太从纽约给普立彻家打电话，想找戴维·普立彻或者他的妻子，警察接了电话。莫奇森太太——请问雷普利先生熟悉她吗？

"我没记错的话，"汤姆诚恳地说，"她曾在屋子里待过一个小时——几年以前——她丈夫失踪之后。"

"正是如此！她也是这么跟我们说的，雷普利先生！那么——"警官继续用法语一本正经地说道，"莫奇森太太告诉我们她昨天，周五，听到说——"

"周四。"另一位警官纠正道。

"有可能——第一通电话，是的。戴维·普黎夏通知她，说他找到了尸——尸骨，对，她丈夫的遗骸。还说他，普黎夏，打算和你谈谈此事。把尸骨拿给你看看。"

汤姆眉头紧蹙。"给我看看？我不懂。"

"把尸骨送过来。"另一个警官对他的同事说。

"啊，对的，送过来。"

汤姆深吸一口气。"普立彻先生没跟我提过这事，我向你们保证。莫奇森太太说他打过电话给我吗？这不是真的。"

"他是打算把尸骨送过来，对吧，菲利普？"另一位警官问。

"是的，不过是周五，莫奇森太太说。昨天上午。"他的同事回答道。

他们两人此时都端坐着，帽子放在大腿上。

汤姆摇头。"没有任何东西送过来。"

"你认识普黎夏先生，先生？"

"他在这里的酒吧烟草店主动认识我的。我去过他家一次，喝了一杯。几周以前的事。他们邀请了我和我妻子。我一个人去的。他们从未到过我家。"

个头高点、肤色更白的警官清了清嗓子，对另一位警官说："照片呢？"

"啊，对了。我们在普黎夏的房子里发现两张你家的照片，雷普利先生——从室外拍的。"

"真的吗？我家的照片？"

"是的，很明显。这两张照片就摆在普黎夏家的壁炉台上。"

汤姆看着警官手里的两张照片。"太奇怪了。我家的房子又不卖，"汤姆微笑，"不过——对了！我想起来有一次看见普立彻在外面的马路上。几周以前。我的管家提醒我的——有人在用一个很小很普通的相机拍我家的房子。"

"你认出他是普黎夏先生吗?"

"噢,是的。我不喜欢他拍照片,但我还是没去管他。我妻子也看见他了——还有我妻子的一个朋友那天也在我们家,"汤姆皱起眉头,做出努力回忆的样子,"我记得普立彻太太当时开一辆车——她几分钟后来接她的丈夫,他们就一起开车走了。奇怪得很。"

此时安奈特太太正好进来了,汤姆问她什么事。她想知道先生们是否要吃点什么,汤姆明白她是准备摆桌子开饭了。

"喝杯酒吗,先生们?"汤姆问,"一杯茴香酒?"

两位警官都客气地回绝了,执行公务呢。

"我也暂时不要,夫人,"汤姆说,"啊,安奈特太太——周四那天有电话打给我吗——或者周五"——汤姆问的时候瞟了一眼两位警官,其中一位在点头——"一个叫普立彻的先生打来的?说是要送什么东西到家里来?"汤姆确实对这问题好奇,因为他突然想到普立彻也许跟安奈特太太说过要送东西过来,而她又可能忘了(尽管可能性不大)通知汤姆。

"没有,汤姆先生。"她摇头。

汤姆对警官说:"当然啦,我的管家今天早上就得知普立彻家的悲剧了。"

警官们开始嘀嘀咕咕。这还用说,这种消息传得飞快!

"你们可以问安奈特太太有关任何送到家里的东西的情况。"汤姆说。

一位警官问了,安奈特太太表示否认,再次摇头。

"没有包裹,先生。"安奈特太太肯定地回答。

"这个嘛"——汤姆在考虑措辞——"这个同样是有关莫奇森先

生的，安奈特太太。还记得——那位在奥利机场失踪的先生吗？几年前在这儿住过一晚的美国人？"

"啊，是的。一位高个子男士。"安奈特太太说得相当含糊。

"是的。我们聊了聊画。我的两幅德瓦特——"汤姆指着他的墙壁，好让法国警官知道他在说什么，"莫奇森先生也有一幅德瓦特，可惜那幅画在奥利机场被偷了。我第二天开车送他去奥利机场——我记得是中午时分。你记得吗，夫人？"

汤姆故意说得很随意，没有任何强调的意味，而安奈特太太也很配合，以同样的语调回答他。

"是的，汤姆先生。我记得帮他拿了行李——到车上。"

这就行了，汤姆心想，尽管他听过她以前的证词是说她记得莫奇森先生从屋子走出来，上了车。

正好海洛伊丝下楼来了。汤姆起身，两位警官也站起来。

"我妻子，"汤姆介绍说，"海洛伊丝夫人。"

两位警官再次报上姓名。

"我们在聊普黎夏家的房子，"汤姆对海洛伊丝说，"要喝点什么吗，亲爱的？"

"不，谢谢。我要等一等。"海洛伊丝像是要回避的意思，也许到花园里去。

安奈特太太返回厨房。

"雷普利太太，你见过什么包裹——有这么长——送过来的——扔在你家周围吗？"问话的警官展开双臂来表示长度。

海洛伊丝一脸疑惑。"花店送来的？"

警官们忍不住笑了。

"不是，夫人。帆布包裹——用绳子绑起来的。周四晚上——或者周五？"

汤姆没有搭腔，而是让海洛伊丝自己说她今天中午才从巴黎回来。她周五晚上在巴黎过夜，周四她还在丹吉尔，她说。这样就没问题了。

两位警官商量了下，然后其中一位说道："我们可以跟你伦敦来的朋友谈一下吗？"

艾德正站在玫瑰丛旁边。汤姆喊他一声，他小跑着过来了。

"警察想问你是否知道一个送到这里的包裹，"汤姆站在露台台阶上说，"我什么也没看见，海洛伊丝也是。"汤姆轻松地说，不确定是否有警察站在他身后的露台上。

艾德进去的时候，警官们仍旧待在客厅。

他们问艾德是否见过一个灰色的包裹，一米多长，放在车道上，篱笆下面——任何地方，甚至在大门外面。"没有，"艾德回答，"没看见。"

"你什么时候到这儿的，先生？"

"昨天——周五——中午。我在这儿吃的午饭，"艾德凝重的金色眉毛让他的脸看起来诚实无比，"雷普利先生到戴高乐机场接的我。"

"谢谢你，先生。你的职业？"

"记者。"艾德回答。警官们摸出一个记事本，要求艾德在上面写下自己的名字和伦敦的地址。

"请代我向莫奇森太太致以衷心的问候，如果你们有机会再跟她谈的话，"汤姆说，"我对她的印象很好——只是不太清楚了。"他一脸微笑地补充说。

"我们会再跟她谈的，"那位长着棕色直发的警官说，"她是——呃——她认为我们找到的——或者普黎夏找到的——尸骨也许是她丈夫的遗骸。"

"她的丈夫，"汤姆不敢相信，"但是——普立彻从哪儿找到的呢？"

"我们具体不清楚，不过也许离这儿不远。十到十五公里。"

瓦济的居民尚未传出什么消息，汤姆暗想，假如他们确实目睹一些异常的话。而普立彻也没有提到瓦济——或者他提过了？"你们肯定能确认骸骨的身份吧。"汤姆说。

"骸骨并不完整，先生。没有头。"金发碧眼的警官严肃地说。

"太恐怖了！"海洛伊丝喃喃地说。

"我们应该首先确认它在水里的时间——"

"衣物呢？"

"哈！都烂掉了，先生。在原来的包裹里连颗扣子都没有！鱼啦——水流啦——"

"水流，"另一位警官做着手势重复道，"是这样的。可以冲走——衣物，人肉——"

"让！"另一位警官迅速地挥挥手，仿佛在说，"可以了！有女士在场呢！"

沉默几秒钟，让又开口了："你还记得吗，雷普利先生，你是否看到莫奇森先生走进奥利机场的离港入口呢？这么久以前的事了。"

汤姆确实记得。"我那天并没有停车——我在路边停下，帮莫奇森先生把行李拿出来——还有那幅包起来的画——接着我就开走了。就在离港入口前面的那条人行道。他行李不多，应该拿着很轻松。所以我也没有——真不凑巧——看着他走进那道门。"

两位警官商量了一下，小声说着什么，还看了看他们的笔记。

汤姆猜他们可能在核对他几年前的证词，说他把莫奇森及其行李留在奥利机场离港入口前面的那条人行道上。汤姆并不打算强调说他的那番证词一直都记录在案。也不想提示警察说他觉得不大可能有人将莫奇森带回这片区域实施谋杀，莫奇森也不太可能到这附近自杀。汤姆突然站起来，跑过去找他的妻子。

"你还好吧，甜心？"他用英语问道，"我想警察马上就问完了。你不想坐下吗？"

"我很好。"海洛伊丝的语气有些冷淡，仿佛在说警察原本就是被汤姆的诡异行踪给招来的，有警察在家确实很难受。她抱起双臂靠在餐具柜上站着，与警察保持距离。

汤姆回到警察那边，坐下，以表示他并不急着让他们离开。"你们能否告诉莫奇森太太——如果你们和她谈的话——我愿意再跟她聊聊？她知道我能说些什么，不过——"他停顿下来。

叫菲利普的金发警官说："可以，先生，我们会告诉她的。她有你的电话吗？"

"她以前有，"汤姆愉快地说，"电话没变。"另一位警官举起一根手指，让他的同事注意到他，然后说道："还有一个叫辛西娅的女人，先生——在英国的？莫奇森太太提到她了。"

"辛西娅——是的，"汤姆好像慢慢想起来了，"我知道点她。怎么了？"

"我相信你最近在伦敦见过她？"

"是的，没错。我们在一家英式酒吧喝了一杯，"汤姆微笑，"你们怎么知道的？"

"莫奇森太太告诉我们的，她一直在联系这位夫人，辛西娅——"

"葛瑞——诺。"金发的警官看了看记事本，然后补充出来。

汤姆开始感觉不安。他试着往前想想，想想看接下来要问什么问题。

"你到伦敦见她——跟她谈话是为了什么具体的目的吗?"

"是的。"汤姆说。他转了转椅子，这样他能看见艾德。艾德正倚靠在一把高背椅的靠背上。"记得辛西娅吗，艾德?"

"是——是的，模糊记得，"艾德用英语回答，"有几年没见到她了。"

"我的目的，"汤姆继续对警察说道，"是为了问她普立彻先生对我有什么企图。你们看，我发现普立彻先生——有点太过于热情，总是不请自到，比如说——我知道我妻子根本不喜欢!"汤姆说到这里哈哈笑起来，"我去普立彻家小酌的那一次，普立彻先生提到了辛西娅——"

"葛瑞——诺。"那位警官重复一句。

"是的。普立彻先生在我去他家喝酒的时候暗示我说这个辛西娅对我不友善——有对我不利的东西。我问普立彻是什么，他也没说。这是很让人难受的，不过就是典型的普立彻风格!所以我去伦敦的时候专门找了葛瑞——诺夫人的电话，我问她:'普立彻究竟怎么回事?'"汤姆想起辛西娅·葛瑞诺打算（在汤姆看来）保护伯纳德·塔夫茨不被打上伪造者的烙印。

"还有呢? 你了解到什么?"棕头发的警官似乎很感兴趣。

"很不幸，没了解到多少。辛西娅告诉我她从来没跟普立彻见过面——甚至连看都没看到过一眼。他突然间给她打去电话。"汤姆猛地想起那个叫乔治什么的中间人，在那场伦敦的记者聚会上，普立彻和辛西娅都去参加了的。中间人听见普立彻在谈论雷普利，于是告诉普立彻现场有位女士厌恶雷普利。就这么着，普立彻知晓了她的名字（辛西娅似乎也因此知晓了他的名字），但他们没有去找对方见面。汤姆并不打算给警方提供这个信息。

"奇怪啊。"金头发的警官沉吟道。

"普立彻本来就是个怪人！"汤姆站起来，好像是坐太久了，人有点僵硬，"已经快八点了，我觉得应该给自己弄一杯金汤力。你们呢，先生们？一小杯红酒？一杯威士忌？随你们喜欢什么都行。"

汤姆说得像是他们理应接受邀请一般，他们还真的接受了：两位都选了一小杯红酒。

"我来通知夫人。"海洛伊丝说，然后去了厨房。

两位警官赞美了汤姆的德瓦特画作，尤其是壁炉上的那幅，实际是伯纳德·塔夫茨的创作。另外还有汤姆的柴姆·苏汀[1]。

"我很高兴你们喜欢这些作品，"汤姆说，"我也很乐意收藏它们。"

艾德已经到吧台添加了新的饮品，海洛伊丝过来加入他们，人人手里有了酒杯之后，气氛就轻松多了。

汤姆悄声对棕发警官说："两件事，先生。我愿意跟辛西娅女士谈一谈——如果她想跟我谈的话。第二，你认为为什么——"汤姆环顾四周，但现在没人听他们讲话。

那位叫菲利普的金发警官，他把帽子夹在胳膊底下，似乎是为海洛伊丝所倾倒，已经高兴地东拉西扯起来，才不去说什么尸骨、腐肉之类的。艾德也加入海洛伊丝那边。

---

1. Chaim Soutine（1893—1943）旅法俄罗斯犹太裔画家，其作品具有表现主义风格。

汤姆继续说道，"你认为普立彻先生为什么要把尸骨拿到花园里的池塘去呢？"

这位让警官作沉思状。

"如果他从河里将尸骨捞起来——为何又要将其扔回水中，然后——也许是有意地寻了短见呢？"

警官耸耸肩。"有可能就是场意外——一个人失足掉下去，另一个又跟着掉下去，先生。他们当时像是要用那件园艺工具来把什么东西拖上来。他们的电视机还开着——他们的咖啡——一杯酒"——一个耸肩的动作——"都放在客厅，没有喝完的。也许他们只是想暂时藏匿尸骨。我们可能明天或后天会得到点消息，也有可能没有消息。"

警官们手持高脚酒杯站立着。

汤姆又想到一点：泰迪。他决定提一下泰迪，便往海洛伊丝那边靠拢。"先生，"他对菲利普说，"普立彻先生有个朋友——或者说是他在运河里钓鱼时的帮手。大家都这么说，"汤姆特意用了"钓鱼"的说法，而非"搜索"，"我听说，从某处听说，他的名字叫泰迪。你们和他谈过吗？"

"啊——泰迪，姓泰奥多的，"两位警官互换眼神之后，让警官开口了，"是的，谢谢，雷普利先生。我们从你的朋友格雷丝家那里听说了——格雷丝家都是很好的人呐。然后我们在普黎夏家的电话机旁找到他的名字和巴黎的电话。今天下午已经有人跟他在巴黎谈过了。他说普黎夏从河里找到这些尸骨的时候，他和普黎夏的雇佣关系就结束了。而且他——"让警官犹豫了。

"他跟着就离开了，"菲利普说，"不好意思，让。"

"离开了，是的，"让看了汤姆一眼，"他似乎很吃惊，没想到那些尸骨——骷髅架——竟然是普黎夏的目标。"说到这里，让紧紧盯着汤姆，"这个泰迪看到这些之后——他就返回巴黎了。泰迪是个学生。他不过是想挣点钱——就这样。"

菲利普本来要说些什么，结果被让的一个手势打断了。

汤姆便试探地说："我想我在当地的酒吧烟草店里听到过类似的消息。这个泰迪确实很吃惊——并且决定要离开普立彻。"现在该轮到汤姆来微微耸一下肩了。

两位警官没有表态。汤姆尽管知道他们不会接受，但还是邀请他们留下吃晚饭，结果他们果真拒绝了。他们也不想再斟满酒杯。

"祝你晚安，夫人，还有谢谢。"他们两人都对海洛伊丝毕恭毕敬，热情地道别。

他们问艾德还要逗留多久。

"至少还有三天吧，我希望。"汤姆微笑着说。

"不确定。"艾德也愉快地回答。

"倘若能尽一点绵薄之力的话，"汤姆对两位警官坚定地说道，"我们夫妻两个，就一定在这里支持你们。"

"谢谢你，雷普利先生。"

警官们祝愿他们度过一个愉快的夜晚，然后出去找他们停在前院的车子。

汤姆从前门返回后说道："真是可爱的家伙！你觉得呢，艾德?"

"是的——是的，确实如此。"

"海洛伊丝，我的甜心，我想让你把火点起来。就现在。已经有些晚了——不过我们肯定能吃得开心。"

"我？什么火？"

"炭火，亲爱的。在露台上。这是火柴。你出去划燃一根火柴即可。"

海洛伊丝拿了火柴盒到露台上去了，她的竖条纹长裙看起来十分优雅。她穿了一件绿色的棉质衬衣，袖口部分卷了起来。"可这是你经常干的活呀。"她边划火柴边说。

"今晚不同嘛。你就是——就是——"

"女神。"艾德补充说。

"这家里的女神。"汤姆说。

炭火燃起来了。黄蓝色的小火苗在黑炭上跳动。安奈特太太用锡箔纸包了有至少六只土豆。汤姆将围裙穿上，开始工作啦。

接着电话铃就响了。

汤姆叹一声气。"海洛伊丝，麻烦你去接电话。不是格雷丝家就是诺艾尔，我敢打赌。"

是格雷丝家打来的，汤姆走进客厅时就能看出来。海洛伊丝肯定在告知他们警察过来说了什么，问了什么。汤姆到厨房跟安奈特太太询问情况：她的蛋黄酱已经没问题了，头盘吃的芦笋也准备好了。

这顿饭真是美味又难忘啊，艾德如此感叹，电话铃没有响，也没有人提起电话。汤姆对安奈特太太说她明天吃过早饭后可以将他的房间收拾下，给英国来的客人康斯坦先生准备好，康斯坦先生十一点半到达戴高乐机场。

安奈特太太的脸上洋溢着幸福，她在期待客人的光临。对她来说，客人和朋友的到来会让房子充满生气，就像鲜花和音乐对于他人的意义。

他们在客厅喝咖啡的时候，汤姆还是鼓起勇气问了海洛伊丝，艾格尼丝或安东尼·格雷丝是否有新的消息。

"没——没有，就是说那栋房子的灯还亮着。家里有个孩子带着狗散步过去看了看。警察还在找——什么东西。"海洛伊丝听起来有点厌烦了。

艾德瞥了汤姆一眼，淡淡地笑了笑。汤姆不知道艾德是否想到那个——唉，汤姆无法将他的想法诉诸言语，即使是在私底下，更别说要当着海洛伊丝的面了！考虑到普立彻夫妇的怪癖，要猜测警察可能在找什么，可能找到了什么，没有哪种极端情况是过于极端的。

25

第二天一早，喝过第一杯咖啡后，汤姆拜托安奈特太太去村里的时候尽量多买些报纸回来（当天是周日）。

"我可以马上就去，汤姆先生，除非——"

他知道她指的是海洛伊丝夫人早餐喝的茶和葡萄柚汁。汤姆主动说万一海洛伊丝夫人醒了，他就亲自来做，不过他又说这可能性不大。至于班伯瑞先生，汤姆就不知道了，因为他们两个昨晚很晚才睡。

安奈特太太出门了，汤姆知道她半是为了去买报纸，半是为了去面包房打听地方上的小道消息。哪种消息更可靠呢？面包房肯定有演绎、夸张的成分，不过人们总是可以去伪存真，得到些可靠的消息，也许比报纸还要早几个小时呢。

汤姆刚摘掉一些枯萎的玫瑰和大丽花，并挑选好一朵卷曲的橙色大丽花和两朵黄色花朵，安奈特太太就回来了。他听见门闩的咔哒声。

汤姆在厨房看报纸。安奈特太太从她的网兜里拿出羊角面包和一条细长的面包。

"警方——他们在搜索骷髅头，汤姆先生。"安奈特太太悄悄地说，虽然除了汤姆没人能听见她。

汤姆皱起眉头。"在房子里？"

"到处在找！"又是悄悄地。

汤姆开始读新闻：标题上说什么"卢万河畔莫雷镇附近一户特殊人家"，然后讲述了三十五岁左右的美国人戴维和贾尼丝·普立彻在其房产内的池塘或失足溺毙或诡异自杀。据警方介绍，两名约十四岁的男孩发现了他们的尸体并向一位邻居汇报，当时尸体已经在水里浸泡约十小时。从尸体下方的淤泥中，警方还打捞出一包人骨，即一具不完整的骨架，头部及一只脚丢失。骨架属于一名成年男性，目前尚未确认身份。普立彻夫妇两人均未受聘工作，戴维·普立彻从纽约的家族中获取收入。接下来的一段话说明那具不完整的骨架已浸泡于水中若干年，具体年份尚未断定。周边邻居称普立彻此前在该区域的运河和河道底部搜索，明显是为了这件东西，因为他上周四找到该骨架之后便结束了搜索行动。

第二份报纸说得大同小异，更加简洁，用了一整句话来暗示普立彻夫妇在他们那栋独立的两层小楼内居住的短短三个月中表现得异常离群索居，我行我素，唯独以深夜播放吵闹的音乐为乐，并最终染上了搜索运河和河道底部的怪癖。警方已经设法联系上戴维和贾尼丝·普立彻各自的家人。两人尸体被发现时，房内灯火通明，大门敞开，客厅里还放着未喝完的酒水。

没什么新鲜的，汤姆心想，不过还是有点震惊，不论他何时读到这些消息。

"警方现在究竟在找什么呢，夫人？"汤姆这么问，不仅是想了解到更多的信息，还有点讨好安奈特太太的意思，她非常喜欢答疑解惑。"肯定不是骷髅头，"汤姆恳切地耳语道，"也许是线索——究竟是自杀还是意外的线索。"

安奈特太太此时站在水槽边上，两手湿湿的，她身子往汤姆靠了靠。"先生——我今早听说他们发现了一根鞭子。还有人——余伯太太，你知道的，电工的妻子，她说还找到了一条锁链。也许不是什么大锁链，但终究是锁链无疑。"

艾德下楼来了，汤姆到客厅跟他打招呼，把两份报纸递给他。

"喝茶还是咖啡？"汤姆问。

"加热牛奶的咖啡。可以吗？"

"可以啊。坐到餐桌来吧，更舒服些。"

艾德想吃一个涂果酱的羊角面包。

汤姆去传达艾德的意愿时，他边走边琢磨，就假设他们已经找到了骷髅头，或者结婚戒指，藏在一个意想不到的地方，比如塞在两块地板的缝隙之间。一枚带有首字母缩写的结婚戒指？头又在别的什么地方——也许这就是让泰迪忍无可忍的原因？

"我能一起去机场吗？"艾德等汤姆回来时问道，"我会很高兴的。"

"当然啦！我还巴不得有你做伴呢。我们开旅行车过去。"

艾德继续读报纸。"报纸上没什么新鲜的吧，汤姆？"

"对我来说没有。"

"你知道吗，汤姆——呃——"艾德欲言又止，露出笑意。

"说呀！来点高兴的事！"

"正是高兴的事——不过我已经搞砸了，把惊喜弄没了。我想杰夫要把你的鸽子素描装在手提箱里带过来。我离开之前跟他说过。"

"真是太棒了！"汤姆说着，随即环顾一下客厅的墙壁，"那可太振奋人心了！"

安奈特太太端着托盘过来了。

不到一小时过后，汤姆和海洛伊丝均检查了给杰夫准备的本属于汤姆的房间，又在梳妆台上放好一枝插在竖长形玻璃瓶里的红色玫瑰，汤姆和艾德就出发了。汤姆告诉安奈特太太，他们要回来吃午饭，运气好的话，一点刚过就能到。

汤姆已经从抽屉里的那只黑色羊毛袜中取出莫奇森的戒指，现在戒指就放在他的左侧裤兜里。"我们从莫雷过去吧。那边的桥风景很好，而且也不算绕路。"

"好的，"艾德说，"妙极了。"

天气也是妙极了。清晨刚下过雨，从周遭的情况来看，大概是早上六点下的，正好可以滋润花园和草坪，也为汤姆省却了当天浇灌的麻烦。

映入眼帘的是莫雷桥上的桥头堡，两岸各有一座，矮胖敦实的桥头堡呈粉褐色，透着庄严而不可侵犯的气息。

"我们看能不能靠近河水——找个办法，"汤姆说，"桥上是双向通行，不过塔堡内道路狭窄，有时候需要排队通过。"

每座塔堡内都有一条拱形通道，仅容一辆车通行。汤姆等了几秒钟，让几辆过来的车先走，然后他们跨过卢万河。汤姆十分想在河上扔掉戒指，但根本找不到机会停车。从第二座塔堡出来后，他立即转向左侧的一条街道，也不管路边画的黄线就把车停了。

"我们走路去桥那边，至少走马观花地看一眼吧。"汤姆说。

他们走到了桥上面，汤姆双手插在裤兜里，左手紧握住戒指。他将手从裤兜里拿出来，戒指就攥在手心里。

"十六世纪的建筑了，有很多，"汤姆说，"拿破仑从厄尔巴岛[1]回来的时候就在这儿住过一晚。他住过的那所房子有一块铭牌，我相

---

1. Elba，意大利中部托斯卡纳大区西边海域的一个岛屿，意大利的第三大岛，拿破仑曾被囚禁于此。

信。"汤姆双掌合拢，将戒指从左手转移到右手。

艾德一言不发，似乎在竭尽全力地汲取一切。当两辆车从汤姆身后经过时，汤姆往桥面上的栏杆靠了靠。几米之下便是深不见底的卢万河，汤姆感觉舒坦极了。

"先生——"

汤姆惊讶地循声望去，看见一位穿深蓝色裤子、浅蓝色短袖衬衫，戴着墨镜的警察。

"是。"汤姆说。

"那辆白色旅行车是你的，它停在——"

"对。"汤姆说。

"那边禁止停车——你停的位置。"

"噢，好的！不好意思！我们马上就走！谢谢你，警官。"

那警察朝他们行礼，接着转身离开，他的配枪就插在屁股上的白色枪套内。

"他认识你吗？"艾德问。

"不确定。也许吧。他没有给我开罚单就是发善心了，"汤姆微笑着说，"我觉得他不会开的，我们走吧。"汤姆向后一挥胳膊，朝着河中央将戒指抛出去。河水尚未涨到最高位，戒指扑通一声掉到了靠近河中央的位置。汤姆十分满意。他对艾德淡然一笑，他们便往旅行车停靠的位置去了。

依艾德来看，他可能以为我扔了一块石头呢，汤姆猜测，那样也好。